GUANGXI DUOMINZU WENXUE JINGDIAN

广西多民族文学经典

（1958—2018）

史 料 卷（下）

总 主 编 ◎ 黄伟林　刘铁群

本卷主编 ◎ 黄伟林　李咏梅

GUANGXI NORMAL UNIVERSITY PRESS
广西师范大学出版社
·桂林·

1990年代

被遗忘的土地

张宗栻　黄伟林

A：清谈历来是文人的传统。这些年文坛上各种各样的沙龙、圆桌很不少，然而，广西这块土地却一直沉默着，寂寞着，当然，也写作着。

B：可就是写得不如意、不顺心。广西的沉默、寂寞、写作似乎从根本上就与外省文坛不是一回事儿，不是一个境界。别人一个螺旋式上升已经完成了，广西还在同一地平线上原地踏步、操练如初。

A：所以，那年莫应丰来，告诉广西作家，湖南作家如何聚在一起神聊、如何侃大山，从上午聊到下午、从黄昏聊到子夜，有吃有喝、有信息有情趣，常常是几句话触动了灵感，找到语感，于是短篇成型、中篇甚至长篇也有了眉目。广西作家便羡慕而神往，并遗憾自己为何没有这种聚会、这种沙龙。

B：据说上海作家一拿出作品，评论家的评论就成了铅字。对作家本人，这铅字是知音，是鼓舞；对读者同行，这铅字是广告，是鼓动。广西作家又佩服，又

作者简介

张宗栻（1946—），生于桂林。曾任《南方文学》副主编、桂林市作家协会副主席。有中短篇小说集《流金的河》，长篇小说《红土》《绿岸》，参与翻译美国作家西德尼·谢尔顿的小说《午夜情》。

作品信息

《文学自由谈》1990年第2期。

心向往之了。遗憾广西为什么不出现一批掷地有声的评论家，把他们的作品介绍出去，推荐给大众，让大都市的同行，让出够了风头的湘军、晋军、秦军、鲁军、川军瞧瞧，被遗忘的土地上也存在着一支桂军。

A：可冷静了往深处想，广西文坛的寂寞恐怕不仅是缺少了对话的沙龙。为了热闹起来，广西文坛不也办了几届文学院么？不也正儿八经地开过种种作品讨论会和创作笔会么？不也设立了多项文学奖励么？可这一切像大石落进深潭，竟无水响。广西的评论家是不行，但是，那湘军呢？鲁军呢？他们的光荣也是依赖评论家吹打出来的么？显然不是，广西作家又沉默了。

B：沉默并不等于广西作家就服气了，就认命了，就没话可说了，他们是憋着、压抑着这么多年了，他们没停止过写作，没停止过琢磨，但事实上他们很寂寞，很苦恼，他们知道，他们被遗忘了。

A：理智使他们清醒。即使排除其中个别不走运的因素，广西文坛从整体上看，也还是平庸。水涨船高，水落船也就落了。

B：文坛近些年风云变幻，从伤痕到反思到改革到寻根到后现代，各种思潮、主义层出不穷；一会儿海明威热、一会儿萨特热、一会儿弗洛伊德热、一会儿马尔克斯热、一会儿米兰·昆德拉热，所有热浪轮番扑面；开始大谈意识流，接着迷上朦胧诗，不久吹异化、侃集体无意识，什么都玩遍了说一声荒诞、问一声感觉怎样，最后索性世人皆醉我独醒地各自操练一句：媚俗。

A：可这些主义就没有特别激动过广西，这些热也没有过多灼烫过广西。这些概念、名词在广西文坛中有时说出都觉得别扭，因陌生而别扭，因陌生而永远都显得新、奇、怪。

B：别人激动过、骚乱过、浮躁过、反省过，然后冷静了，曾经沧海难为水了，你可以对这些激动、骚乱、浮躁、反省、冷静进行分析、阐释，甚至指责，说这只是赶时髦、是附庸风雅，认为这是风云变幻而终将烟消火灭。但别人毕竟有过这一切，哪怕是错误、是痛苦，但错误和痛苦积累起来成了财富。

A：而广西冷静、从容，冷静得无动于衷，从容得麻木不仁……

B：这话说得是否过分了？

A：由别人嘴里说出来也许过分了，由自己嘴里说出来则合乎实际，并且多了一层自省的意味。

B：广西有点儿像一潭死水。

A：这是否有地理的因素在起作用？丹纳谈文学时不是把地理环境看得很重要吗？

B：地理环境的影响是毫无疑问的。广西素有"山国"之称，石灰岩地层和红壤成为它有别于其他省份的显著特色。也许，恰恰是"山国"这一宏观特征，从实际上限制了广西像平原那样八面来风的视野，使广西处于闭塞之中的封闭状态。

A：广西作家老是念念不忘他们创造过刘三姐、奉献过百鸟衣这类过去，大概就是自我封闭的典型例证。当别人早已把某个时代搁置一旁不屑一顾之际，广西作家还在津津乐道昔日的光荣。保持对历史的记忆固然不是坏事，但把历史的成功作为一成不变的经典加以推崇，亦盲目地希望沿老路走去获得新的成功，这与古人揶揄的守株待兔做法并无二致。这一点连一些广西本土的青年作家、评论家也注意到了。他们把刘三姐和白鸟衣当作广西文学辉煌的经典加以批判，他们创造了两个概念，"刘三姐文化"和"百鸟衣圆圈"，这在概念贫乏的广西，已算是新颖别致的了。

B：地质特点和土壤特点也很能形象地说明广西文学的总体面貌。石灰岩地层的坚硬仿佛广西文学在整体艺术思维方面的呆板滞顿，缺乏充满生命内力的灵气和神韵；占绝大优势的红壤暗喻广西文学在整体哲学思维方面的单调一律，这曾经辉煌的流行色在广西现实的土地上是否已显得陈旧？作家在刘三姐文化面前的自我封闭和在百鸟衣圆圈上的自我停顿，是否正是这种流行色被普遍地固执到今天的结果？

A：不管对上述思考做出怎样的回答，广西文学从艺术和哲学全方位的自我反省已成刻不容缓的必要。广西文学要想真正地振兴，其出路并不在于对文坛各种热点形而下的追逐和对各种实验形而下的模仿，也不在于以老死不相往来的心态，以不变应万变的姿态对文坛上的风云变幻置之不理，而在于正视已经存在和即将出现的一切现象，在深刻认识的基础上，容纳现象并超越现象，获得本质的、从形而下达到形而下的吞吐自如、巧夺天工的创造能力。

B：要使广西文学改变这种被遗忘的局面，有一个很具体、很切实的工作可做，就是打破这双重封闭的局面，使内部信息获得相互沟通的渠道，更使外部信息能够无阻碍及长驱直入。

A：就像中国人要想获得诺贝尔文学奖，除了对世界文学要有本质了解，按国际水准增强自我实力外，还应加强把自己"推销"出去的力量。具体地说就是要加强对中国文学的翻译介绍的力量，以达到双向文流而非被动接受，从而达到这样的境界：让中国了解世界，让世界了解中国。

B：对广西文坛而言，这句话可换成：让广西了解全国，让全国了解广西。

A：尽管从整体上看，广西文坛近年来始终默默无闻，从未产生过任何"惊天动地"的影响，然而，具体地看，广西文坛也有为数不多的作家，拥有在全国文坛略领风骚的抱负。

B：抱负不等于现实。但从"不想当将军的士兵不是好士兵"这个逻辑推演，有抱负的作家比没有抱负、只想滥竽充数的作家更值得尊敬。

A：几乎与"寻根意识"同步，广西的青年诗人和小说家也联手提出了一个灿烂迷人的目标——"百越境界"。

B：韩少功发出疑问，灿烂的楚文化流到哪里去了？阿城提出命题，中国文化经历"五四"出现了严重断裂。他们拿出了显赫一时的作品《爸爸爸》《棋王》等。广西的青年诗人则在提出"百越境界"之后，拿出了《走向花山》，小说家拿出了《黑水河》。这些作品在广西已是足够重量级的作品，在全国还只能算轻量级，但总算有了自己的声音，这声音也被外面的世界很轻很轻地听到了那么一点儿。

A：在"百越境界"的旗帜下，还有一系列个性鲜明的作品诗：歌有《山之阿，水之湄》，小说有《河妖》《沼地里的蛇》《大鸟》《塔摩》等。

B：但像整个文坛的寻根热一样，广西的寻根热很快流产，并且先于全国的寻根热流产了。这次艺术思维方面的变革尝试，明显地受到巨大的阻力，主观和客观的阻力。它既体现了广西文坛自我封闭意识的坚固，也体现了那些具有革新意识的作家诗人本身素质上的欠缺。心有余而力不足，他们缺乏把自己推到一种全新境界的实力。

Ａ：并且，他们也没有能在这种变革尝试冲击的一道缺口上结出另一种艺术果实。就像全国文坛，在《爸爸爸》《小鲍庄》自成体系难于突破的当口，另一种艺术果实借前驱开拓的沃土硕然结成，比如《红高粱》《冈底斯的诱惑》等，后面这些作品又为更后面的王朔、苏童、余华、格非开垦了更广阔的艺术空间。

Ｂ：广西文坛就缺乏这种前赴后继、长江后浪推前浪的开拓者、弄潮儿。

Ａ：除了"百越境界"这个一度响亮过的宣言外，广西还有一批作家在默默开垦着另外一块具有流派色彩的田地。

Ｂ：就是漓江文化。

Ａ：在这个尚未成为宣言、成为旗帜的风格笼罩下，已产生了一系列作品，像《漓水谣》《魔日》《石头船》《年轻的江》《河与船》《大戈山狂想曲》等。

Ｂ：无论是回顾历史还是观照现实，都能清晰地发现广西文学的两种流向。一种属于桂南，可以概括为百越境界。这是带着鲜明的原始色彩，具有浓厚的神话思维特征的文化。花山崖壁画是这种文化最形象的浓缩，红水河是这种文化物质形式的生命脉流。从中国多民族的角度看，这种文化的主体核心恰恰由壮、瑶两大少数民族构成。五十年代的《刘三姐》和《百鸟衣》，则是这种民族文化的原始精华——民族神话和社会现实成功结合的产物。另一种流向则属于桂北，可以概括为漓江文化，这是受中原文明影响很深的文化类型，可以说是正统文明和山水文化相结合的典型范例。与百越境界的原始特征相对，漓江文化具有浓郁的文人气质。考察漓江流域的各种神话传说，可以很强烈地感受到华夏正宗人文历史对它的渗透。

就如同广西其他地区，原始文明和现代文明的直接对比实际上就是有价值的文学素材。与广西这片被遗忘的土地在地质方面拥有丰富的矿产资源一样，广西文学也有巨大的素材储存，一旦拥有先进的开采条件，也就是现代的艺术眼光，这丰富的矿藏就能被解放出来，扩而充之，点石成金，化腐朽为神奇。

A：所以说广西的作家在文学上的平庸并非根源于自然地理的贫瘠，也非根源于人文历史的贫乏，关键还在于广西作家自身素质的欠缺。这种欠缺，具体地说，应该是学识的浅薄和胸襟的狭隘。

B：学识的浅薄限制了自我的发展，胸襟的狭隘容不了个性的张扬。

A：八十年代已经结束，广西被八十年代遗忘了。

B：但愿九十年代的广西文坛，不再是一片被遗忘的土地。

团结鼓劲，开拓奋进，争取我区
文艺事业的更大繁荣

——在广西第五次文代会上的工作报告

武剑青

各位代表、同志们：

正当全区各族人民贯彻落实党的十三届七中全会和自治区第六次党代表大会精神，满怀信心地开始实施国民经济和社会发展的十年规划和"八五"计划的时候，广西第五次文代会召开了。这对于调动全区文艺界各方面的积极性，振兴广西的文艺事业，将有着重大的意义。

现在，我受广西文联第四届委员会主席团的委托，向大会报告第四次文代会以来的工作情况，请予审议。

广西第四次文代会是1986年底召开的。四年多来，我们的文艺工作随着整个国家，是在艰难曲折而又充满着胜利的道路上走过来的。我国的经济建设开展治理整顿、深化改革并取得了明显的成效，政治思想领域进行反对资产阶级自由化的斗

作品信息

《广西文学》1991 年第 5 期。

争并取得了重大的胜利，形成了有利于文艺事业健康发展的新的政治气候和社会环境。在党中央和区党委的正确领导下，我们各级文联组织与各有关部门密切配合，坚持一个中心、两个基本点，团结广大文艺工作者，克服困难，排除干扰，围绕着"繁荣创作"这一中心任务积极开展各项业务活动。特别是经受了1989年春夏之交那场政治风波的严峻考验之后，我们文艺工作坚持"一手抓整顿，一手抓繁荣"，广大文艺工作者调整了创作心态，潜心艺术生产，使我区的文艺工作出现了新的转机和日趋繁荣的势头，较好地完成了第四次文代会所提出的各项任务。可以说，这四年，是我区文艺事业继续开拓前进的四年，持续繁荣发展的四年。

（一）

四年多来，我区文艺事业的各个方面都出现了新的变化，取得了新的成绩。

文艺创作空前繁荣，数量和质量都达到了新的水平。广大文艺工作者以高度的社会责任感和勤奋艰辛的创造性劳动，向社会和群众奉献了大量的文学、民间文学、音乐、舞蹈、戏剧、曲艺、杂技、摄影、美术、书法、电影、电视作品和节目。这些内容丰富、形式多样、风格各异的作品（节目），数量是相当可观的。仅已经出版的个人专著和作品集子，就达400多部，其中光长篇小说就有32部。有关协会举办或参与举办了美术作品展览11次，书法作品展览16次，摄影作品展览19次，音乐演唱、演奏会15次。创作的质量也有了明显的提高。许多优秀作品走向了全国乃至世界，有的被全国性出版物转载，有的入选全国性的展览，有的被翻译到国外，有的文艺节目到了10多个国家和地区演出，载誉而归。入选全国美展的作品有90多件，并有19件选送12个国家参展。不少作品有令人注目的多方面的创新和突破：一是题材选择的丰富性，显示了我区文艺家艺术视野的拓展。如反映中美建交、计划生育、桂系军阀等题材的作品，在我区甚至全国长篇小说（纪实文学）创作中还没人涉足的地方，留下了先行者的足迹。二是作品形式和表现手法的多样化，表明我区文艺家艺术追求的增强。三是对作品内涵发掘和人物形象的成功塑造，体现了我区文艺家艺术功力的提高。

大批作品在各种评奖中获奖，在一定程度上反映了我区文艺创作的成就是令人鼓舞的。据不完全统计，各协会会员创作、表演、编导和摄制的作品或节目，在省级以上各种文艺评奖中有800多件作品（人）获奖，其中在全国性评奖中获奖的有180多件（人）。如散文集《童心集》、报告文学集《归客》、小说集《白罂粟》等7部（篇）作品在第三届全国少数民族文学评奖中获奖；长篇纪实文学《毛泽东与尼克松在1972》获全国图书"金钥匙"一等奖；瑶族史诗《密洛陀》（中国民间文艺出版社版）获第二届全国少数民族民间文学作品评奖一等奖；《广西民间文学散论》等7部著作获首届中国少数民族文学研究成果奖；油画《北部湾·亚热带》获第七届全国美展铜牌奖；连环画《在深渊的边缘》获《中国连环画》十佳作品奖；剧本《羽人梦》获第二届全国少数民族题材剧本评奖金奖；桂剧折子戏《打棍出箱》等获第二届中国戏剧节"优秀剧目奖"；《她看他……》等两个故事在第二届全国新故事"嵩山杯"大奖赛中获铜牌奖；摄影《饮恨沙场》获"黄山杯"全国体育摄影大赛一等奖和亚运会全国体育摄影展览优秀作品奖；歌曲《无题》获全国"歌颂社会主义精神文明建设"征歌二等奖，《晨雾中牛铃在响》获全国"民族之声"征歌一等奖；电视剧《丹姨》获第七届全国优秀电视剧"飞天奖"三等奖，《绿风》获第四届全国少数民族题材电视艺术"骏马奖"二等奖；舞蹈《绣球梦》《永远十九岁》获全国少数民族舞蹈比赛表演二等奖；电影《共和国不会忘记》获1988年全国优秀故事片奖、1989年"百花奖"，《百色起义》获中国首届电影节优秀故事片奖；唐佩珠获全国第二届少数民族青年声乐比赛"金凤奖"，罗宁娜获全国第三届青年电视大奖赛二等奖。还有9个艺术作品在国际性评奖中获奖，如杂技《抖杠》获巴黎第十二届世界明日杂技比赛金奖头奖，《小跳板》获第二届中国吴桥国际杂技节目比赛银奖；《弧光》获1989年莫斯科电影节的生活地毯奖，等等。需要指出的是，一些因为各种原因没有获得过全国奖和国际奖的优秀作品，也有着众多的读者或观众，产生了广泛的社会影响。

文艺理论研究和评论工作有了较大发展，各种学术研讨活动十分活跃。据粗略统计，四年多来，我区文艺理论工作者出版的理论专著或合集共48部，数量之多，是前所未有的。各部门举办的理论研讨会、作家和作品讨论会100多次，广泛而深入地探讨各种理论和创作问题。一是加强了对马列、毛泽东文艺理论的研讨，对一些被资产阶级自由化思潮搞乱了的理论问题，进行了正本清源。有的同志为捍卫马列、毛泽东文艺理论，与各种错误思潮进行了坚决的斗争。二是加强了对重大问题的探讨。影响较大的有：文艺与改革讨论会、全国通俗文学座谈会、全区文艺创作主旋律讨论会、振兴广西文艺创作大讨论等。三是加强了对各文艺门类，特别是少数民族文艺的研究。如书学研讨会、广西电影发展战略研讨会、发展电视艺术笔谈讨论会、全区民族舞蹈创作座谈会等。有的艺术协会还组织编写了文艺理论丛书。其中，对一些艺术门类的研讨，在我区尚属首次。四是加强了对文艺家及其作品的讨论和评介。其中，有关部门举办了李英敏、周民震、蓝怀昌、陈敦德、黄继树、柯天国、丘行、莫之棪等20多位文艺家的作品研讨会，电视方面组织了各种讨论会10多次。各报刊发表了大量的评论文章，扩大了我区文艺家及其作品的影响面。不少协会健全了理论工作机构，逐步改变过去理论队伍人员缺少、各自为战的状况。

文艺报刊有所增加，为文艺创作提供了良好的园地。区文联现有5个文艺报刊，其中《广西文学》《小说世界》和《美术界》是原有的，《南方文坛》和《南国诗报》是第四次文代会后创办的。这些报刊改进工作，提高质量，扩大影响，在发现人才、培养作者、组织创作、为读者服务等方面，做了大量的工作，不断推出广受读者欢迎的优秀作品。《广西文学》1988年参与了全国百家刊物"中国潮"的征文活动，所刊载的报告文学《你好，桂林》获三等奖，该刊1990年被中国少数民族文学学会授予"园丁奖"。《美术界》被列为全国连环画美术刊物"金环奖"评委刊物，在1990年荣获"金环奖"的"栏目奖"。我区唯一的文艺理论刊物《南方文坛》，牵头组织了一些有影响的学术活动，积极评介广西的作家和作品。自筹经费创办的《南国诗报》坚持面向社会、面向大众，受到了好评。在报刊整顿中，《广西文学》《美术界》和《南方文坛》得到了区出版部门的通报表扬。

各部门通力合作，文化志和各类集成编纂工作进展顺利。《广西文化志》第一编辑室与各协会密切合作，完成了11本资料集，280多万字的编印任务，并已开始进行《广西文化志》初稿的撰写工作。有关协会会同兄弟单位，组织编纂工程浩瀚的各艺术门类集成（广西卷，下同），其中，《中国民间歌谣集成》《中国舞蹈集成》《当代中国杂技》等已复审定稿。民协几年来发动各地普查、搜集民间文学集成资料252册，约四千万字，《中国歌谣集成·广西卷》将作为全国歌谣集成的首卷出版。1989年，广西获全国民间文学集成荣誉奖。

会员队伍发展壮大，文艺新人不断涌现。四年多来，区文联各协分会新发展会员2089名，参加全国各协总会244名。现在，各协分会的会员总数为5895人，其中少数民族1586名；全国各总会会员755人，其中少数民族251人。这四年多吸收的新会员，相当一部分是崭露头角的文艺新人。据统计，各协会会员中35岁以下的共999人，占会员总数的17%。

地县级文联相继恢复和建立，扩大了文联工作的影响面和覆盖面。四年多来，恢复或组建了地区级文联4个，县级文联31个。至今，全区13个地市除一个地区外，都已建立了文联，组建率为92%；83个县（市）中的56个县（市）组建了文联，组建率为68%，分别超过了全国85%、50%的平均数。各地市文联、产业文联，尤其是县级文联的同志，克服困难、艰苦奋斗，借助各方力量，为繁荣创作、培养人才，做了大量默默无闻而又至关重要的工作。

扩大内外文艺交流，增进了区内外、海内外文艺家的了解和友谊。各协会采取请进来、走出去的办法，以学术活动、参观访问、学习观摩等形式，加强了区内外文艺家的交往。有关协会还主办或参加主办了中南六省区戏剧创作座谈会、南方七省区影协协作年会、全国少数民族作家南宁笔会、全国通俗文学座谈会、西南作家联谊会桂柳笔会、大江南北摄影艺术展览、《哈哈集》电视喜剧小品征文活动、全国马列文论研究会第十一届学术讨论会等10多次比较重大的活动。

1988年11月，我区23位文艺家出席了全国第五次文代会，武剑青和周民震两位同志当选全国文联第五届委员会委员。

四年多来，我们有7位文艺家，相继参加了中国文联或有关协会组织的代表团，出访了8个国家和地区。有关部门两次组织广西儿童书画家代表团，到日本进行访问和表演，还与日本高岛屋联合主办了"中国广西·日本米子儿童画交流展"。另外，有的艺术家还到一些国家和港澳地区举办了书画展览。有关协会选送了一批美术、书法、摄影作品到国外参加展览。这期间，我们接待了来访的朝鲜、新加坡、菲律宾、日本、匈牙利和港澳台地区的文艺团体（人士），以及联合国有关机构的人员计8起，共110多人。

（二）

同志们！在新的历史条件下开展文联工作，面临着许多新的问题。四年多来，我们在工作实践中，不断研究新情况，摸索着解决新问题，特别是经过前年那场政治风波后的反思，使我们对在新时期里如何做好文联工作的一些问题，加深了体会，提高了认识。

1.加强和改善党的领导，是搞好文联工作的根本保证。近年来，文艺界那些自由化的"精英"极力妄图摆脱党的领导。他们的胡作非为，从反面提醒我们再次思考这个本来不成为问题的问题，使我们进一步认识到，文联的性质决定了其离不开党的领导。因为，文联是中国共产党领导下的人民团体。它虽然不是党的机关和政府机构，但绝不是同人团体，它是党和政府建立的，是党和政府的助手，它以其特有的方式，贯彻党的路线、方针、意图，联系和团结广大文艺工作者，完成党和国家所赋予的任务。文联是在各级党委和党委宣传部的领导下，开展工作和活动的，这是搞好文联工作的根本保证。四年多来，我们注意自觉接受区党委和区党委宣传部的领导，凡有重大问题或重要决策，我们都能事前请示，事后报告，因此工作上没有出现过大的失误。

党对文艺工作的领导，主要体现在贯彻党的路线、方针和政策上。为此，我们坚持了党组的学习制度，学习研究党的方针政策，学习党中央的重大决策，并以多种方式推动文艺界的学习。四年多来，我们举办了各种座谈会、读书班、理论会20

多次，组织文艺界骨干学习毛主席的《讲话》《邓小平论文艺》以及党中央的有关指示和文艺政策，加强文艺队伍的思想建设。去年9月，我们还组织地市文联负责人等文艺骨干和文学院专业创作员共20人，到区党校参加了为期一个月的马克思主义哲学读书班。由于我们加强学习，提高认识，较好地理解和贯彻党的方针政策，这几年来，我区文艺界总的来说是比较稳定的，政治上能与党中央保持一致，没有出现过忽"左"忽"右"的大偏差。即使在1989年北京发生反革命暴乱期间，当时局势比较复杂，文艺界有些人迷失了方向，我们仍能保持清醒的头脑，及时组织学习贯彻党中央和区党委的指示精神，区文联的中层干部和党员，没有一个人上街，从而稳定了大局。事后，文联党组对近年来文艺界的情况进行了回顾反思，并写出了学习体会，被中宣部《文艺信息》等报刊刊载。

我们认为，加强和改善党的领导，很重要的一点，就是要从实际出发，准确地贯彻和执行党的路线、方针和政策，避免工作的波折和反复。无论是整顿清理报刊，或是反对资产阶级自由化的斗争，我们都严格按照中央的有关指示精神，强调要从我区文艺界的实际情况出发，区分不同性质的矛盾，采取不同的处理办法。比如，我们认为，资产阶级自由化作为一种社会思潮，在我区的表现主要是有的同志对某些问题认识偏颇，基本上属于思想认识问题。我们把这些看法上报了上级领导部门，并通过组织学习反思，提高认识，端正方向，以消除资产阶级自由化思潮对我们的影响。这样做，既提高了大家的思想认识，又团结了同志，使大家心情舒畅，同心同德地为繁荣社会主义文艺事业而努力奋斗。

2. 繁荣社会主义文艺创作，是文联工作的中心任务。文联的中心任务是什么，过去一直是很明确的，即组织创作、繁荣文艺，出作品、出人才。但是，近几年对这个问题出现了不同认识和看法。我们始终认为，在新的时期，文联工作增加了新的内容、新的任务，但是，繁荣社会主义的文艺创作，仍然是文联，特别是省级文联的中心任务。正如邓小平同志所指出的："不论是专业的或是业余的文艺工作者，一切社会主义的和爱国的文艺工作者，一切维护祖国统一的文艺工作者，都要更好地互相帮助、互相学习，把全部精力集中于文艺的创作、研究或评论。"这既给文艺工作者，也给文联工作指明了任务。即使按照这几年常说的"联络、协调、服务"，其目的也应该主要在于组织和帮助文艺家们更好地进行"文艺的创作、研究或评论"。因此，我们紧紧围绕繁荣文艺这个中心来开展各种业务活动。

第一，坚持不懈地组织文艺家深入生活。作协、摄协、曲协、美协、音协等协会克服了经费不足等困难，分别多次组织创作人员到我区的经济开发区、红水河等重点工程建设工地、边防前线、少数民族地区以及改革开放成绩显著的地方，进行体验生活和创作。摄协还组织7名会员骑着自行车，行程2700多公里，进行摄影创作。

第二，在多样化创作中，大力推动主旋律作品的创作。如各协会组织了反映红水河水电建设系列作品的创作，现已陆续出了散文集、诗集、电视连续剧剧本等一批作品。摄协举办了防城港建设成就和法卡山十年征战的专题展览，作协组织采写和出版了反映工业战线的报告文学集《世纪之光》。为庆祝自治区成立30周年和新中国成立40周年，有关部门组织创作并推出了一批主旋律的作品。去年，我们还和区党委宣传部等有关单位联合举办了全区文艺创作主旋律讨论会，21位作家在会上制订了主旋律作品的创作计划，其中有的已出成果。

第三，认真抓好专业创作员的招聘和管理工作。1986年以来，共招聘了34名专业创作员，他们长期以挂职等形式坚持在基层生活，现已创作和出版、发表了600多篇作品，其中长篇小说4部，有32篇获省级奖，3篇获中央部门奖，有的还翻译到了国外。实践证明，招聘一定数量的专业创作员，对于繁荣创作，提高创作质量，确实起到了不可忽视的作用。为了加强这方面的工作，去年6月上旬，经区党委宣传部批准，正式成立了广西文学院，并由该院招聘第一期专业创作员10名。

第四，办好各种形式的创作会。据不完全统计，各部门共举办了创作笔会、改稿会、学习班150多次，这些会议讲求实效，基本上都能出成果。另外，举办了文学讲习班、创作函授班10多次（期），发现和培养了一批文艺新人。书协还组成12人的"广西书法讲师团"，分别在区内外开展书法讲学辅导及现场表演30多次。

第五，各协会和部门举办了各种比赛、征文、评奖等活动30多次，推动了创作。

1988年12月，在区党委宣传部领导下，我们会同有关单位举办了首届"振兴广西文艺创作铜鼓奖"，共评出了作品奖、荣誉奖、特别奖和编辑奖211个，这是广西首次以自治区人民政府名义颁发的文艺创作最高奖。这次评奖，是对党的十一届三中全会以来10年间广西文艺创作的大检阅，有力地鼓舞了士气，振奋了精神。

3. 坚持文艺的正确导向，是文联工作的关键环节。几十年来文艺界的风风雨雨，尤其是这几年来文艺工作的经验教训告诉我们，社会主义时期的文艺创作，仍然存在着发展走向的问题，因而就需要做好"导向"的工作。坚持文艺的正确导向，关键是要正确处理好"二为"方向和"双百"方针的关系。这两者是完整的、不可分割的整体。"双百"方针是繁荣社会主义文艺的行之有效的方针，而实行"双百"方针，应该是使文艺更好地为人民服务、为社会主义服务，而不是相反。文艺家有艺术创作的个性和自由，也应该有坚持"二为"方向的责任。作为文艺工作的组织者和领导者，则有把握方向的职责。要着重于正面引导，旗帜鲜明地强调和突出所应该提倡的东西，同时反对错误的或有害的东西，保证文艺的健康发展。这几年来，我们主要抓了两个方面的工作。

一方面是加强理论上的引导。我们通过召开学习《讲话》和《邓小平论文艺》座谈会等各种文艺理论研讨会，大力进行马列主义、毛泽东文艺思想的宣传教育，帮助文艺家树立正确的艺术观和健康的创作心态。同时，通过经常性的学术争鸣活动，帮助文艺家们分辨是非，提倡正确的东西，纠正错误的东西。如1989年初由《南方文坛》联络《广西文学》等7个文艺、新闻单位开展的"振兴广西文艺创作大讨论"，某些轻视和否定民族优秀作品和民间文学的观点，受到了广泛的批评，同时，不少同志对如何振兴广西文艺创作，提出了许多中肯意见。

另一方面是加强文艺报刊的管理。文艺报刊不但是百花齐放、百家争鸣的园地，还是社会主义的思想舆论阵地。发表什么样的作品，本身就是一种引导，对作者对读者都会产生极大的影响。因此，我们结合报刊的清理整顿工作，对区文联的几个报刊分别订出了旨在加强领导的管理条例。面对商品大潮的冲击，这几个报刊坚持社会效益第一，注意思想内容和艺术质量，以刊登反映现实生活题材的作品为主，为全区的文艺创作起到了良好的导向作用。1989年6月，《广西文学》《小说世界》《美术界》和《南方文坛》联合另外四家文艺期刊，向区内外文艺期刊同行们发出了"把最好的精神食粮奉献给读者"的呼吁，产生了积极的社会效应。

4.弘扬民族优秀文化，是文联工作的重要内容。我们国家对外开放以来，随着对外文化交流的扩大，形形色色的国外文艺思潮及其作品也进来了，这对开阔我们的视野，促进文艺创作是有一定作用的，但也产生了一些值得重视的副作用，主要是导致一些人轻视甚至否定民族优秀文化传统。这几年来，我们对此有比较清醒的认识。我们认为，弘扬民族优秀文化，是社会主义文艺发展不可缺少的基础，也是我们必须抓好的重要工作。广西是个拥有11个少数民族的自治区，民族文化问题对于我们意义尤为重大。广西的文艺新生林必须植根于民族文化这块深厚和肥沃的土壤里。我们只能带着具有鲜明民族特色和浓厚地方色彩的艺术精品走向全国、走向世界，因为这是我们的优势所在。

我们把大力弘扬民族优秀文化，作为文艺创作和理论研究的一个重要内容。首先，以马列主义的观点，批判在这个问题上的民族虚无主义和历史虚无主义，认真组织探讨如何弘扬民族优秀文化的问题，如世界性与民族性、民族精神与时代精神、创新探索与继承传统的关系等等。其次，重视民族优秀文化的发掘和整理，民协组织搜集和整理了大量的民间文学资料，并从去年开始，与各地市县合作，将陆续出版总数达87卷2300万字的各地市县民间文学作品精选本。另外，音协参加了少数民族乐器的鉴定工作。第三，重视少数民族题材作品的创作，如民族歌曲创作笔会、少数民族题材电视艺术座谈会、广西少数民族曲艺座谈会等。第四，重视少数民族文艺历史和现状的研究。有关协会组织撰写了《瑶族文学史》《京族文学史》等，并召开了壮族、瑶族、仫佬族、京族文学讨论会，还进行了民间文学的专题研究。有关部门组织撰写和出版了广西民族民间文艺研究丛书，已出了十部，影响较大。第五，重视少数民族文艺人才的培养。如委托广西大学中文系，开设民族作家班等。

我们要通过弘扬民族优秀文化，并广泛借鉴和吸取外来文化中一切有用的东西，去创造和发展新时期的社会主义文艺。

5.维护和增强文艺队伍的团结，是繁荣文艺的基本条件。社会主义的文艺创作，既是一种个体的劳动，更是一项群体的事业。我们这支文艺队伍只有维护和增强团结，群策群力，同心同德，互相支持，互相帮助，才能不断推进文艺事业的发展。我们感到，总的来看，广西文艺界一直还是比较团结的。但也不是一点问题也没有。因此，我们切实做好各方面的工作，防止和消除"内耗"现象，加强了老中青文艺家之间、各民族文艺家之间、各艺术门类文艺家之间的团结，充分调动各方面的积极性，增强了文艺队伍的凝聚力和战斗力，这是四年多来我们的文艺工作取得较大成绩的基本保证。我们今后应继续巩固和加强文艺队伍的团结。我们的一切言行都应考虑到是否有利于团结，要做到有利于团结的话就说，有利于团结的事就做，反之，就不说不做。文艺界只有加强自身的团结，才能繁荣社会主义的文艺创作，才能影响、促进广大人民和整个社会的团结稳定，促进社会主义现代化建设事业的发展。

6.加强自身的改革，是发展文联工作的必由之路。我们正处于一个改革的年代，改革已经成为不可逆转的时代大趋势，成为各行各业不可回避的崭新课题。我们越来越感到，文联工作也必须进行改革，才能在新的形势下有新的发展。我们文艺工作者不仅仅是改革的鼓动者，还应该以强烈的参与意识，成为改革的实践者。基于这样的认识，我们在1988年初召开的区文联四届二次委员会上提出了文联工作改革的初步设想。会后，我们从四个方面，积极而稳妥地进行了改革的尝试，从而使我们的工作更加卓有成效和富于活力。

一是文联体制的改革。首先明确党组主要进行决策性、政策性领导，具体事务由各部门自行解决；其次是扩大各协会（室）、编辑部的业务自主权；再次是理顺上下左右的各种关系，更好地协调工作等。

二是工作作风的改革。区文联领导以多种方式，经常下去搞调查研究，及时了解和掌握各地文联的情况，广泛征求意见，并且通过当地党政部门，帮助部分地市县文联解决了一些实际问题，促进了部分地县文联的恢复或组建工作。各协会也改进工作，加强与会员的联系，为基层办实事。如舞协组织有关人员协助金秀瑶族自治县编排了一台瑶族歌舞，赴京演出，获得好评。

三是组联工作的改革。我们把组织联络工作的重点向下倾斜，加强了与地、市、县文联的联系，如每年的文联委员会扩大到县级文联主席；有重大问题，主动征求地市文联的意见；联合举办各种创作活动等，改变了过去只偏重于协会工作的状况。我们还于前年下半年创办了内部报纸《广西文艺界》，以加强工作联系和信息交流。

四是活动方式的改革。文联的财力、物力有限，许多业务活动单靠本身的力量是难以开展的。所以，我们的活动方式趋向开放性、社会性，一要加强与兄弟文化单位的合作，二要广泛争取社会各界的支持。四年多来，各协会所开展的深入生活、文艺评奖、创作笔会和讨论会等许多业务活动，大多是横向联系的产物，如"法制摄影作品比赛"、"银河狂潮音乐会"、"桂复杯"电视小品征文大奖赛、"河路杯"相声故事比赛、太阳石文学评奖等，这是文艺与社会各界的双向互利服务。有关协会还经常地协助社会各界举办文艺会演、比赛等群众性文化活动。摄协多次组织会员走上街头，开展学雷锋摄影咨询活动。

同志们，四年多来，我区文艺界的成绩是显著的，这是自治区党委和自治区人民政府领导，各兄弟单位的支持和帮助，以及广大文艺工作者共同努力的结果。我们在这里，还要感谢那些一向关心我们工作的老同志，他们坚持辛勤的艺术耕耘，不断奉献新的创作成果，并从多方面热情地培养和扶持文艺新人，同时经常地指导文联和协会工作，给予了我们不少的支持和帮助。

从区文联驻会做具体工作的同志的角度来看，我们的工作还存在着许多问题和不足之处。主要有：

1. 文艺队伍的思想建设还有待于加强。1989年春夏之交那场政治风波中，个别同志参与了一些非法的声援活动。还有个别会员经不起改革开放的考验，陷入违法乱纪的泥坑，受到了法律的制裁。还应该指出的是，这些年来，资产阶级自由化思潮在我区文艺界有着程度不同的影响，主要表现在：有的同志盲目推崇西方的各种文艺理论观点，不重视马克思主义文艺理论对文艺创作和研究的指导作用；有的同志没能很好地处理"双百"方针和"二为"方向的关系，片面强调创作自由，不太注意文艺方向和文艺家的社会责任；有的同志在更新观念的口号下，轻视我国文艺的革命传统和民族传统，贬低民族优秀文化，否定生活是文艺创作的源泉；有的同志只讲多样化，忽视社会主义文艺的"主旋律"，等等。我们对此必须有清醒的认识和足够的重视，并认真加以解决。

2. 在文艺导向上有时候没能及时地、坚决有力地坚持正确的东西和反对错误的东西。比如，对一些明显受资产阶级自由化思潮影响的文章和观点，虽然已有所批评，但不够及时有力。有的刊物没有很好地坚持社会效果第一，片面追求经济效益，发表了一些有悖于办刊宗旨的作品。

3. 在文艺创作方面，整体水平还不如人意，我们还缺少在全国广有影响的尖子人才和拳头作品。与先进省市相比，我们的创作水平仍有一定差距，特别是文学创作，没有出现重大的突破。

4. 与地市县文联的联系，尤其在工作上沟通信息、互相支持方面做得不够。有的协会的会务工作存在着这样那样的问题，会员不够满意。

（三）

同志们！九十年代是我国社会主义现代化建设的历史进程中关键的十年。因此，我们要结合我国实施的国民经济和社会发展的十年规划和"八五"计划，要从国家发展的大势来打开今后文联工作的思路。党的十三届七中全会提出："在加强物质文明建设的同时，切实加强精神文明建设，提高全民族的思想道德素质和科学文化素质"，要"进一步繁荣社会主义文化事业，弘扬中华民族的优秀文化，丰富和活跃人民群众的精神文化生活"。这向我们文艺工作，还有广大文艺家提出了光荣的任务和奋斗的目标。我们要继续坚持"一个中心，两个基本点"，坚持"二为"方向和"双百"方针，以"团结、鼓劲、开拓、奋进"的精神，加强文艺队伍的思想建设，大力促进创作的繁荣，认真改革文联工作，积极创造条件，争取我区社会主义文艺事业在"八五"期间有更大的繁荣发展，为促进政治、经济、社会的稳定，为贯彻党的十三届七中全会和区第六次党代表大会的精神，把广西各方面的工作搞得更好，充分发挥文联组织和文艺工作的特有作用。在此，我们谈几点今后的工作设想和建议，供新一届文联领导班子研究参考。

1. 加强马列主义理论学习，继续进行反对资产阶级自由化的教育和斗争。反对资产阶级自由化的教育和斗争，是一项长期的任务，虽然我们已经取得了重大胜利，大气候已经变了，但是，还有许多工作要做。当前，要继续深入进行反对资产阶级自由化的斗争，解决思想理论的深层次问题，进一步澄清被资产阶级自由化搞乱了的是非。因此，我们必须掌握和运用马列主义、毛泽东思想的理论武器。鉴于我区文艺界的思想状况，我们建议，从现在起用几年的时间，对广大文艺家，普遍进行马列主义、毛泽东思想基本原理和文艺理论的教育，认真学好马克思主义哲学，抓好社会主义理论的教育，建设一支与党和人民同心同德的、能够经受得起任何风浪考验的文艺大军。

为此，我们建议采取这样的措施：（1）每年定期或不定期地举办作家、艺术家的马列主义学习（读书）班，有针对性地研讨有关理论问题；（2）采取与有关单位联合办班的形式，有计划地抓好文艺骨干的理论培训工作；（3）通过各种笔会、改稿班，经常不断地灌输马列主义；（4）对长期坚持自觉学习马列主义，坚持理论联系实际，并在艺术实践中取得一定成就的文艺家予以表彰，树立典型。通过这些持久的工作，切实提高广大文艺家，特别是中青年文艺工作者的马列主义水平，使他们坚定不移地坚持四项基本原则，增强识别和抵御资产阶级自由化以及各种错误思潮的能力，增强抵御各种腐败现象和不正之风的能力，保证文艺事业沿着"二为"的方向前进。

2. 切实贯彻十三届六中、七中全会精神，进一步密切文艺与人民的血肉关系。加强党同人民群众的联系，对于文艺工作者来说，有着重要的特殊的意义。邓小平同志指出："人民是文艺工作者的母亲"，"人民需要艺术，艺术更需要人民"，精辟地阐述了文艺与人民的关系。我们的文艺工作者离开了自己的母亲，离开了人民，是不可能创造出为人民所需要的作品来的。因此，我们要通过多种渠道，采取多种方式，组织更多的文艺家到人民群众当中去，到火热的斗争生活当中去。要帮助文艺家解决深入生活的许多实际问题，包括经费问题。但重要的还在于进一步提高思想认识，使他们真正懂得投身各条战线的火热生活，对于社会主义的文艺家来说，不仅仅是吸取创作源泉的问题，其重要意义还在于可以帮助了解国情和区情，正确认识我们的社会，增强社会主义信念和爱国主义热情；同时可以促进文艺家与人民群众的思想交流和感情沟通，充分了解他们对文艺的需求，真正解决好文艺到底为谁服务的问题，使社会主义文艺真正成为属于人民大众的文艺。

3. 千方百计繁荣创作，提高创作质量，培养杰出人才。李瑞环同志指出："如果一个地方、一个部门，长期出不了优秀作品，出不了杰出人才，乃至搞得群众没书看、没戏看，就如同搞得群众没粮吃、没菜吃一样，这样的领导不能说是称职的，也不会取得广大群众的拥护和支持。"我们要以解决群众吃粮、吃菜问题那样的紧迫感和责任感，千方百计地切实抓好"繁荣创作"这项中心任务。要进一步实行"双百"方针，鼓励艺术上的创新和突破，大力弘扬民族优秀文化，在继续发展多样化创作的同时，大力组织和扶持主旋律作品的创作。会同有关单位认真落实中宣部关于"应在今年内拿出质量上乘的一本好书、一台好戏、一部优秀影片或电视剧、一篇或几篇有创见有说服力的文章"的要求，并组织庆祝中国共产党成立70周年的创作活动，推出一批优秀作品。

衡量文艺创作的发展水平，主要看的是作品质量而不是数量，看的是出了多少杰出人才。所以，我们抓创作，一要抓创作质量的提高，二要抓杰出人才的培养，尤其要注重中青年文艺家、少数民族文艺家的培养。要努力办好广西文学院，使它成为提高创作质量，培养杰出人才成长的重要基地。

4. 活跃文艺评论和理论研究。要认识到，理论批评工作是文艺工作的重要的一翼。各级文联要把活跃文艺评论和理论研究当作一项重要的工作认真抓好。要以马列主义、毛泽东思想为指导，搞好文艺理论和评论工作，加强对重大文艺理论问题的研究，积极评介广西的文艺家和作品，使我们的创作在正确的理论导向下健康发展。

5. 积极创造条件，促进艺术生产的发展。艺术生产和物质生产一样，需要多方面的投入，需要充分调动生产者的积极性，才能有长足的发展。我们应该积极创造条件，优化艺术生产环境，为广大文艺工作者多办实事和好事，以便使他们的艺术创造能量完全地释放出来。如，改善文艺家们，特别是那些有成就的文艺家的创作、工作和生活条件；依法保护文艺家们的合法权益；为文艺家们提供更多的艺术交流、学习观摩的机会，扶持优秀作品的创作和出版发行，等等。

同时，争取有关部门的支持，对艺术生产增加资金等方面的投入，办成一些有利于促进艺术生产发展的重要项目。

6. 以改革促进自身的建设，进一步发挥各级文联组织的作用。各级文联组织，肩负着文艺工作组织和领导的重要职责，对于繁荣社会主义的文艺创作，有着举足轻重的作用。因此，我们应该增强改革的意识，通过对文联体制、管理方式、工作作风、活动方式等方面的改革，实行自我完善，增加文联工作的生机和活力，进一步发挥各级文联应有的作用。

要加强区文联机关的全面建设，提高全体工作人员思想修养和业务水平，牢固树立全心全意地为广大文艺家服务的思想，认真做好各方面的工作；各协会驻会干部要加强责任心，密切与会员的联系，改进会务工作；区文联所属的5个报刊要进一步提高质量和扩大读者面，继续坚持文艺的正确导向，要起到作为自治区级文艺报刊的一定示范作用，力争在全国有一定影响。

通过多种形式，进一步密切与地市县文联的联系。区文联应尽力负起对地市县文联业务上的指导作用，要协调加强地市县文联的健全和建设工作，建议在近期内，区文联组织人员下去，对地市县文联的情况进行全面的调查研究，通过有关途径，采取切实有效的措施，协助解决一些亟待解决的问题。

继续抓紧各地、县文联的组建工作。现在，全区尚有1个地区、27个县没有成立文联，建议争取在"八五"期间，全部完成全区地、市、县文联的组建。

继续积极地做好有关工作，以稳定各级文联驻会工作人员的队伍，充分调动这支队伍的积极性。

同志们！现在正是开始实施十年规划和"八五"计划的第一个春天，春天是播种希望的季节。振兴广西的文艺事业任重而道远，需要我们每一位文艺工作者的共同努力和无私奉献。让我们以高度的时代责任感和历史使命感，在区党委的领导下，更加紧密地团结在以江泽民同志为核心的党中央周围，同心同德，努力奋斗，用勇于攀登艺术高峰的精神，用善于描绘时代风云的彩笔，去创造社会主义文艺园地一个个硕果累累的丰收季节，为争取我区文艺事业更大的繁荣而奋勇前进！

广西文坛新人扫描

陈学璞

八十年代是我们通常说的进入中国的新时期的时代。这一时期，是广西文坛充满生机和活力、创作硕果累累、新人大批涌现的繁荣期。"文革"前17年，数得出的作品是韦其麟的长诗《百鸟衣》、集体创作的歌剧剧本《刘三姐》、陆地的长篇小说《美丽的南方》和刘玉峰的长篇小说《山村复仇记》。从1966至1976年的"文革"10年，只有两部为当时的政治运动造舆论的"三突出"式的长篇小说。而八十年代仅长篇小说就出版了40多部，其中1985年以后达30部之多。创作繁荣的后盾是文学新人的崛起。1980年广西作协会员310人，1986年发展到461人，1992年已有722人。当前辛勤耕耘于广西文坛的作家，大都是从党的十一届三中全会以后起步或新生的。鉴于八十年代初期和中期成名的作家已在报刊有过诸多评论，本文主要评介八十年代后期和九十年代初期崛起的作家。

一

1986年以来，广西文学新人在散文、诗歌、小说领域各领风骚。特别是散文、

作品信息

《桂海论坛》1993年第3期。

诗歌，年轻人异军突起。

在散文方面，有庞俭克、包晓泉、彭洋。庞俭克是壮族青年作家，原籍靖西县，1955年出生。他1984年发表散文处女作《芋香》，几年来在区内外发表散文作品二十多万字，代表作有《十五奶》《摩崖走笔》《夜前》等，已出版散文集《秋天的情书》。庞俭克的散文已引起全国散文界的注目。他的作品不仅在《散文》《散文选刊》《人民日报》等全国性报刊发表，而且中国作协主办的《民族文学》1990年第2期开辟《庞俭克散文专辑》，《散文选刊》1990年第2期收编《庞俭克散文特辑》。庞俭克的散文突出主体情思，探寻人生哲味，充溢浓郁的现代意识。在艺术上形成温醇纤柔的氛围，语言跌宕洒脱。他大声疾呼：散文要直面人生。庞俭克现任漓江出版社编辑。

广西著名散文家凌渡说，包晓泉是与庞俭克齐名，很有希望走向全国的青年作家。包晓泉1963年出生，仫佬族，原籍罗城仫佬族自治县。他1984年毕业于中央民院，现任广西民族出版社编辑。包晓泉1984年在《民族文学》发表处女作《雨淅沥》，至今已发表散文50多篇。他的代表作是《梦眼归魂》《北地江魂》《程阳意境》《南方———一个站着的问号》。《民族文学》1991年第6期特辟《包晓泉散文专辑》，选入《无法不自白》《百色土》《大明山的诱惑》等五篇散文新作。著名评论家尹汉胤指出："晓泉的散文，朴实俊逸，笔墨酣畅，清新婉丽的文字中，蕴藉情怀，暗潜一种张力和刚性，仿佛钢弦奏出的音符，撞人心扉。"

彭洋是多才多艺的。他的工作是研究文艺理论，但他的业余生活常情系于书法篆刻，他曾两次举办过个人书法展览。一查他的"文史"，却已发表过十几万字的散文。他在《散文》1990年第3期侃起《随意话题》，体验纷呈的生活情理，选择独特的生活视角，运用揶揄调侃的手法，折射出对生活的挚爱，对人生的宽容和希冀。

广西许多作家从诗歌起步，在诗歌的领地上，如雨后春笋般生长起许许多多才华横溢的青年诗人。女诗人林冬是《柳州日报》副刊部编辑，1956年出生，1982年广西大学文学专业毕业。她写诗虽较早，但引起文坛的关注还是近三年的事。1989年以来，她结集出版了《温柔的怀想》《两个人的时候》《湖吻》三本诗歌和散文集。

1991年8月广西青年评论学会在南宁举办三位青年作家作品研讨会，林冬是其中唯一的一位女性。林冬的诗，是艺术的女性世界，温馨柔美，充满对生活的挚爱。诗风清新、隽永、质朴、自然，很有韵味。比如"心中的乐园是你／脸上的憔悴也是你／挽着我的太阳／去看世界／世界晴朗而我的眼睛里／也没有阴影／"。

青年诗人林超峻原在百色地区工作，近年调入自治区高级法院。他1966年出生。他的代表作《夏天和黑眼睛》收入广西青年诗人十人集丛书。他的抒情长诗《黄牌指向中国人口》获全国首届朗诵诗大奖赛三等奖。林超峻是广西少有的写政治抒情诗的青年诗人。在这新旧交替、大潮奔涌、气象万千的时代，在这忧国忧民、辞旧迎新之时，太需要鼓舞人心的号角、震撼灵魂的警钟了。林超峻以艺术为武器体现的强烈的参与精神和深切的忧患意识，太可贵了。他的《黄牌指向中国人口》，以计划生育的基本国策为主题，是立足点高远、审美视角宏大的诗篇。他巧妙地运用象征手法，时间上的大跨度跳跃和空间上的大幅度转换，形成一种辽阔悲怆的氛围，给人凝重的力量和战栗的感受。

翻开广西作协会员的名册，最年轻的会员是一个豆蔻年华的少女。黄咏梅，1974年5月出生，原系梧州师范学校学生，现在广西师范大学中文系91级就读。她年方十七，就已有七年诗龄。她的诗在全国各地报刊发表了200多首，有的还上了《人民日报》。1990年北方文艺出版社出版了她的诗集《少女的憧憬》。她的具有代表性的诗作有《少年我与她》《空谷》《梦中林》等。黄咏梅以率真的笔触和细腻的情感向读者袒露一个纯真的内心世界和童话式的诗意。她的美丽而质朴、飘逸而深沉的诗歌中，有对母爱真挚的赞颂，有对萌动的友情的吟咏，有对陌生世态的思考。她在诗中写道："黎明你走开的时候／我的胡子已爬满我的伤疤／但我仍然大步走进飞扬的青春／我的灵魂又年轻地蓬勃。"

经历坎坷的中年诗人陈侃言，1944年1月5日出生。现在梧州市文联工作。他的诗集《洋花伞》1991年由广西民族出版社出版。陈侃言的诗，挖掘自己生命流程中震颤的灵魂，喜怒哀乐，尽情挥洒；在艺术观念和表现手法上，恰到好处地运用"新古典主义"手法，把现代意识、现代主义技法与中国古典诗词传统相糅合，熔古今中外于一炉。从而赢得评论界的较高评价。

二

在1990年3月召开的广西作协第三次会员代表大会上,作协副主席韦一凡在会务工作报告中提到,"专业创作员中成绩较突出的有柯天国、张宗栻等"。柳州市作协主席柯天国,1946年2月出生,原任柳州市电影公司宣传科长。1985年出版他的中短篇小说集《锁王》。他的三部描写市井生活的长篇陆续问世。《风流巷》1988年出版,《烟花楼》1989年出版,1990年《少妇梦》在报上连载。总计已发表各类作品近百万字。柯天国扎根于社会生活的土壤,从丰富多彩的市井生活中吸取创作养分,由一个普通的锅炉工人成长为知名作家。柯天国的作品有强烈的当代意识、浓郁的生活气息和工业都市风味,在艺术上继承和发展我国小说艺术的传统,语言通俗晓畅,达到雅俗共赏的功效。著名作家陆地在评价柯天国的小说时指出:"柳州的市井小民那些别具一格的日常口语,你把它镶嵌于《风流巷》,不正是同北京的京白增添了《骆驼祥子》的光彩一样相得益彰吗?就这一点而言,《风流巷》不能不是广西创作上一次不寻常的突破。"

张宗栻1946年11月出生,现任桂林《南方文坛》杂志副主编。他曾下乡务农6年,当工人10年,对社会各阶层和劳动人民有广泛的接触。他的代表作有《流金的河》《山鬼》《魔日》《石头船》。张宗栻小说的特点是文学式地关切着社会和人生。他的中短篇小说集《流金的河》以及近期发表的中篇小说《大鸟》《莽山笔录》,在对社会的困惑和思考、人生的焦灼和感喟中,注进了明显的时代精神。

在广西青年评论学会组织的首次青年作家作品研讨会上,研讨了黄佩华的小说创作。青年作家黄佩华现任《三月三》杂志编辑部主任。他已在区内外报刊发表中短篇小说约30篇,大部分作品是1986年以后发表的。他的代表作是《红河湾上的孤屋》(《三月三》1988年第5期)、《梦境》(《民族文学》1988年第11期)、《小城公务》(《上海文学》1990年第12期)。黄佩华从桂西那片具有浓郁的南方民族风味的土地走出来，他的作品反映现实生活中常见的一种荒诞，并从中透视出沉重的文化内涵。

钦州地区文化局的沈祖连，1953年出生。他1987年以后主攻微型小说，已发表微型小说200多篇，其中17篇上了全国的选刊。他在全国微型小说界已颇有名气。他的微型小说的代表作有《老实人的虚伪》《天下儿郎》《朱经理》《龙泉宝剑》《番鬼五》等。沈祖连善于捕捉生活的山雀，挖掘耐人寻味的素材。他的小说构想精巧，角度独特，以小见大，常使人忍俊不禁，在笑声中引发对生活的思索。

新任广西作协秘书长的壮族作家李华荣，1954年出生，天等人。放过牛，耙过田。先后任县文化馆创作员、自治区组织部门干部。他的代表作有《窗恋》《雅乐媛》《美酒》等。"内蕴坚毅顽强，喜欢与命运抗争，喜欢调整心境，从容不迫地做自己喜欢做的事"是他的心声。他的作品贴近当代生活，领悟人生的潜能，描绘民族的风俗和人物的悲剧命运，给人心灵的启迪。

鸳鸯江畔有一位写小说的青年唐克雪。他是广西一位有影响的瑶族作家。1958年出生，1976年参军，玉林师专毕业。1988年他调入梧州市文艺创作中心。他已发表中、短篇小说30多部（篇），其中载于《广西文学》1987年第1期的中篇小说《冷太阳》，1990年获全国第三届少数民族文学评奖新人新作奖，排在18篇作品的头篇。这篇小说借用现代派的某些手法，口语化的独特叙述方法，反映现实的矛盾和争斗，造成浓烈的气氛。由事件推进展现一个矛盾交组的小社会，透过它看到大社会的波澜和历史的积淀。

南宁市《红豆》杂志编辑黄晓昱是一位很有潜力的青年作家。他1956年出生，1980年发表作品。近几年他的小说发向区内外刊物，炮炮打响。《厦门文学》《天涯》《小说天地》《花溪》《都市》《文学青年》等区外刊物和广西的《广西文学》《三月三》《南方文学》等刊物，都留下了他的小说创作的笔迹。《厦门文学》登载的中篇小说《寻求》，被评论家陈锦标看中，发了《有意义的寻求》的专论。黄晓昱在《广西文学》1991年第4期头条的中篇小说《冷月如霜》，引起北京《文艺报》的评论家石一宁的注意。石一宁写了《在迷惘中搏斗》的专论，高度评价这部小说。黄晓昱的小说，语言富于地方风味，叙述方式别具一格，在结构上时空交替手法运用自然得体，其内容往往燃烧理想主义的烟火，突出了一种奋斗、拼搏、抗争的精神。

潘大林，1954年12月出生，容县人。他现任玉林地区《金田》杂志主编。1987年12月结业于鲁迅文学院编辑进修班。他已发表各类作品一百多万字，有20篇作品获奖，他的主要作品是中短篇小说，代表作有《南方的葬礼》《大山的儿子》《穿过丘陵地》等。潘大林的作品有一种凝重和幽邃的美。《南方的葬礼》将现代意识与现实主义手法相融合，产生了厚实的历史感和炽热的现实感。蕴蓄着"不论其文明的进程多么缓慢，但毕竟在前进"这一凝重的内涵。

桂林市的黄继树在1986年以前，因与赵元龄、苏理立共同创作百多万字的三卷集长篇《第一个总统》而闻名于全国。他苦干四载创作的130万字的《桂系演义》品位很高，是我区1986年以后出版的长篇中的扛鼎之作。《桂系演义》在读者中引起了广泛的反响，特别是海外侨胞、港澳同胞反应热烈，在不到一年时间里重印了三次。著名评论家曾镇南指出："《桂》作的突出艺术成就，就是通过桂系的衰亡史从一个侧面表现了中国的革命史，具有较高的认识价值。"

三

从民族作家成长的队伍看，当前有两人崭露头角，发展态势较猛。他们是壮族作家岑隆业和凡一平。

岑隆业是西林县文化馆创作员，1940年出生，已年过半百了，按年龄怎么也排不到青年作家之列。但以成为作家的资历，他1984年开始写小说，1985年参加《广西文学》函授班才发表作品，应当算是八十年代后期出现在广西文坛的文学新人。岑隆业带着浓浓的红水河山风，风驰电掣，乘风破浪，很快由广西走向全国。五年来，已发表中短篇小说四十多万字。《当代》《人民文学》《民族文学》等全国性刊物上多次出现他的名字。载于《当代》1989年第2期的《头骡，骡头》引起较大反响，这篇小说如青年评论家杨长勋所指出的"着力表现桂西人的文化心理在现实生活中的流变，人与自然融为一体，体现了亲近自然的热情"。小说《日出处，月落处》获全国第三届少数民族文学评奖新人新作奖。他在《民族文学》1991年第6期发表的短篇新作《缺耳铜鼓》，写桂西穷乡僻壤有一壮族山寨——坂努寨。这个寨在"文革"的高压时期，竟搞了10年包产到户，原因不是别的，而是全寨大部分是聋子，那八面威风坐第一把交椅的寨老就是一个大聋子。"我"在不同的时代两次通过落叶常盖的曲折山路进寨，所见所闻，风俗古怪，风光奇异，人物特别。小说继承了我国《今古奇观》《聊斋志异》等古典传统，又借鉴了现代意识流、拉美的魔幻手法，将幻想与现实、人物与环境、外观与灵魂融为一体。这坂努寨好似陶渊明笔下的世外桃源，又像金庸小说《射雕英雄传》中的桃花岛，但它明明安置在现实生活的土壤上。人们从中不仅看到"文革"的死角、政策的盲点，也看到了山寨的封闭与风气的淳朴、山民的愚昧与纯真交织在一起，更看到了时代的变迁、历史长河的流淌。

凡一平在广西小说作者队伍中可以说是一位虎虎生气、大踏步向前的最年轻的战士。他是都安人，1964年出生，现在还是个20多岁的青年。他17岁那年就在《诗刊》发表了一首有分量的抒情诗《一个小学教师之死》。他1983年毕业于河池师专。1987年以后致力于小说创作。短篇小说《女人·男人》刊于《民族文学》后被《小小说选刊》选载。《官场沉浮录》由于介入当代生活、讽刺现实人物、采撷生活原型而在当地引起轩然大波。1989年被广西作协推荐到上海复旦大学作家班学习。次年，复旦大学中文系召开"凡一平作品讨论会"，这是继《伤痕》作者卢新华之后该系召开的第二次学生作品讨论会。凡一平现在在《三月三》杂志工作。尽管他的生活和创作道路有曲折，但他二十几岁就在广西小说界露出头角，而且"牛角不尖不过界"，把角伸到了大上海，说明他还是个幸运儿。他自1989年以来，在区内外刊物发表了10篇中短篇小说，十几万字，其中两部中篇《美人窝》(载《广西文学》1989年第4期)、《穿过你的黑发我的手》(载《东京文学》1992年第2期)。在《广州文艺》1990年第2期刊登的短篇《通俗歌手》也是一篇有代表性的作品。凡一平的小说，从题材可分为两类，一类是乡村题材小说，一类是都市题材小说，因此有人说他的作品是"乡村与城市的二重奏"。

"江山代有才人出，各领风骚数百年。"广西八十年代后期崛起的一批文学新人，特别是那些30岁左右的文学青年，将是九十年代广西文坛的生力军，是跨世纪的一代文学新人。他们将为繁荣和发展社会主义文学事业，改变广西文学的格局和后进状况做出惊人之举。

走向文学新天地

——简论"新桂军"

石一宁

在与我国当代文学的发展保持同步的同时,"新桂军"的创作表现了自己的独特风格。作家们告别了多年来局限着广西文坛的民间文学的单一创作模式,带着新的理论思维和创作实践走向了一个宽广的新天地。他们给广西文坛带来了生气,也在全国文学的格局中自成景观,为繁荣我国的社会主义文学事业做出了贡献。

我想先提及常弼宇的创作。尽管常弼宇不是一位多产作家,但他迄今发表的《歌劫》《姑姑河的隐私》《家传风骨》《杂交的历程》《记忆的杯子》等中短篇小说,却几乎每篇都具有很厚重的分量。这是一位思考型的作家,有着强烈的历史感和文化意识。中篇小说《姑姑河的隐私》描写直至"文革"前,姑姑河边上的一个壮族村子的人们在打鱼、游泳的时候常常是一丝不挂地坦然相对,民风极为淳朴自然。随着极左路线的盛行及"文革"的逼近,人们不再裸裎相对了,然而淳朴善良、诚

作者简介

石一宁(1964—),广西上林人,壮族,毕业于中山大学中文系,曾任《文艺报》副总编,现任《民族文学》主编,有专著《吴浊流:面对新语境》、散文集《薄暮时分》、传记文学《丰子恺与读书》等。

作品信息

《广西广播电视报》1994年4月21日。

挚厚道的人际关系也被"阶级斗争为纲"及其后遗症取而代之一去不返了。作者写出这段"隐私"不是为了猎奇，其主要寓意甚至也不在于遣责批判极左和"文革"。作品表现的是文明与自然、文明与人性和人的生活本质，以及南北两种不同文化的冲突、碰撞。而作者对这些问题的思考是严肃而又独特的，读来使人深受启发。在《歌劫》中，他以意译的方式引用或创作壮山歌，这是一种创造性的尝试，很值得作家们来共同探讨。

黄佩华在"新桂军"里是一位产量较高的作家。他已发表的小说很多描写的是他的故乡所在的桂西北农村的生活。对故乡和民族的热爱使他的内心燃烧着一团火，他的作品反复着摆脱贫困、愚昧和野蛮，走向现代文明的主题。而在近期的创作中，黄佩华出现了新的变化，显示了更成熟的思考和更深沉的力度。我这里主要指的是《回家过年》《涉过红水》和《文学杂志主编王晓》等中篇小说。《回家过年》写主人公"我"和妻子从南宁回桂西北的老家过年的前后几天的经历见闻；《涉过红水》描绘住在红河边上的巴桑和合社老两口的勤劳、善良和富于牺牲精神的生活；《文学杂志主编王晓》则是作者为数不多的写当代城市生活的小说之一。《回家过年》写出了人生的沉重、单调、琐碎和无奈。而在《涉过红水》和《文学杂志主编王晓》中，黄佩华对以城市为代表的现代文明和现代生活已经转换了一种审视的态度。巴桑一家虽然过着贫穷、原始的日常生活，但他们的精神似乎又是充实的。他们不像城里人和有文化的人那样去费神思索人生的价值和意义，但他们的行为举止常常流露出一种真诚美好的高贵品质；他们临危不惧，在死亡面前从容不迫视死如归。而在都市里肩负着为社会提供精神食粮神圣职责的文学杂志主编王晓，因商品经济的冲击却日见窘相，精神也渐渐露出猥琐来……黄佩华洞察到了人生的尴尬。以前他冷静的叙述底下流荡着的是改变生活的焦灼的愿望，今天他的叙述风格依然如故，但冷静的外表下面已经是一片悲凉。他近期作品的深度和力度，多半来自这种悲凉。

喜宏在广西青年作家群中则是一个堪称特殊的人。他资质聪颖、精力充沛，创作的范围包括小说、评论、随笔、影视和广播剧剧本。他在美术和广告设计方面也很擅长。喜宏的小说有动人的故事、紧张的情节和浪漫的情思；他的丰富知识和广博学问体现在作品中，读者读他的小说除了获得审美享受，还能开阔视野、增长见识。他的长篇小说《超级核劫持》尽管是一部通俗小说，但写得机敏灵妙，在幻想中显示了不凡的智慧。喜宏的作品有一些是"快餐"性的，但这并不意味着他对生活缺乏深刻的思索。中篇小说《超越档次》以及和李希合著的《人质》《远荧》《勒石》等充分反映了喜宏的艺术成就，它们缩影式地展现了时代变革的艰难和阵痛。这几篇小说还具有人生层面的透视意义，显露了作者对人生的浓烈的悲剧意识和对弱者的悲悯情怀。这些作品表明，喜宏是一位怀有广大爱心的人道主义作家。

凡一平以对叙述方式和语言的专心探索和开掘来拓展小说的创作空间。他不受小说的既有范式的束缚和制约，在创作中表现出一种开放的思维和自由的精神。他的作品洋溢着豪情和生气，具有很强的可读性和观赏性。《随风咏叹》《浑身是戏》《枪杀·刀杀》《认识庞西》《蛇事》《舞会》等中短篇小说语言幽默、顽皮、机警，显示了作家良好的艺术感觉和出众的语言才华。他不刻意甚至省略了对小说的环境背景和氛围的塑造，而是通过对话来叙述故事、展开情节。凡一平把一个作家所感受的人生痛苦、悲愤和对社会某些黑暗面的批判意识化解为一种幽默的调侃，把严肃、重大的主题轻松托出，造成了强烈的艺术反差，但它留给读者的主要不是心灵的震撼，而是更多的审美快感。

广西的散文诗创作近年来出现了繁荣的局面。在众多的散文诗人中，黄神彪格外引人注目。他的长篇散文诗集《花山壁画》，散文诗集《吻别世纪》《随风咏叹》等，一扫长期以来盛行散文诗坛的小花小草的软绵绵的抒情小调，而代之以一种磅礴壮大的阳刚气势。在《吻别世纪》和《随风咏叹》中，诗人以洪亮的高音、宽广的音域表达了对大自然和生命的热烈赞颂。在诗人眼里，大自然和人类的命运是紧密相连的。大自然不是人类的异己，不是有待征服的对象，而是人类的摇篮，是人类的亲密相知。诗人呼唤热爱自然，制止人类对生态环境的蚕食和破坏。因为热爱自然就是热爱生命，残害自然就是残害人类自己！《花山壁画》则表现了这位壮族诗人对自己民族文化和传统的强烈自豪，展示了他对民族的历史和现实命运的深邃思索，以及对壮民族的光明未来的憧憬。作者结合众多的历史故事和神话传说来抒发诗情，并且采用复调音乐式的结构，反复咏唱，造成了一种回肠荡气的艺术效果。

黄堃是一位冷峻的壮族诗人，至今出版有《远方》和《爱情探戈》两部诗集。他的诗歌内容很丰富，组诗《远离天堂》颇能概括他的内心世界和创作追求。诗人怀有忧国忧民的忧患意识，在冬天的北京，他"坐在冻土之上／数百年的马蹄声仿佛／一齐涌来"；诗人多年来为自己的民族和家乡感到无比的骄傲："贫困的丛林／纤秀的漓江／都是中国最少出汉奸的地方／1938年台儿庄的血光中／桂林山水养大的李宗仁将军／微笑着点燃一面面／太阳旗／首次将中国军人／从东北、华北的耻辱中／拯救出来。"诗人在诗中以对女儿倾诉的方式，抒发的对爱情的忧伤慨叹，读来也颇令人动容。诗中还表现了诗人对自由的神往，对人类生存状况的深切关怀。取譬巧妙，意境优美，气度雍容，构成了黄堃诗歌的艺术特色。

杨长勋是一位才华横溢的理论家和评论家。他以惊人的勤奋和过人的精力，在而立之年到来之前就发表出版了二百多万字的论文和论著。这些年来，他密切关注广西文艺家的创作，为众多的作家艺术家的作品撰写了评价文章和专著。如同他的为人，他的写作态度和行文风格也体现着热情的气质和性格。他把每一位文艺家都当成自己的朋友而充满善意的理解，对他们创作的成败得失，能够客观地加以总结，为近年的广西文艺事业的发展及其影响的扩大做出了很不一般的贡献。他刚出版的三卷巨著《艺术学》，对艺术学这门对国内来说尚显陌生的学科的自身建设、发展前景和一系列的艺术理论问题，提出了许多独到的见解。这部书的出版奠定了杨长勋作为艺术理论家的牢固地位。

彭洋也是一位多才多艺的能手。他涉猎广泛，左右开弓，多管齐下，兼擅文艺评论和散文、诗歌创作，同时还是一位办过展览、出过论著的书法家。对于这位内容博杂、具有多方艺术造诣和审美情趣的艺术家的全部创作，也许可以用他的《二十岁的谎言》这本诗集给人的感想来加以说明——天真、聪敏、真诚和平常心。

评论家李建平近年来也卓有建树。他的《论文艺的民族化与现代化》等论文写得很出色。他的两部著作《桂林抗战文艺概观》和《新潮：中国文坛奇异景观》，为文学史的撰写和研究者提供了珍贵的资料，同时也阐述了作者对有关问题的看法。作者关于新时期文学的某些观点不乏大胆，表现了理论工作者的勇气和探索精神。

陈巧燕的随笔散文文风犀利、个性鲜明，显示了强烈的社会责任心和正义感。她撰写的《戏剧呼唤明星》是一篇明白晓畅而又论证缜密的争鸣文章，给读者留下了很深的印象。

由于篇幅和手头材料的限制，我不能对"新桂军"每一位作家及其所有创作一一加以讨论。然而从本文所举的这些作品中，我看到了"新桂军"的潜力和更光明的未来。

海与岸

——评广西"下海"作家作品专号

彭　洋

从象征的意义来讲，海与岸是作家永恒的主题。

他站在岸上的时候，大海是他的良师和课堂，是他的土地和他的金山。只有当他把汗水心血韶华等应该支付的支付出去，他才能祈望回报。同样，当他投身大海，此时岸就是他的必须耕耘开垦的另一片土地和金山，是他的目的所在，生活的意义所在。

因此，很难讲得清楚在作家作品以及生活之间，究竟哪一面是海哪一面是岸，很难讲得清楚，作家应该站在岸上还是应该游在水里。作家并不是一种职业一种固定和统一的规则。与其说作家是一种生活方式，不如说是一种命运方式，是上苍、社会对人的一种特殊的塑造，人在此时又成了海和岸，是别人的对象。因此，有谁说得清这其中的孰是孰非呢？不该站在岸上吗？不该站在水里吗？一个纯粹的实践问题极可能同时就是一个理论的陷阱。就曾有不少人将其作为理论问题而陷入了永远不能自圆其说的论争之中。

作品信息

《广西文学》1994年第6期。

我们很难回避这样的事实：说起"下海"，领袖毛主席恐怕算是最大最成功的"下海"作家。在中国，没有哪一个作家曾面临过的大海能像他面临过的大海那样波澜壮阔，没有哪一个作家能有他那种伟大的实践和复杂的人生经历。古今中外成功的作家都是闯海人。这确实也是无数事实证实并还在证实的。

《广西文学》编发这一期"下海"作品专号，在创意上之所以是新颖的和有深度的，首先就在于它的实践性；它稍稍避开了理论的死角，用作品和作家来介入热点；并对广西几位"下海"作家做了一次大检阅。

这几位作家都是大家所熟悉的作家。之前，他们都曾以大量的作品赢得了广泛的读者，在广西新时期的文学运动中都是有影响有贡献的。当很多人还茫然于从计划经济到市场经济转型期原有观念的失落和调整时，或许还包括，当文学失去轰动效应，实际上是人们对文学的期待值升高，当大家对新的生活的方方面面都感到非常陌生时，他们毅然选择了真正投身于时代生活潮流，不是作为旁观者而是作为参与人来体验这种时代人生的方式——"下海"。当然，他们的这种选择又是很可疑的。因为人们有很多理由来怀疑其真实的动机。比如说是由于信念的动摇，由于拜金，由于文学外的诱惑；还有可能的"积钱难返"、中途"叛变"等等——这种估计还是把人生看得过于狭窄了。梅帅元觉得自己的选择是一种更为轻松的、富有人情味的选择。他"下海"一是为了赚钱，尝试一下自己的另一种能耐，扩展一下自己的能耐；二是他猜测所谓的作家之路尽管辉煌，但一条路走到黑并非就是理想的人生价值，而且成功之望值得怀疑，于是他"把小说写成了真事"，把作为作家的自己实实在在地变成了"溶化在生活中的一些人"。他闯海是为了寻找彼岸和此岸，或者说他认为海上岸上都能实现相同的人生价值，都是广义的文学作品。众所周知，他干得很出色，他把真事写成小说的时候，小说很美；两年前他试图把小说写成了真事，就成了一个出色的广告人，一个实力雄厚、很有文化品位的广告公司老板。尽管他如此戏说，我们仍看得出文学之岸还是他最终的归宿。欧文"下海"可谓生活所迫，他是谋生第一，写作是由于灵魂和信念的挣扎；他有意让生活的海水洗刷掉没有多大意义的所谓作家意识，来保持自己的灵念。"来世当作家"，这种淡化和自嘲说法背后，是对文学崇高感的一种肯定，他的悟性同样是有深度的。张仁胜在给作家定位的时候则使用了一个理论化的术语：边缘人。他自认为就是个边缘人。这种比喻本身是很自信的，因为边缘往往就是一种制高点。地球板块的边缘隆起了珠穆朗玛峰，学科与学科边缘产生了具有综合优势的新学科。文学的边缘人就站在百行与文学此一行之间，这也许就是时代的文人最好的位置，也许就是新一代文人与以往的文人的主要区别。在水里，他沿着海岸线航行；在陆地，他则沿着海岸线行走。用他的话来讲，他既是海的弃儿又是岸的弃儿，但他已不为做这样的浪子而尴尬，更不觉羞惭。看得出，张仁胜的戏谑之中自有他的清醒与执着。廖铁星则纯粹把作家看成是双栖人，是既能做生意或干什么，又能搞文学创作的人。但二者不能混淆。"小说还小说，生意还生意"这句大白话自然便由他说出。老作家李竑一直是一个很有激情的作家，他把这种激情带到了生意场上，成了同样很有激情的商人。也可谓禀性难移，生活无法改变李竑这一代人理想主义的色彩，使人总有一种感觉，似乎在他的成熟和深刻里总带着几分天真，无论生意和文学，成功是可以理解的，失败也是可以理解的，而且都是应该的。在他的眼里，生活整个地是属于文学和文学家的大海洋，文学永远是他的岸和他的归宿，尽管海洋面积比陆地大，但都被岸所包容。他确实在认认真真地"下海"，也确实在一心一意地深入生活。他比他大多的同辈人更勇敢的地方在于，他冲缺了一道不易被冲缺的文人的儒雅传统，鲜明地竖起了"我需要钱"的旗帜，并将此唱成了正气歌。我很难预料这几个下海作家的未来，我不知道生活的浪潮最终会把他们塑造成什么，但我期望他们成为更有出息的作家，让作家的头衔成为他们一辈子的名声。我相信他们一辈子也逃脱不了文学的诱惑。正如他们摆脱不了大海的诱惑一样。

《鱼之乐》是一篇典型的新感觉小说。小说通过两个空间的切换，渲染了一个演绎在生活中的属于集体无意识的哲学命题：逃避自由。小说中的"我"象征感觉主体。"我"所在的现实生活的空间是狭窄而拥挤的并狭窄拥挤至无聊的：一个超载的客车车厢内，人满为患，挤为一个百态图；"我的一条腿站在过道上，另一条腿没有着落"，"而手悬在空中存放在一个斯文的肩膀上"，还"有一颗头颅在我腹上钻动"；于是，因为换那只累脚我都换糊涂了，不知道哪只该换哪只不该换；还有的就是叫卖的鱼孩子，因为在密集的人群里，他的脸被挤得都变形了。要知道，在这里，梅帅元所埋藏的，并非什么人口问题，而是转达了一种束缚——哲理意义上的一种规定。

于是，自由诞生了——洪荒时代的故事浪漫地浮现，初恋的回忆和参加计划生育工作队的体验也同时成为"我"驰骋神思的内容，切在狭窄的现实空间里——这种解释当然也不是纯粹的，但多少切近了文本。

有意思的是，这有关自由的一系列想象，都是在束缚性的环境中才展开的，一旦束缚解除，自由也就消失了：我下了车，来到了大街上，竟然感到无依无靠和非常孤独，甚至想回到车厢去。他对自由并不习惯，甚至是感到恐惧。实际上并不止他这样，车上的人都这样，他们挤在车厢里打牌的时候，并没有感到不适，相反，其愉快与洪荒时的葫芦兄妹的寂寞形成了强烈的对比。

几个空间的并列组合产生了一种荒诞的感觉和一种变形的世像。人在束缚中才可能得自由，但多少人会明白这种道理呢？正如搞计划生育，一些愚昧的农民，用对付日本鬼子的手法来对付我们的计划生育工作队，事实说明，他们挣到的不是自由而是更大更深的束缚：永久的贫困，以及由此带来的一系列问题。

自由是一个漂亮的字眼。但是自由远非人们想象的那么简单和轻松。萨特说过，自由是一种责任，是由自己规范的一种责任。这是十分中肯的。

可见，《鱼之乐》是一篇哲理小说，在这部小说中，梅帅元刻意追求氛围的写意性、细节的写生性、结构的随意性、主题的象征性，并将此融合在一种独特的语词方式和耐人寻味的旋律中。

梅帅元的小说创作在新时期广西文坛是有代表性的。早在八十年代中后期，他和张仁胜等几个年轻作家提出了"百越境界"的文学流派观点并付诸自己的创作实践中，引起了人们的关注。他的小说集《流浪的感情》代表了他那一时期的成就。《鱼之乐》基本保持住了这种风格，这当然是好的，也是不容易的。但是从发展的眼光看，我们认为梅帅元更应抓住"下海"后题材感应点的变化，完成自身艺术上的新的转型。

《徙楼》是一篇魔幻色彩很浓的小说。其情节线索很简单：一个离开丈夫的单身女人，出于对艺术、对事业的追求，不顾山里人的劝诚，把一座古楼从山里迁移到山外，结果遭了报应，她半推半就地被辱，木楼也在那夜毁于一炬。

透过作品扑朔迷离的情节描写，人们至少可以得到几层意旨：大自然对人类破坏生态平衡的恶行的报复；命运的不可抗拒；物对人的制约与人的挣脱。

整篇小说弥漫着一种神秘的和宿命的色彩。

那座谓之"万树雄风楼"集木山中所有的精华、天下最大的木头官邸，活棺材一般地一次又一次地制造着恐怖，住在里边的人无一幸免，以至时代已跨过了数十年，到了改革开放的今天，它仍然进行着它神圣的报复。作者运用非逻辑的荒诞的手法把天灾与人祸联系起来，把现实和幻景融为一体，批判的锋芒指向杀伐者及由此所象征的古今的社会人、社会事——当然，这还只是最表层的一种含义。

宿命的感觉是在这栋楼的一代代主人包括女主人公可悲的结局得到的。

《徙楼》最隐蔽的主题是人欲与物欲的关系。在通常的情况下，人们比较注重的是社会中人与人的关系，而忽略人与物的关系特别是物对人的制约。如"万树雄风楼"一代又一代的主人，皆以对物的制约始而以被物的制约告终，包括那位爱上了这座神秘的木楼，并想赋予这木楼以新的使命的女主人公。当她开始醒悟的时候，她已经没有了退路。她做了一个荒诞的梦，彻头彻尾的荒诞，所以在她组织的"最后的晚餐"上——上级专家鉴定会，居然也有一个衣冠禽兽的阿大。所以说她的被辱，既是她准备给自己的惩罚，也是上帝给她的惩罚。

廖铁星的这篇小说主题定义是极为模糊的、多义的，但同时也是缺乏提炼的。模糊性和多义性在小说中并非坏事，但对一个小说家来说它意味着一种冒险，因为它不适宜作为一般的手法和用于一般的题材，否则，读者与作者都将一道堕入难以解读的境地。我国新时期的文学实践已充分说明，魔幻现实主义的手法由于其审美方式的阻隔，因此往往难以负载现实的文学任务，至少到了90年代中期的今天，这种手法给人的感觉的确有点陈旧了。

由此来看目前廖铁星的创作，一种是文学性比较弱的，如纪实小说《一个中国作家在越南经商》等，一种是如这篇所谓的纯文学作品《徙楼》。在我的印象中，廖铁星是一个生活功底比较厚实、智慧型的作家，但他的这种特点，在他的后一类作品中体现得确实不够充分。他也不适合那种试验性文体。这不是他的别墅，尽管在这篇作品中他的确是匠心独具。

张仁胜的《又过了一天》和欧文的《霓虹之恋》在意蕴感觉上比较新颖，二者构思也比较接近，都是通过一个年轻的主人公的供职感受和情感纠葛，来揭示当代"下海"人的生活状态和心态，且都达到了一定的深度。

张仁胜的小说素以构思精巧语感新派见长，时隔数年之后，我们第一次看到了他的新作，但觉涛声依旧，就我所知，《又过了一天》内容纯属虚构，但的确强烈地感到闪烁在主人公白强背后的他的影子，他的情感方式，他的处世哲学，他的"下海"经历。白强是一个具有典型意义的当代的雅皮士族，既有在目前社会背景下"下海"作家的心态特点，也有当前一代年轻人的彷徨于理想与价值选择的十字路口的心态特点。他玩世不恭却又有修养有追求，在赤裸裸的金钱和生存的交易与搏杀中，他极力把被扭曲的人性在个人世界里重新恢复过来，却又不得不在一种扭曲的状态下处理种种人际关系包括他与自己妻子及情人的关系。就在这些日常状态下的生活场景后面，隐藏着一种耐人寻味的感觉：一切都在变，没有什么永恒的东西包括爱情；但有一样是不会变的，那就是狗对人的忠诚才是不变的。

白强们的洒脱后面是一种刻骨铭心的痛苦，是一种无法排遣的、说不出多少根由的时代痛苦，是一种在巨大的失落下极其悲愤的痛苦。这一点，在他和他的文友聚饮时把 BP 机丢到马路上让汽车碾压一节体现得可谓淋漓尽致。

白强的一天，时空容量具有一种无限性，它实际上是当今一个时期内中国城市社会和文人"下海"后生活状态的生动缩影。

《霓虹之恋》的汤川与《又过了一天》的白强性格特征非常接近，可以说是一个人上演的另一场戏。汤是个有才干的人，为人亦算正直，不齿阿谀，但这个公司总经理助理兼秘书部长，在以金钱利害关系为基础的公司里，不过是个无足轻重的角色。在市场竞争中能否取胜，还有比才能更重要的因素，那就是建立在利害关系基础上的利益宗派这种比之裙带关系更阴暗的现实，使其陷入了一种艰难的抉择中。作品同时展开的另一个矛盾线是他与刘小慈的爱情故事。他们同在泰安公司，表面作潇洒样，似乎他们的性关系纯粹是出于一种需求和利用，其实是真爱。但是，由于他在公司的地位和经济状况，他无法对刘小慈的爱做出承诺，也无法满足刘小慈这种女人所需求的一切。她爱他，真的也需要他，但最终由于他缺少地位和钱，她只有屈就公司的副总经理。他们的爱终于像灿烂的霓虹一样消失在现实的白日里。公司网罗人才的方式就是在职员面前放一个叫你永远爬不到头的梯子，和给人人都以不必兑现的许诺。汤在公司里得到的和在刘小慈那里得到的结果一样。

《又过了一天》和《霓虹之恋》写出了现实中带有一定普遍意义的城市的忧郁。这些在以市场文化为特征的城市生息的城市人，当连同自身一道成为商品进入市场后，突然发现自己缺少的东西太多太多，但他们始终不愿把自己的理想作为换取的代价。作为在而立之年却还徘徊于欲立未立的年轻的一代，他们的责任感更多的不是在现实而是在未来。因此，他们可以比较轻松地抛弃现在，却不能没有未来。

李钪的《海神祭》是一部融自传、纪实于一炉的长篇小说。在这部小说中，李钪用一种惋叹、宽容、失落的笔调，描述了近年来自己"下海"耳闻目睹及亲身经历的人和事。这是一幅真善美与假丑恶、曲折与奇遇交织的感人图景。《大海·作家》直接写了"我"在生意场上的一次不无悲愤的拼搏；《生意佬和女人》则写了"我""下海"中的一段奇遇和情感纠葛。也许，让读者感兴趣的，倒不在其情节的曲折，而是在于"我"这样一个老作家兼"老布尔什维克"在这样的现实面前的心理历程。应当承认，这样的心理历程是属于整整一代人的。这是一种时代的检验。在这种检验面前可以有两种选择：要么投身于改革开放的洪流，和时代一同转轨并在实践中探索；要么消极逃避简单地一概否定与时代格格不入。显然，李钪的这个"我"是前者。作品浓墨重彩地向我们展现了这一带普遍意义的时代痛苦，和我们进行这场改革暂时的、局部的、不可避免的沉重的历史代价；人心不古、道德沦丧、尊严扫地。最使他痛苦的还不在于他无法舍弃自己以往的信念，而在于他目睹了一个由自己的幻想制造的"美丽的偶像"倏然间便很现实地粉碎了。那个为了母亲和兄妹不得不去做打工妹的乡下姑娘与这个"下海"作家邂逅于人生旅途，亦算是同是天涯沦落人，亦算是同被生活所迫。爱情确实是在他们中间发生了，他由同情而爱，她由感激和理解而爱；而他们的这种爱，又被一种柏拉图式的圣洁的光环笼罩着；但即使这样，他还是用更崇高的情感将这种爱的念头取代了：他告诉她，他的孩子和她一般大，他可以做她的父亲。但她最终还是背叛了他们的信念，她屈服了，她毁弃了，她堕落了，她粉碎了他心目中的偶像，永远地折磨了他的灵魂。给他另外一击的是那个在旅店遇到的小伙子，可以说，那小伙子给他上了一堂所谓生动、深刻且叫他目瞪口呆的现实教育课。这小伙子活得很好，很快活，左右逢源，如鱼得水，与他那种僧侣式的苦行形成了鲜明的对比。显然，小伙子的那套处世哲学和价值观道德观是他所不能接受的，但他无法反驳。结果是他只好怀疑自己了："这辈子，他心灵中失落的光环和偶像实在太多了。他的错误，也许就是追求的光环和偶像太多，他不适应现实和实用，他作茧自缚，他活该受罪。"——这是多么震撼人心的独白！

李竑的新作在意蕴方面无疑是冷峻的、批判的，但其主人公的头上始终顶着一道理想的光环，他一开始就充当了自己的上帝，到头来才发现自己原来就是上帝。这也正说明在他的心目中，马克思主义信念始终也是占主导地位的。作品中生意场的较量和人性的较量后面，其实是信念的较量。可见，"下海"生涯已使李竑改变了他以前如《妻子来自乡间》的牧歌风格。这对他来说，是非常可贵的一步。

对于他们来说，似乎是很久不谈文学了；也有相当一段时间人们没有看到他们的新作了，这种沉默恰恰说明了他们的深度。有意思的是，当他们各自在海上经历了惊心动魄你死我活的商战，伤痕累累地回到岸上重操旧业，他们并非都在讲述其海上奇遇，甚至有点讳莫如深；廖铁星还是他那套小说还小说、生意还生意的守则；梅帅元则有意避开了生意场上的话题，或者说一旦返回他的文学家园，至少目前他仍愿保留住他漂泊已久的流浪的情感，并按原来的方式流浪。他们这种君子离台三尺远的文学方式和对现实的情感距离，当然也是文学审美活动的一种特点。不过在此时候表现在他们作品中的体验思考，似乎与人们的期待有点差距。人们更希望看到的是他们最新近的体验，是直接地近距离地切近他们海上生涯的作品。张仁胜和欧文虽然写了"下海人"的生活，但也只是在个人情感里展开，而没有把复杂的社会转型期的大撞击大事件放到前景来，并浓墨重彩地进行描绘。李弦的这篇作品是纪实性的，其笔触相对而言较为犀利，批判的意味裹挟在铭心刻骨的个人感受中，能体现出社会转型期较为鲜明、复杂的社会特点，但仍缺乏在更大的社会层面上展开的矛盾冲突，从而获得更具普遍意义的深刻，表现手法似也应新些更好。

对于作家来讲，他在海与岸之间永远无法做截然的划分和选择。

惧怕大海的作家恐怕很难成为一个优秀的文学水手。

绝对会有人一去不复返，但绝对不是全部。

论新桂军的形成、特征和创作实绩

黄伟林

据说"新桂军"这个名称是由《文艺报》的一位记者最先使用的，用来指称广西文学界近几年来形成的一个青年作家群体。短短时间内，这个名称逐渐被广西文坛认同。最显著的认同标志也许有两个，一是《三月三》杂志社于1994年4月推出的"新桂军作品展示专号"，二是广西广播电视报社1994年5月主办的"文坛新桂军发展研讨会"。

"新桂军"这个名称也许还属于新概念，但这个概念所指称的对象外延不会被广西文学界感到陌生。一切都由来已久。从1988年的广西文坛新反思到1994年的"新桂军"正式形成，这个过程虽然不算漫长但也绝不是突如其来。

1988年的广西文坛新反思出现了5个锐气十足的名字，他们是杨长勋、常弼宇、黄佩华、黄神彪和韦家武。他们这次文学反思的基本意图：一方面他们承认了广西前辈作家的历史贡献，另一方面他们也表达了对历史局限的超越渴望。从哲学的角度，反思可以理解为对思想的思想，那么，"88新反思"就意味着对一种既定思维模式的重新审视；从历史的角度，反思可看作是对过去时光的追想和回顾，于是，

作品信息

《三月三》1994年第7、8期合刊。

"88新反思"的意义还在于对昔日文学成就的检索和估价。所以，这次反思的意义是双重的，它不但使广西文坛获得了一种历史感，而且使广西文坛具备了一种哲学意识，历史感标志着深度，哲学意识标志着自我的觉悟，显然，这两种素质的获得意义重大。因为，有了历史感，人们在拥有了深度的同时，也终于不必在历史的阴影中窒息，毕竟，过去的已经过去了；有了哲学意识，人们终于不必被某种思维模式束缚，自我的觉悟造成了辽阔的思维空间。历史感和哲学意识使一代青年作家有了崭新的时空感觉。

新的时空感觉只是一种铺垫，一种理性先导的铺垫。反思的一个重要特征是它的理性性质。文学的反思如果仅止于反思，会使人产生理念过剩形象不足之感。于是，由《三月三》杂志社1990年5月推出的"广西青年30人作品专号"首次集团性地展示了广西青年作家的创作实绩。30位青年作家，除了早已成名的聂震宁、冯艺、杨克、彭洋、黄堃以及"88新反思"的几个主将之外，还出现了一批醒目的名字。他们是喜宏、凡一平、廖润柏、庞俭克等。关于这30位青年作家的作品，聂震宁有题为《现实感·亲切感·认同感》的总评，在对每家作品的个性特征进行具体把握的前提下，他概括了这批作品的总体特征：强烈的现实感和鲜明的文体风格。

《三月三》杂志社在90年代的第一个春天推出这个作品专号，不仅展示了广西青年作家的创作实力，而且敏锐地感应了时代的脉搏。人们清楚地记得，自1978年以来，中国文学经历了一个伤痕文学、反思文学、改革文学、寻根文学、现代派文学、新写实文学的线性发展过程。这个过程的突出特征是主流性和取代性。主流性意味着每个时期都有这个时期的主流文学，这种主流文学堪称时代的强音，极易引起轰动效应。取代性意味着下一个文学潮流必然取代前一个文学潮流，各领风骚几百天成为文坛必然景观。然而，当历史进入90年代，随着中国政治、经济、文化全方位变革的深入，中国文学也开始了从过去的线性发展状态向立体发展状态的转化。唯我独尊的主流性质淡化，你死我活的取代格局解体。《三月三》杂志推出的这个作品专号，恰恰以独尊消失、多元共生的局面响应了时代的趋向。这一显著的变化，也暗示了正在形成过程中的新桂军的某些基本特质。

此后，我们可以经常看到广西青年作家联袂而动，以集团形式在一些全国著名的报刊上出现。比如《上海文学》1990年第12期同时推出喜宏、李希，黄佩华，常弼宇，小莹，岑隆业等人的5部小说，《当代》1993年第3期同时推出常弼宇、凡一平，黄佩华，姚茂勤的4部中篇小说，《文艺报》1994年第15期同时推出杨长勋、李建平、黄伟林、黄神彪、彭洋的5篇文学评论。直到1994年4月，《三月三》杂志社正式推出"新桂军作品展示专号"，共展示了24位青年作家的24篇作品，体裁包括小说、散文、诗歌和文论。这24位青年作家，除了前已涉及的主要人物外，又增加了沈东子、东西、黄咏梅等一批在全国文坛已有一定影响的名字，中国文坛新桂军这支充满活力的队伍终于基本定型。

"新桂军"这个名称的最初使用者赋予这个名称什么特征我们不得而知。但是，如果对"新桂军"这个名称做一番认真的思考，我们似乎可以体会到一些微言大义。

首先，"新桂军"是一个文学概念，应该与近年文坛流行的"湘军""鲁军""陕军"等一批概念相类。一个地区的文学队伍一旦称"军"，也就证明了他们具备较强的创作实力。"湘军"有莫应丰、古华、韩少功、叶蔚林、残雪、何立伟；"鲁军"有王润滋、张炜、矫健；"陕军"有贾平凹、路遥、陈忠实。而今，中国文坛出现一支"新桂军"，尽管其中尚未出现堪与上述名字相提并论的明星人物，但从前面涉及的情况，也足以说明他们的创作实力不可小觑。

其次，如果把眼光越过文坛的局限，我们可以发现，"桂军"曾是中国现代史上一支能征善战、声名显赫的军队，在北伐战争和抗日战争中，桂军作为正义之师，有过辉煌的历史记录，也产生了一代军事家李宗仁、白崇禧，而在李、白之前，洪秀全、杨秀清在广西发动的太平天国起义，不仅规模空前，而且影响深远，成为中外皆知的历史大事件。考虑到这些历史背景，人们或许能对"新桂军"的含义有更深的了解。它显然包蕴着某种对昔日光荣的缅怀，也暗藏着对未来成就的期待。的确，近10年，广西在全国格局中的落后状态已是事实。改变现状，力争上游无疑是八桂子弟的热切渴望。在这样的情境之中，文坛新桂军的崛起，正显示了广西青年作家的视野和雄心。

只有在这样的认识基础上，我们才能够对"新桂军"这个概念的基本特征有较深的领悟，参考"新桂军作品展示专号"的"编者絮语"，我们可以对"新桂军"的基本特征做出如下的归纳：一、新桂军是一个青年作家群体，其绝大多数成员年龄在40岁以下，所有成员都出生于本世纪50年代及50年代之后，大部分作家成名于80年代末或90年代，年轻化是新桂军的一个突出特征，也是它充满活力、充满希望的可靠保证；二、新桂军的所有成员均受过良好教育，绝大部分作家有大专以上学历，学者化倾向明显，知识结构比较合理，观念意识趋于新潮，对新事物、新时代均有较强的适应能力；三、新桂军的群体意识相当明显，青年作家经常在一起聚会，谈文学，交流创作体会，探讨理论问题，共同策划文学活动，体现出较强的凝聚力；四、新桂军作为一个群体，体现了较为明显的协同、合作、呼应色彩，但这个群体并非一个纪律森严的组织，相反而具有相当明显的宽容性，新桂军的群体意识建立在宽容的基础上，这种宽容表现为思想的宽容、风格的宽容、个性的宽容，对每个个体成员来说，群体对他的要求不是勉为其难，而是顺其自然，对整个群体来说，的确呈现了和而不同，群而不党的合作个性；五、新桂军不仅创作实力雄厚，而且理论素质优秀，有些作家是创作和理论两栖，具有作家学者化的特质，新桂军有一支阵容强大的青年评论家队伍，新桂军的评论有力地参与了新桂军创作的发展；六、新桂军具有强烈的宣传推销意识，它对传播媒介的充分利用令人感到欣慰，黄神彪诗集《花山壁画》讨论会在北京人民大会堂召开，中央电视台专门进行了报道；喜宏、常弼宇、凡一平、黄佩华、姚茂勤在《当代》发表的作品不仅开了研讨会，而且得到《文艺报》和诸多传播媒介的报道；凡一平、东西作品研讨会在某高校举行，配合作家讲学，在大学校园里产生了广泛深远的影响。

至今，新桂军的小说创作已出现了多种类型。第一种类型我想以常弼宇的中篇小说《歌劫》为代表，这是一部追求史诗品格的作品。新桂军的崛起多少与"88新反思"有关，《歌劫》是最能体现"88新反思"精神的作品。如前所述，"88新反思"的一个重大收获是明确了广西文坛经典名作《百鸟衣》《刘三姐》的历史定位。历史定位一旦完成，紧跟而来就是现实超越的问题。正如"新桂军作品展示专号""编者絮语"所意识到的，60年代步入文坛的那一代广西作家曾深受苏联现实主义创作理论模式的影响。如果把这个观点进一步发挥，我们可以发现，我国60年代的文学作品曾把阶级斗争作为一种观念意识的本质。因此，《歌劫》作为《刘三姐》的重写，其最大价值在于它成功地颠覆了昔日《刘三姐》的那种阶级斗争观念。这种颠覆是朝两个方向展开的。一个方向，《歌劫》以逼真的描写再现了山歌起源的原生状态，展示了八桂山民初始的生命冲动，叙述了一个民族遭受的劫难；另一个方向，《歌劫》以冷峻的笔法揭示了50年代伪山歌的炮制过程，深刻地显示了在那个政治君临一切的时代人性异化的程度。这两个方向实际上是历史和现实的重叠，是生命冲动和人性异化的揭露。在某种意义上，《歌劫》相对于《刘三姐》的关系，正仿佛《白鹿原》相对于《红旗谱》的关系。当然，《歌劫》还不仅仅是《刘三姐》的重写，同时，它还对五六十年代那个特有的《刘三姐》得以产生的人文环境作了深刻的解读。

《歌劫》的史诗品格首先表现为思维模式的颠覆和重铸，以全新的目光反省历史；其次，《歌劫》的史诗品格还表现在它的史诗叙述笔法：

这个世界上有这样一群人，他们的劳动是歌，收获是歌；痛苦是歌，欢欣是歌；血肉是歌，灵魂是歌。

他们为歌而生。

他们为歌而死。

作品开篇的这些排比句有力地奠定了整个小说的史诗基调。它把读者迅速地引进一个史诗的命题。这个命题与斯芬克斯的"人之迷"在本质上是一致的。"我们是谁？我们从哪里来？我们到哪里去？"这些永恒的疑问我们早已在屈原的作品中，在唐·吉诃德的寻求中，在哈姆雷特的沉思中，在浮士德的探究中无数次地经历过。如今，它又在《歌劫》中得到一次精彩的表达。随着这个永恒疑问的展开，那种单向度的阶级斗争模式立即显得捉襟见肘，人性原来如此丰富，观念对它的规范显得多么费力不讨好。当然，最神奇的人性仍然是植根于土地的，《歌劫》同样表现了山歌与土地深厚的血缘关系。这使我想起长篇小说《最后一个匈奴》，作者高建群试图揭示陕北高原的土地之谜。看来，《歌劫》的作者常弼宇与高建群不谋而合，他也在为揭示百越大地之谜而深深地思考着。

在新桂军创作群体中，具有史诗眼光的作家不只常弼宇一个，诗人黄神彪无疑也是一个典型，他的长篇散文诗《花山壁画》业已产生了广泛影响，这位骆越后裔的最大愿望恐怕正是想写出他的民族的史诗。目前，他正朝着这个具有终极意味的目标艰难地跋涉着。

第二种类型我想以凡一平的《随风咏叹》为代表。这是一部相当深入地触及文化人在现代社会中生存体验的中篇小说。作品的叙述者童贯堪称我们这个时代充满挫败情绪的文化人。这个人物形象在一定程度上令我们想起屠格涅夫笔下的罗亭，普希金笔下的奥涅金，塞林格笔下的霍尔顿，加缪笔下的局外人。在小说中，童贯是一个到处碰壁的艺术家，他承受着来自各个方向的压力。在单位里，他因为"来"字被误解为"米"字而受到领导的责难，这似乎象征着政治对艺术的强暴；他试图办画展，却不得不接受自己内心并不情愿的赞助，这似乎象征着经济对艺术的强暴；他辞职到公共厕所打工，受到妹妹童丹的阻拦，这也可以看作是世俗价值观念对个人选择的强暴。可以说，无论是政治，还是经济，或者世俗生活原则，都对童贯的个人选择发生了粗暴的干涉。童贯企图生活在他的艺术世界之中，但上述诸种力量如此强大，以至艺术世界不可能成为他安全可靠的避难所。童贯一路退却，一路逃亡，在政治、经济、世俗价值的追杀中，大败而去，连最后的栖身之处也无法获得。

除了童贯，小说中另一个引人注意的人物是耐安。耐安和黑米的结合也许可以看作是艺术时代或个性时代的典范，他们的分手则意味着艺术时代或个性时代的终结。黑米由一个艺术家迅速转变为一个文化商人，他是时代的宠儿，时代的幸运者。耐安则没有这么幸运，她依然固执着艺术时代的价值观念。然而，艺术时代已经一去不复返，耐安的固执显得迂阔和无奈。在作品结尾，耐安终于愿意放弃胎中的孩子。这个妥协证明，即便耐安这种艺术时代的忠诚者也不得不随波逐流，终于从艺术的理想高空跨进了现实的实用殿堂。

小说蕴含的体验是一种具有相当深度的体验。童贯的边缘人形象说明他无法获得现实定位，只能漂泊于自己的内心世界，进一步，他还非常容易招致现实社会中传统秩序的误解。比如女医生就以不屑的神态对他进行了某种角色规定，他根本没有证据摆脱这种规定。耐安同样如此，她执着于过去，而过去已经弃她而去，对理想的执着甚至有可能被误解为对金钱的执着。在艺术时代，个性、理想或许是最高原则；在现实社会，金钱变得万能，经济与政治和世俗价值观念同谋，把耐安、童贯们排挤得无处藏身。于是，我们可以感受到，在这种强硬的社会逻辑面前，无论是童贯，抑或是耐安，他们似乎都能从自身的体验中觉悟到执着的多余、艺术的多余、个性的多余，甚至理想的多余。他们曾固守的自我面临解体的诱惑。新的时代如一阵狂风，把过去短暂存在的许多美丽刮得无影无踪，童贯、耐安这些边缘人，抑或多余人只能发出挽歌式的咏叹。

这种体验具有相当的普遍性，是时代转型过程中一些严肃作家不得不直面的心境。在沈东子的《美国》《史兰》《红苹果》等作品中，我们也能感受到类似的情绪。中国的文人正经历着内心的裂变和人格的重铸。

第三种类型我想以喜宏的《超越档次》为代表。如果说常弼宇乐于以庄重的姿态沉思历史，表现出一种诗人哲学家的风范，凡一平习惯以艺术家的敏锐体验人生，传达出我们这个时代文化失范的现象，那么，喜宏则是以一种参与者的姿态投入现实的。在读喜宏的作品时，我常常产生一种想法，我觉得喜宏天生就属于这个时代，喜宏是为这个时代所生的。当喜宏与我谈结构主义、符号学，当喜宏与我谈俄罗斯思维与英语结构特征，当喜宏表述他对现代商务运作和经营策略的思想时，我强烈地感觉到这一点。众所周知，现代世界的最大特点就是高速度、快节奏，其变化之快捷也许会令许多人难以适应而只好随风咏叹。但喜宏似乎不会这样。他会以自己的日新月异去适应时代的日新月异，他不会去固执什么，他力图跟上什么、适应什么。在这种高强度的投入中，他真正的渴望是超越档次。

《超越档次》中三个主要人物琼妹、明泰、嘉媛都是我们这个时代中的进取者形象。三个都在进取，但恰好分属三个不同的但可衔接的层次。琼妹从农村到城市打工，她的人生目标是改变自己的乡下人身份而成为城里人，这是一种超越档次。明泰已经做成了城里人，他的人生目标是摆脱这个小县城式的愚昧，获得一种真正现代意义的大城市素质，这也是一种超越档次。嘉媛本是上海人，却顶了个香港人的招牌，她的人生目标是走出国门，进入更高级的现代化生活，这还是一种超越档次。这样，三个人物的人生目标构成一种递进延伸的关系。琼妹的偶像是明泰，明泰的追求受到嘉媛的启发，嘉媛的人生目标则要经过洋人本·伯兰特这个中介去实现。不管这三个人物具有怎样的人性，也不管这三个人物身份怎样不同，地位如何悬殊，修养如何差异，但三个人物有一点是共通的，即他们的进取人格。

这种进取人格直接造就了他们进取的人生状态，他们为超越自己的人生档次做出了各自不懈的努力。历史的进步是残酷的，个人的进步和自我的超越又何尝轻松愉快。欧洲19世纪曾出现过一批专门描写"向上爬"人物典型的文学作品，其中不乏世界名著，如巴尔扎克的《高老头》《幻灭》，莫泊桑的《漂亮朋友》，甚至还有美国德莱塞的《嘉莉妹妹》。我不知道喜宏是否熟读过这些巨作，但我清晰地感觉到喜宏不同于巴尔扎克、左拉、莫泊桑在处理同类题材时的心态。或许，人类在经过了这批批判现实主义大师庄重的思考之后，终于对历史的前进有了冷静客观的认识。正如马克思所说："问题不在这里。问题在于，如果亚洲的社会状态没有一个根本的革命，人类能不能完成自己的使命。如果不能，那么，英国不管是干出了多大的罪行，它在造成这个革命的时候毕竟是充当了历史的不自觉的工具。这么说来，无论古老世界崩溃的情景对我们个人的感情是怎样难受，但从历史的观点来看，我们有权同歌德一起高唱。"喜宏似乎也受到过这种历史观的影响，所以，他才会在他另一个短篇小说《第二者的智慧》中这样说："没有哪种成功是不付出代价的。"

这种冷静客观的历史态度使得喜宏在处理具有悲剧性的题材时，不像大多数文人作家那样轻易地陷入个人情感之中。《超越档次》以琼妹自杀而结束，这个充满生命激情、充满个性魅力的人物得到如此悲惨的下场，实在令人触目惊心。然而，小说并未沉湎于伤感震痛之中，它以琼妹之死换取了乡下民工的进取权力，以琼妹之死换取了企业的凝聚力。当我们读到这样的结局，我们是应该悲痛，还是应该欣慰？我想，两样都不是，我们感受到的也许是历史的残酷和个人的成熟。

我们的确应该成熟，我们没有理由继续逃避成长。喜宏的作品以其对现实的热情参与标志了中国文人又一种生存姿态和生存心态。正如前面所说，喜宏真正属于这个时代。如果说我们正面临一个转型的时代，我但愿喜宏的作品能对今天文化人的自我转型构成一种积极健康的启示。

至此，我已经讨论了新桂军创作的三种类型。在我看来，这三种类型分别代表了三种对待人生的不同姿态。常弼宇是沉思型的，他思考着历史；凡一平是体验型的，他感受着现实；喜宏是参与型的，他策划着未来。我承认，这三种类型并不能概括新桂军创作的全部姿态，但它们的代表性是毋庸置疑的。意识到新桂军能展现如此姿态各异的创作实绩，我们有理由对新桂军未来的自我超越保持充分的自信。

相思湖作家群现象溯源

容本镇

在中外文学史上，以某一地域为中心相继涌现出大批作家的现象并不鲜见，中国自"五四"以来，就有"京派""海派"之盛，近年来又有"陕军""湘军""川军""黔军"之兴。然而，从一所地处南国边陲的普通高校里走出大批作家、诗人、评论家的现象，在当代文坛上却还不多见。"相思湖作家群"的崛起，已越来越引起人们的兴趣并为文坛所瞩目。对这一独特的文学现象产生的原因进行探寻和剖析，对于如何培养文学新人和促进文学创作的繁荣，无疑具有重要的现实意义。

在新时期文学大潮的冲击下，相思湖响起了澎湃的涛声

七十年代末，随着中国历史重新回到正轨，荒芜已久的文坛又高扬起了"双百"方针的旗帜，在这面鲜红大旗的指引和驱动下，文学的春潮在神州大地上汹涌而起，

作者简介

容本镇（1958—），广西浦北人，毕业于广西民族大学中文系。广西民族大学文学院教授、硕士生导师，广西文艺评论家协会主席。曾任广西民族大学副校长，广西教育学院党委书记。

作品信息

《广西民族学院学报》1995年第3期。

奔腾不息。在这股排山倒海般的文学大潮的猛烈冲击下，坐落在相思湖畔的广西民族学院校园里也响起了阵阵涛声。首先汇入这股文学涛声的，是一大批历经坎坷而又头脑敏锐的中文系七七、七八级学生，他们不再沉默和耐忍，而是用纸和笔发出了自己的呐喊和呼声。他们反思不堪回首的历史，诉说自己的风雨人生，倾吐郁积在心中的迷惘、困惑和痛苦，抒写重获新生的喜悦和对社会的思考……为了让这一代人的声音汇成更加激越的文学潮汛，他们又自发组织成立了相思湖畔的第一个文学社——石笋文学社。他们倾慕石笋的深藏不露，钦敬石笋的坚韧不拔。石笋，体现了这一代人的共同特点；以石笋为文学社命名，又表明了他们对文学的钟情与执着。当"石笋文学社"的第一期墙报出版后，师生们争相阅读，议论纷纷。此后每出版一期墙报都吸引了众多的读者，一些报刊编辑也闻讯前来选取稿件。

以"石笋文学社"的成立为先河，各种文学社团也相继成立，而且十多年来方兴未艾。其中最活跃、在校园里影响较大的有："野草""处女地""沃土""朝花""归去来""绿野""芳草地"等等。1982年，以中文系学生为骨干的"广西民族学院大学生文学协会"宣告成立，而且届届相传，延续至今。1987年，又一全院性的"相思湖大学生文学社"宣告诞生。这是两个规模最大、人数最多、存在时间最长，也最具实力的学生文学社团。他们邀请作家讲课，互相交流创作体会，组织作品讨论，开展征文比赛，编印社刊，出版墙报，有组织地向报刊投寄作品等等，使文学社团真正成为会员们的"创作之家"。

在创作方面，每一届学生都取得了令人欣喜的成绩。当然，由于历届学生的情况不同，作品的基调也不一样。七七、七八级学生年纪较大，社会阅历较丰富，在校期间又正处于社会的转轨时期，因而他们的作品基调比较深沉凝重，在表现出强烈忧患意识的同时，也不时流露出了对社会对人生进行思考时的迷惘与困惑。七九级以后的学生大多是高中应届毕业，社会阅历较浅，生活道路也较平坦，因而作品更多地呈现出了清纯灵秀之气以及某种忧伤微叹的情调，缺乏深广的社会生活内容和丰厚的思想底蕴。或者说，他们表现的主要是阴柔之美，缺乏一种阳刚之气。但他们在作品中对故乡、亲友的怀念与眷恋，对青春、友谊、爱情的低诉与咏叹，对山川湖泊等自然风光的挚爱与吟唱，对某些生活哲理的深切感悟以及对美好未来的热烈向往……却让人窥见了一颗颗善感而真挚的心灵，让人看到了潜藏在他们身上的文学气质和艺术灵气。他们认识到自身的优势和短处，不盲目追求离奇和宏大气魄，不企望一鸣惊人，而是踏踏实实，一步一个脚印，专注于写自己最熟悉的题材，表现自己感受最深切的生活，这或许正是他们中的许多人日后能够跻身于作家、诗人行列的重要原因。

甘做嫁衣的教师们，是相思湖学子寻找缪斯的引路人和监护者

如果说"双百"方针大旗的高扬推动了中国文学大潮的兴起，而文学大潮的震荡又激活了相思湖学子们追求文学的欲望、热情、信心和才气，那么师长们的呕心沥血和循循善诱，则是年轻学子们获得缪斯垂顾的又一直接而重要的因素。

自五十年代起，美丽的相思湖畔就汇集着一批有成就的作家、诗人和评论家，尽管其中的一些人，如著名诗人韦其麟、侬易天、王一桃，作家莫义明、袁广达、刘文勇、王云光，评论家梁超然、林士良、胡树琨、邓小飞、陈实、黄伦生、蒋登科等，先后调离这里，但他们都或多或少地直接给学生上过课，指导过学生的写作，他们在相思湖畔留下的文学业绩，也对不同时期的学生产生了直接的或潜移默化的影响。目前仍留守在相思湖畔的有：散文作家梁其彦、徐治平，小说作家严小丁（严毓衡）、容本镇，诗人农丁（农学冠）、鲁西（苏志伟），评论家覃伊平、朱慧珍、吴立德、林建华、肖远新、谭秀芳、吴盛杖、黄秉生、雷体沛、梁成林、黄日贵、韦建国等等。可喜的是，近几年来又有一批年轻人在创作和评论上初露头角，前者如刘浪、黄晓娟、欧阳晓，后者如陆卓宁、秦红增、欧以克等。他们以自己独具特色的作品和富有创见的评论，为学生们起了示范作用，同时也影响着一届又一届学生对文学产生倾慕和向往之情。

老师们把培养学生视为天职，甘为学生做嫁衣和人梯。他们以独到的文学眼光和诲人不倦的态度指导学生创作，挤出时间为学生审阅和修改作品。还针对学生

的具体实际，帮助学生分析自身优势，确立主攻方向。譬如对一些来自少数民族地区的学生，鼓励和指点他们利用自身得天独厚的条件，从搜集整理本民族的风俗习惯、民间故事、民间传说、神话、歌谣等方面入手，进而以自己熟悉的民族生活为题材进行创作，不少后来成为民族作家的学生都是这样起步的。对于一些基础扎实、悟性好、起点高的学生，则对他们提出更高的要求，激励他们不断超越自己，不断迈上新的台阶。

为学生推荐作品，也是老师们的一项经常性工作，许多学生的处女作就是由老师推荐发表的。虽然有的习作只是短短的几行诗，或是几百字的"豆腐块"，但对于尚徘徊在文学大门外的学生来说，这第一篇作品的发表，却是一件振奋人心的事情，有的人甚至因此而影响到自己一生的选择和追求。

鲁西任指导教师的"归去来散文诗社"，曾被《散文诗报》称为"全国大专院校大学生中成立最早、最活跃的散文诗社"，经鲁西推荐，这家散文诗报特辟专栏发表该社会员的作品；《民族文学》《青年作家》等全国性文学杂志分别发表过该社学生的诗作；还有10多人的作品入选《当代大学生诗选》《当代大学生散文诗选》等诗集。经多位老师的联系和推荐，《三月三》《北海日报》《防城港报》等报刊也先后以整版篇幅或辟专栏集中推出相思湖学子们的作品，令其他院校的大学生们羡慕不已！

对于老师们的热心提携和鼎力扶持，学生们始终怀着深深的感激之情。

领导的重视与支持，为相思湖学子铺设了一条通向文学殿堂的坚实的路基

相思湖的文学新人之所以能够持续不断地成批涌现，是与学院各级领导的重视、支持和采取各种切实有效的措施分不开的，否则便没有今天阵容壮观的"相思湖作家群"。这里只择要列举几点即足以说明。

一是通过各种渠道邀请社会上的知名作家、评论家来院讲学，而且几乎每次都有院、系领导出席作陪和聆听，表明了对文学创作的高度重视。新时期以来，应邀

前来讲过学的作家和评论家不下五六十位，其中有丁玲、丁毅、公刘、茹志鹃、马拉沁夫、陆地、谢冕、张炯、周介人等。他们不仅带来了自己宝贵的创作经验、重要的学术观点和最新的文学信息，更主要的是为学生们带来了巨大的创作动力，为相思湖增添了更加浓厚的创作空气。

二是保持和加强与文学界校友的联系，经常邀请他们回母校座谈或做报告，鼓励学生向他们学习，继承和发扬他们刻苦自砺的拼搏精神和执着于文学创作的优良传统。校友们也经常为师弟师妹们提供参加各种文学活动的机会和便利，或直接指导他们创作，帮助他们发表作品。

三是经常开展各种形式的征文比赛活动，充分调动广大学生动笔写作的积极性。中文系还两年一度对学生公开发表的作品进行评奖，系领导亲自给获奖者颁发荣誉证书和奖金。

四是有计划地组织学生集体外出考察采风，了解社会，体验生活。85年暑期，时任中文系副主任的覃伊平老师亲自选定了八位学生组成"红水河文化考察小组"赴红水河考察，历时半个多月，途经十多个县份，采集了大量民间故事、传说、歌谣和地方风土人情等资料，经整理后陆续发表在各种报刊上。徐治平、严小丁老师结合文学创作课的讲授，亲自带领学生深入高山林场、边防哨所、沿海港口等地体验生活，创作了大批散文、诗歌和小说作品。

五是从经费上给予支持。"大学生文学协会"成立时，学院曾拨给活动经费2000元，这在当时是一笔不算小的数目。1985年前后，又先后从学院科研经费中拨出2700多元给学生编印刊物和印刷诗集。对于重要的征文比赛、考察采访、出版墙报等，学院和各系部都拨给一定的经费。

由于学院提供和创造了良好的外部条件，学生们的创作热情高涨，创作活动蔚然成风，许多人从大学一年级就开始发表作品，有的未出校门即已小有名气；中文系一些班级公开发表作品的人数高达50%以上，这在全国高校中恐怕也是少有的。

美丽的相思湖是孕育诗人灵感的胜地，是培养作家的摇篮，当一批又一批年轻学子从这里走上文学道路，并逐渐汇聚成一个不断壮大的作家群崛起于南国文坛的时候，我们相信，他们是永远不会忘记曾以丰厚的营养滋润和哺育过他们的这块文学沃土的。

新时期壮族散文概览

徐治平

一

　　壮族当代散文创作（本文不论及报告文学和散文诗），在五六十年代仅仅是起步阶段。那时，壮族还没有主要从事散文创作的有影响的散文家，壮族作家尚未有散文集问世，只是壮族小说家、诗人兼而为之，偶尔在报刊上发表些散文，尚未产生重要影响。直至新时期，主要是80年代以后，壮族散文创作开始繁荣，并逐渐形成高潮。自1980年周民震出版散文集《花中之花》之后，壮族作家的散文集便如雨后春笋，不断出现在我国散文园地。迄今为止，壮族散文家出版的散文集已达20多部，如凌渡的《故乡的坡歌》《南方的风》，苏长仙的《山水·风物·人情》，黄福林的《蹄花》，蓝阳春的《歌潮》，韦纬组的《绿柳情思》，农耘的《煤城纪事》《纪念树》，梁奇才的《走出幽谷》《花坪探奇》，庞俭克的《秋天的情书》《三十岁自白》，岑献青的《流萤》，罗伏龙的《山情水韵》，严小丁的《相思湖之梦》，陆腾昆的《碧水金牛》，梁越的《野天空——我的故乡》等。此外还有韦其麟、黄勇刹、蓝鸿恩、

作品信息
《广西民族学院学报》1995年第3期。

农学冠、蓝直荣、陈雨帆、童健飞、邓永隆、黄河清、黎浩帮、严风华等，在创作诗歌、小说、戏剧，整理民间文学作品之余，也写了不少散文佳作。其中黄福林的《蹄花》（篇）、凌渡的《南方的风》（集）分别获第一、四届全国少数民族文学奖，凌渡的《故乡的坡歌》（集）、庞俭克的《秋天的情书》（集）分别获第一、二届广西文艺创作铜鼓奖。

新时期以来，全国有影响的散文刊物和权威的散文选本都选载了不少壮族散文家的佳作。《中国新文艺大系（1976—1982）少数民族文学集》选入了黄勇刹的《放歌擎天树》和岑献青的《九死还魂草》；《散文选刊》先后发表了凌渡、蓝阳春等3位散文家的作品专辑和庞俭克的散文特辑；《九十年代散文选1991》（上海文艺出版社）选入了蓝阳春的《毛难山乡古墓群》；《中国散文百家谭》（四川人民出版社）选入了蓝阳春的《元宝山下芦笙节》《毛难山乡古墓群》；《中国新时期抒情散文大观》（山东文艺出版社）选入了凌渡的《草地》《留香》，蓝阳春的《绍兴乌篷船》，庞俭克的《榕湖雨和雾》《景山光明》，这些作品在全国都产生了一定的影响。

二

壮族散文家大多数都以真挚的感情、高度的责任感描写生于斯、长于斯的广西这块古老而美丽的土地，反映本民族以及广西其他民族的风俗民情，因而具有鲜明的地方特色和浓郁的民族色彩。

凌渡年复一年，"走进山里"，"立足于自己熟悉的母亲土地，扩大丰富自己的散文世界"（《走进山里》），取得了令人瞩目的成就。他的散文集《故乡的坡歌》《南方的风》中的绝大多数篇章，均是以描写广西的自然景物和民俗风情为主要内容的。红水河的激浪，漓江的烟雨，北部湾的潮汐，左江的崖壁画，边关的雾和月；壮族的歌圩对歌、抛绣球、碰彩蛋、包年粽，苗族的吹芦笙、烧禾花鲤，侗族的抢花炮、驯鹰捕猎，瑶族的敲铜鼓、笑酒狂欢，京族的独弦琴、海上渔歌，无不在他的笔下纷至沓来，给人留下了美好印象。从某种意义上说，凌渡的这些散文，简直可以看作是广西的风物志和民俗志。例如《故乡的坡歌》《红水河风情》《女人山雪》《雾·月》《红水河之歌》都是较为优秀的篇章。其中的《红水河之歌》，从整个红水河流域的变迁去落笔，写了一个民族改造山河的大事、一个国家水电建设的大事，概括了一个民族伟大的历史进程，具有强烈的时代感和历史的纵深感，全文洋溢着澎湃的激情。作者以浓重的抒情笔调，谱写了一曲对红水河、对本民族的热情颂歌，堪称凌渡的代表作。此外，凌渡最近发表的《里湖不是湖》，也是他描写广西民俗风情的佳作。

在描写广西的自然风物、民族风情方面，蓝阳春也是满腔热情，孜孜以求。他讴歌壮乡的"歌潮"，描绘苗山芦笙节，寻觅大明山的"佛光"，探访毛难山乡的古墓群，其作品同样具有鲜明的地方特色和浓郁的民族色彩，因而被徐开垒称为"象哈锦、苗绣、黎歌一样，有着民族自己的特色"（《歌潮·序》）。其中的《元宝山下芦笙节》《守珠棚一夜》《大明"佛光"》及近作《毛难山乡古墓群》就是较为优秀的篇章。

有的壮族散文家则偏爱描绘广西秀丽的自然风光，苏长仙、梁奇才、罗伏龙在这方面就有不少佳作。例如苏长仙的《悬河飞瀑》，就较出色地描写了广西隆林冷水山大瀑布的奇丽景色。邓永隆、苏长仙编著的《伊岭岩·灵水》一书，亦较好地描写了广西著名风景区伊岭岩、灵水的美丽风光。梁奇才则擅长描绘桂林的画山绣水和花坪自然保护区的林海景色。梁奇才散文集《走出幽谷》中的篇什，如《春在漓江深处》和《半边渡》便是描写漓江景色的较好的篇章。前者摒弃了常见的对漓江春色的描写，而是独辟蹊径，从一个新的角度去描写漓江之美，赞颂"终年辛勤劳作在漓江两岸的人们"。作者对漓江里的青丝草的描写，便颇有特色："像一群群刚刚过寒冬的水牛，在漓江这块绿茵茵的草地上，活蹦乱跳地撩拨着尾巴，玩逗着春风；像一个刚刚沐浴完毕的美女，在漓江这块洁净的镜子前，梳理着那幽幽发亮的长发，春意荡漾。"作者认为：真正能代表漓江之春的，不是映红漓江的岩花，不是染绿江南的秧苗，不是两岸的青松翠竹，而是"四季碧绿，四季含春"，"深深地扎根在清澈的江底的青丝草"。"春不但驻在漓江深处，更驻在漓江两岸人民的心底！"这是颇具新意的。而《花的世界》《红滩河瀑布写意》《在大自然秘室里》等篇，描写花坪林区的繁花（尤其是品种繁多的杜鹃）、瀑布、藤蔓、野果、银杉、禽兽、虫鱼，都是有声有色，神形兼备。罗伏龙散文集《山情水韵》中的作品，较多的是描写广西河池地区革命老根据地的自然风物，如《山情水韵》《峨城风姿》《里湖圩日》等。蓝直荣的《壮哉！五百里岜来》则是描写左江花山崖壁画的佳作。从古至今，描写花山崖画的诗文可谓不少，但该文能从世界民族文化的高度，对花山作了翔实而生动的描述，并力图解开花山这一"千古之谜"，写得颇有深意和情趣。作品气势宏大，文笔曲折，确是描绘花山崖画的佳篇。

　　广西地处祖国南疆，边防前线，中越边境的奇异风光，我国边民的卓绝斗争，自然会激起壮族散文家的浓厚兴趣。在描写边疆风物，反映边民生活方面，黄福林、严小丁便是较有成就的两位。黄福林的散文集《蹄花》中《边防连城遗情深》一辑，就较为集中地描写了中越边境的景物与民情，历史与现实，其中的《边防连城遗情深》《国门三记》《伏波山大观》便是较有代表性的作品。严小丁出生于中越边境上的一个小城，对边境的一山一水、一草一木，都谙熟于心，满怀深情，因而他的散文集《相思湖之梦》中有不少篇什是描写边境风光和边民生活的，这就是理所当然的了。例如《高高的蚬树》，其主要特色是运用象征手法和双线结构。一方面，作者浓墨重彩地描绘边疆的珍贵木材蚬树的生长特征、树林景色："蚬树有顽强的生命力，只要种子有落脚的地方，哪怕是一处狭窄的崖缝，都能萌动生长。""它不嫌山瘠地薄，对大自然毫无苛求；天上的雨水便是琼浆玉液，地下的腐殖质便是珍馐佳肴。"在对越自卫还击的日子，"每一簇密密的蚬树林，都变成临时救护所；每一丛郁郁的蚬树林，都变成天然隐蔽地；每一片高高的蚬树林，都变成阻敌的坚固屏障！"另一方面，作者满怀深情地叙述了一位姓石的汉族县委书记为蚬树的驯化种植、为壮族地区的生产发展所做出的贡献。蚬树和石书记两条线索，交错发展，互为映衬，使文章跌宕有致、意境深远。《红八军的故乡——龙州》开头简略介绍了龙州的地理位置、历史沿革、法帝国主义侵掠龙州的罪行，然后着重描述当年红八军在龙州的革命活动、红八军纪念地以及龙州的名胜古迹。作品以游踪为线索，分别描写了红军楼、中山公园、小连城的壮丽景色、革命史实，赞颂了龙州儿女的革命传统以及建设边疆、保卫边疆的壮志豪情，字里行间洋溢着革命英雄主义和爱国主义的强烈感情。

三

正如前文所述，新时期壮族散文家几乎都热衷于描写广西的自然风光、民族风情及边境生活，这既是壮族散文的优势，同时也暴露了它的不足。因为如果大家都这样写，就容易使人觉得题材不够丰富，写法有些雷同。翻开一些壮族散文家的集子，我们就会发现，他们的不少文章，其题材甚至题目都何其相似。好在不少壮族散文家开始意识到了这一点，他们已不满足于光写自然风物和民族风情，而是把目光投向了时代，投向了社会，热情关注现实生活，关注国家和民族命运，把笔触伸入自己的内心深处，因而具有更强的时代感和感染力。

壮族散文家在新时期的第一部散文集——周民震的《花中之花》就较好地体现了这方面的特色。比如集子里的《百花图》，描写"我"在"十月金秋，枫红菊黄"的时候，在北京颐和园遇到一群中央民族学院的学生，于是引出一个京族姑娘和一幅京族贝雕画《百花图》，再由《百花图》引出京族人民拦海造田的壮举以及幸福生活和美好情操的描写。作者从一个崭新的角度反映了京族人民生活的巨大变化，描写了京族人民热爱生活、热爱祖国的高尚情操，全篇奔涌着昂扬的爱国主义感情，具有较强的时代感和社会生活实感。

韦纬组在这方面也较为突出。他的《养鸡记》《访医记》《买菜记》（见散文集《绿柳情思》），就是直接取材于日常生活中的凡人琐事，写得生动活泼，轻松诙谐，亲切感人，令人觉得耳目一新。

苏长仙散文集《山水·风物·人情》中的《泉》，便是一篇描绘内心图景的佳作。读过之后，那清凉透澈、默默无声解人饥渴的泉，那温柔慈爱、珍惜清泉的母亲，那又饿又渴、以芒干吸吮甘泉的孩子等美好形象，便永远留在了我的记忆里。我忽然觉得，作者在创作道路上，不就像那个又饥又渴的壮家孩子，深深地扎根于民族沃土上，从大地母亲那儿吸取乳汁，健康地成长起来了吗？作者就这样抒发了自己对于母亲、对于壮乡大地的深情，作者对自我内心的揭示，确是较形象而生动的。苏长仙的近作《童年的梦》(《广西文学》1992年第11期) 亦是侧重写内心，表现自己对童年时代那"纯真的童话"的神往与追忆，特别是对那个比我大两岁的"长得如花似玉"的表姐要与我"寻"(壮族译音，意为入赘) 的描写，更是令人忍俊不禁。文末所写的"就像那张树叶，嫩的出来了，老的自然会在秋风中飘落。不用哀叹，不要忧伤，他不必惋惜过去的时光。人人都光着身子来，人人都光着身子回去"更是作者经过了几十年人世沧桑之后对人生的一种感悟，读来不免让人感慨再三。可以说，这是苏长仙散文创作在选材上的一种新的超越。

特别值得一提的是，农耘在这方面有了自觉的追求，并取得了可喜的成果。他的散文集《煤城记事》所写的便是煤矿上的真实的人和事，这是比较枯燥的人们都不大愿写的题材，但农耘怀着高度的责任感，知难而进，这种艺术追求是值得肯定的。最近，农耘宣称："我在散文创作中，注意到了写人生这一主题，意识到了这一主题的重要意义。因而作了实践和探索。"(《纪念树·后记》) 他的《纪念树》中的第一辑《人生步履》便是这种实践和探索的可喜收获。例如那位由于受到家庭不幸的影响，默默承受着生活重压，性格内向，却又非常懂事，显得成熟而深沉的年轻姑娘玉梅 (《沉默的玉梅》)；那位弃官从文，嗜文如命，执着追求，富于生活情趣 (爱好书法，养花养鸟)，为自己终于成为一名中国作家协会会员而由衷高兴的韦编联 (《"做书卖"的人》)；那位有幸福和欢乐，有痛苦和磨难，始终能从主观上去驾驭生活，不屈服不沉沦，心里总在"咏唱着一支昂扬的生活之歌，活得潇然洒脱"的中学高级女教师明 (《洒脱人生》)；那位二十年如一日，坚持生活在山顶望火台上，为防避森林火灾而不惜献出一生的归国华侨、劳动模范张玉堂 (《林海望火台》)，都给人留下了较深刻的印象。农耘认为："散文最忌编造和虚假。编造故事，感情虚假的散文是最倒人胃口的。"他的"每篇习作中写的人和事基本上是真实的，是自己的亲身经历，是自己的亲身感受"。关注现实生活，强调真情实感，这一艺术主张对于开拓散文题材新领域、对于深化作品思想内涵，无疑是有益的。但这类散文，又不宜写得太实、太刻板，假如太拘泥于生活中的真人真事，如实写来，照搬照录，就可能会枯燥乏味，缺少艺术光彩。这个"度"如何掌握得恰如其分，还有待大家进一步探讨。

四

新时期以来，有的壮族散文家转入了历史散文的写作，力图有所突破，有所创新。在这方面首先取得成就的是老作家黄福林。他的历史题材散文，大体上有两方面的内容，一是描写邓小平、韦拔群等同志在广西左、右江地区艰苦卓绝的革命斗争，如《蹄花》《火花歌》等；二是追忆冯子材、刘永福、苏元春等爱国名将为捍卫祖国尊严、保卫人民生命财产所进行的可歌可泣的边防斗争，如《边防连城遗情深》《国门三记》等。其中尤以《蹄花》和《国门三记》出色。前者是一篇富有传奇色彩、情深意长的散文佳作，1981年获全国首届少数民族文学创作奖。这篇散文，不仅内容丰富，思想深刻，艺术表现手法也有不少独特之处。首先，它寓意深刻，意境高远，具有鲜明的民族特色。作品以赠马为线索，以蹄花为象征，歌颂了邓小平同志在左、右江革命根据地的革命活动，表现了广西各族人民对邓小平同志的深切怀念——他在右江盆地、红河两岸、桂西山区所播下的革命火种，就像一簇簇艳丽的马缨花，永远开在广西各族人民心中。其次，它注意刻画人物性格，人物形象比较鲜明。作品既注意保持优秀散文常见的抒情特色，又注意通过人物的言行刻画人物性格，寥寥几笔，便勾勒出了几个栩栩如生的人物形象。其中邓小平同志的形象给人留下了深刻印象。作者不作过多的直接描写，而主要是运用侧面烘托的艺术手法，把一位为革命劳碌奔波、深得各族人民拥戴的革命领袖形象令人信服地写了出来；养马能手韦老保的形象也较出色。再次，作品剪裁布局巧妙，情节发展跌宕起伏，富有传奇色彩，颇为耐人寻味。后者先写镇南关（今友谊关）的群山峡谷，突出其险要形势，接着追述1885年2月23日镇南关陷落在法国侵略者手中，抗敌名将刘永福率领黑旗军参加抗法斗争，三战三捷，"两毙法军统帅而威震天下"；再写抗法名将冯子材当年在胜利地皇山率军激战的情景。冯子材"豁出老命"，"抬棺大战"，我军士气大振，法军人马腹背受敌，惊慌失措地闯入我军暗设的"猪笼阵"，"立地毙命"。是役，"斩法人数千级"，实现了我国军民"用法国人的头颅重建我们的门户"的誓言。作品立足现实，回顾历史，将历史与现实、叙述与抒情糅合一起，热情讴歌了冯子材大败法军的英雄壮举，表现我们伟大民族的浩然正气，不愧是一曲激情昂扬的爱国主义颂歌。

近年来，蓝阳春的主要精力已从描绘民族风情转到了历史散文的写作上。继《毛难山乡古墓群》《站在秦观坐像前》《绍兴乌篷船》之后，最近他又一口气推出了三篇"古都赋"——《汴梁秋雨》《龙门昭光》《天坛回响》（分别见《广西日报》1994年11月28日、12月6日、12月16日），这三篇历史散文比他以往的作品又有了明显的进展，尤其是前二赋，可视为蓝阳春近期散文的代表作。蓝阳春这类历史散文，大多是从现实的角度追溯历史，选取历史长河中有关民族精神、文化艺术、名人哲圣的一二片段、三两浪花描写抒情，并紧密联系当前的社会生活，使历史与现实相互映衬，既有强烈的历史意识，又有鲜明的时代色彩，读者能从中获得多方面的艺术感受。

《汴梁秋雨》和《龙门昭光》两篇都是以眼前景物为基点，然后通过想象转入对历史场面的描绘和对历史事件的叙述，使眼前景物与历史画面叠印交融，从而形成一种浓厚的历史氛围，一种幽远深邃的意境。比如《汴梁秋雨》在描写了龙亭公园（原北宋皇家花园）的美景之后，便以"看着看着，我的视线却穿越这氤氲的雾霭，进入另一种境界"一句，自然地转入了对北宋名画《清明上河图》所展现的风景的描写；结尾写夜色中的秋雨，在高楼大厦建筑工地灯光的反射之下，"雨丝便成了金黄的、碧绿的五彩花雨了"，"我望着灯光映照中高大弯拱的古城墙，觉得这城墙就像是一条巨大的游龙，正在摆动着身躯，载着开封，不，载着中原，沐浴着金辉彩雨，向着历史的前方腾飞！"这就将历史——现实——将来交织在一起，具有较强的现实感和历史感。蓝阳春这几篇历史散文的另一个特点便是以史为鉴，针砭时弊，因而具有较深厚的内涵。比如《汴梁秋雨》，写"我"观看了包公祠里的龙头铡、虎头铡、狗头铡之后，便"感到了法律的威严，更感到了包公的伟大"，然后写许多人冒雨来瞻仰包公祠，这不仅表现了人们对包公的崇敬，更表现了人们"对有法必依、执法必严、法律面前人人平等的渴求和对多出现些'当代包公'的企盼"。再如《龙门昭光》，在叙述了大唐皇后武则天"主管督办"以自己的形象作为"模特"塑造了大卢舍那佛之后，便抨击了当今的某些人"以权谋私"以及某些大腕、大款"比赛吃金箔、比赛烧纸币"等无聊勾当，使作品具有较强的思想性。可以说，蓝阳春近年来在散文题材的选择和开拓方面已有了明显的进展。他总是立足现实反思历史，通过历史透视现实，努力使历史与现实渗透交融，让读者在涉猎历史踪迹的同时获得思想上的启迪，这些探索无疑是值得肯定的。

五

在壮族散文家当中，近年来较活跃、较引人注目的青年散文家是庞俭克、岑献青、梁越。

尤其是庞俭克，短短两三年，连续在《人民文学》《人民日报》《文艺报》《散文选刊》等报刊发表一篇又一篇散文佳作，在区内外产生了广泛影响。庞俭克散文的探索与创新，主要表现在审美意识的更新和内心图景的描绘方面。他十分注重散文的审美功能，自觉地从审美的角度去描绘对象，尽量避免对自然外物作纯客观描写，而是着重表现审美主体的情感意识，抒写自我的内心感受；他在描绘内心图景的同时，随处流露出对生命的感悟，因而内涵比较深刻，容易引起读者的共鸣。此外，庞俭克还十分注重表现手法的出新。他摒弃一切模式、格套，写法不拘一格，有时还运用意识流的表现手法，任凭思想的彩蝶飞翔于绵绵时空，给读者以面目一新之感。比如《谒黄花岗》《北海笔记》《防城港之恋》《榕湖雨和雾》《景山光明》就是较好的作品。有关庞俭克散文的探索和创新，本人在拙著《当代散文艺术论》中已有专题论述，在此不再赘述。

特别值得一提的是，壮族青年女散文家岑献青也十分重视题材的独特和写法的出新。她的《九死还魂草》赞颂的是一种顽强生命力和坚强意志，说明了"经过千难万苦的生命所创造出来的美才是最有价值的，才是永恒的"这一道理，给人留下了深刻印象。她的《江村七月七》所叙述的故事是平淡无奇的，然而那恬静幽雅的画面、那圣洁辽远的意境却打动了读者的心。作品首先描写了安谧明净的清江月色，叙述自己儿时藏在葡萄架下偷看牛郎织女相会的有趣往事，接着描写小姑娘阿兰遵照阿婆的叮嘱，坚持年年七月七夜晚到江中提水（因为七月七日的水净），祭奠婶娘。原来阿兰一生下来妈就死了，是婶娘把她奶大的，阿兰六岁那年，婶娘病死了，于是阿兰从六岁那年开始，到今年十岁，整整提了四年的水。在这里，我们看到了一幅纯朴洁净的民间风俗画，看到了人与人之间圣洁美好的诚挚感情。阿兰、婶娘、阿婆的心灵，不就像七月七的江水那么纯洁、那么清爽么？小阿兰所表达出来的感情，幼稚而纯真，纤细而缠绵，仿佛一杯有灵气的七月七江水，真的可以净化人的灵魂。作品的题材具有鲜明的民族色彩，但作者侧重写的是人物美好的心灵和自己细微的内心感受，因而颇具新意。

梁越是近年出现的青年散文作家。他刚刚出版的散文集《野天空——我的故乡》便给人以耳目一新之感。梁越的散文是以他的独特经历和生活激情取胜的。梁越是煤矿工人的儿子，从小跟随父亲辗转于红水河流域、云贵高原的崇山峻岭之间，野天空便成了他的故乡。在桂林工学院地质系毕业后，毅然要求组织分配他到新疆戈壁大漠工作，为祖国寻找矿藏，于是他又把祖国大西北的野天空当成了他心目中的故乡。在西天山伊犁河谷的草原深处，在任何地图也找不到的库茹尔，在低矮的帐篷里，在柴油机的噪音中，写出了一篇又一篇的散文，这就是他的《野天空》。其内容大多数是描写矿山生活，回忆童年时光，描绘矿工形象的，如《我的朋友黄志勇》《鹰谷与童年》《一个矿工和一只狗的故事》《棋王》等；另一部分是抒写自己奔赴大西北的心境，描绘大西北的神奇壮美的，如《野天空——我的故乡》《西去茫茫连朔漠》《西部，不安分的荒原》《伊犁河谷秋天的黄昏》等。其中以《野天空——我的故乡》和《伊犁河谷秋天的黄昏》最有代表性。前者描写"我"在桂林工学院毕业后离别秀丽的南方名城，离别亲朋，离别恋人，义无反顾地奔赴大西北，为自己寻找新的故乡，尽管恋人苦苦挽留，也丝毫不能动摇他这一信念。作者以自己的实际行动所印证的这种感情，应该说是高尚、博大而真诚的。这也正是作品之所以能打动人心的关键。《伊犁河谷秋天的黄昏》是描述作者在伊犁河谷草原深处的一段勘探生活的。梁越以一位地质工作者的身份去观察、思考和描写生活，因而目光敏锐，知识广博，思想也较为深邃，写法与一般的散文作者迥然不同。总之，梁越的作品给壮族散文园地带来了一股清新气息，我们应该给予肯定的评价。

从《含羞草》到《我们》

张燕玲

　　十多年前，广西民族出版社出版了十二本一套《含羞草》丛书并轰动一时，那是广西80年代最有影响的青年诗人的处女作。那真是个纯美的时空：纯净的诗性如天籁、飞扬的青春缘自性灵；虽各自不同，但十二株"含羞草"从此走向"远方"。随即，他们以作品和"百越境界"的文学追求形成了后来被称为"广西文坛进军全国的第一次集体冲锋"。虽不是丰草绿缛，却也见岸芷汀兰。他们中的林白、杨克、孙逊、黄琼柳、孙步康、黄堃等如今都有了自己的文名，而《含羞草》却永远标志着他们的起点和来路。

　　相隔十四年后的今天，同是民族社推出的《我们》丛书则包容了"广西文坛进军全国的又一次集体冲锋"的主要阵营（东西、李冯、鬼子、海力洪、凡一平），包容了"我们"在国内文坛令人激赏的作品，岸芷汀兰，已经郁郁青青。因此，《我们》提示着中国90年代的文学经验，犹如《含羞草》无愧于广西80年代的诗歌素质。

作者简介

　　张燕玲（1963—），广西贺州人，毕业于广西师范大学中文系，《南方文坛》主编、编审，著有散文集《静默世界》《此岸，彼岸》，文艺评论著作《感觉与立论》《有我之境》等。

作品信息

　　《文学自由谈》1999年第5期。

再说，文学的传统本来就是江山代有才人出。当然，拥有《我们》这个符号并不是就标示了五位入选作家的文化立场，"我们"只是一种行为方略，犹如97年夏我与李敬泽在长途电话中推敲关于东西、李冯、鬼子的"三剑客'称谓一样。然而，迎着"我们"这逼人的自我的无拘无束与新鲜蓬勃，我还是触摸到一些文学的真质，觉出其中一种十分真诚与郑重的意味，令人不能不正视。

东西、李冯、鬼子、海力洪先后是我服务的《南方文坛》杂志经典栏目《南方百家》推介的新锐作家，而且名家点评他们的评论都一一被"人大书报资料中心"全文转载。这些，都证明了四位青年作家的不可忽视，他们已经以各自独特的精神创造进入了中国文坛。

李冯和海力洪早在南京大学时就是很有人缘的文学刊物《他们》的作者，今天他俩与其他先锋作家一道成为中国后先锋小说的代表人物。刚满30岁的海力洪是以想象为翅膀的作家，他的创作虽然还处于一个不定型的阶段，寻找和探索的印记显而易见，但是他近期的创作相当活跃、充满智性，他的写作情趣直指生活存在的背后。那份深刻和沉着让你很难想象生活中的海力洪竟然腼腆，而且有着这个时代弥足珍贵的稀有元素：天真而诚恳。而艺术成熟的李冯则是以他的纯粹性令他的人与文都达到了一个相对自由的进境。他趋于前卫的意识和探索，他对古典叙事的现代演绎以及近期对先锋策略的修正，为未来的中国文学创作提供了一种新的可能性。

"我们"中最让我气短的是东西，这缘于他过人的才智。东西实在是太聪明了，对于他的人与文我常常吃惊不已。聊天、开会，他总有一番与众不同的令人称道的新见地；他的小说常常有出人意表的构思、想象和语言节奏。可是，读着读着，我又常常忧伤不已，那是一种难以言说的伤感，使人感到一种逼人的奇崛、尖锐，苦难、伤感不期而至。

如果说东西小说的悲剧性还有《目光愈拉愈长》的人间关怀，而鬼子小说的诗学特征则因对苦难的深度描绘而表现为冷酷严峻。《我们》丛书我最怕读、相对也读得最少的是鬼子。因为他的小说，时常深深地刺痛我的心灵，刚读开篇，就会有凉意丝丝袭来，一阵一阵，直至寒气逼人，生活的残酷性和失败感在他写实的"情感零度"中追逐着我，常常令我在无望中无路可逃、欲哭无泪。鬼子的写作的确充满了生命内在的灼痛感。终于在他的新作《上午打瞌睡的女孩》中居然开始有了一抹温湿的人间关怀。不可否认，鬼子的小说在中国文坛正形成自己的独有气质。

在广西文坛作为新市民小说的代表作家，凡一平以他独特的外乡人的目光审视和感知都市里潜伏的各种人性欲望，并以他练达而流畅的叙述创作出一批令人关注的小说和都市传奇。

还值得称道的是《我们》有一个现代感和装饰性极强的精美装帧。丛书纸张考究，封面是凹凸感和吸墨性很强的进口瑰丽丝，其色彩变化多端、瑰丽而斑斓。正中泼墨挥洒的背景图抽象虚幻，下方的内容插图则是一枚瑰丽的民间剪纸。你看李冯的《唐朝》，剪纸是唐朝式的一骑，马和女人都丰硕灵动，造型富于装饰性，色彩鲜亮奇谲，通过夸张和变形，马和女人幻化成了文化符号，它与背景图虚实相间、相生相应，充满了现代的神秘感和抒情性，颇见设计者张文馨灵魂的和心性的浪漫。这种富有情调的封面设计，还见于他的日常工作中，如他设计的《雨帘文丛》就受到丛书作者铁凝、赵玫、迟子建、陆星儿、池莉、毕淑敏等人的称赞；还有《女作家谈足球》《南方文坛》杂志的封面等等。

面对如此独到精美的《我们》，不由想起当年给《含羞草》每位诗人作评的陈雨帆老师勉励诗丛作者的诗句："已有的已经过去／欲求的尚在征程！"共勉之下，便想：文学哪儿会有头呢？将来一定还会有"从《我们》到……"的吧！

2000年代

《南方文坛》与90年代文学批评

张燕玲

　　90年代，市场化的巨鞭第一次抽打着中国的文论期刊，中国文艺正在摆脱旧有体制和轨道，产生了前所未有的生机与混乱同生、追寻与退却相杂的局面。1996年新上任主持《南方文坛》工作的我们面对的是文学与文论期刊纷纷转向乃至下马，《南方文坛》不仅默默无闻而且经济极其困窘，账上已没有分文，还欠着上一年的印刷费。我们决心背水一战，底子越薄，越要走精品之路，我们明白，中国文艺界对优秀理论刊物的渴求比任何时候都强烈。于是，我们打破地域界限和自留地意识，刷新编辑理念即摒弃学术刊物惯常的"论文集"化，融学术性、信息性、地域性、可读性于一炉，追求高品位、大视野，于开放创新中使《南方文坛》立足广西，走向全国。从刊物立意、栏目设置、作者队伍到外观、纸质、排印都做了大幅度的革新，努力使自身纳进90年代文学批评的前沿。几年过去了，我们在文学坚守和刊物艰守的情境中，向读者展示了我所描绘过的"现代童话"特质所蕴含的信念、智识乃至心性精神，而且改变了南方文学批评格局，成长为"中国文坛的批评重镇"

作品信息

《南方文坛》2001年第2期。

（《文艺报》2000年10月31日）和"中国文坛最具影响力的文论园地之一"（《新闻出版报》1999年6月3日）。

重点关注新生代创作催生青年批评队伍

《南方文坛》站在今天的高度对中国当代文学进行审视，并且坚持吸纳不同创作风格不同批评个性的创作和理论，显示了丰繁而多元的个性，这种兼容性使它真正成为一份名副其实的杂志，而有别于90年代论文集化的文学批评期刊。这首先体现在我们为批评与创作之间架起一座沟通的桥梁上。《南方百家》栏目4年里几乎囊括了长江以南正成长于中国90年代文坛的具有代表性的新锐作家：韩东、东西、邓一光、李冯、林白、王彪、海男、鬼子、张梅、何顿、瞿永明、曾维浩、海力洪、张生、熊正良、荆歌、陈家桥、王静怡、艾伟、叶玉琳、刘继明、沈东子等等，不仅让青年作家言说，还组织批评家对其进行探讨。还有，立意于评论名家新作或新人重要新作的《新著视窗》，着力对当下作品展开批评的《批评之旅》《绿色批评》，有专注于作家反思自我、反思创作的"作家自观"等等，而且，组发的稿件兼容老中青以及不同创作风格的作家，尤以正向中国文坛冲刺的新生代作家为主，其中有的读者熟悉，但不少是不熟悉却是很有潜力的，《南方文坛》毫不吝啬地为他们的成长提供土壤、创造机会，我们没有短视地只求对红极一时的作家进行观照。其中1998、1999年，我们曾联合《广州文艺》设置栏目《南方百家·两张帆》，同期声式地由他们刊发青年作家新作，我们刊发评论。

这些密切关注90年代文学创作的栏目，影响之大超出了我的想象，一时南方作家与国内批评家相互传诵，媒体争相报道，而且大部分评论都被中国人大报刊复印资料全文转载，尤其令我感动的是，每当我向评论家约请为《南方百家》写评论时，几乎都得到他们的热切支持，他们认为在作家成长之时推一把不仅是责任更是批评家的艺术良知，而且文章都是本着严肃、科学、敏锐的批评精神而作的。事实证明，几年过去了，这些作家大多已经成为名家，他们一定不会忘记当年在《南方文坛》做专辑的日子。

作为批评刊物，既关注创作、推出文艺理论新著，还要关注批评家，推进批评家的成长和成熟。从1998年始，《今日批评家》以显要位置向中国文坛推介90年代富有真知灼见的青年批评家：南帆、陈晓明、郜元宝、王干、孟繁华、李洁非、张新颖、旷新年、李敬泽、洪治刚、谢有顺、吴俊、王彬彬、戴锦华、张柠、吴义勤、程文超、罗岗等等。通过批评家对自己批评观的言说及其他批评家对他的再批评，不仅给90年代批评家一个展示自己的机会，同时通过这种批评家对批评家的再批评，形成了思想上的碰撞，达到了相互之间文学观念的交流、文化精神的对话，真正体现了文学批评的精神。批评界盛誉《今日批评家》栏目催生了90年代青年批评家的成熟，2001年我们还将推介施战军、杨扬、葛红兵、何向阳、张闳等青年批评家。

由于对90年代文学的深度介入，我有幸参加了第五届茅盾文学奖的初评、有幸两届成为"冯牧文学·青年批评家奖"的推荐人。更有意义的是，《南方百家》《今日批评家》两栏目的文字大多是些灵动而具学理的文章，几年积累，便形成了一种生动，明快而富有生气、才情的批评文风，这便是文坛传说中的《南方文坛》的"绿色批评"了。

在热眼冷观中，设置具有文学意义的话题批评

有人称中国90年代的文学是众声喧哗、众神狂欢的时代，作为文学批评期刊我们的方略是热眼冷观。既敏锐而及时地对文艺新问题新变化做出反应，使刊物充满活力；又尽可能冷静地从学理上加以观照，寻求做出理性的判断和选择；最后在热眼冷观中发现问题，从而设置具有文学意义的话题批评。《本期焦点》（本期特稿）、《品牌论坛》等栏目体现了我们自觉的问题意识。

在女性文学研究逐渐成为显学的情况下，关于女性文学的研究出现了众说纷纭的局面。《南方文坛》重在对女性文学及其文学批评的反思，在1998年第2期组织

了一批关于当代女性文学写作和批评实践的文章。而在知识青年上山下乡运动30周年，也是曾轰动一时的知青文学20年历史之时，作为一次契机，1998年第4、5两期通过独特的形式——分别邀请资深"知青代"评论家和"知青后"青年评论家对"知青情结"进行了深度的学术剖析。正如我在编者按所说的："这绝非一种世俗的'庆典'，我们只是期望两代人之间有一种相互的理解和对话，期望他们共同对深厚沉重的历史背景进行深度思考，以留给历史更为本质、丰富、准确、深度的文化思考和文学精神。"

90年代出现的新生代（晚生代）作家是个复杂的创作群体，当批评家对他们的评述还处于冲突阶段时，我们组发了最具有代表性的晚生代作家的自观，以使读者对他们进行再认识。此后，我们还较早地展开了对"70年代生"文学新人的讨论和对中国少数民族文学创作和研究现状的观照和研讨。对广西本土涌现出的新生代作家东西、鬼子、李冯，我们不仅邀请一批著名批评家来广西参加研讨会，并在刊物上专题研讨他们的创作得失，从此"广西三剑客"便在90年代中国文坛叫开了，媒体称这是中国文坛对新生代作家召开的首次大型研讨会，在国内文坛颇有影响，同时推动了广西的文学创作走向全国。

最有意味的是在90年代文坛对批评现状的众声喧哗中，本刊一直致力于一种学理上的讨论，以此体现今日批评的精神生态和批评家的生命状态。为此，我们拟定了90年代文学创作和批评中最有代表性的问题，约请老中青三代批评家中最有代表性的20位进行笔答和刊发（见1999年第4期）。几代评论家对当下文坛的发言，本身就是中国批评界一份具有纯粹性和代表性的批评。

在编辑流程中，品牌意识日益冲击着我们，如何才能建立自己的品牌呢？除了我们要不断地做得更好以外，还要关注文化品牌。几年来，我们先后就"布老虎"丛书、《火凤凰丛书》、《跨世纪文丛》、《中国沦陷区文学大系》、《郭小川全集》等重点出版物，约请有关主编、出版者、批评家加入对话讨论，使这些讨论全面而深入，颇具学术和史料价值。

以坚持独创性、学术性和前沿性为生命之源

如果说关注当下文坛和新生力量，自觉的问题意识使《南方文坛》充满活力的话，那么坚持理论方面的独创性、学术性和前沿性那便是《南方文坛》的生命之根了，这种选择的自觉性体现在我们的一些理论栏目上，如《理论新视界》《同题异论》《学人学思》《新潮学界》《中国前沿》《当代文学关键词》等。其中，在全国高校中文系反应较大的是从1999年第1期开始全新创立的《当代文学关键词》。由于当前专业范畴内使用的一些关键词或基本概念存在很多问题，我们常常在似是而非的情况下使用它们，这不仅影响了界内人士的交流，也影响了学科的规范性。因而有必要对我们经常使用的，并对学科具有支配性的基本概念进行一番清理，尤其是在世纪之交，这样的工作更具现实意义。为此，我们邀请谢冕、洪子诚、孟繁华等著名学者确定了一批关键词，并请一批相关学者进行概念的清理。这种清理包括概念的来源、传播、使用及其歧义和影响，从而使每一个使用同一概念的人，对其内涵能有一个大体相近的理解，或者说懂得这些概念或关键词在不同语境中是在什么样的意义上使用的，这也算是《南方文坛》对于学科基本建设的贡献。时至今日，无意中《当代文学关键词》已经有了一本学术工具书的雏形，并将成为我主编的"南方批评"书系之一。

此外，颇具深度和原创性的《中国前沿》约请中国人文学科少壮派学者提供他们对本学科重建知识价值观念的创造性研究，因为重新认识与阐释人类文化的深层结构，梳理和重构中国人文学科的知识价值观念已经成为新世纪中国人文知识者的责任与义务，而且深度的文学批评从来就必需文史哲作为根基的，这个栏目一打出就获得普遍关注。为增强刊物的前瞻性和开放性，我们还几年如一日在封底推出前卫美术的创作和评点，这与我们关注文学新人、追求前沿性形成完整和谐的氛围，表面上似乎是艺术点缀，实际上是我们的一个姿态、一个多元并存和先锋性的姿态，以及要为不同艺术门类、不同学科的东西留出空间，使人文学科、文学艺术形成互动互补的大格局。我们的艺术批评栏目《艺术时代》也是基于这种识见。同时，我

们还在《文艺报》头版连续两年协办《先擒王——我看头条小说》栏目，对全国文学期刊的头条小说进行论说，既树立了《南方文坛》的学术形象和批评形象，又在更大的范围里推动和活跃当下的文学批评，受到国内文坛的好评。为了突出本刊的信息性，我们约请长于史料工作的批评家白烨、贺绍俊轮流为我们开设《中国当代文学研究会专栏·文坛评述》，点击当下文坛的动态和最新研究，也深受读者的欢迎。

《南方文坛》改版四年来已有百余篇文章分别被权威报刊转载和摘要，其转载率已连续几年保持国内同类期刊的前茅。

与出版社合作办刊，培育品牌，强化经营

在转向市场经济的大背景下，我们深深体会到学术期刊的性质决定了它只会"有场无市"，而寻求上级部门支持，眼睛向上，一味"等靠要"终非长远之计，而且也是行不通的。这几年，在刻苦经营之中我们始终积极寻求合作伙伴，而且目标锁定出版社，锁定广西师大出版社。

首先这源于我们多年与广西出版界的良好关系，我们曾热心为许多出版社的宣传及选题策划做出过努力，出版社的领导也与我们有着共同的人文关怀，尤其近几年中，他们一直不间断地以各种方式支持着我们的追求。其次，合作契合了国际期刊的发展趋势。在当下国际期刊发展的六大趋势中第一条就是强强联合，多媒体联合，走合作经营之路。而且，文论期刊与出版社合作，在国际出版史上早有成功的先例。美国的《新文学史》创办时也是非常艰难的。到1986年以后，由于主编的努力和影响力，该刊在欧美文艺理论界已被公认为一个批评的重镇，以出版后结构主义批评理论著称的约翰·霍普金森大学出版社便不惜重金，与《新文学史》合作，由出版社负责刊物发行并给编辑部提供运作经费。多年之后，另外一个国际后现代主义的名牌文学理论刊物《疆界》，也得到了美国出版当代文化研究和后现代主义著作的重要出版社——杜克大学出版社的上门要求合作。我们想，一个刊物成

为品牌，就有了无形的资产，毕竟，出版社需要品牌来增加它的影响，它也必须注重自己的学术地位和人文精神积累，以此提升自己。刊社携手可谓珠联璧合，共同得益。当然，最主要的原因在于广西师大出版社是中国文科出版基地之一，是中国"先进高校出版社"；他们在创品牌创双效方面做出了突出成绩，所出版的《跨世纪学人文存》《美学系列丛书》《郭小川全集》等系列人文学科的精品，在学界享有良好的声誉；从1997年开始，我们曾多次得到师大社以协办栏目等形式给予的支持和合作。当他们面临新世纪，要把"社刊工程"的事业做得更大更强时，便很自然地将与我们的合作由部分发展到全面，成为《南方文坛》的一家主办单位，而且不改变杂志原有的办刊宗旨，这的确是一种十分难得的富有人文关怀的学术选择和树立自身文化企业形象的自觉意识。师大社社长肖启明再三强调，这是合作，而不是短期性的资助行为，因为这样基于品牌之上的合作是成熟和谐的，这样的合作是真正意义上的发展，也是真正意义上的强强联手，创造双赢。

在中国2000年南京书市的签约仪式上，作家、批评家们高度肯定了我们的合作。大家认为："《南方文坛》在艰苦创品牌中求得了生存，今天又在体制改革中与广西师大出版社合作而获得更大发展，其意义绝不仅止于《南方文坛》和出版社，也不仅止于对中国文艺批评的建设，它还将对正在摆脱旧有体制和轨道，寻求新路生机的中国文艺和学术期刊，以及中国出版界自上而下的'社刊工程'，颇具开拓性、未来性和现实意义。"为此，《文艺报》《文学报》发表了专版专题报道，《新闻出版报》《中华读书报》《中国图书商报》《文汇读书报》《广西日报》等10余家媒体也做了相关报道。

合作之后，出版社将《南方文坛》的弱项即经营（广告、发行等）纳入其运营轨道，并负责杂志的成本支出。杂志社将倾力给读者奉献一本更耐看的《南方文坛》，竭尽全力向杂志要品位要形象要影响要发展。

论20世纪的壮族文学

黄绍清

"民族大文化"的宏观描述：开创壮族文学的新纪元

1. 展示"再把乾坤整"的伟大抱负：壮族现代文学先驱三勇士的战斗锋芒

20世纪的上半叶，随着清政府的被推翻，辛亥革命的成功，中国的社会历史发展进入了一个新的阶段。特别是1919年五四运动的爆发，揭开了中国新民主主义文化运动和文学运动的序幕，也开创了壮族作家现代文学的新纪元。壮族现代作家在五四运动的"民主"和"科学"思想的感召下应运而生。他们和全国其他兄弟民族（特别是汉族）现代作家一道前进，拿起笔杆作战斗武器，在参加现实的革命斗争中，产生创作冲动，有感而发，写下了不少反对帝国主义反对封建主义的文学作品，为壮族现代作家文学开创了新局面；富有革命性和战斗性的作品，揭开了壮族现代文学史册新的一页。

作者简介

黄绍清（1934— ），广西上林人，壮族，毕业于广西师范大学中文系，广西师范大学中文系教授、硕士生导师，中国作家协会会员，著有《壮族当代文学引论》等，合著有《壮族文学史》《壮族文学发展史》。

作品信息

《广西民族研究》2002年第1期。

翻开壮族现代文学的崭新史册，第一个向我们走来的是女诗人曾平澜（1896—1943年）。她从小跟随父亲苦修汉学，青年时代投身国民革命，曾赴日本留学两年，思想激进，视野开阔，创作过不少小说、散文、戏剧，而以诗歌创作见长，有《曾平澜诗集》出版流传后世。她的独特贡献在于用文学作为武器，冲破封建礼教的罗网，追求女性的自由解放，表现了一个叛逆女性特有的反抗精神。她的《女人》《逃跑》《在黑夜里》等诗歌，既冲破了陈旧传统观念的束缚，又深受时代前进的召唤，与时代同呼吸、与人民共命运，有鲜明的时代性，有独特的美学价值。

与曾平澜同时出现的是壮族青年诗人高孤雁（1898—1927年）。他早年接受了马克思列宁主义思想，曾奔赴南宁、广州等地寻求革命真理。在广州，他与瞿秋白、恽代英、肖楚女等结为革命战友，并加入中国共产党。他是一位坚强的共产主义战士，又是一位热情奔放的革命诗人。他从事革命斗争，也进行文学创作。他直接从《新青年》《向导》《中国青年》《女神》《语丝》《创造周报》等进步书刊中吸取思想力量和艺术营养。他胸怀救国救民的壮志豪情，为推翻黑暗的旧世界奔走呼号。他吟诗作赋，发出了大革命时代的战斗强音，被称为是"一个胸罗万卷下笔成文的怪杰"[①]。在1927年的"4·12"反革命政变中被捕，被投入铁墙高筑的牢狱之中仍坚持革命斗争，抒写革命诗词，揭露敌人的罪行，展示革命的理想和抱负。然而罪恶的子弹却夺走了他年轻的生命。他留下70多首诗成为壮族文学极为宝贵的珍品。他的诗作，早期有不少是抒写伤时感世的，为被压迫剥削人民的"满腹酸楚"而吟唱。而不少诗作是爱祖国、爱江山之热诚宣泄和流露。其哀怒与祖国的多舛命运相呼应。更多的诗作深刻地表达了他革命的坚定性和彻底性，同时展示了"再把乾坤整"的伟大理想和抱负。他的诗歌创作，充分地体现了他的崇高的审美理想。与曾平澜相比较，高孤雁视野更阔，更关注劳苦大众的命运和整个社会的发展。这是壮族诗人习用汉族旧体诗形式反映时代和社会、人生等崭新内容取得的光辉成就。

曾平澜、高孤雁之后，出现了一个更为激进的壮族革命青年诗人韦杰三（1903—1926年）。他13岁时开始阅读当时传播新思想的《少年》《学生》等杂志，对文学产生浓厚兴趣，深受新文化思想的影响。后到广州、南京、上海等地求学，先后在《少年》《培英》《英光》《民国日报》《广东群报》等10种报刊上发表诗歌、小说、散文、童话、评论、杂文等约150篇。这些作品，从不同角度反映了他追求真理，追求民主与科学，追求个性解放，反对帝国主义，反对封建主义的民主主义革命思想。他1925年考入北京的清华大学，1926年3月18日，在李大钊等人的领导下，北京群众5千余人在天安门广场集会抗议"天津大沽口事件"，在会后游行请愿中，韦杰三不幸中弹身亡，时年23岁。清华大学为这位爱国志士举行了追悼大会并将其作品编印成《韦杰三烈士集》，梁启超先生在扉页上亲笔题词。其生前老师朱自清写了悼文《哀韦杰三君》，该文后收入朱自清的《背影》一书中。韦杰三作为反帝反封建的壮族作家和斗士，载入了我国新民主主义革命和中国现代文学的史册。他的文学创作，以诗歌著称。从思想内容看，都是那个时代的社会生活和革命斗争在他头脑中反映的产物。从艺术形式和表现手法看，是学习、借鉴汉族作家的先进经验，经过自己头脑加工再创作出来的成果。他非常关心民生疾苦，常常在诗中抒发忧国忧民的思想感情。

曾平澜、高孤雁、韦杰三作为壮族现代文学的先驱，他们所创作的文学作品，以鲜明的战斗锋芒出现在中国现代文学史册上，开启了壮族新文学的先河。

2. 用"民族大文化"的眼光审时度势：壮族现代文学在纷飞的战火中呼啸前行

此后，随着中国社会历史和人民革命的急剧发展，热血沸腾的壮族青年纷纷投身革命，在革命战斗中，他们既用枪杆也用笔杆，谱写壮族文学的新篇章。抗日战争和解放战争时期，出现了两个蜚声当时文坛的壮族作家，一个是报告文学作家华山，另一个是小说作家陆地。

华山（1920—1985年），原名杨华山，广西龙州人，早年投身抗日救亡运动，后到解放区。陆地（1918—），原名陈克惠，曾用名陈寒梅，广西扶绥人，1938年投奔延安革命摇篮。他们两人都毕业于延安鲁迅艺术文学院文学系。在"鲁艺"学习期间，他们与汉族及其他民族作家一样，接受马克思主义文艺理论的指导，文学创作水平有明显的提高，文学创作的道路也越走越宽。

这个时期，华山的报告文学以描绘硝烟弥漫的抗日战争和解放战争的军旅生活为主要题材，特别是对东北战场上那种艰苦激烈的战斗情景描写得尤为生动，气势磅礴，震撼人心！其中，《承德撤退》《解放四平街》《英雄的十月》三篇为其代表作。

在《解放四平街》中华山用报告文学作家的大手笔，概括而生动地描写了解放四平街的战争大场面，令人仿佛置身观战的制高点，目睹了我军解放四平街激战时的全貌。《英雄的十月》是华山这个时期最具代表性的优秀报告文学作品。它生动而深刻地报告了波澜壮阔的辽沈战役的宏伟全景。

这几篇作品的写作和发表，标志华山报告文学创作出现的第一次高峰，显示了华山报告文学的独特艺术风格。首先，选择重大题材，讴歌革命战争。其次，既注重新闻性，又增强文学性，把时代性与文学性融为一体。

在新民主主义革命时期，华山以创作报告文学驰名。同时，他也创作过一些小说，中篇《鸡毛信》便是一部脍炙人口、影响深广的优秀作品。作品所描写的海娃送鸡毛信的故事，是全民抗战思想典型化的艺术反映。

陆地的小说创作以《乡间》为起点，那是他"到延安后，在鲁迅艺术文学院学习中的第一篇习作"，也是他"头一遭向文学创作学步的尝试"②，是他小说的处女作，由何其芳、严文井推荐，在1942年桂林版的《大公报》上发表。

后来，他相继发表了许多小说，如《参加"八路"来了》《钱》《大家庭》等。之后，陆地创作了中篇小说《生死斗争》。

新民主主义革命时期壮族作家的小说创作有了新的发展，从短篇到中篇小说，是壮族作家借鉴汉族作家及其兄弟民族作家艺术创作经验的结晶，体现了文学的创作和发展有一个生活积累和艺术积累过程的共同规律。壮族作家逐步掌握了这个规律，用"大民族""大文化"的眼光审时度势，认识到这是时代赋予自己的一种文学创作的使命，因而付诸实践，身体力行，文学创作就有不断的进步和提高。从华山的《鸡毛信》到陆地的《生死斗争》等中篇小说的出现，说明壮族作家艺术创作正向深度和广度发展。他们的初步成功，具有划时代的历史意义。

抗日战争时期，在祖国南疆活跃着一批壮族青年作家，他们创作诗歌、散文、小说、报告文学，抒发强烈的爱国主义思想感情，表现了挽救民族危亡的时代精神。梁宁的《站在郁江岸畔》，潘古的《左江船夫曲》等诗作有鲜明的南疆韵味和浓郁的民族色彩。黄青的《来到祖国的南方》一诗充满了热爱祖国、热爱家乡、热爱民族的深挚感情。蓝鸿恩的《北极星》等散文赋有从黑暗看到光明和希望的象征意义，万里云的《一枝枪》等小说讴歌红军战士为革命壮烈献身的英雄事迹，等等，都无不以铿锵的音响、急骤的旋律，传达了壮族人民和全国广大青年振奋中华民族的心声。

这个时期，令人瞩目的壮族青年电影文学剧作家岑范应运而生。他创作的电影文学剧本《血染孤城》《生与死》等的投拍和放映，为壮族文学创造了新的文学样式，使壮族文学的品种趋于完善，为20世纪上半叶的壮族文学增添了辉煌。

民族主体意识的觉醒：壮族文学迎来阳光明媚的春天

1. 自觉把审美眼光投向发奋进取的民族怀抱

50年代初期，壮族被确认为中华民族中人口最多的少数民族，是壮族民族意识觉醒的时期，也是壮族作家民族审美意识觉醒的时期。随着民族意识和民族审美意识的觉醒，壮族文学中的审美品位发生了巨大的嬗变，有了长足的进步和发展。

如果说，20世纪上半叶壮族作家由于未被确认自己的民族成分，又受时代风潮的激荡，离开故土，投身如火如荼的人民革命战争，尚无暇顾及本民族的苦难处境，把审美视野投向急剧变化的神州大地的话，那么，到20世纪下半叶的前期，他们凯旋之后，便自觉地把审美眼光投向从黑暗走向光明的祖国南疆的广大沃土和勤劳勇敢、发奋进取的壮族同胞。这个时期，壮族优良的传统文化、悠久的社会历史和斑斓的现实生活奔到壮族作家们的笔端，摄入他们的审美视野，成为他们取之不尽、用之不竭的文学创作的源泉。老作家陆地创作的《美丽的南方》是第一部描写壮族人民生活的长篇小说，也是广西以及壮族文学史上出现的第一部长篇小说，作品刻画了一个原来被称为"闷葫芦"，在土改运动中经受民主改革风暴洗礼而觉醒的壮族农民典型形象韦廷忠，他是第一个在壮族文学史上耸立的民族艺术典型。在他周围，还有韦大嫂、苏嫂、赵三伯、农则丰、马仔、银英等一批有血有肉的人物形象。作品以祖国南疆的一个壮族山乡为背景，生动地描绘了南方的美丽景物和壮族人民丰富多彩的生活场景，不愧为一幅壮族地区风土人情的绚丽画卷，以鲜明的地方色彩和浓郁的民族特色赢得广大读者的青睐。后来，陆地又创作了鸿篇巨著百多万字的多卷长篇小说《瀑布》(第一部《长夜》，第二部《黎明》)，又为壮族文学史树立了一座高耸的里程碑。作品以一位壮族人民的优秀儿子韦步平从《长夜》到《黎明》，在斗争中锻炼成长为主线，反映了本世纪初叶到20年代初期壮族聚居的桂西地区的现实生活和革命斗争，以及在这一历史阶段中各种代表人物的复杂关系。整部作品构思宏伟，人物众多，线索纷繁，矛盾复杂，场面广阔，故事跌宕多姿，情节引人入胜，线索主次分明，人物性格鲜明，既吸取中国汉族小说传统的艺术构思手法，又体现壮族人民特有的思维方式，准确地反映了那个历史阶段壮族社会的时代特征和壮族人民生活的真实面貌，从而给读者以深刻的思想启迪和崇高的审美享受。

壮族老作家中，李志明和黄青都是戎马倥偬的革命战士。在革命战争时期，他们创作了不少讴歌中华民族"不屈头颅"的战歌；到了建设年代，他们又用民族独特的审美体验抒写人民翻身的喜悦及其建构幸福生活的热情。李志明是一位经过弹雨过滤和二万五千里长征考验战功赫赫的将军，诗集《长征诗草》是他投身革命南征北战的战斗生活的真实记录和艺术概括。诗集《右江红旗》描述了当年壮族地区老革命根据地右江的风云岁月和壮美图景。他的诗作，不仅表现红军战士为人民赴汤蹈火的英雄气概，而且有浓郁的壮乡风味和地方色彩。黄青也是早年参加革命，在血与火的斗争中成长的壮族诗人。解放后，他在身负党政工作的同时，也致力于诗歌创作，而且把壮族人民的革命斗争和社会主义建设作为他创作的主要内容。政治抒情长诗《红河之歌》以浓墨重彩描绘那咆哮奔腾的波涛，滚滚滔滔的红河，成为壮族人民奔放豪情的象征。而红河两岸傲然耸立的崇山峻岭，则是壮族人民坚强不屈性格的形象写照。他的诗作自然形成"你中有我，我中有你"，壮汉诗艺融成一体的独特艺术风格。后来他创作的《欢乐颂》《奔腾的右江》《壮家歌声》《壮山瑶寨》《早晨，我回望红河》等诗大体保持了这种审美风格。

这个时期，影响深远的是壮族文坛升起的诗星韦其麟。他擅长于根据壮族民间传说和故事创作叙事诗，其处女作《玫瑰花的故事》发表时他才18岁。此诗最初刊于《新观察》，以后很快被翻译成英文、日文在国外刊物上转发。这首描写壮族男女青年追求自由爱情后被国王迫害的悲剧故事诗，运用古老的叙事方式，营造浓郁的壮乡诗情氛围，以纯真的情愫和清新的语言而脍炙人口。后来，他在大学学习期间，又创作了叙事长诗《百鸟衣》，在《长江文艺》发表后，被《人民文学》《新华日报》转载，成为当时壮族作家、诗人创作的文学作品中影响最大的一部作品，被评论界认为是少数民族文学的"珍品"。曾被改编为粤剧、壮剧演出。作品描绘的一对勤劳勇敢的壮族青年男女古卡和依俚，反抗封建土司的压迫，追求爱情自由，形象鲜明，给读者留下深刻的印象。此后，在他的创作年谱里，不断增添根据壮族民间传说故事创作的优秀篇章，如《牛佬》《柚子树》《红水河边的传说》《颂歌——记一个壮族老人的话》《歌手》等，很富有民族生活气息。这里还应该提到的是两个壮族诗人莎红和古笛，他们均以抒情短诗创作为特色，多以广西少数民族生活为题材，富有浓郁的民族色彩和山野风味。如莎红的《西山颂》《列宁岩》《山寨诗抄》《红神庙》《侗寨月曲》，古笛的《歌圩五景》《虎刺花》《青山里流出一条红水河》《壮山的路》等，都以轻快、清新、纯净、明朗为独特的艺术风格。

他们诗歌创作的成功和贡献告诉我们："诗歌的民族性或者说民族特点。民族精神吧，那是永远离不开民族的生活现实和民族历史文化传统的。对当前的民族生活现实深刻感受，对传统的民族文化的继承发展，乃是任何一个具有民族特点、民族精神的诗人所必备的条件。"③他们的诗作艺术地反映了本民族多灾多难的历史生活和丰姿多彩的传统文化。诗的立意和构思又兼有壮族的思维方式和汉族的语言运用的特点，表达壮族诗人自然天籁的审美感受。

2. 以鲜明觉醒的审美笔触描绘姓"壮"的人物画廊

中华民族发展的历史车轮驶进了20世纪下半叶的后期，壮族作家和全国各兄弟民族作家一道迎来了新时期文学创作更加烂漫的春天。这个时期壮族文学的审美感悟以鲜明的觉醒和深沉的思索为特色。作家们睁大了明亮的眼睛，穿越过满目疮痍的精神废墟，以清醒的头脑深深思索民族的历史、命运以及瞬息万变的现实。他们确认人民是创造历史的真正动力，挥笔泼墨为人民树碑立传，讴歌人民创造历史、创造财富的丰功伟绩，展示了新时期赋予的神圣历史使命感和精神生命力。

这个时期，步入中年的诗人韦其麟经过坎坷的人生旅途之后迎来了文学创作的自主期。他从容地进行自我选择，充分展示其聪明才智，自由发展创作个性，创作取得令人瞩目的成绩，形成独特的艺术风格。他把一批以壮族人物形象为主体的叙事长诗奉献给读者，如用民歌形式创作的叙事长诗《凤凰歌》进行修改后出版。这部长诗叙述了一个普通壮族人民的贫苦家庭的不幸遭遇和悲剧命运，塑造了一个我国民主革命时期的壮族巾帼英雄达凤为革命胜利而奉献青春的光辉形象。接着他又出版叙事诗集《寻找太阳的母亲》，收入24首叙事诗作，其中有16首创作于新时期，这些诗作，有的是写现实生活中的故事，而更多的是取材于古老的民间传说，更富有民族的优良文化传统和生活气息。如《寻找太阳的母亲》的故事，取材于壮族古老的神话传说《妈勒访天边》。这个神话传说意在反映壮族先民探索大自然的奥秘。诗人在创作时却寄寓"寻找太阳"，追求光明的崇高理想。诗中塑造了一个没有名字的母亲——寻找太阳的母亲的审美形象。这个母亲历尽艰险，排除万难终于为民族、为人民找到了从"东方跃起的殷红"的太阳。这个母亲是壮族人民百折不挠、坚忍不拔、奋斗不息、英勇献身的伟大民族精神的艺术概括和象征。这种奋进的思想品格和民族精神使这个古老的神话传说焕发了时代的光彩和艺术力量！

随着改革开放的不断深入发展，诗人的诗路也日益拓宽，突破他原来的思维定式，他更广泛地借鉴和运用其他民族先进的创作方法，进行深沉的哲理思考，显示一种睿智悠远的理性之光，诗集《含羞草》、散文诗集《童心集》收入的篇什都具有这些特点，渗透着诗人对社会、对人生、对民族命运的感悟和忧患意识。而诗人的忧患意识代表了社会的渴求、时代的呼唤、历史的沉思、人类的心声、民族的愿望。所以，其沉思的痛苦常常变成巨大的思想力量，变成改革落后现实的力量。并通过作者所刻画的不屈的《群峰》的民族形象表现出来。

韦一凡为这个时期崛起的壮族文坛新秀，他的小说创作，始终把艺术的镜头对准当代社会生活和社会思潮，以积极的态度来反映和显示矛盾和斗争，赞扬新生事物，鞭挞落后思想，有鲜明的时代性和倾向性。他的作品，几乎都是他所处的"自己时代的产儿"。他努力为壮族人民塑像，在壮族文学史上开拓了一个"新的人物"画廊，展示了壮族人民崭新的精神面貌。其中尤以壮族农村妇女和青年描写最为成功：性格善良而坚强，内心世界丰富而复杂，形象平凡而伟大的韦黄氏（《姆姥韦黄氏》）；性格泼辣灼人，立志科学种田的"红棉花"黄玉梅（《她的故事》）；敢于"违俗越规"，挣脱"父母之命，媒妁之言"的枷锁，终于掌握了婚事主动权的韦玉香（《闷妹》）；不屈服于权力的压制，为人民伸张正义，依法断案的年轻庭长吴志华和从懦弱中勇敢站起来向无视法纪的丑恶行为进行坚决斗争的石丽芳（《隔壁官司》）；被誉为能带领壮族农民进行新长征的实干家、青年党员李胜文（《换班》）；靠劳动致富而自费出去旅游、畅游长江三峡的蒙公三（《蒙公三坐船》）等等，都从各个侧面反映了壮族人民迈步在改革开放、实现社会主义现代化的大道上的铿锵足音。这些人物都姓"壮"，都有壮族人民的心理和气质，他们不仅在政治上与各民族人民一律平等，经济上逐步脱离贫困，走向富裕，且成为文学的主人，具有深远的现实意义和历史意义。

而最能体现韦一凡小说创作艺术才华的是其长篇力作《劫波》。他借鉴、运用汉族文学的传统创作方法和审美法规是成功的。小说叙述了一个姓韦的家族两朝三代人的爱恨恩仇的故事，是壮族文化沉淀中普普通通的故事，又是渗入强烈时代意识的令人心尖战栗的故事。说它普通，是因为在"昨天"的壮族人民繁衍生息的地方随处可见；说它令人心尖战栗，是因为作家把艺术的触角抵到壮族传统文化的深层，让读者看到了那些怵目惊心的荒唐无稽的世相！旧社会的白鹤村，为封建的生产关系所统治，封建秩序的乡规族法主宰着族民的一切言行，族长头人羊胡三爷韦万田一手遮天，独霸全族财产，陈腐恶臭的封建宗法观念笼罩着愚昧窒息的村庄。族民韦良山、韦良才、韦满姑不堪忍受这种宗法观念的愚弄，便揭"笔"而起，带头清查羊胡三爷所掌管的"族帐"。这就触犯了老爷的权威，恼羞成怒的羊胡三爷施行阴谋对他们进行迫害，致使他们妻离子散。到了新社会白鹤村，换了主人，韦良山掌握了党政大权，可是，封建宗法族规阴魂不散，极左路线横行，逼得韦家亲人走投无路，濒临绝境。直到新时期的阳光照耀到白鹤村的时候族人才摆脱了宗法族规和极左路线的羁绊，从封闭的穷乡僻巷走向改革、开放的康庄大道。白鹤村的曲折道路是千千万万个壮族村庄历史变迁的真实投影，韦良山等人物的坎坷遭遇是当代社会中千千万万个普通"壮民"悲剧命运的艺术写照。很显然，韦一凡在构思和创作这部长篇时，他是"以自己民族的眼睛观察事物并按下他的印记的"④。唯其如此，这部作品才富有深沉的历史感和强烈的现实感，其思想内容也就比他的其他作品有深度和厚度。也只有如此，他所塑造的主人公在根深蒂固的壮族传统文化土壤上经过"多种杂交"而呱呱落地的"混血儿"的韦良山才以其独特的典型性格卓立于当代文学史册上。

壮族是个开放性很强的民族，壮族作家的文学创作的开放性也是强烈的。许多壮族作家走出"族门"，学习、借鉴"异族"的审美经验，又用自己民族的审美眼光，或反观民族的苦难历史和多舛命运，或吸收"异族"丰富的创作营养，"拿来""异族"创作素材，经过自己头脑的加工、制作，泼墨为文，这样的作品往往显得审美视野更加开阔，审美意蕴更加丰厚、更加深邃。

黄凤显是80年代中期在北京大学中文系攻读硕士学位（后来又取得了博士学位）期间创作中篇小说《赶山》的。故事发生在80年代中期的广西壮族山寨。当时，中国农村经济体制改革的春风吹醒沉睡多年的壮族人民聚居的山山峁峁。亭辣寨的藤佬、特康和隆三三，盼着早日脱贫致富，冒着"蚀本"的危险，再次爬山越岭，到弄方寨贩牛（壮寨的特产），几经波折，经过岜桑寨等艰险地段，终于把牛赶出了山。作品写的是现在进行式的故事，而由于穿插、补叙了主人公藤佬苦难的童年，贫穷却浪漫的青年生活经历，乃至老年的成熟和辉煌；还由于它巧妙地叙说了公摩赶山神话——藤佬自从懂事起就听阿牙（奶奶）讲的故事，这故事既像神话，又像童话，哺育着藤佬长大成人；这就使作品蕴含了相当深厚的民族文化积淀，让人们窥见壮族人民繁衍生息的文化土壤多么博大深厚！从这个意义上说，它属于寻根文学的范畴。作品中所描画的一座座倔强如牛的山、一群群陡峭如山的牛和一个个如山似牛的人，无不映现了当今的壮家真实的生活环境和坚毅的性格特征。他们立足于这样艰难的环境，却胸怀改变穷山恶水的强烈愿望，而且是通过神话和史诗般的故事深刻地表现出来的。这种艺术构思的方法技巧，并非壮族文学的"土特产"，是作家从"外面""拿来"，为我所用的先进方法。"山"能"赶"吗？回答当然是一个"不"字。但为何作品篇名又叫《赶山》呢？这与壮族古代神话传说有密切联系。"美是道德的象征。"⑤很显然，作者在此对审美对象赋予了新的象征寓意，而且把对这种新象征美的"概念运用到一个感性直观的对象，间接地包含着概念的诸表现"⑥。这样，就使壮民族的理想道德行为规范具有了自己独特的民族传统。作品所蕴含的理想道德象征作为美的本质特征，也就具有了鲜明的民族性。

3. 泛借鉴先进的审美经验，创作"国人"共认的艺术形象

旅京作家苏方学早年离开故土，文学创作也令人注目。他写过歌词、诗歌、散文、报告文学，而以小说创作成就最为显著。他创作的小说，有短篇、中篇，而以长篇影响最大。他的文学创作，视野开阔，题材广泛，艺术手法也多样化，四卷本长篇小说《原子弹四部曲》是其艺术风格的代表力作。这"四部曲"包含《太阳的神庙》《太阳的驿站》《太阳的火伞》《太阳的警钟》四卷。这部135万字的系列长篇小说以其具有史诗性意义的新颖和深刻，举世瞩目。它的出版，标志着这个时期的壮族文学创作出现新的突破、新的超越，达到了新的高峰。这部系列长篇，第一次将科学化为文学，全景式地描述了我国第一颗原子弹研制成功的全过程。作品从国内写到国外，从首都写到边疆，从城市写到乡村；写科技人员对原子弹进行理论研讨和设计，写试验基地的建立，写原子城的建设，写原子弹的发射，写科技人员在政治风云中的困厄以及他们酸甜苦辣的爱情和婚姻等，时空跨越度大，线索纷繁交错，构思恢宏，视野开阔，全方位、多侧面、多层次地展示了我国人民和军队在那艰苦卓绝的年代和环境里坚韧的意志和顽强的毅力，讴歌中华民族高度的爱国主义和革命英雄主义精神。作品描写的人物数以百计，从列宁到毛泽东、周恩来、聂

荣臻、陈毅以至赫鲁晓夫等实有的历史人物，从核工程总指挥卢梦笔到各工序的指挥员柳不任、秦川、鲁南、巴特尔、鲁东山，还有物理学家、数学家晏子峰、波克、邓光禾、尚家骥等虚构的艺术形象，都写得有声有色、血肉丰满，足见作者非凡的胆识、勇气以及他驾驭重大题材的能力和艺术才华，应该说，这是壮族作家对壮族文学、对中国当代文学独特而重大的贡献。

在研究20世纪壮族文学的时候，人们当然不会忘记一种新兴的文学样式，那就是在壮族文坛上被称为"后来居上"的戏剧文学。这其中，影响最广泛、最深远的首推歌舞剧《刘三姐》。它能从舞台搬上银幕，是壮族人民和壮族作家集体智慧的艺术结晶。它塑造刘三姐敢于反抗压迫的斗争性格，以歌代言、以歌为斗争武器的聪明才智，是壮族人民理想化身的艺术形象，具有鲜明而浓郁的民族特色。

如果说《刘三姐》纯粹是从历史走向现实、从民间走上银幕的话，那么《甜蜜的事业》等电影文学则是壮族剧作家周民震进行艺术创造而产生的作品。壮族的戏剧文学从民间文学发展到作家文学，向前迈进了一大步，这也是壮族作家借鉴"他民族"文学创作方法和审美经验而取得的成果。周民震曾专攻过喜剧，在这方面他有很深切的体会。他专门研究了鲁迅的文艺思想，分析喜剧大师卓别林·莫里哀、赫尔岑·普希金、别林斯基、车尔尼雪夫斯基等人的喜剧理论，把这些大师的精辟论述和真知灼见作为自己进行喜剧创作的座右铭。"一本正经的教训，即使面面俱到，也往往不及讽刺有力量；规劝大多数人，没有比描绘他们的过失更见效的了。把恶习变成人人的笑柄，对恶习就是重大的打击。"[⑦]他进而认为："这种对旧事物的嘲笑和对新生活的欢笑，还得使人赏心悦目，陶冶性情，提高精神境界，满足艺术享受。"[⑧]基于这种认识，他又从《五朵金花》（中国）、《一主二仆》（俄）、《摘苹果的时候》（朝鲜）、《忠实的朋友》（苏联）、《城市之光》（美）、《他俩和她俩》（中国）等喜剧得到启发，广泛学习和借鉴这些优秀喜剧的成功经验，结合现实生活和自己的感悟，创作了《甜蜜的事业》《真是烦死人》《顾此失彼》《彩色的生活》等喜剧脚本，并搬上银幕，深得读者的喜爱和观众的赞赏。特别是《甜蜜的事业》，和盘托出千百年来埋藏在人们心灵深处的男尊女卑的恶习，并给予辛辣的嘲讽，产生了很好的艺术效果。这种艺术效果就是以"笑"为手段来达到教育人、提高人的思想认识水平的目的。在中华民族文学的范围内，各民族的文学都有自己的民族审美特征，但各民族又有共同的审美特征，这就是美的独特性和普遍性。而在优秀的民族文学作品中，这两者往往是互相渗透、互相补充、互相依存，共同发展的。《甜蜜的事业》描写的是江南地区某糖厂和蔗农几个家庭因计划生育问题而发生的一系列误会、矛盾和冲突，但"它所描绘的世界就不能专属某一特殊民族，而是要使这一特殊民族和它的……事迹能深刻得反映出一般人类的东西"⑨。它反映了中华民族面临的计划生育等"国策"问题，反映了中华"全民"的共同心态和审美情趣，因而得到"国人"的一致认同和普遍赞赏，成为"国人"共同的思想文化财富。

总之，壮族文学蓬勃的发展，是由于壮族作家扩宽了民族审美的视野，他们广泛地接触、研习、吸收、借鉴了先进民族（特别是汉族老大哥）以及其他兄弟民族文化的营养，甚至外国的先进经验和手法，用"拿来主义"的办法，把有用的东西统统"拿来"为我所用。因此，纵观这半个世纪的壮族文学，不论是题材、主题，还是技巧、手法，都有了前所未有的突破和超越。壮族作家的创作，或立足于本乡本土本民族的生活基础，或冲破本民族生活题材的局限；或者表现本民族的追求和愿望，或反映"全民族"的理想和奋斗目标。但不管壮族作家们用什么方法创作，写怎样题材的作品，其艺术构思过程中都注入了本民族独特的思维方式和审美情趣，都或隐或显地流露出姓"壮"的某些思想本质和民族审美特点，使民族性和开放性有机结合，把壮族文学的民族审美推上较高的层次，为中国文学的发展和繁荣做出了独特的贡献。

| 注释 |

① 杨赠章：《缅怀先烈，忆"4·12"事变国民党在南宁大屠杀》，见《广西文史资料选辑》第7辑。

② 陆地：《〈故人〉题记》，见小说选集《故人》，广西人民出版社，1979。

③ 黄勇刹：《山河声浪·序》，漓江出版社，1984。

④《别林斯基论文学》，新文艺出版社，1958，第76—77页。

⑤⑥ 康德：《判断力批判》，商务印书馆，1964，第200—201页。

⑦⑧ 莫里哀语，转引自周民震文：《把恶习变成人人的笑柄》，《电影艺术》1980年第12期。

⑨ 黑格尔：《美学》第3卷（下），第124页。

中国诗歌的几个热点及广西的对应

——在广西青年诗会上的发言（节选）

刘 春

70后、中间代、下半身

曾经，在一些诗人和评论家那里，"70后"诗人是"下半身诗人"（以写口语诗为主的部分诗人）的代名词，或者只是几个"知识分子写作后备军"，随着这一代人的整体亮相，现在，这些观念在事实面前悄然改变。"70后"是一个统称，指的是所有70年代出生的诗人，就像一个大菜园，只要是园子里的东西，都是蔬菜。不用说，单从命名上来说，这种大杂烩似的命名十分不科学，但从另外的角度看，这个称谓也有其存在的意义和必然性。它至少表明了年轻一代诗人渴望崛起、希望在

作者简介

　　刘春（1974— ），生于广西荔浦，1990年开始发表作品。2008年加入中国作家协会。著有诗集《忧伤的月亮》《幸福像花儿开放》《广西当代作家丛书·刘春卷》，诗歌研究专著《从一首诗开始》《朦胧诗以后：1986—2007中国诗坛地图》《一个人的诗歌史》，随笔集《或明或暗的关系》《让时间说话》《文坛边》等。作品入选《中国诗歌选》《中国新诗年鉴》等百余种选本。曾获首届华文青年诗人奖、第四届和第六届广西文艺创作铜鼓奖。

作品信息

《南方文坛》2002年第5期。

众声喧哗的诗坛上发出自己的声音。近两年，由于大量与"70后"有关的民间刊物的出现和"70后"诗人的创作成绩，许多公开的文学刊物也逐渐接受了这个称呼和这个团体，开辟了专门的版面甚至是整本刊物用来发表"70后"诗人的作品，福建海风出版社还出版了一本《70后诗人诗选》，推出了全国百余个70年代出生的诗人的作品。实际上70年代出生的诗人远远不止这些。

总的看来，"70后"诗人的不少作品也具有相当高的审美层次，其中少数诗人和作品的优秀在文坛上已有定论，比如孙磊、蒋浩、朵渔等等。这一代诗人也在各个方向进行了探索。不过这一代诗人的写作在不断地成熟中，新人冒得也快，"各领风骚三五月"，所以，当时被认为是代表作的作品到了半年一年以后，也许已不再如一两年前那么意义重大，当时的"70后"活跃分子，也许一两年后已经掉队甚至停笔，而另一些并不冒尖的诗人却脱颖而出，备受瞩目。因此，对于正在成长中的诗人来说，不宜过早地给他们下结论，最后的结论应该由时间来作。

广西也有一批在国内排得上号的"70后"诗人，他们的创作各有特点，比如虫儿、胡子博、花枪、黄芳等人，在近年都比较活跃。还有更多的诗人暂时还未受到关注，比如陈代云、甘谷列、谢夷姗等人，都有相当的素质，我坚信有朝一日，他们会走出来。在这一代诗人中，虫儿是突出的代表。虫儿以前的诗无论在语言上还是在内涵上"装备"都很传统，这几年鸟枪换炮，杀出了一条血路，在一些有影响的刊物上发表了作品。我担忧的是虫儿的写作的后劲的问题，套用鲁迅先生的话说：写诗的人多了，淘汰得也就快。我一直认为写作是需要准备的，不管是知识上还是在经验上。

"中间代"是最近半年来才突然冒出来但迅速受到关注的一个名词，是广东诗人黄礼孩和福建诗人安琪命名的，他们在2001年下半年出版了一本厚重漂亮的《中间代诗选》。现在看来，"中间代"的受到关注除了这一拨诗人本身具有的实力和历史的必然性外，福建诗人安琪也功不可没，正因为她对诗歌的巨大热情和活动能力，国内许多诗人和评论家都在一些重要刊物为"中间代"撰写了文章。

和"70后"一样，"中间代"也是一个菜园，安琪给"中间代"的定位是：凡是60年代出生的在80年代没有获得名声的诗人都在此列，而在80年代成名的"第三代"诗人因为当年已经成名，则不是"中间代"。这个定位得到了一些评论家和大学中文系教授的支持，因为在当代文学的诗歌教学中，一般老师只教到80年代中期，即第三代诗人，然后就断裂了，不知道教什么内容。"中间代"的提出，给了他们一个提醒，也给了他们一个方向。文学史就是这样，要作家成群结队才好叙述，单个的很容易被忽略。所以，"中间代"诗人以前都是"单干"，让研究者和大学教授无从下手，安琪和黄礼孩做了一件好事，现在，有些高校老师已把《中间代诗选》带到课堂了。

"中间代"的命名和定位也遭到了一些批评，有人说它笼统，过于强调整体而忽视了诗人的个性；还有人提出，某些60年代出生的诗人，本来就是90年代才开始写诗，而且素质一般，与那些80年代写诗但当时不受重视的实力诗人完全不同，但这些诗人也被列入"中间代"阵营中，显得有些滑稽。更多的批评是对以出生年代来命名一个写作群体进行质疑。以上三种意见同样适用于对"70后"诗人的批评。还有一种批评来自50年代出生80年代开始写诗但又不是"第三代"的诗人。这些诗人既不是朦胧诗派，又不是"第三代"，还不是"中间代"，更不可能是"70后"，那么他们不是从诗坛"蒸发"了吗？可以说，这些批评都具有一定的道理，有什么命名是天衣无缝的呢？没有。你提出"朦胧诗"，我则说舒婷的诗根本不"朦胧"，怎么能够当"朦胧诗"的代表诗人？因此，我们更应该看到的是"中间代"存在的合理性而不必在琐屑的事情上花时间。

广西自然也有"中间代"。《中间代诗选》也有非亚的作品。广西的少数几个"中间代"还具有较强的实力，比如盘妙彬，如果说以前他还是一种外在的歌唱，那么这几年的诗就是一种说话，和自己的灵魂说话。这是两个层面上的东西。比如非亚，90年代初他的作品还有些严谨、有些"做"，近期变得大方、随意、自然，得到了越来越多的好评。

与"70后""中间代"只在文学刊物上热闹不同，"下半身"还登上了不少流行杂志，比如《新周刊》《母语》等等。这让"下半身"在爆得大名的同时也遭到了一些读者的误解，以为他们只写"黄色诗歌"。因此，"下半身诗人"的诗歌受到的批评比得到的赞扬要多得多，许多人一看见"下半身"诗歌里的某一个字眼就本能地厌恶他们的写作。他们没有注意到，"下半身诗人"大多各有特点，他们的作品也一直在调整着、变化着，许多批评者没读或者只读过他们的一两首作品就指责他们堕落，还有的人专门挑那些质量比较一般的诗歌来批评，以证明这个群体是乌合之众，而忽视了他们也写出不少好作品这一事实。在我的印象中，"下半身诗人"的目标不单是人体"下半身"，他们更多的是一种立场、一种反叛、一种对优雅诗风的"拨乱反正"，当然，在把握不住的时候，他们的写作有可能"矫枉过正"，这是引起批评的原因之一。我欣赏的更多的是他们的勇气，他们的断裂精神。

去年，虫儿拿了几首朱山坡，也就是北流的龙琨的诗歌给我看，我读后很惊讶，第一个感觉就是，我们广西也有"下半身"，而且玩得不比北京的"下半身"差。那种现实尖锐的切入、那种刁钻和凶狠，丰富了广西诗歌的写作。现在，可以说，我们广西诗人的风格是丰富多彩的，国内无论哪一种写作倾向都可以在这片土地上找到回应，所以，我们没有任何必要妄自菲薄。

当然，也不是说我们可以非常乐观地面对21世纪，我们所遭遇的问题与优势同样突出。有一些诗人起步较早，也具有一些地方性的影响，但或者是由于生活拖累，或者是由于准备上的原因，而很令人遗憾地停下笔来。如果"中间代"的菡子和"70后"的戈鱼生活在城市、衣食不愁，他们在诗坛上的影响早就不止今天这个范围了。要是另一些人当年能够多读几年书，文化底子垫厚一些，他们也不至于写到一定的程度就停步不前。我粗粗统计了一下，广西诗人的文化水平偏低，这是妨碍他们向更高目标冲刺的绊脚石——句式都造不来几个，怎么丰富你的写作？一些诗人的作品单调、平面，有想法却无法完美表达，书读得少了。还有一些诗人就像被沈浩波在衡山诗会上批评的巫昂，天分不错，却太散漫，不把诗歌创作当作一种追求，想写就写，不想写就不写，也不读书。这样的诗人很可惜，我们知道，一篇精品往往是一百篇赝品里淘出来的，而且，写到一定的高度之后，遇到的阻力会越来越大，不主动地做准备，而寄希望于天才和灵感，这样的写作既不可靠，也不可能往更深处挖掘。

公开刊物和民间刊物

民间刊物的出现无疑是中国现代主义诗歌发展源流中的一大现象。从70年代末期开始，民刊数量之多，流传之广，无可估量。特别是进入90年代，"民刊运动"更是风起云涌，全国每一个省市都有大量民刊的出现。

在公开刊物与民间刊物的关系上，不同的人有不同的看法。前段时间，作家田柯主持的"新生代文学网"给我做了一个"本期推荐"，发了我十余首诗和简介，"作者简介"中有"在公开刊物和少量民间刊物上发表诗歌作品"等字句。一个搞小说的朋友觉得奇怪："你在知名的公开刊物发过那么多东西，为什么还要列出个'少量民间刊物'呢?"我回答说："事实上，某些民间刊物的质量比大部分公开刊物只高不低。"朋友的话至少包含了以下两层含义：第一，公开刊物是国家正规部门主办的，可信度高，民间刊物是个人办的，有一期没一期，形不成气候，而且水准普遍较低，是自我娱乐。因此，既然你已经在不少公开刊物发过东西了，就没必要再提民间刊物。第二，公开刊物和民间刊物是对立面，有你没我，有我没你，既然你"选择"了公开刊物发表你的作品，那么就必须和"民间"保持距离，反之亦然。似乎两者是"不是你死就是我亡"的敌我关系。

我并不欣赏这样的态度，我认为在一个好刊物发表一篇作品胜过在一般的刊物发十篇。而"好刊物"是不分公开和民间的。现在诗坛上有这么一种风气："官方诗人"对民刊持一种本能的歧视（至少表面上是如此），而民间诗人对公开刊物亦很"感冒"，却忽视了两种刊物中都存在着大量的赝品这一事实。对"官方诗人"我无话可说，因为他们高贵，说了他们也不会听。在这里我只想提醒那些距离我近一些的认为"公开刊物是狗屎"的民间诗人：是不是因为民间刊物是诗人自己掏钱办的即使办得再差也可以受到原谅呢? 可十年来，我们看到多少民刊打着诗歌的招牌对一些文学爱好者坑蒙拐骗啊! 当然，我们绝对有权利对办得不合自己的审美观念的所有刊物嗤之以鼻，不管它是公开还是民间。但这只能说是个人的性格喜恶而已，与别人办刊物有什么关系呢？有人宣称一辈子不在正规刊物上发表诗歌，也有的人一听说"民间"两个字就汗毛直竖，那是他们的自由，如果真能坚持自己的观念到老到死，这个人的性格值得佩服，但我至今还没有遇到过这样的人。我曾经问一个在文章中将《诗刊》和《人民文学》贬得一文不值的诗人为什么要那样，他回答说：谁让他们一直不采用我的投稿！至于自诩"民间"的诗人千方百计地往公开刊物上靠，成为"公开诗人"后反过来踩一脚民间的事情我们见得还少吗！

广西已经没有了公开发行的文学刊物。《漓江》停刊了，《广西文学》和《南方文学》《金田》等改版了，诗歌爱好者失去了发表诗歌的阵地。不要小看这些不大知名的省市级刊物，几乎没有哪个诗人和作家不是在这些小刊物的帮助下成长起来的。阵地的消失，使一些本来比较有发展前途的诗人延长了跋涉的道路，也有可能使诗歌创作人才面临断代的危险。虽然外省还有不少刊物可以发表诗歌，但让一个初学者过早地和全国的大小诗人争夺那块小小的土地，结果如何不难想象。而90年代以来，广西的诗歌民刊一直是全国浩浩荡荡的"民刊合唱团"的重要成员，《扬子鳄》《自行车》《漆》刊诗都在国内有一定的影响，在我所接触到的上百种民刊中，广西的这三份刊物除了印刷质量稍逊于《诗文本》《诗参考》等民刊，在作品质量上完全可以与所有的民刊抗衡。更为难得的是，这几份民刊在对稿件的选择上都比较严格，不是为了娱乐，更不是为了满足主办者的发表欲望——实际上，这几种民刊的负责人也是广西在国内公开刊物上发表作品最多的诗人，不办刊物，他们会有更充足的写作时间，但他们将办刊当作了自己生命的一部分，也是自己与外界交流的一个渠道。几份民刊的存在，使90年代以来的现代诗在广西具有了深厚的成长土壤，也使外界进一步了解了广西诗人的创作和诗歌发展状况。

爱与暧昧：当前诗歌两个"好"的概念

面对某些作品——比如顾城的诗歌、盘妙彬的诗歌——人们习惯于说"好"，或者说"我被打动了"，以表示对这些作品的认同。我并不认为这样的行为是肤浅而不负责任，相反，"打动读者"，应该是一篇文学作品的最高追求，是一个作家的荣耀。作家之所以值得尊敬，正是因为他写下的文字，源自内心对自己的要求，写值得写的东西，记下那些感动过自己因而也许能引起人们共鸣的思想。而打动人心的东西，必定是以深沉的爱为根基的。因此，衡量一篇文章的好坏，应当首先看这篇文章是否存在"爱"。当然，这种爱不仅是人与人之间的爱与关怀，更是人与世界、个体与环境之间的相依相靠、相生相应的关系。

爱与悲悯是紧密相连的，一部优秀的文学作品，除了爱，还应该灌注对人类的悲悯之情，这种悲悯不是一时一地的小忧伤、小关注，而是隐含在日常中的热情，以及博大的、近于宗教般的虔诚情怀。刚刚入选中学语文教材的海子作品《面朝大海，春暖花开》完美地体现了这一品质，因为我们看到的就是那份发自内心的广博的爱与悲悯！它是人性的善的体现，需要以人的真和美作底蕴。正如里尔克所说的"以人去爱人：这也许是给予我们的最艰难、最重大的事，是最后的试验与考试，是最高的工作，别的工作都不过是为此而做的准备。"

一个受人敬重的作家，其人生道路可能有过艰辛的跋涉，但只要他还在爱着，天堂就会为他敞开。生活让他痛苦，而爱坚强了他的意志。像帕斯捷尔纳克的小说《日瓦戈医生》里的一个细节：雪野苍茫，作家在奋笔疾书，小屋四周群狼嚎叫，作家仍不愿意让自己的诗篇中出现杂音，因为对恶的屈服将会取消一个有良知的作家提笔创作的意义。令人肃然起敬的是，小说中的这一形象，正好是作者帕斯捷尔纳克在生活中的真实反映，由此我们看到了一个作家与其作品从内到外的完美融合。我们还可以从艾略特的两部传世诗篇《荒原》和《四个四重奏》中找到脉络，从对"荒原"般的人世的披露中回归到宗教的神圣光辉的沐浴下，正是爱与悲悯的力量，因为宗教的一大特点，就是博爱。可以说，真正的作家不是一时一地的，他的写作，就是向世界说出他的爱，这才是真正意义上的"在地球上放号"。这与那些写民族风格、写具体事件的诗篇并不构成矛盾，因为人性是相通的，爱是相通的，"民族的也是世界的"，优秀的作品能让不同种族、不同肤色的读者体味到它的深刻内涵。

这一取向的诗歌因为符合了大部分读者的审美心理，因而得到了广泛的接受，占据了公开刊物的主流。而下面要提到的这一脉，则更多存在于民刊和境外的中文诗歌刊物中。

常规意义上的"爱"由"真""善""美"构成，但"爱"的更高层次，不是"更真""更善""更美"，任何一种事物都有其极限，"增一分则太白"，彻底的真，就等于大白话；无原则的善，善的意义就会消损，就像20年前"万元户"罕见而引人注目，而今则多如牛毛，见惯不怪了；而美到极点情况又会如何？除了"媚"，近于妖，我想象不出其他模样。"爱"的更高层次是"暧昧"。"暧昧"在这里并不含贬义，而是一个中性词。之所以暧昧，不是有意的遮掩，而是因为有的话不需明说，或者不便明说，但你细思之后能够感悟得到其中的深意。如果说"爱"的作品给你幸福、让你温暖，那么"暧昧"的作品则让你疼痛、激你反省。而疼痛与反省，正是一个本真的人的必须，人之所以为"人"就是看他是否有反思的勇气和精神。从这一意义上说，不懂得独立思考的人就是残疾人。"暧昧"的作品的巨大活力在于它能让一个人更清晰地看到自己的内心，明白自己的悔、爱和需要。这种"暧昧"体现在文体建设中，表现为有意为之的遮遮掩掩、欲说还休、言不尽意、顾左右而言其他……赋予了作品在文体上的另一种魅力。

福克纳在一次演讲中说道："当今从事文学的男女青年已把人类内心冲突的问题遗忘了。然而，唯有这颗自我挣扎和冲突的心，才能产生杰出的作品，才值得为之痛苦和触动。"相较之下，更多的作家是麻木的，他们不敢直面现实，不敢拷问自己的灵魂。我想，许多作品特别是诗歌在今天不受欢迎，在很大程度上与诗人作家们"躲进小楼（象牙塔）成一统"，远离生活和灵魂的"现场"有关。基于此，我比较尊敬北岛、西川、孟浪、欧阳江河、王家新等诗人的创作，他们有对自由言说的追求，他们是有思想的人，不像当今的许多诗人，浑浑噩噩，无所事事。评论家谢有顺虽然不大喜欢上面提到的某些诗人，但我觉得他的评论写作在内在是与那些诗人的写作相通的，一种血性、一种良知、一种反思、一种担当。如果谢有顺的写作缺少了这一点，他得到的尊敬将会减少一大半。我来开会的前一天，《南方文坛》

主编张燕玲女士给我打电话，建议我们讨论一下较为深入的问题，比如"写作的精神资源问题"。我觉得，我上面说到的这两种"好"的方式，已经比较含蓄地提到了这一点，前者自然，无功利性，这样的诗人广西有不少；后者沉重，带有一些诗歌之外的东西，这样的写作需要勇气和良知，也需要更深厚的文学功底。这一类诗人，广西基本没有。当然，也会有人讥讽他们想得太多，活得太累。这是一块银币的两面。理想不同，追求不同，自然不能强求观点的一致了。

需要指出的是，上面说的这两种"好"，不仅是针对内容而言，即"说什么"；也是针对形式而言的，即"怎么说"。特别是"暧昧"的诗歌更需注重这两方面的融会。当前，一些诗人常把诗歌写作简单化，比如口语写作是一条路子，而某些口语诗作者一不小心就会把本来是极端精密体贴的文学写作概念化。1991年我在四川时和一些比较有名气的诗人聚会，当时我刚学写诗，他们就教我在诗中多用动词，少用形容词。我于是试着写了一些。渐渐地，我发现事情并没那么简单——如果你本来水平还没有达到某个层次，那么并不会因为你在诗中少用了形容词而变得优秀起来。一首出色的诗歌并不排斥所有的词，各种词性有各种功能，各种词汇的不同组合造成了语句中的"气"，造成了语义间的互证、互否、悖论、延绵、递进……现代汉语的功能与魅力尽显于此，我们实在没有必要人为地去摘掉某一种词汇、添加另一种词汇。仅仅用动词和名词能不能写出一首好诗呢？当然也能，但这只是通向诗歌这个"罗马城"的道路中的一种，还有其他的道路。至于选择哪一条道路，在形式上采取哪一种表达方式，在创作思想上基于什么样的立场，则是作者经过长时间的实验和实践而得来的，而且与作者的气质、文化层次与人生阅历等方面密切相关。

网络诗歌和网络上的诗歌

网络诗歌指的是网络上的所有可以称为"诗"的文学作品，还是只是定位于"在网络上首发的诗歌"？抑或它已经具备以往的诗歌作品从未有过有的其他一些特征？可是，有这么一种诗歌吗？如果有，这种界定是基于它的与传统媒体上发表的诗歌是具有形式上的区别还是风格上的？说一句不那么谦虚的话，我接触网络的时间也不算短了，在互联网上发表的诗歌作品的数量连自己也数不清有多少，一些出版社即将出版的网络诗歌选本也有我的部分作品，可是，这些作品算是网络诗歌吗？它们此前都在传统文学刊物上发表过呀！难道被弄到网上，换了一个时髦名字就变成另一种东西了？现在在网上发表诗歌作品的诗人有很大一部分和我一样，原本就是"传统诗人"，他们的作品时常见于各种纸质印刷品上，而且他们在网上发表的诗歌和在纸质印刷品上发表的诗歌没有任何不同，这些诗人难道就是所谓的"网络诗人"？"网络诗歌"和"传统诗歌"换汤不换药，再提出这一概念不是明显地"吃饱了没事干"吗？因为弄不清楚这个概念，所以2008年8月"衡山诗会"开幕前一天，主持人孙磊找到我，希望我作一个关于网络诗歌的专题发言，我谢绝了——对于一种你搞不懂或本来就不存在的东西，你能说出所以然吗？

在我看来，作为一种形式的"网络诗歌"并不存在，网络上的诗歌写作与我们在没有互联网时的诗歌写作没有什么不同。要研究网络上的诗歌，侧重点不是诗歌，而是网络，诗歌在网络上存在，所沾染上的互联网的一些重要特性倒是值得注意的。因此退一步说，即使我们假定有那么一种叫作"网络诗歌"的东西，那么它与传统诗歌的区别不在于创作手法和内涵／价值取向，而在于它的生存环境的好坏、发表的难易、受众的多寡、传播的速度快慢等方面。因此严格地说，通常人们所说的"网络诗歌"，不如改称为"网络上的诗歌"，诗歌的质地没变、形式没变，而承载的媒体变了，交流的方式变了。

值得注意的是，网络对诗歌的介入导致的一些副作用。作为一种在飞速旋转着的时代下的产物，诗歌搬到网络上之后不可避免地具有这个时代的共同弊病——对反映心灵的事物的浮光掠影式的接触，以浮光掠影的印象发出浮光掠影的感受，并自以为新潮、"跟得上时代的步伐"。曾经的深入、细致、尽职的阅读和讨论越来越罕见。而"发表"的容易将使人忧虑：网络的出现会不会使一些诗歌更快地滑向非诗？目前，人气越旺、越著名的诗歌网站，这样的作品就越多，并由此产生了"拉帮结派式写作""追风赶潮式写作""自以为是式写作"。这几种写作对于真正的诗歌写作而言，其弊端不言自明。

广西上网的诗人越来越多，网络承担的信息交流作用是其他媒体所不能比拟的，远的不说，就说这次诗会也受益于网络不少，通知、邀请诗人名单、日程，以及两次改动报到地点等等，都是在网络上完成的。我们广西诗人创办的诗歌网站也在国内占有一席之地，比如"扬子鳄"，创办于2000年7月，属于国内较早创办的诗歌论坛之一，目前在国内是人气最旺的诗歌论坛之一，包括《南方周末》《南方都市报》等许多传统媒体都介绍过。最近"扬子鳄"扩大了容量，建立了主页，可以想见，它将会引起更多诗人的重视。除了我们时常见到的"扬子鳄"网友外，我还收到过不少国内知名诗人和作家的来信，都说他们常去"扬子鳄论坛"，只是不发帖子而已。另外，由广西诗人建立的"小长老"和"漆诗刊"论坛，也都具有一定的人气。我希望有条件的诗人都上网，贴上自己的新作和朋友们交流，同时也可以得到许多和诗歌有关的信息，比如文学刊物和诗歌选本的征稿、免费赠书启事等等。许多民间刊物，相当有价值，想买都买不到，但网上时常有赠送启事，只要你在上面贴上你的地址就行了……

南方的声音

——90年代两广诗人论

陈祖君

一、南方诗歌：钩沉与定位

20世纪90年代是一个喧嚣的时代。在大的语境下，既是"后现代""后殖民""后国学"，又是"东方主义""全球化"商业化"，一时间"中心""边缘""世界""民族"等名词术语漫天飞扬。而在当代诗坛上，"中年写作""知识分子写作""民间写作""青春期写作""口语写作""零度叙事""边缘写作""智性写作""生活流写作""新状态""新写实""激情写作""影视化写作""小资情调""第三代""第四代""第 X 代""六十年代""七十年代""八十年代""中间代""女性诗歌""下半身写作""身体诗学""肉体叙事"……可谓是五马六羊，令人眼花缭乱。地处边缘的广东、广西虽免不了受其波动，但终究山高庙远，却也并不总要烧香拜佛、唯新是从，这种不

作者简介

陈祖君（1966—），广西忻城人，壮族，文学博士，南宁师范大学文学院教授，有著作《两岸诗人论》等。

作品信息

《南方文坛》2003年第6期。

敏感、不觉悟的"愚钝"，使一批诗人免受主流话语的干扰，写出了属于自己生命体验的诗。

广州在80年代之后已经成为一个高度商业化的城市，这也意味着它是一个人流拥挤、群雄混杂之所，其诗人群体的构成也就绝非单纯，既有"本土诗人""南来诗人"（借用香港文界的称呼，亦包括了"东移诗人"与"西移诗人"），也有"体制诗人""白领诗人""打工诗人"等，因为远离意识形态中心，每个人所受诗学传统的不同影响，自然而又自由地决定了他的诗歌不同的写作方向，展现了一个多元并存的诗歌景观。而广西虽然情势尚不如人，但90年代的最后几年，也呈现了相似的格局。（客观说来，两广的诗缘并不薄，90年代初，广西诗人杨克加盟广东诗坛，对广东现代诗歌的发展起到了积极的推动作用，安石榴等诗人的东移，也壮大了其诗歌的阵营。而诗人临工也从广东到南宁创办诗报，开展诗歌活动。另外，一些商旅诗人——如蓝衫、无尘等——也常在两广之间穿梭，给两广诗坛带来信息和养分。所以，两广诗歌应是密不可分的一个概念。）

就广东诗坛而言，它并不是人们想象中的不毛之地或"文化沙漠"。自"朦胧诗"崛起之后，就有徐敬亚、王小妮等"南来诗人"的加盟与扶持，而90年代，王小妮、杨克、海上、宋晓贤、王顺健、吕约、黎明鹏、凡斯等诗人都有出色的作品面世，如王小妮的组诗《和爸爸说话》及《失眠以后》《脆弱来得这么快》等内涵、风格与以前迥然不同的作品，杨克的《天河城广场》《1967年的自画像》《电话》《信札》，宋晓贤的《一生》及《零的一生》《万恶的旧社会》等。另外，新生的一代诗人中，尚有安石榴、谢湘南、单小海、符马活、余从、黄礼孩、黄金明、魏克、黎怀骏等一大批诗人。他们主办的诗歌报刊和诗歌网站有《外遇》诗报（安石榴主编）、《诗歌与人》（黄礼孩主编）、《诗江湖》诗刊（符马活主编）及网站、《羿诗刊》（黄金明、吴作歆主编）及网页等。

在创作上，广东诗坛既呈现出与诗坛主流话语背离的"非主流"基调，又呈现出因诗人们"背景"不同、"原生质"不同而造成的多元状态，"新"和"锐"是其最突出的两大特点。"新"就是新题材、新意象——身居中国最开放的省份（尤其是广州、深圳两大城市），这些诗人的作品对世纪末南方都市里行乞、离婚、"三陪"等"分裂的立体声"（王顺健诗句）进行现场写真，酒吧、包厢、电子玩具、广告人、民工兄弟、建筑工地等是常见的意象和场景；"锐"指的是新观念、新语言（及行为）艺术的大胆表露与实验，如凡斯对"工业主义"的批判，王顺健对"公园文化"与"国家收藏"的揶揄和诅咒，安石榴、谢湘南等诗人对"日常诗歌"的试验以及称之为"外遇"的行动（行为艺术）等。

以下是安石榴的《呈现咳嗽》，可见其"外省生活"和诗歌实验的一斑：

在生活中呈现病情

呈现支气管

呈现肺

呈现香烟和酒

呈现感冒和传染

在呈现中孤独

叫喊

沙哑

不安

抑制

退却

消失

在一场酒后

在一场雨后

在一场台风后

在一场谈话后

在一次做梦后

在一次接吻后

在一次遗精后

在一个试探后

在一个打盹后

在一个道歉后

在一个后果

呈现

还需要呈现什么

我咳嗽

　　严格意义上的广西现代诗歌，应从20世纪80年代的杨克、黄堃、贺小松等一批诗人的作品算起，当时并没有"广西三剑客"，整个广西文坛几乎就是一个广西诗坛。而因为"朦胧诗"的崛起，当时的"南宁会议"显然有其文学史的意义。在诗歌创作上，文化寻根、重创南方民族诗歌的理念和文本，也影响了其他文体的创作。可以说，80年代的广西文学是一个诗歌的时代。

　　进入90年代之后，对广西现代诗的发展居功甚伟的杨克离开广西到了广州，而另几位当年活跃于诗坛的诗人又几乎停止了诗歌写作，广西诗坛一度萧条，但现代诗的火种在边缘地带并未熄灭。90年代初，杨克、无尘、非亚筹划创办民刊《自行车》诗报，麦子创办《扬子鳄》诗报；90年代中后期，刘春创办《扬子鳄》诗刊（杂志）及网站，非亚、罗池主编《自行车》诗刊（杂志），虫儿、谢夷珊、松子（伍迁）创办《漆》诗刊（杂志）及网站，甘谷列创办《方法》诗报……这些民间诗刊集结了许多90年代的广西青年诗人，其中一些已在中国诗坛引起了广泛的关注，如谭延桐、刘春、非亚、盘妙彬、莫雅平、罗池、朱山坡、刘频、花枪、戈鱼、周承强、黄土路、虫儿、伍迁、谢夷珊、胡子博、麦子、陈琦、贡马、梁亮、大雁、典韦等，不敢说已经酿成了一场现代诗的运动，但90年代现代诗歌在广西的复苏，已是一个事实。

客观说来，或者是因为地理位置、经济发展及民族文化传统的长期熏染，广西诗人的创作，虽然也有对中国都市及乡村的表现，但从总的特点来说，并不似广东诗歌凸显出来的"新"和"锐"，相反却是一种多元并存的局面。既有非亚、罗池、花枪、梁亮等"自行车"诗群的"停止掉头"先锋诗歌实验，又有刘春、虫儿、伍迁、谢夷珊、朱山坡、陈琦等对土地与生活的带有痛感的抒情戏谑；既有"口语写作""零度叙事""下半身写作"的尝试，又有对"十四行诗"形式与艺术的探索。尤其值得一提的是谭延桐与盘妙彬的具有哲学意味的一些作品，前者充满了基督徒般的宗教情结，在看似啰唆的对城市日常生活图景的精微刻写中，搏动着老陀思妥耶夫斯基的心；后者则颇有老庄风度，面对边区老山村的风物，竟生出幽渺玄远的诗思。当然，具体到每一位诗人身上，他的创作也都不是"一元"的。比如非亚虽然曾受"他们"的影响，但90年代后期，慢慢探索出了一条属于自己的路子。下边是非亚的《三角形》，他对日常事物的发掘，可谓是到了一种"浑然不觉"的地步：

他手上

有两个三角板

黑板的几根线

是5秒钟以前

画的

他想给那只

淡红的幼蚁证明

从 A 到 C

要比

从 A 到 B

再从

B 到 C

短

大部分人点头

相信

做下笔记

十年前

我跑过一条岔路

也是如此

　　南方，当然是一个地域性的概念。但它不仅仅是气候、温度，而更关乎气质。历史上我们总爱把长江以南笼统地称为南方，其实我所理解的南方，只是北回归线所穿过的两广、云南、台湾。这并不是一种狭隘的纯地理上的理解，乃是因由一种文学艺术上的独特气质使然。这是一种硬朗的、坚实具体而又向外散射的艺术特质，它是酒神式的慷慨醇烈而远非"江南才情"或"温婉"等词可以概括或掩蔽。譬如刘三姐的山歌，所用的比喻直接而又大胆，所体现的是热烈率直的爱和憎，其中的情感是饱满的、外射的；它总以具体的当下生活事物作为喻象，完美地表现了如正午的太阳般火辣辣的率真感情，似乎是直接取之于生活，经过太阳的炙烤而蒸腾、迸发为具有生命热力和个性品质的艺术。不同于李清照那种深闺式的幽幽怨怨与掩掩藏藏，刘三姐的山歌不是那种需要去"寻寻觅觅"方可深味其意蕴的诗歌，它不是内向（或曰内敛）的，甚至也不是通过七曲八弯的诸手法来"层层暗示"，而是以感性十足的比兴直接处理现实，用具体而硬朗的日常事物直接切入主题，如亚热带的太阳光一样不闪避而又充满力量，这就是典型南方式的精神气质在文体风格上的显现。再如唐代诗人张九龄（广东曲江人）及曹邺、曹唐（均为广西桂林人）的诗，近代"诗界革命"以来黄遵宪（广东梅县人）、康有为（广东南海人）、梁启超（广东新会人）、马君武（广西恭城人）、苏曼殊（广东香山人）、梁漱溟（广西桂林人）、李金发（广东梅县人）、梁宗岱（广东新会人）以及王力、秦似父子（广西博白人）的诗文，那种慷慨激昂、遒劲奇崛而又温雅谨严的气质，都让我们感到了真正的"亚热带热力"。——可以说，自19世纪末的"诗界革命"（黄遵宪、梁启超）到上个世纪20年代的"象征主义"（李金发、梁宗岱），两广诗人的创发，开启和构成了20世纪中国诗歌的新传统。而这些，或许正是《诗经》《离骚》及魏晋风度和灼人的太阳光热综合作用所呈现出来的本色的南方艺术。

广西自古以来就是一个流淌着民间歌谣与传说的多民族省份（地区），壮族的《布洛陀》及瑶族的《密洛陀》等，虽属于"经诗"（教喻诗）或带有"史诗"性质的民间故事的范畴，但读来更像是一部部民间的歌谣与传说。当代的诗人、作家如何去借鉴和继承这样的一个文化传统，在今天诸种文化"冲突平衡"的"多元"格局下显得愈来愈重要。可以说，大凡自觉的诗人、作家，总是在寻找着自己的籍贯，寻找着自己血缘上和地域上的归属并不断调整和定位自己。广西的诗人、作家或可从曹邺采用民间口语、俗俚语入诗，以一种歌谣般的生动诗风在晚唐诗人中独具一格而获得启发。20世纪下半叶以来，韦其麟的《百鸟衣》，杨克的诗歌及东西、鬼子、林白等的小说作品，均体现了一定的南方特征。——而就"南方"的地域气质而言，"槟榔树"时期的纪弦与云南的于坚，无疑是两位具有典型的南方气质的诗人。

在中国，与太阳直接面对面的，就是南方。这种与太阳的贴近，不仅体现在黑亮亮的散发着太阳热力的南方人的皮肤上、如太阳般炙人的眼光上，更体现在因由太阳的直照而酿成的南方人酒一般热烈的气质上。如果可以用"南方精神"这样一个词的话，大海、棕榈树、太阳烤焦的岩石以及木管乐可以作为其内涵。南方的雨期长，山冈及平地遍长草木，一年四季郁郁葱葱。潮湿的气候使树木疯狂地生长，而低洼不平的山地地形似乎更有利于积聚雨水和湿气，以对抗炽热太阳的辐射。所以，即或是在炎热盛夏的亚热带最酷热的正午，那空气也仍然是潮润的，而海风的吹拂更使南方的水气远比内陆充足。可以说，在南方，即便是冬季，你也可以听到草木生长的声音，可以时刻闻到潮湿的树木的香味、花草的香味、湿润的石头被太阳烤晒的那种美妙无比的混合香味。那是一种类似于梦、类似于木管乐的香味和声响——南方的乐器中，诸种用竹木制成的笛子、二胡以及用蛇皮蛙皮制成的鼓、琴，所占数目之多和其声音所带有的那种特有的湿润感，无不美妙地传达了作为一种气质风格的南方。

一句话，太阳、雨、岩石、大海、歌和梦，是南方更具有野性的自然力和硬朗而又顽蛮、强悍的生命诗性——甚至，由于它地处远离权力中心的南疆边陲，它也更少了一些由各个朝代的诸种"中心"所强化出来的种种变异，显得更为生动和真实。南方充满了热力，她在等待着人们来体认和表现。但她绝不仅仅是一个题材范畴，而是一种气质、一种风格、一种力，像歌谣一般朴素却又具有原生质的美。她偏离诸种"中心"，也就偏离了种种形形色色的障蔽，高贵而真实地在边陲现出她本真的面貌。而这片土地在呼唤着一种艺术，一种触摸此时此地的当下生活并散发出诱人气息与慑人的力的艺术，远离抽象的形而上，却逼向生命之梦；具体地指向日常生活，却又收获阳光和雨季。

二、从图腾到广场：杨克

1. 从花山走向花城

作为一种文化意味的花山，它对于杨克的意义甚至超出了他所意识到的。与其说杨克在花山开始了他的写作，毋宁说他在花山培育了他的最初的诗学涵养。或者是前辈诗人的创作曾经对他有过一定的启示，或者是当时风行全国的"寻根""民族史诗"热潮使然，他的"走向花山"并不只是对于亚热带风物的描绘和庸常诗人所作的那种"风物的刻写"，而是在探索南方边地民族的精神特质中找到了自己的文化定位，即作为一种独特的文化及其精神（包括美学意味上的和文化政治学意味上的）的表现者与阐释者。而杨克对于城市，几乎有着一种先天的敏感，他的诗歌语言正是在对城市日常生活的感悟中觉醒的。早在抒写《就是这河》《红河行》《图腾》《走向花山》的80年代，他就写出了："袋里有点闲钱的时候／便和几个朋友躲

进雀巢 / 慢慢啜饮烛光 / 坐在对面的女孩子 / 柔和得像晃来晃去的影子 / 我们谈些很远很远的事情 / 很苦也很有味儿"（《咖啡馆：夜的情绪》），"火车提前开走 / 少女提前成熟 / 插在生日蜡烛上的蛋糕 / 提前吹灭 / 精心策划的谋杀案 / 白刀子提前进去 / 红刀子提前出来"（《夏时制》）。

人不能永远活在不可知的历史情境中，即使他曾经在那里得到过深层的启示。杨克在股票、招标、慈善机构、新潮时装、朗诵会、电子游戏、电车、个体户、武打片当中，找回了他称之为"当下状态"的自觉，感受到未来的召唤，从"血的礼赞""火的膜拜"走到咖啡馆。他有一首诗的标题就叫《美的转移》（1984）："今天 / 剽悍与雄奇 / 不再来自啜饮兽血的山冈 / 野性的美 / 也不再簇拥裸足女人嘴里的槟榔 / 原始成为过去野蛮成为过去 / 悬棺或铜鼓 / 只能躲在博物馆里 / 展示奄奄一息的悲壮"。杨克自述道："竹、温泉、家园，原有的人文背景变换了，原有的诗的语汇链条也随之断裂。我面对的是杂乱无章的城市符码：玻璃、警察、电话、指数，它们直接，准确，赤裸裸而没有丝毫隐喻，就像今天的月亮，只有一颗荒寂的星球。表达的焦虑让我受到挑战，我朦朦胧胧地意识到，我的诗将触及一些新的精神话题；从此我还将尽可能地运用当代鲜活语汇写作，赋予那些伴随现代文明而诞生的事物以新的意蕴。"[①]

杨克是在广州成为20世纪90年代中国的城市诗人的。从某种意义上说，花城就是杨克的第二个花山，杨克诗中的花城，是经由他发展了和延伸了的花山。——从20世纪中国特定历史时期的经济、文化地位上看，90年代的广州，就是三四十年代的上海。杨克诗中所表现的这座"浮华、充满活力和欲望的城市"[②]，到处是"物质的压迫和诱惑，光洁均匀的商品就像一个个靓女，时时在你面前撩起美腿"[③]，与海派作家笔下的上海不无相似之处。但杨克的意义决不仅止于此，他的诗，并不是那种城市素描般的写生练习，而更是某种特定城市文化的缩影，简言之就是杨克把一种由花山带来的文化忧虑与人文关怀注入了他书写中的城市。《广州》一诗是这样写的：

由北向南，我的人民大道朝天

列车的方向就是命运的方向

纯朴的莫名兴奋的脸

呈现祖国更真实的面容

杨克道："广州在中国的特殊性，置身其间生存背景、生存环境、生存状态与其他地区的明显差异，决定了我的诗歌不同于他人的特质。"④ 这种不同于他人的特质，正是由于"我是血的礼赞，我是火的膜拜／从野猪凶狠的獠牙上来／从雉鸡发抖的羽翎中来／从神秘的图腾和饰佩的兽骨上来"（《走向花山》），因而对"人"的坚守与忧虑，对人类命运的深度敏感，以及由民间史诗所带来的悲悯意识，构成了他的城市诗歌最重要的元素。

2. 城市符码的解读与命名

尽管人类社会发展的城市化趋向越来越明显，而今天的绝大多数诗人都居住在城市里用计算机写作，用电话和网络交际，而且绝大多数的出版媒体都集中在城市里，但商旗林立、钢筋混凝土的现代都市总是与诗歌相见无缘。这其中的根由，主要在于我们的诗歌写作所依凭的，仍是农业时代的美学标准与欣赏口味。——更深的原因则在于，大自然是我们的根，人类的祖先以一种恐惧与崇敬的心理给它们命名，进而寄身于斯。这种命名造就了文明的历史，进而也构成了人类最初的审美及对于自身的确信。如果不从根本上否定旧的审美基础，人和人的艺术就不可能解放。而这种解放，旅途还很遥远。因为人类建造了城市，而人类对于自己生养的孩子从不心存敬畏。杨克企图"通过创作扩展都市符码的意象边界，进行重新言说"，"在许多非天然的审美对象中顿悟生命的灵性"⑤ 的多层次的诗歌探索，为我们展现了这种努力的意义。

其一，工业社会：

再大的城市，都不是灵魂的

庇护所。飞翔的金属，不是鹰。

钢筋是城市的骨头，水泥

是向四面八方泛滥的肉。

玻璃的边缘透着欺骗的寒冷。

——《真实的风景》

人类的审美和创造所依据的，首先是自己的身体，所以用骨与肉来比附这个强大的城市，用身体的感觉来判断事物的道德，所以会对天空中所飞翔的不是鹰而失望。这一节诗所表达的是人类对于自身躯体所能到达（或承受）的极限的向往，同时对城市扼杀了这种试探的意义而愤愤不平。再如："火车站是大都市吐故纳新的胃／广场就是它巨大的溃疡／出口处如同下水道，鱼龙混杂向外排泄／而那么多好人，米粒一样朴实健康"（《火车站》），对物象和行为的选择都来自人的身体及人之所需——其中把"广场"喻为"溃疡"另有深意。

其二，商业社会：

在商品中散步嘈嘈盈耳

生命本身也是一种消费

无数活动的人形

在光洁均匀的物体表面奔跑

现代伊甸园拜物的

神殿我愿望的安慰之所

聆听福音感谢生活的赐予

我的道路是必由的道路

我由此返回物质回到人类的根

从另一个意义上重新进入人生

——《在商品中散步》

如果说工业社会在全世界尚受到未来主义诗人的高声赞美的话，杨克就是少数歌颂商品社会的诗人之一。但杨克不是去写人类在商业中的利益争斗，而是要写商业怎么使人重新寻找和发现自我。他在书写中，总是企图回到人的原初，回到尚未命名的状态。此诗中没有任何一件具体的商品，只在前后两节的最后一行有用作比喻的"纯银"和"黄金"两个字眼，可见"商品"是一个总称，它的意义与"物体""物质"是一致的。生命的消费有两个方面，一是自身的损耗，一是享用物品。但世俗商品的获得又岂能安慰心灵的愿望？生活赐予人的或仅是一句忠告，返回物质（以商品来估价、肯定自己，靠物质来保存自己）进而返回人类的根——重新怀疑和定位自己、命名物和物的世界——是"必由的道路"。仅此才能重新进入人生，追求"另一个意义"（彼岸或原初）。

其三，信息社会：

"隔着遥远的时空，你的声音就来了"

一只左手按在纸上，扎心的穿透力

瞬间面对许多无法记忆的东西

诸如语气、语调、有机无机的停顿

甚至你心里杂音的强弱

"不可救药的气息，还有体味"

刹那的疼痛，躲在格子里写作的人

不小心就会被字走露了风声

垃圾

我的周围。你的周围

——"于是你也是。""于是我也是"

我们被污染。我们接受。而且要说挺好，快活

——《信札》

在杨克的城市文化书写中，长诗《信札》可谓是一个高峰。其意义的细密、声部的营造及局部的精雕慢刻，几乎让最专心的读者也不容易捕捉，同时它更是我们这个时代里探索人的生存、人的交往、人的永恒价值的纯正诗篇。正在写信的人接到一个电话，于是乎感觉、幻想、记忆、虚构、生存状态、价值判断、终极意义的询问……都被唤醒。一高一低的声音分别代表来电话的人与写信者、写信者与自己心里的声音、写信者与他人的声音、与世俗的声音、真理的声音等。现代人的矛盾、犹疑、委琐、冷漠、柔弱、盲从、失落以及些微的坚持，在诗里得到了真实的呈现。——T.S.艾略特的普鲁弗洛克站在房间外问"我敢吗？""我敢吗？"，而《信札》里却只是"我怀疑我只是梦游"。另外，电话和信札二者的对比，也颇有寓意，声音的迅速、短暂、变化与容量之丰富（丰富到可以听出体味），文字传达效果的单一及确凿、永久，似乎是在暗示技术的发达，人类愈加无法证明自身。杨克在另一首诗里这样写道："一次短暂的通话就是终生的相遇。"（《电话》）

3.广场和十字路口

任何一位诗人、作家身上，都有一种民族—国家情结。这种情结在历代中国诗人、作家身上，常常表征为一种爱恨交加、"既恨又爱"而又欲说还休的情愫。——诗人们之所以在复杂的文本中躲躲藏藏甚至扭曲表露，乃是因为从来就不存在一个作为平常人的国家。而广场在中国就是一个富有意识形态意味的场所，也是城市或国家政治的标志性建筑（甚至空白也是这种权力建筑的一个形态）之一。而在经济时代，广场的作用和意义慢慢起了一些变化，这种变化，预示了随着商业浪潮的发展，社会的权力构成正发生着某种微妙的变化，一个新的时代已经悄然地来临。杨

克在《1967年的自画像》里曾向我们陈述过"狗崽子"的一段历史记忆：绿军装、辩论的词语、贴满大字报的墙、空荡的教室……而在《天河城广场》中，"在商品中漫步"的杨克为我们留下的，则是一幅20世纪末的"中国镜像"。他先提"在我的记忆里，'广场'／从来就是政治集会的地方"，而后对之进行消解：

> 而溽热多雨的广州，经济植被疯长
>
> 这个曾经貌似庄严的词
>
> 所命名的只不过是一间挺大的商厦
>
> 多层建筑。九点六万平米
>
> 进入广场的都是些慵散平和的人
>
> 没大出息的人，像我一样
>
> 生活惬意或者囊中羞涩
>
> 但他（她）的到来不是被动的
>
> 渴望与欲念朝着具体的指向
>
> 他们眼睛盯着的全是实在的东西
>
> 哪怕挑选一枚发夹，也注意细节

"此时""此地"，是杨克诗所强调的品质，他细心观察着城市在"当下"的变迁，并用这个"此时此地"去解构和颠覆那个由历史堆积而来的"貌似庄严的词"（前引《火车站》一诗亦然）——亦即那转而压制着我们的"记忆"。此诗的最后一节，他把自己所生活的城市延伸到"南方"，以反讽式的延伸，廓清作为边缘的"南方"在社会政治中的概念，进一步消解了它与"广场"的历史维系。

商品社会对政治社会的侵蚀与瓦解，是20世纪90年代中国最重要的人文景观，这是一种利益与权力的争斗，一种世俗向强权的攻占。杨克用作品回答了一些诗歌写作者所谓的"与世界接轨"高论，他说："一个中国诗人在自己的母语里活着，本身就在世界之中，他每天走在拥挤的人群里，呼吸着周遭熟悉的汗味，目睹世纪末的风云变迁，他同样像普通人那样有冷暖饥饱的切实感受，同样可能遭遇处境的窘迫和精神的屈辱，同样为了命运和天赋权利挣扎奋斗，实在找不到为了'走向世界'而逃避书写'中国经验'的借口。"⑥

中国传统（包括20世纪的新文学传统）意义上的诗歌总是与政治有不解之缘，或屈原或陶渊明或嵇康或李白杜甫或郭沫若或艾青等，诗人的作品及人格，最后均因由政治学及文学的双重意义而得以最后定位。书写"中国经验"的杨克，他将会走向何方？是趋归于中国传统的"诗学"，还是持守一种民间的立场？杨克说："不存在没有立场的写作，凡写作必有立场。立场首先是写作的出发点，然后变成了写作的趋向和深度，以及对写作进行评价的一个尺度。"⑦虽然杨克声言反对传统的政治—社会学立场的写作，反对"意识形态写作"，强调一种给写作带来自由状态的文学立场的写作和民间立场的写作，但他的好些作品正是因为包含了深刻的社会学质素（虽然所取的是一种嘲弄与消解的姿态）而获得了令人震撼的力量。——或者，在中国乃至全世界，根本就不存在完全脱离了社会学的所谓"真正的民间写作"。因为那样的一种"反对"本身，本身就是另外一种弱势的政治—社会学。而且，文化和文化研究，本来就是社会学的一个分支。一个诗人哪怕是最隐私化的写作（譬如书信、日记等），最终也难免被归入文化的范畴，就像是个人独特的写作总会被纳入群体（流派、类型、地区、国家、"第三世界"等）的写作一样。这或许是写作者最终的宿命。

三、思想里的风：谭延桐

1. 天堂与俗世

在这样的一个崇尚即时消费、许多人热衷于扮演自己的时代，谭延桐是那样地显得不合时宜。因为他的诗中形而上的品质，因为那样的一种宗教徒的狂热与虔诚。可以说，中国当代诗坛并不缺少纯粹的诗人，但纯粹到宗教的高度并执着于终极冥想的诗人，可谓少之又少，而谭延桐就是这样的一位充满了宗教感的诗人。他的诗，与"潮流"无关，与我们所熟知的"现实"无关，每一个词、每一个场景都超越表面的意义和镜像指向原初，指向终极。"只有一个字母是大写的，那就是'上帝'。所有的字母都在上帝的统领之下。"他写道："无边的风月，尽在词里。无论是上帝造的词，还是上帝创造的词的投影。"⑧ 他的诗里总有着那么多的质问，对时间、对空间、对有形或无形的事体。这种质问的企图，并不是一般意义上的现实批判，而是要揭开存在的屏障，刻画出现代人生存的无根状态。

　　拐弯处的陷阱，怎样吞没了

　　我们的

　　热血；铺天盖地的阴影

　　如何窒息了我们的年轮；地

　　狱之门

　　和天堂之门的距离究竟有多

　　远；为什么

　　我们忙来忙去只是为了一个

　　简单的提问

　　——时间并没有闪烁其词，

　　并没有

　　打断我们的辩解和争论

　　只是——我们，在自制的旋

　　风中

　　越升越高，割断了自己的根

　　两眼茫茫，彻底变成了没有

　　形状的云

　　　　　　　　　　　——《时间在讲述着命运》

诗人思考着："一万年前和一万年后究竟有什么区别／时间究竟又是什么东西？／风，走一步想一步／想一步走一步，遇见了雨……"（《思想里的风》）——在这里，"雨"是一个耐人寻味的意象，它似乎不是一种必然的报偿，而是魔鬼撒旦的"美丽的诱惑"。人的历史，就是思想的历史，而人的思想总是会在一个又一个小小的"胜利"面前逗留，所以一个又一个带着血腥气的"热浪"就在思想的长河中涌动和倒腾，俨然它就是"思想"本身，就是神的创世纪。但诗人所做的，便是剖开流行的"热浪"的假面，到达"人子"原初的虔敬与尊严，通过思想还原而回归到最初的敞开。

海德格尔说："世界黑夜的时代是贫困的时代，因为它一味地变得更加贫困。它已经变得如此贫困，以至于它不再能察觉到上帝之缺席本身了。"因此他认为在这样的贫困时代里，真正的诗人的本质在于"吟唱着去摸索远逝诸神之踪迹"，在于对贫困的存在的诗意追问。摸索、追问，在一个苍白、混乱的时代，它不可避免地和对事物的重新命名连在一起。"你说，要爱你的仇人／我没有仇人，基督／芸芸众生都是我的朋友，包括／那把砍伤我的大刀和那块砸伤我的石头／真的，他们都是我的朋友，基督／／……世界上有一种恨闪烁着爱的光辉／他是恨我非人呵，基督／下地狱才能炼成人"（《和基督对话》）。在谭延桐的诗里，不独爱、恨，美、丑，庄严、嫉妒，季节、种子，液体、固体等被重新命名；空气、大地、光、天堂、地狱等"元名词"，也被重新质疑；连现代人日常生活中的事件与意象，也尽然褪下世俗的色调而具有宗教的深度。"哪来的云雾呢／门上的锁是忠实的／（已经好多年不住人了）／我的目光是虔诚的／（刚刚曝光的底片还在瞳孔里放着）／云雾，这卧室里唯一的内容是什么呢"（《有待命名的气体》）。而在《观众席上的我》《笼罩之下》等诗中，他甚至仿《圣经》里的语调说道："我不像我。我像那块被车轮辗来辗去的／石头。辗来辗去的命运／是水的命运，叫你蒸发就蒸发／叫你结冰就结冰，助人为乐"；"那个意象，很累地望着／整个空间，很累很累地存在着／和没有空间一样。／／就这样，他一天一天地活了下来／血液渐渐有了温度，眼睛／渐渐有了光。就这样／他在梦里找到了故乡。／他说：其实什么都没有，不过是／看到了一片荒凉。"——当然在这里我们不难觉出其中的现实寓意，或者说，谭延桐正是通过这种"现代寓言"式的诗章，向我们昭示了俗世生活中无处不在的庄严与神圣。

诗歌的宗教感指的并不是诗人必得去写宗教故事或挖掘其教诲意义，也不是用"新的感性"去写作狭义的宗教文学，而是指诗人在处理诗歌的所有题材时，所秉持的一种宗教精神。谭延桐对诗歌和宗教的信仰，并不是要回到宗教教义或是恪守某种戒律，而是以宗教的虔敬和谦恭找回诗歌与艺术的品格，找回诗人在贫困时代的尊严与自重。他道："诗是地狱到天堂、现实到神话之间的距离。……诗人最终抵达的也许不是天堂或神话，而是他自己本身。从自己身上，看到一切，找到神谕。"[10]

T.S. 艾略特曾说："到处都在谈论宗教信仰的衰退；却很少有人注意到宗教感性的衰退。现时代的麻烦不仅是不能相信我们祖先所相信的关于上帝和人类的某些东西，而且是不能像他们那样感受上帝和人类。"[11]20世纪以来，随着战争的影响和人类社会工业化进程的日益加剧，人的异化程度也愈益加重，我们已然失去了那种人之作为人与生俱来的与自然、与上帝的亲近。面对人的自我迷失及一种不自知的生存境遇，谭延桐唱道："我们是为一种异己的生活、未生活过的生活／而竖起的纪念碑……从这里飞过的鸟儿／再也没有回来，打这里刮过的风／再也没有暖过。人们把这里叫做／废墟"（《一块碑倒在了伤口上》）。而在《一个机器坏了》一诗中，诗人极为准确地抓住了我们这个时代人类自身信念的失落：

一个机器坏了。……

机器就是我们这个时代的演员
……在机器眼中，我们也是
一些毫无生气的机器呵

什么时候，我们才能给那些机器

给我们自己，重新命名呢？什么时候

我们才能帮我们自己完成我们自己的再生产呢

对于"没有机器的年代"与"没有演员的剧场"的怀疑，其实就是对"人"的怀疑。诗人渴望那个原初的"大写的人"出现，给这个蛮荒的时代命名，以迎来人类新的"创世纪"和完成"造人"的永恒使命。

2. 与梦魇对话

如果说谭延桐把诗歌当成了宗教，或者会招致一些误解。因为诗歌不能凭借宗教之力来完成美的经营，宗教对于灵魂的感化与拯救也不能经由诗歌的"美的张力"而实现。但谭延桐的诗有着一种惊人的形而上的气质，那种对于人的悲悯和关怀，对于人类生存境遇的怜惜与体恤，以及对人生终极意义的永远的追索，莫不具有了视诗歌为生命信仰的气度。

当下好些诗人热衷于谈论"语感"，谈论阅读的"懂"与"不懂"，热衷于刻写"小人物"，经常让我感觉似乎是回到了"五四"草创时期或力倡"大众化"的20世纪中叶。我常思考这些问题：什么是真正的写实主义？怎样定位"诗人的成功"？诗歌和文学的终极目的是什么？商业风潮正在为新的"工具"论提供肥沃的土壤，刚刚摆脱了意识形态枷锁的中国诗人又如何抵制和抗拒商业的软性围剿？……谭延桐的诗给了我一些可贵的启示。他写小人物，总是那么纯粹，那么出人意料的形而上的纵深，甚至是达到了"教喻诗"的高度：

一个手持扫帚的人，内心里

持着许多洁净，在大街小巷里不断地赠送

她知道，这样的洁净，是赠送不完的

就像太阳的光辉赠送不完一样

……她洗呵洗呵，每天都要洗上好多遍

那些怎么也扫不去的，粘在耳边的

比噪音更像噪音的议论声

————《她在大街小巷里赠送洁净》

一句话便让她受孕了

在她的体内成长着的

是仇恨。她要让那个小生命，作为一粒

完全代表着她意志的铅弹，射向未来

……她继续撕，撕她自己

直到她彻底地变成了碎片，还在撕

撕成了碎片的碎片，连自己也认不出自己了

就只有仇恨，还是完整的了

————《她的体内住着一个怪胎》

站在命运的终结处询问人类的活动与生存，审视人世中的尊卑、爱恨、荣辱、洁净与肮脏、高贵与丑陋、名誉与复仇……是诗人的天授之职，也是诗歌与宗教的相通之处。T.S.艾略特有一句话说得好："一部作品是文学不是文学，只能用文学的标准来决定，但是文学的'伟大性'却不能仅仅用文学的标准来决定。"[12]

在一个缺乏严格意义上的宗教的国度，诗人如何确立自己的宗教感？——冥想、梦。谭延桐道："我曾不止一次地想和梦说话，听听它的声音，解除我心中的许多疑惑。""我对自己说，爱惜自己吧，就像爱惜所有善良的心灵。不厌其烦地，我对自己说，说给忠实的影子听。""在灵魂深处植入些灵性与神性，多好呵。灵性与神性，是不朽的翅膀，运载着人类的绿意和艺术的葱茏。"[13]谭延桐的许多诗章，几乎就是一个个梦的写实，那种卡夫卡式的现代梦魇，那种陀思妥耶夫斯基式的复调的宣叙，使诗歌超越了浅表的抒情而指向灵魂的战栗：

一个鬼魂藏在他的眼睛里，好多年了

那个鬼魂，想伺机偷走你的每一个动作和内心的机密

以便用那些赃物做成攻击你的种种暗器

最后缴获你的安宁和幸福

鬼魂，悄无声息地

跟踪着你，你似乎逃不出鬼魂布下的天罗地网了

你还是逃了出去。跟在你身后的醒悟

说：真是险恶呵！可是

更险恶的还在后头呢，就在你快要和一种激动相逢的一瞬

一块石头砸过来了，正好

击中了你年轻的愤怒

——《回头再看那些尘埃》

　　"鬼魂""石头""光"（"时光""眼光"）或某一场景对人的"击伤"，是谭延桐诗歌中常在的主题。而"我""你""他"（"她"）在诸种（爱／恨，感激／复仇）关系中的变位，通过特定的戏剧性情境的表现，使梦（诗）呈现出甚至是颠覆性的多重意味，繁复而又深邃，具有一种诘问灵魂、朝向神性的强力与向度。

　　这样的一位"诗人冥想者"，在当代或不为人所理解，这是诗人早就自知的。"尼采的声音：'哲学不是为大多数人准备的，它需要圣洁。'诗歌也是这样。""他们的生命早已锈迹斑斑。你怎么能指望一个生了锈的生命会闪耀出智慧的光芒来呢？""'坚守'的含义有二：一是对心灵世界的无限沉醉，二是对文学价值的极端热爱。"他省思、坚持着。他的诗，或者还会被人认为缺乏所谓的"经典性"，但他认为，在这样的时代，"扮演贵族是一种浅薄的见证。一位文学家越真实，他的人和文就越质朴，越正气"。⑭

　　思、美、力，这是中国现代诗人提出的诗学概念。但新文学发展近一个世纪以

来，我们不乏"美"的诗人，甚至也不乏某种程度上的"力"的诗人，唯独少有执着于"思"的诗人。加之传统的诗歌审美理念向来重"轻、巧、小"之"典雅"而轻"重、拙、大"的博厚，因而对于"摇晃着命运"的"思想里的风"，自然也就无从感知了。而假若没有了"思"，诗歌的"力"和"美"又剩下一些什么？——所以我们的诗人笑道："难怪康德对着全世界疾呼：'有两种东西，我们对它们的思考越是深沉和持久，它们所唤起的那种越来越大的惊奇和敬畏就会充溢我们的心灵，这就是繁星密布的苍穹和我们心中的道德律。'"在冥想中，"他看见了自己的神。那个神正走在他生命的路上"。[15]

四、忧伤、戏谑、玄思：刘春

1. 从纯情的"忧伤"到戏谑的"嘲世"

作为70年代中期出生的诗人，刘春诗歌中的一些质素让我惊异。他的诗，不像是在口号林立、争论纷起的90年代语境中写出来的，那种看起来"不合时宜"的忧伤的抒情，那种对社会、对生命的执着关爱和诗中体现出来的对艺术理想不懈的追寻，让我们看到了一位年轻诗人在这个浮泛的非常时代里对于诗歌尊严的崇敬与坚持。与时下那些标榜"先锋"而其实只不过是为了标新立异的"新新诗人"不同，刘春从来不去炫耀一些什么——不管是"知识"还是"身体"，他只是怀着一位诗人对艺术的谦卑，默默地经营着自己的诗歌之园。

所谓"70年代"或"70年后"（今天，"80年代"又浮出水面）的诗人，多数给人们展示的是"破坏"的冲动和"自恋"的扩张，这种冲动和扩张不能说是不广泛或不纵深，他们怀疑一切偶像、否定一切既定规范和秩序，甚至否定自身；他们所写的"自我"已经不是原来的那个融合在"大群"中的自我，而是真正意味上的"个我"。他们以极端的方式离开了抽象的"人"，却又因为极度的自恋（自我怜惜、自我抚摸）而流于"私人"。这种破坏的力量主要来自诗学素养的贫乏与青春热力的强盛，此二者的综合让我们既听到曾经熟悉的"我是大老粗"的豪迈，也听到"我是新一代"的抗议和不满。刘春的出现，让很多只以年龄（而不是以诗学性征）论"代"的评论家措手不及，因为他的诗，既没有粗浅的叫嚣也没有"器官叙写"的粗俗（我并不是反对"身体叙事"，而是觉得应由此上升到对于人类生存境遇的写照，应朝向真正意义上的"生命哲学"），他的抒情，总是那样的朴素真挚，那样的谦逊，他写日常生活，关注的不是肉体的狂欢，而是在都市场景的刻写中洞悉现代人生存的命运。这使得他的诗显示了难能可贵的忧郁气质，这种忧郁，一方面得之于艾青、何其芳那一代老诗人的诗歌理念，一方面又来之于"朦胧诗"中较温和的一派的艺术涵养及"第三代"诗人对于"口语"和"日常性"的敏悟。他把这些成分糅入自己的诗歌试验之中，使得作品显示出一种艺术上的"早熟"特性（相对于他的生命年龄来说）。

当然，诗人并不是一下子就显露出了这种"早熟"。正如他自己所说的，1993到1996年，是他"诗路较为平坦的四年"⑯，这种"平坦"，使20岁前后的他得以潜心于艺术上的耕耘和积累，也使他以后的转变成为必然。值得一提的是，这种积累甚至是从席慕蓉开始，继而是何其芳、海子等（据诗人自述，他还受到过于坚、韩东、陈东东及智利诗人聂鲁达等的影响⑰，但从他早期的作品看来，这些影响的痕迹并不明显），渐渐地，他形成了自己的诗歌观念，认为"诗歌从古至今都是一种歌唱，一种具有内在韵律的心灵之音"，"爱情绝不仅仅限于男女（恋人、夫妻）之间的爱，而是更为广泛、博大的情感，比如对自然万物的爱，对生命的爱乃至于对父母兄弟的爱等。这个世界上'爱情'无处不在，也正是它，构成了诗歌取之不尽的泉源"⑱。他歌唱"还隔着一个季节的相思"的花和雪（《爱情故事·风》），歌唱"闪过冬天的风声"的孤单的菊花及早凋的梅（《菊》《斜倚梅树》），歌唱"在贫瘠的土地上操劳一生"的无法谋面的母亲（《怀念三章》），歌唱水月云雨，草石鸟蝶……

一夜之间

桃花开满了屋后的山坡

我清早出门打水的姐姐

粗布衣裳的姐姐

从井边转过身来

面带红霞，口里含着春天

——《桃花》

客观地说，刘春在这种有着他人影子的"美丽的忧伤"（舒婷诗句）中，磨炼出一种干净朴素、清明如歌的适合于自己的抒情方式。而在探索、积累的过程中，他也清醒地认识到了这种"平坦"的危险，他道："现在，歌唱或赞美是多余的／你看这些上帝留下的玉石／这些云、这些悬浮的河／它们用自身的灿烂扶着自身的重量／／没有谁比它更懂得坚守的内涵／距离意味着什么，美意味着什么／再望一眼，我空空的双手／已触及倾斜的花园。"（《远山上的积雪》）他断然抛却过去的旧我，反思着重新摸索自己的方向："从今天起我也要忍住眼里的泪水／自始至终，不让它落下。"（同上）"孩子，你的使命是逆流而上，寻找众水的源头。"（《大河奔流》）不再停留于已成了某种惯性的美丽的"平坦"，而"更愿意以跋涉者的形象出现／往上而行"，去寻找"金属的声音"（同上）。

但"金属的声音"是什么，诗歌与艺术精神是什么呢，刘春又是困惑的。诚如敏歧先生所言，他的一些诗歌中那种英雄主义式的"凝重"，是显得有些"超后"了，但中国从抗战到"文革"的几十年来，在流行的假"浪漫主义"与伪"现实主义"思潮肆虐下，连郭沫若、臧克家（还包括部分的何其芳、卞之琳、艾青等）这样的大诗人都严重"超后"，我们又怎能苛求一位才20岁的诗人？"那些天／那些年／你感到身体里有条大河，逆流而上／从不争气的眼角流出"（《失恋》），我倒觉得，或正是因为有这样的一种苦难的历史意识，使得刘春的诗歌在内质上更接近许多60年代出生的优秀诗人。

仅仅是为了一首诗，我要脱

离比喻

夸张，碎片的拼凑和修饰

序曲过去了，独唱就要开始

谁能够坚持他的嗓音，一百

年不变

谁就能够看穿苦难，看穿幸

福，看穿

不可能

——《诗歌理想·碎片》

或者，诗人的嗓音已经变了，不变的只有诗歌的真髓。在这个时代，谁想要看穿苦难，看穿幸福，如果不抛开陈旧的艺术观念和艺术手段，已经成为不可能。曾经崇尚"洁癖"与"华美"（刘春语）的诗人，在世纪之交已然完成了其诗学理念的转化，渐渐从纯粹的抒情走向带着悲悯的客观写实，从"忧伤"走向"嘲世"，体现出对现代人当下生存状态的深沉关怀。这个时期的作品中，都市生活现实场景的真实呈现，小说化的叙事手法及对于细节的把握，戏剧化的虚构和反讽、戏谑的成功运用等，都使得他的诗歌超越了早期田园牧歌情调的赞美与青春期的忧伤，具有了让同辈诗人叹服的高度。

譬如他的《吸烟的女人》，简直可以称作是一篇小说。里边不乏场景、时间、人物、故事的"出人意料的情节"、细节、对话等小说要素，出场（和不出场）的人物计有主要人物、次要人物、现实中的人物、想象中（书中）的人物以及从人物的语言中带出的人物，竟不下于十人。另外，绵密的细节描写也给人深刻的印象，遍布了诗的每一节（即故事的序幕、开端、发展、高潮、结尾），"部分字句空着，以'口'代替"及女郎的两个"眼神"都较为传神；而"以人民币一百三十元成交"与"掏出五角纸币"，让人想起艾青《兵车》中著名的"一张五分的纸票"。"她的生活有令我不解的一面"和结尾出人意料的"恶狠狠"的"我要!"，极具表现力，前者既交代了女郎的个人生活，又和其"羞涩、放肆"的眼神相呼应，后者的用意更深，透露出"我"复杂的内在心理。

这种小说化、戏剧化的诗歌，还有《梦见一个死于车祸的朋友》《关于男孩流浪》《外遇》《绕口令，或外遇》等。在这些诗篇中，诗人通过一种机智的、自我贬抑式的反讽，既自嘲又嘲世，使诗歌呈现出繁复的音调和诡奇的色彩，展示了作者超乎寻常的艺术想象力与现实批判精神。另有一些作品如《晚报新闻》《中山路》《基本功》等，则更像是一幅幅拼贴漫画，画出了现代都市社会人们生存的荒诞境遇。

在成为明星的之前，请准备身体

供导演检阅；准备绯闻，供媒体炒作

准备健康，以防拍片时穿衣服太少

患上感冒；也可以准备 DVD

储存自信心与成就感

准备汗水，博取观众的同情心

还要准备一千个嘴巴，一百个造谣

一百个辟谣，八百个和男人接吻

准备一万条舌头

在夜深人静时舔满身的疤痕

——《基本功》(选节)

这样的反讽，既有表面又有深度，既暧昧有透明，包括了嘲讽、揶揄、逗弄、奚落等因子，言在此而意在彼，以喜剧的笔调来叙写现代人的生存悲剧，写出了现代人生活的功利、无聊与无可奈何。这么多的"准备"，让人联想起台湾诗人痖弦先生《如歌的行板》中的十九个"之必要"，如果说痖弦《如歌的行板》作的，是一幅刻画都市社会有闲阶层生活方式的动景画，那么刘春作的，则是反映现代都市里充满商业欲望的平常人生活现实的拼贴画。在恶作剧的讥讽背后，是一种严肃的批判和深刻的形而上的省思。

刘春在完成从纯情的"忧伤"转到戏谑的"嘲世"之后，短短的几年内写出了自己堪称成功的一些作品。只可惜这样的探索在后来的写作中并没得以继续，这一方面体现了诗人不断超越自己的诗歌雄心，另一方面也反映出他在艺术方向上的摇摆。

2. 从"写实"到"玄思"

几乎就在刘春从"忧伤"的抒情转向戏谑的"嘲世"的同时，他已开始显露出一种"玄思"的趋向。譬如《梦见一个死于车祸的朋友》，在叙述与朋友的寒暄之后，突然写出了一个谶语式的戏剧事件，说出违心话语的朋友果然被汽车撞死。在《琴声中的玫瑰》中，面对季节所带给自己的莫名其妙的心事，他道："这是一种巧合，还是岁月预设的棋局？"他更是表露了：

或者，正是早年的那一份执着的"忧伤"，使得他的"嘲世"渐渐变为"伤世"，变为"些许厌倦、些许疑惑"(《一个人的一生》)。之后对于神秘事物的迷惑、向往及人生意义的形而上玄思？他道："如何描述这份感受？关于理想／自我、内心隐秘的病因／比如一张纸，别人关注上面的字迹／而我只醉心于边缘的空白／／这是宿命。……"(《坚持》)"我的深入是词语发言，词语／用内在的质地发言""用命运的韧性发言"(《发言》)。对于诗歌"从古至今都是一种歌唱，一种具有内在韵律的心灵之音"的理念及对"洁癖""华美""广泛、博大的情感"的追求，本来就与"玄思"有着本质的亲近，故这是一种凭借经验和思想的超越旧我的"回归"。

在这个时代，复制和克隆几乎成为时髦。一位习惯于固守既定艺术范式（即或它被认为是成功的）的诗人，只会不断地重复别人和自己，以某一种"路数"和"招式"进行他的无效写作，"经营"自己一成不变的操练。而勇于超越自己的刘春，写下了与过去的作品迥然不同的诗行：

稻草已经燃尽，雪花扑向

独居者的屋檐。

人在暗中写字

他写下"恨"，他所暗恋的

女人就永无宁日，而他写的是"爱"

隔壁传来了幽暗的灯光

另一些时候，他说出"沙漠"

大地上仍然花草遍野，说出"洪水"

与此相关者却永葆平安

"唉，时间的美容术……

上帝赋予每个人同等的才华。"

——《生活》(选节)

　　以一种悖论式的语言切入现代生活的真实场景，并上升到生命和宗教的层次，直逼人的某种宿命，使诗歌充满了瑰奇迷离的色调和"天问"式的困苦幽暗，是刘春"玄思"诗作的突出特点。在一首题为《命运》的作品中，他以一种不动声色的"上帝之眼"刻写出一群步伐凌乱、表情复杂的"从天尽头走来的女人"，写她们的成长、青春与衰老，最后却在叙述的"零度"中注入了诗人特有的"广泛、博大的情感"："我遇到的绝不止一个 / 我会遇到她们全体，并和她们 / 一一交往、恋爱、分手 / 在每一个夜里醒来 / 总会有一个声音在耳边幽幽低语。"

　　客观地说，诗人的这一些"玄思"趋向的作品，在艺术建构上还达不到其戏谑的"嘲世"之作的高度，这些形而上的玄思，还只是体现在部分作品(如上引的《生活》《命运》及《艾兹拉·庞德》《低音》《草坪乡的油菜花》《在雨中等一个人》《黑暗中的河流》等)的个别语句和场境之中，还仅仅是"一闪念"，尚不能形成一个浑然圆融的艺术整体。这或许是每一个诗人在告别旧我、向艺术世界作新的探险时所不可避免的犹豫与困惑吧。但刘春的转向，表明了他对于诗歌艺术的新的觉醒，这种觉醒所带来的诗的玄想成分和知性因素，若能综合其"嘲世"诗作对于现代人生存命运的深沉悯爱，使"写实""愁世"与"玄思"在作品中有机融合，或会使他的创作进入一个全新的阶段。

诗歌，永远是智者清醒的独唱，与各种各样的"流行"（包括"流行的先锋"）无关。"正如那些奔向广场的身子／一旦汇入集体／就马上消失"（《内心的河流》），愿诗人永远保持这一份创造者的艺术清醒，手持"诗歌的刷子"逆流而上。

| 注释 |

① 杨克：《对城市符码的解读与命名》，见《笨拙的手指》，北岳文艺出版社，2000，第158页。

② 杨克：《笨拙的手指·后记》，北岳文艺出版社，2000，第174页。

③ 杨克：《笨拙的手指》，见《笨拙的手指》，北岳文艺出版社，2000，第152页。

④ 杨克：《笨拙的手指·后记》，北岳文艺出版社，2000，第174页。

⑤ 杨克：《对城市符码的解读与命名》，见《笨拙的手指》，北岳文艺出版社，2000，第158页。

⑥ 杨克：《我的诗歌资源及写作的动力》，见《笨拙的手指》，北岳文艺出版社，2000，第149页。

⑦ 杨克：《写作立场》，见《诗探索》，2001年第3—4期，第235页。

⑧《心中的字母》《词里的风月》，见谭延桐的《笔尖上的河》，中国文联出版社，2000，第89、166页。

⑨《诗人何为？》，见海德格尔的《林中路》，孙周兴译，上海译文出版社，1997，第273—276页。

⑩《随手拣起的叶子》，见谭延桐《笔尖上的河》，中国文联出版社，2000，第236页。

⑪《诗的社会功能》，王烨译，见《国际诗坛》第6辑，漓江出版社，第23页。

⑫《宗教与文学》，见《艾略特诗学文集》，王恩衷编译，国际文化出版公司，1989，第127页。

⑬《梦吃什么》《语言从高处流下》《随手拣起的叶子》，见谭延桐《笔尖上的河》，中国文联出版社，2000，第28、135、229页。

⑭本段引文见《"想写一首诗"》《它还会再少下去吗》《随手拣起的叶子》，见谭延桐的《笔尖上的河》，中国文联出版社，2000，第33、76、221、220页。

⑮《心中的字母》，见谭延桐《笔尖上的河》，中国文联出版社，2000，第89页。

⑯《诗歌是一把刷子》，见刘春《忧伤的月亮·后记》，中华工商联合出版社，1998，第112页。

⑰《一些问题，与诗歌有关》，见刘春《运草车穿过城市》，远方出版社，2001，第164页。

⑱《诗歌是一把刷子》，见刘春《忧伤的月亮·后记》，中华工商联合出版社，1998，第113页。

⑲《忧伤的月亮·序》，中华工商联合出版社，1998，第3页。

平静与坚实　努力与坚韧

——新世纪广西散文创作的风貌

黄晓娟

追逐着世纪之初广西散文创作者们涌动的心潮，看到短短几年里的散文发展迁流漫衍、丰富绚烂，散文创作从各个方面表现着、批评着、理解着人生，题材多样，风格各异，花繁果硕。

在文学面临着尴尬和困境的今天，仍有那么多人在为文学雄心勃勃地沉醉投入、努力追索。在平淡、平静和坚实、坚守中，通过对艺术的不倦探索，达到自我情感的陶冶、转化，自我精神的升华，这是一派动人的景观。

作者简介

黄晓娟（1971—），广西桂林人，广西师范大学中文系文学学士、文学硕士，华东师范大学文学博士，广西民族大学文学院教授、博士生导师，广西民族大学副校长。主要学术专著有《雪中芭蕉——萧红创作论》等。

作品信息

《南方文坛》2004年第5期。

新世纪广西散文创作的整体态势

新世纪广西散文多姿多彩、成果累累，显示出旺盛的活力。据不完全统计，近几年广西作家出版的散文集就有20多部。2001年出版的散文集及散文理论专著有童健飞《探索集》、覃富鑫《南国红豆》、《广西当代作家丛书·潘琦卷》、《广西当代作家丛书·凌渡卷》、徐治平《中国当代散文史》。2002年出版的散文集有徐治平《徐治平散文》、冯艺《逝水流痕》、张燕玲《静默世界》、张步康《江南听雨》、张冰辉《月满西楼》、《广西当代作家丛书·庞俭克卷》、《广西当代作家丛书·冯艺卷》、《广西当代作家丛书·张燕玲卷》。2003年出版的有潘大林《最后一片枫叶》、陈祯伟《浪溪江寄情》、罗伏龙《天高地阔》、覃展龙《家住防城港》、《潘琦文集·爱在大山里》、《潘琦文集·远逝的岁月》、《潘琦文集·绿色的山冈》。2004年出版的有冯艺《桂海苍茫》、张燕玲《此岸，彼岸》等等。由于时代处于新旧交替之际，因此收录在这些集子的作品有的是在2000年之前创作发表的，而大多数的作品都是在新世纪创作和发表的。散文的繁荣，给读者的审美阅读带来了强有力的冲击。散文创作生活涵盖面之广泛、文本实验形式之丰富，显示了新世纪广西散文作家思想观念、文化水准、审美境界和文学艺术品位等都达到了一个新高度。

在广西强大的散文作家群中，聚集着老、中、青几代精英，他们各领风骚又相得益彰，显示出广西散文创作队伍的整齐与兴旺。根据年龄大体上可分为两大部分：老一代散文家以凌渡、徐治平、潘琦等为代表，他们勤耕不辍，在长期的艺术实践中形成了各自独特的风格，耀人眼目；中青年作家是当前散文创作的骨干力量，如冯艺、张燕玲、廖德全等，他们的散文创作广泛涉猎各种题材，知性感性并重，富有艺术张力。

广西作家在新世纪发表的较有影响的散文有：老一代散文家，徐治平《大石围独语》，原载《光明日报》2001年8月29日，后选入《全国首届冰心散文奖获奖作家作品集》；徐治平《白宫门前的小窝棚》，原载《光明日报》2003年3月26日。中青年散文家，张燕玲《耶鲁独秀》，原载《羊城晚报》2002年9月25日，《散文·海外版》2002年第6期转载，《散文选刊》2003年第2期转载，并入选《2002年度最具阅读价值散文随笔》，百花文艺出版社、人民文学出版社年度优秀散文选；《此岸，彼岸》，原载《人民文学》2003年第11期，《散文·海外版》2003年第6期、《2003年最具阅读价值散文随笔》、《中华文学选刊》，以及人民文学出版社、花城出版社、山东画报出版社的年度优秀散文选本转载，并列入"2003年度中国当代文学排行榜"散文第二名；廖德全发在《随笔》《散文》的《远逝的珍珠城》《永远的东坡亭》等；顾文《"白鹿原"上的智者——作家陈忠实印象》发表于《作品》2004年第1期；彭匈《三个耐人寻味的人物》被《散文选刊》2004年第3期选载。

从这些资料当中，我们不难看出，老作家宝刀不老，一如既往地保持着创作的旺盛势头，在平静中坚守。年轻作家更是引人注目，他们活跃、新锐的写作，像鲜花一样开遍了山冈，召唤出一片春的气息。他们在努力和坚韧中建构着各自独立的、独特的精神世界，用富有社会和人性内涵的书写，直接、充分地体现出自我的艺术探索追求，并与时代撞击、渗透，作为一种精神资源丰富着这个时代的变革。

新世纪广西散文在创作上的突破

随着散文从书斋中拓展开来，在生活中、社会实践中扩大了外延，散文创作构成了一种更具激情和审美价值的思想活动，近几年来广西散文作家的创作在精心的打磨过程中，消退了浮躁与急就成章的写作状态，散文创作的个性意识和文化品位有了新的增长，从而更为确切地表达了当代社会生活深层的诸多文化现象。新世纪广西散文创作显示出了新的景观，在以下三方面有了明显的突破：

1. 描绘文化历史，注塑散文的凝重性

随着大散文的魅力风行，以人文的观点审视传统文化、历史发展、社会变迁的文化散文成了散文创作的一大景观。大散文的创作，更说明了文学是人类精神生活史的一种特殊负载方式，它蕴涵着丰富而生动的历史内涵和价值取向。

冯艺近年来写了一批历史文化散文，他笔下的历史文化散文一方面积淀着中国传统的崇尚自然、眷恋山水的基因，另一方面又超越了消泯主体地位的传统山水诗理。在对历史的一次次回溯中，冯艺从个人的生命中走过历史的通道，在寻找、重建历史的故事中强化了文化审美价值和主体意识。《我在你好汉的故事里成长》有着二胡的音色，醇厚而忧伤，富于穿透力。作者在烟雾苍茫的十万大山中深挖父辈的历史和形成这种历史的背后原因，他把情旨融合在对父亲的革命历程的描写中，以主体的一种经过时间和空间的距离所造成的回忆来书写往事，以感性直观的方式再现历史现场的生动人事。作者一直都在用自己的思绪拍打着历史的回声，寻找着关于历史的种种细节，由此，历史被赋予了个性的思想和不群的识见。穿越历史的烟云，在沉重巍峨的十万大山中，作者终于感受到了父辈们一直挺立的脊梁。文章由个人而家国而历史，用透彻而圆融的情思告诉未来：每一个人都是一部历史，好汉们的故事是影响了中国历史的进程的好故事。历史故事本身的深厚博大与作者渴望穿越迷雾和纷繁世相抵达澄明境界的主体精神，在融会中显示出了智慧的深度。

冯艺的散文创作始终立足于现实，走出了一条关注本土、尊重传统、弘扬现代意识的艺术道路，显示了散文文化意识的深层创构。在《板桂街，青石板闪出青铜的光泽》和《寻找右江河谷的"土官妇"瓦氏夫人》中，冯艺一如既往地在重新构建着历史文化的良知。作者的想象在叙事之中往来穿梭，景物、文化、历史和个人情怀相互交织，用心灵为我们在逝水的岁月中拍下了珍贵的历史照片。作者在板桂街的深处勾画出了刘永福鲜为人知的历史，在热风吹雨的桂西河谷中雕刻出了励精图治的壮族女土官——瓦氏夫人。作者是用文化的眼光在探寻着板桂街的神韵，还原刘永福的历史定位，历史由此承载了一种盎然的生命文化的情趣。这种追求是冯艺有意而为之："任何美丽的东西，如果不挖掘出其文化的、历史的、哲理的内涵，只能是一句空壳。它犹如一个号称'瓷'的美丽瓷器，只是在土坯或是其他东西涂上了一层仿瓷的东西，耐不住推敲的。"（《板桂街，青石板闪出青铜的光泽》）作者站在文化的高度上，以自身特有的方式参与了历史的发生、发展历程，写出了一个有血有肉的刘永福和有情有义的瓦氏夫人，因而，凸现了历史文化散文的价值。丰富的人生阅历，使冯艺形成了执着的人生理想和对世事人情深刻的洞察力。足够的知识含量，深刻的思考，使冯艺的散文突破了散文中常见的轻飘与单薄，具有浓郁的书卷气和厚重感，他的散文为文化揳入世俗社会、平凡人生提供了一个典范。

廖德全的散文偏重于文化意义上的考察与阐述，然而，相对于那些由当地的文化人介绍，或者是由书本介绍而来的文化，廖德全散文中的丰厚的文化感悟力是经由他自己的直接感觉产生出来的，对历史个人化的体验与传达，构建出一个现代人对历史的深邃洞察和复杂情感。他的一曲《千古一渠》，可谓视通万里，思接千载。文章从灵渠起笔，在千年往事中追问古灵渠的历史定位和文化定位，在滚滚的历史风尘中说古论今，写出了气象万千的灵渠。凝聚着无穷智慧的灵渠创造，在廖德全的笔下成了留给后人的丰满深远的历史负载和历史思索。廖德全善于从自我的知识层面解读历史，深入浅出，逸兴遄飞，每一次的一转一折都是功力的表现。廖德全的散文习惯在一种想象的高温中冶炼而成，天风海雨似的想象幅度让廖德全的历史散文情趣与理趣并举，代表了一种更高层次、更深程度对历史的体悟与缅怀。《远逝的珍珠城》《永远的东坡亭》和《站在南珠碑林前》，以自我的体悟参与了历史叙事的情节建构与发展，实现主体的历史文化审美，赋予了风景自然描写以独立性品格。在廖德全自然的、历史的审美意识中，融合了古今的文化资源。因此，在廖德全的历史文化散文中，更多地被赋予了价值批判与道德批判的双重功能："既然纸墨是精神漂泊者的天地，就要甘于寂寞，淡泊名利，为天地而书，为浩然之气而书，为自己的精神不再漂泊而书。"（《站在南珠碑林前》）历史的审美性因为延续出了现实的批判性，更富厚重感，其意义不限于追怀历史的维度，更是对当下的直面。强烈的历史意识、时代感和社会认同，使廖德全的散文在相对统一的话语空间中实现了较为完整的自我体认和人生感悟，创造出了具有现代品格的散文艺术境界。

张燕玲在《耶鲁独秀》中问史探幽，却没有流于一般的梳理历史的写作套路。她以心灵叙事，从女性的角度审视历史，巧妙地糅以社会学、哲学、历史学、文化学等相关知识，直逼现代知识女性的精神内部，形成了对历史的个人性解读与体悟，她所领会的人生就是历史："当我站在这样一朵红玫瑰前，望着墙体上映照的自己以及行走的生者，在感受着林樱虽死犹生、生死无界的创造理念的同时，我深切理解到受难者的死亡记录对于人类的意义，假如忽略人类历史悲剧中的受难者，我们就是在轻贱人类和生命本身，假如忘记了战争的罪恶，就难以抵达真正的现代文明，这是人类诗意的信仰。"(《耶鲁独秀》)这种对文化历史认识的独特灵性使得古老时光的遗址具有了指向现实的再生力量，作者在追寻现代知识女性情怀的同时也在寻求自己的存在经验与价值。强化心灵叙事，促使张燕玲在描绘自然美景时，注重感受这些景物的精神、气质，在览胜时，常通过联想把自己的感情移注于物，于是一次次的感悟与震撼被叙述得异常诗意：既有形象生动的叙事和精雕细刻的描写，又有深刻透彻的议论和条分缕析的剖示，景、物、情、意于文中浑然融为一体。这样有情有景有思想的文章，不仅具有较高的文学价值，而且具有较高的学术价值。

此外还有潘大林的《兰花时节访狮城》，作者从新加坡那些尽管简短却耐人寻味的历史的蜡像馆中，看到了融合了东西文化而生成的短暂历史浓浓的回顾和如歌如诉般的沧桑之慨。童健飞的《环望澳门》感怀民族悠久的历史，笑看古老神州的振兴，感人至深。陈祯伟在访问、考察台湾、欧洲六国之后，写下了一组域外采风的文章，如《向往绿岛》《回归中世纪》，展示了作者广博的学识、美好的情愫，文中穿插了许多耐人寻味的历史典故，还历史以鲜活的生存场景，读来如历其境，如临其境，使读者于美的享受中，得到感情的陶冶、有趣的知识和思想的启迪。

2. 思索世纪风云，执着于生命的追问

生命的历史在不同的生命形式中展现，每一个生命都有悲欢离合。"殷忧启圣，多难兴邦。"在思考者的眼里，每一次的相逢与相遇都会产生对于精深的人生的妙悟。一直以来，散文创作者们努力在寻求自我表达的途径和方式，力求通过艺术阐释参与世纪的发展，关注人类生生不息的命运。

站在社会的边缘对世纪风云、意味世界进行思考与探寻，是当代散文走向深邃哲思的重要途径。徐治平的《白宫门前的小窝棚》很随意地把日常见闻联系到人性、民族、国家等来思考，在智者的眼里，细节总能把时空顺延，忧患式地感受人类的命运。在徐治平的散文中，作者总能够通过一地一景的感受，抒发出对历史文化乃至生命的多方位思考，并且准确、迅速、敏感地给方寸变化追加诠释，这诠释饱含着思想的含量，令读者在品读文章的同时得到知识的素养和人格性灵的陶冶。在艺术手法上，这篇散文集中地体现出了徐治平的一以贯之的"竹简精神"：叙述简练，白描传神，以一种客观冷静的简洁展示出在于"神"的散文的审美风范。

冯艺在《五月的凤凰花》中思索着世纪变幻不定的风云，从风月中看风云，在岁月的绵延，战争的背后，他呼唤着人类永久的和平。"和平可以创作无数极致的美。这一和平应该是永久的，它将治愈人们心灵的创伤。"（《五月的凤凰花》）冯艺的散文冲淡平和，以真知抒真情，他的文字多出于天然的本性而绝少人为的匠气，自由的文体展示出自由的精神，本色天然，秀色内涵，探幽析微中，闪耀出智慧的火花。

张燕玲的《此岸，彼岸》是新世纪散文中不可多得的具有艺术原创力的优秀之作，它形成了新世纪广西散文创作最为亮丽的一道风景。文章立意新颖别致，作者从彼岸的台湾海峡启程，穿过中元节倾家倾城、非凡热闹的祭祀场景，在台湾大陆老兵们苦海无涯的生活状况中，激发出对于此生来世的苦苦追问，对千百年来在文化历史长廊上沉睡的先哲智思的深深体味。文章在感性话语的重构中，坚持智性的深化："来自另外一个世界的意义对此世之人的作用更加严酷。我想，我们过去的世界是在缺失对此世来世的描述和追问，此岸彼岸我们知道得太少，这才会导致我们此行产生的一再恐惧。"在这次心灵疼痛的旅程中，作者的认知在微观与宏观的交融中，将情思升华，带着鲜活本真的生命意识穿梭于历史的风云变幻之间，达到了对生命终极的企盼，显现出作者在艺术精神上特立独行的追求动向，给人以清风扑面，行于山阴道上之感。这种来自于自我的生存感悟和思考，在字里行间中处处闪耀着灵动而又睿智的光彩，为作品留下了颇为开阔的想象与思考的空间。流溢在文中的情思饱满充盈，开放的探索式构架，打破了传统散文固定的结构方式，阅读后给人一种思想的震撼。从现实世界转换到意义世界的追问，表现了张燕玲在散文美学追求方面意识上的独立性与成熟性。《此岸，彼岸》中不同凡响的构思、别具匠心的叙事态度以及个性化的语言风格，勇敢地超越了当代散文凝固不变的审美模式，体现出了一种全新的艺术精神，为新世纪散文创作勾画出了新的高度，成为当代散文创作的一大突破。

张燕玲有一颗虚静空明之心，有一份在沉静中生长出来的宗教情怀。随着阅历的增广，世情的窥透，张燕玲的散文创作中的思想趣味和审美取向有了些许的改变，纯粹精神性的心灵空间日渐丰盈，使她的散文具有了从事实空间向着神意空间的飞跃。《走进太阳里》和《以圣香为婚戒》都清晰地映射出了她游走在精神的本真状态中的心灵追求，以个体性体认与审美感性求证心灵世界与个体生存、红尘世间的终极意义，她一直在追求午夜梦回之中能够心手相牵的人。在戈尔巴乔夫与赖沙的爱情故事中她看到了、感受到了那种"由着自己光明而快乐的心性，扑向凡人的爱情与欢乐"并为之产生了刻骨铭心的感动。在西藏、在昌珠寺，她找到心手相牵的人，找到了圣洁、幸福的香巴拉。这一份对心灵幸福的追求，对尽善尽美的精神境界的向往，超越了她先前在心灵上独往独来的自白。张燕玲是带着一种对于完美的本性的向往所发出的关于生命本体的追问，从而升华为潜在灵魂深处的领悟：人不是单为此生的生存而存在的。对彼岸的追寻，祈求自我完善，祈求自己能像菩萨那样人格完善以接近纯净的天国，这种圣洁性情的追求和自塑，投影在张燕玲绝大多数的散文中。

当张燕玲在从生活里剪下的边边角角中，注入关于生命的思与诗，注重飞扬、圣洁精神的追寻的同时，也在时时刻刻地关注着日常生存乐趣，以自然之心对待现世生活。《家中有女初长成》便是张燕玲发自内心深处对女儿们最本质的关爱，这样的散文有着生活本身的光鲜流畅，丰润而富于情味。与素心慧瞳相溶契，眷怀此在的平凡生活，体现出作为智性女性的张燕玲怀抱着一腔广博深厚的慈爱，在享受平常从容的生活之乐中，始终拥有一种温情脉脉的生命体温。《城市·人文·印象》《何谓尴尬生活》把文化灵魂带进了喧嚣的城市，以批判与建设、良知与人文的独特视角重新审视广西的桂林、梧州、柳州与南宁文化历史的经纬，在传统文化与现代文明对峙时的尴尬中找寻文化的自信心和文化的生命力。对于恒久、深厚、纯真之美的追求，一方面体现在张燕玲对于一种高尚的生命和理想境界的张扬；另一方面体现在她的散文一直在追求一种诗意诗境，以诗化的节奏追求一种交织在文字上的思维者的美化的境界，一种安静的大气。诗意的节奏，使张燕玲的散文鲜有闲笔，行文如星珠串天，处处闪眼；诗化的意境丰富了张燕玲散文的叙事魅力，扩大了文本的情感空间，以超越世俗爱憎哀乐的方式，直达人的灵魂深处。

近年来，顾文接连写出了一批众所周知的文化名人，一篇一个视角。《"白鹿原"上的智者》将自己的思想聚焦于作家的精神追求、个性禀赋之中，他将作家放置于历史、文化与生命本能的诸种坐标中进行解读，形成生命内在的同构关系。准确把握人物的精神主脉，使顾文对人物的评述常常能深入人物的生命内部，写出人物独特的生命情怀。这些评述既有自身的生命特质，更有对人物精神的高度把握。彭匈《三个耐人寻味的人物》还人物以真实的生命情状，具有独特的品性，体现了作者的个性情怀和对生活的体察方式。

在写作上，广西的散文家坚持一种专业精神，他们除了在散文中显现他们来自灵魂的冲动以外，更在于对清醒的理性思考的强调，对独特的眼光评析的突出，在价值指向上具有独立思考与批判意识。充沛的感性是飞翔的翅膀，睿智的理性是飞翔的力量，两者相得益彰，创造出富有含义的事物和景观，创作在丰富坚实的感觉世界中越飞越高，生命在超越时空中获得一种永恒之美，如此努力的还有包晓泉、何述强等。

经过辛勤的耕耘，中青年作家的创作呈现出了旺盛的生机，他们给散文发展注入了一股新鲜的血液，无论是创作实绩还是创新意识，中青年作家身上所表现出来的注重散文文体的自觉探索，注重审美经验的独到发现，将散文带入了一个新的境界。

3. 天人合一的宇宙观，丰厚朴实的人道主义情怀

人类始终是大自然之子，面对工业技术文明所造成的人与自然的疏离和对抗，主张天人合一的宇宙观，追求丰厚朴实的人道主义情怀，成了广西散文家不谋而合的一个写作趋向。"锦帆应是到天涯"，中国的小品散文从魏晋南北朝或者更早之前形成至今，繁衍生息，绵延不断，培养了中国读者对于游记、抒情小品的阅读模式。游记是当今散文的一大品种，旅人的足迹遍及天涯，游山玩水之间，流连在风花雪月的自然美景中，更多出了一份对山水的关爱之情，品读自然、关注生态，以天地

自然之心来体悟自然之物的心怀，从中传递出独特的审美情趣和思考，为游记散文增添了新的思想维度，显示出一种智慧与人性化的力量。

潘琦《绿色的山冈》是游记散文集，自然山水之行充溢着愉悦和遐思，在经历了一次又一次的大自然的种种洗礼和美的熏陶后，观望与感喟凝结于笔端，组成一篇又一篇情景相交的美文，体现出一个游历家在以生活情趣品赏风景时所形成的自然游历和精神润泽的交融。其中《翡翠姑婆山》《解读黄姚古镇》《漓江情思》就像一幅幅色彩斑斓的完整的画卷，令人目不暇接："扑面而来的是满目翠绿，绿树如屏，绿光摇曳，绿浪翻腾，所有山道都被绿帐翠帱重重叠叠遮蔽着，游览车穿行在林间山道上就像鱼儿游进翡翠般的河流。一路上那高大挺拔的古树、那葱茏茂密的梓木、那浮苍滴翠的松柏、那连绵不断的茶园，在盛夏的阳光下苍碧翠绿，空气也好像是绿色的。那绿并非虚幻，仿佛随手便可掬一捧深深地吸上一口，就像漓江的碧波在胸中荡漾，像九万大山的清泉在心灵深处潺潺流淌……"（《翡翠姑婆山》），作者以优美的文笔描绘了大自然的神奇与美妙，以真挚的情感返回到与自然最初的和谐中，动情处出神入化，细腻中透露着昂扬之气，体现出对生活的无限热爱和本真秉直的生命情怀。

郁达夫曾说："一粒沙里见世界，半瓣花上说人情，就是现代散文的特征。"徐治平的《大石围独语》感恩于灵山秀水的抚育，表示出对原始自然山水的认同，主张跟被分解的自然恢复统一。作家以独特的眼光诠释着广西乐业县大石围的发现与存在留给人类的深邃思考，既是对神奇自然的礼赞，更是对人类生存状态的关怀。文中巧妙地运用了拟人的手法，直面现代工业社会带来的生态困境，含蓄委婉地批评了污染环境、破坏环境的人类，流露在文中的忧患意识，不仅是展示了过去的历史见证，更是警示今日环保的一面镜子。构成徐治平游记散文独具魅力的一个重要方面就是：一本真诚。关注生态，关爱自然，带来的是灵魂的洗礼与新生，它体现了作者别具匠心的思考，也隐含着创作主体特殊的精神旨归和审美理想，从而把山水游记创作推向了一个新的思想深度。

在对自然生态的关照上，中青年作者对事物的看法以及对问题的思考同样深刻，更显鲜活，体现出一种普泛的全球性景观。冯艺的《永远的长白山》《还有一个海陵岛》，"登山则情满于山，观海则意溢于海"。在作者的笔下，长白山的美有光有色有声有味，海陵岛的雅是诗是画是和谐，构成了一种特殊的美学景观。然而，流淌在作者笔端的不只是喜悦和惊叹，更在于由自然的书写中让人感到了对生态环境的保护和关爱，"长白山是美的，因为它是自然的，至今仍像个混沌初开的世界，尚未遭受人为的破坏"（《永远的长白山》）。文章把趣味性和人文关怀熔为一炉，情思宏阔而富饶。罗伏龙的《浏览东巴凤》，既写出了东巴凤的沧桑历史、美丽风光、淳朴风情，更是寄托了对东巴凤发展前景、美好未来的期望，跃动着一份鲜活的现代意识，使人性发现，使人格净化。龙歌的《亲近防城江》流露着对防城江的深情厚意，他深爱着这条美丽的江，因为在树高竹茂的自然景象中，他意识到了"只有懂得保护环境的人才是真正懂得如何生存的人"。

游记是中国散文重要的形式之一，因时代的变化而更易它的内容，具有高度机动性。张潮在《幽梦影》中论道："有地上之山水，有画中之山水，有梦中之山水，有胸中之山水。地上者妙在丘壑深邃；画上者妙在笔墨淋漓；梦中者妙在景象变幻；胸中者妙在位置自如。"从创作主体的审美动向来看，当代游记的内涵远远超出了模山范水、吟风弄月、访奇探胜、浪迹天涯的模式，从摹写自然、领略自然到领悟自然、关爱自然，无论在思想观念上还是创作手法上都增添了新的元素，画中、梦中、胸中之山水已经融为一体。文变染乎世情，这是新时代带来的一种新的悸动、新的要求，带着一份对自然精神空间的尊重，带着一种人文思考的向度，游记超越了某个具体的审美对象，成为与自然融为一体的精神审美象征物。醉翁之意在乎山水之间，也在于树下水滨明心见性，以无边、深厚的人文关怀回应着青山绿水。

结　语

　　随着文化空间的活跃与不断的发展和变异，散文创作者们视域愈加开阔，学养日趋深厚，散文由极其个人性质的、独特的感受出发，通过足够的思想的沉淀，形成了审美与审智的相互交融。散文创作外延的扩展，思想精神的深化，由个性凝定而成共性内涵，促使散文成为一种独立的文体和特殊的文化、精神载体。新世纪广西散文创作由平面到立体的多层次、多视角的整体发展预示着：只要在平淡中坚守，在努力中坚韧地行进，就会有未可限量的未来。

心灵的风景线：论当代广西女性散文创作

黄晓娟

自20世纪80年代中后期以来，随着女性主体意识的觉醒与高扬、女性参与生活的广泛与深入，中国女性散文获得了长足发展，其生活涵盖面之广泛、文本实验形式之丰富，超越了以往的散文传统。经过90年代"散文热"的培育和催化，女性散文家的队伍空前扩大起来，散文创作成绩斐然，散文风格鲜明独特，深受广大读者喜爱。这一系列的变化显示了中国女性散文的思想观念、文化水准、审美境界和文学艺术品位等都达到了一个新高度。

20世纪八九十年代，在广西文坛上也活跃着一批女性散文家，她们的作品从女性生活的各个层面、女性独特的审美视角出发，用直觉诉说和理性剖析的方式，展示当代女性对社会、人生独到的心灵感悟，大胆的情爱追求和对人生的不懈探索，以及对女性自身命运的深切关注，形成了广西文坛一道独具魅力的心灵风景线。她们的创作以独有的对当代生活的情感体认与诗性展示、独特的创作风格及审美倾向，显示了当代女性思想艺术的风采，从而在广西当代散文史上独标一帜，为新时代的文学注入了一股强劲新鲜的血液。

作品信息

《广西大学学报》2004年第3期。

在这一大批颇具影响的女性散文家当中，冯志奇、岑献青、张燕玲、林宝、林白、黄夏斯榕、李甜芬、莎金、董晓宇等是颇具有特色的。她们的作品既充溢着青春的激情、感伤的浪漫，又以人生历练、生命积淀为精神内核，建构了一个各自独立的、独特的精神世界。在她们富有社会和人性内涵的书写中，直接、充分地体现出各自自我的艺术探索追求，并与时代撞击、渗透，作为一种精神资源丰富着这个时代的变革。她们的创作以自己独特的人格魅力、独特的审美视角，为世人提供了巨大思考空间和众多启示，徜徉其中，让人激动、惊叹。

一

散文是一种负载人生体验感悟的文体，女性自我的觉醒与生长，女性内宇宙的发掘与拓展，为女性散文创作提供了丰沃的土壤和充盈的空间。当代广西女性散文的创作有如下的特点：

（一）记叙独特的人生体验，抒发对社会生活的理性思考，在天地自然的情怀中充分感悟。新时期的散文创作在女作家笔下有了很大的改观，她们逐渐摆脱了凡事都要从"社会"着眼，都从"人"入手的固定模式，而将整个天地自然纳入自己的视野。她们的散文谈都市生活的种种，如谈服装、谈生活起居、谈饮食男女等等，皆深入浅出，言之有据，从日常生活中提炼和发现哲理；她们尤其喜爱选取大自然的事物来表现思想感情及其体悟。有的写自然现象，有的写动物、植物，也有的写无痛感生命的器物，这是一种以天地自然之心来体悟自然之物的心怀，从中传递出她们的审美情趣和独特思考。女性散文的题材空间的拓展，带来了文化观念和思维方式的改变，表达女性对社会人生、对人类文化的重新思考。

冯志奇的散文以故乡风情、童年旧事、人生沉思、文化名人为主要题材，抒写自己对人生世态、艺苑文丛的感知体验。冯志奇的爱好广泛，书、画、戏、文，无所不及，因其多才多艺，被称为"才女"。冯志奇的散文多是从平凡生活中采撷一些鲜活的人生故事，从人生长河中掏取几簇感情的浪花，抒写自己的生活感悟和生命体验，注重个人精神的表达。如《家住八角塘》《爱得痴迷》等，文中所写的就是每个人都拥有过的经历、保存着的故事，它是一份抹不掉的心中的情感。再如《独坐书斋》，既是对心爱书房的描写，更是在这描写过程中袒露作为知识女性的她，在清贫自在的神圣天地中，"获得一种永无穷尽的快乐"，她真诚地展示了自己丰富的内心生活图景，那就是对真、善、美的渴求。

优秀的散文应当体现作者的思想情绪、呈现独立思考的品格、表达真实的情怀、追求厚重的质感，林宝的散文负载着这样的追求。审思品格在林宝散文中得到了明显的强化，从而决定了她在认识事物中呈现出独特而鲜明的气质。强化审思色彩所带来的直接结果，是把对人性的审查、对生命意义的发掘、对人类和生存的思考作为散文创作的核心。她善于通过自然景物隐喻人生，揭示哲理，使知识积累和人生积累适时得以释放。如她的《古人不见今时月》《落叶不只在秋天》《一个人·一颗星·一朵花》采撷的是日常生活中的琐事，从平常中见闪光点，充满了哲理性，这一份哲思使得林宝的散文的个性强烈而独立。她正视自己，并以审己的冷峻来审世，打量人与人的关系，打量荒芜的现实与异化的人心，从而使她的散文里具有了一些确定的东西、一种坚定的理性。因此，林宝的审思目光还牢牢扣紧社会和人心的变化，表达对社会、人生、情感的理解，表现女性对生活的希望与独到的追求。在林宝的散文中，触目所及的社会现象和社会问题只是作为触媒点，引发的则是具有现代生存意识的思考。这种思考渗透在她写作的各个角落里。如《一件毛衣》，文中点出了理解对于人类交往的重要性，体现了作者对人性中美好情感的呼唤。

岑献青的散文弥漫着思乡的情感，她怀着对乡土的眷念，描绘了一幅幅绚丽多彩的壮民族风情画。如《永远的灵魂》，在浓浓的思乡中，追问着壮民族的先民们用生命烙在花山崖壁上的灵魂，深入民族思想灵魂的深层，具有强烈的历史纵深感。岑献青对于故乡生活的描写，更多是从人生长河中选取最深刻的记忆，抒写自己的生活感悟。有对纯真人情的赞叹《梦中小河》；有对亲情的颂歌《悠悠情摇》《远水的小舟》等，其间都贯串着人情、人性、人生这一条红线。《秋萤》《星星的故事》《种草偶记》写的都是自然界的景物，作者从自然中的一草一木、花鸟虫鱼中品味着生活的美好，同时也读出了生命的意义。她追忆往事，在逝去的光阴中抒写对于现实生活的种种感触，思索生存的意义、生命的价值；她描摹人物，善于从一些平凡而普通的人物身上挖掘人格印痕，以反思历史、领悟人生；她抒写亲情，礼赞童心，缅怀亲人，充满温柔的情愫且情感真挚。她写进散文的大多是些轻淡的、微末的东西，是一个女性对往昔生活的顾盼回眸，是生命绿叶的斑驳投影，但才华就在于她能从平常琐事中发掘出美好的情致，写出人本质深处那种令人动情的纯真或悲哀。在反映社会生活、构思文章时，她特别注重撷取生活中美的情感与经历，传达出女性特有的对美的追求与理解，在她的散文中，她总是以一种"沧桑看云"的平和的心境去触摸、去感悟生命中真实饱满而记忆深切的丝丝缕缕。因而，她笔下的自然、社会、人生显得美丽而纯洁，充满着温馨与关怀。

张燕玲的散文对于生命的感悟是含蓄地存在于对外在世界的叙述中的，她在自然和一切有生命的存在中寻求启悟，在生命的思考中为生命感动。她的散文《耶鲁独秀》既是关于生命起源的追问，也是自身心态情感的外射与凝聚。在字里行间透着作家对"女性是什么"的考问，对灵魂的追根究底，对生命之链、时间和空间的遥想。无法摆脱的人类生存的大惑，力图通过历史、文化、民俗等对人类的生存作出哲学的思考。现代文化特征中的审思活动在散文中所表现的不仅是对外部世界的观察和凝视，更是作家的"内宇宙"——一个广袤的心灵世界和情感世界运作的体现。此外，张燕玲的《水萝卜》《夏季远去》就像一篇篇含蓄隽永的寓言，在对自然万物的解读中，抒发自身对于生活的哲思，一种坚韧的生命状态，展示了女性作家柔婉的心绪。作者通过自然景物隐喻人生，揭示哲理，昭示独到的生命感悟。

（二）袒露女性情怀，抒写女性意识，注重探讨女性幽微的内心世界。白居易曾说："感人心者，莫先乎情。"散文创作最重视情感，特别适合表现生活中零散片段的感想，也特别适合表达女性丰富细腻的感情世界。女性散文擅长于表现女性生命的诞生、成长的心路历程。

散文之于张燕玲是一种灵魂挣扎的文体，心的智慧书写。张燕玲的散文是典型的女性散文。她散文大多是在寂寞独处时，在没有对视眼光的时候写下的。于是她沉入自我的世界，独自与灵魂交流。她在生活中的每一点温馨中感动，为每一道风景流连。分别与相逢、期待与失落、孤独与重逢以及人生种种的际遇与忧伤都会带来心灵的感动。她会为朋友送的鲜花迷醉，如《冬夜随笔》；在生命进程中最软弱的时候，她会在抱朴守拙的树林中获得欢愉，如《幸福在你心中》。阅读这样一颗丰富的心，不会产生"欲将心事付瑶琴，知音少，弦断有谁听"的无奈感，反而会在她与寂寞的对视中发现生命中有一份长久的思念，有一份深情的期待，于是美中不足的生活便有了最完美的寄托。张燕玲的精神永远都处在这样一种丰盈饱满的状态，时常有与来自内心的美丽与慰藉不期而遇的喜悦。细读她的心灵文字，不会觉得累，不会觉得平淡乏味，在她的精神境界与艺术世界中会获得一种取暖的享受。

正因为张燕玲的内心对自然、对人生、对生命充满着一种生动不息的渴意，因而她能体味微妙，坦然面对人生赋予她的酸甜苦辣。对于来自生活中的伤害与噩梦，她不夸饰，不矫情，反倒滋生出了用充实与沉静去充实生活的勇气，真情真性。尤其是那些写给孩子的作品，在烟火之气中给人以温暖而亲切。如：《望尽天涯》《在秋天里游走》，流露在其中的这份母爱魂牵梦绕，这种不曾为成长岁月迁移的纯净童趣，在天真烂漫舒卷自然之中以至情至性感人不已。

在散文这种诉诸心灵的形式中，张燕玲以特有的知识女性的才情和儒雅气质赢得了读者的倾心。那种曲折幽远和惊喜交加的情绪，让人无法拒绝她的感动。她在深夜里反复读解自己的心灵，追省自身，每一句话都是穿心而过，是作者性灵的自然流露。因而，她那些吟咏性情的散文不流连于琐碎的具体生活表面，她的散文在含蓄中体现出智慧的光芒，是具有现代意识的女性的孤独和寂寞。这种孤独与寂寞不仅源于气质的因素，更包括其思考的迷惘。很多的痛苦不仅仅是作为女性的痛苦，而是作为人的痛苦。她以书写的方式展露着心路历程，既是自我静默生命体验的提升，也是与读者双目凝视的交流。张燕玲有着自己不被外界异化的内心生活，她以散文接载着自己对于现实的思考和升华了的情绪。她的散文就是她心迹的真实记录，从中可见蕙质兰心。

走过迷茫、怀疑到思考的一系列蜕变，张燕玲在她的散文中展示了所经历的重塑人生观的心路历程，便是其精神信念形成的基础。以开阔的视野与深刻的生活感知表现现实的真情实感，人生体验在心里深沉地沉积，使其创作对宇宙人生的悟性愈加深刻、灵妙。她尤其注意从大自然的陶冶欣赏中获得顿悟，从而得到宁静玄远的心的喜悦。对生命价值的孜孜咏叹，来自她多维眼光和多重性角度观看人生的思索，这种思索使得张燕玲的散文不时闪现出对于生命的哲思和透悟。尤其是在对女性生命体验的广泛书写中，向着女性的生命本体和精神取向作深层的透视，将女性的感情和知性朝着女性历史和文化方向集成。铁凝曾说过散文对于她永远是一种心灵的磨砺，我想同为知识女性的张燕玲，在她与心灵的对视中，散文也是心灵的磨砺。她将内心的自省、人生的探求融汇起来了。

女性散文在关注自身、走向世俗、走向时尚、走向感性和体验的过程中，始终执着地发出对自身终极价值的追问。林白的散文如同她的小说一样，大多是内心写照之作，是来自心灵深处的独白。"独白是一种呼吸，一种结构，一种呻吟和呐喊。"于是林白在这种独白中沉醉，喃喃自语，回顾生命，书写生命走过的场景，展示生命的内在景色。于是，她在自己的记忆中一遍又一遍地游走，在对个人生活的汇展中，突出的是作者个人的遭遇和生命体验。完成了一个女性追问自我的过程，一个女性的话语由自身向生命深处的指涉。随女性意识从失落到回归，女性意识成为洞见世俗人生的一种独立的审美意识，女性写作也浸润了女性独有的特点。林白的散文基本取材于女性的成长历程、生活体验，应该说这些内容作为生命过程本身就负载着深刻的人生内涵。在《沙街》《流水林白》中，她从女性自然生命历程切入，以极其细腻敏感的女性直觉、含蓄诗化的笔致，将女性不曾言说的隐秘优美地写出来，那最原初的生命脉动，那女性"自我"在"生理→心理"成长、完善的全过程。

董晓宇的散文从爱情、婚姻、事业等方面来品味人生，深入精神、人性内里去发掘引证，使作品拥有了人文厚度。在她的散文集《黄房子》中，汇集了一个个纯粹的心情故事，它们是从狭窄的历史缝隙中涌溢而出的女性个人化的经验。她以女性特有的直觉和思考，观照现实生活中的女性命运，全面地反映和解剖女性作为人的自然属性和社会历史属性。表达出对婚姻与爱情的深刻洞察与超越，对女性人格尊严的关怀。

（三）描述自然景物，透析历史文化，突破以往散文情、景、理、趣的格局模式，形成了以历史文化为表现对象的大文化散文。

在社会生活中人们都有自己的经历和经验，体验则是一种价值性的认识和领悟。女性作家更善于以自身的经历体验和女性心理特征去观察社会与人生。这也许与女性跟自然万物更易沟通与融合的特点有着密切关系。

托物言志类散文是中国古代散文的一个重要组成部分。它们不着意于景物的描写，更重于表达主体的内心情志，从而达到"圣人立象以尽意"之妙。在张燕玲的游记散文中，既写出了山川风物的自然本色，更在于以自己的情感体验感应生命宇宙，写出了许多常人无法获得的洞见。在《维也纳森林的故事》中，她用精神与自然对话，从而获得了精神的启悟。此外，像《0点废墟》以及《地狱之门》等等，张燕玲都是在用自己的心灵与历史文化对话。她在对历史、现实的双重穿透与沉重叩问中，使作品具有多位的思想意蕴。她的思绪在绵长的历史回眸中，感受着现代生命尤其是女性生命，显示出历史的美学的高度和启悟后人的精神向度。

黄夏斯榕散文中所流露出来的对于人生的态度，既不是浪漫的，也不是悲切的，而是一种坦然面对人生赋予她的喜乐哀愁。她的抒情旅游散文，以同样的心态观照山水，观照风土民情，写下了不少令人回味与沉思的作品。徜徉在自然之中，她不是尽其能事地描摹山水胜景，而是将自己的人生情怀寄托其间。她对大自然的深情，使她常常能从中获得灵感与顿悟。如《灵渠情思三章》《感谢杜甫》。作者能够在景物中聆听到天地人神交感的和谐，能够从人的超本性出发，感受到景物对身心的召唤和洗礼，从而将人在日常沉沦中失落的本真重新显现，露出了诗意栖居的精神家园。

李甜芬在广西凭祥这个历史上发生过无数次残酷战争的边疆小城里生活了很长一段时间，对于边城的方方面面——人性、世故、社会、历史、风俗有极其珍贵的体验，对边城文化和历史的关注，使她的散文集——《边城情结》在珠子般连缀成篇中，整体性呈现出一种文化精神。边城文化在中华文化中有着十分特殊的地位，李甜芬擅长于以历史文化与日常生活交织的眼光将这份特殊性传达出来。因此，她的散文一方面是从日常生活的眼光中去感受生命的温馨，聆听生活层层浪花中感人心弦的乐音，从微中见深厚；一方面是以对历史文化的敏感性，捕捉历史的启示，体会时代的嬗变。收录在其间的《背影》《旧州拾遗》《友谊关》以充盈的情感、细腻的文笔描绘出了南中国边疆的山水风貌、历史背影、民情风俗和建设历程。

在林宝的散文中有很多是以她生活的城市——防城港作为主要描写对象的。这座城市已经成了她生命中的一部分了。小城的风风雨雨和改革开放的历程在她的散文中有生动的表现，其间蕴含着她的真爱与深刻的体验。《港区春早》《新珠璀璨》以充满欣喜和赞美的笔调，记录了防城港的历史变迁和为城市建设付出辛勤劳动的工作者，在她的文字中透着南方海边城市特有的生活气息，和作者来自心底的对这座城市的真情，这些珍贵的经历，使她拥有了和这座海边城市一样丰富的精神财富。林宝的《港行》《灯塔上》在对防城港风风雨雨历程的关注中，展示了这座城市的诞生与崛起，开拓与建设，透着南国海港特有的生活气息和作者的真爱与真情。李甜芬和林宝的创作和人生探索，反映了时代种种面貌，为文坛注入了一股新鲜的血液。从这些文字中我们可以看出作为当代的女性、女散文作家，能够透过历史传统的现象，以鲜明的现代意识观照人生，体现出博大的胸襟和女性精神的张扬。尽管她们的散文形态各异，色彩、风格多样，各自有自己的倾向角度和领域，但其内在精神还是有一脉相承的地方。

二

在艺术上，女性散文冲破了陈旧的抒情模式，在叙述技巧、散文结构、情感运作诸方面呈现出活泼、新鲜、多样的特点。由于女性敏感、顿悟、直觉、联想等心理功能的尤为突出，因而女性散文在艺术上呈现出活泼新颖、灵动多元的探求。这些自觉的散文创新意识，体现了女作家们意欲探求建构散文审美空间的多重可能性。

女性散文中创作精神的变化，影响到了文本主题，形式范畴，及艺术的触角与视点的变化。女性散文在形态上明显地具有精神的自叙传特征，即突出了对现实的思考和升华了的情绪、精神化倾向，自身现实的生活场景与内心感受更接近作品所营造的艺术世界的氛围，感知视角感受方式于自然中透情韵。

在艺术审美的情趣上，冯志奇追求的是"真"，即用真性情，用灵魂与生命书写散文，在情感的语境中，鲜活自然而毫无矫饰地关注着人们的精神世界，表现着人性之美。如《音乐的魅力》，作者以诗化的语词记录了一次令人难以忘怀的音乐会，她对生命存在形态的感知和对人类情感方式的体认，具有男性作家无法比拟的对人性敏锐的观察力和细腻的表现力。冯志奇的创作的心态平和冲淡，语言朴实无华，笔法舒展自如。如《寻访李香君故里》既写出了李香君清高典雅的仪态，睿智的才气，更写出了她作为一个青楼女子难能可贵的高洁之心，这种精神穿越漫长的时代，作者以知识女性的沉稳大度将过去演绎成一种希望，给人以强烈的精神触动。文中的语言富有诗意的灵动而又具有深沉的韵味，透过她的这些作品显示出中年女性所特有的凝重深沉与平实的创作风格。林宝的心理细微而敏感，她的散文描摹出了心灵的每一个颤动，对思绪情感的表达，往往比男性散文家更坦然、更大胆。她是在写散文，但更重要的是她在写自己、写心灵、写情感体验、写个性追求、写精神寄托、写人格力量。正如王英琦所说：读者本以为是要看到一个作家，而惊喜地发现了一个人。的确，通过散文能看到一个真正的、真实的林宝，这比散文本身更重要。

为走出单一的倾诉和直抒方式，突破平铺直叙地进行背景介绍或过程交代，一些新锐女作家吸收了西方现代主义表现手法。最为普遍的是意识的跳跃滚动、对时空的自由切割、瞬间幻象的捕捉与再现等方面的探索。

张燕玲的散文多采用诗的语言，表达女性特有的变化无端的心绪和潜意识，沉淀情感、情理相济，以表现更丰满、曲折的女性心理，使叙述成为散文中富有生命力的组成部分，具有更多的随意与灵气；林白的散文善于突破线性思维模式，跳跃性极大。她有意采用意识流动、内心独白、理性和非理性等手法，以图有效表达焦虑、孤独、无法言语的绝望等剧烈的感情，以利于心灵的舒张和个性的弘扬。自觉地使用叙述技巧、意象设置、章法结构，力图使叙述在散文中活起来，成为女性散文作家审美欲望追求的体现。

林白的散文和她的小说一样，习惯采用"回忆"的视点。她笔下的故事和生活场景，既是最真切的个人记忆，又是飘忽不定的人生幻想。因而，在那些用回忆片断连接的散文中，散发着特殊的文化意味。如《逝去的电影》《德尔沃的月光》《在黑暗中走进戏剧》。

随女性意识从失落到回归，女性意识成为洞见世俗人生的一种独立的审美意识，女性写作也浸润了女性独有的特点。林白的散文在个人的记忆中放任自流，情感跌宕起伏。她毫不遮掩地把自己袒露给读者，让人真正看到一个真实的女性，她敢于揭开遮掩自己内心的帘幕，并且把自己隐秘的内心世界用散文化的语言公诸于世。她回忆又时常被现实的情感毫无节制地穿插，思想融化在其巨大的情感潜能之中，感受又总是处在激变之中，多而零乱，因而在记忆与现实之间，她常常采取片断性的表述，打破散文完整的情感线索，而用一种情绪贯穿，从而在整体上保留了散文的情感性——这种情感是受着情绪牵引的，显示出强烈的个性。林白的散文叙事带有明显的自传特征，体现了个人化的叙事法则。

林白善于以自我回忆式的情绪流动，以内心感受的变化组织文字，散文呈现出自由、散漫、跳跃、零乱的特征。《沙街》自由无拘的行文风格会让人联想到萧红的《呼兰河传》。故园之恋，在中国现当代文学中有着悠久的传统。故土 B 镇、沙街是林白情之所系的乡土世界。故乡虽然贫穷、闭塞，但却是一个漂泊天涯的游子灵魂最后的栖息地。在林白的笔下，记忆中的沙街、记忆中的童年，一切显得都很美丽，充满了诗情、善意和美感。文中作者深情地描述船上的女生、码头上的木垛、挑水的人群、上市的青菜、卖猪红的人家、挖蚯蚓的郑婆、孤老头王二、宋家的酸菜、茶水摊、糖粥摊、油盐铺、木器社……在怀旧中虽然有感伤、有惆怅，但更多的是留恋。林白的沙街是她对遥远记忆的复制，更是对精神家园的渴望。因而，在灰色枯燥的都市回忆梦幻的家乡，洋溢着一种真挚的情愫、一种迷人的韵致。

林白的散文色彩飞扬，文辞俊俏生风，既锋芒锐峻，又幽默、灵慧、轻盈，在文风上蔚然自成一家。从她的散文中感受到一种体验生活的全新印象，得到一个可以比照参考的自由联想空间。私语式地对文化与生活的体察、洞见与评鉴，使她的散文中带有独特的文化内涵，她能够以文化为参照，以生活为依托，在散文中自由地发言评说，散文作品中还带有思辨的内在脉络，显示出一种机智与灵变。一种经由文化心理智慧浸润的光亮，行文清简、明鉴。然而，在女性散文拒绝了以往文学虚假的宏大叙事、以真切地展现心灵的世界为己任并取得了令人瞩目的成就的时候，也显示了女性创作主体意识的相对柔弱，审美视野的相对局狭。

在语言上，女性散文极富诗化与情化的特点，语言的张力与弹性极大，极富幻想。女性写作以特有的女性心理方式和语言方式进行表达，她们常常采用比喻、象征、复沓、排比等修辞手段来表情达意，因而使语言凝练贴切，字约意丰，温文婉转，情味深浓。

张燕玲的散文自然流畅，细腻灵动，在现代散文的诗意的营构方面独具特色。明代李贽说："言出至情，自然刺心，自然动人。"张燕玲是以真性情为文的。她的散文就载录了她清幽的心音，不粉饰、不掩盖，即使弥散着悲哀也绝对真诚。在散文中，她道出了自己创作的心态，在她的内心世界里，由于那种无名的悲哀阴翳的潜质，使她习惯于通过书写的方式去体验悲哀。这种富于女性诗化的悲哀情绪，是一种多情、敏感与忧虑、感伤共同作用的弥散。然而，在情感的表现上，她又长于将炽热的情感掩藏起来，用节制来表现丰富，将强烈化作委婉、深沉，由此传达出更为炽热的情感之流。于是，心底的波澜在化为笔下的文字的时候，我们看到的不是灵魂的躁动与挣扎，而是将苦痛幻化成为一种精神的静默，生命态度和精神方式的率真冲和、沉静如水。张燕玲有着矜持的文学审美尺度，她以自己对现实的特殊敏感和深刻体验认构出了诗意静默的文本风格。

语言是文体与作家思想、人格、气质之间转化完成的一个中间环节。张燕玲是一个在深刻文化背景中成长起来的作家，长期与文字为伴的生活，形成了她率真洁白的书卷气。她的散文除了那股扑面而来的淡雅书香，还有严谨的思辨才识。张燕玲注重叙述与描写语言的洗练、干净，追求一种典雅而纯净的风格。如《秋天的过程》，抒情、感伤而忧郁的诗情流淌在字里行间，富有韵律的行文幻化出了古典诗词中的失落与怅惘，浓郁的诗意中又增添许多唐宋风韵。张燕玲的散文句式灵活，长短句交叉，整散句配合，语气跌宕起伏，疾缓有度，每一句话看似自然道来却是非常讲究。整齐中见参差，紧迫中蕴舒缓，行文中回荡着参差的节奏感与音乐的韵律美。

中国现代散文名家柯灵在谈到散文时说："寸楮片纸，却是以熔冶感性的浓度，知性的密度，思想的深度，哲学的亮度。一卷在手，随兴浏览，如清风扑面，明月当头，良朋在座，灯火照人。"[1]当代广西女性散文创作显示出了这样的追求。

| 参考文献 |

[1]柯灵.《人生和艺术》总序［N］.新民晚报，1993-04-08.

区域作家群的一个样本及研究意义

——文学桂军系列研究论文之二

李建平

一、引人侧目的文学桂军

看20世纪90年代（以下有关年代的表述，除特别注明外，均为20世纪的年代。）以来的十余年间的中国文坛，可以发现，在中国西部的一个经济欠发达地区——广西壮族自治区，崛起了一个引人注目的作家群。这就是以"广西三剑客"东西、鬼子、李冯三人为领军人物，包括林白、凡一平、蓝怀昌、潘琦、梅帅元、聂震宁、黄佩华、冯艺、彭匈、黄继树、常弼宇、喜宏、杨映川、刘春等作家和王杰、张燕玲、陈学璞、李建平、黄伟林、张利群、杨长勋、唐正柱、彭洋等评论家所构成并被文学界称作的"文学桂军"。评论家贺绍俊这样描述："20世纪90年代开始，广西年轻一代的作家如东西、鬼子、李冯等冒了出来，他们以现代和后现代的叙述

作者简介

李建平（1952—），广西桂林人，毕业于广西大学中文系，广西社会科学院文化研究所研究员，著有《新潮：中国文坛奇异景观》《桂林抗战文艺概观》等，主编有《广西文学50年》等。

作品信息

《广西大学学报（哲学社会科学版）》2007年第6期。

方式呼啸而来，让文坛大吃一惊。"[1]贺绍俊这段言论出自他为《中国文情报告（2004—2005）》撰写的《广西群体的意义》一节，"广西群体"成为这部国家级文情报告中唯一以专节加以报告的区域作家群。的确，"一支崭新的、富有活力的文学艺术桂军在神州大地崛起……标志着广西当代文学艺术史上一种全新的现象的出现"。它使广西文学和作家进入了全国文坛视野，为当下的中国文学提供了新的文学佳作和作家成长的新鲜经验，提供了经济欠发达地区文学和文化发展的一种可资借鉴的模式。其生成和发展情景构成了广西文学史和文化建设的重要部分，也构成了世纪之交中国文坛不可或缺的历史记载。

所谓文学桂军，主要指20世纪90年代后活跃于文坛的一批广西作家。最初特指1949年以后出生、90年代活跃于文坛的青年作家，始称"文学新桂军"，以后的研究和述评常常将90年代仍活跃在文坛的1949年以前出生的中年作家一并纳入，逐渐通称为文学桂军。*文学桂军属于特定时空范围下形成的中国当代文学区域作家群概念，并非具有历史延续性的文学史概念。

二、文学桂军的主要成就

看文学桂军的引人之处，在于近10多年来他们的文学成就和贡献：

（一）奉献文学精品佳作

文学创作是文学桂军的先锋队。早在90年代初期，1990年《上海文学》第12期就同时推出喜宏、李希、黄佩华、常弼宇、小莹、岑隆业等广西作家的5部小说，这是文学桂军在全国著名文学媒体的第一次集体亮相。1993年，《当代》第3期同时推出常弼宇、黄佩华、凡一平、姚茂勤的4部中篇小说，加上这一年第1期《当代》曾推出喜宏的一部中篇，这是广西青年作家在国家权威文学媒体的又一次集体

---

* 本书"文学桂军"特指20世纪90年代后活跃于文坛的广西中青年作家和评论家，不包括90年代以前活跃于文坛的前辈作家，如陆地、韦其麟、秦似、林焕平等，也不包括非大陆文学的桂籍作家，如白先勇。其作家范围参见中共广西壮族自治区委员会宣传部和广西文联主编的《文艺桂军在崛起——广西文学艺术家十三年成果集》（广西人民出版社2003年出版）的入选作家。

展现，其中常弼宇的《歌劫》还获得了1993年度的《当代》优秀作品奖。不久，沈东子在《上海文学》1993年第5期发表的短篇小说《美国》被同年度的《人民文学》第10期转载，并荣获1993—1994年度的《上海文学》奖。林白此时进入北京定居，《一个人的战争》（1994）、《守望空心岁月》（1995）和《青苔》（1995）等小说在文学界产生较大影响。这构成了文学桂军冲击全国文坛的第一排冲击波和最初的成果。1995年以后，文学桂军的领军人物东西、鬼子、李冯先后亮相，前两人分别以中篇小说《没有语言的生活》和《被雨淋湿的河》获得第一届和第二届鲁迅文学奖，李冯则成为《大家》《钟山》《作家》和《山花》举办的"联网四重奏"的首位获奖者，并成为张艺谋两部电影大片《英雄》和《十面埋伏》的编剧。三人因创作上的成绩被称作"广西文坛三剑客"。这构成了文学桂军冲击全国文坛的第二排冲击波。90年代后期和进入新世纪以后，张燕玲的理论与散文、杨映川的小说、冯艺和彭匈的散文、刘春的诗、黄伟林的批评与杨长勋的文学传记，相继进入全国文坛视野，有的获得国家级奖；2004年第6期的《上海文学》又刊出一个广西青年作家专号，以广西籍作家林白领军，带领一批新作家亮相，他们是：潘莹宇、纪尘、李约热、光盘。这些，形成了文学桂军冲击全国文坛的第三排冲击波。持续不断的文学力作的推出，连同后来文学介入影视与文化等领域里的成果与影响，文学桂军作为一个特色鲜明、实力强劲、成果丰硕的区域性作家群，得到文坛和社会的认定。

（二）进军影视演艺领地，营造影坛戏苑的美丽

90年代后，我国影视市场遭遇美国大片、日本动漫和韩国电视连续剧的强劲冲击。面对挑战，中国影视界出现了影人与作家的联盟。广西作家并未落后，文学桂军中的三位领军人物东西、鬼子、李冯以及凡一平、张仁胜、胡红一、冯艺、林超俊、孙步康、韦俊海等新锐作家，均投入影视创作和改编之中。东西写小说写得好，进军影视圈做编剧也得心应手。他的几个影视作品均是根据自己的小说改编的。他将中篇小说《没有语言的生活》改编为电影《天上的恋人》，在第5届东京电影节上是"唯一一部入选本届电影节、正式参赛的中国影片"，在日本观众中引起了强烈反响，被誉为"最美丽的爱情故事"[2]。他还有以长篇小说《耳光响亮》改编为电

影的《姐姐词典》和电视剧《响亮》，根据同名小说改编的电视剧《我们的父亲》。《响亮》《我们的父亲》两个电视连续剧在2005年一举推出，国内获得了较高的收视率。鬼子则担任了电影《幸福时光》的编剧，这也是颇受关注的影片。最有影响的是李冯参与张艺谋的电影大制作，担任《英雄》和《十面埋伏》编剧。两片上映后十分卖座，票房收入与美国大片抗衡。凡一平参与电影制作的剧本有《鲁镇的故事》和《理发师》，胡红一编剧的电影《真情三人行》获得中国电影金牛奖。冯艺参与创作大型电视散文《西部的发现》。广西作家参与戏剧创作和演艺策划也身手不凡，梅帅元任编剧和策划的壮剧《歌王》获得国家戏剧最高奖——文华大奖，张仁胜编剧的彩调剧《哪嗬咿嗬嗨》也获得国家大奖。梅帅元更大的制作和贡献是推出了我国首台大型山水实景演出《印象·刘三姐》，他任总策划、制作人，邀约著名导演张艺谋担纲，王潮歌、樊跃加盟。《印象·刘三姐》成功上演以后，入选中国文化产业十大经典案例，并被国家文化部确定为国家文化产业示范基地。

（三）立起女性主义文学旗帜

1994年，林白的长篇小说《一个人的战争》发表出版后，影响广泛；林白与陈染等一批青年女作家，在她们的作品中强化女性意识、女性经验，把女性最隐秘的感受、心理、情绪，都通过优美的文字表达出来了，成为中国当代女性主义文学的棋手。进入新世纪以后，林白以《枕黄记》《妇女闲聊录》《万物花开》等作品显示了她由"私人化"写作向"面向现实社会"写作的转变，第一次在中国文坛展示出"生态女性主义"文学景观。70年代出生的女作家杨映川继林白之后，写出了颇有深度的女性主义文学作品。她的《不能掉头》等作品，在广阔的社会背景下表现了女性和男性在追寻爱情过程中的差异与互救，情感、人性、勇气的逃离与回归，将女性主义文学，向社会现实纵深推进了一大步。以林白、杨映川为代表的文学桂军女作家对当下中国女性主义文学发展做出了贡献。

（四）打造中国文论重镇

自1996年张燕玲主编《南方文坛》以来，该刊成为中国文论界注目的重要阵地之一，影响力已汇入中国文坛的理论体系之中。它开设《中国当代文学研究会专栏·文坛评述》栏目，点击当下文坛的动态和最新研究，其信息性深受读者欢迎；它以《今日批评家》栏目会聚谢冕、陈思和、鲁枢元、夏中义、白烨、贺绍俊、南帆、陈晓明、郜元宝、王干、孟繁华、李洁非、张新颖、旷新年、李敬泽、洪治纲、谢有顺、吴俊、王彬彬、戴锦华、张柠、吴义勤、程文超、罗岗、施战军、杨扬、葛红兵、何向阳、汪政、晓华、黄伟林、王光东、李建军、张闳、张清华、王宏图、林舟等几十位国内活跃的中青年评论家，形成文论界一个重要的思维场；它设立的"《南方文坛》年度优秀论文奖"被专家认为是中国文学批评的一项重要奖项，已历时四届，受到文坛和媒体的持续关注；它与《人民文学》杂志联合举办的"中国青年作家批评家论坛"已历时三届，正在成为中国文坛的品牌论坛。《南方文坛》对中国文坛的贡献越来越丰富，意义也日渐彰显。无怪乎陈思和、白烨等教授在2001年11月广西北海召开的会上提出：中国当代文学最有影响的两家杂志——辽宁的《当代作家评论》和广西的《南方文坛》，一北一南，承担着对中国文学理论的责任，它们不仅是地方的，更是中国的，是中国文学理论家之家。中国作家协会副主席陈建功评论《南方文坛》时说：她"团结和吸引了全国一批实力派批评家，成为我国文学评论界的权威性阵地"[3]。

三、文学桂军的内涵及研究意义

文学桂军特色鲜明、代表性强、内涵丰富，颇多研究意义。

（一）区域作家群新样本

20世纪90年代是中国文学经过了80年代的高潮之后跌入谷底被边缘化的年代。然而，在文学边缘化的年代和经济文化边缘化的西部地域，却出现了突破边缘、低地崛起的文学奇景，形成了一支令人侧目的作家群队伍——文学桂军。它诞生于经济欠发达的民族自治区域，形成多种民族成分的作家结构，有小说、影视改编、文艺理论等多方面的成就和影响。这种种新鲜的内容与特色，是中国文坛尤其是20世纪90年代以来处于低潮的中国文坛的一个文学亮点，形成了一个富有成就、特色和内涵的作家群样本。

（二）文学发展新模式

1949年后中国当代文学是国家主体意识控制下的一元文化发展模式，全国作家围绕国家主体意识进行文学化的工作，即使在"文化大革命"后到改革开放的80年代里，也是从伤痕文学到反思文学到改革文学到文化寻根，在统一的模式下写出一篇篇作品。这种状况随着文化力的强化和区域文化的崛起而被打破。90年代的中国文坛，出现了权威消失、中心不再、没有主潮的文学态势。政治力削减了，文化力尤其是区域文化力上升了。在这样的文学态势下，低地崛起、"蛙跳"突进成为了可能，尤其是在经济欠发达地区，发挥后发优势实现文学和文化"蛙跳"突进，成为一种新的发展模式，即主要依托区域文化优势而非国家大一统文化的普惠，实施以重点突破和人才聚集为核心的文化发展战略所构成的文学发展模式。2000年起国家实施西部大开发战略，为西部欠发达地区由文学崛起带动文化崛起，实现文化与经济协调发展，增添了强大的助力。近十来年广西文学的大发展和文学发展新模式的形成，正是借助这一天时地利，糅进人和而成的。

（三）文学生存的新思维

中国的改革开放进入到建设社会主义市场经济的时代。文学作为远离经济基础的上层建筑、精神产品，如果没有与时俱进地适应经济基础的变化，依然游离于生活和时代之外，那只能坠入时代的低谷，逐步被社会边缘化。90年代的中国文学，由于不适应转型期激烈的社会变动，一时找不到自己的位置，无奈地从社会的高处跌落，陷入了低地，其困顿情景，至今尚未完全消解。

生活在生机勃勃地展开着，文学并非完全无用。文学桂军的发展显示，文学生存当有新的思维，应当在强化为经济社会发展服务功能方面求得新的发展。

1. 发挥区域文化优势，打造文学精品

前已说到，在国家主体意识控制的一元文化发展模式下，远离国家政治文化中心的西部欠发达地区的文学和文化，不可能有超越东部发达地区所形成的和国家所推崇的主流文学的实力。由50年代到80年代末40多年的西部欠发达地区的文学，基本处于在观念意识上是对主流文学的亦步亦趋、随波逐流。主流文学写农业合作化，西部文学跟着写农业合作化，主流文学写伤痕反思，西部文学跟着写伤痕反思。差别仅仅在于题材的不同。

西部欠发达地区具有以民族文化为内涵的丰富的区域文化资源。文学的发展，应当借助国家的政治力，也应当借助文化力。借助于文化力可以引导我们走出一条缩小与东部的差距的文学发展新路。西部地区幅员辽阔，民族众多，文化形态千姿百态，区域文化资源呈现的是多元共生的文化状况。经济发展以庞大垄断称强，文化发展以多元互补为佳。多元文化相遇必然会互相影响互相渗透进而创生出新质的文化。这种自然法则陶冶而生成的新质文化，本身就充满了现代性。这成为广西文学近10余年崛起的原动力。文学发展的事实也的确如此，随着1985年文化小说的出现和寻根文学创作观的扩散，广西文学界经过1985年的"百越境界"大讨论和"88新反思"两次文学观念的撞击，进入90年代后，文学创作对东部发达地区文学的跟风写作局面得以终结。近10多年来，广西文学逐步摆脱了对于东部文学亦步亦趋的追随局面，找到了其自由生长、自主成长的内在规律，并呈现出文学先锋性的强化，形成了自主发展的态势，走出了一条依托区域文化优势，打造文学精品的文学发展新路。这里所说的文学先锋性并不等同于某些仅借助西方现代创作观念和艺术形式的先锋小说的先锋含义，而是指广西以及其他经济欠发达地区文学有了自身的文学观念意识，并且这种观念意识在整个中国文坛呈现出新生姿态，富于勃勃生机。于是有了如东西《没有语言的生活》等小说所表现出的后现代生存状况和人性变异所抵达的哲学深度，如鬼子的包括《被雨淋湿的河》在内的《悲悯三部曲》所体现的精神深度和宽度以及叙述的成熟度，均在90年代中国文坛处于领先位置等情景。细数文学桂军中的前卫和佳作，无不是由这条路子走出来的。广西地域上以民族文化、历史文化、岭南文化、山水文化交织融合而成的具有独特内涵和风貌的区域文化，进入了作家的心与魂，正如林白自述所说："她忽然明白，她的故乡并没有消逝，它藏匿在她的体内，与她一体。"[4] 由此洋溢出个性与异彩。

2. 在为经济社会发展服务中坚守文学精神，形成文学、文化与经济的良性互动

文学家提供文本化精神产品是职能本分，而不是自己责任的全部。文学家不是"码字""造书"的工匠，文学家本质是民族精神的建设者、人格完善的锻造者和人性升华的推动者。依此，在当今建构中国社会主义市场经济、构建和谐社会的时代需求面前，文学家除了要在自己的本分工作中坚守文学精神外，更重要的是要在社会发展的方方面面，填充文学精神，弘扬真善美的人性本原光辉。于是，文学家参与更广阔的文化空间，在更大范围和更高层面上坚守文学精神就成为民族发展所需，社会进步所求。20世纪中国最伟大的文学家鲁迅，正是看到了20世纪初期中国病态社会文学精神的缺失，转而弃医从文，从而在锻造民族魂的艰难跋涉中成为一代伟人的。经济欠发达地区是经济、法制、科教、文化等方面综合欠发达，文学可以凭借区域文化优势和强劲的文学精神之力率先崛起，但若文学不以内在的文学精神之力填充周围的经济、政治、科技与教育，整个社会难以大步前行，文学也难以长久独撑，持续发展。据2005年12月27日《中国文化报》报导，新加坡政府在21世纪发展计划中，强调了相对于"硬件 hardware""软件 software"的"心件 heartware"，意指社会和谐、文化发达、政治稳定、积极人生态度相融合的人文氛围。这里所说的"心件 heartware"，无疑，与文学精神密切相关。文学当在"心件 heartware"的构成中发挥重要作用。近10多年来，广西的文学家们广泛参与为经济社会发展服务的各项实践，以文学精神融入其间。他们不仅在文学创作、文艺批评、文艺期刊建设和影视剧改编等方面坚持文学精神，贡献出一批精品力作，还几乎全方位地参与了广西文化建设，从文化产业项目策划、文化体制改革对策意见、文化政策制订、文化发展总体规划，等等，由对文化的参与达到对经济社会发展的介入和推动。其作用涉及当前经济社会发展的许多重大领域，如：文化产业规划和项目设计、文化旅游规划和项目设计、民族文化资源和文化遗产保护与开发，等等。文学家将文学精神灌输这些实践之中，打造了文化建设的宽度与厚度，为经济社会的发展提供了定力和动力。快速发展中的经济社会变革又为文学家提供了思

想和智慧的孵化器。作家在参与这些实践中不断强化了精神深度和思想力度，获得文学审美力的不断升华和文化创造力的持续开拓。这种如新加坡政府所说的"心件heartware"建设，构建出广西社会和谐、文化发达、政治稳定、民众拥有积极人生态度的团结融合的人文氛围。它成为了中国文学在精神文明建设和文学（文化）与经济互动中发挥更大作用的一个样本，创建了经济欠发达地区在全面建设小康社会的进程中实现文学、文化与经济形成良性互动的一个可供借鉴的范例。

3.将策划锲入文学，创作、批评、策划并重，齐头发展

常常说文学创作和文学评论是文学事业的两翼。这话并不过时。我们多说的命题是：文学发展需要策划，创作、批评、策划并重，应是经济欠发达地区的文学发展的战略和策略。

文学是个人的事业，也是民族、国家的事业。经济欠发达地区在经济和文化欠发达的具体区情下，必须加强策划之力，集中各方各类资源，方可加快发展，赶超发达地区。这其实是毛泽东在30年代井冈山革命斗争时期运用于军事领域、并在后来的八年抗战中大放光芒的"集中优势兵力打歼灭战"的成功经验。经济欠发达地区缺钱缺人才，但不是无钱无人才。区情如此，是坐等还是奋起一搏，这是观念问题。很明显，坐等其实是等死。数据显示，改革开放20多年来，东西部差距是在扩大而不是缩小。挖掘区域优势，奋起创新，是经济欠发达地区的发展之路。解决了观念问题后，策划之重要就凸显了。要策划发展的主攻方向，要策划文化资源的开发，要策划人力的运用，要策划资金的投放，要策划八方的策应，要策划第二、第三战役的跟进，等等。广西文学近十来年的崛起，策划之功，不可小觑。要点可以归纳为：（1）盘点资源，强化优势。以自1997年以来连续几年组织多学科专家参与开展的对桂北文化、红水河文化、环北部湾文化、西江文化、花山文化、刘三姐文化的调查研究为典型内容；（2）人才发掘、队伍组建。以签约作家制的制订和实施为典型内容；（3）全盘规划，确立发展重点。以文学创作突破和戏剧强省建设为典型内容；（4）资金的科学管理与有效投放。以建立宣传文化出版基金和科学管理与投放为典型内容。当然，在策划这一环节，领导的作用甚为关键。领导者的素质、

能力和能量在其中往往起到决定性的作用。

广西文学发展的历程显示，经济欠发达地区发展文学事业，不能仅仅借助作家个体力量自发地生成和推动，应当加大策划力度，将策划锲入文学事业发展要件之中，创作、批评、策划并重，将专家的策划、领导的决策和作家的个人创造紧密结合，齐头并进，促成文学的崛起和文化的大步发展。

四、几个理论支点

研究文学桂军近10余年的发展、崛起和意义，除了凭借一般文艺理论之外，以下几个理论具有特殊意义，与本课题的关联度更大：

（一）艺术生产与物质生产的不平衡理论

马克思论艺术生产有一个著名的理论，即：艺术生产与物质生产的不平衡。他说："物质生产的发展例如同艺术生产的不平衡关系。"又说："关于艺术，大家知道，它的一定的繁盛时期决不是同社会的一般发展成比例的，因而也决不是同仿佛是社会组织的骨骼的物质基础的一般发展成比例的。"[5]马克思以这一理论论证，虽然经济是一个社会的基础，但艺术以及其他意识形态形式，并非完全制约于经济，它们有其独立性，有自主发展能力；在一定的条件下，艺术生产与物质生产会形成不平衡发展关系；并不是只有经济发展了，文化艺术才会发展。

马克思以希腊神话、德国文学、挪威艺术等文艺现象来印证这一理论。看中国文学史，也是如此。战国后期南方楚国的经济比起中原地区是欠发达的，但是出现了一个以《离骚》为代表的屈（原）宋（玉）文学高峰。唐代时，文学艺术与物质生产都是繁荣的，两者相平衡；而到了明代，物质生产繁荣，文学艺术却相对落后，两者发展是不平衡的。上个世纪的五四新文学繁荣和抗战文艺的崛起，与当时的物质生产发展也是不平衡的。80年代初期中国经济刚刚起步时的不繁荣而文学的大繁荣与90年代至本世纪初中国经济的繁荣而文学反而跌入低谷的情景，从两个角度说明了艺术生产与物质生产的不平衡理论的普适性。

这一理论很好地说明了今天广西文学之所以崛起的缘由。广西经济长期落后于东部发达地区，文化基础也相对薄弱。但经过10多年的奋发努力，广西在改变着自己，特别是文化的发展，形成了"蛙跳"式的突进。广西的文学和文化，在超越经济率先发展，也在超越中部地区的一些省份快速发展。2004年，广西经济总量（地区生产总值）在全国各省经济总量排位中居第17位，大体还算在居中位置，但人均地区生产总值居第28位[6]，仍是落后位置。而文化，据《中国文化报》2004年的一篇文章介绍，广西文化各要素综合统计，在全国各省中排名第14位。[7]这基本属于全国中等略上的位置了。尽管这不是国家权威机构发布的数据，但参照广西在文学艺术成就、文化资源的利用、文化项目的开发效益和文化的社会影响等方面的表现和成就，广西文化排位居全国第14位的结论，大体可以认为是合乎实际的。

（二）后发优势理论

"后发优势"是一个区域经济学概念。概念的提出者是美国经济学家亚历山大·格申克龙（A. Gerschenkron）。1962年，格申克龙探讨了后进国家的经济增长方式，得出后进国家可以通过发挥后发优势获得快速发展的理论假说。"其核心假说是相对的经济落后性具有积极作用，即经济上的相对落后，有助于一个国家或地区实现爆发性的经济增长。"[8]这一假说在提出20年后，才被自20世纪80年代以来日本和亚洲新兴工业化国家、地区的经济高速增长所证实，从而被越来越多的人所接受，逐渐成为完备的"后发优势"理论。

后发优势的基本主张是利用差距来缩小差距，寻找一种能够最大限度发挥区域优势的赶超途径和方式来发展自己，实现"起飞"。据王必达《后发优势与区域发展》一书介绍：后发区域不仅可以通过有别于先发区域的途径和方式（如技术模仿创新、制度移植变迁和结构动态优化）来达到先发区域所显示出的那种发展水平或状态，而且更为重要的是这种通过比较和选择的途径和方式产生的效果，往往导致后发区域在资源、条件上的可选择性和时间上的节约，使后发区域一开始就可以处于较高起点，少走弯路，最终促成经济起飞。[8]

应当说，这一区域发展理论，虽然出自经济发展领域，但同样可以在文化发展领域得到印证和运用。例如韩国，它在过去二三十年里既借助后发优势实现了经济上的起飞，成为新兴工业化国家，又在最近七八年里开始了在东亚文化圈里的文化起飞，不仅文化产业发达，文化产品出口额激增，民族文化和民族精神也得到极大提升。韩国文化观光部部长李沧东宣布，到2008年时，韩国要跻身入世界文化强国之列。[9] 广西文学的崛起和文化上的快速发展，其实也是借助后发优势的结果。后发优势的文化阐释是：

1. 主观能动性增强

所谓压力就是动力。相对落后会造成紧张状态，会激起人的改革愿望和发展动力，欠发达地区虽然相对还穷困落后，但当地的人民并不甘心落后，他们当中蕴藏着极大的发展热情和积极性。文学评论家贺绍俊对广西的现状看得清楚，他说："苦难成为他们直面现实的兴奋剂。另一方面，广西作为一个经济后发地区，迫切希望在现代化进程中追赶上去，参照经济发达地区，这里滋长起强烈的现代性焦虑。"[10] 一旦寻找到一条能够改变落后现状的路子，他们便会以一种特有的执着和奋发精神去追求、去奋斗、去创造奇迹。

2. 获得发展模式的多样参照和选择

社会发展是无法实验的，一旦决策错误，会带来巨大的生命与财产的损失，甚至历史的倒退，如我国60年代发动的"文化大革命"。可是，在相同的国情条件下，区域经济和文化的发展，却有了一种先发展与后发展的客观实验。欠发达地区可以有发达地区发展在前的参照，可以避免弯路，减少挫折，缩短时间，少付代价。这就是后发优势。

3. 较多地获取发达地区的文化援助

欠发达地区在发展上不仅获得了发达地区发展经验与教训的客观借鉴，在国家战略、政策和意识形态对欠发达地区倾斜的时候，还获得了国家和发达地区的大量文化援助，包括资金、人才、智力和技术。这又为欠发达地区的发展，添加了助力。

后发优势理论为欠发达地区的人们提供了加快发展的理论依据，增强了自身努力的信心，也合理地解答了某些当代文化现象，促进了我们的文学思考。

（三）当代文化理论

一般认为，相对于80年代的文学高潮，90年代以后10余年的中国文学，处于社会的边缘地带和文学发展的低谷期。文学评价中的一种"终结"或"转向"观点在西方和中国的学者当中也相当流行。金元浦说："新世纪的文艺学正在快速地走向历史，走向社会，走向文化，且不同于20世纪80年代文学发生了由中心到边缘的'三级抛离'，以及走向审美、走向文本、走向内在自律的总体趋势。从世界来看，世纪之交的文学发生了从'语言论转向'到'文化的转向'。这种变化源于当代社会生活的转型。"[11]他还引了几本（篇）以"End"（终结）为题的著作：V. 伯金《艺术理论的终结》（V.Burgin，*The End of Art Theory*），L. 尼格林:《美学理论的终结》（Llewellyn Negrin，*The End of Aesthetic Theory*），S.H. 奥尔森《文学理论的终结》（Stein Haugom Olsen，*The End of Literary Theory*），阿兰·布鲁姆的《美国思想的终结》等。陈晓明说："文艺评论家由于一种既定的背景，九十年代中国的人文知识分子处于一种严重的历史停顿中。一种历史结束了，另一种历史似乎还没有开始。"[12]这都表明了一个思想转型与变革时代的特征。文学发展离不开时代的影响，出现某种程度的衰落和相应的转向是不可避免的。

但是，我们这里论说的是不平衡发展中的文学崛起，是整体低落中的局部崛起，即区域文化中的某种崛起。广西文学能在这种文学衰落的大势下反而成长并繁茂起来，其实是顺应了思想转型与社会变革的时代潮流的结果。这正如美国学者 W. J. T. 米切尔所说："从过去的25到30年来，由于媒体的影响，文学理论走了下坡路，不再是人们研究的中心，许多人纷纷转向了文化研究。诚然，文学的力量变弱、走向边缘的境遇叫人难过，但是在这里我并不想对其表示哀悼，也不像许多人那样人云亦云说书本死了，文学业已终结。事实上，文学以及文学理论并没有终结。虽然文学受到媒体的冲击走向了边缘化，但是……它们已经从文学机构撒播到文化生活中的各个方面，包括媒体、日常生活、私人生活领域和日常经验中。同时，文学理论本身也向各个方面播撒开来。在美国有一种流行的说法：理论死了，已经终结了，关于理论再也没什么可说的了。身为一个大的文学理论杂志的编辑，我坚决反对这种说法。文学理论自身并没有消亡，只是发生了某种形式上的变化，它已转而研究新的对象，如电视、电影、广告、大众文化、日常生活等；文学理论有了新的表现形式和新的话语。"[13] 文学桂军的成长，既是以文本创作为重要形式、以文学审美价值为追求宗旨的传统的文学创造过程，而更重要的，是一种正在进行中的"撒播到文化生活中的各个方面，包括媒体、日常生活、私人生活领域和日常经验中"的文学新价值观形成并产生实践意义的当代文化发展的动态过程。文学桂军的领军人物东西就说过："作家触电可以救文学。"[14] 文学桂军成长和崛起的历史，可以作为当代文学正在由语言学和审美学转向文化学并在这种转化中显示出新生迹象的一个例证。

面对这样的文学实践，我们必须借助当代文化理论，进行综合性的文化研究。

当代文化研究一般以1963年英国伯明翰大学创建"当代文化研究中心"为起点。其代表人物有理查德·霍加特、雷蒙·威廉斯等。他们扩张了"文化"这一概念的范围和意义，认为"文化是对一种特殊生活方式的描述，这种描述不仅表现艺术和学问中的某些价值和意义，而且也表现制度和日常行为中的某些意义和价值"[15]。他们把研究对象定在了后者，即与日常生活相关的大众文化和文化媒介方面，而与传统的文化研究只做精英研究即"艺术和学问"方面的研究，划出了区别，而形成了具有后现代意义的当代文化研究。

当代文化研究是一种立足于当代学术语境中的综合性跨学科研究。它关注社会、政治、经济、历史、哲学、宗教、美学、伦理、语言等各类与人的生存发展及人类文化有关的问题，以被传统学科所忽视或轻视的边缘性问题为研究重点，抹平了传统研究中的"中心"和"边缘"的界线，改变了传统学术思维中的"精英文化"和"大众文化"的价值观。

关于当代文化理论的内容，我们从彼得·布鲁克1999年编写的《文化理论词汇》里看到的有以下门类：女性主义，电影、传媒与大众文化，信息理论，文化批评与美学理论，马克思主义理论，后现代主义与后殖民主义，心理分析等。[16] 可以说，大多数后现代形态理论都包括进去了。由此可知，当代文化理论是一个庞杂的体系，正如董学文主编的《西方文学理论史》所说："关于文化研究，似乎对它谈得越多，就越不清楚自己在谈些什么。一方面，文化研究已经成为显赫的学术思潮和知识领域；另一方面，它甚至不能为自己提供一个清晰的形象和稳定的构架。"然而该书接下来很快也说了："既然对文化研究无法精确界定，那研究者只能以自己的理解为准。"[16]

我们在对文学桂军的研究中，借鉴了当代文化理论中的部分理论思想。

一是后殖民主义批评中的第三世界文化研究理论。美国学者弗·杰姆逊的第三世界文化理论，在第一世界和第三世界这种中心与边缘的对立关系中，探讨第三世界的文化命运，希望两种文化实现真正的对话，以打破第一世界话语的中心地位，确立世界文化的多元格局。这一理论为处于弱势地位的发展中国家的文化发展摆脱"文化霸权"的压迫，谋求平等的身份和在世界多元文化中的地位，具有重要的意义。广西是经济欠发达地区，经济社会发展相对东部地区落后，文学发展也长期处于边缘地带，致使文化自信心长期受挫。面对90年代中期以来文学桂军崛起的事实，借鉴第三世界文化理论中的"文化平等""多元文化"等理念和"中心"与"边缘"等概念，可以较好地解释文学桂军崛起的原因和贡献。

二是新历史主义理论。20世纪80年代出现于英美等国的新历史主义理论是针对20世纪初期西方文学理论界出现的"语言学"转向、文学回归"内部研究"的一个反拨。以形式主义、结构主义、新批评、符号学和解释学等学派开展的文学"内部研究"，到20世纪七八十年代时已步入了死胡同。新历史主义重新找回了文学的母体——"历史"，将文学引到了历史生活和现实生活中，打破了封闭在文本中的文学研究，对文学文本作政治、经济和社会等方面的综合分析，从而实现了打通文学的"内部研究"和"外部研究"，形成了"内部研究"和"外部研究"的统一。我们的文学桂军研究，也是这样一种在"内部研究"的基础上，扩展到"外部研究"的综合性研究，即：既有文本内的形式研究，分析评价作品中的文学价值和文学性意义，也有文本外的功能研究，分析和评价文学与当代政治、经济和社会生活的联系及其价值意义。我们在后面提出了，"探索文学如何在经济欠发达地区全面建设小康社会的进程中发挥更大作用的途径和意义"是本课题研究的要点和价值之一。

三是文学人类学理论。高尔基的"文学是人学"在文学界是耳熟能详的。人类学是研究人的科学。这表明，文学与人类学有着天然的联系。人类学这门学科在西方诞生只有140多年时间，起初主要研究体质人类学，以后扩展到以研究人类文化为中心，在1901年由美国学者何尔默将人类学分为体质人类学和文化人类学两个学科。由于文学与人类学的天然联系，一些研究对象相互交叉，因而从文化人类学诞生的那一天起，它与文学研究就纠缠在一起，形成在研究对象和研究方法上的部分重叠。我国著名文学人类学学者叶舒宪说："文学人类学是在广阔的文化视野中对文学文本的研究分析。"[17]这个重叠部分，成为文化人类学的子学科——文学人类学，它与文学研究中的文本研究，在许多情况下几乎分不清界线。因而有学者说了："文学家和人类学家的职业界线似乎是多余的人为障碍。"[18]因此，许多学者提出当代文学应当走向文学人类学。西方学者沃尔夫冈·伊瑟尔说："当代文艺不再是那种统贯西方的本文形式模式了，文学的作用与功能已转移到当前代表人类文明的大众传播媒介上。文艺必须打破本文的限制，将来自文学的深刻见解扩展到对整个大众媒介的研究上去。文学理论要解决问题就必须改变方向。必须打破本文中心时代被隔断了的文学与人、文学与人的审美感官、文学与人的生活的密切关系，走向文学人类学这一目标。"[19]叶舒宪认为："……文化人类学不仅给现代文学创作带来巨大的影响，成为作家、艺术家寻求跨文化灵感的一个重要思想源头，而且也对文学批评和研究产生了同样深刻的影响作用，催生出文学人类学这一新的边缘学科领域和相关的批评理论流派。"[20]他提出：文学人类学"既是我们今日的出路，也预示了今后文学理论和批评的发展方向"[21]。

由以上论述可以看出，当代文学研究，的确应当借助包括文学人类学在内的一些当代文化理论。广西作家"触电"、理论家介入文化研究，将文学精神扩张到艺术、文化和社会各个领域，从而走出了一条文学创新之路，跃出凹地，实现了文学桂军的崛起。这一文学现象，包含了政治、经济、民族、历史、社会、文化、意识形态乃至人本身等诸多方面的内容，仅以长期形成的以文本为中心的文学本体论来从阐释，很难论述清楚。而文化人类学的理论和方法恰恰能够很好地解释文学桂军的许多与社会文化发生广泛联系的文学实践。文化人类学的理论和研究方法，一是整体论，即从社会文化和人类行为的各个方面和层次研究社会的文化元素和行为，把社会或文化当作一个整体来研究；二是相对论，就是对文化人类学的研究态度和文化评价，要求研究者客观地看待被研究的对象。一般采用文化主位研究法，从被研究者的角度来看待被研究者的文化；三是跨文化比较研究法，即对不同的文化进行广泛的比较研究。[22] 这些理论和方法，尤其是整体论，能帮助我们跳出传统的文本研究法，进入到整个社会文化的大系统中，对文学桂军进行多层次、多角度的研究，如文学内部的文本研究，文学外部的比较研究、文化研究，等等。借助这些当代文化理论，将帮助我们更客观地看待研究的对象，对它们的解释也更清楚更全面一些。这是我们选取文学人类学等当代文化理论的理由。

五、研究要点及价值

对文学桂军的研究从以下方面进行并形成价值：

（一）为当下中国文坛整理出一个颇有成就、富于特色和具有深邃内涵的作家群体样本

整理20世纪90年代崛起的文学桂军这一作家群体的文学成就，探讨其形成和崛起的背景、发展过程、形成原因，从而总结出一些在社会主义市场经济环境下作家如何壮大实力、发挥作用、形成集群效应，与时俱进不断发展的一些规律性结论。

（二）为经济欠发达地区的文学事业发展总结经验

通过广西文学发展的实例，总结了一些对西部经济欠发达地区繁荣文学创作、发展文学事业相关的具体经验，为经济欠发达地区的文学事业发展和文化环境的改善提供了有直接帮助作用的建设性意见。

（三）为文化经济时代的文学理论建设提供学理性阐释

在总结文学桂军拓展文学生存和发展领域、扩张文学价值功能的实践行为的基

础上，探索文学在当今的特定时代里向文学人类学转化的实践依据和学术意义，为文化经济时代的文学理论建设提供新鲜思想。

探索文学如何在经济欠发达地区全面建设小康社会的进程中发挥更大作用的途径和意义。

总结文学桂军参与经济社会发展的具体途径，评价其服务经济社会和地方党委政府决策、促进经济欠发达地区经济与文化发展的重要意义，对如何形成文学、文化与经济互动的良好关系做出一定的理论阐释。

综上所述，开展文学桂军研究，探究文学桂军生成历史和发展原因，总结当今时代作家成长和文学发展的规律性要点，不仅有着繁荣文学创作的文学本体意义，更有着改善经济欠发达地区文化环境、促进经济欠发达地区文化发展的社会意义。

我们期望，这样的研究，给当下的中国文学研究带来一个亮点，给西部经济欠发达地区的文学与文化发展，添加一分助力。

| 参考文献 |

[1] 贺绍俊.广西群体的意义 [R].白烨.中国文情报告（2004—2005），北京：社会科学文献出版社，2005：28.

[2] 中国电视报，2005-01-17（37）.

[3] 陈建功.文艺报，2006-06-15.

[4] 何志云.青苔·跋 [M].林白.青苔.北京：华艺出版社，1995：255.

[5] 马克思.政治经济学批判导言 [M].马克思恩格斯选集：第2卷.北京：人民出版社，1972：112.

[6] 据国家统计局.中国统计摘要（2005）[M].北京：中国统计出版社，2005：25，28.

[7] 雨　歌.文艺新桂军吹响号角 [N].中国文化报，2004-06-17（5）.

[8] 王必达.后发优势与区域发展 [M].上海：复旦大学出版社，2004.

[9] 韩国文化产业以占世界市场的4%作为目标 [N].中国新闻出版报，2004-

02-03（4）.

　　[10]　贺绍俊.广西群体的意义[R].白烨.中国文情报告（2004—2005）.北京：社会科学文献出版社，2005：28.

　　[11]　金元浦.当代文艺学的"文化的转向"[C].白烨.2002年中国年度文论选，桂林：漓江出版社，2003：105.

　　[12]　陈晓明.自在的九十年代：历史终结之后的虚空[C].白烨.2002年中国年度文论选，北京：漓江出版社，2003：238.

　　[13]　[美]W·J·T·米切尔.理论死了之后[N].李平，译.文艺报，2004-07-15.

　　[14]　刘江华.东西：作家触电可以救文学[N].北京青年报，2005-10-11.

　　[15]　[英]雷蒙·威廉斯.文化的分析[M].罗钢.文化研究读本.北京：中国社会科学出版社，2000：125.

　　[16]　董学文.西方文学理论史[M].北京大学出版社，2005：500.

　　[17]　叶舒宪.文学人类学研究的世纪性潮流[M].蒋述卓.文化视野中的文艺存在.北京：中国社会科学出版社，2003：195.

　　[18]　乐黛云，汤一介，曹顺庆，等.文学人类学走向新世纪[J].淮阴师范学院学报，1998（2）.

　　[19]　[德]沃尔夫冈·伊瑟尔.走向文学人类学[M].文学理论的未来.中译本.277、295、299.

　　[20]　叶舒宪.文学与人类学[M].北京：社会科学文献出版社，2003：87.

　　[21]　叶舒宪.文学人类学的现状与未来[J].荆州师范学院学报，2001（6）.

　　[22]　杜昌忠.跨学科文化批评视野下的文学理念[M].北京：北京大学出版社，2004：173.

关于推动广西文学艺术事业大发展
大繁荣的思考

潘　琦

　　党的十七大报告强调要推动社会主义文化大发展大繁荣，并作出了兴起社会主义文化建设新高潮的重大部署。在社会主义文化建设新高潮即将到来之际，广西文学艺术事业如何准确把握这一重要发展机遇期，如何适应经济社会发展对文学艺术工作提出的新要求和物质生活改善后广大人民群众对文学艺术工作的新期待，如何推动广西文学艺术事业大发展大繁荣，是值得我们思考和研究的问题。

作者简介

　　潘琦（1944— ），仫佬族，广西罗城人，毕业于中南民族学院。曾任广西壮族自治区党委常委、宣传部部长，广西壮族自治区区委副书记，广西壮族自治区人大常务委员会副主任，广西文联主席等。被誉为"部长作家"。著有散文集《山泉淙淙》《琴心集》《润物集》《微言集》《情结集》《撷英集》《百感集》《文缘集》《绿叶集》等，小说集《不凋谢的一品红》，诗歌集《山乡晨曲》，歌词集《心泉集》，书法作品集《墨海探笔》等。后结集出版十八卷本《潘琦文集》（广西民族出版社 2011 年版）。曾获全国少数民族文学创作奖、"五个一工程"奖等。

作品信息

　　《当代广西》2008 年第 2 期。

当前我区文化艺术事业发展面临的机遇和挑战

10年前首次全区青年文学艺术家座谈会的召开，拉开了振兴广西文艺的序幕。10年来，伴随着广西经济社会的快速发展和全面进步，伴随着文化体制改革的不断深入，广西文学艺术事业得到快速发展。广西文艺格局更加开放，更加辽阔。当前广西文学艺术事业发展形势和全国一样，呈现出一派繁荣昌盛、蒸蒸日上的景象。在党中央的文艺路线方针政策的指引下，在自治区党委的直接领导下，广西文艺发展可谓天时地利人和，处在一个千载难逢的发展机遇期。具体表现在：

第一，全国文代会、作代会后，我区在认真贯彻中央领导讲话和文代会、作代会精神后，接着召开了自治区八届文代会，自治区领导作重要讲话，这些讲话都为今后的工作指明了方向，打下了坚实的政治思想理论基础。我们党历来就十分重视文学艺术事业的发展，在新的历史时期，党中央更把文艺发展摆在重要的位置。由于文化在综合国力竞争中的地位和作用不断提高，各级领导树立起全新的文化发展观念，各行各业对文艺事业也积极支持，文化投入增加了，人力增多了，覆盖面广了，文化人精神振奋起来了。党的十七大的召开，将兴起社会主义文化建设新高潮，文化发展环境将发生重大变化，一系列推进文化发展的政策、机制、措施将相继出台，为文艺事业加快发展提供了良好的政治环境、政策环境。

第二，人民群众文化生活日益丰富，精神文化需求日趋旺盛，社会各界对文化建设的关注和参与程度越来越高。新的"文化热"正在兴起，这为精神文化产品的创作创造了良好的社会环境，提供了不竭的动力，也为作家艺术家施展才干提供了广阔的舞台。

第三，科技进步日新月异，带来了传播方式革命性飞跃，特别是数字技术、网络技术、信息技术的迅猛发展，为文艺作品的生产和传播提供了新的载体，开辟了新的渠道。数字电视、手机短信、因特网等新科技革命的成果，必将推动文学艺术发展掀起一个新的高潮。

第四，对外开放不断深入，国际文化交流广泛开展，为作家艺术家吸收新的文化素养和知识、扩大视野、拓宽创作思路，提供了广阔的空间。北部湾经济区的发展，将进一步丰富和充实中国与东盟合作的内涵，有利于中国与东盟的文化更广泛、有效、适时地交流，为广西文艺走出去提供了一个非常好的平台。

第五，文学艺术的创新与发展，作家艺术家队伍素质的不断提高，精品力作大量涌现，我区文学艺术出现了大团结、大发展、大繁荣的生动局面，极大地鼓舞了广大作家艺术家的创作激情，为文艺发展提供了良好氛围和人才队伍保障。

当我们看到发展良好机遇的同时，还必须清醒地看到，由于环境的变化，广西文艺事业的发展还面临着许多新情况、新问题、新挑战，我们必须有抢抓机遇的紧迫感、使命感、危机感。当前广西文艺发展面临的严峻挑战有：

第一，从全国背景来看，改革到了攻坚阶段，发展到了关键时期，人们的利益多元化、社会关系多样化，加上现在人与人之间关系的复杂化，在价值观上有更多不同的理念和选择，在这种情况下，各类问题多发多变，这不可避免地在意识形态领域有所反映，无疑增加了文艺领域工作的难度。

第二，从国际大背景来看，随着对外开放的日益扩大，特别是中国—东盟自由贸易区的建立，泛北部湾经济区的建立，对外文化交流也日益频繁，这对我们扩大眼界、丰富文化知识、增进对外国文化的了解有积极意义，但门窗打开了，蚊子、苍蝇也会飞进来。怎样吸收外来文化的优秀部分为我所用？我们的文化如何走出去？需要我们认真思考。对外文化交流的扩大，我们的确面临着西方文化价值观的冲击、文化产品的冲击、文化资本的冲击以及文化市场的争夺、文化人才的争夺、文化资源的争夺等等，而且这种趋势越来越明显，形势越来越严峻，切不可掉以轻心。

第三，从文艺领域的现实来看，就全国来说，现在文艺发展主流是好的，主旋律还是占主要的。但是，低俗、庸俗、媚俗之风还时有出现，急功近利、见利忘义的浮躁之风在文艺界也还存在。我们不能放松警惕，要防微杜渐，确保广西文坛艺苑的健康发展。

第四，从作家艺术家队伍来看，可以说这些年队伍壮大了，素质提高了，影响扩大了，但是，放到全国平台去比较，差距就显现出来了。我们的精品、获大奖的作品、在全国产生很大影响的作家和作品的数量为数不多。在人才培养上，我们的宏观规划做得不够，对整个作家艺术家队伍的培养，对文学艺术发展的总体规划还缺乏前瞻性、战略性。这些直接影响到广西文学艺术事业的大发展大繁荣。

第五，从领导层面来看，总体而言各级领导都重视文化的发展，加强对文化的领导，但由于经济条件的制约，往往出现经济好的地方领导重视文化，经济困难的地方重视力度就小的情况。这是我们文学艺术事业总体发展不平衡的一个重要因素。

推动广西文学艺术事业大发展大繁荣的任务和措施

面对当前文艺事业发展的大好形势和面临的严峻挑战，党中央和自治区党委对文艺的大发展大繁荣做出了一系列的战略决策。实施这些战略决策，必须规划我区今后5年或更长时间文学艺术事业发展前景、奋斗目标和制定强有力的措施。

广西文艺发展的总的指导思想，也可以说今后5年广西文艺发展规划的指导思想和奋斗目标是：认真贯彻党的文艺路线方针政策，立足弘扬民族优秀文化，立足发挥区域文化多样性优势，立足文艺的创新与繁荣，整合资源，整体推进，繁荣创作，繁荣市场，繁荣群众文艺，实现各个艺术门类全国有名人、全国有名牌、全国获大奖、全国有影响，探索出一条出精品、出人才、出效益的发展文艺事业新路子，不断书写广西文艺事业发展的新篇章，为建设富裕文明和谐新广西做出新的贡献。

有了目标，就有了努力的方向。实现目标的过程是一个艰辛的过程。为了实现目标，我们要做到：

第一，搞好规划。搞规划是文学艺术事业发展的基础，有了科学的规划，才有科学的发展，因此我们要在广泛调查研究的基础上，科学、民主、实事求是地制定出符合广西实际情况的文艺事业中长期规划。

第二，抓好精品。文学艺术精品是一个地方文艺发展繁荣的重要标志。广西文艺要在全国有地位，一定要多出精品。抓精品要有规划地抓，一个个地抓，抓出成效来。坚持作家艺术家深入实践，深入群众，搞好生活积累。要鼓励广大文艺工作者深入经济建设最前沿，深入社会生活最基层，关注社会进步，反映人民群众的火热生活，书写时代精神。一定要把深入群众、体验生活作为文艺创作的基本功来抓，要发挥创作基地的作用，不定期地组织作家艺术家到基地去体验生活。

坚持"百花齐放，百家争鸣"的方针。要尊重文学艺术发展的规律，尊重作家艺术家的创作个性，提倡不同风格、不同流派的自由发展，给作家艺术家一个广阔的自由自在的创作空间。

建立精品激励机制。健全的激励机制是出精品、出人才的重要手段和有效方法。要对应中国文联各个奖项来设置广西的奖项，通过开展广西各类奖项的评比，把我们的优秀文学作品推出去。总之，要形成一个有利于精品创作的激励机制，为把广西的优秀文艺作品推向全国提供一个平台。

积极开展文艺理论评论。这是出精品不可缺少的一环，要通过评论来推出广西的优秀作品。其实我们说的打造品牌就是包装、宣传、推销，要发挥社会资源丰富的优势，加大对文艺作品的宣传、评介力度。要通过多媒体来加强对广西文艺精品的评论，每个门类，都要做到报纸有文字、电台有声音、电视有图像、网站有帖子，通过各种形式、各种渠道、各种手段把广西文艺精品宣传、推介出去。

第三，开展活动。要把活动作为一个平台、窗口、载体来凝聚文艺队伍。

要引导作家艺术家创作一批歌颂党、歌颂祖国、歌颂社会主义的历史题材和现实题材的优秀作品。这个主旋律不能丢。例如配合七一、国庆、春节等重大喜庆活动，开展各种形式的大赛，组织作家艺术家创作一批歌颂党、歌颂社会主义的文艺作品。要组织好今年自治区成立五十大庆的创作，各个艺术门类都要围绕五十大庆开展文艺创作，创作出一批文艺精品，向自治区五十大庆献礼。

组织好每年的元宵文艺家联欢会，要精心策划，及早动手，每年搞一台节目，慢慢形成品牌。

组织作家艺术家走出去，请进来。每年可以组织一次"广西文艺家东盟行"，一个协会一个协会出去，每年去一次，每次去一两个国家，也可以请东盟的作家艺术家到广西访问、交流。

继续办好文艺下乡。"三贴近"文艺下乡是广西的品牌，中国文联高度赞扬这个品牌，要共同把这个品牌搞好，让它真正贴近基层，贴近群众。

第四，广泛交流。扩大对外文化交流，就是要让广西的民族文化走遍全国，走向世界，从本土向世界扩散，实现向外扩大影响，树立形象，扩大视野，开拓渠道，多方合作。

第五，培养队伍。培养和造就一支优秀的文艺家队伍仍然是我们今后5年的重要工作。文艺不断发展，队伍不断培养。我们着力培养的青年作家艺术家，现在是中年作家艺术家了，再过10年就成老作家艺术家了，所以要不断培养，大力培养，使我们作家艺术家队伍后继有人，文艺事业长江后浪推前浪，一浪更比一浪高。培养队伍要抓好以下几项工作：

加强创作思想指导。要用马克思主义唯物史观和历史观来指导文艺创作、文艺评论，引领文艺思潮，讴歌真善美，鞭挞假恶丑，抵制不良风气。要引导广大文艺工作者牢牢把握社会主义文化的前进方向，高举中国特色社会主义旗帜不动摇，让社会主义核心价值体系成为每一位文艺工作者自觉遵守奉行的价值理念。

建立健全作家艺术家签约制度。要建立形式多样、范围扩大、层次规范的作家艺术家签约制度。可以实行项目签约制，即一个好的作品项目，可以先将大纲报请有关部门组织专家论证，如果认为可行，即可签约。通过签约，明确作者和有关部门的责任，以保证收到好效益和高成功率。加大对优秀文艺人才的宣传力度。要在全区开展中青年文艺工作者"德艺双馨"评比活动，通过这一活动选出优秀人才、优秀作品。

要加强作家艺术家自身建设。作家艺术家要加强理论积累、知识积累、生活积累、艺术积累，全面提高自己的综合素质。作家艺术家一要深刻认识和把握时代生活的本质，不要为眼前的暂时的某种现象所困惑，要善于穿透事物的表象看到本质，透过现象发现事物发展的趋势和规律，创作出有时代精神的艺术作品；二要善于分析、辨别外来文化，坚持"以我为主，为我所用"，善于利用各种文化资源来丰富、提高自己，进行题材、取材、风格、形式上的创新。

兴起社会主义文化建设新高潮的号角已经吹响！在推动广西文学艺术事业大发展大繁荣的进程中，我们将乘着党的十七大的强劲东风，扬帆起航，勇往直前。让文艺创作激情竞相迸发，让一切作家艺术家的聪明才智充分涌流，让团结友爱之花在广西文坛芬芳吐艳，让诚信、真实、朴实的文风吹拂八桂文坛艺苑，共同抒写八桂大地文学艺术的新篇章。

为中国文学的多样性作出贡献

石一宁

广西成立自治区50年来，文学发展的成就是巨大的、可圈可点的。也许，从横向来看，与一些文学强省相比，广西还有距离；但纵向来考察，广西文学的历史性的进步是耀眼显目的。尤其是改革开放30年，广西文学可谓异军突起，成为中国当代文学版图的一方重镇。广西文学的发展繁荣，也包括了广西少数民族文学的发展繁荣，因为广西作家队伍是一个多民族的群体，许多作家具有少数民族的身份，而且不少产生了影响的优秀作品，是出自少数民族作家之手。少数民族作家耕耘的民族文学，与汉族作家的创作共同撑起了广西文学的璀璨天空。

在新的世纪，随着全球化的加速推进，构建物质文明、精神文明、政治文明和生态文明协调发展的和谐社会战略目标的设定，文学创作面对着国际国内的崭新语境。文学如何回应日新月异的现实？广西民族文学如何在新世纪继续前行走得更好？我想就此呈献自己的一些粗浅想法。事实上，广西少数民族作家从个体上来看差别是很大的，有的作家已经走得很远，无论是成就还是名气都已很大；但有的作

作品信息

本文系 2008 年 11 月 30 日在广西少数民族文学研讨会上的发言。原载《文艺报》2008 年 12 月 4 日，《广西文学》2009 年第 9、10 期合刊。

家，或者说更多的作家尚处于朝向成熟的发展阶段，所以我的这些看法是就广西民族文学的整体而言，而且谨供大家参考。大家如果认为说得不对，也可以批判。

一、广西民族文学要有全国视野

文学创作从宏观来看也是一种历史活动，参与着民族国家历史的建构；从微观来看，是一种个体性的精神劳动和创造。作为历史的建构者，文学以思想、情感与形象的叙事关切与反映着民族国家共同体的命运；民族国家时代的文学，宿命般地具有一种建设民族国家的责任和使命。因此，中国的政治、经济、文化等各方面国情，理所应当地纳入广西少数民族作家的视线，这是广西民族文学抢占时代的制高点，高屋建瓴地把握时代生活的一个重要基础。全国视野还同时意味着，作为个体性的精神劳动和创造者，民族作家们要关注全国各地、各兄弟民族作家同行的创作，要关心当代文学理论的发展，学习和借鉴全国优秀作家和作品的艺术经验，既从生活出发，又以理论理性指引自己的创作。只有密切关注当代文学的走向，始终站在当代文学发展的前沿，广西民族文学才能与中国当代文学保持同步，才能避免过去曾经的落伍与失落。

二、广西民族文学要有世界眼光

当今科学技术的高歌猛进使世界日益成为地球村。时空的缩小不仅带来世界经济全球化、区域经济一体化，也不可避免地带来文化的趋同化。因为交通的高度发达和信息的快速传递，不同国家和地区人民的交往和交流更加频繁与便捷，不同民族的文化和价值观彼此影响和融合。当然，这种文化的趋同化有利有弊。有利的一面，是人类的基本价值和优秀文化成果日益全球共享；其弊端是各国民族文化的个性被削弱，人类文化的多样性受到了威胁。尤其是西方发达国家的文化挟其经济优势，对发展中国家进行文化单向输出和渗透，发展中国家的弱势文化面临被西方同化的危机。但无论如何，我们广西少数民族作家首先要放眼世界，要坚定地接受和拿来人类的优秀文化成果，同时，要以我们的创作表达我们与全人类相通的情感，表达我们对人类和平与发展、对建设和谐世界的追求和信念。世界眼光还有另一层内涵，即要关注世界各国的文学发展状况。德国大诗人歌德在阅读了一部中国传奇后曾提出世界文学的理想。我们不能说歌德所憧憬的世界文学的时代已经来临，但在今天，世界各国文学的彼此借鉴交互影响比歌德所处的19世纪要深刻得多却是不争的事实。比如拉美的魔幻现实主义，曾风靡世界文坛，其代表人物哥伦比亚作家马尔克斯曾获得1982年的诺贝尔文学奖。但魔幻现实主义既是拉美的土特产，又是杂交产品，有复杂的血缘。拉美本地印第安人的古老传说、阿拉伯的神话故事都作为一种艺术因素体现于魔幻现实主义作品中。而超现实主义、象征主义、意识流手法等欧美现代派文学对魔幻现实主义的影响更是巨大。拉美本土的印加文化、玛雅文化与欧美现代主义文学观念与手法的结合，才成就了马尔克斯等拉美作家的魔幻现实主义。我看到鬼子说过的一段话，他说："我现在每一年都用一个固定时间，把中国乃至世界那些大师们的一些最好的作品，放在一起阅读比较，有的作品我不知道从头到尾看了多少遍，但我每一次阅读都会淘汰大量的作品，为什么呢？因为每一次阅读这些作品我都会在心里给它们打分，估定这些作品所能达到的文学高度。"这段话表明了鬼子对国内外优秀作家和作品的积极关注和认真研究，我认为，他的文学成就与他的这些关注和研究有着莫大的关系。我相信，广西民族文学作为一个整体如果能够迈上更高的台阶，将有赖于这种全国视野和世界眼光为更多的作家所拥有，有赖于对国内外优秀作家和作品的关注和研究，成为我们更多作家的必修功课。

以上两点说的是作家要放眼国内外，要有大的胸怀，可能也是一种老生常谈，但谈论广西民族文学怎样更有作为这个话题，这两点又是绕不过去的。现在我想再谈一个见解：

三、广西民族文学要再民间化

现在提出广西民族文学要再民间化，是不是一种时光倒流，一种开倒车的复辟和反动？正如大家知道的，上世纪80年代末，广西文坛曾出现了一次被称为"88新反思"的文学大讨论。那是一次影响深远的大讨论。我最近又仔细阅读了"88新反思"的部分文章，再次强烈感受到朋友们当年的意气风发，当年的锐气、智慧与激情。比如，常弼宇说："'刘三姐文化'和'百鸟衣圆圈'的创作思维模式，造成了今天广西文坛上作家作品呈现双重性格的现象：一方面作家并非没有一丝的清醒和敏锐，另一方面作品却难以摆脱过去的思维习惯和文学观念，表现着早已有之的思想范畴，不去开拓文学主题和文化反思的新领域，待全国一方兴起之后我们再去'追'。"他最后提出："别了，'刘三姐'！别了，'百鸟衣'！"比如，杨长勋说，五六十年代起步的广西中年作家的大多数人，"因为缺少作家文学传统，只好自觉不自觉地从民间文化那里吸取营养走上文坛。民间的题材和趣味，民间的艺术形式，很快就出现了艺术的饱和状态。把他们放到当代文学的在大格局中，就更显出了他们的局限性。他们的继承过于单一，缺少一代大作家的观念和意识，因而没能走向更高更远。"比如，黄佩华说，"面对沉重的忧患，面对自然与历史带来的贫困与饥饿，面对改革大潮和我们的新生活，广西作家们的笔触却是一再犹豫、迟钝、畏怯、回避。……我们的绝大部分小说都去写人们重复了千万遍的永恒题材"。应该说，针对当时广西文坛对新时期现实生活感受的迟钝、反思和批判精神的阙如以及对中国当代文学发展进程的游离等等病象，"88新反思"的作者们的诊断是正确的，开出的药方是有效的。广西文学今日的成就，与"88新反思"毫无疑问也有一定的内在的联系。

然而，文学从来不是一种本质主义的存在，它永远是一种语境化的精神生产。也就是说，作家对生活的感知、对言说方式和艺术形式的选择，以及读者对文学的要求，都是与时代语境密切相关的。从"88新反思"至今已有20个年头，新世纪的世界与中国，新世纪的文化与文学发展，又呈现出新的格局，这一新的格局内含着新的历史趋势和目标。当今我们所处的时代，是全球化的时代。前面我谈到，全球化导致的人类文化的日益趋同化，也带来了文化身份认同的焦虑和危机。由此，全球化也同时引发了另一种反应：文化的本土化回归。有西方学者指出，对全球化的激烈反应之一就是重新肯定甚至强化地方性的文化。近年来世界范围内兴起的保护"人类口头与非物质文化遗产（民间文学是其中的一个部分）"的热潮，我认为这也是对全球化的一个反应。对全球化的这些民族性的、地方性的反应，实际上是对文化差异的重新认识和认同。文化多样性面临消亡的危机，激起了维护和重构本土文化、民族文化的冲动。我们看到，近些年来，传统节日、民俗、老街、戏曲等等受到了前所未有的重视，正是这种本土文化和民族文化认同强化的表现，它的内在逻辑正如一位西方学者所指出的，就是"民族及其认同在民族的可信性记忆、符号、神话、遗产以及本土语言文化被表述和展示出来，它构成了共同体的历史和命运"。事实上，中国的新时期文学，很多作家对民族传统文化和民间风俗进行了着力描写和表现，比如汪曾祺、古华、刘绍棠、陈忠实、贾平凹、莫言等。汪曾祺曾说，"风俗是民族感情的重要组成部分。……民族感情常常体现在风俗中。……写一点风俗画，对增加作品的生活气息、乡土气息，是有帮助的。……很难设想一部富于民族色彩的作品而一点不涉及风俗。"古华总结出自己的创作经验是"寓政治风云于风俗民情图画，借人物命运演绎乡镇生活变迁"。贾平凹的"商州小说"系列，也倾力于对地域文化和民间风俗的挖掘。他说，他是想通过考察和研究商州的"地理、风情、历史、习俗，从民族学和民俗学入手"，寻找一条适合中国文学发展的路。当然，80年代的作家们对民间文化的兴趣，包括同一时期广西文学界对"百越境界"的探索，更多是侧重于民间文化的鲜活经验、审美方式和情趣，或者是从启蒙的角度，通过对民族民间文化传统的负面的揭示，进行国民性反思和批判。改革开放刚刚起步的80年代的语境，决定了作家们大都还不曾达到因对文化同一化和家园感丧失的焦虑而生发的强调和认同文化差异的自觉。而在已深深地卷入全球化的今天的中国，寻找、发现和珍护这种以民族优秀传统为形式和内涵的文化差异，应该成为文化人尤其是作家的一种自我意识。因为文学是文化的核心部分，是人类精神的家园，作家对文化的多样性和丰富性最敏感、最渴望，因而也最有责任。我认为这个问题也是当前中国文学一种很前沿的思考和课题。

50年来广西的民族文学创作成就有目共睹，而且已有诸多专家和专著论列。我想谈一点问题。这个问题就是，近年来有一些作家的作品，民族个性和地域特色不强，甚至就没有。读这些作品，你看不出作者是少数民族，是生活在广西。这其中的原因，我想可能有这么两种：一、认为表现民族特色和地域特色的作品较"土"，没有市场，尤其是区外的读者不感兴趣；二、认为只有与汉族作家写得一模一样，才是与中国当代文学接轨，才能受到主流文坛和评论家的青睐。第一种原因，的确是一个值得认真对待和分析的问题。首先，现在的文艺市场包括文学市场已经进入了分众化的时代，一部作品当然是读者越多越好，但实际上是不可能有无限多的读者的。一个作家是不可能讨好所有的读者的，因为读者的阅读口味是不一样的，有的读者喜欢读武侠、读通俗轻松的作品，有的却喜欢读思想较深刻、艺术性较强的作品。民族文学的作家，也要有对自己的读者群的思考和判断，要为自己心中的读者群写作，这样你才不会为读者问题所困扰。第二种原因，我认为这是因为作家缺乏对时代的清晰认知造成的。这些作家好像也有一种全国视野，但这种视野是不全面的、有缺陷的。民族特色、地域特色、文化差异的重要性，我在上面已经谈到。我想再申论一点，就是中国是多民族的国家，这一点决定了中国文学是多民族的文学，而多民族的文学应该是多样性的文学。少数民族生活和文化的多姿多彩，为本民族作家创作的独特性提供了资源，也提供了可能性。而主流文坛和评论家未必不重视民族色彩浓郁的作品。问题在于一部成功的作品并不仅仅是民族特色鲜明就可以造就的，它还有其他指标，比如思想的深度、艺术手法的创新、人物形象和语言的生动性等等，都同样是衡量作品的尺度。如果一部作品没有受到应有的重视，那么其原因决不会是因为它的民族特色和地域特色。同时，所谓主流和边缘，它是一种流动的关系。民族作家的边缘身份，也可以成为一种创作的优势，因为在当代文学特别是在后现代的情境中，边缘写作、边缘经验是一种独特的视角，可以创造出独特的艺术魅力，从而影响主流文学乃至成为主流文学的一部分。我读获得2006年度诺贝尔奖的土耳其作家帕慕克的代表作《我的名字叫红》，就深深感受到这一点。土耳其是一个很小的国家，帕慕克的这本《我的名字叫红》长篇小说，描写的是16世纪末伊斯坦布尔几位细密画即插图画家的生活，具有浓厚的民族色彩，它是谋杀推理故事，也是哲思小说，又是爱情诗篇。它的叙事手法，更具有天才性。比如，书中的叙述者，不仅有活人，也有死人和死亡；不仅有人，也有动物、植物、货币乃至颜色，比如《我的名字叫红》这一书名来自书中的一章，在这一章中红这一颜色作为叙述者在感受、在思考、在说话。帕慕克的作品固然是作家本人杰出的创造，但我想这也是他沉潜吸收本民族民间文化，同时融合世界现代文学观念而达致的创作成就。帕慕克在今年5月应邀在中国社科院外国文学所为他举行的作品研讨上发表的即兴演讲中说，他"不仅想要表现所生活的当代土耳其正在发生的事情，而且想要表现其丰富的传统及其发展过程"。他还说，"我非常深切地担心和关注着，对我的'土耳其性'身份充满焦虑——我的文化是什么？怎样把它植入现代风格中？当我三十二三岁的时候，我决定，不仅要写当代土耳其、伊斯坦布尔——这个我生命中唯一了解的地方，我还要在书中写土耳其逝去的丰富文化！"帕慕克的成功实际上也讲述了一个从边缘到主流的故事；同时也从一个侧面说明，如果一个民族作家不注意反映本民族生活，不努力表现本民族的文化精神，那么，他至少是对自己的民族身份、文化身份缺乏自我意识，同时，也放弃了他的历史和文化资源。这对一个作家来说，是一个重大的损失。

广西民族文学要再民间化，其实也就是要再民族化，这几乎是一个同义词。因为对中国的少数民族来说，历史上的作家文学是不够强大的，民间文学的传统比作家文学要根深叶茂、要宏富繁繁得多。所以，中国少数民族的文学传统主要是民间文化传统。但我并不是要大家去写民间文学作品，而是希望作家们要深入和研究本民族的生活和文化，在创作中注意吸取民间文学的养分，从民族生活和民间文学中发现民族精神，提炼思想和主题、人物、情节、结构和语言。只要我们是在前面所说的"全国视野、世界眼光"的基础上，在始终站在当代文学发展前沿的前提下再民间化、再民族化，那么我们就不会重蹈90年代以前广西文学的曾经一度脱离现实生活、游离于中国当代文学的发展之外，沉迷于民间文学的模式而难以自拔的覆辙；如果我们确立了这样的基础和前提，我们重新面对"刘三姐"和"百鸟衣"为代表的民族民间文学传统，必将会有新的认识和发现。更多的作家带着对民族民间文学的新认识和新发现去思考，去创作，那么广西民族文学就有可能对中国文学的多样性发展作出较大的贡献。

边缘的崛起

——论文学桂军的女性书写与文化内涵

肖晶　　邱有源

20世纪90年代是中国文学经过80年代的高潮之后跌入谷底且被边缘化的年代。文学的"边缘"化是我国进入市场经济时代之后，商品大潮汹涌澎湃、恣意席卷引发的一个怪异的景象。我们可以看到，以经济为中心，繁荣发展经济的同时，拜金主义也在滋长着。文学逐渐失去过去的光辉与神圣。而广西处于西部后发达地区，民族众多，文化形态千姿百态，区域文化资源呈现的是多元共生的文化状况。这恰恰成为广西文学近十余年崛起的原动力。桂军文学的崛起，使得广西文学逐步摆脱

作者简介

肖晶（1969— ），广西贺州人，贺州学院教授，广西文艺评论家协会副会长，有著作《边缘的崛起——桂军当代女性文学的文化探析》。邱有源（1954— ），湖南衡阳人，1987年到广西。研究生学历，一级编剧，中国曲艺家协会理事及创作委员会委员、中国音乐文学学会理事，广西曲艺家协会名誉主席。历任广西贺州市文联主席、广西曲艺家协会主席，系中国作家协会会员。出版文艺专著五部，发表小说、散文、报告文学、戏剧、曲艺、歌词、文艺理论等作品600余万字。曲艺文本《蝴蝶歌飞》获国家最高文艺奖项"牡丹奖·文学奖"、《莲花雨》获"牡丹奖·节目奖"提名，同时获广西"五个一工程"奖、广西文艺创作铜鼓奖。其作词的歌曲《西江情缘》《回家过节》《故乡月最明》《莲的故乡》《爱你风雅》《喜庆中国》《长寿老人》等多首在中央电视台播出并广泛传唱。

作品信息

《学术论坛》2009年第8期。

了对经济发达地区文学亦步亦趋的追随局面，"找到了其自由生长、自主成长的内在规律，并强化了文学先锋性，形成了自主发展的态势，走出了一条依托区域文化优势、打造文学精品的文学发展新路"[1]。而20世纪90年代以文学桂军中的林白、张燕玲、杨映川、纪尘、蒋锦璐、林虹等作家的女性写作，以鲜明的个性特征张扬女性意识，将笔触大胆地探到生命本体，实现了独特的女性言说审美内涵，形成了本质意义上的女性文学，"真正在中国当代文坛上立起了女性主义文学旗帜"[1]。

一、桂军文学女性书写的文化阐释

当代女性创作是在特定的历史语境中进行的，女作家们所置身其中的文化环境对创作形成了根本性的制约。这主要表现在女性诉求与传统文化的冲突：一方面，女性在争取解放的进程中，渴望摆脱"第二性"的地位，做与男性平等的"人"，但由于这里"人"的标准忽略了两性差异，缺乏女性文化的背景，因而实际上是以男性为尺度、为中心的；另一方面，女性要冲破这一尺度，在凸显差异的基础上做"女人"，那么这之中隐含的对生物性的强调，又难免走向性别本质主义，陷入男性中心传统对女性角色的预设。正因为存在这样的文化悖论，当代文学女性的"飞翔"从振翅之始，就充满困惑、面临艰险。因此，"当女作家为了与浸透男性中心文化色彩的传统女性形象区别开来，为了实现女性自我言说的话语权而努力创造属于自己的文学时，部分人所采取的着意强调女性身体经验以反抗性别遮蔽的方式，无形中却从另一角度落入男性中心文化的性别指认"[2]。它是女性在男性社会中摆脱不掉的文化"宿命"。这是一种"女性文化的症候"：一边是血缘、性别、命运间的深刻认同，一边是因性别命运的不公绝望而拒绝认同的张力，更多的则是不再"归属"于男人的女性深刻自疑与自危感的盲目转移，使得女性生命压力的出口，更富有"逃离"和"飞翔"的哲学意味和文化内涵。

作为女性主义文学旗手，林白的"飞翔"的创作叙事凸显了女性文化的意义。这里"飞翔"的借喻，无疑具有深刻的历史、现实、文化、心理、个人等方方面面的因素在发生作用，是女性作为个体对现实以外的生活空间、精神空间心怀向往。对于林白来说，其"个人化写作建立在个人体验与个人记忆的基础上，通过个人化的写作，将包括被集体叙事视为禁忌的个人性经历从受到压抑的记忆中释放出来，我看到它们来回飞翔，它们的身影在民族、政治的集体话语中显得边缘而陌生，正是这种陌生确立了它的独特性 [3]。由此看出，林白的个人化写作是一种真正生命的涌动，是个人的感性与智性、记忆与想象、心灵与身体的飞翔与跳跃，在这种飞翔中真正的、本质的人获得前所未有的解放。

20世纪90年代，林白正是以《一个人的战争》小说文本被视为个人化写作的代表作。她以一种内视和自省的方式拒绝社会、关注自己的内心。这种内视和自省是林白的写作姿态，是女性文化扩张的表达方式。小说从四岁的女童躲在蚊帐里进行自慰开始，而结束在一段诗意化的性文化描述中："冰凉的绸缎触摸着她灼热的皮肤，就像一个不可名状的硕大器官在她全身往返。她觉得自己在水里游动，她的手在波浪形的身体上起伏，她体内深处的泉水源源不断地奔流，透明的液体渗透了她，她拼命挣扎，嘴唇半开着，发出致命的呻吟声。她的手寻找着，犹豫着固执地推进，终于到达那湿漉漉蓬乱的地方，她的中指触着了这杂乱中心的潮湿柔软的进口，她触电般地惊叫了一声，她自己把自己吞没了。她觉得自己变成了水，她的手变成了鱼。" [4] 这个女性文本中，林白直接写到了女性在男权中心里的失败，两性尖锐的冲突，使得女性意识不再躲藏在唯美主义的幻想里展示自己，而是从个人立场上发出了对社会现象的抨击和回应，充满了批判的激情和令人心酸的叙述。

《一个人的战争》无疑是一个具有革命意识的文本，首先在于它的奇特的文本生成方式，它的关于女人成长史，关于女性隐秘心理及其性感体验的大胆书写；其次还在于它是林白用来梳理自己与外部世界的一条通道。正如她说的："把自己写飞，这是我最后的理想。" [4] 林白的全部困惑是人，是人与人的难以沟通和相互理解，即便是亲若骨血，密如爱人、朋友，心灵的隔膜是存在彼此之间一道难以跨越的屏障，通过写作探索女性精神和情感困境的出路就成为林白生活中不可缺少的一部分。林白的写作能在90年代的文坛出现并占据一席重要之地，是90年代的社会文化环境给她提供了机会。这是因为：第一，社会的急剧转型所带来的一统格局的消解是林白等一批在文坛发出异质声音的"新生代"女作家的写作得以出现并引起巨大反响的重要契机；第二，大众消费文化对大众普遍心理需求的适应与满足，为林白等人的女性书写及个性自由的彰显提供了存在的空间；第三，80年代末90年代初，大量涌入的西方现代派、后现代派的哲学思潮为林白等人的创作提供了理论依据和创作思维导向以及话语参照。于是，这种"飞翔"不再是女性潜意识的游历，而是体现着作家创作主体自觉的追求。正如埃莱娜·西苏所言，"飞翔是妇女的姿势——用语言飞翔也让语言飞翔"[5]，"写你自己，必须让人们听到你的身体"[5]，这就验证了林白的女性欲望叙事的文化意义：女性文本叙事凸现了两性关系，对两性生理和心理的差异投以更多的关注，更重视女性的独特经验，因此写作的私人性大大增强；而女性的独特经验又与身体的经验发生更多的联系，对女性生命本体的探索又增添了女性自身观照色彩。

从林白在创作中对身体的个人化书写和内视自省的姿态来看，其中的反宏大叙事和反传统性别秩序具有双重意义：一方面，在西方政教合一、中国儒教一统的历史上，个人化的身体总是淹没在诸如上帝、圣贤及其背后的道德律令中，因此，林白的个人化书写姿态具有主体性诉求的现代性，很大程度上是对人的身体的解放和张扬，而书写身体和自觉内视是人类为最终摆脱外在控制而进行的一种超越性的努力，"有着反对体制化、制度化等宏大叙事的革命性意义"[2]。这是身体作为人类共有的资源与外部现实秩序发生的一次分裂，也是女性身体书写文化意义的第一层内涵；另一方面，随着人类整体意识的自觉，女性书写的创作姿态作为彰显女性自我和群体"性征"的一种独特方式，在反对传统性别秩序、性别压迫的层面上，与外部现实秩序发生又一次分裂，构成女性身体书写文化意义的第二层价值取向：男性中心意识和话语霸权被视为阻碍女性身体的文学生成和文学表达的巨大障碍，女性的身体言说成为反抗男权中心的独特方式。

林白在《记忆与个人化写作》中表示："作为一名女性写作者，在主流叙事的覆盖下还有男性叙事的覆盖（这二者有时候是重叠的），这二重的覆盖轻易就能淹没个人。我所竭力与之对抗的，就是这种覆盖和淹没。"[4] 面对社会和历史已经形成的压抑身体的完整机制，"女性无论作为个体还是群体都面临反体制化、反本质主义、反性别秩序和反性别压迫的书写焦虑，冲破历史秩序和性别秩序的双重桎梏必然具有双重解放"[2] 的文化意味。

二、桂军文学女性书写的创作姿态

女性写作与女性意识的觉醒是90年代文坛一道亮丽的风景。男性话语体系、父权制价值中心、社会化宏观叙事第一次受到了来自边缘的个性挑战。而20世纪90年代以来，在经济后发达地区的广西，同时出现了"广西三剑客"和"文学桂军"的边缘崛起。由张燕玲、杨映川、纪尘、蒋锦璐、凌洁、蓝薇薇、林虹等一批女作家、文艺评论家群体组成的文学桂军以凌厉的创作姿态及文学书写进入了全国文坛视野，为当下的中国文学提供了新的文学佳作和作家成长的新鲜经验，提供了经济后发达地区文学和文化发展的一种可资借鉴的模式，它改变了广西文学女作家稀少的格局，丰富了中国的女性文学。

张燕玲是当下风头劲健的新锐批评杂志《南方文坛》的主编，是出色的文学评论家，也是有着"中国的诺贝尔文学奖"之称的茅盾文学奖的评委。她以批评家的身份介入散文创作，称得上是异军突起。其散文集《此岸，彼岸》集结了她20世纪90年代以来公开发表的数十篇散文。《此岸，彼岸》曾进入年度排行榜散文类的第二名，是多年来广西散文相当突出的一个纪录。批评家的修养使她的散文深蕴思想的含量。张燕玲的散文以手写心，抒一己情怀，其散文贯注了鲜明的人性意识、性别意识、人文情怀和终极关怀，显示了与前辈散文家不同的教育背景和思想背景。在这个意义上，张燕玲的散文有一个现代人意识和现代文体意识的重大提升。此外，张燕玲重视感情的生命体验，她的写作渗透了深切的创作主体，视角独特，意象奇崛，情感饱满，既是充满社会责任感的人文关怀，也是一种坚守个人立场、保持独立品格的个人化叙事。

张燕玲自觉而又纯粹地把个性带进了文学创作，个性的灵气渗透进了她所写的每一个字眼。可以说，张燕玲成功地写出了女性内心世界的灵魂。这种灵魂，存在于每一个人的内在生命。它需要真诚的体悟。在这份体悟中，张燕玲超越了个人的小天地，把女性作为审美主体的意识带进自己的书写中，力图摆脱镜中之"我"，在不断的自我反思和完善中，进入一个更广阔的境界。她的《望尽天涯》(《大家》2000年第2期)，写母性的深沉与女性的挣扎，写一位母亲的疼痛，况味独特。在这里不单纯是一种母性或女性之爱，更重要的是在作家所描述的独特体验及其裂隙中所透出的普遍性人文关怀，表现了作家超越于爱之上的对女性生命体验的传递。写祖母、女儿，写其他女性的故事，都是在写自己。同时，她写自己，实际上是关注整个女性的成长、生存和命运。这样，张燕玲的文学世界不只局限在一己的生活中，她的文学书写格局大，视野开阔。如写西湖，她不着墨于西湖的美景以及苏轼建的堤坝，而是为我们勾勒出一位美丽善良而富于才情的女子，怀着疼痛感唤醒了一种悲悯情怀。

当下，女性写作呈现出作家以个人生存体验来表达女性生命体验的自觉。许多女作家在社会中心价值之中或之外诗性地表达女性个体生存的可能与局限，她们找到了自己独特的话语方式，并试图从男女两性的关系上去浮显女性经验，放大女性感受。她们把文学引向了一个微观世界。纪尘的小说，便具有这种特质："她从生命本体的角度，完成了对爱情和性的悲剧透视，淘洗出人性深层的污垢和泥沙，在女性写作中为自己寻找并调节一种最为舒适的姿势，内心深处却保持了一份对文学艰苦卓绝的坚持和对美学的坚守。"[6]

纪尘2000年开始文学创作，先后在《当代小说》《作家》《芙蓉》《大家》《钟山》上发表《风之花》《没有计划的背叛》《爱情故事》《205路无人售票车》《九月》《缺口》《美丽世界的孤儿》等长中短篇小说。其中《九月》在2003年全国首届"华夏作家网杯"《中华文学选刊》文学大赛中获得一等奖。2007年第7期《青年文学》又推出了纪尘力作《第三支牙刷》，这是一部"为了探询某种事物的本质与意义"[7]的转型之作。纪尘的女性写作，有着一种内在的力量和心灵的穿透力。她自觉取向人性、人文关怀的角度，关注女性自身，呈现出一种游离在城市边缘和非主流意识的精神状态，这种现实与幻觉交错的特殊状态，显示出她的理性自觉和美学素质。

从纪尘的小说中，我们可以看到各式各样女人的生存状态。这些生存状态都是在焦虑的巨大作用下，被无限延伸着。这种延伸的结果，必然就引向了另一个远不能逃避的方向：性焦虑和生存焦虑。实际上，小说中各种试图分解此种焦虑的方法最后被证明只能让人更焦躁和无力。从抽象回到具体的物象，纪尘借助了女性天生的敏感和潜意识，把女性寓言放大到极致，伴随着一个个寓言的诞生，她把女性生存借由"声音""疯子""猫""荒凉的渡口""第三支牙刷"等意象，一再验证了女性化的经验叙述文本。纪尘的女性书写，从内容上完全可以看作是女性化的产物。女性在无声世界里挣扎，可以看作是女性自己为自己寻找出路，为自己搭建通往外部世界的平台。当一切尘埃落定之后，女性不论是走向成功，还是走向死亡，都昭示了生活可能揭示的方向：一切要靠自己。这正是作家对女性当下现状的不安和批判。

而蒋锦璐的小说以写实为主要特征，她的《双人床》《城市困兽》《美丽嘉年华》《爱情跑道》等文学书写也以女性生存主题及地域文化色彩延续了其审美立场。她执着书写两性关系的冲突，解构当下的婚姻伦理，以一种技巧艺术的理性和道德社会的判断来定位自己以人为本的文学立场，实现了以情感穿透故事的新突围。蒋锦璐的《双人床》（《当代》2004年第2期）就像一个隐晦的暗示：男女情爱的最后归宿就是这张双人床，男女双方在这片狭小的空间里斗智斗勇，展开一场你征服我、我征服你的较量。也许这场较量谁也征服不了谁，对峙只不过是一种婚姻上的需要，一种归属感而已。在这里，作家直接站出来对两性生存状貌和文化反思进行理性的审视，思考和探索女性自身性格和情感的发展，其观察方式、思维方式、表达方式，无不为当下的中国文学所蕴含的文化性提供了作家成长的新鲜经验。

20世纪70年代出生的林虹所处的年代，女性已得到了极大的自由和解放。后工业带来的物欲造成了人的严重异化，知识与精神的神圣性不再如先锋时代被认可，女性一直处于不断变化着的矛盾张力之中，这使得林虹的文本少了许多精英文化的先锋姿态，更多世俗化了。她的《那夜》(《作家》2005年第11期）是边缘化的女性经验文本。在小说中，孤独是作家与乔艾共同的生命体验和表征。一方面，孤独是现实生存世界对个体生命施加压迫的结果，个体和社会和他人的对抗和敌视在某种程度上是孤独感的深刻源头；另一方面，孤独又强化了生存世界的黑暗和非本真性。林虹一方面把她笔下的女主人公乔艾与生存困境联系在一起，但另一方面又不愿她在生存的无奈中被压垮。她一直在努力为女性探求一条救赎之路，或者建构一个可供疲惫的灵魂栖息的精神家园。

也许爱情是女性能逃避或缓解孤独的最好寄托，但林虹的文本叙事中透过"蚊子"这一意象，暗示了人类个体对外部世界的渺小感和无从把握，对外部世界的排斥、拒绝、恐惧和对抗。于是，乔艾"看着程诺乐此不疲地追打着那只蚊子，心里生出了一种厌恶。她很诧异这种忽然滋生的感觉。她试图驱赶它，越是这样，那种厌恶的感觉越重"[8]。所以，林虹的文本书写总体上透露的还是对于人类生存困境的切肤之痛和寻求不到精神家园的深深的绝望，从而陷入了更加孤独的无言境地。

三、桂军文学女性书写的文化语境实践

新时期以来，女性话语成了这个时代最具冲击力的理论话语之一。先是理论界的"先觉者"们勇敢地"浮出历史的地表"，接着便是一场空前的女性文学的文化语境实践。小说界、诗歌界的女性作家如同被压抑已久的火山，畅快淋漓地敞开了心扉，向这个男性、女性共同拥有的世界倾诉尚未被彻底解放的精神与肉体的伤痛，尽情诉说着对权威男性的女式愤懑，为有更漫长的女性压抑史的中国文化和文学带来新风，并重塑女性形象。

桂军文学群体中的林白、张燕玲、杨映川等一批女作家在她们的作品和理论中强化女性意识、女性经验，把女性最隐秘的感受、心理、情绪，都通过女性文学的话语实践表达出来了。林白以《枕黄记》《妇女闲聊录》《万物花开》等作品显示了

她由"私人化"写作向"面向现实社会"写作的转变，"第一次在中国文坛展示出'生态女性主义'文学景观"[1]。70年代出生的女作家杨映川继林白之后，写出了颇有深度的女性主义文学作品。她的《不能掉头》，在广阔的社会背景下表现了女性和男性在追寻爱情过程中的差异与互救，情感、人性、勇气的逃离与回归，将女性主义文学向社会现实纵深推进了一大步。而自1996年张燕玲主编《南方文坛》以来，该刊已成为中国文论界令人注目的重要阵地之一，影响力已汇入中国文坛的理论体系之中。它以《今日批评家》栏目汇聚谢冕、陈思和、贺绍俊、南帆、陈晓明、孟繁华、李洁非、李敬泽、戴锦华、施战军、葛红兵、汪政、黄伟林、邵燕君等国内活跃的中青年文艺理论家，形成文论界一个重要的思维场，成为我国文学评论界的权威性阵地。

长期以来，女性一方面竭力跻身于更广阔的社会生活，试图以男人的目光或超出性别偏见的目光来看待和描述世界；另一方面却又为自身的种种局限、束缚困扰得骚动不安，想求得一个终极的释然，为此而不断地去批判男权中心的种种不合理，表述身为女人的不幸、苦恼、愤慨、意愿和向往。在这种突出重围的艰辛搏杀中，桂军文学的女性书写仍然缺乏群体凝聚意识和力量，在探索女性出路的文学写作中来去匆匆。尽管如此，对女性在两性关系中的角色位置的历史与现状的重新审视与思考，却随着新时期的人文气象，也不可避免地来到桂军文学女性书写群体创作意识之中。事实上，生活本身正在被不同以往的时代生活所悄然转换、替代与改变的兆象。

在蒋锦璐的《双人床》中，我们首先注意到的是叙事者让"爱情"在两性关系中出现的不寻常的意味。陆小冰和苏婕在与汪晨交合着的双性战争中，彼此"像捉迷藏，都在躲，又都在捉。躲的时候怕不来捉，捉的时候又怕捉不到。面上轻松，暗里都不使劲"[9]。由此，我们看到生活压在两性的对峙与妥协中，将尘世间的男女之爱海誓山盟，以一种残酷的叛逆色彩，将梦想一点点地击碎，挑破了，极具自我"刮骨疗毒"的坚忍气质，但却削弱了苏婕们的命运遭际本应具有的悲剧效果。而蒋锦璐的女性世界，弥漫着对男性的幻想和对男性有着莫名的厌恶和仇恨的双重矛盾心结。这种分裂的语境尽管迎合了当下女性话语的写作特点，却难以形成经典的女性文学范式。"这种飘散的植根于个人独特体验之上的性别神话无法指向任何一种整合性的乐观前途，其结果很容易昙花一现" [10]。

当桂军文学女性书写在特定的历史语境和文化语境中进行时，女作家们所置身其中的文化环境对创作形成了根本性的制约，这主要表现在作家们试图找到合适的话语方式与最佳的表达途径两个方向：一方面，女性文化的建设是一个极为漫长的历史过程，这个过程伴随创造，伴随新生，也伴随困惑和痛苦；另一方面，作为经济后发达地区的广西，其边民性、边缘性的实质是放逐形而上的玄思，关注切身利益，尤其是向官本位意识的挑战和否定，把人物放到文明的转型期，在文化传统的演进中去描摹，从人性角度去看取人的本性，表现孤独个体的生命体验，从而实现边缘的突围。

对于经济后发达地区的张燕玲、林白、杨映川、纪尘、蒋锦璐、林虹等作家来说，"这真的是一群不一样的女性，她们挣扎在生活的深处，然后平静，再挣扎再平静，并以性灵活记下这些生命的痛苦和快乐。'尽管绝望，仍然守望'，这是女性作家们的坚定姿态，超越年龄，超越种族，超越地域。女性生命的玫瑰由此盛开" [11]。

因此，文学桂军边缘崛起的女性书写，是一种存在和话语方式，同时又成为一种与时俱进、持续不断改变的解构力量和妥协中不放弃抗争和突围的文化语境，对当下中国女性文学的发展和丰富文化内涵做出了积极贡献。

| 参考文献 |

[1] 李建平，黄伟林 . 文学桂军论：经济欠发达地区一个重要作家群的崛起及意义 [M]. 北京：中国社会科学出版社，2007.

[2] 乔以钢 . 中国当代女性文学的文化探析 [M]. 北京：北京大学出版社，2006.

[3] 张清华 . 中国新时期女性文学研究资料（甲种）[M]. 济南：山东文艺出版社，2006.

[4]林白.林白作品自选集[M].桂林：漓江出版社，1999.

[5]张京媛.美杜莎的笑声[A].当代女性主义文学批评[M].北京：北京大学出版社，1992.

[6]肖晶.失声的缺口：纪尘的女性写作[J].南方文坛，2008（2）.

[7]纪尘.第三支牙刷[J].青年文学，2007（7）.

[8]林虹.那夜[J].作家，2005（11）.

[9]蒋锦璐.双人床[M].南宁：广西人民出版社，2008.

[10]贺桂梅.性别的神话与陷落[J].海南师院学报，1995（4）.

[11]张燕玲.此岸，彼岸[M].郑州：河南文艺出版社，2004.

绿叶对根的情意

——与《南方文坛》同行

张燕玲

1980年代中期是中国文艺空前繁荣的时代，《南方文坛》是在广西区党委宣传部的直接创意和领导下创刊于那个火红年代的，并初领了风气；我走上文艺批评与编辑之路也得益于那个时代。1984年7月刚刚大学毕业分配到区直干部业余大学任教的我，便在黄绍清老师推荐下，成为自治区文联举办的十五人"广西青年评论作者读书班"最年轻的学员，公开发表了评论处女作，开始了文艺评论最初的起步和理论编辑生涯。

记得1986年7月，我刚从北京大学进修回来便遇上广西文坛"百越境界"大讨论，其中坚力量诗人杨克、黄堃要请十个月的创作假实践"百越境界"，于是1987年1月，我和诗人邱灼明被邀顶替黄堃、杨克，分别兼职担任《广西文学》理论编辑和诗歌编辑。同时，幸遇文联在筹备创刊《南方文坛》，而自治区党委宣传部文艺处处长李超鸿刚调任区文联秘书长，并受命与文研室的青年评论家彭洋、蒙海宽筹备创刊，他们一再邀请我加盟，便有了当年10月《广西文学》约期满后，彭洋领

作品信息

《南方文坛》2009年第S1期。

我和蒙海宽北上筹备创刊事宜。我们一路激情满怀，在北京拜访了王蒙、张洁、曾镇南，到天津请教刚创办了《文学自由谈》的滕云、冯骥才和蒋子龙，还爬上北京香山，看层林尽染，而久久不肯下山；畅谈将要出世的杂志，一时兴起，对着满山红叶我们相互高喊彼此的名字，"斑斓的群峰也就潇潇洒洒地回响起我们斑斓的声音了"——在创刊周年（1988年第5期）的卷首语上，我记下了那个充满创业激情和自信的年轻时刻。回程买不上卧铺，我们三人坐了两夜一天一路跺着麻肿的双腿还兴奋莫名。两个月后的创刊号上，刊出了我们一路谋略出来的创刊宣言，自信、狂妄，却字字率真、热诚而坚执。

那真是个青春的时代，为文学理想献身的时代，令人感怀。这个起点，影响我二十二年，令我的虔诚之心，一片片倾注在《南方文坛》，不敢懈怠，一直向前。

作为国内外公开发行的文艺理论和批评期刊，1987年创刊时的《南方文坛》，为16开64页双月刊，铅印，最初由广西文联和广西人民出版社合办，出版社终审。由于我任职的学校离出版社近，因此给出版社稿件的送审，大多由我负责。记得出版社终审由当时的吕梁社长与文艺室主任李人凡担任，那也是两位率真多才的师长。两年后，才由广西文联单独主办。创刊二十二年，李超鸿、郑继馨、彭洋、陈运祐、蓝怀昌、黄德昌等历任主编、社长，还有甘棠惠、蒙海宽、张萍等，以及友情支持做了近十年的英文目录翻译贺祥麟教授（他令我日益感受到学习与工作的美丽），美术总监苏旅，封面设计张文馨、李筱茜，他们筚路蓝缕，艰苦创业，为今天的发展拓路开道，倾情尽心。他们不仅为把广西文艺创作和批评推向全国做出了贡献，也为中国文艺理论和批评建设做出了可贵的努力。《南方文坛》永远记住它所有的办刊人，至于渺小的我更铭记他们对我点点滴滴的支持。

1990年代，市场化的巨鞭第一次抽打中国的文论期刊，中国文艺正在摆脱旧有的体制和轨道，产生了前所未有的生机与混乱同生、追寻与退却相杂的局面。1996年重组编辑部，我也结束了近十年的兼职编辑生涯，正式调入《南方文坛》。面对各地文学与文论期刊纷纷转向乃至下马的局面，我们明白，中国文艺界对优秀理论刊物的渴求比任何时候都强烈。于是，面对市场化第一轮淘汰风波，我们决心背水一战——改版，最初的改版我们幸运地得到了顾骧、谢冕、陈思和等一大批专家学者的鼎力相助，并不断延伸到中国文坛。有了他们，《南方文坛》改版第一年就在国内文坛崛起。然而，经费的困窘、最初改版的探索从里到外都把我们推向了一条极其艰辛的改版之路，在几近绝望中，是区党委宣传部尤其潘琦部长给了我们最坚实的支持，即对我们改版方针的探索，给予了最大的理解和肯定，并获得一些文化企业的鼎力相助，有了这些，才有了我们的兢兢业业、刻苦经营，才有《南方文坛》的发展，并以自己的高品位大视野，亦以自己良好的装帧印制，以自己关注文艺新锐与广西的活力，以自己的前沿批评成长为"中国文坛的批评重镇"，创出了自己的品牌，走出了一条"以刊养刊"的道路。改版初始的《南方文坛》犹如黑马闯入了1990年代中期文学批评的前沿。

那真的是一场美好而艰苦的改革，几近悲凉的情形，我曾在1997年第2期卷首以"现代童话"来形容。如果说《南方文坛》在市场化挑战中，第一轮以1996年改版来"以刊养刊"创立品牌并获得生存，第二轮则以2001年与广西师大出版社合作来"以刊养刊，以书养刊"，并使品牌在高位上获得不断发展。

世纪之交，《南方文坛》又面临市场化大潮的第二轮冲击，而学术的高品位特性使文论期刊"阳春白雪，和者盖寡"，其发行量小的困境与生俱来。在我一次次寻求"以刊养刊"的艰难中，是广西师大出版社以他们高远的学术眼光和人文情怀选择了《南方文坛》的品牌资源，并于2000年南京书市上签约合作办刊。此后六年，《南方文坛》便在两个空间（区文联和出版社）中获得了更多发展的可能性。尽管，合作尚未实现最大值，但是这条"以刊养刊、以书养刊"的道路毕竟使《南方文坛》在前沿批评的高位上获得持续平稳的发展，这种优势互补、品牌共享、资源兼用的社刊双赢之路，是真正意义的发展。

改版十三年来，《南方文坛》一直致力充满活力的高品位的学术形象和批评形象的建设，高品位、大视野的学术风范以及特立独行的批评个性备受瞩目，成为近十多年来中国文坛一些重要文学活动的策划者、参与者和见证者，改变了中国南方的文学批评格局。她不仅推介了广西的文艺家（尤其青年文艺家），"催生了中国新生代批评家的成长与成熟"，而且"集结起中国一支有生气的批评力量"，使《南方文坛》"业已成长为中国文坛最具影响力的文论园地之一"，"团结和吸引了全国一批实力派批评家，成为我国文学评论界的权威性阵地。"改版十三年来的文章转载率一直位于中国语言文字、文学艺术类期刊的前十名，被中国新闻出版署评为"中国期刊方阵·双效期刊"，第四、第五、第六届"广西十佳社科期刊"，获第五届全国当代少数民族文学研究"园丁奖"、广西人事厅颁发的文联系统集体二等功，2007年主编出版的《南方批评书系·无边的挑战》荣获第四届鲁迅文学奖。2004年开始，为"全国中文核心期刊"、《中文社会科学引文索引》（CSSCI）来源期刊、《中国期刊网》全文收录期刊、《中国学术期刊（光盘版）》全文收录期刊、《中国学术期刊综合评价数据库》来源期刊、《中国核心期刊（遴选）数据库》全文收录期刊、《中文科技期刊数据库》收录期刊。《人民日报》、《光明日报》、《新闻出版报》、《科学时报》、《文艺报》、《文学报》、《中华读书报》、《文汇读书周报》、《羊城晚报》、中央电视台、新浪网、广西电视台等几十家著名媒体网络对《南方文坛》有良好评价，在海外学界也有一定影响，据2008年"中国知网"报告，《南方文坛》读者已分布30个国家和地区。

十三年的改版，有十年是在没有办刊经费（只有2万办公经费）的艰难条件下，争取各方支持，尤其广西师大出版社的坚实支持下走过的，在这漫长的令人感奋也悲凉不断中，我们走到今天，还将走向未来。

十三年改版之路，我们在文学坚守和刊物艰守的情境中，向读者展示了我所描绘过的"现代童话"所蕴含的信念、智识乃至心性精神；我也荣幸得以与《南方文坛》同行，并以自己的工作、创作著述与编书一步步成长；与《南方文坛》在与时代的互动中共同成长、共同发展。回望来路，尽管还有诸多不尽如人意之处，但我们毕竟尽了自己在这个时代应该做出的努力。

"中国文学之树，将不会忘记南方的这片叶子"，这是著名学者夏中义教授2002年给《南方文坛》的新年贺词。当年《南方文坛》精心制作了一张有些许虫斑、残损但美丽的红叶贺年卡赠给读者，它表达了《南方文坛》和我个人对自身成长过程中不够完善的清醒、理性与惭愧，但这毕竟是一片历经风霜雪雨泛着绿意正在生长着的红叶，因为我深知，成长对个人而言是一辈子的事情，对于一份杂志则是永无止境。

过去的一切，我满心感激，满怀珍惜；感激一切给过我温暖和力量的领导和师友们，感激那些催人奋进与深思的争议；珍惜能与《南方文坛》一同成长，珍惜这个因为文学而生动的时代。

这是绿叶对根的情意。

2010年代

《南方文坛》与90年代以来的广西文学

佘爱春

20世纪90年代中后期以来，在市场大潮的激荡和影视、网络、市民报纸的冲击下，文学日益走向边缘，与文学血肉相连的文学期刊尤其是文艺评论期刊更是步履维艰、困难重重。面对文学期刊日益严峻的生存处境，身处边陲广西的《南方文坛》率先在同类期刊中树起改版大旗；1996年第6期推出"改版号"后，以其"鲜活的思想、前瞻的姿态、包容的胸襟以及那种稳健而又迅捷的步伐"[1]迅速崛起于中国文坛，成为"中国文坛的批评重镇之一"[2]和"当今中国文坛最有活力的批评和理论建构的重要阵地"[3]。与此同时，以东西《没有语言的生活》和鬼子《被雨淋湿的河》先后获得"鲁迅文学奖"为标志，在广西这片"被文学遗忘的土地上"崛起了一群青年作家，他们以"现代和后现代的叙述方式"[4]，以独到的原创性和先锋品格，以"三剑客"和"广西方阵"的阵势整体性地抢滩中国文坛，以"斐然

作者简介

佘爱春（1972—），湖南会同人，湖南师范大学文学学士，广西师范大学文学硕士，南京大学文学博士，曾任教玉林师范学院，现为广东技术师范学院文学与传媒学院教授。

作品信息

《玉林师范学院学报》2010年第1期。

的成绩和边缘的姿态"崛起于中国的南疆，造就了一段文坛佳话，令人刮目相看。正如陈建功所说："相比于兄弟省市文学的发展，过去一度不够突出的广西文学界，近年成绩斐然，以及引起了全国的瞩目。广西的一批中青年作家们，以其雄厚的生活积累和领导标新的探索精神，在小说、诗歌、散文、纪实文学、文学理论批评等领域均有建树，成为中国文坛不可忽视的力量。"[5]

可以说，《南方文坛》和广西文学是在互动中共同成长、共同发展的。一方面，《南方文坛》的崛起为广西文学的发展提供了评论平台和理论支持，使广西文学迅速走向全国；另一方面，广西文学的崛起和创作实绩给《南方文坛》提供了持续评介的对象和话题资源。诚如王干所说："从广西的文学发展来看：不仅有八位富有生命力的青年作家，而且崛起了一种好的文学评论刊物——《南方文坛》。一个好的刊物对一个地区的创作关系非常大，其影响力可以改良文学的环境，有磁场，就有人气。"[6]曹文轩也说道："很难想象，没有《南方文坛》和本土批评家对广西作家的大力发掘与扶持，广西文学会有今天的辉煌。"[7]可见，广西文学之所以能在边缘迅速崛起，是多方力量"合力"的结果，除了主管领导的重视和支持，除了振兴广西文艺人才的"213工程"和广西签约作家制，除了几代作家的不懈追求和评论家的热心扶持之外，《南方文坛》的大力推举功不可没。从某种程度上可这么说，没有《南方文坛》的鼎力推介，广西文学很难有今天这样的全国知名度和影响力。本文以改版后的《南方文坛》为研究中心，试图探讨其与广西文学的互动关系，揭示其在广西文学崛起中的贡献、价值和意义。

一

《南方文坛》是由广西文联主办（创刊第一年与广西人民出版社合办，2001年起与广西师大出版社合办）的文艺评论双月刊，1987年12月创刊于南宁，历任主编有李超鸿，陈运祐、郑继馨、张燕玲。该刊重视对当前文艺理论、文艺现象、文艺创作和广西文艺的研究和探讨，在改版前以刊登广西文艺和广西评论家的文章为主；1996年第6期改版后，打破了封闭的"地方性"办刊视野，坚持"立足广西，走向全国"的办刊路线，不断调整编辑理念，以高品位、大视野的学术形象和批评形象迅速崛起于文坛；不仅文章转载率一直居于全国同类期刊的前列，连续被评为"广西十佳社科期刊"（2002、2005、2008）、"全国中文核心期刊"（2004、2008）和《中文社会科学引文索引》（CSSCI）来源期刊（2004、2006、2008），而且还改变了南方文艺批评的格局，与北方的《当代作家评论》遥相呼应，成为"当代文学理论最好的刊物"（陈思和语）之一。

作为广西的文艺理论和文艺批评期刊，《南方文坛》自创刊以来始终把推介广西文艺作为办刊宗旨之一。特别是改版后突破了以前单纯的地域性界限，以一种全国性视野和开放眼光来审视广西文学、反思广西文学和推介广西文学，形成了一种良性的互动格局，为广西文学走向全国做出了重大的贡献。虽然表面上看这种"地域性与非地域性并重"的编辑策略在刊登广西作家和批评家的文章数量上有所减少，更多的版面留给了对前沿文艺理论和当前文艺创作的关注上，更多刊登全国各地一批有活力、有实力批评家的文章；但事实上正因《南方文坛》具有"立足广西，却有着中国当代文学整体性的胸怀"，才改版一年就迅速在中国文坛崛起，也正因为《南方文坛》成为了"中国文坛最具有影响力的文论园地之一"[8]，甚至"我国文学评论界的权威性阵地"[5]，才更快捷、更有成效地把广西文学推向了全国。正如河南作家张宇在《南方文坛》创刊百期座谈会上所说："《南方文坛》提供了一个启示：一本刊物很功利地追求为地域利益做出贡献时往往是非常困难的，《南方文坛》的前期就是这样的，那时它满怀着对广西文学的感情和使命感，却没引起全国的注意。而改刊之后，有面向全国甚至世界的姿态之后，刊物的水平提高了，反而能很快地推出了自己地域的作家。"[9] 这一分析是非常有道理的。的确，对一份刊物、一个作家、一个批评家来说，没有全国性视野是很难成功的。

从《南方文坛》刊登的文章数看，从1996年第6期改版至2008年第6期，除封面和目录索引外共刊登文章1716篇，其中与广西相关的360篇，与广西文学有关的289篇（主要指以广西文学为论题和广西作者的文章数目，包括后来在外地的广西籍作家和作者）。可见，《南方文坛》基本上每年都刊登广西文学和广西评论家的文章20多篇，并且每期至少2篇以上。同时，在这289篇中广西区内的作者有233篇（有一部分不是评论广西文学的），广西区外的作者有56篇，从这很明显看出广西评论家在广西文学的发展上是作出很大贡献的；而至于区外作者的文章来说，虽然在数量上十多年来只有56篇，但它所带来的影响力是无法估量的。这56篇文章基本上都是出自全国最优秀的批评家之手，其中陈晓明7篇，洪治纲5篇，马相武4篇，南帆、贺绍俊、朱小如、石一宁、阎晶明各2篇，汪政、晓华2篇，丁帆、孟繁华、程文超、郜元宝、葛红兵、王干、张柠、谢有顺等各1篇。正是这些站在中国当代文学发展最前沿的批评家，以他们对文学的敏锐和洞察，从当代文学发展的整体视域上对广西作家的审美追求和创作实绩进行持续讨论和审度，以睿智、犀利、深刻而精到的评价鞭笞着他们在前行的路途上不断自省，推动他们在叙事风格、语言形式和思维方式上的探索和改进，使他们逐渐成长为"中国文坛公认的第一梯队的强手"[9]，广西文学也因此走出了广西，走向了全国。正如黄伟林所说：《南方文坛》这些年"集结了一批中国最优秀的批评家，刊登了大量充满真知灼见，具有深远影响的批评文章"；"正是因为这种阔大的境界和一流的作者队伍，有力地扩大了广西文学在全国文坛的积极影响，有力地推动了新桂军群体的成长和壮大。"[9]

《南方文坛》对广西文学特别是对广西青年作家的推介是全方位的，在十多年中几乎所有有实力、有影响的青年作家或作品，以专辑或单篇论文的形式在刊物予以了评述与推介。大致情况如下：

1996年第6期—2008年第6期《南方文坛》刊登部分广西作家和评论家相关文章篇数一览表

	1996	1997	1998	1999	2000	2001	2002	2003	2004	2005	2006	2007	2008	合计
潘　琦		2				1	1	2	1					7
蓝怀昌	2													2
东　西		5	6		3	1			1	5	2			23
鬼　子		4	5	1	3	2	1		1		1			18
李　冯		4	5		2									11
林　白		4	2	1	1	1			2				3	14
海力洪				3			1		1	1				6
凡一平					3					1				4
沈东子		1			3									4
刘　春						1	2	1					1	6
杨映川							3							4
黄咏梅								3					1	4
黄佩华		1						2						3
常弼宇		2												2
常剑钧		1						3			1			5
凌　渡		1		1										2
张宗栻			2											2
黄伟林	1	1	3			4	1	1	2	1	2	1		19
张燕玲		1						1			1	1		4
王　杰			1	1		1	1			1				5
张柱林							1	1	1		1			4

　　从以上表格的数据（主要指以作家或评论家为论题和作者的文章篇数）可看出，《南方文坛》对于广西作家是鼎力扶持的，在面向全体的同时又重点推介最能代表广西文学创作水平的作家。在小说方面重点推出了东西、鬼子、李冯、海力洪、凡一平和沈东子，在女性文学方面重点推出林白、杨映川和黄咏梅，在散文方面重点推出潘琦、凌渡，在诗歌方面推出刘春，在文学批评方面推出黄伟林、张燕玲、王杰和张柱林等。其中值得一提的是黄伟林，他可以说是广西文学最执着、最热心、最勤奋的评论家，从20世纪80年代中期开始，20年如一日地关注着广西文学的发展，

并把对广西文学的研究和批评作为自己学术生涯中主要内容之一；而且他还是《南方文坛》最忠实的作者和支持者，从创刊开始每年至少要为《南方文坛》写一篇文章以上；同样，《南方文坛》也给了他充分展示自己的舞台，并在《今日批评家》栏目把他作为全国优秀青年批评家之一予以了推介，这既是对他文学批评成绩的肯定，也是对他为广西文学发展做出贡献的褒奖。

可见，《南方文坛》正是利用自身文化平台，在把自己建设成中国当下最有影响、最有分量的文艺理论和批评刊物的同时，又始终关注着广西文学的发展和广西作家的成长，并以丰富多彩的形式全面深入地把广西文学推向中国当代文学的最前沿。

二

在当今的文论刊物中，《南方文坛》在栏目的设置上可以说是最富有创意、最富有挑战性和前瞻性的，既鲜活又大气，既稳健又灵动。十多年来，《南方文坛》重视品牌策略，不断推出自己的品牌栏目:《南方百家》《未来文坛》《批评之旅》《绿色批评》《现象解读》《今日批评家》等。同时，她始终站在中国文艺理论和批评的前沿，在关注当代文学中的热点和重大问题的同时，通过自己的品牌栏目以专辑形式集束性地把广西文学推向了中国文坛的前沿，既推动了广西青年作家的成长，又激发了他们的创作意识和创作潜能。

《南方文坛》善于通过栏目预见性地发现和推举富有潜力和实力的青年作家。《南方百家》和《未来文坛》是以专辑的形式推介南方文学新锐和文学新人为宗旨的栏目。在1996年第6期改版号的"卷首语"中就说:"《南方文坛》将以关注长江以南的文艺创作乃至南海以南的华文文学为己任，坚持艺长独至、百家争鸣，每期推出一至两位南方文艺家。"1997年12月在"东西、鬼子、李冯作品研讨会"上，主编张燕玲又说到:"关注和推介南方的文学新锐是《南方文坛》的〈南方百家〉栏目的宗旨，过去是这样，现在、将来也是这样。"[6]《南方百家》栏目自1996年第6

期开始至2000年第6期，共25期，推出南方作家29位，其中广西作家就有9位，几乎是总数的三分之一。分别是1996年第6期的蓝怀昌，1997年的东西（第1期）、李冯（第2期）、林白（第3期）、鬼子（第6期），1998年第5期的常弼宇，1999年第1期的海力洪，2000年的沈东子（第1期）和凡一平（第6期）。除了第一期的蓝怀昌是40年代出生的外，其余都是60年代出生的青年作家。这个栏目的推介目的很明确，采取多人、多角度、多侧面甚至多方法集中评述，不仅在推出每一位作家时配发作家的创作谈和文学观，使读者了解到作家对文学和创作的看法，而且还附有作家个人照片和小档案，使读者能知道作家的成长背景和代表作品；不仅把广西作家放在整个南方文学新锐当中去推介，使得广西作家获得了南方文学整体性视野和全国性视界；而且还组织和邀请全国有影响力的批评家对广西作家作品进行批评，虽然不是区外评论家的第一次关注，但至少是第一次由全国知名批评家对一个作家进行集束式评价，正是通过马相武、南帆、王宏图、王干、丁帆、洪治纲等站在当代文学发展的高度对他们的评价和认可，才使得他们迅速成长起来，成为"新生代"的代表和当代文学中的生力军。

《未来文坛》可以说是对《南方百家》栏目的延续，在栏目安排设置上都相同。但与《南方百家》主要推介已经取得不少成绩的男性文学新锐不同，《未来文坛》主要推介和扶持刚刚在文学创作中崭露头角的女作家。在《南方百家》停设一年后，2002年《南方文坛》新开了推介文学新秀的《未来文坛》栏目。在两年时间里，《未来文坛》共推出了8位文学新秀，有6位女作家，其中2位是广西女青年作家：杨映川（2002第1期）和黄咏梅（2003第2期）。从这可看出主编张燕玲对女性文学发展特别是广西女性文学发展的热切关注，同时也体现出她对中国未来文坛敏锐的前瞻意识。在这之后，其中之一的杨映川不仅获得第六届广西青年文学最高奖——"独秀奖"、2004年度"人民文学奖"和第三届"华语文学传媒'2004文学新人奖'"提名，而且成为继林白之后对中国女性文学做出较大贡献的广西作家和广西女性文学新的领军人。

与《南方百家》和《未来文坛》以专辑形式集中推介某一作家不同，《批评之旅》和《绿色批评》以对单个作家作品进行批评为主，形式灵活、自由多样。《批评之旅》历时四年（2000年开始改成《绿色批评》），共刊登与广西文学相关的文章13篇，其中《广西散文战略》（1997年第1期）和《敲响世纪的钟声——广西部分青年作家如是说》（1997年第3期）值得注意。《广西散文战略》包括彭洋《"散文战略"纲要》、凌渡《我对促进提高广西散文的几点想法》和江建文《散文的必然性》3篇，可以说是振兴广西散文的总规划，不仅对广西散文创作和理论进行了评估，而且还提出了一些提升广西散文的建设性意见。而《敲响世纪的钟声——广西部分青年作家如是说》则是15位小说家、诗人、散文家和评论家在世纪之交如何以自己的行动为广西文学的崛起作出努力的世纪宣言。2000年开始的《绿色批评》可以说是对《批评之旅》的继承和深化，在评价作家作品时更多体现出对今日批评精神生态建设的关注。正如张燕玲所说："我们想得更多的是如何学术地批评文艺之林：既要阐释哪片林子、哪棵树的茁壮成长，更要发现哪片林子、哪棵树有黄叶、有虫斑，证明为何有黄叶与虫斑，并且追问这病树与整个林子的生态系统的关联。"《绿色批评》从2000年至2008年共刊载与广西文学相关文章33篇，除了徐治平、蓝怀昌、刘春、鬼子、东西、海力洪、伍稻洋、纪尘、朱山坡等作家的评论外，黄伟林的《艰难的突围——论广西长篇小说的现状、存在的问题和发展的途径》（2004第2期）和黄晓娟的《平静与坚实 努力与坚韧——新世纪广西散文创作的风貌》（2004第5期）两篇论文体现出较强的整体性、现实针对性和较鲜明的问题意识、忧患意识。前者从当代长篇小说高度对广西长篇小说现状进行了全局性审视与关注，后者对新世纪广西散文进行了整体扫描，在全面展示广西长篇小说和散文创作实绩的同时，提出了一些富有启示性和建设性的思考。

紧跟文学创作、关注新人新作是《南方文坛》多年来一贯特色。《新著视窗》和《最新文本》就是相对集中地从不同角度、不同层次对某一新著和新作进行"集束"评论的栏目。《新著视窗》从1997年开设到2002年第1期，从第2期开始改为《最新文本》栏目，这两个栏目虽是承续关系，但并不完全相同。《新著视窗》针对的面较宽，形式比较自由，既有对最新作品的分析又有对最新集子、研究著作的评述，既有对新著评析的单篇论文又有对新著从不同角度、不同方面集束式的评论；而《最新文本》则是对当年的最新作品进行专题式集中评论，比前者更具体、更集中。同时，两个栏目对广西文学的关注程度也不同，虽然五年来《新著视窗》三次对广西作家新作进行了评论，一是1998年第1期，邀请陈晓明和孟繁华对林白的新作《说吧，房间》进行集中评论；一是1998年第5期刊登了朱潇的《对东西〈耳光响亮〉的一次阅读》；再一次是2000年第4期白烨、李敬泽等北京评论家对林白作品主要是新作《玻璃虫》的研讨会；但总共才4篇文章。而《最新文本》除2006年停办外，五年来四次组织全国知名批评家对广西作家的新作进行集中评析和极力推介，共刊登文章11篇：2003年第3期张颐武、马相武评论黄佩华的《生生长流》，2004年第1期南帆、陈晓明对林白新作《万物花开》的评析，2005年第4期组织了谢有顺、陈晓明、郜元宝和南帆的强大阵容对东西《后悔录》的集中评价，以及2008年洪治纲、吕约对林白《致一九七五》的评论。正是通过这个栏目，广西作家的新作品在全国知名评论家的评述和认可中逐渐走向了全国。

　　与其他栏目注重对作家、对作品进行推介和评论不同，《本期焦点》（本期特稿）和《现象解读》则是从问题开始的，体现出《南方文坛》自觉的《问题意识》。《本期焦点》（本期特稿）以对新近文坛的热点问题予以集中关注为主，开始于1998年，2002年第1期后停设，此后2002年、2003年第3期的《本刊在线》和2006年第1期的《本刊特稿》可以算是此栏目的延续，2008年第4期又恢复《本期特稿》栏目，共开设24期，以专栏形式每期一个话题，其中以广西文学为话题的有4期。栏目开设的第一期就集中推出"广西三剑客"（1998年第1期），刊登了马相武、黄伟林、朱小如3篇评论文章和1篇研讨会纪要，这是文论刊物第一次对"广西三剑客"这一广西文学品牌的报道和评论，自此东西、鬼子、李冯开始以"广西三剑客"的团队形式出现于中国文坛。为了加强"广西三剑客"在文坛的影响力，在2000年第2期又推出"广西三剑客"专栏，刊登了陈晓明的评论文章，东西、鬼子等作家与评论家的对话和三位作家的创作谈并附有近两年发表的作品目录，共5篇文章，对"广西三剑客"进行了全方位的评价。与此同时，在1998年第3期针对《青年文学》第

2期"把广西青年作家纳入全国实力派行列，刊发了'广西方阵'"，组发了当时《文艺报》副总编贺绍俊和《青年文学》主编黄宾堂的评论专稿2篇，从文学桂军进军中国文坛历程上对广西文学的强大阵势和阵容进行了高度的评价。之后又在2003年第3期的《本刊在线》对仫佬族作家群、仫佬族文学的崛起和发展进行了整体的描述和全面的评价。这种把广西文学话题放在当下文坛热点话题中以话题批评的集束方式进行批评和讨论，有效地提升了广西文学的文学意义和价值，对开创广西文学的批评空间和推动广西文学创作都有积极的作用。

　　而2000年第3期新设的《现象解读》，可以说主要是为广西文艺现象设置的、形式自由、不定期的评论栏目。除2003年停设外，八年来共刊登文章68篇，其中讨论广西文艺有46篇，并且大部分是以专辑形式集中刊登了一系列评论文章，如《桂西北作家群》（2001年第2期）、《鬼子》（2001年第6期）、《桂林文化城》（2006年第6期）、《仫佬族文学》（2007年第2期）、《广西青年诗歌》（2008年第5期）和《广西文艺三十年》（2008年第6期）等。而单篇论文中值得注意的是黄伟林的《从花山到榕湖——1996—2004年广西文学巡礼》（2004年第4期）和张燕玲的《以精神穿越写作——关于广西青年作家》（2007年第4期），前者站在历史的高度回顾了广西文学近十年来的发展历程，后者对广西青年作家的创作进行了全面扫描和高度评价，使读者清晰领略到了广西文学边缘崛起的壮丽进程和广西青年作家的创作风采与精神风貌。

　　此外，《诗人谈诗》栏目分别在2001年和2002年的第5期以专辑《广西诗歌之一》和《广西诗歌之二》对广西诗歌现状和广西青年诗会予以评述和推介；《今日批评家》在2001年第6期推出批评家黄伟林，这是此栏目到2008年推出的55个青年批评家中唯一的广西批评家，从这可看出广西急需加强对青年文艺评论工作者的培养和扶持；同时，《艺术时代》在2003年第5期也推出了广西戏剧家常剑钧；以及《读来读去》对广西作家作品的评论等等。从以上可看出，《南方文坛》在不断打造自己的品牌栏目的同时，始终把如何推介和打造广西文学品牌作为自己追求的目标，通过这些栏目的影响力全方位地把广西文学介绍给了全国读者。

三

　　策划、举办、参与文学活动是《南方文坛》不断打造自身品牌和推介广西文学的重要措施。如果说，文学栏目以书面的形式把广西作家、广西文学介绍给读者，显得直观、具体、有效、快捷的话；那么，文学活动的策划、举办和参与则通过"请进来、走出去"和面对面地交谈研讨的形式，邀请全国知名批评家为广西文学"把脉"、"诊断"和献策，为广西文学的持续发展提供理论支持和营造良好和谐的批评氛围，为广西文学继续发展打磨和造势。

　　改版十多年来，《南方文坛》不仅是中国文坛一些重要的文学活动的策划者、参与者和见证者，而且还充分利用自身资源和影响力策划、举办、参与了一系列有全国影响的广西文学研讨会。《南方文坛》打出的第一炮是：在"'晚生代'青年作家群势头颇健，成为当下文坛不可忽视现象"和广西文学开始崛起、出现良好的发展势头背景下，于1997年12月中旬一手策划并与中国作家协会创研部、广西作家协会、广西文艺家协会、《花城》杂志社和广西师大中文系共同率先举办了"全国文学界关于'新生代'作家的最正式的首次研讨"（雷达语）——"东西、鬼子、李冯作品研讨会"。全国著名作家、批评家、文学编辑陈建功、雷达、王干、郦国义、陈晓明、马相武、李敬泽、朱小如、张陵、林宋瑜、钟红明、尹汉胤、田瑛和广西作家、评论家潘琦、蓝怀昌、凡一平、黄伟林、张燕玲等30余人出席研讨会。会议不仅为"广西三剑客"正式命名，而且还站在当代文学整体格局和"新生代"群体高度对东西、鬼子、李冯的创作予以充分肯定和高度评价，认为他们的作品"为中国文坛吹来了一阵清新之风"（雷达语），自此"广西三剑客"作为一个文坛品牌横空出世，响彻文坛，"成为世纪之交最具影响力的文坛概念之一"[10]，《南方文坛》也在1998年第1期以"本期特稿"形式隆重推出、予以报道。可以说，"广西三剑客"在全国获得认可并产生如此大的影响，除了他们自身的创作实绩外，《南方文坛》的鼎立推介功不可没。同样，这次研讨会对于广西文坛、"广西三剑客"、《南方文坛》来说，都是最为值得纪念和自豪的一次文学活动。

此后，从广西文学全面和持续发展出发，《南方文坛》有意识地联合其他单位、部门举办了一系列为广西文学传经送宝、提供批评氛围的文学活动。如2005年8月8日至10日与广西作家协会、玉林市委宣传部和玉林市文联共同举办的"天门关作家群研讨会"；2006年8月28日至29日，和广西作家协会、北流市"漆诗歌沙龙"共同举办"第二届广西青年诗会"；2006年11月25日，与广西作家协会联合举办了"广西长篇小说创作座谈会"；2008年12月5日至7日，和广西文学院联合举办的"全区文艺理论和批评高级讲习班"等；最值得一提的是2006年4月24至27日，和广西作家协会联合举办了"广西青年小说家讲习班"，这是继1997年"东西、鬼子、李冯作品研讨会"之后又一次召开大规模的新一代青年作家研讨会。会议采取评点和对话交流的形式，邀请了国内著名评论家、文学编辑为"广西第二代青年小说家最强方阵"传经送宝。这些文学活动的形式和内容是丰富多样的，几乎涉及了广西文学的各个层面，既有研讨会又有讲习班，既有小说研讨又有诗歌年会，既有对地方作家群的关注又对文艺理论和批评的重视；并且在活动后《南方文坛》还利用版面刊登会议纪要或照片剪影予以报道宣传，都显示出了《南方文坛》在整体提升广西文学上的良苦用心。同时，《南方文坛》还策划和参与了一些广西文学活动，并通过刊登照片剪影、纪要或组发文章的形式对文学活动进行报道。如"相思湖作家群研讨会"（2000年6月），"桂西北作家群研讨会"（2000年12月），杨映川、贺晓晴作品恳谈会（2001年11月），"广西首届青年诗会"（2002年4月），"仫佬族文学研讨会"（2003年2月），"北京·广西文化舟"（2006年6月），"第四届仫佬族文学研讨会"（2007年1月）等。这些活动基本上采取"请进来、走出去"的方式，邀请国内知名评论家、作家和文学编辑来广西，与广西作家面对面交流对话，为广西文学"把脉"、"诊断"和献策，同时也让广西的作家、批评家参与到全国性的文学活动中，从而形成了一种良好的互动局面，既有效地推出广西作家、评论家和作品，又在整体上提升和推动广西文学走向全国，扩大了广西文艺的影响。可以说，《南方文坛》对广西文学的发展是尽心尽力的，她充分利用文学活动不断提升自身品质和知名度的同时，也扩大了广西文艺评论的影响力，在推动广西文学自身崛起上起到了重要的作用。

如果说，举办和参与广西的文学研讨活动主要是以"请进来"的形式为广西文学的发展提供话语支持的话；那么，举办评奖和论坛等活动则以"走出去"的形式把广西作家、评论家推向全国。《南方文坛》利用自身品牌举办和策划一些全国性评奖和论坛等活动，来加强自身品牌影响力和对广西青年作家、评论家的推介、培养和扶持力度。为了感谢广大作者、读者的支持和进一步提升杂志的质量，2001年开始设立了"《南方文坛》年度优秀论文奖"，并邀请著名专家学者给获奖者颁奖，在全国享有很高的声誉，被认为："不仅对《南方文坛》，而且对于整个文学评论界来说都是非常有意义的。"[11]（白烨语）八年来共评出论文48篇，其中广西评论家龙子仲的《解读革命——对一个老话题的随想》（2001第4期），黄伟林的《艰难的突围——论广西长篇小说的现状、存在的问题和发展的途径》（2004第2期）和张柱林的《差异：〈马桥词典〉的诗学和政治学》（2006第2期）分别获得2001、2004和2006年度优秀论文奖，这对提升广西文艺评论实力产生了积极的触动和推动作用。同时，还通过经常刊登广西青年学者的论文和组织"广西文艺评论奖"等来培养和扶持广西文艺评论的后备力量。而与《人民文学》联合举办的"青年作家批评家论坛"历时七届，已经成为中国文坛的品牌论坛。论坛中除了作家和批评家进行直接对话交流外还推出每届"年度青年作家和青年批评家"，其中东西凭借长篇小说《后悔录》获得"2005年青年作家"。这些评奖文学活动既提升了《南方文坛》和广西文学的影响力，又为广西文学的发展带来了生机、活力与动力。

谈到《南方文坛》与广西文学的关系，特别值得一提的是主编张燕玲。十多年来，她以持之以恒的文学热忱和敬业精神关注着广西文坛，以发现和推介广西文学为己任。她不仅主编了继1996年《接力评论家丛书》之后最大规模展现了广西文艺评论家成果的《南方论丛》（共8部）文艺批评丛书；而且大力扶持广西青年作家，借助《南方文坛》和自身的影响力，不遗余力地把他（她）们的作品推向全国。她不仅通过在《百花洲》《上海文学》《红豆》等刊物主持和策划栏目或专辑的机会把广西作家推向全国，而且还经常把广西作家作品推荐到《青年文学》《花城》《上海文学》等名刊上发表；她不仅邀请全国知名评论家评论广西作家作品，而且还亲自撰写评论和主编作品选集等来扶持广西青年作家。近年来杨映川、黄咏梅、纪尘、蒋锦璐、谢凌洁、贺晓晴、李约热、朱山坡、橙子、黄土路等青年作家的崛起，张燕玲起到了积极作用。可以说，张燕玲不仅是广西青年作家作品最热心、最具慧眼的第一读者，也是"广西青年作家群体最积极的发现者和推荐人"[12]，她对广西文艺的发展，对广西文学边缘崛起走向全国，以及广西向文学大省目标迈进做出了积极的贡献。

文艺的发展离不开磁场，尤其边缘地区文艺的发展更需要磁场。可以说，20世纪90年代中后期广西文学从边缘迅速崛起，就是广西极具磁性和辐射力的文艺磁场多方合力共同促成的结果；而在这一文艺磁场中，《南方文坛》无疑是最有活力、最有影响力和最具磁性的一极；她在广西文学崛起征途上的推介之功，她对广西文学传播接受的积极作用，她与广西文学共生互动多元关系等等，不仅成为中国文坛一段佳话而且也是当下文坛"期刊与文学互动"的一个成功范例，对中国文学特别是边缘地区文学的发展有重要启示意义，给人留下无尽的思考。

| 参考文献 |

[1] 洪治纲. 一份杂志与一个人 [J]. 出版广角，2000（7）.

[2] 贝佳. 你选择了我，我选择了你——《南方文坛》与广西师大出版社强强联合意义非凡 [N]. 文艺报，2000-10-31.

[3] 陈晓明. 有一种性格和精神的广西文学 [N]. 文艺报，2006-06-15.

[4] 贺绍俊. 广西群体的意义 [A]. 白烨. 中国文情报告（2004—2005）[C]. 北京：社会科学文献出版社，2005：28.

[5] 陈建功. 勇敢的推进 谦虚的请教 [N]. 文艺报，2006-06-15.

[6] 东西、鬼子、李冯作品研讨会纪要 [J]. 南方文坛，1998（1）.

[7] 曹文轩. "先锋"与"艺术"的广西文学 [N]. 北京日报，2006-06-13.

[8] 施战军 . 充满活力的文论园地 [N]. 新闻出版报，1999-06-3.

[9]《南方文坛》创刊百期座谈会纪要 [J]. 南方文坛，2004（4）.

[10] 李建平，黄伟林，等 . 文学桂军论——经济欠发达地区一个重要作家群的崛起及意义 [M]. 北京：中国社会科学出版社，2007：79.

[11]《南方文坛》2001 年度优秀论文颁奖 [J]. 南方文坛，2002（1）.

[12] 李建平，黄伟林，等 . 文学桂军论——经济欠发达地区一个重要作家群的崛起及意义 [M]. 北京：中国社会科学出版社，2007：80.

论广西文学理论批评桂军的崛起及评价机制建设

张利群

文学桂军的整体崛起，不仅包含广西文学理论批评力量的构成内容，而且也包括理论批评作为评价机制对文学的推动力量。从这个角度看，文学桂军的整体崛起中就意味着理论批评正在崛起，这是理论批评自觉的标志。中国作协副主席陈建功认为："广西的一批中青年作家，以其雄厚的生活积累和领导标新的探索精神，在小说、诗歌、散文、纪实文学、文学理论批评领域均有建树，成为中国文坛不可忽视的力量。"[1]这似乎昭示出广西文艺理论批评作为文坛不可忽视的力量，在理论批评领域和推动广西文学发展中也有建树，伴随着文学桂军的崛起，理论批评桂军也正在崛起。探讨广西理论批评桂军崛起这一论题，无论是从其推动文学桂军崛起的

作者简介

张利群（1952—），湖北罗田人，广西师范大学文学学士、文学硕士，广西师范大学文学院教授、博士生导师，有专著《庄子美学》《词学渊粹》《中国诗性文论与批评》《批评重构——现代批评学导论》《辨味批评论》《多维文化视阈中的批评转型》多部。

作品信息

《贺州学院学报》2010年第4期。

作用而言，还是从作为文学桂军的构成部分而产生的整体崛起效应而言，都是极其重要和必要的研究论题。这对于从经验总结和理论升华角度探索文学桂军崛起的原因，从理论批评和文学评价机制建设角度探索文学桂军的跨越式发展与可持续发展也是极有价值和意义的；同时，也是为了更好地彰显广西理论批评的自觉，进一步推动理论桂军的崛起。

一、文学理论创新开拓，为文学桂军的崛起架桥铺路

文学理论是对文艺活动实践及规律的理论总结和升华，同时又为文学实践提供理论依据和支撑，是保障和推动文学更好更快发展的动力源。文学桂军的崛起无疑也有深厚扎实的理论基础，是由创新开拓的理论成果支撑的。新时期以来，广西文艺理论发展伴随着广西文学的起伏跌宕，荣辱与共，在艰难跋涉中创业，在时代大潮中拼搏，留下了一串串理论批评桂军奋进的足印。

在这支理论队伍中，始终活跃着老、中、青三代文学理论家。第一代文艺理论家的代表，老一辈著名文艺理论家林焕平是"左联"老战士，从20世纪30年代开始就从事文艺创作和理论批评活动。在其90岁高寿时仍笔耕不辍，参与当时文坛的"朦胧诗""文学主体性""文艺多元化和多样化"的重大文艺问题的论争及其中国当代文学理论建设，直到去世前还不忘他作为广西文联名誉主席的身份、对广西文学振兴的关注。在他身后留下近千万字的著述，有《林焕平文集》9卷、《林焕平选编著作集》5卷、《林焕平译文集》5卷、《林焕平作品选》、《林焕平诗选》等，为广西文艺理论发展树立起一座高大雄伟的里程碑的同时，也为广西文学发展道路铺下一块厚重的理论基石。第一代文艺理论家还有冯振、秦似、贺祥麟、王弋丁、林志仪等，他们都在新时期披荆斩棘地开拓，铺平广西文艺理论发展道路。第二代理论家主要有"文革"前接受大学教育的潘琦、黄海澄、江建文、丘振声、王敏之、陈学璞、梁超然、杨炳忠、江业国、巫育民、林宝全、黄绍清、彭会资、徐治平、陈运祐等，他们着力于耕耘和播种，不仅为广西文艺理论园地增色添彩。为广西文学

大厦增砖添瓦，而且也着力于理论队伍的建设和发展，理论新军的培养和锻造，起着承前启后、后浪推前浪的队伍组建和衔接作用。第三代理论批评家多是新时期以后受到大学教育的青年队伍，主要有王杰、袁鼎生、张燕玲、李建平、张利群、黄伟林、唐正柱、彭洋、杨长勋、容本镇、黄祖松、莫其逊、朱寿兴、廖国伟、黎东明、王建平、危磊、顾凤威、李江、刘铁群、黄晓娟等，这是一支高学历、高职称、高素质的理论队伍，他们着力于打造理论批评桂军队伍，更为自觉而紧密地投身于广西文学批评及其文学桂军崛起的实践活动中，在广西文艺理论园地中开辟了一个个新的领域，开放出一朵朵绚丽多彩的理论之花。广西三代文艺理论家人才济济，梯队整齐，齐心协力推动广西文艺理论车轮滚滚向前。

这些文艺理论家来自不同的行业、单位，主要有高校、科研院所、机关、新闻以及企事业单位，如何将分布零散的力量组合成团队，凝聚成一股合力，这是理论批评桂军形成的首要条件。1995年，广西文联正式成立文艺理论家协会，由陈运祐担任第一届主席，意味着广西文艺理论的多股力量开始集结，整合队伍标志着理论桂军的初步形成。2000年，由广西师范大学教授王杰博士出任第二届文艺理论家协会主席，意味着高校的理论批评力量汇入广西理论桂军队伍，不仅使广西文艺理论资源得到优化和组合，而且也意味着理论批评桂军开始崛起。2007年广西民族大学教授容本镇出任第三届文艺理论家协会主席，预示着理论批评桂军将保障和支撑广西文艺实施"五大战役"的跨越式发展及文艺桂军整体崛起之后向更高更新目标冲击，理论批评桂军也将迎来新的辉煌。

广西文艺理论队伍，经过三代人不断开拓，辛勤耕耘，收获丰硕成果。2005年，广西区党委、政府举办"广西文学艺术十三年成果展"，选拔入展的133名文艺家中有文艺理论家8人，为黄海澄、江建文、王杰、张燕玲、张利群、徐治平、黄伟林、李建平，如果再加上各文艺门类的理论批评家，其比例应该在各文艺门类中是名列前茅的。这充分显示出理论批评桂军的力量和实力，也显示出广西理论批评的自觉。

其一，在全国学术界形成颇有影响的理论建树。广西文艺理论研究从20世纪

80年代开始，对全国学术界都产生过影响和作用，所发生的理论冲击波持续到现在。黄海澄在1985年前后全国兴起的"新方法论"文艺思潮中，以其《系统论、控制论、信息论美学原理》及其几十篇厚重扎实的新方法研究系列论文，使其处于全国学术界前沿的重要地位，与当时的林兴宅、鲁枢元、季红真、傅修延等构成新方法大潮的基本格局，影响了当时文艺理论批评走向。其后，黄海澄又以其"价值论文艺学"和"艺术哲学"等理论新话题，不断持续引起文坛轰动效应，不仅奠定了他在全国文艺理论和美学界的地位，而且也使广西文艺理论研究令全国学术界刮目相看。

江建文以其作家的艺术气质和美学家的理论素质形成了其独特而清新的理论个性风格，构筑起富于感性与理性交融的审美新视域和文学理论园地。他以《文艺美的拓展与超越》《美的感悟》《文艺理论问答》等著述，在广西文艺理论与美学界享有盛誉，为广西文艺理论和美学走向全国奠定了厚实的基础。

王杰作为数所重点大学博导，将其哲学的功底、美学的眼光和文艺理论的素养结合在一起，构成其丰厚扎实的理论基础和多学科结合的知识结构。在其博士论文基础上所形成的专著《审美幻象研究》一举成名，奠定了他在全国文艺理论与美学界地位，其在全国学术组织中的职衔就可见影响之一斑：全国马列文论研究会副会长、中华美学学会副会长、中外文论学会副会长。他在获得两项国家社科基金项目的资助下对中国当代马克思主义文论建设和对西方马克思主义文论的研究，以其颇负盛名的专著《马克思主义与现代美学问题》《审美幻象与审美人类学》，译著伊格尔顿的《审美意识形态》等，在全国文艺理论和美学研究领域中产生重大影响。

这支理论队伍还有袁鼎生的生态美学研究、张利群的批评理论研究、黄伟林的文学家群研究、莫其逊的马列文论研究、朱寿兴的审美文化研究、李建平的抗战文化研究、王建平的影视艺术理论研究、黄晓娟和刘铁群的女性文学研究等均有不俗的理论建树。他们在《文艺研究》《文学评论》《文艺理论研究》等全国重要文艺理论刊物上发表论文，在学界形成不断扩展延伸的理论冲击波。

其二，形成在全国颇有影响的三股理论势头，构筑理论前沿阵地。进入21世纪后，广西文艺理论研究整合资源，聚集力量，发挥特色和优势，逐渐形成三股足以冲击全国的理论势头：一股势头以王杰为领军人物的广西师范大学文艺理论群体，通过对文艺学、中国现当代文学、中国少数民族语言文学、民俗学、人类学、民间文学等学科整合，开拓审美人类学研究方向，使美学形上思辨研究方法与人类学注重田野调查的实证方法结合起来，开辟文艺理论和美学理论研究的新途径。审美人类学研究群体关注当下现实实际问题，关注广西民族、民间、区域文化发展历史和现状，关注文学桂军的发展，以个案研究对广西黑衣壮文化、南宁国际民歌艺术节、"印象·刘三姐"、"文坛三剑客"等文化和文学现象进行审美人类学研究，连续在全国重要学术刊物《文艺研究》《文学评论》《文艺理论研究》上发表论文，出版"审美人类学丛书"8种和"南方文论丛书"5种，在全国学术界引起重大反响，确立了审美人类学这一新兴学科及其这一跨学科综合研究方法的作用和地位。另一股势头以袁鼎生为领军人物的广西民族大学生态美学和生态文艺学研究。这一学术群体立足广西文化生态、民族生态、文学生态的理论与实践结合的研究，以生态理念和生态学理论回应当前生态学发展潮流，契合广西区党委政府提出的"和谐广西"的战略思路，他们出版了专题研究的系列著作和系列论文，其研究成果不仅为文学桂军崛起，并使跨越式发展与可持续性发展的结合提供理论支撑，而且也为广西各级党和政府的政策、措施、规划制定提供理论依据和参考借鉴。再一股理论势头是以李建平为领军人物的广西社科院学术群体对广西文学史及其理论研究，包括广西当代文学史、广西抗战文学史、桂林抗战文化城研究。出版著作《广西文学50年》《文学桂军论》《桂林抗战文艺概观》《桂林抗战文学史》《抗战时期桂林文学活动》《抗战时期文化名人在桂林》等。会同广西高校文学史研究队伍，其成果还有《广西散文百年》《壮族文学史》《壮族当代文学史》《壮族文学发展史》《桂林文化城大全》《桂林抗战时期戏剧研究》等著作，使广西文学史研究和抗战文化史研究的视野进一步从广西推向全国，不仅充分体现了地方文化研究的特色和优势，并且也以其特色和优势多次获得国家社科基金项目和全国性学会协会的奖项。除这三股理论发展势头外，还有不少正在孕育、萌芽和崭露头角的新势头，共同汇集起广西文艺理论研究的朵朵浪花，逐渐形成汹涌澎湃的理论大潮，推动广西文化建设和文艺的发展。

其三，通过文化研究保护、利用、开发地方文化资源，为文学桂军崛起提供创作资源和文化保障。广西是一个沿边、沿海和南方少数民族地区，有极为丰富的民族文化资源、民俗文化资源、革命文化资源、历史文化资源。如何保护、利用、开发文化资源，将文化资源转化为文化资本及其创作材料，广西文艺理论界进行了长期而艰难的地方文化调查研究。在广西区党委宣传部的组织领导下，广西文艺理论队伍集中高校、科研院所、文化团体等力量，对广西文化资源进行全面系统的调研，出版系列研究著作：《刘三姐文化品牌研究》《桂北文化研究》《环北部湾文化研究》《红水河文化研究》《花山文化研究》等；还出版《壮学研究系列丛书》、《广西各民族民间文艺》丛书。广西高校利用学科队伍和学术研究的优势，形成两大广西文化研究的重镇。在广西师范大学设立"人文强桂工程"省（区）级重点研究基地"审美人类学研究中心"和"八桂文化与文学研究中心"，创办《东方丛刊》，出版"南方文论丛书"和"审美人类学丛书"；在广西民族大学设立"中国壮学研究"省（区）级重点研究基地出版"中国壮学"文库丛书，创办《中国壮学》年刊。同时，广西理论界还着力打造广西文化研究三大刊物：《南方文坛》《民族艺术》《广西民族研究》，形成在全国有重要影响的民族文化文学研究阵地。

这些研究不仅为广西民族文化保护、利用、开发及其文化产业发展打下坚实的基础，而且也为广西文化文学跨越式发展创造了有利条件，也为广西区党委、政府制定文化发展规划，确定"文化广西"的思路，将广西建设成为文化先进省（区）的战略决策提供理论依据和智力支撑。

二、文学批评斩荆披棘，为文学桂军崛起保驾护航

如果说文学与批评如鸟之双翼、车之两轮，并行不悖才能飞得高、跑得远的话，那么理论与批评更是相辅相成，融为一体。但长期以来，理论与批评各自为政，不

仅导致两者脱节，而且也导致两者与文学的脱节。广西文艺理论家协会成立后，不仅提出理论与批评协同发展的思路，更重要的是提出理论与批评作为合力，与文学共同发展的思路。由此，理论的批评化和批评的理论化的双向交融为文学发展提供了更为切实可行而又不乏理论深度剖析的批评模式，形成广西批评的特色和优势，克服了重理论轻批评的偏向，将一大批高校的文艺理论、美学理论和文化理论研究者吸引到关注广西文化活动实践、关注广西当下文学发展现实、参与广西文学批评活动上来，形成了广西文学批评良好发展态势和建立起批评团队，凝聚起人才力量。在广西文学批评队伍中涌现出黄伟林、张燕玲、李建平、陈学璞、杨长勋、张利群、唐正柱、容本镇、王建平、李江、黄晓娟、刘铁群等中青年文学批评家。这支批评队伍强健精干，自觉性和主动性强，战斗力和突破力大，很快就形成与文学桂军并肩作战的态势，也形成了文学桂军崛起不可或缺、更不能忽视的重要力量，逐渐形成理论批评桂军的阵容和状态。从广西文学批评发展历程及其成果来看，作为广西批评形态和批评模式主要有三个特点：

其一，在对文学现象的反思中体现出批评的批判性。广西批评的自觉早在20世纪80年代末的文化反思思潮中就初露端倪，广西文学界和批评界的理论反思引起广西文坛振兴最初的萌动。1988年，广西电台连续用5周时间播发了广西5位青年作家黄佩华、杨长勋、黄神彪、韦家武、常弼宇的"广西文坛88新反思"系列文章；《广西文学》1989年第1期以《广西文坛三思录》为题发表了系列文章的部分内容，对广西文学的传统思维定势、作家人格、文学生态等提出反思和批评，引发了1989年在《广西文学》《南方文坛》《广西日报》文艺部等6家单位联合召开的有150多人参加的"振兴广西文学大讨论"。广西多家报刊刊发相关文章，在讨论和争论中形成了共识：突破"刘三姐模式"，逃离"百鸟衣圆圈"，超越广西新中国成立以来17年的文学成就，以打破广西文坛长期以来故步自封。停滞不前的困境，提出广西文学跨越式发展的最初思路[2]。显然，反思和批判不仅是对历史、现状的审视，而且是对当下行动的策划和未来前景的前瞻。在这次"广西文坛大反思"和"振兴广西文学大讨论"中，明确表达出批评的自觉性和主动性，不仅标志着广西文学的自觉，而且也标志着广西文学批评的自觉。在文学和批评自觉中，最可贵的是从中产生出的反思意识和批判意识。从这个角度而言，说明广西文学与批评都对自身进行了反省和自我批判，从而产生出强烈的危机感和振奋精神，变压力为动力，转被动为主动，解放思想，轻装上阵。这种反思和批判意识构成广西批评的批判性特点，在此后的批评发展中始终保持这一特点和优势，才会有广西文学和批评的"诤友"关系，才会有客观、公正、实事求是的批评原则和态度，才会有批评对广西文学发展的真正推动。

其二，在对文学发展的规划和文学活动的策划中显示出批评的前瞻性。广西文坛振兴和文学桂军的整体崛起，意味着将过去单兵作战、各自为政的创作状态转变为以团队合力构成的战略与战术结合的文学活动和文学现象方式表达的创作态势，因而整体的规划性和活动的策划性是重要而且必要的。文学桂军的聚集和整合一方面得力于区党委宣传部、文联作协的组织领导；另一方面也得力于文学批评力量的推动和联动。1996年，广西区党委宣传部召开广西老中青作家艺术家座谈会，会议的最大收获是决定实施"213工程"，落实作家创作签约制度等措施以保障人才队伍建设；同年，广西区党委宣传部在花山召开全区青年文学艺术家座谈会，会议的最大收获是决策实施"五大战役"，以文学桂军崛起作为第一战役拉开了振兴广西文坛的序幕。在这一年召开的两次重大会议上，区党委、政府的决策和战略部署及其战役规划是最为重要和关键的，体现出党对文艺工作领导的导向性、前瞻性和规划性。参与这两次会议的文艺理论批评家，最为深切的感受无疑是批评在振兴广西文坛中的责任和义务，明确评价机制的核心价值体系的导向性、前瞻性和策划性作用。这不仅表现在对文学创作成果的评价、文学作品作家研讨、文学史研究及其文学批评活动的策划上，而且也表现在对文学发展的规划和战略决策、战役部署的策划上，这大大改变了批评滞后于创作发展的活动惯性，在创作之前批评与文学共同开始了策划，从而使文学活动和文学发展更具有自觉性和有效性。诸如杨长勋等参与策划的"广西文坛88新反思"活动；彭洋、李建平等参与策划"振兴广西文学大讨论活动"；潘琦策划广西文化调研活动；黄伟林参与策划桂林文学作家群活动；

张燕玲等策划和推出广西新生代作家群、广西新生代女性作家群和天门关作家群的创作活动；冯艺、张燕玲策划《这方水土：广西签约作家小说精选》出版以打造新锐生力军的活动；李建平等策划广西当代文学史和桂林抗战文艺研究活动；容本镇等策划"相思湖作家群"活动；银建军等策划"桂西北作家群"活动等等，大大地增强了批评的策划意识和前瞻意识，使批评更具现实针对性、战斗性和有效性。

其三，在对文学桂军打造过程中显示出批评力量的整体性。文学桂军的崛起的理论批评主要来自三股力量：一股力量是区党委宣传部、区文联作协及其各级党委、政府的正确领导和精心策划，以其"三大战略"、"213工程"和"五大战役"，不仅为文学桂军提供了制度、政策、机制的推动和保障，而且为文学桂军集结队伍、整合资源、确立目标、正确导向起着关键决定作用。当然这其中也不乏这些文艺领导者、管理者作为批评家，从战略规划与政策指导角度对文学桂军的创作矾态和现象进行整体评论和评价。潘琦、蓝怀昌、傅磬、容小宁、唐正柱等一批文艺领导管理型的批评家，以身作则，率先垂范，始终引导和关注文学桂军的成长和发展。潘琦论著《风格就是人品》、蓝怀昌主编《世纪的跨越——广西文学艺术十三年现象研究》、唐正柱论著《谈诗》和《真与美的握手》等，既具有宏观全局的整体研究意义，也有微观的个案分析的作品评论的价值。另一股力量是来自广西区外的国内著名理论批评家对广西文学发展的推动。这些评论高瞻远瞩，慧眼识珠，恰如高山流水觅知音。更为重要的是能将其评论放置在全国文坛的大背景下审视和观照，从而为广西文学发展准确定位和有力拉动，对文学桂军崛起起着不可忽略的重要作用。"邵健、徐肖楠、洪治纲、陈晓明、李敬泽对东西的解读，李敬泽、汪政、晓华、王干、丁帆、陈思和、陈晓明、程文超、冯敏对于鬼子的解读，徐肖楠、陈晓明、李敬泽对于李冯的解读，贺俊超对于常弼宇的解读，洪治纲、葛红兵对于海力洪的解读，丁帆、阎晶明对于沈东子的解读，洪治纲、石一宁对于凡一平的解读，张颐武对于黄佩华的解读，陈晓明、洪治纲对于杨映川的解读，贺俊超对于蒋锦璐的解读，葛红兵对于贺晓晴的解读"[2]等等。这些全国批评界的大腕推介和拉动了广西文学的新锐力量和精品力作的产生。第三股批评力量是广西理论批评家，他们与文学桂军长期并肩作战，唇齿相依，既能零距离地贴近审视，又能冷静反思自省；既能"入乎其内"，又能"出乎其外"；一方面能满腔热情地讴歌和支持，鼓励"这方水土"的本土文学的崛起；另一方面又能以其"诤友"的姿态，真心诚意地为文学桂军"把脉""会诊"，以一双批评的锐眼发现问题，纠正偏颇，为文学桂军保驾护航。他们形成了一支特别能战斗、特别能拼搏的批评队伍。其批评成果和批评活动业绩为文学桂军崛起以更为有力的推动，其批评成果有"评论家接力丛书"5种，以个人评论集方式收入杨长勋的《话语的边缘》、李建平的《理性的艺术》、黄伟林的《转型的解读》、张燕玲的《感觉与立论》、彭洋的《视野与选择》；张燕玲主编"南方论丛"系列评论丛书，收入陈祖君的《两岸诗人论》，顾凤威的《美的解放》，黄伟林的《文学三维》，江建文的《美的解读》，徐治平的《散文春秋》，吕嘉健的《兼美的文化批评》，朱慧珍的《民族文化审美论》，张燕玲、张萍选编的《南方批评话》等8种；李建平等的《广西文学50年》与李建平、黄伟林等的《文学桂军论》、陈学璞的《玫瑰园漫步》、杨炳忠的《桂海文谭》、陈运祐的《为时集》、黄伟林的《中国当代小说家群论》、张利群的《批评重构》与《多维文化视阈中的批评转型》及其《区域民族文化的审美人类学批评》、温存超的《秘密地带的解读——东西小说论》等百部理论批评论著及其上千篇的评论文章。成果获得全国少数民族文学"骏马奖"、中国作协庄重文文学奖、中国文联文艺评论奖以及广西文艺创作最高奖"铜鼓奖"、广西哲学社科优秀成果奖等奖项。这构成了理论批评桂军强劲的冲击力和战斗力，不仅为文学桂军从理论上架桥铺路从批评上保驾护航，而且也是为理论批评桂军的崛起奠定坚实的基础。

三、以《南方文坛》为阵地，为文学桂军崛起架设通道平台

广西文学桂军崛起最初是以《广西文学》和《南方文坛》两大本土刊物集结起步从而走向全国的；广西文艺理论批评队伍最初也是在《南方文坛》上集结、积蓄、呐喊、冲刺的。同时，《南方文坛》作为广西唯一的文艺理论批评专业性刊物，从

其1986年创刊以来，就承担了推动广西文学与广西文学理论批评发展的重任，在广西文学发展中的每一重大活动和每一重要发展阶段都起着重要作用。可以说，《南方文坛》是广西文学与理论批评的一面旗帜，一个标志，一座丰碑，一个重要阵地。在《南方文坛》为文学桂军崛起开道的同时，它也在全国文艺理论批评界迅猛崛起。

《南方文坛》获得的荣誉大大超越了作为广西地方期刊的最高限度：全国中文核心期刊，中国期刊方阵双效期刊，第五届全国当代少数民族文学研究"园丁奖"，《中国期刊全文数据库》(CJFD) 全文收录期刊，《中文社会科学引文索引》(CSSCI) 来源期刊，《中国学术期刊》(光盘版) 全文收录期刊，《中国学术期刊综合评价数据库》来源期刊，《中国核心期刊 (遴选) 数据库》全文收录期刊，《中文科技期刊数据库》收录期刊。为此，它被广西文联系统记集体二等功，连续两届被评为"广西十佳社科期刊"。金炳华在《中国作家协会第六次全国代表大会上的工作报告》中充分肯定《南方文坛》的成就："克服种种困难，始终坚持自己的严肃的理论品格……办成了一份相当活跃和有影响力的刊物"[3]；学界评价如谢冕、陈思和认为："中国当代文学最有影响的两家杂志，辽宁的《当代作家评论》和广西的《南方文坛》，一北一南，承担着对中国文学理论的责任，它们不仅是地方的，更是中国的，是中国文学理论家之家。"[4]外界评价："集结起一支有生气的批评力量"，"催生了中国新生代批评家的成长与成熟"，"业已成长为中国文坛最具影响力的文论园地之一"[5]等等。由此可见，《南方文坛》已成为广西文学理论批评及文学桂军崛起的一面旗帜，成为中国文学理论批评的重镇，也成为全国文艺理论批评界的重要阵地。这意味着广西文学的自觉，文艺理论批评的自觉和文学期刊的自觉。

《南方文坛》的崛起和自觉，离不开广西区党委宣传部的关心和帮助，离不开其主管单位广西文联的正确领导，更离不开历届刊物主编的精心策划和设计，历任主编李超鸿、陈运祐、郑继馨、彭洋、张燕玲，可谓呕心沥血、倾心尽力地精心打造这一品牌。现任主编张燕玲从1996年接任主编10多年来，大胆改革，锐意进取，使《南方文坛》在改版后令人耳目一新，精神振奋，使其迈入全国优秀期刊的行列，也进入全国文艺理论批评的前沿阵地，不仅推动了广西文学及其理论批评的发展，而且也影响了中国文学及其文学理论批评的发展，从而也使其刊物具有鲜明的特色和优势：

其一，立足广西、面向全国的开放的办刊思路宗旨。一个地方性理论批评刊物不仅能推动地方文学和批评发展，而且有责任将地方文学与理论批评推向全国，从而推动中国文学发展和理论批评建设。这在某种意义上说超越了地方封闭性和自足性的局限，而更具全国性、开放性和灵活性，使刊物能广纳天南地北英才，放眼五湖四海天地，不仅在这一阵地上结集了广西理论批评桂军队伍，而且也结集了全国著名理论批评家队伍，由此而成为全国理论批评前沿阵地。这既促使广西文学及其理论批评进入全国文坛的视野，又能吸引全国著名理论批评家关注和评价广西文学，推动广西文学发展。在一大批全国著名批评家进入广西文坛视野的同时，广西一大批批评家也进入了全国文坛视野，诸如文艺理论家王杰、小说评论家黄伟林、文学史批评家李建平、文学批评家张燕玲、批评理论家张利群等。《南方文坛》创立了广西与全国交流沟通的平台，也打通了广西文学与理论批评崛起的通道和全国文坛关注广西文学的通道。

其二，打造活泼、新颖、富有特色的栏目和选题。《南方文坛》的理论批评的自觉充分体现在其鲜明、突出、独异的特色上，使期刊特色能在全国学术界独树一帜，独领风骚。特色的形成既来自长期的积累和稳定一贯的风格个性，又来自于灵活机动、与时俱进的创新策划。《南方文坛》通常所设置的专栏具有一定的稳定性，但又不乏创意的策划和构思如《点睛》《今日批评家》《文艺状态》《批评论坛》《新潮学界》《批评家扫描》《理论新见》《现象解读》《绿色批评》《打捞历史》《当代艺术视角》等。显而易见，这些栏目的设置既全面、系统、多样化，又能点面结合；既关注历史传统，更关注当下和未来；既有理论型的长篇大论，又有评点式的三言两语的点睛之笔；既有对话，也有独语。这足以从栏目上窥见其办刊的开放性、灵活性和创意思路，为理论批评家提供百花齐放、百家争鸣的自由空间。更为重要的是形成其风格个性特色，诸如《点睛》栏目中每期都有一位批评家自由表达"我的批评观"，构成批评主体性张扬和批评观念更新及其批评形态多样化的多元共生语境；《绿色批评》栏目将理论的"灰色"转变为"绿色"，提供更为鲜活、生动和富于审美感性的批评形态，不啻是对批评的活力、生命力和战斗力的强化；《文艺状态》和《现象解读》栏目紧扣当下正在进行时的文学及其一些文学重大问题进行辨析和论争，针对"状态""现象"不仅有所发现，而且发人深省；《对话笔记》设置了交流对话的平台，不仅有作家与批评家在心灵的精神共鸣中交流，而且也有不同观点、不同视角在论争中交流，以表现标新立异的个性特色。我们不妨在这些栏目命名中提取关键词，诸如"点睛""新潮""素描""对话""现象""绿色""视角"中就可见其特色所在。《南方文坛》除在栏目设置上体现出特色之外，而且还在每期都针对文坛的一些焦点问题设置创新和创意的专题和话题中彰显出话题批评特色。诸如"1998年第二期的关于当代女性文学写作和批评实践的讨论，1998年第四、五两期通过独特的形式——分别邀请资深'知青'评论家和'知青后'评论对'知青情结'进行深度的学术剖析，以纪念'知青文学'诞生二十周年1998年组发的最有代表性的'晚生代'作家的自观文，1990年初展开的'70年代生'文学新人的讨论"；"还有近年关于'文学呼唤什么''重写文学史''80后讨论''呼唤文学人物''暴力叙事和叙事暴力'等话题讨论，尤为读者称道。"[5]《南方文坛》能紧贴文坛前沿的焦点和亮点设置话题，表现出鲜明的时代性、当下性和新锐性，对当前文坛现象不仅具有聚焦、曝光、发现、传播的作用，而且也具有导向、评价、策划、前瞻的作用。

其三，聚焦广西文学，打造文学桂军，推动广西文学跨越式发展和文学桂军的崛起。作为广西理论批评刊物，《南方文坛》义不容辞地担当起振兴广西文学的重担，连续不断地集中力量，设置栏目推出对广西文学的评价文章。如在《南方百家》栏目中推出广西实力派作家的评价，并使之与外省知名作家并置参照进行评介。《南方文坛》还多次组织、策划广西文学研讨会和笔会，专题讨论"广西三剑客""杨映川、贺晓晴作品恳谈会""桂西北作家群研讨会""相思潮作家群研讨会""仫佬族作家群研讨会""天门关作家群研讨会"等。正如有评论指出的：《南方文坛》有意把广西的创作让一些本身就在思考当代文学整体性，具备整体性把握能力的批评家去研究，以一个整体性的眼光来研究广西的文学，对广西文学的推介作用就难能可贵。"[5] 由此可见，《南方文坛》作为理论批评阵地不仅依靠广西理论批评力量，而且依靠全国理论批评力量推动广西文学发展，在文学桂军崛起中功不可没。同时，也在推介和打造文学桂军的同时，不断打造自身，打造广西理论批评队伍，广西理论批评桂军崛起指日可待。

2007 年在广西文联第八次代表大会上，时任文联主席的蓝怀昌在大会工作报告中以"文艺批评工作活跃，理论研究成果斐然"[6] 作为小标题充分肯定了广西理论批评的成绩；时任广西区党委书记刘奇葆也在会议讲话中充分肯定了广西文学艺术发展的成就："长期以来特别是近年来，我区广大文艺工作者在党的领导下，以讴歌人民、昭示光明、凝聚力量、鼓舞人心为己任，辛勤耕耘，精心创作，创造了大批优秀文艺作品，为我区经济社会发展提供了强大的思想保证、精神动力和智力支持。"[7] 这标志着广西文艺及其理论批评的自觉，标志着广西文艺进入一个百花齐放、百家争鸣的新春。

| 参考文献 |

[1] 陈建功 . 勇敢的推广　谦虚的请教 [N]. 文艺报，2006-06-15.

[2] 李建平，黄伟林，等 . 文学桂军论——经济欠发达地区一个重要作家群的崛起及意义 [M]. 北京：中国社会科学出版社，2007：72-73，51.

[3] 金炳华 . 中国作家协会第六次全国代表大会上的工作报告 [R].

[4] 蒋锦璐 . 广西文坛大动静 [N]. 广西日报，2001-11-30.

[5] 蓝怀昌 . 世纪的跨越——广西文学艺术十三年现象研究（下册）[M]. 南宁：广西人民出版社，2007：576，576，580.

[6] 蓝怀昌 . 牢记庄严使命，坚持开拓创新，进一步推动广西文艺事业的大发展大繁荣——在广西文联第八次代表大会上的工作报告 [R].2007-07-28.

[7] 刘奇葆 . 在广西壮族自治区文学艺术联合会第八次代表大会上的讲话 [R].2007-07-28.

"写歌人"与诗人的诞生

——论"十七年"时期广西少数民族诗人的诗歌观念

陈代云

    1949年12月，中国人民解放军将红旗插上了友谊关的城楼，广西全境解放，新的政治制度和新的社会生活给文学创作带来了新的气象，尤其是新中国民族政策实施后，大批少数民族知识分子有了归属感和责任感，少数民族不仅有了合法的民族身份，而且还翻身做主，成了自己的主人。这使少数民族的族群意识得到了空前强化，少数民族作家对本民族也有了认同感，他们不再因为"蛮夷狄戎"身份而倍受歧视。同时，这也激发了少数民族人们平等参与社会的积极性和进行文学创作展示本民族文化发展状况的热情。因此，新中国建立以后，广西文学开始进入全新的发展阶段。在我看来，这种"全新"不仅在于广西产生了不少具有全国声名的作家，同时也表现为广西少数民族文学经验得到了有效的表达。广西诗歌正是处在这样的

作者简介

陈代云（1974— ），四川乐至县人，四川师范大学文学学士，首都师范大学文学硕士，河池学院文学与传媒学院副教授，有专著《民族 地域 现代——广西当代诗歌研究（1949—1999）》和诗集《小作品》出版。

作品信息

《民族文学研究》2011年第1期。

文学背景之下，对于那些企图在解放初期用诗歌来表达民族的文学经验的作者来说，他们的身份应该是也必然是"少数民族诗人"。如果说"少数民族"对于广西诗人来说几乎是一种先天素质——血缘——的话，那么，"诗人"这一身份则与后天的构建有关。

各民族由于历史、文化和生活习惯的差异，因此在饮食、服饰、节日、婚姻、丧葬等方面各有特色，这些特色是民族经验的重要构成，每个民族都有传承这些经验的载体，文学就是其中之一。广西大多数少数民族由于没有文字，所以传承民族经验的文学方式主要是口传文学，即山歌和民间故事等。广西诗人面临的难题是：如何将民族的文学经验有效地转化为汉语诗歌？壮族诗人韦其麟显然注意到了写作上的这种困难，他借论述友人莎红诗歌民族特色之机，谈到了这个话题。他认为，语言是民族形式的第一要素，但"要广西少数民族作家诗人用本民族语言文字来写作，那是叫人水中捞月。在目前以及可见的将来，广西各少数民族的作家诗人，恐怕仍然是用汉语的方块字进行文学写作"。所以广西诗人只能将自己民族的"文学作品翻译成为其他民族的语言文字"。[1] "翻译"是一种特殊的写作状态，它和我们在一般意义上使用的"翻译"一词并不相同，而是指作家在头脑中用本民族的语言进行文学构思，苦于没有本民族的文字，只能用汉字来记录。著名壮族作家陆地显然也意识到了这样的困难，他在谈及什么是壮族文学的问题时说，壮族作家往往都用汉语来写作，有些作家"虽身为壮人，然而一向所写的东西，其生活背景，未必全属壮人社会的乡土风情，塑造的人物精神面貌，也非壮族中的男女。若要硬将它归类，名之为'壮族文学'，显然有违科学界说。"[2] 因此，对于广西少数民族作家而言，假设只能用汉字进行写作的话，"翻译"既是写作上的一种痛苦，也可能是保存文学的民族特色的一种方法。壮族文学如此，广西其他少数民族文学也大体相似。

广西是山歌的海洋。在广西的口传文学中，山歌无疑是和诗歌关系最紧密的文学资源，因此广西各少数民族诗人在这种"翻译"式的诗歌写作中，首先要思考的就是"山歌"和"诗歌"的关系，也就是"山歌"这种民族的文学经验如何进入现代汉语诗歌写作的"传统"之中。

1959年，韦其麟告别下放了两年的贵县平天山林场，回到广西首府南宁，参加《广西壮族文学》一书的编写工作。期间，在一首标明创作时间为1958年春到1959年5月，名为《别情》的送别诗中，他写道："走过梯田入茶林，／送客歌声不断音；／心中歌少未敢还，／羞愧自是写歌人……更须何处觅诗师，／僮家人人好歌情；／心中歌少未敢还，／羞愧自是写歌人。"[3] 在这首诗中，曾经写出过《玫瑰花的故事》《百鸟衣》《牛佬》等著名诗篇的诗人韦其麟对自己身份的确认是"写歌人"。在这里，"写歌人"是一个有意味的设定。在广西现代汉语诗歌诞生之前，山歌和诗歌的界限并不十分明显。刘三姐自叹歌中"蚕虫肚里几多丝，三姐口中几多诗。好比槟榔含在口，山歌越唱心越迷"的说法①，就是将山歌等同于诗歌的。广西少数民族几乎人人都是歌手，只有那些唱歌优秀，在一定范围内有影响的歌手才被尊为歌师，韦其麟在诗歌中将歌师称为"诗师"，将写诗人称为"写歌人"，实际上也可以替换成"歌师"和"写诗人"，这种互称实际上表现的就是一种歌、诗混杂的文学观念。

在广西，歌师不仅有崇高的社会地位，而且也有重要的文化地位，所以非常受人尊敬。正如一首侗歌所反映的那样，"十二种花朵山茶花最艳红，／十二种树木杉树最有用，／十二种骨头龙骨最重沉，／十二种师傅歌师最受人欢迎敬重。"[4] 因为广西各少数民族都没有本民族的文字，他们的历史、他们的生产生活经验都蕴含在山歌中间，口耳相传。所以山歌就是知识，就是文化，谁掌握的山歌多，谁的山歌唱得好，谁就是有知识、有文化的人，就会受到大家的敬重。著名的歌师不仅是民间歌谣的演唱者、传播者，是民间歌谣的"仓库"，而且一般都能唱能编，有作品流传于世。在广西，有一首广泛流传的山歌这样唱到："三姐骑鲤飞上天，留下山歌万万千；如今广西成歌海，都是三姐亲口传。"[5] 广西的山歌都由刘三姐亲传不太可能，但是这首歌却体现了优秀的歌手在山歌传承中的重要作用。在没有文字的时代，山歌主要靠歌师记忆保存，然后再传给后人，在口传心记这一连续的文化链条中，他们不仅是传承人，同时也是创造者，这种创作新歌的能力，就是"歌才"。

仫佬族诗人包玉堂在谈到自己诗歌创作时说："作为一个仫佬族人，生在这样一个时代，我能不歌唱吗？！／可惜我没有歌才，唱得不好。这个集子里的诗歌，只是唱出我的民族生活的某些片面，唱出我——一个仫佬人的心情。"[6]称自己没有"歌才"固然是一种谦虚，但是将诗歌写作的能力称为"歌才"同样体现了一种歌、诗混杂的文学观念在某种程度上，包玉堂是将诗歌等同于山歌的。

从创作道路上来看，包玉堂就是从编写山歌开始，而后才进行诗歌创作的，他说，"如今解放了，翻身了，心里有说不完的话要倾吐，于是便学编新民歌，把心里的话唱出来。我歌唱毛主席，歌唱共产党，歌唱剿匪斗争，歌唱土地改革，歌唱我们的新社会、新生活。从山歌台、黑板报到报刊杂志，从编新民歌、写通讯到创作新诗、散文、小说。"[7]同样的经历我们还可以在其他诗人的身上看见，侗族诗人苗延秀、壮族诗人韦其麟、黄青等之所以走上诗坛，都和山歌的熏陶有关。郑盛丰在谈论壮族诗人莎红的诗歌道路时也说："五十年代末，他在工作中接触到广西少数民族的大量民歌。面对着深广莫测的无边歌海，他的心灵被震颤了。'呵，这歌海中蕴藏着多少未被开采的珍珠哟！／可是，举目四顾，就连拥有几百万人口的壮族，也没有一个专职采珠者——诗人。／怀着狂喜和雄心，告别戏剧、散文，而把激情全部献给了诗。'"[8]将山歌比喻为珍珠，将诗人比喻为专职采珠者，是对山歌和诗歌关系很好的暗示。事实上，莎红正是因为调到广西民族出版社编译民歌后，才在民歌的影响下于1958年开始诗歌创作并发表作品的。此后，他专事诗歌创作和民间文学的收集整理，不再涉猎坚持了数年的粤剧和彩调创作。

正如韦其麟所说，"僮家人人好歌情"，不仅壮族，广西别的民族也是如此，唱歌可以说是他们日常生活的一部分，是最突出的民族文化特征。"对民族文化的认同，可以反映人们对以文化联系起来的群体的归属：即自己属于哪一个民族，那么也就会认同于这民族的文化，用通俗的话来表述，那就是我们同出一源，同属一个民族，从而也就带来了相互之间的亲近感。"[9]唱山歌是广西人民日常生活中最重要的文化活动，承载着民族文化的精髓，给广西诗人带来了民族认同感，因此，他们在汉语诗歌的写作中，有意无意地将山歌作为"延续"民族文学传统，表达民族文学经验的有效手段，所以常常歌、诗并举。

　　山歌不仅能给广西诗人带来民族认同感，而且在民族刚刚获得解放和新生，实现各民族平等的时刻，民族自信心和民族自豪感伴随着对新中国的热爱也油然而生，韦其麟曾深情地说："祖国在飞跃，人民在前进！这是怎样激动着我们青年一代的心啊！让我们把我们全部的激情献给我们的党，献给我们的祖国，献给我们的人民吧！让我们以最热情的歌声永远为亲爱的党、亲爱的祖国、亲爱的人民而歌唱！"[10]为"人民而歌唱"是"十七年"时期文学的主题之一，但如何"为人民而歌唱"却一直是颇有争议的问题。1958年到1959年，诗歌界曾有过关于诗歌发展道路的大讨论，《诗刊》编辑部将讨论的主要文献编辑成四集，命名为《新诗歌的发展问题》，由作家出版社先后出版。陶东风在清理这一讨论时认为："1958年参加新诗问题讨论的人几乎一致认为，'五四'新诗的根本问题就是脱离群众、西化、知识分子化，因此有必要重塑新诗传统。这个重塑工程的基础就是民歌，尤其是新民歌以及古典诗歌。新民歌具有双重优势：从政治文化的角度说，新民歌是无产阶级或劳动人民的文化，是'共产主义文学的萌芽'；而这种阶级的纯洁性与政治的先进性自然赋予它以民族文化代表的合法性。古典诗歌获得新民族文化建构的资源资格，则表现出一种与'五四'不同的对于传统文化的态度。"[11]对于中国诗歌界那些有现代汉语诗歌传统的诗人来说，"脱离群众、西化、知识分子化"可能表现得很明显，他们需要思考如何"回到"大众喜闻乐见的中国气派、中国作风上来，但是对于从山歌走向诗坛的广西诗人来说，如何在民歌中"塑造"诗歌的传统可能更重要。或者说，和全国的诗歌气候比较起来，广西呈现出一种"反向"的趋势，这就是对诗人身份的警醒。

　　上世纪50年代末，广西现代汉语诗歌在其诞生之初就面临着一种特殊的诗歌语境，即当时在全国如火如荼的新民歌运动。徐迟在1958年《诗选》的序言里称，"1958年乃是划时代的一年"，"到处成了诗海。中国成了诗的国家。工农兵自己写的诗大放光芒。出现了无数诗歌的厂矿车间；到处皆是万诗乡和百万首诗的地区；许多兵营成为万首诗的兵营"[12]。1958年这一年里，仅广西民族出版社和广西人民出版社就出版了70多本民歌集，近40本诗集。对于新民歌运动来说，这无疑是重大的收获，但有意思的是，时为广西文学界领导人之一的苗延秀在广西文联和中国作家协会广西分会的成立大会上作工作报告时，却公开批评了1958年"大跃进"式的创作"不从可能、自愿、需要出发"，"有一个乡布置群众一个晚上完成一万多首的民歌创作任务，群众虽然尽了九牛二虎之力，一夜之内完成了这个任务，但却找不出几首思想性艺术性较高的民歌来。"[13]强调艺术性，实际上体现了诗人对诗性的婉转诉求，这种诉求是诗人对作家（诗人）身份的坚守。在广西，人人都能唱山歌，普通歌手随口而出的歌声很快就会在广袤无垠的时空中消失，即使有幸流传，它在传播的过程中也将不断被"修改"，作者和原创性都将在这一过程中一同"失去"，即使对于歌师、歌王甚至歌仙来说，这种"修改"和"失去"都是不可避免的。不过，在这个"修改"和"失去"的过程中，作品的艺术性也将逐渐得到完善。与口传文学不同的是，书面文学一经产生，"修改"和"失去"的过程虽然避免了，但完善的机会也因此失去了。所以它要求书面文学一进入流通领域，就应该是一个比较完善的成品。

韦其麟之所以认为自己是"写歌人"，实际上表明韦其麟已经具有另外一种身份，即将山歌转化为诗歌，将口传文学转化为作家文学的诗人的身份，从"唱歌"到"写歌"，作品的载体变化了，传播的方式变化了，作者的身份也发生了变化。也就是说，诗人实际上再也不能将诗歌写成山歌的样子了，作为少数民族中的一员，诗人只能通过别的途径寻找对民族文化的记忆并构建诗歌的民族经验。从"唱"到"写"，文学形式发生了很大的变化，所以韦其麟"心中歌少未敢还，／羞愧自是写歌人"的感慨一方面固然是谦虚，另一方面也可能是因为"唱"和"写"有不同的表达方式，难以形成对话，"羞愧"是韦其麟的真实心理。

和广西别的诗人比较，包玉堂作为一位从唱山歌、编民歌进而成长为诗人的典型例子，他的道路或许能更有效地揭示诗歌和山歌在话语方式上的差异。包玉堂说："完全否认民歌的局限性，也是不够实事求是的。""我写《虹》之前，根本没写过诗，也不懂诗。第一次起稿，就是用七言四句民歌体写的，写了两百多行，写不下去了，确实是感到受到了限制；后来我改变了方法，格式、语言、节奏基本上保持民歌的特色，但字数不一定跟写七言四句民歌那样古板。"[14] 包玉堂将诗歌写作和民歌创作的差异称为"民歌的局限性"，是放在 1958 年到 1959 年全国关于诗歌形式问题大讨论的语境中阐释的，他企图强调的是，夸大或否认民歌形式对现代汉语诗歌的作用，都是极端的看法。不过我们更应该关注的是，正因为包玉堂改变了写作方法，对民歌有所扬弃，才成为诗歌写作，而不再是编写新民歌，《虹》才成为包玉堂的处女作，包玉堂才因此成为一名诗人。即使像苗延秀这样有长期从事文学创作经验，在鲁艺文学院学习过的作家，当他企图用自己耳熟能详的民间故事和民歌进行创作的时候，依然感觉"受到民歌的主题及形式的限制"。当他看到《文艺报》刊载的苏联诗人伊萨柯夫斯基答复李季《谈民间歌谣》的信，受到了这样的启示："诗人不应该奴隶似的追随在民间文学之后，而是应该当他的主人。诗人应该富有创造性地利用它，按照他自己诗的构思所要求的那样来利用它，把自己诗的构思，诗的形象和色彩有机地和民间文学融为一体，互相丰富起来，结果就产生了新的诗歌，有了自己的独立的生命，而不是民间文学的抄袭和模仿。"[15] 苗延秀强调诗人的创作要"按照他自己诗的构思所要求的那样"，正是对诗人角色和立场的坚持。

但正如韦其麟、包玉堂、苗延秀强调的那样，即使诗人意识到了自己的身份，"民歌的特色"始终是广西诗人挥之不去的情结。依易天在其创作的长诗《刘三妹》（一般称刘三姐）的序诗中谈到刘三姐的故事时说，"这是个动人的故事，／让我从头唱一遍。／先唱她的聪明能干，／再唱她如何成为歌仙。"[16] "唱"是广西诗歌这一时期重要的特征之一。苗延秀谈及《大苗山交响曲》的创作时说，"我初次尝试吸取我们大苗山少数民族弹琵琶时候有说有唱的民间故事形式很通俗地来写，全然保留与发扬苗族民歌及民间故事的那些基本特点……我这样作，其目的在使我们少数民族稍有些文化的人，都能看得懂，没有文化的人，都能听得懂。"将作品诉诸"听"，正体现了《大苗山交响曲》说唱的特点，苗延秀采用苗族"嘎百福歌"的形式创作了叙事长诗《大苗山交响曲》，又采用侗族"琵琶歌"的形式创作了叙事长诗《元宵夜曲》，这两部作品都采用了苗、侗少数民族喜闻乐见的山歌形式来创作，体现了作者对少数民族的人民和文学难以割舍的感情。

不同的文化往往有不同的文化认同，文化认同也因此表现为人们对所处文化环境的归属意识，"当人们一致地认为一种文化有其存在的意义，或者说这种文化有进一步发展的必要，那么人们就会出于不同的动机而保留或者改进，发展这种文化"。广西是养育广西诗人的热土，诗人生活、成长在山歌的海洋中，他们对山歌有一种天然的归属感，所以无论是对山歌的亲近，还是对诗人身份的警醒，都表明广西诗人和山歌之间有一种难以割舍的关联。因为这种关联，广西诗人在诗歌创作中必然要表现出"写歌人"的特征："写"是对诗人身份的眷顾，而"歌"则是对民族身份的留恋，所以，"写歌人"是广西少数民族诗人对自己身份的构建和确认，他们是诗人，更重要的是，他们是"广西"诗人，担负着传承本民族文学经验的责任。

| 注释 |

① 李海峰、邓庆：《刘三姐传世山歌》，广西民族出版社，2002，第3页。

| 参考文献 |

[1] 韦其麟.关于诗的民族特色的感想——致友人 [N].广西日报，1982-08-04.

[2] 陆地.壮族当代文学引论·序 [M].桂林：广西师范大学出版社，1993.

[3] 韦其麟.别情 [J].长江文艺，1959-09.

[4] 侗族民歌选 [M].上海文艺出版社，1980：29.

[5] 彩调剧《刘三姐》台词 [A].廖明君."刘三姐"的根在哪里 [N].南宁日报，2009-02-10.

[6] 包玉堂.歌唱我的民族·后记 [M]上海：新文艺出版社，1958：72.

[7] 包玉堂.广西当代作家丛书·包玉堂卷·后记 [M].桂林：漓江出版社，2002.

[8] 郑盛丰.其人如诗——记壮族诗人莎红 [J].民族文学，1983(1).

[9] 郑晓云.文化认同与文化变迁 [M].北京：中国社会科学出版社，1992：130.

[10] 韦其麟.我们永远为祖国歌唱 [N].光明日报，1956-03-10.

[11] 陶东风 . 大众化与文化民族性的重建——社会理论视野中的1958—1959年新诗讨论 [J]. 文艺研究，2002（3）.

[12] 徐迟 . 诗选（1958）·序言 [M]. 北京：作家出版社，1959.

[13] 苗延秀 . 为创作更多更优秀的作品而努力——在区文联及作协广西分会成立大会上的工作报告 [J]. 红水河，1959（6）.

[14] 包玉堂 . 学习新民歌，提高新民歌 [N]. 广西日报，1959-05-08.

[15] 苗延秀 . 大苗山交响曲·前记 [M]. 上海：新文艺出版社，1954.

[16] 侬易天 . 刘三妹 [M]. 北京：作家出版社，1960：1.

广西文坛88新反思以来文艺理论与批评解读

黄伟林

作为文艺事业两翼中的一翼，广西的文艺理论与批评始终关注着中国文艺理论的前沿和广西文学创作的动态，广西的文艺理论家和评论家总是以其富于学理的理论思辨和敏锐而又智慧的阐释为文坛新桂军的崛起提供知音式的解读。

一、事件

1989年1月3日起，广西人民广播电台用五周时间播发了五位青年作家黄佩华、杨长勋、黄神彪、韦家武、常弼宇的"广西文坛88新反思"系列文章，紧接着，《广西文学》1989年第一期以《广西文坛三思录》为题发表了系列文章的部分内容[1]，该组文论由常弼宇的《别了，刘三姐》、杨长勋的《文学的断流》、黄佩华的《醒来吧，丘陵地》、黄神彪的《功利的诱惑》和韦家武的《我们的烙印很古老》五篇文

作品信息

《贺州学院学报》2011年第4期。

章所组成，对广西文学的传统思维定势、作家人格、文学生态等提出近乎痛切肌肤的忧思和前所未有的严厉批判[1]。《南宁晚报》也在第一时间即1989年1月5日专门作了报道。以此为导火索，1989年3月14日，《广西文学》《南方文坛》《广西日报》文艺部等6家单位联合召开了有150多人参加的"振兴广西文学大讨论"[1]。会后，《广西文学》《广西日报》《南宁晚报》《学术论坛》《社会科学探索》《广西作家》《南方文坛》等多家刊物发表了相关文章。值得一提的是，当时一篇产生了较大影响的批评文章《走出"兔神崇拜"》的作者秦立德还是广西师范大学中文系86级的在校本科生，他主持的广西作协机关刊物《广西作家》发表大量文章参与这场文坛反思活动，充分显示了广西文艺批评家的理论自觉。显而易见，"88新反思"最大的冲动就是要突破"刘三姐模式"，逃离"百鸟衣圆圈"。从表面上看，这场反思试图摆脱广西文坛长期以来故步自封于《刘三姐》神话的沾沾自喜的情绪，从而获得更大的成就以实现对广西17年文学成就的超越；深层考察，却是对一种既定的思维模式、单一的文化生态的解构。这场反思之后广西文坛表面上进入了中心无主、权威不再的状态，但就深层而言，它打破了广西主流垄断的文化格局，还原了多元共生的文化生态，为即将到来的广西文坛的群雄竞起造就了休养生息、修身养性的文化环境。事实上，"88新反思"之后不久的90年代初期，一个日后被广为流传的名词"文坛新桂军"悄然出现，这个名词的出现不仅意味着中国文坛即将出现一支骁勇善战、攻城拔寨的队伍，而且，在广西文坛内部，它几乎直接意味着广西文学资源的重组和广西文学主体的更新换代。

反思的目的仍然是为了建设。在20世纪90年代的开局之年，《三月三》1990年第3期隆重推出"广西青年30人作品专号"，四名长期活跃广西文坛的青年评论家彭洋、杨长勋、张燕玲、黄伟林联袂出击，他们以《选择与被选择》《原始的文本与变迁的批评》《你无法走出你》《独立自足的文学世界》等四篇个性鲜明的文论第一次展示了广西青年评论家的整体阵容。批评的自觉逐渐形成，以彭洋为会长的广西青年文艺评论学会于1991年8月成立，这一民间团体集结了一批广西文学批评领域的青年才俊。1993年4月，以外国文学出版享有盛名的漓江出版社出版了由广西青年文艺评论学会编的《文艺新视野》一书，选收了李建平、杨长勋、黄伟林、王杰四位评论家的文艺评论。这一年冬天《文艺报》、《当代》、广西作家协会、广西青年评论学会、接力出版社联合在南宁就《当代》集束性刊发广西五位青年作家喜宏、常弼宇、黄佩华、凡一平、姚茂勤的五部中篇小说举办作品讨论会。广西青年作家创作与青年评论家批评的整休互动状态得以形成，广西青年评论家对广西青年作家文学创作的关注溢于言表。1994年，《文艺报》第15期同时推出杨长勋、李建平、黄伟林、黄神彪、彭洋的五篇文学评论，广西青年评论家的形象得以在中国文坛主流批评媒体整体亮相。不久，《三月三》1994年第4期又一次推出"新桂军作品展示专号"，这是广西文坛意欲逐鹿中原的第一次"阅兵仪式"，《狂猖人生——中国传统文人理想的放逐》《关于传记文学的提纲》《面对传统文化的情感历程》《中国少数民族文学理论的建设者》四篇文论使黄伟林、杨长勋、李建平、张燕玲作为文坛新桂军评论家的角色再一次得以强化。1995年12月，在青年文艺评论学会的基础上成立了以陈运祐为会长的广西文艺理论家协会，协会正式纳入广西文联的体制之中，成为文联下属的一个协会。2000年12月，王杰出任广西文艺理论家协会主席，意味着广西高校的文艺批评力量与广西文坛有了更紧密的结合，广西既有的文艺理论资源得到一次优化整合。

1996年，广西文学评论家的影响越出文坛范围逐渐为社会各界重视，以出版少儿读物著名的接力出版社专门出版了一套评论家接力丛书，收入了杨长勋《话语的边缘》、李建平《理性的艺术》、黄伟林《转型的解读》、张燕玲《感觉与立论》、彭洋《视野与选择》五部评论集。迄今为止，它仍然是广西文学评论界最完整的一套评论集，它最饱满地显示了广西青年文学评论家从80年代末到90年代中期的批评实绩。

1996年7月，一个后来被称为"花山会议"的广西青年文艺工作者座谈会在宁明花山召开，会议对理清广西文艺事业发展的思路确定广西文艺事业发展的政策起了决定性的作用，形成了发展广西文艺事业的战略构想和措施，揭开了文坛新桂军"文学北伐"的序幕[2]。

二、团队

广西文艺理论与批评的格局主要由这样两个系统构成：一是区直系统，主要包括区党委、区文联、区社会科学院、区干部行政学院等批评团队，其文艺理论和批评带有明显的政策导向性和媒介影响力。代表人物有潘琦、李启瑞、唐正柱、匡达蔼、张燕玲、彭洋、王敏之、李建平、黄海云、陈学璞等人。二是高校中文系，主要包括广西师范大学、广西民族大学、广西大学、广西师范学院、广西艺术学院和河池学院等院校中文系的批评团队，其文艺理论和批评带了明显的学院风格和学科建设气质。其代表人物有广西师范大学的王杰、黄伟林、张利群、黄绍清、彭会资、雷锐、姚代亮、龙子仲、刘铁群，广西民族大学的容本镇、黄秉生、陆卓宁、徐治平、黄晓娟、张柱林，广西艺术学院的黄海澄、杨长勋，广西大学的江建文、唐韧，广西师范学院的巫育民、江业国、卢斯飞、陈祖君、顾凤威，河池学院的银建军、温存超，玉林师范学院的赖翅萍和贺州学院的肖晶等人。

在上述高校中，有三所高校的文艺批评力量特别值得一提。它们分别是广西师范大学、广西民族大学和河池学院。广西师范大学是广西人文底蕴最为深厚的高等院校，其中文系为教育部23个国家文科基地中文学科点之一，广西最有影响力的老一代文学评论家林焕平、贺祥麟都曾长期在这里任教，80年代曾产生了全国影响的控制论美学也是由当时在这里任教的黄海澄教授提出。在批评领域卓有建树的张燕玲、徐治平、秦立德、陆卓宁、黄晓娟、张东，在创作领域卓有建树的黄咏梅、杨映川均曾在这里求学。1997年4月，广西壮族自治区党委宣传部在南宁召开了"广西首届百名青年作者创作会"，时任中文系主任的王杰教授在大会发言中宣布在中文系设立广西当代文学研究室，明确提出了广西师范大学中文系参与广西文艺理论建设和批评实践的整体思路。广西师范大学的文艺理论和批评团队主要在文艺理论建设和当代广西文学批评实践两个方面卓有建树，其文艺理论家的代表人物是王杰，文学评论家的代表人物是黄伟林。其中，以文艺理论在文坛获奖的分别有黄伟林获1995年度中国作家协会第八届庄重文文学奖、1999年度以《转型的解读》

获中国作家协会、国家民委第六届全国少数民族文学骏马奖，林焕平以《林焕平文集》获广西第二届文艺创作铜鼓奖，王杰以《审美幻象研究》获第三届广西文艺创作铜鼓奖，彭会资以《民族民间美学》，张利群以《批评重构——现代批评学引论》获第四届广西文艺创作铜鼓奖，龙子仲以《解读革命——对一个老话题的随想》获2001年度《南方文坛》优秀论文奖。由于广西师范大学中文系在广西高校中文系的龙头地位，从而成为广西文坛一个重要的批评平台。近年来，广西师范大学中文系举办过东西小说创作座谈会、鬼子小说创作座谈会、70后女作家盛可以小说创作座谈会，与桂林作家协会联合举办过光盘作品研讨会、周昱麟长篇小说研讨会，显示了高校理论力量对地方文化建设的有力参与。

广西民族大学堪称是广西少数民族作家的摇篮，形成了一个全国瞩目的"相思湖作家群"，代表人物有韦其麟、蓝怀昌、黄佩华、杨克、黄堃、杨长勋、容本镇、银建军、黄神彪、严风华等人。2000年6月，"相思湖作家群"研讨会在广西民族大学成功举行，由容本镇、袁鼎生、徐治平、陆卓宁、黄晓娟、翟红、张柱林为代表人物的文学批评团队形成。2002年，广西民族出版社出版了由容本镇主编的《悄然崛起的相思湖作家群》，不仅整体显示了相思湖作家群的创作成就，而且也显示了相思湖批评家的批评实绩。

河池学院以培养著名作家而享有盛誉，东西、凡一平等一代著名小说家均出自这所大学。13年间，河池学院举办了一系列其本土作家的研讨会，如东西、凡一平作品研讨会、桂西北作家群创作研讨会，还创办了颇具文学品质的校刊《南楼丹霞》。除邀请区内外作家、评论家参加外，其本校教师也积极参与其间进行研讨与批评，韦启良、银建军、温存超、何述强等人不仅在培养作家方面起了重要作用，而且在理论建设、批评实践方面也做出了实在的成绩。

三、刊物

广西文坛除各大专院校的学报之外，较有影响的文艺理论评论刊物有《南方文坛》《民族艺术》和《东方丛刊》。

1996年12月，张燕玲出任创刊十年的《南方文坛》的主编。在她的主持下，《南方文坛》进行了令人耳目一新的改版，改版之后的八年，在文学坚守和刊物艰守的情境中，《南方文坛》向读者展示了杂志自身的信念、智识、品质和活力，改变了中国南方的文学批评格局。改版以来《南方文坛》的文章转载率和印刷量一直居于全国同类期刊前茅，尤其文章转载率一直位于中国语言文字、文学艺术类期刊的前十名，其中"中国现当代文学类"前五名。[①]2001年底，《南方文坛》被中国新闻出版署评为"中国期刊方阵、双效期刊"，2004年被评为"全国中文核心期刊"[3]。它不仅在版式风格上与国际接轨，而且在编辑方针上向中国文坛前沿贴近，"集结起一支有生气的批评力量"[②]，"催生了中国新生代批评家的成长与成熟"[③]，"业已成长为中国文坛最具影响力的文论园地之一"[④]。

《南方文坛》努力在批评和创作间架起一座沟通的桥梁。它设计的《南方百家》栏目五年里几乎囊括了长江以南成长于中国1990年代文坛的有代表性的新锐作家。它既关注创作，又关注批评家，尤其青年批评家。从1998年开始，《今日批评家》栏目以显要位置向中国文坛推介1990年代的实力派青年批评家。通过不同个性的批评家对自己批评观的言说及其他批评家对他的再批评。实现了批评家相互之间文学观念的交流、文化精神的对话，真正体现了文学批评的精神。《南方百家》《今日批评家》两栏目的文字大多是些灵动而富有学理的文章，几年积累便形成一种生动、明快而富有生气、才情的批评文风，这便是文坛盛誉的《南方文坛》的"绿色批评"。

当代文坛各领风骚数百天，《南方文坛》的方略是热眼冷观，既敏锐及时地对文艺新问题新变化作出反应，使刊物充满活力，又尽可能冷静地从学理上加以观照，寻求做出理性的判断和选择，最后在热眼冷观中发现问题，从而设置具有文学意义的话题批评。从《本期焦点》《品牌论坛》到《批评论坛》《个人锋芒》《现象解读》《对话笔记》等栏目，体现了自觉的"问题意识"。面对文坛浮躁风气，《南方文坛》力戒文化和商业的功利性，使讨论始终在文学轨道上展开，以求在交流、沟通、批评中逐渐走向深入，从而以讨论的深度和广度来体现杂志的前沿理念、批评精神和学术形象。例如，1998年第二期的关于当代女性文学写作和批评实践的讨论，1998年第四、五两期通过独特的形式——分别邀请资深"知青代"评论家和"知青后"青年评论家对"知青情结"进行了深度的学术剖析，以纪念"知青文学"诞生二十周年，1998年组发的最具代表性的"晚生代"作家的自观文，1999年初展开"70年代生"文学新人的讨论[1]，请中国最有代表性的少数民族作家，对中国少数民族文学创作和研究现状做出问答，这是中国文学期刊在1990年代对少数民族文学规模最大的一次深度研讨，20世纪末诗坛关于"知识分子"和"民间写作"的论争，针对1990年代文坛对批评现状的非议，《南方文坛》拟定了1990年代文学创作和批评中最有代表性的问题，约请最有代表性的二十位老中青三代批评家进行笔答（1999年第四期），几代评论家的发言，本身就是中国批评界一份具有纯粹性和代表性的批评，而且体现了今日批评的精神生态和批评家的生命状态，还有近年关于"文学呼唤什么""重写文学史""80后讨论""呼唤文学人物""暴力叙事与叙事暴力"等话题讨论，尤为读者所称道。其中《个人锋芒》栏目，著名评论家李建军称赞它"为个人的思想和激情提供飞翔的空间，为尖锐的质疑和坦率的批评添培生长的沃土"，它的文章转载率尤其高。总之，《南方文坛》每期都策划两三个文化热门话题进行问题批评，并获得广泛的关注，其中大部分被《新华文摘》《中国人民大学书报资料中心复印报刊资料》等报刊转载和报道，还成为网络上的热门话题。这些讨论既繁荣了90年代的文学批评，又在一定程度上为文学史家和文学理论家积累了一些他们进行文学史和文学理论静态研究所需的第一手材料。

　　如果说，关注当下和新生力量，确立自觉的问题意识，使《南方文坛》充满活力的话，那么，坚持理论见解的独创性、学术性和前沿性便是《南方文坛》生命之根了。这种选择的自觉性体现在它的理论栏目上，如《理论新视界》《同题异论》《学人学思》《新潮学界》《中国前沿》《精神自传》《当代文学关键词》等。而后者已结集出版成为中国当代文学学科建设的新成果。这些具有独创性的理论栏目的设置和操作，体现了现代意识的前瞻性和开放性，使《南方文坛》有别于其他文艺理论期刊。此外，《南方文坛》十余年如一日地在封底推出前卫美术的创作和评点，就刊物关注文学新人、追求前沿性形成完整、和谐的氛围来说，并非艺术点缀，而是使刊物坚持显现多元并存和先锋性的姿态，以及坚持为不同艺术门类、不同学科的东西留出必要的空间，力求形成人文学科、文学艺术互动互补的大格局。艺术批评栏目"艺术时代"，也是基于这种识见。正如著名批评家贺绍俊在《南方文坛》百期座谈会上发言所说："《南方文坛》是将学术性与当代性非常协调地统一在一起，并找到最佳切入点，她把学术的独立品格与对当代文学动态的敏感的把握，在刊物中非常鲜明地体现出来，是一本探索当代文学脉搏不断地往前走的充满活力的学术刊物。"[3]

在张燕玲的积极争取下，《南方文坛》与广西师范大学出版社在2001年开始合作，开创了优势互补、品牌共享、资源兼用、无形资产和有形资产相济的社刊双赢的文艺产业之路[3]。一边以出版社的经济实体和规范经营提升和强化杂志的品质，一边以刊物的行业品牌资源和强大的作者资源为出版社提供一定的支持，书刊互动。策划出版图书，其中在学术界颇具影响的《南方批评书系》（8部）中的《小说的立场》，不但销路颇好，还入围第三届鲁迅文学奖、全国优秀文学评论奖前十名。这一合作模式为中国文学批评乃至中国文艺体制的革新提供了参照系。国内有十余家著名报刊称此合作办刊"意义不仅止于合作双方，也不仅止于对中国文艺批评的建设，它对正在摆脱旧体制轨道寻求新路和生机的同类期刊，颇具启示性、未来性和现实意义"。

作为"中国文坛的批评重镇"，《南方文坛》已以自身的影响力汇入中国文坛的重要文学活动中，并以此扩大自身的品牌影响力。1998和1999两年在《文艺报》头版协办《先擒王——我看头条小说》，组织评论家对全国文学期刊的头条小说进行批评论说。1998年至今，开设《中国当代文学研究会专栏·文坛评述》栏目，点击当下文坛的动态和最新研究，其信息性深受读者欢迎。2001年设立的"《南方文坛》年度优秀论文奖"已被专家认为"是中国文学批评的一项重要奖项"⑤，此奖已历时四届，每届都受到文坛和媒体关注。2001年11月，30余位《今日批评家》栏目推介的青年批评家汇聚广西北海，与前辈批评家谢冕、陈思和、鲁枢元、夏中义、白烨、贺绍俊等对话，共同检讨和反省自己，从而总结中国新一代的文学批评，这是世纪之交青年批评家一次重要的群体亮相和群体反省。会上，谢冕教授、陈思和教授等名家提出："中国当代文学最有影响的两家杂志辽宁的《当代作家评论》和广西的《南方文坛》，一北一南，承担着对中国文学理论的责任，它们不仅是地方的，更是中国的，是中国文学理论家之家。"[1]《南方文坛》2001年开始与《中华文学选刊》、中国当代文学研究会、南方都市报、新浪网等五家机构负责人联合策划组织评选的"年度中华文学人物"，持续了3年，引起国内文坛的瞩目。还有已历时三届的与《人民文学》杂志联合举办的"中国青年作家批评家论坛"，对中国文坛的意义也日渐彰显并且越来越丰富：创作名刊和批评名刊一起联手，让中国最有实力的青年作家和批评家坐在一起自由对话，毫无疑义，"论坛"将成为中国文坛的品牌论坛[4]。《人民日报》《文艺报》《文学报》《文汇报》《文汇读书周报》《羊城晚报》《广西日报》等均以整版或半版等显著位置对"论坛"作过报道。这系列的批评活动既提高了《南方文坛》的知名度，也提升了杂志的学术品质，扩大了广西文艺评论的影响力；更为重要的是，作为"中国文坛的批评重镇"，《南方文坛》尽了她在这个时代应该作出的努力。

《南方文坛》作为广西的一份理论批评刊物，尤其不能忽略它在推介广西文学艺术上所起的特殊作用。正是由于《南方文坛》具备中国当代文学整体性的胸怀，决定了它是在当代文学这样一个宏观的背景来关注广西文学、推介广西文学的，那么它就不仅仅是单纯地就事论事地来评价一个地域的文学创作。其《南方百家》栏目将广西实力派作家和外省知名作家并置参照的批评策略也显得匠心独运，这种设计一下将广西作家放到了中国文坛的大背景下，暗寓了新桂军突出八桂崇山峻岭之包围的思路。《南方文坛》有意把广西的创作让一些本身就在思考当代文学整体性、具备整体性把握能力的批评家去研究，以一个整体性的眼光来研究广西的文学，对广西文学的推介作用就难能可贵[3]。例如对于涌现于广西本土的"新生代"作家东西、鬼子、李冯，1997年底《南方文坛》不仅策划邀请一批著名批评家来广西召开研讨会，并在刊物上专题研讨他们的创作得失，从此"广西三剑客"便成了中国文坛的一个名词，媒体称这是中国文坛对"新生代"作家首次召开的大型研讨会。《南方文坛》始终关注广西文坛，组编了广西近年来成绩突出的青年文艺家的评论专辑，对广西的文艺现象以话题批评的集束方式，一直特约国内名家进行有点有面的研究和评论，组发文章、策划开文学研讨会，如"杨映川、贺晓晴作品恳谈会""桂西北作家群研讨会""相思湖作家群研讨会""仫佬族作家群研讨会""天门关作家群研讨会"等，因为其阔大的思想理论境界和一流的作者队伍，有力地扩大了广西文学在全国文坛的积极影响，有力地推动了新桂军的群体成长，为推动广西文学创作走向全国做出了重要贡献。

| 注释 |

① 来自中国知网数据库查询和每年3月《光明日报》的公布数据。

②《人民日报》，2000年6月17日。

③《文艺报》，2000年10月31日。

④《新闻出版报》，1999年6月3日。

⑤《文艺报》，2001年12月4日。

| 参考文献 |

[1] 张利群.论广西文学理论批评桂军的崛起及评价机制建设[J].贺州学院学报，2010（4）.

[2] 黄伟林.从花山到榕湖——1996—2004年广西文学巡礼[J].南方文坛，2004（4）.

[3] 蓝怀昌.《南方文坛》创刊百期座谈会纪要[J].南方文坛，2004（4）.

[4] 黄伟林.有难度的批评——论张燕玲的批评风格[J].文艺争鸣，2010（4）.

广西当代诗歌本土经验的想象与构建

陈代云

2008年，北京师范大学张清华教授在评述《广西文学》诗歌"双年展"时说："确实存在着一个常识意义上的作为'文化地理'的'广西诗歌'。只是要从文化和美学上来说清楚这个整体的群落，说清它究竟是以什么样的方式和特点存在着，却让人感到茫然和无力。"[1]因为广西诗人"与这块土地上独有的诗与歌的传统之间的关系，并不比今天其他地区的诗人更多"[1]。张清华之所以认为广西诗人"与这块土地上独有的诗与歌的传统之间的关系，并不比今天其他地区的诗人更多"，是因为他截取的仅仅是广西当代诗歌写作中"双年展"这样一个只有两年的横断面，假设认真梳理和分析广西当代诗歌60年的写作史，就可以发现，广西诗人一直在努力通过与广西文化传统的"对接"，来构建一种与别的地区不同的本土经验，一种独特的广西的诗歌经验。

不过，在不同的时代，不同的诗人对何谓广西诗歌的"本土经验"的理解并不相同。安石榴在谈到广西诗歌时认为，"与民族及地域症候相承接的写作，也即能充分运用只有在广西才可能具有的写作元素，将其与众不同的质地尽可能表现出

作品信息

《广西社会科学》2012年第2期。

来"的诗歌才是具有广西本土经验的诗歌，并进而乐观地认为："广西诗人是有福的，因为广西这个地域为诗歌提供了很多得天独厚的生长元素，提供了无限的可能。"[2]确实，作为有壮、汉、瑶、苗、侗、仫佬、毛南、回、京、彝、水、仡佬12个民族聚居的壮族自治区，广西不仅风光秀丽，而且还蕴含着丰富的民族文化，这既为诗歌写作提供了无数题材，也提供了许多宝贵的文学表达经验。但是，在具体的诗歌写作中，如何将广西民族的和地域的文学表达经验凝结成独特的诗歌的本土经验，仍然是广西诗人反复探索的过程。

在不同的历史背景下，广西诗人想象和构建诗歌本土经验的途径并不相同。概言之，可以这样认为，在广西当代诗歌60年的发展历程中，广西诗人曾先后将歌圩经验、百越经验和日常经验作为想象和构建广西诗歌本土经验的主体，在这些不同的想象中，产生了一大批著名的诗人，也诞生了许多重要的作品。

一、歌圩经验与少数民族的身份构建

1949年新中国成立以后，少数民族取得了和汉族一样的政治地位，在"民族平等"的旗帜下，少数民族的身份认同空前高涨。对于少数民族的诗人而言，一方面，向别的民族展现本民族的文化成为他们的责任；另一方面，构建有民族特色的诗歌则成为他们的理想。由于广西的主要少数民族都没有本民族的文字系统，因而广西少数民族知识分子开始用汉语书写本民族的文学经验，使一直处于"民间文学"范畴的广西口传文学经验在作家文学的序列里得到呈现和评价。诗歌也是如此。

在广西的文化传统中，山歌无疑是影响最深的文化资源。广西自古就有唱山歌的传统，南宋周去非在《岭外代答》中说："广西诸郡，人多能合乐，城郊村落，祭祀婚嫁喜葬，无不用乐，虽耕田必口乐相之。"[3]可以说，山歌在广西人民的日常生活中无处不在，所以，它成了广西最重要的文化特征之一。黄秉生在《歌圩与壮族的审美意识》一文中说："壮族人民把自己的机敏、灵活的性格特征，把自己的聪明才智，体现在丰富多彩的歌圩活动之中，歌圩活动成为他们某种本质力量的确证，他们感到这就是美，他们从这种活动中得到了极大的审美享受。"[4] 壮族如此，广西其他各族人民也是如此。因此，山歌对广西诗人影响至深。同时，也因为山歌和诗歌都脱胎于原始歌谣，所以山歌才成为广西诗人想象和构建少数民族诗歌经验的首选。

山歌对广西20世纪五六十年代的诗歌写作影响至深。考察20世纪五六十年代广西诗人的成长史，可以发现大都和山歌有关。广西诗人韦其麟的整个童年时代是在家乡度过的，他经常和小朋友一起放牛、采野果、唱山歌，山歌构成了他最初的文化记忆。而对于广西诗人包玉堂来说，山歌不仅是最初的文化记忆，而且还具有某种传奇性。在20世纪50年代，包玉堂编写的控诉地主潘吉仕发家史和贫农血泪史的山歌受到了上级部门的通报表扬，这给他很大的鼓舞，他的诗歌创作也是从编写新民歌开始的。1955年，包玉堂开始创作长篇叙事诗《虹》，最初，他将这个作品写成了民歌的形式，但是因为感到民歌有很多限制，所以突破了民歌藩篱，写成了诗歌。长期编写山歌为他成为一名诗人准备了条件，当他有意识地将自己的写作和编写山歌区别开来，他就变成了一位诗人。诗人苗延秀小时候也深受山歌的影响，20世纪50年代初他从东北奉调回广西三江县剿匪，和苗族战士在夜里燃起篝火、唱着山歌，消度高山里既寒冷又危险的冬夜，正是在山歌声中，苗延秀完成了《大苗山交响曲》的初稿。另外一位诗人莎红也是在调到广西民族出版社编译新民歌后，受到了山歌的启发，才开始走上诗歌创作道路的。此外，黄青、黄勇刹、侬易天等大都有和上述诗人相似的经历，他们不仅生活在少数民族地区，深受那里的山歌传统的熏染，而且大多有收集整理山歌的经验，山歌为他们提供了广阔的创作空间[5]。正是因为有这样的经历，所以山歌成为广西诗人在20世纪五六十年代对广西诗歌本土经验的基本想象，他们也是通过山歌来确认广西诗歌的基本特色的。

在诗歌中，广西诗人广泛运用山歌的表现手法，创造了以山歌为文化背景的读者所喜闻乐见的艺术形式。苗延秀谈及《大苗山交响曲》的创作时说："我初次尝试吸取我们大苗山少数民族弹琵琶时候有说有唱的民间故事形式很通俗地来写，全然保留与发扬苗族民歌及民间故事的那些基本特点……我这样作，其目的在使我们少数民族稍有些文化的人，都能看得懂，没有文化的人，都能听得懂。"[6]在创作中，苗延秀想象的"隐含读者"是少数民族"稍有些文化的人"和"没有文化的人"，比照的对象恰好是山歌，所以诗人甚至将诗歌的标准诉诸"听得懂"。这个创作理念一方面体现了诗人为少数民族人民创作和服务的理想，另一方面也说明山歌在广西少数民族诗人的诗歌创作中起着重要的作用。为了实践这样的理念，广西诗人大多采用比兴的表达方式，这和已经发展了数十年的文人白话诗表现出不同的想象方式，而且他们在诗歌中大量采用盘歌的形式，借此体现劳动人民在对歌中机智敏捷、风趣诙谐的"急智"，这些都是民间文学的基本特征。

这一时期的广西诗人还比较注重语言的口头性和集体性等特征，不仅大量采用少数民族的词汇，而且在诗歌建行上也和山歌保持着连贯性。在叙事诗中，诗人们往往在情节结构上采取"三段式"的方式，这种口传文学的基本模式不仅利于反复渲染情节，塑造形象，而且易于传播。韦其麟的《百鸟衣》、侬易天的《刘三妹》、肖甘牛的《双棺岩》、包玉堂的《虹》等诗歌作品都表现出这样的特征。此外，苗延秀的《元宵夜曲》还采用了"侗族琵琶歌"，《大苗山交响曲》采用了"苗族嘎百福歌"的形式。

在诗歌的内容上，诗人们也同样大量地描写和广西人民密切相关的充满歌声的日常生活。侬易天《刘三妹》中的刘三妹（一般称刘三姐）、韦其麟《歌手》和包玉堂《老歌手与夜明珠》中的老歌手都是优秀的山歌演唱者，诗人将他们塑造成受人爱戴的形象，表现了优秀歌手的社会地位以及广西各族人民对他们的崇敬之情。虽然人们平时歌不离口，但只有在歌圩上，才能集中展现和比拼，因此，侬易天的《刘三妹》和《坡会三首》、包玉堂的《走坡组诗》、韦革新的《跳坡组诗》都从不同侧面展现了歌圩的盛况。可以说，这一时期为中国文学史所记住的广西诗歌，大多和山歌有或近或远的联系。

值得注意的是，广西诗人大量运用山歌资源来写作诗歌，固然和诗人的少数民族身份有关，但同时也和时代的文学主流相一致。可以说，采用山歌的经验来构建广西诗歌，既符合诗歌要面向大众的时代要求，又符合民族身份的需要。正是因为这种歌圩经验，使广西诗人确证了自己的民族身份，强化了民族认同和文化责任感。

二、百越经验与地域文学的建设

广西文学的发展因为"文革"而被迫中断，《广西文艺》(今《广西文学》)一度更名为《革命文艺》，专门刊登工农兵文学，表现出向"民间文学"倾斜的趋势，这虽然和全国的文学气候保持着一致，但与1949年以来广西文学发展的方向背道而驰，诗歌也是如此。这种状况直到20世纪80年代才有所改观。

1980年，"南宁会议"揭开了"朦胧诗"论争的序幕，但到1983年"朦胧诗"逐渐式微的时候，广西还没有出现值得称道的"朦胧诗"式的作品。1984年春，广西诗人杨克和文友结伴游览了宁明的花山岩画，这次看似偶然的出游却带来了某种必然的转变。李逊后来这样描述杨克的这种"转变"："阴冷的江风并没有拂去纠扯不清的城市意象带给他的苦闷。然而在那堵绘满土石人兽的高大崖壁面前，他为某种精神所震慑了，脑子里固有的经验立刻支离破碎，百越文化的独特魅力与这块土地正在发生的急速变革的现实进程之间潜藏着的悲剧性冲突一下组合成一个新的意象群。"[7] 就在这次游历之后，杨克创作了组诗《走向花山》，通过对远古历史的想象与展开，在诗歌写作中重建文学的本土经验，在"大传统"中形成了地域文学的"小传统"。

1985年3月，梅帅元和杨克在《广西文学》发表《百越境界——花山文化与我们的创作》一文，阐释了他们新的创作理念。他们开始从文化地理的角度去寻找文学中的南方气质和本土症候，表现出一种文化寻根的特征。花山壁画是壮族先人在广西左江沿岸留下的文化遗迹，其绘制年代、主题含义、制作目的，至今仍众说纷纭，莫衷一是。梅帅元、杨克将"花山"作为桥梁，沟通古今，从而建立自己的文学理念。他们认为："离开百越民族文化传统以及由此产生的审美意识与心理结构（即把虚幻境界与真实生活作为一个整体来理解），来反映广西各少数民族的历史和现实生活是难以想象。"[8] 所以文学作品"关键不在于你写出了一个看得见的直观世界，而是要创造一个感觉到的世界。就是说，在你的作品里，打破了现实与幻想的界线，抹掉了传说与现实的分野，让时空交叉，将我们民族的昨天、今天与明天溶为一个浑然的整体"[8]。同时持这种写作理念的还有诗人黄神彪、黄堃、林白薇（林白），小说家张仁胜、孙步康、李逊、张宗栻等人。

将"花山"看成"民族文化精神与地域文学特质的灵魂"[9]，提倡"百越境界"，试图建立一种有别于五六十年代的文学经验，这几乎是80年代中期广西文学界的共识。因此，在构建广西文学的"百越经验"时，青年作家和批评家都将"歌圩经验"作为批判的对象并喊出了"别了，'刘三姐'！别了，'百鸟衣'！"的口号[10]，希望走出《刘三姐》《百鸟衣》的创作模式。杨长勋等认为："社会发展到今天，再用民间故事式，或者山歌式的作品来反映我们的时代，表现我们的忧患，反映社会的进步、社会形态的变化，已经远远不够了。"[11] 同时，"不少作家在创作时，经常自觉或不自觉地在作品中贴上少数民族的标签，为了追求'民族味'而在作品里生硬地加上一两首山歌或一些民族服饰、风情，只是在表层涂抹了一点亮色，其实没有什么民族内涵"[11]。脱离五六十年代的文化语境来讨论其写作策略的得失虽然有失偏颇，但写作策略的变革在新的文化语境中似乎也是不得不为的事情了。

值得注意的是，1987年，颜新云通过百越境界和寻根文学的对比，认为百越境界没有达到寻根文学"无不贯注着历史的批判精神，无不表现出社会主义的人本主义的强烈倾向"，"无不表现为对民族性格重新发现和重新塑造的意图"的深度，因为前者的着眼点是形式，"'百越境界'错误地把寻根文学看成是一种题材上的特征，看成是对传统文化的回顾，看成是一种狭义的民族特色的追求了"[12]。作为一位从湖南"加入"广西的青年作家，颜新云忽略了广西本土作家在民族和地域中文化认同的责任感，脱离了广西固有的历史文化语境，所以只看到了铜板的一面，这和杨长勋等人对待《刘三姐》《百鸟衣》的态度是一样的。

事实上，如何"民族"，如何"本土"，这是极其复杂的问题，在经济全球化的今天，显得更为突出。作家的作用在于，他们能够从自己生活的具体的历史文化语境出发，从自身的"痛感"出发，为前进的道路提供多种探索。杨克是这一时期广西最重要的诗人，他的诗歌在"百越境界"理论的指导之下，以广西花山、红水河等文化象征为主要题材，开拓了民族经验表达的新的模式，如《走向花山》《图腾》《大地的边缘》等。而另一位著名的诗人黄神彪的《花山壁画》则借鉴了史诗创作的基本结构和模式，吸收了大量的神话传说和民间故事，用宏大的气势为读者提供了一幅天马行空、包罗万象的壮族人民历史生活画卷。此外，林白薇的《山之阿　水之湄》、李逊的《红河水红河水》、孙步康的《铜鼓》等作品都是运用"百越经验"写出的具有地域文学特质的重要作品。

三、日常经验与诗歌的现代性追求

20世纪90年代，随着商品经济的发展，广西也被卷入了经济一体化的浪潮之中，经济的趋同使得区域文化的界限越来越模糊。1988年，当广西文学界正在热火朝天地讨论广西文学的发展方向与策略时，一份名为《扬子鳄》的民间诗刊在大化县悄悄地诞生了，《扬子鳄》集结了杨克、戈鱼、非亚、盘妙彬、安石榴、西岩（刘春）以及广西区外的阿翔、颜峻、林忠成、狼人、潘友强、夜林、吕叶、孙文等大批青年诗人，他们中的非亚、刘春和盘妙彬都成为此后广西诗坛标志性的诗人。对于广西诗歌而言，《扬子鳄》的另一重意义还在于，它诱发了以先锋为目标的民间诗刊《自行车》的诞生。在90年代初的几年间，《自行车》以其特立独行的方式践行着先锋诗歌观念，给广西诗歌带来了新的发展方向。

张清华教授在评析广西当前的诗歌写作时敏锐地洞悉到了广西诗歌原有的地域性和民族性的弱化，他指出："传统的地域性在今天的广西诗人身上似乎并不明显，他们试图要呈现给世人的，恰恰不是其地域文化标记，相反而是他们在现代文化格局中的'现代'身份，或者至少，是共融其间的'时代'特征与气息。"[1]诗人要远离"'时代'特征与气息"几乎是不可能的，韦其麟、包玉堂在借用歌圩经验写作的时候，离不开五六十年代文学的大众化诉求，同样，杨克、黄堃、黄神彪在建构百越经验的时候，也离不开文学寻根的时代背景。安石榴将脱离了地域和民族的诗歌写作状况描述为"因为陷入愤怒的成长而忽视了广西诗歌的民族与地理传承"[2]。但广西文学的"成长"焦虑并不是在新世纪才显现出来的。1989年，广西壮族自治区成立30周年之际，广西民族学院（今广西民族大学）在邀请广西的青年作家和评论家讨论广西民族文学的发展趋势时，"青年作家杨长勋、黄神彪、黄佩华在联合发言中指出，五四以来中国文学创作出现了几次高潮，而广西民族文学创作却几次错过机会，几次轮空"[11]。"轮空"使广西作家普遍感到落后已经变成了残酷的事实。

在向全国文坛冲击的过程中，小说率先垂范。1987年，梅帅元的中篇《红水河》和李逊的5篇短篇小说先后被《人民文学》《上海文学》临时撤换[13]，让广西作家只能感慨时运不济。10年之后，当东西的《没有语言的生活》获得鲁迅文学奖后，广西小说终于有了冲出重围的感觉。广西诗人也在寻求这种"冲出重围的感觉"。2002年，诗人刘春在《中国诗歌的几个热点及广西的对应》中，将"70后""中间代""下半身"等旗帜下的诗人作了列队性的归纳，从广西诗人中找出"70后"诗人虫儿、胡子博、花枪、黄芳，"中间代"诗人非亚、盘妙彬以及玩得并不比北京"下半身"差的朱山坡，进而乐观地说："现在，可以说，我们广西诗人的风格是丰富多彩的，国内无论哪一种写作倾向都可以在这片土地上找到回应，所以，我们没有任何必要妄自菲薄。"[14] 通过与全国的诗歌气候对接来确证自我，正是外省文学的典型心态，"就20世纪而言，'西方—中国''中央—地方'，构成了'追求现代'的二级关系。中国通过寻求西方而确认自身的现代性，而地方又通过寻求中央而获得'现代'的认可"[15]。这意味着，兼具地域和民族双重身份的广西诗歌，其现代化诉求可能正是要抛弃地域和民族的双重身份。

作为20世纪90年代中期以来广西诗歌标志性的诗人，刘春努力追求现实与艺术的平衡，这种艺术理想与实践不仅使刘春的写作走向了以经验和思想（玄学）为旨归的现代诗歌写作，而且呈现出一种庞杂博大的"综合"特征。非亚的诗歌则善于运用口语化的表达方式，显现出极强的现场感，显得平实而大气。无论从精神归宿还是诗歌技巧上看，盘妙彬都可以说是一位"传统的诗人"，显示出强烈的古典意绪。以"广西"为共同性的地域特点和民族性在他们身上的烙印并不深。正如盘妙彬所说："广西青年诗人始终各人一架自行车，自己掌握自己的方向。这是有幸的、正确的，及后诗人们的创作实践证明了这一点。"[16]毫无疑问，诗人应该形成自己鲜明的写作个性，但我们也应该注意到这样的事实：和90年代之前的广西诗歌相比，追求本土经验的"统一性"已经被逐渐弱化。虽然反对前辈诗人是每一代诗人成长过程中的必然历程，但是对于刘春、非亚等人而言，他们已经不再和他们的前辈诗人杨克、黄堃等一样，从广西的历史和文化语境中去寻找诗歌建构经验，而是将目光转向了更加开阔的空间。显然，刘春对叶芝、艾略特的亲近，非亚对先锋的探索，盘妙彬古典的农业时代的意绪，和广西的地域经验与民族经验都相去甚远。

但这并不意味着，广西诗人和这片土地的联系有所减弱，他们"诗歌中大量出现广西的城市、河流、山岳以及自己所生活的城市街区、街道、房间以及一些标志性建筑物的名称，这些地方景观不再是80年代文化寻根系列诗歌中的民族图腾或风俗展览，而是指向个体生命在具体地方中的真实存在"[15]。也就是说，在广西诗人笔下，距离日远的那些广西的历史和文化都已经被搁置，日常经验开始凸显出来。安石榴笔下的石榴村、刘春笔下的歧路村，虽然也有精神"故乡"的特质，但更多地和生活真实相连接。诗人不再有意地赋予自己所描摹的事物以民族或地域的文化精神，而是通过日常经验来展现人的处境，追求诗歌的现代性，这成为20世纪90年代以来广西诗歌的基本取向。

《广西文学50年》指出，广西"五十年文学成就，是在培养民族文学作家，继承民族文化传统，努力探索民族文学发展之路的结果。五十年的文学发展事实证明，广西作为少数民族地区，文学发展离不开民族文化传统的滋养，离不开民族作家的成长和贡献"[17]。事实上，广西文学的发展还和中国文学这一"大传统"保持着一致。无论是歌圩经验、百越经验还是日常经验的出现，都和全国文学的整体变化紧密相连。但是，文学史自身的权力往往带着某种偏见与遮蔽，当我们将广西诗歌赋予地域和民族身份并加以讨论的时候，就会忽略那些民族和地域特征并不明显的诗人，比如亢进、海雁、剑熏等。本文只不过是从文学史的角度对广西当代诗歌发展进行概括性把握，如果从写作的具体细节出发，广西当代诗歌还有更加复杂和丰富的内涵。

| 参考文献 |

[1] 张清华 . 汉语在葳蕤宁静的南方——关于"第二届广西诗歌双年展"阅读的一点感想 [J]. 广西文学，2008（9）.

[2] 安石榴 . 广西诗歌：地域影响下的可能生长 [J]. 漆，2008（6）.

[3] 周去非 . 岭外代答：卷二 [M]. 北京：中华书局，1985：73.

[4] 黄秉生 . 歌圩与壮族的审美意识 [J]. 广西民族学院学报，1986（1）.

[5] 陈代云 . "写歌人"与诗人的诞生——论十七年时期广西少数民族诗人的诗歌观念 [J]. 民族文学研究，2011（1）.

[6] 苗延秀 .《大苗山交响曲》前记 [A]. 大苗山交响曲 [C]. 上海：新文艺出版社，1954：4.

[7] 李逊 . 赭红色的旋律——记杨克 [J]. 诗刊，1987（10）.

[8] 梅帅元，杨克 . 百越境界——花山文化与我们的创作 [J]. 广西文学，1985（3）.

[9] 温存超 . 花山岩画与广西当代文学 [J]. 广西民族师范学院学报，2010（2）.

[10] 常弼宇 . 别了，刘三姐 [J]. 广西文学，1989（1）.

[11] 覃伊平 . 广西部分作家评论家漫谈广西民族文学发展趋势 [J]. 广西民族学院学报，1989（1）.

[12] 颜新云 . 关于广西新时期文学的反思 [J]. 河池师专学报，1987（2）.

[13] 杨克 . 记忆——与《自行车》有关的广西诗歌背景 [J]. 南方文坛，2001（5）.

[14] 刘春 . 中国诗歌的几个热点及广西的对应 [J]. 南方文坛，2002（5）.

[15] 陈祖君 . 边地·本土·现代 [A]. 广西现代诗选（1990—2010）[C]. 南宁：广西美术出版社，2011：6，7.

[16] 盘妙彬 . 坚持《自行车》的方向继续前进——浅谈广西青年诗歌的状况 [J]. 南方文坛，2001（5）.

[17] 李建平等 . 广西文学50年 [M]. 桂林：漓江出版社，2005：23.

新世纪以来广西的新诗发展倾向与困境探察

罗小凤

　　纵观新世纪以来的广西诗坛，一派"热闹"景象显影而出："广西青年诗会""桂林诗会""十月诗会"以及各种诗歌研讨会的交替现身，诗人们在《诗刊》《人民文学》《星星》等重要刊物上的频频露面，"华文青年诗人奖""女性诗歌奖"等各种奖项的荣揽，"青春诗会""青海湖国际诗歌节"等国内外大型诗歌活动的参与，"扬子鳄""自行车""漆""相思湖诗群""南楼丹霞诗群"等诗歌群体的活跃，"青春，送你一首诗""诗歌进大学""诗歌进校园"等诗歌活动的启动，《广西文学》推出的"双年展"、《红豆》推出的"广西诗人十家"、《漆》推出的"切片展"等诗歌集结号的亮相，都彰显了广西诗歌版图的丰富而热闹。

　　然而，"热闹"的诗歌景象是否就代表着广西的诗歌发展水平？笔者认为，新世纪以来的广西诗坛一方面呈现出一些典型而可贵的诗学倾向，如生态诗学倾向、智性书写倾向、神性写作倾向、悲悯书写倾向、意义化写作倾向、古典倾向等，正

作者简介

　　罗小凤（1980—），文学博士，广西师范大学文学硕士，首都师范大学文学博士，曾任广西师范学院文学院教授，有专著《新世纪广西诗歌观察》出版。

作品信息

　　《南方文坛》2012年第2期。

是诗人们以其诗歌实践不断地探索与尝试各种内在的诗学追求，才形成了广西诗歌值得肯定的一些诗歌质素；另一方面广西的诗歌发展亦存在诸多发展困境，这是广西的新诗未能在当代中国诗坛盘踞诗歌高地的关键因素，也是广西未来的新诗发展亟待解除的"症状"。"症状"之解除即发展之出路，唯有清醒地把脉自身的"症状"，方能突围困境，抵达新的发展路径。

一、新世纪以来广西的新诗发展倾向

在"热闹"的诗歌景象背后，是部分诗人们自觉而严肃的各种诗学倾向与追求、探索，真正构筑了新世纪以来广西新诗发展景观的内质。

（一）生态诗学倾向　新世纪以来，随着森林被毁、江河污染、洪水泛滥、资源枯竭、物种灭绝、温室效应、大气污染、臭氧空洞、沙漠化、地震、海啸、冰灾等各种生态破坏带来的恶果接连袭击人类，人们对生态危机的意识愈益清醒，各种报刊、网络、媒体上"生态"一词均已成为流行的关键词、时尚语与热门术语。而在诗歌场域中，"生态诗"这一新的诗歌"体型"在新世纪的诗歌领地上亦据守一片绿色的诗意，掀起了"生态诗"热潮，越来越多的诗人投注目光于生态维度的书写，传达他们对未来、对人类、对整个地球与宇宙的忧思。面对生态危机所带来的"生态诗热"，在首府南宁曾获得"联合国人居奖""绿城"之誉而一直极为注重自然生态保护、以"生态基地"自居的广西，诗人们没有沉默，刘频、吉小吉、盘妙彬、刘春、黄土路、杨克、费城、牛依河等诗人纷纷提笔，或书写现代文明背景下人类的生态、自然惨遭破坏后诗人的痛苦，或建构一个人与自然和谐共处的"生态乌托邦"世界。刘频一直非常关注全球经济一体化背景下工业文明对农村、故乡与人类心灵的侵蚀状态，他曾自陈"当工业向农业招安、农村向城市归顺，当草根的故乡集体农转非时，我低下了哀伤的头"[①]，面对工业文明对人类故乡的吞噬时，诗人内心极其悲痛、忧伤，只能以诗歌为飘荡无依的灵魂寻找"恬适的居所"，他的《橘子园，在规划红线里睡熟》中描画了一片被列入开发区规划书的橘子园里"果农的委屈和惊慌"，诗人内心与果农一样忧伤、忧虑，悲愤地写道："推土机挖掘机已逼近果园幽凉的睡衣／钢架厂房，现代工厂的流水线／将湮没这农事诗鲜甜的一页"；《有多少东西在一条繁华大街上遗落》中诗人对于城市文明对农村的吞噬和对人类灵魂与"内心的边界"的侵蚀而无奈、忧虑，《土豆，土豆》《我是那个在大海上捧着遗像的人》等诗都传达出诗人对工业文明造成生态破坏后果的深刻忧虑。吉小吉的生态意识亦非常自觉清醒，他的《歌声即将被人枪杀》《春天迟早也要走》《触摸疼痛》《一只小鸟是不是在路边安睡？》《一朵花离开了春天》《郊外》《刀痕》《鬼门关》等诗都痛心而敏锐地批判了商品大潮冲击下现代人满足自身奢侈的物质欲望而肆意猎杀自然生灵的残忍行径和对生态文明的人为破坏行为。他的《刀痕》一诗通过书写江滨路旁的一棵树被文明的人类砍伤后张大嘴想喊过往的行人却喊不出的细节，揭示了人类破坏自然生态的残忍，传达了诗人对这种残忍行为的愤怒和对人类自身命运的忧思。一直梦想能回乡下种田的盘妙彬亦充满生态意识，其诗笔蘸满乡野气息和诗情画意，建构了一个人与自然和谐依存的乌托邦世界，如《看不见的那一半木桥更是一寸一寸》《鱼不知道》《小白船》《美好生活》《假期》等诗在慨叹"那些温柔，那些美梦，一去不复返"的遗憾中追忆着一个个诗意而理想的乌托邦世界。出生于农村而对自然深怀敬畏之情的刘春在《城里的月光》中呈露了人在城市文明侵蚀的异化状态，《干草垛》《远方》等诗则传达了他对正在消逝的乡村的感叹与忧虑，深含对现代文明的反思和对人与自然之和谐生态的回返情结。杨克亦有对生态的关注与反思，他的《在东莞遇见一小块稻田》一诗勾画了厂房的"脚趾缝"中一小块稻田里的稻苗"拼命抱住最后一些土""愤怒的手 想从泥土里／抠出鸟声和虫叫"，由此传达了诗人面对现代工业文明对农业生态的破坏而产生的"悲痛"心境；他的《朝阳的一面向着你》《在商品中散步》《逆光中的那一棵木棉》等诗也传达着他对现代性的批判与对生态危机的警醒。田湘的《高速路旁的一条老路》《我想抹去城市的伤痕》，费城的《回不去的地方叫故乡》，牛依河的《乡间描述》，钟世华的《我的诗歌里流着村民的眼泪》《乡村记事》，大朵的《移栽至深山的大树》《家园的碎片划过他们的眼》等诗都穿透科技繁华和消费时尚的表层景象，抒发对渐趋消逝的农业文明下的乡村世界之眷恋与怀念，批判了现代文明以及附着于现代文明肌体上的工具理性、人类中心主义等观念，饱含着诗人们对现代文明对自然、农村侵蚀的忧虑与反思。

（二）智性书写倾向　海德格尔曾指出："思之诗是存在真正的拓扑学。"②即言之，诗歌之路是通向真理的，思是诗的源头与目的地。诗与思达到完美结合的境界才是高境界，故而许多诗人极为注重诗歌的哲学维度，即诗歌艺术深处所蕴涵的理性因素，和诗人凭借具象的形态所寄予的对世界及自身的深层透视。广西的部分诗人呈现出这种智性书写的倾向。盘妙彬的诗如废名之诗般充满了顿悟的禅趣与耐人寻味的哲思，废名曾在《关于派别》中说"我们总是求把自己的意思说出来，即是求'不隔'，平常生活里的意思却未必是说得出来的"，因此他崇尚"不言而中"的"德行"。[3]盘妙彬便追求这种"不言而中"的"德行"，他善于以禅的思维方式体验人生、思索生命，善于将人生思考置于禅宗视阈过滤，传达他对个体生命对无限空间与时间的体悟与超脱，使其诗禅趣盎然，如"让一条河生活在别处／让看不见的看见，像三百年前，像三百年后"（《江山闲》）、"于生活中不在，或者在／屋顶炊烟飘升／小镇在流水和石头中，去或者不去"（《此地在，此地不在》）等诗句简直是废名的诗风重现，援引了禅宗"公案式"非逻辑思维方式。禅宗的"公案"，是指禅师与弟子的对答、提问或质问等开发比较缺乏天分的弟子心中禅理的手段④，这种问答法在思维方式上突破了逻辑思维的定势理解与解释，从言语上树立一种奇特而全新的观物方式，如按逻辑的二元思维方式应该为"A 是 A"，但禅宗的"公案"式逻辑则为"A 是非 A 是 B"，所谓无缚，或者"A 同时是 A 和非 A"，所谓自身，又不是自身。盘妙彬在其诗中淋漓尽致地演绎了禅宗的公案式逻辑，"在"与"不在"、"是"与"非"或"不是"、"见"与"不见"、"去"与"不去"等悖论逻辑的镶嵌缠绕形成独属于盘妙彬的悖论修辞手法，禅趣盎然，哲思色彩浓郁。他的《流水再转多少个弯也不会流到今天》《没人看到，它的确存在》《大理在，大理不在》《过眼云烟》《现实不在这里，不在那里》《尺寸》《时光是如何丈量的》等诗亦都巧妙地将禅家的静观、心象、顿悟、机锋与现代的感觉、幻想、色彩、意象融合于一体，筑就了一个不求甚解的超验之境。刘春新世纪以来的新诗创作与其早期的青春式感性写作呈现出较大的差异，其诗多维多元地建构了一个诗与思交织的诗歌空间，如《纯洁》一诗，表面上是在叙述一个卑微的小知识分子的日常琐碎，而其实是在洞穿这表象背后的终极本质，挖掘那份久被湮灭的人性的美好和纯洁，展现纯洁的心灵与喧嚣的现实之间的反差和冲突。他巧妙地借助借代手法用"伟人头像"和"公章"这两个分别代指"百元人民币"和"权力"的词语，诉出了这个纯洁已成为过去时的扭曲时代里一个小知识分子面对金钱和权力的无奈，读来给人的感觉虽非匕首刺入般的剧痛，却像一把硬硬的毛刷子刷过留下的隐痛与无奈，让你难掩内心的抑郁与触动。尤其近年来刘春创作的《卡夫卡：命运的质询》《博尔赫斯：镜子里的幽灵》《帕斯捷尔纳克：低音区》《坚持——致柏桦》等诗都呈现出他对人类生命、存在、真理的哲性思考。谭延桐的诗曾被陈祖君誉为"思想里的风"，并被他阐释道："每一个词、每一个场景都超越表面的意义和镜像而指向原初，指向终极。"⑤显然陈祖君抓住了谭延桐诗歌的主旋律，谭延桐的诗正由于都指向原初和终极层面，因而带有浓重的哲思色彩，《没有水的地方》《时间在讲述着命运》《思想里的风》等诗无不如此。擅长书写日常生活的非亚亦偶尔从日常生活的诗意中抬头，尤其在其父亲去世前后，他对生命、死亡、命运、人类存在等问题的思考从个体经验层面提升到了本体与终极层面，如《稀缺的信仰》《自我的精神分析》《生活之一》等诗。田湘、斯如、庞白、罗雨、陆辉艳、董迎春等诗人的诗亦以他们对人类存在本质的追问、对终极价值的关怀、对人类命运的思考、对时空存在的体悟而充满智性色彩，如《加法，减法》（田湘）、《地狱的隔壁是否就是天堂》《连阳光都显得陈旧》（斯如）、《老了》、《热爱陌生人》（庞白）、《致命运》、《命运之困》（罗雨）、《一会儿》（陆辉艳）等诗。

（三）神性写作倾向 "神性写作"作为诗歌概念最初由亚伯拉罕·蝼冢于2003年初正式提出，后来刘诚倡导以"神性写作"为主旨的"第三极文学运动"以"神性写作"对抗当下的本能写作、欲望写作、垃圾写作等向下的非神性写作，大力地推动了诗歌领域的"神性写作"倾向。这种"神性写作"倾向与具体的"神"无关，而是诗歌场域中的一种"诗歌神学"，其发端渊源于20世纪80年代以海子为代表的一批诗人，他们从人的现实生存状态出发对彼岸世界或未来发出憧憬，对人类存在的终极意义发出追问，含有一种宗教情怀或对彼岸世界的理想主义的价值诉求，试图以理想与信仰之光照亮人类社会与人性的黑暗。对于"神性写作"写作的内涵，刘诚曾在《第三极文学运动宣言》中明确指出："神性写作即向上的写作，有道德感的写作和有承担的写作；神性写作是对生活永恒价值的悲壮坚守……对当代文学商业化、解构化、痞子化、色情化、贱民化、垃圾化、空洞化、娱乐化的倾向说不。"⑥谭延桐是一个充满宗教色彩的诗人，对诗歌有一种宗教般的虔诚与敬慕。在各种声音充斥诗坛之时，谭延桐坚守着诗的阵地，并奉之为地狱到天堂、现实到神话之间的沟通者、对接点，他曾坦言："诗是地狱到天堂、现实到神话之间的距离。……诗人最终抵达的也许不是天堂或神话，而是他自己本身。从自己身上，看到一切，找到神谕。"⑦他一直坚持着其对诗的神性之存在的信仰，"在灵魂深处植入些灵性与神性，多好呵。灵性与神性，是不朽的翅膀，运载着人类的绿意和艺术的葱茏"⑧。因此，把写作当作修道、悟道途径之一的他，其诗充满了"神性"，如《神曲：上升的道路》《在菩萨的耳朵里沉思》《天主》《和基督对话》等诗都透出神性之光，透出他对生命的感悟、对世界的理解与对人类的思索，呈现了诗人不断"修炼"自身诗歌精神的努力。刘频是广西又一个秉持理想主义姿态的诗人，他一直在俗世之中秉持内心对"神性"的渴望，希望以神性的光芒照亮灵魂，其诗歌创作则是安放灵魂的居所，呈现出明显的神性写作倾向，他在诗中关注灵魂的存在状态与精神领域的向上性、神性，他曾在其诗学随笔《在汉语诗歌中保持神性的光芒》中明确宣告："在我经过的大地、河流、山冈，包括黄昏里我眼中的一片沉默的麦田，一群晚归的羊，一个余晖里还在劳作的农夫，我都从中看到了一种神性的光芒。在写作的黑暗里，在灵魂的灵光被长期遮蔽的日子里，我渴望这种神性的光芒穿透我的诗歌，——它是我诗歌强大的动力，也是我写作不竭的源泉。"⑨对于"神性的光芒"的渴望与信仰使其诗闪现着神性色彩，如《今夜，鹰王在闪电中现身》《万物都成了我们的抒情对象》《整理一个人的遗物》《两座村庄，在赞美对方的美》等诗作。

他最近发表在《诗刊》的《浮世挖井》典型地体现了他在浮世之中坚持自己的理想、向上的追求，如"当岁月的容貌持续改写／我坚持在浮世挖井／在一张洁白的纸上挖出清泉／我拒绝蟑螂般猥琐的生活／那飞扬的风尘里小心安放的／依然是一颗初恋的心灵""我坚持散步，和理想一起健步行走／在俗世中，我用一缕新鲜的空气／包裹行李""我终身都在做着一件事情——／用一生的泪水，交换一颗露珠"等诗句无不显示出诗人的精神指向。盘妙彬、田湘、黄芳、陈琦、许雪萍、琬琦等诗人虽然并未明确阐明其神性写作的诗歌立场，但其诗中也泛溢着这种神性色彩和向上、向善的神性写作精神。

（四）悲悯书写倾向　悲悯情怀是一种以博爱精神关怀、同情苦难中的世人。曹文轩曾反复强调悲悯情怀对于文学的重要性，"悲悯情怀是文学存在的理由"[⑩]"文学要有悲悯情怀"[⑪]。确实，真正的作家应该拥有一种对人类以至各种生命体的悲悯情怀。

近年来广西的诗歌创作中呈现一种悲悯书写的倾向，具体而言，主要是对底层和苦难的关注。黄芳、刘频、谭延桐、伍迁、甘谷列、黄土路、大朵等诗人都对底层人的生存状态、命运与苦难进行书写。黄芳是一个对世间万物都充满悲悯之心的诗人，她的《所以你要惩罚我——写给沙兰镇中心小学的孩子们》（即《悼沙兰》，收入诗集时更名）、《晚安，我的亲人》等浸透诗人泪水的诗读来无不催人泪下，尤其是《所以你要惩罚我——写给沙兰镇中心小学的孩子们》这首诗在《女子诗报》2005年度的"女性诗歌奖"中获得非常高的评价："黄芳的诗以浓烈真挚的情感见长，《悼沙兰》一首为其代表作，读罢直刺心扉，感人泪下，颇具感染力。……诗总要以浓烈真挚的情感打动人，黄芳的诗在这方面特色十分突出。"[⑫]在洪灾、地震等灾难面前，黄芳以其悲悯之心观照受难的生命个体，如"从此，我空下来的心，／找不到一场疼痛来填充"传了内心深处深挚的同情与无以言喻的痛苦。刘频亦关注底层人的生存本相和生命个体的存在状态，如《读一本盲文杂志的盲少女》《两个焚尸工人》《我只为一棵夭折的玉米忧伤》《悼念那些在试验中死去的小白鼠》，均满含悲悯之心。谭延桐身上典型地携带着一股中国古代的士大夫气质，其诗贯穿着一种悲天悯人的救世情怀，"苦难"成为核心主题。《一只美丽的发卡》是诗人对地震中受难者生命与美丽青春的悼念、惋惜，悲悯与同情感念至深，《被风揉皱的孩子》《在那个收破烂人的眼中》《老师傅》等诗都深含着对底层人生存状态的人文关怀。书写矿山系列诗歌的甘谷列对"矿山"这一为人所不屑的边缘境地投注了他的诗歌目光，他密切关注着长年累月生活在矿山的矿工及其家属的生存遭遇，满怀悲悯之心。伍迁一直坚守其诗歌的"草根性"与"民间性"，关注小孩、苦难、底层人。黄土路、大朵等诗人亦有对劳苦大众、底层人民生活的关注，如《阳光早餐》《事件：抢劫》《天堂公交车》(黄土路)，《捡荒者》《晨雾中的坟茔》(大朵) 等诗，他们都以自己悲天悯人的心灵为支点将其目光直插入底层人的生活深处。

（五）意义化写作倾向 "意义化写作倾向"是散文诗人周庆荣提出的，他认为"意义化写作"就是"能更多地关乎我们当下生活，凸显我们自身的态度，并能将理想的精神赋予清晰的现实指向"⑬。这种"意义化写作"是当下日常化、私人化诗歌难以承载的诗歌精神。广西的大部分诗人都是书写日常、私人化的小情绪、小感触，但也有一部分诗人关注当下生活现实、社会现实，抨击社会黑暗、不公平。如刘春的《风尘》中对"由钞票发言"的时代里人们为金钱而"患软骨症"的社会状况的披露与批判，《中山路》对当下城市中各种现状的呈现与讽刺，都深含诗人对社会现实的观察、介入、反思与批判。吉小吉的诗亦善于通过捕捉现实生活的细节呈露社会的阴暗、丑恶，如《百元假钞是怎样来到老大爷手中的》《莫名其妙的恐惧》《九姑》等诗都剖开社会的阴暗面，体现了诗人的敏锐的洞察力与强烈的社会责任感和担当意识。水古的诗常以嘲讽的笔调里折射着社会沉重的现实问题，如《路疤》里的"疤"是路有疤？还是社会有疤？抑或是时代有疤？人心有疤？诗句"如果没有小偷／掀开下水道的铁盖／如今奄奄一息的呼喊声／又有谁／听得见呢"中诗人以一种貌似随意平淡的语气拷问着每一个人的心与灵魂，随意中藏着深刻，平淡里蕴着严肃。他的《爱心》《弯腰》《天上孩子》等诗都具有这种穿透力。斯如的《此刻，挖掘机正在喘息》《下一步，拆哪？》《八平方米的老屋》等诗冷峻而尖锐地呈现了拆迁问题对底层人生活的破坏与伤害，引人深思"拆迁"这一社会现实问题。80后的女诗人丘清泉虽然年轻，其诗笔却并不年轻，而"以期用最纯净和简约的语言，直指社会现实，坚硬也好，柔软也好，疼痛也好，苍白也好，只求真实，尽量避免无病呻吟"[⑭]，其诗尖锐、疼痛，如"许多人的日子／跟乞丐身上的衣服一样皱巴巴""多年以前来／他们不断更换几十块钱办来的暂住证／游走在城市的汽车尾气以及／愈来愈高耸入云的城市建筑间隙里"（《异乡人》）等诗句呈现了漂泊异乡打工的人们的生存本相，"你说城市里上班的人们／就像咱们农村水田里一群鸭子／被赶着钻进公车／开始新一轮的觅食活动"（《就当自己是个空心人》）则透视了城市上班族的生存境况，均直指社会现实。

（六）古典倾向　广西的部分诗人笔下还呈现出一股古典倾向。盘妙彬是典型代表之一。他熟谙中国古典诗词中"字与字之间的美妙搭配、内在关联、形成的词韵之美"，认为"中国古典文学如中医药般给人那种经络畅通的感觉也是妙不可言的，当推陈出新"[⑮]，因此对古典诗词情有独钟的他在其诗歌语言中杂糅了文言词语，化用了古典诗词和古典意境，如《一坐一忘》《上钩者鱼耶，非也》《不在诗经的时候》《过眼云烟》《桑田一日，沧海一日，一粒粟又一日》等诗中都化用了古典诗词的情境，泛溢着古典气息。汤松波亦善于以鲜活的现代诗歌形式重构古典文化意境，他喜欢镶嵌或化用古典诗词摹写现代生活，如"所有霓裳艳舞的排场／和客舍青青柳色新的王朝／都已随古典的残墙断瓦／淹没在历史斑驳的梦里"（《长安望月》）镶嵌了王维的诗句"客舍青青柳色新"，"河之南关关雎鸠／河之南琴瑟四起／日出嵩山／沐浴千年古刹的晨钟暮鼓／洛阳纸贵／窈窕淑女令牡丹黯然失色／逐鹿中原的猎猎大旗／将奔腾的岁月／飞舞成一部凝重的线装史书"（《河之南》）镶嵌了《诗经》中"关关雎鸠""窈窕淑女"等诗句和"洛阳纸贵""逐鹿中原"两个成语典故，"在这霜花尽染的层林之间"（《霜降》）则化用了王实甫的"晓来谁染霜林醉"，"摇歌吟的渔舟／环武陵山水／一去二三里"（《桃源梦记》）直接引用了"环武陵山水"和"一去二三里"，《清明》"纷纷扬扬的清明雨"对应"清明时节雨纷纷"，"四月／从销魂的清明雨里走来"承接"路上行人欲断魂"，"杏花年年如期开出四月"则既承接了"牧童遥指杏花村"，又连同最后一节诗中的《千家诗》被淋湿了"

承接了《千家诗》中志南的那句"沾衣欲湿杏花雨"，而"漱玉词一样悠长一样缠绵"与末句"婉约的南方风韵"又糅入了李清照的古典气韵。他在新诗中直接嵌入古典诗歌的诗句和语言，使古典语词与现代话语相融汇，现代诗和古代词熔为一炉，构筑了一个相当古典蕴藉的现代诗歌境界。奉行"新古典主义"的"梧州桂冠诗人"陈侃言喜欢熔古典与现代于一炉，"千里驿路／一骑红尘／博得杨妃一次著名的笑／宋代那位苏髯公／日啖三百颗之后／竟忘了谪罪之身／不悔长作岭南囚了"（《古风荔枝》）中化用了杨贵妃"一骑红尘妃子笑"和苏轼"日啖荔枝三百颗，不辞长作岭南人"两个诗歌典故，"拾级而上／历史性地转过山坳／那棵松树似乎还在／但不见了／松下那个唐朝的童子"（《也登庐山》）化用唐贾岛诗句"松下问童子"。唐女、琬琦、罗雨等诗人的诗亦善于化用古典诗词、典故、意境书写现代情绪、感觉。

二、广西的诗歌发展困境

广西的诗歌发展虽然呈现了一些富于诗学价值与发展意义的创作倾向，但由于践行这些诗歌倾向及其诗歌理念的诗人只是广西诗歌写作者的极小部分，因而，在"热闹"而"繁荣"的诗歌景象背后其实潜藏着复杂的内在矛盾与巨大的发展困境。笔者据自身目力所及与视阈所限而认为大体存在以下四个矛盾，这些矛盾所在即为当前广西的诗歌发展之困境所在。

（一）热与冷的矛盾　总体上，广西诗歌在全国诗歌视阈中的处境是"内热外冷"。具体而言，广西的诗歌界内部由于各种诗歌活动的开展，各种刊物版面的据守，各种诗歌奖项的设置与启动，大量诗集的出版，呈现一派"热闹"景象。然而，就外界的评价看，广西诗歌并不"强大"，更难以副实于"诗歌大省"（郁葱语）的褒誉，与北京、上海、山东、辽宁、湖北、四川、福建、湖南、甘肃、新疆、青海、海南等相较之下，更不难窥出广西诗歌力量的弱势。从"华文青年诗人奖"的获得看，广西仅刘春获此殊荣；而无论是首都师范大学还是在人民大学启动的驻校诗人机制，广西迄今为止无一人进入过，山东却已先后输送过四位；从鲁迅文学奖、茅盾文学奖等品牌奖项的获得情况看，广西尚无一人有幸光顾。外界对广西诗歌的定位大体为"广西诗歌界热闹是热闹，但真正的好诗不多"。因此，广西诗歌界内部虽然貌似极其热闹，但来自外界的目光却非常"冷"，这种"冷"的待遇既需要诗人们今后去争取更多的认可，更需要自我反省与检视自己的诗歌艺术。这种"冷"并非媒体不给力，并非对外宣传不到位，而需要诗人们在自身的诗歌素质、诗歌手艺与诗歌文本内部寻找出路。

（二）"多"与"少"的矛盾　首先是诗人多，杰出者少。笔者每年协助一些诗歌年度选本的初选工作，面对浩繁的广西诗歌，笔者却觉得难以选出多少精品，每年呈送十余人的诗作，经过几轮筛选后最终常常所剩不多；《中国诗歌年选》、《21世纪中国新文学大系》的诗歌年选、《中国诗歌选》、《中国诗歌精选》、《大诗歌》等年度选本中入选的广西诗人常常寥寥无几。由此不难看出，相对权威的诗歌选本中广西的诗歌力量与其他地区相比显然非常弱势。在几乎所有当下比较权威的诗歌选本同时对广西诗歌不太感兴趣的情形下，广西的诗人们是应该反躬自省还是抱怨几句"那些专家不懂诗歌"？这显然是无须赘言的。对此情形，广西的本土诗人刘春非常清醒，他敏锐地指出："衡量一个地区的文学成就高低不是看人数和作品量的多少，而是看这个地区是否具有最说服力的诗人和诗歌。广西'中游'的诗人不少，特别突出的就凤毛麟角了，但愿这种尴尬的情况以后能有所改变。"⑯文学史、诗歌史对一个地区的诗歌水准的衡量并不是以这个地区诗人获奖的多少、出版诗集的多少、参加活动的多少与大小、被人评论的多少与高低来衡量的，真正的衡量标尺是诗歌文本自身的质量，是需要写出真正好的诗歌文本来，因此，广西的诗歌发展应该注重"精品"而非诗人阵容大小的推出。

其次是探索尝试者多，但坚持一个主核者少。刘频、盘妙彬、刘春、黄芳、谭延桐等少数几个诗人在全国范围内以其自觉而明晰的诗歌探索已取得一定声名，但大多数诗人依然没有形成自己鲜明的诗歌追求。一直以来，广西创作诗歌的诗人不少，创作的诗歌也不少，但是大多没有形成诗歌系列，没能集中撞击读者的阅读神经。山东诗人中江非的"平墩湖"系列、徐俊国的"鹅塘村"系列、路也的"江心洲"系列、郜笪的临沂系列等都使这些诗人冲出山东，获得了全国性的诗歌荣誉并都进驻首都师范大学中国诗歌研究中心做驻校诗人，这是因为他们的诗歌追求与诗歌精神都有一个主核，其诗歌写作均坚持一个主旋律并形成了诗歌系列，占据了不少诗歌领地的据点，引人瞩目。相形之下，广西的诗人很少坚持一个诗歌据点而形成诗歌系列的，因此能引起诗坛关注的诗人与诗歌并不多。大多数诗人依然属于"青春期写作"，仅仅为了抒发个人的小情绪、小感触，自足于书写日常琐碎，没有更高的立足点、更阔远的诗歌视野与诗歌精神。更有甚者，以一种投机心态迎合刊物或编辑喜好，刊物征什么稿就写什么，编辑喜欢什么风格就写什么风格的诗，同行写什么诗歌能发表在重要报刊便跟风模仿甚至粘贴复制，有些诗人甚至花钱买版面发表作品，一些诗人以自己能在一些主流刊物偶尔露脸而沾沾自喜甚至过度自恋，或者小圈子互相吹捧，完全迷失了方向。总体上，广西诗歌陷入了一种自我陶醉、自我满足的创作误区之中。殊不知，编辑不代表诗歌，当下许多编辑根本不懂诗歌；当"红"的诗人也并不代表当下的诗歌水准。因此，广西的许多诗人在诗歌取向上就错了，没有自己的坚守与秉持，结果丢掉的是自己的诗歌操守。

最后是评论多，诗歌批评少。批评与评论并非一回事，当前广西诗歌评论领域吹捧说好话的多，描述现象的多，批评的少，提升至理论与学术层面的诗歌研究更少，使广西诗歌缺少一个评价机制的监督和学理层面的深入研究。虽然《南方文坛》在这方面做过一些努力，自2001年始每年开辟一期《广西诗歌讨论》的专栏，剖析评点广西诗歌发展态势与问题，试图为广西诗歌发展寻求出路，但毕竟势单力薄，需要更多批评与学术的声音和力量勘探广西诗歌发展的脉动。

（三）轻与重的矛盾　20世纪90年代中国诗坛盛行的日常化、个人化写作倾向对广西诗坛的影响是深远的，当90年代那些以此风格风行于诗坛的诗人逐渐隐退或开始自我反思之时，当下广西的许多诗人依然滞足于抒发他们在琐碎的日常生活中的小感触、小情绪，而没有任何提升或升华，内涵过于轻浅，缺乏重量、厚度、深度，过于小家子气。余光中曾指出："耽于个人经验而不能提升普遍真理的诗人，恐怕难成大家。"⑰广西诗歌阵地上杰出者少与这种耽于个人经验而不能提升普遍真理的"轻"显然不无关系。此外，广西诗人笔下的许多诗均是偶有佳句而无佳篇，正是废名所言的将一点诗意或灵感"敷衍成许多行的文字"⑱，其实全诗只保留一二句即可，其他均可删除，更无法成为"耐读"之诗。究其原因，亦在于这些诗缺少人类情怀、普世情怀，视野不够宽阔，诗意的延展仅限于一己之小感触、小情绪，境界"小"、窄，不够高、宽，小家子气重，没有高远的诗歌视野和架构，没有终极关怀，缺乏穿透力。对此，青年学者王晓生也曾指出："优秀诗歌与哲学思考有关，与终极关怀有关。这些都是广西诗人需要加强的。"⑲广西诗歌的发展需要克服内涵之"轻"的自我囿限，提升诗质的重量、厚度、深度。

（四）旧与新的矛盾　无可否认，广西许多诗人的才情是值得肯定的，但仅仅凭才情创作是无法持续长久的，艾略特曾指出诗人在二十五岁以前可以凭才情写作，二十五岁之后就需要历史意识才能持续了。而广西的大多数诗人主要凭借自己的生活经验和才情写作，诗歌立意上没有独特的追求，诗歌艺术上没有个人的创新，诗人的知识结构、人文素养等都没有提高，在"青春式写作"的激情消尽之后便无法再进行创作了。许多诗人模仿古代或西方著名诗人的诗风，甚至复制或克隆当下比较活跃的诗人的作品，诗歌艺术和诗歌追求上没有创新性，没有形成独属于个人的独特的诗歌追求，对此花枪曾毫不客气地指出："就目前而言，我认为广西诗歌总体水平不高，而我看到的广西诗人的作品，绝大部分是一种无效的写作。对他人而言，可能觉得很好，但从诗歌文本和诗歌发展的角度看，是失效的。那些在前人已经玩腻了，接着玩，有意思么？""绝大部分是躲在山沟里，自我安慰自我陶醉自我感动"⑳此言初听似乎感觉偏激、刺耳，但细想一下，却不无道理。20世纪八九十年代诗人盛行的个人化、日常化写法早已被当下诗坛保存在上一世纪的诗歌记忆中，先锋的诗人们早已在探索新的诗歌方向、风格和艺术手法，但在广西新世纪以来的诗歌中却依然成为大多数诗人贯穿的诗歌手法，这未免确实是"无效的写作"。先锋性、创新性的不在场，显然会给广西诗歌的发展带来桎梏。

或许，唯有秉持那些可贵的诗学倾向与诗歌精神，并解决当下诗歌发展态势中纠缠的内在矛盾与困境，才能真正构筑出广西诗歌的繁荣、热闹景象。窃以为，这正是广西诗人们需要继续努力之所在。

| 注释 |

①⑨ 刘频：《在汉语诗歌中保持神性的光芒》，《红豆》2011年第8期。

② [德] 海德格尔：《诗·语言·思》，彭富春译，文化艺术出版社，1991，第19页。

③ 废名：《关于派别》，《人间世》1934年第15期。

④ [日] 铃木大拙：《通向禅学之路》，上海古籍出版社，1989，第86页。

⑤ 陈祖君：《两岸诗人论》，广西人民出版社，2004，第233页。

⑥ 刘诚：《第三极文学运动宣言》，《神性写作诗学理论》专号，2008年5月。

⑦⑧ 谭延桐：《随手拣起的叶子》，载《笔尖上的河》，中国文联出版社，2000，第236、229页。

⑩ 刘伟见：《悲悯情怀是文学存在的理由——访著名作家曹文轩先生》，《中国图书评论》1999年第10期。

⑪ 曹文轩：《文学要有悲悯情怀》，《青年文学》2006年第9期。

⑫⑯ 转引自刘春：《广西诗歌：在波峰与波谷之间——关于新时期广西现代诗创作的10个问题》，《南方文坛》2011年第1期。

⑬ 周庆荣：《理想，其实并没有走远》，《诗刊》2010年5月上半月刊。

⑭ 丘清泉：《丘清泉诗观》，《诗选刊》2009年第1期。

⑮ 盘妙彬、钟世华：《问与答——盘妙彬访谈提纲》，见盘妙彬博客：http://pmb1964.blog163.com/blog/static/2029045220119264575 2756/。

⑰ 余光中：《诗与哲学》，载《余光中集》第六卷，百花文艺出版社，2004，第299页。

⑱ 废名：《新诗应该是自由诗》，载《谈新诗》，人民文学出版社，1984，第19页。

⑲ 王晓生：《广西诗歌现状四人谈》，《广西文学》2003年第1期。

⑳ 花枪：《广西诗歌六人谈》，《诗歌月刊》2002年第8期。

当代广西回族述略

王　迅

广西回族约为2.82万人，其中60%分布在桂林、柳州、南宁等地区，其余分布在百色、鹿寨、阳朔、平乐、灵川等县市。广西回族不是当地的土著居民，而是由外省回族迁入广西后逐渐繁衍发展起来的。广西回族分布特点与全国一致：大分散，小集中。广西回族多集中在平坝地区，或居住在交通方便的圩镇和城镇郊区；城市回族人自成街区，农村回族人自成村落。相对于其他少数民族，回族在广西属于较少人口的民族。广西回族作家数量不多，但艺术成就不可小视，特别是白先勇、海力洪等具有全国影响的作家的存在，提高了广西回族文学的整体层次。

当代广西回族文学最突出的成就表现在小说创作方面，除了享誉海内外的著名小说家白先勇，还有世纪之交冒出文坛而实力雄厚的青年作家海力洪。随着社会历史的变化，白先勇小说研究越来越引起海内外学者的重视，已经进入较为成熟的研究阶段。篇幅所限，不再展开。

作者简介

王迅（1975—），浙江师范大学文学硕士，有专著《极限叙事与黑暗写作》等，现任职广西文联文研室。

作品信息

《贺州学院学报》2014年第2期。

作为广西八名首批签约作家之一，就叙事才能而言，海力洪可与广西文坛的"三剑客"比肩。海力洪对小说文体具有个人独特的艺术识见，具有相当自觉的文体意识和形式追求。这种文体意识体现在作者在场的叙述意识，为了凸现叙述行为本身，小说情节反而退居次要。但海力洪不是形式至上主义者，他有能力把叙述控制在一定的限度之内，让精神内核藏于其间又超乎其外。短篇小说《小破事》以诡谲的叙述，让读者走进荒诞不经的叙事迷宫，但这个迷宫并非不可穿越，掩卷之际便是水落石出之时。从叙述流程来看，小说的叙事在林淮与"狮子"对形而下的兽性故事的讲述中不断推进，接近尾声时遽然升华为另类性别意识的终极思考。而山重水复的阅读中，读者不仅会惊诧于人物的虚幻本质，更为海力洪的叙事能力拍案称奇。主人公林淮因为躲雨而偶然闯入一间酒吧，这个异质空间足以让他惊梦一场。而对读者，这又何尝不是一场神秘而惊险的体验。这种神秘性不仅表现为叙事的跳跃性和陌生化，同时也是构成因果报应的意义追问空间。小说中的小韦，可以说既是在场的（他确实处在主人公的视线范围之内），但最终又是缺席的，作为幻影而存在。这个人物的设置为小说拷问自我灵魂提供了契机，小韦的隐性存在，指向变性人"狮子"的内在自我。作者通过林淮的视角确正了小韦的消失（"狮子"将小韦的失踪解释为被猪姑娘拖进地狱了），小韦的失踪隐喻着"狮子"正视自我的失败。小说最后以"狮子"的口吻将这种自我灵魂的闪现称为"小破事"，又消解了她对自我的严肃追问。神秘性与荒诞性、形而下与形而上、现代性与后现代性，就这样统一在海力洪的叙事中。《小破事》典型地体现了海力洪小说叙事的美学特征，称得上是其文学创作历程中里程碑式的作品。

当代广西回族作家中，桂林作家马玉成的小说创作不可忽略。马玉成在从事医疗工作之余，不仅创作了数量可观的中短篇小说，还出版长篇小说《碧血英烈》《小飞燕之死》《名士风范唐景崧》。马玉成中短篇叙事聚焦于医疗领域，凸显出强烈的问题意识。短篇小说《太平房的笑声》对医生缺乏职业操守的现象进行了猛烈抨击，展露出知识分子的人道与良知。当这种批判性锋芒转向社会的精神痼疾，就可能产生警世的阅读效果。短篇小说《布谷鸟》把笔锋指向贫困群体思想意识的蒙昧与落后，并以主人公的败北暗示愚昧思想的顽固与可怕。马玉成历史题材的长篇小说也充溢着医治创伤的道德诉求，这缘于作者悲天悯人的情怀，及其呼唤人类和平的赤诚之心。中越关系恶化让作者十分心痛，正是这种伤痛促使作者创作出凝结中越人民战斗友谊的历史小说《碧血英烈》。这部小说以黑旗军抗法的历史为背景，讲述了一个硝烟笼罩下的爱情传奇。这部作品给人印象最深的是战争的残酷性，以及战争中军人的情感困惑。明快的叙述中，既有对历史的剖析，又给人以哲理的启示。

在诗歌创作方面，回族诗人有麻承福、傅金纯，他们诗歌创作起步于改革开放之前，这似乎决定着这一代人特殊的话语方式，他们更倾向于以传统的浪漫主义笔调，表达他们对历史、社会和人生的独特认知。

麻承福20世纪50年代步入诗坛，曾以漓波影、红丁、一丁、一波等笔名发表作品数百篇（首），诗风质朴、清丽、隽永，代表作有《漓江的浪花》《高原之鹰》《雪山情》等。《漓江的浪花》是一首咏物诗。"浪花"在诗中经过人格化改造，显然已不是普通自然之物，而是成了"冰心玉结"的化身，尽显"轻狂"的意态和"潇洒"的身姿。诗人以丰富的想象，勾勒出浪花的动态之美。但它的美远远不止于此，更在它气节的坚守和意志的不屈：春风也罢／秋雨也罢／任你轻抚／任你狂打／然而／风雨过后／它还是它，也在它不安于现状的执着与洒脱：它不肯停留／沉静的河湾／顺其自然／任其漂泊，还在它甘于牺牲的奉献精神：倘若需要／它也会／溶进清流／酿成三花美酒／抚慰孤寂的心灵／升腾云天／化作甘霖雨露／濡润青春的年华。阅读这首诗会使人想起艾青的《礁石》，两者皆以象征手法赋予事物以特殊的精神内涵，意象化的象征之物浸透着作者对生活的感受。在咏物诗的深沉蕴藉之外，麻承福还以饱满的激情抒写时代精神和高尚情操，彰显出昂扬向上的人生追求。在《寻找》中，诗人对蹉跎岁月和沧桑人生的回顾，意在激励人们寻找"失落的光明"，而非只是个人伤怀式的倾诉。麻承福写现代诗，也写旧体诗。如《爱梅情》借助抒情主体与梅花的比照，以"难得此花知我心"的知音之感，表达诗人的超脱人格和高远志向。在诗艺上，既有意境之细工，又通格律之古韵。

傅金纯为中华诗词学会会员，桂林七星诗社社长。插过队，当过兵，拿过榔头，执过教鞭，且能书善画。诗歌代表作有《毛泽东之歌》和《邓小平之歌》两部长诗。《毛泽东之歌》是作者为纪念毛泽东诞辰一百周年而作的，长达三千余行。作者试图把这部长诗写成"一支民族精神和民族性格的颂歌"，因为在他看来，"毛泽东作为彪炳青史的历史巨人，无与伦比的民族影响，他的精神正是我们的民族精神的集中反映，他的性格正是我们的民族性格的具体凸现"（《毛泽东之歌·后记》）。《毛泽东之歌》不啻是对历史伟人在个体意义上的歌颂，而是把独特的"这一个"典型化，作为中华民族的集体象征加以塑造的。这样看来，对毛泽东英雄业绩的书写与歌颂，就成了对中华民族英勇不屈的民族精神的讴歌与赞美。在形式上，作者采用了"楼梯体"的分行排列，使诗歌节奏、旋律和诗人情绪的激昂与悲壮相呼应。在这部长诗中，抒情性与叙事性相交织，炽烈的情感与理性的思考相统一。战争、历史、哲学、苦难、血腥、光明，这些多声部主题，在诗人燃烧的激情中，共同合奏成了这部慷慨高迈的颂歌。

散文创作方面，白梅和方文的创作具有代表性。白梅1989年开始散文创作，发表散文近百篇。散文《红薯》作为其代表作，曾获全国报纸副刊作品一等奖。文章以普通食物为题材，却写得别有境界。作者的视野并未拘囿于红薯作为食物品种的自然属性，而是以生活体验为出发点，讲述"我"眼中的红薯。文章为我们展现了"我"与红薯有关的三个人生片段。作者对红薯的印象随着场景的位移不断变化，而这种变化与作者人生境遇及其所处的时代环境息息相关。从红薯的味道，作者品尝到人生的艰辛与崎岖，而作为读者，我们从作者对红薯的爱憎态度的变化，也能感受到作者人生岁月的酸甜苦辣。对作为"城市人"的"我"来说，红薯是陌生而遥远的事物，但这又激起"我"无限的向往之情。"我"很快便如愿以偿，首次品尝到红薯的滋味。但由于"文革"中在农场与猪同睡的恶劣环境，红薯并不像朋友描述中的那样美味可口："既不粉，也不甜，吃多了反而觉肚涨，便多"。第二次吃红薯，是在作者去农村插队的时候。"我"干活累到极点，饿到肚皮贴着背脊的程度，这个时候农友送来的红薯对"我"来说犹如雪中送炭。文中这样描述"我"对红薯的感受："口中的红薯软软的，使我想起遥远的从前妈妈给我吃过的糖水芙蓉蛋，我把最后一口留在舌尖上细细含化，奇怪自己以前为啥不觉得红薯有这等好吃。"第三次是作者打柴回家途中，同样是饥饿难耐，这次品尝到的是红薯丝清香与甘甜。与前两次相比，这次不同在于，红薯丝的突然降临令"我"猝不及防，神秘而蹊跷。据此，红薯对"我"而言已非同寻常，它成为"我"的"患难之交"，"一个赋予了神圣生命力和炫目色彩的偶像"。这简直就是神物，红薯被作者神圣化和象征化，成为"我"无比敬畏的事物，同时也在心中构筑了一片圣地：我再也不吃红薯。"我"对红薯的厌恶到喜爱，终至变成一种信仰，物与人的联系在讲述中不断演化，结尾处升华为作者对精神伦理和人生哲理的思考。作者着力于人与物的精神联系，以人写物，又托物寄意，构思奇妙，意境深远。白梅散文不止于对小我的观照，同样有对社会的担当。《麦大叔》以旁观者的视角打量灰色人物的生活，以近似小说的笔调，透过麦大叔的几个人生侧面，塑造了一个善良、风趣又豪爽的小人物典型，让读者见识了作者的另一副笔墨。

　　方文1984年开始发表作品，有散文小说集《文思集》出版。情感真挚、质朴生动是方文散文的主要特征。《"枣"爷爷》写作者对爷爷的一种想念，然而，对作者而言，爷爷不过是空洞的符号，因为作者从未见过爷爷，爷爷也未曾给他留下可资怀念的遗物。由于当年爷爷死于逃荒途中，甚至连坟墓也不曾留下。多年后，父母探亲时突然发现家门口有爷爷栽种的一棵枣树，这棵枣树自然成为我想念和祭奠爷爷的依凭。在文章最后，我们发现，作者对爷爷的寻找，其实是出于一种关爱的缺失。作者由一棵枣树寻索到童心的寄托，道出了缺少庇护的童年的酸楚。其次，作者对底层弱势群体表示关注，《人生三昧》是对理发妹、护工、钟点工等社会底层生活的观察和书写。作者对黄大姐在绝境中依然乐观的人生态度极为赞赏："忧也要过，笑也要过，我这个人就这样，缺了牙齿也要笑。"文章以平实的文字呈现出三个生活画面，在对人生图景的描绘中展示出坚韧的生命亮色。第三，作者将其所见所闻放在理性的框架中审视，由此构筑理性思考的空间。《异国随想》在对瑞士伤痛历史的追溯中，作者被瑞士人民可贵的契约精神所打动。文章认为，正是因为瑞士人的那种诚信，以及瑞士远离杀戮的中立态度，使这个国家成为世界金融机构最多、世界性组织最多、世界古建筑保存最好的经济大国。

在小说、诗歌和散文之外，广西回族文学中，海代泉的寓言创作、方文的小小说创作在各自领域都有所建树。

海代泉1957年开始发表作品。著有寓言集《猫头鹰的疑问》《鹦鹉的诀窍》《驴的忧虑》等，童话集《飞碟留下的机器人》《老鼠贝米有支画笔》，另有散文集、诗集、小说集出版。作品曾获全国优秀儿童读物奖、广西首届铜鼓奖、广西少数民族文学创作优秀作品奖及全国第五届少数民族文学创作奖等。海代泉的寓言蕴藉着时代精神，歌颂新时代、新生活、新思想。在《路灯与萤火虫》中，路灯与萤火虫，两个意象象征着两种不同的思想境界，通过对比说明我们不能像萤火虫那样只考虑个人的利益，而应该学习路灯的奉献精神。作者对现实中的弊端并非视而不见，而是秉持揭出病根、"引起疗救的注意"的立场。《老虎、狐狸和鸡》《狐狸评论员》等作品中，对于现实中的腐败现象，作者给予严厉的斥责与针砭。《磨驴》《寻找伯乐的马》等作品抨击时弊，入木三分。作者牟利指出现实中不良现象和思想，以示规劝，敦促改良。在形式上，海代泉的寓言简洁明快，短小精悍。在对意境的精心打造中融入个人的智性思考，显示出作者渊博的学识、丰富的人生经验和敏锐的艺术感觉。美中不足的是，在凸显时代感和经验智慧的同时，幽默感和风趣性似乎有嫌不足。

方文的小小说创作素材一般来自现实生活，他能在寻常中发现不寻常，在司空见惯的日常中发掘常人熟视无睹却未能道出的秘密。《假如组长》对当前党政官员的空谈之风进行了辛辣的嘲讽，以其精巧的构思和严肃的立意摘取广西反腐倡廉题材小小说评选优秀奖。《青蟹在规定中死去》中的大李买好青蟹回家省亲，但在机场安检出了问题。机场规定：不能托运活体动物。于是，大李去小卖部买开水将蟹烫死，可小卖部有规定：只有在客户购买快餐面的前提下才供应开水。大李只得买了快餐面六袋，于是，青蟹变成了"红蟹"。尽管大李最后通过了安检，但其遭遇确实让读者既心痛又愤慨。生活中多如牛毛的种种"规定"，无疑是人类作茧自缚的愚蠢之举。在主题上，这篇小说超越了对现存体制的质问，而以其对人本的思索彰显哲思之光。

从整体上看，广西回族作家尽管数量不多，但也构成了老中青创作梯队。其中，既有白先勇、海代泉、麻承福、傅金纯等老一辈作家，也有海力洪、白梅、方文这样的中青年作家。但再往后推，几乎就凤毛麟角了。这种背景下，我们欣喜地看到，桂林80后回族作家傅晓涵表现出对文学创作的热忱。傅晓涵的主要作品是长篇小说《无常重生》（2010年由作家出版社出版）。这部小说写主人公子凡因女友流影离去而患上间歇性失忆症，在家乡疗养中得到精心护理，并重新拾回记忆。作者试图通过子凡记忆的失去与恢复，以及这个过程中的种种遭际，表达人生无常的悲剧性。作者坚定地认为，失忆并不可怕，最可怕的是精神家园的迷失。只有寻回属于自己的精神家园，人类才能获得真正的重生。尽管小说在思考上略显简单和表面，但作者把自己对禅宗的领悟化入叙事，倒也显示出80后作家少有的独特才情。

语言选择与文化自觉

——广西少数民族作家汉语写作研究

张柱林

假设人是具有自由意志的，那么，他选择一种并非母语的语言进行文化创造，那他就必定认可了这门语言所承载的文化意义，包括这门语言所再现的生活方式与世界观。当然，对那些没有本民族的文字的作家来说，这是他通往文化创造之路的唯一大门。这时，人们常常会看到他充满对这种非母语的爱，"他对这种语言的爱既清醒又带着激情，这种新的语言为他提供了新生的机会：新的身份、新的希望"[1]。对许多少数民族作家来说，汉语的意义也是如此。而在广西，由于各个少数民族没有本民族通用的文字，汉语书写便是他们仅有的选择。广西的少数民族作家既有与中国其他地域少数民族作家相同的地方，也有明显的不同。当然，广西的少数民族作家也是多种多样的，如鬼子是强调写作的普遍性的，而与之不同，像蓝怀昌的《波努河》却是通过一个变革中的山寨来思考本民族即瑶族的命运的。这样

作者简介

张柱林（1966—），广西天峨人，武汉大学文学学士、上海大学文学博士，广西民族大学文学院教授、博士生导师，有专著《一体化时代的文学想象》《小说的边界——东西论》《桂海论痕》等。

作品信息

《广西民族师范学院学报》2014年第5期。

的作品产生了另一种紧张，即在追求进步、现代化和民族认同之间的矛盾，也就是如何在变革中保持民族传统。像凡一平、李约热等作家就避开了这一问题，选择的题材是城市的，或者是匿名的，不再出现任何民族风情与地方特色。总体来说，广西少数民族作家的汉语写作具有和其他地区少数民族作家不同的特点，这种特点可以简单地概括为，这些少数民族作家的创作与汉族作家没有太大的区别，甚至像阿来那样以藏族的一些人名、地名和事物来显示自己的民族题材、标榜自己的民族身份都很少。这种情况产生的原因是什么呢？

首先的解释就是，除了母语以外[①]，这些少数民族在其他方面已经与汉族没有区别，或明显的区别。那么，这种区别不大的状况是如何形成的呢？今天我们所说的汉族大约在秦汉时期形成，其边界与今天的汉族文化区域大致相当[2]。在秦代，今天广西所辖的部分区域已经设郡，其行政管理范围甚至及于今天的越南北部。更重要的是，这些地方也和汉族地区一样，都属于农耕为主的区域，根据马克思主义的理论，"生产方式"是社会发展的核心问题，在社会结构和文化发展中，生产方式是决定性的，可以据此得出结论，从历史的形态看，其实广西跟内地没有太大的区别，"皆为华民耕稼之乡"[②]。进入现代，广西少数民族所碰到的问题就更与汉族地区没有区别了。其实，与其他少数民族作家相比，语言在广西作家那里几乎不成问题，就是因为广西少数民族的生产方式和生活方式与汉民族并无大区别，在这种情况下，要学习汉语相对就容易了，因为"设想你来到一个陌生的国度进行考察，完全不懂那里的语言。在什么情况下你会说那里的人在下命令，理解命令，服从命令，抗拒命令，等等"。答案是："共同的人类行为方式是我们借以对自己解释一种未知语言的参照系"[③]。与其他区域的少数民族作家相比，广西壮侗语族的作家们大都生活在以农耕方式为主的地区，所以其地理环境、生活习惯甚至宗教信仰等等，都没有呈现出与汉族农耕文明特别的不同。这就使那些少数民族作家，特别是从小生活在民族杂居地方的，能较早较轻松地接受并学习汉语。还有世居广西境内的少数民族或者没有自己的民族文字，或者有文字也不流行，所以这些从事汉语写作的作家基本没有接触这些文字的机会，同时成文文献也很少。这些作家对民族传统文化基本上只能以口传的形式接触到，对其创作的影响也就相对有限。

虽说是现代的城市生活将社会变成了一个民族融合的大"熔炉"，但其实类似民族融合、归化或转化的事实古已有之。以广西的壮汉两族为例，历史上曾经发生过大量的壮同化于汉或汉同化于壮的情况，有学者经过细致的考察和分析，得出这样的结论："壮汉互为同化，你中有我，我中有你是历史上壮汉关系的一个显著特点"[3]。由于这种复杂的态势，使得19世纪50年代的民族识别和认定工作充满了各种挑战，当然其中必然存在着社会科学家如民族学者和语言学者的分类体系、行政权力的干涉与政治策略的考量、个体与群体的利益关系、生存智慧等等的互动与博弈。对于作家来说，不也例外。出生在广西扶绥县的陆地曾经回忆起自己被改变族别的经过："城镇居民先前是壮汉不分的，祖辈的传说都讲是'随狄'（随从狄青征服侬智高）南来的后裔，从来总以为自己是汉人。等到1952年壮族自治区筹建时才宣布说，凡是讲壮话的都应归属为壮族。所以到1952年以后，我的民族成分才由汉族改为壮族"，而且更重要的是，"其他少数民族的住地，如瑶族，世代相传，习惯于高山密林，在贫瘠的土地上经营他们的生活。壮族人就不一样，生长养息的领域，却拥有肥沃的平原，交通往来、文化生活和汉族不见得有多大区别。"[4]言下之意，如果按自己祖辈对自身血统的认识，本应为汉族，现在由官方根据需要定为壮族，其实两族间从生产方式、生活条件和文化等看没有什么区别。当然，作家最后同意了这种认定："我是用汉语写作的壮族人"④。

陆地这样的作家并非例外。当然，有很多少数民族作家小时候确实不懂汉语，他们对汉语的感情其实相当复杂。鬼子曾经谈到对于汉语的"语言的恐惧"，就是一个明显的例子。就在这种对强势语言的恐惧中，也滋生了一种渴望，即掌握和征服这种貌似强大的异族语言。鬼子说："对汉语的渴望是为了沟通，为了逃避，为了生存，最早的愿望绝对不是为了创作"[5]"如果想走出那片土地，如果想与外边的人进行正常的交流沟通，……我们必须掌握他们的汉语，这世界是属于汉语的世界，不是我们那种语言的世界！"[5]这里可以明显看出作家内心的紧张，因为他必须"使用"的语言是属于"外边的""他们的"，这里设置的"内"和"外"、"我们"

和"他们"的二元关系，已经表露了作家明确的自我身份意识。从他的话里，体现出非常明确的语言意识，汉语对他而言首先是一种媒介语，为了更好地生存，他要进入汉语的世界，他掌握这门语言后才将其用于文化创造，说到底进行文学创作乃是一种权宜之计。鬼子在回忆自己和汉语的关系的时候多次表示他对这种语言的异质性的明确感知："我几乎很难表达，从小到大我是如何靠近和掌握汉语的，回想起来，就仿佛一个远古时代的草民，艰难地渴望得到一把收割的镰刀。因为我是少数民族，我们的语言与汉语有着本质的不同，尤其是表达的方式"[5]，他形容那些到村里来的汉人小贩的语言"声音尖尖的像是来自地狱的幽灵"，不过他马上又表示，这种仿佛来自地狱的声音对他们这些不懂汉语的人来说，却具有极强的召唤力，因为懂得了这种语言，就可以与汉人交换物品，得到自己想要的东西。他回忆起第一次挣钱是到街上卖草药，这事使他产生了强烈的掌握汉语的渴望，而在路上发生的对话更凸显了不懂汉语的危险："大人便问我，你上街干什么？我说去玩儿。他们问我，你会说官话吗？那所谓的官话就是我一直向往的汉语。你要是不会说官话你就回去吧，他们说，免得镇上的汉人把你卖了你都不知道"[5]。从所举的例子可以看出，鬼子特别注重汉语的交换和经济功能。

除了注重"官话"的汉语所具有的利润预期之外，鬼子对自己的民族文化乃至民族身份的怀疑更增强了其对使用汉语进行文化创造的决心。他出生于罗城的少数民族家庭，奶奶祖上是仫佬族人，母亲是壮族人。但他认为自己的创作和自己的民族出身没有什么联系："说真话，我那民族的出身并没有给我以创作的影响，原因可能是我们那民族演变到了我们这些人的时候，已经和汉人没有了太多可以区别的东西了。除了语言，我真的找不出完全属于我们自己的东西来。我们的节日也是别人的节日……我们的民族曾大量地出版过很多所谓我们自己的民间故事，但哪一个故事都可以在别人的故事里找到蓝本……我们的服装也是别人的服装……"[5]而罗城是一个有着较深厚的写作传统的地方，鬼子也否认了这种传统给自己的影响，一是他很晚才知道这些前辈，至今也没有读过他们的书，曾经听过他们的讲课，却发现"他们对文学的理解与我对文学的追求有着本质上的不同"[5]。更激进的是，他其实否定了任何关于民族的本质认定，你说他是仫佬族人，他不否认，而你说他是壮族人，他当然也认可，他的母语就是当地的壮话。而他儿子，在他们家的户口簿里却是另一个民族："因为我夫人是东北人，她说她是满族。我儿子觉得满族好，满族人当过皇帝，于是他就选择了满族。"[5]这段话真是别有用心啊，按照前面所引用的鬼子的自述，可以理解为他暗示了他在官方文件里的民族身份其实并非出于自己的认识和要求，而是官方的行政需要的结果，而他儿子选择满族作为自己的民族认同符号，却是自觉自愿的结果，他没法选择，而儿子拥有选择的权力，儿子的选择并非因为这是一种民族自觉，或热爱母亲，而是因为那是一个统治过中国的民族！这种向强势文化的靠拢到底是鬼子儿子的想法，还是其父亲的想法？而鬼子写自己的夫人"她说她是满族"的言外之意也就不言而喻了。更有意思的是，他对仫佬族本身也试图进行解构，他说那是一个"变异"而来的民族，"书上说，我们这个地方原来是没有这么一个民族的，后来来了一帮北方战争的流亡者，为了生存和发展，他们与当地的女人生活在了一起，说着一种变种的语言，于是就成了仫佬人了"[5]。实际情况如何，在这里并不重要，而是鬼子对这种说法情有独钟、深信不疑，与他儿子"选择"满族一样，他强调这个民族的来源是高贵与强势。

但是，母语和母亲一样，是你无法选择的。鬼子因此认识到，汉语对于他，就是"借用梯子"："因为语言的关系，写作对我来说，一直都是一件艰难的事情，我时常隐隐地感觉到，我就像一个力大无比的印地安人在白人的果园里打工。任何一个构思好的小说，总是高高地挂在我的头顶，像一棵高高在上的果树，需要我高高的踮起脚尖，才能摇摇晃晃地触及到那些果实，如果要将它们紧紧地抓住，将它们紧紧地攥在手里，一个一个地摘到篓中，我需要的仍然是别人的梯子"，"汉语的写作对我来说，永远是在借用别人的梯子"[5]。他在这里把汉语理解为一种达到目的的手段和工具。这意思和中国古人的佛经里的认识一样，就是"得意忘言""到岸舍筏""上屋抽梯""过河拆桥""获鱼弃筌"之类说法，维特根斯坦在他的早期著作《逻辑哲学论》中也说过："我的命题通过下述方式而进行阐释：凡是理解我的人，当他借助这些命题，攀登上去并超越它们时，最后会认识到它们是无意义的。（可以说，在爬上梯子之后，他必须把梯子丢掉。）他必须超越这些命题，然后才会正确地看世界"[6]。如果说语言文字可以比喻作梯子的话，借用别人的语言文字恐怕就不像借用梯子那么简单好用了。鬼子对这一点有清醒的意识。"我相信任何一种语言都具有自己的生动性，是别的任何一种语种无法完全替代得了的，就像我们一直抱怨汉语是不可翻译的一样，翻译了就没有了语言里的那一种味道了"，"我那民族的土语同样具有很多汉语表达不出的生动，所以，逢年过节的时候，我们不管是来自上海的，还是来自北京的，在一起的时候，总会一脸兴奋地用我们的土语来完成我们久违了的聊天"[5]，这里他说的是汉语无法完全表达他想表达的意思，因为这种非母语没有母语的生动性，没有那种感情和韵味，如果可能他还是愿意使用自己民族的语言，问题在于他的母语市场太小，他只能是逢年过节在老家与老旧亲朋相聚的时候才能兴奋地使用一回。同理，他要想把自己的想法、小说的构思翻译成汉语，也会碰到同样的问题，即汉语无法完整地表达他的内心，同时，他对汉语的掌握也就有可能只能达到工具性的那一面，而无法深入到那种语言的文化传统之中。

作家对文学创作的工具，即语言（文字）有清醒的认识，在广西的现实状况中，用汉语／汉字进行写作既是适应现实，也是一种主动选择。诗人韦其麟在为自己的朋友诗人莎红辩护时说，"我们都知道，在广西的少数民族虽有语言，却无文字——解放后才有的拼音壮文一直未能认真推广使用。要广西作家诗人用本民族语言文字来写作，那是叫人水中捞月。在目前以及可见的将来，恐怕仍然是用汉族的方块字进行文学写作"[7]。这使广西的少数民族作家容易接受非母语写作，甚至有些作家根本没有思考过语言问题，或认为语言根本不是问题。像鬼子这样的作家，并不喜欢标榜自己的民族身份以获得照顾、特权或者优越性。在他看来，他觉得一个作家用汉语写作，就应该奔着汉语写作的前沿阵地去；也就是说，所有用汉语写作的作家，都只能用同样的标准来衡量，你应该成为优秀的汉语作家，而不是好的用汉语写作的少数民族作家。他甚至在接受访谈时说，如果贴上少数民族作家的标签，就相当于"被别人给活埋了"。

当然，也有些作家并不持如此看法。19世纪50年代，拼音壮文制订出来的时候，曾经有作家欢呼它的诞生。几十年过去，恰如韦其麟所说，这种新工具并没有被广泛接受，也没有产生预期的成果。作家们仍然主要用汉语创作，用拼音壮文写的作品影响极其有限。有些作家呼吁民族本体文化，但在现实中不免碰到许多障碍。比如农冠品，这是一位热爱民族生活的诗人，思想也谈不上胶柱鼓瑟，理性而现实。他在《岜来，我民族的魂》中反对将花山壁画神秘化、奇观化，反对将其当作谜，既肯定民族辉煌的往昔，更希望在新时代，用"进化""精密思维""探索"等精神，"共同谱写当今生活的崭新旋律"。奇怪的是，全诗的开头，诗人写道："岜来，我民族的山、民族的魂！／我不喜欢'花山'这汉译之名，／我要为你正名也要给你正音，／你的壮名叫'岜来'，岜来更亲切动听！"[8]，这与全诗的格调明显不协调，那些和"崭新旋律"相关的音节全部是用汉语书写出来的，独独"岜来"诗人坚持说壮名更亲切动听。其实，诗人自己也未必能维护自己的说法，他曾写过这样的句子："宁明县文代会召开，明江在欢欣，岜来在欢欣。明江奔流文彩，岜来汉译叫花山，美好名山，会光彩夺目"[9]，"美好名山"源自"花"，作者心目中的理想读者也是汉语读者，所以文章的标题标出的并非"岜来"，而是"花山"：《宁明花山留言》。《致虎年之歌》一面对民族文化的根源感到自豪，同时又知道"那蒙昧的苦星兮，已渐渐地沉寂、黯淡、陨灭"，呼唤"有胆有眼""有识有志"的虎"带文明之星来兮，让布洛陀后裔的家乡辉光闪烁"，显然，文明之星是外来的。诗人的取向是可以理解的，他常常号召古百越民族的后裔"去闯做古河鱼古井蛙太苦"，鼓动他们在新的时代里"加快加急"。至于民族这一概念，在作家笔下常常并不指"我有根兮是盘古，我有源兮是布洛陀"的壮族，而是指"中华民族"，如《龙的苏醒与腾飞》里的"民族英魂"。至于他提出的"古壮字、拉丁化壮文、国际音标、汉字多体并用"，恐怕没有多少现实可操作性，即使是看起来非常合理的建议，如"要十分重视壮族本体文化，不管是物质或者精神方面，特别是壮族本体民间文艺、民间文学，是弘扬民族艺术、民族文学、民族文化的根本主体……要抢救、收集、翻译、整理、出版、发行、宣传……同时，也要有选择的把复合体、创造型的文化成果，转译成壮语言文字，包括于民间流行的'土字'，以此来丰富民族文化和文学艺术的内容，互为转化，互为利用，互为促进与提高"[9]，在今天的实际中也很难推行。

也许，发扬光大民族文化最可靠的路径，是将传统的民间文化元素进行创造性的转化，使其成为汉族与其他民族共享的成果，韦其麟的《百鸟衣》就是一个典型的例子。据诗人回忆，他在小学二三年级的时候，就听村里一位喜欢给小孩讲"古"（故事）的前辈说过类似的故事，当然故事的名字不叫"百鸟衣"，而是"张亚源卖懿儿（糍粑）"，当时他并没有想到要把这个故事写成一首诗。真正使他产生创作冲动的时间，是他在武汉大学中文系读书的时候，受到《长江文艺》编辑们的鼓励，从而就这个民间故事为题材进行了诗歌创作。"百鸟衣"是一个在南方少数民族间流传的故事，情节互有出入。如黔南和桂北一带的苗族，就有多个版本的"百鸟衣"故事。其中，广西隆林一带流传的故事非常接近韦其麟诗中的情节，如公鸡或鸟变成美丽姑娘与主人公成亲、万恶的黑暗势力要两夫妻交纳公鸡蛋、妻子让丈夫打鸟制作百鸟衣然后到官府找她等"[10]。诗歌的结局却与这个故事有极大的不同，苗族多个版本中都以这样的情节作结：男主人公用百鸟衣与苗王的王袍交换，穿上百鸟衣后的苗王怪模怪样，他的文武大和或狗认不出他，最终把他打死或咬死了，穿着王袍的男主人公则乘机自己做了苗王⑤。从逻辑上说，这一情节安排是合理的，不然无法解释男女主人公为何要求与苗王交换衣服。韦其麟将故事的结局改为两夫妻远走他乡，似乎是《诗经·硕鼠》"适彼乐土"的回响，也可以理解为对阶级革命改变社会结构的意识形态的呼应，如果反抗的结果是自己做王，何来革命可言？诗歌保留了交换神衣和龙袍这一情节，就要给出自己的解释，所以读者就看到了这样的描述：土司不会穿百鸟衣，要古卡为他穿，古卡在帮他穿衣时乘机用尖刀将其杀死，原先交换衣服是为了自己做王，现在变成了在交换衣服时杀人。当时情节的改动还有其他考虑。韦其麟小时候在广西横县一带所听到的百鸟衣故事，男主人公名叫张亚源（有的版本主人记"源"字为原）或张打鸟，诗人显然为了突出民族特色，将其改为古卡（在一些壮语方言中其音意为鸽子），并且将打鸟改为猎野狸、老虎和豹子，既表现其技艺和勇武，也让公鸡回家一事不至于那么突兀。当然，最后为了制百鸟衣，就顾不了那么多。虽然许多民族都有百鸟衣故事，可是自从有了韦其麟的《百鸟衣》，一般不追根究底的读者都会把其当作壮族的。

历史的巨大变迁在二十世纪下半叶突然加剧并极端化，几乎所有人原先的生产和生活方式都难以为继，广西少数民族作家的创作也涉及这一重要内容。陆地的《美丽的南方》涉及"土改"，而"土改"对于中国革命和中国的现代化建设包括建立市场社会都是一个关键性的情节。从整个小说结构看，《美丽的南方》与《暴风骤雨》《太阳照在桑干河上》等经典"土改"小说并无差异，即以"土改"工作队到来开始，到农民翻身觉悟、工作队离开结尾。作家为了表现出自己的新颖处，就将故事的地点移到壮族地区，并增加了一些反映民族和地域色彩的元素，如亚热带植物木棉、榕树等，如民族地区风俗习惯，"不落夫家"、榕树崇拜、"三月三"扫墓（相当于汉族的清明节）、山歌对唱等，但值得注意的是，这些因素与"土改"进程并不构成内在关系，也即并不促进或抵触、反抗运动，几乎完全是游离于政治运动的外在元素。所以，就"土改"本身而言，《美丽的南方》的描述与其他书写汉族地区的小说基本相同，没有多少少数民族特色⑥。这并非不符合实际情形，恰恰相反，就"土改"中中共碰到的最大障碍是地主这点而言，小说是真实的，而在壮族地区，社会矛盾也与汉族地区一样。

如果说《美丽的南方》中特定的阶级斗争意识掩盖了现代化国家建设中的矛盾冲突，或者说将先进与落后、科学与迷信、封闭与开放等等转换成了阶级问题，那么在蓝怀昌的笔下，这一切又在1980年代的意识形态语境中复活了。固然，作家在《波努河》中也写到波努人（通称布努瑶）的美好品德，纯朴善良，乐于助人，捕到猎物时会均分给村里人。但这一切，在贫穷和落后面前就不算回事了。小说中有这样一个情节，玉梅和玉竹两姐妹住在宾馆里，装修豪华，用具先进，"和她们家乡低矮的古老的木楼一比，时差也许是整整半个世纪"，这表面上是人物的内心感叹，也未尝不是作者本人的心声。玉竹无意中踩踏淋浴器的开关，喷洒出来的温水让两人惊愕，感到"我们真是乡巴佬"。这其实就是许多"落后"地区碰到"先进"文明时的"水龙头"故事的翻版，作为一位瑶族作家，蓝怀昌真诚地希望自己的民族走出历史的困境，在改革开放中找到民族的新路。虽然《波努河》中力图将民族命运勾勒出来，并将其包裹在各种神话般的象征迷雾中，但其核心却也不是如何保存民族文化或独特的生产生活方式，而是如何适应中国经济发展的大潮，即如何让波努人摆脱落后和贫穷。小说里唯一成功地应对纷纭复杂的社会现实的人物是"画眉头"陆斌。这个人物具有很强的传奇性。他熟悉现代法律体系，也深知具有中国特色的审判过程的奥妙，甚至现行的民族政策都被他善加利用，外加运气好，使他得以侥幸地辩护成功，让玉梅脱离遭人陷害可能锒铛入狱的险境。小说以玉梅和陆斌一起回波努山作结，"在土司的坟场边上，留下两双浅浅的脚印"。这是否意味着波努人已经否定过去，但却看不到清晰的未来？小说中经常写到波努山和波努河上的大雾，充满了象征意味。《波努河》不是唯一以走向波努山作结的小说。蓝怀昌其后创作的《一个死者的婚礼》将时间提前到帝国主义入侵的时代，格鲁苏巴楼人最后的希望方向也是波努河。小说同样将巴楼部落描述成带着浓厚落后愚昧色彩的族群，大敌当前，族人考虑的却是如何争夺、继承与分配头人的财富与权力。这似乎是波努人的历史段落中的前部，而《波努河》却意味着传统生活方式的终结。

依据生产和生活方式将人类分为先进与落后的群体，从而肯定与追求先进、否认与放弃落后，其实常常反映的是占据统治地位的人群的观点，而许多所谓落后民族的成员也有意无意地接受了这种观点。但对于作家来说，通过其认真的观察、体会和思考，常常能够揭开那些追求先进背后的血淋淋的现实。瑶族原先是游耕民族，这被认为是一种较落后的生产方式，土地肥力下降之后，只能迁往其他山区，所以无法提高生产力和积累财产，也就没有土地所有权。20世纪以降，瑶族定居下来，"定点生活，生产劳动，改变了过去过山迁徙不定，生活、生产动荡的状态。这是根本性的转变，由此引起他们在衣、食、住、行和精神世界等各个方面的一系列变化"，这曾被认为是加快了他们追赶先进民族的步伐。实际情况是，中国深层次地卷入全球资本主义生产结构中，所有的农业人口都面临转变生活方式和生产方式的问题，人们已经不可能像他们的先辈那样靠土地和手工艺生活了。蓝怀昌写作《波努河》的时候，玉梅、玉竹这样的农村人口进城，被视为从封闭走向开放，值得提倡。但作家已经意识到了其中隐藏着各种问题，当然他不可能从结构上来思考和描述这个问题，但两姐妹的遭遇已经表明，事情远不像想象的那么简单。这并非某一民族碰到的特殊问题，虽然作者强调波（布）努人的文化与族群特征，但从政治和经济的层面看，玉梅、玉竹们所面临的，就是小农经济难以为继的全球性事实。

在蓝怀昌笔下，瑶族文化符号还时有出现，如创世史诗密洛陀、波努人古歌、民间神话故事，包括具有民族特征的人物姓名等，但到年轻一代的瑶族作家如潘红日、光盘（盘文波）等人笔下，已经没有任何民族文化留下的痕迹，其所书写的人物，不再是山里的农民，而是在城市里奋斗挣扎的红男绿女，他们要解决的问题和解决的方式都与城市的生存状态与生存策略有关，而与其血缘和地域等没有联系了。同样的是，其他成长于1980年代的少数民族作家笔下，多数已经不再关注民族文化记忆，而是注目于当代的现实生活，如鬼子、凡一平、李约热等人的作品，均可说是聚焦于一些普遍性的问题，如城乡关系的不平等、底层人民的困苦、城市各色人物的欲望与挣扎等，找不到任何特定地域与特殊文化的痕迹。较有影响的作家中，只有黄佩华算是个例外。在当今的青年少数民族作家身上，这一趋势更加明显，甚至在壮族诗人费城眼中，民族语言与故乡的一切都呈现出与自身文化认同的格格不入：他在矿区长大，直到十四岁才回到故乡，即他父亲的老家。那里土地贫瘠，道路肮脏，人们目光呆滞，更要命的是，人人讲壮话，而他觉得壮话"粗俗不堪"……语言的隔阂让他非常孤独。这样的经历和记忆，让他产生了重构故乡的愿望，他要用文字（当然只能是汉字）呈现"另一个故乡和村庄，以及内心的风景"。很显然，这种追求虽然是一个非常特殊的个案，却反映了广西少数民族青年作家的写作中的一个共同倾向，即他们生活在一个面临同样问题的世界中，这些问题与民族身份无关，而与现代性的来临、社会转型有关。这一点甚至体现在作家的文类选择上，19世纪50年代登上中国文坛的广西少数民族作家，大多以诗歌闻名，如韦其麟、苗延秀、包玉堂等，这可能与他们自小接受民族传统的歌谣文化的熏陶有关。而到1980年代后，能在全国产生较大影响的，几乎是清一色的小说家，这是现代文学世界的文类格局的反映。现代小说是一个霸权式的文类，构成对其他体裁的压抑，由于其容易阅读、故事性强所以比诗歌更广泛地为读者和市场接受，当然也引来更多的作家加入虚构故事的行列，现在的广西少数民族青年作家自然也不例外。

| 注释 |

① 广西堪称中国境内语言体系最复杂的地区，就以汉语为例，当地人所操持的方言涵括了从北方方言到客家、粤、湘、闽等南方方言，包括归属尚未定论的平话等，这些语言之间常常互不相通。所以《中国语言地图集》专设 A5 页为《广西壮族自治区语言分布图》。

② 章太炎说的是"朝鲜、越南"，广西自然不在话下。详细参见姜玢编选《革故鼎新的哲理——章太炎文选》，上海远东出版社，1996，第 243 页。

③ 维特根斯坦：《哲学研究》，同上引，第 95 页。

④ 陆地：《七十回首话当年》，载《广西当代少数民族作家丛书·陆地卷》，漓江出版社，2001。陆地生于 1918 年，本文作于 1989 年。

⑤ 梁彬、王天若编《广西苗族民间故事选》，广西壮族自治区民间文学研究会印，1982，第 149—155 页。书中题为"百鸟衣杜王"的故事，只有最后一个情节"换衣"及"做王"与其他故事相同。

⑥ 李乔的《欢笑的金沙江》三部曲更能体现少数民族地区土改的特点，参见姚新勇的相关论述，载《寻找：共同的宿伞与碰撞：转型期中国文学多族群及边缘区域文化关系研究》，中国社会科学出版社，2010，第 218—223 页。

| 参考文献 |

[1][法]克里斯特娃. 反抗的未来 [M]. 黄晞耘，译. 广西师范大学出版社，2007.

[2] 王明珂. 华夏边缘：历史记忆与族群认同 [M]. 社会科学文献出版社，2006.

[3] 顾有识. 汉人入桂及壮汉人口比例消长考略——兼论壮汉之互为同化 [A]. 见：范宏贵、顾有识. 壮族论稿 [M]. 广西人民出版社，1989.

[4] 陆地. 故乡与童年 [A].广西当代少数民族作家丛书·陆地卷 [M].漓江出版社，2001.

[5] 鬼子. 艰难的行走 [M].昆仑出版社，2002.

[6] 维特根斯坦全集（第1卷）[M]. 涂纪亮，主编. 陈启伟，译. 河北教育出版社，2002.

[7] 韦其麟. 关于诗的民族特色的感想——致友人 [N]. 广西日报，1982-8-4.

[8] 农冠品. 广西当代少数民族作家丛书·农冠品卷 [M].漓江出版社，2001.

[9] 农冠品 . 热土草 [M].香港天马图书有限公司，1998.

[10] 广西民间故事资料（第一集）[C]. 广西壮族自治区民间文学研究会编印，1980.

花山岩画与广西文学

——以花山岩画为中心的文学叙事

黄伟林

  2011至2012年，我们做了一个广西文化符号的调查。在对数十位广西文化专家的调查问卷中，花山崖壁画（亦即花山岩画）在200多个文化符号中排名第15位，属于最具影响力的广西文化符号之一。[1]"花山岩画位于宁明县驮龙乡耀达村明江（左江支流）东岸花山岩壁上。花山，又称"画山""仙人山"，壮语称为Paylaiz（岜莱），即画得花花绿绿的山，是一座峰峦起伏的断岩山，海拔345米，山高270米，南北长350余米，临江西壁陡峭，向江边倾斜。岩画布满岩壁。岩画以氧化铁和动物胶混合调制的颜料绘制，呈赭红色。整体画面长172米，高40—50米，面积8000多平方米。除模糊不清的外，可数的图像尚有1900余个，大约包括111组图像。岩画以人像为构成主体，人像一般作正面、侧身两种姿势，皆裸体跣足，作举手屈膝的半蹲姿势，辅以马、狗、铜鼓、刀、剑、钟、船、道路、太阳等图像，构成一幅幅内容丰富、意境深沉的画面。人像一般高0.6～1.5米间，最大的高达3米。正面人像躯体高大，佩刀、剑，处于画组的上方和中心位置，侧身人像皆簇拥之，场面热烈

作品信息

《广西师范大学学报（哲学社会科学版）》2015年第1期。

而庄重。其内容包括祭日、祭铜鼓、祀河、祀鬼神、祀田（地）神，祈求战争胜利，人祭、祭图腾等巫术活动。画面中出现的羽人、椎髻、铜鼓、羊角钮铜钟、扁茎短剑、环首刀、船等图像，具有骆越文化的特征，反映了骆越社会活动情景。是战国至东汉时期左江流域骆越人进行巫术活动的遗迹。以规模宏大，场面壮观，图像众多，内容丰富居左江岩画之冠，作为左江岩画典型代表而举世闻名"[2]。

从直观的视角观察花山岩画，我们也能感受到花山岩画高度的原始性、抽象性和神秘性。原始性可以理解为花山岩画最突出的特质。迄今为止，尚无确切的史料证明花山岩画的真实来历和生成年代。花山岩画给人的感觉是，它先天地存在于"看见"或者"发现"它的人面前。虽然学者们经过多种方法的考证，已经大致推断出"左江崖壁画的年代应为战国至西汉中期"[3]，但由于这仅止于推断，尚无任何史料文献佐证，甚至整个左江流域，同一时期存留的史料文献似乎也极其有限。因此，花山岩画给人以强烈的原始感。原始性强化了花山岩画在左江流域原住民心目中与生俱来的感觉，即他们出生、生活在这片土地之前，花山岩画就先于他们而存在了。这造就了花山岩画在原住民心中厚重的文化心理积淀。花山岩画作为一种文化，长时间、深层次、层累性地建构于广西壮族的内心世界。抽象性是花山岩画最直观的感受。花山岩画的图像具有非常强的抽象性，民间甚至称之为"鬼影"。中南民族大学张雄曾在宋人李石的《续博物志》卷八发现关于"鬼影"的记载："二广深谿石壁上有鬼影，如澹墨画。船人行，以为其祖考，祭之不敢慢。"抽象性直接导了花山岩画内涵的难解与多解，导致了花山内涵的不确切性。1884年编纂的《宁明县志》记载："花山距城50里，峭壁中有生成赤色人形，皆裸体，或大或小，或持干戈，或骑马。未乱之先，色明亮；乱过之后，色稍黯淡。又按沿江一路两岸，石壁如此类者有多。"记录者无法确认这些图像的确切内涵。这些抽象的图画究竟表达了什么样的内容，学术界主要有战争、语言符号、祭神和巫术几种说法，至今尚无定论。原始性和抽象性之外，花山岩画还具有巨大的神秘性。不多的史料记载，也支持了花山岩画的神秘性质。如明代张穆的《异闻录》称："广西太平府有高崖数里，现兵马持刀杖，或有无首者。舟人戒无指，有言之者则患病。"这些描述性的文字，除了有对花山岩画的客观描述之外，更有花山岩画与人关系的主观描述。显然，花山岩画的神秘性在于人们认为它会对人产生物质或气质性的影响，即它具有巫术的功能。这种神秘性是人们祭祀花山岩画的重要心理动机。

作为最重要的广西文化符号之一，具有原始性、抽象性和神秘性的花山岩画通常被认为是广西壮族绘画艺术的不朽杰作。20世纪80年代，花山岩画也曾经激活了广西当代画家的艺术灵感。1980年，被称为"壮族古代文化之元"的原始神秘的宁明花山壁画"抓住"了一对画家兄弟的眼睛。面对花山壁画，周氏兄弟画了数十本速写，这是新时期中国艺术家最早的寻根行动。1982年，默默无名的兄弟俩在中国美术馆举办"花山壁画艺术展览"，展出了180幅作品，得到刘海粟、吴作人、李苦禅、李可染、张汀等老画家的高度肯定，并因此得到国际美术界的注意。从此，国际画坛出现了一个重要的名字：周氏兄弟，兄名山作，弟名大荒。

在广西文学领域，花山岩画这一神秘的"鬼影"也源远流长，它是广西多民族文学的重要原型，是广西多民族文学的重要灵感来源，承载了广西多民族文学的重要想象。花山岩画所在的左江流域流传了大量关于花山岩画来历的民间传说。仅广西民族研究所汇编成书的《广西左江岩壁画民间故事传说》就有90多篇。广西民间文艺家协会、广西民间文艺研究室编的《广西民间文学作品精选·宁明卷·花山风韵》也选收了17篇《花山崖壁画传说》。中国民间故事集成全国编辑委员会编的《中国民间故事集成·广西卷》也选收了1篇《花山岩壁画》。

在所有关于花山岩画的传说中，最流行的说法是：从前宁明那利村有一位青年名叫蒙括，一餐能吃60斤米粥或200斤米饭，力大无穷，可将一块巨石掷出三四十里，数十人割一天的谷禾，他一次就挑可完。后来，他不满当地土皇帝的欺压，决心起来造反，但愁于没有兵马。后得神仙授意，蒙括闭门自画兵马置放箱中，过了一百天就会变成真兵真马。不料只到九十九天，他母亲见蒙括终日闭门不出，就偷偷走进房间，打开箱子欲看个究竟。谁知箱子刚一打开，里面的纸兵纸马纷纷飞出，因不足100天，这些兵马的眼睛还没有睁开，刚飞到珠山就碰到山崖上，再也飞不动了，一个个贴在山壁上，变成了崖画。[4] 传说中的主人公蒙括也有称勐卡、蒙大的，可以看出它们源于同一个人物名字，只是在流传过程中使用了不同的汉字注音。这是花山岩画传说的核心故事。有的故事增加了诸如夜明珠的内容，意思是神仙送了一颗夜明珠给花山人，天气热的时候，花山人可以白天休息、夜晚劳动，生活安逸，受到土司的嫉恨。① 根据这个传说，我们可以大致还原其中的社会生活。大概是左江流域天气炎热，壮族先民身体强壮，过着比较富足的生活。然而，或是出现了贫富差距，或是因为中原人的侵入，官民冲突导致左江流域发生了战争。花山岩画成为当时战争场面和战争人物的记录。极少数有关花山的传说涉及男女情爱。比如《黄小》这则传说提到有一对兄妹结成夫妻，这种乱伦行为导致珠山顶上的夜明珠不亮了，村民因此想杀死他们祭祀天神。《金银洞》讲述一个村姑借了金银洞的首饰把自己打扮得很漂亮，却忘记了必须当天归还的规则，引起众怒而投江自尽。② 绝大多数花山岩画的传说都涉及神仙，那些纸上画出的人马，或竹子里长出的兵马，都来自神授。

今天，人们更倾向从科学、历史、岩画艺术的角度对花山岩画进行分析和判断。然而，千百年来，花山岩画的民间传说具有更深入人心的传播效果。花山被称为神仙山，花山岩画出自神仙的画笔，花山岩画具有帮助原住民反抗压迫者的神异功能。这些有关神迹、神授、神灵的民间传说更容易得到前现代左江流域原住民的心理认同，它们通过口耳世代相传，形成了广西壮族重要的神秘文化心理积淀。神秘性是人类对不可知的事物所保持的敬畏。在现代的人类与自然关系中，神秘性在科学的攻势下丢城丧地，但仍然在宗教及人们的内心世界中占有一席之地。作为广西最重要的历史遗产和文化资源之一，花山岩画以其客观的存在及其主客观融合的人文积淀，对广西多民族文学的发展产生了重要影响。

20世纪70年代末至80年代初，中国文坛最活跃的有两个作家群体，一是以王蒙、张贤亮、高晓声为代表的右派作家群，二是以王安忆、张承志、韩少功为代表的知青作家群。1984年，由《上海文学》和《西湖》杂志主办，以知青为主体的一批作家、评论家和文学编辑在杭州西湖召开了一次文学座谈会。这就是后来被反复提起的成为"寻根文学"思潮标志的"杭州会议"。参与了此次会议的阿城、韩少功、郑万隆、李杭育后来都成为寻根文学的代表作家。通常认为，寻根文学的价值在于文化寻根，这其实只是说到了问题的一个方面。寻根文学并非一场文学的复古运动。寻根文学的真正价值是以现代意识激活文化传统。也就是说，在寻根文学之前，中国作家已经建立了文学的现代意识，但这种现代意识还处于横向移植的状态，未能在中国的土地上落地生根。寻根文学以欧美现代主义的眼光重新审视中国的文化传统，所谓以现代激活历史，以现代主义审视文化传统，以先锋意识激活地域文化，才构成完整的寻根文学。在不少当代文学研究者的眼里，寻根文学是中国当代最重要的文学现象。寻根文学为什么如此重要？这是因为寻根文学对于在它之前的当代文学具有整体性的转型价值。首先，在思想领域，寻根文学将当代文学从狭窄的政治思维引向了文化思维，文学的思想空间获得了根本的拓展；其次，寻根文学将当代文学从西化和中国化的两极分裂中超脱出来，它既是学习西方的，又是尊重传统的；再次，寻根文学对文化传统也进行了辨析，既有对主流传统、中心文化的反思，也有对地域文化、边缘文化的关照，从而使非中心主流地域的作家获得了文化自觉；最后，它不仅是文化的，而且是审美的，对文学语言、对文学文体的高度重视，表明它同时也具有文学自觉和审美自觉。

广西没有作家参加"杭州会议"，但广西作家近距离地感受过周氏兄弟的美术成功。"杭州会议"所关注的文学现象，如贾平凹的商州作品、张承志的北方小说不可能不对广西作家有所影响。值得注意的是，与寻根文学思潮同步，广西当时最负盛名的诗人杨克在《广西文学》1985年第1期发表了组诗《走向花山》，广西当时最负盛名的小说家聂震宁在《文学家》1985年第5期发表了中篇小说《岩画与河》。

组诗《走向花山》由A、B、C、D四首诗组成，每首诗题以花山岩画的某一图案命名。A首讲述花山岩画的来历："从野猪凶狠的獠牙上来／从雄鸡发抖的羽翎中来／从神秘的图腾和饰佩的兽骨上来。""从小米醉人的穗子上来／从苞谷灿烂的缨子中来／从山弄垌场和斗笠就能盖住的田坝上来。""绣球跟着轻抛而来／红蛋跟着相碰而来／金竹毛竹斑竹刺竹搭成的麻栏接踵而来。"B首讲述骆越先人的原始狩猎生活："一支支箭镞，射向血红的太阳，射向／太阳一样血红的野牛眼睛／兽皮裹着牯牛般粗壮的骆越汉子／裹着／斗红眼的牯牛一般咆哮的灵魂／脚步声，唔唔的欢呼／漫山遍野／踏过箭猪的尸体和同伴的呻吟／把标枪／连同毫不畏惧的手臂／捅进豹子的口中。"B首结尾，诗人告诉我们："火灰，早已湮灭了／只有亘古不熄的昭示／仍在崖壁上的熊熊燃烧／比象形文字还要原始／比太阳还要神圣。"C首讲述战争："连风都被杀死了／狼藉的山野，躺着／吻剑的头颅，饮箭的血／血染的尸骸／躺下了纷乱的马蹄／丁丁当当的杀戮、宰割／残忍和冷酷／只有"嗡哄嗡哄"的铜鼓／召唤弓，召唤剑，召唤着藤牌。"D首是美好生活想象的描绘："积血消融了，浪花将孤独卷走／崇山峻岭间，奔泻着爱的湍流／鱼和熊掌黯然失色／青春和心，点亮炽热的红绣球。"组诗《走向花山》讲述了花山岩画的来历，展开了对花山岩画内涵的想象，还原了原始时代战争的场面，表达了对花山未来的期许。

花山岩画本身的原始性、抽象性和神秘性激活了诗人的灵感，给予了诗人巨大的想象空间。杨克是在用现代诗的语言解读花山岩画。借助了诗歌的法则，他大胆地将壮族神话传说中布伯的故事、妈勒的故事有机地整合进入花山岩画的叙事中。当花山岩画的原始性、抽象性和神秘性与布伯、妈勒的故事遇合，花山岩画终于从抽象走向了具象，抽象的图像被赋予了史诗的内涵，原始的神秘焕发出绵延至现代的昭示。毫无疑问，组诗《走向花山》所描述的花山岩画的原始由来、原始生活、原始战争以及美好未来的期许，与花山岩画本身的原始性、抽象性和神秘性有较明显的互文关系。当然，诗人杨克创作组诗《走向花山》并非只是用诗歌的形式去重复学者们的花山研究结论，他试图从花山岩画这一图腾式的存在，体验源远流长、博大精深的广西文化，为他的诗歌创作找到一个文化根本。

组诗《走向花山》发表后不久，梅帅元、杨克在《广西文学》1985年第3期发表了广西作家的"寻根宣言"《百越境界——花山文化与我们的创作》。这篇文章是最早发表的寻根文学的理论文章，比韩少功那篇影响巨大的文章《文学的"根"》早发表一个月。在这篇文章里，作者传达了诸多信息：

花山，一个千古之谜。原始，抽象，宏大，梦也似的神秘而空幻。它昭示了独特的审美氛围，形成了一个奇异的"百越境界"，一个真实而又虚幻的整体。

纵观今天广西文学作品的写法，与《诗经》为代表的黄河流域文化较为写实的风格更为接近，而基本上完全舍弃了与屈原为代表的长江流域的楚文化及更为离奇怪诞的百越文化传统的联系。我们的缺陷正是在于，只是过于如实地描绘形而下的实际生活，而缺少通过表现形而上的精神世界，来展示这一民族的历史和现实。

西方现代主义在这上面大做文章，把主观感强调到膨胀的程度：抽象、象征、表现，魔幻……，主体压倒了客体，渗透了客体。客体在心灵的需求中变形了。单从这个意义上看，它与原始文化一脉相通。与其说现代主义是创新，不如说是更高意义上的仿古。

广西所处的地域，有着与文学创新观念很合谐的原始文化土壤，这是我们的优势。

关键不在于你写出了一个看得见的直观世界，而是要创造一个感觉到的世界。就是说，在你的作品里，打破了现实与幻想的界线，抹掉了传说与现实的分野，让时空交叉，将我们民族的昨天、今天与明天溶为一个浑然的整体。这个世界是上下驰骋的，它更为广阔更为瑰丽。它是用现代人的美学观念继承和发扬百越文化传统的结果，如同回到人类纯真的童年，使被自然科学的真变得枯燥无味的事物重新披上幻觉色彩。[5]

这是一篇视野相当宏深的理论文章。它把花山作为广西的地域文化图腾，作为一个神示的象征，在《诗经》为代表的黄河文化、《楚辞》为代表的长江文化、欧美为代表的西方现代主义文学的古今中外三维文学格局中为广西文学把脉，指出广西文学发展的路径和方法：打破现实与幻想的界线，抹掉传说与现实的分野，将民族的昨天、今天与明天溶合，用现代人的美学观念继承和发扬百越文化传统，超越写实主义风格，创造感觉的世界。由是，花山成为广西文学之魂，成为"百越境界"这一广西文学发展目标的文化载体。"百越境界"这个概念把文化意识、历史感和诗意审美融为一体，以此呼唤打通古代与现代、中国与外国、民间与精英、边缘与中心，融文化意识、历史感和诗意审美为一体的广西文学。1985年4月22日，《广西文学》在南宁召开了"花山文化与我们的创作"座谈会，会上，来自南宁、桂林、玉林、北海各地的青年作家对"百越境界"作了热烈的探讨。之后，会议安排画家周氏兄弟介绍了花山组画的创作情况，历史学者蒋廷瑜从考古学角度讲述了百越民族的历史，民俗学者蓝鸿恩介绍了壮族文化源流及花山崖壁画成因及年代的推断。这种组织化的文学创作主动向艺术、考古、民俗等学科汲取营养的行为，在当时的中国文坛还是很少见的。4月25日，会议代表专门到宁明参观了花山壁画。紧接着，《广西文学》连续发表了多篇文章对梅帅元、杨克的文章进行回应。

在杨克组诗《走向花山》和梅帅元、杨克文论《百越境界——花山文化与我们的创作》发表之后，聂震宁的中篇小说《岩画与河》也应运而生。《岩画与河》分别讲了两个故事：

第一个故事是壮族姑娘达彩的故事：达彩的故事与沈从文笔下翠翠的故事颇为相似。达彩和父亲生活在独家村。独家村面临红水河，背靠蓝靛山岩画。28年前，国家开始对岩画实行保护，达彩的爸爸蓝老大成为岩画的看守人。随着猎户们逐渐离开蓝靛山原始森林，村子里只剩下达彩一家。因为向往山外的世界，达彩两岁的时候，妈妈丢下达彩姐妹，离开了丈夫，离开了独家村。还是因为向往山外的世界，达彩12岁的时候，姐姐也远走高飞。小说写达飞离家的时候，专门留下了一句："可能她永远不会回来了，可能明天就回来。"显然，这里袭用了沈从文《边城》的结尾，但立意却不一样。沈从文笔下的人物安于命运，达彩的姐姐与后面的达彩却对外部的世界充满憧憬。整个独家村，只剩下达彩和爸爸两个人。达彩长到17岁，爸爸蓝老大担心她像她妈妈和姐姐一样离家出走，连赶圩也不带她去了。偶尔有考古工作的人到独家村，达彩和他们又话不投机。久而久之，达彩对那些岩画产生了怨恨，她知道，正是因为这些岩画，她才不能离开村庄，像其他的人那样进入一个热闹的世界。达彩终日与一只名叫依玛的狗相伴。然而，依玛受了另一只名叫老黑的狗的诱惑，不惜为爱献身。达彩终于无法忍受独家村的孤独生活，当得知蓝老大为他找了个上门女婿之后，她终于决定打破父亲的禁令，过河玩歌圩。

第二个故事是研究生索源的故事：28岁的索源是北京某研究机构民族文化史专业的研究生。临近毕业，他因为申请到广西工作而受到学校表彰，同时也招来了部分同学的嫉恨。同学吴建树处心积虑，暗做手脚，顶替了索源给民族文化史欧阳教授做助手的机会。而索源去广西的选择也引起了女朋友艾蕾的恼怒。艾蕾的母亲明确表示，如果索源到广西工作，就让女儿终止与他的恋爱关系。索源本是一个钟情于民族文化、专注于民族文化的研究生，研究之外的这些人间俗事，令他不胜其扰。最后，他还是离开了北京，由于还没到报到时间，他别出心裁地从柳州拐上了去红水河画山的路，开始一次个人的探险。不幸的是，进入原始森林之后，他为了躲避一只大棕熊而迷路了。上不见天日，尽是密密匝匝的枝叶；前不见出路，尽是挨挨挤挤的大树和青藤。在原始森林中转了三天，索源终于走出了密林，听到了山那面河水下滩的涛声，筋疲力尽、虚脱晕眩的索源终于鸣枪求救。按照小说的安排，索源求救之时，正是达彩渡河之时，两个完全不相干的人物应该相遇而发生交集。然而，作者并没有让这两个人物相遇，故事结束于两个人物的失之交臂。

《岩画与河》至少与两部重要小说有互文关系。一是上面已经提到的沈从文的《边城》。《岩画与河》中达彩的故事与边城中翠翠的故事有相当大的同构性。不同在于，《边城》唤起读者的是对世外桃源和纯朴人性的向往，《岩画与河》则在相当程度上肯定了滚滚红尘的正面价值，肯定了达彩对外面世界向往的合法性。二是张承志的《北方的河》。《岩画与河》中索源的故事与《北方的河》男主人公的故事有一定程度的相似性。《北方的河》中男主人公"他"本科毕业全心全意考研究生，打算做北方民族史研究；《岩画与河》中的索源研究生毕业选择了到南方做南方民族文化史研究。"他"和索源都有强烈的事业心和对专业的献身精神。不同在于，《北方的河》传达了强烈的理想主义精神，抒写了主人公对北方的河的深沉强烈的认同感；《岩画与河》虽然表现了索源的理想主义气质，但并没有为索源承诺一个光明圆满的前途。总体上看，《岩画与河》或许没有《边城》那种极致的乡村之美，也没有《北方的河》那种极致的乐观之美，但却具有相当的真实性，显示出作者对人生更为综合的理解。

本文既以花山岩画作为论述中心，不妨对作品中岩画这一中心意象多作论述。小说专门对达彩一家守护的岩画有一番描绘：

岩画自古就有的。岩上画了一百六十只大大小小的凤凰，全是用赭红颜料涂成剪影式；整个画面，是全对称布局；每四只凤凰又成一个对称图案；凤凰之间，还有花草的剪影画和各种射线。这是一种壮锦图案，山里人是晓得的，只是不晓得它为何成了宝。工作同志告诉他们，因为这是古人画的，通过它可以晓得古人绘画的本领和壮锦的历史，所以它是国家的宝贝。

作者大致表现了四种对于岩画的态度。一种是蓝老大的态度，他生于斯、长于斯，对岩画并没有专业的知识，只是有对官方体制的服从，相信能够为政府保护岩画并从中获得报酬是他最牢靠的人生，以"吃工作饭"为荣耀。第二种是"工作同志"（山里人对外地干部的称谓）的态度，他们来了又走了，以职业的态度对待岩画。第三种是达彩的态度，她不像父亲那样安于上级交付的工作，对她来说，画山的价值远远抵不上圩场的繁荣和壮锦村的热闹，与她的妈妈和姐姐一样，无法忍受孤独寂寞的守护岩画的生活，世俗的享受对她构成了更大的诱惑，因此她怨恨岩画阻挡了她走出山外的机会。第四种是索源的态度，他对城市"俗不可耐"的行为动机不以为然，更看重人的精神生存，对岩画有着非同寻常的专业激情，对事业的成功有相当的自信。

透过作品中人物的态度，可以看出，聂震宁对花山岩画的态度与梅帅元、杨克的态度有所不同。梅帅元、杨克更强调花山岩画的原始、抽象和神秘，试图借助花山岩画"回到人类纯真的童年"；聂震宁更倾向从理性的角度理解花山岩画，从科学的真的角度阐释这一古代留下的文化遗产，他有意识地解构了花山岩画的原始性、抽象性和神秘性，还原人的社会性，呈现不同身份、不同文化背景的人对于花山岩画的不同态度。可以如此认为，《岩画与河》呈现了聂震宁在寻根文学思潮背景中对传统文化的不同理解。只是，无论持怎样的学术观点，花山岩画在这一群广西作家心目中，确乎占据了一个极其重要的位置，成为他们当时文学创作重要的灵感源泉。

梅帅元、杨克、聂震宁以花山岩画为中心的叙事实际上赋予了花山岩画意象化的功能。如果说在他们之前，花山岩画只是左江流域壮族民间传说的重要内容，那么，因为梅帅元、杨克、聂震宁等人的书写，花山岩画开始上升为广西文学的重要意象，其重要性足以与刘三姐、桂林山水等文化符号相媲美。

显然，这一群广西作家的"寻根"意识，并不是简单地表现民族生活或民族文化，而是一种地域传统文化与世界前卫文化融通的方式，是以现代主义的文学观念观照原始文化，创造一个反理性的、变形的、感觉的、魔幻的、现实与幻想、传说与现实浑然一体的形象世界。评论家黄宾堂曾在《南方文坛》1998年第3期发表《广西文坛的三次集体冲锋》一文，认为"百越境界"的提出及创作是广西文坛进军全国的第一次"集体冲锋"，并专门谈到"百越境界"作家群从马尔克斯等拉美作家所展现的地域环境及心理背景中，发现与广西西南部地区的环境和背景竟有惊人的共通之处。

这是一个重要的转型。过去的广西作家主要接受国内主流作家的影响，而这一群广西作家则有了明确的世界意识，他们开始直接接受西方文学的影响。他们虽然也重视广西本土文化资源，但这种重视已经不是题材意义上的重视，他们是用现代主义的文学观念去激活古老的广西文化传统，进而发现这种传统的价值，而不是用广西文化资源作为素材，去证明某种主流的文学观点。他们的文学转型，不仅是方法论意义上的转型，而且是观念意义上的转型。实际上，聂震宁、张宗栻、梅帅元、张仁胜、李逊、林白、杨克、黄琼柳这一批作家已经构成了一个文学共同体，他们普遍成长于城市环境，都曾有过知青经历，具有文学上的世界眼光，对广西文化传统有自觉的认知，我们不妨称之为"百越境界"作家群。1985年以后，杨克的诗歌《走向花山》、聂震宁的小说《岩画与河》、梅帅元的小说《红水河》、林白薇的诗歌《山之阿　水之湄》、张仁胜的小说《热带》、李逊的小说《沼地里的蛇》、张宗栻的小说《塔摩》和《魔日》等"百越境界"作品在《人民文学》《上海文学》《青年文学》等当时中国最有影响的文学刊物上发表。这些作品既是"百越境界"的代表作，也是广西文学的经典作品。虽然"百越境界"作家群未曾像后来的"广西三剑客"那样名声大作，但他们确实拥有非常强的创作实力，可惜的是"子不遇时"，没有赶上属于他们的文学时代。不过，"百越境界"后来在"实景演出"中结成硕果，由此也可以看出花山岩画这种意象化思维在文艺创造中的重要作用。

虽然花山岩画未能让"百越境界"作家群完成"问鼎中原"的使命，但它却催生了另一个广西文学群体的成长和成熟。1996年7月5—7日，广西区党委宣传部邀请30名青年作家艺术家在宁明花山民族山寨召开"广西青年文艺工作者花山文艺座谈会"。这个具有象征意味的会议地址给予了与会者某种"神力"。一批生机勃勃、跃跃欲试的广西青年作家强烈意识到自身的文学使命，在"百越境界"作家群已经淡出文坛的时候，再一次发动了突围八桂崇山峻岭的"战役"。这个以"花山"命名的"花山会议"，标志着广西又一个广西文学群体的集结，人们称之为文坛"桂军"。其代表人物主要有东西、鬼子、李冯、凡一平、沈东子等人。随着东西、鬼子代表作品的发表和获奖，多年默默无闻的广西文学终于实现了边缘的崛起。显而易见，花山岩画在广西当代文学历史上占有重要地位。它是广西文学重要的灵感源泉，是广西文学崛起的集结地，它激活了广西作家的文学想象，开启了广西作家的文化自觉。

花山岩画之所以能对当代广西文学产生如此重要的影响，这是因为花山岩画的原始性、神秘性、仪式性、图腾性和荒野性，所有这些元素使花山岩画成为现代人的心灵寄托，成为现代人安放自我内心的重要意象。现代人的内心世界被物质世界高度挤压，花山岩画唤醒了现代人的神性意识。如果说桂林山水是广西的自然美，花山则能承载广西壮族的神性体验。桂林山水、刘三姐、花山岩画，三者有一种神秘的关系。自然之美，世俗之美和神性之美，三者形成奇妙的呼应。如果没有花山而只有桂林山水和刘三姐，那么，广西或者说壮族的精神体系是有所缺失的。

| 注释 |

① 参见《珠山》和《黄小》，收入广西民间文艺家协会、广西民间文艺研究室编《广西民间文学作品精选·宁明卷·花山风韵》，广西民族出版社1998年版。

② 参见《黄小》和《金银洞》，收入广西民间文艺家协会、广西民间文艺研究室编《广西民间文学作品精选·宁明卷·花山风韵》，广西民族出版社1998年版。

| 参考文献 |

[1] 桂学研究团队广西文化符号影响力调查组.广西文化符号影响力调查报告[J].广西师范大学学报：哲学社会科学版，2012（4）.

[2] 广西大百科全书编纂委员会.广西大百科全书·历史（上）[M].北京：中国大百科全书出版社，2008.

[3] 覃圣敏.骆越画魂：花山崖壁画之谜[M].南宁：广西人民出版社，2009.

[4] 覃彩銮，喻如玉，覃圣敏.左江崖画艺术寻踪[M].南宁：广西人民出版社，1992.

[5] 梅帅元，杨克.百越境界——花山文化与我们的创作[J].广西文学，1985（3）.

广西现当代作家的民族身份认同与主体建构

张柱林

很多时候，人们总是想象，作家仿佛是独自关在书房或随意一间隔离开来的屋子里，闭门造车，自由地进行虚构，创造出或生产出发自内心的作品来。也就是说，写作被当成了纯粹个人的行为。证诸历史，我们当然知道，这并非实情。在貌似出自内心由个人独自进行的文学写作中，作家其实受到了诸多外在力量的牵扯和制约，在现代社会中，政治、经济、文化的种种环境，无不形成作家书写过程中的考量因素。

从理论上讲，个人在现代社会得到了更多的尊重，但也带来了许多的困扰，其中一个困扰就是身份认同问题。在传统的农耕社会或游牧群体中，个人几乎完全附属于家庭、家族等小型共同体，他是谁、应该做什么都事先规定好了。可是到了现代，社会的剧烈变迁，解放了的个人摆脱了共同体的束缚，也失去了共同体的保护，很多时候，他成了原子化的个人，必须寻找到新的生活的支点，以解决"我是谁""我从哪里来又到哪里去"的问题。一切都不再是自然明了的，身份常常不停地流转变化，主体的形成需要经过一系列的辨认、选择、协商、建构，从而在与时俱

作品信息

《文化与传播》2015年第4期。

进的叙述中完成。所以在集体认同上，个人常常无法自主选择，而受制于多重历史与现实环境，诸如现代国家制度设计、政治立场、社会运动等等，都会参与到公民身份的建构中。在法国哲学家利科看来，认同有两种基本类型，一类即是固定认同，身份由一个人既定的环境与传统赋予，其自我定位遵循某种惯例获得，所以这种认同常常是稳固不变的身份和属性；另一种类型是所谓的"叙述认同"，它经由主体的叙述以再现自我，并在不断变化的情境中时时进行建构与协商，所以具有多元易变的性质。① 作家作为虚构文学的生产者，恰巧符合其在叙述中建构自身文化认同的性质，也在反映出现代个人主体在再现自我时的犹豫与矛盾，同时，也见证了多种力量对认同的形塑与争夺。而民族身份正是这样一个文化公民权选择与个人自我形成的重要阵地。

长期以来，广西就是一个多民族共同生活的地区，进入现代后，这一点并没有改变。但毫无疑问，正是在现代，特别是在中华人民共和国成立后，出于复杂的政治考量，民族在某种程度上成为能动（agency）的社会文化资源，并获得了仿佛是原生的资质。中共的民族政策在这里具有双重作用，一方面它强调民族平等，另一方面，它在一定程度上似乎又强化了族群的差异意识。以壮族为例，原先在汉语中并没有"壮族"这一称谓，到了20世纪30、40年代，才有学者使用了"僮族"这一名称。②1950年代进行民族识别时，将自称"布衣""布土"等数十个族群合称为"僮族"，迟至1965年才经由周恩来的建议改称为"壮族"。③ 当然，我们不能因为名称属晚近的发明而否定某一特定共同体的实存，但由此我们也知道民族并非自然的存在，而是历史的产物。从这一角度，我们就能更好地理解广西境内的多民族文学的意义。

由于长期的历史发展，今广西境内的各族群其实存在一个互相融合、分化、演变的过程，无论从血缘或文化上看，都存在相互间的转化过程。虽说是现代的城市生活将社会变成了一个民族融合的大"熔炉"，但其实类似民族融合、归化或转化的事实古已有之。以广西的壮汉两族为例，历史上曾经发生过大量的壮同化于汉或汉同化于壮的状况，有学者经过细致的考察和分析，得出这样的结论："壮汉互为同化，你中有我，我中有你是历史上壮汉关系的一个显著特点。"④ 由于这种复杂的态势，使得1950年代的民族识别和认定工作充满了各种挑战，当然其中必然存在着社会科学家如民族学者和语言学者的分类体系、行政权力的干涉与政治策略的考量、个体与群体的利益关系、生存智慧等等的互动与博弈。对于作家来说，也不例外。出生在广西省绥渌县（今广西壮族自治区扶绥县）的陆地曾经回忆起自己被改变族别的经过："城镇居民先前是壮汉不分的，祖辈的传说都讲是'随狄'（随从狄青征服侬智高）南来的后裔，从来总以为自己是汉人。等到1952年壮族自治区筹建时才宣布说，凡是讲壮话的都应归属为壮族。所以到1952年以后，我的民族成分才由汉族改为壮族"，而且更重要的是，"其他少数民族的住地，如瑶族，世代相传，习惯于高山密林，在贫瘠的土地上经营他们的生活。壮族人就不一样，生长养息的领域，却拥有肥沃的平原，交通往来、文化生活和汉族不见得有多大区别"⑤，言下之意，如果按自己祖辈对自身血统的认识，本应为汉族，现在由官方根据需要定为壮族，其实两族间从生产方式、生活条件和文化等看没有什么区别。当然，作家最后同意了这种认定："我是用汉语写作的壮族人。"⑥

如果说为了筹建自治区，现代行政系统将原先自认为汉族的陆地改变为壮族的话，作家鬼子由壮族变为仫佬族的经过又为我们提供了民族身份构建的另一个例子。他出生于罗城的少数民族家庭，奶奶祖上有人是仫佬族人，母亲是壮族人。他原先一直认定自己是壮族人，官方也是这样认可的，至迟在1985年的第二届广西少数民族文学创作评奖中，他仍是壮族作家的身份，以小说《妈妈和她的衣袖》获奖。⑦他对自己摇身一变成为仫佬族的过程是这样描述的："罗城是一个仫佬族人聚居的地方，人数不是太多，十多年前准备自治的时候，听说上边有个要求，说是用以命名的族人必须达到总人口的百分之多少，于是原来户口本上不是这个民族的，只要祖宗三代里能找到这个族人的血缘，只要愿改，便可统统更改归入。于是，我奶奶家那边的很多人，一下子就都成为仫佬人了。有人便悄悄地告诉我，你也改吧，改了至少可以生两个孩子。但我没改，因为那时的我还没有找到可供结婚的人选，对生多少小孩的问题没有太多的兴趣"，后来他由于各种原因被改为仫佬族，却对身份认同有自己的一番理解，"如果我的奶奶是真正的仫佬族，那么我父亲的身上便毫无疑问地有着仫佬人的血缘；但我的母亲，却是地地道道的壮族妇女。所以，有人把我归入仫佬人的时候，我没有任何理由表示反对；而有人说我是壮族人的时候，我也从来没有吭声"⑧，里面感情的偏向还是相当明显的。但他认为自己的创作和自己的民族出身没有什么联系："说真话，我那民族的出身并没有给我以创作的影响，原因可能是我们那民族演变到了我们这些人的时候，已经和汉人没有了太多可以区别的东西了。除了语言，我真的找不出完全属于我们自己的东西来。我们的节日也是别人的节日……我们的民族曾大量地出版过很多所谓我们自己的民间故事，但哪一个故事都可以在别人的故事里找到蓝本……我们的服装也是别人的服装……"⑨而罗城是一个有着较深厚的写作传统的地方，鬼子也否认了这种传统给自己的影响，一是他很晚才知道这些前辈，至今也没有读过他们的书，曾经听过他们的讲课，却发现"他们对文学的理解与我对文学的追求有着本质上的不同"。更激进的是，他其实否定了任何关于民族的本质认定，你说他是仫佬族人，他不否认，而你说他是壮族人，他当然也认可，他的母语就是当地的壮话。而他儿子，在他们家的户口簿里却是另一个民族："因为我夫人是东北人，她说她是满族。我儿子觉得满族好，满族人当过皇帝，于是他就选择了满族。"⑩这段话真是别有用心啊，按照前面我们所引用的鬼子的自述，我们知道他暗示了他在官方文件里的民族身份其实并非出于自己的认识和要求，而是官方的行政需要的结果，而他儿子选择满族作为自己的民族认同符号，却是自觉自愿的结果，他没法选择，而儿子拥有选择的权力，儿子的选择并非因为这是一种民族自觉，或热爱母亲，而是因为那是一个统治过中国的民族！这种向强势文化的靠拢到底是鬼子儿子的想法，还是其父亲的想法？而鬼子写自己的夫人"她说她是满族"的言外之意也就不言而喻了。更有意思的是，他对仫佬族本身也试图进行解构，他说那是一个"变异"而来的民族，"书上说，我们这个地方原来是没有这么一个民族的，后来来了一帮北方战争的流亡者，为了生存和发展，他们与当地的女人生活在了一起，说着一种变种的语言，于是就成了姆佬人了"⑪。实际情况如何，在这里并不重要，而是鬼子对这种说法情有独钟、深信不疑，与他儿子"选择"满族一样，他强调这个民族的来源高贵与强势。

从廖润柏变成鬼子，其实隐含了作家的自我身份建构的秘密。表面上看，如果一个人的自我指的是其手脚心肝之类的肉身构成，则廖润柏与鬼子没有区别，都是那个长头发高个子，但很显然，在共同体的生活中，两者并不相等。廖润柏，作为一个称呼，可能由父母或其他长辈赋予，来源于家族中关系密切的人，来源于家谱或长辈对一个孩子的承认与期待。毫无疑问，作家对这个名字没有自主选择权，这是最早的对话者对其的称呼，有了这个称呼，他才具有了进入对话网络的条件。鬼子不同，这个名字反映的是作家的自我期许。在中国现在的文化氛围中，叫人"鬼子"显然不是一个正面的褒义的称谓。那么，何以廖润柏要将自己称为鬼子呢？且看他的夫子自道："首先，这时代作家太多，大家都记不住他们的名字，鬼子很刺眼，容易被读者记住。当然，这还要取决于作品里那种与人不同的地方。其次，这显示了一种选择的胆量，大家不喜欢鬼子，我偏叫鬼子，与流俗抗争。还有，在桂西北一带，说人鬼并不是坏事，而是说明人精明机灵敏锐。"⑫那么，这是不是作家使用这一可说是惊世骇俗的笔名时的真实想法呢？完全有可能。作家这样做，也就是在文学场中投入了一种赌注，成功了大家就会认可。也有可能，虽然大家出于习惯，认为"鬼子"就是我们日常用语中用来蔑称外国人特别是侵略者的那个词汇，而其实另有源头，如作家的长相，或"鬼"之"子"，源自幽冥？总之，从长辈赐予的姓名变为自主选择的名字，再现了自我来源的暗晦不明，也恰如利科所言，认同由叙述生产，而叙述总是充满了流转播迁的暧昧与歧义。

在中国现代文学发生期，几位来自广西的作家也参与其事，常常被追认为现代壮族文人文学的先驱，其中最著名的作家为曾平澜、高孤雁与韦杰三。⑬他们的作品不曾反映出地方性的民族意识，倒是充满了当时的时代启蒙精神，如冲破礼教束缚、追求个人自由，以及在内忧外患中对中国的热爱等当时非常流行的题材。可以肯定的是，他们与陆地一样，并没有觉察自己与一般汉族有何区分。这里仅以留下了较为完整的作品的韦杰三为例，略作考察。他1903年生于广西蒙山，1926年3月

18日，就读于清华大学的韦杰三参加了请愿游行，在执政府前遭卫队枪击，受重伤，21日因医治无效就义。当时他的师友朱自清、陈云豹等均写有悼念文章⑭，无人提及其为壮族，盖因当时国内并无民族划分。受当时时代风潮影响，他的作品最重要的内容无疑是对礼教的不满，所以其写作中充斥对个性解放、个人自由的呼吁，对包办婚姻的抗议。1923年，他曾写下自传性作品《一个校友的自述》，在"我的性情"一节，标举"遗传""环境""习惯"对性格的形塑作用，无一语涉及民族，并且强调"我终于要做一个自己的'我'，不愿做那他人的'我'哟"，将个性独立置于首位。同年，他发表《一个为盲婚而战的学生》，向包办婚姻宣战，将个人幸福放在家族利益、传统伦理之前。据他的清华同学、蒙山同乡李崇伸回忆，韦杰三在临终前的昏乱中，仍然狂叫"我有我的自由权，我要小便，人家不能禁止我"，亦可见一斑。当然，他也有自己的集体认同，从他积极参与政治就可以看出来。在他写给友人的信中，曾述及自己的抱负，"出外求高深的学问，预备将来为蒙山广西中国效力"，为此寻找自己的同道中人。从"蒙山—广西—中国"，也可以看出其认同的阶序。

这种情况在中华人民共和国成立后发展了很大的改变，中共的民族政策在很长时期内让广西的少数民族受益。成立壮族自治区使划分为壮族的群体受到鼓舞，在政治舞台和社会资源分配上都得到承认。像壮族作家黄佩华，就是一位为自己的民族身份感到自豪的小说家，比较自觉地推动广西的多民族文学发展。其作品也多有反映民族历史文化和现实生活的内容，如宣传和刻画历史人物的《瓦氏夫人》。由于生产方式和生活方式的接近，种族和外貌特征的区别也不明显，所以在中国南方的各民族之间，差异常常只能通过语言和风俗习惯来辨别。黄佩华在自己的作品中喜欢描写他家乡桂西山村的奇风异俗，其所著的梳理彝族历史文化的《彝风异俗》，从书名我们就知道作者是从独特的风俗这个层次来认识民族的，所以不难理解他为何那么喜欢以习俗作为小说的背景。其系列随笔《话说壮族》内容丰富，但思路是一样的。这一点与鬼子、凡一平等作家喜欢描述所谓普遍人性、普通人的生活有很大区别，黄佩华总是想强调某一民族如壮族或某一地区的人的特殊性，而这特殊性首先体现在其民风民俗上。像其小说《远风俗》，就以一种古老的习惯"以弟为子"作出发点。叙述者"我"的二姐出嫁多年，却一直没有生育。父亲出于各种原因，让"我"过继给二姐做儿子。"为什么我会成为二姐的儿子我想不通。后来我才知道这是一种古老的风俗"。当然小说无意于寻找这种古老风俗的成因，极端一点说，这个习俗在小说里的功能其实就是让叙述者出场，而小说的真正主人公其实是二姐，小说写的是她的充满艰难的一生。她原来是一个长相漂亮的山外人，在供销店做售货员，本可以嫁个体面的人，过上当时看来不错的生活。可是，她的命运却由于父亲来自山里彻底改变了。依小说的解释，"父亲对老家怀有深厚的情感，每当看到老家那边来人，他总是格外热情，指示母亲倾尽最好的食物来款待。在老家人面前父亲总有一种负罪感，总有一种还不尽的情，最后导致了他做出把二姐嫁回老家的决定"。这也就是说，决定二姐命运的最根本的力量是父亲的感情，而非其他，包括习俗。作为叙事的需要，"我"只是一个见证人。小说所描绘的山里的饥荒、单调、落后，为什么也要落到"我"头上呢？如果推理下去，恐怕"我"真正想不通的就是这个问题。这要怪父亲，还是怪"以弟为子"的古老习俗呢？

当然在多数情况下，黄佩华对这些习俗包括地方的其他状况持肯定的态度。像《生生长流》就是一个典型的例子。虽然时代和社会急剧动荡，可小说中的农氏家族却兴旺发达，子孙遍布各地。七公农兴发年轻时被抓壮丁，后来又阴差阳错到了台湾，本来按正常的理解，他现在应该生活在发达的现代化社会，比远离中心城市的桂西北要好。可当他回到久别的红河故乡农家寨时，七公身上并没有来自发达地区的人那种高高在上的气势，而是一副略带寒酸且落魄的模样。他表示，即使故乡的土地贫瘠到"就是什么也不长，我也觉得家乡好"，也就是说，故乡的好是无条件的。而通过三公农兴良沉浮史，作者浓墨重彩地描写了壮族魔公文化的勃勃生机。农兴良年轻时救了一名外乡大魔公而得到了真传，成了红水河一带颇有名气的魔公。魔公文化是红水河流域的民间宗教文化，魔公的职责是为人们祈福消灾、驱鬼侍神、丧祭超度。农兴良出尽风头，为此还险些丧命。当然，三十年河东，三十年河西，到"土改"时魔公法事作为所谓封建迷信被取缔。农兴良不但逃过一劫，还因为有些文化，在新社会成了一名乡村教师。就是在这个时候，他也还冒险地秘密做了两次法事，一次是为自己的兄弟，一次是为老区长的父亲。老区长身为国家干部却也相信民间风水文化，小说借此反映了民间的传统文化的根深蒂固。改革开放后，一次偶然的机会，农兴良的一个建议意外地救活了一座矿山，他也因此得了个县长顾问的头衔。风水可以在探矿藏、建矿厂中起作用，以科学的面目复活。值得一提的是，魔公文化并非壮族独有，而是盛行于桂西北地区，包括汉族在内的各族都有类似的习俗。身在广西并熟悉壮族的人自然都知道"农"姓与当地壮族的关系，但其他人就不一定作此解读了，所以很多评论是从地域文化而非民族文化的角度来谈这部作品，并非空穴来风。

由于在广西民族融合的程度很高，所以人们对族别划分常常是遵从现实，并不刻意强调自己的文化认同。民族问题并不特别成为认同障碍，在现实生活中可能由于利害关系、传统因素、行政命令等决定一个人的民族，所以并不形成身份危机意识，倒是衍生出相关的一些谈资故事或遐想。比如"盘"为瑶族大姓，排传统十二姓之首，很多人下意识里都认为姓盘的必为瑶族人。著名诗人盘妙彬上大学之时，为其讲授第一堂历史课的教授即认为，姓盘者绝对是瑶族，并要他拿族谱来，帮其改正。盘妙彬当时对此事并不关心，所以不了了之。有意思的是，多年之后诗人回望故乡前尘，却仿如不经意地提及旧事，并述及自己的出生地乃是瑶族人聚居的山区，离故乡不远处有个地方叫王坟，即因埋葬着一位瑶王而得名。[15] 说者无意，听者有心，身份证上"民族"一栏写明为汉族的诗人，若无其事地细说陈迹，未必就不是反映了某种内心涟漪。只是这一切，都不会影响他的创作罢了。甚至，诗人向往世界上那些风景如画的地方，"美丽之地皆故里"，更进一步，"与黄栌做邻居""把清风、白云、明月当故乡"，追根溯源就显得无足轻重了。这种理想境界似乎在呼应学者提出的乌托邦愿景："整个世界将走向大同，无论民族还是地区的狭隘观念注定要消亡。也许现存的各地区的差异暂时还不能消除，但将来的世界一定是一个大同世界"，那么这会不会变成一个千人一面的同质化世界呢？答案是乐观的："阶级、宗教、民族的分界消失，并不像许多怀旧的人们相信的那样，必然意味着整个世界在个人生活风格发展的意义上走向大同"，相反，"个人有能力通过选择榜样和经验塑造自己的性格。一旦一个人具备了自主性、能够主动塑造自己的性格，他就能摆脱自己特殊的出生地和特殊的家庭背景所带来的地方观念……从人类未来发展的前景看，各个民族、各个国家的相互联系和合作终有一天要取代乡土气息，这是历史发展的必然"⑯。但愿这不是源于个人主义的幻觉。

对身份认同问题，广西的作家其实都有不同程度的关注，而且焦点一般不在民族身份上，而是个人认同上。如壮族作家李约热的《我是恶人》里，公安黄少烈生活质量不高，家里没有肉吃，小儿子黄显达吃了马万良家的肉，竟至于住到马家，不回来了。黄显达之所以不愿住在自己家，放弃作为社会规范的正面力量，反而被马家吸引，倒不是因为马家有肉吃，或者马万良更和蔼可亲，而是因为马万良的儿子马进，马进是一个小偷。黄显达不愿仿效当公安的父亲，而处处显露对马进的敬慕，将其当作英雄对待，甚至对马进命人打伤自己的腿无怨无悔。你可以说这是一个叛逆期的少年，他不辨妍媸。后来黄少烈设计圈套让马进偷东西，抓了现行，马进和马万良都受了重伤，黄显达觉得对不起马家，不再住他们家了，也不回自己家，而是住到山上的防空洞里。这就是在反映少年的认同危机。东西的很多小说都涉及认同问题，如《耳光响亮》《慢慢成长》等，特别是《不要问我》里的卫国，他碰到了身份危机。当他从西安（一座内陆古城，是历史传统和稳定的象征）到北海（一个新兴的沿海开放城市，一切都处于变动之中）时，并没有确切的目标，对自己要成为什么人也没有底，只能随遇而安，身份也就无法确定了：

卫国对着空荡荡的前方喊道：我叫卫国，男，现年二十八岁，未婚，副教授。卫国反复地背诵这几句，不断地提醒自己，可别把自己给忘了。

这里所反映的正是典型的认同危机：

一种严重的无方向感的形式，人们常用不知他们是谁来表达它，但也可被看作是对他们站在何处的极端的不确定性。他们缺乏这样的框架或视界，在其中事物可获得稳定意义，在其中某些生活的可能性可被看作是好的或有意义的，而另一些则是坏的或浅薄的。[17]

　　一位曾经的大学教师，教的是物理学（这是经典的现代科学），现在不但无法确定自己的位置，连自己的名字都快忘记了，最后只好靠比赛喝酒来证明自己的存在价值。也就是说，他已经失去了自己的意义框架，成了环境中一个被动的生物体。有时候在不经意间，东西也会为我们描述出同样的意义的空洞。《美丽金边的衣裳》里，丁松在酒吧里为一个空着的位置点了一杯咖啡，"对着那个空位喃喃地说着什么，不时伸手过去为对方搅动咖啡、加糖，仿佛他的面前真的坐着一个什么人"，希光兰知道那个位置是留给她的，可在酒吧里呈现的却是一个空位。当两人做爱的时候，丁松为了加强事件的真实性，叫出了对方的名字，希光兰却为此非常恼怒，并把他推了出来。她不喜欢别人叫她的名字，只想让别人知道她的代号，如A、B或K。也就是说，叙述者还力图区别出真实的希光兰与作为符号的B之间的不同。可对于真实的希光兰和丁松来说，他们常常又想摆脱这种真实性。所以后来他们做爱时，就开始喊男女明星的名字[18]，叙述者这样描述是为了突出希光兰所说的"不喜欢重复"，也即在性活动中增加新鲜刺激的考虑，不过无意中却表明了主体产生的困难，因为主体是在重复中生存的。

| 注释 |

　　① 廖炳惠编著《关键词200：文学与批评研究的通用词汇编》，江苏教育出版社，2006，第129页。佘碧平将"认同"译为"同一性"，载利科《作为一个他者的自身》，佘碧平译，商务印书馆，2013。

　　② 如徐松石《粤江流域人民史》(1938)和《泰族僮族粤族考》(1946)。两书后来均经过不同程度的修订，出版过多个版本，具有广泛的影响。参见《徐松石民族学文集》，《壮学丛书》编委会编，广西师范大学出版社，2005。

③ 据说改名的理由为："僮"字含义不清楚，容易读错，而"壮"则意义既好，又不会使人误读。有人总结为"完全符合壮族人民的心愿，有利于促进各民族的团结，还体现了周总理对壮族人民的爱护和关怀"，见黄庆璠等编著《壮族通史》，广西民族出版社，1988，第5页。

④ 顾有识:《汉人入桂及壮汉人口比例消长考略——兼论壮汉之互为同化》，载范宏贵、顾有识编《壮族论稿》，广西人民出版社，1989，第59页。

⑤《故乡与童年》，《广西当代少数民族作家丛书·陆地卷》，漓江出版社，2001，第1页。

⑥《七十回首话当年》，同上，第258页。陆地生于1918年，本文作于1989年，《故乡与童年》则作于1982年。陆地的民族由汉族改为壮族的时间，据其自传为1958年自治区成立之后。见《直言真情话平生：陆地自传》，广西美术出版社，2004，第16页。

⑦ 该小说收入《广西少数民族作家获奖作品选·短篇小说集》，中国作家协会广西分会编，广西民族出版社，1988。作者署名（壮族）廖润柏。

⑧《艰难的行走》，昆仑出版社，2002，第21、22页。

⑨《艰难的行走》，昆仑出版社，2002，第17页。

⑩《艰难的行走》，昆仑出版社，2002，第22页。

⑪《艰难的行走》，昆仑出版社，2002，第22页。

⑫《艰难的行走》，昆仑出版社，2002，第3页。

⑬ 参见周作秋等著《壮族文学发展史》(下)，广西人民出版社，2007。

⑭ 今收入《韦杰三集》，广西人民出版社，2006。

⑮ 盘妙彬:《向往天际之人的故乡》，载覃瑞强主编《重返故乡》，广西人民出版社，2011，第431页。

⑯ 理斯曼:《孤独的人群》，王崑、朱虹译，南京大学出版社，2002，第35页。

⑰ 查尔斯·泰勒:《自我的根源：现代认同的形成》，韩震等译，译林出版社，2001，第37页。

近期广西长篇小说：野气横生的南方写作

张燕玲

评论家王干在"广西后三剑客"作品研讨会上说："广西作家有个共同的特点，就是'野生'。'野生'与野心、野性、荒野相关联，也与生态、自然、乡村密切联系。"王干一语道破广西作家的文学共性与个性，就中国文学而言，这是广西作家的个性；就广西文学而言，这是广西作家的共性。

在同质化语境日益严重的今天，对文学个性的呼唤，尤其新乡土写作以及成长记忆等等，对地域性、自然、乡民生存真实、乡土本真的呼唤越来越迫切。因为所有的文学作品都是从作家足下的土地生发，自然便有他的地域性，所谓一方人文的水土，这是一种地理的文学自觉；同时，也是当下建构国际化视野与中国文学理想，提升国际视野下的本土化写作，乃至中国当代作家如何向世界讲述中国故事的前沿问题，也是文学的母题。

近期广西的长篇小说也显示了一种根扎原乡、心生情怀，通过各自的文本凸显"地方性"对于文学空间的整体建构价值，因为在破碎化、私人化和虚拟化的时代，文学需要通过一种"地方"认知来重新获得其动力，我想这也是广西近期讨论人文

作品信息

《文艺报》2016年3月18日。

广西以"美丽南方"为切口，以对南方的"地域·自然"的重新挖掘发现，来强化对广西文化的认知，重新获得广西文化在今天的意义和价值，也许是切实的途径，也是有效的途径。

其实，当代广西文学的发轫之作，正源自陆地的《美丽的南方》。而今天，关于美丽南方的文学表达已经更为丰沛奇崛，也更有其自身的艺术影响力与生命力，尤其新一代广西作家，勇于直面时代的生存困境与精神困境，作品有更强烈的社会批判性，颇具时代担当和人文担当。他们以不俗的创作实绩，成长为以陆地、韦其麟等开创的广西现代文脉的传承者与创新者，广西相关部门顺势而为，如联合中国作家协会创研部、《文艺报》等单位于1997、2015年先后召开"广西三剑客""广西后三剑客"作品研讨会，深得好评，把广西作家深度融入中国当代文学的格局；如近年权威的年度文学排行榜，广西各文体不时榜上有名，显示了广西文学经历近十年的蓄势，正在勃发，尤以其野气横生的南方写作屹立于中国文学之林，这是"美丽南方"的一棵棵嘉木。

一

当代广西文学一直活跃着陡峭的剑走偏锋的文风，一如上世纪80年代的"百越境界"，也如八桂大地遍地的野生植物，散发出生猛奇异、蓬蓬勃勃的活力。当下此文脉最有力道的当属东西、鬼子、田耳、李约热、朱山坡、光盘，以及更年轻的小昌、周末等。

作家东西常说：自己是南方写作者，因为炎热，容易产生幻觉，想象力异常活跃。是的，亚热带充沛的阳光雨露，北回归线横贯广西的生机与繁茂，同时，大石山区的奇峰林立，特有的喀斯特地貌弥漫着一种野性和神秘感，使广西山水景物，时而山林迷莽、野气横生、奇崛苍劲，时而空濛、灵动、丰润豁朗。由此而生多样化的广西文学，尤其凸显了两种文风，即哥特式的陡峭奇崛与神似巴洛特的圆润朗阔。

直刺天空般的哥特式直面人生，当然充满着犀利诡异与力道十足，又相应着地理的野性，当代广西文学一直就活跃着这脉陡峭的剑走偏锋的文风，一如上世纪80年代的"百越境界"，也如八桂大地遍地的野生植物，散发出生猛奇异、蓬蓬勃勃的活力。当下此文脉最有力道的当属东西、鬼子、田耳、李约热、朱山坡、光盘，以及更年轻的小昌、周末等。除鬼子的《伤痛三部曲》正在成型外，东西的《耳光响亮》《后悔录》《篡改的命》似乎可称为"命运三部曲"，坚定的执着关注民间苦难的平民立场，紧密的内在逻辑形成井然密实的结构，棱角分明的主人公构成个性鲜活的人物形象，命运的诡异坎坷赋予小说的狠毒绝望与野气横生，所幸洞晓一切的作者还给字里行间融入机智的幽默与凡间的快乐，使小说里这些野地里生野地里长的南方小民们充满艺术的张力。东西始终立足桂西北的贫瘠，以特立独行的创作对命运不懈的追问，以及不妥协的绝望反抗，来张扬现实批判意识。这种坚定的平民立场和决绝的批判精神，也是近20年中国作家对马尔克斯创作精神的张扬。

2015年夏至，读东西的新长篇《篡改的命》，"貌似用传统写法，夹杂了先锋的、荒诞的、魔幻的、黑色幽默的元素"为读者讲述了汪家三代篡改命运的故事。"命"为何要篡改？篡改谁之"命"？如何篡改？谁篡改？又"是什么支配我们的命运？"东西以含泪的笑，更以命运的荒诞层层推进，步步追问，犀利尖锐却又机智幽默，想象力丰富又劲道十分。令人触摸到东西对社会时代与人心的深度批判与深切绝望，掩卷之余，却有冷冬寒潮彻骨之感，绝望、虚无不期而至。

虚无中，我抓起梁漱溟的《这个世界还会好吗》读起来，仿佛救命稻草。梁漱溟让我们脆弱而不绝望，但我与东西都没有梁老先生的思想资源和生命厚度，也难有力量从容而豁达地承受汪长尺般命运的捉弄和现实的冲刷。我想，要既对生命及其际遇充满怜悯，又能对特定的苦难抱有一种"天地不仁以万物为刍狗"的淡定态度，是需要有多么高深的生命厚度才可能抵达，一如梁漱溟等。但世间满地皆是汪长尺这样陷于生存困境的草根，渴望改变命运的精神追求，何其艰难？垂死地篡改只能陷入无边的绝望。有意味的是故事的结尾。被篡改了命运的汪大志，尽管他把父亲汪长尺的案宗及自己照片扔入父亲自杀的西江大桥下，但昨日的汪大志今天的林方生怎会知道，是否还有什么真相或魔掌等在命运的前方，一如林方生突然现身牙大山面前，牙大山正在享受冒名汪长尺而偷来的生活，命运充满偶然性和戏剧性。这一切似乎都掌控在结构高手东西的笔下，可见东西绝望之深、悲悯之切。我想这也是我读后不能释怀之故吧。

沿着东西文风执着前行的当属朱山坡，近年他以一部《懦夫传》为民间野生人物立传，通过荒诞不经的故事情节挖掘文本隐喻意义。众多论者对其凶猛野性的文学劲道称赞有加，也对其略有情绪化的灵魂叙述有所期许。我个人更为喜欢朱山坡的中短篇小说，无论《我的叔叔于力》《跟范宏大告别》《陪夜的女人》《喂饱两匹马》《鸟失踪》，还是近期的《灵魂课》《一个冒雪锯木的早晨》等，既能触摸到作者俯视人间、悲悯万物与灵魂救赎的情怀，还能感受到人物的不妥协精神，以及作者对小说的准确观念，一种撒野后的节制的精粹和魔力。

绝望的反抗与犀利的劲道，也贯穿在田耳与李约热的创作中，只是他们的叙事较之东西、朱山坡更为舒缓绵实些。在他们耐心的缓缓的叙述中，一个无序的社会渐次打开，眼前一个个充满寓意与野草般的小说场域，同样洋溢着扎根田原市井的野性，田耳、李约热是广西难得的颇具民间品质的优秀作家。

李约热是个辨识度很高的作家。他始终书写那些"屁民们"在生存困境的左冲右突，那些有着对抗性的隐忍的小人物，犹如一株株野生植物，芒棘横生，却生命力蓬勃。他的长篇处女作《我是恶人》塑造了一个发誓就是要当恶人的马万良，以此书写80年代南方野马镇的生存、乡村底层的命运挣扎和根深蒂固的国民性。小说如他的优秀中短篇一样粗野坚硬，一样以荒诞的表象，内蕴着一种潜在而犀利的文学力量。何为恶？如何恶？到底因何而恶？最终明白马万良的"恶"是与众人关联的，是野马镇人身上的愚昧麻木、听命从众看客般的"平庸之恶"，一如美国思想家阿伦特所论。要挑战这种国民性的"平庸之恶"，犹如进入无物之阵。作者以尖锐的笔触直指时代、权势和世道人心，颇具批判性又内敛而自省。小说芒棘凌厉，野气横生，充满隐喻和文学劲道，既热辣辣，更沉郁无奈。

同样书写失败者的田耳，则多了生之欢乐与人之尊严，脆弱而不绝望。从《一个人张灯结彩》到长篇《天体悬浮》，这散发异质的令人耳目一新的作品，都是当下小说创作中与众不同的存在。在田耳设置的分裂的两极间，他耐心地抽丝剥茧般渐次打开的是一个无序的社会——一个从派出所到街道到酒馆到出租屋到妓院再到广场的无序社会。《天体悬浮》，一群无名无分的辅警，面对这些烂到泥潭里的生活，而悬挂于灰色不洁生活之上的是观星，是星空天体乃至广宇。小说便分出向下与向上的维度，而两极都活色生香，生气勃勃。亦正亦邪的警察符启明，他的日常的乃至尘埃芜杂生活，在田耳笔下活力四射，人物的精神层层分裂却野气横生。同为失败者的故事，但田耳深得文学三昧，明了小说也是为笔中绝望的小人物寻求反抗生路的，落实到具体人物，哪怕野地里生野地里长的小人物一如符启明、丁一腾等无名无分的辅警等，也是有生的幸福感的，那便是何为人？何为生？生的尊严，卑微的却是巍峨的。尤其到了《金刚四拿》的回乡农民工罗四拿身上尤为彰显。在这个进城与归来的故事中，野生植物般生气勃勃的四拿，令人忍俊不禁，更令人感动尊敬。到城里去，再回到乡村，四拿与路遥《人生》的高加林一样，历经了一次人生蜕变，生活的度量也发生了转变；历经过城市底层的血泪挣扎，终于在家乡找到了存在感与生命尊严。尊严，乃至安全感、幸福感，超越城乡与阶层，超越世俗功利，是人之所以为人的本质所在。而四拿的尊严在于从小立下的渴望，即当一次抬棺的"八大金刚"之一。何其卑微！但那却是许多乡村少年渴望受人尊重的成长梦。有梦想，便有追求。在一次无"八大金刚"劳力，却成功地如法炮制出"十六金刚"的轰动四乡的送葬后，四拿决定不走了，当村长助理，因为"这里需要我……需要我抬棺材，我才能变成金刚"。

田耳再次成功地在"垃圾堆里做道场"（杨庆祥言），也为此，田耳的文学世界会更为高远和阔大。四拿，乃至丁一滕，正是以对自我生命的尊重而超越生活与命运的际遇，从而免于受伤。田耳的大气象，正是在于他从丰富的思想和生活中汲取能量，尤其以满纸的人间烟火、市井气息、民间智慧抵御吞噬人的虚无，以依稀的人性之光透射现实与命运的幽暗之处，成就了他的"垃圾堆里做道场"的"这一个"。

李敬泽说光盘的写作"有一种蓬勃的、不衫不履的气质，这是非常少的"。这自然是肯定光盘独特的创作个性。从《王瘟子的欲望》到《英雄水雷》，光盘的文学世界既有分裂感，更多荒诞感，他"不衫不履"的野性散发着一抹随性与草莽之气，散发着直面现实的勇气与掌控人物命运的强悍，那一个个荒诞故事表达了光盘对英雄意识形态化的真相发现。《王瘟子的欲望》是把女儿养大来报恩。《英雄水雷》的水皮与雷加武，在纵火者与救火英雄的身份错位中，一路致力于还原真相而狂奔。这既是光盘的草莽野性，也是其对命运不妥协的曲折表现。

林白作品的异质和魅力一直是中国当代文学的鲜明存在。我见证了林白对文学三十年如一日不顾一切的追求。她撕裂自己的"一个人战争"，她的激情野性，她的丰沛妖娆，她不妥协的故意冒犯，仿佛她是为文学而生。作为中国当代文学私人化写作的代表，林白从《一个人的战争》《妇女闲聊录》到《北去来辞》，她创造性地把私生活写成了时代生活。《北去来辞》的北漂文青海红为寻找生活的意义，从一个人左冲右突的战争中走出，在厘清自身与史道良的相依关系后，也看清自己的梦想与疑难、可能与局限，回归生活，完成了治愈性的心灵疗伤与自我拯救。不仅为知识女性探索一条走出个人时空，寻找精神回归的自我救赎之路，而且描绘了一幅生动而繁复的现代社会生活图景。林白的创作充满女性的疼痛与悲情，文风尖锐奇崛，内蕴饱满，活力四射，为中国当代女性文学提供了持续而长久的阐析范本。

二

假如说前述的长篇以凌厉决绝的野性和批判性见长，那么黄佩华、凡一平、潘红日、潘大林、龚桂华、朱东、李小舰等人的长篇便是对现代传统的各自创造；如果前者似哥特式建筑，后者在各自创作个性外，或多或少以丰润朗健而颇领巴洛特神韵。

黄佩华是广西独有的专注以南方河流开掘民族与家国故事的作家，从《涉过红水》《生生长流》，到2015年的《河之上》，三十几年如一日执着于自己的精神原乡，从桂西这块红土地与母亲河找到了自己的生命体验、自己的独特的语法和语言，因而，他的创作是作者生命里带出来的，体现了他的文学自觉。《河之上》以作者的赤子之心书写自己的母亲河右江，书写河岸上那些带着美善向往的事物，那些看似普通庸常的人们，他们这样或那样的欢喜与忧愁、高尚与卑微；黄佩华引导我们去挖掘探究其中蕴含的生命质地与形而上的追问和思索。作者笔下的河流从表象上看似乎没有波澜，水面之下却是涟漪四起、惊涛骇浪，掀起了河之下的右江百年历史，熊家、梁家、龙家，还有陆家早已在历史大河中历经沧桑，历史与现实交汇处也早已物是人非，作者的敬畏与批判、厌恶与悲悯悄然浮现在河之上，作者说他要"捍卫历史和现实的真相"，包括对南方土匪的个性解读，给了我们一个重新认识历史的新视角。尽管后半部略显粗疏，但前半部显示的艺术功力，作者善于从虚构中触摸历史伤痕，并且不断反思乡土中国的政治和伦理的意义，其朗健机智的写实叙事，犹如那条条河流般缓湍畅扬，散发着南方蓬勃的生命力，显现了作者一以贯之的现实主义人文情怀。如果说，"文明史是对河岸上人们生活的记录"，那么黄佩华的"大河系列"，便是中国南方文明史的一部分。

2015年出版的还有红日的长篇小说《述职报告》，及其"文联三部曲"，红日告诉我们：当荒诞成为日常工作生活的本质，人的存在便遭遇巨大的挑战与质疑。他借此抒发了中国式的职场中别样的情怀，同时作为描摹日常的高手，那些新鲜如昨的细节、动人的人与事，诸如玖和平的乡村伦理之善，辐射出满纸桂西北质朴的乡村智慧与民间情怀，显示出作者有着较好的生活还原能力，尤其白描功夫，常常寥寥几笔，尽得精神。散发着南方泥土芬芳的新乡土写作还有《股份农民》，朱东、张越为我们塑造了桂东南新农村包家文这一新式农民的形象；《苦窑》桂北高尚坪黄、秦、令三大家族的沧海桑田，是龚桂华对人性幽微与裂变的深度表现。此外，凡一平的《上岭村的谋杀》以"中国盒子式"的框架结构，环环相套，在建构完整封闭的叙事圈套中，为读者奉献了一个悬念迭出的好故事。潘大林的黑旗军的历史书写，李小舰的《西江风雨》，杨仕芳的《白天黑夜》等等都可圈可点。

长篇小说创作还有一个出色的文学存在，那便是广西女作家群。比如王勇英新作不断，以心性在中国儿童文学创作中，建构了一座自己的南方艺术之城。是的，王勇英多以"城"的意象构建自己的作品空间，"弄泥的童年风景"系列中的南方客家孩子《巴澎的城》，"鸟麻之城"系列中的"鸟麻之城"，城里童心四溢、本真纯净、巫性十足、野气横生。比如远在美国硅谷的广西籍女作家陈谦，其文学原乡皆根扎南宁，她的留学生生活精神困境系列、精神疗伤与自我救赎系列令人关注，近日的长篇《无穷镜》出色描述了人生在蝇营狗苟、片片浮云之上还有物质的"无穷镜"与精神的无止境，"成功者"高处不胜寒的虚无与绝望，时代精神症候在陈谦洞若观火的透切中，"人生何以如此？人何以如此？"的追问便得以淋漓呈现。比如一地苍凉的《淑女学堂》，映川以感性丰盈的笔触表现了新一代淑女是如何炼成的，女人也需要像男人一样奋斗。还有网络作家辛夷坞从《致我们终将逝去的青春》到《应许之日》，成为国内网文都市言情的代表写手之一。辛夷坞的书写有生活、有记忆，干净、细腻。又比如远居德国、比利时的纪尘、凌洁，即将出版的新长篇《冰之焰》《侨港春秋》，比如锦璐、陶丽群、林虹、潘小楼等等，杂花生树的她们，本身就是一棵棵挺立的南方嘉木。

嘉木当然是品性卓然，刚硬与柔软同在，锋芒与独到相应，野性与个性共生，唯此，南方才可能美丽，中国文学之林才可能蔚然成荫，生生不息。

以漓江为中心的文学叙事

——"广西当代多民族文学研究"系列论文之二

黄伟林

在我们所做的广西文化符号影响力调查中，漓江排名第四，仅次于桂林山水、刘三姐、壮族，是最具影响力的广西文化符号之一。[1][2]

《广西大百科全书》是这样描述漓江的：

漓江，桂江中游河段。干流位于桂林市辖区和阳朔县境内。自兴安县溶江镇灵渠汇入处起，向西南流，经灵川三街镇，至桂林市城区右纳桃花江后转向东南流，经阳朔、平乐县恭城河汇入处止，全长161千米。[3]

漓江的"漓"字究竟何意？宋代曾在桂林做官的柳开推测过漓江称"漓"的缘由：发源于海阳山的海阳河流至兴安灵渠分水岭后，分成两水，亦即"相离"，所以，北流之水称"湘"，南流之水称"漓"。在《湘漓二水说》一文中，柳开说：

作品信息

《广西师范大学学报（哲学社会科学版）》2016年第2期。

二水之名，疑昔人因其水分"相离"，而乃命之曰湘水也、漓水也。其北水所谓湘，南水所谓漓，将有以上下、先后而乃名之也。水固属北方，北方为水之主也，以其北流者归主也，乃尊之以"湘"字，加其名为上焉。又疑为以北者入于华，南者入于夷，华贵于夷也，故以"湘"字为先焉。既二水以二字分名之，即北者以先名"湘"也，即"漓"者必加南流者也，所以漓江是分水之南名也。因其水之分，名为"相离"也，乃字旁从水，为"湘"为"漓"也。

明代张鸣凤《桂胜》描述了漓江的样貌：

漓则经灵渠南出，缭绕桂城东北，城之西南，带以阳江，从漓山下入于漓。水波宽广，为桂金汤之固。岸傍数山，或扼其冲，或遮其去。故间有乱石及沙潭处。清浅为滩，湛碧为潭。余虽深至一二丈，其下石杂五色，草兼数种。所有游鱼，群嬉水面，间没叶底，停桡少选，种状可尽别。以此水最清，洞澈无翳，飞云过鸟，影不能遁。

虽然古人大都认为漓江的"漓"以"离"字作河流命名之由；然而，据《辞源》，可以发现"漓"有三个含义：一为流貌，二为水渗入地，三为漓江。体会"漓"字的三重含义，可以发现漓江确实名副其实：水之流动为"漓"，这是漓江与所有河流的共同特征；水渗入地为"漓"，这准确地指出了漓江所依托的喀斯特地貌，不同于其他大多数河流，漓江之水依托的喀斯特地貌有许多溶洞，导致漓江之水很容易渗入地下溶洞。"漓"之两个含义明确了漓江的特性。因而，顺理成章，"漓"成为桂林这条河流的专属命名。

20世纪，漓江逐渐成为中国最重要的旅游胜地之一。包括美国四位总统尼克松、卡特、乔治·布什和克林顿在内的数百名外国元首曾经游览漓江。1992年，在全国40佳旅游胜地评选中，漓江风景区得票数名列第二，仅次于当时即将"高峡出平湖"的长江三峡风景区。2005年，《中国国家地理》杂志社组织200多位顶尖专家评选中国最美景观，在"中国最美峰林"这一项中，"桂林—阳朔漓江山水"名列榜首。2013年，美国有线电视新闻网'CNN'为旅游爱好者评选出15条最值得一去的全球最美河流，漓江成为中国唯一入选的河流。

漓江的源头在岭南最高峰猫儿山海拔接近2000米的八角田高山泥炭沼泽中。秦始皇时代，因为灵渠修通，海洋河的水引入了漓江，因此，漓江增加了一个人工的源头，即海洋山。灵渠修通意义重大，一方面，岭南并入了中国版图；另一方面，中原文化与岭南文化实现融合。

漓江所流经的是世界上最典型的喀斯特地貌区域，山与水在这里奏出了最美丽的乐章，生成了甲天下的桂林山水。如果说"千山环野立"的山是桂林山水的肉体，那么，"一水抱城流"的漓江就是桂林山水的灵魂。桂林山水恰似灵与肉的完美结合，千百年来吸引了无数文人墨客，造就了无数文采华章。如明代俞安期的《初出漓江》："桂楫轻舟下粤关，谁言岭外客行艰。高眠翻爱漓江路，枕底源声枕上山。"清代袁枚《兴安》："江到兴安水最清，青山簇簇水中生。分明看到青山顶，船在青山顶上行。"这些都是写漓江的妙品，亦是中国古代山水文学的佳构。这些文学作品不仅写出了漓江的形貌，而且写出了漓江的神韵，甚至规范了漓江的审美品格。漓江因为这些文学作品的陶冶，成为一条如中国水墨画一样的河流，承载着中国古代文人的幻梦；她超然世外又蕴人间烟火，风情万种又藏傲然风骨；她是真实的存在，又是至美的象征。

古代以漓江为题材的文学作品，有一个明显特征，即创作主体多为中原旅桂人士，少有本土作家。这就导致古代漓江题材的作品，多为观光抒情、托物言志的内容，少有叙事的成分。古代漓江题材文学，美则美矣，但总觉得清浅。经过千百年的文人书写，漓江基本上被定格为一条"文人的江"。更确切地说，这是一条中原文人的江，通过灵渠而涌入漓江的中原文化，既对漓江文学进行了中原文化高度的提升，也对之进行了中原文化精神的提纯；在提高她提纯她的同时，也窄化了她，简化了她。目前我们所读到的那些经典漓江文本，与其丰富的自然及人文内涵并不很相符。

民国以来，许多新文学作家也写过有关漓江的作品，但仍然未能脱离古代漓江题材作品的窠臼，主体多为旅桂人士，而且大多也停留在观光抒情的范畴。在众多民国旅桂人士游览漓江后留下的文字中，胡适的《南游杂忆》给我留下了较深的印象。与大多数关于漓江的文学作品相比，胡适的文字显然更平实，甚至更缺少文学性。胡适的漓江文章之所以给我留下较深印象，是因为他涉及了大多数作者未有涉及的内容。他写了游船上桂林女子唱柳州山歌的情景，特别是抄录了9首山歌在文章中。过去的漓江书写多是文人写作，有非常强的中国文人传统，胡适的漓江书写注意到漓江还存在另一种传统，即民间传统，如这样的山歌："大海中间一枝海，根稳不怕水来推。我们连双先讲过，莫怕旁人说是非。"[4]这样的漓江山歌与文人的漓江诗歌完全是两种类型，其表达方式和情感内容截然不同。一雅一俗，一文一野，两相对照，可以看出文学中所富有的弹性和张力。胡适注意到的漓江山歌是对传统文人漓江诗歌的拓展和丰富。

进入当代以后，胡适注意到的漓江山歌传统后来在电影《刘三姐》中得到了极大的张扬，山歌成为电影《刘三姐》最具魅力的元素之一。《刘三姐》也因此成为那个时代的电影经典。胡适是一个学者，有着学者特有的客观和严谨。他的《南游杂忆》专门强调他在漓江上听到的是柳州山歌。柳州山歌在漓江上唱，这确实是个有趣的现象。不过，如果我们注意到广西的几条重要河流如红水河、柳江和漓江最后汇聚成了西江，就会对柳州山歌在漓江上唱不以为奇。河流是相通的，河流的相通造就了文化的相通。胡适对广西的文化地理并没有全面的了解，但学者的直觉帮助他保留了真实客观的文化信息。电影《刘三姐》通过刘三姐把龙江、柳江和漓江的文化沟通了，这恰恰暗合了胡适亲身经历过的事实。

古代旅桂文人是用中原文化积淀书写漓江，漓江文化因此具有汉族文化的特点。胡适在漓江游船上发现了漓江还有柳江文化的存在，这个事实提醒我们漓江可能还有另一种传统，即广西少数民族的传统。胡适并没有对这种可能性作出过探讨。但是，半个世纪之后，一批广西的作家、评论家开始重新认识漓江的人文积淀。1990年，小说家张宗栻与评论家黄伟林在《文学自由谈》上作了一个对话，其中专门谈到：

A：除了"百越境界"这个一度响亮过的宣言外，广西还有一批作家在默默开垦着另外一块具有流派色彩的田地。

B：就是漓江文化。

A：在这个尚未成为宣言、成为旗帜的风格笼罩下，已产生了一系列作品，像《漓水谣》《魔日》《石头船》《年轻的江》《河与船》《大戈山猜想曲》等。

B：无论是回顾历史还是观照现实，都能清晰地发现广西文学的两种流向。一种属于桂南，可以概括为百越境界。这是带着鲜明的原始色彩，具有深厚的神话思维特征的文化。花山崖壁画是这种文化最形象的浓缩，红水河是这种文化物质形式的生命的脉流。从中国多民族的角度看，这种文化的主体核心恰恰由壮、瑶两大少数民族构成。五十年代的《刘三姐》和《百鸟衣》，则是这种民族文化的原始精华——民族神话和社会现实成功结合的产物。另一种流向则属于桂北，可以概括为漓江文化，这是受中原文明影响很深的文化类型，可以说是正统文明和山水文化相结合的典型范例。与百越境界的原始特征相对，漓江文化具有浓郁的文人气质。考察漓江流域的各种神话传说，可以很强烈地感受到华夏正宗人文历史对它的渗透。[5]

对话中提到的《漓水谣》《魔日》《石头船》是张宗栻漓江题材的小说作品。自20世纪80年代以后，一批广西作家开始了对漓江的关注，创作了一批可以称为漓江叙事的作品，代表人物有张宗栻、梅帅元和沈东子。

作为生活在漓江畔的桂林人，张宗栻本来并没有漓江叙事的自觉，是梅帅元提倡的"百越境界"启发了他。考察张宗栻的小说创作，正是在1985年以后，张宗栻笔下的漓江被注入了浓郁的百越文化气息。

《魔日》的故事发生在漓江。蓝朵从很远的大山里来到漓江，看上了在漓江上的小伙子阿尚。两人终于相爱结合。小说的故事虽然很简单，但穿插其中的文化理念却非常有想象力。蓝朵是一个瑶族姑娘，以卖药营生。阿尚是汉族青年，以捕鱼为生。因为文化背景的不同，两位年轻人互不理解。蓝朵无法理解阿尚，她觉得"这后生是太冷了，像那条江一样。尤其是深幽幽的黑眼珠，射出清水一般的光流，蓝朵每与他目光相碰，都清楚地听到嗤啦一声响。那响声弄得她耳朵嗡嗡的，叫她害怕"。阿尚同样不理解蓝朵，"她好像看过我几眼，阿尚记起来了，传说他蛮婆会放蛊的呢，暗中弄你一下，就生病了，再弄一下，就死了……他有些发慌，摸摸头，微汗浸浸的，竟一下说不清是冷汗还是热汗"。蓝朵与阿尚的结合，既是汉族与瑶族的结合，也是红水河与漓江的汇通，两种文化在陌生化的吸引中相交相融。

《魔日》是一篇高度"文化自觉"的作品，小说专门设计了两个年轻小说家的对话，对话的内容正是对漓江人文的发现。在承认文人文化浸透了漓江，漓江是一条文人的江的同时，作者将红水河文化纳入漓江，为漓江的清冷注入了火红灼热的人文内涵。

如果说《魔日》有很明显的文化理念的痕迹，那么，《漓水谣》则洗尽了理念的铅华，直接书写漓江渔人的人生，讲述了过江客、摆渡人和大学生三个人物的故事。

老沌73岁，是一个过江客，一辈子生活在河流上，"一条江一条江地浪"。回首往事，老过江客也曾经有过爱情，有过女人，有过孩子，只是他习惯在河流中独往独来的日子，相信"过江客由礁石生下来，由江水收了去"的船歌，终于没有成家。70岁是过江客收水的最后日子，等待河神有一天把他收走。老过江客终于把他的船停在磨石山的河湾，这是他选定的归宿地；舟子、排子、鱼鹰，这些都是他的财产，凭这些，他死后，也会有人为他办后事，他遗下的船排就归葬他的人。

明桂、昌水和竹笋是好朋友，别人称他们是桃园三结义。明桂喜欢上了昌水的女人柳叶。为了方便见到柳叶，他改捕鱼为撑渡船。他与柳叶约好晚上在骨树林见面，他如约前往。柳叶没有来，竹笋却来了，痛打了明桂一顿。明桂只好解了老过江客的船，漂江去了，不再回家。不久，柳叶到磨石湾打丝草再没有回来。几年以后，渔村的人在下游很远的圩上看见明桂和柳叶在卖鱼。

渔村中的小狸考上了广州的大学，成了城里人。他带女朋友英子回渔村，晚饭后两人到河滩上乘凉。他给英子讲江客老沌的故事，讲会唱歌的明桂和柳叶的故事，他讲这些故事的时候，一条舟子正好从河上经过，舟子上的人唱：

妹呀妹——

日头催你你不来——

月亮喊你你不来——

若还是哥和你睡

赤着脚板跑起来——

老过江客、明桂和小狸差不多是渔村的三代人。他们的人生各有不同。老过江客的生活相对原始自然，更接近古老的传说；明桂的生活有了更多社会的内容，世

《石头船》写的是漓江上货船船夫的生活。贩运货物的船夫最害怕的是遇上传说中的石头船。"石头船总是这时在云端出现，它如飞而来，涌动翻着云潮，呼呼地搅起狂风，灰白的船头与山尖猛撞，将山和自己击得粉碎。漫天石雨溅落，激起暗白的水花。"老卜这次贩运的是一船细瓷，如果顺利他将获得丰厚的利润。可是，在磨石山附近的长滩，他遭遇了传说中的石头船。"飞驱的石头船撞毁在磨石山尖。它像玻璃一样碎裂并飞射到空中，把黑云穿得千疮百孔。天空亮闪闪的一片，辉煌而夺目。继而，无数晶亮的白色碎石，从天空呼啸着向下砸，最先击在山岩上的弹起很高跟接踵而来的碰击，发出粉碎前的脆响。"这场遭遇，导致老卜除了破船一无所有。小说最后告诉我们，电视报道那天磨石山长滩区域降了特大冰雹，但老卜没有听见。石头船的传说仍然沿江流传，老卜对自己的遭遇讳莫如深。他依旧在江上运货，重建他被毁的生活。

张宗栻是"漓江叙事"最为自觉的书写者，他创作了相当优秀的"漓江叙事"文本，长期以来我们或者忽略了他，或者低估了他的作品。上述三篇小说无一例外都是挽歌——为漓江渔民船夫唱的挽歌，为漓江传统生活形态唱的挽歌，反映了不

同民族文化的碰撞和交流，山歌在渔民生活中的作用，传说对船夫心灵世界的影响。张宗栻写出了漓江文学的深度、厚度和丰富度，他不仅写出了文人文化浸透的漓江，也写出了民间文化浸透的漓江，还写出了少数民族文化点染的漓江。因为有张宗栻的小说作品，漓江曾经有过的生活形态获得了审美的保存。许多年后，那些对漓江传统生活有文化情怀的人们，或许只能在张宗栻的作品中发思古之幽情。

"百越境界"的倡导者梅帅元从小受红水河文化的熏陶，他并非桂林人，也没有定居桂林的经历，但他却对漓江情有独钟，写过一批很有特色的漓江题材小说作品。

《船女与过客》中的船家女满蓉是杨堤人，喜欢读书，高中毕业没考上大学，只好回村谋生计。冬季是捕鱼的淡季，却是旅游生意的旺季。上游水浅，航道不通，桂林的游客只能乘车到杨堤上船，于是大大小小的生意便在码头上兴旺起来。男青年富连喜欢满蓉，他是做生意的好手，能把什么都变成钱，比如到江边捡些好看的石头就可以卖给外国人，又比如在岸边围个便所就可以收费。满蓉虽然佩服富连的能干，但却对他的视野和品位不以为然。有一天，三个骑自行车旅行的大学生经过满蓉的船，满蓉邀请他们一起吃豆腐煮鱼头。他们相谈甚欢。富连对满蓉免费请客不高兴。不久，满蓉的父亲回到船上，发现两个男学生坐在满蓉的床上，很不高兴，三位大学生只好告辞。满蓉做好鱼趁热给大学生送去，但大学生已经离去。

梅帅元的漓江叙事截取的是旅游业背景下的漓江生活。富连作为渔民中的能人，思想已经高度商品意识化，利用漓江的一切以谋利，可惜限于文化水平和商业视野，他只能以个体手工的方式赚钱。满蓉喜欢读书，并不安心这样的生活，对现代高等教育建构的人生充满渴望。值得特别注意的是小说中那几个大学生对漓江旅游业的议论：

谈及旅游，"部长"发了番议论，说是坐船游漓江只能看着些皮毛，其实美的深邃处是在排子和渔船上。"老牛"纠正说：是在鱼汤里。未来史学家"眼镜"认为：旅游业该把风光与历史合一，在欣赏自然的同时，欣赏人类自身的进程。他决定把百里漓江划分成为若干历史区域：第一区为洪荒时代，无人，群兽出没。第二区为甑皮岩的石器时代。以下按历史进程排列下去。在每个时代区生活的渔民都成为旅游公司的工作人员，一切风俗、衣着、语言等都按那个时代再现。

这番议论出自几个大学生的嘴里，并非仅仅是小说情节的需要，更来自作者梅帅元本人对漓江旅游业的思考。十多年后，山水实景演出《印象·刘三姐》横空出世，实际上在梅帅元十多年前的小说中已见端倪。

《流浪的情感》中的小娘是剧团的演员，剧团春夏时节在桂北大山里巡回演出，秋季转到漓江流域，演员们过着流浪的生活。流浪人同情流浪人，小娘看见漓江上的放鹰人便有了亲切的感觉。放鹰人以水为家，沿江河流，于青山绿水间做着捕鱼生计。作者对放鹰人作了形象的描写：

十几只竹排从江湾里转出来，一只连着一只，像汛期的鱼阵。当头一只排子，上面立一个后生，十几只鱼鹰站在排上。每只排上都站有鱼鹰。竹排重叠在山影里，看去是幽蓝的。进入急滩处，竹排变了节奏，融化在晃眼的光斑里。放鹰人的歌声在浪涛中响起来：

摇个竹排划个桨呀，
七呀八妹子小哥郎。
得鱼上街换麻糖呀，
七呀八妹子小哥郎。
麻糖送给桂花娘呀，
七呀八妹子小哥郎。

歌声此起彼和，错落有致，裹着水影天光，透明地飘流过来，转眼又换成了号子声。竹排迅速向江面散开，很快又收拢回来，围成弧形的阵势。放鹰人用桨子把鱼鹰赶下水，开始捕鱼。

鱼鹰在水面盘旋，寻找目标，纷纷潜入水中，放鹰人挥动桨子拍打水面，用足踏排，喊着奇怪的号子。那声音听去是火热的。江面顿时热闹起来。

小娘爱看放鹰人捕鱼，放鹰人爱看小娘演戏。剧团在阳朔的山水之间游走，作者如此写道：

队伍若断若续，长长绵绵，宛转于河谷之间，不时被树林间隔，留出一段空白。齐腰高的荒草不停地摆动，人便像在草浪浮游。间或往高走，到了峰顶，似乎要走到云里去；忽又跌落下来，沿江踏浪而行，化成斑驳的影子。江风吹动悬崖上的灌木丛，一片片叶子飘落下来，远远落入水中。

剧团到了兴坪古镇，顺着小娘的目光，我们看到兴坪古镇的情景：

古香古色的房子被山水环抱着，房顶还长着青草。古板小路伸得很长，两旁是商店、中药铺、学校，还有漂亮的招待所。快到重阳节了，镇里的人都忙着过节的事。老人们坐在门口用小钳子嗑红瓜子，准备做饼子用。女人们都来到桂花树下，展开花布，打桂花。小孩子爬到树上，摇动树枝，桂花便纷纷洒落在花布上。女人们把桂花收集起来，用小篮子装了提回家去，节日里要做桂花糖，要泡桂花茶，还要酿桂花酒。没有桂花，那节日就会少了香醇，过起来也就没滋没味了。

在小娘这位戏剧人的眼睛里，漓江山水全变成了舞台，渔民生活全变成了戏剧中的情景。真是戏如人生，人生如戏。这种古老的箴言或许就是对作者最重要的启示。如果看过梅帅元创意策划的世界上第一台山水实景演出《印象·刘三姐》，我们就会发现，小娘眼里的风景，小娘本身的风景，已然成为《印象·刘三姐》的风景。山水实景、漓江以及漓江人的生活，启发、激活了梅帅元山水实景演出的想象。

《漓水渔王》同样暗藏了作者旅游演出的创意策划。旅游业的开展使訾洲村里的打鱼人把世代只盯住水面的眼睛转向了旅客口袋，村里所有的渔船都变成了游艇，只有福贵与众不同，他把渔船换成了白马。旅游旺季，游客络绎不绝。上百只游艇争抢游客，唯一的白马成了游客的宠爱。在漓江边骑白马与象鼻山合影成为福贵招揽游客、大赚其钱的绝妙创意。福贵的这些赚钱方法对于作者而言显然不是关注的重点，小说关注的是渔王——那只体魄健壮、一天能为主人福贵捕上几十斤鲜鱼的鱼鹰。作者把小说的叙述视角放在渔王身上：

它喜欢主人的剽悍，喜欢渔人狡诈而狞野的号子。每次，当它擒着活鱼浮出水面时，主人便把竹篙伸去，它跳上去，耸起双翅，随寻篙子的晃动一颤一抖。这是一种古老的种族舞蹈，表达了杀戮和征服的快感。鱼在嘴上挣扎，发出无声的悲哀，它记起那股血和水的腥味。

然而，这一切似乎已经成为久远的过去。如今，白马成了主人的新宠，渔王停业赋闲，它甚至遭到鸭子的嘲笑，鸭子建议它学习生蛋，为主人赚钱。离开了漓江的鱼鹰血液渐渐冷却，渔王的高贵成为其念念不忘的幻想。终于有一天，主人福贵将垂死的渔王按古老的风俗放回漓江：

渔王嗅到了水的腥味，听到浪涛拍击岩石的巨响，渐渐清醒过来。它站立起来，垂着的双翅慢慢展开，淡绿的眼中突地射出一道光亮，仿佛燃烧起来，它听到一种奇异的声响，先如泉水鸣咽，然后渐渐洪大，汇成滩啸般巨响。这声响来自体内深邃的记忆，来自重新沸腾的鹰族血液——它拍翅高叫起来。

现代化终结了鱼鹰作为渔王的时代，鱼鹰的光荣永远地成为了过去。梅帅元这篇小说像张宗栻的漓江叙事一样，又一次演唱了关于漓江传统生活的挽歌。十多年后，当人们在山水实景演出《印象·刘三姐》看到鱼鹰出现在那阔大的山水舞台，或许会生出与梅帅元相似的意绪，那是对一种远离人类同时又为人类所怀念的生活方式的缅怀。

上述三篇小说，或许可以称为梅帅元的"漓江叙事三部曲"。在这些作品中，作者写出了现代化对漓江、对漓江人的影响，但是，这些漓江叙事最主要的价值却在文学之外，即它们寄托了作者对于漓江旅游的思考，暗藏了不少有价值的现代旅游创意和构想。

如果说张宗栻的漓江叙事唱出了漓江传统生活的挽歌，梅帅元的漓江叙事努力探寻漓江作为旅游符号的产业价值，那么，沈东子的漓江叙事又开拓了一个空间，即中国文化与西方文化相遇时中国人的内心体验。

作为生活在桂林的作家，沈东子有一批小说讲述的是旅游业刚刚起步、大量外国人涌进桂林那个阶段的故事。在这里，我同样选取三篇小说加以论述，它们分别是《美国》《郎》和《有谁比我更爱好 BROKEN ENGLISH》。

《美国》中的"我"是一个能够讲英语且酷爱美国文化的中国人，因为共同的爱好与了了妈相爱结合并生下了女儿了了。后来了了妈跟一个跛腿男人去了美国，"我"因此意识到了了妈爱的既不是"我"，也不是那个跛腿男人，她爱的是美国。

小说对"我"所生活的环境有所描写：

我常常抱着了了坐在江边，遥想我生命中一个如梦的夏天。码头上的冬青树依然繁茂如同当年，可是已经见不着击水嬉闹的渔家少年。人们排着长队依次登上驶往下海的白色的船，好像前去瞻仰的是本世纪最后一片田园风光。是的，鹅卵石的河滩上不再有小鸟觅食蜻蜓翻飞，只有瘪瘪的可乐罐和万宝路香烟壳在水面上漂荡。

这时候了了妈已经抛弃"我"和了了去了美国，留下"我"在这里沉湎于无尽的遐想。在一定意义上，"我"和了了妈都是"唯美主义者"。"我"热爱的是美国的精神文化——自由、平等、博爱，如杰弗逊、爱默生、梭罗、狄金森、林肯、梦露、马丁·路德·金。了了妈崇尚的是美国的物质文化，如耐克鞋、牛仔裤、麦当劳、可口可乐、蓝带啤酒、雀巢咖啡、三明治、汉堡包。作为"漓江叙事"的文本，《美国》陈述了"我"这样一个美国精神文化热爱者所受到的美国物质文化的伤害，从而发出"我的情敌是美国"的怨恨之语。

《郎》的故事发生在桂林，如作品所描述："这座小城不可谓不浪漫，相思江、情人河、月亮山、爱情岛，每块石头都留有才子佳人的爱情传说，每面崖壁都凿着文人墨客的千古绝唱。"小说讲述了发生在"我"、桃和郎之间的故事。我和桃从事的都是旅游纪念品生意：

我和桃在一个阳光明媚的日子相识，就像一粒雨和一颗鹅卵石相遇一样偶然。当时我在兜售我的画，而她在叫卖她的瓷器。这里的景色异常独特，虽说没有华北平原的一马平川，也不见西城古道的大漠孤烟，可是四处都耸立着碧绿的山峰，妖娆的小河上还飘着梦幻的扁舟，难怪外人会说这方土地上连草都风流。我和桃相遇在这片如诗如画的风景里，自然也就会生发出如诗如画的感情。

然而，在"我"和桃之间，郎出现了。郎是一个日本人，"像所有的日本男人一样个头不高，但是戴着金丝架眼镜，一副温文尔雅的派头，没有留日本男人通常都有的那种仁丹胡，也就是说没有中国人记忆中那种粗鄙和残暴的象征，下巴总是刮得干干净净，显得异常精明"。尽管郎很有绅士派头，但"我"却对他充满敌意，这里既有历史造成的敌对意识，也有男性本能的自卫心理，"我习惯于用情敌的目光看待他"。

郎果然就是"我"的情敌，他以很大的耐心引诱桃，终于如愿以偿。但郎又不是"我"的情敌，小说结尾暗示我们，经过郎的引诱，桃最后成了做皮肉生意的妓女：

我最后一次见到桃是在几年后的一个炎热的黄昏。她披着一头波澜起伏的长发，那曾经红润如桃的脸蛋已被厚厚的脂粉所掩盖，只能看见嘴唇上很不真实的红色，还有睫毛上同样很不真实的黑色，活像未卸妆的艺妓。她身穿一袭浅黄色的露肩薄裙，左肩挎着一个小坤包，右手挽着一个日本人，从一家豪华酒店的玻璃旋转门飘然而出，轻盈得如一阵秋天的风。那个日本人也系着一条深色的领带，但不是郎。

与《美国》不同的是，《郎》中的"我"并不是日本文化的崇尚者，甚至因为半个世纪之前的那场战争，他对日本人怀有敌意。小说甚至写到桃的外婆也是那场战争的受害者，"她外婆年轻时为了躲避日本兵，从东海边逃到洞庭湖边，又从洞庭湖边逃到这座南方城市的小河边，一生都在躲避日本人，现在都还时常梦见咿呀叫喊的日本兵"。然而，桃却在郎的金钱引诱下就范，以至于"我"颇不甘心地认为："只要有钱，什么都可以办得到，别说是买一只桃，就是全世界所有多汁的鲜桃，日本人都可以用钱买到手，因为日本人虽然什么都缺少，但是独独不缺少钱。"

《有谁比我更爱好 BROKEN ENGLISH》的主人公"我"是河湾咖啡馆的经营者。如小说所描写：

这座小镇的风光得益于她家窗前的那条河，那条河蜿蜒曲折，水质清澈，经过这里时忽然变向拐了一个弯，好像专门圈出了一片平缓的空地，好让这里的人们日后繁衍和生息。我就是有感于河流拐弯时的那种突然动作，把自己这家咖啡馆定名为"河湾咖啡馆"。

西方游客特别喜欢到小镇旅游，也喜欢到河湾咖啡馆抚慰心情：

那些习惯于闹腾到午夜的西方人，原先是为了清静才躲到这座群山环抱的小镇里，不想小镇比他们想象的要安静得多，不仅月光如水，水流无声，而且山影幢幢，街巷无人，寂静得耳朵发疼，才住了三五天，那点西方人的缠绵心事就被山风吹得干干净净，心儿也被吹得空空落落，只得借啤酒不断浇灌，才能找回一点踏实的感觉。

"我"最怀恋的是20世纪80年代初与第一批西方旅游者交往的经历。在"我"的心目中，那时候来中国的游客是人中精英，无论衣着还是谈吐都透露出自由主义者的风采。然而，进入20世纪90年代，那种风采如广陵散一样随风而逝一去不返。小说写道：

在那些堆满了可乐罐和啤酒瓶的咖啡馆里，实用主义明显占据了上风。人们纷纷用蹩脚的英语谈论着蹩脚的话题，诸如需要兑换美元吗？你能做我赴美就读的担保人吗？在美国如何才能拿到绿卡？需要我帮忙介绍几位中国姑娘吗？我可以和你结婚去纽约吗？等等。

英语成为这里最具魅力的时尚，得到所有女孩子的追捧：

在她们看来，英语代表的是一种高雅的生活，对英语的爱好也就是对文明的爱好，英语总是跟玫瑰、微笑、精巧的领结和小杯的咖啡联系一起，或者简单地说，总是跟浪漫联系在一起，很难想象如今一个浪漫的年轻人嘴里不会说出几个精妙的英语单词。可以说英语是这个时代中国女孩的公共情人。

值得注意的是，沈东子这三篇可以称作"漓江叙事"的小说，无一例外使用了"情敌"抑或"公共情人"的说法，小说的主人公在爱情这种本来最具精神气质、最具隐秘色彩的空间，完全无法抵御物质文化强大的外国人的入侵。这里的外国既有主人公崇尚的美国，也有主人公仇恨的日本。沈东子的漓江叙事传达了20世纪末期中国男人一种失落的情感，在强大的金钱力量面前，他们似乎失去了任何抵抗的能力，他们眼看着心爱的女人弃己而去，无力追回，唯有伤感。

金钱固然在20世纪80—90年代的中国体现了强大的力量，然而，那个时代的中国人在金钱面前完全没有抵抗的能力，显示出那个时代中国人精神建构的贫弱。沈东子"漓江叙事"中的那些叙事人"我"虽然有较丰富的美国文化知识积累，但本土精神文化的建构反而表现出明显的缺失。《郎》的叙事人对自己的精神建构也有所反思："我所生活的那个时代只有爱和恨两种情感，不是爱谁，就是恨谁，两种感情都同样强烈，绝不容许在爱和恨之间犹豫。"显而易见，今天我们重读沈东子的"漓江叙事"，需要认识到中国曾经经历过一个物质高度贫乏的时代，同时也经历过一个精神高度贫弱的时代。

漓江无疑是世界上最美丽的河流之一，漓江也曾经承载过中国文人的生活理想。清末曾流传过这样一个故事：端方任湖广总督时，委任一个亲信去当恩施知州。这个亲信嫌鄂西太穷，没什么油水可捞，要求另派一个肥缺。端方一脸正经地说："州、县都是朝廷命官，哪能挑肥拣瘦？假使官能够自由挑选，我宁愿去当桂林的知府或阳朔的知县了。"[6] 这个故事本身有一种讽刺色彩，但它同样表达了一个意思，即为人做官，并不能只为了赚钱谋利，也可以是对美的追求。因为，无论桂林还是阳朔，在人们眼里，同样是贫困地区，但却有甲天下的奇山秀水，而甲天下的漓江山水，在中国传统文化体系中，不仅是客观的自然美的存在，更是主观的精神美的寄托，其中充盈了中国文化精神的精髓，是中华民族人格美的化身。笔者常常感动于清代舒书的《象山记》这段文字：

嗟乎！象山，冷地也。余，冷人也。际此世情衰薄，谁肯为顾惜而与之相往来者？自有余来以后，水潺潺为之鸣，石硁硁为之声，花鸟禽鱼，欣欣为之荣。嗟乎，象山，舍余无以为知己者；余舍象山，又谁复为知己？昔人有言曰："江山风月，闲者便是主人。"余虽不敢谓象山之主人，象山曷不可谓余之知己哉。

世情衰薄，但人仍然能够在漓江山水中找到知己，获得寄托。显然，漓江山水曾经有足够让中国人安身立命的地方，中国人的心灵完全可以在漓江山水获得诗意的栖居。然而，何以在20世纪的80—90年代，当漓江山水吸引了地球上无数人趋之若鹜的时候，这方山水中的人却弃之若敝屣？显然，贫穷不是唯一的原因，还需要反思的是那个时代中国人的精神建构。当代"漓江叙事"存在的问题，或许正是漓江人精神建构、价值体系的缺陷。当中国传统文化精神随风而逝，漓江人成为沈东子笔下的"空心人"，他又怎么能够抵抗类似郎或者结巴英语的"情感入侵"抑或"文化入侵"？

无论是张宗栻，还是梅帅元，或者沈东子，他们无不感受到现代化对漓江的影响，他们的"漓江叙事"多少都带有些挽歌的气息。不过，挽歌既意味着一个时代的结束，也意味着一个时代的开始。可以肯定的是，当代广西作家的"漓江叙事"已然突破了中国古代作家为漓江限定的叙事范畴，在传统中原文化的浸润外，纳入了广西其他少数民族文化的人文气息。做到这一点殊为不易，毕竟，中原文化与少数民族文化相比，不仅更为强势，而且还被认为更为"文明"。同时，"漓江叙事"也直面了来自外国的"文化入侵"，书写了"文化入侵"语境下中国人的内心创痛。或许，在经历了30多年改革开放的历史之后，我们对异质文化的进入应该持费孝通先生所倡导的文化自觉的态度，既充分领悟自身的文化源流，又认识他者文化的来龙去脉，在此基础上，抵达"各美其美，美人之美，美美与共，天下大同"的文化境界。

世界文学史上有不少因为书写河流而著名的作家，如马克·吐温之于密西西比河，肖洛霍夫之于顿河，沈从文之于沅水。我以为，漓江的文化内涵也足以承载真正的现代文学经典，就像它承载过经典的中国古代诗歌。当代中国多民族文化、当代世界各国文化在漓江的碰撞与交融，为当代的"漓江叙事"拓展了极大的空间，是"漓江叙事"未曾遇到的重大机遇。广西当代作家应该高度重视"漓江"这一重要的文化资源，力争写出当代"漓江叙事"的经典作品。

| 参考文献 |

[1] 黄伟林，等.广西文化符号影响力调查报告 [J].广西师范大学学报：哲学

社会科学版，2012（4）.

[2] 潘琦，黄伟林 . 广西文化符号 [M]. 南宁：广西民族出版社，2014.

[3] 广西大百科全书编纂委员会 . 广西大百科全书·地理（上）[M]. 北京：中国大百科全书出版社，2008.

[4] 胡适 . 胡适文集：第5卷 [M]. 北京：北京大学出版社，1998.

[5] 张宗栻，黄伟林 . 被遗忘的土地 [J]. 文学自由谈，1990（2）.

[6] 徐铸成 . 报海旧闻 [M]. 北京：生活·读书·新知三联书店，2010.

都安作家群：大石山区崛起的一支文学劲旅

温存超

　　地处桂西北山区的都安瑶族自治县素有"石山王国"之称，境内高山连绵，峰峦叠嶂，沟壑纵横，云雾缭绕，大河奔流，溪涧潺潺，风光雄奇，景象万千。俗话说，"一方水土养一方人"。这是一方神奇的土地，钟灵毓秀，人才辈出。自进入新时期以来，都安文风日盛，文学创作十分活跃，都安作家先后在全国各大刊物上频频亮相、抢滩登陆、攻城拔寨，斩获多种重要的文学奖项。在新时期边缘崛起的文学桂军中，都安籍作家不仅占有相当大的比例，而且不乏领军人物和发展势头生猛的后起之秀。其创作阵营之整齐，创作实力之雄厚，创作成就之辉煌，令人刮目相看。这种奇异的文学现象与景观，很快引起了广西乃至全国文坛的高度关注。面对这种不争的事实，人们不禁惊呼：都安不愧为广西的文学强县，都安作家群已经形成，大石山区崛起了一支文学劲旅。

　　如今，在评论家们以文学地理学之彩笔勾画的文学版图上，都安县业已被涂抹

作者简介

　　温存超（1952—），广西宜州人，河池学院文学与传媒学院教授，有专著《秘密地带的解读——东西小说论》《追飞机的人——凡一平的生平和创作》《地域 民俗 家族——黄佩华的文学脉流》等。

作品信息

　　《河池学院学报》2016年第6期。

上鲜艳的色彩，并在其中标注上一长串的作家名单：蓝怀昌、蓝汉东、凡一平、黄伟林、韦俊海、红日、李约热、周龙、潘莹宇、吕成品、韦优、潘泉脉、蒙冠雄、黎家粼、芭笑、蓝启渲、蓝书京、韦显珍、韦明波、韦绍波、谭云鹏、班源泽、蓝瑞轩、蓝蔚锽、蓝晶莹、蓝芝同、蓝永红、蒙松毅、韦奇宁、韦俊林、韦云海、陆辛、陆汉迎、唐红山、蓝薇薇、黄启先、陈昌恒、蓝宝生、寒云、苏华永、阿末、蓝尹树、韦绍新、韦荣琼、谭绍经、黎学锐、黄宏慧、唐振科、鲁飞、潘丽琨、韦禹薇、唐爱田、审国颂、唐青麟、潘立平、谭惠娟、周锦苗、郭丽莎……

都安作家群之所以引人瞩目，不仅在于这一群体的不断拓展与壮大，而且在于这个群体的创作成就显著，在整个文学桂军崛起的过程中经常"跑赢大盘"，表现相当突出，并一直占据有十分重要的地位。

一、开疆辟土，崭露头角

早在20世纪70至80年代，以蓝怀昌、蓝汉东、潘泉脉、黎家粼、芭笑等为代表的一批都安作家就已经开始迈开大步，跨入广西文坛，很快就取得了一席之地。

出生于铁匠家庭的瑶族作家蓝怀昌，1976年从部队转业回到河池，由文工团转到文化行政部门，由诗歌创作拓展到小说和散文领域，很快在全国各种文学刊物上连续发表了《双喜临门》《画眉鸟叫了》《格鲁花枝上的小米鸟》《竹报平安》《达努节之夜的婚礼》《在高高的木楼上》《画眉笼里的格鲁花》《钓蜂人》《曼里寨新歌》《布鲁帕牛掉下了眼泪》和《哦，古老的巴地寨》《相思红》《瑶王出山》《幽谷里的爱》等中短篇小说，迅速在广西文坛和全国少数民族文坛走红。蓝怀昌先后出版有中短篇小说集《相思红》，中篇小说集《广西当代作家丛书·蓝怀昌卷》，中篇小说《放飞的画眉鸟》，长篇小说《波努河》《魂断孤岛》《一个死者的婚礼》《北海狂潮》《残月》，散文集《珍藏的符号》和《巴楼花的女儿》，诗集《蓝怀昌诗选》和长篇纪实文学《一代战将李天佑》等作品。其长篇小说《波努河》获首届广西文艺创作铜鼓奖；瑶族史诗《密洛陀》（与人合作）获第二届全国民间文学作品一等奖；

中篇小说《相思红》获第二届广西少数民族文学创作奖；散文集《珍藏的符号》获第六届全国少数民族文学骏马奖；报告文学集《杨再勇：生命大境界》获中国报告文学学会2001年"共和国的脊梁"报告文学大型征文特等奖；电视剧《虎将李明瑞》获第三届广西戏剧文学奖一等奖、第九届全国少数民族题材电视暨第三届全国少数民族题材电影骏马奖。此外，由他作词的歌曲《总想给您写封信》获广西"五个一工程"奖；《达努节之夜》获广电部、文化部创作奖；《高山大海紧握手》获第三届广西文艺创作铜鼓奖；《挑着好日子过山》获2002年全国首届中华民歌大赛创作二等奖和中宣部"五个一工程"奖。

蓝怀昌的中短篇小说大多反映桂西北山区少数民族尤其是瑶族的历史与现实生活，塑造民族人物形象，刻画民族性格，在颂扬古朴美好的民族品格的同时，也鞭挞落后愚昧的陈规陋习，展现民族的进步与发展，往往在对民风民俗的描写中展开故事，表现民族精神和时代精神，体现出他对少数民族尤其是本民族的高度关注和深厚感情。其长篇小说《波努河》填补了瑶族没有长篇小说的历史空白，小说反映波努人在改革开放的年代里摆脱贫困和落后的艰难历程，展示了瑶族山寨的历史性巨变。小说人物性格鲜明，性格内涵丰富，在基本故事情节结构以外，大量穿插叙述布努瑶始祖密洛陀的创业、布努瑶的信仰崇拜和祭祀仪式等远古神话、史诗和古歌，并在每章题头摘录富有象征性和暗示性的文字。现实故事与神话相映生辉，写实与抒情共铸一炉，多姿多彩的民族风情画卷和历史文化内涵的展示，具有诗化倾向的轻盈的叙述，山歌一般流畅的对话，既生动活泼又别有韵味，使作品洋溢出鲜明的民族色彩。其另外一部长篇小说《一个死者的婚礼》则是瑶族支系格鲁巴楼人的史诗。小说中的梅里特梅作为一个坚强的瑶族女性形象，明显具有瑶族创世女神密洛陀的影子，体现出雄浑而悲壮的色彩。

对于民族魂与时代精神相结合的书写，体现民族品格的人物形象塑造，民族生活场景展现和民风民俗的生动描写，以及富有民族特色的语言运用，成就了蓝怀昌小说鲜明的民族风格。蓝怀昌由此奠定了他在瑶族文学史上的突出地位，成为广西文学创作成就辉煌的重要作家之一，在广西文坛占有十分重要的地位，并出任广西文化厅副厅长，广西文联主席、党组书记，当选为全国文联第六届委员。蓝怀昌是都安作家群的领军人物和标杆大纛。

蓝汉东高中刚毕业就在《广西日报》副刊发表了短篇小说《婚事》，20世纪70年代初曾与著名作家秦兆阳合作反映都安农业生产运动的长篇小说《穿云山》，有幸得到秦兆阳的指导。此后他的创作不断，包括小说、诗歌、散文、报告文学和民间文学等各种体裁，出版有中短篇小说集《风流桥轶事》，散文集《太阳和月亮底下的世界》，中篇小说《汽球》和长篇传记文学《韦拔群》（与蓝启渲合作）等作品。其短篇小说《卖猪广告》获广西优秀作品首奖、全国少数民族文学优秀作品奖，1989年获中国作协、中华文学基金会颁授的庄重文文学奖。小说集《风流桥轶事》获1993年广西优秀作品奖，《韦拔群》获第三届广西民间文学优秀成果奖，散文《红水河之魂》《瑶山，有一个弩村》《山藤摇动大世界》分别获1990年、1991年、1992年广西12家报刊征文一等奖，《山藤摇动大世界》获全国中华大地之光征文二等奖。蓝汉东连任三届河池市文联主席，当选自治区文联委员和区作协理事。其时，广西和河池两级文联分别由同为都安瑶族人蓝怀昌和蓝汉东执掌牛耳，一时间成为广西文坛的一段美谈。

潘泉脉于20世纪50年代中期就开始文学创作，除部分小说和散文外，主要从事诗歌创作，先后在全国各报刊上发表诗歌600余首，结集出版有《红水河母亲的河》《爱的呢喃》《心琴的交响》《黄土飞歌》和《情系红河山水间》等5部诗集，并参与合作整理出版瑶族史诗《密洛陀》。潘泉脉多次获地市级以上文学奖项，曾当选为都安县文联主席和河池市作协副主席。潘泉脉不愧为都安作家群中早期成绩斐然并在广西诗坛取得一定地位的壮族诗人，是都安诗坛和河池诗坛上的一面艳丽的旗帜。

黎家粼长期坚持文学创作，先后在《民族文学》和《光明日报》等报刊上发表了诗歌500余首，其诗歌作品多次获省级以上大奖，并出版有诗歌集《情满青山》，在那一时期的都安和河池诗坛中，创作成绩也相当显著。

历任都安县委书记、河池地委宣传部长、自治区民政干部培训中心主任的韦优，在繁忙从政的同时，也从事业余文学创作，结集出版有中短篇小说集《酒歌》、诗集《醉吟》和文化书集《铜鼓风尘》，他对于营建都安文学创作氛围和促进都安作家群良好的生态环境的形成，起到了不可忽视的示范和支持作用。

此外，在那一时期，活跃于广西文坛的都安作家还有蒙冠雄、蓝书京、蓝启渲、韦显珍、芭笑等一批人，均有不俗的表现。

二、承前启后，奇峰突兀

都安作家群的形成具有明显的带动性和连续性，以及不断发展壮大的趋势。受蓝怀昌和蓝汉东等人的影响，在20世纪80年代进入文坛的一批年轻作者到90年代即脱颖而出，腾跃高位，不仅发表作品数量增多，而且质量很高，进一步扩大了都安作家的影响。其中，以凡一平和韦俊海成就最为突出。那一时期，都安作家群实际上已经雏形初现。

1981年，凡一平还在河池师范专科学校就读时就开始文学创作，从诗歌起步，处女作《一个小学教师之死》在《诗刊》上发表，即引起人们的关注，后来转向小说创作，先后在全国重要刊物上发表了《枪杀·刀杀》《浑身是戏》《随风咏叹》《卧底》《寻枪记》《理发师》《撒谎的村庄》《投降》《扑克》等中短篇小说，可谓成就斐然，从而一举成为文学新桂军横空出世的重要代表作家之一。至今，凡一平已经出版有长篇小说《跪下》《变性人手记》《顺口溜》《老枪》《上岭村的谋杀》《天等山》，中短篇小说集《浑身是戏》《寻枪·跪下》《理发师》《撒谎的村庄》《沉香山》和作品集《广西当代作家丛书·凡一平卷》等作品，先后获第二届广西少数民族文学创作优秀作品奖、第三届广西文艺创作铜鼓奖、第五届广西青年文学"独秀奖"、第二届广西壮族文学奖、第十六届百花文学奖等奖项。其小说多被改编为影视作品，搬上银幕和荧屏，根据其作品改编或其担任编剧的作品有电影《寻枪》《理发师》《宝贵的秘密》《爱情狗》，电视电影《十月流星雨》《鲁镇往事》，电视剧《跪下》《无悔的忠诚》《最后的子弹》《山间铃响马帮来》等。其中，以中篇小说《寻枪记》为蓝本拍摄的电影《寻枪》创造了2002年国产电影最高票房纪录，《理发师》由著名画家陈逸飞执导，引起全国反响。凡一平小说被影视界高度关注，因此被评为"2002年中国十大文学现象"之一，凡一平被称为"备受中国当代制片人、导演青睐的小说家"。

凡一平的小说大致上可以分为3大系列：反映现代都市生活的"新市民小说"系列，反映农村生活的乡土小说系列，取材于历史的新历史小说系列。其都市生活题材小说，以收入小说集《浑身是戏》中的篇章和长篇小说《跪下》《变性人手记》《顺口溜》等为代表，其叙事目标定位于现代都市的角角落落，展示五光十色的当代社会生活画卷，揭示都市中潜伏与暗流的各种人性欲望的极度膨胀，刻画在血红、墨黑、明黄的洪波中追逐的赤裸灵肉，以不同角色的人物和故事共同指证同一个叙事母题，即对当代文明、现实生存方式与生存秩序和现代价值观念的怀疑和批判，以及对复杂人性变异的深刻剖析，体现出强烈的现实主义批判精神和批判力量；其反映农村生活的乡土小说，以中篇小说《撒谎的村庄》《扑克》和长篇小说《上岭村的谋杀》等为代表，真实地反映桂西北农村生活状态，塑造各类乡镇人物形象，揭示复杂人性与亲情之间的冲突，反映特殊环境和际遇下的人物命运，读来催人泪下，这类小说包含着对乡村生活和淳朴民风的展现，挖掘民族文化心理，具有民族文化的审美内涵，体现出凡一平心中浓重的乡土情结，反映出民族地域文化在其创作活动中所发挥的巨大文化精神力量；其取材于历史的小说以中篇《理发师》《投降》和长篇《老枪》等为代表，这类作品生动地演绎历史故事，反映不同时期的社会状况和历史变迁，描写各种人物的历史命运，颇有新历史主义小说的特征。

凡一平的中短篇小说文体意识强烈，操纵自如，故事叙述得心应手。长篇小说创作也总在变换表现手法，变换结构形式。其小说故事完整，情节曲折丰富，结构灵活多变，具有极强的画面感，叙述如行云流水，语言轻盈而富有流质感，可读性强，既符合广大读者的阅读口味，又具有深刻的社会思想意义和文学品位，可谓雅俗共赏，体现出他善于构建故事、精于叙述、重视画面和突出对话的独特风格。由于他的小说具有影视手法因素甚至有意识地为影视改编而量身定制，因而得到当今影视界的青睐。凡一平现供职于广西民族大学文学影视创作中心，为驻校作家、编导专业方向教授、硕士研究生导师，连任广西作家协会副主席，以其丰厚的创作实绩，奠定了他在中国文坛中的地位，成为文坛桂军的主力作家和领军人物之一，为彰显都安作家群的名声做出了十分重大的贡献。

韦俊海自20世纪80年代初进入文坛，先后出版有诗集《异性的土地》，中短篇小说集《苦命的女人》《河》《引狼入室》《广西当代作家丛书·韦俊海卷》《红酒半杯》，长篇小说《大流放》《浮生》《春柳院》《上海小开》(与人合作)，影视编剧《黑哨》《玩家》《关爱青春》《给孩子下跪》等。其中，中短篇小说集《苦命的女人》《裸河》和长篇小说《浮生》先后获第二、第三、第四届广西壮族文学奖，中短篇小说集《广西当代作家丛书·韦俊海卷》获第三届广西少数民族文学奖，小说《等你回家结婚》获"人民文学·贝塔斯曼文学奖"二等奖，《很想看见你》获《中国作家》小说奖，中篇小说《族谱里多了一个女孩》获《小说选刊》全国小说一等奖。

韦俊海前期的中短篇小说多取材于桂西北山区少数民族生活，代表作品有《苦命的女人》《鱼镇》《高山那边的足迹》《猎人的枪声》《腰杆硬了》等，这些小说运用现实主义创作方法，一方面反映桂西北山区少数民族原始的特殊地域的自然和社会生活状态，表现少数民族文化心理积淀和文化品格特性；另一方面，也反映现代文明对山区原生态生活的猛烈冲击，揭示少数民族在走向现代文明道路上举步维艰的真实状况，具有鲜明的时代精神和时代气息，与当时全国文化寻根的潮流同步，具有浓郁的生活气息，民族风情色彩浓郁，体现出明显的地域文化小说的美学特征，由此而成为广西地域文化小说创作的重要代表作家之一。其第二时期的中短篇小说取材广泛，构思新奇，意蕴深刻，代表作品有《等你回家结婚》《地主》《引狼入室》《守望土地》《复仇的麻雀》《眼睛在飞》《族谱里多了一个女孩》等，被收入《广西当代作家丛书·韦俊海卷》和自选集《红酒半杯》。这是韦俊海最具分量和代表性的两部小说集。韦俊海一方面以细致的笔触反映桂西北和桂中少数民族的社会生活，守望土地，注重描写民族群体特殊的生存状态与生活习俗，揭示民族文化心理嬗变；同时，又注重揭示当代社会的人际关系，关注乡镇底层生活，注重人性挖掘与民族文化心态展示，关注人与土地、人与自然的关系，挖掘民族集体记忆，具有深刻的文化反思和社会批判意义。韦俊海善于将传统与现代性结合，以全新的面貌立于广西文坛，形成了他构思新奇、结构灵活、语言凝练、意蕴深沉的小说艺术风格。

韦俊海从都安的大山中走出，现为柳州市文联秘书长、创作室主任、柳州市作家协会常务副主席，广西作家协会理事、广西作协电视剧创作委员会副主任，在广西文坛取得一定的地位。"文学尽头是故乡"，对于土地的执着守望，使韦俊海的小说创作始终植根于本土，而不断自省，又使他的小说创作实现了质变的飞越。他因文学改变了人生命运，又以自己辛勤的创作回赠故土。

三、继往开来，实力雄厚

进入新的世纪，都安文坛又呈现"江山代有才人出"的欣喜局面。2006年《广西文学》第5、第6期合刊隆重推出"广西小说新势力十一人作品展"，集中刊发了11位拥有强劲创作势头的广西青年小说家的作品。其中，都安籍作家就有4人入选。入选的都安作品为李约热的中篇《巡逻记》、红日的中篇《说事》、周龙的短篇《我们的诗人》和潘莹宇的短篇《和枪一起飞》——这是都安作家群在新世纪再一次奇峰突兀的一个显著标志。

现为广西作家协会副主席、河池市文联主席的红日，1983年起先后在《小说选刊》《小说月报》《北京文学·中篇小说月报》《小说月报·原创版》《花城》《江南》《芳草》《广西文学》等刊物上发表中短篇小说一百多万字。至今，已出版有长篇小说《述职报告》，中短篇小说集《黑夜没人叫我回家》《说事》《文联三部曲》等著作。其中中篇小说《被叫错名字的人》和《钓鱼》分别获第二届、第三届"金嗓子"广西文学奖；小说集《黑夜没人叫我回家》获第三届广西少数民族文学创作花山奖；短篇小说《越过冰层》入选广西签约作家作品集《这方水土》；中篇小说

《报废》《报销》先后入选《2011年度小说月报原创版精品集》；中篇小说《报废》入选《中国作家协会鲁迅文学院高级研讨班学员作品集》；长篇小说《述职报告》获第五届广西少数民族文学创作花山奖、河池市首届刘三姐文学艺术奖，2013年12月，获得"2013广西年度作家奖"。

红日的小说多以桂西北城乡为背景，取材于当下现实生活，真实地状写纷繁的社会现象，反映普通人的生存状态和官场中的复杂人际关系，揭示客观存在的社会问题和生活矛盾，反映中国当下民众多元纷存的人生观和价值观，刻画乡镇和县、市一级干部形象，聚焦"官场"，揭示政府和社会机构中的客观现状，确有"决意将幽默讽刺进行到底"的架势。因此，红日的一系列小说被人们称之为"官场风花雪月小说"，红日也被称为当今的李宝嘉。由于红日有着丰富的基层工作经历，有来自生活的深刻体验与深层思考，因此，他的小说直逼现实，以犀利的刀笔解剖具有普遍性的生活真相，以辛辣的讽刺揭示生活矛盾，具有强烈的现实批判力量。红日的"新官场小说"一方面反映官场的阴暗面，借"官场"描写来"浇心中之块垒"，以言说百姓所关心的社会矛盾；另一方面又与其他官场和反腐败小说不同，除了暴露和谴责，更多一种人生观照——对那些境遇尴尬或承受着沉重压力和不平待遇的小官员们的理解与同情，更多的是对他们日常生活与精神面貌的真实写照，是对他们作为普通人复杂人性的形象剖析。红日小说的独特之处就在于所要表现的重点不在于对官场丑恶现象的简单揭露与谴责，而是在于对基层干部的形象塑造与人性刻画，注意表现这类人物心灵受到震动和得到净化与升华的过程，形象地塑造了有血有肉的"另类"的基层官员形象。这些人物某种情境和场合中表现出来的圆滑与狡黠，实际上是由于官场的生存法则与官场生活打磨之使然，是由于对客观现实的无奈和为摆脱困窘不得已而为之的手段，是一种在夹道中行走被迫产生和运用的"官场智慧"。批判与肯定、讽刺与赞扬、愤世嫉俗与不泯希望，作为矛盾的统一体，并存于红日的小说之中，体现出作家不同流俗的生活态度、强烈的民间意识色彩和鲜明的草根立场。中篇《说事》和《蟒蛇生活在热带水边》是两个具有特殊意义的文本，借助桂西北民俗世相的描写，挖掘民族集体无意识，表现出一种本土化回归的自觉意识，进行了另一种意义的地域民族文化寻根。而"文联三部曲"（《报废》《报销》《报道》）为红日"新官场小说"的代表作品，分别从不同角度描述市一级文联工作以及与之相关的生活现象，揭露社会矛盾，一针见血地针砭时弊，达到相当的深度与厚度。其长篇小说《述职报告》以极其独特的形式，讲述一个等待提拔的干部的尴尬经历，小说全方位展现了当今基层官场的状况，对腐败官场人伦进行辛辣讽刺与批判，对现有体制禁锢下人性良知进行观照，体现出浓郁的忧患意识与人文情怀。小说故事情节生动曲折，大起大落，叙事节奏从容不迫，张弛有致；叙事语言具有鲜明的地方色彩和幽默风趣味道，具有个人机智性格的本色语言叙述，呈现出个人化叙事的独特优势。

鲜明的社会时代特征、富有深度与力度的现实批判精神、厚重的地域民族文化内涵、引人入胜的故事和机灵智慧的叙事策略的有机结合，构成了红日小说个人化叙事的艺术风格。这种风格只属于红日，在当下广西乃至中国文坛中无人可以替代。红日被公认为广西作家群中最接地气的作家之一，是当今广西文坛颇具实力的重要干将，是现今仍然留守于河池本土的桂西北文学阵营的主帅，是继蓝怀昌和凡一平之后都安作家群又一杆迎风招展的大旗。

李约热自2004年以中篇《戈达尔活在我们中间》闯入文坛以来，连续发表了《李壮回家》《涂满油漆的村庄》《巡逻记》《青牛》《火里的影子》等优秀作品。其中，《戈达尔活在我们中间》被《小说选刊》头条转载，入选"2004年最具阅读价值的中篇小说"和"2004中国年度中篇小说"，并获"第五届广西文艺创作铜鼓奖"；《李壮回家》入选"21世纪年度小说选：2004短篇小说"和"2004最具阅读价值短篇小说"；《涂满油漆的村庄》入选"2005中国最佳中篇小说"，并获华语文学传媒盛典"2005最具潜力新人奖"提名和第二届"北京文学·中篇小说月报"最具潜力新人奖；《巡逻记》被《中华文学选刊》转载，入选"21世纪年度小说选：2006年中篇小说"；《青牛》入选2006年度多种小说选本，并获《小说选刊》2003—2006年度优秀短篇小说奖。李约热先后出版有《涂满油漆的村庄》《火里的影子》《广西当代作家·李约热卷》等中短篇小说集和长篇小说《欺男》，以其令人瞩目的创作实绩，迅速成为文学桂军新生代的重要代表人物之一。

　　除《戈达尔活在我们中间》外，李约热的小说都以桂西北乡镇作为背景，关注乡民的生存状态，在对乡村伦理追认的同时，亦不乏人性的自我反省，格调悲怆而不乏温情，表现出浓重的人文情怀。其小说大致上包含两大方面：一是反映当下乡村青年的思想情绪与追求，如《戈达尔活在我们中间》《李壮回家》《午后的苍凉》等，涉及理想与精神家园话题，形象地反映了社会转型期青年人的内心追求、迷茫与伤感；二是描写农村贫困景象，反映农民物质生存和精神生活的贫困状态，表现乡村道德伦理。这类作品以《涂满油漆的村庄》《青牛》《墓道被灯光照亮》《巡逻记》等最为深刻，所呈现的景象触目惊心，中国农村普遍存在的无序状态令人感到疼痛与忧虑，从而体现出李约热对于乡村经济与精神困窘状况的忧虑与悲悯情怀。值得注意的是，李约热有不少作品叙述偏僻小镇普通人的生活遭遇，描绘出一幅幅小镇众生相的图景，揭示偏僻小镇的古旧民风与文化心理，构成了他小说的"野马镇系列"。如《马斤的故事》《问魂》《焚》《这个夜晚野兽出没》《火里的影子》《午后的苍凉》等，都以"野马镇"为背景，《永顺牌拖拉机》的故事背景是"阳安镇"，《巡逻记》故事发生在"宜江镇"，《一团金子》故事发生在"黄村"，这些乡镇实际上都有都安县一些乡镇的影子。李约热的小说运用了近似于白描的手法讲述乡镇逸闻轶事，朴实简约的叙事并未十分明显地表现出自己的态度，但他对于乡镇小人物的生存状态的关注，对于乡镇人物平庸生活与空虚和无聊心态的揭示，都体现出他对于乡镇生活刻骨铭心的记忆，体现出他对社会与人生的独特认识，体现出他对于故土的依恋和关注。作为当今都安作家群中重要核心人物之一，李约热对于扩大和提升都安作家群的影响力功不可没。

　　周龙至今已经出版有短篇小说集《好人从来不做媒》和中篇小说集《恋人不在服务区》。其中，《我们的诗人》描写的是校园生活，反映的却是人生意义的重大命题，叙事十分轻巧，给人一种在喝茶时轻松地聊天侃故事的味道，其根源为中国传统的说书，却少了几分夸张与造作；《面子问题》塑造一个"搅屎棍"的小科长形象，揭示了中国人颇为看重面子的文化心理，小说中的人物为"面子"不惜疲于奔命，心力交瘁、小说揭示的不仅是现实的层面，而且触及文化心理的层面。其小小说《朋友》获1995年度广西报纸副刊好作品二等奖，短篇小说《面子问题》获"金嗓子"广西青年文学奖，《我们的诗人》入选《广西文学》"广西小说新势力十一人作品展"。中篇小说《男女搭配》刊《广西文学》2012年第6期头条；2014年第4期《广西文学》又在头条位置推出周龙的中篇小说《谁是最可怜的人》，随后被《小说选刊》转载。周龙现任河池市社科联主席、河池文联副主席和作家协会副主席，并被遴选为广西第六届签约作家，创作势头不可低估。

潘莹宇出版有诗集《灵魂与家园》和小说集《跨越门槛的一种姿势》，诗集《灵魂与家园》获第三届广西壮族文学优秀作品奖，小说《戴罪杀人与我无关》获首届《上海文学》文学新人大赛短篇小说佳作奖，小说集《跨越门槛的一种姿势》获第七届广西壮族文学奖。其小说集《跨越门槛的一种姿势》授奖词云："《跨越门槛的一种姿势》收录的十篇中短篇小说，是作者以虚构方式，再造了十个比真实更加贴近本质的生存空间；每一篇从立意命题到人物刻画、细节铺陈以及语言运用，都各有特色，别开生面，自成一体；每一篇小说的创作，都具有一种探索性的指向；这是作者凭藉自己的学养素质，形成一定的审美理想与经验，观察生活捕捉灵感，把想象力极致发挥的创作实践，是对当代创作同化性趋势的一次有力的回拨。"作为都安作家群"70后"实力作家代表人物，潘莹宇声名鹊起。

实际上，在新世纪广西文坛中表现活跃的都安作家并不只入选"广西小说新势力十一人作品展"的红日、李约热、周龙和潘莹宇4人，除他们外，还有一批都安作家乘势而起，跻身于当今广西文坛生力军的行列。

河池市作协主席吕成品，已在各种刊物上发表了《进京》《血光》《向阳生产队》《一条河流的情节》《早玉米，晚玉米》《马跃进的快乐时光》《幸福的源泉》《断手》《无话可说》等中短篇小说作品。其小说背景从20世纪50年代末，延伸到世纪末，复活了包括"大跃进"、"文革"、改革开放初期、社会转型期等几个不同历史时期中人们的集体记忆，包含政治、经济和文化等方面的内容，体现出他对新中国成立后相当长一段社会历史所进行的深刻反思，体现出强烈的社会责任感和民族忧患意识。其小说所展示的时代背景各有不同，取材也呈多样化倾向，讲究题材的选择和切入的角度，讲究叙事的策略与技巧，始终都将关注的目光对准人，或表现对弱小的同情，或刻画复杂的人性，或揭示现代社会对人性的异化，达到较为深刻的层次。

蓝瑞轩出版有小说集《关系》、散文集《生命中的白花菜》和歌词集《心香》等作品。其纪实散文《麻雀难找旧屋檐》获广西1999年度好作品奖，歌词《美丽的红水河》获河池市首届刘三姐文学艺术奖。中篇小说《野灵芝》描写出身于农村的一个追求地位的女子蒙铃铛的坎坷命运，故事情节曲折动人。野灵芝具有神秘而传奇的色彩，小说在塑造一个中国的女"于连"形象和感慨命运对于人的嘲弄与讽刺的同时，也对中国从20世纪70年代到社会转型期社会环境与风气对人的命运和人的性格的巨大影响与限制加以充分的展现。小说明显表现了呼唤回归自然的情感。野灵芝一旦经人工栽培，也就不再是野灵芝，蒙铃铛就像一棵野灵芝，进入了另一种生长的环境，也就发生变异，失却原本，放回到原来的自然中或许还会得到重生。近年来，蓝瑞轩由小说和散文转向歌词创作，短短数年之间就创作出《美丽的红水河》《美丽的壮乡》《要看一眼》《山青水秀生态美》《一起去看七百弄》等一批优秀的歌词，并被合乐传唱，得到业界的认可和好评，并获广西区党委宣传部"五个一工程"奖。作为广西作协理事、广西音乐文学学会副主席、河池市作协名誉主席，蓝瑞轩是都安作家群中身为县级主要领导干部而坚持业余文学创作且成就斐然的一个典型。

毛南族作家谭云鹏出版有作品集《我心目中的一条河》和小说集《文工团的女孩》。其《文工团的女孩》收录了《情窦初开的季节》《雾里看花》《出门在外》《你一定要嫁给我》和《彩调王》《等你回家过年》《走出黑夜》《白太阳》等20个中短篇小说，其作品真实地反映社会基层生活，具有比较鲜明的地方色彩和浪漫情调。谭云鹏的报告文学《他为国徽添异彩》获全国党员教育刊物优秀作品二等奖，小说《心犀》获全国东方微型文学大赛三等奖，中篇小说《情窦初开的季节》获2006年"新视野"杯全国征文比赛优秀作品奖，山歌小品《暮年拾爱》获第四届全国残疾人文艺比赛创作三等奖。谭云鹏现任都安文联主席、河池作协副主席，亦为都安作家群中颇有创作实绩的作家。

除了凡一平、李约热和红日的长篇，近年来都安还有3部长篇小说出版，即班源泽的《市长秘书马苦龙》、芭笑的《花非花蝶非蝶》和韦云海的《潮湿的记忆》。

班源泽的长篇小说《市长秘书马苦龙》以丰厚的生活积累、专业的行内话语和写实的笔法，通过对地级市长专职秘书马苦龙的一段工作、生活和情感经历的叙述，折射了当下社会政治与经济建设状况，再现了现实生活场景与各种人际关系，关注秘书群体的存在与命运，揭示道德与人性的命题。以秘书群体作为主要描写对象而揭示人生，聚焦秘书群体生活内幕以剖析人性，可谓首开先河。这部小说的意义在于它引起人们对这一特殊群体的关注和理解，具有一定的社会与人生认识意义，具有其特殊的文学审美价值。

在出生于20世纪40年代的都安作家中，芭笑亦有较好的表现，他于20世纪80年代进入文坛，在《民族文学》《广西文学》和《百花园》等刊物上发表了小说《先有花还是先有蝶》《眼睛》和报告文学《农民城的启示》等作品，同时从事民间文学的收集和整理工作，曾任都安县文联主席。其创作一直延续到21世纪，其长篇小说《花非花蝶非蝶》叙述了"文革"十年浩劫中一个出身不好的女孩与一个有生理缺陷的少年相依为命的成长故事。近年来，芭笑转向文学评论写作，已经发表了《浅谈〈跪下〉的文体与语言》《超越与挥洒——凡一平中篇小说〈扑克〉读后》《笔墨别样出机杼——读凡一平〈非常审问〉》《〈报废〉：彰显小说想象力》《试论〈报销〉的文化品位兼议"性细节"描写》等一些颇显功力的文学评论文章。芭笑自称"农民写手"，现虽年逾古稀，仍然笔耕不辍。值得一提的是，同样有"农民写手"之称的陈昌恒先后当过代课教师、小学校长、村民委主任，打过杂工，现为县文化馆创作员，其人生经历丰富，30余年始终默默耕耘，守望文学，其作品曾在《广西文学》等刊物上发表，表现不俗。

韦云海先后在报刊上发表过数十篇文学作品，近年来潜心于网络文学创作，著有长篇小说系列《女人三部曲》之《命运》《逻辑》和《隐私》，并出版有描写农村出身的年轻知识女性的生活遭遇与情感创伤的长篇小说《潮湿的记忆》。韦云海在选择网络文学的创作新径方面，反映了都安作家群创作的又一种新的动向。

四、阵容整齐，色彩缤纷

都安作家群中不仅有小说家和诗人，也有散文家和评论家。

在散文创作方面，表现突出的有蓝怀昌、蓝汉东、韦奇宁、蓝晶莹和蓝薇薇等。蓝怀昌出版有《巴楼花的女儿》和《珍藏的符号》两部散文集，并以散文创作获第六届全国少数民族文学创作骏马奖；蓝汉东出版有散文集《太阳和月亮底下的世界》，并以散文《红水河之魂》《瑶山，有一个弩村》《山藤摇动大世界》分别获全区和全国征文奖；现为广西华锡集团文联主席、河池市文联副主席的韦奇宁，1983年进入文坛，先后在报刊上发表大量的散文作品，结集出版了散文自选集《推磨集》，包括《有色情缘》《天地歌行》《乡音不改》和《逸心斋语》4辑，选收散文作品40余篇，包括写人记事、见闻游记、乡情倾诉和咏物抒怀，生活气息浓郁，富有文学品味。蓝晶莹于20世纪80年代进入文坛，先是写小说，发表过不少的小说作品，进入21世纪以来，似乎更倾心于散文创作，在各级刊物上连续发表了《故乡的音律》《一面湖水》《流动河流的峡谷》《在仙山做仙》《花开花落》《别了，平腊》《另一种风景》《天路有仙行》《走进文字的河谷》《寻找跳崖的英灵》《没有秋天的海口》《神秘的草海》《读西林》等散文作品。其散文取材广泛，文笔清新，情感朴实，颇有意境。毕业于中央民族大学美术系的蓝薇薇也在报刊上发表了数十篇散文，其散文《草原明灯》获第二届"爱我中华：文学艺术新星奖"一等奖，文学评论《山水真情写人生——读〈珍藏的符号〉》获广西文艺评论奖三等奖，并被遴选为第五届广西签约作家。上述这些作家大约可以视为都安作家群中散文创作的代表人物，他们的散文写作反映了都安作家群在另一方面所取得的不可忽视的创作实绩。

就职于广西民族大学的韦绍波出版有文学作品集《故乡的鸟声》《古村月

影》《爱的痕迹》和长篇幻想神话小说《端屯三十梦》，以物理学教授之出身，在繁忙的科研和行政管理工作的闲余时间里，以低调的姿态创作，竟然也取得不菲的成绩，不禁令人羡慕与称叹。同样就职于广西民族大学的蓝芝同为广西文联委员、广西民间文艺家协会副主席、广西瑶学学会副会长、中国民间文艺家协会理事、中国寓言文学研究会理事，参与策划和责编《广西民间文学作品精选丛书》《瑶学研究丛书》《壮学研究丛书》等书籍，参与主编中国少数民族大辞典丛书《纳西族卷》《黎族卷》《瑶族卷》，以及大型散文集《都安人》，且还出版有哲理寓言集《蝙蝠贺喜》《鸡给狐狸拜年》《三个和尚挖水井》《天狗的命运》《狼来了之后》5部，曾两次荣获中国寓言文学创作"金骆驼奖"。而就职于广西师范大学的文学博士黄伟林，虽然出生在桂林，但其祖籍却是都安县，少年时他跟随父亲回到都安访亲认故，拜祖寻根，骨子里有大石山的基质，血液中有红水河的脉动。自20世纪80年代以来，黄伟林一直站立于广西文坛前沿，以其敏锐而机巧、理智而富于才情的批评文字为文坛桂军的崛起摇旗呐喊，做出了十分突出的贡献。黄伟林出版有《桂海论列》《孔子的魅力》《转型的解读》《中国当代小说家群论》《文学三维》《论20世纪中国小说的三种形态》《人：小说的聚焦——论新时期三种小说形态中的人》《文学桂军论》（合作）等文学论著。先后获第八届庄重文文学奖、第六届全国少数民族文学骏马奖、广西壮族文学奖、第三届中国文联文艺评论奖、广西文艺评论奖、第五届广西文艺创作铜鼓奖，2006年被广西区人事厅、区文联记个人二等功。黄伟林现为广西师范大学文学院教授、硕士研究生导师、中国作家协会会员、中国当代文学研究会理事、广西作家协会理事、广西文艺理论家协会副主席、桂林市文学院副院长、桂林市首届德艺双馨文艺家，是文坛桂军中最为重要的评论家之一。作为都安作家群中的一员，黄伟林在广西文化与文学研究领域中享有盛誉，而作为文艺评论家，他对都安文学的评介引人注目，无论是前者还是后者，他在扩大都安作家群影响力方面都发挥了相当重要的作用。黄伟林、蓝芝同、韦绍波等人可以说是都安作家群中拥有"学院派"身份的"山外兵团"，这也是都安作家群之又一种十分耀眼的文学景观。

除此之外，人们还欣喜地看到一种新的现象，即韦禹薇、唐爱田、谭惠娟、郭丽莎、周锦苗等一批年轻的都安籍女作家也分别在各级报刊上发表了为数可观的小说、诗歌、散文和文学评论作品，开始改变过去都安作家群中女作家身影罕见的旧观，值得我们期待。而更值得一提的是，凡一平的母亲潘丽琨也是一位新近涌现的令人敬佩的壮族女作家，她以75岁高龄开始小说创作，满怀深情地反映乡村教师及普通百姓生活，书写人生命运和生活感悟，迄今已经创作了中短篇小说计10余万字，并结集出版了小说集《忘却》。她的创作为都安文坛呈现了一道晚霞般色彩绚丽的奇异风景，也为广西文坛增添了一段佳话。

实际上，作为一个成形的作家群体，都安作家作品还远不止上述论及的这些，还有其他不少的作家均有良好的表现。随手便可以举例，如蓝蔚锂不时在各级报刊上亮相，连续发表了《数字》《游纳木错》等小说和散文作品；阿耒出版有中短篇小说集《消失在夜晚的曙光》，其短篇小说《刺杀网管阿狗》获梧州市第二届大中专院校征文大赛最佳小说奖，中篇小说《黑发里的白发》获《中国作家》第四届"金秋之旅"笔会铜奖，中篇小说《左手和右手》获《广西文学》"金嗓子"青年文学奖最具潜力新人奖，短篇小说《弟弟黄虎》获《广西文学》"金嗓子"青年文学奖；青年作家寒云已发表作品百余篇（首），出版了颇具分量的小说集《裸奔》，近年来他任河池市文艺理论家协会副主席兼秘书长，涉足文学评论领域，发表了文学评论文章若干篇，已经渐入其境；苏法永的诗歌作品被多种选刊和选本选载，并出版诗集《王的城堡》和《草草集》（合著）；身为葡萄酒国家级评委的黄宏慧以酿酒之法酿制文学，出版小品集《不敢陪领导喝酒》，并出资数万元，赞助第六届壮族文学奖。

据不完全统计，自从1997年广西启动签约作家机制以来，先后有凡一平、韦俊海、红日、潘莹宇、蓝薇薇、龙眼、吕成品、李约热8位都安籍作家获此殊荣。目前，都安籍的全国作协会员有9人，广西作协会员有40多人，河池市作协会员有50多人，可谓阵容整齐，实力雄厚。

事实证明，都安作家群具有很强的创作实力，同时，还具有进一步发展的潜力与壮大的空间。在广西文学的多元文化背景中，红水河地域民族文化最为丰厚，也最具有本土意义。都安作家群正是处于这一文化背景之下形成并不断壮大，这是根基，也是优势。评论家们认为，都安作家群之所以能够形成，与本地的历史和民族文化有很大的关系，都安是红水河文明的发祥地之一，又是黔桂重要的历史文化长廊，汉族文化与少数民族文化在这里相互交汇，互为交融，形成了多彩多姿的地缘民族文化地带，这种深厚的文化底蕴为文学艺术创作提供了优良的营养。得山水之灵气，承文化之底蕴，这是都安作家群崛起的有利条件。"雄心征服千层岭，壮志压倒万重山"是都安人精神的写照，"九分石头一分土，十个培养九成材"是对都安人聪颖和读书刻苦的描述，这种精神与韧性同样在文学创作方面表现出来，故都安出作家不奇怪，都安多出作家也不奇怪。因此，我们完全有理由期待，随着都安作家群的继续挺进，都安文学创作对于红水河民族文化心理积淀内涵的挖掘与表现将会更加深入，都安作家群的创作将会再造新的辉煌。

| 参考文献 |

[1] 温存超，陈代云，李琨，等 . 广西当代文学 [M]. 长春：吉林大学出版社，2014.

[2] 温存超 . 追飞机的玉米人——凡一平的生活和创作 [M]. 桂林：广西师范大学出版社，2011.

[3] 温存超 . 边缘地带的解读——广西当代文学批评 [M]. 南宁：广西民族出版社，2013.

[4] 温存超 . 地域文化背景下都安小说的一种描述 [J]. 广西文学，2009（1）：95—98.

[5] 温存超 . 时代特征与民族文化背景下的机智叙事——论红日的小说创作 [J]. 河池学院学报，2009（1）：101—104.

[6] 温存超 . 历史记忆的复活与复杂人性的揭示——吕成品小说论 [J]. 河池学院学报，2010（3）：84—87.

［7］温存超．执著的守望与成功的转型——韦俊海小说论［J］.南方文坛，2011（5）：99—102.

［8］温存超．时代特征与地域文化背景下的个性化叙事——红日小说论［J］.广西文学，2014（3）：97—101.

［9］温存超．别出心裁的艺术叙事——评红日的长篇小说《述职报告》［J］.河池学院学报，2014（1）：51—54.

文学研究与公共视野

——从新西南剧展看文学研究介入现实的可能及意义

刘铁群

广西师范大学举办的新西南剧展活动近两年在全国产生了较大影响。虽然新西南剧展的核心内容体现为重新排演上个世纪40年代在桂林上演的经典剧目，但它并不是单纯的校园话剧活动，而是一次将文学研究与舞台实践相结合，探讨文学研究如何介入现实的有益尝试。这种尝试对于弥补当下文学研究的缺憾，拓展文学研究新的言说空间有重要的启示意义。

一、文学研究与现实的疏离

在高等院校和各类研究机构，有一批从事文学研究的人。他们探析作品、评点

作者简介

刘铁群（1973— ），广西师范大学学士、兰州大学文学硕士、河南大学文学博士，现为广西师范大学文学院教授、博士生导师，有专著《现代都市未成型时期的市民文学——〈礼拜六〉杂志研究》《广西现当代散文史》等。

作品信息

《广西师范大学学报（哲学社会科学版）》2017年第6期。

作家、挖掘内涵、提炼意义，然后形成文字，这些文字最终的归宿或是成为专著，或是成为发表在各类学术期刊中的论文。当我们感叹文学作品数量太多读不完的同时也必须承认，关于文学研究的文字同样铺天盖地、数量可观。我们在"中国期刊全文数据库"中输入"鲁迅"，检索结果为52490条[①]。输入"莫言"，检索结果为9178条[②]。这个检索结果还不包括专著和论文集，而且这个检索结果是一个动态变更的数据，它永远处于持续递增的发展态势中。如此巨大的数字能否说明有一大批热爱文学的人在从事文学研究，他们是带着对文学的激情与热爱写出了一大批深入灵魂的文字？答案当然是否定的。文学研究者从事研究的动机可能是兴趣爱好，可能是职业需求，也可能是两者兼而有之。我们不能否认的事实是，在当下，有一大批论文和专著主要是为了完成职业性的绩效考核而产生的。高等院校与研究机构的科研绩效考核制度以及与利益相关的各种压力因素，使不少研究者无心阅读、匆匆写作、批量生产。这样产生的研究成果最直接的效益就是提升了科研绩效考核表格中的统计数字。文学是有感情、有温度、有美感的，而表格里的统计数字是冰冷的、枯燥的、乏味的。我们这个时代习惯于用量化的数字衡量事物的价值。但文学与文学研究的价值都不是量化的数字能够衡量的。研究者和研究成果数量的骤增绝不意味着文学研究的兴盛和良性发展。为提高研究成果数量而写作的研究者只是文学研究的工匠，工匠式的劳作相当于计件生产，难以产生创造性。更何况，不少研究者甚至还称不上是合格的工匠，他们的研究成果即使用工匠产品的标准来衡量，也不一定是合格的产品。这样的成果对文学研究没有好处，相反还会扰乱和伤害文学，而且数量越大，伤害越大。

不可否认，在工匠式的文学研究普遍存在、迅速递增的同时，也有一批文学研究者带着热情与真诚从事研究，写出了发人深思、触动灵魂、优美丰赡的文字。不管持何种观念，他们都坚持文学的独立，尊重艺术的规律。他们珍惜与研究对象之间的缘分，并在与研究对象的相遇、相知、对话、交流的过程中彼此照亮。研究对象激发、点燃了研究者的情思，研究者的情思激活、开启了研究对象的生命与活力。这样的文学研究回到了文学本身，彰显了文学的魅力，突出了研究者的个性，并带着灵魂的深度。与工匠式的研究不同，这样的研究不是为了功利性地提升表格中的统计数字，而是为了探索和拓展文学丰富的艺术空间，它显示了研究者可贵的情怀，也坚守了文学研究的可贵品格。这样的文学研究让我们心怀敬意，心向往之。但是，我们还需要追问，这些研究成果的接受对象是哪些人？受众面是多少？对社会文化的导向能产生怎样的影响？面对这一系列问题，多数文学研究者难免会陷入尴尬和茫然。在很多文学作品被书店上架后就如石沉大海的今天，我们还奢望能有多少人读文学批评和文学研究著作？我们不得不接受的事实是，目前阅读文学研究论文和著作的人主要是一部分文学研究者和一批为了完成学位论文必须梳理所谓的"研究现状"的硕士、博士研究生。文学研究成了小圈子内的活动，研究者所搭建起的学术平台就像一块块自留地，自己耕种，自己消费。那么，需要继续追问，我们为什么要从事文学研究？文学研究者不应该把研究仅仅当作谋生的手段，不应该把自己降低为工匠，但这并不意味着文学研究是远离人间烟火的灵魂舞蹈，或是与现实绝缘的自说自话和自娱自乐。因此，必须反思，我们的文学研究还缺点什么？文学研究者是否还可以进一步有所作为？

文学的世界的确能给文学爱好者带来一份自足与充实。作为一名普通读者，可以满足于流连书卷之间的低徊与陶醉。但是作为文学研究者，不应该仅仅满足于在文字之海中畅游，享受阅读与写作的快感。上世纪90年代以来，有一批文学研究者在持续批判着文艺市场中利益最大化的弊端：高销量的书籍格调不高，高票房的电影都是视听感官的刺激，高雅的话剧燃不起观众的热情，民间艺术更是备受冷落。当研究者对广大市民的艺术口味和审美修养不以为然且忧心忡忡的时候是否想过，我们面对这种现状的反应是不是应该永远停留在旁观、批判或忧心？我们对这些现象是否也负有责任？我们应该做些什么？我们能做些什么？当然，文学研究者的使命也并不是要像警察一样站在文学世界的十字路口维持秩序、规划方向，也没有谁有权利去给独立的文学艺术维持秩序或规划方向。但是，对现实介入的不足和在公共视野的缺席的确是当下文学研究的缺憾。观众和读者也是需要培养的，我们可以尝试走出局限在圈内的交流，走出相对自足的文学世界，去拓展更开阔的言说空间，去介入更广阔的社会现实，去影响观众和读者的审美倾向。文学研究者完全可以在文学艺术的实践活动中有所作为，我们也看到一些研究者已经在行动，他们的实践让我们看到了文学研究新的言说空间和介入社会现实的可能性。广西师范大学的新西南剧展就是一个典型的成功案例。

二、新西南剧展：文学研究与现实结合的典型案例

广西师范大学的新西南剧展是将桂林文化城文学研究与话剧舞台实践相结合。广西师范大学地处山清水秀的桂林。抗战时期，由于政治、军事、交通等方面的独特条件，一大批文人学者和文化机构云集桂林，桂林成了西南边地的抗日文化中心，被誉为"桂林文化城"。从1938年武汉失守到1944年湘桂大撤退的6年时间里，桂林文化城文人学者荟萃云集，新闻出版繁荣兴盛，文艺创作硕果累累，文化活动盛况空前。可以说，桂林文化城的6年不仅是桂林发展史上浓墨重彩的一笔，也是中国文化史和文学史上光辉的一页。桂林文化城研究一直是广西师范大学中国现当代文学学科的传统科研项目。林焕平教授、刘泰隆教授、林志仪教授、苏关鑫教授、黄绍清教授、雷锐教授等在桂林文化城研究上都做出过突出的成绩。目前，新一代的年轻学者也投入到这一课题的研究中。与前两代学者不同的是，新一代学者在挖掘史料、解读文献以及撰写论文和专著之外，开始尝试把文学研究与艺术实践相结合。

2013年底，广西师范大学文学院中国现当代文学学科的教师牵头策划了新西南剧展活动。策划新西南剧展的灵感来源于抗战时期著名的文化活动西南剧展。1944年2月15日至5月19日，在桂林文化城举办了震惊世界的西南第一届戏剧展览会。来自湘、粤、赣、滇、桂五省区的33个单位的1000多名戏剧工作者参加了这次盛会，时间持续长达94天，观众人数超过10万人。西南剧展是现代戏剧史上空前的盛举，影响远至海外。在中国抗战的艰难时期，西南剧展体现的是中国戏剧工作者抗日救亡的文化担当。2014年是纪念西南剧展70周年、2015年是纪念抗日战争胜利70周

年的年份。在这些重要的时间节点上，身处桂林而且从事桂林文化城文学研究的人能做些什么？应该做些什么？是发表一批论文还是写一批专著？论文和专著当然有它不可替代的作用，但这显然不够。对于普通老百姓来说，西南剧展就是一个陌生的词，他们不了解，也没有兴趣了解；对于文学专业的学生来说，西南剧展就是教科书里的一个名词或概念，它被淹没在众多的名词和概念中，被忽视也很正常；对于文学研究者来说，西南剧展是文学史中众多的研究对象之一，可以通过对它的挖掘和研究形成一批成果。这就是曾经辉煌耀目的西南剧展在文学研究中面临的僵硬尴尬的现实局面。新西南剧展的策划正是为了打破这一僵局。

新西南剧展活动是将文学研究与话剧舞台实践相结合，组织文学专业的学生重温历史、研读剧本，并重新排演上个世纪40年代在桂林上演的经典剧目。新西南剧展选择的首批剧目是田汉的《秋声赋》，欧阳予倩的《旧家》《桃花扇》和夏衍的《芳草天涯》。2014年5月16日，新西南剧展在广西师范大学隆重开幕，当晚成功地演出了田汉的话剧《秋声赋》。紧接着《秋声赋》《桃花扇》和《旧家》三台话剧完成了在校内几个校区的巡演。6月中旬，新西南剧展走出校园，在70年前西南剧展的举办地——广西省立艺术馆演出，得到了桂林市民的喜爱和高度赞誉。6月底，新西南剧展走出桂林，参加新青年话剧季暨广西大学生话剧节，在南宁市锦宴剧场演出，并在广西校园戏剧节上获得19项奖励。11月《秋声赋》剧组到上海参加中国校园戏剧节，获得优秀剧目奖、优秀导演奖、优秀组织奖。2015年1月1日、2日，话剧《桃花扇》应邀在广西黄姚古镇的古戏台上上演，受到古镇居民和各地游客的欢迎。黄姚古镇是抗战时期欧阳予倩生活和工作过的重要地点，话剧《桃花扇》的演出勾起了古镇居民对这位戏剧大师的景仰和追忆。2015年上半年，在广西壮族自治区党委宣传部的支持下，"新西南剧展"的主打剧目《秋声赋》拍摄成了话剧电影。10月16日，话剧电影《秋声赋》首映仪式在桂林市鑫海国际影城举行。11月，话剧电影《秋声赋》在广西师范大学各校区以及桂林市鑫海国际影城多次上演，受到观众欢迎。新西南剧展在开幕前后的两年多时间里一直受到媒体的关注，《光明日报》《看天下》《中国艺术报》《中国青年报》《广西日报》《桂林日报》《桂林晚报》

等传统媒体以及新华网、中新网、中国社会科学网、桂林生活网等权威网站刊登了许多新西南剧展的新闻和深度报道。

显然，从文学研究的角度来看，新西南剧展突破了论文和专著的成果形式，把文学研究的精神内涵融注到话剧表演中，通过舞台实践将经典文学活化、立体化，而且得到了市民观众的喜爱，引起了媒体的关注。其影响已经超越相对独立的学术圈，成功介入到现实之中。在新西南剧展活动中，文学研究的过程不再是圈子内的纯理论研究或远离现实的精神探索，而是学术研究与学生、市民、媒体之间的多维互动。

三、介入现实：文学研究新的言说空间、可能性及其意义

新西南剧展活动始于文学研究，又突破了文学研究的小圈子，在文学教育、文化传承和文化导向三个层面都产生了积极的影响。从文学教学的层面来说，课堂加舞台的创新模式能使经典文学立体化，立体化的文学不再是教科书的一个概念或一段文字描述，而是鲜活的舞台形象。学生演员从查阅背景史料、写人物小传和角色分析，到演绎、塑造舞台角色，可以回到当时的历史语境，更深入地理解抗战时期文学的精神、内涵以及抗战文人的风骨与文化担当。观看话剧的学生也可以跟随剧情回到那个激情燃烧的岁月。这是普通课堂教学所无法达到的效果。新西南剧展的总策划黄伟林教授说："话剧演出是现当代文学教学的一种很好的延伸方式，我们想把话剧作为突破口，做些教学方面的改革创新。"[1]

从文化传承的层面来说，话剧展演的方式能更有效地传播和推广优秀的历史文化。与看一篇论文、读一本专著或听一堂课相比，普通市民更愿意接受看一场立体化的舞台表演。而且新西南剧展在剧目选择上有意突出了桂林题材，因为这会让观众产生亲切感。新西南剧展的主打剧目《秋声赋》就是一部桂林之作。这部话剧鲜活地再现了桂林文化城的自然风光、人文环境和市井生活。第一幕的背景是漓江边徐子羽家，美丽的象鼻山推窗可见，漓江船夫的歌声随时入耳。第二幕的背景是环

湖路某旅馆，抗战时期桂林的市井生活依稀可见。第三幕的背景是七星岩，警报之后，市民散去，文人谈论时局与战况。这是当时旅居桂林的文人经历的典型生活场景。第四幕的背景是长沙，但三个女人在谈着桂林，想着桂林，渴望回桂林。第五幕的背景是漓江边徐子羽家，黄叶飘落、竹影横窗，桂林的秋意更浓了。这样的构思和安排显然能吸引桂林的观众并引起强烈的情感共鸣。不少观众在观看《秋声赋》后了解了桂林的抗战文化，了解了西南剧展。《秋声赋》在广西省立艺术馆的演出结束时，亲历过抗战的老人——87岁的朱袭文先生在剧场里拿着自己与欧阳予倩的女儿欧阳镜如的合影诉说那段历史，诉说当年《秋声赋》在桂林演出的盛况，还激动地唱起了《秋声赋》的插曲《落叶之歌》，这真情流露的一幕不仅让学生演员感动，也让不少市民观众感动。新西南剧展把文学研究成果以话剧展演的形式搬上舞台，让它进入公众的视野，让它成为普通市民可以观赏的视觉盛宴，这对于抗战文化普及、推广和传承都具有重要意义。有人指出，在新西南剧展活动中，不同年龄层次的演员、策划者和观众共同促进了桂林抗战文化的传承："从出生于20年代的老先生，到60年代的黄伟林，再到90年代的大学生演员们，直到00后的小演员，很多人曾经以为西南剧展在1944年5月19日已经永久落幕，其实在这些不同年代的人当中，当年的桂林文化风骨未断，如今借助传承的力量又再重生。"

从文化导向的层面来说，新西南剧展对提升学生和市民观众的审美情趣有积极的作用。大学应该具有高品质的精神文化，在我国，话剧这种高雅的艺术形式从产生到传播都与大学密切相关。在不少年轻大学生沉迷于网络和各种偶像剧的今天，提倡和推广校园戏剧是有益的和必要的。与此同时，在普通市民中推广话剧虽然艰难，但也意义重大。在炮火连天的抗战年代，桂林文化城话剧活动繁荣兴盛，西南剧展轰动世界。而今天，很多市民甚至不知何为话剧。在纪念抗战胜利70周年之际，不少抗战题材的影视作品应运而生。但其中不少作品与其说是在纪念抗战、传承抗战文化精神，不如说是在消费、娱乐抗战。作为文学研究者，在批判各类抗战神剧品味低下、指责观众审美情趣不高的时候应该有怎样的文化担当和学术自觉？新西南剧展重排抗战经典剧目并向市民观众推广显然是值得肯定的方式。广西戏剧家协会主席常剑均认为，新西南剧展展现青年学子的爱国情怀和文化担当，推广话剧这种艺术形式是极其可贵的："70多年过去了，我们的国家、我们的民族、我们的戏剧，都发生了翻天覆地的变化，但不变的是一代一代的青年学子的爱国情怀和文化担当。在戏剧美被严重忽略的今天，我感到广西师大师生的努力尤其可贵。"[2]

新西南剧展是文学研究与艺术实践相结合的成功案例，它充分说明文学研究可以介入现实并有所作为。文学研究与艺术实践的结合将促进文化与艺术的融合，使文化和艺术回归到健康的生态。著名学者朱栋霖在跟记者谈起文学研究者介入评弹改编的问题时特别强调艺术与文化分离的可悲："当下中国的艺术与文化已然分离，你只要看一看国内艺术专业的课程设置，就明白在那里学艺术的可以不必学中国文化、中国文学与美学。这就是当今无法造就杰出人才、艺术大师的一个重要原因。艺术没有文化的底蕴，这样的艺术只是脱水的荷花。"[3] 朱栋霖为当下中国的艺术与文化的分离感到悲哀，为艺术因缺少文化而成为脱水的荷花感到悲哀。作为文学研究者有责任和义务推进艺术健康发展，应该努力把自己研究的触角延伸到公众视野，尝试以自己的文学研究介入现实，为脱水的荷花注入源头活水。

| 注释 |

①② 此数据为2017年10月31日统计结果。

| 参考文献 |

[1] 刘昆，张俊显 . 温故"西南剧展"[N]. 光明日报，2014-06-03.

[2] 阳颜 . 新西南剧展——跨越70年的传承 [N]. 桂林晚报，2014-06-19.

[3] 李婷 .《雷雨》的一次华美转身：朱栋霖、盛晓云一席谈 [EB/OL]. 戏剧网 http://www.xijucn.com/pingtan/48521.html.

论广西当代文学批评家群体的构成及其贡献

欧造杰

广西当代文学批评家队伍是逐步成长起来的，早在抗战时期桂林文化城形成时，就有林焕平、周钢鸣等做出成绩，新中国成立后一批具有大专学历的中壮年从事文艺研究的骨干如江建文、丘振声、王敏之、梁超然、黄绍清等活跃在广西文坛上。然而，广西文学批评家队伍的形成，还是从20世纪80年代初开始的。新时期以来，青年批评家陈学璞、杨炳忠、张利群、黄伟林、李建平、张燕玲等投入文学评论与研究。新世纪之后，随着高校的扩招使广西文学批评家的队伍不断扩大，一批更加年轻的文学批评家队伍逐步走到前台并初露锋芒，他们研究的范围越来越广泛，研究成果也成倍增长，广西文坛也更加生动活泼。从年龄结构上看，广西当代的文学批评家可以分为老年、中年、青年三代批评家；从职业分布来看，广西当代的文学批评家主要分为学院派批评家、机构系统批评家、媒介型批评家三个部分。

作者简介

欧造杰（1977—），广西环江人，壮族，广西师范大学文学硕士，现为河池学院文学与传媒学院副教授，著有《边缘地带的活力——广西当代文艺理论与批评的构建与发展》。

作品信息

《广西教育学院学报》2017年第6期。

这些批评家人数众多、梯队整齐而又各具特色，他们相互促进，传承发展，为广西当代的文艺批评事业做出了卓越的贡献。

一、学院派批评家

广西当代的文学批评家队伍，多数是广西高等院校里的教授与学者，它们主要包括广西师范大学、广西民族大学、广西大学、广西师范学院等院校文学院或者中文系的批评团队。他们1995年之后多数人加入了广西文艺理论家协会，并形成了一种团体与合作意识。学院派批评家无疑是广西文艺批评队伍的基础和主干，他们人数最多，研究的内容最深广，成果和收获也最巨大，成为广西文艺批评家的中流砥柱，为广西文学桂军的崛起提供了坚实有力的后盾和理论支撑。

在广西当代学院派批评家中，以广西师范大学、广西民族大学和河池学院三所高校的成就最突出。广西师范大学是广西重点院校，其文学院是教育部国家文科基地中文学科点，文学批评家最多。林焕平教授曾长期在这里任教，成为广西最有影响力的老一代文学理论家，并产生了全国性的影响。新时期以来，以黄伟林为首的当代文学评论团队，则长期关注广西当代文学的发展情况，撰写了大量的文学批评文章，出版了多种文学批评论著，为文学桂军的崛起摇旗呐喊。由于广西师范大学文学院在广西高校中文系中具有龙头的地位，其文学批评家团队多年来取得了重要的研究成果，也获得了许多奖项。例如，黄伟林等都先后获广西文艺铜鼓奖、第八届庄重文文学奖、六届全国少数民族文学骏马奖等。另外有不少的老师获得了广西文艺铜鼓奖、广西哲学社会科学奖等。近年来，广西师范大学文学院积极参与到广西地方的文学建设中来，并成为广西文坛一个重要的批评平台，先后举办过东西、鬼子、盛可以、光盘、周星麟小说研讨会等，取得了良好的效果。

广西民族大学堪称是广西少数民族作家的摇篮，培养出了多位在广西著名的作家。在文学批评领域，形成了由以容本镇、徐治平、陆卓宁、张柱林等为代表人物的文学批评家团队，新时期以来长期活跃在广西文坛上，显示了相思湖批评家的文学批评实绩。广西民族大学的现当代文学批评团队在容本镇、陆卓宁等人的带领下，取得了重要的文学研究成果，产生了重要的影响。他们立足于广西民族文学和艺术，发表了一系列的文学专题研究论文和著作，其批评成果为广西文学的崛起提供了有力的支撑。

河池学院以培养作家而闻名广西区内外，在文学批评上也展开了积极的努力与配合。三十多年来，河池学院举办了一系列其本土作家群和作家作品研讨会，如桂西北作家群、仫佬族文学、河池学院作家群研讨会，东西、凡一平、班源泽作品研讨会等，积极邀请广西区内作家、评论家参加，努力打造和培育地域性的文学创作与批评团队，韦启良、韦秋桐、银建军、温存超、谭为宜等人是重要的代表性人物，他们在文学创作和批评实践两个方面都做出了可喜的成绩。

广西学院派批评家的文学批评成果主要体现在文学理论和文学批评两个方面，其中，文学理论与研究的论著主要有：林焕平的文学理论著作《活的文学》《文学论教程》《文学概论初稿》《文学概论新编》等，张利群的《批评重构》《多维文化视域中的批评转型》，徐治平的《散文美学论》《当代散文艺术论》等著作。文学批评的论著有：林焕平的《抗战文艺评论集》，黄伟林的《文学三维》《转型的解读》《中国当代小说家群论》，徐治平的《散文春秋》，江建文的《诗笔写人生》《美的解读》，容本镇的《文学的感觉与自觉》，杨长勋的《话语的边缘》，温存超的《秘密地带的解读——东西小说论》《追飞机的玉米人——凡一平的生活和创作》，张柱林的《一体化的世界》《小说的边界》等。这些文学理论与批评成果的出版，获得学界和文坛的广泛好评，有力推动了文学理论与批评桂军的崛起。

二、机构系统批评家

广西当代机构系统文学批评家主要包括区党委宣传部和广西文联的领导、社科院和区党委党校的研究机构人员等。代表人物有广西区党委宣传部的潘琦、杨炳忠、唐正柱，广西文联的王敏之，广西区党校的梁超然、陈学璞，广西社会科学院的丘振声、李建平、黄海云等。他们有的专门从事研究工作，有的教学和研究并重，但更多的是领导管理型的批评家。机构系统批评家积极主动，始终引导和关注着广西文学的成长与发展。机构系统批评家的批评论著有潘琦主编的《广西文学艺术六十年》，蓝怀昌主编的《世纪的跨越》，王敏之的《小说品鉴集》《民族文学研究集》，丘振声的《三国演义纵横谈》《水浒传纵横谈》，李建平主编的《广西文学50年》《文学桂军论》，唐正柱的《谈诗》《真与美的握手》等，这些论著既总体上反映了广西当代文学艺术的宏观发展情况，也反映了文学评论的理论总结和研究意义。

改革开放之初，广西社会科学院的丘振声和广西文联的王敏之在文学批评方面取得了重要的成就，他们不仅积极参加广西一些重要作家作品的研讨会，而且还写作和发表了多篇关于广西文艺创作研究和作家作品的评论文章。丘振声以古典文学评论而闻名全国，其《三国演义纵横谈》《水浒传纵横谈》开创了以纵横谈的方式来评论古典文学，对小说做了许多精彩的分析。论著从纵与横的结合上来谈小说，以自由谈的札记形式对文学名著进行评论，无拘无束，挥洒自如，别开生面，显示了作者对札记文学的驾轻就热、挥洒自如和文学评论的才华。其内容丰富，雅俗共赏，享誉学界，深受广大读者喜爱。王敏之长期致力于当代文艺评论的写作，关注本土少数民族作家，涉及诗歌、小说、戏剧等文学体裁，并着力发现广西文学新人。《小说品鉴集》收入王敏之对广西作家所发表的优秀小说26篇的评论文章。从单篇看，是对小说的具体分析、评论，突出小说创作某一特点；从全书整体看，则是全面探讨了长、中、短篇小说创作的经验和要领。王敏之的文学批评具有宏观与微观研究结合的特点。他善于从时代的高度来观察和审视广西文学，从历史发展中把握广西文艺的内在特征和未来局势，因而显得高屋建瓴而又气势恢宏。王敏之还主编出版了《广西少数民族文学评论集丛书》等著作，为繁荣和发展广西民族文艺做了大量的工作。

在机构系统批评家中，以李建平为领军人物的广西社科院批评群体取得了重要的成就。他们研究广西当代文学史、广西抗战文学史、桂林抗战文化城等领域，都取得了重要的成果，出版了一系列的著作。如《广西文学50年》《文学桂军论》《理性的艺术》等。他们还联合广西高校的学院派批评家们共同研究，出版有《广西散文百年》《壮族文学史》《桂林文化城大全》《桂林抗战时期戏剧研究》等著作，突出了广西文学在全国文学史中的独特地位与贡献。

作为文艺的领导者和管理者，机构系统批评家善于对广西文学的创作现象进行整体评论和规划，其文学批评带有明显的政策导向性和媒介影响力。他们既要宣传党和政府的文艺政策，又提出自己的一些理论与批评观点，并发挥了关键性的作用。例如，以潘琦为代表的文艺界领导精心策划，提出了许多广西文学艺术发展的重大战略和具体的发展规划，为广西文学的快速发展提供了有力的保障作用，也为文学批评家队伍的集结整合、研究目标等方面发挥了关键性的作用。唐正柱作为一位领导型的诗人和评论家，他对文学有着较为超脱纯正的审美眼光，撰写了多篇文学与文化评论文章，体现出批判和思想的光芒。他的主要论著有《谈诗》《真与美的握手》等。

机构系统批评家对文艺理论的研究视野比较开阔，能从宏观的角度来看待广西民族文学发展的问题，并提出具有前瞻性的发展思路，为广西文学的发展提供了与时俱进的理论力量。例如，广西区党校的陈学璞早在1992年的文章《论解放和发展文艺产生力》中就提出了"艺术生产力"的概念，在全国生产了较大的反响。他还撰写了多篇广西当代文学艺术发展的评论文章，在全区产生了良好的反响。杨炳忠作为文学批评家，很早就针对广西民族文学问题提出了自己的观点，认为广西作为经济发展相对滞后的少数民族地区，在文学艺术上要超前发展，以实现广西文化软实力的快速发展的战略。

广西文学批评的繁荣发展是和区党委、宣传部、区文联、区作协的正确领导分不开的。机构系统批评家利用他们独特的身份和资源优势，为推动广西文学批评的繁荣局面做出了大量卓有成效的工作。他们的文学批评视野较为开阔，往往能够跳出学院派批评家相对狭窄的文学视角，从整体上把握广西文学艺术发展的状况、特征等。同时，机构系统批评家多忙于政务，其文学评论主要是一些宏观的方针政策，缺乏学院派批评家的纯文学色彩和学术性的研究深度，其文学批评在发挥自己职业长处的同时，也存在相对缺乏学理性和学术性的不足问题。

三、媒介型批评家

媒介型批评家主要包括文学刊物的主编、报社记者和栏目主持人等，特别是新时期改革开放以来，随着广西文艺理论刊物的发展壮大，客观上为媒介批评家提供了一个发表评论文章的舞台。在广西当代文学批评家当中，张燕玲、彭洋、黄祖松、张萍、王迅等人属于这一系列批评家，他们人数相对少，其文学批评活动主要在上世纪 90 年代以来，利用自己所办的刊物为平台，运用自己的专业特长，精心策划和办好文艺评论刊物，扩大报刊的发行量和影响力。彭洋、张燕玲先后分别在主编的《南方文坛》、黄祖松在负责的《广西日报》综合副刊都发表了大量有关文学艺术方面的评论与研究文章，为繁荣广西的文艺批评做出了积极的贡献。

张燕玲作为屈指可数的女性批评家之一，她利用自己主编的《南方文坛》作为平台，以敏锐的眼光发现和打造了不少的广西青年作家和批评家，为扩大广西文坛在全国的影响做出了重要的贡献。张燕玲 1996 年任《南方文坛》主编以来，对刊物进行了改组，开设了《南方百家》《今日批评家》等专栏，邀请全国著名的批评家和学者投稿，不断推荐出全国和广西本土的青年作家和文学批评家。张燕玲努力使《南方文坛》在批评和创作间架起一座沟通的桥梁，最终把刊物打造成为了"中国文坛的批评重镇"，使其成为了全国最有影响力的文学批评刊物之一，多年被评为全国文艺理论专业类核心期刊。

彭洋曾经是《南方文坛》的主编（1991—1995），他擅长于多种艺术，并从事文化产业的产生、管理和经营，还从事文化研究和文学创作。1991 年彭洋和杨长勋、黄伟林、张燕玲等人组织成立了广西青年文艺评论学会，在多个艺术领域进行了有组织的评论活动并产生了一定的影响。后来他们逐渐成长为广西文艺批评家的中流砥柱和重要力量。彭洋 1995 年出版了自己的文艺评论著作《视野与选择》，是他从多维开阔视野进行文艺批评的生动实践和体现。黄祖松以《广西日报》作为平台，开展了一些文学批评活动和文化建设活动，引导广大读者对广西文坛和文化的关注和热爱，具有很强的实效性。他善于从时代的现实和理论的高度上对广西的文艺现象及方针政策进行研究与阐析，提出了广西文艺可能超越经济发展的构想等。

在传媒时代语境中，媒介批评的地位显赫，其刊物汇聚着超强的人气，对整个文坛的影响深远。广西当代的媒介批评家人数不多，但是却有独特的地位和影响。他们的批评具有学院派批评家所没有的文艺批评的时效性、大众性、影响力等长处，同时也难免部分丧失文学批评的思想启示、学术品格、倾向发现等作用。广西媒介型批评家的队伍还需要发展壮大，才能发出自己更响亮的声音。

四、批评家队伍的梯次及其贡献

广西文学批评家具有不同的年龄结构和特点，他们各有优劣，相互促进，传承发展，共同推动了广西当代文学批评的自觉、繁荣和崛起的过程。第一代文学批评家主要是在新中国成立之前接受大学教育的学者，并活跃在广西20世纪五六十年代的文艺批评领域。他们的代表主要有林焕平、周钢鸣、冯振、胡树明、秦似、贺祥麟、王弋丁、林志仪等人。其中最著名的代表是文艺批评家林焕平，他从20世纪30年代开始就从事文艺创作和理论批评活动，一直坚持写作到我国改革开放的90年代。林焕平不仅撰写和主编了数本文学理论教材，还从事鲁迅、茅盾等现当代文学的研究和评论，出版有《林焕平文集》9卷、《林焕平作品选》等，为中国当代文学理论建设和广西文学的振兴奠定了坚实的基础。第一代文学批评家在新中国和新时期历经艰难困苦，却百折不挠，努力开拓广西文艺发展的前进道路。

第二代文学批评家家在新中国成立之前的三四十年代出生，并在新中国成立之初接受大学教育，主要有江建文、丘振声、王敏之、陈学璞、梁超然、杨炳忠、徐治平、陈运祐等、李超鸿、杨绍涛、雷耀发、梁其彦、姚代亮、唐钔、覃伊平、林建华、雷猛发、覃富鑫、胡树琨、韦启良、李果河、韦秋桐等人，他们见证了新中国的成立，目睹了社会主义事业的巨大变化和发展过程，同时也遭受到了不同程度的伤害和挫折。这些批评家的文艺批评活动主要在新时期，随着我国改革开放的深入和思想的解放，广西文学事业的逐步繁荣发展，他们在自己平凡的教学或者研究岗位上默默奉献，为广西文学创作与文学批评队伍的建设，发挥了承前启后的桥梁和衔接作用。

第三代文学批评家多出生于新中国成立初期，在新时期以后受到大学教育，主要有张利群、李建平、张燕玲、黄伟林、唐正柱、彭洋、杨长勋、容本镇、黄祖松、银建军、温存超、王志明等。这是一支高学历、高职称、高素质的理论队伍，他们颇具规模，多在高校里工作，从80年代开始活跃并持续至今。他们不少人成为了文艺学或中国现当代文学学科的带头人，为自己所在高校和学术团队的文艺理论研究做出了杰出的贡献，也为广西文学批评及其文学桂军崛起做出了富有成效的工作。"在他们身上，既可以看到老一辈文艺评论家对他们的影响，又可以看到他们所具有的朝气与活力。"[1]

经过三代文学批评家们的辛勤努力和默默耕耘，使广西的文学理论与批评队伍逐步成熟发展壮大，并在新时期开始对全国文学批评界产生了广泛的影响。进入21世纪后，以黄伟林、张燕玲为代表的广西文学批评队伍不断壮大拓展，逐步形成在全国颇有影响的理论阵地与势头。以李建平为代表的广西社科院学术团队对广西当代文学史及其理论研究，使广西文学史研究和抗战文化史研究的视野进一步从广西推向全国。[2]此外，还有张利群的现代批评理论研究、黄伟林的中国当代文学家群研究、容本镇对少数民族文学和相思湖作家群的研究、温存超和张柱林的东西小说研究、黄晓娟和刘铁群的女性文学批评等均有不错的理论建树，并在学界形成较大的理论反响。广西文学批评家们还积极参与到广西地方文化艺术的研究中，为广西文化事业产业的发展打下坚实的理论基础。

文学批评家们积极总结广西文学批评成果，出版了一系列重要的当代文学批评著作。1996年接力出版社出版了一套广西评论家接力丛书，收入了杨长勋《话语的边缘》、李建平《理性的艺术》、黄伟林《转型的解读》、张燕玲《感觉与立论》、彭洋《视野与选择》和常弼宇《前后都是人》六部评论集。2005年广西人民出版社出版了张燕玲、张萍主编的"南方论丛"系列评论丛书，收入陈祖君的《两岸诗人论》、黄伟林的《文学三维》、江建文的《美的解读》、徐治平的《散文春秋》、张燕玲和张萍选编的《南方批评话语》等八种，大规模显示了广西批评家阵容的文艺批评状况，集体展现了广西文艺理论的成果。张燕玲还主编了论文集《能不忆南方》，收入了《南方文坛》期刊近十年来的年度优秀奖获奖论文，展示了广西文学批评的最新成果。

随着广西当代文学批评的不断繁荣与发展，一批更年轻的文学批评家在广西高校和文联等机构中成长，他们有着良好的教育背景，并积极参与文艺理论研究与批评活动。这些批评家们思想敏锐、视野开阔，发表了众多的文学理论与批评文章，展现出了广西文学批评的锋芒与实力。这一时期涌现出了李仰智、刘铁群、苗军、李琨、董迎春、肖晶、冯艳冰、张萍、王迅、刘春、罗小凤等一批青年批评家，较有代表性的文学批评著作有：刘春的《一个人的诗歌史》(3卷)，苗军的《在混沌的边缘处涌现：中国现代小说喜剧策略研究》，李琨的《本土的声音——世界性视域下桂西北文学的多维解读》，刘铁群的《桂林文化城散文研究》，韩颖琦、王迅合著的《当代广西小说十家》，肖晶的《边缘的崛起——桂军当代女性文学的文化探析》，罗小凤的《新世纪广西诗歌观察》等，都是有分量的文学批评与研究成果。

需要指出的是，广西当代文学批评在20世纪90年代中期之后获得快速发展及其批评家群体的快速成长，和广西文艺理论家协会的成立密切相关，它对广西的文艺理论与批评的发展起到了重要的推动作用。1995年12月6日广西文艺理论家协会成立后，多数文学批评家自觉加入该组织并成为其中的骨干成员，有的还担任重要的领导职务。广西理协将广西各研究机构和高校中的文艺理论与批评家队伍联合起来，形成一股强大的团体力量，显示了广西文学批评的自觉和活力。广西文艺理论家协会成立20年来，他们组织开展了多种形式的文学评论活动，大力促进了广西文学的繁荣发展。在服务文学批评家工作方面，广西文艺理论家协会加强内外交流，沟通信息，开阔视野，为促进文学创作的发展与繁荣，做了许多有益的工作，收到了较大成效，形成了广西梯队式的文学批评家队伍。在文学创作与批评人才培养方面，协会以文艺评奖为契机，激发了广西本土作家、批评家的创作热情，一批批优秀的作家与批评家脱颖而出。广西文艺理论家协会这些活动的开展，对促进文艺创作与批评实践，繁荣广西文学艺术事业产生了积极而深远的影响。

总之，广西当代文学批评家们各具特色、齐心协力，共同创造了广西当代文学批评繁荣发展的景观。广西文学批评家李建平认为："近十多年来，三代批评家共同创造着广西文坛理论的扎实和批评的活跃，为繁荣中国文坛文论建设和打造文学桂军做出了卓著业绩。"[3] 他们不仅大力提高了广西文学批评队伍的素质和质量，也提高了广西当代文学批评在全国的影响力。

| 参考文献 |

[1] 容本镇 . 广西当代文艺理论家丛书·容本镇卷 [M]. 广西人民出版社，2012：289.

[2] 张利群 . 论广西文学理论批评桂军的崛起及评价机制建设 [J]. 贺州学院学报，2010（11）.

[3] 李建平，黄伟林，等 . 文学桂军论 [M]. 中国社会科学出版社，2007：71—72.

GUANGXI DUOMINZU WENXUE JINGDIAN

广西多民族文学经典

（1958—2018）

史料卷（上）

总主编◎黄伟林　刘铁群

本卷主编◎黄伟林　李咏梅

GUANGXI NORMAL UNIVERSITY PRESS

广西师范大学出版社

·桂林·

图书在版编目（CIP）数据

广西多民族文学经典：1958—2018. 史料卷：全 2 册 ／
黄伟林，刘铁群总主编；黄伟林，李咏梅分卷主编. —桂林：
广西师范大学出版社，2018.11（2019.1 重印）
ISBN 978-7-5598-1221-6

Ⅰ . ①广… Ⅱ . ①黄… ②刘… ③李… Ⅲ . ①中国文学－
当代文学－作品综合集－广西②地方文学史－广西－1958-2018
Ⅳ . ①I218.67

中国版本图书馆 CIP 数据核字（2018）第 230015 号

广西师范大学出版社出版发行

（广西桂林市五里店路 9 号　邮政编码：541004）
网址：http://www.bbtpress.com
出版人：张艺兵
全国新华书店经销
广西民族印刷包装集团有限公司印刷
（南宁市高新区高新三路 1 号　邮政编码：530007）
开本：720 mm × 1 010 mm　1/16
印张：52.25　　　字数：880 千字
2018 年 11 月第 1 版　　2019 年 1 月第 2 次印刷
定价：298.00 元（上、下册）

如发现印装质量问题，影响阅读，请与出版社发行部门联系调换。

总　序

　　一个有文学大师的国家或地区是值得自豪的。比如丹麦，虽为北欧小国，但因为有安徒生而得到全世界的尊敬。比如四川，地处偏远，但因为有李白、苏轼而足可傲视华夏。在当代广西，因为拥有梁羽生、白先勇、林白、东西等著名作家，让这个拥有喀斯特地貌的多民族地区，平添了文化的底气。

　　翻开中国文学史，从《诗经》到《楚辞》，从先秦诸子到两汉骈赋，从唐诗宋词到明清小说，在群星璀璨的文学天空，都找不到广西的名家，读不到广西的名作。这种局面，直至新中国成立之后才有所改观。《百鸟衣》一瞥惊艳，《刘三姐》一鸣惊人。当时光的脚步迈进 1990 年代，《南方文坛》华丽转身，"广西三剑客"横空出世，文学桂军边缘崛起。文学桂军的崛起，体现了广西的文化自觉和转型发展。

　　这种文化自觉和转型发展，对广西形象的改变是显而易见的。如今，人们读到这套广西多民族文学大系，除了想到如诗如画的山水风光，还会想到"百鸟衣"，想到"刘三姐"，想到"美丽的南方"。

　　中国作家协会副主席、著名评论家李敬泽说："对于我来说，提起广西就会想起它的文学，在我心中的中国文学的地图上，广西远不像它的地理位置那么偏远，它正处在中国文学创造的中心地带。"①

这是文学造就的广西。

认识一个国家和地区最好的媒介是什么？

是文学。

我们因为莎士比亚的戏剧而认识英国，我们因为巴尔扎克、雨果、福楼拜的小说而认识法国，我们因为普希金、莱蒙托夫、叶赛宁的诗歌而认识俄罗斯，我们因为爱默生、梭罗的散文而认识美国。

那么，认识广西最好的媒介是什么呢？

当然还是文学。

阅读《百鸟衣》，我们才知道广西的大地是如此绚丽。

阅读《刘三姐》，我们才知道广西的歌声是如此动听。

阅读《台北人》，我们才知道广西人的乡愁如此深邃。

阅读《桂系演义》，我们才知道广西人曾经如此纵横捭阖、深谋远虑。

阅读《一个人的战争》，我们才知道广西人能够如此孤绝率性、平地拔起、卓然独立。

通过文学，我们可以了解广西的历史，认识广西的现实，感知广西人的性格，体会广西人的心灵世界。

为了展示广西壮族自治区成立60周年的文学成就，为了呈现广西文学经典化的历程，为了让广大读者获得一个最好的认识广西、审美广西的途径，广西师范大学文学院中国现当代文学学科的师生，凭数十年广西文学阅读之积累，积数十年广西文学研究之心得，多方搜寻，爬梳剔抉，编选了七大卷十二册数百万字的《广西多民族文学经典（1958—2018）》。

当代广西文学是当代广西历史沧桑的记录，是当代广西人物形象的写真，是当代广西心灵世界的透视，是当代广西人文形象的重塑，是广西未来愿景的预见

---

① 李敬泽：《广西：创造力的来源》，《文学报》2006年6月15日。

和想象。美国诗人惠特曼说："指出最美好的，并把它同最坏的东西区别开来，是一世代带给另一世代的烦恼……"《广西多民族文学经典（1958—2018）》就是将那些最好的、最具代表性的广西当代文学作品从汗牛充栋的期刊、报纸、图书中精选出来，附之以该作者的相关信息和创作评论、该作品的相关信息和经典解读，使之铭文于眼前，铭记于内心，铭刻于历史。它是广西壮族自治区60年的文学见证，是对广西文学精英的致敬，并将成为广西更多文学名家、文学名著的催生剂。

黄伟林

2018 年 9 月 28 日

总导言

广西多民族文学 60 年（1958—2018）

序言：开门见山

广西是一个多山地区：东有六万大山，北有九万大山，南有十万大山，西为云贵高原。对于广西人而言，开门见山，不是说话作文的修辞技巧，而是日常生活的司空见惯。不过，这里所说的山，不是自然之山，而是修辞之山，说的是广西文学那些越过了广西疆域、屹立于中国文坛的山峰、高峰。

尽管我们对广西当代文学的研究已经持续了 30 多年，但是，当我们在编选广西壮族自治区 60 年文学经典的时候，仍然不断有发现的惊喜。在这里，我们不妨开门见山，首先呈现一份广西文学的中国之最，让读者看看广西文学 60 年高原上的高峰，共同见证广西文学 60 年的历程：

中国港台新派武侠小说的创始人梁羽生（1952）；

创办台湾《现代文学》，引领台湾现代主义文学潮流的白先勇（1960）；

继《白毛女》之后中国新歌剧发展历史上的第二个里程碑彩调剧《刘三姐》（1960）；

新中国第一部也是最优秀的音乐风光艺术片电影《刘三姐》（1962）；

引起中越两国领导人高度重视的话剧莎色的《南方来信》(1965);

第一个在大陆刊物发表的当代台湾小说白先勇的《永远的尹雪艳》(1979);

大陆第一部探索话剧谢民的《我为什么死了》(1979);

中国第五代导演诞生地广西电影制片厂 (1983);

中国文坛第一篇寻根宣言:梅帅元、杨克的《百越境界——花山文化与我们的创作》(1985);

新中国第一部反映国民党正面战场抗日的影片《血战台儿庄》(1986);

中国女性文学代表作家林白 (1989);

中国今日批评家成长的摇篮《南方文坛》(1996);

边缘崛起的"文学桂军"(1996);

中国文坛的常青文学品牌"广西三剑客"(1997);

中国第一个大型山水实景演出《印象·刘三姐》(2003);

传承抗战文化城精神血脉的大学文化品牌"新西南剧展"(2014);

中国文坛的新品牌"广西后三剑客"(2015)。

中国文章之道讲究起承转合,开门见山之后,不妨从头说起,看看广西文学60年的沧桑历程。

1950 年代:多民族元素凸显

回望 1950 年代的广西文学,我们可以发现它主要来自三个文学传统。

第一个是秦似、梁羽生、白先勇(回族)所代表的桂林文化城文学传统。作为在抗战桂林文化城成名的作家,秦似的文学声誉与抗战桂林文化城联系在一起。如今人们更倾向将秦似定位于一个杂文作家,殊不知,1950 年代的秦似,更多的热情投入到戏剧改编和小说创作。他改编的桂剧《西厢记》《秋江》由广西桂剧团演出,盛况空前;他创作的小说《太白山下》则是在巴金主编的《收获》杂志刊登，这或许是广西作家首次在《收获》上刊登小说。梁羽生（梧州蒙山人）在桂林文化城度过他人生的高中阶段，正是在桂林文化城，他大量地汲取了新文学的营养，实现了新旧文学在他个人精神世界的融合。1954年，因为一场武术门派的比武打擂，在香港《大公报》任职的梁羽生，将新文学理念注入旧武侠传统，写出了武侠小说《龙虎斗京华》，开创港台新派武侠小说先河。之后，梁羽生一发而不可止，又完成了《七剑下天山》《白发魔女传》等名作。而出生于桂林文化城的白先勇，1950年代定居台湾。1958年，正在台湾大学外文系上学的白先勇在夏济安主编的《文学杂志》上发表了他的短篇小说成名作《金大奶奶》，从此走上文坛。

第二个是以陆地（壮族）、苗延秀（侗族）为代表的延安文学传统。1940年代，苗延秀和陆地都曾在延安鲁迅艺术文学院接受过革命文学的洗礼，延安革命文学传统从此成为他们文学创作的精神血脉。1954年苗延秀以苗族"嘎别福歌"形式创作的长诗《大苗山交响曲》由新文艺出版社出版，1958年，他在《红水河》创刊号发表了小说《解除旧约》，1959年，他的长篇叙事诗《元宵夜曲》开始在《红水河》连载，当年的文学史有如此评价："侗族诗人苗延秀的《大苗山交响曲》和《元宵夜曲》，以热烈的情感，优美的语言，深刻地反映了广西苗族和侗族人民反封建的斗争和社会生活。"[①] 20年后，北京大学张钟等著《当代文学概观》亦有类似说法。对于陆地来说，1950年代，他以极大的热情投入了长篇小说《美丽的南方》的写作，该书始写于1953年，完成于1959年，成为作者给新中国成立十周年的献礼作品。

第三个是以韦其麟（壮族）、包玉堂（仫佬族）为代表的广西本土民间文学传统。1953年，18岁的中学生韦其麟就在《新观察》第15期上发表了处女作《玫瑰花的故事》，该诗很快被译成日文、英文，向国外介绍。1955年，已经上大学的韦其麟又在《长江文艺》6月号发表了叙事长诗《百鸟衣》，很快被《人民

---

① 山东大学中文系1960年4月编印：《中国当代文学史》，下册，第75页。

文学》《新华月报》转载，1959 年入选新中国成立十周年优秀文艺作品，由人民文学出版社出版单行本。后还收入中国文联出版公司 1991 年出版的《中国新文艺大系·1949—1966 年少数民族文学集》和花山文艺出版社 1995 年出版的《共和国文学作品丛书·诗歌卷》。苏联《文学报》专门介绍了韦其麟的《百鸟衣》，文章称：

> 长诗的人民性鲜明地表现在作者所运用的艺术技巧中。他这样描写自己的英雄人物，古卡种的包粟"比别人高一半"，古卡长到二十岁，他"打死过五只老虎，射死过十只豹子"；依姬的美貌"像天上的仙女一样"，依姬是个聪明伶俐爱唱歌的姑娘，她绣的蝴蝶"差点儿就飞起来"，她绣的花朵"连蜜蜂也停在上面"。这种描写的方法与民间文学很近似，所以这诗就有一种特殊的风格。①

文学史家李鸿然称："《百鸟衣》不仅是韦其麟的成名作和代表作，而且是中国当代多民族诗坛上的艺术珍品。"② 韦其麟因此成为最早获得全国声誉的广西诗人，并于 1996 年和 2001 年分别当选中国作家协会第五和第六届副主席。显而易见，韦其麟的诗歌创作深得广西民间文学的滋养。1957 年，包玉堂同样以民歌的意趣获得了主流文坛的赞赏，《走坡组诗》最初发表于《作品》1957 年 12 月号，很快收入 1957 年度的全国《诗选》，并译成英文在《中国文学》上向国外推介。

桂林文化城的知识分子文学传统、延安的革命文学传统和广西本土的民间文学传统，共同构成了广西 1950 年代的文学景观。随着 1958 年广西壮族自治区的成立，广西文化构成中的多民族元素日益凸显，融入知识分子文学和革命文学营养的广西民间文学传统，逐渐在广西本土成为强势。

---

① ［苏］奇施柯夫：《李准和韦其麟》，苏联《文学报》1956 年 3 月 31 日。
② 李鸿然：《中国当代少数民族文学史论》(上)，云南教育出版社，2004，第 332 页。

1960 年代：《刘三姐》高峰耸立

壮族自治区的定位，为广西多民族文学带来了前所未有的机遇。1960 年代的广西文坛，多民族文学获得了空前的发展。

陆地继长篇小说《美丽的南方》之后，1962 年发表了他的短篇名作《故人》。如果说《美丽的南方》只是侧面书写了一群知识分子在新时代的精神成长，那么，《故人》则聚焦式地写出了一个知识分子在旧时代的幻灭，发表当时即被认为是"广西小说创作不可多得的佳作"[①]。

莎红（壮族）虽然有其壮的民族族别，但他似乎有为广西各个民族写诗的愿望。1960 年代，他写了《苗寨诗抄》《瑶寨诗抄》《侗寨夜曲》《仡佬寨诗抄》《彝寨组诗》，等等，广西各民族的生活在他的笔下都获得了诗意的描绘。这些书写广西各民族当代生活的抒情诗，大多由爱情、劳动、收获等内容组成，令人联想到传统的世外桃源或西方的伊甸园，成为广西多民族奇异风情和幸福生活的双重变奏。

1960 年代，从武汉回到广西的韦其麟，经过反右斗争的挫折，仍然坚持诗歌写作，先后发表了《红水河边的传说》《歌手》《凤凰歌》等叙事诗，保持着他在诗坛的影响。

1962 年，李英敏（京族）发表了短篇小说《椰风蕉雨》，1963 年发表了短篇小说《夏朗》。李英敏是第一个知名的京族作家，至今尚未有京族作家超过李英敏的文学创作成就。他的上述作品均取材于作者在海南的武装斗争经历，属于革命历史小说。

说到广西的少数民族文学，不能不提《刘三姐》。

1960 年，依易天（壮族）在作家出版社出版了 1200 行的长篇叙事诗《刘三

---

① 刘硕良：《喜读〈故人〉》，《广西文艺》1963 年 2 期。

妹》，在民间传说基础上对"刘三妹"（刘三姐）的故事进行了大量改动和补充。

1960 年，由柳州《刘三姐》剧本创作小组创编、广西壮族自治区《刘三姐》会演大会改编的新彩调剧剧本《刘三姐》由《剧本》正式推出。同时，广西举办了《刘三姐》文艺会演活动，"有六十五个县文工团、剧团演出此剧……形成了一个群众性的《刘三姐》演出高潮"①。

1962 年，电影《刘三姐》公映，1963 年，获第二届大众电影百花奖最佳音乐奖、最佳摄影奖、最佳美术奖和最佳配角奖四项大奖，"它不仅是新中国第一部音乐风光故事片，也是当时拷贝发行量最大的影片，后来发行到港澳地区以及东南亚各国，风靡一时，长映不衰"②。

广西不仅是壮族自治区，而且是边疆地区，是祖国的南疆，与越南海陆相连。边疆性是广西很重要的属性。1964 年，《广西文艺》刊登了敏歧的《写在中越边境》和莎红的《水口渔歌》两首诗歌，写的是中越边境的和平友好氛围，也写到越南的抗美斗争。广西拥有南海北部湾大片海域，海洋与边疆是广西独特的资源，更是广西文学的优势题材。自 1965 年《广西文艺》2 月号开始，《广西文艺》不定期地开设了诸如《反对美国侵犯越南民主共和国，庆祝越南人民反美斗争的伟大胜利》《全世界人民行动起来，迫使美国侵略者从越南滚出去》《坚决援越抗美，把美国侵略者从越南赶出去》等专栏，这些专栏不仅刊登广西作家的作品，刊登外省作家的作品，而且刊登越南作家的作品，充分显示了广西文学的边疆性质，显示了广西文学所特有的国际化特征。而莎色的话剧《南方来信》的全国性乃至国际性影响，显示了广西文学的特殊意义和特殊地位。这是当代中国一段特殊的历史，也是当代中国一个特殊的文学类型，尽管时过境迁，但仍然有值得后人关注的地方。

1960 年代，定居香港的梁羽生继续在武侠小说这片土地上耕耘，完成了他的

---

① 梁昭：《表述"刘三姐"：壮族歌仙传说的变迁与建构》，民族出版社，2014，第 113 页。
② 刘硕良主编《广西现代文化史》（第二卷），广西师范大学出版社，2016，第 369 页。

武侠小说代表作《萍踪侠影录》和《云海玉弓缘》，与金庸、古龙一起成为港台新派武侠小说的代表作家；白先勇写出了他的短篇小说代表作《玉卿嫂》《永远的尹雪艳》《谪仙记》《游园惊梦》等，这些作品已经成为 20 世纪中国文学不朽的杰作，他创办的《现代文学》，成为一代台湾作家成长的摇篮。

1960 年代，一些外省籍作家加入了广西文学的创作队伍，主要有河南籍作家刘玉峰和湖北籍作家秦兆阳。刘玉峰的长篇小说《山村复仇记》1963 年由广西人民出版社出版，是广西出版界出版的第一部长篇小说。秦兆阳 1959 年下放广西，1962 年在《广西文艺》第 5 期发表中篇小说《一封拾到的信》，1963—1964 年在《广西文艺》连载长篇小说《两辈人》。秦兆阳下放广西，在广西文学界起到了文学导师的作用。

1960 年代，广西文学旗开得胜，《刘三姐》从传说到诗歌，从诗歌到戏剧，从戏剧到电影，终于成为一个时代广西文学的高峰。陆地的长篇小说《美丽的南方》亦成为那个时代广西文学的经典。遗憾的是，随着"文化大革命"的爆发，陆地、秦似、苗延秀、莎红等广西文学标志性的人物，皆成为批斗的对象。1966 年 6 月，《广西文艺》在出版了常规的第 6 期之外，专门出了一期增刊，该增刊几乎是一个批判作家陆地的专题。1951 年创刊，始名《广西文艺》，1957 年更名《漓江》，1958 年更名《红水河》，1960 年更名《广西文学》，1961 年又更名《广西文艺》的广西文学"区刊"，1966 年终于停刊。广西文学进入"休克"状态。

1970 年代：跨海峡文学对话

1971 年，《广西文艺》复刊，更名《革命文艺》。《广西文艺》是全国恢复最早的文艺刊物之一。[1] "区刊"的恢复，意味着广西文学的复苏。1972 年，《革命文艺》再度恢复《广西文艺》刊名。

---

① 参见陈肖人《一支难忘的歌》，漓江出版社，2013，第 268 页。

1972 年，秦兆阳被宣布"解放"后到了河池都安，加入"三结合"创作组，受命写一部反映桂西大石山区"农业学大寨"的长篇小说。1975 年，秦兆阳、蓝汉东等人合作完成长篇小说《穿云山》，1977 年由广西人民出版社出版。

几乎同时，陈肖人、饶晓等人组成的百色创作小组创作了长篇小说《雨后青山》，1976 年由人民文学出版社和广西人民出版社同时出版。

《雨后青山》和《穿云山》是 1970 年代广西两部著名的长篇小说，它们留下了那个时代深刻的文化印记，既是那个时代的文学样本，也以文学的方式记录了那个时代的历史。

1973 年，《广西文艺》发表于峪的《南海捕鲨人》，这是海洋题材的短篇小说，引起人们的关注；1979 年，因为中越边境战事，《广西文艺》开设了专栏《自卫还击，保卫边疆》，刊登许多中越边境战事的文学作品，边疆题材又成为引人瞩目的文学题材。

1970 年代的广西文学，主要有两股新生力量。一股力量是"文革"前受过大学教育的一批大学生，逐渐走上广西文学的前台，代表人物主要有蓝怀昌（瑶族）、韦一凡（壮族）、陈肖人、凌渡（壮族）、潘荣才、彭匈等人；另一股力量则是所谓"知青作家"，代表人物主要有聂震宁、冯艺（壮族）、杨克、林白、孙步康（壮族）等人。两股新生力量 1970 年代崭露头角，蓄势待发。

1976 年，"文化大革命"结束，一个时代终结。1978 年，改革开放启动，一个时代开始。

1970 年代的最后一年，广西文坛传来佳音。

在人们人目中，广西出现《刘三姐》这种淳美的民族土特产是可以理解的，但人们无法想象，广西能够最早出现充满实验意味的文学洋产品。如今我们很难相信，中国的探索戏剧是从属于边远地区的广西开始。1959 年支边到广西艺术学院任教的谢民是中国探索戏剧的开拓者。《剧本》1979 年第 8 期发表了谢民的探索话剧《我为什么死了》，谢民称之为"悲喜剧"。这是中国戏剧界最早的探索话剧，发表后受到国内外的广泛关注，被罗马尼亚编入《二十世纪中国戏剧选》，先后由罗马尼亚雅西市瓦·亚力山德国家剧院和布加德斯特演出。

《邕江》1979 年发表了李栋、王云高（壮族）合作的短篇小说《彩云归》，《人民文学》1979 年第 5 期转载。《彩云归》在"伤痕文学热"的氛围中，独具一格，将目光投注于海峡对岸，讲述了一个台湾军人思恋大陆，终于回归的故事。小说获 1979 年度全国优秀短篇小说奖，被译成英、法、日等五种文字向国外介绍。

当李栋、王云高这两位广西本土作家以《彩云归》向海峡对岸的台湾眺望的时候，白先勇的作品也开始了渡海之旅。《永远的尹雪艳》于 1965 年在台湾《现代文学》发表多年之后，终于在 1979 年由大陆《当代》创刊号转载。这是台湾小说首次登陆大陆刊物。两岸的广西作家以不约而同的方式展开了具有历史性意义的文学对话。广西作家以这样的对话完成 1970 年代的文学谢幕，堪称中国文学史上一个有意味的形式。

1980 年代：谋突围观念转型

1980 年代，当各省区作家纷纷收获各类文学奖项的时候，广西作家无一斩获，几成"被遗忘的土地"①。

对于广西文学而言，1980 年代是一个十年磨一剑的年代，是一个几代作家济济一堂的年代，是一个突围转型的年代。

"十年磨一剑"说的是黄继树积多年史料积累、文学创作而成就长篇历史小说《桂系演义》。

《桂系演义》讲述的是民国广西以李宗仁、黄绍竑、白崇禧、黄旭初为首的桂系集团从发生到覆灭的历史。从统一广西到出师北伐，从蒋桂战争到喋血抗战，从囊括半壁江山到瞬间风流云散，《桂系演义》既写出了民国时期的战争风云，

---

① 参见张宗栻、黄伟林《被遗忘的土地》，《文学自由谈》1990 年第 2 期。

又写出了国民党内部的分崩离析，更写出了"世界潮流，浩浩荡荡，顺之者昌，逆之者亡"的现代历史进程，既是实事求是的历史，也是形神兼备的文学，以文学的方式呈现了"三分之一部中国民国史"，被喻为"当代的《三国演义》"。自1988年出版之后，已经有多个版本，至今仍然为人们津津乐道，成为坊间声誉极大的长篇佳作。

几代作家济济一堂的年代指的是1980年代广西文坛活跃着几代作家。

陆地、秦似等1949年前成名的老一代作家继续创作。陆地长篇小说新作《瀑布》于1980年正式出版。秦似杂文写作仍有活力和锐气。莎红诗歌创作仍然一往情深。

"文革"前接受大学教育的中年一代作家正值当年，纷纷拿出了他们文学代表作，韦一凡的长篇小说《劫波》、蓝怀昌的长篇小说《波努河》、陈肖人的中篇小说《黑蕉林皇后》、凌渡的散文集《故乡的坡歌》，等等。

知青一代作家锐气十足，成为1980年代广西文坛主力。聂震宁改弦更张，1980年代以《长乐》系列小说开启对文化传统的反思，变山歌体小说为杂文体小说，试图在广西的喀斯特地貌中寻找通往中原的暗河，在全国文坛产生了一定影响。张宗栻《漓水谣》《人雕》等漓江叙事，写出了桂林山水的神韵，耐人寻味。陈敦德以电影人的身份进入报告文学写作，写出了《毛泽东、尼克松在1972》等有影响力的报告文学。林白1980年代复出文坛，开辟一片新的文学天地。孙步康的小说、黄琼柳（壮族）的诗歌在1980年代亦有一定影响。

"文革"后接受大学教育的青年一代作家脱颖而出。一批有过知青经历并且在知青年代发表过文学作品的青年作家"文革"后考上了大学，如冯艺（壮族）、杨克、林白、彭洋。更年轻的一代大学生初出茅庐，如张燕玲、东西、凡一平（壮族），他们在大学时代浸润于1980年代的文学热，走出校园后仍不忘初心，继续在文坛跋涉，他们迟早将在中国文坛打下一片属于他们自己的文学江山。

"转型"指的是广西作家文学观念的转型。

1960—1970年代，广西本土多民族文学传统已经成为广西文学主流。这个主流一方面推波助澜成就了《百鸟衣》《刘三姐》这两座广西文学高峰，另一方面，也造成了广西文学色调单一、内容浅显、形式简化的局面。1980年代的广西文学开始谋求从八桂大地的崇山峻岭突围。

《广西文学》1985年第3期发表梅帅元、杨克的论文《百越境界——花山文化与我们的创作》。

这篇论文是中国文坛最早的寻根文学宣言，早于阿城1985年7月6日在《文艺报》发表《文化制约着人类》、韩少功在《作家》1985年第6期发表《文学的"根"》、郑万隆在《上海文学》1985年第5期发表《我的根》。

这篇文章一方面明确了广西文学的审美文化传统——花山文化更接近屈原为代表的长江流域楚文化；另一方面，文章表示，必须将古老的花山文化与现代的西方现代主义审美形态融合，在融合的基础上抵达广西文学新的审美追求——百越境界。

显然，1985年，当"文化寻根"思潮在中国文坛汹涌澎湃之时，广西作家领了时代风骚。中国文坛沸沸扬扬的楚文化屈骚传统以及拉丁美洲魔幻现实主义文学，在这篇文章中都有明确讨论。广西作家的"寻根"意识，并不是简单地表现民族生活或者民族文化，而是地域传统文化与世界前卫文化融通的方式，是以现代主义的文学观念观照原始文化，创造一个反理性的，变形的，感觉的，魔幻的，现实与幻想、传说与现实浑然一体的形象世界。

黄宾堂《广西文坛的三次集体冲锋》一文认为"百越境界"的提出及创作是广西文坛进军全国的第一次集体冲锋，"百越境界"作家群从马尔克斯等拉美作家所展现的地域环境及心理背景中，发现与广西西南部地区的环境和背景竟有惊人的共通之处。显而易见，这一代广西作家与他们的广西前辈作家在文学观念上已经有了深刻的不同。如果说前代广西作家的文学范式是十七年文学，他们的文学形态是现实主义的；那么，这一代广西作家的文学观念已经走向世界，他们的文学形态是现代主义的。

这是一个重要的转型。过去的广西文学主要接受国内主流文学的影响，虽然出现过谢民"悲喜剧"的探索戏剧,但没有触动广西文学的主流形态。梅帅元一代广西作家,有了明确的世界意识,他们直接接受西方文学的影响。他们也重视广西本土文化资源,但这种重视已经不是题材意义上的重视,他们是用现代主义的文学观念去激活古老的广西文化传统,进而发现这种传统的价值,而不是用广西文化资源作为素材,去证明某种主流文学观。他们的文学转型,不仅是方法论意义上的转型,而且是观念意义上的转型。

正是在百越境界的影响下,1980年代广西文坛出现了一批具有鲜明探索色彩的文学作品,如李逊的小说《沼地里的蛇》《坐在门槛上的巫女》,李逊因为这些作品被认为是中国文坛最具有魔幻色彩的小说家;如张宗栻的小说《魔日》《大鸟》,梅帅元的小说《红水河》,聂震宁的小说《暗河》《岩画与河》,如杨克的诗歌《走向花山》《图腾》,如林白的诗歌《山之阿 水之湄》,如史晓京的诗歌《三月三》,等等。

1980年代,广西本土之外,一位广西籍作家在中国文坛引起了广泛关注,他就是童年时代从北海移居北京,在北京大学中文系就读的陈建功。1980年和1981年,陈建功以短篇小说《丹凤眼》《飘逝的花头巾》两度获得全国优秀短篇小说奖,成为1980年代中国高校文学声誉最高的在读学生。

1980年代,一位老人引起了读书界的注意,他是柳苏,原名罗承勋,桂林人,抗战时期在桂林进入《大公报》,一直做到《大公报》副总编。1986年前后,他在《读书》发表了一系列文章,汇集为《香港文坛剪影》于1993年出版。柳苏的系列文章改变了人们心目中香港是一个文化沙漠的印象,使一批香港作家得到了内地读者的关注。

1980年代,中国第五代导演在广西诞生。1982年,广西电影制片厂专程派人到北京电影学院引进人才,导演系张军钊、摄影系张艺谋、肖凤,美术系何群等外省毕业生到了广西电影制片厂。1983年,广西电影制片厂组成青年摄制组,拍摄了由郭小川长诗改编的电影《一个和八个》。1984年,广西电影制片厂邀请陈凯歌到广西拍片,并提供了张子良根据柯蓝散文改编的剧本《深谷回声》,陈凯歌与张艺谋合作，拍成了电影《黄土地》。

《一个和八个》《黄土地》的问世，揭开了中国电影史新的一页。张颐武指出："《一个和八个》开始通过影像革命在中国提供了一种启蒙的欲望表述方式。《黄土地》则真正实现了'第五代'早期的全部意图，他们所开启的道路则成为中国电影与外部市场相联系的开端。而广西的边缘的自由和开放反而成了一个异常有力的因素，促成了中国电影想象的国际化的历程。"① 电影理论家倪震指出"第五代电影是 1983 年从最边远的广西电影制片厂破土而出的"②。

1980 年代广西最具影响力的诗人是杨克和黄堃（壮族）。更多的诗人还在默默前行。1988 年，曾健杰在河池大化县创办了一份民间诗刊《扬子鳄》，这份民间诗刊一直坚持到 1995 年，麦子、阿权、刘春皆参与了这份诗刊的编辑。诚如主持人麦子所说："它以特有的视觉、胆识，为中国现代汉语诗歌的民间精神，埋下了延续和传播的种子。"③

1980 年代是中国文学激情洋溢的年代。广西最有才华的一批文人把他们的智慧和才华献给了文学。需要等到另一个时代来临，他们才能发现隐藏在他们生命深处的另一种潜能，他们中有些人将在其他领域释放他们生命的能量。

1980 年代的广西文学是以一场声势浩大的文学反思活动终结的，那就是"88 新反思"。1988 年，黄佩华（壮族）、杨长勋、黄神彪（壮族）、韦家武（壮族）、常弼宇五位青年作家集体撰写了《广西文坛 88 新反思》系列文章。文章充满冲击力的观点在广西文坛产生了强烈的反响。后来被称为"文学桂军"的广西文学新生力量，以这样的方式登场。

---

① 张颐武：《边缘的崛起》，《文艺报》2006 年 6 月 15 日。

② 倪震：《北京电影学院故事——第五代电影前史》，作家出版社，2002，第 152 页。

③ 麦子：《过往——广西民间诗歌概述》，民刊《独立》（10 周年纪念专号），2006 年，转引自陈代云《民族地域现代——广西当代诗歌研究（1949—1999）》，中国文联出版社，2015，第 223 页。

1990 年代：新桂军边缘崛起

1990 年，《三月三》第 3 期推出"广西青年 30 人作品专号"，聂震宁、凡一平、常弼宇、黄佩华、廖润柏（仫佬族，后来笔名鬼子）、黄堃、喜宏、沈祖连的小说，刘承辉、杨克、盘妙彬的诗歌，冯艺、黄神彪、庞俭克、包晓泉（仫佬族）、严风华（壮族）的散文，彭洋、杨长勋、张燕玲、黄伟林（壮族）的评论。这个专号表明广西青年作家形成了团队，而且是作家与评论家联袂登场。

1990 年，《上海文学》第 12 期同时推出喜宏、李希、黄佩华、常弼宇、小莹、岑隆业（壮族）的五部小说，这是广西作家在全国著名文学媒体的第一次集体亮相。

1991 年 8 月，在诗人杨克、曾健杰的协助下，诗人非亚、麦子、阿权主持出版了《自行车》第 1 期，当时的《自行车》第 1 期还寄生在《扬子鳄》身上，为《扬子鳄》总第 10、11 期特刊，本期标明《观念 91·广西青年诗歌大潮》，广西青年诗人以其特有的方式开始集结。①

1993 年，《当代》第 3 期同时推出常弼宇、黄佩华、凡一平、姚茂勤的四部中篇，这是文学新桂军在国家权威文学媒体的第一次集体亮相。

1994 年，《三月三》第 4 期推出"新桂军作品展示专号"，刊登了喜宏、沈东子、东西、黄佩华、凡一平、鬼子、常弼宇、沈祖连、姚茂勤、陈爱萍的小说，冯艺、庞俭克、彭洋、黄神彪、包晓泉的散文，黄琼柳、黄堃、盘妙彬、黄咏梅的诗歌，黄伟林、杨长勋、李建平、张燕玲的评论。

"新桂军"，这是广西作家与评论家团队的一次重要命名。这个命名既是对民国广西军事业绩的致敬，也是对 1993 年文坛陕军崛起的呼应。"新桂军"的命名，

---

① 参见陈代云《民族地域现代——广西当代诗歌研究（1949—1999）》，中国文联出版社，2015，第 224—225 页。

寄托了广西作家冲击中国文学名刊，夺取中国文坛桂冠的愿望。黄伟林1994年发表《论新桂军的形成、特征和创作实绩》一文。后来，"新桂军"逐渐被"文学桂军"这个名字取代。文学桂军，成为1990年代广西文学崛起的品牌标志。

1994年，已经定居北京的林白在《花城》发表长篇小说《一个人的战争》。《一个人的战争》既是个人化写作的代表，又是女性主义文学的代表。它的发表，确认了林白在中国当代文坛作为女性文学代表作家的地位。王德威称"林白的小说仿佛要为千百同辈女子，写下'一个人的战争'，一首变调的'青春之歌'"①。1999年以后出版的几乎所有中国当代文学史，都将林白纳入了专门评介的作家序列。《一个人的战争》之后，林白的作品大都成为评论家谈论的话题。

1994年，《广西文学》第6期策划了"广西'下海'作家作品专号"，李弦、梅帅元、张仁胜等作家发表了他们"下海"经商之后的文学作品。当时的广西文坛仍然充满着张力，作家在文学与商业之间徘徊，20世纪90年代的经济大潮席卷广西文坛。有意思的是，无论是执着于文学的作家，还是敏感于商业的作家，后来都获得了可观的成绩。

站在新时代的高度回望，可以发现，1996年是文学桂军崛起的关键一年。

这一年，张燕玲主持《南方文坛》全新改版。从此，《南方文坛》由于它的精英作者团队、前沿栏目设计、高峰话题策划和卓越品牌打造，成为中国文艺批评重镇、今日批评家摇篮，成为广西文学受到中国文坛关注的重要渠道。

这一年，《广西文学》推出了常弼宇、黄佩华、东西、凡一平、沈东子、陈爱萍、鬼子、李冯的作品所组成的"广西青年小说家八人作品专号"，文学桂军逐渐形成了它的领军人物。

这一年，东西中篇小说《没有语言的生活》在《收获》搁了一年后终于发表，并在两年后荣获首届鲁迅文学奖，使20年前李栋、王云高《彩云归》的获奖

---

① 王德威：《一个人的战争》台湾版序，该序收入林白《一个人的战争》（20年纪念珍藏版），花城出版社，2015。

纪录得以刷新。

这一年，鬼子以《农村弟弟》(《钟山》1996 年第 6 期)、《走进意外》(《花城》1996 年第 3 期)、《谁开的门》(《作家》1996 年第 5 期) 三部中篇小说揭开了他重返文坛的序幕。

这一年，李冯从广西大学辞去教职，开始了自由作家的写作生涯，在《花城》杂志上发表了他第一部长篇小说《孔子》。

这一年，广西区党委宣传部邀请 30 名青年作家、艺术家在宁明花山召开 "广西青年文艺工作者花山文艺座谈会"。与会代表就如何繁荣广西的文学艺术作了深入讨论。时任宣传部部长的潘琦在总结会上作了《理清思路，强化措施，振兴广西文艺事业》的讲话。

1997 年 4 月，广西百名青年作者创作会在南宁召开，与 1993 年的 "陕军东征" 对应，有论者称这是文坛新桂军 "文学北伐" 的誓师大会。①

1997 年 5 月，广西首批青年作家招聘签约仪式在桂林榕湖举行，东西、鬼子、李冯、凡一平、黄佩华、沈东子、海力洪 (回族)、陈爱萍八位小说家成为首批广西签约作家。

1997 年 12 月，中国作协创研部、广西作家协会、广西文艺理论家协会、《南方文坛》杂志社、《花城》杂志社和广西师范大学中文系数家单位联合召开东西、鬼子、李冯 "广西三剑客" 作品讨论会。

1998 年，《南方文坛》第 1 期本期焦点栏目分别发表马相武《造势当下的南国三剑客》、黄伟林《论广西三剑客》和朱小如《 "挑战" 广西三剑客》等论文，《南方文坛》1998 年第 2 期发表了陈晓明的论文《直接现实主义：广西三剑客的崛起》。2000 年，陈晓明在《南方文坛》第 2 期发表《又见广西三剑客》。"广西三剑客"，作为一个文学符号、一个文学品牌，终于定格。

1998 年，《青年文学》开辟 "1998 文学方阵"，以创作实力雄厚的省份为单

---

① 黄伟林：《从花山到榕湖——1996—2004 年广西文学巡礼》，《南方文坛》2004 年第 4 期。

位，集中展示最新的创作成果，每期一省，第 2 期展示的就是广西文学方阵，同时刊登了李冯、常弼宇、黄佩华、东西、鬼子、凡一平等六位广西作家的小说。此举意味着文学新桂军已经进入中国文坛实力派阵容。《青年文学》主编黄宾堂认为："广西文学近两年创作势头汹猛，大有井喷之势，不仅形成了一个有实力有后劲的创作群体，而且拿出了一批摆上当今中国文坛也不愧色的力作。"①

1990 年代，广西戏剧界取得骄人成绩。杨波、惠国兴编剧的大型桂剧《瑶妃传奇》荣获戏剧文华奖，张仁胜、常剑钧编剧的大型彩调剧《哪嗬咿嗬嗨》和梅帅元、陈海萍、常剑钧编剧的大型风情壮剧《歌王》荣获曹禺戏剧文学奖。这些戏剧界最高奖项的获得，充分体现了广西戏剧文学的创作实力。1998 年，梅帅元开始了后来被称为山水实景演出的《印象·刘三姐》的策划和运作。

1999 年，北京《民族文学》发表黄伟林《边缘的崛起》一文，展示了文坛桂军崛起于 20 世纪 90 年代的创作实绩。从此，边缘的崛起，成为用来描述广西文学现象一个约定俗成的短语。②

批评家洪治纲曾经提出过一个问题：为什么广西这个经济和交通都并不是特别发达的边陲之地，却能够涌现出这样一群生机勃勃的文学生力军？

洪治纲列举了东西、鬼子、李冯、凡一平、海力洪、黄佩华、沈东子、陈爱萍、光盘、映川、黄土路（壮族）、纪尘、朱山坡、李约热（壮族）、锦璐、凌洁等人的小说，冯艺、张燕玲、凌渡、徐治平、彭匈、包晓泉等人的散文，张燕玲、黄伟林、李建平等人的评论，刘春、非亚、谭延桐等人的诗歌，以及从广西走出去的林白、杨克、黄咏梅……他专门谈到《南方文坛》"这本刊物不仅为广西作家走向全国发挥了重要的推介作用，也为中国当代文学的发展提供了一个重要的

---

① 黄宾堂：《广西文坛的三次集体冲锋》，《南方文坛》1998 年第 3 期。

② 黄伟林的《边缘的崛起》，发表于《民族文学》1999 年第 6 期。2006 年 6 月 15 日北京大学教授张颐武在《文艺报》也发表了《边缘的崛起》一文，谈的是广西作家对中国电影文化的贡献。《南方文坛》主编张燕玲也发表过《边缘的崛起》同名文章。贺州学院教授肖晶于 2011 年在河南人民出版社出版了专著《边缘的崛起——桂军当代女性文学的文化探析》。

理论平台。"对上述问题,他的回答是,"就像《作家》主编宗仁发所说的那样,广西的这种文学格局,犹如长白山的雾凇,是十几种甚至几十种因素合力而成的结果,它们缺一不可"①。

历史正是这样以合力的方式将广西文学推向了时代的前沿。

2000年代:诸文体风生水起

新世纪,两位曾经在广西文坛影响卓著的小说家有了新的人生定位:聂震宁全力以赴从事出版业,成为中国出版界领军人物;梅帅元创造性地推出《印象·刘三姐》,成为中国山水实景演出创始人。

更多的广西作家仍然在文坛耕耘。

2000年,白先勇在《收获》第5期发表了长篇散文《少小离家老大回》。白先勇的作品绝大多数都是首发于台湾,《少小离家老大回》或许是他首发于大陆的第一个作品。

2000年6月23日,刘春创办了网络版扬子鳄诗歌论坛,这是创建最早的网络诗歌论坛之一,它延续了《扬子鳄》诗刊的精神,为广西青年诗人创造了一个自由交流的空间。

2001年,凡一平发表《理发师》。《理发师》与《寻枪记》以其独特的文化内涵和情节构思受到电影界的关注。陆川将《寻枪记》改编成电影《寻枪》,陈逸飞将《理发师》拍成了同名电影。凡一平成为最受影视界关注的小说家之一。

2002年,鬼子继东西之后,以中篇小说《被雨淋湿的河》荣获第二届鲁迅文学奖。

2002年4月,1999年在北流创刊的民间诗歌刊物《漆》组织了首届广西青年诗会。这个诗会是广西诗人的一个新的集结。《扬子鳄》《自行车》《漆》三个民间

---

① 洪治纲:《来自广西的文学冲击波》,《人民日报》2006年6月9日第14版。

诗刊均在会上亮相。

2003 年，梅帅元"五年磨一剑"的山水实景演出终于"浮出水面"，2004 年，正式演出的《印象·刘三姐》在遭受市场冷遇不长时间之后大获成功，成为旅游演艺领域的"中国创造"。

新世纪第一个十年的广西文学有三个女硕士值得关注。

2002 年，在美国爱达荷大学获得电机工程硕士学位的陈谦，出版了她的第一个长篇小说《爱在无爱的硅谷》，发表了中篇小说《覆水》。数年后，《特蕾莎的流氓犯》使陈谦得到了更多的关注。

2004 年，映川、黄咏梅两位广西师大文学硕士，同时发力。映川在《人民文学》发表中篇小说《我困了，我醒了》和《不能掉头》，黄咏梅在《人民文学》发表短篇小说《勾肩搭背》和《草暖》。映川小说既有传统小说的情节结构，又有现代小说的哲理探寻，还有当下中国现实的各种社会文化心理的渗透。黄咏梅小说洋溢着珠三角文化圈的地域风情、语言风韵以及对这个中国成长最为迅猛的发达地区底层社会的体察入微的人文关怀。

2004 年 7 月 1 日，上海《文学报》以整版篇幅发表黄伟林《从花山到榕湖——漫谈近年广西文学创作》一文，对广西 90 年代以来的文学创作进行了高度评价。

2004 年 12 月 11 日，广州《羊城晚报·花地副刊》在"在现代性的焦虑中突围"的标题下以整版篇幅介绍广西文学。这是《羊城晚报·花地副刊》策划的华文文学巡礼的第二期，第一期介绍的是江苏文学。在权威性大众媒介眼里，广西文学处在了中国文坛的前沿地带。

中国社会科学院文学研究所编的《中国文情报告（2004—2005）》专门收了贺绍俊撰写的《广西群体的意义》一节，时任中国社会科学院文学研究所所长杨义指出："在这部中国文情报告中，'广西群体'是唯一以专节加以报告的区域作家群。"①

2006年，一个颇具创意的文化推广活动"广西文化舟"开进了北京，东西、鬼子、凡一平、张燕玲、梅帅元、张仁胜等文学桂军主力走向北京大学、中国人民大学、中央民族大学等著名高校，讲述广西的地域风情和文学故事。

2006年，一批评论家纷纷在多种权威性的报刊上撰文，热情地肯定了20世纪90年代以来广西文学所取得的重要成就，主要有中国作家协会副主席陈建功的《勇敢的推广　谦虚的请教》、《人民文学》主编李敬泽的《广西：创造力的来源》、北京大学教授陈晓明的《有一种性格和精神的广西文学》、北京大学教授张颐武的《边缘的崛起》、暨南大学教授洪治纲的《来自广西的文学冲击波》、中国社会科学院研究员张柠的《广西的文学精灵》和《小说选刊》主编贺绍俊的《为当代文学创造关键词》。

2007年，贵阳《山花》的《中国文学版图》栏目里，继介绍北京作家群之后，发表了黄伟林《全面突围与边缘崛起——论20世纪90年代以来文坛新桂军的小说创作》一文。

新世纪的第一个十年，文学桂军在小说、诗歌、散文、戏剧各个文学门类均有可观的建树。

小说方面，林白的长篇小说《万物花开》《妇女闲聊录》《致一九七五》发表后均引起评论界极大反响；东西推出其苦心经营的第二部长篇小说《后悔录》，得到批评界广泛好评；鬼子完成了由《被雨淋湿的河》《上午打瞌睡的女孩》《瓦城上空的麦田》三部中篇小说组成的《悲悯三部曲》；李冯为张艺谋编剧了武侠大片《英雄》《十面埋伏》；广西三剑客之后，李约热的《戈达尔活在我们中间》《李壮回家》《青牛》《涂满油漆的村庄》等作品引起文坛广泛关注；朱山坡从诗歌创作转到

---

① 李建平、黄伟林等：《文学桂军论——经济欠发达地区一个重要作家群的崛起及意义》，中国社会科学出版社，2007。

小说创作，发表了《我的叔叔于力》《跟范宏大告别》《陪夜的女人》等力作；凡一平创作了《投降》《怀孕》《扑克》等有影响的作品。林白之后，一批广西女性小说家脱颖而出，除陈谦、映川、黄咏梅之外，还有纪尘（瑶族）、锦璐、凌洁、贺晓晴、辛夷坞等人。纪尘的《九月》《演员莫认真》，锦璐的《灰姑娘》《美丽嘉年华》，凌洁的《幸福嫁衣》《怀念父亲》，皆在文学界产生了一定的影响。辛夷坞成名于晋江原创网，2007年连载长篇言情小说《致我们终将逝去的青春》引起广泛关注，后来改编为电影获得金像奖、金鸡奖、百花奖等奖项。

诗歌方面，盘妙彬、刘春、刘频、非亚、庞白等诗人渐成气候，成为广西诗坛代表人物。

散文方面，冯艺从诗歌创作转入散文创作，连续推出《桂海苍茫》《红土黑衣》两本散文集，将诗情、哲思、人文体验融为一体，前者侧重八桂大地的历史文化叙事，后者侧重广西山川的民族文化叙事，开辟了广西散文创作的新途径；张燕玲以批评家身份介入散文创作，发表了《此岸，彼岸》《耶鲁独秀》《朝云朝云》等一批力作，情系两岸，思接东西，理系古今，充分显示了批评家视野的阔大、情怀的高远和境界的深邃；严风华的长篇散文《一座山，两个人》竭力从土地那里寻找精神支持，在长达十年的山野生活体验中，"用一座山来构造我的心灵之窗"①；彭匈的忆旧散文夹叙夹议，言语诙谐，叙事记人皆有意趣。2007年，《广西文学》推出"重返故乡"栏目，栏目持续十多年，既唤醒了广西作家的土地意识，又催生了一批可圈可点的散文佳作。

戏剧方面，齐致翔、杨戈平、王志梧桂剧《大儒还乡》集多项国家奖励于一身，荣获国家舞台艺术精品工程优秀剧本奖，入选2005—2006年度国家舞台艺术精品工程十大精品剧目，荣获全国第十二届文华奖文化剧目奖；常剑钧现代壮剧《天上的恋曲》入选国家舞台艺术精品工程重点资助项目。张仁胜的实景演出剧本创作《天门狐仙》《康熙大典》《文成公主》《武则天》等为中国实景演出注入了

---

① 严风华：《一座山，两个人》，广西民族出版社，2009，第118页。

丰满的戏剧性、浓郁的文学性和鲜明的思想性，独具一格，使中国旅游演艺的人文内涵获得大幅度提升。

新世纪的第一个十年，文学桂军携 1990 年代边缘崛起之力，八面来风，风生水起。

2010 年代：新时代多元共生

时间进入了 2010 年代。

2016 年，白先勇在《上海文学》第 1 期发表了短篇小说《Silent Night》，这大约是白先勇短篇小说第一次在大陆文学期刊首发。如白先勇所有作品一样，小说表现了他以人类世界为背景的悲悯情怀。

这个时代有一个新的命名：新时代。

仿佛是冲出了高山峡谷，越过了险滩激流，新世纪第二个十年的广西文学风平浪静，百川合流。

新世纪第二个十年广西文学的有三个现象值得关注。

首先是长篇作品的繁荣。

2012 年，林白发表了对于她个人来说篇幅最大的长篇小说《北去来辞》。从《一个人的战争》的"逃离"到《北去来辞》的"回归"，林白用数百万字的个人化叙事去认识自我，发现自我，她在她的时间之流中经历过多么漫长的惊涛骇浪般的"迷失"，又收获了怎样风平浪静的"回归"？

2013 年，凡一平发表了长篇小说《上岭村的谋杀》，小说融入了复仇、侦破等通俗小说的元素，加入了对当下中国乡村社会现实的思考，既有凡一平小说原来的波谲云诡，又有回到乡土的沉潜厚实。"上岭村系列小说"显示出凡一平重回乡土的努力，从天马行空的想象虚构重新回到纷纭复杂的土地，有力地强化了凡一平小说的现实感和思想性。

2015 年，东西发表了他的第三个长篇小说《篡改的命》，小说一方面坚持了东西小说所特有的荒诞色彩，另一方面，加强了东西小说与社会现实的有机关联，语言上力求具有先锋意识的与时俱进。他的《请勿谈论庄天海》《双份老赵》等短篇小说，仍然以荒诞的形式委婉曲折地隐喻了当下现实，显示出东西小说创作的形式与思想的双重探险。

2016年，陈谦出版了她的第二部长篇小说《无穷镜》，该作延续了陈谦一贯的对海外新移民科技精英现实处境和内心生活的关注。此外，《繁枝》《莲露》《望断南飞雁》等中短篇小说表明陈谦在形式技巧、题材内容和情感思想各方面的精进。

新世纪第二个十年广西文学的长篇创作还有沈东子的《少不更事》、朱山坡的《懦夫传》、李约热的《欺男》、黄佩华的《河之上》、光盘的《英雄水雷》、红日的《驻村笔记》、萧萧的《南方的风》、龚桂华的《红船》、小昌的《白的海》、映川的《圣堂之约》、凌洁的《双桅船》、田耳的《下落不明》、张仁胜的《桂林城》、陈雨帆的《山海石话语》等等。文学桂军竞技长篇，在长篇小说王国，他们"欲与天公试比高"。

长篇作品并不只是长篇小说，新世纪的第二个十年，黄继树回到他擅长的历史题材写作领域，创作了《北伐往事》《败兵成匪》两部长篇历史纪实文学，前者以孙中山与陈炯明的政见分歧为书写对象，后者以广西剿匪为创作题材，凭借丰富的史料积累和独到的史识洞见，这两部长篇正好构成其长篇历史小说《桂系演义》的前史和后续，只是体裁上从历史小说变成了历史纪实，显示了作者的写作日趋历史实证。

陈敦德多年来一直致力新中国外交题材纪实文学的写作，《接触在1944：美军观察组》《合作在1946：军调岁月》《崛起在1949：开国外交纪实》等，被认为是"壮阔的中国外交风云长卷"，"高端题材、高端内容、高端品位的高水平力作"。①

其次是文学新人的成长。

2015 年 10 月，由中国作协创研部、文艺报社、南方文坛杂志社、广西作协联合主办了"广西后三剑客"研讨会。

广西后三剑客是文学桂军一个新的品牌，指的是田耳、朱山坡、光盘三位小说家。广西后三剑客的出现，表明广西文学后继有人，后劲十足。

广西后三剑客之外，一批广西的文学新人正在成长，主要有小说家陶丽群（壮族）、小昌、潘小楼，诗人陆辉艳，散文家林虹（瑶族）、罗南（壮族），儿童文学家的王勇英。文学新人的出现，是广西文学可持续发展的保障。

再次是外省作家的加盟。

2014 年 10 月，最年轻的鲁迅文学奖获得者，小说家田耳到广西大学担任驻校作家。田耳是湖南凤凰人，土家族。定居广西之前，已经发表出版《一个人张灯结彩》《天体悬浮》等力作。田耳加盟广西，为广西文学增添了异彩，也见证了八桂山川的吸引力。

江苏籍散文家朱千华，早在 2006 年开始旅居广西南宁从事写作，出版了《雨打芭蕉落闲庭——岭南画舫录》《水流花开——南方草木札记》《岭南田野笔记》等散文集。朱千华的广西文字，令人想起范成大的《桂海虞衡志》、周去非的《岭外代答》、赵翼的《檐曝杂记》，不同的是，范成大、周去非、赵翼之到广西是朝廷派遣，朱千华到广西是自由选择。范成大、周去非、赵翼的时代，广西是穷乡僻壤，是荒野瘴乡，而对于朱千华而言，今天的广西，是水流花开，遍地妖娆的广西。

小昌，1982 年生于山东冠县，在兰州读本科，在桂林电子科技大学读硕士，2009 年任教桂林电子科技大学（北海校区），定居北海，2011 年开始发表小说，

---

① 尹承德：《壮阔的中国外交风云长卷——评〈新中国外交年轮丛书〉》，《国际问题研究》2007 年第 11 期。

已经成为广西 80 后作家的代表人物。

2014 年，黄伟林发表了《卓然独秀南中国》一文，提出"新广西文学"概念，作者以为，从新广西文学，既可以感受到中国内部经济发展的速度和力度，感受到这种速度和力度造成的对传统生态和心态的撞伤感和撕裂感，也可以感受到中国与外部世界的融合和分歧，感受到中国向前发展时面临的内与外的阻力与动力。中国当下社会各种隐蔽的危机和蓬勃的生机在广西文学都得到了深刻的书写。①

从 1958 年到 2018 年，广西文学经历了自我追寻和自我发现的历程。自我追寻就是追寻广西各民族的来龙去脉，自我发现就是发现广西各地域的人文积淀。广西文学正是在这种追寻和发现的过程中确认自我，进而形成创作和评论的文化自觉。文化自觉使广西的山峦、河流、海洋，广西的民族、民间、民情，广西的历史、现实、未来，都成为广西作家激扬文字的文化财富。广西文学不再是对主流文学的亦步亦趋和人云亦云，而是中国多民族文学版图不可或缺的重要组成，成为中国多民族文学共同发展的有力证明。

结语：百川入海

这个民族太喜欢歌唱，

必须有鼓声为伴；

这个民族需要起舞，

只有鼓声才能敲出心灵的颤音。

山歌好比春江水，

鼓声就是春雷，

有歌声的日子越过越滋润，

---

① 黄伟林：《卓然独秀南中国》，《文化与传播》2014 年第 1 期。

爱铜鼓的民族能翻过最高最险的山。

这是石才夫（壮族）诗歌《八桂颂》里的句子，看来，翻过最高最险的山仍然是广西的目标，是广西的愿景。

那么，翻过最高最险的山之后，广西文学将走向何方？

自古以来，广西壮族人民一直流传着一个"妈勒访天边"的故事，天边，指的是什么呢？

在中国地理版图上，广西基本属于珠江流域。

今日广西是太平洋—南海视域下的广西，是中国—东盟视域下的广西，是风生水起北部湾的广西。

广西既与云贵高原融为一体成为中国西部的一个重要组成部分，又与中国当下最发达的经济圈珠江三角洲紧密相联；广西的西部紧靠云贵高原孕育有丰富多彩的少数民族文化，广西的南部与越南接壤构成了悠久而敏感的边疆文化，广西的东部与珠江三角洲相邻呼吸着中国经济最前沿的气息，广西的北部因为秦始皇修建的灵渠与长江流域沟通而融入了中原文化，广西因为拥有北部湾这片海域，滋生出与大陆文化截然不同的海洋文化。

广西是中国与东盟的接合部，是中国东部与西部的接合部，是中国陆地与海洋的接合部，是中国汉族文化与少数民族文化的接合部。这四个接合部决定了广西文化的多元与丰富。

这是"桂海苍茫"的广西，这是"红土黑衣"的广西，这是"沿着河走"的广西，冯艺新世纪创作的三部散文集，形象而生动地概括了广西丰富多元的人文地理和人文生态。

"沿着河走"，广西江河大都汇入西江，流成珠江，汇入南海。

这就是百川入海吗？

是，也不是。

时间到了 2018 年。

这一年有一件饶有意味的事情，上海作家王安忆主持的复旦大学当代文学创作与批评研究中心创意并联合《南方文坛》于 2018 年 7 月 7 日召开"广西作家与当代文学"学术研讨会，探讨广西近三代作家对当代文学的贡献。

《文汇报》2018 年 7 月 11 日许旸《王安忆：方言的养料我们只调遣了一点点，这是很可惜的》、《文学报》2018 年 7 月 12 日金莹《广西作家的写作是挑战文学法则的》、《文艺报》2018 年 7 月 16 日行超《诗性的南方个性的文学》等对这次研讨会进行了大篇幅的报道。

2018 年第 3 期的《南方文坛》，王安忆、陈思和亲自主持《批评论坛·广西作家研究》，林白、东西、田耳、凡一平、陈谦、李约热、刘春、朱山坡、映川、光盘、小昌、陶丽群共十二位广西作家同时进入了上海批评家的视野，他们的作品得到上海批评家的诠释和解读。

这就是百川入海吗？

是，也不是。

2018 年，广西籍女作家黄咏梅以短篇小说《父亲的后视镜》荣获第七届鲁迅文学奖，从梧州到桂林，从桂林到广州，从广州到杭州，黄咏梅的文学道路，是否也是一条从小溪到大海的轨迹。

是，也不是。

本文所说的百川入海，说的是广西的文学百川，汇入世界文学的汪洋大海。

2018 年 6 月 19 日，广西作家东西长篇小说《后悔录》（英文版）作为"当代中国文学书系"之一，由美国俄克拉荷马大学出版社出版。

是的，这里所说的百川入海，特指广西文学被翻译成各国文字，汇入世界文学的汪洋大海。

妈勒访天边的天边，是否就应该是比天空更辽阔的海洋呢？

在作品译成他国文字，走出中国方面，林白和东西成绩最为突出。

林白的长篇小说《一个人的战争》，已经有日本、韩文、法文三种单行本，中篇小说集《回廊之椅》有意大利文、法文、英文三种译本，诗歌《过程》《阳台》《致武汉》译为日文,《中国现代文学丛刊》2017 年出版。德国学者 Bettinavon Reden 研究林白的论著《Der Kriegder Einzelnen》, 由 Tedfum 出版。

东西长篇小说《后悔录》已经有韩文版（韩国银杏树出版社 2008 年出版）和英文版（美国俄克拉荷马大学出版社 2018 年出版）, 另有一批中短篇小说被译成日文、德文、泰文和希腊文多种文字。特别值得指出的是, 世界文学大国法国对东西小说高度重视, 翻译出版了多部东西的中短篇小说集, 如《把嘴角挂在耳边》(法文版) 由法国黎明出版社于 2007 年出版,《没有语言的生活》(法文版) 由法国黎明出版社 2010 年出版,《救命》(法文版) 由法国黎明出版社 2013 年出版,《你不知道她有多美》(法文版) 由法国黎明出版社 2013 年出版。

1996 年 7 月, 林白在瑞典斯德哥尔摩的"沟通：面向世界的中国文学"会议上作了《记忆与个人化写作》的发言, 发言中说道：

> 个人化写作建立在个人体验与个人记忆的基础上, 通过个人化的写作, 将包括被集体叙事视为禁忌的个人性经历从受到压抑的记忆中释放出来。我看到它们来回飞翔, 它们的身影在民族、国家、政治的集体话语中显得边缘而陌生, 正是这种陌生确立了它的独特性。[①]

套用林白的发言, 我们希望在百川入海的过程中, 边缘而陌生的广西文学, 终将为世界感到熟悉而亲切。

比陆地更辽阔的是海洋, 比海洋更辽阔的是天空, 比天空更辽阔的是人的心灵。广西文学书写的不正是辽阔的广西人、中国人的心灵世界吗？

沧海桑田, 桑田沧海。60 年弹指一挥间。从少数民族文化的张扬到海洋文化的觉悟, 从经济不发达地区的定位到"中国—东盟"新的增长极、国家第四经济圈的构建, 从文学观念的转型到文学桂军的崛起, 60 年的广西文学对其脚下这片

---

① 林白：《记忆与个人化写作》, 收入林白散文集《秘密之花》, 新华出版社, 2005。

土地的认识在不断丰富、不断深化。文学桂军不仅扩大了它的文化版图、社会版图、生活版图，而且也拓展了广西人的心灵世界，塑造了广西五彩缤纷、内蕴丰厚的人文形象。文学桂军在南中国的边缘崛起，不仅重建和提升了广西的文化自信，而且为中国、为世界提供了不可替代的精神创造、文明果实。

黄伟林

目　录

·导　言·

导　言

广西当代文学作为中华人民共和国文学的一个组成部分，一开始就纳入了中华人民共和国文学的管理机制。1950年6月，广西省文学艺术工作者代表会议在南宁召开，成立了广西省文联筹备委员会以及文学、音乐、美术、戏剧四个工作委员会，经过长达四年的筹备，1954年5月广西省文学艺术工作者第一次代表大会召开，广西省文学艺术工作者联合会正式成立，广西文学事业也开始得到体制化的开展。

作为文学双翼中的一翼，对广西当代文学的评论和研究几乎是与广西当代文学同步发生的。

漫长的研究起步阶段

在《广西文艺》1956年第9期，我们读到了胡明树的文学评论《读〈虹〉》。《虹》是仫佬族诗人包玉堂用汉文发表的第一篇诗作。胡明树认为"这是一个美丽的故事，很富于民族特色的故事"，这个看法在很大程度上可以代表评论界对当时广西文学的基本看法：美丽而富于民族特色。类似的评价我们在《红水河》1958年第8期宋宇的文学评论《读〈板雅坡上〉》也可以看到，《板雅坡上》的作者潘荣才当时还是广西师范学院（今广西师范大学）中文系的学生，宋宇对这个小说的评价是"相当真实地艺术地再现了壮族人民富有民族色彩的美好而又丰富的文化生活"。

1958年广西壮族自治区的成立对广西文学的影响是深远的，它有力地强化了广西文学的少数民族特别是壮族文学特质。在后来相当长的时间里，广西文学虽然未能出现在中国文坛影响卓著的作家，但其在各种版本的中国当代少数民族文学史中，总是占有一席之地。

1950年代，广西除了拥有像陆地、秦似这样的知名作家，也出现了像韦其麟、包玉堂这样的青年作家；而文学评论领域，广西既拥有像林焕平、李文钊、周钢鸣、胡明树这样的知名评论家，也出现了像刘硕良这样的青年评论家。但当时广西的文艺评论相当不景气，刘硕良曾在《红水河》1959年第6期发表过《从各方面推动文艺评论工作》一文，在他看来，"广西是一个多民族地区，民族、民间文学的搜集、整理中也有很多问题需要研究"。这个看法即使在今天也是中肯的。然而，当时的广西评论界的现状却是"无视广西的文艺创作，没有认真去研究广西的文艺创作"，"在戏剧方面，如何继承传统、如何塑造人物、如何提高表演技巧等等，几乎还没有进行过深入的系统的探讨；音乐、美术的评论更加落后，一年到头除了举办美术作品展览时报纸上发过篇把一般化的评论外，就没有什么评论文章出现，音乐方面的更少"。基于这样的现状，刘硕良提出要加强文艺评论的计划性和系统性，"先评论后研究，先搞一般的评论，从中扩大队伍，培养作者，再进一步做系统的研究工作"。

客观地说，1950年代广西文艺评论的不景气确实也与广西文艺创作优秀作品贫乏有关，但是，这种局面进入1960年代之后有所改变。随着一批本土佳作的出现，也出现了一批有见地的评论，如曾庆全的《〈美丽的南方〉艺术浅赏》（《广西文艺》1961年第8期）、刘硕良的《喜读〈故人〉》（《广西文艺》1963年第2期），等等。显然，名家名作的出现是能够激起文艺评论的热情的。

经过1950年代的积累，至1960年代，可供评论和研究的广西当代文学作家作品逐渐增多，刘硕良所提倡的那种带有系统性的广西文学评论也开始出现，如潘红原的《漫评一九六二年我区的短篇小说》（《广西文艺》1963年第3期）、陆星的《僮族人民生活的真实反映——谈几篇具有民族特色的小说》（《广西文艺》1963年第3

期）、刘硕良的《可贵的开端 丰硕的收获》(《广西文艺》1964年第7—8期）等等。

1970年代，广西出现了以广西文学为主要研究对象的评论家，他就是毕业于北京大学中文系，曾经在中国作协工作多年，后由中央文化部咸宁干校来广西支边的王敏之。作为广西文联的专职评论人员，王敏之撰写了大量以广西当代文学为对象的文学评论，赢得了"广西作家的知音"之称誉。

从1950年代到1970年代，广西当代文学研究经历了一个漫长的起步阶段。如此漫长的起步阶段，显然与广西当代文学的整体水平相关，也与广西文学评论家对广西当代文学自身发展的相对忽略有关。毕竟，那个时代广西的知名作家相对太少，那个时代广西文学的气质与主流评论家的审美趣味相对隔膜，广西当代文学引起人们广泛的研究兴趣，还有待来日。

1980年代广西文坛理论自觉

1980年代是广西当代文学作家的理论自觉年代。

在这十年里，随着中国改革开放的深入，广西作家开始对前30年的广西文学有所反思。这些反思主要表现为两个现象：一是1985年梅帅元、杨克在《广西文学》发表《百越境界——花山文化与我们的创作》一文，该文引发了广西文坛审美文化选择的讨论，可以称之为"百越境界"；二是1988年黄佩华、杨长勋、黄神彪、韦家武、常弼宇发动的"88新反思"，这个反思后来以系列文章《广西文坛三思录》在《广西文学》刊发。

上述两篇（组）文章在广西文坛引起强烈反响。对于前者，《广西文学》编辑部专门召开了"花山文化与我们的创作"研讨会，《广西文艺评论》也召开了"百越境界"研讨会，《广西日报》《广西文学》发表了一系列相关文章；对于后者，《广西文学》、《南方文坛》、《广西日报》文艺部等六家单位召开了"振兴广西文学大讨论"。

"百越境界"和"88新反思"的重要价值在于为广西文学的整体发展提供了开放性的思考。

　　"百越境界"为广西文学建构了一个"离奇怪诞的百越文化传统"，并提供了西方现代主义的成功范例，表示"要创造一个感觉到的世界"，"打破了现实与幻想的界线，抹掉了传说与现实的分野，让时空交叉，将我们民族的昨天、今天与明天溶为一个浑然的整体"。"88新反思"主要是基于广西作家八年无缘于全国文学奖的现实，意识到不能继续跟着外省作家主导的文学潮流亦步亦趋，如此不可能在全国文坛进入领先位置，他们或者对广西文学的土司文化、民间文学传统以及"民族风情画卷"模式不以为然，表示要"告别""刘三姐文化"和"百鸟衣圆圈"，要寻找"一种充满人性、充满个性与自由的文化精神本质"，或者提出"广西作家必须早日结成代际的同盟，文学的红水河才能汇入世界文学的江海"，应该凝成"强大的群体冲击力来撼动全国的文坛和读者"。

　　"百越境界"的提出造就了一个"百越境界"作家群，他们以聂震宁、梅帅元、杨克、林白、李逊、张宗栻、张仁胜等人为代表，虽然后来这个作家群的作家们大都放弃了文学写作，但他们当年的作品确实抵达了相当的高度，值得广西文学的研究者深入研究。尤其重要的是，这个文学群体中的林白，后来成为中国女性主义文学的代表人物，了解广西文学发展轨迹的研究者，当能理解"百越境界"所提出的"离奇怪诞的百越文化传统"在林白作品中的滋长。

　　"88新反思"打造了一个"文学新桂军"文学团队。这个文学团队后来逐渐出现了其领军人物"广西三剑客"，并终于实现了广西文坛渴望已久的"边缘的崛起"。

　　"百越境界"和"88新反思"主要由广西作家发动，但其中有广西评论家的参与。然而，值得指出的是，1980年代既是广西当代作家自我反思的年代，也是广西当代评论家评论自觉的年代。据李建平等著的《广西文学50年》，可知1980年广西作家协会成立了理论工作委员会，著名文艺理论家林焕平出任主任；1984年广西文联文艺理论研究室组织举办青年文艺评论作者学习班，张燕玲、李建平、彭洋、银建军皆为该班成员；1982年，广西文联创办了《广西文艺评论》，该刊共出版36期，1987年，该刊更名《南方文坛》，公开发行。《南方文坛》的创刊，集聚了当时广西的一批青年评论家，为广西文学的批评自觉建立了重要的传播平台。这种对评论的重视催生了一批评论家的出现，其代表人物主要有李建平、彭洋、张燕玲、杨长勋、黄伟林等人。他们或任职广西文联，或执教广西高校，或转业研究机构。他们接受大学教育的年代，正是中国"文学热"的年代。他们大学毕业之后因为各种机缘跻身文学评论，成为当时广西文坛有影响的"青年评论家"。

所谓"评论自觉"有多方面含义，但其中一个重要含义就是广西当代文学研究和评论的自觉。也就是说，广西青年评论家的评论自觉很大程度上体现为他们对本土文学的自觉关注。

在如今"文学桂军"影响力日渐增强的形势下，人们很难想象1980年代广西文学"无人问津"的寂寞状态。这种寂寞不仅表现为区外文学评论家对广西当代文学的陌生，同时也表现为广西评论家自身对广西当代文学的隔膜。

广西当代文学研究的寂寞局面从1980年代开始改变，这种局面的改变与一批青年评论家的出现有关。

李建平大学毕业后最初任职《广西文学》，从事编辑工作，对广西文学的发展现状有近距离的了解。

张燕玲大学时代即参与了许多桂林文学界的活动，毕业后曾先后兼职《广西文学》和《南方文坛》编辑，对广西文坛亦有深度参与。

杨长勋或许是最早自觉研究和评论广西当代文学的青年评论家，还在大学求学期间，他就写了"广西作家与民间文学"系列专题论文，由广西民间文学研究会编印成书。

黄伟林大学毕业后执教广西师范大学，因撰写张宗栻的小说评论引起广西文坛的重视，从此撰写了大量广西当代作家的评论。

1980年代，这批青年评论家开始从事广西当代文学评论，他们的出场，为广西当代文学带来了朝气和活力。

与青年评论家朝气蓬勃的出场相呼应，从1984年到1986年，周作秋编的《周民震 韦其麟 莎红研究合集》，蒙书翰编的《陆地研究专集》，蒙书翰、白润生、郭辉编的《苗延秀 包玉堂 肖甘牛研究合集》相继出版。这些极其专业的广西当代作家研究著作，在寂寞的状态中保证了广西当代文学研究如星星之火的存在。显然，大学的学术体制对文学研究还是起到了某种保护和鼓励的作用。而只要有火，广西当代文学研究终将会薪火承传。

1990年代文学评论影响凸显

1990年代是广西青年评论家成长的年代，也是广西当代文学评论影响力凸显的年代。

1993年，漓江出版社出版了《文艺新视野》一书，该书由广西青年文艺评论学会编，是李建平、杨长勋、黄伟林和王杰四位青年评论家的评论文选，这是广西青年评论家的一次集结。

1993年，漓江出版社出版了黄伟林的《桂海论列》一书，该书为"广西作家桂版图书评论汇编"，属于"新桂系文丛"中的一种，"新桂系文丛"由梁潮主编。事实上，《桂海论列》一书由梁潮从黄伟林包括散文随笔、文学评论以及图书评论各种文章中筛选出来，在筛选的过程中，确定了"广西作家桂版图书评论"这个主题，梁潮此举使作者黄伟林并非自觉的"广西文学研究"变成了自觉的"广西文学研究"。

1996年，接力出版社出版了"评论家接力丛书"，包括彭洋《视野与选择》、李建平《理性的艺术》、张燕玲《感觉与立论》、杨长勋《话语的边缘》、黄伟林《转型的解读》。这是广西青年评论家的又一次集结。当时的接力出版社正值旭日东升之时，出版评论家接力丛书，既可见接力出版社的抱负，也显示了广西青年评论家的影响力。

1996年，青年评论家张燕玲主持了《南方文坛》的改版，这是广西当代文学历史上重中之重的大事。

早在大学求学期间，张燕玲就深度参与了广西的文学事业，大学毕业后曾经在北京大学访学一年，结识了许多当时中国文坛最有影响的评论家。她所主持的《南方文坛》改版，立刻组织编发了许多全国知名评论家的文章，将《南方文坛》从一个区域性的文艺评论刊物提升为一个全国性的文艺评论刊物。在《南方文坛》转型升级为"中国文艺批评重镇"的同时，张燕玲通过精妙的栏目设计，使《南方文坛》保持了对广西文学的特别关注。最为难得的是，张燕玲还通过办刊过程中与中国最优秀评论家建立的良好友谊，促成这些中国最优秀的评论家撰写了许多广西作家的评论，并与中国最优秀的文学评论家共同打造了"广西三剑客""广西后三剑客"等具有全国影响的文学品牌。这一点非常重要。我们知道，一个区域的文学，如果只有本土评论家的评论和研究，其影响力终究是有限的。因此，吸引域外评论家的评论，就变得非常重要。张燕玲及其《南方文坛》，就起到了引领或者吸引区外评论家，特别是中国一流评论家关注广西文学的作用。这一方面有利于广西文学的健康成长，另一方面对广西文学影响力的传播起到了重要的推进作用。

在广西文学的评论、研究和传播方面，1990年代是一个重要的年代。一方面，《南方文坛》通过其影响力，不仅推出了"广西三剑客"这个重要的广西文学品牌，而且组织一批全国知名评论家，撰写了当时广西一批新锐作家的评论；另一方面，冯艺自1997年担任广西作家协会常务副主席，后又担任广西作家协会主席，在大约十年的时间里，他组织了许多广西文学评论在诸如《民族文学》《文艺报》《文学报》等具有全国影响力的文学媒介上刊发，有效地扩大了文学桂军团队在全国范围内的影响。

值得注意的是，作为少数民族地区，广西当代文学有鲜明的多民族文学色彩，特别是壮族文学、瑶族文学、仫佬族文学的发展相当充分。在一定程度上，广西当代文学研究的最初成果主要来自广西各民族文学的研究。1990年代是这类研究获得成果的丰收期。如1991年由广西民族出版社出版，梁庭望、农学冠编著的《壮族文学概要》，壮族当代文学已经被纳入其中；1992年广西人民出版社出版蒙国荣、王弋丁、过伟著的《毛南族文学史》，毛南族当代文学得到了关注；1993年广西教育出版社出版龙殿宝、吴盛枝、过伟著的《仫佬族文学史》，仫佬族当代文学已经占据相当篇幅；1993年由广西教育出版社出版，苏维光、过伟、韦坚平著的《京族文学史》，专设有京族当代文学内容。而由苗延秀、蒙书翰主编，漓江出版社出版的《广西侗族文学史料》，则以庞大的篇幅，收集了大量侗族文学史料。

1990年代，广西当代文学的研究者微乎其微。2000年代，随着文学桂军影响力的扩展，广西当代文学的研究者如过江之鲫，越来越多的人开始加盟了广西文学的评论和研究。

2000年代文学评论全面繁荣

2000年代，广西文学研究进入全面繁荣年代。

首先，广西文学研究的"繁荣"表现为多种广西文学史著述的出现。

2001年，农学冠、黄日贵、苏胜兴著的《瑶族文学史》由广西民族出版社出版，与1988年广西人民出版社出版的《瑶族文学史》相比，该书最突出的地方就是增加了瑶族当代文学的内容。

2001年，徐治平著的《中国当代散文史》由中国文联出版社出版，作者将彭匈、凌渡、曾敏之等广西散文家被有机地整合到中国当代散文历史中。

2004年，姚代亮主编的《中国当代文学史》由广西师范大学出版社出版，这是由广西师范大学、广西民族大学、广西师范学院等广西高校中国当代文学专业资深教师集体编写的中国当代文学教材，在该教材中，林白小说被作为女性小说的代表专门评介，该书还设有"东西、鬼子、李冯"专节，这应该是"广西三剑客"以专节篇幅首次进入中国当代文学史。

2004年，徐治平主编的《广西散文百年》在民族出版社出版，这是第一部广西现当代散文史，该书分上下两册，上册是对1901年至2000年的百年广西散文历史作了提纲挈领的探讨，对重要散文家进行了专门的论述；下册编选了诸如王力、秦似、华山、凌渡、潘琦、冯艺、彭洋、张燕玲等重要散文家的散文。

2005年，李建平主持的《广西文学50年》出版，这是第一部广西当代文学史，对广西当代文学历史进行了梳理，对广西当代重要作家作品进行了评述。

2007年，温存超主编的《广西新时期文学作品选读》由社会科学文献出版社出版，该书以大学文学教材的规范体例进行编撰，显示出编者在广西文学研究中的经典化努力。

2007年，周作秋、黄绍清、欧阳若修、覃德清著的《壮族文学发展史》由广西人民出版社出版，该书在《壮族文学史》的基础上，增补了1919年至2000年的现当代壮族文学的内容。全书共三卷170多万字，壮族现当代文学部分超过了全书五分之二的内容，约70万字，足见壮族文学进入现当代之后获得了强劲的发展。

其次，广西文学研究的"繁荣"表现为诸多评论家将文学桂军崛起作为一个现象进行研究。

2005年，金丽、蔡勇庆著的《世界文学视野中的广西少数民族文学》由广西师范大学出版社出版，该书选择了一批广西少数民族宗教神话、民间传说和文人创作，将其放在世界文学的坐标中进行探讨，从比较文学的角度对韦其麟、韦一凡、蓝怀昌、鬼子、凡一平、海力洪等广西当代作家的作品进行了解读。

2007年，李建平、黄伟林等撰写的《文学桂军论——经济欠发达地区一个重要作家群的崛起及意义》由中国社会科学出版社出版，该书把文学桂军的崛起作为一个文学现象进行论述，并对东西、鬼子、李冯、凡一平的创作进行了深入的阐释。

2007年，由广西文联主持、蓝怀昌主编的《世纪的跨越——广西文学艺术十三年现象研究》由广西人民出版社出版。该书对1989年至2002年的广西文艺进行了现象解读和作品评论。而1989年至2002年，被认为是"广西文艺以新桂军的整齐阵容，迈开了跨越式发展的步伐，从花山脚下走向全国，走向世界，迎来了百花齐放、百舸争流、繁荣昌盛的文艺春天"（该书总论），"这十三年在漫长的历史长河中只是短暂的一瞬，而在广西文艺发展史上却是一段激动人心、感人肺腑、催人振奋的难忘岁月"（该书潘琦序）。

雷锐主持了"十五"国家社科基金项目"壮族文学现代化的历程"，将壮族现当代文学纳入现代化视野进行观照，并于2008年在民族出版社出版了《壮族文学现代化的历程》一书。

再次，广西文学研究的"繁荣"表现为广西文学研究进入"诸侯割据，百家争鸣"状态。

所谓"诸侯割据，百家争鸣"指的是随着广西文学的体量日趋增大，全面研究广西文学变得越来越困难，也越来越趋同，于是，研究者开始将广西文学继续细分，出现了桂西北作家群、环北部湾作家群、天门关作家群、相思湖作家群、独秀作家群等以广西地域为标志或以广西高校为旗帜的作家群，广西文学研究因此进入"诸侯割据，百家争鸣"的状态。

2002年，容本镇主编的《悄然崛起的相思湖作家群》由广西民族出版社出版。相思湖作家群是广西打造的第一个大学文学品牌，该书的出版，增加了认识文学桂军的一个新视角。

在"诸侯割据，百家争鸣"的状态中，北部湾作家的研究颇具特色。冯艺、张燕玲主编的《风生水起——广西环北部湾作家群作品选》（上下册）2005年由作家出版社出版。该书附有张燕玲《风生水起——广西环北部湾作家群作品札记》一文，将广西环北部湾作家群置放在全国诸多地域性作家群的格局中进行审视，既有全景性扫描，也有个案式分析，是对北部湾当代文学的检阅。

2008年，黄继树主编的《水莲：桂林青年作家中短篇小说选》由广西师范大学出版社出版，该书以黄伟林撰写的《广西文学格局中的桂林小说》作为代序，该文简略地梳理了桂林文学历史，并将桂林小说置放在整个广西小说格局中参照论述。

都安是广西的一个瑶族自治县，涌现了蓝怀昌、凡一平、李约热等一批文学名家，黄启先、韦翰翔、潘莹宇主编的《山里山外——都安作家群作品选集》虽然是内部印刷，但以厚重的篇幅显示了"小县崛起大作家"的文学成绩，置于全书卷首的张燕玲《山里山外——序〈都安作家群作品选〉》则对都安作家群作了精当的点评。

2010年代文学研究纵深拓展

2010年代，广西文学研究进入全面纵深的阶段。

2010年，潘琦主编的《广西文学艺术六十年》由广西人民出版社出版，该书对中华人民共和国成立以来的广西文艺创作和文艺评论进行了较为全面的总结，被认为是"广西文学艺术界的一次重要学术研讨活动和著作撰写工程"（该书后记）。

2010年，黄伟林主编的《从雁山园到独秀峰——独秀作家群寻踪》《大学里的作家梦——独秀作家群访谈》由广西师范大学出版社出版。前者对独秀作家群谱系进行了深度梳理，使广西当代文学的现代传统得以"浮出海面"；后者对当代独秀作家群进行了深度访谈，让人们了解了一批广西当代知名作家的文学初心和业绩。

2010年，邱灼明主编的《发轫之路——北海文学三十年》由花城出版社出版，是一部对北海新时期文学的综合研究，既有宏观的论述，也有个案的分析，显示了北海文学研究"风生水起"的态势。这是广西第一部以一个城市文学为研究对象的著作。

2011年，肖晶著的《边缘的崛起——桂军当代女性文学的文化探析》由河南人民出版社出版，该书将研究视角投向文学桂军中的女性作家，并将其置放到整个中国女性文学版图中进行研讨。

2011年，韩颖琦、王迅著的《当代广西小说十家》由陕西人民教育出版社出版，该书由东西、凡一平、光盘、鬼子、海力洪、黄佩华、李冯、林白、沈东子、杨映川十位小说家创作论构成，并附录了这十位小说家的小说创作年表。

2011年，张柱林著的《小说的边界——东西论》由广西师范大学出版社出版，这是继温存超《秘密地带的解读——东西小说论》之后第二本"东西论"。张柱林与东西有极其相似的生活经历，因此，他更理解东西作品所写的各种生活情节、情境、情势以及情感，他对东西作品的解读，有许多评论家所没有的"会心之处"。

2012年，容本镇、王建平、石才夫主编的《广西文艺研究与评论文选（2007—2012）》由广西教育出版社出版，其中收入了不少广西当代文学专题研究的论文。

2012年，刘铁群著的《广西现当代散文史》由广西师范大学出版社出版，这是作者在《桂林文化城散文研究》之后新的研究成果。

2012年，潘琦主编的《广西当代文艺理论家丛书》（第一辑）出版，该丛书作者包括广西当代20位文艺理论家林焕平、王敏之、黄海澄、丘振声、潘琦、李建平、张燕玲、黄伟林、江建文、陈学璞、杨炳忠、王杰、唐正柱、容本镇、杨长勋、黄祖松、张利群、彭洋、王建平、谢麟，每人一卷，共20卷，构成了广西当代文艺理论家理论实绩的基础呈现。

2013年，刘锡庆主编的《中国散文通史·当代卷》由安徽教育出版社出版，黄伟林承担了其中当代杂文的撰写。

2013年，温存超著的《边缘地带的解读——广西当代文学批评》由广西民族出版社出版，这是作者多年来广西作家创作研究成果的集中呈现，既有对当代广西文学现象的探讨，也有对当代广西作家作品的评论，还有对广西当代文学评论家的研究。温存超还出版了三部作家专论，分别是《秘密地带的解读——东西小说论》《追飞机的玉米人——凡一平的生活和创作》以及《地域 民俗 家族——黄佩华的文学脉流》。显而易见，温存超是用力最巨于广西当代文学研究的广西当代文学评论家之一。

2014年，罗小凤著的《新世纪广西诗歌观察》由广西人民出版社出版；2015年，陈代云著的《民族 地域 现代——广西当代诗歌研究（1949—1999）》由中国文联出版社出版，两书正好构成对广西当代诗歌的完整论述。

2015年，黎学锐、张淑云、周树国著的《桂西北作家群的文化诗学研究》由广西师范大学出版社出版，该书从文化诗学的角度阐释桂西北作家群，显得别有意趣。

2015年，欧造杰著的《边缘地带的活力——广西当代文艺理论与批评的构建与发展》由广西人民出版社出版，这是第一部以广西文学评论家为研究对象的专著，从中可以看到广西当代文艺理论和评论的整体面貌以及几代广西文学评论家的评论实绩。

2016年，刘硕良主编的《广西现代文化史》由广西师范大学出版社出版，该书设了文学专章，由新旧转型、文学抗战、民族自觉、百越境界、边缘崛起、多元共生、海外写作、民间想象、古典文学研究、现代文学评论和外国文学翻译与研究等11节构成，成为广西百年文学史的雏形。

2017年可以说是广西当代文学研究成果盘点的一年。这一年，广西师范大学出版社出版了张燕玲、张萍主编的《南方批评30年》和张燕玲主编的《八桂文学二十年评论精选（1997—2017）》，广西人民出版社出版了容本镇、唐春烨主编的《2012—2017年度广西文艺评论文选》和容本镇主编的《广西文艺理论家协会二十年》。其中，《南方批评30年》为1987年至2017年《南方文坛》发表的广西评论家文论选，这些精选出来的文论见证了《南方文坛》30年为广西当代文学的发展繁荣所做出的努力和贡献。《文学桂军二十年评论精选（1997—2017）》则是以"文学桂军的崛起"为中心，收入了区内外评论家对文学桂军崛起现象的评论，其中包括了诸如陈晓明、刘大先、陈建功、李敬泽、洪治纲、贺绍俊、张柠、曹文轩、张颐武、王干、冯敏、邵燕君等全国著名评论家对文学桂军的评论，深刻地揭示了文学桂军崛起的文化内涵，客观地呈现了文学桂军崛起的全国性影响。

2018年，张燕玲著的《有我之境》由作家出版社出版，该书为"中国当代文学研究与批评书系"之一种，收录了张燕玲数十年文学评论的精华之作。张燕玲的广西文学评论具有非常鲜明的现场感。她既熟谙中国当代文学现场，了解中国当代文学的现状和走势，也熟谙广西当代文学现场，了解文学桂军的审美气质和人文风韵。这种双重了解，使她能够对最新的广西文学作家作品有敏锐的把握和透彻的理解。因此，她的广西当代文学评论既能引领潮流，又能切中肯綮，可谓见林见树。值得说明的是，"中国当代文学研究与批评书系"只收录了如谢冕、雷达、陈晓明、孟繁华、李敬泽、吴义勤、谢有顺、李建军等28位评论家的著作，张燕玲是入选该书系的唯一广西评论家。

必要的说明

本文实际上是广西评论家的广西当代文学研究概述，但正如前文所说，如果没有区外评论家对广西当代文学的评论，广西当代文学的影响力将是可疑的。值得欣慰的是，60年来，中国最具影响力的文学评论家如陈思和、程光炜、曹文轩、陈晓明、张清华、李敬泽、贺绍俊、谢有顺、丁帆、洪治纲等都对广西当代作家有深刻精警的阐释和解读，他们的评论文章，为广西当代文学研究增添了深邃的卓见和绚丽的文采。

我们也不能忽视，因为广西当代文学的多民族文学定位，因此，广西当代文学自其发生开始，就一直处于中国多民族文学研究的视野关注之中。多年来，吴重阳著《中国当代民族文学概观》、梁庭望著《中国诗歌通史·少数民族卷》、李鸿然著《中国当代少数民族文学史论》、特·赛音巴雅尔主编《中国少数民族当代文学史》、杨春编著《中国少数民族文学史·散文卷》、李云忠著《中国少数民族文学史·小说卷》等中国少数民族文学史，始终将广西少数民族文学创作放在一个重要的位置加以论述。这些著作的存在，表明广西当代文学研究一如既往地在场。

《广西多民族文学经典（1958—2018）·史料卷》主要收录60年来对广西评论家对广西当代文学的宏观研究文章，不收单一的作家论和作品论。鉴于新世纪以来已经出版有《世纪的跨越——广西文学艺术十三年现象研究》《广西文学艺术六十年》《南方批评30年》《文学桂军二十年评论精选（1997—2017）》《广西文艺理论家协会二十年（1995—2015）》《2012—2017年度广西文艺评论文选》《广西文艺研究与评论文选（2007—2012）》多种研究著作和评论文选，为避免重复，上述五种研究著作和评论文选已经选收的文章本书亦不收。

黄伟林

1950年代

把广西人民文艺运动推到一个新的辉煌的阶段

田　汉

　　明天——五月廿三日对于中国文学艺术工作者是一个非常重大的值得庆贺的日子。从一九一九年"五四"发端的中国新文艺，奔流曲折，经二十三年，到一九四二年五月延安文艺座谈会我们才有了真正大家应一致遵循的正确方向——为人民大众，首先为工农兵的方向。有了准确的方向发展才更正常，更健康，更能"给伟大影响于政治"，鼓动社会前进。我们这个可庆贺的日子也是我们伟大的人民领袖和指导者毛主席给我们的。毛主席不只在政治军事战线领导中国人民取得今天的辉煌无比的胜利，就在文化战线也因他的马克思主义的天才的领导把中国新文艺"推进到一个光辉的新阶段"。从一九四二年延安文艺座谈会到一九四九年七月在人民首都北京召集的第一次全国文代大会，不过短短七年间，单是解放区优秀的文艺作品收入人民文艺丛书的就有五十种左右。这期间在毛主席文艺方针影响下的在白

作者简介

　　田汉（1898—1968），湖南长沙人，中国现代戏剧奠基人，《义勇军进行曲》词作者，主要剧作有《秋声赋》《名优之死》《关汉卿》等，抗战时期在桂林文化城从事戏剧抗战文化活动，与欧阳予倩主持了西南第一届戏剧展览会。1949年后任全国文联副主席，文化部艺术事业管理局局长，中国戏剧家协会主席。

作品信息

　　《广西文艺》1952年第1期。

区奋斗的文艺工作者们，也有不少的成就。

在第一次全国文代大会上，毛主席也曾应大家的渴慕出席一次。当时许多代表心里都期待毛主席再给我们一次讲演。但毛主席只含笑向大家说了几句话，肯定文艺工作者过去的努力，说"人民需要你们"。毛主席何以没有做新的指示呢？那是因为他在延安文艺座谈会上的讲话已经十分周到、全面，真是精深博大、吸取不尽的思想海洋，朝着毛主席的方向走，就可以使中国新文艺永远胜利发展，永远为人民所需要。因此在那次代表会上全场一致地决议以毛主席在延安文艺座谈会上所指示的方向——工农兵的方向，为全国文艺的共同方向。

但我们应该记得，十年前的延安，就在延安文艺座谈会进行的时候，是同时进行着文艺界的思想整风的。毛主席曾在座谈会上这样说："……为要领导革命运动更好地发展，更快地完成，就必须把内部从思想上组织上认真地整顿一番。而为要从组织上整顿，首先需要在思想上整顿，需要展开一个无产阶级对非无产阶级的思想斗争。延安文艺界现在已经展开了思想斗争，这是很必要的。"正因为当时进行过那样具体的、深刻的思想斗争，延安文艺界接受毛主席的方向才比较自然、确实，也比较有成绩。而在第一次全国文代大会上的代表们大部分是没有经过这样的思想斗争的。因此，接受毛主席所指示的方向便不确实，便很模糊。也就限制了他们的成就。正如胡乔木同志所指出："一部分在一九四九年大会上举过手的作家并没有真正了解毛泽东同志关于文艺工作的指示的内容。他们对于文艺工作仍然抱着小资产阶级或资产阶级的见解。所以当他们听说我们的文学艺术要以工人阶级的人生观世界观去教育全体人民，去批评资产阶级小资产阶级的人生观世界观，因此也就要以工人阶级的文学艺术观去批评资产阶级小资产阶级的文学艺术观的时候，他们就惊异起来，觉得似乎是'方针变了'。而和他们在一起的还有一些共产党员文艺工作者，其中甚至也包括少数在延安文艺座谈会上表示过拥护毛泽东同志的文艺方针的共产党员。这些同志和资产阶级小资产阶级文艺家接触以后，失去了对于他们的批判能力，而跟他们无条件地'团结'起来了。在这些同志看来，文艺界内部可以没有斗争，受资产阶级小资产阶级教育的文艺家可以不经过改造而'为人民服务'。

就在这两部分人的影响下我们两年来的文学艺术工作的进展受了重大限制。"

胡乔木同志的指摘是非常正确的，我们许多人曾经举手拥护毛主席的文艺方向而实际常常违背毛主席的方向。毛主席在座谈会上首先提出文艺工作者的立场态度问题。叫我们站在无产阶级的和人民大众的立场，共产党员还要站在党的立场。站在党性和党的政策的立场。教我们分清谁是敌人，谁是朋友，谁是自己，而决定哪个应该歌颂，哪个应该暴露。并明确指出革命文艺家的基本任务是"一切危害人民群众的黑暗势力必须暴露之，一切人民群众的革命斗争必须歌颂之"。

而我们文艺工作者在这两年来的创作活动中有的立场模糊，敌我不分；有的甚至严重丧失立场，歌颂和暴露的对象也常常不恰当；我们有的歌颂了不应该歌颂的敌人（如《武训传》）；有的暴露了不应该暴露的人民（如《我们夫妇之间》歪曲革命干部，某些作品歪曲地描写工人、解放军的面目，夸大他们的缺点）。毛主席也明确地指出，"我们的文艺第一是为着工农兵，第二才是为着小资产阶级。在这里，不应该把小资产阶级提到第一位，把工农兵降到第二位"，并十分恳切地教我们不止在口头上还要从实际上、行动上把革命的领导阶级及共同盟军——工农兵看得比小资产阶级更重要，但我们在创作实践上常常和毛主席的指示相反。小资产阶级出身的作家常常以更多的同情对待作品中的小资产阶级的主人公，甚至常常以小资产阶级的思想感情来理解并描写工农兵，结果正如毛主席所说的"衣服是工农兵，面孔却是小资产阶级"。这样倾向的作品目前还如此的多。就如我们在广西看到的秦似同志的《牛郎织女传》那里面的农民的感情也正是小资产阶级的。毛主席着重地提出提高与普及问题，说："人民要求普及，跟着也就要求提高。"要我们"从普及基础上提高"。毛主席又指出中国革命和革命文化发展不平衡，一处普及了，在普及基础上提高了，别处还没有开始普及。长时期在封建阶级与资产阶级统治下不识字、愚昧、无文化的农民迫切要求他们所急需的与所能迅速接受的文化知识和文艺作品向他们作普遍的启蒙运动，这个情形我们在广西乡下也到处感受到，比如一处村里演戏、放电影，常常几十里外的男女农民也打着火把唱着山歌赶来，不以为远。本来嘛，他们大部分人一辈子也没有看过一次戏，一回电影。怎么肯丧失这个机会呢？因此毛主席给我们文艺工作者的任务第一是"雪里送炭"，第二才是"锦上添花"。而"雪里送炭"的人目前在广西还是太少了。在全国各地解放了的农民也都在期待文化的温暖，但是送炭的人也都还是非常的少。毛主席也指出文艺的源泉和借鉴的问题。他教我们从人民生活斗争中去发掘最生动、最丰富、最基本的文艺矿藏，认为这是唯一的取之不尽、用之不竭的源泉；而古代的、外国的东西只能是一种借鉴。有这种借鉴对于我们的创作活动是有益的，它能使我们搞得更文、更细、更快。因此毛主席说："我们决不可拒绝借鉴古人与外国人，哪怕是封建阶级与资产阶级的东西，也必须借鉴。"但这仅仅是借鉴而不是替代。毛主席警诫我们把死人与外国人的东西毫无批判地硬搬、模仿、替代。而我们文艺工作者仍旧容易犯这样硬搬、模仿的毛病，而不肯艰苦深入地向人民生活发掘宝藏和源泉。凡此都是对毛主席的指示的违反或是怠工，大大地限制了人民文艺运动的更壮大的发展。

我们怎样突破这一文艺上的思想危机呢？那就是再来一次文艺思想整风——无产阶级与非无产阶级的思想斗争。乔木同志说目下文艺工作中的首要问题，从根本上说"是确立工人阶级的思想领导和帮助广大非工人阶级文艺工作者进行思想改造的问题"。只有通过这样具体深刻的思想改造才能使我们回复并贯彻胜利的毛主席的文艺道路。

在去年十一月二十四日北京文艺界已经首先开始这样的整风学习。这个伟大的思想改造运动已经渐次普遍到全国。毛主席曾经号召我们说："中国革命的文学艺术家，有出息的文学艺术家，必须到群众中去，必须长期地无条件地全身心地到工农兵群众中去，到火热的斗争中去，到唯一的最广大最丰富的源泉中去，观赏、体验、研究、分析一切人，一切阶级，一切群众，一切生动的生活形式和斗争形式，一切自然形态的文学和艺术，然后才可能进入加工过程，即创作过程。……"乔木同志也本着毛主席的指示，号召我们："力求站到工人阶级的立场上来，和劳动人民建立亲密的联系。抱着革命的态度到群众中去，和群众打成一片，充分地了解群众的生活、斗争、思想、感情"，"带着创作的要求、想象、主题、题材从群众中来，然后写出革命的作品，让作品回到群众中去，为群众服务。……"就是今天扭转文艺界思想倾向的对症的良药。

在庆祝毛主席发表延安文艺座谈会讲话十周年纪念的前夕，我们要求广西文艺界和全国文艺工作者一道，重新精读毛主席的这一文艺思想上划时代的历史文献以及毛主席最近刊行的著作，检查我们的思想偏差，端正我们的立场态度和方法，尤其是结合创造实践和社会实践，全心全意和群众一道生活，投向火热的群众斗争。这样我们文学艺术工作者的作品和活动一定能得到广大人民的热爱支持，把广西人民文艺运动推到一个新的辉煌的阶段。

检查我们的工作，纪念毛主席《在延安文艺座谈会上的讲话》发表十周年

胡明树

毛主席的经典著作《在延安文艺座谈会上的讲话》发表到现在，已整整十周年了。我们广西文艺工作者执行毛主席的文艺工作方针，算来也有两年多了。现在来将我们两年多的工作加以认真的检查，是非常必要的。

本省的文艺队伍自一九五○年下半年以后才逐渐组织、壮大起来。到今天止，各市、部分专区和县都有了文艺和文工团队的组织；专业文艺工作者近千人；全省有公私营剧团（包括桂剧、粤剧、邕剧、采茶剧、京剧）三十多个，在业艺人二千二百人（城市及农村业余剧团、傀儡剧团不算在内）；《广西文艺》发展了约四百个文艺通讯员。

作者简介

胡明树（1914—1977），广西桂平人，曾在广州中山大学、日本早稻田大学攻读，有短篇小说集《失意的洋服》，诗集《朝鲜妇》《难民船》等，1949年后任《广西文艺》编辑、广西文联副主席。

作品信息

《广西文艺》1952年第1期。

一九五〇年夏、秋直到一九五一年五月以前，广西的中心任务是剿匪。我们的文艺工作者是参加了这一伟大的运动的，在我们的报纸、杂志和展览会出现了不少反映这类主题的作品。

一九五一年春，桂林文艺界组织了土地改革工作团，广西文工团全体团员也参加了土地改革工作。一九五一年秋，参加土地改革工作的文艺工作者有各地文工团队约七百人，文教厅的三个剧团二百多人，广西艺专师生九十多人，各文联的工作同志及各地文艺通讯员六十多人。

合唱团、歌咏队、腰鼓队在各地普遍地成立，年画展览、街头画刊、街头剧等各种萌芽状态的文艺形式，配合着各种运动和纪念节日成了群众性的文艺活动。

文艺工作者响应"鲁迅号"捐献运动，共得捐款约七千万元。

《广西文艺》是一九五一年六月创刊的。各地也前前后后出过各种文艺刊物和小册子，如《文艺旬刊》《桂北文艺》《桂北文学》《梧州文艺》《柳州文艺》《广西歌声》《广西民歌》《采茶曲集》《土地改革山歌集》等，都曾对群众起过一些影响。在我们的刊物上，也曾发表了一些优秀的作品，如《路工之歌》《土改功臣》以及一些山歌、采茶剧本、兄弟民族诗歌等。通过它，我们联系着、培养着一些文艺青年和工农作家，如工人李葭嫩、李双寿，农民陈有才等。

我们的工作重心渐渐地进入了组织创作。也曾举行过征文评奖。组织文艺创作小组方面，桂林文协做得较有成绩。它所领导的创作小组拥有组员卅四人。其中有五个是工人，又和别的工人组织了一个"邮电工会文艺小组"，共有组员十二人，他们定出爱国公约和创作计划，在七、八、九月的三月中共写稿一百二十八篇，超额完成十七篇，发表了六十六篇。

山歌的创作和利用山歌作政策宣传已成为一种运动，我们的报刊（《广西文艺》及各专区的农民报）都很注重山歌的选登，这些刊物中的内容最受欢迎的也是山歌。很多地方的农民都成立了山歌社和山歌赛唱会，有些农民报的编辑部也常出定题目组织山歌联唱。

桂北的"采茶戏"（花灯戏）和桂南的"唱采茶"（较为简单）是广西人民最喜闻乐见的民间艺术，宜山区文联曾举办过采茶剧训练班，对采茶剧曲的收集、研究、改编和辅导工作做得较有成绩。广西妇女的剪纸艺术也是很好的，我们的同志在配合剿匪和土地改革工作中也搜集了不少。一九五一年冬季，广西美术供应社成立，工作重点是制作幻灯片，配合土地改革宣传，也有相当的成绩。

两年来，我们在一连串的紧急任务之下做了不少工作。有一些成绩，但是比较起来，我们的缺点是更多的。

首先，是我们的领导方面存在着严重的官僚主义作风。如对《武训传》的批判，曾举行过一次座谈会，推出专人草拟讨论提纲；但当时的省委宣传部副部长刘宏正由北京回来，说要重视批判《武训传》的学习，要有计划地有领导地布置学习，被推负责起草提纲的同志就停手等待领导。结果是"包而不办"和"等待依赖"这两种官僚主义作风拖垮了这次思想批判运动。没有领导文艺界展开关于《武训传》批判的学习运动，省文联方面除了有着倚赖思想之外，主要的还是由于我们对这个问题不重视甚至采取旁观态度。

领导思想是很不统一的，有些缺乏整体观念，想各立门户，互不侵犯。省文联、戏曲改进会、文工团都想各搞各的刊物，结果是人力分散，大家都没有把刊物编好。这其中恐怕还有着"各立门户"思想在内吧。或者说，我们都是未经彻底改造的知识分子，小资产阶级意识占主导地位，因此"文人相轻"的情形也是有的。

在文艺界中，缺乏批评与自我批评的精神，文艺批评的空气很稀薄。《广西文艺》就很少发表批评的文字。如对《牛郎织女传》的批评已成了群众性的批评运动，而我们没有去组织、领导，也没有发表批评文字。这与它不正确的编辑思想是有关的：编辑者以为《广西文艺》只可发表一些通俗的作品给工农兵看，而另外出版《文艺工作报》发表些较高级的批评和指导性的文章给文艺干部看，这样就把普及与提高的关系截然割裂了。此外，《广西文艺》还发表过一些有错误和缺点的文章，如不适当地表现了瑶族内部斗争的《瑶山情调》，表现了小资产阶级思想意识的《萧仁山》等。在发行工作上也是做得很差的，邮局负责发行工作，但很多读者到邮局去买不到《广西文艺》，很多工人、农民还不知道有《广西文艺》。

很多地方的文工团队，甚至中小学的剧团，都是演北方来的剧本，虽演工农兵，却是与本省工农兵生活有着距离的东西。有些公营剧团（如人民京剧团）缺乏思想领导，所以在选择演出剧目的态度上不很严肃，一些有封建毒素的也搬了出来。很多剧团喜演大剧，而很少就地取材地用集体编导的方法去解决剧本（群众所要求的剧本）问题。这也是由于我们对群众文艺运动的辅导工作做得太不够的缘故。

我们的工作是零碎而不集中的，既缺少工作干部，也不集中于一二重点，现在用毛主席的文艺方针来检查我们的工作，就可以看出实在做得不够，甚至还有相悖的做法。这都是因为我们的大部分干部没有经过很好的改造，都未曾"长期地无条件地全身心地到工农群众中去"锻炼自己，都未曾将帝国主义、封建主义、资产阶级所遗留所传染给我们的思想上的毒素洗清的缘故。

《长江文艺》四十期的社论，号召我们"展开文艺整风学习运动纪念毛主席《在延安文艺座谈会上的讲话》发展十周年"，我们认为这是很必要的很及时的一个号召，我们应该在参加了"三反""五反"和土地改革的工作基础上参加而且保证做好这次学习和改造工作。

毛主席在十年前延安文艺座谈会上的发言，在今天看来，每句话对我们都是宝贵的，我们应该很好地学习它。我们一定要把我们的写作和工作和生活实践结合起来。

我们要善于处理我们的作品中的人民生活中的矛盾与斗争；我们要很好地改造我们的思想，解决我们思想上的矛盾；应该研读毛主席的《矛盾论》。"一切事物中包含的矛盾方面的相互依赖和互相斗争，决定一切事物的生命，推动一切事物的发展。没有什么事物是不包含矛盾的，没有矛盾就没有世界。""不同质的矛盾，只有用不同质的方法才能解决"，而革命阵营内部的矛盾，则用批评与自我批评的方法去解决。批评与自我批评的武器我们是曾学习过使用过的，这一次更应很灵活地运用来展开我们的整风学习运动，改造我们自己。

改造我们自己，就是为了更好地贯彻执行毛主席的文艺方针，更好地为工农兵服务。文艺整风学习运动即将在全中南区各地开展，我们应该十分重视这次思想改造运动。

南宁各文艺部门的领导同志和工作同志，多数参加土地改革工作未回，检查我们工作的意见是未曾交换过的，上述的一些很不全面，它只能算是我个人的意见。

全省文艺工作者组织起来，为争取本省文学艺术创作的开展与繁荣而努力！

——广西日报社论

全省文学艺术工作者第一次代表大会已经闭幕了。这次会议传达了去年九月间召开的全国文学艺术工作者第二次代表大会的决议，号召全省文学、戏剧、音乐、美术各方面的文艺工作者进一步组织起来，加强制作，以更多更优秀的作品，为党在过渡时期总路线服务，并正式建立了广西省文学艺术工作者联合会。

过去四年来，由于全省文艺工作者包括各种地方戏曲艺人和群众中的业余民间艺人的共同努力，通过向工农普及的文艺读物、新的歌曲、新的年画、反映当前群众生活和斗争的戏剧，以及用新的观点、思想整理过的戏曲等等，我们的文艺工作已经使全省广大劳动群众获得了新的文化食粮，初步改善了他们的文化生活。然而，文艺上的创作还没有达到应有的旺盛，真正反映了本省各个生产线上劳动人民优良品质的作品还是极其稀少，跟现实生活对比起来，就显得是极不相称的。随着经济建设的发展和人民物质生活的改善，广大劳动群众要求欣赏更多更好的戏剧，欣赏更多的能够反映现实、鼓舞人民前进的文学、美术、音乐作品。我们每一个为

作品信息

《广西文艺》1954年第6期。

人民服务的革命文艺工作者，必须回答人民的这个要求，以巨大的努力来改变今天我们的创作落后于现实的现象。

要正确地开展创作，首先就要求文艺工作者采取积极的劳动态度来对待创作。作品是劳动的结果，比较好的作品更是长期艰巨劳动的结果。同时，作家的任务既然是表现、反映现实，以社会主义思想、品质来影响社会、教育人民，那么他首先就必须参加当前群众的生活斗争——不是以旁观的资格去"体验生活"或"收集材料"，而是采取站在人民的先进的行列，和人民一道为社会主义建设而斗争的态度。然而，能不能说，在这个问题上我们的作者都已经尽了主观上应有的努力呢？我们的创作领导机构，又已经有效地在这方面帮助了文艺工作呢？从本省过去已有的一些作品来看，正说明文艺工作者还必须进一步重视生活实践，才有可能克服公式化概念化的缺点，创作出有血有肉、具有艺术感染力量的作品来。社会主义现实主义要求作家从革命的发展中真实地和具体地去描写现实，如果一个作家不加强自己的学习，不断锻炼、改造和提高自己成为一个现实生活中的先进分子，那么他对于突飞猛进的新的现实和新的人物就不可能有足够的敏锐感觉，他对于现实生活中新旧事物的矛盾和冲突就无力去进行分析，他就会只看到现实的一些纷纭错杂的表面现象，并迷失于其中，成为生活和创作上的庸人。可是事实上今天我们全国和本省的建设事业正在迅速开展着，每一个作家都完全有可能全身心地参加到现实斗争中去，获得他们创作的真正泉源。要解决这些问题，关键在于省文联和有关的领导方面，对于作家如何完成他们的作品必须给予更多的关心，认真地帮助他们加强马克思列宁主义以及每一项具体政策的学习，克服资产阶级个人主义、自由主义的思想情绪；有计划地组织他们到工矿、农村中去进行生活实践，并且担任一定工作，克服单纯"收集材料"的旁观态度。到了已经回来要进行创作的时候，又必须在题材选择上、观点方法上，甚至必要的艺术加工上给予具体切实的帮助。过去文艺领导工作中是缺少这种具体领导的。现在首先就必须从这方面予以加强。

本省的专业作家不多，但要进一步开展创作，还必须要求专业作者成为创作工作的骨干。那种以为广西不是先进地区，写不出有意义的成功作品的错误思想是必须纠正的。毛主席指示我们说："革命的文艺……是人民生活在革命作家头脑中的反映的产物。"广西人民的现实生活对于我们的文艺作家来说应该是取之不尽，用之不竭的泉源。不但巨大的农业的社会主义改造运动以及其中涌现的无数崭新的人物可以提供我们以千万幅生动多彩的图景，广西各民族丰富的生活以及各个民族人民的英勇斗争，对于我们的文艺工作者是没有打开的宝库。问题完全不在于好像我们的地区没有什么先进的东西，而在于我们作家自己本身还缺乏先进的观点。专业的文艺作家除了有计划地贮蓄材料进行较大的写作计划之外，应该多写一些为当前所需要的短小作品，这些较通俗的作品既可供工农通讯员写作的借鉴，又可满足农业当前要求，并且使作家经常得到写作上的锻炼。鲁迅是很重视而且很认真为当前的需要而写作的，他这种充分发挥文艺作品战斗作用的精神，我们必须学习。在锻炼中创造，在不断实践中逐步提高自己的水平，这是我们一切文艺工作者正确的努力途径。

就广西的情况说，无论文学、音乐、绘画及剧本创作，专业的人都很少，因此必须更好地发掘创作的潜力，有效地组织具备一定创作能力的业余文艺作者参加到创作的队伍中来，同时大力辅导群众中的工农写作人才，如农村剧团中能编写剧本的，报纸刊物的工农通讯员，以及有创作天才的民间艺人等。只有在群众创作有了更好地开展的基础上，新的文学艺术才能进一步在工农群众中生根，也才有可能出现更多更优秀的作品。省文联在这方面的任务就是：密切它与业余作者的联系，鼓励他们创作，协助解决他们创作上所遇到的一些困难：例如必要时可以通过省文联和有关的主管机关商量，给予一定假期使一个业余作者完成他较大的作品。同时，业余文艺工作者，则应该尽可能利用业余时间进行创作活动，历史上有不少好作品是在业余条件下写出来的。既是业余作家，他就有着一种社会职业，有着生活的实践。例如在学校中担任教学的许多美术教师和音乐教师，他们天天面对着正在成长中的我们国家的新青年，而且又有必要用自己的作品来给学生示范，是很可以一面教学一面创作的。省文联在条件许可时，还可以组织业余文艺讲习班，帮助业余作者及一般文艺青年进行学习，以便逐步提高写作的水平。

创作的范围很广泛，演员的表演也是创作。四年来戏曲改革工作，遵循毛主席"百花齐放，推陈出新"的方针，是做出了一定成绩的。舞台上陈旧不良的作风和影响，在全省范围内已逐渐被清除，许多剧团都已在国营剧团的带动下，逐步建立推演制度及订出剧目上演计划。然而还必须注意克服保守思想，大力鼓励在表演艺术上的创作。有些人认为在戏曲艺术上向来只有前传后教，用不着什么创造，这显然是一种错误的墨守成规的想法。其实，正因为中国戏曲有着优良的现实主义传统，历来的艺人不断吸取了生活中的形象来丰富自己的表演，才留下了许多今天还活在舞台上的生动的典型。同时地方戏曲还必须努力向表现现代生活方面发展。由于各个戏种条件的不同，达到这一目标的过程迟速应有所区别，但对于演员来说，必须有目的地参加到社会活动和现实生活中去，了解新生人物的思想感情，然后才有可能正确地表现舞台上先进人物的形象。话剧比之戏曲形式，更适于表现现代生活和现代人物，应该加以提倡，应该扭转目前话剧工作停滞的状况，逐步地使之普及到工矿、农村中去，并且采取更加自由的方式演出，群众是会欢迎的。

为要开展和提高文艺创作，就必须开展文艺批评。过去本省虽然有过一些文艺批评，也对作者和读者有了一定的帮助，但在这个工作上还缺乏必要的领导。所以文艺批评还是很不够的，省文联今后应注意加强这一方面工作的领导。批评必须采取爱护创作的态度，只要不是反人民的作品，都应该首先恰当地肯定它正确的、有益的方面，然后诚恳地批评它的缺点和错误。作家必须拿出应有的虚心来倾听对他的作品的批评，同时，批评不是命令，批评本身就应该是不怕批评、容许批评的。只有坚持批评与自我批评的原则，创作和批评才能得到正常的发展。

文学艺术事业的发展，是和党的正确领导分不开的。各级党委应关怀和鼓励文艺创作，要加强对文艺团体和工农群众的业余文艺活动的领导。文艺工作者应该在党的领导下，紧密地团结起来，虚心学习，刻苦钻研，反对互不关心、互不尊重、互相挑剔、自寻门路、各不往来的妨碍团结甚至破坏团结的坏作风。在党的领导下，在全省文艺工作者密切团结，共同努力之下，本省文学艺术创作的开展与繁荣是可以预期的。

为争取广西省的文学艺术繁荣而斗争

——一九五四年五月二十六日在广西省文学艺术工作者第一次代表大会报告

周钢鸣

（一）

从一九五〇年六月召开本省文艺工作者代表会议、选出了广西省文联筹委会到今天，已整整地四年了。四年来，本省的人民和全国人民一样，在中国共产党的领导下，经历了空前伟大的斗争和变革，经历了清匪反霸、镇压反革命、抗美援朝、土地改革、民主改革等一系列社会改革运动和实行民族区域自治财政经济的恢复工作。

由于这些伟大斗争的胜利，人民的政治觉悟普遍提高，物质生活逐渐改善，因

作者简介

周钢鸣（1909—1981），广西罗城人，1932年参加"左联"，抗战时期在桂林任《救亡日报》记者，《人世间》副主编。著有歌词《救亡进行曲》，论文集《论文艺改造》《怎样写报告文学》。1949年后，曾任华南文联副主任，广西省文化局局长，第一届广西文联主席。

作品信息

《广西文艺》1954年第6期。

而人民对文化生活的要求更加迫切。本省的文学艺术工作，就在中共广西省委的直接领导和热烈支持下，遵循毛主席所指示的文艺方针努力贯彻为工农兵服务。随着社会改革的伟大斗争的进展开展有组织的文艺活动。

下面就是四年来我们的文艺工作，所表现的具体情况。

在贯彻为工农兵服务的文艺方针上，我们遵循了中南区文艺工作会议决议"普及第一，生根第一"的指示。在解放初期一面把老解放区的文艺向本省人民普及；一面吸取本省人民所喜闻乐见的民间文艺形式，反映此时此地人民斗争的新内容，并开展群众性的创作活动。在解放初期，我们的作家，能结合本省现实生活和政治任务，及时地写出了中篇小说《落胆坡》（张谷、岳玲著）和多幕话剧《王老黑自新》（邓燕林著）。这两部作品虽有不同的缺点，但它们能及时地反映本省解放初期剿匪反霸的某些斗争的实际。接着就有反映革命老根据地人民长期的斗争生活以至得到翻身胜利的长诗《我再把二十年的事情从头记起》（姚冕光著），在贯彻婚姻方面写出了采茶剧《王兰香的亲事》（莎红、岳玲著），在反映苗族人民斗争历史方面的就有长篇叙事诗《大苗山交响曲》（苗延秀著），这些小说、多幕剧和长篇叙诗，都在不同的程度上、在各个方面反映了本省各族人民的生活和斗争。在文艺青年和群众、少数民族人民创作方面，如《与匪斗争坚持邮运》（李葩嫩著）、《路工之歌》（田丁）、《鞋》（唐民）、《钥匙拿在妹手中》（赵美玉）等，以及发表在《广西文艺》和各地《农民报》上的山歌，都或多或少地表现出他们朴素健康的气息。

四年来，我们文学艺术工作者，都普遍地参加了各个时期的社会改革运动的群众斗争。尤其是在一九五一年至一九五二年全省土地改革期间，全省大部分的文学艺术工作者，热烈响应党的号召，贯彻中南区第一次文代大会的决议精神，都投身到土地改革运动中去，而且各有程度不同的深入在广大的农民生活中间实行"三同"，受到阶级斗争的教育，锻炼了立场、观点，对劳动人民的生活、思想、感情有了初步体验，思想感情也得到初步的改造。

文艺批评方面，虽然没很好的有计划、有领导地开展。但在读者、观众方面对反历史主义观点的《牛郎织女》（京剧）对《瑶山情调》和《土地还家》以上二文

（《广西文艺》发表）的错误曾经进行了批评。还对提高文艺工作者的创作思想与端正创作的态度，有很大的教育意义。同时全国开展了《武训传》影片的批评和全国文艺界整风运动，对本省的文艺工作者也起了很大的教育作用。本省的文艺界的整风学习，虽然延迟到一九五三年底才进行，但这次学习还是有收获的。在这次整风学习中，我们检查了文艺领导方面思想领导薄弱，脱离实际，在贯彻为工农兵服务的文艺方针上没有抓紧，放松了领导创作这个中心环节等缺点。在整风学习中通过对《新儿童》杂志几篇作品的批评，使对批评和被批评的原则和态度有了统一的认识。参加整风学习的文艺工作者，一般的都能联系实际来检查自己的工作和思想。从思想上划清了工人阶级和资产阶级小资产阶级的界线。以上这些都使我们对改造思想、改进工作上认识到了明确的方向。

各种地方戏曲和戏曲艺人，在戏曲改革工作上做了很大的努力。在各种社会改革运动中，都或多或少地受到了群众斗争的锻炼教育，提高了政治觉悟，贡献了应有的力量。在抗美援朝运动中，全省艺人创作、改编、演出抗美援朝的戏曲大小二十多种，其中优秀的有《欧秀妹义擒匪夫》等。在镇反运动中各地艺人也通过自己的戏曲演出进行广泛的宣传，如群力粤剧团由艺人与文艺作家共同创作的，以该团如何清除潜藏的反革命分子朱洪为题材的《翻身雪恨快人心》一戏，在南宁演出二十一场，观众达二万人。对群众的政治教育起了一定的作用。又如北海粤剧团结合"三反""五反"与文艺工作者合作编演了《糖衣炮弹》。这些是以地方戏曲表现以当前群众斗争生活为内容，获得比较好的成绩的作品。

一九五一年底到五二年，本省土地改革运动普遍展开的时期，省文联、省戏改会在省委领导下，响应党的号召和中南区第一次文化大会的号召，动员了全省戏剧艺人共组成六个分团，深入到桂北、桂南农村，通过演出为"土改"进行宣传。统一演出《白毛女》《九件衣》《仇深似海》《小二黑结婚》四个戏，对鼓舞人民斗争情绪，启发农民阶级觉悟是起了不少作用的。仅据三团的统计观众面达六十多万人。艺人本身通过参加"土改"宣传工作，更深切地感受农民受地主阶级压迫的痛苦和农民斗争的坚决性，因此，大大提高了自己的阶级觉悟，并对劳动人民的思想、感情、生活有了较深入的体验。

一九五三年，省组织了桂剧团参加赴朝慰问，一方面起了鼓舞人民志愿军，进一步加强了中朝两国人民友谊的作用。另一方面艺人本身通过这个工作的政治锻炼，也受到了很好的爱国主义国际主义教育。一九五四年春节，全省大部分剧团参加慰问人民解放军工作和向农民宣传总路线的演出工作，都在政治思想上有一定程度的提高。

在整理剧目和提高演剧艺术创作上，有了显著的成绩。如参加全国戏曲会演《拾玉镯》得第一奖（尹义、刘万春等演），《抢伞》得第二奖（谢玉君、秦志精演）。改编和演出达到具有一定水平的节目有：邕剧的《拦骂过关》，群力粤剧团的《小二黑结婚》《张主芳改嫁》，桂剧艺术团的《西厢记》，柳州桂剧团的《张羽煮海》，红星京剧团的《牛郎织女》。都受到群众的热烈欢迎。而这些剧团的改编和演出艺术的提高，都是充分依靠艺人的积极性和文艺作家团结合作所得到的显著成果。

话剧艺术的活动方面也有了显著的提高。《在新事物面前》（省话剧团演出）、《英雄的阵地》（军区文工团演出）、《春风吹到诺敏河》（省话剧团演出）等是比较成功的演出，是打破本省解放以来话剧在舞台演出的沉寂状况，而且是开始把社会主义现实主义的戏剧，通过舞台艺术形象的创造扩大到群众当中，使正在努力争取实现国家社会主义工业化和逐步实现农业社会主义改造的劳动人民，得到有力的鼓舞。我们应当积极和大力地扶植社会主义现实主义的戏剧，在广大群众中扩大它的影响作用。

音乐工作方面在四年来初步统计发表了一百九十七首群众歌曲。较有质量的受到群众欢迎的，在群众中流行的歌曲作品也不少。

在发掘整理民间的少数民族的音乐、歌舞艺术方面，在一九五三年全省第一届民间艺术观摩会演中我们看到和听到一些具有创造性的经过改革的曲艺演唱，如《王老头学文化》（盲艺人王仁和演唱），它是很好地运用了渔鼓原有的形式的优点，结合演唱艺术能够生动地来表现出今天的新人新事。如宜山专区整理出的《调子戏曲集》和《调子戏本》（江容安、冯琪整理），省文化局音乐工作室搜集整理《采茶调子音乐》《桂剧音乐》《文场音乐》。这些对改革和发展曲艺、民间音乐、民族歌舞都打下了良好的基础。同时，给民间艺人以极大的鼓舞，他们看到自己所创作的艺术受到国家和人民的重视，看到自己的艺术的光辉前途。我们许多文艺团队的工作者，近年来已重视向民间艺人学习和跟他们合作研究，共同来进行整理、改革，这是一种非常良好的风气。

四年来，新的年画、招贴画、连环图画，已逐渐地普遍地代替了旧的年画、门神画。我们的年画艺术一年比一年地提高，它的内容所反映本省人民生活的角度逐渐扩大深入。这些年画和连环画是由粗糙逐渐趋于精致，由一般宣传政策的比较概念化的宣传画，逐渐转入企图对人民生活形象的塑造与内心的刻画。比如《人民热爱毛主席》的大幅油画（阳太阳画）是较深入地表现出了本省南部人民的勤劳勇敢，健康朴实，乐观主义的性格气质；《欢庆民族区域自治实施纲要颁布》（余武章画），反映了本省实行民族区域自治划历史的一件大事；《新教师来了》（师立德画）是比较更亲切地体现共产党的关心和发展少数民族文化的民族政策的现实意义；雕塑作品《小英雄》（秦家彝雕）、《劳动人民肖像》（杨蕴华雕）也较能表现本省劳动人民的勇敢勤劳朴实的形象和性格。

在开展群众文艺活动方面，四年来省文联发展了四百多个群众通讯员。解放初期直辖各市的文联所发展的群众性的个人会员也在千人以上。在土地改革期间和土地改革后各市各专区有领导的和自发组织起来的群众业余剧团不下一千个。单以宜山专区来说现在已达到五百二十多个，而且从"土改"时期到现在基本都能巩固下来，这些剧团对反映斗争生活和鼓舞生产的情绪起了一定的作用。

从上面所叙述的工作情况，可以看出我们四年来已经做了一些工作，为今后继续发展本省的文艺活动打下了基础。这些工作的能够开展，是和毛主席的文艺思想方针所指示分不开，和省委直接领导与关心分不开，和全省的文学艺术工作者的共同努力分不开，但这样的工作情况与本省人民所进行的伟大社会改革的成就比起来还是很不相称的，是远落在现实和人民要求的后面的。当然这和我们特别是省文联领导的主观努力不够分不开。因此，在我们的工作中，所产生的错误和缺点也就不少。这就是工作当中产生下面的另一方面的情况。

（二）

我们贯彻文艺为工农兵服务这个方针的主要问题是什么呢？关键就是创作的问题，可是我们的创作太少了，特别是较有思想性艺术性的通俗文艺创作太少了。

我们较有文艺修养和写作经验的文艺作家，对写通俗文艺作品的工作是不够重视的。也许有些作家是重视工农兵对通俗文艺的需要的，也认为应当有更多的通俗文艺的产生的，但他们总以为这不是他名分所应做的工作，应当由别人、由青年作家去写。而他自己呢是应当写"高级"创作。当然我们不反对作家写高级的作品，但我们希望他同时应当多写通俗的创作。这是因为群众太需要了。

因为在本省过去四年的具体情况来说，通俗文艺作品的写作，是实事求是从实际出发的问题。同时是解决在开展文艺运动和发展创作活动中，"普及第一""生根第一"的问题，是向青年和群众通讯员写作提供示范性的通俗作品的问题。

因此，我们领导方面和我们文艺工作者本身，思想上没有很好解决，因而造成我们的文艺活动落在群众要求的后面，造成"提高"工作与"普及"工作脱节。造成有写作经验的作家与初学写作的青年、群众文艺通讯员的写作脱节。这样的状况，需要作家们在今后写作工作中很好地改进与重视。

另一种错误的认识，是以不严肃不认真的态度来对待通俗的文艺创作。把通俗化大众化——群众性的文艺，错误地理解为内容浮浅、故事单调、空口说教的劝世文，结果粗制滥造出来的通俗文艺往往成为浅薄的说教，既缺少生活的真实和人物的性格描写，更谈不上具有艺术性和思想性。这是一种不好的倾向。针对以上这些思想倾向，我想引证周扬同志一段很正确的话，他说："通俗文艺作品既是以工农群众为对象的，就应当特别保证它们是在以正确的思想而不是以错误的思想教育群众，它们是在用优美的艺术形式提高群众的趣味水平，而不是在以粗劣的制造品去败坏群众的趣味，如果以为写给工农看的东西可以马虎些，只有写给知识分子看的作品才应当讲究艺术，那就根本错误了。一切进步的、真正愿意为工农兵服务的作家们应当把创造能为千百万群众所理解和爱好的作品当作自己最光荣的任务。"（周扬《为创作更多的优秀的文学艺术作品而奋斗》）

在贯彻文艺为工农兵服务的方针时必须从实际出发。开展文艺运动的方针任务和目的要求，一方面也就是文学艺术工作者深入地参加到当地群众生活斗争当中，经过观察、体验、分析、研究、集中、概括反映出当前群众生产、建设、战斗生活中所涌现的英雄模范人物。而在反映这些英雄模范人物的生动的形象的时候，可以运用适当的各种艺术形式来表现。对各种艺术形式的运用，我们的原则是既贯彻自由竞赛的"百花齐放，推陈出新"的方针，而同时又是有计划有步骤地介绍和普及新的艺术形式。这就是既认真地吸收当地传统的土壤、气候的优良美好丰富的营养，而又必须呼吸清新健康先进的空气。这两方面都需要内容与形式的统一，需要努力锻炼和创造的过程，这样才能使我们新的文学艺术和群众结合，才能使它在群众的生活里面生根。

但是在我们工作当中的情况，常常产生两种偏向。一种是：对发展新的缺乏信心和勇气。这表现在一些工作同志对发展话剧艺术方向的看法，以为群众不喜欢看话剧，事实上本省人民对话剧艺术的爱好，自抗战时期经过各抗敌演剧队和几个进步的职业话剧团的努力，已打下了很好的基础，所以只要是能反映人民真实生活的内容较有一定水平的演出艺术，即受到广大群众的欢迎。《在新事物面前》《春风吹到诺敏河》的演出受到群众普遍欢迎，这就是明显的例子。另一种是：对吸收、提高、整理、改造和丰富当地的民族传统的形式来适当地表现现代生活没有信心和勇气。甚至有些保守的偏向。当然我们是反对那种以所谓一种"新"的东西代替一切所谓"旧"的专断思想。也反对只要表现现代生活的戏剧而不要表现历史生活的古典戏曲的偏狭思想。也反对那种不加区别不分程度不顾条件成熟与否而不分快慢地要各种地方戏曲立即都要表现现代生活斗争的主观急躁思想。也反对那种用不慎重和不尊重各种地方的民族传统的优美艺术的内容和形式随意破坏和乱改的粗暴态度。这些都是违反"百花齐放，推陈出新"的方针和原则的。（但也不能长期地停留在这种状态。)

我们要求的文学艺术与群众结合，首先就要我们文学艺术工作者和群众结合。首先就要求作家在为当前的政治任务服务，及时地而又深入地反映当前群众斗争的短篇小说、报告、诗歌、戏剧、演唱作品，这是群众的需要，斗争的需要，推进文艺运动的需要。当然，我们并不反对作家有计划地写大型的作品，但目前群众对文艺作品的要求又多又迫切，若我们的作家都计划两三年才写成一部大型作品（当然这在写作时间上来说也是需要的），那就不能满足群众的要求和当前战斗的要求。因此，我们希望作家、文艺工作者，在订创作计划和写作实践中，对写作大作品和小作品要同时兼顾。事实上反映当前战斗的小型作品越写得多，反映的斗争方面也就越广越深入越全面，写作的经验也越熟练。我们看到鲁迅一面进行大型译著，一面又时时刻刻地进行投枪的战斗。苏联作家爱伦堡把他的写作巨著和他参加保卫世界和平的战斗结合起来，随时写政论性的报告文章，这种紧密地互相结合起来的工作方法，都是值得我们努力学习的范例。

还有一种思想以为国家正在进行社会主义工业化建设，一百四十一项大工业建设广西并没有分配到，而写作是写工业建设和工人的英雄模范人物，才显得重要。因而有些文艺工作者就认为在广西搞文艺工作，是搞不出什么名堂来的。这种思想，和陶铸同志在广州文学艺术界学习讨论会上的讲话中所指出的：一些作家存有"是不是华南地区落后，影响了作家创作'先进'的作品呢？"的思想，有本质相同的错误。其实具有这种思想的文艺工作者，他们虽然认识国家社会主义工业化的重要性，认识它是我们国家建设社会主义社会的命根子，但他们还没有认识到它的现实，是不能离开农业集体化、是离不开在发展农业生产的基础上来进行对农业社会主义改造的相互关系的道理。你想我们的国家若不改造小农经济和发展为社会主义的农业大生产，社会主义工业化怎样可能实现呢？

本省当前的经济建设工作，就是"按照国家五年计划的基本任务和本省的具体情况，最中心的任务，仍是发展生产，特别要用最大力量去搞好农村工作，发展农业和手工业生产，同时必须抽调一部分较强的干部去加强对城市、工矿和其他财经工作的领导，以配合全国工业化的建设。我们一切工作都必须环绕这个中心，一切均须服从发展生产的观点出发，按照比例的平衡的发展的原则去开展工作，以便在发展生产的基础上和全国一道实现逐步地过渡到社会主义社会的任务"（陈漫远《一九五四年广西省工作的方针和任务》）。所以本省发展生产的方针，发展农业生产合作社，这就是对国家社会主义工业化的支持与适应它的需要，对小农经济实行社会主义的改造的伟大意义。本省到现在已发展了半社会主义性质的农业生产合作社四百八十四个。这就是广大农民坚决走社会主义的道路的先进的思想和行动的表现。表现这些先进的劳动农民的模范人物接受党的政策的自觉和他们组织起来的过程，鼓舞农民积极增产和走集体化的道路，鼓舞农村青年知识分子（中小学毕业生）参加农业生产，这不是对社会主义工业化的建设，对国家经济实行社会主义的改造，具有积极的先进的意义吗？本省的工、矿中的工人群众在生产劳动竞赛过程中涌现了大批积极分子和模范人物，全省工业劳模大会在前廿天才开过。从这些劳模的事迹上，就表现出了他们忘我地献身于为实现国家社会主义工业化的劳动智慧和热情，他们每个人都是活生生地具有不同的个性又具有劳动人民所共有的社会主义的高贵品质的人物。表现这些工、矿劳动人民的模范人物，难道不具有先进的意义吗？

同时本省是少数民族最多的省份。在党的民族政策的光辉照耀下，按照他们的愿望与要求已实行了民族区域自治，创造了新生活。表现各民族人民当家作主精神与他们的先进人物，和表现各族人民的团结友爱，和在不同的步骤上逐步过渡到社会主义社会去，难道没有先进的意义吗？而本省劳动人民，在历史上的革命起义斗争、民族抗战的许多可歌可泣的英雄事迹，我们能通过创作表现出来，难道不也是先进的吗？我想，我们若能够深刻而又尖锐地表现这些斗争的发展过程和他们的英雄模范的典型人物的时候，我们的文学艺术还搞不出名堂来吗？因此，陶铸同志的话，对我们广西省文艺工作者也是有教育意义的。他说：

"而华南的人民，华南的党，华南的部队，在过去，特别解放几年来，完成了改革，恢复了生产，英勇地保卫了祖国的南大门；现在又和全国人民一道，在循着党的总路线，逐步地过渡到社会主义社会去。为着实现社会主义的改造，华南人民一切创造的热情和智慧将会更加高扬起来，一切新的崇高的品质将更普遍地生产出来，我们将在这一过程中看到无数新的人，新的事，他们是感动人的，是能给人以教育的。这难道不值得我们写下来吗？"（陶铸《关于创作上的一些问题》）

是的，是太值得写了，应当是必须写的。

"如果说落后，那只能说是华南的作家落后，他们没有赶上时代的需要，没有赶上人民的需要。"

"那么，到底是什么原因呢？最主要的原因还是作家的生活不够的问题。"（陶铸。同前引。）

这些话是非常切实而又非常诚恳的分析，我们应当有自信有勇气来克服我们作家的这种落后状态。

由于我们"作家的生活不够"的原因，我们的作品，很大部分都是公式化概念化的。这是小资产阶级只热心于革命的言辞，而不顾——或只想付出很少的代价，没有决心和勇气投身到群众的火热革命斗争中去改造自己锻炼自己，从群众生活中去观察、体验、分析、研究生活。相反的，而往往以小资产阶级的思想感情——幻想，和凭一些政治术语、概念来编造所谓群众斗争的故事，虚拟工农人物。结果产生了千篇一律的公式化概念化的作品，这也是那种"言论的巨人，行动的矮子"的生活态度工作态度所产生出来的作品。

这些公式化概念化的作品当中，也有一部分是初学写作的青年，受到了这些作品的坏影响之后，不自觉地也模仿写作这样的作品。而这些作品共通特点，就是仅从主观的政治概念出发来编造没有真实生活冲突和人物的故事，或用预先设想好的主题、公式来套上一些生活素材。所以它表现出来的作品，或是空洞的说教，或是故事编得曲折离奇，但没有真实的人物和真实的生活冲突。表现在绘画方面就是着重讲究形式，构图很和谐，色彩很鲜明，背景渲染得很突出，却都没有描画出生活在背景当中和前面的人物。表现在戏曲上就是用很多舞蹈的动作和美丽的唱词，来代替戏剧中生活的冲突，掩盖内容的空虚。表现在音乐歌曲上是空洞概念式的口号词句，加上花腔装饰与重叠的节奏，来代替生活的语言与劳动的节奏，唱起来虽然好听，但表现不出生活和战斗的真实感情与时代的感情。就算这类作品当中也写上了人物，但写不出这些人物在生活和斗争中所形成的性格和人与人的真实的社会的关系，更显不出这些人物的内心世界和他们的英雄行动。这就是作家的生活不够的原因。结果呢，又造成文学艺术的落后。

我们所存在的这种公式化概念化的倾向长期不能克服，这基本的原因就是作家的生活不够和表现生活的能力缺乏的问题；解决这个问题，不单是一个加强批评的问题，而是需要文学艺术家投身到群众斗争生活当中去，参加创造生活的实践的问题。

对于发掘、研究、整理、发展民间艺术、民族艺术，少数民族艺术方面，四年来做得非常不够的，本省在去年举行第一届民间艺术会演时，我们就看到本省各地区、各少数民族的歌舞艺术的丰富，可说这是我们还没有去充分发掘出来的艺术宝藏。这不仅是艺术形式的多种多样，而且具有深厚的人民性的内容。是各族劳动人民长期地集体创造，又经过许多民间艺人诚实的艺术劳动，苦学苦练地一代传一代地保留下来，到了今天，在毛主席所指示的"百花齐放，推陈出新"的方针的光辉照耀下，才更充分地显出它们的优美绚烂的光彩。这是健康的人民的民族的艺术传统，我们不仅要尊重它爱护它，而且要慎重地改革与积极发展丰富它。因此，就不是单纯地利用的问题，而实际就是我们自己的创造性的工作的问题。

但是在对待民间、民族、少数民族、原有的传统艺术，我们有些文学艺术家对它们的重视是不够的，所以也就没有积极地去研究、学习和整理，吸收与改革它们。甚至或总以为它们是旧形式不适宜于表现新的生活内容，这种看法是很错误的。艺术的表现形式不能机械地分什么新与旧的问题，而应当是某一种艺术形式，它所表现的内容是否适合和切适的问题。要是我们硬要把一切民间的、民族的传统艺术形式都看成是旧的，那么"民族的形式，社会主义的内容"这个原则就不可能成立了。事实上我们许多民间的、民族的艺术形式，同样可以表现现实生活和新人新事。如曲艺的渔鼓经过整理和适当的改革就能很生动真实地表现出现代的人民生活形象。

像本省的采茶歌舞的艺术形式，就能很亲切地表现现实的人民生活。我们传统的国画艺术，在五代和唐、宋的时期都是现实主义的写实艺术。到了明、清才走向临摹的公式化概念化的倾向。但近年来由于许多艺术家的努力，已重新恢复、发展、提高它面向现实描绘人民现实生活的写实精神，因而产生出很多以民族的艺术形式既能表现出我们人民现代生活，又表现出我们的民族气质、性格、非常和谐的优美画幅。

几年来我们的国画不但没有发展，甚至许多画国艺的艺术家也没有信心去努力创作了，当然他们是受社会风气和一些偏颇之见的影响或因一时生活的困难才造成这样的状况的。同样由于对民间、少数民族的艺术重视不够，所以这方面的艺术宝藏——特别是美术工艺方面，还没有被我们发掘整理出来。对改编整理戏曲节目，依靠艺人，文学工作者跟艺人合作，发挥艺人的积极创造性是做好这一工作的切实保证。但我们文艺工作者、青年艺人向老艺人，向民间艺人的学习精神不够。就是有了一些剧目的改编工作，也是没有计划的，各剧种互相没有联系地零散地进行，有时在有些方面还显出不慎重的粗暴态度，把原有好的具有历史人物性格的戏剧性的情节动作粗暴地"删改"去了。另一方面又反历史主义地生硬地在戏剧的结局加上进步的尾巴，强迫历史上的古人讲现代的话。这都是破坏传统的优美艺术的反历史主义的粗暴态度。另一种对待民间艺术就是单纯地利用观点，结果也是很生硬地粗暴地把民间艺术乱改一番。这些倾向须严格地进行批判纠正。

群众艺术活动，四年来我们有了以上所说的一些基础，可是我们并没有很好地帮助提高他。像群众文艺通讯员，过去流于一般指导，而没有计划地进行重点培养，密切关系，积极帮助，没有抓紧培养工农文艺通讯员这一环节。因为工农文艺通讯员本身一般都是具有劳动人民先进思想的积极分子，他们对生活和斗争中的新事物感受较敏锐，重点地培养提高他们，也就是加强了我们文学艺术表现工、农劳动人民先进的思想品质的力量，是扩充我们文学艺术新的血液。在本省从去年底到现在，群众文艺通讯员中工、农成分的比例有了很大的增加，这是文艺运动深入到工、农群众的基层中的具体表现。

总的回顾过去四年中，我们的创作质量更是薄弱的，我们的文艺批评是没有很好地开展，几年来组织领导工作也没有很好地建立起领导的核心。没有主动地加强和全省的文艺工作者联系。没有贯彻以工人阶级的文艺思想领导，来帮助作家进行思想改造，没有有计划有重点地来组织创作，领导创作。在头两三年大部分文艺工作者都参加社会改革运动，当时组织创作固然是有客观的困难。但是土地改革基本完成之后，没有抓紧组织创作这个中心环节来推进本省的文学艺术活动，因此，使本省的文学艺术远落在现实生活和群众要求的后面，这就是脱离实际脱离群众的错误。省文联筹委会的这种工作状况，是应受到指责，应作为我们省文联正式成立之后引为教训和加以改进的。

（三）

我们这次大会，是正式成立全省文学艺术工作者联合会的组织，结合本省实际情况，讨论如何贯彻全国文学艺术工作者第二次代表大会的号召和决议。正如决议所说："在中国共产党领导下，掌握为工农兵服务的方向，深入实际生活，提高艺术修养，努力艺术实践，用艺术的武器来参加逐步实现国家的社会主义工业化的伟大斗争。"（引自《中国文学艺术工作者第二次代表大会两项决议》）争取本省的文学艺术的繁荣的斗争。因此，我们必须从实际出发，从积极参加祖国伟大建设的实际斗争中努力前进。

我们的国家已过渡到社会主义社会的历史时期。逐步实现国家社会主义工业化和逐步实现对农业、对手工业、对资本主义工商业社会主义的改造，这是复杂而又深刻的阶级斗争。每个文学艺术工作者跟全国人民一道参加这个斗争的同时，还要用艺术的武器来参加这个斗争，就是要置身在文学艺术的思想战线上，掌握为工农兵服务的方向，努力艺术的实践，发展创作，开展文艺批评进行思想斗争。我们要歌颂光明，同时要诅咒黑暗，深刻地全面地反映今天的现实生活中的矛盾冲突，正确地引导人民争取更幸福美好的明天，还要彻底鞭挞昨天的黑暗残余。我们争取社会主义现实主义文学艺术的繁荣和它的优势，就是扩大社会主义现实主义文艺思想的阵地，清除封建主义、帝国主义、法西斯贯彻的思想残余影响和批判资产阶级有害的文学艺术的影响。

无产阶级的文学艺术是无产阶级整个革命事业的一部分，是社会的一定的经济基础的上层建筑，是阶级斗争的武器。这就是"上层建筑一出现后，就要成为极大的积极力量，积极帮助自己的基础的形成和巩固，采取一切办法帮助新制度来根除和消灭旧基础和旧阶级"（斯大林《论马克思主义在语言学中的问题》）。我们争取文学艺术的繁荣开展文学艺术创作，加强艺术实践表现劳动人民英雄先进力量的崇高品质的目的和要求，就是为着以后爱国主义社会主义的精神来教育人民，鼓舞群众努力参加国家建设工作，贯彻为过渡时期总任务服务。

一个革命的文学艺术工作者在他进行创作的热情和愿望，他总是把他所歌颂的勤劳勇敢的人民的英雄模范人物，跟自己所向往的自由、幸福、美好的没有人剥削人的社会生活的政治理想结合起来，渗透地体现在自己所塑造的生动艺术形象里面，用以鼓舞人民群众向新生活的道路前进。这种崇高的政治理想的高尚目的，已成为我们人民正逐步地去实现的具体行动了。实现国家社会主义工业化，正是促进我们文学艺术繁荣的物质基础，又是供给我们作为创作、反映成社会主义现实主义的文学艺术的最生动、最丰富的唯一源泉。作为一个参加建设社会主义社会的人，与同时作为一个担任创造社会主义现实主义的文学艺术工作者，要勇敢地担任起这光辉而又重大的任务；这一定要通过艰苦深入的生活实践与艺术实践和时时刻刻把两者结合统一起来，才能达成这光荣而重大的任务。

所以发展文学艺术的创作正是建设社会主义新文化的重要部分，是文化为国家过渡时期总任务服务的重要手段。而发展文学艺术的创作，就要我们文学艺术工作者职业的和业余的文艺作家和工农群众文艺通讯员，老一辈和青年一辈艺人，大家积极地行动起来，为创造更多的文学艺术作品而斗争。

为了使文学艺术事业的旺盛，在思想上要打破对发展创作和自己搞创作没有信心的思想。本省较有写作经验的文艺工作者这几年来，由于国家建设工作的需要，一些作家都搞行政工作和文教工作去了，由于职务忙碌，有不少人多少产生转业思想退坡思想。我认为这是值得向大家提出来讨论的问题。作为一个社会主义思想的战士，革命的文学艺术工作者，就不应该放弃了自己的武器的。所以我们要求——也是人民责成我们，在任何职业工作岗位上要继续担负起文化思想战斗的任务，尽可能利用和挤出时间来写作，两年三年写一部作品，一月两月写一两篇文艺批评文章都成。重要的关键是希望每个业余的作家也订出切实的写作计划。把它当作执行国家规定的工作计划一样来执行它，把它看作这是向广大人民负责的光荣任务。

业余作家除了感觉时间少之外，还觉得自己丢不开本身的职务，到群众当中去观察、体验生活。没有专业这样便利。但是业余作家，他所服务的那个工作部门的生活和工作，那部门里的领导和群众，他们为执行过渡时期总任务而斗争的现实，也应当是我们观察、体验、分析、研究、表现的内容和对象。如像在农村负责搞农业生产合作社，在工矿里搞工会、文教、行政工作，甚至在党、政、群、团机关里工作，搞民族区域自治工作，不管你在深山僻境，都市农村，不管你搞哪一行业，不管你所接触的是个人或是集体，在今天，都在过渡时期总任务的灯塔照耀下，实行不同程度的社会主义改造的过程。党的政策和组织领导爱国主义社会主义思想具有排山倒海的力量贯注在人民的心坎上，鼓舞起人民去进行伟大而又复杂深刻的阶级斗争。新的，每时每刻在战斗中生长。旧的，每时每刻在挣扎着而又不能免于死亡。从社会生活面貌的改变到个人心理、精神状态的改变。这就是现实生活当中尖锐的丰富内容，也是我们各方面的业余作家在本身的职业工作生活里面可以体验、观察、分析、研究得到的生活内容，可以表现得出来的内容。我们要求业余作家只表现和他有密切联系的生活和人物，譬如文教工作者可以表现文教工作者自身的思想改造，和他们自觉地发挥创造性积极为人民教学负责的精神品质。如目前机关青年工作同志的思想、学习、工作，以至恋爱方面的生活也可以作我们表现的内容，可以表现出青年人的心理精神面貌和他们追求新事物新思想的坚决精神，问题是要提高信心，振奋热情，坚决地负起业余创作的任务，切实地订出创作计划和严格地执行。我们希望业余作家做出例范来。

另外还要打破那种把创作看作是很神秘的高而不可及的思想。其实除用文字、色彩线条、音符来创作小说、诗歌、剧本、图画、音乐、歌曲的创作之外，而许多演员、艺人、民间歌手，他们的演戏、歌唱、舞蹈的表演艺术、歌唱艺术都是创作。是他们用自己的身体、口头语言、声音来创作。优秀的演员，民间艺人，他总是用现实主义的精神来创造角色，来塑造、表演历史的现代的人物生活和性格。来歌唱民间故事传说，来歌颂新人新事，来表达出人民的思想感情。

在开展文学艺术创作活动中，职业作家与业余作家的写作，专家与群众的写作应密切地结合起来。有计划地组织作家开展创作活动，同时又通过这个运动，不断地把文学艺术的队伍壮大，把新的力量逐步地培养起来。

今天，凡是掌握为工农兵服务的方向，根据社会主义现实主义的原则，为创造民族的新文学艺术而努力的文学艺术家，他们一切不同的艺术形式，不同的艺术风俗，在有领导之下，都应该允许开展自由竞赛，以贯彻"百花齐放，推陈出新"的方针。"我们既需要人物画，也需要风景画；既需要战斗的进行曲，也需要抒情的歌曲；我们既需要有较高级的、复杂的艺术形式，也需要有大量的、比较简易的艺术形式。社会主义现实主义当然对一切文学艺术创作都是适用的。但在我们对一个具体作家或作品提出要求的时候，就必须根据各个作家在思想和艺术上的不同的倾向和成熟程度及各种不同艺术形式的发展情况和特点而有所区别。如果有人企图把社会主义现实主义方法变成艺术创作的死格式，用他自己主观的尺寸来随便套一切作品，那就是和社会主义现实主义的精神正相违背了。"

"社会主义现实主义应成为指导和鼓舞作家、艺术家前进的力量。"（周扬《为创造更多的优秀的文学艺术作品而奋斗》）这是组织、领导、发展创作，开展文艺批评的要求的方针和原则，是文学艺术家彼此之间的相处所应有的互相关系的原则，又是他们各自应该努力的共同方向。

今天，对文学艺术家的要求是努力生活实践，加强艺术实践；生活实践又是艺术实践的基础，艺术创作的源泉。所以不论专业的业余的作家，到任何一个生产部门的群众当中去建立生活根据地的时候，不单是"落户"与搜集材料式地关心群众生活，而首先是热爱群众与积极参加群众创造新生活的斗争。而且更要严肃负责地努力使自己成为这斗争中的积极分子或工作核心的成员。应是为人民服务的勤务员，在任何时候任何场合，在参加创造新生活的斗争中，要成为贯彻党的政策的坚决的执行人。要有向党的革命政策负责，同时也是向人民负责，为创造人民自由、幸福、美好的新生活负责。这是用高度的责任心与积极的先进者的立场、观点，来对待自己的与群众的生活和工作。

我们许多作家都有过参加土地改革的斗争经验，证明我们在运动中成为坚决执行党的政策的干部和按照政策、路线，来负责组织发动群众为实现党的政策而斗争的时候，我们才可能真正地深入到运动的核心和群众的思想当中，才能比较具体地了解群众的生活、思想、情绪，认识他们当中先进和后进的人物。所以作家到群众当中去建立生活根据地的时候，不但要研究党的理论政策，根据党的理论政策观点，来认识生活，更重要的是坚决负责执行党的政策，为创造人民的新生活而斗争，这是作家打破旁观者的心境，深入生活内层的关键的主要环节。因为每一个方面的党的政策的贯彻，是党的组织领导，干部与群众结合，群众互相之间的结合和把他们从思想上武装起来的行动纲领，是领导的意图、决心，与群众的愿望、意志联系起来的枢纽，是社会改革、冲突的正面与反面的焦点。作家在生活的实践中，担负起执行党的政策的任务，他才耳聪目明，他才能与当地的领导和群众建立起血肉相连的关系深厚的感情，才能更敏锐地观察、体验、分析、研究、表现出生活中的矛盾与冲突和在这些矛盾冲突中所显现出来的劳动人民坚强战斗的力量和先进的思想品质。

我们的任务，正确地反映今天明确地指引人民走向明天。我们到人民生活当中去，观察、体验、分析、研究生活的时候，不仅仅在于看到现实当中已经有的事物为满足，而是要进一步观察、分析、研究在生活矛盾冲突当中，正在生长，或还在萌芽状态但将来一定发展的新的事物。现在正是新旧冲突，新旧交替的时候，新的，正在党的正确领导之下和人民热烈的支持当中生长发展起来，但局部与个别的落后现象或不免一时还未能完全彻底地改变，但它是必然要被改革和走向灭亡。一个小资产阶级的作家，他往往总是用旧的经验片面的虚无主义的观点来看世界，他永远看不见在人民当家作主的社会生活中，占主导作用的新的社会生活和力量。即使看到了感到了，但与他的极端的个人主义思想情绪有抵触的时候，他就一概加以否定。这样的思想意识不加以彻底改造，他不但不能正确地认识生活和深刻地表现生活，结果他自己会随着旧的事物没落下去。所以，作家、文艺工作者要深刻地进行自我思想改造，要以工人阶级的立场观点，历史唯物辩证的观点，以每个革命阶段党的革命方针政策的全面观点，来认识生活与表现生活。因此要向社会发展的前面看，不是往后面看。要看出推动社会前进的主导力量，而不是只看到在社会还残留的一些渣滓。作家的任务，就是要把党的政策贯彻到群众生活当中，所鼓舞、组织劳动人民起来改造世界改造生活的革命斗争表现出来，以鼓舞人民向新生活的道路前进。

争取文学艺术的繁荣的另一个方面，就是发展文学艺术的批评。批评除了解释创作之外，它同时是具有和负有指导、帮助、鼓舞创作的责任。我们鼓舞和发展创作，同样要鼓舞、发展批评。没有创作批评不容易发展，没有批评创作的进步就会停滞。它们之间的关系好像两个前进的车轮，缺了一个轮子前进就受到了障碍，就会停滞不前。文艺批评是文艺工作者之间的批评自我批评。作家与批评家之间应当通过批评与自我批评达到互相尊重的互助合作。共同为发展新的人民文学艺术而努力。

除了鼓舞、发展专家的批评之外，同时还要鼓舞群众的批评，作家、批评家都应当尊重群众的批评。我们发展文艺批评的标准，就是毛主席所指示的："文艺批评有两个标准，一个是政治的标准，一个是艺术标准。"

"我们的要求则是政治和艺术的统一，内容和形式的统一，革命的政治内容和尽可能完美的艺术形式的统一。缺乏艺术性的艺术品，无论政治上怎样进步，也是没有力量的。因此我们既反对政治观点错误的艺术品，也反对只有正确的政治观点而没有艺术力量的所谓'标语口号式'的倾向，我们应该进行文艺问题上的两条战线斗争。"（毛主席《在延安文艺座谈会上讲话》）

遵照毛主席这个指示，结合本省的实际，批评的原则，我们提出以下几点意见：

一、在批评文学艺术作品的时候，应先分析它是否于我们人民有利，有害或是无害。那么我们应提倡以有利的为主。同时在对一部作品的批评，应当区分它的整个倾向是反人民的作品，还是它虽然有缺点甚至有错误但整个倾向是进步的作品。前者是有意识的歪曲，后者是由于作家认识能力不足或是表现技术不足，而造成对生活不真实地描写。这就是前面一种是全部都是不好的。而后者是整个倾向是正确的好的，而只有局部的缺点甚至有错误。那么对前者应当加以揭露、抨击。而对后者则应着重肯定它整个正确的好的倾向，而对它的局部缺点甚至错误，给以善意的批评，指出它的缺点，并积极地指出改正的途径。同时群众的批评应重视，作家批评应倾听和尊重群众的意见，专家的批评，应与群众的批评结合。

二、对每一部分作品的批评的具体要求，应从实际出发。就是根据本省作家——应区分出较有写作经验修养的作家，与一般初学写作的青年作家——他们不同的认识生活表现生活的写作的艺术表现水平的能力出发。因此对作品的批评要求应分别不同程度地从原有基础出发提高一步和逐步提高。但对具体的作品的思想内容若有原则上的错误，是不能放松，应给以严正的批评。而对于表现生活的艺术水平不高的作品，我们则要求他逐步提高，鼓励他们有信心有勇气地前进。而不能一律用全国的和较高的艺术标准来衡量一切不同程度的作家的作品。那样是成了主观主义的批评，结果不但达不到鼓舞起创作的旺盛情绪，反而会因此影响作家们——特别是青年的初学写作的作家们的信心的。同时批评还应该照顾到作家的创作的发展的道路过程，对一个原来不是社会主义现实主义的作家，他今天已开始或是已走向社会主义现实主义的道路，哪怕他还有很多缺点，但他已经基本是走向社会主义现实主义了，就应当肯定他和鼓舞他前进。

三、批评的用意是解释和指导、鼓舞创作。因此批评家对于作家应有同志般的关心态度，应将严正的批评和热情的鼓励，将对作家的严格要求和对他的创作命运的关心正确地结合起来，批评不是行政命令，而是坚持真理、原则进行深刻地分析耐心地说服。批评家应爱护作家，体味他创作的甘苦。而作家应尊重批评家，接受他批评的意愿。若是采取急躁偏激、粗暴的态度的批评是应受批评的。而忽视、抱怨、抗拒批评的态度同样是应受批评的。在今天我们要反对前者的态度。同样要反对后者的态度。这样才能把批评建立发展起来。

四、要发展批评当然是发展正确的批评。现在，我们有正确的批评也还有不正确的批评，但是不能要求所有的批评都是正确的。若是认为还有些不正确的批评存在，就不许发展批评，这样要求是不对的。正如我们发展创作，不见得所有的创作篇篇都是好的，我们不能因为有些创作还没有写好，就不发展创作，同样的对批评的批评也是需要的。因为不能每篇批评文章都是很正确的，因此对批评进行批评也是必要的，真理愈辩愈明。所以在有组织有领导地建立开展批评的时候，是允许展开自由批评、讨论、解释、答复。这是我们人民民主国家的文学艺术团体应当提倡的风气，是批评自我批评的方法。

"无产阶级的文学艺术是无产阶级整个革命事业的一部分。"因此，发展文学艺术的创作与批评，就得要加强党和政府对文学艺术事业的领导。没有党和政府的领导，文学艺术事业的发展，就会迷失了方向，文艺工作者更应主动地争取党和政府的领导，因为，党和政府领导人民进行国家社会主义工业化的建设和国民经济社会主义的改造；人民按照党的政策的指导来改造和发展自己的生活；在我们国家、社会生活任何方面，都可以体现出党和政府领导的英明和力量的伟大。文艺工作者能深刻地体会党和政府的领导就能更明确地认识祖国建设和人民生活发展的方向。

群众业余剧团，民间艺人，是我们文学普及工作的基本队伍，是群众的歌手、艺术家。他们生活在群众当中，和群众密切地联系着。在他们的身上就可以深切地体会到群众的思想、感情、意志和愿望。他们是人民对艺术的爱好的代表者和创造者，他们是我们文学艺术家与群众联系的纽带。文艺工作者有帮助群众剧团、民间艺人和为他们——为群众服务的责任和义务。他们也有权利责成我们为他们写出更多更好的演唱材料。每个文学艺术家首先应当和一个或几个群众剧团、艺人取得密切的联系，关心他们的艺术劳动、政治思想、文化的学习，为他们写作、供给演唱材料。跟他们合作，集体创作群众性通俗的演唱文学。同时，群众艺术家、民间艺人他们很多都是具有热情充沛的创作能力，他们随时演唱，用文字用口头创作出来的作品，我们应很重视地记录起来，帮助他们整理、加工，把它们集中起来，然后再推广到群众当中去。这样的做法是非常地必要而且完全可能做到的，这在国内和本省都有这方面的生动的例子。通过这样的联系、关心、合作的艺术劳动互助的创作方法，是巩固、提高、发展群众艺术运动，开展普及工作的决定的关键，是培养文艺新力量的工作的重要环节。

关于搜集、研究、整理民间、少数民族的文学艺术，在今天是迫不容缓的工作。而民间、少数民族的艺术，一般都保存在劳动人民、民间艺人的口头上和身上。若不积极去搜集、研究、整理，就将失传、湮没。这将是我们人民的重大损失。像在各少数民族中有许多口头流传的民族史诗，这是非常宝贵的遗产。需要赶快地去发掘、记录、翻译整理出来。这个工作，建议文化行政方面应有组织地有重点地去进行之外，我们散居在各地区、各少数民族中的作家、艺术家、民间艺人，应分类进行、合作进行，有了一些收获我们再组织起来一同研究。这是我们对自己的伟大祖国各族人民的历代优秀艺术家们的艺术劳作负起保护、整理、发扬的责任。和今天在我们辉煌的民族艺术基础上，更进一步为各族人民负起创造人民新的艺术之责。

为了提高我们文学艺术的创作、批评的思想水平，要加强我们的政治理论学习，提高马克思列宁主义的政治思想水平。这是工人阶级先进的共产主义的思想武器，它不仅是指导人们正确地去认识世界。而它正是今天工人阶级的先锋队伍，按照它的思想理论的指导原则来改造世界。文学艺术工作者掌握了它，就能逐步地提高自己认识生活分析生活创造人民新生活的战斗能力。

为了提高我们文学艺术创作的艺术水平，要加强文学艺术修养的业务学习，提高我们艺术的表现技术。我们能够正确地认识生活还要能够正确地表现生活，我们表现生活的艺术技巧越高，越能正确地表达出人民的英勇的战斗活力，也就越能够鼓舞人民向新生活的道路前进。我们所说的社会主义现实主义的文学艺术，它就是作家具有正确地认识生活表现生活的高度的思想水平艺术水平的产物。因此我们要向全国优秀的作家、作品学习。要向社会主义艺术先进的作家、作品学习。要向我们祖国伟大的古典的作家、作品学习。学习他们的生活实践与艺术实践的战斗精神，学习他们的现实主义的博大精深的思想，学习他们精练语言生动朴实地创造艺术形象的表现能力。

最后为了贯彻全国第二次文化大会的决议，争取本省的文学艺术繁荣，我们文学艺术工作者首先要团结在中国共产党的旗帜下，团结在毛泽东的文艺思想方针的基础上。努力艺术的实践，用艺术的武器，来参加逐步实现国家社会主义工业化和逐步实现国民经济社会主义的改造的伟大斗争。

我们这次代表大会的召开，是本省有历史以来文学艺术工作者更进一步紧密地大团结起来的标志。我们相信今后省文联正式成立了，在党委的领导关心支持之下，全国文联指导之下和全省文学艺术工作者共同努力之下，我们的文学艺术事业，将会在大家发挥高度的创造性的努力中获得新的发展与繁荣。

为争取全省文学艺术繁荣而斗争

——记本省文艺工作者第一次代表大会

记　者

　　五月廿五日，广西省文学艺术工作者第一次代表大会在南宁开幕，大会历时八天，已于六月一日胜利闭幕了。

　　这次大会，标志着本省文艺工作者的空前大团结、大会师。参加大会的代表共二百零六人。其中包括正式代表一百七十三人，列席代表三十三人。他们来自省内七个专区和五个市，以及工厂、部队、铁路等系统。

　　出席这次大会的代表中，有最近出版《大苗山交响曲》的侗族作家苗延秀；优秀的农民歌手刘文川；农民通讯员陈有才；几年来在繁忙中坚持长篇小说业余创作的青年作者阳枫、吕波涛。

　　代表中还有老当益壮热情充沛的调子戏老艺人吴老年、李福林；深得群众爱戴的曲艺演唱者盲艺人王仁和；荣获全国戏曲会演演员奖的桂剧名演员尹义（一等奖）、谢玉君（二等奖）、刘万春（三等奖）、秦志精（三等奖）；全省群众热爱的各剧种的名演员湘文非、周筱兰魁、瑾玲、许少康。

作品信息

《广西文艺》1954年第6期。

代表中还有工厂音乐工作者梁超凡；积极进行业余创作做出成绩的美术工作者龙廷霸；老国画师黄冠儒、帅礎坚。

代表中还有省、市、专区、工厂、部队、铁路等系统文艺工作的领导者和组织者。

这次大会，是围绕着"为争取全省文学艺术繁荣而斗争"的关键问题来进行的。

廿五日，大会首先由省文联筹委会陆地副主任传达全国第二次文代大会精神。廿六日，省文联筹委会周钢鸣主任作了《为争取全省文学艺术繁荣而斗争》的报告。报告根据全国第二次文代会的精神，总结检查了四年来全省文艺工作的成绩、经验与缺点，并结合广西当前的具体情况，提出了今后工作意见，明确地指出主要关键是发展文学艺术的创作，特别是注意指导业余创作。

听过报告，代表们开始紧张起来了。有好几夜，时钟已打过十二点，但代表们的宿舍里还传出一阵阵"哄""哄"的讲话声，原来是好些地区的领队同志正给那些听不懂话的代表解释文件内容；照大会规定，早上起床的时间应该是七点半的，可是通常在六点钟就有代表爬起来，拿起文件静静地钻研着。代表们都记得，在大会开幕时青年团省委的代表钱晨同志向他们提出的真挚要求："创作更多更好的作品鼓舞青年前进；耐心地培养青年新文艺军，希望十年……十五年后，广西有更多的青年作家出现。"这担子是多么重啊！代表们谁还体会不到呢？

廿八日，开始小组讨论了。许多代表都认真地根据文件精神，准备了发言提纲。讨论的主要内容是：检查"过去创作不振的原因及障碍创作的思想是什么？""怎样才能产生更多更好的反映现实的作品，为国家过渡时期总路线服务？"特别是在业余的条件下，怎样进行解决？

这两道题，确是人人注目，个个关心。在检查过去创作不振的根源时，一部分搞业余创作的代表强调了领导不重视、中心工作忙、没有时间深入生活等客观困难；但另一部分代表不完全同意这种说法。他们认为主要还应该检查自己是否尽了主观努力。经过深入讨论，证明后一种讲法是更全面的。譬如，许多代表都暴露出自己在文艺战线上滋长着退坡、无所谓、怕批评、一举成名等不健康的创作思想。有一个代表还以他自己的实例来现身说法——首先，他工作的地区，党、政领导对文艺工作是很重视的，有一次排戏，政府首长还亲临指导；如果说到生活，他经常也有机会去接触工人；再说时间，抓紧些总可以挤得出。可是这几年他什么都没有写，主要原因是"懒得动笔"。他诚恳地检讨说："这几年，连个搜集材料的笔记本也没有，仓库里没点储藏，又怎样进行创作呢？"

许多小组的代表，都这样勇敢地批判了自己的"懒汉思想"，由此得出一个共同的结论：过去创作不振，客观影响是存在的，但并非不能解决的，关键还在于自己。

找到了解决问题的钥匙，代表们的情绪更高涨了。今后怎么办？大家提出许多具体办法，有人冷静地分析了一下本身所处的环境：自己本来就生活在工农群众中，或者是有着和工农群众经常联系的机会，只要加强学习，提高思想觉悟与政治嗅觉，是可以逐步提高对生活观察、分析、研究的能力，写出作品来的。有人还主张既订出长计划，又善于短安排，这样，一方面领导上可以摸到你的底，而且业余创作者本身工作繁忙，没有计划更容易使创作陷于被动。

"一定写！"这简朴有力的话，已成为代表们响应大会号召的共同誓言。他们觉得：如果有能力，有生活，面对着动人心魄的历史变革而不愿动笔，这就是对人民事业责任感不强的表现。有个代表说："一年半载，哪怕是挤出一两个短篇，三五篇小品文，也算是对人民的一点贡献呀！"

八天的时间过得飞快，六月一日，大会举行了闭幕仪式，全体代表慎重地选出了文联委员五十一人，组成广西省文学艺术工作者联合会，并直接选出周钢鸣为主席，秦似、李金光、胡明树、林焕平为副主席。大会通过了广西省文学艺术工作者联合会章程。最后通过两项决议：（一）一致拥护全国二次文代大会的决议和同意周钢鸣同志《为争取全省的文学艺术繁荣而斗争》的报告；（二）广西省文学艺术工作者联合会申请加入中国文学艺术界联合会和中苏友好协会为团体会员。

党和政府对这次大会一直是重视和关怀的。除在大会开幕时，中共广西省委统战部赵卓云部长、省人民政府陈此生副主席都亲临指导外，还体现在给予代表们今后创作上的具体办法与支持。本来，廿七号下午，按日程表的规定是"省委同志作政治报告"的。可是当时省委同志都下乡检查工作去了。直到大会闭幕那天，省委宣传部贺亦然部长刚从乡下回来，听了大会主席团的汇报后，便扼要地给大会作了重要而又具体的指示。他首先向大会说明了广西今后的中心任务，以及互助合作运动高涨的情况。接着，又对部分文艺工作者存在的一举成名、怕批评和埋怨领导不够重视文艺工作的思想作了批判，并号召文艺工作者从三方面努力：一、加强学习，提高自己的政治思想水平；二、深入实际生活，建立生活根据地；三、加强创作修养。代表们在大会闭幕前，得到党更明确的指示，这是多么宝贵啊！可惜的是：有些桂南地区的代表听不懂话。那晚上，代表宿舍里又是念的念，抄的抄，到头来，又是劳烦领队的同志们了。

大会闭幕后，省人民政府文化局还设宴招待全体代表，为预祝全省文学艺术的繁荣而干杯！

大会期中，代表们还充分表现了互相虚心学习的精神。大会除组织了广西省工业展览会的参观外，还组织了桂剧、粤剧、邕剧、歌舞、电影等七次晚会，代表们都细心地观摩了各个剧种的演出。更感动人的是七十二岁的老艺人吴老年，他每天牺牲了午睡的时间，耐心地把调子戏传授给徒弟们——青年的舞蹈工作者们。有人听到文联俱乐部里传出他那雄亮的"嗨嗬"之声时，不禁触景生情道："这是繁荣的象征啊！"

就让我们庆祝这繁荣的开始吧！不是吗？大会已给广西的文艺工作撒下良种了。今后在党的关怀、扶植和代表们努力栽培下，一定能够发芽、生根，开出万紫千红的花朵的。

把文艺创作赶上社会主义革命高潮！

——为迎接全省青年文艺创作者会议而写

三月间，全国召开了第一次全国青年文学创作者会议。我们省里有同志参加。这次会议对青年文艺创作者来说，是一种莫大的鼓舞，对繁荣文学创作事业来说，是一种有力的推动；它给予我们正在步入文学道路的青年朋友指出了宽阔的前途；提出了我们文艺创作者处在社会主义革命高潮中，应如何负起光荣的新的历史任务。会议还显示了我国文学事业正以蓬勃的，欣欣向荣的气象进入新的历史阶段。但是，不能否认，对照当前社会主义革命这一历史要求来看，我们文艺事业仅仅依靠出席会议的同志的实践显然是不够的。我们广西六个人太少了；就是全国约480人也并不算多。既然"文学事业是党的事业的部分"（列宁），那么，要使它繁荣，要使它满足人民日益增长的文化艺术生活的要求，它就必须有成千上万的人来从事这个工作。这里，需要老战士也需要有新兵；需要反映农村合作化的现实，也需要反映工厂、矿山的劳动竞赛；需要表现正面英雄人物，也需要批判那些阻碍进步的保守落后现象；人民要求我们给他们写出鼓舞社会主义建设高潮的热情和英雄气概，也要求我们对那些公开和隐蔽的敌人给画出他们的丑恶嘴脸，以提高革命警惕性。

作品信息

《广西文艺》1956年第4期。

总之，人民对我们要求是很高很切；希望我们给的作品又多又好。因而，我们文艺队伍需要扩充、文艺创作需要提高，这是可以理解的，而且是必要的。

在我们广西来说，文艺创作者面临这一现实，同全国各地的情况基本是没有区别的。根据省里各个报刊接到的来稿，我们发现，几年来一直都在人民群众中参与斗争，现在仍然从事各种职业的业余文艺创作者就不少，这一潜力是丰富的。这些同志都以对待革命事业一样高度的热情和毅力来对待文学创作。当中就有为数不少的人，几年来坚持着创作劳动，写出了十来二十万字的长篇；也有百几十个同志，几年来保持着与报刊联系，不断地及时地反映他们周围的斗争生活。从各人工作岗位看，有工厂工人，有农村合作社员，有少数民族干部，也有机关里的油印员……这些同志的创作精力是旺盛的，而且都来自实际生活中，这就使我们文艺创作具备着不但可能，而且应该得到健康发展的有利条件和坚实的生活基础。但是，不能否认：我们年轻的文艺创作者，不独是写作技巧是新手，就是政治理论水平也是不高的。正因我们的理论水平、写作技巧都还需要继续不断地学习，因而即使我们一直是生活在实际斗争环境里，但是，如何正确认识生活，表现生活，就不能不是我们需要解决的问题。

为了号召更多的业余文艺创作者更有效地从事文艺创作，为了我们文艺队伍吸收更多的生力军，为了提高和增加我们作品的质量和数量，为了迎接社会主义革命文化建设的高潮，我们广西紧接全国青年文学创作会议之后，最近就要召开一次青年文艺创作者会议。目的是通过会议，互相学习，交流经验，共同研究解决某些写作上存在的问题。

当前存在我们文艺创作中的问题很多，专靠三五天时间把所有的问题都解决得透彻当然不可能。现在把一些比较带普遍性的问题，在这里提一下，对大家可能是有帮助的。比如说，我们的创作态度问题。我们就有不少的同志一动手就要写十来二十万字的长篇，总想很快就写出一部成功的大作品，"一举成名"。因而往往对自己的艺术水平和生活体验的程度估计过高，对创作劳动的艰苦性认识不足；结果，花了精力和时间，作品却不一定写得好。当然，我们不是反对写大作品，也不是不鼓励青年同志写长篇。大作品是需要的。好的长篇大作，往往是由于它的篇幅大，容量多，反映生活面广，对现实的本质的掘发更深，人物形象的描画更活，感人的力量更强烈，所起的作用也更加重大。可是，应该而且必须认识：长篇大作的产生，应该是在作者掌握了丰富的生活体验的基础上，在作者有了一定的创作经验，同时在作者具备着相当的认识和辨别现实生活的理论能力等等条件之后，这时，要写长篇大作把握就会大一些。

比喻常常不一定准确，但是可以帮助我们理解一些生活的真理。譬如：北京天坛的建筑，它所需要的材料、工程设计，所花费的人力和时间，同公园里造一间简单的凉亭，显然是不能一样的。倘说造一间简单的凉亭，都还缺乏这一技术的经验，而一下子就要着手设计规模宏伟的建筑，那只能是空想。即或你有可贵的勇气，冒险造了起来，那，恐怕也是空架子，与真实的完美的建筑是不相干的。

其次，还有不少的同志，他们的第一篇作品发表过后，就开始骄傲自满起来，以为社会上都认识他的名字，了不起，对周围做实际工作的同志既不那么尊重，对待组织也不那么服从了；有的就开始不安心于原来工作了，一心只想转到文艺团体机关，过早地要做专业作家。……这些，对我们文艺事业来说，不独不是增加文艺队伍的力量，促进创作专业的繁荣，相反，它只能使文艺创作遭受枯萎；对他个人说，不仅不是很好的出路，相反，那正是他开始走进了歧途。爱伦堡说过："对于青年作家，再没有什么比过早的专业化更危险的了，它会使他脱离同辈的人们，脱离他们的日常生活，脱离他们的工作。"为了我们文艺创作能够得到健康的发展，和免得我们年轻同志走这文艺上的弯路，在这里提一下，希望得到大家注意，以纠正这种不正确的趋向是必要的。

应该承认：文艺创作是有它的特点的。创作一篇作品，是需要一定的技巧和才能。但是，也应同时认识，它同样是人的劳动的产物。只要人付予一定的劳动（包括学习、生活、写作等较为复杂的脑力劳动），总也可能获得一定的文艺的成果。只是，人类不是神仙，人的生活不可能仅靠读小说、听音乐、看戏、跳舞过日子。比之这种那种文艺生活来，人还须参与更为重要而伟大的经济生活和政治斗争。而这些经济的和政治的生活，都需要更多的有伟大的才能和智慧的政治家、科学家和劳动人民的发明创造，以之推动人类社会的进步和创造生产资料与生活资料。因而，比起全人类来，从事文艺创作的人始终也只能是少数。如果认为从事这一工作的人为数稀少，就觉得这是别人攀不上的"天才"事业，那就大错特错了。革命的文艺工作既同其他革命工作一样，都是服务于人民革命利益的。工作本身就没有贵贱、高低之分。

可能，你对文艺创作有更大的兴趣，学习得多些，工作经验多些，倘能专干这一工作，成就可能会大些。可是，主要关键绝不在于你能不能过早地做专业作家，而是在于你的劳动。倘若你对文艺创作的观点没有端正过来，即使给你专职于创作了，也仍然难以希望有好作品贡献给读者的。这已经有不少的前例可以说明了。

在这里，我们还要重复一句：过去我们一些同志利用着业余时间写了不少的作品，这现象和风气是好的。我们认为：那些既能把本身工作做好，联系了实际斗争，又能利用了可贵的时间写出了作品的同志是应该受到鼓励和表扬的。这些同志对革命事业是表现了高度的热爱，他们是做了"加班加点"的工作，是值得我们仿效的榜样。今后应该继续发扬这种精神，使我们文艺事业跟得上社会主义革命高潮的发展而繁盛起来。

第一个春天

——记本省第一个青年文艺创作者会议

本刊记者

今年，南国的春天来得特别早；广西的文艺园地里，新苗也分外茁壮：早在3月，人们就忙着选派出席全国青年文学创作者会议的代表；4月16日，240多位青年作者又欢聚南宁，参加全省第一次的青年文艺创作者会议。

参加这次会议的，有汉、回、瑶、仫佬、毛难（今作"毛南"）等族的青年，有壮族和侗族的作家，还有苗家的姑娘。代表们从事着各种不同的职业，给会议带来清新多样的生活气息。他们当中有工人、农民、军官、教师、青年学生、记者、编辑、企业职员、干部，还有县委的副书记。他们的爱好是多么广泛：散文、诗歌、戏剧、电影、美术、音乐，以至舞蹈。尽管这里不少还是含苞待放的花蕾，但我们相信，他们将会为广西各民族的文艺开出茂盛的花朵。

会议得到省委和各界的重视与支持。省委宣传部史乃展副部长到会作了指示。特别兴奋的是中央文化部副部长、我们的老前辈、作家夏衍恰到南宁，给会议作了报告，并和青年电影创作者作了一次亲切的座谈。青少年和妇女报刊的编者，都发

作品信息

《广西文艺》1956年第5期。

言表示一定为青年创作开辟园地。《广西日报·文化宫》还为青年创作者出了一期专辑。数十封来自各地作家协会和文联的贺电、贺信，给青年们以同志般的关怀和鼓舞。

会议听取了省文联副主席李金光、省文联常委苗延秀关于中国作家协会理事会扩大会议的传达报告；曾海君、李汗两同志关于全国青年文学创作者会议的传达报告；省文联副主席胡明树关于省文联的工作报告；青年团广西省委孙鸿泉副书记《在文学艺术创作的道路上奋勇前进》的报告。最后听了省文联副主席林焕平的总结报告。

阮英等15位青年创作者在讲台上发了言。他们感谢党和老作家引导他们走上文学的道路，也批评了有些领导人员压制创作和某些报刊编辑部对青年作者不够关心的错误。他们兴奋地谈着自己的创作甘苦，也批判了自己还存在的一些不正确的创作态度。有些代表来不及发言，就提出了书面发言。

小组讨论会上，老一辈的作家陆地、胡明树、林焕平、陈白曙，画家陈更新，音乐家满谦子等参加了辅导工作，受到青年们的热烈欢迎。有几十位初学写作的同志文艺基本知识较少，对讨论感到困难，因此大会主席团指定了曾海君、李汗两位同志分别用桂南桂北话作了一次辅导性的发言，加深他们对文艺的基本认识。

"一年之计在于春。"4月16日至22日，这一个星期，对青年们今年以至明年、后年……的创作，是多么有意义啊！七天里，代表们用严肃又愉快的劳动，得到了丰富的收获。

过去，不少人对文艺事业是存在各式各样的错误认识的。其中最主要的是把文艺当作取得名利的工具。有一位农民作者检讨说："过去认为稿子在专区农民报一登，全个专区都知道了。还有稿费，真捞得！"有人总想在全国性的大杂志发表文章，因为这容易一举成名；有人什么文学形式都写，本来大胆尝试是好的，但他却希望在那里找捷径，什么形式"容易"就写什么。甚至有人想以写作成名作为恋爱的本钱。这些思想，大家都在讨论时进行了批判，认识到文艺事业是党的事业的一部分，创作的动机，绝不应为了个人的名誉和金钱。会议总结指出："作品发表了，名字登了出去，只是拿来作我们的劳动创造的标志；给我们稿费，只是我们劳动的报酬。正如做工作有工资一样。"

繁荣文艺创作，主要是开展业余创作。这也是会议明确的一个重要问题。在开会以前，不少代表常为创作和工作的矛盾而苦闷，经过学习，大家体会到：工作岗位就是生活的源泉，离开工作，就是离开了生活，一根幼苗脱离了土壤，哪有不枯萎的呢？有同志谈到肖洛霍夫所以成为伟大的文豪，就因为他生在顿河，住在顿河，顿河肥沃的土壤哺育了他，使他不但扎实了根，而是开出了光辉灿烂的花朵。这的确是我们最好的范例。当然，这并不等于说深入一点就不必观察研究其他广阔的生活了。会议号召大家通过学习政策、阅读文件和报刊、听报告等方法，理解其他各方面的生活。至于时间问题，既是业余创作，创作时间当然在业务工作之余，这是免不了零碎的。问题是要善于"化零为整"，有同志提出"行时想，坐时写"的办法，是值得参考的。

谈到修养。会议自始至终号召大家加强马列主义学习，并明确：不但要从书本上学习，还必须从生活斗争中，从艺术实践中去学习。提高共产主义道德品质，这是大家都感到非常重要的一个问题。农民作者陈成初说得好："有些人写婚姻、恋爱的故事写得好，自己却乱搞男女关系，这种会写不会做的人，他的作品是没有人相信的。"会议还研究了青年作者如何进行艺术修养，林焕平同志在总结报告中指出，须从三方面下功夫：一是学习文艺理论；二是多读精读，先选定一个作家，把他所有的名著反复精读，然后逐步推开，找其他许多中外古今名著来阅读，吸收更多作家的优点，创造自己的风格；三是勤写苦练，天天写，写一千字、五百字也好，坚持下去，三年五年十年，必然会取得成绩的。

会议给青年作者开辟了健康、正确的前进道路，这条道路，也是全省成千业余文艺创作者的方向。

让我们再看一看，年轻人为了繁荣全省的文艺创作，在这七天里，怎样把自己青春的热力，燃起了熊熊的火光。

　　七天，时间是多么宝贵！没有人能把月亮变成太阳，但也没有人能阻挡住青年人学习的意志。春夜，已经够短促了。但每天深夜，在他们住宿的地方，到处还在讨论研究，不过，你可找不出是谁在领导这些"会议"；患着肺病的阮英同志以他数年如一日的毅力，坚持着把会议开好，有几次，他感到身体实在支持不住了，就到休息室歇一下，然后，又坚毅地走回自己的座位；林焕平同志在会上介绍了一个进行文艺理论自修的书目，陈振芳同志连夜到书店把这批书买齐；钱晨、刘叶锦等同志，都订出了自己的学习规划。时间呀，前进！谁不愿做时代的落伍者，谁就得做时间的主人。这是所有青年人都深深感觉到的。

　　"文人相轻"——这个"自古已然"的帽子，现在，再不应加到我们青年一代的头上了。会议是多么融洽地进行着。但这并不是一团和气。坦率的甚至是指名叫姓的批评和恳切的自我批评，给会议带来了战斗力量。在文联的工作报告中，对去年苗延秀同志与麦寒同志在《长江文艺》上的争论，作了恰当的批评；黄经才同志对某文化机关某同志不关心业务文艺活动，指名提出质问；有一位代表骄傲情绪很严重，但同来的青年战士并没有鄙弃他，同志式的帮助，使这位同志在思想上得到了提高；向虹同志找到《广西文艺》编辑部的同志，检查了自己过去的骄傲情绪。他说："在会上，比我成绩好的人多着哩，但别人却是那么谦虚，自己有什么值得骄傲呢？"他非常恳切地要编辑部的同志给他提意见……这些，都体现着青年一代在政治上、思想上的团结一致。

　　令人最难忘的是4月22日的下午：30多个少先队员代表向南宁市的少年儿童向会议献礼。小朋友们把一份一份的礼物，送给写少年儿童作品的叔叔和阿姨们。一位少先队员跑到儿童文学作家胡明树跟前，踮起脚尖，把一条丝的红领巾系到他的脖子上。台下，掌声像暴风雨般经久不息，人们看见胡明树同志掏出手帕往脸上擦，以为他激动得出汗了，可是当他走上讲台致答词时，好久也说不出话来，他擦着快要泻出眼眶的泪水，只能用最单纯的话代表创作者们表示了态度；从来没有过的激动，使他咽哽得说不下去了。这时，唐日赐同志也忍不住了，黄豆般的泪水滴了出来，他不好意思地低下头；可是，当他偷偷地抬起头时，却看见许多个头低了下去。的确，想一想几年来文艺落后于人民群众的需要，特别是少年一代的要求，谁能不感到惭愧呢？但青年作者们绝不会让这种情况长期存在的。张琳同志散会后就到街上买了几份礼物送给几位小朋友，并对他们表示决心，回去一定为少年儿童写更多更好的作品；年轻的邓质钢也坚决地表示："我虽然是个刚学走路的小孩子，但有老作家牵着我走，党扶着我走，我一定学会用自己的笔来推动这个时代前进。"不少代表还准备回去以后发现和联系更多业余写作者，使文艺队伍日益扩大起来。

240多位青年的文艺园丁，又回到了自己耕耘着的土地。我们期待着，到第二个春天的时候，在各民族的文艺园地里，会培植出无数万紫千红的花朵。

欢呼广西僮族自治区成立

广西僮族（今作"壮族"）自治区的成立，对全区各族人民以致全国人民来说，有重大的历史意义。这是全区人民政治生活中的大喜事。我们文艺工作者和全区人民在以前所未有的欢欣鼓舞的精神来庆祝僮族自治区的诞生。

僮族自治区的成立，标志了共产党、毛主席的民族政策的光辉胜利，也就是马克思列宁主义的光辉胜利；它体现了我国各民族大家庭的亲密团结，它表示了我国社会主义革命的巨大胜利。

僮族自治区的成立，表示了全区各族人民在社会主义建设中已经迈出一大步，贡献了力量，取得了巨大的成就；今后将迈出一大步又一大步，奔向社会主义前程。我们可以预期，在新的政治条件下，在共产党的英明领导下，广西少数民族的工农业生产，将集中力量，更有计划地发展起来，并将出现新的高潮，新的跃进。随之而来的必将是一个文化建设新高潮、新跃进。此后，各族人民将更充分地发挥自己的智慧和才能，为广西各族人民和伟大的祖国创造巨大的功勋和更多的奇迹；各族人民的物质生活和文化生活，将更丰富，更多彩；各族人民的精神面貌将发生巨大的变化。

所有这一切，将大大促进全区社会主义文艺事业的繁荣和发展。今后文艺工作

作品信息

《红水河》1958年创刊号。

者的使命是更光荣也更艰巨。我们的任务就是要大大加强少数民族文艺工作。要完成这个任务，有有利条件，也有困难。但是，只要我们有乘风破浪的革命气概和精神，任何困难都是可以克服的。要发展民族文艺，首先要有正确方向。经过反右派斗争以后，我们明确了文艺的方向：社会主义文艺方向。虽然民族文艺在艺术形式和风格上有其特点，但社会主义方向是一致的。民族文艺工作与其他事业一样，必须在马克思列宁主义理论指导下，在共产党领导下进行。民族文艺工作也是要为社会主义服务，为各族人民首先是为建设社会主义的主力工农群众服务。因此，在发展整个民族文艺工作中，要宣传共产主义精神，宣传集体主义，要体现党的民族政策、民族团结和民族间的新关系。因此，要使社会主义方向成为全区文艺工作者的共同方向，我们必须坚决深刻地批判文艺上的修正主义，要避免和批判可能会反映到文艺作品和文艺理论上的狭隘地方民族主义和大汉族主义思想。

僮族自治区成立后，文艺工作者的任务是艰巨的。我们今后要做许多工作：首先也是主要的，是繁荣以少数民族现实生活为题材的文学艺术创作。一个进步的文学家艺术家，从来都是以反映现实生活为自己的主要任务。今天我们处在一个崭新的社会主义现实中；其中社会主义的声音，社会主义的人物形象，构成我们这个时代的主要内容和主要特征。僮族自治区成立后，广西的社会主义事业将有一个巨大的跃进，我们这个时代的主要内容，将更丰富多彩，这个时代的特征将更鲜明。我们的文学家艺术家，对这样的现实生活，反映得越充分越深刻，他的作品就越能以社会主义精神对各族人民进行生动的教育。其次是要有计划地、有目的地发掘、整理少数民族的文艺遗产。广西少数民族中流传着极为丰富、多彩，既有较高的思想性，又有较强的艺术性的民族民间文艺。这些民族文艺遗产，极为群众喜闻乐见。这是各族人民的珍宝。但是，在发掘、整理时，应该运用马克思主义立场、观点，并抱严肃认真的态度，同时要明确目的性：通过整理出来的作品，对人民群众进行一定的爱国主义教育、民主教育；另一方面，对作家艺术家来说，更重要的是从中接受优秀的民族文学传统，并运用到反映现实生活的创作中去，使我们的作品不仅具有社会主义内容而且也具有民族形式。再次，要做好上述两项工作，还要加强马克思主义文艺理论的研究，宣传马克思主义美学原则，解决运用社会主义现实主义创作方法中存在的问题，讨论作家在创作中出现的倾向，特别是要解决民族文艺工作中产生的问题。使我们的文艺事业沿着社会主义路线发展。这项工作应该结合批判文艺上的修正主义来进行，并始终贯彻"百花齐放，百家争鸣"的方针。

要做好以上各项工作，需要一支强大的民族文艺队伍。这支队伍应该是我国工人阶级文艺队伍的组成部分。培养和建立一支这样的队伍，是自治区文联和其他文艺团体、文化艺术机关的重要任务。要建立这样一支队伍，一方面要经常地、正确地培养新的作者特别是少数民族中涌现的作者；另一方面，希望原有的作家，青年作者，积极参加民族文艺工作，深入各民族地区，与各族人民一起参加各种生产、斗争，从中改造自己的思想、感情，并从中发现创作题材，以便为少数民族服务，为社会主义建设服务。

当我们欢跃地庆祝广西僮族自治区成立的时候，当春风吹遍山林原野的时候，让我们开始在民族文艺的园地里进行辛勤的耕作吧！让民族文艺的花朵像红茶花一样，朵朵鲜艳，四季常开。

表现少数民族的同时代人

——祝广西僮族自治区的成立

周钢鸣

一

成立广西僮族自治区，是广西各族人民政治生活中的一件大喜事。两年多来，在广西各族人民当中，从中央到地方，曾展开广泛深入的民主讨论。所以，它在文学上也很快地得到反映。例如僮族诗人黄青的《欢乐颂》（见《作品》1957年12月诗歌专号），就生动地描写了人民欢欣的心情：

……

为什么各族男女那么高兴？

是不是所有的歌圩同一天齐唱？

是不是所有的婚礼同一早举行？

是丰收处处报喜吗？

作品信息

《红水河》1958年创刊号。

还是人人捡到了黄金？

不是，不是，那样的确令人欢欣鼓舞，

但怎么能比得上这样的事情——

人大成立广西僮族自治区的决议呵，

如晨钟在明朗的上空敲鸣；

首都北京发出的电波，

激动着广西每个人的心；

报纸上的大号标题，

特别鲜艳地在人们的眼下跳动。

人们喜欢得像奔涛跃浪的大海，

大地如处处荡过春风。

老歌手呀，都高声歌唱吧，

诗人呵，你怎能不扬眉赞颂？

这些诗句，的确非常生动地表现出僮族人民以及广西各族人民欢欣鼓舞地迎接成立广西僮族自治区决议的心情。现在广西僮族自治区即将成立了！这是党的民族政策的伟大胜利；从此，在伟大祖国宽广自由、丰饶壮丽的土地上，在社会主义的民族大家庭中，广西僮族自治区，开始了它新的史页。

解放八九年来，广西省各族人民，在党和政府的领导之下，进行了五大运动、三大改造，将广西各族人民生活的面貌改变了，同时经过运动的锻炼，各族人民的政治觉悟提高了。在党和政府的正确领导下，特别是在1953年成立桂西僮族自治州之后，使各少数民族实行自治，增进了各族人民的团结，建立了社会主义的民族关系。同时，由于各少数民族的政治生活有了根本的改变，经济生活和文化生活也得到逐渐改善与发展，各少数民族人民当家作主的主人翁思想、热情提高了。仫佬族诗人包玉堂，在他的诗歌里就表达出这种庄严的思想。他说：

在过去，

统治者不承认

世界上

有一个仫佬族

就是我

也不敢承认

自己是仫佬人

为了逃避歧视和侮辱

常常大胆去冒充汉族

如今呵

不管你问谁：

你是哪个民族的？

人们都会挺起胸

骄傲地回答：

我是仫佬人！

呵！我的民族，

……

被称为"蛮人"的时代

已经一去不复返了

如今我们有着光荣的称号：

主人翁，公民，同志，同胞！

……

谁说共产党不好

党是我们的亲娘

谁说我们生活没改善

解放前，解放后

一个是地狱，一个是天堂

告诉你：右派分子们

……

共产党

是我们民族的太阳！

……

谁要往太阳上抹黑

我们就斩断他的手

谁要向共产党进攻

我们就先把他打倒

……

（见《作品》1957年11月号包玉堂《歌唱我的民族》）

这是代表各少数民族人民的政治觉悟提高，思想、感情深刻变化的宣言：随着这种思想、感情的变化，社会人群的关系，社会的风俗习惯也都逐渐地而又显著地跟着变化了。因此，各族人民在社会生活中对文化—文艺的要求，也就相应地表现得非常的迫切。这个要求，表现在两个方面：一是需要文艺——各种形式的文艺来为他们服务，以鼓舞他们斗争和劳动的热情；另一方面，也要求通过各种文艺形式——特别是他们喜闻乐见的民族形式与民族风格的各种文艺形式，来表现他们日益涌现出来的新人新事和新斗争的生活面貌。所以，各族人民群众在进行历史变革斗争的同时，一面是自动地，同时又是在得到了党和政府的重视鼓励下积极进行发掘整理各个民族民间传统的各种优秀艺术——歌、舞艺术；另一面也努力编唱了不少新的山歌。他们歌唱翻身和新社会的美好；歌颂共产党和毛主席领导人民进行革命斗争，使少数民族得到解放、自由的恩情；歌唱农业合作化的优越性；歌唱少数民族实行自治的光明远大前途；在这许多纯朴简单的山歌中表达出他们真纯深厚的思想感情。在党和政府的培养下，壮、侗、苗、瑶、仫佬、毛难这些少数民族中，解放以来也已陆续出现了较优秀的诗人、作家，写出了较优秀的诗歌、小说。在伟大祖国多民族的文学园地当中，这些少数民族鲜丽的文艺花朵，已开始放绽出来，这是令人非常喜悦的事情。但是，已有的少数民族创作的作品，和描写少数民族生活的作品，数量上还是很少的。因此它还远不能满足各民族人民的要求；尤其是在广西少数民族地区的社会主义改造取得了伟大的胜利，广西僮族自治区即将正式成立的这个光辉的历史时期，站在这样伟大的社会主义革命的历史新阶段来看我们表现各少数民族生活的文艺，无疑的，它是落在少数民族社会、生活发展的现实的后面的。因此，我们要积极地赶上去；尤其是在创作方面应当研究如何去反映这个深刻变化的生动的伟大现实。这是我们当前最重要的课题，最中心的任务。

二

　　根据《漓江》编辑部的初步统计（可能不全面），已经写成文字的少数民族文学作品，从1954—1957四年间，在《漓江》和《广西文艺》发表的总共只有36篇。其中反映过去生活的5篇；整理民间故事6篇；反映解放后生活变化的25篇。按这些作品中反映少数民族的生活方面来划分：写革命斗争的3篇；风景抒情的9篇；生活中的新变化的16篇；以民间故事作题材的6篇；其他2篇。这个数量较少的原因，主要是由于各少数民族的作家原来就少。除了少数民族作者之外，汉族作家描写少数民族生活的作品就更少了。

　　在这些作品中，比较优秀的都是写过去的生活和发掘整理的民间故事，例如从《大苗山交响曲》到《百鸟衣》《虹》《双棺岩》。这些都是各少数民族的叙事诗和民间传说。把它们发掘出来，经过创造性的整理，是非常有意义、非常可喜的。除了这个类型的作品之外，如《红河之歌》《一道红光》《双仇记》，也都是写种族人民解放前的革命斗争。此外反映解放后生活变化的，如《歌唱我的民族》《仫佬族走坡组诗》《欢乐颂》《红丝球》(均见《作品》1957年11、12月号) 等作品则都是些抒情小诗，这种类型的作品，歌颂了党、歌颂了领袖和党的民族政策，表现了各族人民对新社会制度下的生活的无比欢欣。此外，就是少数民族人民表现自己对故乡山区美丽河山纯朴自然的歌颂和热爱的作品了。在以上各种类型作品当中，虽然都反映出一定时期各族人民的生活图景与民族色彩，表达出诗人、作者的革命热情，很有激动人心使人感到亲切朴实的力量。但是，在这些类型的作品中，还不能使我们看到各少数民族与我们同时代人的精神面貌，以及革命的英雄模范人物的生动真实形象。因此，也就不能深入具体地看到解放以来，各少数民族中贯彻民族政策，所发展起来的社会主义的民族关系，与经历了社会改革和社会主义改造之后的深刻变化。这说明了反映广西各少数民族当前人民的生活斗争还非常不够。从这里也可以看到我们各少数民族的诗人、作家以及汉族作家，还没有很好地深入到各少数民族的群众生活当中去；或是还不知道如何去反映当前各民族的生活和斗争。

我们并不是不要反映各少数民族的历史革命斗争，也不是忽视整理各少数民族的叙事诗和民间传说所已取得的成绩，和它具有的极其重要的意义；应该说，这些都是各族人民的珍宝。我们也并不排斥抒写各族人民的故乡景色与生活情调；相反的，还希望继续有以上这些类型的优秀作品更多产生出来。但我们认为：更重要的是要在这个基础上，进一步要求反映各族人民当前的生活斗争，描写进行社会主义改造、建设的斗争的作品。这才能更好地为各族人民服务，为社会主义服务。因为，我们各少数民族和汉族一道，已进入了社会主义革命的伟大变革时代了，各族人民要求在文学上，能充分地反映他们在社会主义革命时期的时代生活，要求作家、艺术家塑造少数民族与我们同时代人的英雄人物形象。要求用社会主义的精神来教育少数民族人民。这就是当前迫切的中心任务！

反映过去的斗争，整理民族的叙事史诗和民间传说，固然也是很重要的，但是同样要用工人阶级革命的立场，科学的历史唯物主义的观点，与社会主义现实主义的创作方法来进行深入细致的发掘、搜集，创造性地加以整理，才能使它的主题更明确，形象更生动，情节、冲突更集中，语言更洗练，风格更鲜明，更符合历史的真实，更具有艺术的感染力量。但无可否认，各少数民族过去斗争的题材与民族叙事史诗民间传说，都有它的历史局限性和民族偏狭性；因为这些斗争和传说，或产生于原始的或部落的社会生活当中，或产生于受民族压迫的时代当中，因而很自然地带有历史的局限性和民族的偏狭性，所以今天要反映和整理这些过去的民族斗争与叙事史诗、传说，应当要按照党的民族政策的思想观点来慎重地分析、处理，不然用纯客观的自然主义的观点来反映与处理，就有可能陷入地方民族主义的狭隘观点，会给我们少数民族的文学带来极不健康的思想、色彩。设若让这样的地方民族主义文学作品传播，就会破坏我们社会主义的民族关系，影响整个社会主义的建设事业。因此，少数民族过去的斗争和民族叙事史诗与民间传说，就算是能够很正确地反映、整理出来，但它无论如何也不可能反映出今天社会主义的民族关系，表现不出我们同时代人的精神面貌。唯有诗人、作家在深入群众生活当中，紧密地与群众结合，和深切地体会党的民族政策，正确地认识各少数民族社会生活的深刻的变化，才有可能塑造出少数民族与我们同时代人的英雄模范典型人物的真实生动的形象。

在今天，各少数民族的社会生活当中，有哪些方面的深刻变化呢？我看，有以下几个主要的根本性的变化。一、是民族关系的变化。反动统治时期的民族压迫已经一去不复返了，解放以后，在党和政府的领导下，坚决贯彻国内各民族一律平等，各少数民族实行自治的民族政策，并坚决反对、清除大汉族主义和地方民族主义思想，以根绝造成民族隔阂与分裂的思想毒害，使各民族团结在党的领导下，在各民族之间建立起社会主义的民族关系。二、是阶级关系的变化。解放以后经过社会改革土地改革，把阶级压迫——封建的政治、经济压迫的地主阶级打垮了，各族人民分得了土地、山林的生产资料，各族人民真正地得到了自由。三、是社会制度变化。经过社会主义的三大改造，各族人民掀起群众性的农业合作化的高潮，单根据前桂西僮族自治州的统计，到1957年7月止，全州共有高级社5937个，参加社的农户188万多户，占总农户99%，这说明了各族人民已建立了集体所有制，使各族人民从此永远摆脱了资本主义的黑暗道路，走上繁荣幸福的社会主义光明大道。

随着以上三个根本性的变化，就同时带来了以下几个方面的变化。即：劳动生产方法的变化。由于合作化的优越性把过去分散的落后的个体生产，改变为集体的有计划的有组织的生产；提高了群众的生产积极性和能战胜一切自然灾害的力量，使劳动生产技术能得到逐渐改革，充分发挥集体化后的生产的先进性作用。由于有了劳动生产方法的变化，在各族人民生活中就产生：经济、文化生活的变化。人民物质生活得到逐渐改善，在这个基础上，人民要求文化生活的改善就非常迫切。加上党和政府在保证各少数民族人民有使用和发展自己的语言文字的自由，有保持或者改革自己的风俗习惯的自由，在这个基础上，进一步积极发展各少数民族的文化，为没有文字的民族创造文字，设立各种学校，鼓励、培养各族人民发掘、整理各自优秀的传统艺术，和创造具有民族形式社会主义内容的文学艺术。这样一来各族人民的文化，和文化生活也就逐渐地发展、繁荣起来。再加各民族人民的团结友爱，各民族文化的相互变流，人民中涌现出来的社会主义的新人新事的互相影响、互相学习，因此在各族人民的社会生活中就产生：社会风俗习惯的变化。这种社会风俗习惯，不是任何人可以用行政命令来改变的，它是随着它的社会经济基础的变化，文化生活的发展，在党和政府的各项社会革命政策的推行，人民政治思想觉悟的提高，以及种族人民的——尤其是汉族人民的社会主义新事物的互相影响下潜移默化的。这种变化，并不是民族虚无主义者的一概否定，或是根本改变，而是各族人民非常自然地一面保持原有优良的风俗习惯，一面又选取各族人民的社会主义的新风气，来丰富发展自己传统的优良的风俗习惯。这表现在民族艺术——特别是歌、舞艺术的创作方面，我们也看到这种互相学习，吸取别人的长处来丰富自己艺术的优良作用。

除了以上这些变化之外，贯串着和承受着一切变化的更中心的变化是：各族人民思想感情的变化，一切社会经济基础和上层建筑的变化，都促进人的思想意识、感情的变化。而人的思想意识感情的变化又反过来维护和推动社会的前进，这就是人民起来改造世界，同时在改造世界的斗争中改造自己。这就是各少数民族社会生活的全面深刻的变化。

上述的这些变化，就是伟大的社会变革。而社会变革并不是一帆风顺的，因为社会变革就是斗争。这斗争中有两种矛盾：有对抗性的矛盾与非对抗性的矛盾，即敌我的矛盾与人民内部的矛盾。解决这些矛盾的办法——即变革的斗争，这是由各少数民族自愿决定；由各族人民的干部自己来领导，进行和平改造的斗争。在这个和平改造的斗争中，也充分表现出各族人民在政治战线上、思想战线上的阶级斗争。例如在建立广西僮族自治区问题上，就是一场尖锐的阶级斗争。正如韦国清同志说的："资产阶级右派分子在对待民族问题上，一种表现是反动的大汉族主义，……另一种表现，是出自少数民族内部的资产阶级右派分子的，他们是反动的地方民族主义者，……这两种反动的民族主义的活动表现，其论调虽有不同，而思想本质却是一样的反动，都代表着已经灭亡了的反动阶级的思想。他们异曲同工的阴谋目的，都是企图制造民族分裂，使各民族离开社会主义的道路，……如果没有社会主义，不走社会主义的道路，任何民族都是不可能获得自己的繁荣发展的。"（见1957年8月22日韦国清《广西省人民委员会工作报告》）可见在任何一个方面的关系的变化、变革，任何一个社会革命政策的推行，都贯串着矛盾和斗争：或是敌对阶级的冲突和斗争；或是集体主义与个人主义的斗争；先进革新者与落后保守者的斗争；新的思想和旧的思想的斗争；这是事物变化发展的关键所在。我们文学创作的主题，就是要表现这种矛盾冲突的变化、变革的斗争，揭示新事物的成长，和充分表现出新事物如何去战胜旧事物的变化、变革的发展过程。要充分反映这些变化，这就需要作家、诗人充分地描写少数民族在社会主义时期的时代生活和精神面貌，塑造出少数民族与我们同时代人的英雄模范典型人物的生动真实的形象。同时，应在所塑造的典型人物身上，体现出这一切变化的时代精神的特征，要把所塑造的典型人物，放在和通过这些变化着的社会生活的环境中，放在前进着的时代激流的矛盾冲突中来表现。这就是典型人物与典型环境密切攸关的生动真实图景。

至于具体的写些什么呢？我想，就以各族劳动人民贯彻党的民族政策的斗争，和进行三大改造，尤其是以农业合作化前后的斗争为中心，各族人民生活所起的多方面的变化，各种新人新事的成长，这些都给文学的创作提供了宽广丰富的题材，生动深刻的新人新事的鲜明形象，真是取之不尽用之不竭。韦国清同志在1957年8月的报告中说："现在全省少数民族干部已增长到五万一千多人……不少民族干部，已担当了各级党和政府的领导职务。……"（见前引）想想看，这些具有一定水平的社会主义政治觉悟的五万一千多个民族干部的成长过程，就提供给我们不知多少大可描写的新人新事。我们应当好好地向他们学习，把他们的英雄模范的事迹，他们的优秀品质和生动的精神面貌，加以观察、研究、分析、综合、概括，典型地表现在文学作品中来吧！他们，就是活生生的与我们同时代的人物，我们不把他们作为表现、描写的对象，还去表现什么同时代的人呢？

<h1 style="text-align:center">三</h1>

由于许多作家、诗人，没有很好地深入各少数民族的群众生活当中，长期地脱离政治、脱离群众、脱离实际，加以作家、诗人本身的思想没有改造好，所以还有很多人不能明确地看到各族人民社会生活的深刻变化，社会主义建设事业的"大跃进"大发展，因而反映在文学活动方面，还表现不出各族人民的新的精神面貌，还塑造不出活生生的同时代的英雄模范的形象。因此就仍停留在反映过去的、历史的斗争，和整理民族叙事史诗、民间传说的这个范围内。

一般来说，回顾过去的、古老的事物，是比较容易的，而认清现在和认识正在发生发展着的事物，以及预见未来的事物是不容易的、困难的。在写作上也是一样，写古老的传说和过去的斗争，是比较容易，而写新人新事创造同时代人的典型，是比较艰难的。这需要艰苦深入的革命实践，和认真地联系实际联系群众，向群众学习。还需要有工人阶级的正确的世界观。需要作家认真地改造思想。因此，我们不能拣方便的道路走。

今天，要反映少数民族人民的生活精神面貌，要创造与我们同时代人的典型的形象，关键在于我们每个作家、诗人，坚决贯彻党的文艺方针路线，认真地学习，与群众一道去为贯彻党的各项社会革命政策而斗争；长期地无条件地到各族人民工农群众当中去，跟群众结合，同劳动，共甘苦，来锻炼自己，改造自己的思想、立场、观点，全心全意为人民服务，为社会主义服务。只有这样，我们才有可能把自己改造为工人阶级的知识分子，才有可能正确表现出各族人民的社会生活的深刻变化，才有可能塑造出与我们同时代人的典型人物形象，才有可能创造出具有民族形式与社会主义的内容的社会主义现实主义的思想风格的文学艺术作品来。

让我们的诗歌闪耀民族生活的光芒

于　放

　　自从提出加强民族文学工作以后，本省的作家和作者，在进行民族文学的搜集、整理、翻译和以少数民族现实生活为主题的文学创作上，都取得了一定的成绩。

　　广西少数民族有诗境般的自然景物，各族中有着丰富美丽的民间语言，有古老的动人的传说；各族中有的能歌，有的善舞，有的既能歌又善舞，几乎各族中都有浓郁的民族特点的民间美术；在各少数民族地区居住着的是勤劳、勇敢、热情、聪明的人民；各少数民族在党的民族政策光辉照耀下，合着整个祖国社会主义建设豪迈的步伐在前进，已经结合成各族人民友爱团结的大家庭，过去在经济文化上落后的情况在逐渐改变，各族人民的精神面貌起了巨大的变化，在各种斗争和建设中涌现了许多新人新事。所有这些，都是培育少数民族文学作者丰厚的土壤。正是这些条件，使得各族人民有了自己的青年文学作者，如僮族的黄青、覃桂清，仫佬族的包玉堂，等等，使得他们开始显露的才华得以发展，在他们的某些作品中闪耀出民族生活的光芒。现在我们仅就近年来本省部分青年民族文学作者整理和创作的诗

作品信息

《红水河》1958年创刊号。

歌，作一概要的巡礼。

在旧社会，少数民族是最受压迫最受屈辱的。少数民族同胞生活在痛苦和黑暗中。但是他们对未来抱着强烈的希望和美好理想，为了解除痛苦，实现希望和理想，他们对压迫者进行了不屈的斗争。在长期艰苦的斗争中，少数民族人民培养出强悍、勇敢、坚毅的性格，在历史上出现了许多为后代传诵的英雄豪杰和可歌可泣的事迹。我们的诗作者同全体少数民族人民一样崇敬、热爱、珍贵那些英雄人物，用热情、响亮的诗句来歌颂他们。黄青在《欢乐颂》（《作品》1957年12月号）中充满了这种歌颂的激情：

在那荒古的年代，

这里人民像被追赶的野兽般苦难重重，

侬智高，侬智高，侬智高，

僮族第一个名字响彻天空！

……

木棉花红似烧山的火焰，

洪秀全千兵万马奔泻在祖国的南方，

狂卷去多少僮族儿女，

接连跃起韦昌辉、萧朝贵、李开芳、林凤祥；

他们右手扬起明晃晃的利剑，

四周簇簇密密的长矛呵，漫山遍野的好汉。

虽然他们"不朽的名字永留在僮人心中"，但他们正如作者慨叹的："给安排下悲剧的命运"。只有在共产党领导下，原来不散的红光和一片血光，又烧起熊熊的革命烈火，作者继续道出了人民的衷心的颂歌：

天上最光的是太阳，

地上是共产党最红最亮！

春天第一声雷最动听，

在广西是红七军和红八军声名最响！

多大的山都是尖顶最高，

僮族人民是革命英雄韦拔群最强！

你们呵，掀起了僮族人民斗争的巨浪，

奔腾的红河，右江，左江上处处红旗飞扬；

枪鸣和脚步凑成中国革命的一片轰声，

红旗下红色的血光交闪着火光。

从此革命胜利的花朵才开始怒放，

民族平等才展现了它的天空海洋。

　　少数民族人民的坚强性格，还体现在男女青年反对封建压迫、忠于纯洁崇高的爱情、追求幸福美满的生活的民间传说中。这些传说强烈地反映了人民追求自由幸福的愿望。如包玉堂根据苗族民间传说写成的《虹》(《广西文艺》1956年7月号)，其中的主角花姐姐可以说是苗族人民心目中美的化身之一；在皇帝的强娶和一切引诱面前，她的性格多么坚强：

花姐挺起身，

说话像钢针：

……

我要种苗家的地，

织苗家的麻，

我要喝苗山的水，

编苗山的花。

……

作者处处充满激情地去描绘花姐姐，勾出了苗族人民心目中的善和美：

漫山花开千万朵，

最红的是石榴花，

苗家姑娘千万个，

最能干的是花姐姐。

这种善和美在苗族人民中不息地生长着。花姐姐上了天之后，在天上织起一条大花边。作者这样描绘：

从此彩虹常在天边挂，

寨上的姑娘学着编花，

编得像花姐一样快，

巧手的姑娘满苗家。

同类的作品还有覃桂清、肖甘牛根据民间老歌手贾老绍、梁老岩口唱整理的《哈迈》（《漓江》1957年2月号）和《友蓉伴依》（《漓江》创刊号）。两者都是大苗山的八大苗歌之一。其中特别值得介绍的是《友蓉伴依》。这是一个描写苗族青年男女为了纯真的爱情而忠贞不屈和坚决斗争的故事。故事是说美丽的姑娘友蓉伴依和英俊的迭场，新歌节在芦笙坪互相会面发生了真挚的爱情。后来战胜了财主佬的儿子抵皆的迫害和破坏。诗里充溢着苗族青年男女奔放的热情，表现了他们对自由和爱情热烈的追求，也就是表现了少数民族人民纯朴而深厚的思想感情和崇高的理想，为实现理想而斗争的坚强意志。整理者做了较为细致的提炼工作，基本上保存了民族生活特点和民族民间文学的色彩。诗的结构紧凑完整，人物形象鲜明，处处注意使故事的叙述和描绘不脱离苗山环境和民族转点，生活气息较浓。例如在描写友蓉砍下一段金竹子给迭功表示爱情时——

友蓉扬起眉毛讲：
"竹子里面白，

竹子外面黄，

竹子的节巴硬硬的，

有钱的人用金银来做凭证，

我们穷人用金竹来做凭证，

以后哪个反悔，

哪个就吞下半边金竹！"

又如在表现友蓉对爱情的忠贞时的描绘：

友蓉在杨梅树下望呀望，

挺起脚望了七年啦！

杨梅树下站出了坑坑，

坑坑里面装满了眼泪。

这都显出了深刻的概括力和动人的艺术感染力。

在旧社会，反动的统治者给少数民族同胞带来的是贫困与愚昧，而在新社会，共产党和人民政府给少数民族同胞带来了繁荣和文化。于是在他们的生活中，充满了喜悦、歌声、理想和希望。

我们知道，广西各族人民是多么热爱生活，多么热爱自己世代生息的山川田园——这是我们伟大的祖国的锦绣河山的一部分，在新的社会制度下，面貌改变的愈来愈美了，因此，作者们在赞美广西各少数民族地区的山川景物，描绘各族人民的生活风俗画的时候，都洋溢着爱国主义的思想情感。包玉堂在《歌唱我的民族》

（《作品》1957年11月号）里，一开始便表现了不可抑止的喜悦：

> 我的民族
>
> 正在春天里
>
> 天空飘着云彩
>
> 山坡开放花朵
>
> ……
>
> 现在的生活
>
> 充满了喜悦
>
> 充满了歌声
>
> 充满了奇闻
>
> 充满了希望

同一作者在《仫佬族走坡诗组》（《作品》1957年12月号）里，描写随着收割结束，走坡的季节到了，一个少女第一次走坡而发生的激情。作者给我们写了一幅细腻的抒情画，描绘了少数民族新的生活、新的感情，使人读了更热爱新社会、新生活。

当然，我们的诗歌作者没有忘记：少数民族已经与全国人民一起踏出了建设社会主义的豪迈步伐，和越来越高昂的劳动热情。

覃桂清在《森林之歌》（《漓江》1957年10月号）里，满怀激情地抒述过去的被压迫者已经成了森林的主人，苗山建立了国营林场和伐木场，组成了合作社，农民中成长了第一批掌握新技术的伐木工人。看呵：

> 红旗插在苗寨，映着阳光
>
> 欢乐的歌声又在广阔的森林里飘荡
>
> 山林的主人们组成了伐木的队伍
>
> 踏着朝露去扣开森林的门扇

用粗大的手开动刚结识的发动机

电锯和风啸的和声激励他们心花大放

看呵：他们在劳动中怎样信心百倍地展望着美好的远景：

种下生活吧，在这迷茫的高空，

我们第一次升起了炊烟；

开始工作吧，在这黑夜和寒冷的尖顶，

我们第一个把火光点燃。

……

此刻我们住的更高了，

我们已离家乡更远；

今夜我们想起亲，

展望祖国辉煌的远景。

——黄青：《夜宿金钟山》(《漓江》1957年3月号)

值得特别介绍的是肖甘牛的《歌唱大苗山》(《广西日报》1956年5月26日《文化宫》)和覃桂清的《赞贝江》(《广西日报》1956年11月26日《山地》)。前者的作者用热情奔放的抒情笔触，概括地歌颂大苗山为英雄山、藏宝山、劳动者的山、花果山、蓬莱山。后者，作者以饱满的热情，在四十多行诗句里，从诉不尽的民族的灾难写到唱不完的翻身的欢乐，从美丽的苗家姑娘、勇敢的侗族猎手写到慈祥的瑶族婆婆，最后把贝江与祖国的社会主义建设联系起来了：

贝江啊

你是辛勤的伐木者的保姆

你润湿了他们焦躁的喉咙

你洗涤了他们的疲惫

你肩负着沉重的木排

让它们顺流而下

贝江

你那跳跃的激流

像琴师灵敏的指头

不停地将水电站的马达拨动

让白色的火花开遍宁静的山野

让锯木机的歌声响彻原始森林

贝江啊

你的每个浪头啊

都带着一个喜讯

把山区建设的捷报

快快奔送到祖国各地

当社会主义改造运动在少数民族地区进行时，诗作者的笔触又紧紧地跟上去。他们用朴实的语言叙说了人们如何改变了几千年的积习，生活在全新的人和人的关系中。如包玉堂的《高级社的……》（《作品》1957年5月号）：

山上的树林，

是高级社的；

山下的田地，

是高级社的；

河边的水车，

是高级社的；

　　坡上的牛群，

　　是高级社的；

　　……

　　高级社是谁？

　　是你，是我，是他，

　　是社员大家！

　　看，多么美丽的群山

　　绿叶茂盛，红秀灿烂

　　我们的前途呀

　　这群山还比不上……

　　少数民族人民的幸福生活，不是从天而降的，而是共产党和毛主席领导我们进行斗争的成果。有了党和党的民族政策，少数民族地区才有遍地阳光，沉睡千年的森林和矿藏才被唤醒和打开，那里的生命才更活跃起来，那里才有真正的欢笑和响亮的歌声，人们才有信心和力量。也就是说，党把社会主义带到僻远的山区，给人们指引走向更光辉更幸福的未来。因此，少数民族同胞随时随地都表现出衷心地拥护、爱戴党和毛主席，并且最坚定地表示忠于祖国，忠于党。下面就是诗作者唱出的人民强烈感情：

　　天上最光的是太阳，

　　地上是共产党最红最亮！

　　……

　　我们都承受着毛主席的恩泽呵，

整个大地披着共产党的光芒！

——黄青:《欢乐颂》

我歌唱我的民族

我更要歌唱共产党

······

共产党

是我的民族的太阳

——包玉堂:《歌唱我们的民族》

当右派分子猖狂地向党进攻时，诗作者吹起了保卫党的号角：

我要一万次歌唱：

共产党，我们民族的太阳；

谁要往太阳上抹黑

我们就斩断他的手

——同上

广西各民族人民的幸福生活，随着祖国社会主义事业的发展而发展、上升而上升。广西僮族自治区即将成立的消息，激动着广西成千成万人的心。僮族诗作者黄青在《欢乐颂》中，以不可抑止的激情，描绘了当带着即将成立僮族自治区的喜讯的电波，从首都北京发出后，城市在欢腾，乡村在欢声雷动。男女老少为什么那样欢欣？"是不是所有的歌圩同一天齐唱?""是不是所有的婚礼同一早举行?"当"人们喜得像奔涛跃浪的大海，大地如处处荡过春风"，当老歌手都高歌的时候，作者把人们引到对过去长期灾难重重和艰苦斗争岁月的回忆中去，说明只有有了共产党的领导，革命胜利的花朵才开始怒放，后来又经过了多少斗争锻炼，人民忍受了多少灾难，革命才取得了伟大胜利，广西各族人民，才在社会主义改造和社会主义建设中创造了无数奇迹。那么，由城市到乡村是那样的欢欣若狂，难道是难以理解的？是的，广西各族人民在今后的社会主义建设中，信心将更强了；雄心将更大了。最后，作者以磅礴的气概、奔放的热情和抒情的笔调结束了他的颂歌：

　　五色缤纷的各族衣裙都同时起舞吧

　　还有什么节日能比这时刻更令人欢畅？

　　好大块的宝石发着透天的光华——

　　那是我们自治区在祖国的大地上

　　捧起巨幅瑰丽无比的图画！

　　多动听的琴弦鸣震天动地的音响——

　　那是各族人民在祖国的山海之间，

　　奏起永不停息的乐章！

　　从以上几个作者的作品的简略介绍中，我们可以看到，近年来反映广西各少数民族生活斗争的诗歌，数量大为增加，质量也有所提高。许多作者都以爱国主义和社会主义思想作为共同的主题。因此，好作品有着饱满的政治热情，能正确地在作品中表现革命的英雄主义精神，有着时代的、社会主义的声音。他们的作品表达了各族人民对祖国对党的热爱和景仰，歌颂了我们民族大家庭的友爱团结和各族人民新的生活和新的精神面貌。在艺术技巧方面（特别是以苗族人民生活斗争为题材的作品中），运用了形象的、朴素的、具有鲜明民族色彩的语言，给人以强烈的感染。许多作品洋溢着各民族的乡土气息。一些作者还力避公式化、概念化的倾向，开始注意运用或吸取原有的民族形式。所有这些成绩，都是应该肯定的。

　　然而，上述的成就，比之于少数民族瑰丽的现实生活，比之于人民群众的要求，还差得很远。在上列几个作者的诗歌中，还存在不少问题（也是广西诗歌创作中共同的问题）。解决了这些问题，民族诗歌创作才能更加繁荣。

首先引起我们注意的一个问题，就是反映现实生活的作品较少。从上举几个诗作者的全部作品来看，表现了以下的倾向：第一，有分量的作品大部分是整理民间传说和历史斗争故事的，反映现实生活的作品则较少。诚然，民族文学遗产应该整理，但对我们文学工作者特别是青年作者来说，主要任务在于反映现实生活，以诗人的社会主义革命热情去鼓动人们发出更高的劳动积极性和创造性，激励人们乘东风沿社会主义康庄大道奋勇前进。也就是以社会主义精神教育各族人民。原来的民族民间文学遗产，因历史条件的限制，其思想内容是有一定的局限性的，因此，它的教育作用也有限度。我们整理民族民间文学遗产，其目的之一是为了吸取其优良传统，发展和繁荣新的创作。第二，在现有的比较好的作品中，描绘爱情、描写乡土风光和风俗习惯的较多，正面地描绘热火朝天的社会主义建设的较少。第三，在以现实生活为题材的作品中，有的抓不住主要题材，或触及了主要题材却只抓住现象，写来显得单薄、肤浅。有的作品已经开始出现狭隘的地方民族主义倾向，这更值得注意。

问题的关键在哪里呢？首先是在于诗作者的思想感情，还没有足够地与社会主义革命中的无数奇迹和瑰丽的现实生活相融合。一些作者的创作冲动，发自这个蓬勃的社会主义革命时代的不多不强。不少作者的思想感情，还是停留在民主革命阶段。诗人的思想感情，与时代的跳跃不合拍，就不可能把原有的爱国主义思想提到一个新的高度：为无产阶级的豪迈事业而歌唱，为社会主义光辉未来而歌唱，从而把摄取题材的着眼点，放在当前蓬勃发展着的新生事物和社会主义的伟大创造上。社会主义革命和社会主义的创造，是各民族主要和共同的东西，人们生活中的一切变化，都在这个主要的、共同点上发生的。诗人看不到这主要的共同之点，他们思想、感情就难免带有狭隘性，就会自觉或不自觉地表现为地方民族主义。

我们希望诗作者们在深入少数民族人民的生活、斗争中，求得这些问题的逐步解决，使新诞生的诗歌，表现出深刻的思想力量和感人的艺术力量。

其次，关于熟悉和接受民族文学传统问题。几乎诗作者的作品中，翻译整理的作品或根据民间传说的创作一般做得较好，而在反映少数民族现实生活、斗争的创作中，不少作者就不善于表现发生某一事件的民族地区的生活背景，不善于在作品中体现少数民族在特定环境和条件下的思想方法、生活方式和感情的表现形式。在学习和运用民族文学语言上，上述诗作者虽各有较好的一面，但总的来看，仍分别在不同程度地存在着一些缺陷。如有的作者感情比较充沛、高昂，政治性较强，但民族生活气息不浓，诗句冗长，缺乏少数民族语言所特具的精练和缺乏艺术概括，甚至在长诗中也少见突出的情节和较典型的形象；有的作者的作品形式虽优美，却嫌纤弱，情调也不甚高昂；有的作者在整理的作品中，一般能保存原有民族文学特点，但不能从中吸取其优良传统，所以在创作中民族情调淡薄；有的作者运用了民歌中朴素的语言来反映少数民族生活，但由于对少数民族人民的思想情感的理解还不深刻，因此所选取的民间语言，往往仅是形式，没有体现人们真实深邃的思想情感；有的作者的诗，民谣味较强，也能抓住一些独特的事件，但显得概念化，思想内容空泛，语言缺乏艺术魅力。所有这些问题集中起来，就是在发展民族文学中如何接受民族文学传统问题。当然，学习民族民间优秀的艺术技巧、丰富的民间语言，都是异常重要的；但根本问题，还在于深刻地理解少数民族人民过去和现在生活、斗争及其思想感情，了解民族文学在历史上的战斗传统，明确它今天肩负的光荣任务，只有这样，才能通过吸取民族文学传统的艺术技巧和语言，使新的作品闪耀出民族生活的光彩。

除了上面几个诗作者的作品介绍外，广西还有许多诗作者进行了辛勤的劳动。在广西的诗歌园地上，已经开出了许多闪现光彩的花朵。虽然这还是初开的花朵，但这是值得珍贵的令人喜悦的花朵。随着僮族自治区的成立，必将出现社会主义建设新的跃进、新的高潮。广西各族人民在共产党领导下，展开在各族人民面前的将是一幅更宏伟、更瑰丽的图景。预祝我们诗歌的花朵，将开得满山遍野，开得更光彩夺目。

为创作更多更优秀的作品而努力

——在区文联及作协广西分会成立大会上的工作报告

苗延秀

一、对1958年文学创作工作的估计

文学艺术是一定时代社会生活的反映，它帮助和教育人民推动历史前进。当代的文学艺术主要是反映人们如何在党的领导下进行社会主义建设的新生活，反映新时代人民的精神面貌。特别是1958年"大跃进"以来，在党的总路线光辉照耀下，全国人民"精神振奋，斗志昂扬，意气风发"，"力争上游"的崭新的精神面貌，在文学艺术上更应有所反映。

1958年，是"一天等于廿年"的伟大一年，我们广西与全国其他省、区一样，在成立了僮族自治区后，掀起了"大跃进"的高潮，各民族人民欢欣鼓舞和团结一

作者简介

苗延秀（1918—1997），广西龙胜人，侗族，1941年到延安，在鲁迅艺术文学院文学系学习，主要作品有《红色的布包》《大苗山交响曲》《元宵夜曲》，曾任广西文联、广西作协副主席，《广西壮族文学史》编辑室主任。

作品信息

《红水河》1959年第6期。

致地坚决执行了社会主义建设的总路线，鼓足干劲，发扬了敢想、敢说、敢干的共产主义风格，使粮食生产大量增加，使钢铁生产在短短的几个月中，炼出15万吨，结束了广西不能炼钢的历史，打开了工业建设的新一页。而工农业生产"大跃进"和人民群众思想觉悟的"大跃进"，带动了文学的"大跃进"，我们去年一年的文学创作，主要有下列几方面的收获：

第一，在"大跃进"的形势下，群众性的文学创作运动得到蓬蓬勃勃的发展。我们广西出现了大量的新事物、新的具有共产主义风格的英雄人物。具有喜爱山歌的优秀传统的各族人民，掀起了声势浩大的以民歌为中心的群众性创作运动。于是，不论在高炉旁，在田野里，在山顶上，都经常听到群众用生动的语言，嘹亮的歌声，歌唱伟大的党和毛主席，歌唱总路线，歌唱生产"大跃进"，歌唱人民公社……新民歌变成了生产"大跃进"的战鼓，成为鼓舞劳动人民前进的号角。这是群众进行社会主义、共产主义自我教育的武器，是群众在文化上闹翻身和巩固与扩大扫盲工作成绩的运动。在新民歌创作中，出现了不少革命的现实主义和革命的浪漫主义相结合的优秀作品。

这些作品，有的歌唱农业"大跃进"，反映了农民鼓足干劲，力争上游的乐观的战斗精神，显示了农村社会主义建设"大跃进"的时代面貌。

有的对工业"大跃进"，特别是大炼钢铁运动，给以非常热情生动的描写。表现工人阶级的伟大气魄和理想，表现全民大办钢铁的豪迈气概。

部队战士写兵歌，反映保卫祖国南大门，保卫社会主义建设的作品，也有不少。

此外，民歌还成为表扬先进人物和群众自我批评教育的武器，成为歌颂新的民族关系——团结、和睦、互助的赞歌。

工农群众把劳动诗化了，把诗劳动化了。而诗与劳动的结合，就意味着在我们社会主义文学中出现了共产主义萌芽。

这些民歌给我们当代诗人的影响很大，正如周扬同志所说："新民歌开拓了诗歌的新道路。"

去年一年，全党全民开展的采风运动，成绩很大，据很不完全的统计，区人民出版社和民族出版社共出版了七十多集民歌。如《人民公社奇迹多》《丰收之歌》及《这里工厂冒火烟》等民歌都是受人欢迎的群众创作，此外，各专区、市县出版的民歌约有二百多集。各地墙头诗画数量也相当多。

群众创作，不仅在民歌上成绩很大，而且写有比较优秀的散文和小说。它们继承了民间故事传统和发扬了时代精神，用朴素、生动的语言和比较鲜明的人物形象及生动的故事来表现"大跃进"。如《五伯娘和新儿媳》，文章虽短，却相当生动地表现了农民的生产干劲和新的人与人的关系。此外，还有小小说《插割之争》，写人民内部先进与保守思想的矛盾，写得也很生动。剧本《剪红带》及其他作品，好的也不少。这些作品，虽然不十全十美，但都朴素、真实，充满了生活气息，在一定程度上表现了"大跃进"伟大时代人民的精神面貌，对"大跃进"起了促进作用。

去年一年，由于群众创作的蓬勃发展，不少工农作者参加到文艺战线上来，对今后创作的影响，对文学队伍质的变化，将起极大作用。

第二，去年文学工作的"大跃进"，还表现在作家和文学工作者的下放劳动或参加基层工作，下决心以普通劳动者姿态长期深入生活，特别是业余作者和斗争、和群众、和生产的密切联系，跟人民群众一道"大跃进"，使文学创作面貌有所改观。这是在整风反右斗争胜利基础上的一个有极大意义的成果，也是文学上一个革命性的措施。毛主席说："中国的革命的文学家艺术家，有出息的文学家艺术家，必须到群众中去，必须长期地无条件地全心全意地到工农兵群众中去，到火热的斗争中去，到唯一的最广大最丰富的源泉中去，观察、体验、研究、分析一切人，一切阶级，一切群众，一切生动的生活形式和斗争形式，一切文学和艺术的原始材料，然后才有可能进入创作过程。"

所以，业余作家的长期与劳动、与群众、与斗争结合，作家、艺术家的下放当农民或参加基层工作，不仅是改造思想，实现知识分子劳动化，而且是解决作家在创作与生活上的矛盾，使作家的创作充满了乐观的斗争精神，较充分地表现"大跃进"的时代面貌。根源于个人主义而产生的悲哀、沉闷的思想感情，在"大跃进"的洪流中被冲得粉碎，低沉的、发泄个人哀怨的作品，已一扫而空，或者是为数很少了。

我们广西的作家，有的在劳动中立了功，成为先进工作者；有的边劳动边写出短篇作品来为生产为政治服务；有的正在写长篇小说和长篇叙事诗。就已发表的作品看来，比过去有较浓厚的生活气息，有较健康的思想感情，在一定程度上表现了"大跃进"中的人们的精神面貌，刻画革命斗争和"大跃进"的英雄人物。如小说《抢红旗》《僮族人民的好儿女》《猎手外传》《老游击队员》及其他许多诗歌、散文，尽管它们的文学样式、风格不同，或多或少存在某些缺点，但它们的共同特点：描绘了各方面具有共产主义思想、风格的人物形象，从这些人物身上，我们看到了工人、农民的聪明智慧，看到了工人农民豪迈的性格和高贵的品质。

这些作品，有的是下放作家的创作，有的是业余作家或青年作者在基层工作中挤时间写出来的。但总的是在"大跃进"中，作家参加劳动，参加基层工作，作家是参加了社会主义建设的实践，不是旁观或局外人，而他与群众的关系，从客人变成了自己人，因而，对自己思想改造较好，对人民群众的思想感情和性格的理解就比较深，才能创作出较有时代精神的作品来。

文艺工作者下放与群众结合，辅导群众创作，对提高群众的创作水平也起一定作用。如广西僮族自治区各剧团和艺专的同志，去年在全区各地进行劳动锻炼时，辅导了当地业余剧团的创作和演出，使群众的创作和演出有所提高。

去年一年，作家和青年作者的创作，据《红水河》编辑部的统计，仅《红水河》发表了小说、散文97篇，其中反映工农业"大跃进"的就有45篇，反映现实各方面的生活的有33篇，反映革命斗争的有18篇；诗歌80篇；剧本及演唱材料13篇。其他如《广西日报》副刊《山地》和《群众艺术》，也发表了作家和青年作者的反映工农业"大跃进"的作品及通俗演唱材料。此外，电影剧本的创作，仅南宁电影制片厂收到54部。这些作品在一定程度上反映了我区一日千里的社会主义建设的面貌。

第三，在理论批评方面，贯彻了"百花齐放，百家争鸣"的方针，对文学工作者思想"大跃进"和文学创作的发展起了促进作用。我们从文艺界的反右斗争到修正主义的批判，从"文学作品可以不要主题"，"你搞你的政治，我搞我的文艺"，把政治与艺术对立，或把政治与艺术并列等等资产阶级文艺思想的批判斗争中，组织文艺工作者学习了总路线和周扬同志的《文艺战线上的一场大辩论》，提高了文艺工作者的思想认识，懂得了香花和毒草的区别，并在创作实践中不断提高。去年，我们在刊物上开展了对丁玲等修正主义的批判，对我区某些人的借"写真实"和"干预生活"等论调，来夸大和片面地专门描绘新社会的所谓"缺点"，进行反社会主义和贩卖修正主义文艺思想的批判，使评论工作出现了新的面貌，而革命的现实主义和革命的浪漫主义相结合的口号的提出，对我区文艺创作更起了重大影响。

有些作家和青年作者，在创作方法上已有所革新，对用革命的现实主义和革命的浪漫主义相结合的创作方法来进行写作有所努力，写出的作品，尽管存在缺点，但大体有革命立场，人物有革命干劲，有革命理想，情调比较清新、健康。

此外，我们对某些较优秀的作品作了评论推荐工作，如对《五伯娘和新儿媳》这篇小小说的推荐，转载了老舍同志的评论；对《歌唱我的民族》等诗歌作了评介。对某些有严重缺点的作品，如《中秋节》等也开展了讨论。

在文学评论中，大专学校学生，也已显示出一定作用。

第四，民族文学有了一定的发展，民族作者的作品，反映了少数民族地区的蓬蓬勃勃的富有强大生命力的社会主义建设。像仫佬族包玉堂的诗集《歌唱我的民族》的出版，就是以朴素的语言和深厚的感情来歌颂党和社会主义革命给仫佬族人民带来的新的幸福生活。其中《歌唱我的民族》一诗，表现了诗人对本民族家乡的热爱和对祖国的热爱；而对阴谋破坏社会主义建设和破坏各民族幸福生活的右派分子，表现了强烈的憎恨。

诗人又在《山城的早晨》一诗中为本民族工人的新生而欢欣鼓舞。

僮族诗人黄青的《百东河水库工程散歌》，用朴素的语言，粗犷、豪迈地赞颂着僮族人民大搞水利的信心，表现了一定要战胜自然的英雄气概。

苗族新作家梁彬的小说《抢红旗》，虽然有些缺点，对人物为什么抢红旗这一思想的展示写得不够，但仍可以看到苗族人民在"大跃进"中的生产干劲，而且富有民族生活气息；语言，特别是人物间的对话写得相当精练。所以，仍为读者所喜爱。

民族文学的成长，还表现在戏曲方面的发展，如僮族、苗族、侗族等都有新的剧本创作，并搬上了舞台。

僮、瑶、苗、侗、彝、仡佬、仫佬、毛难等民族的作者，是在党的培养下成长起来的，其中绝大多数是在1958年"大跃进"中才显示了自己的才能。他们在报刊上有的发表了诗；有的发表小说、散文；有的写电影剧本，而且拍成电影。据《红水河》编辑部不完全的统计，1958年，民族作者在《红水河》发表诗歌的有僮、瑶、苗、侗、仫佬、毛难、彝、仡佬等8个民族的49个作者，共发表诗92首；小说、散文15篇。这些作品，有的相当优秀，有的还存在缺点，甚至可以说还相当粗糙，水平不高，但它是以崭新的姿态出现于文坛，以富有民族生活气息和特色的文学而丰富了我们广西的文艺园地。

我们广西僮族自治区一向重视民族民间文学的搜集、整理，1958年，广西各民族文艺工作者，在区内外出版民间故事集和民间歌谣集62本（僮文版55本），其中有：《僮民族间故事》《风水先生》《僮族民歌选》《哈迈》，《中国民间故事选》中也选有我区的作品。1958年10月以后，成立了"僮族文学史"编辑室，组织作家、教师、干部、学生等60多人，进行僮族文学作品的普遍搜集，得到的作品有二百多万字，并且将随着文学史的编写而陆续整理出来。这无疑的，是我区僮族文学史上的一件大事。

在民族文学工作上，还要提一下从事这项工作的有汉族作家、干部和学生；也有少数民族作家、干部和学生。他们互相学习，互相团结，共同工作，体现了我区新的民族关系。这种关系，今后我们还要继续巩固和发扬。可以肯定，通过民族民间文学的搜集整理工作，民族作家在汉族作家帮助之下，可较快地成长起来；而汉族作家，也可以在与民族作者共同搜集、整理民间文学中得到生活、艺术的提高。

在民族文学发展上，还要提一下民族文学翻译工作，把汉族文学中的优秀作品译成少数民族语文，把少数民族文学中的优秀作品译成汉文，这对巩固民族团结，提高民族文化和文学能起一定作用。当僮族有了文字以后，民族出版社在这方面做了许多工作，仅1958年翻译出版汉族文学的有：高玉宝的《半夜鸡叫》、方之的《在泉边》以及《英雄黄继光》等作品。

这工作，不仅在文学上有重大的意义，而且是一项相当重要的文化政治工作。

第五，为了继承光荣的革命传统，向在革命中艰苦斗争和为革命而献身的英雄人物学习，进一步鼓舞群众的干劲，1958年我们有计划地组织了一些老干部进行革命回忆录的写作，以及收集反映历代革命斗争的作品。

我们知道，广西各民族不但有悠久的历史，而且有悠久的革命传统。各民族在很久以前，就曾有过反抗民族压迫和阶级压迫的斗争，特别是近百年来，从太平天国革命到中法战争、到辛亥革命、到党领导下的红军时期的国内革命战争，一直到抗日战争和人民解放战争，僮族和汉族及其他少数民族人民都曾团结起来进行长期的艰苦斗争，出现了许多可歌可泣的英雄豪杰和为人民所爱戴的革命领袖。他们留下了足以教育后代人民的英雄事迹和壮丽的诗篇。

如1958年，我们收集到清朝时期南丹县僮族青年农民邓老五的歌，他是坚决反封建反帝反洋教斗争的勇士，起义失败后被捉，判死刑。当他被绑赴刑场时，母亲在旁呼天顿地，哭得很惨，而邓老五却慷慨就义地唱着：

十七十八好威风，睡在平地像条龙，

因为人民刀下死，人头落地当吹风。

这首歌表现了革命烈士的非常豪迈的英雄气概和为人民而死的光荣感，也表现了对死、对敌人的蔑视。

近代的新民主主义的革命斗争，在党的领导下，英雄人物辈出，1958年各报刊曾发表过若干反映这方面的作品；《红水河》杂志，还设立了《星星之火》和《老战士忆红七军》等专栏，共发表了18篇。这些作品全面或侧面的反映了各个革命时期的斗争面貌，表现了英雄人物的高度的革命热情和豪迈行为，对今天的人民进行社会主义建设，起了鼓舞和教育作用。其中特别值得提及的有谢扶民同志的长诗《右江——红七军的故乡》，这首诗虽然不很完美，但它较全面地描绘了右江两岸各族人民，在党领导下极艰苦、英勇的革命斗争和高度的社会主义的建设热情。

此类作品，还有《回忆韦拔群》及各地的许多党政负责同志的创作。

这方面的作品，表现了人物多在艰苦、惊险的环境中抱着崇高的革命理想，干出许许多多的可歌可泣的英雄事迹，他们的榜样和革命斗志，永远鼓舞着我们前进。

第六，由于群众创作运动的开展；老干部拿起笔来写作；作家的深入生活、下放劳动，解决了生活和写作的矛盾；大专学校学生的贯彻教育与生产劳动相结合，在创作和理论批评上显示了他们的新生力量。于是，我们的文学队伍大了，各级文艺团体逐渐建立起来了，作品一天天多了。从各地报刊上发表的许多作品来看，其中有一个显著的特点：描写人民群众，描写工农业"大跃进"的现代题材多了，它从各方面来表现"大跃进"中的新人新事和时代面貌。

其次，通过各地的文艺团体，辅导了群众创作，培养了工农兵作者，壮大了文艺队伍。仅《红水河》编辑部去年十月份的统计，诗歌的工人作者50名，农民作者200名，士兵作者10名，占诗歌作者72%；小说，散文的工人作者42名，农民5名，军官士兵40名，占小说散文作者总教37%，其中有4位工农作者，已进入作家的行列。

总之，1958年文学创作工作成绩是相当大的，它基本上反映了"大跃进"的时代面貌和人民的精神状态，对人民群众进行共产主义教育，起了积极的作用，同时对生产起了促进作用。它为社会主义文学建立了广大的基础和开辟了广阔的道路。这成绩的取得，主要归功于党的领导，同时也由于各级政府文化部门及文联的正确地贯彻了党的文艺方针，由于群众的力量和文学作者及刊物编辑部全体同志的努力，以及部队同志和老干部及其他方面同志的努力。

但是，去年文学创作与我们伟大时代的工农业"大跃进"还不大相称，不愧于时代的优秀作品还很少，甚至可以说还没有。我们的作品数量多，质量低——作品的思想性、艺术性还不够高，或者说还存在若干缺点。这些缺点虽然是前进中的缺点，但如果不大力克服，不努力提高，就满足不了群众的要求，赶不上形势的发展。所以，文学创作上存在的问题，应该很好研究。

二、关于文学创作上的一些问题

社会主义建设的"大跃进"，人民群众思想觉悟的提高，要求作家创作出不愧于时代的更多更优秀的作品来。我们去年的文学创作，一般的都以反映工农业生产"大跃进"为主，作者都是想反映"大跃进"中人们的英雄气概，歌颂新的英雄人物为社会主义而进行忘我地艰苦劳动的高贵品质，主题大多数是好的。作者所描绘的新人新事，的的确确是应该大书特书的。但是，由于发展很快，许多问题来不及详细研究，存在若干缺点。

第一，文艺为政治、为生产服务的问题，有些同志理解不够全面。在要求群众创作时，不从可能、自愿、需要出发，计划过大。有一个乡布置群众一个晚上完成一万多首的民歌创作任务，群众虽然尽了九牛二虎之力，一夜之内完成了这个任务，但却找不出几首思想性艺术性较高的民歌来。有些地区为了文艺献礼，对创作提出过高的要求。有一个县今年规划创作二万幅达到全区水平和2000幅达到全国水平的美术作品。某某市要求今年创作出6000首在全区流行的歌曲；要业余作者在今年内完成60部长篇小说的创作任务。这些地区的创作劲头很大，愿望也是好的，可是未从具体情况出发，未考虑文艺创作的特点和规律，制订如此庞大的规划，不但浮夸，很难实现，而且会形成过分紧张，甚至妨碍生产。我们知道，文学艺术是上层建筑，为基础服务。它是"整个革命事业的齿轮和螺丝钉"，它和政治、生产的关系是处于从属的地位，文学创作必须是配合生产而不是去妨碍生产。这一个问题，值得大家注意。

今后，对群众的创作，要从需要、可能和自愿出发，要普及和提高相结合，不盲目去追求群众创作的数量，文艺团体和文学组织领导工作者，包括作家在内，应该去发现群众创作中的积极分子，帮助、培养他们成长起来。这样做，群众创作的成绩和热情，才会巩固和提高。

文艺为政治、为生产服务的另一种片面观点，认为只有现代题材才有教育意义，历史题材似乎不会被人重视，从最近各地的来稿中看，描写历史题材的作品也少很多了。当然，丰富多彩的现实生活，是特别需要作者去反映的，我们也主张作者多写现代题材，或者去努力熟悉现代题材，但并不主张作者抛弃他所熟悉的历史题材。同时，我们自治区不仅现实生活是丰富多彩的，而且在历史上也有极其光荣的一页，诸如太平天国革命、中法战争、右江红七军的革命斗争以及人民解放斗争等等，这些都值得熟悉这方面生活的作者大写特写的。因为广大的读者不仅爱读《普通劳动者》《新结识的伙伴》及《三年早知道》等反映现实生活的优秀短篇，他们也同样爱读《红旗谱》《青春之歌》及《苦菜花》等描写历史题材的优秀长篇。因此，题材愈宽广，作品愈多样化，我们的文艺花朵就愈开得鲜艳，文艺事业就愈发展繁荣。反之，如果作者所描写的题材愈狭隘，就不能更好地从各个方面来反映我们丰富多彩的生活，作品就不能满足群众日益增强的文化生活要求。

文艺为政治、为生产服务，有直接服务和间接服务之分。比如当一个重大政治运动（或生产运动）到来时，布置一些作者写些短小精悍的诗歌传单；或组织作者就地取材，利用群众喜闻乐见的形式及时编些短剧和活报剧之类；或者请画家画些宣传画；或者请音乐家编些歌曲，来进行宣传鼓动工作，这是直接服务。这是完全必要的。我们任何时候都主张这样做。但也有间接服务，那就是作者对某个时期的生活斗争，进行了充分的体验，进行了较长期的艺术构思，用更高的艺术概括来表现一个时代的社会生活，创作出优秀的作品，如许多描写历史题材的诗歌、小说、戏剧等，群众读过或看过后，受到了教育，鼓舞了群众的生产情绪，这也算是为生产服务了。这两种做法我们都赞成，但不赞成只要前者忽视后者，也不主张只要后者抛弃前者。

艺术为政治服务要用什么题材、形式……对于这个问题，应当有充分的更大的自由，只要不违反六条标准，其他都是自由的。我们党的"百花齐放，百家争鸣"的方针，就是要用多种形式、多种题材的文艺创作去为政治服务；而用多种形式、多种题材的文艺创作去为政治服务，就是给艺术为政治服务打开广阔的道路。文艺为政治服务路子愈宽广，服务力量愈大，好的作品就容易产生。我们知道，不同的作家，专长和修养不同，艺术风格与爱好不同，因此，只要作品符合六条标准，题材、形式和风格，应该是多种多样，百花齐放。其次，群众的需要是多种多样的，这也是艺术需要多样性的原因。我们在文艺创作上，必须很好地贯彻党的"百花齐放，百家争鸣"的方针。

第二，在创作表现方法上，有相当多的小说、散文稿子，有一个通病：写的人物不够典型，思想挖掘不深，性格不突出，形象不鲜明；故事平淡，不动人，显不出在"大跃进"中英雄人物的豪迈气魄和精神面貌。我们所看到的这类作品，一般的多是描写生产过程，见事不见人；或者是真人真事的材料毫无剪裁地摆得很多，人物的性格、风貌、爱好、精神状态都看不清，不能达到文学作品的要求：通过人物的性格和形象来表现主题思想，达到教育人民的目的。

在电影和戏剧剧本创作中，也有这种情况，如写炼钢炼铁的题材，往往是工农兵商同道一段白，讲一通煤钢的重要性，然后就是开会、炼钢、实验、不吃饭、不睡觉……一系列的生产过程都写上了，主题虽好，但却全面而无中心，人物没有个性，不能给人以强烈的感染，读者或观众起不到共鸣作用。

我们在文学创作上写真人真事，局限性较大，有自然主义倾向。这样就难以写出一个典型人物来表现时代的精神面貌。也即是说，不能概括地创造一个具有鲜明个性的典型人物来表现伟大时代的工人阶级或农民的共性。有时，由于自然主义倾向，甚至把偶然的非本质的个别现象，写到作品里来，结果对现实生活是一种歪曲。

《红水河》对《中秋节》的讨论，就是针对作品的这种倾向，展开批评。

《中秋节》的问题在哪里？作者曾说：生活中实有其人，他自己曾跟作品中的主人公共同生活两三个月，且几次劝她夫妻和好，都不能达到目的。假如生活中真有这种情况，那也值得研究，作为小说来写，他是不是典型？

我们觉得：作者对"瞎三伯爷"的描写，离开了阶级观点，离开了1958年"大跃进"的时代背景，主人公的思想感情与周围的环境毫无相关。读者看到的"瞎三伯爷"，像是生活在旧社会里没有觉悟的贫民一样，连老婆的虐待也不敢顶撞一句，要是顶撞老婆，老婆不养自己，离了婚，生活无着落，只有死路一条。假如作者写的是那样一个时代的人物，那是无可厚非的。可是《中秋节》是写社会主义建设"大跃进"中的人物，"瞎三伯爷"不能表现这个时代的农民的个性特征。而他与老婆的矛盾，只有到人民公社成立时，恩赐地把他养起来才解决。这就不正确了。

人，是属于一定时代一定阶级的，他的性格和思想感情，受他所处时代的阶级的政治、经济和伦理道德的影响。经过土地改革和合作化后的农民，在党领导之下积极组织起来进行社会主义建设，他会有一定的思想觉悟和干劲投入生产的行列。而他的幸福生活的取得，不是恩赐，而是人民自己努力斗争和生产的结果。《中秋节》离开了社会主义建设"大跃进"的典型环境，把现代人当作旧社会的人物来写，或者是把生活中的不是时代本质特征的个别现象，当作小说的典型来写，这就是这篇作品的主要缺点。

《中秋节》在创作上的错误，在《红水河》开展的批评中，比较一致的意见都认为作者主观意图虽想表现人民公社成立后人们新的精神面貌，但它不能反映出生活的真实本质。这是作者不熟悉人民生活所致。如果真如作者所说的是实有其人，那么，正如高尔基所说："这'事实的文学'，正是自然主义最粗率、最不幸的偏向。"假如是虚构，那就是作者"脱离生活的主观臆造，用自己的错误的思想感情、立场、观点去代替人民群众的思想感情、立场和观点。把自己的思想感情和主观编造的故事，硬加到劳动人民身上。"这就不能不是对现实生活造成歪曲。

类似《中秋节》的具有自然主义倾向的某些作品，把农民中的先进分子，写成只会出力干活，但却傻里傻气的、头脑非常简单的"英雄"人物。

有些作者所写的人物，的确实有其人，且的确是真正的英雄模范，但却不能满足读者对文艺作品的要求，不能使读者产生高尚的情操和轻松愉快的感情。如写爱牛的用嘴巴去吸牛的鼻子，写爱猪的爱得抱着猪在床上睡觉……

这几篇东西所写的人物，的确具有较高的道德品质。但把主人公写成人畜不分，这不但很难令人产生文学上的美感，反而把英雄人物的思想感情庸俗化了。

文学是写人，通过人物性格和形象去显示事物的发展规律。或者是说，文学的给人以教育，最根本的是通过人物的性格描写，用活生生的形象来表现人物的思想感情和性格，以达到提高人民思想觉悟的目的。这在创作上，凡情节与主题、个性有关的，可以具体、细致地描写；但对表现主题和个性关系不大的生活细节，可以删去，不必烦琐地都写到作品里来。烦琐地罗列生活现象，不但不能突出主题和人物性格，而且会冲淡主题和人物性格。好比花，本来是美丽的，但与杂草生长在一起，杂草多，把花掩盖住，花就显得不突出、不鲜艳了。假如把杂草锄掉，花就显得突出和更美丽了。

为什么我们在创作上会出现上述的缺点呢？那是由于我们的作者对生活的观察、体验、认识不深，受水平所限，不能创造典型的人物形象。

文学创作，主要反映劳动生活，反映革命斗争，把生活中的真理体现于形象——体现于典型人物性格的描写中。它不仅仅是现实的反映，不是一味描写现存的事物，还必须联想希望的可能的事物，必须把带有本质的现象典型化。抽取较突出或虽细小但却最普遍而有本质特征的事物，创造大而典型的形象，才能把我们的作品提高一步。

那么，要创造典型，应该具备什么条件呢？高尔基在《我的文学修养》一书中写道："创造典型人物的肖像，要有高度发达的观察力，发现类似和相异的能力，才有可能；要充分的学习才能做得到的。没有正确知识的地方，去用推测，十个推测，会产生九个错误。"这就是说，作家必须有丰富的生活积累，要正确、深刻地观察生活，要有丰富的正确的知识，才能在现实生活的基础上用概括和想象的方法来创造典型。因此，我们要创作出概括时代的优秀作品来，就必须学习马列主义、学习历史、学习技巧，创造性地学习古今中外优秀作家和民间文学的作品，要按毛主席所指示的"必须长期无条件地全心全意地到工农兵群众中去，到火热的斗争中去"，然后才有可能创造出典型人物来。

当然，我们提倡用概括方法创造典型人物，并不排斥写真人真事。因为当作家对生活还不大熟悉，或者是当群众还没有掌握用概括方法创造典型人物的时候，为了及时反映生活，直接地为政治、为生产、为中心工作服务，写真人真事还是需要的。特别是群众的创作，除民间故事、歌谣外，大多数是根据真人真事写的，这是无可厚非的，更不应该责难。一般地说，群众和初学写作者，从真人真事写起，到概括、集中、想象，创造典型，需要一个过程。群众写真人真事写多了、熟了，有了一定写作水平，不满足，就会要求提高，会要求创造典型。

为了创造更典型的人物，不提倡写真人真事，但，并不等于禁止写真人真事。因为在我们的时代，真人真事是典型的也有不少。如方志敏的《可爱的中国》，是真人真事，千百万人爱读；波列夫依的《真正的人》，是真人真事，也是典型；《刘胡兰》《钢铁是怎样炼成的》等，也是根据真人真事写的，他们也是典型。所以，当某些作者写真人真事的时候，关键在于所选择的真人真事是否够典型和如何写真人真事的问题。

第三，在文学创作实践中，对革命现实主义和革命浪漫主义相结合的创作方法，有不正确的表现。我们翻开去年的许多作品。特别是诗歌创作，有不少是把革命浪漫主义误解为空想浮夸的东西。诗歌稿件中，我们常常碰到脱离现实生活的描写，如仙女下凡参加公社、嫦娥嫁到人间、孙悟空参加炼钢等，千篇一律，不能给读者任何精神振奋。这种诗歌没有生活实感，没有优美的诗歌的忆境，内容非常空洞贫乏，随便举首为例：

石炮一声震天响，

震动玉帝海龙王，

天上神仙下凡看，

个个惊得发了慌。

这首歌看起来，气魄很大，如果说它有革命浪漫主义精神，倒不如说它有些空洞浮夸，因为它没有什么新鲜的东西，而是现实生活基础不深和没有生活形象的幻想。

在戏剧创作中，有人把革命浪漫主义神秘化，也有人把它简单化。大家看见"人鬼同台"的戏各地都演过。比如有一个剧本写玉皇大帝要向共产党学习，天上也搞整风运动；有的剧本把织女写成保守分子，把诸葛亮写成小丑，这不仅降低了革命浪漫主义，也损害了传统。去年人民公社刚成立不久，某报刊登了一个剧本，剧中写天上三位仙女看到人间成立了人民公社，于是偷偷地下到人民公社参观集体食堂、幼儿园、托儿所、敬老院、集体牛栏猪栏等地方后，感到人间比天上好，于是不愿上天了，参加了人民公社。这样的戏看起来，似乎很有趣，但思想性并不高，教育意义也不见得大。这和革命浪漫主义毫无共同之处。

在小说、散文方向，也有类似情况，如有篇稿子，描写孙悟空学僮文，学得很好，可是僮族青年却不愿学僮文，连猕猴都不如。这个故事的发生，有名有姓，有具体时间和地点。看来，作者是想通过孙悟空学僮文的故事来告诫僮族青年应该好好学僮文；但却不伦不类，神话与现实格格不入，而且变成歪曲生活的反现实主义的作品了。

文学创作上的这种倾向，除了作者对革命现实主义和革命浪漫主义相结合的创作方法有所误解外，还由于作者对当前斗争生活感受、认识较浅，或者说没有深入生活所致。

大家知道，从没有一个历史时代像我们今天这样伟大；也从没有一个社会像我们今天英雄辈出。英雄们在社会主义建设中，不怕困难，敢说、敢想、敢干地做出了许多惊动世界和前所未有的奇迹的现实生活本身，充满了革命的浪漫主义色彩。革命的现实主义和革命的浪漫主义相结合的创作方法，就是要求我们把现实生活中人民或英雄人物的革命实践和革命理想相结合地描绘出来，绝不是把人和今天的现实分开而抽象去幻想未来。"革命的浪漫主义要表现人民中间的那种前进的精神状态，表现那种令人崇敬的新人新事，这样的人物思想是代表着未来的。"

我们的现实生活非常丰富多彩，英雄万千，材料取之不尽，写之不完，我们不能老是写神仙再世。要写，也不能老一个调子，应该有自己独特的艺术表现手法和风格，要像杜甫样"语不惊人死不休"。

第四，文艺评论工作赶不上创作的发展，不能更好地促进文学创作的繁荣。一年来，群众创作了无数的新民歌，但民歌创作中的经验和问题却未加以总结，报刊上探讨民歌创作方面的文章还是太少。前些时候，全国各地对革命现实主义和革命浪漫主义相结合的创作方法，开展了热烈的学习讨论，我区报刊上都很少见到这方面的文章。其次，如典型问题，生活的真实和艺术的真实，政治与艺术，表现人民内部矛盾和刻画英雄人物等一系列的理论问题，以及当前文艺创作中的许多具体问题，讨论得更少，甚至几乎看不到这方面的文章。特别是对作品的评介工作做得很不够。

为什么文艺理论文章这样少呢？有些同志认为文艺批评工作不好搞，怕犯错误；有些作家埋头搞创作，不大过问文艺批评；有的同志认为这是专家搞的工作，不是一般人搞得了的，因此，在文艺理论这个领域中表现得缩手缩脚，不敢大胆想大胆写。其次，是我们报刊编辑部的组稿工作赶不上去，没有有计划地有意识地去组织更多的人来写文艺评论。由于上述原因，创作上的自由讨论的空气非常稀薄。文艺花朵所需要的阳光和气候，除了伟大的党给我们以外，搞文艺评论的同志，起的作用是不太令人满意的。

其实，以为写文艺评论会犯错误是没有根据的。群众创作开展后，千百万人搞创作，要搞创作，就必须对现实生活加以评判或赞扬，或者说是要在文学作品中提倡反对什么，歌颂什么。这就是对社会生活的一种批评。搞文艺创作的同志既然能够如此，搞文艺评论的同志又何必顾虑呢。文学作品是直接对现实生活给以评判或赞扬，文艺评论文章则是宣传马列主义文艺理论，坚持党的文艺方针，对文艺作品给以直接的评判或赞扬，帮助读者及作者加深对生活和文艺作品的认识或理解，提高创作水平，鼓舞人民群众更加努力地去进行社会主义建设。

当然，搞文艺评论工作，需要有马克思列宁主义的理论修养，还要有较丰富的知识和艺术修养，但最根本的还是要有工人阶级的立场和熟悉生活。近年来，在文艺评论上，从老干部和工农群众中，陆续涌现出新的文艺评论作者就是最好的例证。所以，文艺评论工作并不神秘或高不可攀。我们必须解放思想，破除迷信，发挥敢说敢想敢干的共产主义风格，加强文艺评论工作，改变目前文艺评论落后于文艺创作的状态。特别是我们的老作家和文艺报刊编辑部的同志，要以身作则和广泛地团结一切可能写文艺评论的同志，积极开展文艺评论工作，并在评论活动中培养一支有一定水平的马克思主义的理论批评队伍。

第五，在我们的某些作者当中，一旦写出几篇东西，就产生骄傲情绪，脱离群众，不安心工作，有脱离革命实践，闭门写作，不过问政治的倾向；有的出版了本把书，得了稿费，便和别人去开饭馆；有的发表了几首短诗，便自封为诗人，是"中国的普式庚"，甚至发展到道德败坏，违法乱纪；有的写了两篇较好的作品，就自命为作家，骄傲狂妄，目空一切，是个碰不得的"天之骄子"，正因为如此，一旦受到批评，就暴跳如雷，甚至企图逃亡。这种情况，虽然为数很少，但的的确确表现了某些文学作者受到资产阶级个人主义思想的严重侵蚀，这种错误思想如果不努力克服，不加以警惕，那对我区文学创作的发展是很不利的。

应该指出：作家其所以能写出较好的作品，个人的才能和努力，固然有一定的作用，但是更重要的应归功于党，归功于人民。没有党的领导，没有人民干出惊天动地的伟大革命事业，作家不可能写出革命的文学作品来。毛主席说："革命的文艺，是人民生活在革命作家头脑中的反映的产物。"所以我们说，没有人民创造历史，没有党领导人民不断推动革命的发展，我们就不可能写出革命的文学作品来。

因此，作家不要骄傲。不要把文学放在一切之上。文艺服从政治，起着帮助人民推动历史前进的作用。但它的位置已肯定了的，它是整个革命事业的螺丝钉。

骄傲，就会落后和自满，看不见新的东西，停步不前，发展的结果，就会掉在时代车轮的后面，成为向隅而泣的可怜虫。作家的生命，也就呜呼哀哉。

鲁迅先生认为：革命文学家，首先要做一个真正的"革命人。……至少是必须和革命共同着生命，或深切地感受着革命的脉搏的"。这些话，值得我们深省。今天，当我们进行社会主义建设的时候，作家应该以普通劳动者姿态与人民一道劳动，不是革命或社会主义建设的旁观者。作家应该搞好他所担任的革命工作，通过革命实践和劳动，改造自己思想，熟悉、观察、分析、研究工农兵，与工农兵打成一片，成为工农自己的人，才是一个真正的工人阶级的作家。那些吊儿郎当，对革命工作爱干不干，不负责任的人，一天只考虑金钱、名誉、地位，就是没有树立革命的人生观，是不好的作家。

我们文学创作工作上的缺点，大概就是这些，但，我们的缺点，和成绩比起来，成绩是主要的，缺点是前进中的缺点，可以克服的。

三、今后工作

在党的领导下，坚决贯彻文艺为政治、为生产、为工农兵服务的方针，努力克服创作上的缺点，创作出更多更优秀的作品来。我们的具体任务和措施是：

第一，组织作家参加劳动锻炼或参加基层工作，在坚持作家长期深入生活的基础上，写出优秀的作品来。我们认为：作家长期深入生活，是发展社会主义文学的根本方针之一。当然，在作家深入生活问题上，要照顾作家的特点和具体情况进行安排。至于深入生活的点面问题，鉴于广西作家目前的实际情况，是生活经验积累不多，我们主张在最近两三年内，作家应该深入一点，应该认真地建立自己的活基地，长期生活下去或与之保持联系，这样才能与工农群众真正结合；然后，可以适当扩大生活面，到处看看，比较比较一下，这对深刻地或全面地认识生活有好处。有部分作者可以结合他的工作，熟悉他所在部门的生活。

作家深入生活，主要是为了与工农群众相结合，熟悉工农生活，锻炼思想。毛主席说，作家必须经过生活的观察、体验、分析、研究，然后才能进入创作过程。所以，作家深入生活，应有长期打算。

作家在劳动或基层工作中，对生活虽然还没很熟悉，但为及时反映生活，为当前政治与生产服务，应该写些短小的文学作品。如果作家要写他已经熟悉的其他题材，当然容许。我区目前尚无专业作家，大家都是业余作家，因此写作时间要设法适当解决。当作家确有把握写较大的作品时，可先把写作计划或提纲送交作协或文联研究，然后转报当地党委批准一定创作假期，至于短小作品，以在生活中写作为宜。

除深入生活外，作家的学习问题很重要，作协和各级文联应该帮助作家在当地创作一定条件，使之经常能听政治报告，参加某些会议，看到一定文件，提高共产主义觉悟。文化和业务学习也应该重视。刘少奇同志在全国作协第二次理事会时指示：作家应该是思想家，应该有各方面的知识，应该学点历史和外国文等。去年毛主席又指出干部要学点哲学、学点科学、学习文学……这方面应该提醒作家注意，一个作家不仅要熟悉生活和人，还要具有理解生活、分析生活的能力和表现能力，要努力提高思想和艺术技巧，因此提倡作家与作者努力读书。同时运用革命的现实主义和革命的浪漫主义相结合的创作方法，写出优秀的作品来。

第二，大力发掘和整理各民族的民间文艺、继承传统，发展新的社会主义的民族文艺。在一定时期内，力求整理出一定数量的优秀的长诗、故事、歌谣和戏剧。在这一工作上，特别注意培养民族文学的翻译人才，并有计划地安排收集各民族的民间文学的代表作品。

第三，贯彻"百花齐放、百家争鸣"的方针，积极开展文艺批评，做好书刊评论，注意思想和艺术分析，采取鼓励、帮助相结合的方针。在开展文艺批评中发展文艺批评队伍，提倡专家批评与群众批评相结合，浇花锄草，批判修正主义，克服教条主义，为提高创作水平，建立马列主义的文艺理论队伍而努力。同时，结合新中国成立十周年文学创作总结，深入探讨革命现实主义和革命浪漫主义相结合的创作方法，探讨典型、刻画英雄人物以及民族风格等问题。

第四，在自愿、可能、需要的原则下，积极开展群众性创作运动，贯彻普及与提高相结合的方针，这工作主要依靠各专区、市、县文联去做，但作协也有责任。我们区一级的刊物、出版社，应把作家的优秀作品推广到群众中去普及，同时又有计划、有重点地辅导群众创作出优秀作品来加以出版、介绍和推广。此外，有重点地组织文艺讲座和创作座谈会，不断提高群众的思想和艺术水平。

在发动群众创作时，必须结合生产，利用民间原有创作活动及形式进行工作，做到群众创作密切为生产服务。建议各县市文联的文学部（或组），就地举行小型的作者作品座谈会，必要时，作协的干部和在各地市县的作家，也应负担这些座谈会的指导任务，以提高群众创作水平。

第五，培养各民族作家及工农兵作家，通过在刊物上经常发表对这方面作家作品的评论文章，以提高他们的思想水平和艺术技巧，使他们不断写出有一定水平的作品来。并且尽可能在一定时机由作协创作委员会和编辑部组织新作家总结创作经验，或举行小型的作者作品座谈会。

凡在专区、县市的作家，应参加当地县市、专区文联的创作活动，或参加该地的文联文学小组，并辅导当地作者成长为作家（有重点培养）。党的三中全会提出建立工人阶级知识分子队伍，其中包括工人阶级的文学队伍。如果我们不注意培养马克思主义新生力量，会犯原则性错误。因此，我们要求每个作家每年或二年甚至更长些时间重点培养一个作家，那么在一定时期内作协会员的数量和质量就会有显著的增长和提高。

在"大跃进"时代里，工农兵作者、老干部、大学生和青年知识分子中一定会涌现出一批优秀的文学人才，问题是在我们如何及时发现和及时帮助、培养。

我们要有更多更好的作品，就要有更多更好的人才，要在斗争中扩军，要在扩军中来练兵。

第六，办好文艺刊物，提高刊物质量，使刊物能正确贯彻党的文艺方针，反映时代的精神面貌，并具有民族特色和地方特点，真正成为"百花齐放、百家争鸣"

的园地。必须进一步团结作家和培养新生力量，特别是积极培养工农兵作者，使他们在工农兵群众中、在生产劳动锻炼中创作出优秀作品来，从而使刊物质量不断提高。因此，刊物编辑要耐心细致地研究群众的来稿，多发表好的群众创作，并加推荐。还要经常就群众创作中的问题，写些指导性的评论文章。

刊物是我们党的文艺事业的重要阵地，我们的作家应把好的作品投到《红水河》来，并经常写评论文章，指导创作。因为作家的作品，在为生产为政治服务方面，有一定作用；在创作优秀的作品上，又能起示范作用，帮助群众创作的提高。

从各方面推动文艺评论工作

刘硕良

"刊物要有议论。"我想这"议论"对文艺刊物来说，首先是指文艺评论。

"大跃进"以来，我们的文艺评论随着群众创作运动的兴起，有了很大的发展。在报刊上，在各种不同形式的会议上，对文艺工作如何贯彻总路线的问题、革命的现实主义和革命的浪漫主义相结合的问题、英雄人物的塑造问题、诗歌创作问题等都进行了初步的探讨。

我们的文艺评论也肯定了一些较为成功的作品，特别是对新涌现出来的群众创作首先是工农创作表示了热情的关怀、鼓励和支持；同时我们的评论也对一些错误的作品如《中秋节》等进行了批评。这些对促进文艺创作的繁荣和帮助读者理解文艺作品都起了积极的作用。

在文艺批评中，我们的文艺理论队伍开始扩大了，除了文艺团体的工作人员

作者简介

刘硕良（1932—），湖南人，1949年任《广西日报》记者，1980年进入广西人民出版社，是漓江出版社创始人之一，1993年创办《出版广角》，2001年创办《人与自然》，主编"获诺贝尔文学作家丛书"，获中国图书奖一等奖、全国优秀外国文学图书奖一等奖等，主编《广西现代文化史》。

作品信息

《红水河》1959年第6期。

外，工人、农民和机关干部、领导干部也开始参加了我们的文艺评论工作，青年教师、青年学生也在批评中显示了他们的朝气蓬勃的力量。

这一切和过去比较，无疑地是前进了一步。

但是，和形势需要比较起来，我们的文艺评论还是落后的，评论文章不仅数量少，而且质量不高，对许多问题的研究不系统、不深入，作者队伍也很小。

主要的问题在哪里？

有人说，"没有创作怎么评论？"这句话有一定的道理，有了创作才有评论的对象，我们的文艺评论不够活跃跟我们的创作还不够繁荣是有直接联系的。但是，承认这一点还不能完全解释目前的文艺评论为什么落后。因为文艺评论虽然一方面受制于创作，但另一方面能促进创作的繁荣：评论担负着宣扬马克思主义文艺理论、宣扬党的文艺方针、总结经验教训、探讨美学问题、指导作家艺术创作、指导读者认识作品的光荣任务。因此我们一方面要大力组织创作，一方面又要大力开展文艺评论，充分发挥评论促进创作的作用，决不能消极等待，决不能把文艺评论的艰巨的复杂的任务降低到仅仅对某一部作品加以评介，这是第一。

第二，我们现在是不是没有作品呢？我想，只要稍睁眼看一看事实都不会说没有作品的。即以新民歌来说，就成千成万，在如何向新民歌学习、新民歌如何提高等方面就有着许多值得研究的课题。广西是一个多民族地区，民族、民间文学的搜集、整理中也有很多问题需要研究。在戏剧方面，如何继承传统、如何塑造人物、如何提高表演技巧等等，几乎还没有进行过深入的系统的探讨；音乐、美术的评论更加落后，一年到头除了举办美术作品展览时报纸上发过篇把一般化的评论外，就没有什么评论文章出现，音乐方面的更少。不错，过去一年多我们作家、艺术家拿出来的东西还不多，可是也不是没有，文学界、戏剧界、音乐界、美术界都有了一些创作，为什么不能对已有的这些创作进行分析研究呢？就以戏剧来说吧，两次全区性的戏剧会演，包罗的范围那样广，不管好坏，可研究的内容总是丰富的，可是我们认真进行了哪些研究工作，在报刊上发表了几篇有分量的文章呢？就算演出水平低吧，低也可以批评嘛，为什么显得那样沉寂呢？

可见，以目前的文艺创作的现状为文艺评论的落后辩护是不能服人的，作这样的辩护只能证明他们无视广西的文艺创作，没有认真去研究广西的文艺创作。

文艺评论的落后并不是由于作品少，那么问题在哪里呢？我觉得在思想上、组织工作上都存在着一些问题，只有解决了这些问题，我们的文艺评论才能广泛深入地开展。

树立钻研艺术和百家争鸣的风气

首先，要解决思想问题，要采取一切措施培植钻研艺术和百家争鸣的风气。现在我们文艺界这种风气是不够浓厚的，有搞文学创作的同志只顾埋头写，对如何进一步提高质量、如何磨炼自己的技巧，则钻研得不够；有些从事戏剧、美术、音乐工作的同志也缺乏应有的钻研，有的演员排剧只听导演"指示"，自己不研究剧本，不研究人物性格和表现手法，下台后也不收集反映，认真总结，平常连必要的文化学习、艺术学习也不坚持，听说有个规模不小的剧团，连看《戏剧报》的人都很少！是文化水平低吗？为什么解放这么多年了，不去好好提高呢？从事创作的人如此，从事评论工作的人也不见得好很多。有的搞评论的却看不起广西的创作，很少读广西的创作，对文艺理论的基本问题也缺乏应有的修养。这样，大家钻研得不够，百家争鸣又如何能争鸣得起来？所谓"百家争鸣"绝不是各家乱鸣，它首先是建立在各人对学术问题的深刻研究的基础上的。因此，要把评论工作搞起来，除了大力组织群众的批评外，首先就得把文艺界的研究空气活跃起来，这样才有可能进行百家争鸣，才有可能产生出像样子的文艺评论。

还要解决一个学术态度问题，必须坚持"百花齐放，百家争鸣"的方针，大家打破顾虑，敢想敢说敢写。现在有些人不敢写文艺评论，以为这是一个得罪人的、容易犯错误的苦差事。有的同志有时闲宁愿写时事政论，批评帝国主义分子（这一方面当然也需要），却不想针对本区情况来写文艺评论，似乎这样"保险"一些。真是这样吗？不见得！我们见过搞评论犯错误的人，也见过搞创作犯错误的人，犯不犯错误和作品的体裁、形式并没有什么必然的联系。如果他的思想不对头，写什么东西都会露出马脚来的。这里的问题首先取决于作者自己的思想观点对不对，对了就用不着怕犯错误，不对，讲错了话，写错了文章，也用不着害怕，因为人非生而知之，哪个保证他完全没有错误？错了改正了就前进了一步，岂不更好？如果怕错而缄默不写，错误得不到暴露又如何改正如何前进呢？所以藏拙不是积极的办法。至于怕得罪人而不愿写评论那就更不对了。文艺评论工作是人民集体事业的一部分，事业需要、群众需要，我们就应该积极参加，敢写敢讲，敢于坚持真理，敢于修正自己的错误，否则，百家争鸣的风气还是形不成的。这是一方面。

另一方面，在领导上、在文艺评论工作的组织上，又要想一切办法造成一种环境使大家能够畅所欲言。这也要从两方面努力，一方面批评作者要做深入研究，具体分析，先看懂作品，先把问题搞清楚，不要轻率地发表意见；要严格地把政治问题和艺术技巧问题区别开来，把政治立场问题和思想方法问题区别开来，把问题的主要性和局部性区别开来，不要乱扣帽子，一棍子打死；要允许别人提出不同意见，虚心倾听各种不同意见，不要自以为是，偏听偏信。另一方面，被批评者也要虚心冷静，要勇于接受正确的批评，勇于坚持自己的正确意见，不能一听批评就思想抗拒，也不能毫无原则地接受。总之，评论工作、研究工作是一种学术工作，必须十分谨慎，必须有科学的实事求是的态度，必须允许自由争论，尤其各人保留不同的意见，允许有一定的时间来考验这些意见和作品是否正确，不能采用行政的、简单化的手段来处理问题。这样才能使大家畅所欲言，使百家争鸣的空气日益活跃，使问题真正弄得更清楚，意见更准确，从而有助于实际问题的解决。可惜，在我们这里，粗暴的简单化的批评还没有绝迹，不虚心对待批评的现象也还存在，这都是妨碍评论工作更好地开展的。

加强评论工作的计划性、系统性

第二，要加强评论工作的计划性、系统性。目前文艺评论的问题很多，不可能什么都抓，应该认真分析各个地区、各个方面的不同情况，根据需要和可能，订出一个研究计划，一个时期着重解决一两个急需解决的问题。对作品的研究不能局限于思想性方面的分析，因为文艺作品不是政治论文，还必须同时进行艺术分析，并且不能满足于名词、概念的搬用，而必须独立地刻苦地进行研究，拿出一些见解来。过去我们的许多影评、剧评、书评谈思想性方面往往流于概念，艺术分析更少，这种情况应该改变。大体说来，在步骤上，应该先评论后研究，先搞一般的评论，从中扩大队伍，培养作者，再进一步做系统的研究工作。

一般的泛泛而谈容易流于空洞。最好以一个典型作品为重点联系到其他作品来反复进行讨论，尽可能吸收评论者、读者、作者三方面参加，各人畅抒己见，然后整理成文章发表，或者在报刊上进行讨论。

中心的环节是做充分的研究，提高评论质量。在我们的评论队伍薄弱的情况下，特别强调一下集体讨论是必要的，因为这样做才能更快地搞出一些质量较高的评论来促进创作，并带动整个评论水平的提高。

逐步培养评论队伍

第三，要逐步建立一支思想水平、艺术水平较高的，又和生活和作家艺术家有密切联系的评论队伍，这样一支队伍怎样建立呢？首先得依靠现有的评论作者做骨干。根据广西目前的情况，现有评论作者很多分布在各文艺团体，他们了解文艺界的情况，又有一定的水平，是有条件写出一些好评论来的，问题是这些同志很忙，写评论有一定的困难。但是，再困难也得"忙人带头！"不管你"忙"得如何厉害，总还得把评论工作包括在你"忙"的范围以内，因为抓文艺工作不抓评论是说不过去的，是不利于创作的繁荣的。我想，只要这同志把评论也看成是自己的不可推卸的责任，看成是和自己的工作相辅相成的东西，写评论的时间还是可以挤出来的。

其次，要努力扩大评论队伍。许多事实已经证明，工人、农民以及在各个实际工作岗位上的同志对生活最了解，他们来评论作品是可以提出许多中肯的，甚至是文艺界难以提出的意见的。还有青年教师、青年学生也是，文艺理论的新生力量。希望各个协会和报刊编辑部通过实际问题的研究更好地更有计划地把这些力量组织起来，团结在自己周围，有计划地展开理论批评工作。看来，只要组织，潜力还是很大的。《红水河》自去年底展开对《中秋节》的讨论以来已经收到了三百多篇来稿，《广西日报》近来刊发一些评论文章后，评论来稿也大大增加，并且许多意见针锋相对，作者分布的面也很广，其中有不少是有一定水平的。问题是我们过去的工作做得还不够，力量没有很好组织起来。从现在起，让我们共同努力，从各方面把文艺理论批评工作推向一个新的阶段吧！

1960年代

力争文艺事业更大繁荣

广西僮族自治区文学艺术界联合主席　郭铭

　　1959年是在1958年"大跃进"的基础上继续"大跃进"的一年。这一年我区文学艺术事业和全国的文学艺术事业一样，在总路线的光辉照耀下，在工农业生产和各项建设工作继续"大跃进"的推动下，获得了辉煌的成就。这是在中国共产党的领导下，马克思列宁主义的胜利，是伟大而光辉的毛泽东思想的胜利，是鼓足干劲，力争上游，多快好省地建设社会主义的总路线的胜利。

　　我区文学艺术事业在党的领导下，在生产"大跃进"的推动下，紧密的配合政治，配合生产，开展了群众性的文艺运动，出现了大普及、大提高的新气象，成为社会主义革命和社会主义建设时期"文化大革命"的重要组成部分，对于教育和鼓舞群众生产的热情，对于促进社会主义建设起了巨大的作用。首先表现在广大人民和干部都积极地参加了文学艺术事业的活动，这一事业和群众的联系日益密切，各种群众性的文学艺术活动和各项文化事业都比1958年更加发展和提高了，已形成了

作者简介

郭铭，曾任第二届广西文联主席。

作品信息

《红水河》1960年第1期。

全民性的文学艺术事业。其次，表现在文学艺术队伍进一步改造、提高和扩大了，在执行劳动锻炼和上山下乡方面是有成效的，因而使文艺工作者在对党和对群众的关系上密切了。正因为这样，加上认真地学习马列主义和加强业务学习，因而思想上和技巧上都有很大的提高，最可喜的是涌现了为数不少的工农作者和一批新生力量，大大地扩大了队伍；自治区一级已建立了文学艺术界联合会和作协、剧协、美协、音协等广西分会，并进一步充实和加强；在专、市和部分县也相继地建立了文联。再其次，表现在文学艺术有了很大的发展，而质量也提高了。比如在文艺创作上，无论是群众、干部的创作和专业作者的创作都是空前繁荣的，数量很大并涌出了许多较优秀的作品。在文学方面，编选了《短篇小说选》《诗选》《广西民歌选》等，出现了反映我区"土改"的长篇小说《美丽的南方》；在民族民间文学方面已编写了《广西僮族文学史初稿》，还搜集整理了广泛流传的僮族民间长诗《布伯》和《甫娅歌》等。在戏剧方面，整理和创编了一些比较优秀的剧目，尤其创编了民间传说的《刘三姐》，受到了广大人民群众的热烈欢迎。这个剧本之所以取得这样的成就，是由于党的领导以及专家和群众相结合的结果。在美术方面，编选了《桂林山水画选》，举行了几个美术展览会，选拔出了不少优秀的作品。在音乐舞蹈方面，出现了一些比较优秀的群众歌曲外，还整理了僮族的《滥水河情歌》，瑶族的《婚礼舞》、彝族的《跳巧》等舞蹈，作为国庆十周年献礼节目在北京上演。显而易见，1959年我区的文学艺术事业比1958年更跃进、更踏实、更健康、更发展、更提高了，出现了一个崭新的局面。这一切，归根结底是由于在文学艺术方面贯彻了党的领导和毛主席文艺思想的结果，是由于文艺工作者政治挂帅，大搞群众文艺运动的结果。

社会主义文学艺术的首要任务，在于以反映当前的现实生活和斗争为主，用社会主义精神和共产主义的理想去教育人民群众，为建设社会主义而服务。两年来我们基本上是遵循着这个方向前进的，而且获得巨大的成就，出现了很多的好作品。但还有少数人对这个问题认识不足，不是那么积极地去写反映现实的作品，而是多写过去，少写现在；多写民主革命，少写社会主义革命建设；多写儿女情，少写英雄气。此外，对直接和间接为政治服务的看法还不够正确，当然我们也欢迎创作间接为政治服务的作品，但问题在于这些少数人竟片面地认为直接为政治服务的作品艺术性就是差，寿命短，因而瞧不起这些作品，拒绝写它；甚至对这作品冷嘲热讽，而且过分地强调文学艺术创作规律，错误地认为文学艺术必然落后于现实，只有等待革命运动某一阶段或某个时期过后才能执笔创作，因而不去积极地反映现实，像小脚女人那样小步慢行。这是十足的右倾思想在文学艺术界的反映。过去的东西可以写，也应该写，但仅仅停留在这一概念上，而不去积极地反映现实生活，实际上就是脱离政治，脱离当前斗争的不良倾向。实践证明：直接为政治服务的优秀作品的产生，关键在于作者能够真正热爱当前的生活，深入生活，并以无产阶级的世界观洞察生活，在这种基础上加上技巧，就能写出直接为政治服务的好作品来。否则，就不可能，甚至连间接为政治服务的作品也写不好。的确，创作长篇是需要一定的时间的，但不等于长篇不能反映现实。为了及时地反映当前的现实生活，更欢迎短小精悍的作品。总之，形式是多种多样的。那种光埋头于写过去，而不想用各种形式去反映现实的少数人，实际上就是企图逃避现实，放弃文艺为社会主义建设服务的光荣职责。

"大跃进"以来，群众创作运动一直蓬勃地向前发展，出现了大量的优秀民歌、绘画、演唱和一定数量的工厂史、公社史、革命回忆录等。这些作品，反映和促进了"大跃进"，反映了人民群众的新的精神面貌，丰富和活跃了人民群众的文化生活。这是具有极深刻历史意义的好现象，表明了劳动人民掌握了文学艺术，并通过它来记录伟大的时代，使文学艺术成为劳动人民自己的事业。只有这样，才可能建设社会主义的文学艺术。可是有一些人不仅无视这种现象，而且对群众创作抱着不正确的态度，过多地指手画脚、评头品足，认为群众作品很粗糙，不屑一顾，甚至仇视群众的作品。这种表现，就是资产阶级贵族老爷式的态度，必须坚决加以反对。他们之所以这样，是由于他们的思想感情与工农群众的思想感情格格不入，故对群众的作品必然冷眼对待。有少数人，对群众的作品虽然热情，却在某些技巧上的缺点作过多的非议，因而对群众创作的估价不正确。这种态度也是不对的，是不利于繁荣、发展和提高群众创作的。群众创作是我们社会主义文艺事业的重要部分，很多优秀作家和作品都是从群众中涌现出来的。因此，对待群众的创作，应抱正确的态度，既要充分的肯定成绩，又要热情相待，积极地具体帮助和辅导，大力地促进群众创作的更大繁荣。

作为人类灵魂工程师的作家、艺术家和文艺工作者，只有具备无产阶级的世界观和高尚的共产主义道德品质，才能够写出具有高度的思想性和艺术性的作品来教育人民群众。因此，文艺工作者必须积极地提高自己的马列主义水平，改造自己的非无产阶级思想。总的看来，我区的文艺工作者经过各项运动的锻炼，思想上有了很大的提高和进步，这是主要的一面。但也有个别人，认为没有政治也可以写出好作品来，认为政治会影响创作，甚至发展到不要党的领导，主张文学艺术没有倾向性、没有党性。这种右倾机会主义，也就是修正主义，在文学艺术界必须坚决反对。还有少数人，对思想改造还不够重视，轻政治重业务的倾向还没有得到很好的纠正，写了一些文章，就自以为了不起，因而狂妄自大，目空一切，要求特殊，追求名利，简直像个"人类灵魂的蛀虫"。上述种种，都是资产阶级个人主义所带来的恶果。像这样的人，是写不出什么好东西来的，就是拉小提琴，即使技巧高明，也表达不出劳动人民的感情来。因此，政治是统帅、是灵魂。没有这个，即使你深入生活，也抓不到生活中的主流和本质，即使写出了作品，也必然会歪曲现实。有些人之所以写不出深刻地反映现实生活的好作品，并不是政治过多了，恰恰相反，正是因为政治太少了。

经过反右倾、鼓干劲的社会主义教育运动之后，必然会在经济上出现一个比去年更大的跃进，随着也将掀起一个更大的文化高潮。因此，我们文艺工作者在思想上必须做好充分准备，在党的领导下，政治挂帅，进一步提高政治思想水平和加强艺术修养，提高创作质量，写出更多更好的、无愧于我们伟大时代的作品来向党的四十周年献礼！

描绘我们时代的英雄人物

李宝靖

在我们今天"大跃进"的时代里，生活瞬息万变，其中最重要的是人的变化。由于贯彻党的社会主义建设总路线，生产"大跃进"，思想大解放，人们新的思想感情、道德观念正代替一切旧的思想感情、道德观念，到处出现了"我为人人，人人为我"的共产主义精神，许多新的人物发挥了冲天干劲和忘我无私的革命精神。这些新的具有共产主义精神的英雄人物，目前已经形成了一股巨大的不可战胜的力量，不断地把历史向前推进。

我们的许多作者，及时地反映这一时代特征，描写了一些感人的形象，是有其重大的现实意义的。比如发表在《红水河》上的《五伯娘与新儿媳》（五八年九月号）、《母子平安》（五九年六月号）、《高原司机》（五八年十二月号）和《一个普通的军人》（五九年六月号）等作品，通过五伯娘、于清兰、高司机和陈曼德等人的形象，

作者简介

李宝靖(1934—2009)，广西横县人，1956年毕业于武汉大学中文系，曾任《广西文学》主编、编审，广西作家协会副主席，主要作品有《爱国名将李济深》《一个国际家族的离合悲欢》。

作品信息

《红水河》1960年第2期。

使我们看到了当前劳动人民的精种面貌和崇高的道德品质。他们对待革命事业，对待人，对待生活，对待劳动，对待周围客观事物，是那样热爱，那样忘我无私。

这些作品中，人物体现出来的新的精神面貌和道德品质，看来有下面一些特点：

社会变了，人与人之间的关系也变了，到处洋溢着"我为人人，人人为我"的共产主义精神。在《母子平安》中，姑娘于清兰看到覃四嫂的儿子流落在火车上，尽管她们并不相识，她也未曾做过妈妈，抱孩子也是外行。然而她却毅然地把照顾孩子的光荣任务接受下来；孩子把她的新棉衣弄脏了，她还是笑嘻嘻的；孩子睡着了，她宁可自己受冷，即时脱下大衣盖在孩子身上……看来小说写的只不过是日常生活中的一件小事，但它却充分地揭示出我们这个时代的人的不平凡的思想品质和精神面貌。从火车上许多旅客对小孩的关心、争着照顾小孩的群众场面，以及车站站长、党支书、飞机场场长和政委对小孩的关心，都闪烁着"我为人人，人人为我"的共产主义的思想光芒。这一切说明了，在我们社会里，不是个别的，而是所有在党和毛主席英明领导下的中国人民的共同特征。

在《高原司机》中的司机老高同志，也是一个具有共产主义精神的人。当汽车行驶在冰天雪地的高原上，缺乏饮水的时候，他毫不犹豫地把自己暖水瓶里仅有的一点水，拿去分给旅客们，而自己忍受着干渴。自己嘴唇干裂了，他就用谈论酸杨梅的办法来止渴。这种关心别人胜过自己，为了别人舍弃个人利益的高尚品德，是令人感动的。

热爱人民，关心别人，真正做到"老吾老以及人之老，幼吾幼以及人之幼"，这正是我们新社会里特有的新的道德品质，这在资本主义社会是绝不可能出现的。

在新的社会里，劳动是光荣和豪迈的事业，有人已开始把劳动看作生活的第一需要。这在《五伯娘和新儿媳》和《高原司机》中，已充分地表现了出来。五伯娘是一个可亲可敬的老太婆，爽朗，直率，精明干练，深知旧社会的痛苦，因此对新社会满怀热爱，并且极力维护它。她不因为家中的喜事而忘记社里的生产，一心想着"甘蔗"；见到别人捶得泥粒飞溅，就挺身而出，提出批评，并"要把着手教"。

这样的婆婆，已经不是旧时的婆婆，她像年轻人一样充满了活力，这正是新农村涌现出来的新的人。大明和玉召在结婚吉日还去参加劳动，体现了他们对劳动的热爱，也体现了他们把个人和集体的关系放在恰当的地位。

《高原司机》中也写出了司机老高不倦的工作精神。他虽然锯掉了一条腿，心里却念念不忘工作。他以工作为愉快，以工作为幸福，他不需要特殊照顾，不愿"躺着到共产主义"，他用不同的方式做他所能做的工作。这就是共产主义者对待工作和劳动的态度。

一个革命干部，无论职任多高，都以一个普通劳动者出现在群众中间，热心地关心群众的生活。《一个普通的军人》中的陈曼德就是表现了这种高贵的品质。他是军官，却义务做列车服务员；看到汽车坏了，不顾油垢弄脏衣服，自动去帮助修理；看到孩子病了，他也自愿照顾。他没有什么故作高深，自视特殊，高踞于群众之上的地方，他完全放下架子，以一个普通的劳动者姿态热情地为群众服务。这也正是我们新社会的干部对待群众，对待劳动的新的态度。陈曼德是军官，又是俱乐部合唱团的指挥，但他对演员的职业也感兴趣，对每一样工作他都充满了幻想。只有对生活充满热爱，对未来充满着理想的人才会有这种感情。

当然，上面谈到的这些作品，人物形象还不是很完整无缺的，在艺术上也有不足之处，但因为这些英雄人物具有时代的特色，所以读了才使人感动，得到鼓舞，产生一种向上的精神力量，受到了读者的欢迎。

我们的文学应该保持这种良好的倾向，把创造我们时代的理想人物，当作自己特殊的重大的任务。因为我们的文艺，是人民的文艺，是社会主义的文艺。塑造完美的具有共产主义觉悟的英雄形象，并且通过鲜明生动的形象，抒发我们的时代的热情，表现劳动人民的愿望和理想，是我们对文学的最基本的要求。

新时代的英雄人物是代表我们这个不可战胜的社会力量的本质，是我们这个社会新生力量的代表者。我们应该把这些新人新事放在文学艺术中最突出的地位。一个从事文学的革命作家，应该顽强地把无产阶级的先进思想、先进人物表现出来，让他们成为当代文学作品中压倒一切的主人翁。从人民要求这一点来讲，我们必须去反映生活中这些新的人、新的精神面貌，用这些具有共产主义精神和道德品质的鲜明形象去教育广大群众。如果我们的文学艺术，不多方面去表现他们，那么就不可能体现我们这个时代的特征，就不可能完成以社会主义和共产主义精神教育广大人民的崇高任务。毛主席说："革命的文艺，应当根据实际生活创造出各种各样的人物来，帮助群众推动历史的前进。"革命文艺的基本内容，就是要着重描写我们社会中新的英雄人物。

可是，有些人对这方面的认识是不足的。他们不喜欢描写劳动人民，认为现实生活中英雄模范人物不是普遍的，风花雪月才是普遍的；他们写工农兵又总是喜欢写他们的消极方面，而不是写他们的主要的积极方面，并且常常把新社会中劳动人民，写成过去时代受压迫受剥削的弱小的形象。有些人说，生活中理想的英雄人物不多，找不到典型人物。这是完全不符合事实的。在我们今天这个"大跃进"的时代里，英雄辈出，每时每刻都出现许多值得歌颂的人物。这些具有共产主义精神的新人新事，就是我们创作的最好材料。我们只要看看新近召开的群英会上英雄的业迹，就会发现这些英雄们，或者是坚持高速度，全面完成国家计划的人；或者是敢想敢说敢干，具有共产主义风格的人；或者是千方百计，克服困难的人……所有这些，不正是反映着我们今天社会主义时代典型特征的人物吗？怎能说在生活中找不到一个典型人物呢！

我想有些人所以看不到这些，主要是他们的思想还没有得到很好的改造，分辨不清什么是新事物，什么是旧事物，什么是新生的萌芽的东西，什么是没落的腐朽的东西。也由于他们不是站在无产阶级立场，对表现新人新事的意义认识不足，没有有意识地去加以反映。因此，根本的问题是彻底改变资产阶级立场和世界观的问题。

我们必须努力改造思想，学习马列主义，树立无产阶级的世界观，因为马列主义是工人阶级革命和建设的科学，是认识生活的锁匙，是判明是非的标准。只有掌握共产主义的思想武器，并以这个武器来观察一切阶级，一切人，分析一切事物，辨别什么是新事物，什么是旧事物，才能提高到共产主义的高度原则来进行创作。

要写出我们时代的英雄人物，还必须深入生活，和群众一起劳动斗争，使自己的思想感情与广大人民息息相关。同时，在生活中还要时刻关心新人新事的成长，只有了解熟悉他们，热爱他们，才能把他们活生生地表现出来。

我们的时代是创造奇迹的时代，是英雄辈出的时代，只要我们提高思想，深入生活，加强艺术修养，一定会写出无愧于我们时代的作品来的。

百花齐放中的桂戏

欧阳予倩

据桂戏的老艺人说，从他们每年祖师诞辰挂出来的祖先单里可以看出，桂戏是明万历九年安徽的江湖班带到桂林去的。当时过去的艺人很少，带去的戏有三五十出。在戏班里流传着一句话："好个庆芳班，连人带狗一十三。"还有一句话："七紧，八松，九快活。"意思是说七个人就感觉困难，有八个人就松一点，有九个人就快活了。这和湖南浏阳县的湘戏班子"九头网巾打天下"，是一样的。据说明朝封在桂林的王，会带去些歌童舞女，演唱的以昆曲为主，但他们给民间的影响绝不能与江湖班比。桂戏的底子是徽班戏，以后又与祈阳戏结合成了现在的形式，无论从声腔、戏目和表演方面讲，都是可信的。但因语言和民间风俗习惯的差别，经过长时期的酝酿，遂具有独特的风格。

桂戏有三百年以上的历史积累，曾经出过很多名角，也有很多成功戏。所有的

作者简介

欧阳予倩（1989—1962），湖南浏阳人，中国话剧创始人之一，有"南欧北梅"之誉，主要作品有《潘金莲》《桃花扇》《梁红玉》《忠王李秀成》等，抗战时期在桂林任广西省立艺术馆馆长，为第一届西南戏剧展览会筹委会主任，1949年以后任全国文联副主席，筹建并担任中央戏剧学院院长。

作品信息

《广西文艺》1962年第10期。

戏目和汉戏、湘戏的戏目相同，只有极少的几出不同。因时代转变，观众嗜好的不同，所谓好戏有的就不演了。现在所存的戏，据不甚精确的统计，连台本戏有三套：目连戏、观音戏、岳传，这种戏都是要接连好几天才能演完。零出的戏有将近三百出，其中经常上演的戏约一百出。那些连台整本的戏是早已经没有人演了。尽管如此，桂戏这份财产还是可宝贵的。

这次会演当中，只演出了两出桂戏——《拾玉镯》和《抢伞》，都得到相当的好评。其中《拾玉镯》一剧，有的同志提出了评判的意见，认为："这个戏经过整理后，把庸俗的地方洗刷干净了，表现出男女的行动是出于相爱，而不似书本所表现的，是出于封建社会中男方对女方的挑逗玩弄。这个戏这样整理还算不错。至于在演技方面，细腻动人，每一动作都能结合生活、情绪，很自然地表现出来，并根据人物心理而随时变化，演员运用纯熟的技巧掌握人物性格是很成功的。"这个戏为什么能演得好？因为像孙玉姣那种样子的家庭——家里养着几只鹅出卖，自己再做点针线活——在各省的小城市里是相当多的，那一种家庭里的女孩子的心理和生活，还有媒婆那样的人物形象，为演员所掌握了，施以艺术加工，恰到好处地演出来就变成好戏。

至于《抢伞》，在昆腔戏里叫作《踏伞》，川戏也叫《踏伞》，湘戏叫《抢伞》，是唱高腔的。桂戏唱"弋板"（即四平调，但唱腔和京戏不同）。这个戏原出元曲《拜月亭》，传奇本叫作《幽闺记》。川戏、湘戏、桂戏的《抢伞》，都是根据昆腔本子来的，但各有不同的发展，加了许多很有风趣的表演，同时也承受了《幽闺记》原作里一些不好的东西。一男一女当兵荒马乱的时候，在一个没有人的树林子里头不期而遇，彼此之间逐步发生了感情，这是相当自然的。从《拜月亭》整个的故事看，没有必要把蒋士隆写成轻薄，也没有必要把王瑞兰写成放浪的。可是在《幽闺记》里把蒋士隆写成是讨便宜，因此就有哄骗她说，她母亲来了，借以观看她容貌的举动。原词："旷野间，见独自一个佳人，生得千娇百媚，况又无夫无婿，眼见得落便宜。"王瑞兰也只怀着"情知不是伴，事集且相随"那样的念头。在桂戏里演出来变成蒋士隆乘人之危，词句有的就不通，动作有好些表现了色情和低级趣味。这一次上演曾经把剧本初步加以修正，根据修正的剧本匆匆忙忙排了一下就上演。上演的那天还不很成熟，大体虽然还过得去，戏味并没有出来，应当根据这次上演的经验，把剧本再加一番修改，动作和表情还要加工排练，那还会更好一些。我以为这个戏不应当以调笑为主，应当做成有诗意、有风趣和富于人情味的、有歌有舞的短剧。

以上两个戏不足以看出桂戏的全貌，但是单只这两个小戏，修改的功夫费得也并不算少。修改旧剧本并不比新编剧本容易多少，去掉了其中不健康的部分，必须把健康的东西给保留下来，并补充新的东西。补充新的东西不等于贴膏药，必须如整形外科一样，要能使原作更好一些而不受损害，还要看不出修改和痕迹。抗战时期我在桂林做过一些改进桂戏的工作，排过八九出新编的戏，修改过两三个剧本，当时我总想多挑些新剧本去代替原有的旧节目，现在我才知道应当两方面同时并进。照目前情况看来，桂戏一方面要整理旧有的节目，同时迫切地要求排演新的剧本。在这里自然会提出一个问题：桂戏是不是能够反映现代的生活，主要是工农兵的生活？我以为尽管有困难，但不是不可能。

这样一个剧种要反映现在的新生活，并不是换套服装就行的，首先必须具备一定的条件——演员的阶级觉悟、文化修养、生活体验，虽不能要求过高，但必须具备一定的条件。至于桂戏的格律（是和湘戏、汉戏、京戏大体相同的），是不是能够打破，曲调是不是够用，还是比较次要的问题。如果我们马上要求他们反映现代生活，或是他们自己这样要求他们自己，都觉得太急，必定会欲速不达，还会增加许多不必要的麻烦。因此我以为可以选择有人民性和有进步性的历史题材或是民间传说，写成剧本让他们排演，进一步就可以排演如《白毛女》之类的戏。按这样的步骤去做，是比较可行的。桂戏的曲调种类并不少，只要善于运用，有音乐修养的同志能投身其间，加以改进，还是有前途的。表演技术方面比较容易发展，只就在这次所表演的两三个戏中，也可以得到证明。

我对桂戏颇寄厚望，但是现在桂戏却面临以下几个问题：（一）桂戏尽管连台整本的戏和单出的戏都不少，可是经常演唱的，翻来覆去总不过几十出。只靠那些短戏去打滚，是很难长久支持的。所以必须排演新的节目（京戏、汉戏、湘戏都是一样的），改旧戏、排新戏都必须在强有力的领导之下进行，不然就会趋于自流：旧的节目既不能维持生活，新的节目又排不出或排不好，不能适应群众的要求，那就困难。（二）以前桂戏的演员和乐师对于业务不够尊重，因此工作态度也不够严肃，没有勤修苦练、精益求精的精神，有时甚或散漫疲沓。现在当然好得多。但必须彻底肃清以往的作风，加紧尽一切努力发展业务。（三）同时要把团结工作做好，发挥集体的力量。（四）现在桂戏的好角色多半已过中年，而青年演员出色的很少，尤其音乐方面缺乏新人，再不积极培养，就会接不上脚。（五）桂戏的活动地区主要是桂林、柳州和平乐，而这几个地区都有其他剧种去活动；况且久被禁止的"调子"（即广西花鼓戏）已渐抬头，桂戏如果不努力奋发，赶上时代，就无法和新的、进步的剧种竞赛，更无从扩大活动范围。以上所举，都是当前亟待解决的问题。桂戏的同志们也都感到问题的严重性，这次会演，他们到了北京，观摩了很多戏，学习了许多东西，扩大了他们的眼界，得到了很大的鼓舞，增加了信心，因此要求改进的心就格外迫切。

在毛主席"百花齐放、推陈出新"的指示和号召之下，任何一个剧团，任何一个戏曲工作者决没有自甘落后的，都希望努力向前发展，桂戏自不例外。我想应当注意以下几点：

一、要加强政治、文化和业务的学习。一个剧团应当不断地提高演员、乐师和其他工作人员的质量，使他们的政治水平和艺术水平逐渐上升，所以必须学习政治，也必须精通业务，发展业务。必须从多方面汲取养料，经常不断增加新的血液，排去旧的渣滓。自己缺少什么就应当学习什么以资补充；要和各兄弟剧团交流经验，学习别人的长处，丰富自己，自己也可以帮助别人。

业务学习主要是求技术的精进，但要充分运用技术，创造舞台形象，人物形象，就是说，通过艺术的创造为人民服务，那就必须掌握思想武器。所以学习业务必须学习政治，同时也不可忽略文化学习，三者缺一不可。

二、大力整理传统剧目，并创作新的剧本。桂戏有不少好的传统剧目，但其中也不免有糟粕部分和精华部分掺杂着，必须加以整理。有的把唱词科白修改一下就行，有的就不免要费更大的事，整理剧目是一个艰巨的工作，应当加以重视，大力进行。

仅仅整理旧有剧目是不够的，必须不断创作新的剧本，没有新的作品，不足以应付群众日新月异的需要。

三、应当培养新的演员，老角色不论他怎么好，必须接脚有人。如果现在一时还不能办训练班，不妨以带徒弟的方式逐渐培养演员和乐师。以每年招十名见习演员、五名见习乐工计算，三年毕业，就有三十个演员，十五个乐工。（见习演员不宜招收太小的孩子，应当招收变过声音的孩子。）从第四年起，每年可以毕业一班。我想一个公营剧团这点还不难做到；就是私营公助的剧团也应当注意这点，或者几个剧团合起来办。

四、音乐问题。实事求是地说，第一步必须整顿乐师的作风。以前桂戏的"场面"一向的习惯是工作态度不够严肃，往往一面弄着乐器，嘴里衔着香烟，眼睛望着旁边的人开玩笑，错了毫不感觉难过，马马虎虎混日子，更谈不上学习和研究。现在当然进步得多，但是学习的热情据说还是不够，对新的东西不感兴趣。我们必须认定音乐是歌剧的生命，乐师必须纠正以往的作风，和演员们一同改造思想，提高工作热情，接受新的东西，发展传统的优点，提高演奏的技术，充分配合剧情。第二步就希望桂戏所定的调门，可以稍微定低一点，唱腔有时低转，有时翻高，音域宽一些，表现力也就会更丰富些。

五、我们反对明星制，但必须爱护优秀的演员，要帮助他们进步，不可以平均主义对待，因为戏必定有主角，以集中的形象表现思想，我们就必须培养并奖励政治水平艺术水平比较高的优秀演员。

六、导演问题。目前各剧种都要排些新戏，有些剧本，桂戏可以尽量利用。但是排新戏必须有导演，目前全国各处的剧团，需要很多的导演，而导演不够。要排戏不能等待，只好自力更生，不妨试行集体导演，执行导演为排一出戏可以到别的剧团去进行学习，或搜集材料以供参考。此外还可以邀请比较有成就的导演帮着排一两个戏，作为短期的合作。经过两三年后，自己剧团里就会产生比较胜任的导演。只要虚心肯学，困难是可以解决的。

要做好以上几桩事，首先要彻底认清戏曲是教育人民的工具，是革命的武器，我们必须站在无产阶级的立场，全心全意为人民服务。其次我们必须紧密团结内部，要克服个人主义思想，尊重集体的利益。还有就是戏剧必须从群众中汲取养料，戏剧脱离了群众就会丧失它的生命。戏是有发展的，而且有很大的发展前途，只要能够抛却旧的思想和习惯，接受新的事物，老老实实虚心勤学，向兄弟团体学习，尤其是向群众学习，努力在群众中深深地扎下根去，使这一个歌剧艺术成为劳动人民喜闻乐见的、不可或缺的东西。

漫评一九六二年我区的短篇小说

潘红原

一九六二年我区的短篇小说，无论在数量和质量上，都有了很大的提高。创作队伍在不断地成长与壮大，创作题材也正在逐步地扩大范围，在所发表的三十余篇作品中，有反映农村现实生活和生产斗争的，如《三通鼓》《亚笔木根》《生产队长张耿》《岩伯》等；有反映工业建设和工人生活的，如《电姑娘》《僮家姑嫂》等；有反映工农联盟，支援农业的，如《二楞》等；有反映兄弟民族生活的，如《老同》《歌圩归来》等；有反映旧社会知识分子道路和新型知识分子生活的，如《故人》《一封拾到的信》《珠兰》《旅途》等；有揭露旧社会罪恶的，如《我和母亲》等；有反映革命斗争的，如《椰风蕉雨》《奇特的人》等；有描写党的领导干部，讴颂新人物的，如《长青的松树》等；还有反映儿童生活的，如《小金花》等。虽然题材还不够广泛，但比之过去较为多样化了。所有这些，都标志着一年来我区短篇小说创作的繁荣。

作品信息

《广西文艺》1963年第3期。

一

文学作品的任务，是通过活生生的艺术形象反映出时代精神，激励读者的斗争意志。而创造典型的艺术形象，则是作者努力的目标。一年来我区发表的优秀短篇小说虽然不算很多，但也出现了一些引人注目的人物形象。例如，陆地同志的《故人》中的旧知识分子黎尊民，秦兆阳同志的《一封拾到的信》中的女列车员，李英敏同志《椰风蕉雨》中的交通员黄英等，这些人物形象在艺术上都达到了一定的水平，给读者以比较新颖、深刻的印象。

《故人》中所塑造的黎尊民，是一个相当完整、丰满的旧知识分子形象。作者把他安排在错综复杂的纠葛和尖锐的阶级矛盾、民族矛盾冲突中，并运用互相对照、互相映衬的艺术表现手法，以革命者陈强的先进思想性格和他所走的革命道路交织起来，作为对比，鲜明有力地勾勒出黎尊民的形象。

黎尊民出身于富裕家庭，安逸闲适的生活造就了容易安于现状的性格。但是，鉴于他处在民族濒于垂危而革命风潮骤然高涨的年代里，受到先进思想的影响，凭着青年人的一股热血，激发了善良和正义感，同情无辜被开除的同学而倾向于进步方面。后来，他又热心帮助陈强串演一出混过检查员关口的"戏"，护送陈强走上革命的征途。然而，所有这些都只不过是出于一副善良的同情心，仅此而已，他始终没有能够真正地觉醒，看到时代前进的方向和光明远大的中国革命前途。在他看来，陈强所进行的革命斗争"也许是科学的、现实的真理，可惜，眼前只是一片渺茫的希望"。于是，他便醉心于个人的幸福追求，"虔诚地侍奉着爱情"，把李冰如奉为"上帝"，以致沉溺在"爱情至上"的陷坑里，不能自拔。这就是他的人生哲学思想："爱情不马虎，其他无所谓。"这样，黎尊民给自己选择了一条错误的人生道路。随着太平洋战争的爆发，黎家破产，爱情波折，美帝国主义分子和国民党特务的迫害等等一系列打击接踵而来。他们那温馨舒适的生活被破坏，李冰如受辱投河，黎尊民被投入"惨苦的魔窟"。结果是，他所陶醉的"天堂"终于变成了云烟。

作者从黎尊民整整二十四年的生活遭遇中，生动地揭示了他的精神面貌和思想特征。这是一个悲剧的性格，个人命运和社会制度的矛盾构成了悲剧的基础，而人物本身那种懦弱和卑怯的思想性格，则是悲剧的来源。作者站在鲜明的立场上，控诉了残酷的旧社会的罪恶，并采取"哀其不幸，怒其不争"的批判态度，彻底剖析了"爱情至上"的资产阶级思想观点的悲剧。它和陈强不顾一切走向革命成了鲜明的对照。这样，黎尊民这个人物形象便具有了更为广泛而深刻的现实意义和动人的艺术魅力。

从形象的意义上说，《故人》中的黎尊民是一个该批判而又发人深省的人物。如果我们把他拿来和《一封拾到的信》中的女列车员比较，那么，女列车员却是一个新社会中值得歌颂的、鲜明生动的崭新人物，她唱出了一支社会主义的赞歌。

《一封拾到的信》虽然也是描述恋爱的故事，但却给人物形象赋予了强烈的新时代色彩。作者以细腻的笔触细致入微地勾画出女列车员的心理活动，着意用感情的浓度和思想的深度塑造一个"诗意的性格"，鲜明地体现着新时代青年的精神特征——朝气蓬勃，热情奋发，对社会主义事业具有积极负责和高度热爱的精神。在那封信里，她的推心置腹的倾诉，对于列车生活和家庭幸福的议论，渗透着诗一般的生活哲理：爱情，在为了共同理想生活而斗争的过程中建立起来；幸福，在无比优越的社会主义制度下从事崇高的革命事业中获得。这里所抒发的感情是真挚动人的，所表露的思想境界也是宽阔的，它强烈地拨动读者的心弦，激发人们对生活作深沉的思索。

女列车员这个形象的特点，是以浓烈的情感色彩感染人，她正是社会主义建设者应该学习的榜样。

我们可以从《一封拾到的信》女列车员的形象中得到前进的鼓舞，同时又可以从《椰风蕉雨》中的革命先驱者黄英的身上汲取到革命的无穷力量。

《椰风蕉雨》把我们引进了革命斗争的年代里，从矛盾斗争的尖端和严峻的革命考验中认识了一个共产主义战士的英雄形象，从而看到伟大的共产党领导中国人民曾经走过的艰苦而光辉的战斗历程。

作者在这篇作品中让女通讯员黄英经历着一次又一次的严重考验和思想锤炼，

始终贯串着从重大的矛盾冲突中来塑造人物的性格：小说写她为队伍开路越过敌人的封锁线，对同志们的热情关怀，表现她是那么严肃认真而又温柔亲切；写她"不只是个勇敢机智的交通员，而且是个忠心耿耿为党为人民的利益而忘我工作的好干部"；也写她从悲惨的境地中站起来的痛苦身世；还写她在沙原的斗争中经历严峻的考验，表现出她的临危不惧、临难不苟的大无畏精神；同时写她为了党的伟大事业而不顾爱情的得失；最后写她献身于革命事业的壮烈牺牲，从中显示出了人物的崇高心灵和思想光辉。这里，作者在塑造黄英的形象时，不但注意描写激烈的斗争和场面，同时也注意了刻画英雄人物崇高的品质和美丽的心灵。因而，黄英这个形象也就活在读者心间。

在我区一九六二年的短篇小说里，还出现了一些反映现实生活，塑造农村新人形象的作品。武剑青同志的《生产队长张耿》，比较集中地描写了一个生产队长坚持因地制宜的故事，热情地表彰了农村的基层干部踏踏实实的工作作风。黄飞卿同志的《三通鼓》通过对亚胜伯倔强好胜的性格刻画，反映了落后队发愤图强争先进的主题思想。《亚笔木根》描述东头三公西头三公两个饱经世故的老人对待生活两种迥然不同的态度，表现了老一代农民在新生活面前容易出现的两种不同思想，以及在事实面前得到教育和提高。这两个人物在作品中形成了鲜明的对比：东头三公当了生产队里的参谋，无时无刻不关心队里的生产；西头三公对队里的事则一概不过问，只是满足于眼前"丁财"并进的日子，直到夏收预分看见大队公布的分配账目，才大吃一惊，认识到自己应该怎样对待今天的生活，也明白了两个队的生产为什么不一样的原因。这三篇作品，虽然写得不很深刻，但由于作者满怀热情歌颂了农村中好人好事，因此也能受到读者的欢迎。

除此之外，李宝靖同志的《长青的松树》，塑造了一位亲切感人的地委书记肖志民的形象。小说通过他深入细致的工作作风，平易近人的生活作风和高明的领导才能，描绘出他的朴素亲切、精明干练的性格特征，并从他在革命年代出生入死的斗争故事中，写出他的崇高风格，在一定程度上反映了党的领导者的斗争精神和高尚情操；旭明同志的《珠兰》描写了一对年轻的姐妹林珠和林兰如何在朝鲜激烈的战场上飞快地成长起来，尤其刻画了妹妹林兰天真无邪、活泼顽皮、纯洁热情和勇敢顽强的思想性格；黄飞卿同志的《小金花》创造了一位可喜可爱的学龄前儿童形象；刘文勇同志的《旅途》写出了老一辈知识分子李教授在思想改造进程中的内心世界，塑造了一个具有教育意义的旧知识分子形象，等等。这些人物形象都通过不同的艺术表现手法塑造出来，在一定程度上也能给读者留下了比较鲜明的印象。

二

我区短篇小说创作水平的提高，不但表现在人物形象的创造方面，同时也表现在艺术构思，表现手法，以及情节的安排，细节、语言的运用等方面。

《故人》在艺术表现上的特点是结构紧凑、布局严谨和情节生动。小说开头颇为别致，写"我"重返旧地而巧遇故人，一下子就引出了主人公，把黎尊民那副狼狈不堪、落魄潦倒的样相勾画出来。这便造成一个悬念，紧紧扣住读者。紧接着，通过"我"的回忆，把黎尊民身世和为人生动形象地铺述出来，从他的一张字条到意外的举动，那"走方步的影子"便给人留下了深刻的印象。由此立即转到"我"和他的交往，带出了黎尊民和李冰如的恋爱，自然而然地铺展开来，为以后的情节发展埋下伏线。小说到这里，便紧紧抓住"我"和黎尊民两人迥然不同的道路所交织的情节线索发展下去，写出了一出惨痛悲剧命运。最后一段反戈一击，以鲜明有力的对照冲化了整篇的沉重色调，更深刻地突出了陈强正确的革命方向和新社会的光明前途这一主题思想。全篇小说的艺术构思缜密周到，前后呼应而延宕跌宕，具有摄人心灵的强烈艺术魅力。

《一封拾到的信》的艺术构思别开生面，十分精巧。作者就在一封信里展开了工作与爱情，事业与个人打算的矛盾冲突。从这信的失而复得，又两次来到"我"的手中，巧妙地编织了动人的故事情节，把一些平凡的事情描绘得引人入胜，字里行间闪耀着饱满的政治热情和崇高的思想光辉。读着读着，作品那强烈的新鲜感和优美的文采一下子就把人引进了诗一般的新境界。我们聆听着娓娓的言谈和亲切的肺腑之音，有如和亲友促膝谈心，整个心灵都被吸引住了。那句回响在耳边的话："亲爱的朋友，请你想一想，想一想，回答我……"仿佛使人眼前豁然闪亮，精神为之一振，猛然憬悟深省。

在人物形象的刻画上，作者运用对照映衬的手法，一方面描写医生的良好品德和存在某方面的思想局限，另一方面又刻画了女列车员高尚的思想品质和纯洁的革命情操。并且根据不同的思想性格，采取两种不同的表现手法：以人物行动的细节勾画医生，以细致的心理描写展示女列车员的精神面貌，互相辉映，互相烘托，产生了一种强烈的艺术效果。

《椰风蕉雨》则以朴素、扎实的艺术表现手法，由远而近、由淡而浓的铺开情节，叙述故事，完成了对人物的塑造。作者在这篇作品里，采用第一人称的手法，这就更给人增加了真实、亲切的感觉。随着故事情节的开展，我们似乎跟着"我"的足迹，来到了这个"椰风蕉雨"的战斗环境，和主人公一道，经历了一次又一次的战斗考验。作者在描述这个故事的时候，并没有借助夸张的手法，也没有借助华丽的辞藻，然而由于作者对自己的主人公倾注了满腔激情，处处流露出阶级的爱，因此，读完之后，留给人们的印象却是相当鲜明和深刻的。

宋郡老同志的《老同》是一篇富有吸引力的作品，尽管在人物造型上有前后不够统一的缺陷，但故事情节是十分引人入胜的。从主人公长脚六出现的头一刻，读者便被紧紧抓住了。它是怎样一个人？马驮里装的是什么？……我们不能不怀着迫不及待的心情一口气追索下去，并且随着故事情节的开展而激动着。作者巧妙地运用倒叙和插叙的手法，通过长脚六和晚姑的关系，以及跟老张的谈话，把故事步步向前推进，而在揭示矛盾冲突的同时，也展示出人物的精神面貌。之后，兰阿文凄然一声惊雷似的在长脚六面前出现，更把矛盾冲突推向了顶峰。后来，长脚六带着沉重的心情进山去了，忽然背后又响起了兰阿文声震深谷的"老同"的呼喊……从整篇作品的情节来看，真是由弛而张，由浅而深，环环紧扣，前后呼应，波澜起伏，开展自如。

作者在构思的时候，还紧紧抓住了瑶族人民的传统习俗——喜结"老同"，作为矛盾的冲突，情节的开展去安排线索。在刻画人物性格的时候，也根据喜结"老同"这种民族共有的东西，把它有机地融和进去，突出地表现瑶族人民质朴耿直、爱憎分明的性格特征。作品一开头，小红马的出现，山间小圩镇和小客栈的描写，店主人跟客人的谈话，作品中间两个民间传说的穿插，作品结尾山区景色的变化……所有这些环境的描写，气氛的渲染，无处不涂上一层鲜明的民族地区色彩。

黄飞卿同志的《小金花》，运用富有特色的语言和饶有情趣的细节描写人物，散发出较为浓郁的生活气息，产生一种朴素传神、自然真实的艺术美。比如，作者通过小金花爱兔着了迷，甚而至于竟然在兔屋边睡着了；喜欢听讲兔的故事，爱看人家画兔；听说白兔因为贪玩不肯早睡熬红眼睛而自动催奶奶和她早些睡觉，"怕同小兔一样熬红眼睛呢"；等等；把小金花那种天真纯洁的性格刻画得活灵活现，神态若生。同时，随着情节的发展，小金花从酷爱小兔到渴望亲自参加拔草的劳动，把作品的主题思想更进一步深化了，落笔那么从容自如，益然生趣，这就突现出小金花这个可喜可爱的儿童形象。

徐君慧同志的《歌圩归来》，以清新细腻的笔触揭开了僮族歌圩的序幕，让读者看到了僮族人民传统的民间习俗。尽管在人物的心理状态表现方面，还不能充分地表现僮族人民的精神面貌，但就作品努力表现僮族生活特色所进行的艺术探索来说，也是值得我们欢迎的。

如上所述，近年来我区的短篇小说创作在艺术技巧上是逐步提高的，我们的作者正向思想性和艺术性高度统一的方向辛勤地努力着。

三

成绩是主要的，但也还存在一些问题。

首先，在反映农村现实生活方面，像《生产队长张耿》《三通鼓》和《亚笔木根》等作品，虽然已经做了一定的努力，但是，反映当前的火热斗争的作品毕竟还比较少，适合农民需要的作品也是不多的。而主题挖掘得比较深刻，人物刻画得比较成功，有一定质量的就更少。有些反映农村人民公社的作品，只是一般化地写些新农村的生活现象，有意无意地忽视了描写农村社会主义建设中的矛盾和困难，没有深入地探索和表现出克服这些矛盾和困难斗争中新人的性格力量和思想光辉。这正好说明，在某些作者中或多或少地削弱了同群众生活的联系，对于人民在变革现实的斗争中所表现出来的英雄气概缺乏应有的认识。因此，如何遵循党和毛主席的教导，努力深入生活，同群众一起，投身到火热的斗争中去，仍然是我们今后必须解决的根本问题。也只有这样，我们才能在自己的作品中，真实地、热情地表现出人民群众如何在党的领导下，跟一切困难、一切敌人作坚决的斗争，表现我区各族人民发扬艰苦奋斗、勤俭建国的光荣传统和自力更生、奋发图强的战斗精神，从而给予群众强有力的鼓舞和支援。

当然，我们提倡多写反映当前的火热斗争，描绘农村热火朝天的现实生活，充分发挥自己的力量支援农业的同时，还要进一步强调题材多样化。对于题材范围的扩大，满足广大群众多方向的需要，这一年来虽有了一些进展，但还有着空白的地方，即使是农村题材，也还没有做到从各方面加以深入反映，未免显得有些单调而不够丰富多彩。可见，我们只有认真贯彻"百花齐放，百家争鸣"的方针，短篇小说创作才能获得更大的繁荣。

其次，在民族特色方面，能够从题材的选取、故事情节的安排、人物的刻画、环境的描写，去反映某个民族的生活、风习，表现他们的心理状态，描写该地区的景色风光，在我区一年来发表的短篇小说里，像《歌圩归来》和《老同》这样颇具民族特色的作品，还是不可多见的。

我区是一个多民族地区，居住着两千万勤劳勇敢的各族人民。各个兄弟民族，都有着各自不同的历史，有着各自不同的文化传统，有着各自不同的生活方式、心理状态、口头语言、风俗习惯、地方风貌，等等。解放后，由于党和毛主席伟大的民族政策光辉照耀，由于我国社会主义革命和社会主义建设事业的不断发展，各个民族都发生了极其深刻而又不同的变化。作为阶级斗争的工具和武器，作为民族历史和民族生活忠实记录的文艺，在新的形势面前，不可能不予以反映。因此，今后如何在我们的短篇小说创作里，努力探索和表现各民族，特别是僮族的民族特色，做到"内容是无产阶级的，形式是民族的"（斯大林语），仍然是我们一个极其艰巨的任务。

综上所述，一九六二年是我区短篇小说创作比较丰收的一年。在这一年里，由于我们进一步贯彻了党的"百花齐放，百家争鸣"的方针，无论是数量还是质量方面，都比过去有了很大的提高，这是一件可喜的事情，是我区广大作者积极地、热情地参加我国社会主义革命和社会主义建设的一个具体表现。可是，在我们肯定已经取得成绩的同时，我们还应当看到，我们的工作和时代的要求、群众的需要比较起来，还有一定的距离，特别是在创作中还存在着一些问题，有待我们尽一切力量去克服。因此，在当前大好形势的鼓舞之下，我们必须刻苦努力，奋起直追，为迎接我国的社会主义建设进入一个伟大的新高潮时期而奋勇前进！

僮族人民生活的真实反映

——谈几篇具有民族特色的小说

陆 里

近年来，我区的小说创作，有了进一步的活跃，产生了一些具有民族特色的作品，涌现出一些很有写作前途的新人；而过去已致力于小说创作的同志，在近年间也有了大步的跨进，有了新的提高和新的突破，其中以僮族人民现实生活为题材的，有长篇小说《美丽的南方》，短篇小说《水坝》（1962年《民族团结》十月号）、《老游击队员》、《板雅坡上》（以上二篇见作协广西分会编的《短篇小说选》）等。这些小说创作，内容丰富多彩，艺术创造上各有不同，是我区小说创作的题材、样式、风格"百花齐放"景象的一个具体反映。这些小说发表之后，受到读者的普遍欢迎，《美丽的南方》还在读者中引起了热烈的讨论。说明这些小说引起了读者浓厚的兴趣，有着强烈的反响，也是读者十分重视和关怀有关反映僮族人民生活的小说的一

作者简介

陆里（1930— ），广西田林人，壮族，曾任广西人民出版社文艺编辑室主任、编审，广西民间文艺家协会副主席。

作品信息

《广西文艺》1963年第3期。

个很好的佐证。其所以能够这样，是因为这些小说在思想内容、人物性格、语言、人情习俗、地域风光等方面，具有不同程度的民族特色的缘故。

一

文学上的民族特色，是一个民族长期形成的，并有为自己喜欢的一系列的独特性。这些独特性是通过作品中的民族的内容和民族的形式，有机地统一而表现出来的。其中民族内容起决定作用。有人把民族特色只看成形式问题或者过分强调了形式，都是不够恰当的，这些小说的一个突出的内容，就是反映解放前后两个不同的时代里，僮族人民的不同境遇，以及反映出解放后在党的领导和教育下，他们的觉悟、转变和新一代的成长。同时，它们在反映这一内容时，是通过对社会的真实、深入的描绘，并生动地刻画了一些人物形象和他们不同的性格特征来表现的。特别可喜的是，这些小说在表现这一内容时，都各有其独到之点，各有其吸引人、感染人、教育人之处。

《美丽的南方》是我区解放后的第一部长篇小说，也是反映僮族人民生活和斗争的比较巨大的第一部作品；它以细腻的笔触和曲折的情节发展，不仅真实地反映了僮族地区土地改革这一极为深刻、复杂的历史事件，而且通过这一惊心动魄的阶级斗争，揭示了僮族人民生活命运的实质和特征。

小说的主人公韦廷忠是一个富有典型性的形象，他的解放前后的不同境遇，以及他的觉悟和成长过程，有着极为深刻的社会意义和现实意义。他的家庭原先是自给自足的中农，但在罪恶的阶级社会里，地主覃俊三嫁祸陷害，弄到家破人亡，于是这个中农子弟，自己年轻时追求美好幸福的生活破灭了，一下子沦为覃俊三的奴隶，受尽残酷的压迫和剥削。更加不幸的是，在解放初期，地主阶级还狡猾地采取各种方式转入隐蔽的状态，一面和帝国主义、蒋介石匪帮残余取得联系，继续恫吓和迫害农民；一面采取各种办法，伪装"开明"，企图拉拢收买农民，破坏斗争。所以，当土改队刚来的时候，韦廷忠还抬不起头来，最后他的老婆不得不又被覃俊三阴谋杀害。但是，时代变了，韦廷忠在惨痛的事实面前，点燃了他内心蕴藏的烈火，站立起来了，同时在党的培养、教育下，这个被人们称为"闷葫芦"的奴隶，以自己的积极行动投身到反封建斗争的前列，成了"农村中建起社会主义大厦的支柱"。所有这一切，不仅说明了土地改革的艰巨、复杂，"严重的问题在于教育农民"，同时，这个人的遭遇和他的觉悟成长过程，概括地体现了解放前僮族贫苦农民的悲惨痛苦的命运和解放后僮族贫苦农民的新生和幸福。

如果说《美丽的南方》是从尖锐、复杂的阶级斗争中，描绘年长一辈的转变、成长，那么《水坝》和《板雅坡上》则是在劳动生产斗争中，描绘新的一代的思想觉悟和道德品质的成长。

《水坝》中的六婶，是一个"刘三姐"式的劳动妇女，对这一人物形象，作者采取了第一人称的方式，运用了纵深的联系描绘和概括性的叙述介绍的手法加以刻画的；既有横断面的整体照顾，又有纵深面的重点突出，读来历历在目，亲切感人。同时，作者以"我"为向导，以水坝着眼，通过六婶的言行举止，反映了僮族妇女在解放前后的不同境遇，并且通过她的对坏人坏事进行斗争，维护集体利益，反映了僮族妇女政治上的成长，以及精神境界、思想觉悟的提高。

她原是人们在背后说的"灶里的蟋蟀"（嘲笑新媳妇年小、貌丑而又多嘴），由于土司老爷横蛮地修了一条水坝，说是要镇压刘三姐变成的铜鼓山，这样，干涸了的溪流，以及由此而加重了的挑水、舂米家务劳动，压得她喘不过气来。是"大跃进"和大办钢铁的功劳。她和全村妇女把这条有害的水坝变为有利，修起了水碾和水枧，摆脱了沉重的挑水，舂米负担，积极投入劳动生产，同时她爽朗直率，疾恶如仇，为维护集体利益，维护保证供应水利的堤坝，进行了坚决的斗争；她的劳动斗争，提高了她的地位，因而她的过去不敢在厅堂大笑，不敢在长辈面前大步走路的神态没有了，完全是一派新妇女的姿态。从这个人物身上，我们可以看到，这是在社会主义建设中新成长的僮族妇女形象的生动的概括，是僮族妇女解放、自由和幸福的标志。

从《板雅坡上》，我们还可以看到，由于年青一代新的社会主义劳动态度和新的道德品质的成长，在对待爱情和劳动，处理个人和集体的关系时，以劳动和集体利益为第一的崇高行为。作者在这一小说中，以劳动为基础，以爱情为线索，通过人物的内心活动和斗争，比较细致地刻画了牙田这一青年的形象。小说一开始，作者首先把他放到歌圩盛会上，着意从他的山歌对唱中，对兰花的神态中，表现了他的单纯、憨直和朴实的性格。接着，作者又以层层点染和相互交织的笔法，由他的看见副社长黄光将兰花的头巾抢去这一细节（僮族青年男子表示爱情的一种方式）开展故事，铺述情节，不仅描绘他的种种苦恼心情（"心乱得像一团絮麻"，看见黄光和兰花在屋里谈话，"掉头便向外走"；为粮食分红的事，黄光和兰花批评他，认为他们一唱一和，自己倒霉，等等），同时还描绘了他的矛盾斗争（为了修建水库，忍痛和兰花去找黄光商量，为了试验碎裂岩石，耐心和黄光蹲在一起工作，等等）。最后，通过黄光的几则日记，真相大白，误会消失，牙田和兰花约会在欢乐的幸福中，完成了牙田这一人物形象的塑造。虽然，这一人物形象还不够丰满、扎实，但还是比较鲜明地体现了僮族人民新的一代，在党的关怀和抚育下，新的社会主义劳动态度和新的道德品质的成长。

以上所谈到的，反映两个时代中僮族人民不同的生活和斗争，以及他们的觉悟成长，是这些小说反映僮族人民现实生活的突出的内容。这样的内容是由僮族人民的现实生活所决定的，是僮族人民新的现实的具体反映。正因为这些小说比较深刻地反映了僮族人民的生活和斗争，并生动地刻画了一些正面人物形象和他们不同的性格特征，所以也就透露出僮族人民的历史特点和民族特色。同时，这些正面人物不仅保持了僮族人民在长期以来所富有的忠厚朴实、勤劳勇敢的性格，而且在新的历史和社会条件下，也在逐步地发展和变化着。

《美丽的南方》的韦廷忠，是一个横遭压抑的僮族贫苦农民的形象，从他身上，我们可以看出这一类僮族人民的性格特征。他勤劳淳朴，忍辱负重，而内心也蕴藏着反抗的烈火，但在觉醒之前，他身上最突出的思想是宿命论和"怕老虎打不死，倒反受害"。这两者都是僮族人民当时所处的特殊的生活环境和社会条件所决定的。解放前，僮族人民长期处于封建地主阶级的残酷统治之下，灾难、痛苦十分沉重。

尽管这里曾经受到大革命风暴的影响，孕育过革命的种子，但是黑暗的统治势力太强大，封建地主阶级所散布的宿命论观念对劳苦人民的思想影响，也比较深沉，所以年长日久，受压迫的人民群众形成了一种太多的忍受命运摆布的习性，暂时淹没了他们正义反抗的性格。同时这里解放较晚，地主阶级有可能狡猾地采取各种方式转入隐蔽状态，继续恫吓和迫害农民，作垂死挣扎。因此体现在韦廷忠身上的，他虽也迫切要求摆脱地主阶级的压迫，然而又不敢相信能够从根本上打垮并消灭地主阶级，所以反复思虑、前顾后盼、欲进又止，觉悟成长显得出奇的曲折、缓慢，也显示出他的性格的曲折和复杂。但是，在生活的实践中，在他老婆又被阴谋杀害的惨痛事实面前，他慢慢地觉醒过来了，最后终于走上了反抗的革命的道路。他有如一只引子很长的爆竹一样，不是一点就响起来，必须点到它的中心才能爆出火花。这是韦廷忠的性格特点，但从他身上也可以看出僮族人民勤劳朴实、忠厚善良的性格特色。

《老游击队员》中的阿木老爹，又有别于韦廷忠的性格特征。他诙谐幽默、倔强耿直、勇敢机智、疾恶如仇。在解放战争时期，他当过游击队员，曾扮成"江湖老"去侦察敌兵的情况。由于他的灵敏机智，混过了敌兵的戒严、搜查，出色地完成了侦查任务。解放后，他又忠心耿耿地协助边防战士完成了消灭匪特的任务。从这一人物身上，不仅体现了僮族人民和边防战士之间的团结协作、亲密无间，还体现了僮族人民对祖国的无限忠诚。如果说韦廷忠是一个横遭压抑的、具有"闷葫芦"式的性格，那么阿木老爹却是敢于反抗邪恶、心地善良、富有韧性和乐观精神的性格，这就使僮族人民富有忠厚朴实、勤劳勇敢的性格，更发出了新的光辉。

当然，社会发展了，人民所处的环境条件不同了，人物的性格也在变化着。《水坝》和《板雅坡上》活跃的人物，他们的命运同社会主义革命和社会主义建设步调结合起来了，这就使得他们的性格比之过去的一些人物更富有生机。比如六婶爽朗直率、疾恶如仇，在坏人坏事面前毫不示弱，充满了胜利信心，并喊出"你要动一动，拼命也顶住"的话。只有在共产党领导下的劳动妇女才能说出这样的话；牙田憨直、朴实、勤劳，能以社会主义的正确态度对待爱情和劳动，不计较个人得失，这也是只有在我们这个新的时代才可能出现的。但是，这些作品，由于它们比较真实地表现了僮族人民的现实生活和他们的心理状态，塑造了具有民族特点的性格。因此它们的内容也就闪现出自己民族的特色来。

<h2 style="text-align:center">二</h2>

语言是文学的建筑材料，每个民族文学都是用自己民族的语言创造出来的，民族形式无疑是用语言固定下来的，只有用自己民族的语言来写作才能成为自己民族的作家，唯有群众的语言才能创造出群众所欢迎的民族形式。同时，语言是民族间互相区别的重要标志，民族特有的生活色彩和心理素质，也首先是表现在民族的语言上。周扬同志说："语言是文艺作品的第一个因素，也是民族形式第一个标志。"很好地运用民族语言创作的文学作品，是比较容易传达出民族特有的生活色彩和心理素质的。这些反映僮族人民现实生活的作品，由于有的吸收了僮族人民的许多生活用语，运用了他们的表情达意的方式，这就使作品更增加了真实感，更富于民族地域和生活的色彩，给人以清新的别具一格的印象。《美丽的南方》中就有不少这样生动的语言，例如：

"你怎么啦？跟这个天似的，又不晴又不雨的？"

"那，怎么也合不来呢？是火不够劲烧不着湿木头吧？"

"也不易呵！老人说的'冬过就年，讲过就钱'，这几天也还发愁呢！"

"一点点烟有什么关系嘛。人说，受得住烟气才养得鸡鸭呢！"

"好人有什么用，'人直人穷，木直木穿空'，这世界好人就要吃亏。"

"你不能到处去找吗？真是叫猫去取火，见了火就忘了回了。"

"风水八字固然要紧，有好风水八字，要是叫灾星进了门，事业会克扣掉的。"

"可不是怎的，这一下子兴起自由来，正是'瞌睡碰上枕头'，正合适了。"

"'跳槽的马'不怕，抓住了疆口，它就乖乖地任你摆布了。"

"他，同米粉一个样，软的立不起来，银英这号女子不会要他的。"

"谁想，也是白想，再怎么自由也好，蒸发糕没有煤（霉），总是发不起来。"

"我是对谁也不能轻信，吃甘蔗吃到一节剥一节，走一步看一步。"

"当然啰，地主老财好比这地边的大树，能把它拔掉了好是好，免得它遮了阴，害了庄稼，只是，树根扎的太深啦，一时拔不倒。"

"你去吧，请社队长想个法儿吧，我们的人，脑筋是跟半年不下雨的地一样的，你拿锄头刨也刨不开。"

"我看他，就是赵三伯讲的：白耳朵的公鸡，阉不变。"

"我们有句俗话：'翻风不怕冷，单怕日头猛。'这两天热得好闷人，准会要下大雨了。"

"不，不要。这玩意旁人是帮不了的。我们土话说：'低头就是茅草，霎眼就成情人。'什么话嘴巴不好说的，眼睛都能说得出来。"

"你替他们担心，真是'雨过送蓑衣'，用不上。他们成天在水里玩，野鸭还赛不过他们呐。"

"什么样的虫子总是要蛀什么样的菜根的，豺狼要吃肉，果子狸要吃水果，变不了。"

这些语言，比喻丰富，形象鲜明，有的不仅表现了人物当时的心理状态和个性特征，有的还传达出了人物生活环境的特点。虽然与此类似的比喻或成语，在汉语中并下少见，在各个民族的文学中，也有程度不同的加以运用，但是由于增添了与僮族人民的生活密切相连的内容，又用来表现他们的生活，就非常生动、鲜明，而不落俗套。

在《板雅坡上》和《水坝》中，对民族语言的运用，某些地方也是有特色的。比如歌圩中的山歌对唱；用来比喻人物和心理状态的事物："灶里的蟋蟀""挑水舂米，不去不去，挨打受气，不去不去""清明拜枹脚，意在食"等，在僮族人民生活中是司空见惯的。它们对状物言情，都能给人们可以触摸的形态感。

还想提到的一点是，在描写僮族人民生活和斗争的小说创作中，有的以富于民族特色的语言传达出民族的精神面貌见长；有的在语言的运用上虽略逊色，但能精雕细刻地描绘人物的性格和民族的精神特质，也是值得赞赏的。但是如果能够兼而有之，既有富于民族特色的语言，又能生动细腻地刻画民族的不同人物的性格，多方面地表现人民的精神面貌，这就更能够得到广大读者（包括本民族读者）的喜爱。

三

人情习俗、地域风光在反映民族生活和斗争的作品中，也是不可忽视的一个方面。它不仅能够加强描写的真实感，使作品所展示的人物性格、生活环境更加逼真、更可触摸，使人有如身临其境，留下极深刻的印象；而且它还会赋予作品以特别的艺术吸引力，给作品带来独特的艺术风格，为艺术的园地增添异彩。一个民族、一个地方往往都有不同于别个民族、别个地方的最迷人的人情习俗和地理风光，很好地表现这些不同，就能使作品蕴有别具一格的风韵，散发浓郁的乡土气味，使本民族读者感到异常的亲切，别个民族读者更会觉得特别新鲜。比如梁斌同志就说过："地方色彩浓厚就会透露民族气魄，为了加强地方色彩，我曾特别注意一个民族的民俗。我认为风俗是最能透露广大人民的历史生活的。"又如周立波的《山乡巨变》、老舍的《茶馆》、李季的《王贵与李香香》，使我们看到湖南、北京、陕北各地不同的风貌，被大家认为带有亲切的乡土气息，就因为在作品中熟练自如地表现了当地的风土、人情、习俗和生活。

在反映僮族人民现在生活和斗争的小说创作中，《美丽的南方》以清新抒情的笔触，描绘了僮族地区的习俗情景，有如一幅幅的风俗画、风景画，令人感到十分亲切和向往。作者在这一作品中，有意随着时间的推移，从残冬、春节、初春、春浓、春深、春暮到初夏，不仅点染了高大的榕树、挺拔的木棉、苍翠的橄榄林，新绿的甘蔗田和星星点点的菜园瓜架等，还描绘了岭尾村的月夜、长岭村的朝霞、麻子峩的黄昏，以及那熙熙攘攘的赶圩归来，那繁富而浓郁的年节气氛、肃穆而明丽的寒食景色和那富有新时代风俗人情的"庆祝胜利大会"等，的确真实而生动地显出了南方风物的丰富和美丽的面貌。而所有这一切，作者是交织融汇会在那么一些动人心弦的故事——韦廷忠的身世和命运，他的觉悟和成长等，反映着僮族人民社会生活的发展变化之中的。在里面，不仅仿佛使人进入了僮族人民的村墟和院落，感受到了他们的痛苦和欢乐，陶醉在他们淳朴、优美的风土人情之中，而且当"土改"胜利完成，奴隶们翻身作了土地的主人以后，也会感觉到，美丽的南方更加美丽。

对风土人情的描绘，《水坝》和《板雅坡上》的作者也是比较注意的。

《水坝》注入了作者亲切的乡土之情和深沉的阶级感情，描述了富有民族色彩的刘三姐变成铜鼓山的古老传说，新媳妇上轿哭嫁的哭嫁歌，光唧光唧的舂米声，摇晃的挑水的姿势，以及六婶像刘三姐变成的铜鼓山一样，守护着堤坝，是那样的自然、严谨和前后呼应。而《板雅坡上》，作者也选择了富有民族特色的画面，比如歌圩的盛况，同族男青年表示爱情的"抢头巾"，秋收时的击敲铜鼓、讴歌作乐等，来开展故事和刻画人物，使我们不但从作品中看到了人物的精神面貌，也看到了浓厚的僮族人民的人情习俗。

以上作品，对人情习俗，地域风光的描绘叙述，为作品带来了浓厚优美的地方色彩，注入了别具一格的风韵，供我们学习和借鉴的地方是不少的。尤其《美丽的南方》，有的把风景和风俗交织融汇，进行了富有南方情味的描绘，有的从不同的人物眼中去看景物，表现了人物的性格，也突出了地方风物的某些特征，更是情景交融，饱和着诗情画意。比如作品开头描写的冷风雨雾的残冬，那"温温的茸毛""银色的网罩""轻纱似的烟雾"，这是多么逼真、精微！而在这凄迷的背景里，我们又听到"看牛轮""笃笃的梆声"，"竹丛里发出轧轧的声音"，"鸭子呷呷"的叫声；看到一个拾牛粪的人"折下路边的树枝子往牛粪上先插个标"，一群农民在鱼塘的围堤下烤火谈天；同时也感觉到农民们为渡过年节和覃家老爷还没打倒的郁闷心情。又如王代宗特别欣赏木棉挺拔高傲的特点，把个人英雄主义之情寄托在它的身上，而自我陶醉；丁牧对这里的冬天情意淡薄，失掉兴趣，作了自我感叹的联想："我们失去了一个冬天！"；杜为人和傅全昭特别珍重南国红豆的象征意义等等。可惜，有些篇章或片段的景物描写，还不能和政治斗争生活融合起来，或者和渲染气氛、烘托情节、表达人物的感情活动等结合起来；有的着墨过多，有的甚至处于游离状态，不能不感到有些不足之处。

近年来这些反映僮族人民现实生活的小说的发表，以及它们的受到读者的欢迎，是小说创作重视反映僮族人民生活的一种具体表现，也是我区小说创作"百花齐放"和不断提高质量的一个方面的反映。虽然这些小说在艺术处理上仍然还有某些不足之处，除上面所提到的以外，如《美丽的南方》的后半部，结束过于仓促，在结构上就不如前半部严整，人物、情节也不如前半部动人，艺术处理也比较粗糙，因此，整个作品前后不甚统一，缺乏艺术作品应有的浑然一体、一气呵成的完整感觉。《水坝》中，六婶这一人物所以这样先进的历史原因和思想基础，即她的成长线索描写得比较简略，作为对先进人物更高的概括和典型化来说，是不够的，因而也就减弱了作品的艺术力量。《板雅坡上》，牙田和兰花的精神面貌和他们相互间的内心感情，仍然描绘得不够细致、真实和深刻，消失误会也描写得过于简略，这就不能不减弱了小说情节的感人程度。所以这都是颇令人感到遗憾的。像这样一些缺点，相信我们的小说作者在今后的创作中，是会逐渐克服的。愿我们的小说作者进一步努力，创造出更多更好的反映僮族人民现实生活的小说来。

加强文艺评论的几个问题

上官桂枝

一

创作和批评是社会主义文艺的两翼，它们是相辅相成的。没有创作，评论就成了无的放矢的空谈；没有评论，文艺的发展和繁荣将失去正确的方向。文艺评论的任务是：贯彻和保卫党的文艺路线和方针政策，帮助文艺工作者总结创作经验，提高创作质量，帮助读者正确选择和欣赏文艺作品，以及进一步发展无产阶级的文艺理论等等。而其中最重要的是，以马克思列宁主义、毛泽东思想作指导，贯彻党的文艺路线和方针政策，繁荣社会主义文艺。毛泽东同志在《在延安文艺座谈会上的讲话》中指出，文艺批评是"文艺界的主要的斗争方法之一"。周扬同志也说："……我们必须在广泛的文艺界统一战线中进行必要的思想斗争。必须经常指出在文艺上

作者简介

上官桂枝（1925—），原名谢敏，广西桂林人，1948年毕业于国立桂林师范学院，曾任《广西文学》副主编、中国作协广西分会第二届副主席，专著主要有《文艺理论简编》《文艺随笔》，获首届广西文艺创作铜鼓奖。

作品信息

《广西文艺》1963年第10期。

什么是我们所要提倡的，什么是我们所要反对的。批评必须是毛泽东文艺思想之具体应用，必须集中地表现广大工农群众及其干部的意见，必须经过批评来推动文艺工作者相互间的自我批评，必须通过批评来提高作品的思想性和艺术性。批评是实现对文艺工作的思想领导的重要方法。"① 这些指示说明，文艺评论不是什么点缀品，不是什么可有可无的东西，而是在文艺领域内进行思想斗争、思想解放的一种重要方法。特别是在当前国内外阶级斗争的形势更为复杂、尖锐的时候，为了坚决反对帝国主义、各国反动派和现代修正主义，我们应当很好地掌握和运用这一斗争武器。

马克思列宁主义的文艺评论是思想斗争的武器，是具有强大战斗力的武器。其所以具有强大的战斗力，就在于它敢于接触时代的主要问题，敢于用正确的阶级观点和科学的阶级分析方法来评价作者的思想倾向和创作倾向，敢于对帝国主义、各国反动派、现代修正主义和它们在文艺领域内的影响进行斗争，敢于对形形色色的资产阶级思想进行斗争，坚决为促进我国社会主义文学艺术的繁荣和发展而努力。这是我国文艺评论的优良传统，也是每一个评论工作者长期的、艰巨的斗争任务。

我区的文艺评论，两年来在批判不健康的创作倾向，批判各种资产阶级文艺观点，热情地鼓励文艺创作，培养文艺的新生力量等方面，做出了一定的贡献，曾经出现了一些好的文艺评论，争鸣空气比较活跃，成绩是主要的。但是，正如中国文联三届二次扩大会议在肯定文艺工作的成绩的同时，所指出的一些缺点："文学艺术对现实斗争的反映不够有力，有些作品内容单薄；有些文艺工作者近年来同广大劳动人民的联系有所削弱；文化艺术战线上出现了某资产阶级的有害影响和其他不健康的现象。"② 这些情况在我区也有不同程度的存在，而我们的评论没有及时地指出来，进行必要的批评和斗争。这就是我区文艺评论不够的地方。具体来说，表现在以下几个方面：

一、提倡什么，允许什么，反对什么在部分评论工作者中不够明确。革命的文艺评论，应当热情鼓励和帮助文艺工作中新生的、进步的、革命的事物，反对过时的、落后的、腐朽的事物，坚持我国社会主义文学艺术的道路。每个评论工作者必须立场坚定，旗帜鲜明，明确自己的斗争任务。可是有同志对提倡、允许、反对之间的界限和关系搞不清楚，因而出现了一些反常现象。比如有人以《结翰墨缘》为题，大肆歌颂报刊上发表的《绿珠唱和诗》。说什么"许多读者都喜欢看，我也喜欢看。一方面因为绿珠是广西人，她的事迹又比较感动人，诸老的诗也写得好；另一方面，因为唱和诗这一形式很久以来不经常见到，故一看到发表十多首，使人顿有新鲜之感，像是我区诗坛上出了一桩小小的盛事"。又说"……十一位长者的唱和诗，使我由唱和想到元白，由元白想到友谊，想到我们文艺工作同志间结翰墨缘的好处"。另外，有人说：《绿珠唱和诗》这种形式就很好，吸引了很多作者和读者。"旧诗该不该提倡，毛主席在给诗人臧克家同志的信③中早已说清楚，用不着多说。至于歌颂绿珠这样一个女人，为绿珠翻案有什么根据呢？难道绿珠真像《绿珠唱和诗》中个别作者所颂扬的"烈女"吗？其实她只不过是封建社会里大官僚地主的小老婆而已。绿珠之死，只不过是对主人的殉情。《结翰墨缘》的作者却认为绿珠的事迹"比较感动人"，甚至是诗坛上的"盛事"。这是什么样的思想感情，真不能不令人大吃一惊！这不正是把封建性的东西当作民主性的东西来赞扬，把不应该提倡的东西加以提倡吗？

二、互相捧场的庸俗作风。在旧社会，尔虞我诈，"文人相轻"的思想作风的存在是很自然的事，今天的革命文艺工作者应该坚决抛掉旧东西而代之以新的风尚。如果反过来走到另一极端——"文人相捧"，也是不对的。有人以《关于构思》为题，写公开信给某作者，说是："每读你的小说，总觉得情节是那样引人，人物是那样生动……回头看看自己的作品却是那样的平板苍白，那样的淡然寡味。"某作者也以《也谈构思》为题回信说："你的《××大爹》，我读过两遍。作为读者，我向你保证：它一点也不'平板苍白'，'淡然寡味'，××大爹的形象有引人入胜的生动性和无可置疑的真实性，是你所创造的较为成功的艺术形象之一。"好一个"保证"！这样的信人们读后能不产生"互相捧场"的感觉？有个作者两三年来很少发表作品，有人以《灯下随谈》为题，说什么"你已经有了一定的生活，虽然目前暂时还没有把它写成作品，但我相信它是不会辜负你的"。文艺评论的任务之一，是繁荣和发展我国社会主义的文艺事业，因此，它应当善于帮助作者发现作品的优点，指出作品的缺点，它本身应当具有高度的原则性和严肃性。如果企图通过文艺评论互相抬高，甚至作品还没有诞生就大肆吹嘘，就势必使文艺评论庸俗化，降低和丧失了文艺评论的战斗作用。

三、支持新生力量不够。"长江后浪推前浪"，新生力量总是要涌现出来的，这是事物发展的过程，也是事物发展的规律。文艺评论应当善于掌握规律，通过评论，促进新生力量的成长。因此，对新生力量不能评头论足，应当有一个正确的估价。但是，对于《耘天》这样的作品，有人说："从画面上给我的观感是，技巧没有过关，离精辟简练的现实主义的艺术手法还很远，它只是作者在摸索中的一种尚未成熟的产品，顶多可以说是一个良好开端罢了。"有人对《旅途》这样的作品，说它简直不像一篇小说。作为文艺新军的新作者，应当谦虚谨慎，努力学习；至于写评论的同志，对新作品则应当实事求是，热情帮助，对新生力量指责多，要求高，帮助少是不公允的。对新作者要求技术过关，精辟简练的手法这不是很不实际吗？事实上，一篇作品要达到十全十美的境地，即使是老作家也是不能不费一番功夫的。文艺评论决不能以找出新人作品的缺点为满足，新人作品往往是不够成熟的，评论者应该从发展的眼光帮助作者，既不能无原则的盲目表扬，拔苗助长，也不能批评的一无是处，体无完肤。评论者要善于从新人作品中找出值得鼓励的地方，帮助作者提高思想水平和艺术水平，使作品逐步完善。所谓值得鼓励的地方，实际上是肯定作者在生活中观察到的，并通过作品反映出来的新的思想和艺术形象。这是新作者最需要的善意的、具体的帮助。

四、仍然存在一些粗暴、简单化的批评。粗暴、简单化的批评，就是指那种不从生活出发，而是从概念出发，对作品不是作实事求是的具体分析，而是妄加主观论断的一种批评。两年来，这种粗暴、简单化的批评已不多见，但亦未完全绝迹。比如，有人认为《瑶山人家》这篇散文，歪曲了瑶山地区现实生活的本质，丑化了公社干部，丑化了革命群众，宣扬了封建迷信思想和阴暗情绪，给人们以怀疑和不满现实的恶劣影响。最后归纳成一条：作者的立场是"站在同人民相反的立场上"。

这一连串的大帽子，不能不令人联想起郭开同志对《青春之歌》的粗暴批评。这篇散文有没有缺点呢？有的，那就是在叙述摩公们的跳神等活动多了一些，甚至有些客观的描写。但是，绝不能构成什么"歪曲""丑化"，绝不能随便提高到作者"站在人民相反的立场上"。毛主席教导我们说："科学的东西，随便什么时候都是不怕人家批评的，因为科学是真理，绝不怕人家驳。"又说："凡真理都不装样子吓人，它只是老老实实地说下去和做下去。"④这正好说明了批评和被批评的两个方面。从文艺批评的角度来说，任何一个评论者要依靠真理服人，不能以大帽子压人，谁认为自己掌握的是真理，就完全没有必要采取说理以外的手段来吓唬人。否则，往往会因为粗暴、简单化，使真正的学术争鸣不能正常进行。

上面提到的是我区文艺评论中存在的个别现象，有的已经改正，有的正在改进。我之所以将这些问题提出来，目的在于通过这些问题检查我们的文艺评论是否完全符合马克思列宁主义、毛泽东思想的精神，是否完全符合时代和人民群众的要求，通过对这些问题进行初步的分析研究，取得一些比较正确的认识和初步的经验教训，从而提高文艺评论的水平，改进我们的文艺评论，进一步加强文艺评论的战斗性。

二

如何进一步提高我区文艺评论的水平，加强文艺评论的战斗呢？我认为至少有这样几个问题是值得注意的。

第一，必须加强创作思想、创作倾向的评论。就数量来说，我区报刊上的评论是不少的，但是，我们的评论对一个时期总的创作思想、创作倾向研究少，对某一个作者的创作思想、创作倾向研究更少。这样就很难发现问题，甚至问题出来以后，也会熟视无睹。《绿珠唱和诗》在报刊上发表以后，继之编印成册公开发售，继之大搞绿珠剧本，都没有引起评论工作者的注意。又比如在前些时间内，在创作中出现了大量的抒发个人感情的诗，有的写道："……我是想探一探，爱情是否锈蚀你的心房……"有的甚至以诗赞赏某人的眼睛"迷人"，某人的"辫子"漂亮。有的还企图努力学习做一个好的爱情诗人。诸如此类等等，也未引起评论工作者的注意。当然，健康的爱情诗是可以写的，比如"生命诚可贵，爱情价更高，若为自由故，两者将可抛"，在旧社会曾经传颂一时。真正的诗是阶级感情的倾诉，正如郭沫若同志谈到叶挺的《囚歌》时说的："燃烧着无限的愤激，但也辐射着明彻的光辉，这才是真正的诗。假使有青年朋友要学写诗的话，我希望他就从这样的诗里学。"⑤ 诗应当是革命的号角，战斗的号角。这道理本来是非常普通的。当缠绵悱恻的诗比较大量地出现后，不但未引起警惕，有同志还认为这就是"百花齐放"。这除了说明政治敏感不足、政策水平低之外，在方法上也是有缺点的，没有辩证地看待数量和质量的关系。毛泽东同志教导我们说："无论什么事物的运动都采取两种状态，相对地静止的状态和显著地变动的状态。两种状态的运动都是由事物内部包含的两个矛盾着的因素互相斗争所引起的。当着事物的运动在第一种状态的时候，它只有数量的变化，没有性质的变化，所以显出好似静止的面貌。当着事物的运动在第二种状态的时候，它已由第一种状态中的数量的变化达到了某一个最高点，引起了统一物的分解，发生了性质的变化，所以显出显著地变化的面貌。"⑥ 由此可见，在社会主义文艺花园内，某作品在一定数量内对群众是无害的、允许的，但大量出现以后，就会喧宾夺主，这样就会由无害的东西变成有害的东西，由允许的东西而变成必须加以反对的东西了。所以评论工作者要密切注意作品发展的一般倾向，密切注意某作者的作品发展的一般倾向，这样才有可能发现和注意作品从量变到质变的变化。也就有可能在问题刚露头的时候发现出来。

　　文艺是现实斗争生活的反映，研究创作思想、创作倾向便不能离开现实斗争生活。当前的斗争形势如何呢？党的八届十中全会指出：在无产阶级专政的整个历史时期内，从资本主义过渡到共产主义的整个历史时期内，都存在无产阶级同资产阶级之间的阶级斗争，都存在社会主义同资本主义两条道路的斗争。国内情况如此，国际情况也如此。阶级斗争是尖锐、复杂、长期存在的。这是铁一般的事实。毛泽东同志教导我们："对于矛盾的各种不平衡情况的研究，对于主要的矛盾和非主要的矛盾，主要的矛盾方面和非主要的矛盾方面的研究，成为革命政党正确地决定其政治上和军事上的战略战术方针的重要方法之一，是一切共产党人都应当注意的。"⑦阶级斗争是各种矛盾中最主要的矛盾，文艺评论工作者同样要善于抓住主要矛盾进行工作。一篇文艺作品，能否做到既深刻又广阔地反映社会主义的斗争生活，就要看作者是否反映了当前最主要的、最本质的矛盾，反映了我们的时代的最尖锐、最复杂的阶级斗争，并指出斗争的前景。文艺评论工作者应当通过对这类作品的具体分析，加强群众的阶级斗争教育，鼓舞和激发群众的革命斗志。这是评论工作者的重要任务。然而，我们过去的某些评论，没有紧密联系当前的斗争，不善于分辨出矛盾的主要方面和次要方面，因而抓不住文艺创作主导方面的问题，战斗力不够强。这不能不是评论工作中的一个弱点。当然，反映阶级斗争是重要的，但对于那些能够扩大人民的知识领域，增长人民的生活智慧，满足人民正当的艺术欣赏要求，丰富和提高人民的审美能力，帮助人民改变缺乏文化的文艺活动，也是需要的。评论工作也应当予以注意。

还应当说明，文艺创作要积极反映阶级斗争，塑造出阶级斗争中敢于斗争、敢于胜利的英雄形象，但是，不能因为要求作者缩小为只是配合某一工作或政策的宣传，正如周扬同志说的："我们不应当把为政治服务狭隘地解释为要求作家去宣传党和国家当前的每个具体的、个别的和只有暂时的局部的意义的政策，更不应当要求作家按照政策的条文写作。"⑧

第二，正确对待文艺评论。文艺评论是党在文艺领域内进行思想领导的重要方法，是文艺事业中不可缺少的组成部分。两翼的比喻，就十分生动而深刻地说明了创作和评论之间的关系。但是，在部分评论工作者中，对于文艺评论的性质和作用并不是人人都了解的，有的还相当模糊，这就不能不影响了文艺评论的开展，影响进一步加强文艺评论的战斗性。这些思想和认识，归纳起来有以下几点。

有人将文艺评论看作是扯是非，怕得罪人，不愿惹祸上身，因而对评论抱消极态度，甚至洗手不干。这种看法是不正确的。革命的文艺评论是战斗，是无产阶级对资产阶级思想作战的强大武器。许多著名的马克思主义者都是这样做的。比如列宁、法国的拉法格等，几乎都是为了革命的需要，思想斗争的需要而撰写评论的。列宁的《党的组织和党的文学》，不仅奠定了无产阶级文艺基本观点、方向、路线上的理论基础，而且是对文艺领域中形形色色资产阶级思想致命的总攻击。他们为评论工作者作出了榜样。我们要向列宁和拉法格学习，学习他们将评论与阶级斗争联系起来看，看作是自己所进行的革命思想斗争的组成部分。那种将评论工作看作是扯是非，怕得罪人，不愿惹祸上身的看法，缺乏阶级斗争的观点和阶级分析的方法，是从个人主义出发看待问题的结果。每一个评论工作者都应当积极地拿起武器，进行战斗。

有人说写一篇评论，要花好多时间研究资料，看书，改来改去，搞得心灰意冷，还不一定能用。这种看法是不够全面的，写一篇评论需要修改，搞创作同样也要修改。从一篇文艺作品诞生的过程来看，不经过修改几乎是绝无仅有的事，甚至改后也不一定能发表。大凡在文艺上有成就的人，都有这样的体验。夏衍同志说："写一篇作品不要斤斤计较个人得失，重要的是练功夫，不是写出来非发表不可。我十九岁开始投稿，十投九不中。但我还是写。"⑨ 修改文章并不一定是一件坏事，作品得不到发表的机会也不一定是一件坏事，只要下决心学习，总是可以逐步提高的。这是事物从发生、发展到成熟的过程，也是一条真理。

有人说创作有点生活就可以写，评论要下功夫，与其花时间去搞理论，还不如马上写出几篇作品来。评论工作是需要下功夫、打基础的，需要多读马克思列宁主义经典著作和毛泽东著作，需要各种知识。但是，创作同样要有深厚的基础，这个基础就是要深入自己描写的对象。任何一个作者需要长期地深入生活，和群众在一块，一离开了原来的生活，就不能继续了解随着社会关系的变化和客观现实的推移在群众中所引起的反映，又会产生不熟悉的问题。所以，只有长期深入生活，从思想感情上和群众打成一片，不熟悉的东西才能变成熟悉的东西，才能深刻地反映斗争生活，写出有血有肉的作品来。可见，搞创作也是要下功夫的。当然，这绝不是说有点生活不能写，能写，甚至有时还可能写出一两篇好的东西来，然而，许多事实证明，这终非长远之计，这正如在浮沙上建高楼，也许开始还可以，最后必定全面崩溃。

有人说搞评论容易犯错误，搞创作不容易犯错误。这里根本的问题是立场的问题，是彻底革命的问题。这一前提不解决，无论搞什么都可能会犯错误。在反右派运动中，某些搞创作的人成了右派分子，不正是因为他们写出了有毒的"作品"来吗？再说，所谓犯错误，也要加以具体分析，是原则性的还是一般的，是一贯的还是偶然的，错误的影响大还是小，等等。一个人一生不犯错误，几乎是不可能的。为了贯彻"百花齐放，百家争鸣"的方针，为了实现毛主席的"真理愈辩愈明"的指示，评论工作者要树立敢于批评，敢于争鸣的风气。在开展评论工作中不犯错误的同志固然很好，即使犯了一些错误，只要能正视错误，改正错误，也完全是可以允许的。

评论工作开展得好不好，固然有许多因素，但评论工作者如何对待评论工作，却是一个十分重要的问题。上面说到几种思想无疑是会妨碍评论工作的开展的。评论工作者只有积极解决自己的思想问题，丢掉资产阶级个人主义包袱，才能轻装前进，参加思想战线上兴无灭资的战斗。

第三，加强对农村青年阅读和欣赏的指导。我区农村地区广大，人口众多，发展也不平衡。群众中仍然存在不少旧思想残余，旧社会遗留下来的习惯势力。如何用社会主义、集体主义思想占领农村阵地。在思想战线上是一个亟待解决的问题。其中，如何教育农村青年做好红色接班人，坚持社会主义道路，又成为问题的关键之一。因此，文艺如何为农村服务，特别是为农村青年服务，占领农村文化阵地问题，每一个文艺工作者都应当好好考虑。

人们常说："好作品就是力量。"作品的力量是怎样发生的呢？它是通过读者或观众以后才发生的。没有读者或观众的作品就没有力量，反之，读者或观众愈多则作品的力量愈大。向农村推荐优秀作品是文艺评论工作者经常性的艰巨任务。电影《李双双》通过双双同丈夫孙喜旺之间的关系的发展变化，反映了我国农村的新面貌，反映了集体主义思想在农村的胜利，反映了人民公社的伟大成功。这个片子在全国各地受到广大农民的欢迎。但是，事情也不尽如此，某县有两个电影队放映

《李双双》，一个队由于认真宣传介绍内容，帮助群众做好欣赏工作，群众很爱看；另一个队没有做好这些工作，某些群众认为"两公婆吵架，没甚好看！"这一事例说明，如何通过评论（包括影评、座谈会、口头介绍等），加强对农村群众、读者的阅读和欣赏指导，是一件十分重要的事情。事实上，许多读者和观众阅读文艺作品，往往是根据报刊上的文艺评论去选择的。

加强对农村的阅读和欣赏指导，可以从以下几方面入手。一、推荐当代、现代优秀作品。当代、现代优秀作品，特别是那些反映阶级斗争生活以革命历史为题材的作品，例如家史、村史、公社史、工厂史，一般来说更具有直接的教育作用，评论工作者应当经常向广大农村推荐。当然，可以推荐我区的优秀品，也可以推荐全国各地的优秀作品。推荐的办法很多，可以写"内容摘要""作品简介""作品主人公介绍"等等。二、做好电影、戏剧评论工作。电影、戏剧在农村中是较为普遍的文化活动，好的电影、戏剧或坏的电影、戏剧，其影响都是很大的。电影、戏剧评论工作可以从三方面进行：对目前正在上演的电影和戏剧要做好评介工作；对全国和本区即将上映的电影或新剧本，要定期介绍；对已经上演过的坏戏要加以批判。这一个工作是比较复杂的，报刊、黑板报、油印小报以至剧团的海报都要互相配合，协同作战。三、对我国和外国的古典作品的批评。中外古典作品以及旧社会武侠、迷信、色情等文艺作品在农村中藏书量是不少的，目前在具有革命内容或社会主义内容的优秀作品不能大量满足农村需要的时候，这些东西在农村仍有不少的读者。因此，根据历史唯物主义的精神，对这些旧文艺作品作适当的分析批判是完全必要的，特别是对反动的文艺作品要加以批判，以防止封建思想、资产阶级思想对农村青年的毒害。批判的方式可以多种多样，比如可以对历史上某一个时期的作品进行分析批判；可以对同一类型的作品进行分析批判；也可以对某一作品中的主人公进行分析批判。四、撰写知识性的评论。如通过怎样读小说、怎样读诗歌、怎样看戏等评论，帮助农村读者、观众获得基本的文艺知识和文艺理论，培养正确的阅读、欣赏方法，巩固他们的阅读、欣赏的兴趣，也是很重要的。

为了真正做好对农村的阅读和欣赏的指导工作，文艺评论工作者必须经常深入农村，做调查研究。调查研究的方法很多，但最好的办法是经常到刊物在农村建立的阅读点、剧团在农村建立的演出点去了解情况，可以及时地得到第一手的反映材料。由于这些反映直接来自农民群众，并通过评论回到农民群众中去，这样，评论工作者在进行评论工作的时候，不仅理论与实际可以联系得更为紧密，而且对作者、读者、观众的帮助也会更为实际。

第四，加强作者和评论工作者之间的团结。我区评论工作者和作者之间，基本上是团结的。但是也还存在某些互相戒备、互不服气、怨气未消的情况，还没有达到亲密无间的程度。今后要加强相互间的团结，只有这样，才能使文艺更好地为工农兵、为社会主义建设、为世界人民革命斗争服务。

我们所说的团结当然不是没有批评斗争的，而是按毛主席的团结—批评—团结的公式来做的。就是说，在团结的基础上，通过批评或斗争，在新的基础上达到新的团结。所谓批评或斗争，实际上是善意的帮助。我们应当承认，在旧社会中也有某些作家与评论家之间的关系是比较好的。比如屠格涅夫和别林斯基就是一例。屠格涅夫在别林斯基的论文的影响下，改变了对旧的浪漫主义作家别涅季克托夫的崇拜态度。他把别林斯基的《给果戈里的一封信》当作一种"宗教"来看待，他用《父与子》来纪念别林斯基。甚至屠格涅夫在巴黎逝世前，还嘱咐把他的遗体葬在彼得堡沃尔科夫墓地别林斯基的坟墓旁边。在今天新社会，评论工作者和作者之间的目标是一致的，并且是崭新的同志式的关系，阶级弟兄的关系，应当而且完全有可能团结得更好。许多老作家为我们作出了良好的榜样。比如艾芜同志的《谈刘真的短篇小说》，就充满了热情的鼓励和具体的帮助，他在文中谈到运用题材、塑造人物以及语言等，不仅根据自己多年来的创作实践和对生活的感受，恰如其分加以论证，而且由于对作者的身世、经历和个性的深刻了解，有意识地将这些和作品中的人物联系起来，使人看后倍加信服。特别是他对作者说："坚持下去，好好写作，不辜负党的培养，人民的盼望。"⑩这种对作家语重心长的深切关怀，读后是不能不令人感动的。至于对待批评的态度，高缨同志曾说过："就我自己来说，从讨论中是获得很大教益的。我常常感到，创作是多么需要评论的正确引导和帮助，我们对于评论家是怀着多么亲切的感情呵！如果说创作是花，评论则是春雨。我抱着小学生的态度，虚心地，冷静地倾听各位同志的意见。"⑪这种虚心的态度，多么值得我们学习。对于那些由于一篇评论中有少数不确切、不妥当的地方，因而耿耿于怀、久久不忘的作者，又是多么值得深思！

总之，作者和评论工作者之间要建立互相尊重、互相学习、共同探讨、密切合作的关系。这样才有利于团结，有利于加强文艺评论的战斗性。我们的评论当然不是一团和气，而是有原则的，这个原则就是对于作者的作品，必须像《文艺报》社论所指出的那样："应当采取热情的鼓励，科学的分析和严格的要求相结合的态度；对于有错误倾向的作品，应当采取严肃的，说理的批评态度，同时允许自由争论。"⑫

三

加强文艺评论的战斗性，除了注意解决上述问题以外，一方面要认真建立文艺评论队伍（包括专业和业余评论工作者），另一方面就是加强评论工作者的学习，改进工作方法，逐步提高文艺评论的质量。评论工作者要学习马克思列宁主义和毛泽东著作，学习党的文艺方针政策。作品是斗争生活的反映，要评价作品的倾向性、真实性，必须站在无产阶级立场，注意运用阶级观点和阶级分析的方法才能看出问题。过去，有些评论者自己立场模糊，要么是无法发现问题，要么是发现问题以后不能辨别是非，甚至使自己写的评论走上歧途。这就要求评论工作者认真学习马克思列宁主义、毛泽东著作，学习党的文艺方针政策，逐步锻炼坚定的无产阶级立场、敏锐的政治嗅觉和判断能力。只有将自己锻炼成一个彻底革命的战士，然后才有可能成为一个称职的评论工作者。

文艺评论工作者还要有丰富的社会知识、文艺知识等。一个评论工作者要读的书是多方面的，马克思列宁主义经典著作、毛泽东著作固然要好好学习，其他如中国哲学史、世界哲学史、中国历史、世界历史、现代工人运动史、现代民族革命史、各派美学、马克思列宁主义美学、中国文学史、世界文学史、中外古今文学名著等，也要好好学习。俄国文学研究家沈捷柏尼亚曾经说过，如果要问，批评家在分析作品时有什么不必知道，这问题就难于回答，因为没一种知识在文学上会碰不到的。这些话说明，没有丰富的知识，评论者对作品就难于提出精辟、独创的见解来。

所谓学习，还不能只是读读书本，还应到生活中去学习。社会生活是文艺的源泉，一切文艺作品都是生活的反映，作为评论工作者不能满足于书本知识，同样要熟悉生活。不能认为只有作者才需要深入生活，评论者可以不深入生活。不深入生活，就不能凭借在生活中感受到的浓郁气息来鉴别作品反映生活的真实程度及正确性。

评论工作的工作方法要注意改进。加强评论的战斗性，完全由评论者来完成是不实际的，必须做到作者、评论工作者和读者三结合，也就是说在评论工作中贯彻执行群众路线。作者参加评论是很重要的一方面，茅盾同志的评论就写得很好，因为他有深厚的生活基础，丰富的创作经验，文章写来头头是道。群众性的评论也很重要，座谈会上群众的发言往往很有分量，直率、中肯，有时有一语破的之妙。评论工作者如果善于将这两方面与自己结合起来，文章必然会写得准确、生动而又有说服力，因而也就加强了文艺评论的战斗性。

| 注释 |

① 周扬:《新的人民的文艺》,《中华全国文学艺术工作者代表大会纪念文集》。

②《人民日报》1963年5月22日。

③ 毛泽东:《关于诗的一封信》,《毛主席诗词解释》,第5页。

④ 毛泽东:《反对党八股》,《毛泽东选集》,第856页。

⑤《革命烈士诗抄》增订本,第305页。

⑥ 毛泽东:《矛盾论》,《毛泽东选集》,第799页。

⑦ 毛泽东:《矛盾论》,《毛泽东选集》,第793页。

⑧ 周扬:《文艺战线上一场大辩论》。

⑨ 夏衍:《报告文学的几个要求》,《新闻业务》1963年5—6期。

⑩ 高缨:《关于达吉和她的父亲的创作过程》,《文艺报》1962年第7期。

⑪《文学评论》1962年第5期。

⑫《文艺报》1963年第6期社论。

可贵的开端，丰硕的收获

——简评《广西文艺》七、八月号上的六个现代戏剧本

刘硕良

全区现代戏观摩演出，在我区戏剧史上揭开了新的一页，标志着我区戏剧革命进入了一个新的阶段。

就在一年多以前，我区戏剧舞台上，革命的现代戏还为数很少，去年下半年以来，现代戏大大增加了，但我区自己创作的剧目仍寥寥无几。这种状况自今年二月区党委号召进行戏剧革命，大力创编反映我区社会主义革命和社会主义建设的剧目以后，才开始发生根本性的变化。据不完全统计，几个月来，全区各地写出的剧本有二百余个，进入排练的有四十多个。这次参加全区现代戏观摩演出大会的有包括桂剧、话剧、歌剧、粤剧、彩调、邕剧、京剧、采茶、评剧、壮剧等十个剧种在内的二十多个剧团，演出了三十三个剧目。这些剧目虽然由于水平有限，加以创作时间比较仓促，还存在着不同程度的缺点或问题，有待进一步加工修改，但总的来说，都是好戏，都从不同的角度反映了我区沸腾的现实生活，歌颂了阶级斗争、生产斗争和科学实验三大革命运动中的新人新事，宣扬了社会主义、共产主义思想，

作品信息

《广西文艺》1964年第7—8期。

鞭挞了资本主义、封建主义思想和旧习惯势力。题材是新颖的，主题是有积极意义的。其中有一些剧本，思想性和艺术性都比较强，获得了大家的称赞。而演出方面，导演、演员、音乐、舞台美术工作人员等，都在各自的岗位上，为表现新的革命的内容进行了艰苦的劳动创造，取得了可喜的成绩。从舞台上我们不仅看到了崭新的斗争生活，而且看到了各剧种和演员们的面貌开始发生具有历史意义的变化。可以毫不夸张地说，这次观摩演出大会是我区戏剧创作的一次丰收，是戏剧艺术进行社会主义改造的第一个胜利。通过这次大会，不但检阅了成绩，而且提高了认识，鼓舞了信心，为今后提高和普及现代戏打下了初步的基础，为全面开展文艺革命创造了良好的开端。事实再一次雄辩地证明了：党提出的进行文艺革命的号召是多么英明，而这个号召一旦贯彻到实际工作中去又能产生多么巨大的威力！

参加观摩演出的剧目很多。同其他同志一样，我也从这些剧目中受到了深刻的教育，学到了不少东西。这里想就《广西文艺》这一期发表的六个剧本——桂剧《开步走》、歌剧《红围裙》、彩调《小糊涂遇险记》、话剧《成功以后》、采茶戏《妈妈，你错了！》、歌剧《新风赞》，谈一谈自己的学习心得。希望剧作者和读者同志们批评指正。

（一）

区桂剧团演出的《开步走》是大会最后一个节目。但对我们的现代戏创作和戏剧革命来说，却正如这个戏的名字一样，还处在"开步走"的阶段。对桂剧演现代戏以及区桂剧团来说也是这样。尽管如此，我们不能不欢呼，"开步走"的第一步是走对了，走好了！我们的桂剧艺术通过《开步走》的上演，创造了新的起点，获得了新的生命。

《开步走》是以知识青年参加农业生产为题材的。知识青年参加农业生产，建设社会主义新农村，这是具有伟大意义的革命行动。随着社会主义经济建设和文化建设事业不断前进，下乡知识青年将越来越多，他们的作用将越来越鲜明地显露出来。我们的戏剧艺术应当很好地表现他们。但是要和过去反映这一类题材的剧目不大同小异，就得有剧作家自己的感受和独特的创造。从《开步走》，我们看到的已不是知识青年要不要下乡的问题，而是下去以后如何走上正确的道路，发挥应有的作用的问题，剧作者经过深入的研究，给表现这一类题材开辟了新的途径，揭示了生活真理。

剧本创造了一个正面的先进知识青年的形象——韦秋香。这个贫农出身的姑娘，体现着翻身农民子弟的特点：勤劳、朴素、热情、听党的话，坚决走社会主义道路。她在学校是个好学生，高中毕业后抱着"一颗红心，两种准备"来安排自己的前途。当听到家乡的生产队迫切需要知识青年参加农业生产，就毅然决然地回去农村。在农村她一心一意进行劳动锻炼，把自己的青春献给壮丽的社会主义事业。但是剧作者并没有把她的经历写成一帆风顺，也没有把她写得一开始就十分成熟。作为一个没有经过严格锻炼的青年知识分子，她有时自尊心太强，好胜心切，经不起批评，而且辨别能力较差，阶级斗争观念不强。剧本恰如其分地描写了她的这些弱点和缺点，以及她如何在实践中进行自我改造，从而走向成熟，走向更高的阶段——从积极参加劳动到政治上的进步和提高。韦秋香所走的道路是广大回乡知识青年正在经历的道路。通过这一典型形象，将鼓舞数以万计的知识青年不仅要积极地到农村中去，而且要正视自己的弱点和缺点，在阶级斗争、生产斗争和科学实验三大革命运动中严格要求，认真锻炼。光有决心到农村去还是不够的。

和韦秋香比起来，剧本中描写的另一个知识青年覃学正所走的却是另一条道路——资本主义自发势力的道路。中农家庭出身的舅舅、母亲的言行固然对他走上弯路有不可忽视的影响，但更重要的是他自己存在着严重的缺点。他到农村基本是随大流去的，在第一场戏中就可以看出他对回乡生产缺乏足够的认识和充分的思想准备。到农村以后，当上了生产队保管员，在舅舅的引诱和妈妈的纵容下，滋长了资产阶级个人主义思想，追求那种"有得吃，有得穿，知识分子配夫妻"的庸俗生活，忘记了建设社会主义新农村的伟大理想，贪图享受，害怕艰苦，很少参加集体生产劳动，不关心集体事业，以至和舅舅赶圩做生意。尽管他也有党支委蒙金秀的帮助和提醒，他自己内心也有过矛盾和斗争，但由于缺乏自我革命的勇气，经不起物质引诱，跟舅舅一步一步滑下去了，直到最后才在大家的挽救下回到正确的道路上来。覃学正这个形象是具有现实教育意义的。它告诉人们：社会主义社会还存在着阶级斗争，必须时刻警惕资产阶级思想和资本主义自发势力的包围和侵蚀；必须认识资产阶级个人主义是万恶之源，以极大的勇气和决心去克服它，不然，旧思想旧势力就很容易乘虚而入。覃学正的教训也告诉人们：青年人不应当离开革命事业去追求个人的理想、幸福，而应当把实现社会主义、共产主义的伟大革命事业作为自己最大的理想和幸福。覃学正的教训还告诉我们："懒"往往是"馋""占""贪"的根源。一个人不参加集体生产劳动，思想就会慢慢变质，就会脱离群众，走上多吃多占，挪用公款以致贪污腐化的道路。这不仅对回乡知识青年是一个现实的教育，而且对干部特别是农村的基层干部都会有所启发的。

韦秋香和覃学正为什么会走上不同的道路呢？剧作者提到阶级斗争的高度来提示了问题的实质。剧本塑造了一位农村先进妇女、党的基层干部的生动形象——蒙金秀。她出身贫苦，经受了农村历次政治运动的锻炼，政治上比较成熟。在生活中她没有半点私心，敢说敢做，一切为了社会主义利益，为了大多数人的利益。从这一点出发，她反对学正妈妈把自己的儿子看作个人的私物，也不同意生产队长廖庆宜对青年人只顾使用、忽视教育，而采取了党所要求的对待青年的正确态度。首先，她是把青年当作社会主义接班人来培养的，因此她对青年人要求十分严格。"开步走，要走正，不正就向错路行；开步走，要走稳，脚稳不怕路不平。"她反复地教导秋香、学正，要把路看准，把目标、方向弄对头，坚持走社会主义道路。而看准了方向、选正了道路以后，就要"迈开大步地走，也要小心地走"，因为"在大路上也还有上岭下坡，还有左拐右弯啊！"为了让青年人走好第一步，给日后成为坚强的革命接班人打下基础，她不同意秋香一回乡就当干部。要她老老实实过好劳动关，经受实际斗争的锻炼。对秋香在劳动中存在着的缺点，她毫不留情地进行了批评，对学正赶圩多、出工少，她也不顾大婶的不满，爽直地提醒他这样下去"终归不是好事情"。蒙金秀就是这样善于从日常生活中观察青年，善于把一些人们容易忽略的所谓"小问题"，提高到原则上来分析，引导青年认识"小病常是大病根"的道理，教育他们自觉地投身到生产斗争和阶级斗争的烈火里进行锻炼。她认为姑息、迁就不是真正地疼儿女而是害了儿女。所以，她总是坚决站在无产阶级的立场上，以强烈的阶级感情，以对社会主义事业高度负责的精神来关怀青年，关怀他们政治上的进步，这和大婶那种"关心"青年是根本不同的，也是伟大得不知多少倍的。正由于金秀的教导，秋香才得以克服弱点，健康成长，而覃学正才能避免陷入更深的泥潭之中。金秀这一先进形象出现在戏剧舞台上，体现了党引导知识青年前进的正确方向，给做长辈的、做家长的以及农村党员和基层干部树立了学习的榜样。

如果说蒙金秀从正面教育了我们，那么大婶和廖有发对青年人采取的态度则从反面启发了我们，引起我们深深的警惕。你看，大婶只晓得一味溺爱自己的女子，只晓得用"米粉荷包蛋来疼"，不仅不能以社会主义思想教育青年，而且把自己的自私自利思想带给了下一代。这不恰恰是害了他们吗？这种旧的思想观点和教育方法不改变，怎么能培养出革命的接班人呢？再看看廖有发这个农村资本主义自发势力的代表。他抓住覃学正的弱点，那样千方百计地引诱他，利用他，把他拉上资本主义道路，又是多么令人触目惊心啊！

由此可见，在青年人的成长以及培养什么样的青年的问题上，是存在着复杂而尖锐的两条道路的斗争的，这也是阶级斗争反映到人民内部的一个十分重要的方面。我们绝不能等闲视之！

剧本的思想内容是通过人物体现出来的。《开步走》不仅大力塑造了金秀、秋香、学正这几个性格鲜明的主要人物，对次要人物的描绘也比较注意，力图在规定情境里发挥他们应有的作用。比如水福和三爹这两个人物，就着墨不多而又栩栩如生，独具特色。水福是个憨厚的老实人，每当他感情激动就结结巴巴说不清楚。一方面，他不做坏事，也看不惯别人不老实，另一方面却又斗争性不强，带有处于中间状态的老一代农民的某些特点。但经过实际斗争的锻炼，也正在逐渐进步起来。三爹比之水福，性格迥然不同。他立场坚定，爱憎分明，机智而富于风趣，幽默而不油滑。在戏里他说话不多，但都说在要害之处，并且大有不言则已，一语中的的本领。作者从生活中提炼出这样一个人物，借鉴传统手法，写到剧本里去，反映了农村的先进舆论，也收到了点题、议论以及贯穿故事、调节气氛的效果。

人物的塑造离不开引人的情节，而情节归根到底又是人物性格所产生出来的行动，如果离开人物性格片面地追求情节，就容易歪曲了人物。一般来说，《开步走》里情节的安排，服从了人物塑造、主题思想的需要，作者着重于写人，写人的思想，写人与人之间的思想矛盾和性格冲突。比如第三场，写到秋香插秧时最后插的一小块不合规格，如果这不是一种错误思想的反映，事情并不大，但作者却通过这一简单的情节，揭示了人物的内心活动，暴露了她思想里的不正确的认识，接着又围绕着这件事，把金秀、大婶的不同态度、不同观点反映出来，展开了她们之间，以及她们和秋香之间的性格冲突。加以廖有发从中挑拨，矛盾就逐渐尖锐化了。到第四场，矛盾推向了高潮。这期间也没有更多的事件，而主要是进一步展开了金秀和大婶对青年人的不同态度的对立，使两人的性格充分显示出来，特别是使金秀在对待具体矛盾的认识上放出了思想光辉，秋香从中受到了教育，消除了误解，提高了觉悟。这是全剧中最为精彩的一场好戏：情节单纯而又思想性强，并且抒情味道很浓。作者不是在那里进行生硬的说教，而是让观众跟随人物进入矛盾之中，激起思想感情的变化。

《开步走》在促进人物性格的冲突上，许多富于动作性的语言起了很大的作用。如像第五场、第六场中，学正在秋香、金秀面前所说的话并不多，但自然而然地流露出了他有满怀心事却又不敢坦白，内心矛盾却无法控制的心情。他们三人之间的对话各有所本，充分反映了特定情境下的人物内心活动，推动了剧情的发展，促进了矛盾的激化。

《开步走》另一个优点是剧本创作注意适应戏曲的特点。仅以语言来说，唱词的安排就比较讲究音节、音韵，并且变化比较多；有一些对白也比较简练，为音乐设计和演员表演充分发挥戏曲的长处，提供了方便条件。

总的来说，《开步走》思想内容深刻，艺术上也颇为动人。特别是前半部更好。

到了下半部就逊色一些，有些地方感染力不足，有些地方人物形象和前半场贯穿不够紧密，相信经过进一步加工，这个剧目将趋于完美，以至成为优秀的保留剧目。

（二）

观摩演出大会反映工厂生活的戏不多，独幕话剧《成功以后》是其中比较好的一个。它取材较新，提出的问题也相当重要。作者写了工厂的技术革新，但没有纠缠在技术问题上，而是以技术革新作背景，着重反映工人的思想，提出如何培养工人阶级接班人的问题。这个问题提得及时，并且具有重大的政治意义。

剧本刻画了一对老工人——黄刚和刘树的形象，通过他们之间在对待青年工人黄建的态度上的矛盾冲突，揭示了主题思想。年轻工人黄建积极向老师傅刘树学习技术，努力进行技术革新，取得了可喜的成绩，但他思想上却逐渐产生了骄傲情绪，瞧不起师傅，认为自己可以"独立"了，师傅的话听不进去，以致选梗机的创造，在最后关头出了毛病。更严重的是他由骄傲自满发展到追求个人荣誉，把别人在关键问题上对自己的暗中帮助隐瞒下来，贪人之功以为己功。黄建的这些缺点错误固然要首先归因于他自己忽视思想改造，比如他父亲黄刚平日批评他的缺点，他就觉得要求过苛，但作为教训来汲取，和他师傅刘树带徒弟的指导思想也是有直接关联的。

刘树作为一个老工人，他爱厂如家，六十多岁了还不肯退休，一心一意"望徒成器"，要把所有的本领教给黄建；当黄建拒绝他的帮助时，他还暗中帮助他解决了技术上的关键问题。可是他没有懂得"望徒成器"应当使徒弟成为什么样的"器"，因而在教育徒弟时就忽视了政治挂帅，而只是传授技术。对黄建一味地鼓励，却看不到他思想上的缺点，有些缺点即使看到了，也不能提高到原则上来认识，认为这仅仅是出于年轻人好胜心切，自尊心强，"没有什么"，采取了原谅、姑息、大事化小的态度。黄刚批评他，他还不以为然。由于刘树的缺点，客观上助长了黄建的错误思想的发展。到头来，黄建不仅不能真正学好技术，而且迈出了可怕的一步。

黄建的爸爸——黄刚也是一个老工人。他同刘树一样热爱青年，但却比刘树站得高，看得远。他认为带徒弟不只要传技术，更重要的是把工人阶级的革命传统、优秀品质，传授给年轻人，因此强调思想工作第一，反对单纯技术观点。他从外面出差回来，一进厂就敏锐地发现黄建的思想气味不对头，终于寻根究底，摸清了情况，对儿子进行了严厉的批评，并且帮助刘树认识了缺点，两个老朋友之间有了共同的语言，就能够"谈到一块"了。

剧本塑造的这三个人物都是来自生活，有典型意义的。特别可喜的是写出了黄刚这样较为鲜明、有力的先进工人的形象。剧作者通过这个人物，以及他和刘树的对比，启发我们认识到教育青年、培养接班人，是生活中迫切需要解决的问题，也是一个关系到我们的社会主义江山永不变色的具有深远意义的根本问题。在这个问题上，必须坚持无产阶级的立场观点，从革命事业的利益出发，密切注意青年的思想情况，加强对年青的政治思想教育，在保证政治挂帅的前提下来培养他们。不然，即使他们学到了文化技术知识也不可能很好地为人民服务，甚至会走到为自己为少数人谋利益的道路上去。这样的接班人绝不是工人阶级的革命的接班人，甚至会败坏我们的江山，背叛工人阶级的神圣事业。他们的文化技术知识越多，对人民对革命的危害也就越大。试看黄建的错误，剧本所写的尽管还没有发展到十分严重的地步，而且在黄刚的教育下，很快就认识了。可是我们不妨设想一下，如果老一辈继续像刘树那样对他放任迁就，他会变成一个什么人呢？他将来当了修配班长、工厂厂长又会做出些什么事来呢？这是不能不令人震惊，不能不令人忧虑的！可惜，剧作者对这样一个重大的主题思想还发掘得不够深透，问题是初步提出来了，但没有进一步展开，进一步深化。

黄建这个人物对青年人如何当好革命接班人，也可以从反面起到教育和警惕的作用，对引导青年认识什么是革命青年应有的理想和志气，以及如何对待荣誉，如何对待长辈的教导，如何对待自己的缺点，等等，都是有帮助的。如果剧作者能够从主题出发，对黄建在这些问题上的错误思想作更有力的分析批判，黄刚的形象就会更高大，给观众的教育、印象，也就会更深刻些。

《成功以后》是一个比较好的独幕话剧剧本。但按高标准要求，在艺术上还显得平了一些，较多地停留于故事的叙述和交代，还需要把戏剧的高潮发展得更充分一些。当然，两位初学编剧的青年作者能够在较短的时间内写出现在的本子，是付出了艰苦的劳动的，是难能可贵的。但形势对我们的剧作者提出的要求很高，我们不能满足于已有的成就。希望剧作者百尺竿头，更进一步，把剧本的主题思想改得更加鲜明、更加深刻，使它的艺术力量更强烈、更加有感染力。

（三）

彩调《小糊涂遇险记》出现在会演大会的舞台上，引起了人们普遍的注意，这不仅因为它题材新颖，而且因为它从一个方面提出了重大的社会问题：如何教育我们的孩子，使他们成为坚强的革命接班人，把伟大的共产主义事业进行到底。这是关系到我们社会未来、民族未来、国家未来的具有战略意义的大事，也是同我们每一个人以及我们子孙万代的命运休戚相关的大事。

如何教育孩子，党和毛主席早就规定了正确的教育方针，就是使孩子的德育、智育、体育得到全面的发展，成为有社会主义觉悟的有文化的劳动者。但是，这个方针的贯彻执行，只靠学校是不行的，必须社会上的各个方面特别是孩子的家庭主动配合，共同努力，才有可能按照党的方针培植我们少年儿童。看了《小糊涂遇险记》中胡小图的遭遇，我们就会知道：今天的社会给孩子们的健康成长创造了从来没有过的优越环境，他们有党的关怀，有共产主义思想的哺育，有新的社会风气的熏陶，但是也不要忘记，还有像王得利那样满脑子资产阶级思想、代表着旧习惯势力的人在影响着我们的孩子。在儿童教育的领域里，同样存在着无产阶级同资产阶级之间的阶级斗争，而资产阶级思想对孩子的腐蚀又往往是在日常生活中悄悄地进行着，不容易引起大家的注意，等到我们一旦发觉就可能已经造成严重的后果了！《小糊涂遇险记》正是这样尖锐地提出了问题，给我们敲起了警钟，提醒我们要用阶级和阶级斗争的观点看待孩子的教育问题，决不能拿工作忙、时间少等作理由，把管教孩子的大事看轻了。

《小糊涂遇险记》还告诉我们"近朱者赤，近墨者黑"，孩子的成长是和我们自己——每一个家长和成年人的精神状态、言论行动分不开的。我们不能像胡小图的妈妈那样，放弃对孩子的管教，让王得利一类人来插手，也不能像她那样，只注意孩子吃好、穿好，不注意对孩子的思想教育，更不能把自己的旧思想带给孩子。比如胡母同意王得利采取的所谓物质"奖励"办法，实质上就是从小给孩子灌输唯利是图的资产阶级思想，和学校所进行的教育是根本对立的。相反，我们看看另一个孩子陈小英所处的家庭环境，就比胡小图要强得多，她爷爷给了她良好的影响，她的思想情况就大不一样。可见，教育者必先受教育，要教好孩子，不能不牵连到家长的思想改造。做家长的必须不断提高革命觉悟，具有鲜明的阶级观点，才有可能对孩子进行革命教育和阶级教育。认识这一点，对家长是一个有力的鞭策。

《小糊涂遇险记》所揭示的思想内容说明了作者是有政治敏感的。在艺术上，这个戏也有较强的感染力。戏里的几个主要人物刻画得比较鲜明、生动。对王得利，作者注意从一些日常生活小事中揭露他灵魂深处的丑恶和黑暗，并且通过他自己种种可笑的行动和难堪的遭遇来讽刺他、批判他。老工人陈爷爷和解放军上校的形象也有一定的特色。从他们以及几个孩子的身上可以看到我们社会中一股强大的起主导作用的正面力量，基本体现了今天社会的典型环境，并且鼓动社会上各有关方面都来关心对儿童的教育，把它作为切身的共同的事业。尤其值得称道的是，戏里塑造了三个可爱的儿童形象。胡小图天真、质朴，缺乏辨别能力，容易受坏的影响，也容易接受正面的启发诱导，作者写他从糊涂到认识自己的缺点，走向进步，比较自然，也显得真实可信。陈小英，作为一个正面的儿童形象也是引人注意的。所以，这个戏虽然是着重对成年人提出孩子的校外教育问题，但由于戏的内容和孩子的形象的塑造，儿童看了也能受到生动的教育。

作为戏剧，特别是把孩子包括在观众之内的戏剧，要能抓住观众，就必须有戏。《小糊涂遇险记》在戏的组织方面，显示了作者的才华，表现了较高的技巧。故事发生在一个普通的星期天里，通过烟斗和怀表在几个人物手中的转移，带动剧情的发展，把人物之间的关系串了起来，有悬念，有呼应，有起伏，紧紧地扣住观众的心弦，看来玲珑别致，颇具匠心。为了适应内容的需要，作者使戏的风格带有喜剧色彩，内容严肃，而又轻松活泼，让大小观众更多地从笑声中领会作者的意图，同时也便于发挥彩调的长处。

为了把这个戏改得更好，王得利这个人物形象还值得进一步斟酌研究。现在他的有些行为显得过界，形式上也外露了一些，尽管有剧场效果，但未必切合典型环境中的人物性格，也未必有助于主题思想的表达。另外，问题的解决和所提出的问题扣得还不够紧，前面提出的对孩子的物质刺激问题，在后面似应解决得透彻一些。

（四）

歌剧《红围裙》在干部问题上从一个侧面反映了两条道路的斗争。这是一出独幕剧，但作者并不因其小就放松对它的思想内容的要求，而是力图在较小的篇幅中反映深刻的思想。

戏里的女主角——红桃，在民主革命时期和社会主义革命初期是一个积极分子，在社会主义革命深入后却"退坡"了。她接受了走资本主义道路的富裕中农大表嫂的思想影响，热衷于个人的发家致富，对集体事业、社会主义事业越来越淡漠。认为当干部"吃亏"，没更多的时间搞家庭副业。群众选她当妇女代表，她不参加开会，常派女儿去当"代表"。后来得到她丈夫大广的帮助，才重新走上了社会主义的康庄大道。红桃这个人物在现实生活中是有代表生的。社会主义革命是人类历史上从来没有过的伟大的革命，不仅要求在政治上、经济上打倒剥削阶级，而且必须清除个人主义思想，要求人们和一切旧思想、旧习惯彻底决裂。也就是说，人们在这个革命中，不仅要革敌人的命，而且要进行自我革命。因此，社会主义革命比以往任何革命都要广泛得多，深刻得多。如何过好这一关，如何在社会主义道路上不断前进，坚持到底，这对每一个革命者来说，都是一个严重的考验。即使过去积极参加过民主革命，甚至在社会主义革命初期也表现不错的人，如果缺乏社会主义革命的充分的思想准备，缺乏高度自觉的革命精神，资产阶级个人主义思想未能克服，随着社会主义革命的日益深入，也会像红桃那样中途停顿、退缩，再不回头就可能走到革命的对立方面。由于作者通过现象，抓住了红桃的思想本质，从生活出发，进行了集中、概括，人物形象是比较典型的，具有普遍意义的。人们从这个形象可以得到有益的启示，特别是农村党员和基层干部可以从中汲取经验教训，防止和克服个人主义思想，坚决抵制小生产者的资本主义自发势力的影响。

红桃属于中间人物这一类型。塑造这一类型的人物，分寸比较难掌握。不写他的缺点、问题嘛，没有戏剧冲突；写嘛，又容易过火，人物转变也较难处理。《红围裙》却设计得比较好。剧作者基本上把握住了红桃在特定环境中的性格特征。从红桃身上，我们看到她作为一个翻身贫农，一个劳动者，一个有过光荣斗争历史的基层干部，本质的一面是好的，同时又存在着缺点。她对党和毛主席没有忘情，一听说开会传达党中央的毛主席的指示就毫不踌躇地准备去参加，但在个人主义思想的支配下，在富裕中农的资本主义思想影响下，眼光更多的是看到自己眼前的利益，缺乏革命的理想和前进的勇气。然而她又毕竟不同富裕中农去搞投机倒把，主要是想劳动致富。她自己不想当干部，也不愿爱人当干部，但又害怕地主回来掌权。对这些构成人物内心矛盾的两个方面，作者掌握得恰如其分，写来颇有分寸，既揭示了红桃的缺点和错误思想，又没有离开人物性格，任意加以夸大。所以，人物的转变才有内在的依据，才有可信的基础。

作为红桃的对立面——她的爱人大广，剧本也写得比较好。这个人物是经过三级干部会的教育，提高了认识之后，对红桃进行一系列的工作的。他对红桃所做的说服教育，不是就事论事，言不及义，而是抓住问题的本质，击中对方错误思想的要害。红桃口口声声说当干部"吃亏"，大广却一眼见穿她的思想实质是个人主义作祟，并不是真正吃了什么亏，所以在指出今天的生活有了改善之后，着重从政治上用无产阶级的革命思想去武装红桃，批判她的个人主义，启发她回忆在旧社会所受的苦难，在以往的革命斗争中的光荣历史，从而帮助对方发展积极因素，克服消极影响。大广对红桃的教育，最可贵的是展开了严肃的思想斗争，又很讲究方式方法，注意到从特定的人物性格和人物关系出发。他不是板起面孔，向红桃灌一通空洞的道理，而是采用"绣花针"式的工作方法，有正面的说理，也有侧面的启发和反面的激励。有批评，也有鼓励，还有具体的支持。体现了思想斗争的原则性和灵活性。促使红桃自己树立对立面，展开激烈的内心斗争，达到最后胜利。这是符合处理人民内部矛盾的精神和事物的发展变化，内因起主导作用的规律的。

《红围裙》提出了一个有重大社会意义的主题，但事件并不复杂，只是围绕着红桃去不去参加贫下中农大会这个单纯的事件来组织戏剧冲突，故事发生的时间也不过一个多钟头，和舞台演出的时间差不多。为什么它能够表现出深刻的思想内容而又比较生动、能够抓住观众呢？我想，主要是作者写出了有个性的人物，主题思想挖掘得较为深入。剧作者不是为编故事而编故事，而是为了刻画人物来编故事，把故事情节作为人物性格发展的历史。在设计人物和安排情节时，从小戏的特点出发，避免了人物过多、事件庞杂的弊病，只写了四个人，一件事。这四个人各有性格，各有作用，可要可不要的人物都精简掉了。这一件事——去不去开会——的选择，也颇为典型，而又不离奇古怪。作者抓住了这件人们常见的事件，像打井一样，深深地挖下去，展示了不同人物的精神世界。这比起那些事件堆砌，人物满台却又看不到思想矛盾、性格冲突的戏来说，是高明得多的。

由于作者努力在一个精心选择出来的小平面上向下挖掘，同时又要写得比较丰富（单纯不等于单调），剧作者十分重视细节的运用。像红围裙、黑围裙这两件道具的设计，就富有深刻的含意，并且在结构上起到了贯穿、呼应的作用；大广为凤莲编山歌，表现了人物的思想水平和开朗、幽默的个性，也促进了红桃的思想斗争，而且富于地方特色。这些细节都用得恰当，用得自然，起到几重作用。

《红围裙》的结构也比较严谨。故事的发展，人物内心的变化，显得有层次，有波澜。唱词、对白吸收了群众语言，而又经过作者加工提炼，提高了思想性。

从以上简略的分析，可以看出：《红围裙》的编剧，无论在剧本主题思想的深化和艺术形式的表达上，都是绞了脑汁，下了苦功，并有了收获的。但是不是没有缺陷了呢？当然不能这样说。现在的本子，言教多，行动少，因而全剧还嫌不够活。如果作者能再做些努力，进一步突破特定事件的限制，加强人物的行动，想来效果会更好一些的。

（五）

桂南采茶戏《妈妈，你错了！》和歌剧《新风赞》，是这次观摩演出中歌颂农村新人新事的两出小戏。

在三面红旗的光辉照耀下，农村的面貌正在经历着深刻的变革，不仅生产飞跃发展，而且人们的精神面貌发生了巨大的变化，共产主义道德力量一天天成长壮大，有力地冲击着一切旧的思想、习惯和道德观念。这是一场兴无灭资、移风易俗的伟大斗争，也是一场长期而艰苦的斗争。因为人的思想意识的改变，比起政治、经济制度的改变要来得缓慢，而对存在于人民内部的旧的思想意识问题，又只能采取说服教育，团结——批评——团结的公式去解决。这就增加了思想斗争的艰苦性和复杂性。我们的戏剧工作者应当通过舞台形象的创造，促进兴无灭资、移风易俗的斗争。《妈妈，你错了！》和《新风赞》在这方面做出了努力。剧本热情地歌颂了蔷薇、丽华、大刚、水华、大光维护集体、舍己为人的社会主义思想和共产主义风格，他们起初被一些人认为是"傻子"，但最后终于感化了别人，成为人们学习的榜样，显示了改造社会、改造人们精神世界的强大力量。另一方面，剧本也生动地描绘了大妈、老代这些有着自私自利、本位主义思想的人物，在社会主义思想影响下，在先进人物的感召下，改造旧思想，树立新思想的过程。舞台上这两类人物，特别是先进人物的形象、一代新人的形象，生动地反映了现实生活，并给人以前进、向上的力量。

随着社会主义思想革命的深化，崭新的人与人之间的关系逐渐建立起来。在封建家庭里，儿女谁敢批评家长？而现在，像《妈妈，你错了！》中大妈那样的人物，她的错误行为就不能不受到子女乃至未婚媳妇的批判，并且在真理面前，向子女认错了！又比如，旧时代的大旱年头，人们为争水打得头破血流，而现在呢？我们从《新风赞》里看到：在人民公社化后的农村，两个民族的生产队急人之急，互相帮助，把困难留给自己，把方便让给别人，阶级压迫所带来的民族隔阂、损人利己被新的民族关系和人与人之间的关系代替了！

《妈妈，你错了！》和《新风赞》，不仅表现了当前农村中的新人新事和新的风尚、新的思想力量，生活气息比较浓厚，具有鼓舞和教育作用，而且在艺术上也有一定的特色。两出戏都注意选材，注意从新的角度，截取一个生活片段来反映现实，这些片段犹如一片浪花、一滴水珠，从中可以看到我们社会生活的一个侧面，体现出我们时代的精神。同时剧本的表现形式也比较活泼，比较短小，适合下乡演出。这两出戏尽管还有不足之处，比如反映生活、体现主题还不够深刻，情节和语言还不够精巧，但和那些内容空虚，靠掺很多水分或者制造没有真实基础的矛盾冲突拉成的大型作品相比较，无疑是强多了！不论从及时反映生活来说，从下乡上山为农民服务来说，从锻炼提高戏剧工作者的创作能力来说，我们都应当大力提倡创作更多更好的小戏！

从上面就六个剧本所作的简要的分析，可以看出：创作革命的现代戏，关键在于戏剧工作者过好思想关、生活关、技巧关。作品质量的高低总是由作者的思想水平、生活基础和技巧能力决定的。而过好"三关"，中心的环节又是深入生活，到火热的斗争中去，和工农兵群众相结合。深入生活不仅是为了获得创作的源泉，更重要的是戏剧工作者改变立场，改造思想，实现革命化的必由之道。戏剧工作者思想水平的提高和艺术技巧的锻炼都不能离开深入生活。这里所谈的六个剧本的创作就是有力的证明。《开步走》和《红围裙》的作者都参加过社会主义教育运动，剧本的题材、主题都是在生活中选取和酝酿出来的。其他几个剧本的创作也是来自各不同的斗争生活。如果没有生活基础，现有成绩的取得是不能想象的。再从这些剧本存在的不足之处来看，归根到底，也首先是由于生活体验还不够深，对生活的理解还不够透。比如，有的剧本里，正面人物不如中间人物甚至反面人物那样个性鲜明，除了剧作者过去对创造正面人物形象是社会主义戏剧艺术的主要任务缺乏明确认识外，根本问题就是剧作者对正面人物不大熟悉、不大理解。有些戏剧语言不够生动、有力，缺乏人物个性，也是剧作者对群众语言不大熟悉的结果。

据说上面说的六个剧本都正在修改，这当然是必要的。为了进一步提高剧本质量，我希望戏剧工作者更认真更踏实更长期地深入生活，努力提高思想水平，不断磨炼艺术技巧，对繁荣革命的现代戏做出更大的贡献！

1970年代

繁荣文艺创作，为新时期总任务服务

——庆祝广西壮族自治区成立廿周年

本刊评论员

当一九七八年快要过去，新的一年——一九七九年即将来临的时候，我们满怀胜利的喜悦，迎来了广西壮族自治区成立二十周年。我区广大专业以及业余文艺工作者和全区各族人民喜气洋洋地歌唱英明领袖华主席抓纲治国战略决策的光辉成果，歌唱新长征路上的民族佳节，歌唱党的民族政策的伟大胜利。

二十年来，我区社会主义革命和社会主义建设，发生了天翻地覆的巨变，政治、经济、文化等各条战线在毛主席革命路线指引下，取得了辉煌的成就。广西，成为祖国南疆的钢铁长城。政治上安定，经济上蓬勃发展，形势一片大好。

我们的文学艺术战线和其他战线一样，也发生了显著的变化，毛主席的革命文艺路线在南国壮乡结出了丰硕的果实。首先，从我区文艺队伍来看，解放前基础是比较薄弱的，解放后，在党的关怀培育下，在各个民族中都先后涌现出本民族的作家、诗人、歌手和画家等。文艺队伍从无到有，从小到大，专业队伍经过各个革命时期和历次政治运动的锻炼不断发展、壮大。业余创作队伍，遍布城乡，十分活

作品信息

《广西文艺》1978 年第 9 期。

跃。二十年来，这支由老中青组成、包括专业和业余的文艺队伍，通过自己的作品和艺术表演手段，努力为工农兵服务，为社会主义服务，取得了可喜的成绩，做出了一定的贡献。其次，从作品来看，二十年来，我区广大文艺工作者，遵循文艺为工农兵服务的方向，以满腔热情，积极投入三大革命斗争生活，以正确的世界观为指导，运用革命现实主义和革命浪漫主义相结合的创作方法，结合历次革命运动和民族斗争生活的特点，创作了一批革命的政治内容和尽可能完美的艺术形式相统一的好的和比较好的作品。如小说有《美丽的南方》《山村复仇记》《云飞嶂》；诗歌有《百鸟衣》《大苗山交响曲》《歌唱我的民族》；戏剧、电影有《刘三姐》《红河赤卫队》《朝阳》《瑶山春》《金田起义》；歌曲有《壮族人民歌唱毛主席》《壮人永跟毛泽东》《青山里流出一条红水河》；舞蹈有《春插》《拉木歌》；美术作品有《百色起义》《西山战斗》等等。这些作品在全国、全区都产生不同程度的影响，受到了工农群众的读者和观众们的欢迎。

二十年来，我区的文艺工作，毛主席革命路线是占主导地位的，成绩是主要的。但由于刘少奇，特别是林彪、"四人帮"的修正主义路线的干扰破坏，也出现过一些缺点和错误。

在"文化大革命"中，林彪、"四人帮"为了篡夺党和国家的最高领导权，炮制所谓"文艺黑线专政"论，公然否定了毛主席的革命文艺路线，把文艺界搞得百花凋零、万马齐喑。我们广西的文艺工作者也不可避免地深受其害，至今仍心有余悸，心有余毒。为了繁荣社会主义文艺创作，就要深入批判"文艺黑线专政"论，砸烂种种精神枷锁，批判假左真右的反革命修正主义文艺路线，肃清流毒影响。

当前，我们社会主义革命和建设进入了一个新的发展时期。华主席、党中央为新时期规定了总任务，制定了发展国民经济十年规划和二十三年设想，要把我国建设成为社会主义现代化强国。现在已经不是能不能在二十世纪末把我国建设成为社会主义的现代化强国的问题，而是要以比原来的设想更快的速度来实现宏伟目标。建设现代化的社会主义强国，这是一场根本改变我国经济和技术落后面貌，进一步巩固无产阶级专政的伟大革命。这场革命，规模之巨大，变动之激烈，任务之繁重，意义之深远，都不亚于我们党过去领导的任何革命。这是历史赋予全国人民的伟大使命。因此，我们必须响应华主席"思想再解放一点，胆子再大一点，办法再多一点，步子再快一点"的号召，全力以赴，出色地做好各项工作（包括文艺工作）。

文艺要很好地为新时期总任务服务，就要把文艺创作搞上去，写出更多更好的作品来。由于"四人帮"的干扰破坏，造成电影不够，歌太少，小说也不多，没有文化生活。这种状况必须迅速改变。我们的文艺创作要迅速搞上去，要努力塑造在三大革命运动斗争第一线和向四个现代化进军中涌现出来的无产阶级英雄人物。写出这样的作品，就能更好地鼓舞和激励人们在新长征中信心百倍地夺取胜利，从而更好地发挥文艺"团结人民、教育人民、打击敌人、消灭敌人"的战斗作用。要把创作搞上去，就要坚持毛主席制定和倡导的"百花齐放，百家争鸣""推陈出新"的方针，在六条政治标准的前提下，提倡题材、体裁、形式、风格多样化。今后，我们一定要坚持现代革命题材为主，大力提倡题材多样化，放手让作家写自己熟悉的东西，在题材选择和表现形式上给作家以创作的广阔天地。我们要提倡努力塑造工农兵英雄形象，特别要写好歌颂毛主席、周总理等老一辈无产阶级革命家光辉业绩的作品，但不要束缚作家刻画科技、教育、卫生等战线上知识分子形象和其他各式各样人物包括反面人物。总之，要不断解放思想，才能在创作上达到百花齐放境地，使作品具有浓厚的生活气息和民族特点，既不偏离政治方向又不公式化、概念化。

广西是多民族地区，民族民间文学遗产十分丰富，要加强挖掘、搜集、整理。要重视地方戏曲的发展。

文艺要很好地为新时期总任务服务，就要正确开展马列主义的文艺批评。我们要完整地准确地理解和运用毛泽东文艺思想，坚持实践是检验真理的唯一标准，一切从实际出发，实事求是地开展文艺批评。坚决反对林彪、"四人帮"那种歪曲毛泽东思想体系，断章取义，捕风捉影，专横武断，"为帮所用"的文艺批评。

我们要通过文艺批评"浇花除草"。评论一篇作品时，要按六条政治标准，看其主要倾向，也要注意研究作者的环境、经历和其他著作，然后作出切合实际的评价。要分清政治问题、世界观问题和学术问题的界限，切忌混为一谈。要提倡和鼓励自由争论，要允许批评，也允许反批评，允许作者保留自己的意见。要正确区分和处理两类不同性质的矛盾，不要随意把作品打成毒草。即使对毒草的批判，"也应当是充分说理的，有分析的，有说服力的，不应当是粗暴的、官僚主义的，或者是形而上学的，教条主义的"。不搞"禁令"、不设"禁区"。要珍惜目前文艺战线一片生机的局面，决不能泼冷水，要努力开展正常的、健康的文艺批评。

文艺要很好地为新时期总任务服务，就要切实做到"创作要上去，作家要下去"。生活是创作的源泉，作家必须深入生活，熟悉生活，熟悉人物，然后才有可能进入创作，这是文艺创作的基本原则。文艺工作者深入生活可以根据不同的情况，采取不同的方式，有的"走马看花"，有的"下马看花"，时间长短也可以视不同对象而定，不要"一刀切"。总之，作家、艺术家一定要保持和工农群众的血肉联系，走与工农相结合的道路。只有这样，创作植根于肥沃的生活土地上，才可能开放出瑰丽多姿的花朵来。

文艺要很好地为新时期总任务服务，就要不断加强文艺队伍的建设。为了完成文艺为新时期总任务服务的艰巨任务，没有一支宏大的又红又专的文艺队伍是不行的。当前，要迅速落实党的干部政策，把老一辈专业和业余的文艺工作者的积极性调动起来，要把培养年青一代的文艺新军作为一项战略任务。文艺界的老同志，除了自己继续努力从事文艺工作外，还要满腔热情地关心、扶植青年一代的成长。新老文艺工作者要互相学习，互相帮助，取长补短，共同提高。由于林彪、"四人帮"的干扰破坏，我们文艺队伍青黄不接的问题是严重的。我们要采取切实有效的措施，加强文艺队伍的建设，接好老一辈无产阶级文艺工作者的班，不断扩大文艺队伍。

"世上无难事，只要肯登攀。"为了完成新时期的总任务，尽快地把我国建设成为一个伟大的繁荣昌盛的社会主义现代化强国，我们一定要在新的长征中，大干快上，发奋图强，夺取更大的胜利。让我们和全区各族人民一道，高举毛主席的伟大旗帜，在新长征道路上，阔步前进吧！

1980年代

解放思想，为繁荣文艺而奋斗

——全国第四次文代会广西代表活动散记

樊笑云

出席中国文学艺术工作者第四次代表大会的广西代表团，以陆地同志为团长，郭铭、林道行、尹羲同志为副团长一行代表共四十八人（其中一人请假），于去年十月底齐集北京，参加了这次会议。第四次文代会是党和人民取得了粉碎林彪、"四人帮"的伟大胜利以后，全国文艺工作者的一次盛大会师。

广西代表团中有久经风雨的"左联"时期的作家，抗日战争时期即投身革命文艺事业的老将，也有全国解放前后成长起来的中年文艺工作者以及最近几年间初露锋芒、朝气蓬勃的艺苑新秀，包括壮、汉、苗、瑶、侗五个民族的代表。广西代表

作者简介

樊笑云（1928—2011），本名樊簃，原籍河北河间，毕业于中原大学新闻系。1926年在开封的《中国时报》发表处女作散文《张自忠之死》，1949年任新华社中原分社记者，后任《长江日报》记者，1953年调中南局宣传部工作，1954年调广西省委宣传部工作，1957年被错划为右派，下放到隆林县劳动，1978年调回广西文联，1979年后曾任广西作协副秘书长、广西区党委宣传部调研员、广西艺术学院党委副书记。与人合著《思想杂谈》和《西出阳关》。

作品信息

《广西文艺》1980年第1期。

团的同志们，带着粉碎"四人帮"迎来了社会主义文艺春天的喜悦，带着向全国各地文艺工作者虚心学习的愿望参加大会，收获是丰硕的。

整个会议期间，代表们深切感受到了党中央对文艺事业的重视和对文艺工作者的亲切关怀。党和国家的领导人接见了全体代表，邓小平同志代表党中央和国务院向大会致了《祝辞》。代表们在学习讨论中一致认为《祝辞》是新的历史时期繁荣社会主义文艺的纲领性文献，它总结了新中国成立三十年来文艺战线的基本经验，提出了新时期文艺工作的方向，阐述了党的文艺方针、政策，肯定了"我们的文艺队伍是好的"，"在我们党和人民战胜林彪、'四人帮'的斗争中，文艺工作者做出了令人钦佩的、不可磨灭的贡献"。党对文艺工作者给予了这样高的评价，使大家激动不已，决心在今后拿出更多更好的艺术成果，向祖国和人民汇报，以不辜负党的殷切期望。

在讨论学习中，陆地同志回顾了文艺界二十多年来的历史经验和教训，列举了从一九五六年党提出"双百"方针，到周总理、陈毅同志关于艺术民主的谈话，文艺八条的制定，都没有能使"双百"方针得到认真贯彻，他感慨地说：问题仍然在于是否真正贯彻"二百"方针。他相信这次大会以后，在党的三中全会精神指导下，小平同志的《祝辞》的鼓舞下，"二百"方针一定能够得到认真贯彻，文艺百花齐放的春天必将到来。自然，今后也仍将遇到矛盾，也还会有斗争，不可能一帆风顺，但总的趋势是不可逆转的。

讨论中，大家谈论最多的是关于解放思想，肃清极左流毒和党如何领导文艺的问题。代表们深感到，如果能按照小平同志《祝辞》提出的原则办，文艺事业就一定能够繁荣。但是目前贯彻这个精神，看来障碍还很多。这就是为什么当小平同志在《祝辞》讲到"文艺这种复杂的精神劳动，非常需要文艺家发挥个人的创造精神。写什么和怎样写，只能由文艺家在艺术实践中去探索和逐步求得解决。在这方面，不要横加干涉"时，到会代表长时间热烈鼓掌的原因。"横加干涉"的情形实在是太多了。代表们归纳了几种表现：一是"对号入座"。你写了一位房产局长利用职权搞走后门，当地的房产局长就说你是攻击他本人。反面人物总得有个行业，有个职务，于是总有一批与此相应的人大为不满；于是抵制、禁演、吵闹纷至沓来。这怎么得了？某县文艺队排了个戏，蔬菜售货员出身的县革委副主任以为是写她的，这个戏虽然宣传部长文化局长都以为可演，结果也还是不准上演，并且威胁得作者暂时"请假"到外地"避难"。这样，就只好去写无姓名、无职业，连性别也没有的人物才行。第二是"我们这里没有的不能写"。作品中写了"四人帮"的骨干捣乱，有的领导说：我们这里是抵制"四人帮"的，不准发表。你写了"双突"干部，即使在外地的刊物上发表，也要追查作者历史。把艺术典型当作新闻报道，按照"四人帮"的影射帮规来审查，《电话选"官"记》的作者遇到麻烦，便是一例。第三，叫作长官意志瞎指挥。某县文艺队演出《刘三姐》，一位领导叫加上农业学大寨的内容，以便配合农田基本建设的开展。一个剧团排演话剧，其中有国民党司令太太举办舞会的场面，看彩排的某一领导说："我们不提倡跳舞，把这段删掉。"凡此种种，不一而足。党必须领导文艺，但是要根据文学艺术的特点和发展规律来领导，不是去"横加干涉"。现在，文艺是非的标准已经明确了是"对实现四个现代化是有利还是有害，应当成为衡量一切工作的最根本的是非标准"。必须禁止那种以领导者个人的好恶定是非，谁有权谁就有理的歪门邪道，真正实行"三不"主义，开展文艺评论，以利于解放思想，繁荣文艺。

会议期间，不少代表观摩了甘肃省歌舞团演出的舞剧《丝路花雨》。我区的代表感触良多。这个舞剧的舞蹈造型取源于敦煌壁画，有鲜明的地方和民族色彩。正是它浓郁的地方和民族色彩，使人耳目一新，受到了国内外的注意，据说目前已经有二十几个国家邀请该剧团出访。回想去年我区也搞了一个大型歌舞，动用的财力人力都比《丝路花雨》多得多，但只是热闹了一阵子就完了。其中有些教训很值得深思。我们这里民族很多，民间文艺丰富，应该大力抢救挖掘、整理，这是迫不容缓的问题，应该有组织有领导地进行。

在会议期间的学习讨论中，代表们在大会思想解放的精神鼓舞下，也提到了一些问题和困难。因为从中央《祝辞》和周扬同志的报告中受到很大鼓舞，很多文艺是非，党的方针，政策进一步明确了，对于今后解决困难，克服缺点有了更大的信心。代表团中五十岁以下的要算"青年"，许多是六十岁高龄以上人，有的同志已经老态龙钟。但绝大多数代表在整个会议期间都精神饱满，认真思考今后如何做出新贡献的问题。广西艺术学院的阳太阳、黄独峰、陆华柏、李志曙四位教授，联名提了关于今后如何办好艺术院校的建议，受到有关方面的重视。他们本人也都表示从明年起要带研究生，尽力多为国家培养人才。著名桂剧演员尹羲同志六十岁了，她表示一定要不计个人恩怨，力争多做贡献，她打算用有生之年再培养两期（一期六年）桂剧演员，并开始请人协助整理她几十年来的舞台经验。

总起来看，参加了这次大会，使代表们思想进一步解放了，信心和干劲都有很大增强。正如胡耀邦同志在茶话会上所说："我们伟大祖国的一个全面的、持续的文艺繁荣的新时期就一定会到来。一个人人都能够大显身手、大有作为的年代到来了！让我们同心同德的努力奋斗吧！胜利一定属于我们。"

解放思想，加强团结，繁荣社会主义文艺

——在广西壮族自治区第三次文代会上的报告

陆　地

我们自治区文学艺术工作者第三次代表大会是在举国上下，同心同德，为实现四个现代化的形势下召开的。与会代表包括各民族和各方面的老作家、老艺术家和年轻的文艺工作者。这将是一次促进我们广西社会主义文学艺术事业繁荣兴盛的大会，希望同志们发扬民主精神，和衷共济，团结一心，把这次会开好。我们的大会是在全国第四次文代大会之后召开的，我们要在这次的会上共同学习全国文代大会精神，贯彻执行其决议，按照章程选举第三届全区文联委员会和各协会的理事会，建立新的领导班子。

我们说的第三次代表大会是这样算起的——一九五〇年六月召开全省文艺工作者代表会议，成立省文联筹备委员会，主要任务是：一、登记、吸收文艺工作者作为个人会员；二、创办机关杂志《广西文艺》；三、号召、组织文艺工作者参加清

作者简介

陆地（1918—），广西扶绥人，壮族，1938年到延安，在鲁迅艺术文学院文学系学习，主要作品有《叶红》《钱》《故人》《美丽的南方》《瀑布》等，广西第三届文联主席。

作品信息

《广西文艺》1980年第3期。

匪反霸、土地改革等革命运动和文艺界的整风，一直延长到一九五四年五月才召开全省文艺工作者第一次代表大会，选出全省文艺工作者联合会第一届委员会，宣布正式成立省文联。此后，由于文艺工作者的队伍逐步成长壮大，专业的独立活动日见频繁，组织机构随之要求相应改进。到一九五九年四月，召开全区第二次文代大会，会议决定：由原来区文联的文学、戏剧、美术和音乐等工作部门，分别改组成立作家协会广西分会、戏剧家协会广西分会、美术家协会广西分会和音乐家协会广西分会等专业团体。各协会分会，以团体会员资格加入文联的统一组织，原先以个人作为会员的全省文艺工作者联合会的名称，改为以团体作为会员的自治区文学艺术界联合会；会议选出新的委员会，但为了衔接上届称作第二届，各协会分会同时分别正式成立，并选出领导机构。

这次代表大会，就是第三次。

回顾三十年的历史，我们经历了社会主义革命和建设各个不同阶段的斗争，我们的革命文艺事业大大发展了，我们的队伍更加壮大了，文艺工作者在政治思想、在创作水平上都得到很大的锻炼和提高，在创作劳动方面取得了不少的成就。这是我们首先要肯定的。

回顾三十年的历程

三年来，经过拨乱反正，清除林彪、"四人帮"流毒，解放思想，贯彻"双百"方针，扭转了由于林彪、"四人帮"所造成的严重混乱局面，出现了新气象，取得了一定的成果。

党的三中全会提出了解放思想、开动脑筋、实事求是、团结一致向前看的方针，强调落实党的各项政策，平反冤案、假案、错案。去年四月，区党委组织部、宣传部、区文化局和区文联筹备组联合召开全区文艺界落实党的知识分子政策座谈会，加快了全区文艺界落实政策工作的步伐。同年五月，在区文联全体委员扩大会议上，赵茂勋同志代表区党委宣布了区文联及各协分会正式恢复工作活动；宣布过去对《刘三姐》等八个作品的批判是错误的，撤销区党委和区革委过去发出的关于批判《刘三姐》等作品的决定，对这些作品公开给予平反。

一九七八年三月，区党委批准成立区文联恢复活动筹备小组时，给我们的任务有三条：一、对原有组织状况进行调查了解；二、发展新会员；三、结合开展业务活动。在这期间，我们分别召开了一系列的座谈会、调查会、讨论会，抓了文艺创作、文艺评论；组织部分作家到北海油田、防城新港、大化水电站和革命老根据地进行了参观访问。一九七八年还举办了全区短篇小说评奖和自治区成立二十周年美术作品评选活动。在对越自卫还击战中，我们组织文学、音乐、美术工作者参加中国文联组织的作家、艺术家访问团到前线体验生活，访问战斗英雄和民兵模范人物，先后写出一批报告文学、诗歌、美术、歌曲等反映自卫还击取得重大胜利的作品。我们还调整了《广西文艺》《广西美术》两个刊物的编辑人员；把《广西文艺》由双月刊改为月刊，《广西美术》由季刊改为双月刊。在发展新会员方面，各协会都分别吸收了一批新会员。"文化大革命"前，各协分会会员是五百九十一人，现在已达到一千六百四十五人。

三年来，我区文学作者陆续写出一批受到群众欢迎的好作品。其中，短篇小说有《彩云归》《豆子事件》《捕蛇者的后代》《桂花飘香的时候》《杜鹃啼血》以及《一〇一天》等六篇获得一九七八年优秀短篇小说奖的作品；长篇小说有《云飞嶂》等；诗歌有组诗《刻在板仓山上》等，诗集有《山欢水笑》；民间文学方面有长诗《蛇郎》及《布伯的故事》等；这期间电影创作显得特别活跃，先后在各地发表或拍摄的电影剧本共有十几部，包括《拔哥的故事》《甜蜜的事业》《乳燕飞》等；戏剧创作有桂剧《闯王司法》《儿女亲事》《太平军》，壮剧《梅峰岭》，话剧《我为什么死了》，歌剧《竹笛》等；在美术创作方面，为庆祝自治区成立二十周年和新中国成立三十周年举行的两次画展和"对越自卫还击作战画展"中的作品，水平都有新的提高，有些参加了全国画展；阿西（毛难族）和张高山两个儿童的画作，获得国际儿童绘画的金质奖章；音乐创作，有歌曲《瑶家怀念毛主席》《壮族人民热爱周总理》《泪海》等；摄影方面，桂林山水影展在北京等地展出受到群众的欢迎；

音乐、舞蹈、戏剧的演出艺术技巧方面，也以新的水平出现在观众面前；区杂技团出访非洲七个国家的演出，得到好评；整理改编民族民间文学作品和编写各个少数民族文学概况的工作，也正在积极组织力量进行。总之，各种文艺创作都取得新的成就。广西日报《花山》文艺副刊和各地、市、县定期的或不定期的文艺刊物对培养团结业余作者，满足文艺爱好者的要求，发挥了一定的作用。如南宁市的《邕江》、玉林地区的《金田》等都办得很有生气。

三年来，文艺工作虽然取得了一定的成果，但也还存在着某些问题，主要是思想还不够解放，心有余悸还没有完全消除。反映在创作上，刻画新人的形象还不那么突出鲜明，在揭露反动、落后的事物方面也还不够深，发挥文艺评论以推动和指导创作的作用也不够有力；在文艺思想方面，不同的意见未能充分展开争论，民主空气还不那么活跃；从领导方面来说，还未能真正按艺术规律办事，在一定程度上影响作品的产生和作者的成长，对繁荣社会主义文艺事业是不利的。

对我区解放后十七年的文艺工作，区党委在去年五月召开的区文联全体委员扩大会议上，已给予肯定的评价。文联、各协会在毛泽东文艺思想的指引下，团结和组织作家、艺术家以及广大文艺工作者，做了不少工作，成绩是主要的。广大文艺工作者努力学习马列主义毛泽东思想，积极参加党的各项中心工作，深入生活，改造思想，创作了各种文艺作品。其中，反映革命历史题材方面的有话剧《红河赤卫队》；反映清匪反霸斗争的有长篇小说《山村复仇记》；反映土地改革运动的有长篇小说《美丽的南方》；反映社会主义革命和社会主义建设的生活斗争的有影片《苗家儿女》，话剧《朝阳》，歌曲《壮人永跟毛泽东》《好个日头好个天》和不少美术作品；对民族民间文艺也做了大量的发掘整理、研究工作。在民族民间文艺的基础上，创编了闻名中外的歌舞剧《刘三姐》和较有影响的长诗《百鸟衣》以及叙事长诗《大苗山交响曲》等等。在戏曲改革方面也做过大量的工作，出现了一些较好的剧目，如桂剧《拾玉镯》《西厢记》，粤剧《还珠记》，邕剧《杨八姐搬兵》，壮剧《宝葫芦》，舞蹈《瑶族婚礼舞》《拉木歌》等。这些具有地方色彩和民族特点的作品，以生动的艺术形象和绚丽的画面，描绘了我区各族人民灿烂多姿的生活，对陶冶人民的革命情操，鼓舞人民在三大革命实践中的斗志，团结和教育人民，打击和消灭敌人，起到了良好的作用。

解放初期，我们广西的文学艺术工作基础是比较薄弱的。文联和各协会，在区党委直接领导下，做了大量的工作，文学艺术事业得到蓬勃发展，形成了一支包括各个文艺部门的，专业和业余的，老、中、青结合的，多民族的革命文艺队伍。广大文艺工作者和文艺干部，在毛泽东文艺思想的哺育下，为社会主义文艺事业辛勤劳动，做出了积极的贡献。

回顾过去，有成功的经验，也有值得改进的缺点和错误：

如解放初期，我们发动、组织文艺工作者投入清匪反霸、土地改革等革命运动，在深入工农兵斗争生活中锻炼、培养、组织队伍，促进创作，这是不容否认的，是遵循毛泽东文艺路线前进的主流。但当时也出现过某些不正常的现象。如一九五三年进行的文艺整风，本来是为了改进领导工作，提高创作思想的；但在批评某些作品时，产生了脱离具体作品的思想内容和艺术形式的分析，而牵强附会地对作者政治历史问题进行追究，这就不免放松了对创作思想问题的探讨，使创作的积极性受到挫伤。

一九五七年的反右斗争，又错误地批判了一些正确或基本正确的文艺观点及好的和比较好的作品，伤害了一批文艺工作者，使"百花齐放，百家争鸣"方针带来的生气勃勃的景象，受到了很大的打击。一九五八年在全国掀起的浮夸风、共产风也涉及文艺界，说大话、说空话被认为是浪漫主义，"左"的倾向进一步抬头。一九六〇年，全国文联配合反右倾的政治运动，在创作思想上提出批判文艺作品的"不良倾向"。我们也不加分析，盲目地贯彻"左"的做法，照搬照套，也找出本地区若干所谓"不良倾向"的作品来批。在批判会上不是实事求是地从思想内容和艺术形式上去分析其正误优劣，以提高认识、端正态度、改进工作，而是采取简单粗暴的打棍子办法。这虽然有别于一九五七年的反右斗争，没有给作者什么组织处理，但也不免使作者受了委屈，在创作思想上造成了混乱。在一九六二年五月的一次文艺工作座谈会上，组织上曾做过纠正，对作者表示道歉。但是，没有在报刊发表文章消除错误影响，是有缺点的。

继续贯彻"双百"方针

实践证明："百花齐放，百家争鸣"的方针，是繁荣我国社会主义文化事业的根本方针。贯彻这个方针，首先要解放思想，坚持实践是检验真理的唯一标准，坚持群众路线，通过"放"和"争"来发展社会主义的文艺事业。

当前，文艺工作为了赶上四个现代化的步伐，为满足广大人民群众的文化生活需要服务，就得遵循党的三中全会制定的方针、路线，本着邓小平同志代表党中央和国务院对全国第四次文代会的《祝辞》的精神，要继续贯彻"百花齐放，百家争鸣"的方针，拨乱反正，从理论上深入地肃清林彪、"四人帮"炮制的所谓《部队文艺工作座谈会纪要》的流毒。为了解放思想，繁荣创作，对下面三个方面的问题需要提高认识。这里谈点不成熟的意见，供大家讨论。

其一，文艺与政治的关系。从文艺发展史上看，每个时代、每个阶级都要求文学艺术符合于本阶级的利益和道德标准。无产阶级文艺，应该具有鲜明的倾向性。文艺家在认识和反映生活的时候，应该努力以马克思主义的世界观作指导。在当前这个历史时期内，文艺就要为实现四个现代化做出应有的积极的贡献。

然而，文艺毕竟是一种特殊观念形态，有它自己的规律。正如列宁在强调文艺的党性原则的同时，所明确指出的，在文学事业方面"绝对必须保证有个人创造性和个人爱好的广阔天地，有思想和幻想，形式和内容的广阔天地"。周恩来同志也讲过："文艺为政治服务，要通过形象，通过形象思维才能把思想表现出来。"政治思想只能寓于艺术形象之中。把文艺理解为政策图解、标语口号，显然只能导致文艺走入歧途——粗制滥造出公式化、概念化的东西。毛泽东同志《在延安文艺座谈会上的讲话》中就说过："缺乏艺术性的艺术品，无论政治上怎样进步，也是没有力量的。因此，我们既反对政治观点错误的艺术品，也反对只有正确的政治观点而没有艺术力量的所谓'标语口号式'的倾向。"接着还说："马克思主义只能包括而不能代替文艺创作中的现实主义。"可见，不应简单地片面地理解"文艺从属于政治"的问题。我们无论如何也不应忘记林彪、"四人帮"把文艺等同于政治，否认文艺的特殊规律，把文艺创作的广阔天地局限在一种模式里面所造成的文艺园地一片荒芜的惨痛教训。

当然，有些文艺形式如曲艺、漫画、报告文学、活报剧等，可以而且能够迅速反映当前生活斗争内容的，也不应一概否认配合政治宣传的作用。

培养社会主义的新人，提高人民的精神境界，促进社会进一步的完善和发展，满足人民日益增长的文化生活的需要，这是社会主义文艺的目的，也是它的政治任务。这就要求我们从各方面反映当代伟大历史性转变中人民的生活和斗争，塑造出站在时代前列的人物形象，反映新长征的壮丽图景。同时也应当反映老一辈无产阶级革命家和无数先烈的英雄业绩，用革命传统教育人民，激励人们进行新的长征。文学创作主要写人的命运。既写英雄人物，也可以写其他各种各样人物，包括中间状态的，落后的和反动的人物。在题材方面，不管是当代的、历史的，都不拘；不应设置禁区，选择什么题材，应该是作者自己的事情。

现实生活是丰富多彩的，人民群众的文化生活需要也是各种各样的。我们的文艺应当考虑如何去满足群众这样那样的正当而健康的要求。凡是一切有助于鼓舞人民前进，培养人们的共产主义情操和带给人们健康的艺术享受的作品，都应该受到应有的重视和鼓励，它们都是直接或间接为社会主义服务的。创作题材如此，表现手法和形式也是如此，不应加以限制和规定，以免束缚作者的手脚。

其二，文艺与生活的关系。文艺与生活的关系，是文艺理论和文艺创作中的一个基本问题，本来在马克思主义经典著作中，早已解决了的。社会生活是文艺的唯一源泉，文艺创作必须真实地再现生活，然而，反映出来的生活却可以而且应当比普通的实际生活更高、更强烈、更有集中性、更典型、更理想，因此就更带普遍性。多年以来，"四人帮"在这个问题上却散布了许多谬论。

邓小平同志讲道："人民需要艺术，艺术更需要人民"；"人民是文艺工作者的母亲"。这是明白不过的道理。可是，"四人帮"炮制的《纪要》却把文艺必须反映生活的真实这样一个基本常识，诬蔑为"黑八论"之一，胡说"文艺不应从生活出发，而应当从路线出发"，并据此掀起了"阴谋文艺"的黑潮，炮制了《反击》，《欢腾的小凉河》和《盛大的节日》等，把一批革命老干部写成"死不改悔的走资派"，右倾翻案风的"典型"。这批所谓"样板"作品，无异于哈哈镜反映出来的图像，是对社会主义革命英雄事业的歪曲和嘲弄，理所当然地终于被扫进了历史的垃圾堆。

"四人帮"被粉碎以后，突破了题材禁区，不少作者敢于面对现实，将自己所熟悉的、切身体会的生活真实，通过艺术加工、概括、提炼，创作了许多有血有肉的艺术形象和生动感人的生活故事，这些长自生活土壤的花朵，无疑感染着读者。然而，也有这么一些人见猎心喜，仿造的货色逐渐涌上文坛。这种只是停留于或满足于追求题材方面的突破，而忽视生活的真实体会，忽视艺术上和思想上的提高的现象，如不引起注意、克服，必将使文艺创作陷于新八股——雷同化、公式化的泥坑。

文艺和生活的关系也存在着辩证的统一问题。"作为观念形态的文艺作品，都是一定的社会生活在人类头脑中的反映的产物。"但是，文艺作品不等于生活现象简单地复制。生活的真实不等于艺术的真实。前者之变成后者，当中必须经过选择、加工、提炼的过程。它所反映的生活未必"是曾有的实事，但必须是会有的实情"（鲁迅）。电影《列宁在一九一八》、话剧《陈毅出山》和《西安事变》，即令演员演得惟妙惟肖，使人信以为真，然而，要是拿来跟真人真事核对，事情肯定并非完全一致。因为它是文艺创作，少不了虚构和夸张，只有虚构和夸张才能使文艺作品典型化和更富于形象性。当然，在这一点那一点的细节上，可能是从真人真事的实在生活的片段中汲取来的。不过，从整个故事前前后后的情节来看，则未必实有其事。虚构和夸张，只要合情合理，是允许而必须的。文艺作品并非传记，一个作者刻画某个地方和某个单位的负责人的官僚主义形象，未必就是丑化作者所在地区或单位的领导人；其中反映某个地方存在着某些值得批评的不良现象，也不能说就是歪曲、攻击了该地区或单位的具体情况。文艺作品到底不是新闻通讯，虽然使人觉得似曾相识而信以为真，然而，那是从各方面的现实生活中概括虚构而成的典型。蜜糖是从多种花汁吸来酿成的，但是它已不是这一种或那一种花汁的原型了。如果指责作者在某个作品里影射、诽谤，攻击了这个那个具体的人和事，而竟至于兴师问罪，那实在是一种误解。作者写作品，总是要宣扬什么批判什么，总是要爱憎分明的，却绝非专指哪一位具体的真人。因为文艺作品中的人物形象的刻画，往往是"嘴在浙江，脸在北京，衣服在山西，……"（鲁迅）是凑合起来的。

生活与艺术两者的关系怎样求得统一？这里，还得需要强调作者要写自己熟悉的、体会到的生活。高尔基曾经讲过："一切作品都是作家的自传。"这是经验之谈，值得记取。当然，这里说的"自传"是广义而言，在实际生活中未必是作者亲身直接的经历，但在情感上和见闻上必须有间接的体会和理解。在过去的相当长的年代里，由于单纯强调写工农兵，以致引起许多人对问题认识和理解的片面性，使作者不敢写自己熟悉的生活，因为他所熟悉的人也许是搞科学的，也许是医生，也许是学生和教师，也许是演员、作家，……总之，都不是工农兵，所以不敢动笔。有的人虽然勉为其难地去编造了一些自己既生疏又缺乏兴趣的人物和故事。作者自己既不感兴趣的东西，同样是不可能感染读者的。代人哭丧和无病呻吟一样都不会令人动心。

当前，我们的生活正在进入一个新的历史时期。邓小平同志说过：对实现四个现代化是有利还是有害，是衡量一切工作的最根本的是非标准。大力反映我们伟大时代的生活，激励人民同心同德，为实现四个现代化而斗争，这是我们社会主义文艺创作的历史使命。我们提倡文艺创作大力地去表现实现四个现代化的斗争。新的生活，新的思想，新的精神都需要我们去进行深入的探索。战线广阔，生活丰富，作家完全可以从不同的侧面，不同的角度，去表现既丰富又广阔的生活斗争。每个时代都有那个时代值得歌颂的新事物，同时也不免会有必须鞭挞的丑恶现象。社会主义的文艺家必须清醒地注视现实生活中各种矛盾的产生和发展，善于发现新生事物，也勇于揭露阻碍我们前进的东西，这就要有恩格斯所说的"艺术家的勇气"。勇于实践，勇于探索；敢于提出新问题，敢于试图去解决新问题。

其三，批评与创作的关系。批评对创作来说，主要应该是促进、爱护、扶植和助长其发展的，对不完善的作品，指出其毛病缺点，也仍然是为了提起注意，引以为戒。至于那些反动的——宣传封建迷信、鼓吹资本主义、腐朽堕落的东西，是对人们精神生活的腐蚀剂，需要严肃批判，不能含糊。但是，不管是对待好的作品还是对待有缺点的作品，都应本着实事求是的精神加以评论，以理服人，切忌主观臆断，强词夺理。

文艺作品是社会现实生活的镜子，它必然要评价生活的。生活中的真善美是和假恶丑并存于对立的统一之中的，有光明面就有阴暗面。文艺要忠实于生活，在作品中完全避开假恶丑，必然导致作品的片面性，成为一种粉饰、掩盖的门面的假象，那是无助于推动社会前进的。文艺评论中那种牵强附会、断章取义，甚至动辄诬人于"恶毒攻击""丑化社会主义"之词，再不要使用了。评论作品，对于歌颂和暴露，应该研究的是作品的内容是否符合于生活的实际；作者的爱憎是否与祖国建设"四化"的利害相一致。我们并不主张作家艺术家将生活中的丑恶不加选择地上书、入画；这种有闻必录，或者购树不见林的创作自由思想，与列宁主张的"保证有个人创造性和个人爱好的广阔天地，有思想和幻想、形式和内容的广阔天地"，是两回事。

批评一件作品，应该从其全篇的思想倾向和全文的社会效果来作全面的衡量。要看其歌颂什么，批判什么。评论一位作家，必须看其全人，看其创作的全部，看他一贯的创作思想倾向，照顾到他创作的全过程及其作品产生的时代背景。不应因文废人，也不应因人废文。陶渊明写过"采菊东篱下，悠然见南山"，也写过"刑天舞干戚，猛志固常在"。对此，鲁迅曾经有过深刻的见解。

文艺批评应区别于法律的判决和组织的结论，前者是属于学术讨论范畴；是非问题允许在辩论中求得澄清。有批评也应允许反批评，要贯彻民主精神。批评不等于禁令，对写作提出的号召，不应看作行政上的规定，更不应看作法律。

创作和评论，本来是对立的统一，创作没有评论作指导，它的提高和发展将迷失前进的方向，缺乏促进扶植的动力。但是如果创作的生机都被批评的棍子扼杀了，批评也就没了工作的对象。

批评还有对读者和观众负有社会责任的一面。它应当帮助读者或观众正确地对待文艺作品，提高人们的欣赏水平，教导人们认识作品的社会意义，使文艺作品真正发挥作用。

文艺创作是一种细致而复杂的创造性劳动，是一种探索性的追求，允许犯错误。通过对错误的批评，使作者得到提高而改正。不能因为一个作品写坏了，从此便剥夺了作者写作的权利。科学家搞创造发明可以失败多次，为什么文艺家的作品就不许可有缺点和错误呢？

要搞好文艺评论，促进文艺创作，必须认真实行"三不"主义，不抓辫子，不扣帽子，不打棍子。评论作品，要分析其思想倾向的正误，同时，必须讲究其艺术技巧的高低。离开作品的具体形象去空谈政治思想内容，也不是实事求是的科学态度，对繁荣创作和发展文艺评论都不利。文艺评论工作者要善于发现新问题，敢于支持新生事物，做好社会主义文艺的园丁。

努力为"四化"做出贡献

为了繁荣文艺创作，更好地为实现四个现代化服务，有几件事情，是我们必须认真抓好的。

第一，建立和健全相应的组织。在党委领导下，联系和组织本地区文艺工作者，组织创作活动，研究文艺理论，开展文艺批评，繁荣社会主义文艺。我们建议，各地区可根据实际情况的条件和要求，设立专门机构，比如县文联可与县文化馆合在一起，一套人马，两个牌子，指定一两名干部分管文联工作。

第二，积极培养队伍。老一辈的文学艺术家长期从事文学艺术的创作、评论、翻译、教学、表导演和组织领导等工作，积累了丰富的经验，是我们党在文艺方面的宝贵财富。我们要尊重这些老同志，珍惜他们长期实践的成果和经验。希望这些老同志发挥"老骥伏枥"的精神，对青年文艺工作者发挥传帮带的作用，为繁荣党的文艺事业做出更多贡献。

扶植新生力量培养接班人的工作，是一项紧迫的战略任务。虽然二十几年来，涌现了一批青年文艺骨干；但从总的方面来看，数量还是太少了，而且大多数在思想上，艺术上还不够成熟，还需要培养和提高。为此，专业文艺团体，都要把培养文学艺术的年青一代，作为经常性的重要工作来做。在培养创作队伍方面，文联各协会要对专业和业余的文艺工作者进行适当的安排，采取各种措施，为文艺工作者进行创作、研究、学习和深入生活提供必要的条件。比如设立创作基金，举办定期的业余作者的创作讲习会，组织观摩和交流，举力优秀作品或艺术表演的评奖活动，以及办好刊物等等。

第三，努力学习，加强基本功锻炼和艺术修养。文艺作品能不能搞上去的另一个重要条件，取决于文艺工作者本身的努力。因而要求：

（一）作为文艺工作者必须学好理论，掌握马列主义、毛泽东思想的基本原则。毛泽东思想过去是现在也仍然是我们的指导方针。但是，也不应盲目地奉行"四人帮"所制造的现代迷信；不做教条主义的崇拜者。应该遵循实践是检验真理的唯一标准，重新学习和研究毛泽东同志有关文艺问题的论著，考察、探索和解决当前文艺实践中所出现的新情况和新问题，做到完整地、准确地理解和运用毛泽东思想的科学体系。

（二）鼓励文艺工作者特别是年轻一辈的作者深入到当前社会主义现代化建设的火热生活中去，与新时代的广大群众相结合。在结合的过程中改造世界观，吸取生活和艺术的营养，开阔眼界，熟悉生活，积累创作素材，把创作基础打得牢一些。

（三）钻研业务，学习本领。文艺创作是形象思维的精神的产物，除了要有正确的主题外，还要在艺术上感染人、吸引人。只有吸引人、感染人才能教育人。为此，必须提高思想水平和文化艺术素养。这里，除了文艺工作者应该掌握辩证唯物主义和历史唯物主义这一思想武器和深入了解多方面的生活以外，还有一个提高表现能力，提高写作技巧的问题。由于历史原因，我们的中、青年作者，大多生长在动乱的时代，没有机会在文化素养上打下坚实的基础。因此，有一个补课的任务，要在继承和借鉴两个方面补课，要在学习中国和世界的历史和文学遗产方面补课，也要学习国际政治、经济和现代科学的知识。在文艺界，我们必须提倡好学深思、勤学苦练的风气。

（四）艺术贵在创新。文艺工作者要敢于标新立异，敢于突破旧的或别人的框框，"喊出一种新声"，说出群众想说而没有说出来的心里话。我们新时代的生活那么丰富，生活中矛盾和斗争那么复杂、曲折，文艺表现手法和艺术形式那么多种多样；希望大家在创新上多下功夫，突破水平，做出贡献。

第四，搞好团结，调动积极因素。十年"文化大革命"，造成文艺界分裂的现象是严重的。这一派与那一派的隔阂，作家艺术家和批评家之间的矛盾，领导者与群众之间的分歧，个人与个人之间的恩怨等不正常的现象，如果没有正确的态度，必然会影响到团结力量的发挥，不利于我们事业的进展。当前，巩固和发展安定团结的政治局面，是全党、全国各族人民的共同愿望，是实现四个现代化的需要。安定以团结为前提，团结是安定的基础，安定与团结是密切联系在一起的。在保证党的统一领导下，进一步团结起来，充分发挥一切积极因素。每一个文艺工作者都要识大体，顾大局，坚决排除一切不利于安定团结的因素，带头做维护安定团结的促进派！

同志们，我们坚决在党的十一届三中全会和五届二次人大会议精神鼓舞下，在全国第四次文代大会的精神指引下，在区党委的直接领导下，团结起来，在各自的岗位上辛勤劳动，做出更大的成绩，迎来社会主义文艺的春天！

壮族文学的民族特色浅谈

石　榕

在伟大祖国绚丽多彩的社会主义文学园地中，汉族文学这朵大红花鲜艳夺目，芳香四溢，是不待言的。内蒙古、新疆、西藏的少数民族文学，云南等省的各兄弟民族文学，也都特色显著，别具一格，竞放异彩，引人注目。壮族是国内人口最多的少数民族，它的民间文学宝藏，堪称丰富；解放后新的创作，成绩也颇为可观。但是，壮族文学有什么样的民族特色？这个问题似乎像谜一样引起人们的关注和兴趣，但多年来却未得到明确的解决。在广西，不论是搞文学创作的，还是搞文学理论研究的，每每论及此事，都感到"头痛"，虽然都不说没有特色，但到底有什么特色，却没有多少人（包括本文作者）能说出个所以然来。有的同志甚至说："没有特色就是特色，没有特点就是特点。"其言虽谬，却也反映了个中难处。

要认识壮族文学的民族特色，确乎难度甚大。

作者简介

石榕（1933—），本名甘棠惠，广西宁明县人。1956年毕业于武汉大学中文系，分配到中国作家协会，任《文艺报》编辑。1973年回广西工作，先后任《广西文学》编辑，广西文联理论研究室副主任，《南方文坛》副主编、副编审。发表诗歌、小说、散文、报告文学、评论等100多万字，主编《初中文言文注释析译》《桂系演义纵横谈》等书。

作品信息

《广西文学》1981年11期。

根据马克思主义关于民族、民族文化（民族文学在内）的论断来看，广西的壮族文学（包括民间遗产和新创作），肯定具有与其他民族不相同的某些特色的。因为壮族不仅比较集中地生活在共同的地域，有着共同的生活条件、共同的心理状态、社会风习，更重要的具有独立的民族语言，这是不能抹杀和忽视的客观事实。在这基础上产生的文学，肯定是具有自己的某些特色的。但是，壮族文学的民族特色，又为什么至今还没有总结出、探讨出个头绪来呢？据我个人浅见，造成这一情况，主要由于下面一些原因；或者说，与下面原因有极其密切的关系。

一、在伟大的中华民族的历史发展上，汉族始终是居于政治、经济、文化发展的中心，汉族发展最早、水平最高、遗产也最丰富。在漫长的历史发展中，许多少数民族和汉族老大哥在政治、经济、文化各方面都有过或浅或深、或少或多、或局部或全面的交流；交流得特别多、特别密、特别深的，就形成了"同化"现象，这种"同化"现象，也叫"汉化"。壮族是"汉化"最突出的少数民族之一，"汉化"提高了壮族的整个文化水平，却同时使壮族的文化、文学减弱了自己的民族特色，这是历史形成的特有现象。

二、壮族虽然有自己独特的、自成体系的、有别于其他民族的语言（壮话），但自古以来，却没有自己的民族文字；解放后搞的"壮文"，和壮族的经济生活、历史发展、民族性格、社会风习，特别是和壮话没有多少实质性的内在联系。由于以前没有民族文字，所以就不能形成具有自己民族特色的书面文学。壮族人民自古以来所创作的文学（主体是民间故事、歌谣）主要是流传在人民的口头上，其中一部分虽然以汉族方块字作为符号记音存义，但是很难充分表达和保留壮族民间文学的民族特色。至于壮族古代和近代一些文人作品，不仅用的是汉字写作，而且更多的像汉族作家写的诗文，其壮族特色虽然有，但是不多。

三、解放后，广西地区的文学创作者和民间文学整理者，有相当大一部分是非壮族、非广西籍的外省同志。这些同志的劳作和业绩是值得肯定和感谢的。他们的创作和整理出来的壮族民间文学，自有其可贵的思想和艺术价值，这是事情的一个方面；另一方面，由于他们不懂或少懂壮族语言（至少不是精通和得其神韵），对壮族地区的生活、壮人的民族性格、社会风习等方面的理解和感受也不够，他们创作和整理出来的作品，也就难以避免地缺乏壮族的民族特色了。

四、即使是土生土长的壮族作者和民间文学整理者，也有很大一部分同志所受的文学教育，主要是汉族的和外国的，他们的艺术爱好也不全在壮族民间文学遗产上，对壮族的特色，也很少作过刻意的追求，对自己民族的历史发展、经济生活、社会风习和文化传统，也缺乏精湛的研究，因而他们的创作及整理作品，也就难免有"汉化"甚至"欧化"的痕迹，真正的壮族特色，不强烈也不显著。

总之，形成壮族文学的民族特色不显著的原因是多方面的，是复杂的，而且原因不止上述几方面。在这里简略地分析这些原因，不是要否定壮族文学的民族特色的存在和已有成就，而是为了进一步探讨和致使这些民族特色，使作家们更好地反映壮族人民的生活，使其作品更具有民族风格和民族气派，更为群众所喜闻乐见。只此而已，岂有它哉。

文学作品的民族特色，包含着内容和形式两个方面，但它首先是个内容问题。也就是说，一个作品是否具有民族特色，主要是看它是否真实和真正地反映了民族地区的社会生活、民族性格和社会风貌，是否塑造了具有民族特征的人物形象，创造了具有民族色彩的典型环境。探讨壮族文学的民族特色时，恐怕也要首先从这方面去考虑。文学是社会生活在作家头脑中反映的产物，作家是人类灵魂的工程师，人物形象的雕刻家；文学创作主要通过语言手段来塑造人的灵魂，雕刻人的形象。要反映壮族地区的生活，从深入生活到进行创作的整个过程中，作家必须花大力气去研究壮人的历史发展、民族性格、生活习惯、风土人情、心理状态和语言特点，从中发现、发掘和抓到具体的独有的表征，并真实地表现出来，这样，作品才可能具有民族特色。在这方面，壮族作家陆地和诗人韦其麟做了很大的努力并取得了显著的成果。在《美丽的南方》这部长篇小说中，陆地同志在主人公韦廷忠身上，着力挖掘了壮族劳动人民的性格特征——质朴勤恳、热爱劳动、坚韧不拔和带有"山区味"的倔强个性，通过人物命运的展示，作家使我们看到了壮族的历史发展、苦难历程和觉醒经过，看到了壮族社会的经济生活、社会风习和壮人的心理状态；在韦廷忠身上，读者不仅看到了旧社会劳动人民所受的三座大山压迫的痕迹，也看到了对少数民族歧视的影响；不仅看到了韦廷忠和《创业史》中的梁三老汉、《红旗谱》中的朱老忠、《暴风骤雨》中的赵玉林的性格差别，也看到了不同的民族特点。这是作家努力追求民族特色的表现和收获。韦其麟同志的著名诗篇《百鸟衣》，不仅题材来源于壮族民间传说因而天然地具有某些民族色彩，同时在人物性格的塑造、情节的展示、社会风习和山光水色的描写，无不具有壮族地区的特色。

民族特色的另一方面的表现，是在艺术形式上；而从形式上看，文学的第一要素是语言。语言的特色也是构成民族特色的重要方面。在这里，不仅对于壮族作家的创作，是个难题，对于壮族民间文学的整理，也同样是个难题。难题出在壮语和汉语（及其表征符号——汉字）上；又不仅在语音、词组上有很大区别，在句子结构、句法和表达方式上也迥然各异。而文学在表现生活、塑造典型、揭示矛盾、表达思想感情和状写景物方面，语言是极其微妙的手段，最讲究意会神传，要形似更要神似。壮语和汉语客观存在的重大差别，就给文学创作和民间文学的整理带来许多困难。因为壮语不论在创作中还是在整理工作中，都必须依靠汉字来表述或翻译，这一过程就要丧失壮族语言的许多固有特色和韵味。现在我们看到的是这样一种状况：即使是最权威、最有成就和最有代表性的壮族作家和诗人，他们的创作和整理出来的民间作品，也还不是具有充分的壮族语言的特色，一般都是在汉族文学语言的基础上吸收壮族或广西地区部分语言（包括壮族人民的口语）加工提炼而成的一种文学语言，它具有壮族的某些特色，但基本上还是属于汉族文学语言的范畴。这样说，未必就是歪曲了这些优秀的、有特色的作品的面貌，也不见得就贬低了它们在形式的民族化方面所达到的高度。因为这是客观存在的事实。陆地同志的长篇小说，韦其麟同志的《百鸟衣》，黄勇刹同志的诗作以及著名的彩调剧《刘三姐》的情况基本上都是这样。由于壮族没有独立的文字，在历史发展中壮族人民在文学上的创造常常湮没在岁月流逝之中，只有一部分保留在人民口头上，因而造成壮族文学有特色的传统并不很丰厚。因此，要使壮族文学健康地成长和长足地发展，必须大量吸收国内外其他民族（特别是汉族）的文学养料，来丰富自己，发展自己，使壮族文学并立于国内其他重要的民族文学之林而无愧色。陆地同志革命经历曲折、丰富，文学造诣弥深，他的长篇小说创作（短篇亦然）自然反映了他的人生阅历和文学修养，不会也没有局限于狭隘意义的壮族特色，而是目光远大、胸襟开阔、爱好广泛地吸收中外古今的文学经验和技巧，与自己谙熟于心的壮族生活、壮族语言相化合，熔于一炉，以之来反映壮族地区的生活和斗争，艺术上形成了独具的特色和风格。陆地同志所探索的方向，是壮族新文学发展的有意义的，健康的方向。

在考察壮族文学创作的发展过程时，我们看到了这样一个有趣的事实：许多壮族作家和诗人在自己的创作中极为注意吸收壮族民歌进入作品。彩调剧《刘三姐》的作者们又大胆又巧妙地在流传于人民中的关于刘三姐的民歌及传说基础上，用民歌体为特色的诗剧的形式塑造了刘三姐这一永具魅力的艺术形象，使作品具有清新、风趣、独特的风格和强烈的民族色彩。《百鸟衣》的题材也来源于民间故事，在创作中也吸收了壮族民歌的有益养料。陆地同志在他的两部长篇小说《美丽的南方》和《瀑布》中，也特别注意吸收民歌这一因素，巧妙地运用于作品的情节发展、性格刻画和场景展示之中，使作品增加了艺术光彩。在《美丽的南方》这部长篇小说的第九章，作家专门写了马仔和银英这对青年男女的民歌对唱，作为表现人物之间的关系和揭示他们的内心世界（情爱）的艺术手段；在《瀑布》的第一部《长夜》中，作家描写女主人公凤仙在对一位男性表示爱情时，也用了通过民歌对唱揭示内心秘密的方式；后来还有专门的篇章（《三月三》）集中描写壮族传统歌圩的风貌，使作品大大增强了民族特色和地方色彩，壮族民歌的宝藏是十分丰富的，是取之不尽用之不竭的艺术源泉之一。壮族歌圩又堪称壮族地区社会风习、群众文化水平的一个缩影或侧影，是保留壮族特色最多最突出的一种社会现象，真实地把它表现出来，自然能使作品具有更为浓重的民族特色。

在我们探讨壮族文学的民族特色时，恐怕还要注意这样一种情况，即民族性格。民族特色不是一成不变的，随着社会生活的发展，特别是随着社会制度的演变，随着民族地区经济结构、生产方式的发展变化，社会风习、民族性格、民族心理素质也会有所发展和变异。例如，壮族山区，解放前是人畜共居于一屋（人住楼上，牛羊猪圈在楼下），人们吃睡在臭气熏天的畜圈之上（仅隔一层楼板），这是习以为常的，且几乎家家如此。那时，外人到壮族山区，如果对此加以议论，就会引起山区壮人的反感甚至仇视，以为是伤了他们的民族自尊心；解放后，随着生产的发展和党的宣传教育，卫生观念大大增强了，早已经形成了人畜分开居住，屋外另设厕所的新环境新风尚。类似这类影响到民族性格、民族观念、心理素质变化的事例，是多不胜举的。所以作家夏衍同志说："在今后的二十二年中，手脑并用的劳动英雄，他们改造社会，改造自然的雄心壮志，他们的广阔的视野，他们的激情、思维、想象力、语汇、表达方式，不但会不同于'五四'时代的英雄人物，而且也会不同于五十、六十年代的英雄人物。"这种由于社会制度、社会结构和文化生活的变化而引起的民族性格、民族心理素质和民族风习的变化，是社会发展的客观规律，是不以人的意志为转移的。文学工作者只能观察它、理解它并真实地表现它；既不能视而不见，也不弄得手足无措。因为在社会变革和历史发展中，虽然民族性和民族特色的东西受影响，起变化，但又并非荡然无存，连根拔掉。对于一个民族来说，在历史发展中，不论其变革多么剧烈、多么深刻，但其生产方式、社会风习和民族性格及千百年来形成的传统，总有一些基本的东西是不那么容易改变的，总还有一定的继承性，总还能看到其历史发展的来龙去脉和蛛丝马迹，因为各族人民在长期的岁月中，在生活实践和社会关系中形成的各自独特（或独具）的东西，不会被历史波澜一下子冲刷得干净；一定会一代一代传下去，继续保持着自己有别于其他民族的某些特色。作家只要长期地深入民族地区生活，认真地刻苦地细致地观察、分析民族地区生活的种种状况，同时探究它的历史根源和考察它的演变过程，那么，还是可能抓住变化中的民族特色，从而得心应手地表现出来的。壮族地区由于"汉化"程度比较高，民族特色相对减弱，因而创作中要生动、充分地表现其民族特色，是有困难的。但是，正如毛泽东同志所说："世上无难事，只要肯登攀。"有志于深刻地反映壮族地区斗争生活的同志，只要在深入生活上做出努力，付出劳动，在作品的民族特色上，总会有所收获的。

广西近年文学创作的回顾与展望

石榕　彭洋

最近在北京胜利闭幕的中国作家协会第四次会员代表大会，像一阵强劲的春风，吹暖了全国文学工作者的心。中国要振兴，中国的文学也要振兴，我们广西也应是如此。当然，总的看，广西的经济文化都比较落后；就文学创作来说，更是如此。但是，党的十二届三中全会又吹响了新的进军号，全国规模的城市经济改革的序幕拉开了，文学创作反映当前火热斗争的方面更加广阔了，我们的文学创作难道不应该跟上这个形势吗？

一

和全国各省、市、自治区一样，我们广西的社会主义文学运动经历了曲折的历

作者简介

彭洋（1953—），广东顺德人，曾任广西文联文艺理论研究室主任、广西文艺理论家协会常务副主席，《南方文坛》杂志社社长，主要有《视野与选择》等文艺评论著作。

作品信息

《学术论坛》1985年第8期。

程。五十年代至六十年代中期的兴起，十年浩劫的倒退和衰落，党的十一届三中全会以来的恢复、发展、繁荣，构成了广西文学发展的总的脉络。从头一个阶段（前十七年）看，广西的文学运动虽处于比较稚嫩的时期，但"发育"良好，有蒸蒸日上的势头。除已建立起一支较为可观的作者队伍外，在短篇小说、诗歌、散文、报告文学等方面成绩不小，出现了《美丽的南方》（陆地）这样的以广西少数民族地区民主革命斗争为背景的独具特色的长篇小说，以及根据壮族民间传说创作的长诗《百鸟衣》（韦其麟）;《刘三姐》也是这个时期从文学走上舞台的。"文革"十年，帮派文学充斥文坛，而广大的文学作者在动乱中则磨炼了思想，积累了生活，蕴蓄着情感，为以后的创作做了多方面准备。党的十一届三中全会后，广西的文学创作进入了一个新时期。广大专业作家和业余作者冲破了"四人帮""左"的思想禁锢，大大解放了文艺的生产力，促进了文学创作的繁荣。

长篇小说的创作历来在文坛中占据着重要的地位。这几年广西长篇小说创作的成就使人振奋和高兴，是新中国成立以来出现的第一个高峰。虽然数量还不是很多，但在反映社会生活的广度和深度上，在人物形象的多样性和典型性以及艺术上的民族化等方面，都取得了引人注目的成就。抢先问世的是徐君慧的《澎湃的赤水河》。作品以流畅的文笔，曲折引人的情节和有特色的人物形象，表明我区长篇小说创作取得新的成绩，受到文学界的好评。陆地的《瀑布》第一部《长夜》的出版，更为引人注意，它展示的是一幅色彩斑斓的中国革命的历史画卷，突出地表现了那动荡年代中西南三省（滇、黔、川）及广西的历史面貌，展现了我国知识分子追求真理，寻求救国救民道路的曲折历程。武剑青的《云飞嶂》和《失去权力的将军》的出版，使我区的长篇小说创作呈现出多色彩、多风格的新局面。这两部作品分别反映了解放初期广西地区战果辉煌的剿匪斗争和解放战争时期我党卓有成效的统战工作。它们吸收我国古典小说的艺术手法，以传奇的引人入胜的情节吸引广大读者。几乎同时出版的《烽火弥漫处》（欧诚）和《新绿林传》（里汗），从不同侧面反映了桂西桂东各族人民在抗日战争时期和解放战争时期的斗争生活。这几部长篇小说的出现，显示了我区长篇小说的特点：作家致力反映广西各族人民的斗争生活，特别是抗日战争和解放战争的革命斗争。这主要是由于这些作家都在中年以上，多半都经受了抗日战争和解放战争的考验，有坚实的生活基础和深刻的感受。而这，正是革命现实主义文学作品产生的重要条件。苏理立等三人合作的《第一个总统》虽然以片断的形式问世，也引起了国内广大读者的注目。

粉碎"四人帮"以后，短篇小说在一定程度上发挥了"轻骑兵"的作用，带着思想解放的亮色和新的生活气息来到荒芜了一段时间的广西文坛。《电话选"官"记》等作品揭露了"四人帮"极左路线的流毒，描绘了人民群众和"四人帮"的斗争。同一时期出现的类似作品大都有较强烈的时代精神和浓厚的生活气息。李栋、王云高合作的《彩云归》，以新颖的题材和较为成熟的艺术在1978年全国短篇小说评奖中获奖，为我区文学创作争得了荣誉。1980年以后，我区的短篇小说作者对反映少数民族生活投注了更大的热情和付出了较多的劳动，使短篇小说在民族化的探索中取得了可喜的成果。比较活跃的中青年作者有聂震宁、蓝怀昌、蓝汉东、黄钲、莫义明等，创作成就较大的有于峪、孙步康、李栋、王云高等。此外，老作家陆地、李英敏以及李竑、黄飞卿、朱旭明等焕发了创作青春，各以有分量的新作提高了我区短篇小说创作的质量。近几年陆续结集问世的短篇小说集有《故人》(陆地)、《妻子来自乡间》(李竑)、《莲塘夜雨》(黄飞卿)、《椰林蕉雨》(李英敏)、《离离乡间草》(于峪)、《珠兰》(朱旭明)、《江和岭》(黄钲)、《二灵子的心事》(赵清学)等。

中篇小说创作的崛起，是我区文学创作上的大事，短短的几年出现了一百多部。虽然总的看质量还不很高，但也有两部作品在全国性的评奖中榜上有名:《槟榔盒》(杨军、农穆)获得全国少数民族文学创作奖，《男儿女儿踏着硝烟》(雷铎)获得部队大型刊物《昆仑》的刊物奖。这些中篇小说，题材比较广泛:反映历史事件和革命斗争的有《将军泪》《赤水河微波》《山城烽火》等;反映当前现实生活和社会变革的有《生意人》《女贞》《马蹄声声》《妻子》等;反映少数民族历史斗争和现实生活的有《冰棕榈》《歌王别传》《瓦氏夫人》《苗岭春华》等，反映对越自卫还击战和边防斗争中，有《男儿女儿踏着硝烟》《槟榔盒》《边境密林处》等。此外，恋爱、婚姻、武林、科幻、反特、侦破等题材，也有所涉及。

在回顾近年来我区小说创作的成绩和状况时，不能不看到这样一个事实，即两年来特别是去年夏天以来，通俗小说像潮水一般冲击着广西文坛，对此目前评论界虽还有争论，但其来势的迅猛和读者的众多，却是不能忽视的。其实通俗小说的创作，在粉碎"四人帮"后即已开始了，《隔壁官司》《罪恶的黄金通道》《谅山来的"九头狸"》等，就是较突出的作品。近年来通俗小说之所以有广大市场，主要是在内容上突破了一些禁区，武林、探案和名人秘闻等题材被大量写进小说，以离奇曲折的故事情节吸引了广大读者。

近几年的诗歌创作数量不少，质量却比较一般。不少诗人作了辛勤的耕耘，成绩还是不够理想，某些有成就的诗人因此热情减退甚至"改行"。如壮族诗人黄勇刹集中精力探索民歌理论和写长篇小说，柯炽集中精力写歌剧。当然，坚持以诗的形式反映当前斗争生活，歌颂社会主义新人新事新风貌的，也还大有人在。韦其麟近几年发表了几部叙事长诗，其中《凤凰歌》一九八一年获得少数民族文学创作奖，壮族老诗人莎红身患重病，仍热情洋溢地为社会主义歌唱，近几年共写出了六本诗集，《山乡园丁组歌》获全国少数民族文学创作奖。诗人张化声的《呵，我久别的支部》(《广西文学》获奖作品)，以独特的感受和流畅的富有诗意的语言受到读者的好评。以写歌词见长的壮族诗人古笛，其诗集《山笛》颇有民族特点。壮族诗人农冠品创作上受欢迎的是诗集《泉韵》里的抒情短诗。壮族老诗人黄青的《早晨，我回望红河》，把炽热的进取精神和深刻的历史、现实的思考融为一体，是现实主义的力作。令人高兴的是，在党的十一届三中全会精神的鼓舞下，不少青年作者带着热情洋溢的诗作走进广西诗坛，他们当中有李甜芬、黄钟警、向群等。

这几年，散文、报告文学创作的成果是丰硕的。突出的是题材扩大了，色彩丰富了，艺术魅力增强了。创作比较活跃、成绩比较显著的作者有凌渡、蓝阳春、李葆青、何培嵩、柴立扬等。他们有的艰苦跋涉，足迹遍布广西名山大川、风景胜地、历史遗迹，有的注重少数民族风情及民族地区的变化，有的热情讴歌新时代的英雄人物和"四化"业绩。《法卡山一日》是一部有深刻教育意义的作品，起了鼓舞边关人民斗志的作用。

二

我区文学创作存在什么问题？应该如何看待和解决这些问题？这是目前我区广大读者和作者所关心的问题。我们仅就管见所及，提出几个问题来研讨。

一、一些作家缺乏强烈的时代精神。近几年来，我区反映"四化"建设现实生活的作品，不但数量少，而且质量也较差。如果说，这方面的作品，短篇小说、报告文学多少还有一点的话，长篇小说、中篇小说、诗歌、散文就极少。已经出版的长篇小说除《流星》外，都是革命历史题材，而《流星》所写，主要的也是五六十年代的生活。中篇小说的情况较长篇小说好一些，但以现实生活为题材的作品，其社会作用和影响并不大。诗歌本是能够最敏锐地反映现实斗争的形式，但近年在这方面的建树也不大。这主要是由于作家、诗人们热情不高，对生活缺乏敏感所致。目前，一场具有深刻历史意义的伟大变革正从农村到城市全面展开，其来势之猛是可以感触到的。怎样才能更真实、更深刻地反映新的社会生活，这是摆在我们面前的历史使命。目前广西已经有了一支人数不少的文学创作队伍，一些作者从艺术实力上说也达到了全国水平，但却没有出现具有全国影响的作品。要改变这种现状，我们认为，必须解决这样几个问题：

首先，要加强作者队伍的培养和建设。新中国成立以来，广西对文学队伍的培养和建设还是重视的，也取得了一定的成绩。提出要加强这方面的工作，是因为社会生活已发生了新的变化，作者必须加强思想武装，才能正确地认识和有效地表现新生活，由于过去队伍的建设有"急功近利"的毛病，作者的视野比较狭窄，生活积累也不够扎实、丰厚。当前，必须多方面创造条件，使作者们注意知识的更新和生活的更新。据了解，广西文学作者知识老化的情况相当普遍，有的还用五十年代六十年代的眼光来看待今天的生活，谈艺术性又只限于《三国演义》《水浒传》《红楼梦》，鲁迅、茅盾的作品，外加几部外国古典名著；谈文学理论则仅限于"二为"方向等。搞文学创作除了知识因素外，还有一个生活因素。生活知识不丰富不扎实是直接影响作品内容的丰富和艺术的光彩的。有抱负有理想的作家是不会满足原有的生活积累的，因为生活积累也存在着老化的问题。因此，作家们总是千方百计地投身到现实生活中去，以扩大生活视野，充实生活积累。当然，我们并不要求今天的作者都去否定和抛弃过去积累下来的知识和生活体验。但是，面对着我国对外开放的形势和社会变革，我们作者应该尽可能多地去接触中外文学的宝贵遗产，有分析地吸收当今中外文学的新成果，广泛地去接触思想界和政治经济领域中的新观点、新思潮，大面积地去接触社会变革的新生活、新人物。

重视对青年作者创作活动的研究和指导，鼓舞和引导他们向艺术创造的新的深度和广度进军，鼓励多种风格的发展，这是我区文学队伍建设的又一重要方面。多年来，我们文学界存在着某种程度的"论资排辈"现象。这是一种恶习，不应让其存在下去。因为要"论资排辈"，就只重视对老作家作品的评论及对其创作道路的研究（当然这种重视和研究也是必要的），而对于中青年作家，特别是对二十来岁的"初出茅庐"的"小字辈"就不那么重视了。结果，就是目前这种状况：对老作家作品的评价，言过其实；对青年作者作品的评论，来得既迟又不是很中肯，没有充分肯定他们稚嫩的创作中包含着未来的发展趋势。

另外，多年来，我们比较重视了作品的乡土气息、民族特色，而对"乡土气息"和"民族特色"的理解，又不够全面。这样一来，在我区的文学创作上，就出现了这样的现象：在创作上大家都去追求少数民族的衣着、俚语、奇风异俗，而忽视了对民族的精神、气质、民族的斗争生活等这些本质的东西的追求和挖掘，也忽视了鼓励发展多种艺术风格，这就难于使文学创作在民族化方面来一个百花齐放。更重要的是，由于偏重了民族生活表面特征和"乡土气息"的追求而忽视了对时代精神的把握，造成了文学作品思想平庸和感染力不强。这些，都需要在今后加以克服的。

如果从世界文学发展上来考察，我们不难从第二次世界大战后出现的一些作家身上，得出这样的结论：作家队伍的学历有一种飞快地向上发展的趋势，目前支撑文坛的中青年作家，几乎都经过大学文科的训练。这些作家虽然生活功底不很深厚，但文化修养、生活知识（特别是科学知识）和信息观念都比老一代作家强，这就构成了他们创作上的优势。广西是不是也有这个趋势呢？回答应该是肯定的。有成就的青年作者不但有较高的文化修养，而且有较强的信息观念，这就加强了对现实生活，特别是对新生事物的敏感，开拓了创作题材。而某些只热衷于追求"乡土气息"的作者，往往作茧自缚，丧失了这种优势。

二、忽视文学理论的研究，文学评论不活跃，是广西文学创作发展不快的又一因素。

长期以来，我区文学界存在着一种偏见，认为文学创作比文学评论重要，因而有本事的人都是先搞创作。事实上，搞创作的，只要连续发表了两三篇作品，就可成名，冠以什么"家"；而搞理论的，就算发表了许多文章也无人重视。正因为这样，我区的文学评论一直是不景气的，文学界缺乏学术气氛。这也是我区文学落后于先进省区的症结所在。由于文学评论工作薄弱，对当前创作缺乏研究，因而不能对创作提供建设性的意见。作者们本身也不大重视对我国古典优秀文学传统的研究，更缺乏对外国文学经典作品的研究。不少作家常常囿于一个狭小的天地里。这种忽视文学理论研究的状况不改变，创作势必难于有所突破。当前特别需要加强对街头小报上的通俗文学作品的研究和评论，特别要研究其大量出现的社会根源（经济结构、政治气氛和读者群的需求）、发展方向及提高途径等，以促进通俗文学的健康发展。

三

当前，广西的社会生活正在发生巨大的变化，这将给广西的文学运动带来强力的冲击和深远的影响，创作队伍、评论队伍、编辑队伍以及文学机构也将随之发生一系列的变化。可以预料，这些变化的结果，将使我区文学事业进一步繁荣和发展。根据目前的势头，我们估计广西文学创作未来几年中将会出现下列几种新情况：

一、革命现实主义文学将有更大的发展，继续是文学创作的主流。现实生活题材将是作家关注的主要方面，深刻地反映经济改革及现实中新的社会关系的作品将是主流作品。同时，由于我们的时代是英雄辈出的时代，锐意改革、叱咤风云的人物将大量涌现。这一形势要求作家们走出知识分子的书斋和写作室，投身于改革浪潮之中，探索人们心灵的变化，把握时代跳动的脉搏，因而作品的现实性更强，也更感人。

二、浪漫主义精神在文学创作中将得到深刻的表现。十年"文革"中，文坛上出现大量的违反生活真实的"假大空"作品，作品中的人物虽不乏"豪言壮语"，却没有浪漫主义精神；粉碎"四人帮"后出现的所谓"伤痕"文学作品，虽然在揭露社会矛盾方面充满着现实主义力量，但由于致力于暴露生活阴暗面，夹杂着作者的感伤和失望情绪，也就不可能具有革命浪漫主义精神。只有今天，当"四化"建设热潮席卷全国的时候，生活中先进人物、英模人物身上的革命精神，感染和推动作者以革命浪漫主义手法来表现社会生活，其结果，即使不出现更多的以革命浪漫主义手法为主要特征的作品，也将出现浪漫主义因素更多或浪漫主义色彩更重的作品。可以预期，毛泽东同志倡导的革命现实主义和革命浪漫主义相结合的作品，将在我区文苑中更多地出现。

三、通俗文学的兴起将是不可抗拒的潮流，并将在广西文坛上占据突出位置。目前街头小报上刊登的虽不全是通俗文学，但通俗文学占着突出的位置，有着巨大的明显的社会影响，则是毋庸置疑的事实。过去，在极左路线的支配下，通俗文学不是被摧残，就是被斥为格调不高、手法陈旧而受到歧视。随着党的政策的落实，拨乱反正的深入开展，通俗文学得到了恢复和发展。平心而论，通俗文学的本质仅仅是艺术表现形式的通俗，内容的粗俗和不健康不是其固有的特征。因此，一提通俗文学就认为是粗俗不堪，甚至把它和黄色小说、下流文学等同起来，这显然是不公允的。当然，目前街头小报上的某些"通俗"作品，流于庸俗，不堪入目，则是需要批评和纠正的。只要加强对通俗文学作品的研究、评论和引导，通俗文学将会在总结经验教训、克服存在问题的基础上，获得进一步繁荣和发展。

四、时代精神强烈的作品将不断涌现。目前我区文学创作一个薄弱环节，就是时代精神太弱，这是我区几年来好几种文学样式在全国评奖中榜上无名的症结所在。中国作家协会书记处书记、著名的蒙古族作家玛拉沁夫同志在去年《三月三》编辑部召开的创作会议上意味深长地说："我读广西作者的作品，在感到民族特色浓郁的同时，还感到时代精神的不足。"这是一针见血的批评，值得我们全区文学工作者深思。我们相信，随着马列主义、毛泽东思想和党的方针政策越来越发挥改造客观世界的积极作用，越来越为广大文学工作者所掌握和运用，随着作家们对当前火热的经济改革生活的深入体验，我区将会出现大批具有强烈时代精神的鼓舞人心的作品。

百越境界

——花山文化与我们的创作

梅帅元　杨克

　　花山，一个千古之谜。原始，抽象，宏大，梦也似的神秘而空幻。它昭示了独特的审美氛围，形成了一个奇异的"百越世界"，一个真实而又虚幻的整体。

　　花山出现在广西，有其独特的地域环境及文化历史背景。

　　当我们把目光投向荒莽险峻的大山，云遮雾掩的村寨，当我们沿着历史的遗

作者简介

　　梅帅元（1957— ），广东台山人，毕业于武汉大学。曾任广西壮剧团团长、广西政协委员常委，现任广西戏剧家协会副主席、中国旅游演艺联盟主席，为享受国务院政府特殊津贴的广西优秀专家。著有小说《红水河》、戏剧《羽人梦》等。出版作品有中短篇小说集《流浪的情感》、剧作集《广西戏剧家丛书·羽人集》及《广西当代作家丛书·梅帅元卷》。曾获得全国少数民族戏剧创作金奖、广西文艺创作铜鼓奖、文华剧作奖、中国曹禺戏剧文学奖、中宣部精神文明建设"五个一工程"奖等。杨克（1957— ），生于广西南丹大厂矿区，在《人民文学》《诗刊》《新华文摘》《十月》《中国作家》《世界文学》《上海文学》《花城》《当代》《中华文学选刊》等发表了大量诗歌、评论、散文及小说。诗文收入《中国新文学大系（1976—2000）》《中国新诗百年大典》等350种选本，在人民文学出版社和台湾华品文创出版股份有限公司等出版《杨克的诗》《有关与无关》《我说出了风的形状》等11部中文诗集、4部散文随笔集和1本文集。

作品信息

　　《广西文学》1985年第3期。

迹，追踪巡山狩猎、刀耕火种的民族的过去，我们发现，生活在广西的十二个兄弟民族，有着比较共同的，与中原文化有所差异的文化渊源。千百年来，处于一种闭锁的地域和原始生产力状况下的人们，现实生活是极其艰苦的，这就需要幻想来安慰，于是产生了五彩缤纷的神话传说。"在古老古老的年代，天地分成三界：天上叫上界，地上面叫中界，地下面叫下界；三界都有人居住。……（大伙）互相帮助，都很和睦。鸟兽会讲话，草木也会讲话，不会飞会走。人们煮饭烧水的时候，只要到门口叫一声，柴草就会飞到灶门前来……"（壮族民间传说《布洛陀》）想象的瑰丽完美了现实，使人们得以天真地生活下去。

表现百越民族的审美理想的丰富多彩的神话传说以及师公文化、道公文化等，构成了百越民族真实生活整体中的不可缺少的部分（而汉民族由于文明更早，程度较高，科学的发展使其神话只成为神话了）。诚然，我们今天的广西文学反映的是社会主义时代广西各民族人民的生活。但今天是昨天的进步，是人类历史发展到更高阶段的扬弃。离开百越民族文化传统以及由此产生的审美意识与心理结构（即把虚幻境界与真实生活作为一个整体来理解），来反映广西各少数民族的历史和现实生活是难以想象的。理解这一前提，对我们探索形成新的自成一种风格的文学现象有着重要意义。战国时一宋国商人拿帽子到越国贩卖，发现越人断发文身，无所用。而我们从中原文化中拾来帽子，一成不变地戴在越人头上久矣。纵观今天广西文学作品的写法，与《诗经》为代表的黄河流域文化较为写实的风格更为接近，而基本上完全舍弃了与屈原所代表的长江流域的楚文化及更为离奇怪诞的百越文化传统的联系。我们的缺陷正是在于，只是过于如实地描绘形而下的实际生活，而缺少通过表现形而上的精神世界，来展示这一民族的历史和现实。

哲学把主体与客体作为一对矛盾研究，而文学则可以将二者糅为一体。文学作用于情绪，在某些时候有反理性的倾向。但这种倾向对于生活对于自然科学高度发展朝代的人的心灵有着科学所不能代替的作用。心灵并不全需要真实，它更需要安慰，需要在现实一时所不能达到的更完美的理想境界中沉浸。

西方现代主义在这上面大做文章，把主观感强调到膨胀的程度：抽象，象征，表现，魔幻……主体压倒了客体，渗透了客体。客体在心灵的需求中变形了。单从这个意义上看，它与原始文化一脉相通。与其说现代主义是创新，不如说是更高意义上的仿古。

回过头来，我们会发现，广西所处的地域，有着与文学创新观念很和谐的原始文化土壤，这是我们的优势。如何发挥这优势，已成为摆在我们面前的大问题。

我们目前流行的写法，仅力图在描写内容上有某种特色。这固然是需要的，但是是很不够的。我们曾奉献给文学宴席的，是一盘带有泥土味的红薯、南瓜、茄子。在大鱼大肉中，这无疑是新鲜的。但吃过之后总觉得这味道是过于本色了，只能作为配菜，不能成为领席的佳肴。优势成了劣势。刘姥姥在大观园里吃茄子时道："别哄我了。茄子跑出这个味道来了？我们也不用种粮食，只种茄子了。"待那凤姐儿告诉她做法后，她道："我的佛祖，倒得多少只鸡配他，怪道这个味儿！"

我们觉得，现在已是该做一盘大观园的茄子的时候了！

怎么个做法呢？关键不在于你写出了一个看得见的直观世界，而是要创造一个感觉到的世界。就是说，在你的作品里，打破了现实与幻想的界线，抹掉了传说与现实的分野，让时空交叉，将我们民族的昨天、今天与明天融为一个浑然的整体。这个世界是上下驰骋的，它更为广阔更为瑰丽。它是用现代人的美学观念继承和发扬百越文化传统的结果，如同回到人类纯真的童年，使被自然科学的真变得枯燥无味的事物重新披上幻觉色彩。归根结底，所谓"意"，是也。"意"之于书画琴棋、气功、中医学等是一脉相通的。我们想，哪怕是失败的尝试，也比原地踏步强。你如果是赞同这个想法的厨师，请你也来做一盘这样的茄子，让我们尝尝，让我们说好。

追寻与创造

——读追求"百越境界"的几篇小说新作

黄伦生

百越民族有着自己光辉灿烂的文化历史。当我区的一些青年作者重新打开这部历史的画卷，审视民族走过的艰难历程的时候，他们被一个古老而陌生的世界所吸引，受到了某种启迪，感觉到了一种魅力，一种召唤，觉得有责任去追寻，去创造；追寻那属于百越民族自己的东西，创造出能使这古老文化放射出新光彩的天地。于是，他们郑重地提出：应在作品中创造出具有百越文化传统色彩的"百越境界"来。经过初步的努力，他们终于给读者奉献出追求和尝试的第一批成果——《黑水河》《纤魂》《在有白鹤的地方》。这些成果虽然为数不多，有的也还粗糙，但我们毕竟看到了一种真诚的冲动和严肃的精神。

创造"百越境界"的追求和尝试，是长久以来作家们对文学作品民族化的探索的继续，但从作品的实际看，这些青年作者更为注意把握民族文化传统的整体性。

作者简介

黄伦生（1955—），广西钦州人，壮族，广西师范大学中文系文艺学硕士，中山大学博士，教授，曾在广西民族学院中文系任教，在广西社科院文学所任副研究员，曾任广东农工商职业技术学院院长。

作品信息

《广西文学》1985年第7期。

"百越境界"的提出，正是这一整体把握的集中体现。所谓境界，当然不是某一单纯的情或景、人或物，而应该是一个杂多而统一的复合体。当我们把眼光仅盯在某个羽人的形象、某句巫师的唱词或者某一首民歌巧妙的比喻上时，除了它本身的某种含义以外，我们也许再感觉不到别的东西。正因为这样，在一些借用百越民歌中的某种手法或描写百越民族某种风情的作品中，我们仍觉缺少点什么。但是，当我们把那奇异的羽人形象、古朴的铜鼓纹饰、神秘的花山崖壁画以及其他百越民族中特有的传统文化和风物人情联系起来作为一个整体来把握时，就会感觉到一个具有特殊意味的文化背景，一个融汇有百越民族审美心理的较为统一的氛围，一幅既是历史又是现实的生活画面。在这些反映"百越境界"的作品中我们不难发现，作者们正试图把所描写的具体内容放到百越民族传统文化的整体背景中去，以表现百越民族审美心理为出发点，使每一个作品的描写都创造出与这总的背景和心理相切近的氛围。因而读者在欣赏这些描写时，就不仅仅是理解到某种风物人情本身，更重要的是由这一点折射出来的较为广阔而深远的民族文化心理背景。如果说反映"百越境界"的作品与一般只注重运用某种民族的文学手法、描述某种民族风情的作品有什么不同的话，我想正在于此。

作者们正以自己感情的笔触，追溯着百越民族种种心理的印迹！

可是，文学创作总是给自己出难题的。当青年作者们把眼光投向历史，追寻着那遥远的过去时，是否就意味着远离现实，意味着对现实的逃避呢？那么，吟诵现实，憧憬未来吧，又如何做到不抛弃这民族光辉而久远的历史呢？在反映"百越境界"的作品中，我们欣喜地看到，作者们都没有对现实作静止的吟诵或对历史作忘情的缅怀，相反，他们打破了时间的局限，以人物的心理作媒介，把历史和现实嫁接在一起了。他们站在新生活的高度，用新的观念来把握着自己的人物，通过人物现实的行动和心理的反射，着力为读者展示出一幅幅融古今于一体的生活画面，使读者从一个新生活的场景或一个奇异的传说中看到民族的昨天、今天和明天，看到民族新旧意识的交替和叠影。他们或者吟诵民族新生活中的种种美德，使读者看到新的美是已成为历史的丑的消亡和美的流芳；他们或者鞭挞现实中的种种丑行，使读者看到民族中曾存在的美的毁灭和丑的延续。他们正试图以这种悲剧和喜剧相统一的效果，引起读者对民族的整个历史进程作出反应：或缅怀，或赞叹，或怜惜，或警醒……

显然，青年作者们没有忘记学习和吸取百越文化中的形式和手法，但这种学习和吸取不是简单的模仿和借用，也许他们已意识到任何简单的模仿和借用都只能是得其形而失其神。当苗族老歌手唱出古老的"铸日造月"歌，让养友去量地方"向东量了六尺，向西量了六尺"，"向东量了三天，向西量了三天"，在这中央铸造太阳和月亮并把它们挂在天上时（《苗族史诗》），我们确实看到了一种对称和均衡的美学形式，一种奇特的想象。我们会赞叹苗族先人对这种美学规律的理性把握，但我们能根据这种抽象化了的理解再让养友的后代在同样的形式中铸造别的什么吗？任何理性化了的规律，抽象化了的形式，在这古老民族的审美对象中都不是单纯的存在，它是包含着这个民族丰富的审美意识的，这里面有对太阳和月亮的崇拜，也有对这种形式本身的神秘感，总之，是一个有复杂观念的简单整体。它本身就是一个境界，任何抽象的理解和简单的模仿都只能是对这境界的极大破坏。一些试图借用某种民族文化的形式和手法的作品，之所以只得其形而不得其神，其原因正在于此。反映"百越境界"的作品，它们所追求的正是：在整体地把握百越文化的广阔背景的同时，整体地学习和运用百越民族中的每一种文学形式和表现手法，也就是在运用这些富有意味的形式、手法的同时，也传达出融汇于其中的百越民族的种种复杂心理，力求做到形神兼备。它们让读者得到的将不仅是对一种美学形式的认识，而且是对一种审美意识的理解，同时还得到审美上的享受。

追求"百越境界"的作者们，初步形成了自己把握生活的观念，并找到了某种表现生活的独特蹊径，在创作上也获得了一些可喜的收成。但作为追求和尝试，无疑也存在着某些令人不甚满意甚至是令人迷惑的地方。一些作品给人的感觉仍是对百越风物传说的简单缀合和传统手法的简单袭用，而一些作品过多地注意暗示象征造成了过于浓重的神秘和虚幻感，某些描写使人感到与百越民族的现实生活有差距。因此，应当说，如何增强作品的现实感和时代感，是我们在探求百越境界时所不容忽视的重要课题。至于这些刚刚起步的创作的成就如何，当然有待于读者的评判和作者的进一步探讨。

"百越境界"与现代意识

——也来思考"花山文化"与我们的创作

蒋述卓

花山文化,百越民族审美意识的结晶。作为百越民族文化的继承者,认真思考本民族的文化传统及其特点,力图从本民族的文化——心理结构出发,用一种本民族特有的方式去把握世界,创造一种本民族才有的艺术氛围和艺术境界,这对于发扬光大百越民族文化传统、开创广西文学创作新局面是一种十分有益的探索。从这种意义上看,梅帅元、杨克的探索文章《百越境界——花山文化与我们的创作》(《广西文学》1985年第3期)有其开拓之功是无疑的。

但是,在读过一些追求"百越境界"的作品后(大多是小说),我感觉到在这些

作者简介

蒋述卓(1955—),广西灌阳县人。广西师范大学文学学士、文艺学硕士,华东师大中国文学批评史博士。暨南大学中文系教授,文艺学专业博士生导师,广东省文艺批评家协会主席。主要著作有《佛经传译与中古文学思潮》《佛教与中国文艺美学》《山水美与宗教》《宗教艺术论》《传媒时代的文学存在方式》《诗词小札》等。

作品信息

《广西文学》1985年12期。

作品所创造的"氛围"和"境界"中缺乏了一种重要的东西，一种在当代文学创作中不可缺少的东西，那就是现代意识。

我所谓的现代意识，不是指文学创作中的某些具有现代气息的创作手法，而是指具有现代气息的社会意识，它包括现代社会的政治观、伦理道德观、自然观、人生价值观等等。文学创作要体现出时代的特色，获得新时代读者的青睐，如果仅仅具有某些现代创作手法是无法达到的，重要的在于体现出浓厚的现代意识。比如说王蒙的作品，并不仅仅是因为他将国外的"意识流"手法引进来并融汇在他的作品中就获得了成功的。他的《风筝》《蝴蝶》《布礼》《春之声》等作品，哪一部不代表着一个时代的思考，体现出整个民族在艰难迈步之前或之中的种种反思呢？又比如孔捷生的《大林莽》、邓刚的《迷人的海》、王凤麟的《野狼出没的山谷》、阿城的《棋王》，也不仅仅是因为采取了整体的象征手法而得到人们称赞的，它们对人与自然关系的思考，对生命及人生价值的思考，无不浸透了强烈的现代意识。也正是这种现代意识，使作品能产生强大的艺术魅力。而追求"百越境界"的一些作品，恰恰在体现现代意识方面是非常薄弱的。比如《黑水河》《纤魂》《在有白鹤的地方》《沼泽地里的蛇》《岩葬》《塔摩》（上述作品分别见《广西文学》第7、8、9期）等，在一定程度上是基本按照"百越境界"所要求的标准去做的，即"打破了现实与幻想的界线，抹掉了传说与现实的分野，让时空交叉，将我们民族的昨天、今天和明天融为一个浑然的整体"（以上话引自《百越境界》一文），但它们给我的总印象是除了在创作手法上给人以"新"的感觉以外，在整个艺术境界上，即"意"上却没有取得一个"新"的面貌。《纤魂》《沼泽地里的蛇》创造了一种神奇与迷幻的"氛围""境界"，但在这种"氛围"和"境界"中，使人感觉不到时代新意识的躁动，好像作者只是在陈述一个《聊斋志异》般的陈年故事而已。即使是像《黑水河》《岩葬》《塔摩》，试图在真实与虚幻、现实与历史的结合中探索一下现代的道德伦理观、人生价值观以及文明与愚昧的冲突等，但终因流于一般化而缺乏深刻性。

依我看来，我们寻找到"花山文化"，并把它作为百越民族的文化典范，并不仅仅是为了模仿。如果我们只从"主体压倒了客体"上，从"打破了现实与幻想的界线，抹掉了传说与现实的分野"上着眼，注意我们目前的创作手法与花山原始文化创作手法的相通，那么，所创造的"形而上"的"精神境界"无非只是给事物披上一层"幻觉色彩"而已，而"用现代人的美学观念继承和发扬百越文化传统"（以上引号内的话均引自《百越境界》一文）就会流于空泛，因而就难免会被人看作是"魔幻现实主义"。实际上，任何寻根，任何模仿与复古，都是要带上该时代的"现代意识"的。欧洲文艺复兴时期的文学以古希腊罗马文学为典范，但人文主义者却是打着复兴古希腊罗马文学的旗号，积极宣传他们该时代的"现代意识"——人文主义理想。复兴古希腊罗马文化并不是他们真正的目的。因此，我们的寻找民族文化之根，并不仅仅是找到原始文化与现代审美方式、艺术创作手法的相通便罢了，更重要的是要在原始文化中找到与现代意识相吻合的观念（或称"理念""精神"），比如原始文化中关于自然的观念、人的观念，关于人与自然的关系的观念等等，并且站在现代社会的视角点上，将鲜明深刻的现代意识与其融汇，铸成作品的"境界""氛围"，才能使我们的作品在内容与形式上趋于完美，达到像黑格尔所说的"生气灌注"的至境。

也正是从这一点出发，我认为我们提倡的"百越境界"，追求的不是所谓"空灵"和"虚幻"，或者是荒诞而神奇，相反，却是要在寻根的基础上思考现代意识的深刻内容，以一个艺术家的艺术敏感性去捕捉现代意识，从而加强作品的现代意识感，这才有可能走出一条振兴之道。

当然，梅、杨二同志的文章是充满现代感的，他们正是从现代社会的审美意识、审美观念出发，想在文学观念上有所突破，而提出要继承比楚文化"更为离奇怪诞的百越文化传统"这一寻根口号的。我以为，这种"文化寻根"把传统寻到"百越文化"上，对于在中国流行了几千年的儒家文化传统是一个挑战。以伦理道德观为核心的儒家思想传统，历来讲的是"中庸之道"，强调的是臣从君、子从父的绝对有序化，它尽力强调社会的同一性，而扼杀个人的独特性。与此相适应而形成的儒家文化传统，也因此而强调"中和之美"，强调"和谐"，强调"雅""正""诚""实"，而很少去探索人与自然的关系，探索人的个性的发挥以及人的价值的实现等等。这从孔子删《诗》，屈（原）、陶（渊明）、李（白）不为后人看重，以及中国古代戏剧多"大团圆"结局就可见一斑。这种文学意识观，对当代文学的理论及创作有着很深的影响，致使许多方面还未跳出儒家文化传统的框框（当然儒家文化传统并非全是消极，相反，其中不乏许多积极精神，能产生好的影响）。但是，以巫官文化为基础的楚文化和百越民族文化，与儒家文化传统相比较，在创作的根本原则上却是差异很大的。前者更多的是在一种不谐和的环境中创造氛围和境界，在真实与虚幻融汇一体的把握中探索人与自然、部落与部落、人与人、人与社会之间的关系，作家的主体意识及其个性往往能得到充分发挥。正是从这方面看，"文化寻根"所寻找到的"传统"恰恰是一种"反传统"（即反儒家文化传统的传统）。"文化寻根"之寻，其意并不在寻，寻只是他们打的一种旗帜，而在这旗帜背后却是一种"反传统"。因为中国的习惯不喜欢"反"字，"反"总意味着坏，意味着数典忘祖，于是一些想突破旧传统的有识之士就打出"寻根"这一冠冕堂皇的旗帜，实际上他们是要借"文化寻根"开辟一条通往现代艺术的道路。这就是"文化寻根"的实质所在，也是它的意义和价值所在。

关于"百越境界"，广西文学界已经讨论起来了，而且有了一些探索性作品问世，其中也不乏像杨克的组诗《走向花山》（《广西文学》1985年第1期）和《红河的图腾》（《青年文学》1985年第8期）那样的把现代意识与深刻历史内容相融合的优秀之作，这是极好的起点。有这样的起点，还怕广西文学创作飞不起来吗？

"百越境界"作品与时代精神

李昌沪

　　自《黑水河》《沼泽地里的蛇》《塔摩》等"百越境界"作品出现后，"百越境界"的讨论更为引人关注。一种较为集中的批评意见认为，这些作品"一头扎进历史的怀抱"，缺乏时代精神（雷猛发《"百越境界"说的可取和不足》，《广西日报》1985年11月12日）。这里我想谈谈自己的看法。

　　首先，我们须弄清"百越境界"作品的独特性。

　　"百越境界"作品是写意文学。它通过描绘民族风俗画的方式透视历史文化和民族心理结构以及古民族由远古到今天的推移过程，使人对民族的历史、现实、未来有较真实、较准确的感知。为此，作品里淡化了今天的时代背景，强化了古民族的氛围。

　　"百越境界"作品较多运用的是表现和象征的艺术方法，与直接描绘现实生活的现实主义的方法有较大的区别。由此而来的是，"百越境界"作品里出现的审美

作者简介

李昌沪（1948—），浙江青田人，桂林中学高级教师，桂林市作家协会理事，桂林市诗词协会理事。

作品信息

《广西文学》1986年第2期。

对象，常常是某种变形物和夸张体，作品的时代精神往往以这种夸张和变形的艺术形象加以再现。

在具体的创作手法上，"百越境界"作品较多运用过去用得较少的幻觉艺术手法。这里不仅有幻视，还有幻听、幻嗅、幻触等，把幻觉与现实感觉勾连交叉叠映，将神话传说、巫术妖咒等带有较多神秘虚幻意味的古民族的文化因素翻新巧用，力求造成一种意象纷繁，景象恢宏，更接近百越人对生活的感知方式的一种艺术境界。

由此来看待"百越境界"作品，显然，它是不被接受于持传统鉴赏习惯和审美情趣者的。由此产生的结果是："百越境界"作品与具有传统鉴赏习惯和审美情趣的读者及评论者拉开了距离，由于这种距离的存在，"百越境界"作品便变得模糊不清起来。

"百越境界"作品究竟有无时代精神？看来还得剖析具体作品。

暂不说《黑水河》的"羽毛味""羽人唱""赤蛇舞"这些幻嗅幻听幻视的生理错觉中的艺术意味，仅就内容而论也是以细腻的笔法写主人公满妹美好的带有历史烙印的灵魂悸动——嗫嗫嚅嚅步入现代文明生活的思想演变过程的。原先，她守着婆婆，守着民族传统旧习，孤婆寡妇心安理得。婆婆不让她进城卖鱼她说婆婆好，婆婆说她要嫁人她连想都没想。一经接近现代生活，她不安分了，"她老想那个小盒子"，想"穿一件火红色的裙子，坐在大红伞下"喝咖啡。为此，她对已死的丈夫大声喊："我们的孩子不要了。"她要摆脱束缚，冲破旧习，"七月七我们要到城里去"，"不要这孩子"，"去做老板娘"。她从希望到城里卖鱼到向往、追求新生活，并非少年在吸引，而是新生活的召唤。这是社会趋势，历史必然，人类的进步。正是满妹这个弱女子的形象，反射了新时代的思想光彩，说明了旧的顽固和必然灭亡，说明了社会向现代化行进和变革的艰难。

如果说满妹对新生活的追求还是出于本能的向往，虽有代表性却是虚弱的，是很容易被扼杀的，而《塔摩》中的雄虎则表现了本能的抵触，不仅有心灵中肉搏式的沉思，还有坚毅和奋起，以及古民族对命运的抗争精神，闪耀着色彩浓郁的内在美。儿子大学毕业带回一个仇族人做妻子，他陷入了本族意识的深渊。"族粹"——勇士的光荣感促使他自觉地披荆斩棘，到英雄墓地寻找答案，一路上的不平静，祖辈的教导，前人的厮杀在幻觉幻视幻听中连连涌出。作品在他感情起伏、上下求索的深切感受中，将远古传说与现实祈望交织展现。人物感情节奏中跳动的历史内容，昭示了今天的历史进程。"他带回了另一个关于塔摩的故事。"显而易见，这是今天的民族团结大于历史旧传统的狭隘和本位的象征。

雄虎是经过心灵搏斗新旧痛苦后觉醒的形象，他儿子达诺却是时代精神的代表。"我们不对愚昧负责！"父亲心中的荣誉被他视为愚昧，说父亲"死于自己心中的历史！"反映和表现了新观念与旧意识的决裂。"这不是汉化，是文明。文明不属于哪个民族，哪个国家，它属于人类。"这心灵的呼唤，绝非仅仅为了唤醒妻子，而是代表了一个民族和人民的意志。

作家面对一个千变万化的感性世界，面对他和他周围的人的复杂的思想感情，要艺术地表现出来，这就需要思考，尤其需要体验，才能使作品具有深刻感人的艺术力量，所以，作品是饱含作者思想和对社会生活的审美评价的。李逊的小说《沼泽地里的蛇》正是这样的作品。

揭批"文化大革命"罪恶的作品可谓多矣，而像《蛇》这样的作品却很少。《蛇》角度不仅新，简直是奇。它以直面百越民族的生活而曲折反映"文革"的凶残，表现了时代对历史的折射和历史留给时代的陈迹。主人公大眼鼓被伤害了心灵，人性受到摧残，以致发生了变态。他通蛇语知蛇情，蛇在他的思维中被幻视为"血淋淋的皮带"，"铜扣闪着恐怖的光亮"。妈妈被打死的惨状留给他刻骨铭心的恐惧感。孩子的天真善良又使他能辨真假善恶。他宁愿与蛇为伍说明"文革"比蛇还毒。

其他一些作品，也通过种种角度，在百越民族风俗画的描绘中显示出时代精神。例如《纤魂》揭示了百越民族风俗中虐待妇女的恶习和现代思想对旧势力的冲击，歌颂了妇女的善良和宽厚的美德。《岩葬》通过主人公的死反映民族习惯势力对现代文明的强烈抵制，说明古民族严重的封闭性与今天时代格格不入，应扩大新型教育。而诗作《走向花山》《红河的图腾》等作品中的时代感更是那么充盈、清晰、强烈可感。《红河的图腾》塑造的不是单一的而是民族群体的形象，民族融入了中华民族。"我"从红水河走向了长江黄河，走向了世界，"图腾"是全民族的图腾，是向现代化进军。组诗气魄宏大，气壮山河，是交响曲，是亢进歌。

"百越"作品没有离开人们思想、情感、心理、道德伦理和新旧观念等方面在百越地域百越社会中引起的种种波澜和矛盾纠葛，艺术地展现出当今社会变革，在受到新潮流冲击时泥沙俱下、新旧杂呈的人事演变。作品几乎都演绎了新战胜旧，先进战胜落后，文明战胜愚昧这样一个历史趋势，这难道不是今天的时代精神吗？

时代谱写历史。现实是历史的延伸，是流动着的变化的历史。潜入历史再回到现实，以现实观严视历史，以历史剖析现实，这也应当是一种时代精神。"百越"作品表现了这种精神。以上分析说明它们或直接或间接地表现了人们的或意志，或愿望，或要求，或利益，并都是把现实与历史相联系地艺术反映，使作品具有一定层次（与多层次相对）的美学情趣和艺术价值。在这里，时代感与历史感是互相交织在一起的。

全面审视"百越境界"的理论和实践（作品），会发现其意义并非在于回到古老文化的怀抱，也并没有渲染恋旧情绪和地方主义，而是用当代意识去认识长期积淀下的民族文化。古族文化思想在作品中的重现，正反映和标志着文学剖析民族性直至国民性的深入，而且为张扬今天的人性和现代化文明开出了新路。这恐怕也是一种时代精神吧！

社会是多元化多层次的，历史亦然，时代精神亦然。作家是多元化多层次的，作品亦然，审美体验和审美情趣亦然，读者审美评价亦然。因此，以单调的一元化的思维方式来指责"百越"作品缺乏时代精神恐怕不能说是准确的和全面的。

应该说，"百越境界"是一块新天地，也同样是多元化多层次的，是一个相当宽阔的创作范畴，表现对象是百越民族及其生活，而其共同的审美趋向在于人的心灵深处。正如王蒙所说：一些新作反映的"不是按生活自己的结构，而是按生活在人们心灵中的投影。经过人的心灵的反复的消化，反复的咀嚼，经过记忆、沉淀、怀念、遗忘又重新回忆，经过这么一套心理过程之后的生活"（《在探索的道路上》）。

为繁荣我区少数民族文学创作再展宏图

——在广西第二届少数民族文学评奖授奖大会上的讲话（摘要）

武剑青

同志们：

我区第二届（1981至1984年）少数民族文学评奖，经过两个多月的具体工作，今天已经揭晓。我代表本届评选委员会向获奖的作者们致以热烈的祝贺，向关心这次活动的领导以及热情支持这次活动的专家、编辑和广大读者表示衷心的感谢！

这次评奖活动由区民委、中国作协广西分会和广西民间文学研究会联合发起，并由陆地等十四位同志组成了评选委员会。在各地市和区直有关单位推荐的基础上，经过筛选并经评委全体会议反复斟酌，最后评定出优秀作品九十四篇，其中：中篇小说四部，短篇小说二十篇，报告文学和散文十二篇，长诗二部，短诗十七

作者简介

武剑青（1931—），原名武志云，广西武宣县东岭村人。1949年6月至1958年在部队工作，1949年加入中国共产党，历任连指导员、营教员、玉林军区作战参谋、广西军区司令部参谋等职。1958年3月任《红水河》（后改《广西文艺》）小说组长。1961年10月在柳江县拉堡公社任党委宣传委员，1962年任柳江县文教局局长，次年又任《广西文艺》小说组长，1972年任《广西文艺》编辑。第四届广西文联主席。1952年开始写作，主要作品有长篇小说《云飞嶂》《失去权力的将军》《九曲杜鹃魂》等。

作品信息

《广西文学》1986年第2期。

首，文艺评论十八篇，民间文学二十一篇。另外八篇，是获得全国少数民族文学奖的优秀作品，我们都给予荣誉奖。这样授奖作品共一百零二篇。本届九十四篇优秀作品，虽然没有得到全国奖，但都是我区四年来少数民族文学创作和研究的积极成果，是值得特别肯定的。可以说，这次评奖活动和今天的大会，是我区四年来民族文学创作和研究的一次检阅，同时也是近年来我区民族文学形势的一次估量。

通过这次评奖可以证明，这短短四年间，我区民族文学创作有了显著的发展，民族文学的研究更是有了大步的前进。这次获奖作品，几乎包括了民族文学的每个品种，而且好几个品种既有汉文作品，又有壮文作品。上一届的评奖，虽然范围包括新中国成立之后三十年，但许多项目却不得不留下空白。中篇小说一项，那时能够参加评选的作品寥寥无几，而这次评选，推荐上来的中篇就有十几部之多，获奖的就有五部。理论专著一项，上一届参加评选的只有几本，而这次单是获奖的就有五本，短篇小说、诗歌和散文几项，创作数量大增。民间文学方面的获奖作品也不像上一届那样以单篇的居多，而是以有一定分量的集子或大型作品为主。这些，都是前所未有的好形势。

从数量上看如此，从思想内容和艺术质量上来说，这次获奖作品也比过去的水平有了提高。创作方面的作品，不但民族色彩更鲜艳更浓厚了，而且绝大多数富有一定的时代精神和生活气息，和我们沸腾的现实生活一起前进。从中篇小说《相思红》，短篇小说《八角姻缘》《巷里梅香》《上梁大吉》《晨光，拉开了帷幕》，散文《卜万斤》《仙鹤腾飞》等作品中，我们读到了"四化"建设和农村与城市经济体制改革的浪潮在我们广西激荡的波澜；而中篇小说《冰棕榈》《边境密林里》，短篇小说《姆姥韦黄氏》《第三双布鞋》，组诗《写在国境线上》等作品，则让我们听到了地处我国南大门的广西各族人民的心声，它们从不同的角度讴歌了爱国主义和革命英雄主义精神，并通过众多人物和生活情景的描写，引带读者犹如亲临边疆军民战斗的炽热生活的情境之中，百闻化为一见地感受到了中华民族儿女千百年来所秉承的民族魂、爱国心、卫国志。而我们理论研究的作品，也恰恰侧重于分析和揭示那些写出时代新意的作家和作品如何反映我们这个伟大变革时代的历史进程，以及在这个进程中人们的精神状态和道德观念，从中探讨社会主义民族文学的创作规律，探讨民族民间文学的源流关系。可见，我们的理论工作是坚持马克思列宁主义的理论原则和科学态度的。上述各方面成绩，无疑是值得肯定和予以表彰的，今天的授奖大会主要的目的正在于此。

但是我们应该看到，同我们的伟大时代、同我区各条战线的壮丽生活相比较，同兄弟民族省区所取得的成绩相比较，我们的创作与研究，差距还不小，而且从我们自身的创作思想和文学理论来看，也还存在着一些必须认真研究的问题。比如，能够紧贴时代，从而使得人们感受到各族人民意气风发地变革生活的精神面貌的成功作品，还是十分有限；前段时间，某些人有意无意地混淆了通俗文学和庸俗文学的界限，打着通俗文学的旗号，不顾一切地发表了一些迎合某些读者低级趣味的、庸俗的、乌七八糟的东西，以达到单纯的经济效益。这对保护青少年的健康成长、对社会主义精神文明的建设，显然带来了危害。我们要坚决按照邓小平同志讲的那样去做："思想文化教育卫生部门，都要以社会效益为一切活动的唯一准则。""思想文化界要多出好的精神产品，要坚决制止坏产品的生产、进口和流传。"积极投身到"四化"和改革的洪流中去，写出无愧于我们伟大时代的作品来，为建设社会主义精神文明贡献出我们的才智和力量。

还要指出的是：近年来在探索文学创作民族化方面，某些人片面追求写一种原始的、落后的、愚昧的、远古的、别人看不懂的东西；还有的人认为，因为有"模糊数学"的存在，所以主张用一种模糊的观念来指导我们的文学创作，让我们文学创作的内容倒退到蛮荒时代去；等等。这些看法，我认为值得商榷。

我们只需稍作研究就可懂得，即便是远古时代的神话，对于那个时代来说，也并不是一种模糊观念的产物，它们恰恰是那个时代人类的空间观念和时间观念的真实反映，是那时人们对于物质世界和精神世界的一种极高认识，但是，这种认识对于我们今天这个时代来说，已经变得非常低下了。我们今天对宏观世界和微观世界的认识，已经高出于远古时代千万倍，那么，作为社会主义文学时代的文学家，为什么不是在自己的著作中追求我们这个时代的最高认识呢？为什么不以马克思主义的文学理论和最强有力的思想武器去指导我们的创作和研究，反而去截取那些已经变得十分低下的蛮荒时代的观念来指导自己的实践呢？文学创作与研究，其根本的意义就在于增进人们对自身本质的了解，而不再是要给人以这种或那种迟钝的模糊的刺激。我们这个人类世界，只能交给感觉敏锐、思想清晰的人们去改造。仅仅有"模糊数学"观念的人是胜任不了这个改造任务的。

值得高兴的是，我们这次获奖的作品没有受到上述主张的影响，这是应该肯定的。比如韦其麟同志的长诗《寻找太阳的母亲》，虽然取材于壮族神话传说，但是纵观全诗，它绝不是一种蛮荒的、原始的、落后的、愚昧的内心世界，而是跃动着令人壮怀激烈的改造旧世界、创造新生活的脉搏，是一个民族勇于牺牲、前仆后继的进取精神和高尚情怀。这样的作品，以及上面我们提到过的诸多作品，对于我们社会主义精神文明建设和民族文学的发展，才是有益的。这才是我们责任感之所在。

同志们，这次活动只是我区少数民族文学评奖的第二次，还将会有第三次、第四次、第五次……希望全区各族文学工作者再接再厉，为建设精神文明做出新的贡献，为繁荣我区的社会主义文学再展宏图！

走向花山，走向远方

——评诗丛《含羞草》

陈　实

1985年秋天，对广西诗坛来说，是一个金色之秋。广西民族出版社编辑的诗丛《含羞草》汇集了本区十二位青年诗人的诗集，展示了广西诗歌的又一个丰收成果。

曾经有一段时间，广西的诗坛寂然无声。

难道这生长着木棉花和山歌的广袤大地只能唱些轻盈盈的广西情歌？难道歌仙刘三姐只能在鱼峰山上成为后人膜拜的冰冷石像？难道这喀斯特风貌的石隙泥缝中长不出繁茂的诗歌之树？

《含羞草》作了响亮的回答。在这片凝重的红土地上，它顽强地、坦率地破土而出，用年轻的声音，勇敢、朝气蓬勃地向中国诗坛宣布：

作者简介

陈实（1948—），生于湖南永州。1982年毕业于广西民族学院中文系，1986年调入广东省社科院。长期从事海外华文文学研究和当代文学批评，曾任世界华文文学学会理事、广州市文艺批评家协会副主席等。著有《台湾爱情诗赏析》《新加坡作家作品论》等。

作品信息

《广西文学》1986年第6期。

在我身旁

成长着绿色的一群

（杨克《我愿》）

近几年，小说和诗歌创作出现两个引人注目的现象。一个是文学群体的出现，诸如北京群，湖南群，雪野派，新边塞派，等等；这些群体中的每个人，创作手法或许不同，成就有高有低，但作为一个整体，却大致有一个共同的美学追求。将这些群体置于放大镜下，它们显出这样或那样的不足，但从宏观的范围来看，新的文学群体的不断涌现，必将由量达到新的质。另一个现象是，新时期文学经过复苏和反思之后，呈现出新的转捩、蜕变和纵横选择的强烈意向，文学的潮汐在保持传统和更新观念两座伟岸之间激烈地来回碰撞，逐渐形成了以追寻民族精神和历史文化，重铸和发展民族性格为基点的主流。这预示着中国的文学必将扬弃中外文学的种种传统，以更高意义上的更新，走向远方，走向世界。

《含羞草》在这两点上，留下了历史和时代的鲜明痕迹。

为此，我很佩服广西民族出版社编辑们的眼光，他们不仅为活跃广西诗坛做了具体的努力，而且为广西诗歌发展史拍下了一组具有阶段性意义的历史镜头。

诗集中那些最优秀的诗歌，预示了广西诗歌创作的新方向，而那些不太成熟的作品，又使我们能够总结经验和教训，懂得该避免什么和反对什么，从而选择创作上新的突破口。

为此，我们先逐一分析一下十二位诗人的诗作，是很必要的。

假如我们把《写在弹坑上》和《藤的恋歌》、《下岗后，他摘回一支山花》和《姑娘的回信》、《祖国交给我的》和《我，属于故乡》等诗一组一组地排列在一起，就会发现，李甜芬和梁柯林的诗有惊人的相似。他们的诗是在边疆和苗寨孕育的。一个以女性的温柔，把多彩的边疆悄悄融进爱的诗句，一个以山的豪迈和坚毅，诉说了对亲爱故乡雀跃的渴念。他们的每一首诗，声调都很清朗，主旋律是"对祖国的深情"和对故乡山水"深深的眷念"。但这些诗给予读者的，只是表面情绪的感动和激赏，诗人的激情和含泪吟哦，不能在读者心灵深处激起巨大的震颤，这是一个遗憾，但他们的诗如山中的溪泉，清冽香甜、新鲜活泼，也别有一番情趣。

　　他望着窗外那颗最亮的星，

　　想象着自己奖章应该那般亮。

　　星星好像理解他的心思呢，

　　轻轻飘落在他绿色的衣襟上。

　　（李甜芬《梦》）

　　……

　　那么洁白晶莹，芳香浓郁，

　　一树笼着轻纱似的幻影，

　　我踏碎朝露轻轻走近，

　　去触那一颗颗高擎的真实的心。

　　……

　　（梁柯林《北海玉兰》）

　　诗人思维的过程是：自然的物象信息（星、玉兰）摄入诗人的视觉，使诗人产生某种概念（星像奖章，玉兰像心），激发为诗人的某种情绪（渴望立功的情绪——希望像奖章一样的星"轻轻飘落在他绿色的衣襟上"；追求精神美的情绪——"去触那一颗颗高擎的真实的心"），而这种情绪是通过心的物象（"星"的"飘落"，"玉兰"的"高擎"）来实现的。这里，自然的物象和心的物象，两点一线，呈单向排列，概念成为两点间的媒介。诗人不注重两点之间的内在联系，不注重对内心世界的窥探和解剖，所偏重的，只是耳目感官方面的视觉效果。这样的作品，虽少些力度，但仍不失为另一种角度上的好诗。

　　另两个相似的诗人是孙步康和刘桂阳：

岁月越千载——牛绳依然在背，

耕耘一代代——木犁依然在手。

你可敬而又可恨的憨直，

你值得赞美又值得诅咒的淳厚

牛呀牛，你的脚重重踏在我胸脯上，

我羞愧，我颤抖，万把钢刀剜心口！

（孙步康《牛啊，牛》）

爱周总理那样的爷爷

爱遇罗克那样的哥哥

同时，我恨

恨新松不高千尺万仞

恨恶竹未斩万杆千棵

……

党啊，我爱你

所以，我才说

（刘桂阳《爱之歌》）

他们的诗奔腾着青春的激情，爱党，爱祖国，爱人民，爱社会主义；恨贫穷，恨落后，恨愚昧，恨腐败。就思想的含量来说，他们的诗比李甜芬、梁柯林的诗要凝重、深刻；李甜芬、梁柯林是由自然的物象到心的物象，而孙步康和刘桂阳则将思想变成物化的思想，即在客观自然中寻找自己思想的对应物，然后把自己的思想和观念融入对应物上。

这四位诗人的诗有共同的特点：主题单纯，表现直接，韵律整齐，情感丰富。

从《写给回音壁及今天的人们》读到《海的变奏曲》，我们会产生这样一个印象：孙如容，这位很有思想深度的女诗人，在艺术上却有着艰难的跋涉。她的诗洋溢着对社会和人生的深刻思考，洋溢着深沉的忧患意识，在过去的岁月里，当人们还迷狂于盲目中的时候，她便清醒地提出："警惕啊，人们！ / 不要用创造窒息创造， / 不要用智慧熄灭智慧。"我们不能不佩服她的勇气和眼光。但这仍然是"呐喊"诗，不是抒情诗。因为诗中充满了告诫和劝善的意味。在《海的变奏曲》中，诗人的思考变成了诗的思考：

心早已交给风、灯塔和潮汐

在骚动不宁的大海上

我们用真诚和坦然

迎送过无数次分别和相遇（三）

这里，情与景相融了，意与象相通了，触发为庄严和谐的艺术抒情。

何德新，这个"山里的孩子"，他心中，始终保持着对"母亲"的童心的思念，正如他自己在《母亲》中诉说的那样：

家乡那支古老的

你为我哼过无数次的摇篮曲

依然像柔和的风，常常

在梦中轻轻抚摸着我。

他的诗，没有李甜芬诗中那种清丽的芬香和五彩缤纷，没有李甜芬那种细腻的观察。但他对自己每一件观察到的事和物，却有着独特的感受，洋溢着温馨的柔情：

一个黄昏

一个琥珀色的黄昏

倒映在他手中的碗里

（《黄昏，在山野》）

这种独特的感受和温情，使他的诗有了不同于民歌体的诗歌体式。也就是说，他在追求材料、意象、观念、声音等方面的内在次序时，也注意了诗体结构、句法模式等外在造型。只是他的艺术追求更多的是表现在外形上，他的灵感更多的是沉浸在生活的记忆里，使他的诗显得羞怯而腼腆，缺乏力度。

李逊的诗，陈雨帆评论得十分精彩："它们是油画般的视觉美，是音乐般的听觉美，是雕塑建筑般的触觉美，是舞蹈般的旋律美，甚至是花卉艺术品、烹饪艺术品般的嗅觉美和味觉美，是这些美的交叉，替换，重叠，是这些美织成的网。它们大大超越了单一的赋或比或兴的范围，大大超越了单纯的表象描写的范围。"我特别喜欢他的《彩色的风》《黑土地印象》《太阳之歌》《海之狂想曲》《红水河 红水河》。在这些诗中，每一首都是连续的或放射的多种意向的组合，依仗着艺术的直觉。以《黑土地印象》为例，每一个诗节都是一幅画面，这画面，既是自然的直观景象，又是心灵的逆光摄影。诗人把世界分割成有生命的个体，读者把这些个体组合成世界的整体形象；诗人在每个镜头中都表现出自己的情感，读者在这富有情感的镜头中发现了世界真实的再现。可以说，李逊是个很有才气的年轻诗人，挺有诗人的气质。遗憾的是，他只是在诗歌的殿堂门口打了一转，坐下拍了张照片，便拍拍泥尘走了。

总的来说，这三位诗人在艺术上有了较独特的追求，较注意诗歌的本质、诗的职责和表现功能，使诗歌更有现代的气息。但他们的诗歌在表现中，合目的伦理感觉始终高于合规律的认识感觉，诗歌的叙事成分很浓（即便是李逊那些意象很强的诗如《黑土地印象》中，依然是以时间顺序为描述线索）。这样，他们的诗为了衔接和过渡，不得不添进许多带有水分的句子，影响了诗歌的精悍凝练，影响了诗的个性风格特点。

诗歌是诗人们对宇宙、世界、社会、人生执着思索的结晶，它应该深入诗人自己的感官，并将它扩大，以最适宜的方式引起人们心灵的骚动，"使人类在客观现实中寻回自己"（黑格尔语）。这一点，中外诗歌一无例外，也正是在这个意义上，我们可以说，杨克、黄堃、张丽萍、林白薇、黄琼柳的诗是比较有个性的诗。

从感情来说，我不喜欢琼柳的诗。她的诗像牛甘果一样苦涩难嚼，处处都有对西方现代派诗歌技巧的生吞活剥。而在理智上，我们不能不承认，琼柳的诗有着"合理的内核"，她把诗带入了真正抒情的领域。她"不愿用太阳"装扮父亲的形象，又恨自己的"不完整"；她憎恶月亮"朦胧的欺骗性"，又渴望五色鸟"留下一个影"。她的诗有"甜甜的泪苦苦的笑酸酸的气辣辣的醒"，"生命的交响在撕裂的肉体中和声"。她的诗，不喋喋说教，不自艾自怜，不放纵感觉，却到处充溢着对立、不和谐，交织着巨大的矛盾。而这些，又是用象征、隐喻和叙述的跳跃省略来呈现的。说她缺乏艺术的良知，不如说她未找到合理的模式，来集中她游移不定的感情和想象。

我也不喜欢白薇的爱情诗。在这些诗中"我"和"你"成了"关进小屋"的一对纯洁的天使，除了抽象的"赤橙黄绿"和"青蓝紫靛"，除了"多情而敏感"的自我介绍，我们感受不到自然和谐的青春的激动。爱情中那难分难解的温存、那没完没了的思念、那甜蜜的诱惑和向往，全被那个性极强的"我"吓得溜到一边去了。一句话，"我"被打扮得太强，"你"便变成了羞羞答答毫无主见的男孩。白薇为了个性牺牲了诗。但她的那些"三月"诗（《三月，三月》《夜歌》《敞篷车上的姑娘》以及相类的《蜀道上》）写得多么好呵，古老的民族风情，鲜明的现代意识，水乳交融地糅合在一起，"年轻得像三月一样"，暖暖地晒在我们的睫毛上。这些诗不是历史的素描，不是传说的衍变，没有故事的幻影，没有哲学的宏论，没有政见的抒发，但又无处不包含这些内容。白薇用心和我们对话，以她与众不同的体察，为我们撩开了一代人的精神世界。

诗歌与小说创作有某些共通的地方，小说要求写出人物的复杂性格，诗歌则要求表现复杂的内心情感。张丽萍的诗始终交织着两种情绪：母性的温柔和女性的忧郁；观察的深邃和倾吐的安详。她笔下那些南方的女人们——"山村还在梦里"，

便"轻手轻脚"起来"点燃开始流汗的匆忙"的石榴妈，将"樱桃般的奶头揣在 /
裹得像布娃娃的孩子口里面"的年轻的妻子，"郑重地举起了她的手"唤住汽车的
"农家妇女"，等等，当我们在她们勤劳、善良、坚贞、纯朴的形象中获得高度美
感的同时，也为她们那"默默无闻"的、"日子总在肩头下奔流"的、"疲惫"的生
活感到淡淡的悲哀。甚至在那"柔美恬静的""白天鹅"般的"瑶妹"身上，也流着
岁月的"苦涩"。张丽萍以女性特有的敏感和同情，去发现并挖掘日常生活中最细
小、最平凡的事物，使你不得不扔掉理智的推敲去相信生活的真实。她的温柔反复
缠绵，她的忧郁欲露不露。她往往一开始把这些感情压缩、凝聚在诗行中，让它在
诗歌结尾、情感处于饱和状态的瞬间爆发出来，产生令人激动的力量。并且，她通
常是用非功利的静观态度来观察和表现生活，使她的诗有一种空灵的效果间离。这
样，张丽萍便使传统的诗歌体式产生出一种透明感，闪现着人道主义的柔光。

无疑，在《含羞草》中，杨克和黄堃的诗是最有个性的，层次也较丰富。这两
位近年出现的青年诗人，他们的某些诗作，无疑已挤进全国较优秀的诗歌行列。

《白色无名鸟》是黄堃《远方》集中最优秀的短诗之一，来源于中国古代神话
《精卫填海》。诗中第一节写白色无名鸟死的壮丽，第二节肯定了它行动的"圣洁"，
第三节追求了它行动的动机，第四节赞美它精神的崇高，最后，歌颂了白色无名鸟
生与死的意义。《精卫填海》表现了远古人民对自然的恐惧和征服自然的强烈愿望，
黄堃的这首诗则超越了古代神话的意义。我们可以把它解释为民族坚贞不屈的精神
对自然社会神秘力量的抗争，也可以把它理解为自由的精神对目的的追求，还可以
阐发为行动对现实的反叛，人与世界不协调的斗争。这样，诗歌便拓深了认识和理
解的领域，扩充了情感的层次。

《图腾》是杨克最喜爱的诗歌之一，也是他最优秀的诗歌之一。诗的前一部分
是对民族历史的回顾，后一部分是对现实的刻写和对未来的预示，最后凝结为对民
族精神、文化的整体认识。这里，艺术的直觉、感性的意象、理智情绪的运转、传
统精神的张力冲突交融为巨大的心理动力，让我们超越时间和空间，去重新审视一
个民族的过去、现在和未来。

以这两首诗为例子，我们可以看出，杨克和黄堃的诗代表了广西近年诗歌创作的两极。黄堃是背靠民族文化，力图走向远方，走向"全人类"；杨克是面向民族文化，欣然走向"花山"，走向灿烂的民族文化传统。黄堃用摄影机在直觉里拍出动态的世界；杨克用望远镜在传统精神中鸟瞰世界。黄堃追求意境的柔美；杨克追求着氛围的激越。黄堃的诗缺乏杨克诗中那浓重的历史感，而杨克的诗缺乏黄堃诗中那语言和音韵的魅力。

回过头来看看，十二位年轻诗人的成功与不足，为广西诗歌创作提供了哪些有益的启示呢？我认为有以下几点：

（一）传统的延续。优秀的诗歌必须尊重传统，又势必改变和调整现存的艺术关系，比例和价值，改变和调整现存的艺术秩序，使之对上是继承者，对下是被继承者。不过，我们这里说的传统，不是笼统地指中华民族文化传统，而是具体地指广西和古百越民族的文化传统。这一传统是受到以洞庭湖和荆襄平原为结点的夏楚文化辐射的，是受到以屈原为代表的南方文化影响的。它不像中原文化那样雄浑博大精深，以理性为框架，而是以感性生命力为基点，表现出神秘奇特、虚幻空灵、清逸飘秀、宛转缠绵、色彩斑斓等特点。广西诗歌保持这一传统，便保持了创作的优势。

（二）历史的透视。从洪荒神话时代的部落之争，到中古蛮族的南迁和岭南的开发，到近现代广西各族人民的反抗和斗争，广西浓缩了中华民族的历史。由于广西地处边疆，多变的气候、激烈的斗争、落后的生产，构成了广西各民族独特的经济形态、社会关系、生活方式和价值坐标。只有深刻了解这些历史形态并把它融注到诗作之中，才能增加诗歌的景深和纵横感，显示出广西诗歌的独特个性。

（三）文化的整体意识。包括广西的地貌风光，各民族的民情风俗、精神传统、宗教信仰、审美情感等民族心理素质和民族文化构成。只有整体地把握民族的文化意识，向民族心理文化内层不断伸展和超越，而不仅仅是方言俚语、衣服首饰的外在表现，才能使民族化的诗歌具有笼罩性的威力。

（四）观念和形式的更新。所谓观念更新指宇宙观、世界观、价值观、知识结构以及文学自身观念（诸如表现功能、创作方法、审美理想、批评模式等）的更新。必须反对自我满足的保守性，提倡对传统观念的重新审视，使诗歌面向现代化、面向世界、面向未来。当然，在这个过程中也必须反对对外来文化的盲目崇拜，反对拾人牙慧，至于形式的更新，则必须克服过去诗歌创作中那种重内容轻形式的倾向，应该把形式看成是内容的延伸，应该让形式与时代的内容同步。事实上，中国传统诗歌从四言、五言、七言发展为词、曲和现当代自由诗，体式都是随时代而变的。没有新的诗体，就保证不了具有时代气息的内容，如果我们总是运用二行一节四行一节六行一节的豆腐块格式，便永远跳不出传统的藩篱。

《含羞草》的十二位年轻诗人在蓝色文学潮流的冲击下，在"南风"吹得令人迷醉的时候，坚持正确的文学方向，坚持顽强的艺术探索，为广西诗歌的繁荣做出了有益的贡献，这应该载入广西的诗史。我们衷心祝愿他们以更顽强的努力、更执着的追求，写出更多的好作品来，使广西的诗歌走向花山，走向远方，走向民族第一流的水平。

要获得富于现代感的结构

——关于广西民族文学发展的思考

陈雨帆

站在花山脚下，仰视垂空的高崖壁画，我总有一种天地为之变色的感觉，随即，便获得一种"暖得曲身成直身"的体验。走在红水河岸上，呼吸着河面来风，我犹如呼吸着山海会聚的气息，随即，便体验到一种"河流入断山"的情势。

有否一种文学，也能给我们以这样的感受呢？我常常这样想望着。

当前，一个巨大的经济改革和社会文化改革的浪潮正冲击着我国大地，也冲击着广西大地，这将迫使这片土地上的各个民族，打破自己旧有的痼疾，确立起自己民族的新的特征。要确立一个民族的特征，重要的方式之一便是形成并鲜明地表现出它的民族意识。而最能发挥这方面功用的形式之一，便是民族文学。

作者简介

陈雨帆（1940— ），壮族，广西靖西人。1961 年毕业于广西师范大学中文系。曾任广西《三月三》杂志常务副主编、副编审。1962 年开始发表作品。1988 年加入中国作家协会。著有长篇小说《血地·血族》、小说集《国门虎兵》、长诗《山鹰的琴》等，有专著《壮族歌会》等。

作品信息

《广西文学》1986 年第 9 期。

民族文学是相对于世界文学而言的。中国民族文学就是指通过汉语和其他兄弟民族语言的语言艺术来折射并表现中华民族民族意识的文学。广西民族文学就是其中的一个组成部分。

不言而喻，我想望的就是我们的民族文学，我们的广西民族文学。

广西是个多民族聚居的区域，广西民族文学需要表现多个民族的民族意识，在确立这些民族的特征上发挥作用，因此，它理应是丰富多彩的，也理应在我国民族文学的整体中占有自己一个突出的地位。遗憾的是，多年来广西民族文学的发展状况，却在好些方面给人以一种落后于全国文学形势的沉重感、迟暮感。面对这种状况，我们广西的文学工作者不能不向自己提出这样一个问题：广西民族文学如何崛起？如何振兴？

这是个很大且很复杂的问题，一个人是无力解答的。这篇短文所记下的只能是我对这个问题的思考而已。

一个民族或者地域的文学要崛起，最重要的标志就是不止一两个地拿出跻身全国文学前列的"拳头"作品，以至拿出能够汇入世界文学的杰作。广西民族文学要有这样的崛起确实不容易！因为，文学创作乃是一种根基于自由创造精神的极富想象力的艺术活动，而我们广西民族文化并没有十分丰富的传统（也许过去有过，但因没有得到文字记载而丧失了），这将大大妨碍我们能够很快地进入创作的"自由王国"。

不错，我们有过长诗《百鸟衣》、歌舞剧本《刘三姐》那样的成果，它们既汇入了世界文学的总体，又达到了相当高度的民族化，当年，曾表现出一种广西民族文学要崛起的势头，给广西文学界带来了喜悦。但是多年以后我们不能不发现，伴随这种喜悦而来的，却是更多的苦闷和彷徨：我们一直未能产生出在文学功力和影响度上超越它们的民族化的新作！要崛起的势头也消失了。

拿来一个民间故事作框架，潜心落力，便可创作出《百鸟衣》式的隽品；搜集一民间歌谣做素材，借助一个戏剧情节串起，便可创作出《刘三姐》式的力作，这就是许多文学作者当初从《百鸟衣》和《刘三姐》的鉴赏中曾经归纳得到的"创作要领"。于是，一本又一本民间故事、歌谣集成了我们文学作者的案头必备书，一个又一个"刘三姐歌台"被我们的文学编辑们视为头等的文学园地在各家报刊上办了起来。似乎通过此类途径就会有源源不断的杰作诞生，就会有成批的民族文学大手笔被培养成材。殊不知，这个"要领"所表现的观念恰恰是与这些力作的创作经验相扭悖的。《百鸟衣》或者《刘三姐》的作者，都曾经历过一个以全新的眼光去看待壮族古代文化传统并对所攫取的民间文学素材加以重新组构的过程，因此，最后在作品中表现出来的乃是现代的民族意识而远非只是古代壮族的民族意识，这才是这些力作能被世界文学所接纳的根本条件。而上述"要领"的发现者恰恰看不到重新组构这重要的一环，反之，却在文学观念上更加加固了将民族文学视为在自我封闭的环境里自生自灭的自足体这样一种陈旧的眼光。结果，就造成了这样的状况：多年来以上述"要领"作指导确也写出了一篇又一篇仿效《百鸟衣》的长诗，一个又一个仿效《刘三姐》的山歌剧，但是除了也有那么一个民间故事作情节或者也有那么几首民歌在里面唱一唱之外，它们并没有表现出各自民族的人们心灵里的诗，以及他们的深切情感、他们的美感信念，尤其是，在这些众多的作品中很少很少能看到作为民族诗人、作家，有如《百鸟衣》《刘三姐》的作者那样的识见、胸襟、气度、才情和格调。因此，新诗、新剧本多则多矣，但回头看去，却令人举目之间，不禁心底苍凉。至于那些曾经深得"要领"的作者，他们也越来越不知如何向前继续迈步才好。这也就成了我们的苦闷和彷徨。这个事实，是我们不能不正视的。

然而，我们也须看到，那样一个民族文学崛起的势头不几时就退了下去，这跟势头代表作未能起到典范的作用毕竟有关！一个勇敢的男主人公、一个美丽善良而聪明的女主人公和威胁女主人公的恶势力之间的斗争，不正是《百鸟衣》《刘三姐》所共有的结构吗？这是有目共睹的。这样的结构，显然因为很不适合于用来表现现代生活和现代意识而越来越失去了它们的范模作用。这也不能不是事实。

其实，《百鸟衣》的作者、诗人韦其麟早就意识到了这一点。多年来，他的新作虽然还常常取材于民间传说故事，但他并不固守《百鸟衣》的经验。那些传说故事在进入他的新诗作的过程中，不但全然地被打破并重新组构起来，而且具有了跟民间口头文学迥然不同的语言结构。他关注的始终是：能否借助这个故事更好地深入到历史的民族的心理层次中去，从而在写出自己的"心灵战栗"之作，更好地抒发我们这个时代的自己民族的感情和意志，以达到铸造新的民族灵魂的目的。他新近出版的长诗《寻找太阳的母亲》，被公认为在民族文学坐标上跟《百鸟衣》有着不相上下的位置的成功之作，就因为它虽然取材于壮族的神话性质的古老传说，但跃动着的却是令人壮怀激烈的"改造民族的灵魂"的脉搏，它抒写了非常高洁的民族情怀，赞颂了富于识见和勇于进取的民族精神，这恰恰是身处现在这个改革时代的民族十分需要具备的民族意识。因此，尽管它在否定和抨击由于长期的封建统治所造成的愚昧、落后、自私和贪婪这方面不及《百鸟衣》直接、强烈，但在挖掘民族"脊梁"，呼唤民族新人这方面，却也具有了它自己的美学因素和价值。

正是由于意识到《百鸟衣》《刘三姐》那样一类作品的局限，而有相当一部分广西的民族作家，决意要另辟蹊径。他们并不借重于民间文学和民俗形式来架构自己的作品，而是以自己的生活感受为立体来发挥自己的创意和想象，在作品中直接表现当代世界潮流冲击下的现实社会的生活，他们的目光始终关注着我们这个国家、这个民族、这个区域里对我们这个时代具有重大意义的问题。但他们的作品写的还是"改造民族的灵魂"这个现代中国文学的总主题，因而也站到了广西民族文学的前列。长篇小说《瀑布》（陆地）、电影文学剧本《春晖》（周民震），就是这方面的成功之作。

那么，这两种途径、两类作品孰优孰劣？这个问题曾被认为是关系今后发展广西民族文学创作以谁为范模的大问题而引起讨论以至争论。遗憾的是，这个问题的讨论一直未能产生实际的意义，因为，新一类作品也并未能使广西民族文学勃发新的崛起的势头。我们看到的事实是：这两类创作途径和作品的并存，只能被视为我区民族文学的多样性的体现。倘若硬定要在它们中间评优劣，只会导致两方面的危险。一方面，我们有可能在强调要以民族的尺度来衡量我们的文学的时候，误认为只有《百鸟衣》《刘三姐》式的作品才是真正的民族文学，而重犯那种将民族文学视为自我封闭的自生自灭的自足体的观念错误。另一方面，我们有可能在外来文学的反叛传统的气候影响下，把自己民族的传统文化一股脑儿都看成是旧的、"土"的东西，甚至把《百鸟衣》《刘三姐》那样让古代民族文学形象重放异彩的作品也说成是"守旧"文学，是"土歌"的拼凑与变种，这就犯了民族虚无主义的错误。

为此，要对上述两类作品评说的话，我们首先只能说：对于我们广西而言，无论是像《百鸟衣》《刘三姐》那样的作品还是像《瀑布》《春晖》那样的作品，至今都还是太少太少了，而能超越它们的更高档次的突破性作品则一直还没有出现！

广西民族文学突破的方向何在？

最近三两年，我们广西涌现的一批青年文学工作者，他们在慨叹以往的成功之作太少的同时，却也对这些作品的成功坐标值做了考察，并以此来寻求自己的范模。其考察的结果之一，就是"百越境界"创作设想的提出。

这个设想首先出现在两位汉族青年作者的一篇文章里。但我从一开始接触他的论题，就把它和广西民族文学的论题联系起来思考。我一直赞同这样的看法，要论述广西民族文学却把广西汉族作家作品排除在外，孤立地来谈论少数民族的文学，是不可能的，也是不科学的。广西民族文学理所当然地也要包括广西汉族作家的创作思想与实践在内，包括诸如长篇小说《云飞嶂》（武剑青）、电影文学剧本《法庭内外》（陈敦德）这样成功之作以及众多的在广西这片多民族文化土壤上生长的汉族作家作品在内。

"百越境界"设想，其主要出发点之一就是要振兴广西民族文学，就是要寻求产生更高档次的突破性作品的路径。单是这个设想的提出，就是有积极意义的。

这个设想无疑是青年作家们对我区的文学进行历史反思的结果。他们对中、老年作家过去的作品，既承认了它们的某些方面的范模作用，但也正视了它们的非同小可的缺陷。这个缺陷就是：过去中、老年作家的作品，在文学结构上多半显得层次单一，艺术导向往往直奔一个主题、一个结局而一眼就看穿了底。即便是《瀑布》《春晖》这样的新的成功之作，它们的内容虽然是现代的，但其中的革命风云似乎就只是政治风云和伦理的去旧布新，其中的教育改革的命题也似乎还是个以道德教育与政策问题为中心的命题。它们同样还未获得富于现代感的文学结构而使它们的范模作用受到了局限。正是基于这样的识见，我们的青年作家们形成了"百越境界"那样一个设想。显然，这完全是在多层次的现代意识影响下进行考察和思索的结果，它所代表的意向不外就是在承认以往成功作品的某种范模意义的同时，却认为必须超越这些范模再向前进，这怎么能说没有积极意义呢？

但是，实践这个设想的某些青年作者的作品，确实有过这样或那样的偏差。他们在运用民俗内容来丰富作品层次之时，未能对作为一个民族生存机制之一的民俗形式进行历史的一体性的研究，以致在这些作品中所反映的民俗现象往往比较破碎，而且陋俗和良好风俗鱼目混珠，作者对陋俗中所反映的人的愚昧、麻木、动物一样低下的本能等，却未能予以否定和抨击，有时还用了欣赏的笔调。这跟"改造民族的灵魂"这个民族文学的总主题是相抵触的，跟"百越境界"设想所代表的创新意向也是相抵触的。

但是事实证明，更多的青年作家们是注意在实践中防止和克服这类偏差的。他们中间所产生的许多体现上述创新意向的作品（包括并不公开赞成"百越境界"提法但创作意向犹同的作者作品），已经取得某种可喜的成绩，给广西文学的地面带来了新鲜的气息。例如最近一年间发表的组诗《白太阳》（黄堃）、《红河的图腾》（杨克）、《山之阿水之湄》（林白薇）、《南方的根》（黄堃），短篇小说《被遗忘的南方》（李逊）、《长乐》（聂震宁）等，就是这样的事实。这事实表明：哪怕"百越境界"的提法因为缺乏科学的界说而不能成立，但它所表达的创造的意向却是值得认同的。进而就它所涉及的文学创作的问题进行探讨，对振兴民族文学、地域文学将是有益的。

崛起难，然而，难，并不是注定地不可能。广西传统文化环境虽然处于较次的等级，基础并不丰厚，但花山——红水河所形成的新的文化环境表明，广西的文化环境并不是固定不变的，而是可变的，并在变革中有新的开拓。况且，它一直具有多民族的"原始文化土壤的优势"，这恰恰是文学创新最可宝贵的条件之一。因此，只要我们拿定这个优势，"取精用宏"，我们就"能"！

要实现这个愿望，我们的话题又须回到结构的问题上。我认为，就我们的创作状况来看，广西民族文学要崛起，我们最当紧的就是要获得既有我们广西特点的又富于现代感的文学结构。——这个"结构"，不是旧观念上作为情节的一种属性的结构，而是一种"动态模式"，一种能让我们以有限把握无限也即是"取精用宏"的动态模式。

为什么花山崖壁画能给人们以天地变色的感觉？就因为它一下子便把人们的眼界扩展了几千年，让你在有限的人形壁画中把握到一个民族早有的宏大的智与力。你可看到原始与混沌，那里光便是热，热便是光，你又可看到一个民族的未来，似乎那里，从A型到O型，人们的血在合唱。为什么红水河能让人们有风云际会的体验？就因为大半个世纪以来，尤其是现在，这是个古代文明和现代文明大交流、大撞击的地方，人们在这里，眼界同样会一千倍、一万倍地放开。潜心想想，岂不是有一种"动态模式"在其中？

可以说，现实生活多少已经向我们提供了这样的动态模式，但我们的作品远还没有获得这样的结构。上面列举的《白太阳》等作品，已经雏具这样的结构倾向，但也还是雏具而已。一切尚待我们进一步发挥我们的创造意志。而欲要使我们的创意得到全新的发挥，我们的作家们就须具有一副对自己民族的历史和文化包括神话、民俗、伦理、宗教等，有独到的识见因而能深入到文化心理深层结构中去的眼光。也就是说，首先要扩大和深化作家的文化"视野"。有了这样的主观视野，才谈得起使得我们的作品具有花山、红水河那般激活人心的力量，以及供这种力量进行"原子裂变"的结构。

自然，作家要有这样的视野，就要涉足各种知识领域。但是归根结底，这个视野必须是作家的文学本体的视野，而非教授学者式的学术积累。涉步这个"学"那个"学"，目的只在改变作家的智慧风貌，丰富作家的直觉经验与能力，从而开阔自己的胸襟，激化自己的才情，提高自己的文学想象力和创造意志。作家只有靠了自己的想象和灵性，才能把文学作品中的种种文化背景和因素激活起来，而达到"取精用宏"的目的。或许到了我们较多的作家具有这种素质的时候，广西民族文学就获得真正的结构，而到了"河流入断山"的时候。

团结起来，为振兴我区文艺事业而奋斗

——在广西壮族自治区文学艺术工作者第四次代表大会上的工作报告

武剑青

各位代表、各位同志：

我们这次代表大会，是在全国学习和贯彻《中共中央关于社会主义精神文明建设指导方针的决议》的新形势下召开的。大家济济一堂，回顾过去，共商大计，还要修改章程和选举产生新的领导机构，可说是我区文艺界的一次盛会。通过这次大会，我区广大文艺工作者将进一步团结起来，发挥我们的主动性、积极性、创造性，为振兴广西的文艺事业贡献出自己的聪明才智。

现在，我代表区文联，向大会做六年来的工作报告，请予审议。

一、六年来工作的回顾

自一九八○年一月我区第三次文代会以来，至今已有六年多。这期间，在党的

作品信息

《广西文学》1987年第1期。

十一届三中全会精神的指引下，在区党委的直接领导下，我区文艺事业同全国各地一样，出现了空前未有的活跃局面，文学艺术的面貌，发生了深刻的变化，在"出作品、出人才"两个方面，都取得了显著的成绩。我们现在已经跨越了"文革"所造成的文艺断层带而进入了大繁荣的百花园，步入了新中国成立以来我区文艺发展的最好时期。

六年多来，我区文艺创作蓬勃开展，果实累累。文艺作品数量之多，质量之高，是过去任何时期都无可比拟的。各种门类的文艺创作，都呈现出一派兴旺的景象。

文学方面：据不完全统计，六年多来，我区出版的个人专著和专集有一百零九本之多，其中长篇小说十部。发表了中篇小说两百多部，短篇小说两千多篇，诗歌三千余首，散文五百多篇，报告文学一百多篇。在异彩纷呈的文学创作中，出现了一批较为优秀的作品。如长篇小说《瀑布》（四卷）、《失去权力的将军》、《第一个总统》（三卷）、《流星》、《合欢花》、《澎湃的赤水河》、《生意人》、《爱的暖流》、《144小时》、《劫波》；中篇小说《槟榔盒》、《江和岭》、《九万牛山》；短篇小说《夜走黄泥岭》、《姆姥韦黄氏》、《八角姻缘》、《伊暧》；报告文学《她的心》、《五指山上飘红云》；散文《蹄花》；长诗《寻找太阳的母亲》；短诗《红水河畔三月三》、《我们女战士的眼睛》；电影文学剧本《法庭内外》、《春晖》等，这些作品在区内外都产生了一定的影响。不少作品在全国评奖中获奖。如在中国作家协会和国家民委联合举办的第一、二届全国少数民族文学评奖中，我区有二十篇（部）作品获奖，其中获一等奖的有长篇小说《瀑布》。在总政、煤炭部、中央电视台等十多个部门各自举办的评奖活动中，我区获奖作品有三十六篇（部），加上省级获奖的共一百五十八篇（部）。

电影创作方面：我区是属于较先进的省区之一。由我区作者创作的《甜蜜的事业》、《法庭内外》，以及由我区电影制片厂拍摄的一些影片，赢得了广大观众的好评，引起国内外电影界的注目。有影片不但在国内，而且在国外评奖中获奖。如《黄土地》获得了一九八四年度摄影金鸡奖和多项国际奖；故事片《流浪汉与天鹅》、《春晖》获全国优秀故事片奖。最近已摄制完成的大型历史战斗故事片《血战台儿庄》受中央领导同志和电影界的赞扬。

民间文学方面：出版理论专著有《壮族文学史》(三卷)、《瑶族文学史》、《广西民间文学散论》、《歌海漫记》、《壮族歌谣概论》，广西人民出版社出版"广西民间文学丛书"系列作品《壮族排歌选》、《瑶族风情歌》、《仫佬族民间故事》等十多种；上海、北京出版专集有《壮族民间故事选》、《侗族民间故事选》、《瑶族民间故事选》、《毛难族民间故事集》、《京族民间故事集》、《瑶族民歌选》、《侗族民歌选》等三十多部。

戏剧方面：初步统计，获我区剧本、演出奖的剧目有八十二个；获全国剧目奖的有壮剧《金花银花》、彩调《喜事》、话剧《宝宝贝贝乖乖》等七个剧目及多部电视剧、广播剧，其中《金花银花》获全国少数民族题材剧本金奖。此外，我们还和全国剧协及区文化厅联合举办了全国性的西南剧展四十周年的纪念活动。

美术方面：在区内举办美术作品展览五十一个，其中全区性展览十八个，展出作品三千一百多件，获全区作品奖三百零四件。参加全国性美展一百八十二件，获全国作品奖十八件。有一百四十九件美术作品，分别到二十多个国家展出，有的还获了奖。

我区书法艺术在继承和发扬传统方面有所突破，创作出大量作品，参加区内外展出，如新疆五省区书法联展等，有的还到国外展出，如参加广西—日本京都、桂林—日本熊本书展，有的作品在国外获了奖。

音乐、舞蹈方面：区内出版歌集十三集，发表歌曲三百多首，内部编印歌集近二十集，编印《多声部民歌研究文选》等四本专著。我区歌曲获全国奖的三十三首，其中《槟榔树下摇网床》获一等奖。在全国少儿歌曲创作比赛中，我区获奖数居全国第二位。有四首少儿歌曲在全国推广，其中《祖国象妈妈一样》，被评为全国"红领巾喜爱的歌"十二首中之一首。音乐演唱、演奏在全国获奖有三十五项，其中声乐十七项，器乐表演十项，包括钢琴、电子琴各三项。一批歌舞节目到美国等八个国家演出。舞蹈出现了《扭》、《灯花》等一批优秀节目，其中获中央部门奖的十六项。《右江民族风情歌舞》、《仿古杂技》、《无伴奏民歌合唱》还到了中南海怀仁堂作专场汇报演出，是广西继五六十年代《拾玉镯》、《刘三姐》等之后再进怀仁堂的作品。

摄影方面：多次举办全区摄影艺术展览，组织作品参加国内外比赛或展出，出现一批优秀作品，获省级以上摄影奖（一至三等奖）的作品达二百四十五件，其中《苗家责任田》获全国十三届影展银牌奖，《母子之间》获全国优秀摄影作品、亚洲大洋洲摄影比赛二等奖，《破门》获全国四届优秀体育摄影一等奖，《秋瀑》获中国旅游摄影一等奖。

杂技、曲艺方面：杂技创作出现了一批新节目，其中《仿唐杂技》受到观众的好评和中央领导同志的赞扬；有八个节目在中南杂技比赛中获奖，一批杂技节目多次到国外演出。

曲艺方面：在区内获奖的有一百零八篇，在全国获奖的有桂林文场《五娘上京》，壮族末伦《画中游》、《慈母心》，南音《春暖车厢》，渔鼓《叔叔望着红领巾笑》，文场《情深意切》等二十三项。

值得指出的是，在各种门类丰富多彩的文艺作品中，有不少作品是积极反映改革和"四化"建设的，表现了我区变革时期人们丰富多彩的精神面貌、心理状态及人际间的关系，既有强烈的时代气息，又有浓厚的地方民族特色；在作品的形式和技巧上，也有突破和创新。

六年多来，我区文艺队伍迅速壮大。现在区文联所属各协会由原来的八个增至十一个。一九八〇年一月，各协会会员总共只有一千六百四十五人，截至今年八月底止，已发展到三千九百五十人。其中参加全国各协会的会员五百多人。我区十一个少数民族中至今都或多或少有了本民族的作家、艺术家。在我们这支文艺队伍中，老一辈的作家、艺术家，虽然年逾花甲，但仍然勤奋创作，并且在培养新人上发挥着重要的作用；历尽艰辛的中年作家、艺术家，他们肩负着承前启后的重任，是我们这支队伍的中坚力量；近年来涌现的一大批文艺新人，他们思想敏锐，勇于探索，代表着我们文艺事业的未来。我们相信，依靠老中青作家、艺术家的团结和共同努力，我区文艺事业的繁荣昌盛是指日可待的。

六年多来，我们通过多种多样的方式，培养我区的文艺人才。我区作协分会，这些年来举办了五期创作讲习班，培养重点作者、学员九十一名，我区部分重要文学成果，是学员在班期间写出来的。这个协会还选送了一些作者到全国文学讲习所或大学中文系深造，提高思想素养和艺术素养。此外，他们还举办多种形式的笔会、作品讨论会，交流创作经验，并且组织作家到区外参观访问或在区内深入生活，扩大生活视野和丰富生活积累。最近，他们又采取招聘形式，招收合同制专业创作员，进行有计划的深入生活，力争在三四年内创作一批反映当代生活的较高质量的作品。除作协外，其他各协会也通过各种各样的形式，帮助作家、艺术家不断提高思想水平和艺术水平。应该指出的是，在培养文艺人才方面，我们的文艺刊物发挥了重要的作用。目前，据统计，自治区一级的文艺刊物共七家，地市文艺报刊有十余家，区内报纸文艺副刊有近十家，文艺刊物之多，是以往任何时期所没有的，这些刊物编辑部，在发现人才、培养人才方面所做的工作是大量的、具体的、细致的、卓有成效的。编辑部的工作人员是文艺战线上的无名英雄，我们应当充分估价他们的劳动，对他们表示衷心的感谢！

六年多来，围绕着"出作品、出人才"这个中心任务，我们加强了对外文化交流活动。这期间，外国文艺团组到我区访问交流的共五十五起，三百零三人，其中影响较大的一次是今年春天芬兰学者来南宁，由我们和中国民研会联合召开中芬民间文学搜集保管学术研讨会，并到三江县进行联合考查活动，这对开阔我们的眼界和扩大我区民间文学在国外的影响是很有好处的。在接待外来访问的同时，我们也先后派出个人或团体多次到国外进行访问、展览和演出。通过上述活动，对搞活我们的文艺，对增进与各国人民的友谊，对维护世界和平，都有积极的作用。

六年多来，我区文艺理论批评工作也取得了可喜的成绩。区文联成立了文艺理论研究室，并创办了《广西文艺评论》这个内部刊物，为理论批评提供了一个阵地。各协分会和各文艺刊物，也很注意开展文艺评论工作。如区作协成立了理论工作委员会，编印了几期《广西文学论丛》，《广西文学》、《广西日报》文艺副刊在组织评论、发表评论文章方面也做出了积极的贡献。由于各有关方面的共同努力，我区文艺理论批评活动日趋活跃。近年来，举办了不少作家创作研讨会、作品讨论会、理论学术讨论会，并且写出了一批又一批的理论批评文章，其中有数十篇文章在区外刊物上发表，有的还出版了理论专集，在国内理论界引起了一定的反响。从理论队伍方面来说，过去是比较薄弱的，而且处于分散的、各自为战的状态，现在这支队伍逐步壮大了，而且在开展共同的评论活动中加强了联系，逐步靠拢和组织起来了。他们的理论素质和理论水平也有了明显的提高。正是由于有了这样一支理论队伍以及他们的辛勤劳动，有力地促进和推动了我区文艺创作的繁荣。

二、繁荣创作的几个问题

六年多来，我区文艺事业，有了可观的成绩，出现了初步的繁荣。但是，我们没有任何理由骄傲自满，故步自封，停滞不前。我们如果不是孤立地就文艺观察文艺，而是按照党的十二届六中全会通过的《中共中央关于社会主义精神文明建设指导方针的决议》的要求，把观察文艺事业的视野稍为扩大一点，即把它作为社会主义伟大事业的一部分，把它放在我国社会主义现代化建设的总体布局中，特别是放在社会主义精神文明建设的总体战略中来进行考察，我们就会感到自身的不足，就会感到我们所肩负的为"提高整个中华民族的思想素质和科学文化素质"服务的责任是非常重大的，就会鞭策我们再接再厉，去争取更大的成绩。为了贯彻十二届六中全会的决议，使我区的文艺工作与当前的伟大改革和建设更合拍、更协调、更有力地发挥作用，我们认为有如下几个问题，需要大家共同探讨，提高认识。

1. 正确处理文艺创作和时代的关系。

文艺是时代生活的反映。深刻认识和了解时代，以高昂的热情和多样的形式和风格，努力反映时代最激动人心的生活内容，体现时代的最先进的思想，也就是人民群众的思想和愿望，这是过去一切优秀的文艺创作的重要经验之一，也是新时期文艺的重要经验之一。可是近年来，文艺界有一种所谓"远离时代"、"淡化时代"、"和时代保持距离"等说法，似乎文艺创作贴近时代、与时代紧密呼应，会妨碍文艺的提高和发展。这种看法是不对的。如果我们的文艺家不尊重历史的经验，自觉或不自觉地与时代相疏远、相隔离，那就只能切断了最雄厚的现实生活基础，对文艺的提高和发展是非常不利的。因此，我们要创造各种条件，使我们的文艺工作者能更好地关心我们的时代，了解我们的时代，反映我们的时代。我们的文艺工作者要自觉地同时代的脉搏、同人民群众的思想感情保持一致，努力表现当代中国人民的精神风貌，表达各族人民现阶段的共同理想。这个共同理想就是建设具有中国特色的社会主义，把我国建设成有高度文明、高度民主的社会主义现代化国家。我们的文艺作品只有表达了全国人民梦寐以求的这个共同理想，才具有强大的生命力。一个具有时代使命感的作家、艺术家，对国家和社会的巨大变革，对民族和人民的命运，决不能置身事外，应该热情地加以关注和反映。然而，就我区文艺工作者的劳动成果来看，还不能说我们每个人都具有了这种时代的觉醒，都认识到了文艺工作在新时代全面改革总格局的重要地位和所担负的责任。因此，紧跟时代前进的步伐，积极主动地了解和掌握改革年代生活的新流向，自觉地表现时代精神和人民的精神面貌，确是值得我们高度重视和解决的问题。

2. 深入改革、"四化"建设第一线，去观察、感受当代生活。

生活是创作的源泉。文艺家要了解我们的时代，反映当代最激动人心的生活内容，表现人民群众的精神面貌，表达各族人民的共同理想，重要的途径是必须深入到改革和"四化"建设的第一线去，通过认真的观察和体验，才有可能捕捉到那些属于自己的独特发现而又具有时代特征的东西，才有可能创造出具有鲜明个性特点的无愧于时代的优秀作品。深入生活，虽是个老问题，但却是有非常现实的意义。因为时代变了，社会生活和人们的心理结构、思想观念、生活方式也随着发生变化；特别是在社会主义商品经济日益发展的今天，人们的思想、道德、价值等观念，也会随着社会经济生活的变化而变化，人们的审美观也随之而变化。只有深入新生活，才能获取时代的血液和激情，深刻揭示时代发展的本质和趋向，使文艺作品具有时代的新意和风采，塑造出新时代的人物形象，成为这一历史时代的丰碑。一个脱离人民生活，闭门造车，囿于"自我"的作者，是不可能创造出具有时代气息和人民喜闻乐见的作品来的。我们希望每一个作家、艺术家，根据各自的情况，采取不同的形式，在深入生活、认识生活、挖掘生活、反映生活方面，做出更大的努力。

3. 既要继承，更要创新。

我区是以壮族为主的、由汉族和十多个少数民族组成的多民族的地区，有着丰富、悠久、独具一格的地方民族文艺的优良传统，应当保持和发扬。同时还要继承古今中外一切优秀的文化遗产，作为借鉴，创造出具有中国特色的社会主义文艺来。

我们既要继承，更要创新。因为艺术贵在创新，只有创新，才能与新时代相适应。当前，随着改革方针和开放政策的实践，文艺界的创新意识非常强烈。这是个好现象，应当给予热情的支持，即使出现某些偏颇，也不应过多指责。但必须进行疏导。例如，有一种意见，把文艺创新和继承传统对立起来，认为"往昔一片空白，一切从零、从我开始"，这种看法是不对的。应该认识到，要创新，必须参照中外古今的优秀文艺传统。只有下功夫刻苦认真学习中外古今的文化遗产，广采博收，才能造就新时期一批具有代表性的大作家、大艺术家，避免很多的天才的萌芽早期流产。还有一种所谓创新，是从西方哲学、西方社会思潮与文艺思潮中搬来的悲观主义、反理性主义、孤独感、颓废情绪、性解放，以及极端的自我中心等，把它们当作现代意识来盲目鼓吹，这也是不妥当的。毫无疑问，对于二十世纪世界文化中的一切重大发展和所取得的丰富经验和学术成就，我们应该采取开放、借鉴与研究的态度，凡是合理的、有益的，我们要加以吸收。但是，决不能不分好坏，生吞活剥。如果不加评析和选择，盲目照搬过来，对我们的社会主义文艺事业也是不利的。我们必须明确，任何文化都有精华和糟粕两个部分。我们要吸取的是外来文化中一切具有进步性的东西，决不能去承袭西方资产阶级的腐朽思想；我们要借鉴的是西方文艺中真善美的东西，决不能去承袭那些唯心主义、神秘主义、反理性主义的东西。对于外国的艺术形式和艺术经验，也要加以融化，要和本民族的特点结合起来，做到既符合社会主义的需要，而又具有中华民族的鲜明特色。我们的文艺创造首先应该得到我国广大人民群众的承认，然后才谈得上世界意义。跟在西方文艺后头亦步亦趋，那是没有出息的，也不会为世界文艺增添异彩。

4. 把坚持创作自由与加强社会责任感结合起来。

胡启立同志代表党中央在中国作协四大的《祝辞》中说："作家有选择题材、主题和艺术表现方法的充分自由，有抒发自己的感情、激情和表达自己的思想的充分自由。"创作自由也明文写上我国的宪法。它鼓励文艺创作进行大胆探索，努力创新，防止以简单的行政命令方式干预创作的做法，使作家、艺术家在自由宽松的心态下进行创作。

坚持创作自由与加强社会责任感，是辩证统一的关系，我们有了高度的社会责任感，在创作中才能获得真正的自由；也只有实现创作自由，我们文艺工作者才能更好地履行社会使命。二者既不能割裂，也不应对立。整个艺术创作的过程，都是创作自由和社会责任感互相起作用的过程，绝对的、无条件的、抽象的创作自由，事实上是不存在的。应该维护社会主义的创作自由，把自由创作与整个民族、国家的利益，同振兴中华、建设社会主义现代化强国的责任结合起来，才能获得最大的自由。

5. 坚持贯彻"双百"方针，积极开展艺术的探讨和研究。

新时期的文艺实践，出现新的情况和新问题，需要我们在马列主义、毛泽东思想指导下去进行探讨和研究，推进文艺事业的向前发展。我们要坚持贯彻"百花齐放、百家争鸣"的方针，提倡不同的学术观点的自由讨论，不同风格、不同形式的自由发展，探讨和研究文艺实践中的情况和问题，以利于我区文艺创作的繁荣。

学术讨论必然引起争鸣，这是正常的现象。争鸣必然带来思想的活跃和创造力的旺盛，同时，一些独特怪异的见解甚至荒谬的东西也会掺和在一起，对此我们要欢迎，要理解，要采取宽容和宽厚的态度，共同探讨，互相促进。当然，我们也应该积极地发出自己的声音，那就是在马克思主义思想指引下，有利于我国现代化建设，有利于物质文明和精神文明建设，创造性的、富有时代特色和民族特色的声音。真正的科学和艺术是不怕争论的。

我区各文学艺术门类，今后都要建立和逐步壮大各自的理论评论队伍，把那些有成绩的理论人才吸引到各自的协会中来，使我区的艺术探讨和研究持续地有成果地开展起来。

6. 加强文艺界的大团结，创造一个宽松、活泼、和谐、融洽的环境。

中央领导同志多次指出：在文艺界要创造一个民主、和谐、融洽、互相信任、互相理解、互相支持、同心同德的气氛，以便调动文艺工作者的积极性、主动性和创造性，增强领导与文艺工作者之间、文艺工作者相互之间、文艺工作者与广大群众之间的团结。我们应该把这些贯彻到实际行动中去，群策群力，同心协力，一心一意去发展我们社会主义文艺事业，以不辜负党和人民对我们的殷切期望。

我们要以"大鼓劲、大团结、大繁荣"及"大活跃、大竞赛、大提高"作为动力，发展我们的文艺事业。新时期的文艺观念在不断更新，难免出现学术上的不同认识、不同见解和审美观念、艺术风格上的差异，这是正常现象，不能因此影响团结。那种唯我独秀、妒贤嫉才，互不服气，谁有了成就就打击谁的不良风气再也不应该存在了。我们应该在社会主义精神文明建设中，以身作则、严己宽人。文艺界宽松、活泼、和谐、融洽的环境需要我们大家去共同创造。文艺队伍的力量来自团结，来自自爱、自尊和自强不息，那种互相内耗的现象，只能抵消我们自己的力量，有百害而无一利，再也不允许存在下去了。

三、今后工作设想

今年是我国国民经济和社会发展第七个五年计划的第一年。党中央对"七五"计划的建议中，交给我们文艺界的任务是："文学、电影、电视、音乐、舞蹈、美术、戏剧、曲艺等文化艺术部门都要努力创造更多更好的作品，丰富人民的精神生活，提高人们的文化素养和精神境界，激励人们献身于振兴中华的伟大事业。"最近，党的十二届六中全会和区党委五届三次全会，又把文学艺术创作提高到了一个重要的位置上，并提出了具体的任务。我们一定要坚决贯彻，竭尽全力去完成。

1.组织全区文艺工作者认真学习、贯彻《中共中央关于社会主义精神文明建设指导方针的决议》。通过学习这一纲领性文献，大家从战略的高度加深对精神文明建设重要性的认识，明确精神文明建设的基本指导方针和根本任务，以及我们文艺工作者在精神文明建设中担负的光荣艰巨的使命，从而提高我们的责任感，创作出高质量的精神产品奉献给人民群众。为培育"四有"公民和提高整个中华民族的思想道德素质和文化素质，做出我们的积极贡献。

2. 进一步端正业务指导思想，以锐意改革、开放和搞活的精神努力开拓文联工作的新局面。文联的中心工作是"出作品、出人才"，因此，我们的主要精力应该放在抓文艺创作上来，要经常研究创作中的问题，组织作者深入生活，学习马列主义、毛泽东思想，进行知识更新，提高作者的文艺素质，从思想上、物质上、时间上，给作者提供创作的条件，以促进更多优秀作品的诞生。当前要注意抓好两方面的工作：一是在坚持四项基本原则的前提下，在继承优秀传统的同时，要热情支持和鼓励艺术上大胆的探索和创新，以适应新时期新形势发展的需要，赶上时代的步伐，共同前进；二是坚持把作品的社会效益放在首位，克服和纠正文艺创作和活动中的一切不良倾向，反对资产阶级自由化。只有这样，我们才能沿着正确的方向，去开拓出一个崭新的局面来。

3. 要发现、培养和爱护文艺人才。

我区文艺创作能否有较大的突破，是否产生出在全国有影响的优秀作品，能否有一批高质量的佳作向自治区成立三十周年和新中国成立四十周年献礼，在很大程度上有赖于文艺人才的才智是否得到充分的发挥。因此，要十分重视对人才的发现、培养和爱护的工作。

文艺队伍，基本上可以划分为三个层次：一是尖子人才，二是成长中的有发展前途的中青年作者，三是广大文艺爱好者。文联和各协会的工作重点，应放在第一、二层次上。特别是在培养尖子人才上，要花更大的心血。同时，还要发挥有成就的知名老作家、艺术家在这方面的特殊作用。今年区党委拨了专款由作协招聘专业创作员，进行有计划的深入生活和创作，这是一个发现、培养尖子人才的积极措施。今后，我们还打算通过各种不同的渠道、利用各种不同的方法，把这一工作做得更好些、更活些，使我区的文艺创作尽快地赶上先进省区的行列。

4.区、地市、县的文联体制要进一步健全和固定下来，并采取一些积极措施，把工作搞得更有活力，更有成效，因此，我们建议：

①区文联的编制和经费应该进一步健全和加强，地、市、县文联的体制也应明确和固定下来，其人员和经费要纳入当地的编制和预算，真正做到如十二届六中全会决议中提出的："国家要从政策上、资金上保证这些事业的发展。"以适应当前文艺创作发展的需要。

②加强各级文联和各协会的工作，把那些年富力强、精通业务而又勇于献身的同志选进领导班子，并保持一定的稳定性，以利工作。

③争取建立全区性的文艺创作基金会，开展各种文艺门类的"振兴广西文艺创作奖"的评奖活动，有特殊贡献者，要给以重奖。

④继续采取招聘或其他形式，建立一支专业的文学创作队伍，进行有计划、有重点的创作。

⑤采取积极措施帮助我区作家、艺术家、评论家的作品和论著出版发行。

⑥积极创造条件，解决艺术展览场地问题。

⑦加强和各协作单位的联系，密切配合，搞好上下联系，横向联系，把学术交流活动认真开展起来。

⑧办好文艺刊物，建立自己的创作队伍，为人民提供更多更好的精神食粮，为本地区作品提供园地和促进本地区作者的成长。

5.加强文联的服务工作，为文艺工作者提供和创造有利的工作条件。

领导就是服务。这个思想，要在各级文联、协会的领导班子中明确起来。文联、协会是党联系广大文艺工作者的桥梁和纽带，是文艺工作者之"家"。文联、协会的正、副主席及其工作人员，是文艺工作者的服务员，不是他们的"上司"，更不是他们的"老爷"。因此，在加强文联、协会的自身建设中，要牢固地树立为文艺工作者服务的思想，虚心听取他们的意见和要求，维护他们的创造性劳动和合法权益，帮助他们解决创作上、生活上的实际困难，以便让我们共同为繁荣我区的文艺创作和文艺事业，做出新的贡献。

同志们，在党的十二届六中全会精神鼓舞下，在区党委的领导下，让我们更加紧密地团结起来，为促进我区文艺事业的进一步繁荣，为我区的社会主义精神文明建设和物质文明建设共同奋斗，去夺取更大的胜利！

在历史的反思中探索出新

——壮族当代文学讨论会部分发言摘编

少数民族作家的使命与选择

中国社科院少数民族文学所科研处主任　关纪新

多民族之间在当代文坛上的竞争和角逐，可以被看作是我国新时期文学日见显著的特点之一。这种竞争和角逐，当然不是坏事，而是好事。古今中外的文学发展，大约都与竞争有关系。正是在我国当代文学的竞技场上，中国少数民族作家创作，出现了亘古未见的向荣态势。原本就具有书面文学创作传统的一些民族，其当代作家，正把自己的文学追求，瞄准国内外的一流水平线；而从未有过自己作家文学的若干少数民族，也在近年间令人兴奋地涌现出了各自出手不凡的第一代作家。

我们的党和国家，我们的社会主义制度，为各民族文学的积极发展提供了必要的客观条件。然而，任何一个民族的文学想要真正挺立于多民族文学之林，想要在文学的多元竞争中代领风骚，都只能依赖本民族作家自己的艰巨努力、自己的辛勤劳动和自己的出色创造。在这里，来自外界的"政策性"照顾是无济于事的。

作品信息

《广西文学》1987年第6期。

多民族的文学竞争又否定"论资排辈"。作家文学传统原不丰厚的、经济地位偏低的、人口数量较少的一些民族，有时也会毫无愧色地走到前头去。近年来的现实已经证明了这一点。例如土家族当代文学群体优势的鲜明展示，藏族小说创作卓有成效的探索出新，鄂温克族新文学的异军突起后来居上……

振兴本民族当代文学的历史使命，责无旁贷地落在了各民族作家的肩上，少数民族的当代作家们，正在为此而焕发起充盈民族自尊精神的进取自觉。

为了使自己民族的文学早日取得大的成功，享誉中华进而走向世界，我们的民族文学创作者们都在苦苦地思索着，他们必须认定自己前行的道路。

在坚持为社会主义服务和为人民服务的大前提之下，少数民族文学创作是应该和可能找得到与汉族文学发展不尽相同而且相互之间也不尽相同的道路的。

含纳和表现彼此相异的民族特质，是各民族文学相互区别的根本标志。在寻找少数民族自己的文学创作道路的时候，当然不能忽略民族特质这一重要的突破口。

文学中的民族特质，绝不仅仅表现为在作品中展览出一些民族服饰、风情等表层文化现象，甚至也不止在于作品要刻画出具有特定民族性格心态的人物形象。民族特质在作品中的体现，既在于作品写了什么，同样重要的是怎样写。

马克思主义的民族理论认为，民族无论大小强弱，都有其特有的优势和长处。我们祖国的灿烂文化，是五十六个兄弟民族在漫长的历史发展进程中共同缔造的。各民族之所以都能够绵延历久，生生不息，有所创造，就是因为他们各自都具有精神和文化的优长，各自都具有一种不灭的民族魂灵。我们的民族作家，应当立足在本民族的文化基地上，贴近和吸取本民族的文化总和，科学地扬弃，批判地继承，从中提炼出本民族的审美眼光，达成自我审美个性的民族化塑造；再以这种民族特有的审美方式，去感受和判定世界，去设计和建构自己的民族文学殿堂。

在我国，汉族的文化及文学传统，与各少数民族的文化及文学传统相比，显然占有极为重要的位置，故而，其每日每时都要影响着少数民族的文化及文学的发展。对于汉族文化及文学的优秀成分，少数民族理所应当学习和吸收；但这并不是说少数民族只能完全按照汉族的文化及文学模式来校正自己的文化和文学。我们无须强求少数民族作家在自己的文学活动中必得接受和使用汉民族的审美天平，而应当鼓励和尊重少数民族作家，以自己的民族的眼光，去看去想去写作。假若园林工人只用松树的形态为标准去修剪杨、槐、柳、桐等一切树木，那么我们身边的树木将会变得何等单调。同样的，我们的评论界如果只用一把汉族文学批评的标定尺子去裁决多民族的文学创作，其结果会好吗？回顾一下五十年代、六十年代许多颇富才华的少数民族作家，他们的创作后来大多失落了少数民族文学的本体性格，这里面自有一定的教训可以归结。

为推进本民族当代文学而奋发图强的少数民族作家，应该善于完成自己对本民族文学创作道路的选择。这种选择，既是有利于本民族文学发展的选择，也是有利于社会主义中国的文学百花园进一步繁荣的选择。

壮族传统文化与壮族文学的发展

中国民研会副主席、广西民研会名誉主席　蓝鸿恩（壮族）

下面我想谈一谈壮族传统文化和壮族传统文学的关系。

关于文化的定义虽然众说纷纭，但我个人认为：文化应该是属于某个民族在历史长期中的精神生活、物质生活所取得的成就，从而表现在积淀于内心世界反映出的心理状态。文学主要是表现人们的心理感情，不能不受文化的影响制约。

传统的壮族文学可以分成两个部分，一种是文人文学，一种是民间文学。

从我多年来研究的资料来看，我发现文人文学和民间文学之间没有任何内涵的联系。因此，我认为文人文学和民间文学之间产生了断裂。这种断裂表现在文人文学方面。从内容来看，并没有反映出壮族人民特有的心理素质。在形式上，也没有承传的关系。只要把这些文人文学的作品和汉族文学摆在一起，就很难分出彼此不同的东西。而民间文学和其他民族文学对比，不论从反映的心理素质上、形式上、语言用词上，那是多么的不同。这说明文人文学并没有反映出壮族人民文化所表现出来的特殊的心理状态。这就说明文人那里，早就和壮族文化发生了断裂。

至于在人民群众那里，由于没有文字只凭口口相承下来的民间文学，就发生了变异性。加上时代的发展，这种封闭式的年代受到了冲击，也逐渐和原来传统文化发生断裂。典型的例子就是壮族祖先创造的花山崖壁画，铜鼓艺术，桂西一带出土的大石犁，究竟是什么东西，谁也不晓得，现在只由各种专家在那里研究评论，说明也是一种断裂现象。

这种文化断裂现象，对一个民族来说是非常危险的。过去自足自给的小农社会经济的文化还可以闭关自守，抗击外来文化的影响，还能保存自己的传统文化，而今天的开放性的社会，外来文化不断冲击进来，传统文化便只有被消减的可能。文化消减了，就意味着民族的消失和灭亡。历史上一些少数民族虽曾到中原当皇帝，可他们因为对抗不了先进文化，因此，皇帝倒台了，民族也消亡了，这种例子是不少的。

造成这种文化上断裂的原因，我们可以从壮族的社会历史状况中得出。

总之，传统文化的断裂，这是壮族的现状。因此，要探讨壮族的文学发展问题，就必须从这个现状出发。

下面，我谈出几点不成熟的意见，供大家参考。

一、文学是人学，主要是写人的，每个民族都有自己不同的心理素质。而这心理素质是他们民族传统文化积淀在内心世界的表现。既是壮族文学，就离不开要写壮族人，壮族人的特有的心理素质必然受他们传统文化所制约。因此我希望大家都来研究壮族传统文化。

二、文学的现代化，主要是内容。我们发展的是社会主义文学，其内容必须是社会主义的内容，如果是历史题材的话，也必须用马列主义来指导。我们人民也在进行社会主义建设，可是，他们因陈的负担和包袱不少。起码在接受新的事物上是比较保守的，文学不应该去表现他们的某些进步的喜乐和丢开那些旧的东西而痛苦的心灵吗？如当前要农业发展，要搞好经济，用商品经济来刺激农业生产，可我们的壮族观念是"十商十奸"，要他们去掉这个东西是不容易的。

三、必须扎扎实实地深入生活，深入生活并不只是浮光掠影地去收集一些民族风俗习惯和自然景色，更重要的是研究壮族人民在生活中人与人之间关系所表现出来的心理状态和思想矛盾，进步和落后的激烈斗争，这就是经常说的了解一切人。

四、形式问题当然也要研究，这要向民间文学学习那些很多美妙的形式和表现方法。我曾经向一些同志推荐读一读黄勇刹整理的《嘹歌·唱离乱》，这首长诗的表现形式在当今世界上的文学作品也是少有的。两个人对唱的形式，每节歌可单独存在，分开来读，那是很好的抒情诗。但能连起来来读，却是一首叙事长诗，其内心刻画是相当细致的。

另外，也应该研究壮族民间文学表现方法。譬如梁山伯祝英台、何文秀，本来都是汉族的题材，可壮族民间文学把这些人物全部壮族化了。我们有些同志不是提出壮族汉族差不多了吗，我们读了就可以看到人民是如何把汉族故事壮族化的。

从歌的文学到文学的"歌味"

中国社科院少数民族文学所　郭辉（壮族）

在壮族当代文学长期徘徊、步子迈得不大的情势面前，我们现在应该考虑到底哪一种文化模式更适合壮族文学在今天潮流中的生存和发展。

从壮族传统文化和壮族作家以往取得的成就看，我认为：以传统文化为背景，以歌的文学精神为模式，以创作浓郁的"歌味"文学为追求，更适合壮族文化的主脉流向和群众的审美习惯，从而更能揭示出人的特殊文化心理在社会生活实践中的发展历程。

我们从壮族先民在劳动中的"吭唷吭唷"声开始，到以讲唱为主要形式的壮族"三大史诗"的诞生，再到今天仍蔚然成风的歌圩文学和流传至今的各种民歌体裁，可以看到壮族文学以"歌"为主线的发展流向。同时也说明壮民族天生有着炽热的幻想情绪和能编善唱的文学基因。这种基因一旦被激发，就会爆发出巨大的艺术创造力。换言之，"歌"的世界就是壮民族的精神世界，从而也是人的世界。

所谓"歌的文学"，不是文化艺术门类中有音符、有旋律节拍的歌曲，而是壮族的文化传统和生活气质，是壮族群众独特的对文学艺术的审美欣赏习惯，是大写的人——人的心态，人的苦难，人的灵魂震颤——在文学作品中发出的呻吟和呐喊。壮族的"歌的文学"以民间讲唱形式为开端，发展到今天的各种文学门类（它当然包括了诗歌、小说、散文、电影、戏剧），是人的外部表现形态的复归，它反映出文学创作中对"歌"的观念的更新。

自觉地以"歌"为题材、为内容进行创作，那作品凝聚的丰富的民族文化因素，更能激起读者情感上的共鸣和心灵的沟通，更能深刻地反映出壮族社会的现实人生，实现着作家对民族传统文化的借鉴与超越。这种达到共鸣和沟通的原因不是别的，正是文学作品中的"歌味"，是壮民族独特的文化心理结构和气质。这也正是我们壮族文学创作在整个中国民族文学大潮中的地位和优势。

壮族当代文学的弱点和盲点

《三月三》副主编　陈雨帆（壮族）

我们的老年、中年、青年作家都有自己的艺术追求，并表现出"多样概括"的状态。这些追求又有着一个共同的思想底蕴，这个底蕴就是：追求自己民族的振兴、自己民族文学的振兴。可是，既然我们有着这样的追求，我们却还拿不出较多的优秀作品。是什么阻碍壮族文学走向全国的步伐，阻碍着我们的壮族文学和世界文学的接近呢？我以为，那就是我们的壮族文学、我们的壮族作家群体还存在比较多的弱点和盲点。只要把我们追求的层次和先进的兄弟民族的文学追求的层次进行各种坐标的纵向和横向的比较，就可以清楚地突出我们各种各样的弱点和盲点来。这样的比较将是一个内容庞杂的课题，我这个发言是无力完成的。这里，只能就我个人的见解，说几点也许关系着我们追求层次高低的情况。

其一，为上所述，我们仍有相当多一部分中老年甚至是青年作家，他们的作品的思想内蕴和艺术追求停留在安全系数较大的层次上，即是说，这些同志的追求还只是一种安全的追求。比如，在作品的选材上，这些同志往往喜欢走驾轻就熟的路，自己过去在处理道德问题的题材上有过成功的经验，那现在就专找些调节人际关系的故事情节来写，作家终归大不了做个"劝善"的公证人，皆大欢喜。又如，这些同志的作品在生活内容和人物塑造上，往往只求表面的真实或者有新闻报道的依据。因此，写农村改革往往满足于农民的经济翻身的描写，似乎改革到此已经成功，优哉游哉了；写改革型的知识分子呢，则让他只说一些宏图大略的话，却没有什么样的实际行动，这个改革者的思维方式和人格理想在小说结束时还是处于封闭体中而没有丝毫改变，这种创作上的安全追求，很清楚地勾画出了我们壮族文学的一大弱点。

其二，即使是那些有艺术追求的作家，也往往在创作实践上浅尝辄止。比如说，基于马克思主义美学的理解，他们知道当代文学迫切需要突破再现层，进入表现层，这就需要一层层地剥开人物的心理层次，把笔触深入到人的精神世界这个"内宇宙"中去。但是要做到这一点，只有过去传统的现实主义的表现手法已经远不够用，亟须吸收现实主义以外的合理、有效的方法来丰富自己的表现能力，包括吸收现代主义的各种方法在内。那么，吸收的情况如何呢？象征主义的手法，似乎比较好懂，可以拿来就用，于是从题目的草拟开始就使用象征，于是我们的作品，包括上面列述过的许多成功的作品，用的都是象征性的题目，但是到了内容的拓展，到了人物心理多层次的揭示，就无能为力了，就看不到什么富有张力的象征了。至于象征手法之外，还有哪一些适用于揭示人物心理的手法呢？名称倒是知道不少，什么意识流，什么结构主义，魔幻现实主义，表现主义，新小说派，甚至后现代主义等，但具体起来，却不甚了然，或者压根儿就不懂，想学，想批判地吸收使用，也学不来用不来，就突出了我们壮族作家的盲点。盲，就只好止步或者顺着老路后退，退回到自我尊重甚至求得安全这些追求层次上去。就那样浅尝辄止。

其三，我们好些青年作家只热心追求现代主义艺术表现方法，光注意作品中的时空交错、意象朦胧、氛围浓烈等等。倒真像那么回事，可内容呢？写爱情婚姻，则往往鼓吹妇女的从一而终、忠孝贞节，而作者还以为自己表现的是现代意识，写民族的古今生活，则往往热衷于展览愚昧、野蛮的陋俗，没有区分开良好的风俗陋俗，还以为自己提高了文化视野，在实现新的文学时空概念。这类作品，各个编辑部都在来稿中见到不少。它们表明，这些青年作家虽然文艺的现代意识比较浓厚，但社会的现代意识，包括政治、经济、道德等方面的现代意识还很淡薄，甚至不具备，这是我们壮族作家群体的又一大的弱点。由于这个弱点的存在，我们就很难像《瀑布》的作者那样，对那些重大的生活问题、那些历史的和现实的重大的矛盾斗争进行深入的思考，并把思考的整理所得体现在创作上，体现在民族的"脊梁人物"的形象塑造上。这样，我们也许可以写出一些"盆景"式的作品来，而"深山大泽"式的巨著要产生就难了。

其四，我们不少作家明白了在创作上现代意识引导的重要，但同时忽视对马克思主义哲学和美学理论的学习与掌握。我们不懂得，马克思主义乃是现在世界上最具有社会实践力量的一种现代意识，二十世纪以来它在世界范围内不但更加广泛传播，而且全世界都在和它对话，文学领域里的各种哲学主张都在和它对话。要说我们壮族作家群体存在盲点，这恐怕是相当大的盲点之一。我们的一些作家，特别是中青年作家，由于存在这个盲点而又没有读过几篇马克思主义的著作，大大妨碍了自己的创作追求从技巧层进入哲学层，我们这个作家群体的马克思主义美学素养一直停留在较低的水平上。这样，不但使得我们较有才能的一些作家不能更快地成长；而且有少数作者还曾经一度热衷于渲染凶杀、色情、颓废的"通俗文学"（其实是庸俗文学）的写作，而助长了广西报刊杂志上的那股歪风。诚然，比较起来，这方面的壮族作者人数很少，而且能够比较早就从那股潮流上退了出来。但是从这个事实的过程中，也同样看到了我们的某种弱点。

上面说的四种情况与其表现出来的弱点和盲点，就是我们作为我国人口最多的少数民族，又是具有比较悠久文化传统的一个民族却拿不出较多跻身全国文学前列的艺术作品的重要原因。要论全国文学发展不平衡状态的话，我们这种不相称的情形就是这种不平衡状态的一个突出表现。这个事实是我们今天应该敢于正视的，这也是这次壮族当代文学讨论会必要性之所在。

寻根的文学和文学的寻根

中央民族学院副教授　梁庭望（壮族）

我这里所说的寻根的文学和文学的寻根，是对壮族当代文学现状而言的。我以为对于壮族当代文坛的兴衰有着异乎寻常的迫切性。

壮族文学首先要寻找栽花的沃土。

在近年全国文坛的崛起中，人们期望有一个以浓情丽姿为特点，以清新多变见长的岭西文派出现。然而遗憾的是，壮族的文苑依然是"独秀园"，未能达到预想的繁荣。多数作品还不能在高层次上展现壮乡这特殊地域的艺术风格。

这到底是什么原因造成的呢？根本的原因是我们从汉族文苑当中移植过来的现代文学的鲜花——小说、诗歌、散文、戏剧文学、影视文学，还没有深深地插在民族文化的沃土里。

千百年来，壮族祖先在岭西这块土地上，创造了光辉灿烂的物质文化和精神文化，在这诸种形态里，我们可以看到它是一个复合的整体，它在一定的政治、经济的影响下，通过自身的扬弃、克服、批判和继承，不断向前推进，形成一个波涛起伏的文化江流。它的核心可以归纳为六个方面，即含蓄内向的民族性格，开朗上进的乐观精神，自强自主的心理特征，朴实淡雅的艺术风格，谦和礼让的民族传统，重农轻商的经济思想。这六个方面形成了壮族文化核心的质子，非高能的外来轰击不足以引起突变，因此，它们应当是壮族文学艺术之根。从别的文艺园地移来的文艺之苗，不管它是如何的好，但如果不深深地插在上述民族文化的沃土里，它是无法茁壮成长的。我们常说，壮族的文学应当表现壮人的精神、民族性格，显出自己的地方特色和民族特色，而离开这源远流长、层次丰厚的壮族文化传统，是不可能的。当代壮族文学史充分证明，谁寻得民族文化之根，他的作品必有所突破，以一种岭西特有的艺术光泽辐射于国人之前。陆地、韦其麟、黄勇刹、蓝鸿恩、韦一凡、黄钲等壮族作家的创作，便是鲜明的成功之例。

寻找交叉点，这也是壮族文学振兴的必由之路。

我们说民族文化是根，是沃土，并不是只要有它就万事皆备。我们还必须克服寻根派过去强调的空间性（特定地域文化）而相对忽视时间性（现代文化形态）的弱点，寻找传统文化与时代节拍的交叉点。文化作为历史的积淀，在它的氛围里，并非一切都能与时代合拍。因此，只有它和时代感的交叉点，才是当代文学的闪光点。

在壮族地区的千山万峁到处都可以看到新旧意识的互相冲突、撞击。一面是为信息时代科学的发展所震骇，焦躁不安，一面是知识的被冷落、遗弃。一面是寻求现代生产的突破，改革，一面是山峁里的人们十分平静，依然使用千百年来的陈旧的生产方法。一面是开放的呼声，一面是闭关自守的平静。一面是权力支配和人治的滥用，一面是软科学的要求和增长。商品生产的需求与小农经济互相撞击。生态平衡的失调与扶植幼苗共存。一面是七百五十万文盲的存在，一面是反对这些人应当有自己能懂的民族文字。妇女的解放与买卖婚姻并存。科学的发展与神鬼的抬头同在。作为这一切的综合体现，是一个人口号称第二位的民族所在的省区，其工农业产值连年倒数头几名，其贡献与人口极不相称。正负两极的反差，从来没有这样的尖锐。这些撞击之点，应当成为壮族文学家、诗人、戏剧家们捕捉的亮点。他们应当把自己的视野升高到鸟瞰的高度，不再囿于具体的地域和领域，不再沉溺于发绿的死水，而是通过民族新旧意识的内部搏斗，发展与重铸民族的灵魂，让求生存求幸福的意识升华，让哲学和科学的意识渗透，让信仰的意识立于不败之地，让道德的意识净化笔端，最终创造出堪称完美的艺术珍品，奉献于时代的文坛，为建立岭南文派首立一功。

新时期的壮族文学应当引入系统论。

所谓系统，是指由相互作用和相互依赖的若干部分综合而来的，具有特定功能的有机整体，它又是一个更大系统的组成部分。我认为，要振兴壮族文学，我们应当有一个基本的要求，这就是重铸民族的灵魂，振奋民族的精神，跟上时代的信息，在建设社会主义现代化当中做出与壮族人口相称的贡献，使壮族在下一个世纪跃入世界发达民族的行列。根据这个要求来设计一个开放性的系统，它应当包括传统文化的继承和发扬、具有时代感的广泛题材、世界文学技艺的引进和消化、青年作者的培训、刊物的创办和改进、完善的发行体系、文艺效应的反馈（文学评论）七个主要组成部分，这个系统形成一定的方案之后，经反复实践、修改、补充、完善，使之达到最佳水平，付诸实践，定能产生预期的效果。其中的每一部分，又有自己的小的系统。比如作家的队伍要有若干层次，形成梯队。题材系统无论是高层次还是低层次，也无论是工业题材、农业题材、科技题材、文教题材、生活题材，都围绕着历史使命这个核心，这样任何题材都可能是题材系统中有机的组成部分，都会是经纬线上的交叉点，因而都有可能成为一个亮点，一个闪光点，从而给读者留下绕梁三日的韵味。总之，系统论将是我们民族的文学兴旺发达的鼓风帆。

文学要寻根，文学要有时代感，这是一个事物的两个方面，犹如鸟之双翅，失一而不能飞腾，而系统论将是它们得以协调、统一的躯体，果能如此，则壮族文学的繁荣，指日可待。

强化民族意识　振兴壮族文学

广西民族学院中文系副教授　胡树琨（壮族）

壮族当代文学创作的现状与全国先进水平相比较还存在较大差距，原因是多方面的，需要认真研究，在正确思想路线引导下进行综合治理。其中有一点至关重要，那就是在不少作品中缺少一种从壮民族社会现实生活出发的深沉的思考，作品的穿透力不强，底蕴不厚，韵味不足；在为追求民族特色的艺术表现手法上，仅停留于对民族地域风情、服饰打扮的外观描写以及方言土语的运用。

马克思指出："古往今来每个民族都在某些方面优越于其他民族。"（引自《神圣家族》，《马克思恩格斯全集》第2卷第194页）这同样可以用于民族文学的创作，也就是说，我们要发展、振兴壮族当代文学的创作，必须善于发挥自己的民族优势。壮族文学如果从创世史诗《布洛陀》算起，迄今已有几千年的灿烂历史，从她产生以来就具有两大优良传统：一是植根于现实的沃土；二是汲吮民族民间文学的乳汁（大多数本身就是口头流传的民族民间文学）。壮族文学几千年来之所以生生不息，跨朝越代，发展至今，仰仗的就是这两条血肉支柱。然而，仔细探究，这两个传统都有一个共同的异常鲜明的交汇点，即强烈的民族意识。远古时代的《布洛陀》《布伯的故事》《莫一大王》《嘹歌·唱离乱》等，之所以能流传下来，家喻户晓，成为壮族人民精神的寄托、抗争的力量，主要是因为这些作品反映了壮族人民的智慧和意愿，又通俗晓畅，易于接受，具有浓郁的民族色彩。当代创作如《百鸟衣》《刘三姐》等也是以其独特的民族风采轰动文坛，征服广大人民群众的。今天我们要发展、振兴壮族当代文学，也只能走继承壮族文学传统，强化民族意识的道路。所谓民族意识，包括两个方面：一是属于作品思想内容范畴（如反映壮族人民的社会生活、经济结构、伦理道德，所刻画的人物具有壮族的精神风貌、心理状态、性格气质、审美习惯、所描写的自然风光、地域环境、民情习俗应是壮乡特有的）；二是艺术形式、表现手法（主要指从民间文学汲取营养，为广大人民群众所易于接受、喜闻乐见的艺术形式，当然也不排斥对外来形式的学习与借鉴）。而在塑造人物上强化民族意识是我们追求的重点，也是以往我区壮族当代文学创作比较薄弱的环节。我们只有深入生活，扎根现实，积极参加经济体制改革的实践，广泛接触社会人生，才有可能熟悉了解壮族同胞，进而在作品中写出他们的神魄风姿和性格气质。

强化民族意识，体现在艺术形式、表现手法上，不仅要继承借鉴民族民间文学的艺术传统，注重加强作品的故事性，讲究情节的铺排与渲染，为群众所喜闻乐见，语言要通俗易懂，生动形象，雅俗共赏。同时，也要在现实主义的基础上，吸取与借鉴外来的艺术形式，对于有用的东西采取"拿来主义"，哪怕是现代派，也不要视为洪水猛兽，要识别，要择取，要改造，要为我所用。还是鲁迅先生说得透彻："没有拿来的，人不能自成为新人，没有拿来的，文艺不能自成为新文艺。"（引自《拿来主义》，《鲁迅全集》第六卷）要使壮族当代文学在艺术上不断地攀登高峰，决不能放弃"拿来主义"。

历史的突破和文化的局限

广西师院中文系副教授　周鉴铭

置身于新时期文学大潮中的当代壮族文学，写下了自己崭新的篇章。

从总体格局上已完成了历史性的突破和超越。十七年中的民族文学，大多以感恩为主题，大多以模拟典型的生活程序为结构，大多以主题加风情为民族特色的追求，从而，形成了一个模式。新时期壮族文学，突破了这个模式，主题、结构走向多样化，民族特色的追求进入了深层。

一个包括各年龄层次、可分性越来越大的作家群体，已经形成。这群体，包括陆地、韦其麟等奠基的一代，周民震、韦一凡等拓展的一代，还有正在出现创新的一代，组成一支可观的队伍。其同一性渐次减少，差异性逐渐增大，许多人趋向于现实人生的剖析，有人趋向于感情的诗意抒发，有人趋向于故事的编织，也有人趋向于感觉。捕捉，艺术个性、风格露出苗头。

现实主义是新时期壮族文学主潮。老、中年作家，大都高举这一旗帜。他们热切关注现实人生，关心人的命运，透过对各种人际关系（邻里、婚姻、上下属、父子等等）的描摹，捕捉时代的信息，展示人物个性。由于文学传统的特异性，由于地理的隔离造成的某种文化的隔离，因而，壮族作者多埋头于用朴质手法，展示自己脚下的土地和人民，这是明智之举；"先锋派"文学，只可望之，不可及之。待根基扎实之后，再展翅奋飞不迟。

在文学的民族特色的追求上，进入了较深层次。

十七年中，往往把民族特色理解为一些表层的、外在的、凝固的东西，因而形成一种点缀和装饰。

新时期壮族文学，已跨越这个浅层，进入了深层。

人们已把民族特色看成为整个社会生活的一个有机组成部分，从把握自己民族生活整体性上来把握民族特色，从把握自己人物性格的历史积淀上来把握其文化素质。这样，展示出的民族特色，就进入了社会生活和人物灵魂的深层。

新时期壮族文学的局限是文化的局限。

总体来看，还未超越对全国最优作品的跟踪，当然已经"广西化"，但路子是别人趟出来的。独创，仍然是一种奢侈品。我们还缺少足够的艺术胆识，用自己的眼光去看取生活，见别人之未见。这种"认同性"文化现象，包含着深厚的历史内涵。应该大声疾呼艺术上的自立和自强！这庶几是一条突破之路。

我们对外部世界（区外、国外）还较隔膜，有的是由于自卑，有的是由于自尊，大量的则是不解，这些，造成了某一种自封，既不要亦步亦趋，又不要自我封闭，广西作者正面临着这一难题，在观念上要跟上，但在结构手法上却要另辟蹊径！

现代意识：呼唤着新的高度

《学术论坛》文学编辑室主任　雷猛发（壮族）

壮族文学在当代，特别是在新时期十年，获得了前所未有的大发展。它的一个重要标志，是作家有着较为强烈的现代意识，作品表现了相当浓郁的时代精神。老作家陆地的《瀑布》、中年作家韦一凡的《劫波》等，就是这一方面的优秀代表作。对照近几年来我国文学创作存在着一种忽视现实题材、现代意识淡化的不良倾向，壮族当代文学的这一优良品格，是值得称道的。不过，人们在首肯的同时，又常常感到不甚满足，而时代又呼唤着新的高度。壮族当代文学在表现现代意识上的不足之处，我认为主要有如下两点：

一是对不为现代专属而为各个时代共有的非时代意识的表现，未能予以注意或重视。文学是时代的产儿，在创作中对时代意识表现是文学规律之一。然而，世界上的人与事，除了具有时代的特征，还有非时代的特征，例如人与自然之间的斗争、拼搏，人与人之间的友谊、仇恨等，除了有时代的特征外，也含有非时代的特征。而非时代的特征，常常成为文学获得持久艺术魅力和生命的重要因素。新时期壮族文学虽然较为充分地注意了对具有时代特征的意识的表现，但对非时代特征的意识的表现注意不够，因而有一种胶着状态，使人物内心世界不够深广复杂。如《瀑布》对韦步平与言真这对革命情侣的情爱的非时代特征就表现得极少，情感显得不够丰富真切。《劫波》对韦良山与韦良才兄弟的手足情的非时代特征也注意不够，使得韦良山后来的一些行为显得太不近情理。这都影响了作品内容的深厚。

二是吸收和借鉴富于时代气息的外来文艺思潮和各种样式的文艺表现手法不够。新时期壮族文学尽管在表现现代意识方面有着较大的成绩和自己的特点，但除了青年作家能够从思想意识到艺术形式注意吸收、借鉴外来的文艺思潮和艺术手法外，中、老年作家在这方面注意得不够，这就影响到作品内容的丰富和艺术手法的多样。如何把这种吸收、借鉴与原有的本民族思想意识和艺术因素有机地结合起来，这是今后发展壮族文学值得充分重视的课题之一。

正在新兴的壮语当代文学

《三月三》副主编　韦以强（壮族）

广西民族报编辑室副主任　李从式（壮族）

壮族有独特的语言、风俗、习惯和性格。独特的民风就有独特的文学。独特的语言就是独特文学的独特的表现工具。众所周知，远在两千多年前产生的我国古代文学精粹《诗经》和人们熟知的《越人歌》，都留有壮语的痕迹，而且这些汉字壮读已经收进各种版本的汉语词典，如岜、鲄、�、糇等。到了宋代，用以记录壮语文学独特的文字——壮语土俗字已经很流行了。很多壮族民间文学的优秀作品也是借助古代壮文（土俗字）挖掘、收集、整理的。

但是，由于历代反动统治阶级对少数民族的压迫和歧视，古壮文长期没得到合法地位，因而在历史上，壮语文学始终未能正常地发展。

解放后，拼音壮文创制出来了，并成为我国合法文字。几年来，壮文的推行使用已经取得喜人的成绩。用壮文进行文学创作已经起步，并在健康地发展。初步统计，几年来，已经发表和出版了长诗、中篇小说、报告文学、散文等各类壮语当代文学作品不下三百篇（部）。

壮语当代文学作品一经面世，就为世人所瞩目。继《拔哥山歌》评上全国优秀民间文学奖之后，散文《卜万斤》(作者韦以强、苏长仙，原载《壮文报》)也评上全国少数民族文学创作优秀散文奖和自治区第二届少数民族文学创作荣誉奖；另有五部壮文作品评上广西第二届少数民族文学创作优秀作品奖。

文学刊物《三月三》(壮文版)，除发行到国内各省（区）和港澳外，美、意、日、奥、西德及东南亚的一些国家也有发行和函购，并已被选送参加将于今年五月美国公共图书公司举办的书刊展览。

壮文作品刚刚起步就取得如此喜人的成果和各界积极的评价，充分说明用壮文创作具有旺盛的生命力和巨大的潜力。

壮族的语言、风俗、生活习惯、思维方式，这是别的民族的东西所不能替代的。很多土生土长的壮族作家有切身体会，在用汉文创作的初期，由于语言文字障碍、汉语词汇的欠缺、思维的差异，即使费尽九牛二虎之力，写出的作品也是文与愿违，产生着一种心有余而力不足的遗憾。而用壮文来创作，完全可以绕过这个语言"绊脚石"。壮语是一种优美、生动、词汇丰富、韵味色彩浓重、表现能力很强的语言。所以，只有用自己熟悉的语言去写作，才能写出自己的水平来。

文学是人学。壮族文学是壮人学。文学离开了人民、离开了生活、离开了生活的主体——人，就将不复存在。如果我们的壮族作家都能用壮语创作，更贴近生活地表现自己民族，立于世界民族文学之林的壮语文学巨著将能应运而生！

壮族作家的民族自信心和历史责任

北京大学中文系研究生　黄凤显（壮族）

1. 对本民族的挚爱。首先对这个民族的苦难要有一种敏感，要关注那一代又一代在大山艰辛生活的壮人。对这个民族坦率而含蓄、明朗而压抑的性格心理有全面的把握，不仅要亲吻你足下的泥土，还要拥抱你身旁的嶙峋的石头。

2. 无论是对民族的苦难还是欢欣，都不应该持一种欣赏的心理和贵族意识。对苦难的欣赏是一种麻木，而对所谓明山秀水、风土人情的腻味欣赏则是一种盲目和肤浅，壮族作家应多一点粗糙的情感和冷峻的人生态度。

3. 不断更新自己的思维方式。许多壮族作家、评论家善于演绎而不善于归纳，不善于概念的创造、发展，更不善于思辨，这种思维定式还跟作家的语言习惯和表达方式有关。

4. 对壮族文化要有新的审视点。基于"同化未化"的特点，应从壮汉文化的相互渗透相互交接处入手，析出壮族文化的积淀，进而探索壮族人民的思维方式、心理特点、审美特征等民族特质。

5. 壮族作家为壮族的一员，在传统文化遗传因子、生活环境、习性等作用下，常形成了一种观念板结，打破这种状态，要积极地寻找不同的参照系。要对自己司空见惯的生活产生并永远保持一种激动和震颤；要克服自卑感，摆脱小家子气，居于一隅而不囿于一隅。

6. 时代历史的发展要求壮族文学走向全国走向世界。壮族作家必须不断充实，更新自己，实现自我的蜕变，才能完成这个重任，否则，历史终是无情物。因此，现在我们需要的不是廉价的祝愿，而是需要壮族作家有强烈的历史使命感和伟大的献身精神，同心协力，把壮族文学提高发展到与本民族相称的水平。

一个民族的文学觉醒与跨越

——新时期壮族文学概览

王敏之

新时期的壮族文学，较新中国成立后十七年间有了比较全面的发展与进步。如果说，新中国成立后的十七年壮族文学获得的突出成就，表现在搜集整理、开掘壮族民间文化的遗产，揭开了蕴藏在壮族人民口头之中丰富的文学宝库的话，那么，在壮族民间文学哺育下成长起来的民间文学工作者，则在新时期的前十年中展露了才华，而成为壮族文学创作队伍中的骨干力量，随着他们创作成果不断增加，使新时期壮族文学逐步走向以作家文学为主体的兴旺和繁荣的局面，突现出这样一些新的特点：一、在内容上，壮族文学深深地根植于自己民族生活的土壤，反映自己民族的历史与现实、道德与风俗、体现壮族的心理素质和民族精神，从而具有壮族独特的民族色彩；二、在形式上，既保持着自己民族朴素、生动而富有节奏、韵律的

作者简介

王敏之（1935—2008），河北秦皇岛人，毕业于北京大学中文系，1973年由文化部咸宁干校来广西支边，曾任广西文联文艺理论研究室主任、研究员，有专著《桂海文论》《民族文学研究集》《小说品鉴》《学艺集》等。

作品信息

《民族文学研究》1987年第4期。

民族语言特征，又广泛地借鉴吸收了汉族文学的表现形式和手法；三、在文学格局上，力求与中华民族整个文学的发展同步，使壮族文学成为祖国文学的重要组成部分。总之，新时期壮族文学的兴旺和发展不仅表现在展示壮族民族灵魂的广度和深度，是壮族文学史上所少见的，也是使文学贴紧时代，靠向现实生活，展示壮族人民向社会主义四个现代化宏伟目标的民族精神和意志的体现，写下了壮族文学发展史上光辉的一页。

一

在壮族文学史上，曾出现过不少著名的壮族文人作家，而跨越现代步入当代卓有成就的壮族作家陆地、华山和曾留学美国从事党的工作的张报，应该说是壮族第一代革命作家。然而，由于解放前壮族地区经济落后，文化教育事业不发达，土生土长的壮族作家毕竟屈指可数。解放后，壮族人民在政治上、经济上翻了身，这才为壮族文学作者的滋生和成长提供了优厚的环境和土壤。同时，五十年代几次大规模的壮族民间文学的搜集、整理和民间传统戏剧的抢救等活动中，也培养、锻炼了文学作者。尽管十年浩劫中，老一辈壮族作家遭到迫害，新的文学作者受到冲击，但随着党的十一届三中全会政治路线的贯彻实施，很快地使壮族作家队伍得到恢复和扩大。据统计，一九八○年初广西第三次文代会时，作协广西分会和广西民研会会员中，只有壮族会员157名，到了一九八六年十二月广西第四次文代会时，两个协会会员中壮族会员发展到294名，其中发展为全国两个协会的会员有54名。在这段时间内，经过全国和全区两次少数民族文学创作评奖活动，也如实地检阅了壮族文学创作队伍及其创作面貌，先后获全国文学创作奖、民族文学创作奖和全国性报刊优秀作品奖的达二十余人。

目前，壮族作家队伍，仅以有突出的创作成果并在省级以上报刊发表过十篇以上作品的，已达二百余人，而这支文学创作队伍具有老、中、青塔式的结构，中青年作家占有较大的比重，他们正值创作的盛时阶段。所以说，壮族文学在新时期已逐渐呈现朝气蓬勃百花争妍的格局。濡笔经年的老作家，如陆地、黄青、蓝鸿恩、张报、黄福林、蒙光朝、黄日昌以及近年去世的华山、肖甘牛、莎红等，曾为创建以壮族作家文学为主体的壮族文学起过积极的作用，跨入新时期之后他们的文笔不衰，新作仍不断问世。壮族中年作家是新时期壮族文学创作的中坚，他们的创作不仅文体齐全，作品的数量和质量也有了长足的进步。在小说创作方面，如韦一儿、王云高、黄钲、韦纬组、潘荣才、韦编联、韦明波、梁芳昌、雷跃发、杨柳、涂世馨、陆伟然、陈雨帆、邓锦凤、王天若；在诗歌创作方面，如韦其麟、黄勇刹（已去世）、农冠品、韦文俊、黄河青、古笛、韦显珍、韦志彪、韦照斌；在散文创作方面，如凌渡、蓝阳春、苏长仙、岑献青、农耘、邓永隆、严小丁；报告文学方面，如何培嵩、苏方学；文艺理论与评论方面，如覃伊平、黄绍清、周作秋、杨炳忠、陆里、甘棠惠、雷猛发等等。令人注目的是壮族一代青年作家闯入文坛，为壮族文学的兴旺带来了绿色的希望，他们艺术灵感敏锐，文学创作起点较高，如孙步康、黄堃、陈多、韦元刚、李甜芬、黄琼柳，以及青年评论家郭辉、莫勇继等，都能在几年内将自己的作品打入全国性报刊，或出版作品集而充分显示壮族青年作家的风姿。上述壮族作家队伍的结构表明，这支文学创作队伍是一支年轻的队伍，壮族文学创作也是刚刚进入新的繁荣和发展时期，如果说把新时期前十年的壮族文学，看作是新的起跑线的话，那么，新时期第二个十年以及以后，将是壮族文学突飞猛进的年代。

二

壮族文学进入新时期之后，显然呈现出新的起跑趋势，从大量的壮族文学作品来判断，壮族文学已逐渐改变了过去那种以民间文学为主体的格局，走向了反映当代壮族人民的现实生活、表现新的时代和新的人民、使浓郁的壮族民族特色蕴藉在新的社会现实之中的文学创作之路。尽管有些作品，还含有对壮族历史的反思，对壮族文化传统的继承，但他们的文学构思都始终建立在变革现实、"改造民族灵魂"

的坐标上，因而对祖国命运的思考和对自己民族命运的思考自然地融为一体，构成新时期壮族文学的总体特征。

壮族地区素有"歌海"之称，壮族民间文学也多以长短歌流传下来，这是壮族人民永世继承的文化传统。所以，新时期壮族作家文学的成就，也突出地表现在诗歌创作上。仅壮族诗人的长诗和诗集，近年来就出版、发表了《凤凰歌》（韦其麟）、《寻找太阳的母亲》（韦其麟）、《泉韵集》（农冠品）、《我和十三妹》（张报）、《山河声浪》（黄青）、《山欢水笑》（莎红）、《边寨曲》（莎红）、《唱给山乡的歌》（莎红）、《娜佳》（张报）、《勇刹诗集》（黄勇刹）、《金凤凰》（韦文俊）、《西沙的哨兵》（苏方学）、《山笛》（古笛）、《将军回到红河边》（农冠品）、《流云集》（陆伟然）、《长翅膀的歌》（陆伟然）、《远方》（黄堃）、《四叶集》（李甜芬）、《望月》（黄琼柳）等二十部。如果说，壮族老诗人黄青的诗集《山河声浪》是他辗转壮族崇山峻岭从事革命和建设的战斗心声，是他几十年对新生活执着追求的表达的话，那么，中年壮族诗人韦其麟的诗创作，则是在从五十年代因《百鸟衣》而成名时的热爱自己的民族，凸现壮族勤劳勇敢的高尚基础上新的突破，着意寻求民族历史与现实的融合点，把历史、民族、祖国、人民融为浑然的整体去思考包括壮族在内的整个中华民族如何奋进的主题。他的获奖诗作《寻找太阳的母亲》更是一首渗透着强烈现代意识的代代前仆后继为光明而奋斗的战歌。人们难以忘怀的两位壮族诗人莎红与黄勇刹，虽然过早去世，但他们生前留下的壮歌，都是壮族文学的宝贵财富。而青年诗人黄堃、李甜芬的诗歌，则更为爽朗豪放，情真意深，颂出了新时期壮族人民和在壮乡边境可爱的解放军战士建设祖国，保卫祖国的理想、意志和行动。

新时期的壮族小说创作，在陆地的带动和影响下，也得到了空前的繁荣，不仅数量多，佳作也不时出现。几年来，荣获全国级优秀作品奖的就有陆地的《瀑布》、韦一凡的《姆姥韦黄氏》、王云高与人合作的《彩云归》、黄钲的《江和岭》等篇。"文革"前的壮族文学史上，长篇小说只有陆地的《美丽的南方》，而进入新时期后的十年中，就出版了长篇小说《瀑布》（陆地）、《劫波》（韦一凡）、《明星恨》（王云高）等和长篇传记《歌王传》（黄勇刹）。中篇小说也从零起步并有了新的突破，而且壮文中篇小说《卜造字》(韦以强等)也首次问世。短篇小说创作最为活跃，而且它们所反映的几乎全是壮族现实生活，与时代同步，如《晨光》、《推开了帷幕》(王云高)、《上梁大吉》(潘荣才)、《老蓬》(黄钲)、《小镇蝶恋花》(孙步康)、《又是一年三月三》(韦纬组)、《巷里梅香》(黎国璞)、《洁白的金樱花》(韦编联)、《窗恋》(柳央、李荣华)、《凤凰花》(覃稼稼)、《在那遥远的地方》(梁芳昌)、《隔壁官司》(韦一凡)等，都各自从不同角度反映了十一届三中全会以来壮族城乡工农等各条战线的生活变革和前进的信息。这些小说在艺术上的突破，是吸收了汉族文学的艺术经验，摆脱了壮族民间文学素材仅以壮族风俗民情为主的框架，把民族特色蕴渗到人物的民族性格之中，而不是仅仅写在民族习俗的表面。这一点，也正是壮族小说创作取得长足进步的关键所在。至于如何把壮族的人民生活的民族特色写进小说，陆地的小说创作提供了丰富的艺术经验。陆地在创作中，始终坚持了在反映壮族的历史与现实生活时，要充分体现时代精神，塑造壮族的民族英雄形象，写出壮族独特的民族性格和民族精神的各个方面。他的这种现实主义创作道路和执着的艺术追求，被多数中青年作家所接受，而且实践的结果也是成功的。从韦一凡的长篇小说《劫波》、获奖短篇小说《姆姥韦黄氏》等篇来看，也十分清楚地表明。壮族小说民族特色的显露，并非靠借助民俗风情的猎奇，而是写出壮族山区环境的特征，写出人物的民族气质和性格，才能形成壮族小说整体艺术上的特色。

三

新时期壮族文学的成就，还表现在塑造了一系列鲜明的壮族人物形象，勾画出了壮族人物的民族性格特征。从众多的壮族文学作品来看，较多的作品集中在这样三种人物形象，而且塑造得都较为成功。

一是壮族英雄(含革命者)形象。《瀑布》的主人公韦步平是壮族革命者的光辉形象，他具有壮族刚毅正直、光明磊落、见义勇为、奋斗不息的民族特质，在革命大潮中东奔西突积极求索，终于找到了中国共产党，在党的指引下他深入壮族地区领导群众进行革命斗争。韦步平的革命经历，既是半个多世纪中国人民所走过的历史历程的真实概括，也是壮族人民跟着党走向革命之路的真实写照。韦步平作为壮族人民革命先驱者的形象，在壮族文学史上是有着历史性的价值的。

我们还看到，壮族民间文学中的壮族英雄形象进入作家文学作品之后，其形象的光彩更加丰满夺人。这里，仅以韦其麟叙事诗为例，他就塑造了几个壮族人民皆知的英雄形象。《莫弋之死》中然莫弋，是"壮家的好汉"，他在与自然灾害作斗争中，为壮族人民立下了汗马功劳，然而，自然灾害没能损害他的生命，却被那种妒忌、谗言，表面"关心"，背后耍"花招"的"奸人"置于死地。这个红水河边的古老故事，被诗人注入了强烈的时代气息，莫弋的形象也蕴含着社会生活的哲理。诗人笔下的其他壮族英雄形象，如英勇抗击外敌而献身的女英雄班氏女（《俘虏》）、为民解除酷旱之难，冲破高山险阻而获得泉水的青年英雄岩刚（《山泉》）、毕生为人民造福的壮族大汉岑逊（《岑逊的故事》）等，都从不同角度展示了壮族民族性格。

二是壮族妇女形象。壮族作家笔下的妇女形象，不仅数量突出，而且几乎都是亲切可爱而受尊敬的。比如，母亲的形象就在多篇作品中加以塑造。这一文学现象，也反映了壮族妇女在社会和家庭中的地位和作用。韦一凡的《姆姥韦黄氏》、廖润柏的《妈妈和他的衣袖》、韦元刚的中篇小说《腊梅要开腊梅花》、黄钲的《母亲、母亲》、韦其麟的《寻找太阳的母亲》等作品中，都把壮族妇女作为壮族生活中不可轻视的平凡而伟大的形象加以刻画。韦黄氏是一个平凡而伟大的母亲形象，她忍劳负重的一生，经历了不落夫家之苦，盼生子之急；有了儿子又盼外出的丈夫，盼来盼去却盼来了一纸离婚书；儿子结婚后，与儿媳双双参军，又双双在自卫战中英勇献身；孙子是在她身边长大的，为继承父志，她又将孙子交给了部队政委，母亲的希望始终是平凡而崇高的。《腊梅》篇中的"妈妈"，既具有典型的壮族妇女勤劳善良的传统品德，又具有敢于向旧习惯势力挑战，冲击旧封建道德观念的反抗精神。《衣袖》篇则以深挚的感情，通过母亲的形象描述了壮族母亲们"朴实的母爱"。寻找太阳的母亲虽然无名无姓，但她为了民族的光明、幸福，在任何一个人的有生之年都办不到的情况下，她——一个年轻怀孕的母亲却接受了乡亲们的嘱托，毅然跋涉于千山万水中去寻找太阳。她，衰老了，长眠于崇峻山峰之中，可她的儿子却继续了民族的重托，终于找到了"比一切光热都更辉煌、更温暖的太阳"。上述母亲的形象，在作品中是一个人物的形象，然而综合起来看，她们确实是壮族妇女群体的高尚品德凝聚而成。壮族文学作品中的其他妇女形象，如报告文学《水晶》(何培嵩)中居住在边防村寨的普通妇女赵秀清，当她的丈夫在保卫祖国边疆战斗中牺牲后，宁愿招上门也要承担赡养丈夫留下的残疾老人；中篇小说《泥石流》(苏方学)中圣洁而纯真的深山少女，为抢救一个科技勘探受难者，真是尽透了心费尽了力，她如同人类真善美的化身。《瀑布》(陆地)中的黄凤仙，是壮乡土地上的"一朵红山茶"，她不仅容貌漂亮，而且内心世界也很丰美。她与韦步平结为夫妻，对丈夫感情上坚贞不渝，对革命也是视死如归，类似她这种如泉水般清澈的心地，如野马一样奔放的性格，应该说是壮族妇女们真实气质的典型特征。

三是壮族歌手的形象。壮族歌仙刘三姐的文学形象已举国闻名，可类似刘三姐的壮族歌手形象，在壮族文学作品中真不知有多少。黄勇刹等人合著的《歌王传》，以二十八万字的篇幅，用山歌的形式，唱尽了人间不平事，唱尽了人民翻身做主喜，唱尽了男恋女爱美好情，在对歌盘唱中生动地刻画了壮族歌王黄三弟这个典型形象。韦一凡的中篇小说《歌王别传》则也成功地塑造了壮族歌王蒙铜锣在"文革"前后的不同遭遇中的不忘歌唱的形象。一首歌是一颗心，几首歌唱出人的内心世界，壮族自古以来是歌的民族，所以塑造歌手的形象，也必然是壮族文学的特征。

四

壮族是具有悠久的历史和灿烂文化传统的民族，也是能够在继承壮族文化传统基础上开创社会主义新文学的民族，短短的十年中，能够改变了壮族文学以民间文学为主体的格局，能够组成一支老中青并进的创作队伍，能够产生那么多的文学作品和文学论著，这对一个民族来说是划时代的进步，应该引为自豪的。但是，应该看到，壮族文学迈入以作家文学为主体的发展阶段，它还处在起步的青春时期，与成熟期还有着一段距离。壮族文学这种变化迟缓的原因，不言而喻，是因为"文革"前十七年，多数壮族文学工作者把精力集中在民间文学的搜集、整理上了（这是应该的），当他们意识到要转入像陆地同志那样的作家文学创作，就遭到十年浩劫的摧毁，因而进入新时期之后，才使壮族文学工作者走上作家文学创作之路，即便是现在占壮族作家比例最大的有成绩的中年作家，也基本上是进入新时期之后才开始大量地发表作品。这是历史的事实，也是壮族文学发展的实貌。对当代壮族文学的分析研究，也只能从这个实际出发，不能盲目地脱离实际地超前，如果对壮族文学采取脱离实际的判断和预测，不仅不可能对昨天作出科学的评价，也不可能对明天有正确的选择。

那么，当壮族文学步入以作家文学为主体的时期之后，在它的发展中，应着重解决哪些问题呢？这个问题，在广西文学界正在热烈地讨论以至争论。争论，对文学创作来说并不是坏事，而是兴旺的前奏。问题在于：一不要脱离壮族文学发展的基础土壤；二不要为壮族文学的发展划定什么模式。壮族文学向前发展唯一的途径是沿着壮族文学自己的规律走下去，实现自己民族的特点和性格。借鉴、吸收他民族的血液强化自身的体魄是必要的，但是决不能"汉化"，更不能"西化"。

为了壮族文学的进一步发展和繁荣，我认为应加强以下几方面的建设。

第一，要把壮族文学的根牢牢扎在壮族人民生活的土壤之中，既要探寻从"布洛陀"时代以来壮族衍生发展的斗争史，又要探求社会主义时期壮族人民生活的内蕴，特别是社会主义新时期壮族生活中的新变革、新人物、新性格。生活是文学的源泉，壮族社会生活永远是壮族文学得以发展繁荣的母体。近年来全国性的文学作品评奖中，壮族文学作品入选的不是很多，在很大程度上是由于作品反映壮族现实生活的深度不够，壮族人物形象的内心世界也缺乏深细地开掘。不同民族文学作品，都是在其民族特定的土壤中产生的，任何生活土壤都可以耕耘而获得金色的果实。壮族作家应该有信心深入本民族人民的生活，把本民族的人民看作是自己文学创作的母亲，千万不可舍本求末，去追求所谓的现代派那一套，一个民族的文学若离开了本民族的土壤是不会有生命力的。

第二，继续坚持普及与提高的辩证关系。

当代壮族文学创作急需提高，这是肯定的。但从长远来看，也需要普及，提高壮族人民对文学作品的欣赏接受能力，提高广大文学爱好者的写作能力，这是壮族文学得以发展的最雄厚的基础，决不能忽视。壮族文学的提高，也要认准提高的方向，不能为了"新"的突破，或向西方现代派文学求救，或淡化作品社会学含量追求纯情爱的旋律，或远离现实政治向远古幽境进军。这些现象，对一些壮族作家的创作，虽然仅仅是个苗头，但也必须向他们指出：缺乏民族自强感和社会责任感的文学创作是不可取的；妄图远离社会现实、摆脱政治的文学创作的道路也是不通的。一个民族文学作家，首先要提高自己的共产主义思想觉悟，增强政治思想素质和文化素质。提高认识、分析和评价生活的能力，从新时期社会改革中所形成的价值观念、思维方式、审美理想和欣赏趣味中获取新的文学养料和艺术觉醒，才能使文学创作上的单一选择拓展为多种选择的道路。

第三，要建立壮族自己的民族主体意识，增强文学上的民族自强、自尊、自信的观念，在作品中充分展示壮族的民族心理素质和民族性格，运用壮族形象生动鲜明的语言，突现壮族地方特色和生活色彩，把强烈的时代精神与鲜明的民族特色融为一体。壮族文学作品，只有首先得到壮族人民的喜爱，才能被他民族读者所接受。壮族文学（包括长期流传在壮族人民之中的民间文学）的艺术传统是极为丰富的，不能盲目地抛弃，要继承它，发展它，把它作为社会主义新时期壮族文学进一步发展的主要参照系。

第四，大力加强在马克思主义指导下的壮族理论研究和评论工作。一个民族的文学创作，在它的整个进程中，同样始终离不开文艺理论上的指导和总结，离不开文学评论的鉴别和促进。壮族文学的研究和评论取得了显著的成绩，但仍是个薄弱的部位，特别是对壮族作家文学上的研究，还缺乏解决文学创作中出现的实际问题的能力，也缺少整体上的文学论述和作家创作论。假若长期停留在作品评论上，不能取得宏观上的理论高度，对壮族文学的发展作出规律性的探索，不仅研究本身达不到科学化，对作家的文学创作也会无甚收益。

马克思在《〈政治经济学批判〉序言》中指出："物质生活的生产方式制约着整个社会生活、政治生活和精神生活的过程。"在我们社会主义新时期，壮族文学也必然随着壮族人民物质文明建设的前进步伐，有新的突破性跨越。

发展中的壮族当代文学

杨炳忠

　　马克思主义关于文化的学说告诉我们：社会主义在一国取得胜利之后，国内各民族的文化必将出现一个共同繁荣和发展的新阶段。新中国成立后前十七年各民族文化艺术所取得的长足进步，印证了这一正确的学说。作为我国民族文化重要组成部分之一的壮族文学，这一时期在民间文学的挖掘、整理、加工和当代文学的创作方面，都曾取得可喜的成就，长篇小说《美丽的南方》(陆地)、多幕歌舞剧《刘三姐》、长篇叙事诗《百鸟衣》(韦其麟)、电影文学《一幅壮锦》(肖甘牛)都是这一时期问世的好作品。这些作品在我国当代民族文学中取得了被一致认可的地位。

　　进入新时期之后，随着中华民族的振兴，壮族地区的开发，纵横交流合作的加强，经济文化的逐步繁荣，文学工作者越来越意识到自身的历史使命和责任，意识到摆脱壮族当代文学徘徊不前、发展缓慢的现状，开创新局面的紧迫性；于是，一

作者简介

　　杨炳忠(1943—)，广西容县人，壮族，曾任广西社科联研究部主任，广西监察厅《监察之声》总编，著有《同青年谈写作》《桂海文谭》等理论专著。

作品信息

《社会科学家》1987年第5期。

支富有创作活力、富有开拓进取热情的中青年壮族作家，以新一代建设者的自豪和自信，在壮族当代生活这片广阔的、丰厚肥沃的艺术土壤上奋力耕耘，并以他们作为一支承前启后的主体力量，开始结集起一个初具规模的壮族当代作家群。

虽然壮族当代文学还处在一个起步发展的初级阶段，但在创作实践上也已出现了不少令人欣喜的硕果。如陆地、韦一凡、黄钲、韦纬组、潘荣才等的小说，莎红和黄勇刹（已去世）、古笛、农冠品、韦文俊等的诗歌，凌渡、蓝阳春、苏长仙、岑献青、农耘、邓永隆等的散文，何培嵩、苏方学等的报告文学，堪为引人瞩目。他们的作品，从不同的角度、侧面反映壮族当代生活，取得了如下几方面的成就。

其一是作品具有比较浓厚的壮族生活气息。作家、诗人在作品中表现了壮族特有的坚毅沉实的男性美，并在这种背景下展开比较广阔而深厚的主题。如陆地的长篇小说《瀑布》、韦一凡的长篇小说《劫波》、农冠品的长诗《将军回到红河边》、韦其麟的长诗《莫弋之死》、何培嵩与人合作的报告文学《为了母亲的微笑》等，展现了主人公坚毅正直、自强不息的民族精神风貌，着意刻画了一种天然去雕饰的敦厚淳朴的壮族风情。而许多反映壮族现实生活和习俗的作品，如潘荣才的《上梁大吉》、邓锦风的《春花开在二月里》、韦纬组的《又是一年三月三》、韦编联的《洁白的金樱花》、柳央和李华荣的《窗恋》等，没有仅仅停留在对民族外貌、服饰、风俗和礼仪的描写上，也没有满足于引用民族的口语、谚语和歌谣，而是着重挖掘其独特的民族精神和民族心理，从而展现出一幅幅真实的壮族生活风俗画。

其二是壮族地区特殊的自然环境与抗争进取的精神境界相交融，形成一种明朗而含蓄、浑然而率真的风格，表现一种热情大方、乐观进取、富于生活情趣的壮人气质。在已故壮族诗人莎红和黄勇刹等著编的诗集中，都再现了壮族人民泼辣大方、爽直开朗、喜歌好唱的性格；在韦一凡的《隔壁官司》(中短篇小说集)、《荔枝二度红》等小说和邓永隆的散文中，一种不满足于贫困、落后、愚昧的奋斗精神得到了升华，呈现出处在文化生活的贫乏与内在精神传统积存的浑厚充实的矛盾统一。

其三是表现了淳朴、善良、纤细、柔韧的人性美。壮族是以勤劳淳朴著称的民族，在这片土地上生生息息的人民，不但在困境中表现出一种任劳任怨、坚韧不拔的砥砺精神，而且在与生活、命运的抗争中，表现出一种勇于牺牲的献身精神。这种精神，固然在那些叱咤风云的壮族革命者（如《瀑布》中的韦步平，《劫波》中的韦良山、韦良才、韦满姑）身上得到充分的体现，就是在那些默默无闻、普普通通的人物（如《公团》中的公团、《姆姥韦黄氏》中的韦黄氏、《寻找太阳的母亲》中的母亲、《水晶》中赵秀清等）身上，也闪耀出熠熠的光彩。而从其他更多的作品中，我们看到的是一系列虽然性格各异，但共同具有那种纤细的、未经世故的，甚至是原始的善良的人性美的人物形象。这种人性美正是壮族边地的自然环境在民族心理和民族性格中的一种历史的沉淀。

作为一种"族别文学"，自然是文学的民族个性、民族风格越突出、越鲜明越好，但这种"个性"和"风格"应当附丽于崇高的美学理想，应有具体的时代内容，体现着历史的流向，在整体的文化氛围中表现人与人性，表现具有生命力的民族风情及悠久文化历史中凝结民族心理，才能取得超越时间、空间的永恒意义。否则，这种"个性"和"风格"就只能是生命短暂的"摆设"，而以这种"个性"和"风格"创造的"族别文学"也终将为雄浑、壮阔、博大的民族文学的巨流所消融和湮没。这正是起步、发展中的壮族当代文学面临突破性进展的前夜必须认真研究和解决的重大课题。

可喜的是，壮族文学已经正式形成一个学科，有了自己系统的、科学的研究体系，随着《壮族文学概论》《壮族文学概况》《壮族文学史》等专著的相继问世，对壮族文学的研究正在向纵深和较高级的阶段发展，这反映了壮族人民在发展中要求"保持民族文化特性"、继承民族优良文化传统、繁荣和发展本民族当代文学的强烈愿望，必将有力地推动壮族文学传统的继承与创新。

但我们必须承认，起步发展中的壮族当代文学，毕竟还存在不少弱点和不足，既有整体性的，也有个体性的，我认为主要表现在以下几个方面。

第一，壮族当代文学作为区别于其他民族当代文学的"族别文学"，其总体的特色、风格的标志还不够鲜明。

我国各民族的文学，都有各自不同的民族特点。各民族在长期的历史发展中，由于政治、经济、语言、风俗习惯以及地理环境的不同，于是形成了各自不同的历史、文化传统和社会生活的特点。斯大林说："每一个民族，不论其大小，都有它自己的，只属于它而为其他民族所没有的本质上的特点、特殊性。"（《在宴请芬兰政府代表团的宴会上的演说》）这种特殊性在文学创作中的反映，就是文学的民族特色。这种文学的民族特色是在长期的文学实践中逐渐形成并发展成为区别于其他民族文学的独特标。各民族文学的相互渗透和影响是不可能断裂、隔绝和终止的，这在某种程度上可能淡化以及消融各民族文学各自的"标志"；但是真正的"族别文学"，却可以从自己民族的美学理想、审美心理、习惯和要求出发，通过吸取先进民族文化的养料来丰富、发展自己民族文化的内容、形式，取长补短，在语言色彩、生活题材、人物的民族性格塑造等方面，倔强地表现出相对稳定的、属于自民族文学所特有的色彩和风味。例如，新疆维吾尔族文学给人的印象是雄浑、豪迈，表现出一种开阔豪爽的大漠人的气质，革命英雄主义的气概；西藏藏族文学则显示出一种悲壮、凝重的风格，有一种高原的风味；而当我们读着哈萨克民族文学作品时，会感到一股扑面而来的草原生活气息；朝鲜族文学则另有风味，它所流淌的，是一股柔和、缠绵、内在的温情，等等。

民族文学的特色，是通过一个民族众多的作家创作的众多的文学作品，特别是优秀作品的特点集合而成的。如果光从单篇作品来看，壮族当代作家如陆地、韦其麟、韦一凡等的作品也颇具民族特色，但毕竟是"独木不成林"，由于其他更多的壮族当代作家文学作品中，在语言韵味、地方色彩、生活气息和性格特征等方面，还缺乏一致（或相似）性和深刻性，因而在整体上，作为壮族当代文学的民族特色的标志，就还不够鲜明和突出，还不能给人一个高度概括的具有明确含义的观念。

第二，具有"群体意识"的壮族当代"作家群"尚未最后形成。

广西素有歌海之称，文化土壤丰厚，这是造就文才的有利基因；但广西又是榜上有名的"老、少、边、山、穷"地域，经济的落后挫折了文化生活的活跃，影响了作家创作智能和才情的培养、开发，影响了"同行"之间的交流切磋，在某种程度上堵塞了刺激文思，启发灵感、互相促进的渠道。这大概就是壮族当代文学至今未出现真正有说服力和召唤力的文学流派的原因之一吧。由于未出现为社会所公认的文学流派，因而对内不能以文学流派为纽带联结一批人，推出一批人；对外不能造成一种群体竞争、百花齐放的局面。前一时期，作协广西分会和区内一些地、市的一些作家、诗人，"以文会友"，自愿集结组成"文艺沙龙"，旨在活跃文学生活，交流经验和信息，促进文学创作，动机是积极的；但终因缺乏主心骨和向心力，以致虎头蛇尾，中途夭折。在已有的作家中要想集结、联谊尚且不易，文学新人的崭露头角就更加困难。据统计，广西的壮族作家至今才有一百二十多人，所占壮族人口的比例大约是十万分之一。以这样微弱的比值和其他少数民族的情况相比，其地位是次之而又次之的。壮族当代作家的队伍本来就不够壮大，再加上"群体意识"淡薄，确实很难最后形成一个真正能够领导壮族当代文学新潮流的"作家群"。这种状况如不尽快扭转，对壮族当代文学的繁荣和发展是十分不利的。

第三，壮族当代作家的总体素质不高。

壮族当代作家中除了为数不多的几位作家文学造诣较深以外，相当一部分老、中、青作家、诗人程度不等地存在着素质不高的现象，主要表现在以下两个方面。

一、知识结构层次不高。

作家知识的具体结构，由生活知识和文化知识组成；而文化知识又包括专业知识和辅助知识两个基本层次。

壮族当代老、中年作家阅历比较深广，知识库藏比较丰厚，能够做到"厚积而薄发"，时有好作品问世。但当今世界，新旧交替，新潮澎湃，知识"大爆炸"，旧的"世界模式"和价值观念、思维方法、生活方式等都在发生着广泛而深刻的变化，知识更迭周期趋短，结构极易老化。对于老中年作家来说，确实面临着一个开阔思想和视野，更新、调节、提高知识结构的严峻问题。毋庸讳言，在部分老中年作家身上，那种与八十年代社会发展相联系，能够体现八十年代特色的"现代意识"是不甚明确也不甚强烈的。例如对于高度发达的"科学意识"、自由平等的民主意识、尊重人关心人的"人道主义意识"、变革社会的"改革意识"、具有创造精神的"开拓意识"、不断进取的"竞争意识"、勇于接受外来事物的"开放意识"、重视人自身价值的"主体意识"、不与旧习惯势力妥协的"反叛意识"以及关心广大人民疾苦和国家前途命运的"忧患意识"等，在观念形态上若明若暗，把握不准，因此读他们的作品，总觉得缺乏一种强烈的时代感和凝重的历史感。

壮族当代青年作家中，大部分创作热情很高，富于探索和创新精神，是我区壮族当代作家队伍的新鲜血液。但他们认识生活的广度和深度不够，对新时期急剧变化的生活只满足于表面上的接触，对自己所要描写的人物及事件只局限于外貌上的熟悉，而没有真正洞察人物的内心世界和事件的本质属性；另外，他们的知识面不广，艺术修养较差。他们明知自己的艺术修养较差，却又无意旁通各种艺术门类，广泛吸取各种艺术养料；他们明知自己的知识基础薄弱，却又不肯下苦功夫、笨功夫开拓各种知识领域，只读文学书，不读历史书、美学书，更不读科技、政治理论书，因此不能高屋建瓴地了解整个社会的脉搏和动向，创作上难免陷于直露和浅薄的被动局面。向生活的深层和知识的深层拓进，是这部分青年作家一项紧迫的、带战略性的任务。

二、创造力发展不平衡。

文学创作是一种高度依赖个人创造力的创造性活动。作家一旦丧失创造力，他的创作活动便宣告终止。作家的创造力亦即作家的创造才能，包括创造精神、创造性意识、创造性思维和创造力特性等几个方面。在作家整个创造过程中，创造精神表现为一种探索、进取、追求的激情；创造性意识表现为一种理性的、自觉的创新精神；创造性思维主要指形象思维（包括感受力和想象力），这是作家从事创作的"杠杆"；创造力特性可以理解为一种创造的个性、特质。这些因素，相辅相成地存在于创造力这个统一体中，体现在一个素质高的作家身上，其发展通常是平衡的、协调的；反之，体现在素质不高的作家身上，其发展就会出现某种不平衡、不协调。在壮族当代作家中，相当一部分作家的情况属于后者，而且老、中、青作家都有。这部分作家，创作欲望强烈，热情高涨，他们在取得一定创作成果之后，主观上都希望自己的创作更上一层楼，取得突破性的进展；但是在客观上，在他们具体的创作活动中，创造精神和创造性意识的外在表现却显得那样不统一、不平衡：创作情绪高昂，创新意识不强。他们恪守传统的文学观念，沿袭传统的文学结构方式、结构形态，独尊某种常规的创作方法，而对现代开放的社会生活孕育的新的文学结构方式、结构形态和艺术表现方法不感兴趣，不愿求索。与此相反，少数青年作家、诗人虽然表现出强烈的创新意识，但他们的"创新"又带有很大的盲目的成分，直接把"拉开与现实生活的距离"与"对现实生活的超越"当成艺术目标去追求和倡导，结果很难为广大读者所理解和接受。还有些壮族当代作家，其创造精神和创造性意识都是值得称道的，但由于形象思维的能力有所欠缺，创作中时有"力不从心""后劲不足"之感。至于说到缺乏创造个性、特质的问题，在壮族当代作家中就更为普遍。凡此种种，都是壮族当代作家创造力发展不平衡的表现。

综上所述，起步发展中的壮族当代文学，取得了令人欣喜的硕果，积累了不少成功的经验，但比之先进民族，特别是恢宏、博大的汉民族当代文学，差距还是比较大的。我们没有理由为取得的成绩忘乎所以，更没有理由对存在的弱点和不足掉以轻心，我们所需要的，唯有认真总结经验教训，正视自己的弱点和不足，并以严谨的求实态度，从理论上给予科学的解释，找出规律的东西，果能这样，壮族当代文学的腾飞是大有希望的。

我们满怀信心地期待着。

情趣和智慧

——《广西文学》散文八年

黄伟林

作为一种自由的文体，散文的形式规范就是奔放不羁。对此，中外古今散文家都有相当明确的自觉意识。散文在英国叫随笔（essay），全然随意为之的姿态；中国唐宋八大散文家之一苏东坡对散文的理解既形象生动，又潇洒传神，所谓"如行云流水，初无定质，但常行于所当行，常止于所不可不止。"这里的"无定质"，也就是现在的"无规范"；鲁迅先生的话说得更加平白率直："散文的体裁，其实是大可以随便的，有破绽也不妨。"（《怎么写》）。

看来，无规范就是散文的规范，无形式就是散文的形式。文学是社会生活的反映，是人类情感体验的表现和人生经历的启示，从传统审美习惯来看，诗要求音律的和谐，格式的齐整；小说要求情节的曲折，结构的周严；戏剧则要求悬念、冲突

作者简介

黄伟林（1963—），广西桂林人，壮族，北京师范大学文学学士、文学硕士，武汉大学文学博士，广西师范大学文学院教授、博士生导师，著有《中国当代小说家群论》《人：小说的聚焦——中国新时期三种小说形态中的人》等。

作品信息

《广西文学》1987年第10期。

和高潮的扣人心弦。不如此，不足以吸引读者观众；不如此，就破坏了审美传统的心理定式。唯有散文，怎么写都成，无须音律的迷人，无须情节的诱引，也无须冲突悬念的刺激。那么，散文需要什么——需要真情趣和大智慧。

情趣和智慧并不能包罗散文的一切内容，但它无疑构成了散文这一文学样式最有魅力的特征。当读者不在乎音律的悦耳动听，不在乎情节的惊险传奇，也不在乎悬念冲突的巨大吸引力时，读者需要什么呢？显然，读者需要情趣的陶冶，需要智慧的领悟。于是，散文，索性撇开了音律、情节、悬念冲突等味精调料作诱导中介，直接把作者的真性情、真趣味、真思想、真智慧传达给世人。于是，在这种随意为之，既无定质（形式拘囿）也不怕有破绽的文体中，作者的真性情、真趣味、真思想、真智慧得到了自然贴切的流露。

这就是我的散文观念。其核心是真，建立在真的基础上，作者创作散文是表现自己的情趣和智慧，读者欣赏散文则是对这些情趣和智慧产生共鸣，获得陶冶和领悟。在确立了这样的散文观念之后，才有可能对《广西文学》散文八年的成败得失作出整体意义的描述和评价。

《广西文学》散文八年最突出的一个题材类型就是山水游记，这显然是占了"桂林山水甲天下"的地利。作者们在写作这类散文时往往从容不迫，极有流连忘返的风姿；引经据典，显出谙熟桂林文化的态势。像杜奋嘉《春游雁山》（79-7），以陪客人旅游为线索，介绍了雁山的由来"雁落平沙"和雁山公园的历史"雁山别墅"。然后着重写了相思江畔的绿梅和杨梅山脚的古相思树。在游览途中，作者以和客人交谈的方式，自然而又亲切地给读者介绍了雁山风光的种种秀丽传神处，既充满湖光山色之胜景，又洋溢故友同游之纯情。文末以"纸上看宝"的办法来弥补无福亲身领略方竹之宝的遗憾，为桂林山水的美不胜收留下了令人无限留恋的意趣，可谓妙不可言的结束。李时新的《观画读史游象山》（82-6）则完全另一风格。作者主旨不在记游，而在观画。他从不同角度，或远眺全景，或藏身洞内，或攀登山顶，把象山里里外外观察了个透彻。一方面描绘现实风景，另一方面叙述神话传说，一方面借助古诗表达感情，另一方面引证史料丰富知识。虚实相间，真幻交错，桂林山水的神韵得以表现，桂林文化的厚实得以传达。这篇散文华丽铺张，内容博杂，在情趣方面相当充分显示作者对桂林山水文化既爱且知的胸怀。这里还值得一提的是极有特色的《叠彩拾遗》(85-10)。

《叠彩拾遗》出自一位青年学生之手，作者从小居住叠彩山脚，对叠彩山的深切爱恋作者题记写得相当动人："那里，有饱和的绿色，有嶙峋的兀岩；有野猫婴儿啼哭般的凄厉的呼伴，有无底洞所带来的不可名状的恐惧。那里，有被雨水剥蚀得渍迹斑斑的无字碑，也有我的童年和伴随着童年生长的一切。"把山水之爱和童年生活联为一体，把内心感情和自然风物交融相汇，足以证明作者找到了散文写作极为纯正的路子。我们常常有感于记游文字的缺情乏味以及貌似高尚实则空洞的政治抒情，有感于怀旧文字的寡情少趣以及形如深刻实则平庸的教条说理。然而，《叠彩拾遗》这篇小小的散文，却彻底荡涤了上述这些散文的致命缺陷。它去虚饰陈真情，除教条言真理，短短三章，作为童年生活的拾遗记录，写了叠彩春笋的勃发，写了叠彩夏蛇的恐怖，还写了叠彩永远长不大的南瓜。其中最富情趣的是描写叠彩夏日的那一章。作者极写叠彩夏日之美，"太鲜太亮的绿溢得满满的，似乎只要轻轻一碰就会流出绿色的汁液。绿雾濛濛，人的双眼不忍省略那水墨画般的境界，耀光泛彩，却又使你遐思飞荡，悠然神往"。如此美的所在对童年时代的作者显然具有难以抗拒的诱惑。然而，"美的存在往往伴随着丑恶"。那被上帝从伊甸乐园放逐人间的蛇成为孩子自由心灵的巨大障碍。求生意识毕竟比审美享受更为强大，当孩子们没有征服毒蛇的可靠办法时，只好龟缩家中，如作者所写"从此，我的世界似乎一下子缩小了许多，我只能趴到窗前，静静地欣赏叠彩山瞬息万变的景色"。这里的造型既遗憾又安详，逼真地传达孩子们委屈难尽的心理，向往自然又恐惧自然。结尾作者发出感叹："哦，那该多美呵，如果夏天不是这么热，如果永远没有那条蛇……"作者主体的情与理和生活本身的美与遗憾终于水乳交融。

广西这块土地虽然以桂林山水名闻天下，然而，能与桂林山水相比美的还有许多不那么出名的奇山丽水，神秀风光，像伊岭岩、花山和涠洲岛，都是有名的旅游胜地。当今一领文坛风骚的王蒙曾有《伊岭岩的启示》一文，从审美角度探讨了伊岭岩之所以吸引人诱惑人的神秘魅力所在。作者侃侃而谈，娓娓而叙，既有知识的启蒙，也有见解的启迪。壮族作者邓永隆的《花山五题》(83-5)虽然发表较早，但已经表现出了对原始文化的好奇和关注，作者缅怀了壮家先祖的力神蒙卡，缅怀了神秘的女妖左江姣，优美的神话和优美的文字给这篇散文增添了优美的外形，优美的文化和优美的抒情给这篇散文增添了优美的内涵。花山，作为壮族原始文化完美而又神秘的记载，它将决不逊于敦煌。敦煌已经刺激了许多大作家的灵感和才气，花山为什么不能孕育出我们这块土地的杰出作品呢？尤其是在这样一个具有历史文化反省热潮和原始风俗考古热潮的时代，我们的作家是没有理由辜负花山这块原始文明活化石的。

《广西文学》散文八年尤具个性特色的一个题材类型是风情写真。昔日的《刘三姐》作为壮族生活的抒情写照，征服了海内海外亿万观众的心。今天，对民族风情的描述和写真仍然是散文作者乐此不疲的主题。

广西民族风情最有特色的当推每年三月的歌圩。这种对歌活动并不局限于一个民族。凌渡《故乡的坡歌》(80-9)，李葆青《侗乡听歌》(82-6)等散文极富感情色彩地描绘了壮侗等族青年男女对唱山歌的欢闹场面。这些文章不仅有关于歌圩的知识性介绍，而且穿插大量精彩的歌词片段。像《故乡的歌坡》：

禾苗无水哪来青，

手中无伞哪来荫；

妹求哥你借把伞，

不知哥安哪样心？

出门扛伞盼有晴，

妹今树下早有荫；

妹今树下早有靠，

不知是假还是真！

诸如此类，一问一答。既情真意切，又机智幽默，极为形象生动地表现了少数民族青年的机灵、淳朴、聪明、智慧。对歌圩场面的真实描写，少男少女的欢乐融进了作者本人的欢乐，少数民族风俗的健康清新也引起作者对现代生活方式的思考。像这类描写："小叶榕树的影子往东越拉越长，太阳缓缓向西落去，墟场上的买卖人慢慢散走了，如火如荼的坡歌也渐渐稀落下来。一坡坡男女歌伴们用歌互相道别，纷纷走上归家的路。一时间，歌声恍如扯不断的情丝，袅袅娜娜飘荡在故乡的条条小道上。"这番情景，有声有色，有光有影，确如作者所言：别有情趣的民族风情，令人忘返流连。

壮侗山歌固然迷人，瑶族风情也不逊色。壮族作者吴伟峰所写《白裤瑶风情》（85-9）就为我们描绘了一种不怎么为外人熟悉的民族——白裤瑶。白裤瑶族的名字来自他们的服装习惯，所有男子无论老少无论寒暑一律穿一条白单裤。作者着重描写了这个民族玩表、砍牛的习俗。场面往往是这样：

天黑了。

男的都找地方站着，屋檐下，墙跟边，电杆下，都有。他们都手拿着毛巾、腰带、镯子之类的小物件，默默等着。

姑娘们亮着电筒，走着，看着，发现适意的小伙子，便动手去抢他手上的东西。若小伙子也满意对方，便任其抢去，成为一对。反之，就不松手，姑娘顿时领悟，再另择满意，故伎重演，直到成功。

这种谈情说爱方式和壮族男女对歌又情趣大异，它究竟是体现了风俗的淳厚还是民族的愚昧呢？作者特意提到一个瑶族少年："你长大了玩表吗？""不！""那你干什么呢？""我要读书！"看来，现代文明已经开始冲击这古老的村寨，瑶族的年轻一代处在变革的时代已做出了历史的选择。而在两种文明的碰撞交汇中，该出现多少惊心动魄的精神裂变，我们的散文作者能否以历史的美学的态度去正面描绘这一历史的进步呢？

作为一个极富现代意识的女作者，林白薇显然意识到了这种原始文明和现代文明的剧烈冲突。《山那边》（86-5）以第二人称叙述，直接把读者从现代文明的都市拉进了原始荒蛮的远村。这是举世瞩目的红水河，巨大的水力资源吸引了大工业时代的能源目光，古朴的民风民情诱惑了现代都市的文学青年。牲口市场的交易、熟肉市场的狂饮，尤其是极斑斓的苗族姑娘，那引人注目的头巾，有多少条头巾就有多少个情人的大胆，苗族姑娘的美丽自然足可充当电视中的系列化妆品广告，然后是买盐巴的队伍很长很长。然而，这一切古朴的繁荣终将被现代的繁荣所代替，最现代化的技术装备为了开发这里惊人的水力资源终于翻山越岭闯了进来。于是，读者看到的是这样一种反差极强的对比："刀耕火种和世界第一流的美国掘进机，人畜共住的麻栏和铺着豪华地毯的高级宾馆，讲着苗话壮话彝话的山民和操着英语日语德语的各国洋专家。这里是古与今、土与洋、慢与快、静与动、正与反。事物的两个极端在这里得到了淋漓尽致的体现。"于是，读者在这里体验到的是自然、历史、人三位一体在同一时空的深刻思考："人与自然，既要较量，也要和谐，既要矛盾，又要共存。于是便生出许多既喜又悲，可歌可泣的业绩来。""在这间高级接待厅里，你会产生时空倒错的感觉，好像有人把你从原始闭塞的山寨一下子推到现代化的都市，历史的正常序列被切断了，在文明的断层上接续上全新的文明，中间没有铺垫，也不需要铺垫。"这种感觉性思考固然有作者诗人气质的随意色彩，也未尝不是对古老文明突然在一种强大的外力冲击下发生断裂的真实描绘。当然，"中间没有铺垫，也不需要铺垫"的议论或许过于随意以至显得粗率。事实上，任何一种文明的断裂都是一种巨大的痛苦，一种新的文明的确立必须以旧的文明的牺牲为代价，而牺牲的痛苦又是由现实的人来承受的。也许正因为作者和山那边的人们完全处于两个不同的世界，她才能发出如此轻松的议论。这种轻松固然造就了作者潇洒从容的风格，同时也使作者失去了一次正面展示精神裂变的机会。不过，对于一篇短小的散文，我们这种评价实属苛求。然而，这种苛求实际上包含了对这位极富才情和思考力的女作者的期望。

还能显示地方区域特色的题材类型应该算边防小品，中越边境战事在云桂两省区展开。一九七九年的自卫还击战直接生产了一批讴歌战斗英雄、描写战斗生活的散文篇章，如蓝太阳《梯子赞》(79-7)写对越自卫还击战中一个"人梯"的故事，极力赞颂了一位壮族民兵在战场上甘当人梯，不怕牺牲的献身精神。王道平《在阵地上的诗》、莫孝川《岔路口的小窝棚》、孟宪武《子弹·照片》(79-8)分别从阵地、后方、伤员病房三个场景表现了自卫还击战的战斗生活场面，每篇都洋溢着强烈的爱国主义感情和英雄主义精神。中越边境战事断断续续持续至今，反映战士生活，表现战士情操的散文篇章也层出不穷。八四年二期特辟《南国边防线》栏目，集中了六篇边防小品。八五年则陆续发表了《前线随笔》《我们的阵地》《大千山的云雾》和《边关情》等声情并茂的散文篇章。

杨小凌的《前线随笔》(85-3)以雷马克《西线无战事》中的一段话开头，为文章烘托出一种战争残酷恐怖的气氛。然而，作者并非承接其意，而是改弦更张，在写战争残酷恐怖的同时特别注重写战士生活的情趣和欢乐。残酷的战场不能消灭美的存在，根源在于战士们有美的情怀。"西线的战事起起落落，东线的战火何时复燃？也许就在明天早上。即便是如此，也要像战争永远都不会发生那样去正常地生活。"显然，这里非常清晰地表达了作者的情感体验，正是对生活的无限热爱使战士们时刻体会到生活的美，正是生活的美激发了战士们英勇的献身精神。爱与美与献身，如此因果相连，战士高尚的情操也就在这种因果关系中得到了强而有力的凸现。

像这些战士心灵美的表现已成为边防小品的一个传统主题。贺建春《我们的阵地》把阵地和祖国相对比，指出"我们的阵地虽然很小、很小，但是我们依托的地方很大、很大，有九百六十万平方公里……"爱祖国、卫祖国、依靠祖国的心理跃然纸上。

杨石龙的《边关情》是一篇专注写情的散文，作者选择三个普通戍边军人的家庭生活的某一侧面，构成三个画面，三个层次，并合成一个完整的总体形象，从中升腾起边防战士保卫祖国牺牲个人家庭幸福的献身精神，以发自心灵深处的激情，礼赞了边关战士的责任感，新一代最可爱的人那种高尚忠诚的军魂得到深刻的体现。文中"到南国边防线上来吧。在这里你会感受到前线造就的新一代高尚的军魂，倾听到一支支带着点酸楚味儿，可又感人肺腑的爱情之歌"的呼唤，无疑是对广大后方人民理解边关战士的深切期望。黑格尔认为："战争情况中的冲突提供最适宜的史诗情境。"就散文而言，史诗目标并非它的追求。然而，正因为战争有这种极为特殊的题材意义，人性人情在战争中往往产生非同凡响的裂变，所以，面对战争，是应该出现一大批杰出的散文篇章的。以上论及的诸篇，大多围绕着战士心灵美这样一个主题核心，单纯而感人，高尚而育人，这是其优点，也未尝不是弱点，希望今后这个题材的散文创作能更加丰富、更加深刻，把战争中复杂的人性人情的多层次多侧面淋漓尽致地展现出来。

综观《广西文学》散文八年，除了上述三种极有特色的题材类型之外，还有其他许多题材类型的散文佳作。像贺祥麟、黄婉秋、韦其麟这些广西文化名人的旅外随笔，记叙异国风情，抒写中外友谊。由于他们多是常年写作的学者作家，文笔大多从容老练，于舒缓自然的节奏中传达出淳厚益人的情致。又如谢逸、秦似等老作家的散文篇什，或阐发哲理，或表寄同情，或童显影心；有的下笔凝炼，有的行文流畅，有的铺陈激越。秦似《写在南国初冬的时候》(85-4)，以自己住院养病的亲身体验，表现出老一辈对青年一代的深切关怀。韦其麟的《童心集》和《童蒙之歌》，显然深得泰戈尔《新月集》的启发陶冶，以一个纯真幼儿的心态眼光，抒发对自然、对社会的稚爱，既反映了作者进入暮年童心未泯的心态情绪，又未尝不成为读者灵魂的净化剂。还值得一提的是专注于写作知识小品的散文作者姚古，他的《养猫》和《酒瓶的欣赏》虽然略嫌稚嫩，却显露了与上述作品截然不同的风格个性。

在散文创作相对寂寞甚至不景气的情况下，《广西文学》不惜以较大的版面来刊登散文作品，这和时下众多文学刊物冷落散文创作的现象恰好构成鲜明对比。仅从一系列散文栏目如《南防铁路工地掠影》(84-1)，《红水河作品征文》(86-8、12)，《南国明珠》(86-1)，《大学生文学创作评比》(86-2、4)等，即可看出《广西文学》编者对散文创作的厚爱和扶持。这些散文园地紧密联系广西实际，或讴歌为防城港修建铁路的豪情壮志，或记叙红水河工地的雄伟场景，或展现北海特区建设的各个侧面，或抒写当代大学生的内心追求和情感趋向。可以说，这一组组相当体现编者自觉意识和艺术慧眼的散文作品，比较全面地反映了建设中的广西的进步历程。作为一种生动形象的历史记录，这些散文不仅有较强的现实感染力，也有较深远的历史影响力。而对大学生散文创作的扶持和鼓励，同样体现了编者极富建设意识的文学眼光，它一方面对大学生散文创作是一个十分有成效的鼓励，另一方面也未尝不是为广西散文创作培养了一批面貌全新的生力军。尤可钦佩的是《广西文学》编者对散文创作的爱与知。就散文创作的实绩而言，对真情趣的追求几乎已成为散文界一致的步调，大智慧的境界由于作者自身的才力和修养一时还难以显现。无疑，散文创作已经进入一个亟待超越自身的阶段，而对散文作者来说，从观念、素质、修养、风格全方位超越自我也就成了不可回避的现实。历史把这样光荣的机会展开在当代人面前，我们的散文作者是否具有赢得光荣的才力呢？一旦我们的评论文字能激发起散文作者的历史使命感，那么，即便浅尝辄止，挂一漏万也毫无惭愧和遗憾了。

作家，是文学成熟的第一要素

——广西各少数民族作家之比较

王敏之

作家，是文学创作的主体。

一个民族的作家的出现，并逐步形成群体，是民族文学步向成熟的主要标志之一。

自本世纪七十年代末开始的社会主义新时期以来，由于政治上的安定团结，经济上的改革开放和文学观念的变革，艺术视野的拓展，各少数民族的文学作者队伍也在各自的土壤上风涌般地成长起来，有的是在原有作家基础上重新构组扩大，有的是由民间文学整理者转战而来，有的是在知青生活中觅寻文学而跳入当代文学新潮。总之，各个少数民族都有那么一些人，在创建、丰富着自己民族的文学。广西十一个少数民族就是如此。

广西壮族自治区是以壮族为主体的壮、汉、瑶、苗、侗、仫佬、毛南、回、京、彝、水、仡佬等多民族聚居的省区。各民族的文学都在继承和发扬本民族丰富的民间文学基础上，得到了进程不一的建设和发展，有些民族如壮、瑶、仫佬等，不仅

作品信息

《民族文学研究》1988年第5期。

形成了作家群，还创作出以反映民族生活为主的大量作品，创建了自己民族文学的宝库和民族形象的人物画廊。文学作品虽然不是研究作家队伍的唯一依据，但是，衡量一个民族的文学成熟与否，不能不考察民族作家队伍的形成及其主体作用的显现，而文学作品恰恰是这个队伍创作力量和思想艺术素质的集中体现。

广西各少数民族作家的状况，正可以说明这个问题。

民族经济的变革，革命文化的影响，促进和带动着民族作家文学的兴起和演变

尽管文艺理论界在探讨文艺与政治、经济的关系时观点不一，但都不得不承认马克思关于"物质生活的生产方式制约着整个社会生活、政治生活和精神生活的过程"的论述，不得不承认毛泽东关于"一定的文化（作为观念形态的文化），是一定社会的政治和经济的反映，又给予伟大影响和作用于一定社会的政治和经济"的论述是真理。从广西这个地处边陲的民族地区来看，莫说解放前人民生活极端贫困，生产方式具有原始特点，即使解放后经过三十多年的努力，到了八十年代初，仍然"处在社会主义初级阶段的低水平，在经济发展上，生产力更加落后，商品经济更加不发达"，"属于贫困落后地区"，"全区至今尚有六百多万人未解决温饱问题"（引自韦纯束同志1988年1月15日在广西人大代表会议上的政府工作报告）。面对这样的区情，各民族文学能够得到长足的发展，实在是十分艰难的。促进奇迹发生的特殊因素是：

其一，广西左右江革命烽火，百色起义的红旗，中国工农红军第七、第八军的革命业绩，在壮乡瑶寨的大片贫瘠的土地上播下了革命的火种，也在各族人民心田里孕育了革命的幼芽。近年来，广西少数民族作家创作的以左右江革命斗战为题材的作品，长篇小说有黎国璞（壮）、蓝启渲（瑶）的《南天一柱》，陈漫远、王云高（壮）的《冬雷》，杨军、梁学（壮）的《南国冬雷》，传记文学有蓝汉东（瑶）、蓝启渲的《韦拔群》和吕梁的《虎将传奇》，革命的历史滋养着作家的成长，也激励了他们的

文学创作热情。

其二，抗战时期，文化名人云集桂林，使本是文化沙漠的桂林变成大后方的唯一抗战文化中心，他们所创办的刊物和所创作的作品，成为广西文学的宝贵财富，也成为广西少数民族作家继承和发扬的文化传统。特别是那些曾参加文化城抗日工作并一直留在广西工作或广西籍的同志，如秦似、曾敏之、周钢鸣等人的创作活动、成果，为鼓励、扶植广西民族作家的成长，起到了直接的楷模作用。

其三，广西民族作家解放前就投奔革命根据地延安，全国解放后回到广西主持和领导广西文学创作，他们的创作、作品成为直接激励民族作家成长的动力。如壮族作家陆地，他的创作成果《美丽的南方》《瀑布》《故人》以及他的《创作余谈》，无不启示着民族作家的思想和创作渴望；侗族作家苗延秀以民族生活为题材的长诗《元宵夜曲》《大苗山交响曲》，京族作家李英敏的累累创作成果，也都为民族作家展示了美好的前景。与此同时，就地闹革命的黄青、蓝鸿恩、蒙光朝、黄宝山等壮族作家的创作成就，也时时启动着一代代民族作家的创作心思。

由于这些积极因素的影响，广西少数民族文学创作队伍的成分构成，也逐渐发生了实质性的演变，即由以外出参加民主革命而成长起来的作家为主，转变为在广西民族地区土生土长的作家为骨干，如韦其麟、周民震、包玉堂、蓝怀昌、韦革新、韦一凡等一批民族作家的涌上广西民族作家舞台。到了八十年代，又有一批民族青年作家脱颖而出，为广西的民族文学增添了无限的朝气。这些成长着的中青年民族作家与老一代作家的文学素质有所不同，前者经历了多年的革命战争的洗礼，而后者则多为在大学里被文学名著所武装。作家队伍文化素质的变化，必然形成不同的作家群体，带来创作风貌的丰富多彩。由此，民族文学的不断演变也就开始了。

壮族作家队伍多层次局面业已形成，仫佬族作家群共建着本民族的文学

壮族文学在新时期第一个十年期间发展迅猛，老中青作家在广西文坛上似有争奇斗艳之势。"文革"前能在省级以上报刊发表作品的壮族作者还屈指可数，近几

年竟猛增至二百余名，不仅新作不断，而且作品集也纷纷出版。他们的创作实践及其作品的艺术水平，很自然地将壮族作家群体划分为不同的层次，显现出不同的艺术特征。

从年龄和创作经历上看，老中青作家基本上是塔式的结构，中青年占有较大的比重。若连同作品的出版、发表量来透视，也可以说是两头小中间大，中年作家居多，成果亦较显著。

从创作倾向来看，在整体上已由民族民间文学的整理、编写转为以反映当代壮族现实生活为主体的格局。但是，也不能不看到仍有少部分作家、诗人以取材民间文学而进行创作，这部分作家的成熟特征，并不在于超越对传统的民族文化意识的继承，而是在观照现实的前提下，开掘民族历史深层的灵魂，如韦其麟、韦文俊的诗创作，然而更多的作家则是以切入现实生活，楔入民族灵魂，塑造壮民族自己个性化的形象为己任，如陆地、韦一凡、潘荣才、黄钲的小说和农冠品、韦志彪的诗等。也有些壮族作家如王云高、杨柳等，他们虽然生活在壮族地区，但其创作视角并不完全放在壮族生活之上，而是放眼整个社会，揭示多民族共同关注的社会问题。当然，还有部分作家始终不忘壮族生活风情的美感，他们总是透过风情画面探寻民族的内蕴，一批散文作家多是如此。

尽管在壮族当代文学史上，老作家成绩卓著的不多，中年作家成果丰盛的不少，但青年作家是壮族文学的希望所在。这些青年作家如孙步康、黄堃、韦元刚、陈多、廖润柏、蒙齐华、黄琼柳等，从步入文坛就显示出他们各自的独特的艺术追求，孙步康笔下壮乡小镇的情韵，黄堃诗歌的动律，韦元刚小说的内蕴，陈多作品的风采以及黄琼柳对现代意识的潜用，都是反复实践而练就的。

如果说，壮族作家已形成多层次、多色彩的队伍，那么，仫佬族作家则显然是各种文体同时并进，共同构建着本民族文学的群体。这个群体人数不多，十几个，但从事小说、诗歌、散文创作的作家齐备，各专一体，兢兢业业，如包玉堂、龙殿宝的诗，潘琦、包晓泉的散文，唐海涛兄弟的小说，从不远离仫佬族的民族历史与现实，始终把仫佬族的进步及变革作为创作与研究的主题。表面上看，他们的创作似乎有点民族封闭的味道，其实不然，仫佬族文学如同仫佬族文明开放的民族性格一样，是紧紧围绕着本民族经济发展、社会变革的进程而发展的。民族文学的成熟在于民族作家队伍的形成，而民族作家的成熟，正是表现在如仫佬族作家这样，对本民族经济文化的全面反映，对民族自身本质特征的思考。文学创作固然是个体精神劳动，但对于一个少数民族来说，作家的群体力量是不能忽视的。

处在颗粒状态的艺术各异的瑶族作家们，正在争夺文学殿堂的一席之地

在中国当代文坛上，瑶族作家似乎不多，从中国作家协会主办的刊物《民族文学》所发表的作品来看，数来数去就那么三五人。其实，在省级以上报刊发表作品的已有十七八个作者。广西的瑶族大多数散居广西各山区，形成了大分散、小聚居的"南岭无山不有瑶"特点，这样，瑶族文学作者也就自然地分布在广西各地，他们的社会生活感受多具有居住地的地域特点，而少有瑶族分支之间的交往与交流。因而，这就决定了瑶族作家的文学创作必然呈现各自不同的艺术风采和特色，即使是瑶族风情习惯，也往往差异很大。瑶族文学研究者们常常为探索瑶族文学的特征到底是什么这一难题而抓耳挠腮，其原因就在这里。

这些分散在广西各地的瑶族作家呈颗粒状态，各有着自己的艺术追求。从他们作品中虽然难以探求到瑶族的共同的性格特征，但从他们所写的"瑶"与"山"中，能窥视到瑶族的民族精灵，似乎他们都在拼搏，在中国当代文坛上争求着瑶族文学应有的席位。事实上，他们以自己文学创作上的相异的艺术特色，已赢得了读者的赞赏。蓝怀昌的小说创作，在瑶族文学中是突出的，他的小说集《相思红》、长篇小说《波努河》都蕴藉着一种深沉的历史感和民族的自强精神，瑶族道德风尚和风情习俗的变化也写得十分逼真，而来自金秀大瑶山的莫义明的小说则不同，他专注大瑶山中瑶民们改变现实的骚动以及对新生活的追求，他的《八角姻缘》《香草妹》《瑶山一支花》等小说中，仿佛都有一股民族的力量在跃动，要闯出大瑶山的深山老林，欲与山外世界比个高低。而他的另一些作品，如《瑶山新姑爷》《瑶山

通》等，却从不同角度描写了打破传统的族规，实现瑶汉通婚的始末与意义。其他瑶族作家，如李肇隆以他居住靠近桂林的地理优势，作足了桂林山水的文章；蓝汉东则以桂西北农村瑶族生活为对象，通过历史与现实跳跃式的变迁，描绘了瑶族山区人们的心理特征，如获奖的《卖猪广告》等小说。蓝启渲则以当年中国工农红军在瑶寨壮乡的足迹为线索，撰写传记文学作品，缅怀邓小平、韦拔群、李明瑞等老一辈革命家的革命业绩。青年作者何德新、唐克雪则以桂南瑶族山区为生活基地，着重揭示人与社会、人与自然、人与现实的矛盾冲突，将"竹林里的悄悄话""大山二重奏"传达给读者。

看来，瑶族作家队伍难以形成独到的类似"荷花淀""山药蛋"那样的艺术流派，但这并不是缺陷，相反，他们各自的选择、追求，倒是瑶族文学能够繁花似锦的条件，它比同一个民族的作家都挤到一条艺术的道路上去争、去夺，更能呈现出一个民族多元化文学的面貌。

改革搅醒了民族的梦，民族文化觉醒后必然产生自己的作家，无作家文学的民族历史在广西已成为过去

在广西的侗、苗、回、毛南、京、彝、水、仫佬等少数民族中，"文革"前除了苗延秀（侗）、李英敏（京）、杨通山（侗）等堪称民族作家之外，几乎再也找不到几个文学作者。党的十一届三中全会之后，政治环境的安定与经济生活的好转，也极大地丰富了民族文化生活。随着各族人民对自己民族文学的迫切需要心理的增强，不少从事民间文学搜集整理工作的同志在不到十年的时间里，相继以本民族文学新人的面貌走上了文坛，如侗族的黄钟警、杨世恒，水族的李果河，回族的海代泉，彝族的韦革新，苗族的李荣贞、朱慧珍、夏慧，毛南族的蒙国荣、谭亚洲、韦秋桐，京族的苏维光，仫佬族的郭秀玉、郭秀勇以及满族的赵元龄、刘桂阳，土家族的郑光松等。这些作者的创作成果有不少，作品质量也存在较大的高低差别，类似黄钟警的《歌的家乡》《新生歌》，韦革新的《金麦黄熟了》这类获全国少数民

文学创作奖的作品还不多，但他们毕竟是自己民族的文学代言人。

这些代言人，能够在描写对象身上注入艺术的光彩，渗透进自己的主体意识，从而形成艺术的个性，这实际上就象征着一个民族的文学成熟程度。例如，韦革新所创作的诗，首首溢发着民族山乡的清新气息，行行熔铸着彝族"火的民族"的形象和性格。他把彝族人民心爱的缅娓花的深意作为诗创作的艺术追求，把桂西北高原偏僻山中生活的彝人的心、彝人的性格、彝人的气质，抒发得淋漓尽致。海代泉是文学创作的多面手，小说、诗歌、散文都写，而寓言创作却独具一格，他的寓言集《鹦鹉的诀窍》《驴的忧虑》《老驴推磨》《得意的狐狸》，充分显示了笑中见真理，假托寄真情的艺术特点，那色彩鲜明的对比、生动贴切的比喻、赋予现实生活的情理和以赞美、欢乐为主的格调，无一不使人从中获得一定的人生哲理。黄钟警是连续获全国少数民族文学创作奖的诗人。他的诗同他这个人一样，一直在侗族的土地上成长着，侗族人民的生活有多少风采，他的诗就有多少形象和情感，即使是对时代的感受、对未来的向往，也从不离开自己民族的命运、生活的思考，民族个性特征成了他诗歌创作审美的坐标。他的诗曾多次获奖，但他始终以真诚的态度说："这奖是奖给侗族人民的。我只不过是个执笔者。"朴实的语言道出了他的诗创作走向成熟的真谛。

多民族聚居地区的民族相互交流、促进，也带来了文学创作上的交叉：你中有我，我中有你

关于少数民族文学的范畴及其界定标准，文学理论界讨论了几年未成定论，其原因就在于对多民族地区民族文学发展的复杂特点缺少深入的分析和探讨。从广西民族文学的实况来看，只有以作者的族籍作为唯一标准方能说得清楚，如若添加什么用什么文字，反映的是哪个民族的生活等条件，就会有损于民族文学的整体性，排除了民族文学之间"你中有我，我中有你"的客观存在。

广西的民族作家反映他民族生活题材的作品是相当多的，这里，仅以优秀之作

为例就有：侗族作家苗延秀以苗族生活为题材的叙事长诗《大苗山交响曲》，壮族作家陈雨帆反映仫佬族生活风貌的中篇小说《冰棕榈》，壮族作家周民震创作的以苗族学生为主人公的学生三部曲电影剧本《春晖》《心泉》《远方》，壮族作家蒙齐华与王天若分别专注大瑶山瑶族与大苗山苗族人民生活的小说创作，京族作家李英敏对海南黎族地区生活的反映，壮族诗人莎红反映瑶、苗、侗、京、毛南民族的诗歌，仫佬族诗人包玉堂的组诗《春色满壮乡》以及汉族作家杨军、聂震宁、曾仕龙等所写的反映广西各民族历史与现实的小说等等。这类文学创作上交叉情况的出现和存在，虽早已有之，但现在如此纷繁，实在是我国当代少数民族文学走向繁荣所产生的一个新特点，这个民族文学创作的新实践、新经验值得研究和倡导。

那么，产生这一新特点的原因在哪里呢？我们认为，如下因素是少不了的。

一是社会改革与开放的政治环境，民族经济文化的横向联系，促使了民族之间的相互交流和了解，也促使着民族作家在创作上不断开拓新的生活领域。二是多民族杂居的地理条件。一个作家对另一个民族的理解和掌握，单凭短期的深入生活是难以创作出真实而美好作品的，它需要长期的生活积累。只有与他民族人民朝夕相处，耳濡目染，深知这个民族的气质和感情，方能进入艺术创作阶段，而民族杂居地区的作家更具备这种优越条件。三是作家要对他民族具有深厚的友谊，产生爱慕之情。周民震之所以能够创作出反映苗族生活的系列作品，这与他曾多年在苗族地区从事革命斗争，解放后又多次深入苗村，与当地人民建立了深厚的感情是分不开的。四是所写出的作品，得到被反映的民族读者的承认与肯定。陈雨帆的中篇小说《冰棕榈》发表后，在仫佬人民中朗读，仫佬人边听边赞"对，是我们民族的事"，这就为民族文学之间交叉创作的合理化找到了契合点。事实上，这种民族文学交叉创作的现象，也是民族文学一种借鉴、创新的方式，也是培养扩大民族作家队伍的途径，它比民族作家只局限在本民族生活的狭小圈子之内的创作，既有积极的相互促进作用，又可达到加强民族文化交流，增进各民族之间的团结，扩大少数民族文学战线的战略价值。

这种文学上的交叉创作，随着经济改革的深入以及作家创作思想的进一步解放，将成为一种普遍现象。话又说回来，即使这种民族文学作品逐渐多起来，对以民族作家的族属为判断其民族文学的唯一标志，也是难以改变的。

民族文学同样面临着竞争，广西民族作家中目前存在着的危机感和焦灼感应引起关注

民族作家队伍的形成及其构成成分的不断向高层次变化，他们的文学作品也朝着揭示民族内部的民族精神，发现其新的觉醒，并在艺术上追求多样化的方向迈进，这无疑是民族作家走向成熟的表现。与此同时，我们还要清醒地看到，八十年代的民族文学，也同样承受着读者文学欣赏需求的挑战和西方现代文学理论的影响。也就是说，民族文学同样面临着严峻的竞争态势。

民族作家的文学创作如何在文学观念发生大的变革的年代里使自己走向多元化，以适合中国当代文学新潮的迭起，确实需要有个思考、选择和消化、吸收的过程。在这个过程中间，民族作家自己也不可能不产生这样或那样的创作心理。作为一个勇攀艺术高峰的作家，回顾自己的创作足迹，重新审定创作方向，这是积极的正常的活动，对于文学创作这种创新的事业并不是坏事，而是新的跨越的开始。从近年来广西民族作家们所发表的作品来审视，似乎让人觉察到多数人普遍存在着危机感和焦灼感。危机感的表现，表面上看似是作品发表量的下降，实际上是不满于已走过的创作之路，试图突破自己的创作模式来个"推陈出新"，而由于新的社会生活积累不足，又不甘效仿他人的创作方法，于是陷入了创作苦闷期。焦灼感则表现为急于追赶文学大潮，对新的改革生活来不及咀嚼，对某些引进的艺术手法来不及消化，便匆匆捉笔，结果成功率甚低。这两种或类似这两种的创作情绪或心理，给广西文坛带来了一种想象不到的后果，即佳作不多，成功之作更少。

这种平平默默的文学状态，到底还能维持多久？有的人预测，它将会被新中国成立四十周年献礼的文学作品所打破，也有的人感到这是民族作家队伍在初级阶段理论指导下的又一次构成成分演变的前奏，它必然会以具有强烈改革意识的青年作

家的创作所取代，更有的人认为，它不仅是民族作家队伍演变的预兆，同时也是民族文学理论贫乏薄弱、缺少新鲜活力的反映，少数民族文学再度蓬勃发展，有待于民族文学理论的丰富发展。这众说不一的看法，尽管各是一家之言，缺乏具体的调查研究和准确的分析判断，但毕竟是对民族整体格局的思考，看到了它的光彩前景，点明了民族作家队伍建设这一关键环节。

纵观古今中外，文学创作的发展无不是在作家主体意识的不断递变中行进的，而维持作家创作生命力的因素却是多方面的，它既受制于客观的社会，也取决于作家对社会存在的理解和掌握。然而，起决定作用的因素却始终是作家自身的世界观、人生观、艺术观的确立，至于写什么，怎样写，运用什么样的创作方法，使用什么语言文字等则是次要的。我们的不少民族作家，在当今改革使我国社会生活（包括文化生活）发生迅速而又深刻变化并打破了原来的秩序和平衡的时候，其创作一时不适应改革潮流的需求而受到冷落，从而陷入困惑状态之中，应该说这也是正常的，难以避免的。随着马克思文艺理论在文学改革实践中不断地丰富和发展，文学创作也同样会迈出跨阶段的步伐，这也是必然的。改革，是统揽社会全面的伟大探索，它也迫使民族文学用改革的精神和实践去适应，反映改革的进程，只要民族作家勇于开拓社会生活视野，打破原有的半封闭的知识结构和思维方式，把改革特别是民族地区经济改革的实践作为创作源泉，在艺术上多方面借鉴，全面地提高现代文化素质，我想用不了多长时间，广西的各民族作家肯定会创作出一大批具有时代气息和新的民族特色的作品，为构建社会主义初级阶段民族文学宝库做出无愧于时代的贡献。在这里，我们必须明确：作家，是社会主义文学发展最终决定的力量，只有充分推动作家生产力的发展，社会主义文学才能呈现崭新的局面。

壮族当代散文概观

徐治平

一

在讨论壮族当代文学的成就时，人们一般是谈小说和诗歌，散文往往被忽视和冷落。其实，壮族当代散文也是取得了较大成就的，只不过还没引起人们应有的重视而已。

早在五六十年代，就有一批壮族作家致力于散文创作了。周民震是以电影文学剧本的创作成就闻名全国的。而他在五六十年代，却是一位热心的散文作家。他在1980年出版的散文集《花中之花》，大多数篇什都是写于五六十年代。集子中的作品，有的描写广西秀丽迷人的湖光山色，有的反映少数民族欣欣向荣的新生活，有的展现青少年美好纯真的心灵，有的歌颂先进人物的崇高品质，具有鲜明的南国色彩和浓郁的生活气息。周民震的散文，宛如一幅幅绚丽多彩的山水画，一首首优美

作者简介

徐治平（1942—），广西柳州人，毕业于广西师范大学中文系，广西民族大学文学院教授，有《散文美学论》《当代散文艺术论》《壮族当代散文概观》等论著。

作品信息

《广西民族学院学报》1988年第3期。

动人的抒情诗，让人感到时代脉搏的跳动，听到祖国前进的足音。此外，李春鲜、苏长仙、蓝直荣等，当时也创作了不少散文篇章。李春鲜的《牛角号》(1962年9月28日《人民日报》)以抒情的笔调，描写了一个壮族老牛角号手的鲜明形象。全文以牛角号为主线组织材料，对老牛角号手往事的回忆，不重在刻画事件的细枝末节，而是以写意手法，将事件虚化、诗化，因而富有抒情诗般的韵味。

到了七八十年代，壮族散文的创作队伍迅速发展壮大，作品的数量和质量都大大超过了五六十年代老一辈作家、诗人，他们在潜心小说、诗歌创作及民间文学研究的同时，也以极大热情进行散文写作，如陆地、韦其麟、黄勇刹、蓝鸿恩等。以《美丽的南方》《瀑布》等长篇小说著称的壮族老作家陆地，也写了一些精美的散文。发表在《散文》1981年第11期上的《一段苏木》就是其中的优秀代表。作品描写了一位老裁缝对在"文革"中被批斗的共产党老同志的深切同情和关怀，体现了人民群众对共产党的衷心热爱和信赖，读来令人感动。《一段苏木》写出了在非常情况下，共产党在人民心中的崇高地位，写出了党和人民的鱼水关系，具有较高的思想性与艺术性。

以长诗《百鸟衣》和《凤凰歌》闻名中外的壮族诗人韦其麟，近年来也写了不少散文佳作。《童心集》(《广西文学》1981年第11期，《民族文学》1982年第2期)就是两组想象丰富，风格独特，像童心一般天真烂漫、洁白纯净的篇章。此外，《泰国纪行》(《广西文学》1983年第7期)和《访泰琐记》(《三月三》1983年第3期)，歌颂了中泰人民的深厚情谊，充满异国情调和深刻哲理，也是韦其麟较好的散文作品。

老作家黄福林也是这个时期登上散文殿堂的。1985年出版的散文集《蹄花》，就是他这些年辛勤笔耕的成果。陆地为之作序，称他"据有年深月久的生活储备，对世书人情的体会，自能洞明练达，把握分寸较准，源远自有流长，大器晚成"。黄福林的散文，大多是以右江流域的自然风物、壮族人民的革命斗争以及边防军民的爱国精神为题材。其中《蹄花》(原载《北京文艺》1979年第12期)1981年获全国少数民族文学创作奖，可视为黄福林的代表作。

特别值得注意的是，这段时间涌现了一批十分活跃的壮族中年散文作家。凌渡、蓝阳春、韦纬组、陈雨帆、邓永隆、农耘、露白、黄河清、严小丁、黎浩邦、童健飞、潘恒济等，他们大多是从农村、矿山、林场等基层单位走出来的，生活积累丰富，思想雄健深沉，艺术功底厚实，创作日臻成熟，成了壮族散文创作的中坚。凌渡于1984年出版的散文集《故乡的坡歌》，具有浓郁的地方色彩和鲜明的民族特色。它的大量篇幅，描写了广西各地绮丽迷人的自然景色、饶有情趣的民族风情，反映了少数民族生活近年来的深刻变化，给读者献上了一幅幅明丽清新的民族生活画卷。集子里的作品，语言清新、淡雅、朴实、自然，格调清丽，意境高远，淡雅中蕴藉着浓酽的情思，朴素中透露出思想的光华，体现了作者的艺术追求和散文风格。凌渡的第二本散文集《南方的风》(将由漓江出版社出版)，仍然是以广西少数民族和广西边境军民的劳动、生活为题材，具有浓烈的"桂"味。邓永隆于1987年献出了他的散文诗集《红水河之恋》。集子中诸作，写壮乡之美，抒时代之情，赞创业之举，颂卫国之志，唱出了壮族人民的心声。邓永隆引人注目之处，是三个系列的作品：一是红水河系列，这是一组"光与电"的颂歌；二是花山系列，自然古朴，扑朔迷离；三是边防系列，具有阳刚之气，奔涌着强烈的爱国之情。

报告文学作家何培嵩也是在这期间崛起在文坛上的。他的报告文学集《归客》于1987年10月由漓江出版社出版。何培嵩的报告文学，取材广泛，色彩纷呈，最引人注目的是写体育明星和文艺、科技界知名人物的一系列作品，如描述举重名将吴数德踏实刻苦、坚韧刚毅、临危不惧、奋力拼搏的可贵性格，展现他勇攀世界体坛高峰的艰难历程的《啊，中国的"赫剌克勒斯"》；描写我国著名体操运动员李宁在莫斯科参加第二十一届世界体操锦标赛期间，为了祖国母亲的微笑，以惊人的毅力战胜伤痛，为我国赢得了荣誉的《为了母亲的微笑》；记叙我国著名乒乓球运动员谢赛克挥舞"圆剑"，力克群雄的《希望之星》，都是令人振奋的佳作。《刘三姐与黄婉秋》则巧妙地将影片《刘三姐》与主演黄婉秋在"文革"中的磨难联结在一起，不仅写出了影片《刘三姐》的命运、黄婉秋的命运，而且"从这一面三棱镜，折射出国家的命运，人民的命运"。"作者在描写人物时，往往将他们置身于生活的激流和斗争的旋涡之中，十分注意揭示他们在困境中所表现出来的爱国情操和忠于事业、锲而不舍的优秀品质，因而具有激动人心的艺术力量。"（陈学璞《报告时代消息，描绘南国风云》，《广西文艺评论》1984年第4期。）

近年来，一批思想敏锐、勇于探索的壮族青年散文作家也随之出现，岑献青、冯艺、严风华就是其中的佼佼者。

二

纵观壮族当代散文创作，成就较大的有如下几方面题材的作品。

一是反映少数民族生活，展现历史前进的足迹，揭示民族精神和民族性格的。如黄勇刹的《放歌擎天树》，凌渡的《故乡的坡歌》《红水河风情》，韦以强、苏长仙的《卜万斤》，周民震的《百花图》，蓝阳春的《元宝山下芦笙节》《"笑酒"醉人》，陈雨帆的《架屋欢》，李春鲜的《牛角号》，露白的《醉乡行》等。《故乡的坡歌》把壮族三月三歌圩的来龙去脉、轶事趣闻、对歌场面、听众情绪，写得有声有色，引人入胜；《红水河风情》所描写的覆盖着彩布的歌棚、壮族青年男女在草地上抛绣球、碰彩蛋的情景，又是那么意趣盎然，动人情思。《卜万斤》曾获第二届全国少数民族文学创作奖，作品的主题是反映三中全会后壮乡面貌的改变，赞扬农民走上了劳动致富之路，但它摒弃了通常的访问记式的老一套写法，而是另辟蹊径，将场景集中在一艘轮船上，从侧面反映这一主题。文中有娓娓动听的叙述，有情意绵绵的民歌，既引人入胜，又潇洒风趣，不失为一篇构思独特的散文佳作。《百花图》是周民震的散文代表作之一，作者由京族贝雕画"百花图"引出对京族人民幸福生活和美好情操的描写，进而想到我们伟大的祖国就是一幅壮美的百花图，全篇奔涌着昂扬的爱国主义感情，构思颇精巧，体现了作者的艺术才华。

二是反映革命斗争和边防生活的。广西是红七、红八军的故乡，是祖国的边防前哨，因而描写这方面题材的作品数量较多，质量也较高。黄福林的《蹄花》集代表了这方面题材散文的主要成就。第一辑《蹄花》讴歌了左右江地区各族人民的英勇斗争精神，颂扬了邓小平、韦拔群等革命前辈的英雄业绩，十一篇散文，组成了一幅壮美的革命历史画卷。其中的代表作《蹄花》，描写四十九年前邓小平同志来右江领导百色起义，壮族人民选送一匹最好的马给他作坐骑的动人故事，表现壮族人民对革命领袖的热爱信赖以及革命领袖与壮族人民的亲密关系。作品以送马为线索，用蹄花作象征，首尾呼应，构思精巧。其间的叙述、对话融入了民间传说的某些手法，使作品具有鲜明的民族色彩，显示了寓意深刻、意境高远的艺术特色。第二辑《边防连城遗情深》是描写边防斗争生活的，从东汉时期壮族爱国英雄班夫人，清代御敌卫国名将冯子材、苏元春，到二十世纪八十年代驻守法卡山的壮族战斗英雄梁天惠，均在作者的描写歌颂之列。《边防连城遗情深》和《国门三记》两篇描述了苏元春督师卫国、保境安民和冯子材抬棺大战、痛歼法寇的英雄壮举。作品立足现实，回顾历史，将历史与现实、叙述与抒情糅合一起，既赞颂了古代爱国名将，又讴歌了当今英雄战士，洋溢着一腔凛然正气和爱国主义激情。此外，陆腾昆的《爱国者》、凌渡的《边境的小屋》、黎浩邦的《在边寨哨所里》，也是反映边防生活的较优秀的作品。

三是直接反映"四化"建设，展现建设者的战斗风采和崇高品质的。这方面的代表作有《红水河之歌》（凌渡）、《守珠棚一夜》（蓝阳春）、《流萤》（露白）、《高高的蚬树》（严小丁）、《红水河之恋》（邓永隆）等。《红水河之歌》以红水河的神话与现实、历史与现状、规划与建设为经纬，从整个红水河流域的变迁去落笔，写了一个民族改造山河的大事、一个国家水电建设的大事，概括了一个民族伟大的历史进程，具有历史的纵深感与地域的辽阔感，篇幅不长，却容纳了十分深广的社会内容。《守珠棚一夜》描绘了珍珠养殖场的皎美月色，赞颂了祖国海疆的美丽富饶以及育珠工人艰苦创业的高尚品质。作品题材新奇，情景交融，古今交错，意境幽远，具有较丰厚的内涵。《流萤》写的是一个"从大地方来的青年"，心甘情愿在少数民族聚居的山区从事农业技术工作，兢兢业业地为民族兄弟服务的动人事迹。萤火虫所发的光是有限的，然而它那一个个亮点，连接起来，便成了闪烁在夜空里的一条光的轨迹；"萤火虫"这个人物，默默地在山区生活、工作，长年累月在山里打转，他那一闪一亮的手电筒光，显示了一条生命的轨迹，闪耀在民族兄弟心中。"萤火虫"这个人物所蕴含的思想，无疑是深刻新颖的。

四是通过自然风光或草木花卉的描写，抒发某种思想感情，阐述某种生活哲理的。如《雾海拔峰壮山河》(黄福林)、《大明"佛光"》(蓝阳春)、《灵渠秋》(凌渡)、《绿柳情思》(韦纬组)、《壮哉，五百里巴莱》(蓝直荣)、《半边渡》、《春在漓江深处》(露白)、《九死还魂草》(岑献青)、《千日红》(农耘)、《青青的竹林》(潘恒济)等。《雾海拔峰壮山河》通篇紧扣一个"雾"字，由雾庐山想到故乡的"雾海拔峰"，想到壮族革命先驱韦拔群的不朽业绩，最后再写庐山——那茫茫雾海中拔出一座山峰，就像彭大将军高昂的头颅。作品构思新颖，联想深广，格调雄劲深沉，对故乡群峰景色的描绘尤其神形兼备，淋漓尽致。特别值得一提的是露白，他孜孜不倦地致力于桂林山水的描写，创作了不少表现漓江和花坪林区之自然美的散文。《半边渡》叙述了漓江半边渡的得名及地理位置，描写了半边渡"独特、奇绝、雅致、古朴"的自然景色，刻画了摆渡老艄公"与漓水一样坦荡"的心胸，"和半边渡一样奇特"的性情。《春在漓江深处》通过对"四季碧绿，四季含春"，"深深地扎根在清澈的江底的青丝草"的描写，说明"春不但驻在漓江深处，更驻在漓江两岸人们的心底"，从一个新的角度描绘了漓江之美，赞颂了终年辛勤劳作在漓江两岸的人们。农耘的《千日红》则通过生长在壮族山区的野花千日红被移栽进城的描写，暗示从偏僻山野来的人，同样能为社会主义祖国大花园增添春色，明写花草，暗写社会现实、人生哲理，具有一定的思想深度。

五是记叙出国见闻，描写异国风情，歌颂中国人民和世界各国人民的深厚友谊的。如《访巴散记》(蓝鸿恩)，《泰国纪行》《访泰琐记》(韦其麟)，《泰北琐记》(农学冠)等。此类作品既向读者介绍异国的珍闻奇观，又注意抒发作者的独特感受。如《访泰琐记》记述了泰国某佛寺里的"痛苦花"，据说"这种花征兆着痛苦和不幸"，佛寺僧侣把它栽在庭院里，是为了把世上的痛苦和不幸集中在一起，让自己承担世上的痛苦和不幸，让百姓家家都获得欢乐和幸福。作品蕴含深刻的哲理，既使人增长见识，又受到启迪。

三

　　壮族当代散文，在艺术上也取得了令人瞩目的成就。有的篇什，已达到或接近全国的一流水平。选入《中国新文艺大系（1976—1982）少数民族文学集》的《放歌擎天树》(黄勇刹) 和《九死还魂草)）(岑献青) 堪称壮族当代散文的精品。

　　《放歌擎天树》原载 1981 年 9 月 7 日《羊城晚报》。全文分五部分，每部分均由"高高的擎天树啊，高高的擎天树！"两行诗领起。第一部分描写擎天树的总体形象："你托起滔滔的云海，你横扫茫茫的迷雾！"一开头就写出了擎天树顶天立地、气贯长虹的高大形象。接着具体描写擎天树在晨昏时的壮美景色，以旭日、霞彩、夕阳、回光等色彩斑斓的自然景象，将擎天树渲染衬托得愈加挺拔魁伟。第二部分为回忆童年时代对擎天树的观察、联想。写月亮娘娘带着星星儿女在擎天树丛中捉迷藏的景象，可谓观察细致、想象奇特、意境幽远。至于妈妈跟"我"叙说的关于星星到擎天树丛中找情人的故事，更是充满神奇色彩，令人心往神驰。擎天树的臂膀"具有挽月摘星的神力"，而这种神力又是"来自壮乡的土地"。显然，作者讴歌擎天树，就是讴歌孕育擎天树的壮乡大地。第三部分描写壮族英雄韦拔群及老一辈无产阶级革命家聚集在擎天树下展开革命斗争的壮举，叙述自卫还击的功臣们聚集在擎天树下痛击侵略者的英姿，讴歌今天的人们在高高的擎天树下聚集着进行新长征的英雄气概。作者借擎天树的形象，赞颂了壮族人民不屈不挠的战斗精神。第四部分进而将擎天树的形象比为祖国的形象，你"顶天立地，满目春光，一腔诗意"，"你是日益繁荣昌盛的社会主义祖国形象的壮丽浮雕！"第五部分直接抒发"我"对擎天树的赞美、依恋之情。作品主要运用象征手法，以高高的擎天树，象征勤劳勇敢的壮族人民，象征孕育挽月摘星神力的壮乡大地，象征不屈不挠的战斗精神，象征日益繁荣昌盛的社会主义祖国。采用第二人称，仿佛面对擎天树声声呼唤，很好地抒发了作者的热烈赞颂之情。奇妙瑰丽的想象、浓郁的浪漫主义色彩、具有诗歌韵味的语言、回环往复的节奏，也是作品鲜明的艺术特色。不少地方糅入了生动形象的民歌，

· 319 ·

使作品生色不少。《放歌擎天树》是一首对于民族、对于人民、对于祖国的热情颂歌。

《九死还魂草》原载《民族文学》1982年第7期。作品叙述"我"回广西探亲，买了几棵"还阳草"，回到北京，竟把它们遗忘了。两个月后，"我"从抽屉里拿出两棵，泡进玻璃瓶里，居然还能活过来，"还阳"了。这种草书上叫"卷柏"，当地人称它"九死还魂草"。一种小草，本是十分平常的，但作者能从平凡中挖掘出奇绝，使作品产生一种奇趣美。"还阳草"的两次"还阳"，形象地显示了它们的顽强生命力和坚强意志。作者对"还阳草"的赞美，实际上是对顽强的生命力和坚强意志的赞美。"我"之所以对"还阳草"如此珍爱，是因为"我"从中明白了一个道理："由经历过千难万苦的生命所创造出来的美才是最有价值的，才是永恒的。"作者对"美的价值"的思考、认识，无疑是深刻的，能给人以有益的启示。

壮族当代散文作家，在长期的创作实践中，形成了各自独特的艺术风格。

周民震是著名的电影剧作家，他的散文采用了"蒙太奇"手法，由一个个精巧奇妙的镜头，经过巧妙的剪接组合而成。读周民震散文，犹如观看一部部清新隽永、寓意深刻的微型影片，跳跃跌宕，形象鲜明。这一特点在《白云深处走马帮》中表现得尤为突出。开头是一幅全景："云笼雾锁的金钟山"。接着是山路上的马帮："那领头的青骔马引颈长嘶，四谷应和"，"一串昂头竖尾的马儿，拨云寻路，健步如风"。镜头慢慢推近，"赶马人是个苗族老汉。风霜的纹迹布满了他乌亮的脸庞。"然后用"雾中来，云里去，丁丁当当……"这一自然段反复出现，连接起四个跳动很大的不同地点的镜头：一是山顶的观察哨，二是山谷里勘探队的帆布房，三是密林中的森林研究所，四是高山小寨。通过这几个镜头，表现了苗族赶马人一心为哨所战士、勘探队员、科研同志以及山寨群众服务的高尚品质，表现了人们与赶马人的深厚情谊，从侧面反映山区建设者们的工作成就以及他们热爱祖国的美好情怀。此外，周民震散文，构思巧妙，动感强烈，具有某些戏剧性情节，因而有较强的艺术吸引力。作者在描述现实生活的时候，喜欢运用插叙的手法，或对革命斗争历史的回顾，或对先进人物英雄事迹的追忆，从而增加了作品反映生活的广度和历史的纵深感。这是周民震散文又一显著特色。如《百花图》《红水河之波》均能较好体现出作者这一艺术风格。

凌渡的散文则十分重视意境的创造。他善于将真情实感融入描写的对象之中，达到物（客观）我（主观）的统一，充分表现了自然美、人物美、民族美，创造了诗一般美好的意境。如《女人山雪》，开头用了较多的笔墨，描绘自己在杭州和湘西所看到的雪景，接着满怀喜悦的心情，描写了洁白纯净、滋润美丽的女人山雪，"使人宛如觉得一踏上那纯白的地毯，就会洗去尘俗，心灵一尘不染的光洁，就可以走进迷离神秘的天宫里去"。作者就在这一片洁白无瑕的天地间，描写壮族妇女米婆亮和米涛氏萍的活动，刻画她们勤劳、俭朴、善良的高尚品德，烘托她们纯洁美好的心灵，抒发作者真挚热切的赞颂之情，真正做到了思想感情和描写对象的统一，创造了令人神往、纯洁深邃的意境。凌渡还十分注意把思想性、知识性、趣味性有机地结合起来，使作品充满浓厚的生活情趣。作者探微洞幽，勤于思索，掌握了有关草木虫鱼、飞禽走兽、山川河流、风情民俗的丰富知识，并善于将这些知识采撷到散文作品之中。读这样的作品，大有耳目一新之感。如《扁桃熟了》《鹰猎时节》《朗亭》等篇，便较好体现了凌渡散文这方面的风格特点。

老作家黄福林的成功之处，在于他"善于拾缀生活的珍珠"，即善于将一些闪光的事物采摘进散文的花篮，从小处着眼，以小见大，将无数闪光的"珍珠"连缀成壮美的历史画卷。一匹骏马，写出了邓小平同志领导百色起义，纵横驰骋的英姿（《蹄花》）；一簇火花，写出了邓小平同志从南宁押运一船军火到右江古渡，亲手点燃了右江革命烽火的壮举（《火花歌》）；一张床铺，揭示了邓小平同志艰苦奋斗、平易近人、与群众同甘苦共呼吸的伟大品格（《孖铺情》）；一团糯饭、一条小路，寄寓了壮族人民对邓小平同志的深切怀念（《清明糯》《小路牵情》）……总之，作者没有正面描写邓小平同志领导百色起义的雄才大略，对敌斗争的艰苦卓绝，而总是从平平常常的生活入手，选取一些典型事物落笔，这就使作品富于生活气息，感情浓烈，亲切自然。黄福林的这些作品，为我们的散文创作提供了有益的经验。

此外，蓝阳春、苏长仙、韦纬组等，也都有他们各自的风格特点，在此就不一一赘述了。

四

壮族当代散文的创作，虽说取得了一定成就，但总的说来，仍比不上壮族当代小说、诗歌的成就。壮族当代小说、诗歌产生了不少在全国有影响的作品，而散文似乎还缺少脍炙人口、影响深远的杰作。壮族当代散文，仍旧给人一种疲软、困顿的感觉。

从内容上看，以写民族风情、湖光山色、花鸟虫鱼的居多，而关注当代生活、探究人物心灵、针砭社会弊端的较少。至于直接描写"四化"建设，反映改革开放的力作，更是不可多见。由于对现实生活的描绘缺少宏观的把握，有的与人们的生活相去甚远，作品往往缺少力度，难以收到振聋发聩之效。

在艺术上，壮族散文作家大多采用传统的创作方法，艺术创新不够。不少同志的表现手法陈旧落套，或沿用访问记式的单调雷同的结构方法，或套袭画山绣水、卒章显志的模式，面目相似，未能给人以新鲜感。意象派、意识流、现代主义等艺术手法，在壮族当代散文中更是难以找到。

壮族当代散文创作之所以疲软、困顿，究其原因，大概有以下几个方面：一是散文创作的队伍不大，专攻散文的作者屈指可数，青年作者更是寥寥无几；二是有关部门重视不够，没有形成倡导散文创作的浓厚气氛，发表的园地越来越少，出版的散文集寥若晨星；三是有的散文作者驾轻就熟，墨守成规，未能大胆探索，开辟新路。

我认为，壮族当代散文创作，具有诸多有利条件。首先，广西这块古老而美丽的土地，为散文作家提供了广阔的驰骋天地。北部湾畔经济开放区的潮汛，中越边境的军民生活，红水河水力资源的开发，少数民族地区的经济建设，都是内地缺少而我们独有，有的甚至是举世瞩目的，这是壮族散文创作得天独厚的条件。其次，壮族散文作家（特别是中年作家），有深厚的生活积累和丰富的创作经验，有振兴壮族散文创作的强烈愿望和坚定信心，在他们的努力下，壮族当代散文一定会有更大突破，达到更高的层次。

当前，壮族散文作家必须改变"各自为战"的分散状况，尽快形成一个散文创作的作家群体；必须团结协作，共同探讨，加强对创作理论的研究及对作品的评论（包括对壮族散文作家逐一进行专题讨论），加强与外省的散文作家和评论家的横向联系。壮族散文作家自身，还应当克服满足于写民族风情、小花小草的小家子气，进一步关注当代生活，扩大题材领域，敢于触及重大社会问题，"兴改革之风，赞创业之人，抒时代之情，绘四化之美"，力求创作出具有强烈的时代感、高度的艺术性、经得起时代掂量的散文佳作来。壮族当代散文率先跻身于全国最先进的行列，我想是完全可能的。

壮族当代文学民族性探索

陈学璞

我们探讨壮族当代文学，首先遇到的是民族性问题。什么是壮族当代文学的民族性？怎样建设有真正民族性的壮族当代文学？这一系列问题的研究，关系到壮族当代文学的地位和命运。也就是说，如果壮族当代文学的民族性不明显，或者可有可无，那么壮族当代文学就会失去应有的光泽，甚至会使人疑心有无提倡的必要了。

少数民族当代文学之所以能在文学之林中独树一帜，十分重要的原因是它从内容到形式、从涵义到风格，都标上了民族的"印记"。由于"印记"的图案、花纹、色泽的不同，便有了蒙古族文学、藏族文学、朝鲜族文学、维吾尔族文学，等等。壮族当代文学，自然也不能例外。

作者简介

陈学璞（1944—），江西安义人，毕业于广西师范大学中文系，广西壮族自治区党校教授，有著作《玫瑰园漫步——马克思主义文艺理论与实践》等。

作品信息

《社会科学探索》1988年第5期。

（一）

我国有五十六个民族，每一个民族，特别是少数民族都因其具有不同于其他民族的特点而独立存在。一个民族，不论大小，都有其不以人的意志为转移的内部特征和外部特征。文学的民族性，正是民族本质上的特点、特殊性的形象化、诗化、艺术化，是作品所反映的民族生活、民族精神和民族观念，是文学塑造的民族人物、民族典型，是作品中与内容相适应的民族形式与民族风格。总之，是民族作家感知客观世界的审美心理和审美趣味的文学表现。

壮族当代文学，应当是社会主义的内容，壮族的民族形式。壮族有自己的情理心态、表达方式、性格特质、风俗习惯，乃至民族历史、民族文化和地理环境。从民间文学来看，壮族文学有别于汉族和其他少数民族文学的特点。例如，民间故事传说所描绘的壮族生活的风情画面，人物的坚毅顽强性格和委婉曲折的心志，浪漫和写实相结合的创作方法，壮族喜闻乐见的语言和艺术形式，等等。但是，在壮族当代文学的创作实践中，如何形象地再现壮族的民族特点，如何塑造壮族与众不同的"这一个"，如何把握民族传统与时代精神，如何描写民族风俗与时代变迁，却是一个十分复杂的问题。

放眼壮家文坛，已形成老、中、青结合的可观阵容：著名老作家陆地，以及韦其麟、张报、华山、周民震、蓝鸿恩、肖甘牛、莎红、黄勇刹、黄福林、蒙光朝、黄青等；七八十年代崛起的中年作家韦一凡、农冠品、王云高、黄钲、韦纬组、黎国璞、潘荣才、凌渡、蓝阳春、苏长仙、韦文俊、陈雨帆、韦显珍、韦志彪、何培嵩、苏方学、杨炳忠、雷耀发等；八十年代起步的新秀、青年作家孙步康、黄堃、莫非、陈多、韦元刚、李甜芬、黄琼柳、廖润柏、岑献青、郭辉、谢树强等。众多的壮族作家的作品，其中不乏美学价值较高、民族色彩艳丽的佳作。大致上可以分为四类。

第一类，取材于民间故事、传说而创作的作品。彩调、歌剧《刘三姐》的文学剧本，长诗《百鸟衣》，电影《一幅壮锦》，壮剧《金花银花》的文学剧本，等等。

这类作品溯源于民间口头文学，经过当代作家从新的思想高度、以新的艺术手法再创作，一鸣惊人，成为中国当代民族文学的灿烂明珠。韦其麟1955年在《长江文艺》发表的《百鸟衣》，与云南的《阿诗玛》齐名，被誉为"经过整理和改编的民间创作的珍品"（周扬：《建设社会主义文学的任务》）。《百鸟衣》在中国当代文学史上占有举足轻重的位置。

第二类，反映民主革命时期和新中国成立初期人民革命斗争生活的作品。陆地的长篇小说《美丽的南方》《瀑布》是杰出的代表作。《美丽的南方》以灌注南方暖风的笔触，深情地描写了土地改革给壮族山乡带来的翻天覆地的变化和壮族贫苦农民的觉醒。规模宏大的鸿篇巨制《瀑布》，描写了从1915年至1931年中国旧民主主义革命和新民主主义革命交替时期的严峻险恶、波澜壮阔的斗争。这类作品通过描绘壮乡的地理环境、风土人情、文化习俗，革命斗争的风云变幻、曲折艰难，塑造具有民族性格的壮族知识分子和农民革命者形象，而体现鲜明的民族特色。

第三类，直视壮族人民新时期蓬勃前进的生活历程，或从当代生活的矿苗中发掘历史的渊源的作品。韦一凡的《劫浪》《姆姥韦黄氏》，黎国璞的《古寨恩仇》，孙步康的《小镇蝶恋花》，何培嵩的《刘三姐与黄婉秋》等。这类作品以壮族普通人在现实土地上的足迹，融进民族历史的灾变，褒扬民族传统的光彩和发出"亮色"的社会主义新人，鞭挞民族的丑类，其时代气息与民族风味之浓厚，是不言而喻的。

第四类，借助"意识流""魔幻"等现代艺术手法，观照壮族历史文化与当代现状的作品。如黄堃的诗歌《远方》等。这类作品追寻壮族以"花山壁画"为标志的原始文化，希冀"打破现实与幻想的界线，抹掉传说与现实的分野，让时空交叉"，隐现一种历史的忧患与现实的思虑。其民族性飘忽闪烁，深沉而辽远。

壮族当代文学以其民族特点而区别于其他民族的文学。但与先进的少数民族文学相比，从总体来说，还缺乏一种民族的自觉的能动性，少一点历史与现实融汇的博大精深，民族情感不够强烈。因而，未能充分发挥壮族当代文学的民族优势。这也是壮族当代文学的地位和影响与其人口在少数民族中所占的比例不相称，多年来未评上全国大奖的一个原因。

（二）

建设有壮族特色的当代文学，我们需要追寻"百越"文化的底蕴，观览西方现代意识，捕捉区外先进地区和兄弟民族创作大潮的信息，张扬作家的"主体意识"。为了加快壮族当代文学发展的步伐，我们应当立足于壮族原有的物质文化基础，吸收和消化外来艺术，面对广西改革开放和经济建设的现实，从壮族人民的实践和理想情操中汲取养料，强化文学创作的民族意识。在这种求实而高远的民族意识滋润下，经过长期不懈的努力，创作大批具有鲜明的民族性和时代感而又多层次、多维系的作品，造就像维吾尔族铁依甫江、蒙古族玛拉沁夫、回族张承志、鄂温克族乌热尔图式的壮族作家。我们需要像乌热尔图这样的机智的"民族文学猎人"！

题材的新开拓，地方性和民族性水乳交融，往往可以使民族文学插上翅膀。蒙古族有"草原文学"，藏族有"高原文学"，维吾尔族有"边疆文学"，鄂温克族有"森林文学"，西部几个民族有"西部文学"。红水河是壮族的摇篮。横贯广西的红水河流域，崇山峻岭，沟壑纵横，森林茂密，物产丰盛，自古是壮人休养生息的地方。红水河的水力资源蕴藏量和开发价值冠居全国。河上建设的梯级电站是我国"四化"的重点工程。当年红军饮马红水河，今天建设者勘凿红水河。红水河本身就将古代文明与现代文明、革命传统与新时期风尚、历史感与现代味统一起来了。红水河养育了壮族人民，培育了民间文学，也必将孕育壮族当代文学。因此，我们的作家应该带着强烈的民族意识到红水河流域深入生活，在当代文学中开掘"红水河题材"，塑造有民族特点和现代感的"红水河性格"。让这条流淌物质黄金的河，也流出壮族文学的精神黄金。

保卫祖国，正义战争，最能迸射出民族精神的耀眼火花。广西地处南疆边防，有连绵数百里的边防线。历史上的中法战争、镇南关起义、抗美援越，直至当前的对越反击战斗，都发生在广西边境。边防也是壮民保家卫国、休养生息之地。著名的老山、法卡山雄踞在云南、广西的壮族地区。历史和时代赋予壮族文学以神圣的责任：建立以壮族和其他少数民族为主体的边防文学，使壮族当代文学也像老山、法卡山一样，闻名于中国，驰名世界。

壮族当代文学，是在民间文学的基础上诞生的。我们还要在挖掘、整理、加工民间文学的基础上，重新创作，把古代的民间文学素材升华为今天文人创作的当代文学。更重要的是，继承民间文学的优良传统，运用民间文学的成果，改革民间文学的技法，创作新的有时代气息和审美价值的作品。

改革是当代生活的主题，写改革是当代文学的主旋律，也必然是壮族当代文学的焦点。歌颂壮家改革者的创业精神和改革引起的巨大变化，揭示改革的困难和阻力，描写改革生活中壮家人的喜怒哀乐和人的命运的升降沉涨，同样是壮族当代文学责无旁贷的任务。写改革的壮族文学作品，只要善于概括生活现象并艺术地再现生活的真实，不但不会失去民族特点，而且会使作品的民族性与时代性更好地结合在一起。

民族文学离不开民族风俗。但民俗作为一种文化传统的映照，既有相对的稳定性，又总是处于不断变革之中的。不能孤立地写民俗，更不能把民族性与"老百姓的粗俗性混为一谈"。别林斯基在谈到文学的民族性时，批评"伪古典主义思潮"，把出身低贱的人的"粗毛短袄"和所住的"连烟囱也没有的茅草屋"，以及"被老爷打扁的鼻子"当作"真正的民族性"。他指出："一个诗人就必须拥有巨大的才能，必须在灵魂上是一个具有民族性的人。"壮族当代文学的民族性，不局限于题材，关键在于作家自身的民族性。作家必须具有民族的气息，民族的眼光，民族的意识，写出的作品才可能代表民族的声音。如果壮族作家失却"民族性"这个灵魂，即使他写"抛绣球""抢花炮""不落夫家""对歌"，写各式各样的壮族生活题材，也不可能写出真正有特点的壮族文学作品。韦一凡的《姆姥韦黄氏》并没有用很大的篇幅专写壮乡风情，但惟妙惟肖地刻画了老一辈壮族妇女的灵魂——不管经受多少磨难，都始终坚信"生活呀，既有灰色的痛苦，也有绿色的希望"这个真理。

作为民族作家，无论写什么题材，表现什么主题，关键在于要有"民族的眼睛"，表现真正的"民族精神"。因此，当代壮族作家在强化思想素质和文学素质的同时，必须提高民族素质，熟悉本民族的生活习俗，学习本民族的优良传统和杰出人物，强化先进的民族意识。只有民族感情深厚，民族意识强烈，充满民族自豪感和自信心，而思想素质和文化素质又良好的壮族作家，才能创作出第一流的壮族当代文学。当真正形成一个先进的、民族意识浓厚的壮族作家群，并创作出大批民族特色和时代精神突出的作品的时候，广西当代文学就会走在全国的前列，再也无须担忧"广西文学落后"了。

壮丽的南国长篇浪潮

——广西三十年来少数民族长篇小说创作概述

雷猛发

鸟瞰：浪潮卷起的态势

尽管广大读者对长篇小说创作的现状不甚满意，评论家也较多地指出长篇小说的不足，然而，在新时期文学第十个年头到来的前后，我国的长篇小说创作仍然掀起高潮。广西少数民族作家的长篇创作，是这个高潮中一个引人注目的浪头。

长篇小说原本是广西少数民族文学创作最薄弱的项目。在广西壮族自治区成立的1958年以前，长篇小说创作尚是空白；"文革"前，仅有一部。近几年来，长篇小说创作有了长足的发展。截至今年四月，全区出版的少数民族作家创作的长篇小说计有九部之多。除陆地的《美丽的南方》1960年出版之外，其余八部均出版在新时期里：陆地的《瀑布》，陈涛的《爱的暖流》，韦一凡的《劫波》，黎国璞、陆君田的《乱世枭雄》，王云高的《明星恨》《冬雷》（与已故的汉族老干部陈漫远合作），

作者简介

雷猛发（1941—），广西宁明人，壮族，广西社会科学院研究员，有著作《作家之门》等。

作品信息

《民族文学研究》1988年第5期。

梁学的《南国冬雷》(与汉族作家杨军合作)，蓝怀昌的《波努河》。(此外，尚有出版于1976年1月的《雨后青山》、1977年1月的《穿云山》。这两部长篇小说均是三结合创作组写农业学大寨的内容，算不得真正的广西少数民族文学，本文暂未予以评论。)总字数在三百万字以上。这九部长篇，从作者的民族成分看，八部是壮族的，一部是瑶族的(《波努河》)；从题材看，既有一般历史题材、革命历史题材，又有从"土改"到目前改革的现实题材；从作品主人公看，既有革命者，又有反动派，既有工人农民，又有知识分子，还有荣誉军人，既有历史伟人，又有平民百姓、民间艺人等；从时间地域跨度看，既有纵贯数十年、横跨数省区的长轴(长中之长)，也有只写数年和一村的短卷(长中之短)；从艺术品类看，既有雅文学，也有俗文学，还有所谓雅俗共赏的文学；从创作方法看，多数是现实主义的，也有基本上是现实主义的，同时吸取其他创作方法的艺术手法，还有框架是现实主义，而主宰作品灵魂的却是非现实主义的，等等。广西少数民族作家创作的长篇小说这一绚丽斑斓的面貌，说明了在数量激增的同时，也说明了艺术的成熟和勇于探索的艺术取向。值得一提的是，广西少数民族作家长篇小说创作浪潮的势头正方兴未艾。据了解，列入今明两年出版计划的长篇不下十部，仅南宁市准备向自治区成立三十周年献礼的长篇小说就有五部。三十年来，特别是新时期以来，广西少数民族长篇小说创作的成绩是巨大的，应充分肯定。

对于长篇小说创作的勃兴，除了经济、政治方面的因素外，人们较多地注意到的，是文学创作的由短到长、由易到难的带规律性的因素，这无疑是正确的。长篇小说作为文学艺术的重武器和"大炮"(高尔基语)，作为"一时代的纪念碑"(鲁迅语)，确实是比短、中篇小说更难于营造。广西少数民族的小说创作，正经历了短篇的繁荣、中篇的勃兴的有序过程。目前已出版长篇小说的广西少数民族作家，几乎都经历过这样的历程。可以说，他们的长篇创作的准备是较充分的，功底是较厚实的，态度也是严谨的。进而再考察他们的初始动机及其艺术感受，则会发现，促使广西少数民族长篇小说创作迅速勃兴的更为深沉的力量，是历史的、民族的崇高使命感。壮族老作家陆地萌生创作《瀑布》为革命英雄立传的宏愿就有四十年之久，他说："但愿此生，有朝一日，能将这一叱咤风云的英雄一代，再现于文书，以纪念这段历史中的革命先烈。"身为一名荣誉军人，壮族中年作家陈涛，数十年"文债"萦怀，"断断续续写了四年，三易其稿，一改再改，吃够苦头饱尝艰辛"，然后才有表现荣誉残废军人生活的《爱的暖流》问世。瑶族中年作家蓝怀昌创作描写瑶族波努支系子孙在改革中艰难历程的《波努河》，既有对波努创世始祖神岜桑弥洛特的感悟，更有对和自己呼吸与共的本族父老兄弟姐妹的挚爱。他们用心血以数年以至数十年时间造成的民族文学的"大宫阙"（鲁迅语），使人读来如触摸到一颗颗灼热跳动的心。民族长篇的意义，往往超越了单纯小说的价值，正是在这一意义上，广西民族长篇凝结着它的力度与丽度。

力度：涵盖与穿透

广西少数民族作家长篇小说创作最为引人注目的一点，是作家们从构思到动笔，大都将艺术的视觉对准自己脚下的大地和本民族，把自己的第一部、第二部长篇首先奉献给自己的民族，使文学创作中容量最大的长篇小说成为民族历史、生活和精神的艺术载体，因而作品反映的历史背景或描写的社会生活，涵盖面都较为广大。这同时下长篇创作较为时髦的"向内转"的艺术取向和收缩物质层面的具体写法，似乎相去较远。然而，这正是时代和民族所厚望于民族作家的地方。左拉说过，巴尔扎克和司汤达伟大，因为他们描绘了他们的时代。我们不妨也可以这样说：民族作家的功绩，在于他们描绘了他们的民族。尽可能广阔地反映本民族的历史和生活，这可以看作是少数民族长篇小说创作（特别是初始阶段）所遵循的一条规律。广西少数民族作家长篇小说创作所显现的，正是这种自觉而可贵的民族意识。

由于受作品题材、时间、地域及作者文学观念、艺术取向等因素的制约、影响，广西少数民族作家创作的长篇小说的涵盖力表现出种种不同的状况。从宏观上考察，主要有两大类型。

一是以大见大。广西民族长篇多数表现重大题材，时间空间的跨度都较大，其涵盖力之大，显而易见。篇幅最长、反映的地域较广、时间也较长的，当首推壮族老作家陆地的四卷本《瀑布》。作品描写了韦步平为代表的广西壮族地区壮、瑶、汉各族人民在中国共产党领导下进行的艰苦卓绝的革命斗争，从"长夜"到"黎明"的曲折历程。历史背景从1915年的反袁世凯卖国条约二十一条始，至1931年冬工农民主中央政权诞生止，地域涉及桂、粤、云、贵、川五省的壮、瑶、汉民族地区，展现了风云变幻的社会画面和独具特色的民族风情，生动地刻画了众多的人物形象，涵盖面远远超出一个民族、一个地区的范围，具有史诗的若干品格。同是以革命斗争为题材的《冬雷》《南国冬雷》，在背景、事件、人物等方面，与《瀑布》有某些能够使人联想的相近或相似之处，但都写得各有特色。虽然《冬雷》的民族特色稍弱，《南国冬雷》的斗争波澜略欠壮阔，但前者反映的社会层面较为广阔，后者作为第一部正面描写百色起义的长篇，也较好地勾勒出了起义的壮伟轮廓。广西第一部民族长篇《美丽的南方》，篇幅比起同一作者的第二部长篇《瀑布》要小得多，但在反映我国南方土改运动的规模、特点以及社会层面上，也是颇为成功的。以"陆荣廷传奇"为副题的《乱世枭雄》，用演义形式，状写旧桂系军阀头目陆荣廷传奇性的一生，反映了几乎包括整个近代史和现代史开端七十年间广西政治、经济、军事的动荡风貌以及斑驳陆离的民情世态。

二是以小见大。其余四部，相对于上述五部，或只反映一个家族、两代人之间爱恨恩仇的故事(《劫波》)；或是以黄家父子与陶氏母女长幼错位的奇婚为主线，写了一场触目惊心的特殊斗争(《明星恨》)；或是在改革的大背景下，写了瑶族古老的波努支系两个女儿在新生活的大潮中搏浪与溺水的新奇故事(《波努河》)；或只是反映了中国人民志愿军几位残废军人震撼人心的爱情故事(《爱的暖流》)，题材没有那么重大，事件没有那么曲折，人物没有那么众多(《明星恨》不在后两条内)，但内容的涵盖面并不因此而狭小。《劫波》深刻地写出了壮族农民在旧社会的生活苦难和在极左思潮钳制下的精神重负。《波努河》在现实生活层面上以一点反映出民族经济改革的概貌，又在精神生活层面上再现了瑶族从远古至今古朴淳厚的精神风貌。《明星恨》反映的事件虽不大，但事件曲折，人物关系错综复杂，较为完整地反映了生活在社会底层的民间艺人和独霸一方的土皇帝营垒人物的异常生活；社会生活涵盖面相对较小的《爱的暖流》，也在荣誉军人这一特殊题材中，首次揭开了新的领域，正面描写了荣军生活的诸多方面，并涉及了与荣军有关的军与民、城与乡、干与群的多层生活面。这些生活场景较小的长篇，还大都注意深挖精神深层，这更有助于增大作品的涵盖面。

如此看重作品的涵盖面，是想说明广西少数民族作家创作的长篇的包容量是较为广大的，大都符合作为长篇小说的容量，并非是拉长了的中篇。这是衡量长篇创作实绩的一个重要标准。

诚然，涵盖出于对本民族的挚爱。仅止于此，或许尚属浅层意识的不自觉表露。从总体看，广西少数民族作家创作的长篇小说还有着一种或强或弱为穿透力，能够从题材的开掘和人物命运的安排中，揭示出生活的某些本质或艺术的某些规律来。而穿透，则得自作者对社会、人生和文学艺术的深沉思考。这些思考，较为突出的，集中表现在如下两个方面。

一是文学观念的突破。长期以来，在极左思潮影响下，我国文学创作形成了"好人彻底地好、坏人彻底地坏"的模式。这就导致了典型人物的阶级类型化。"文革"后广西第一个有长篇出版的壮族老作家陆地，率先突破旧文学观念的束缚，以严谨的现实主义创作方法塑造形形色色的人物，写出了人物的复杂性。不仅坏人不是一坏到底，如后来成为杀人不眨眼的反动军阀官僚的黎柏初、夏雷，学生时代也曾是"风雨社"的中坚人物，有爱国心的热血青年；又如后来投到反动官僚怀抱的"女三杰"之一的海银华，当年也曾是相当进步的政治活动家。而且好人也不是一好到底，与韦步平并肩战斗的凌云青在革命低潮期成了脱离革命的"云外零人"，与韦步平形影不离的梁少英也成了革命叛徒。而对于壮族革命英雄人物韦步平，作家也扫除了笼罩在他头上的神化光环，把他塑造成一个悲剧人物。在他身上，既有英雄的大智大勇，也有凡人的忧虑失误，而造成他的悲剧的直接原因，却是他被狭隘的民族感情一叶障目，信任了最不该信任的人。作品把英雄人物塑造出来，最后又让他死掉，这在成书的1980年，无疑是文学创作上的一个重大突破。与《瀑布》

相映照，《乱世枭雄》写的是史学上有定评的反动军阀陆荣廷。书中没有把主人公写成完全反动的人物，而是以审美价值取代了原有的政治价值。小说中的陆荣廷，不是一个嗜血成性的刽子手、残酷无情的冷血动物，而是一条重情重义、经得起摔打至死不倒地的铮铮硬汉。作者的感情，明显地是倾向于他的主人公的。这种闯入历史反动人物题材禁区的大胆探索，是对原有文学观念的一个有力冲击。这些突破的冲击，未必都是完满成功的，特别是对陆荣廷形象的塑造可能会有争议，但它凝聚着作者的反思，带来了作品的穿透力。

二是作品主题的升华。"开掘要深"，这是鲁迅先生关于小说创作的一句名言。广西少数民族作家创作的长篇小说在处理非重大题材时，大都努力向深处开掘，使主题得到了较理想的升华，加深了作品的意义。《劫波》以壮族农村新旧两个社会的不同生活为背景，写了一个家族两代人之间的爱恨恩仇的故事。浮游在素材表面的，是一些个人的苦难和不幸，偶然的巧合和报应；作为一般的悲欢离合故事处理，于曲折离奇之中，未尝不可以赚取读者的一掬廉价的同情之泪。然而作者却拨开素材的浮游物，透视到素材的深层底蕴，把新社会的极左思潮和旧社会的封建专制联系起来进行思索，看到了二者之间形异而质同的某些因素，成功地设计了韦良山先是反封建斗士后是极左思潮卫道者的一身具有二重性的人物，强烈地揭示了极左思潮的社会历史根源和严重恶果，加深了作品的深度，使壮族的一个山村成了中国的一个缩影。《明星恨》的故事极为离奇荒诞：儿子成了父亲的岳丈，女儿作了妈妈的婆母。两家人长幼错位的荒唐婚配，照实铺写，充其量不过是人们酒后茶余的谈资。但作者不甘作文坛上庸手俗笔，他把生活中的原型作了特殊处理，把其中一人写成倒行逆施而又极端淫乱暴戾的土皇帝，荒唐婚配正是封建主义登峰造极的必然恶果，从而使离奇荒诞的故事包孕着反封建的严肃而深刻的主题。

此外，《波努河》以较多笔墨写了改革的艰难挫折和波努人子孙的落后愚昧，《冬雷》《南国冬雷》写了革命与反革命的互有得失的不同情状的较量，《爱的暖流》写了荣誉军人的既自悲又崇高的复杂思想等，都是作者根据不同题材作出不同思考的艺术成果，不同程度地增强了作品的思想深度和艺术容量。

丽度：稳态与超越

"丽度"一词是作家刘心武在最近的一篇短文中提出的概念，我把它当作是对作品达到的艺术性程度的概括，并用作对广西少数民族长篇小说创作艺术成就的判定。

我国文学传统的创作方法是现实主义。作家文学起步较迟，目前尚在发展中的少数民族文学创作，大都打上现实主义的深刻印记，广西少数民族长篇创作也不例外。近几年来有一种鄙薄现实主义的倾向，但我赞同作家路遥的观点：现实主义文学的巨大潜能尚未在中国的国土上得到很好的发挥，现实主义的生命力仍然存在。据此，我们对尊奉现实主义的民族文学不应妄加贬斥，而应看现实主义在民族作家笔下获得何种实绩。广西少数民族作家的长篇创作正是在现实主义的稳态发展中显示了初步的成熟。这可从以下几方面来考察。

构思的博大与完整。《瀑布》是具有史诗品格的全景式鸿篇巨制，代表着直至目前的广西少数民族长篇小说的最高水平。它采用了传统的描写人物命运与显现事件发生、发展、高潮和结局的有序进展的小说结构形态，视野开阔，场景博大，人物众多，事件错综复杂，有着大部头长篇所要求的诸种艺术要素和流贯全篇的恢宏气势。对于一系列重大事件的衔接交错、众多人物复杂关系的暗示交代，都有缜密的布局和精妙的安排。《瀑布》的出版，标志着长篇小说这一最为重要的文学样式在壮族当代文学史上的完全确立。《劫波》对羊胡三爷与韦良山不同时代相似面貌的设计，对于良才、满姑与志槐、土妹两代人爱情、命运的巧合；《明星恨》对于黄氏父子与陶氏母女乱伦婚姻的安排，也都各有匠心。其他各部长篇，大都能统摄全篇，未见大的疏漏。

人物形象较为鲜明和丰满。人物众多而又刻画得最成功的，还是首推《瀑布》，《瀑布》塑造了"风雨三杰"、"女三杰"、"那平十友"、"三三会"同志以及反动营垒中的"马屁精"、"金边蚂蝗"、"竹叶青"、汪"锯人"等一组组群象，除了主人公韦步平是全书着墨最多，整个形象有血有肉、高大丰满外，其余不少人物，特别是知识分子中的凌云青、桂品微、王光宗等形象，给人印象也较深刻。在其他各部长篇中，人物塑造大都是作者的看家本领之一，不少人物各具特色，《劫波》中的韦良山，《乱世枭雄》中的陆荣廷，《波努河》中的玉梅、画眉头，《明星恨》中的几个女性凤鸣、玉莲、杨氏、孔琼瑶，《爱的暖流》中的"黑仔"黄竹根和玉晚姑娘，《美丽的南方》中的韦廷忠、傅全昭，《冬雷》中的辛雷，《南国冬雷》中的李成，等等，各有个性，有些还写出了人物的复杂性格。值得一提的是，广西少数民族作家创作的民族长篇中，有好几部写了若干重大历史事件和革命伟人，如《瀑布》写了毛泽东、周恩来、孙中山、宋庆龄等，《南国冬雷》和《冬雷》写了邓斌（邓小平）、张云逸、韦拔群，《乱世枭雄》写了孙中山，从不同侧面展露了伟人英姿，其中邓斌形象是初次在长篇中出现，尽管还不够丰满，但此种尝试值得充分肯定。

鲜明的民族和地方特色。传统小说注重描写人物活动其间的社会和自然的环境。广西少数民族作家创作的长篇，大都着力描绘了一幅幅富有广西地方和民族特色的绚丽多彩的风俗画和风景画，不仅山清水秀、鸟语花香的秀丽南方自然风色，壮族歌圩以及春节等民俗景观，在不同作品中都有引人入胜的描写，而且还能把社会风云溶入民族风情之中，有着鲜明的时代特色，如《瀑布》中的"还王愿"盛典，《劫波》中的清明大祭，《波努河》中的邑桑弥洛特诞生节等。这些描写，不仅艺术色彩强烈，而且民族地方特色极为浓郁。

语言畅晓，富有民族个性和韵味。广西少数民族长篇小说的壮、瑶族作者，克服思维和语言的障碍，直接用汉文进行创作，而且书面语言较为畅晓，本是一个了不起的成绩。这对于吸收汉族和其他兄弟民族文学的长处，进一步发展本民族的文学，是有深远的意义的。由于这些作者在创作长篇之前都有较为丰厚的创作实践，因而对文学语言的驾驭都较娴熟。无论是叙述语言的自如，人物对话的个性化，都达到了较高的水准，不少语言富有感情韵味。老作家陆地还能得心应手地运用具有时代特征的语言。同时，大多数土生土长没有长期远离故土的广西少数民族长篇小说作者，还自觉或不自觉地保留语言的民族个性和韵味。其中《波努河》和《劫波》，不仅引用了不少本民族的俗语、歌谣，而且在思维和用语习惯上，都较多地表现出本民族的特点，这是值得研究者加以注意的。

我们在肯定广西少数民族长篇小说创作在现实主义的稳态发展中显示了初步成熟的同时，看到近年来出版的长篇，也开始试图在艺术形式上进行某种探索。值得一说的有下面三部。

《南方文坛》创刊号预告《波努河》出版的信息这样写道："瑶族作家蓝怀昌的《波努河》以现实与神话、写实与抒情交织而成的文笔，在民族文学的画廊里又新绘出这么一幅熔现实性、传奇性、神秘性于一炉的作品，这是我国瑶族文学史上的第一部长篇小说。"读后觉得这个介绍稍能抓住作品的艺术特点。作者说，他不想亦步亦趋走现代派、魔幻派的道路，也不想原封不动照搬汉族长篇的模式，而想取各家之长，探索一种更适于表现瑶族生活的形式。《波努河》艺术形式确有新奇之处，它的框架还是现实主义的，但主宰全篇的灵魂是非现实主义的，这就是无处不在的岜桑弥洛特的幽灵。这一形式，使得瑶族远古的历史、神话、传说与改革现实水乳交融，收到了现实性强、历史感深的效果。

《明星恨》的作者王云高探索一种既不同于纯粹的雅文学，又不同于纯粹的俗文学的艺术形式，力图把雅与俗结合起来，并名之曰"通雅文学"。《明星恨》就是"通雅文学"的第一个产儿。其特点可概括为：通俗的外壳包孕着严肃深刻的主题；离奇的故事与新叙事方式（即叙述角度的多变与叙述结构的多层次）相耦合；大量的民俗现象与丰富的历史内容相交融，多渠道增强作品的文学性。《明星恨》作者闯新路的用心颇为良苦。

在近几年来通俗文学名声不振的情况下，《乱世枭雄》的作者把自己的第一部长篇写成纯粹的俗文学，确要有一点不畏人言的勇气。他们通过创作实践，试图找到一种既适合大众口味又能提高俗文学声誉的写法。这就是俗而不浅，要尽可能写得深一些，力戒粗浅，最紧要的是格调要堂堂正正，绝不能庸俗。我以为《乱世枭雄》在这三方面的努力，为俗文学的健康发展找到了一个可资借鉴的经验。

目前全国长篇最大的弊病，是平庸之作居多。广西少数民族作家的长篇创作也未能力挽狂澜，因而在全国有影响的佳作也仅是个别的。尽管广西少数民族作家在创作中付出了巨大的努力，取得了相当可观可喜的成绩，但在世界长篇创作经验日渐丰富，艺术样式和手法层出不穷的态势面前，也还显得开放不够，接纳新潮不多。我们把提高质量更上层楼的希望寄托在他们的第二部或第三部长篇上，寄托在正在向长篇阵地冲锋的其他民族作者身上。相信我们的愿望不会落空，广西的少数民族长篇小说创作，在不远的将来，定会以新的面目出现于中华民族长篇之林。

广西文坛三思录

序

每年、每届、每代，我们都在总结自己的成绩，关着门，从纵向看自己的收获："很好很好，丰收丰收，当然也……"

曾有过不同的声音么？有，历来都有，但即使是学术上不同的声音，其结果都

作者简介

常弼宇（1953—），祖籍北京房山，毕业于广西大学中文系，曾在文化厅《影剧艺术》杂志任职，后在广西壮族自治区纪律检查委员会工作，曾当选广西作家协会副主席。出版有小说集《误入野史》《籍贯》。

杨长勋（1963—2006），广西田林人，壮族，先后在广西艺术学院、广西师范学院担任副教授，广西文艺理论家协会副主席，著有《骆越诗潮》《艺术的群落》《话语的边缘》《艺术学》《余秋雨的背影》等。

黄佩华（1957—），广西西林人，壮族，曾任《三月三》社长兼总编辑，广西民族大学驻校作家，文学影视创作研究专业硕士生导师，广西作家协会副主席，壮族作家创作促进会会长。有小说集《南方女族》《远风俗》，长篇小说《生生长流》《公务员》《杀牛坪》等，获全国第四届、第七届少数民族文学骏马奖，第四届、第五届广西壮族自治区政府文艺创作铜鼓奖。

黄神彪（1960—），广西宁明人，壮族，毕业于广西民族大学中文系，著有诗集《花山壁画》等。

韦家武（1964—），壮族，广西来宾人，毕业于广西民族大学中文系，曾任广西民族出版社社长，广西出版传媒集团有限公司董事、副总经理。

作品信息

《广西文学》1989年第1期。

是有目共睹的：人生长恨水长东，为探索文学艺术的科学真理，我们的文艺战士付出了巨大的牺牲。

这样的时代终于结束了：胡风文艺理论的平反，为这个结束树立了赫然的里程碑。

面对广西的文坛，也有几个年轻人要顽强地说出自己不合调的声音。初生之犊不怕虎，这种气魄必然地为尊长者所少有。如果认定文学的未来是属于年轻人的，对这种不合调的声音，似乎也应倾听一下吧?！是耶? 非耶? 真理从来不是天然的采玉，它是打磨之后才现出光彩来的。

为事业的前进，赞歌是应该有的，但谏言更不可少，否则自满和自卑这两个幽灵都会交替地腐蚀我们，直至我们萎缩到不能存在。学术上只能听好话的时代应结束了，否则，改革和开放的口号就只能是炫耀时髦的点缀品。

读罢这几篇短文，编者有如新春闻雷：它刺耳，但对耕耘者说来，它预兆着春雨，有雷声总比万马齐喑好!

难道，丰收永远是对我们无缘的么? 不! 前人早有言：我劝天公重抖擞，不拘一格降人才!

哀兵必胜!

路是人走出来的!

欢迎就此发表议论，愿我们反思、忧思、沉思。

感谢广西人民广播电台文艺部的喜宏、刘洁宏和他们的同事们组织的这批稿件。他们广播。我们发表。会有涟漪吗?

别了，刘三姐

常弼宇

请扬起你握笔的手，说一声："别了，刘三姐!"

　　"刘三姐"的确曾在全国塑造了壮族文化的形象，她所到之处，作家和文艺家就从她的形象说到广西，说起这片土地上具有的民族文化特色。"刘三姐"使广西的作家和文艺家产生了"民族文化优势"的自豪感，这位歌仙载誉归来之后，广西文坛上也就有了这种说法："刘三姐"就是广西民族文化的代表，"刘三姐"就是启示，就是道路。"刘三姐"跨越了文艺的门类，和广西文坛结下了不解之缘，给广西文坛打上了深深的烙印。

　　"刘三姐"曾经被我们的作家和理论家一致推崇，为它献上了"民族性"、"人民性"和"艺术性"三个大花环。可是，在冷静地反思之后我们却说：不！"刘三姐"经过精心提炼的主题，充分表现了它所产生的那个时代的特色，它把民间传说中对"歌仙"的敬爱，对爱情的赞美，对自由美好生活的向往之情，以及民间对文化较为粗浅的、带局限性的认识，都贴上了阶级和阶级斗争的标签，提炼改变成为对文化的全盘否定。改造后的"刘三姐"故事情节中，有着对封闭的小农经济环境乐陶陶的欣赏。那个时代简单的、形而上学的"两分法"和"斗争哲学"也对"刘三姐"人物群体的塑造，产生了深深的影响。"刘三姐"以自己美妙的歌喉加入了"阶级斗争"扩大化的文化大汇唱，获得了不一般的效果。

　　"刘三姐"唯一蒙上悲剧色彩的经历是在十年浩劫中被禁被批判，但"文化大革命"的政治、文化形态，恰恰是"刘三姐"所具有的主题思想恶心膨胀的结果。

　　"刘三姐"的创作思维给广西文坛提供了一种模式，这个模式以它过去时代的成功诱惑、引导着作家，它使一批作家笔下的民族人物形象的性格有一个十分明显的特点：具备浓厚的政治色彩而缺乏真正的民族文化精神的灵魂。一个时期一个阶段的政治口号就往往成了填充进人物性格的核心。再按政治口号去描写一些相应的理想化的民族生活画面，作为人物需要的"典型环境"，如此这般地按模式思维，成了一批作家的思维习惯，也就出现了"你要什么，我写什么"的自觉意识，功利目的压倒了作家关于创作能否经得起历史和实践检验的思考。

　　像这样的创作思维，主旨并不在于塑造有血有肉的富有本民族文化精神气质的人物形象，它体现的是一种创作上的攀比心理，用对"政治任务"和"时代中心"

的攀比来证明本民族的"不落后"。它不是面向本民族而是背对本民族的，攀比的程度越高，民族文化真实失落的可能性和失落程度就越大。这样去认识和发扬民族文化优势，其效果必然是"南辕北辙"。

回顾和反思使我们发现，广西文坛上还有一种创作思维模式和相应的文学现象在延续：从一九五五年到一九八五年，从引起全国瞩目的《百鸟衣》到第二届全国少数民族文学创作奖的获奖作品《寻找太阳的母亲》，都是取材于民间传说的长诗，有着相近的艺术风格，有着相去不远的作品主题，体现着作家一贯的创作心态和平稳无变化的创作轨迹，三十年画了一个封口的圆圈：百鸟衣圆圈。这个圆圈最明显的特点，就是作家始终沉溺于民间文化的原始形态和氛围之中，把本民族必须进行的现代思考，关在圆圈之外。

当代文学在进行反思时，常常从人类童年时代的文化形态中寻找到人类永恒的美好品质和文化精神，然后与现代人格现代文化进行跨越时空的碰撞与冲突。它作为一种参照，使当代人感觉到自身的缺陷，产生完善自己的意识，这就是民间文学不可替代的价值。这样的民间文化形态，当然是具备了现代文化的意义，对当代社会的矛盾和冲突，表现出积极的参与姿态。而广西文坛上"百鸟衣圆圈"式的作品，尽量回避民间文学和当代社会的联系、碰撞，更不愿自觉地引发这种联系与碰撞。作家思索的是如何把民间文学原有形式表现得更加完美，成为当代文学现象中孤立的、超脱的门类。因此，广西文坛缺乏既能让人感受到遥远年代的文化精神，又能感受到当代文化意识启迪的民间文学作品。享有全国声誉的作家面对一个干涸荒废的水岸这种当代矛盾的现象，联想的方向却不是脚下这片土地上发生过的悲剧和冲突，而是"切莫骄傲"这么一个老而又老的哲理，作家为此创作了一个童话，沉重就这样化为轻飘，作家就是这样回避与当代社会发生的矛盾冲突。走完封口的"百鸟衣圆圈"寻找不见作家对十年浩劫进行沉重反思的作品。我们相信作家的人格，但对"百鸟衣圆圈"式的创作思维模式，却要发出否定的感叹了！

"刘三姐文化"和"百鸟衣圆圈"的创作思维模式，造成了今天广西文坛上作家作品呈现双重性格的现象：一方面作家并非没有一丝的清醒和敏锐，另一方面作品却难以摆脱过去的思维习惯和文学观念，表现着早已有之的思想范畴，不去开拓文学主题和文化反思的新领域，待全国一方兴起之后我们再去"追"。

来自黄河文化氛围的著名作家郑义，在红水河畔感受到了一种充满人性、充满个性与自由的文化精神本质，他欣喜地称之为"南方民族的文化精神"。我们脚下这片土地，的确蕴藏着区别于中原文化的南方民族文化精神的优势，我们过去之所以感受不到它，一直没有寻找它，就是因为我们沉浸在旧日的"优势"感觉之中。

别了，"刘三姐"！别了，"百鸟衣"！

文学的断流

杨长勋

文学就像河流，需要每一个河段的通畅。在任何一个地方断流，都会给后一个文学的河床带来干枯和困惑。

本世纪广西文学一直落后，是因为文学的红水河在几个大的河湾断了流。我们忽视了作家间的代际衔接，忽视了文学河湾的沟通，使得广西每一代作家都得不到引导和扶植，都比兄弟省区的作家起步更晚更艰难。

广西文坛这种文学断裂和代际脱节，从五四新文化运动就明显地开始了，直到今天这种断流还在继续。

就从五四时代说起吧，那时，中国文坛出现了鲁迅、茅盾、郭沫若、胡适、周作人、林语堂等一代文化名人，而广西的红水河还在光荣与梦想中甜睡。五四文化的滚滚洪流迟迟没有接纳地处边陲的红水河。这一代作家的轮空，使广西该在三四十年代起步的作家无人扶植，又一次轮空。巴金、曹禺、沈从文这代作家从外省脱颖而出，但广西此时找不到一个可以挤入全国行列的作家。也许后来广西大半个世纪的一贯落后都多多少少能在这里找到最初的文化的原因。

特别是三四十年代，中国文学的又一次高峰，与广西临近的广东、湖南、贵州、四川都产生了在全国有影响的作家，唯有广西还是一片寂寞，还是没有声息。这样一来，广西那些接着应该起步的作家，多多少少都不免有些地域文化的感伤情调。在这样的文化背景下，前面没有前辈作家的引导，要立志当大作家是必然有心理压力的。正如一条河，突然遇到沙漠，下游的流量就不仅不会增大，还有消失的可能。

直到四十年代，我们才有了从解放区起步的陆地和苗延秀，以及从国统区起步的秦似。没有他们，我们的现代文学会更难堪。但是应该说，现代时期广西没有自己成熟的作家。

接下来是解放后五六十年代起步的广西现在的中年作家，他们太艰难了。他们的前辈寥寥无几，他们基本上没有前辈作家的支持和扶植。而他们自己还要作为前辈扶植更年青的一代作家。他们受着这双重的压迫。他们中的大多数人，因为缺少作家文学传统，只好自觉不自觉地从民间文化那里吸取营养走上文坛。民间的题材和趣味，民间的艺术形式，很快就出现了艺术的饱和状态。把他们放到当代文学的大格局中，就更显出了他们的局限性。他们的继承过于单一，缺少一代大作家的观念和意识，因而没能走向更高更远。

又一次不幸的是，十多年前，我们曾错过一次极好的机会。那时候，整个中华民族都刚刚经历文化的浩劫，面临一片文化的废墟，都在同一条文学的起跑线上。文学的黄河长江，以伤痕文学的巨浪，气势宏伟，融入了世界文学的海洋。而文学的红水河，却流入了文学的沙漠地，在这样一个动人的背景下断流，令人伤心。等到伤痕文学这个划时代的文学革命已经过去以后，我们才在广西的报刊上看到了几篇类似伤痕文学的东西。我们还拿着那几篇马后炮的东西，奔走相告，激动不已。这样我们又丢失了伤痕文学这具有现代启蒙意味的关键课。

历史又一次重演。我们的广西作家在丧失了伤痕文学的良机之后，在中国改革文学思潮那里又一次轮空。那时我们还在处理"文革"遗留问题，我们还在回忆，还没清醒，来不及全身心地投入改革。没等我们醒悟，改革文学的首次高峰便悄悄离去，我们又一次失去了机会。中年作家们没有发扬广西老一辈在国统区和解放区那种严峻的现实主义传统，文学又一次断流。他们多数人起步以来一直在讴歌。我们有必要清理一下这股回避现实的艺术潜流。而我们把这个极为尖刻的话题，推到广西中年作家的面前，是真诚的，又是曾经犹豫再三的。

需要注意的是，文学的传统有时候会葬送在青年作家的手里，文学的断流有时候也是青年作家制造的。文学代际关系的交接是一个辩证的过程，需要代与代之间的双方都承担责任。有了这样的前提，我们就可以对广西的青年作家发难了，我们就可以把嗓音放得更高了。如果说广西伤痕文学和改革文学的轮空，可以更多地从中年和老年作家那里找到责任，那么近两三年来，广西的文化反思的文学创作，作品平平，有影响者（如《长乐》）寥寥无几，就可以更多地在青年作家那里找到案例了。

近年的青年文学创作，有一种反文化的倾向。文化反思本来是具有战略意义的文化行动。需提请注意的是，反前辈，反传统，反文化，不必采用新文化反对旧文化的残酷方式，应该是批判与回归相融合的冷静剖析。

如果我们只是拿西方一些皮毛的东西，来建立自己的思维体系，来完全地否定传统文化，那么西方的皮毛，传统的消失，恰恰从两个方面毁掉我们自己这一代人。

如果说广西的中老年作家太多地从传统文化那里机械地继承，那么广西的青年作家可以说多数人在反文化的思潮中走上了另一个极端。在对文化不太了解或者不了解的情况下，来进行急躁的文化批判，一方面是反思支离破碎，缺乏整体的文化把握能力，其批判缺乏文化的说服力；另一方面使反思染上了猎奇的颜色，并且使批判反而变成了对劣性文化的展览和张扬，结果适得其反。于是我们的青年作家炮制了大量的民俗异趣奇人奇事。

我们这代青年文化人，应回归前人的优势，回归祖辈充满人性充满人道充满和谐充满浪漫色彩的文化。

文学的历史之河，是一代一代作家不断继承、批判、发展和疏通的流程，作家的代际关系是文化的代际关系的一种外在形式。作家应自觉地消除文学的断代断流现象。

在我们目前的人文环境里，提一提作家间的代际关系不无益处。

广西作家必须早日结成代际的同盟，文学的红水河才能汇入世界文学的江海。

醒来吧，丘陵地

黄佩华

广西的地貌没有自己的特色。广西是一片没有自己特色的丘陵地。

不久前，有的作家在纵观这几年来广西文坛状况时作了这样的比喻：广西文坛就像广西的丘陵地一样，既没有挺拔的山峰，也没有深邃的沟谷。这种比喻是贴切而又自然的。

相当安适、温暖的环境和肥沃的土地的养育使广西大部分作家麻木得失去了忧患意识。他们对广西的过去和现状采取了一种视而不见、无动于衷的甚至是绕道走的态度。太平天国农民革命，左、右江红色革命以及后来极左路线酿就的"亩产十三万斤"和"文革"中一个个骇人听闻的事件等，说明广西的政治神经非常敏感。在面对广西这片土地的历史和现状时，政治家和革命者似乎比作家更能体察民情，更善于关注并利用这种忧患与疾苦酿成的情绪。从广西这块土地上已经走出了好些个赫赫有名的政治家和军事家，但没有产生出在国内外有一定位置的一群作家。这是因为许多广西作家不愿去直面生活现实，不愿去反映广西实际的缘故。我们，已经麻木了！

我们的麻木来自怯懦和畏惧。面对沉重的忧患，面对自然与历史带来的贫困与饥饿，面对改革大潮和我们的新生活，广西作家们的笔触却是一再犹豫、迟钝、畏怯、回避。翻开我们写了几十年的作品，真正的实在的直面我们生活现实的作品真是屈指可数。我们的绝大部分小说都去写人们重复了千万遍的永恒题材，或是大量地采用"时间差"回头去写那些外地作家已经写滥、写腻了的东西；有的作家盲目追求超现实主义境界，写的作品大众读者看不懂；有的则去写一些庸俗不堪的东西。我们的诗歌、散文多是吟诵与人、与现实没多大关系的花鸟虫鱼，局限于故乡山水的如画之美，月色水波的柔情蜜意。我们的报告文学几乎还跳不出写好人好事、歌功颂德的圈子，与报纸的表扬文章没有多大差别。我们的文学作品实在太少历史感、凝重感和责任感。

广西已有八年没有获得全国六项文学大奖。八年了！这是一个多么严峻、冷酷的现实。这一现实已经引起不少广西作家和广大关注广西文坛状况的广西人民的焦灼与不安。因为，无论从人种、智商和语言上，我们与别人并没有明显的差异。对此，有人说广西的评论力量太弱，有好作品推不上去；也有人说广西没有代表作家、没有"开山巨人"，没有形成高层次的作家群体；也有人说广西作家使用南方特点的语言文字创作，北方的权威们看不懂；等等。这些，并不是没有道理。但我们认为，这并不是主要的原因，主要的因素在于作家本身。与别人比，我们在思想和文化素质上几乎是平齐的，差异在于理论素质较低，再加上我们对生活的感受和观察采取了一种麻木、被动的态度。一个成功的作家，应该注重理论素质的修炼，以较高深的理论功底指导自己的创作实践，既是作家，同时又是半个以上的文艺理论家。一个具有使命感的作家，在生活感受上除了敢于直视现实并及时作出敏锐的反应外，还应做到不动声色地执着地追求和表现生活。另一方面，广西大部分作家出自乡村，熟悉乡土，受民间文学的熏陶和影响较重，文化心理上基本上是民间文学意识。他们共同的盲点和弱点是对当代文艺理论的重视不够，读书少，借鉴少，受禁锢较多。一些作家则是由民间文学转行搞作家文学的，他们虽对传统文化有较深的研究和造诣，但往往固守在民间文学的圈子里，怕过多接触和吸收外来文化会造成断代。另一些作家甚至拒绝接受当代文学理论的指导，并贬低它，形成了一种唯我独尊、独优、独秀的意识。这些作家的共同不足和缺陷是不注意多极的文化比较，找不出不同地域的文化心理反差，也看不出自己的特色。

被动心态有如电视天线，只会机械地接收来自异地的最新信息。一旦作家有了这种思维方式和行为，那就是一种悲剧。我们中间有的作家，不注意创新与独立思考，热衷于赶时髦、赶浪头。人家风行现代派、意识流，搞魔幻现实主义，他们也照葫芦画瓢，大肆模仿。洋人们探索了百几十年，我们仅用几年时间就玩遍了。作品显得不伦不类，不土不洋。对待国内作品也一样，每当某篇作品引起轰动以后，过不久便有类似的"儿子孙子"涌进编辑部。比如，《红高粱》轰动一时，一些"我爷爷我奶奶"之类的野性婚恋作品就出现了，人家写《灵旗》，我们也马上会见到《灵旗》的翻版。可悲的是，这类东西大多竟出自我们广西的一二流作家之手。

被动心态的成因来自我们固有的惰性，而惰性又往往来自传统的自足心理。作家们一旦有了这种意识和心态，就会缺少进取心，不愿去为写出好作品而花费更多的心血和劳动，就会走入为自己设置的误区里。广西文坛要打破八年的沉默，很重要的一个方面，就是作家们要克服麻木和被动心态，唤醒和强化忧患意识。

功利的诱惑

黄神彪

广西文坛越来越令人难过而痛心了！

是什么原因使我们广西文学这么平静和沉寂？是什么因素阻碍着我们作家应有的创造力？深深忧患和反思的结果，原因在于我们作家本身的创作素质问题。其中很突出的一个因素便是，我们作家创作中出现的一种文学功利化现象！

功利作为一种潜在的社会意识，它在文学艺术领域中，是普遍存在的。在某一时期或某一个阶段，文学艺术需要运用这样一种手段，去达到某种应该达到的目的，也就是我们过去所提倡的教育作用和认识价值。伤痕文学的出现、改革文学的诞生，它的积极作用是不容置否的。然而，作为纯粹的低层次功利化现象却是我们作家创作心态的一种"通病"或叫功利文学的精神诱惑。比如我们那种文学的"名利""官利"和"财利"等方面的功利意识，它对我们创作的整体意识和整体心态，是极端不利的。容易使我们的作品流于庸俗化与市侩气息，丧失作家高度强烈的社会责任感和使命感，从而失去了我们在祖国文坛拥有的竞争实力！

对我们创作中存在的文学功利意识，或许有人并不以为然，有可能说我们在无端否定广西的当代文学。这是可以理解的一种老祖宗心情。

新时期文学十年，是一次文学全面解放逐步走上多元化潮流不断呈现繁荣的十年。在这十年，就广西的文学状况看，这在一定程度上打破了原来创作领域中呆板单一的创作框架，那种五十年代由简单收集、整理民间文学，到从事当代文学创作的过程，被一些有勇气和才气的作家艺术家所打破，出现了一批在全国有影响的作家和作品，标志了广西当代文学的发展与流向。不幸的是，我们由于长期处于思想封闭、自卑、麻木心态，以及十分功利化动机的怪圈里，即使一旦迎来了外界开放的和风细雨，那种创作心态并未能冲垮堤坝，而仍显出一定的传统力量的坚固与顽愚。于是，文坛趋于平静与沉寂，文学新人和优秀作品，像被压上了沉重的石头，无法脱颖而出。像"湘军""川军""晋军"那样在全国举世瞩目的作家代表群，我们只能摇头苦笑，甚至哀叹我们这片土地不是地灵人杰。真是我们的环境和土壤，不适宜于作家的成长么？那么五六十年代，我们曾有过一批作家诗人走向全国，拥有自己创作的个性与民族优势，我们又如何解释呢？

纵观我们的创作，我们无论是小说、诗歌、散文，还是报告文学，我们的创作意识，总在不同程度不同形式地被一种什么诱惑着似的，总摆不开架势，陷入了十分沉醉的功利意识泥潭，像一个瓦泥工般沾满了厚厚的污泥，散发着一种不是滋味的滋味。比如我们的报告文学创作，谁都很怕去接触那些最敏感的神经，一方面采取逃避态度，一方面又极不负责任地一味歌颂。所以我们的作品，缺少大家风度和艺术探索上的宏观把握，大多是一些皮毛碎片的东西，简单、庸俗的形式走笔，或"好人好事"，歌功颂德式的篇什。完全停留在那种"为政治服务"的功利宣传和教育作用这种旧的观念上。

一定的政治宣传和教育，我们的文学要不要介入和参与？回答是肯定的。问题是，我们由于参与意识不强，对那些群众普遍关心的社会问题和一些生活热点，就不愿或没有勇气去碰。说明我们勇气不足，过于名利，明哲保身，再就是社会责任感使命感减弱，严重的麻木不仁！难怪，我们的文坛，只好这么悲哀地沉默下去了！

我们这块土地，从历史上看，我们的人民是耐不住寂寞的。但我们好大喜功，崇尚达官显贵，却也是众所周知的。由于"官意识"的浓厚，作家也不可避免地染上这些习气，是极自然而普遍的现象。科举时代，仕途们"头悬梁，锥刺股"目的就在于混迹官场，高人一等，享受荣华富贵。我们悲哀地看到，在我们广西，也有那么一些作家，"名利""官利"重于为文。他们写文章，搞创作，动机与目的在于通过文学铺上青云之路，或者在于把文学当作进入官场的敲门砖。这跟传统封建的科举制度"中举"当"官"几乎没有二样。无形中削弱了自己艺术的创作才华。还有些人一旦当上"官"，作品的生机与活力也没有了。

如果说文学功利意识的侵入，使我们作家的身心和脑体注满了"名利"病和"官利"病，那我们的"财利"病也是应该引起足够的注意的。我们指的是为"赚钱"而风行广西的"通俗文学"热。这有为了摆脱商品经济的冲击，摆脱通货恶性膨胀带来的困惑，谋求经济效益和出路的原因。但"通俗文学"热，热在一个"钱"字上，充满了"财利"的诱惑，却是令人忧患的。长此下去，我们怎么能出大作家和大作品呢？我们的文坛怎么能景气得起来呢！

可悲的是，我们广西的理论界，同样像创作界一样，患上了功利意识的"通病"。这就造成他们对我们文坛目前存在的问题和现象，总沉默不语，开不出金口，缺乏着"真正理论家的勇气"和理论上真正的真知灼见。这样，我们的文坛，趋于平静和沉寂，当是不可避免的了。

是的，历史和命运已经给我们留下了沉重的包袱，自卑和麻木心理使我们缺乏着一种积极进取的反思和自醒，而长期潜伏在我们创作活动中的那种严重的功利意识，又使我们今天的文学付出了艰辛的磨难与沉痛的代价。如何从自卑、麻木和功利意识泥潭里拔出腿脚，积极进行反思和自醒；如何在改革、开放的精神世界里，卸下我们肩上沉重的包袱，使诱惑变为背叛，让代价化为我们文学发展腾飞的动力，确是值得我们深深思考的一个不容忽视的现实。

为了文学，抛去我们那些庸俗的功利化创作吧！

我们的烙印很古老

韦家武

面对着广西当代文学这簇苗木的纤细、枯黄与病弱，我们广西的作家、评论家们曾不止一次、一时地陷入深深的困惑与痛苦的反思。

——有人认为广西当代文学缺乏悠久的文人文学历史；有人认为广西作家的整体素质太差；有人认为广西的文艺批评没有造成影响文学创作的浓郁氛围；也有人认为广西作家缺乏忧患意识……所有这些，或许都是造成我们广西当代文学落后的因素，然而人们似乎忽略了对广西当代作家的文学创作有更为深层影响的地域文化。

远古的时候，红水河这块广袤的土地曾孕育诞生了诸如铜鼓文化、花山文化、稻作文化的古代文明。然而，也正是这样的险峰峻岭、密布的河流、古老的农业文明，滋生并漫衍了一个近两千年来一直紧箍着这块土地上各民族后裔的恶劣的地域文化体——土司文化。而我们的先人们在承继了祖先的贫穷与落后的同时，也偏偏把祖先们独霸一方、逐鹿不止、闭关自守、缺乏群体意识等种种的"土司"劣性一代代地继承了下来，并遗传给了我们这些后代。我们身上的烙印太古老了。

土司文化已深深地根植在广西这块土地上，并已意识形态化了。如此缺乏群体性、封闭保守的文化，在当今世界文化中显得那么苍白、病态。在这样的文化阴影下，人，很容易变成畸形人。在这样的艺术土壤里，并由这样的人去参与去"创造"会取得怎样好的艺术效果？

文化对文学的影响既有表层的浸染——文化的心理积淀对作家社会行为模式的影响，又有深层的渗透——文化形态对作家文学创作模式的影响。首先，让我们认真观察一下，土司文化对我们广西当代作家社会行为模式的种种影响。

我们广西作家的"土司"味的确很浓。有的作家一旦掌握了实权，便圈占"领地"，盘抢山头，清除异己；作家们因为嫉妒或为着某种目的而明争暗斗的更是屡见不鲜，作家内部，序列森严……如此的窝里斗，不知耗损了作家们的多少精力，压抑了作家们多少才华。多少孕育中的文学工程夭折在莫名其妙的折腾之中，多少位可企望成大器的作家，中年未到就已才气枯竭。作为文明传播者，作家们却杜绝不了这样狭隘、专横、固执、保守的社会行为模式，又是怎样地可悲可叹！

事实上，土司文化的烙印不仅是几块屁股上的丑陋斑痕，更深层地表现在我们的作家先天地缺乏群体意识和凝聚力，先天地缺乏悟性，因循守旧，不善创新。

我们以为，现代作家的第一素质是群体意识，可我们广西作家却先天地失落了这一素质。我们广西作家的群体意识极其脆弱，既出现了代际的断裂，又形成了人际的隔阂。群体的涣散，使我们的作家难以借助群体的精神力量，来对自己土地上的文化进行同一基线上的感悟和反思，也就难以出现反映同一文化层面，具有同一水准的作品群体。我们广西文坛或有孤雁一冲天际，却未成雁阵搏击长空，始终没有像兄弟省区的文坛那样凝成过强大的群体冲击力来撼动全国的文坛和读者！

如果说，土司文化这个封闭保守的文化模式造就了我们祖先闭关自守、麻木不仁的心态，那么至今，我们不少的作家还将心灵禁锢在这个文化机制里。我们作家缺乏探索精神和创新灵性。他们很少对文学艺术样式或思想深度进行探索。故而，十二年来所有全国性的文学思潮的涌动，没有一次是源自我们的红水河；不论是诗歌或小说，不论是局部或是整体的，没有一次艺术样式变革潮流是在我们这块土地上开始奔涌的。

土司文化源远流长，污染力极强。我们惊异地发现，我们作家的文学创作模式也渗透着土司文化的魔影。

千百年来，广西这块土地在松散、封闭的土司文化背景里，其经济只能是自给自足的小农经济。在这样的小农经济土壤里，我们土生土长的作家，其思维模式自然难跳出"小"的模式，我们文学创作的题材也只能在狭小的框架里伸展瘦弱的躯体。

没有谁给我们规定过，可我们的作家却固守着这几个概念：民族作家只能创作反映本民族生活的作品。因而，从五十年代到八十年代，我们广西没有多少作家，没有多少部作品能摆脱得了"民族风情画卷"的束缚。我们的作家似乎生来就定死只能写自己的民族的人和事，写广西这块土地上的一草一木。而不像别的民族作家那样把视野宏扩到全国的河山，更没有像苏联少数民族作家艾特玛托夫那样从宇宙俯瞰小小的地球。

深受土司文化渗透的创作意识只能是封闭、呆板、单调的。这种创作意识支配下的创作模式也只能是呆板单调，缺乏生动的灵性。这恰好是我们广西作家创作模式的写照。譬如，我们中年作家对民间文学过度眷恋，始终摆脱不了民间文学的创作模式，缺乏现代文学创作意识。其主要表现为，大多中年作家的作品，往往是把一个现实或虚构的故事用文字简单地排列出来，过于单一而呆滞，作品表现的社会内容也是极单薄狭小的。不敢自觉地采用现代文学的创作手法，关照当代人物复杂的心理活动，对人物性格进行多棱的雕塑，对事件的发展进行立体而恢宏的构架，从而使作品具有当代高层面的文化意义，震撼当代读者的心灵。

祖辈遗传给我们广西当代文学的传统文化衰竭得令人悲哀！

我们广西当代文学贫弱得令人伤心！

论瑶族当代文学审美品格的超越

杨炳忠

发端于五十年代末期的瑶族当代文学，初时只有鲍夫、覃建谋、苏胜兴等几位当时还名不见经传的瑶族诗人在诗坛上默默耕耘，其后将近二十年漫长的时期，由于政治动荡，文化萧条，使起步较晚、基础薄弱的瑶族当代文学几近泯灭，党的十一届三中全会以后，改革开放的大潮把历经十年风雨洗劫的中国当代文学推上了一个全新的台阶，瑶族当代文学也在民族生活的肥沃土地上迅速勃兴崛起，以蓝怀昌、莫义明、李波、刘云中、蓝汉东、李肇隆、何德新、蓝启渲等为代表的一批中青年瑶族作家，相继在区内外以至全国的文坛上崭露头角，并以他们日渐丰厚成熟的创作实绩向人们昭示了瑶族当代文学不可磨灭的历史存在：作为一支劲旅，瑶族当代文学已经实实在在地跻身于中华民族文学之林，占有了自己应有的地位。

是的，瑶族当代文学在不到十年的短短历程里取得了引人瞩目的成就。瑶族当代文学所取得的成就，不但体现在作家作品数量上的变化，更主要的是体现在创作主体和文学主体的觉醒所带来的文学审美品格的超越，开创了瑶族当代文学史上自成格局的文学新时期。

作品信息

《社会科学家》1989年第2期。

一、创作主体的党醒

我们不曾忘记，五十年代末期，由于"左"的思想影响，片面理解文艺与政治的关系，强调文艺从属于政治，使之变成政治的依附物，变成对政治的图解和对具体政策的演绎，把富于个性的自由的文学划进了非文学的怪圈。当时，活跃在诗坛上的几位瑶族诗人（那时还没有瑶族小说家），他们的作品几乎无一例外地定格在"写中心"和单纯"歌颂光明"的审美品位上，题材狭窄，思想浅薄，艺术单调，"标语"和"口号"淹没了作者的真情实感，作为创作主体的自我意识极其淡化。只要翻阅鲍夫、覃建谋、刘云中、苏胜兴、林仕亿等瑶族诗人早期的作品，是不难得出这样的结论的。其后产生于"农业学大寨"运动、以"阶级斗争为纲"、以"三突出"为原则而集体创作的长篇小说《穿云山》，自然也不可能摆脱"工具论""从属论"的影响，其艺术价值亦可想而知。瑶族当代文学真正挣脱"工具论""从属论"的沉重羁绊，瑶族作家真正意识到自己的历史责任，把文学创作当作崇高的事业，并产生改变瑶族当代文学后进现状的紧迫感，是在党的十一届三中全会以后。处于历史与未来临界点的瑶族作家、诗人，对于发生在昨天的那场历史浩劫，都不同程度地进行反思。当年《高唱协作歌》的瑶族诗人鲍夫，23年后发表了诗作《崖上凝思》(《金城》1982年2、3期合刊)："山有多高？／云雾常年萦。／崖有多陡？／有如斧削，无处栖鹰。／为了种行玉米，／筑起'万里长城'，／为了填平咫尺宽的'大寨地'，／挖空了千千洞场！"诗人站在曾经浸透过家乡父老兄弟汗水的山崖上，以批判的精神和眼光审视历史，痛楚地在内心长歌："我抬头凝望山雾，／疑是当年万吨炸药化成；／我俯瞰怪石嶙峋的谷底，／还听到当年开山的炮声……"多少年来，我们盲目地把帝国封闭的"地域观念""围墙意识"的产物"万里长城"视为民族的骄傲，把与科学精神背道而驰的"大寨经验"奉为发展社会主义农业的金科玉律；政治诗的无知和文化上的愚昧竟使我们心甘情愿地在"穷过渡"的羊肠小路上艰难跋涉几十年！诗人在广阔的历史背景上，以迥然不同的审美视角，勘探社会的底蕴；虽然诗人由于情感酝酿不足而稍有艺术上直露之欠，但这种从政治性到文化性的反思仍不失其深刻，而且还难能可贵地将这种反思升华到一种更高层次的自审性反思——与民族共忏悔的忏悔意识和自审意识，体现了主体精神的觉醒，个性意识的强化。

　　和中华民族大家庭中的其他成员一样，瑶族人民在经历了近代和现代历史上的民族灾难，特别是经历了"四人帮"对人的践踏和蹂躏以后，一旦"左"倾思潮的干扰终止，封闭和窒息的门窗打开，改革与开放的潮流涌来，不可避免地引起民族灵魂裂变的阵痛，而新旧思想观念、思维方式、价值取向剧烈冲突的结果，必然唤起民族自我意识的新觉醒。吸纳了民族自我意识觉醒的新鲜空气的当代瑶族作家，也同时强化了自身作为创作主体的个性意识，他们以空前的热忱呼唤着人的尊严和价值，探索人性的历史发展过程，追踪民族精神的历史蜕变，冷峻地反思民族的生存状态。于是，在他们的笔下，不再是单纯的光明、积极、美好的颂歌，还有阴暗、消极、丑陋的图景；当然，对后者的揭示，作家笔端的批判锋芒无论或隐或现，却并未收敛。优秀的瑶族作家既以"社会人"的态度欢呼民族的进步，使他们的作品因包涵火热的现实生活内容而产生使人感奋的社会效应；又以"审美观照者"的眼光审视世间粗俗甚或原始的民族生活形态，披露人生的不幸与不平、惆怅与困惑，而使他们的作品另有一番深沉的审美意蕴。唯其如此，当我们通过蓝怀昌的小说，目睹"正统的白裤人"，恪守"几千年的老规矩、老习惯"，自导自演残杀耕牛"砍牛送葬"的悲剧：残阳如血，铜鼓骤响，火枪齐鸣，魔师乱吆，屠刀猛劈，白光一闪，牛血横飞……面对这惨不忍睹的一幕，半里多路的送葬长队、围观的密密麻麻的人群里，竟响起一片"呼吁声，口哨声，惊叫声，大笑声"，"小伙子们啧啧称赞，姑姑们暗暗佩服"。(《哦，古老的巴地寨》)咀嚼这原始野蛮的生活，文明者的心灵能不战栗吗！当我们看到那位坚信"爱情比玉块还要纯洁"的英玉姑娘，只因为在"娱乐节"的晚上"拉不回一头野牛来过夜"(指"未婚而随意发生性关系")，被族人视为鬼魅，被家人当作"不中用的乌鸦"，赶出木楼，备受煎熬，最后竟被舅爷和父亲逼嫁逼上绝路……(《画眉笼里的格鲁花》)在现代文明日益普泛和深入的八十年代，竟然还存在着如此冥顽不化的消极丑陋的民风民俗，不能不引起我们深沉的思考：面对着现实的世界，民族灵魂深处却长存着一部悠长的历史，这历史实在过于沉重，以至于要重铸民族的灵魂，而要使民族精神真正觉醒起来，不知需要经历怎样深刻的阵痛！

考察瑶族文学史的结果表明，我们的瑶族作家全都是地地道道的密洛陀的子孙，并且大都长期地在瑶族的千山百峁地区工作过，生长和生活在特定的民族环境、民俗环境、宗教环境、自然环境这些外部环境整合的文化氛围中，在他们的深层意识——潜意识里，不可避免地存在着他们的祖先在创作神话、传说、史诗与创世纪时就已诞生并一直顺向延伸的集体无意识，一种在意识深层长期积淀形成的文化类型式的观念形态，他们的创作同样不可避免地受到这种观念形态的有力约束，因此，出于一种朴素的民族自尊，在他们的文学意识中，歌颂和赞美自己的民族（不管是自觉地还是不自觉地），应该说是顺理成章的事。但恰恰相反，崛起于八十年代的瑶族当代文学，更多的却是对自己民族痛苦的叙写，对自己民族灵魂的反思，他们在开放的现代意识的观照下对种种民俗（民族精神、民族心理的外在的感性的物质形态）的描写和评说，体现了对民族劣根极向的鞭挞之深切，对人性忧患意识之强烈，这正说明作家主体精神的觉醒，个性意识的强化；于是，伴随着作品的厚重感和历史感的增强，瑶族当代文学的审美品格也就有了新的超越。

二、文学主体的觉醒

文学是人学。它通过描写人、塑造人，展示人物作为艺术典型的合乎逻辑的性格发展，及其作为实践主体的灵魂内部的剧烈搏斗历程，体现一切社会学、哲学、道德伦理学、文化人类学的丰富而深邃的思想。然而，在中国当代文学史上曾经出现过悲剧性的曲解以至严重倾斜。积重难返的极左观念，"阶级斗争"这个"纲"和"塑造无产阶级英雄典型"这个"根本任务"，扼杀了作家这个创作主体，也扭曲了"人"这个文学主体。经过拨乱反正，在新的历史文化条件下，随着创作主体的觉醒，也唤来了文学主体的觉醒，实现了文学的"人学"回归。瑶族当代文学由于长时期的断裂，真正健全起步又恰逢盛世，中国当代文学在美学史和文学史上的种种扭曲变形现象，都作为值得记取的经验教训，给新一代开放型的瑶族作家提供了一个珍贵的参照系，使他们在人物性格描写和艺术典型塑造上持有比较清醒的认识，在文学创作中，把塑造活生生的具有鲜明性格的人物和具有新颖审美意义的艺术典型放在十分重要的地位，使瑶族当代文学的审美品格出现了新的超越。

这种超越除了表现在打破简单化、概念化和绝对化的格局，塑造丰富多彩的人物形象并赋予人物复杂多样的性格特征这一共同的文学现象以外，主要还表现在，对于新一代瑶族作家以描写的人物，我们不能光从（或者说不能主要从）社会意义的欣赏惯性去分析和认识，更多地应当用审美意义的新尺度去评判和理解。虽然瑶族当代文学中不乏"咤叱风云"的英雄形象，如：为革命建立了赫赫功勋的人民军队高级将领韦拔群（《韦拔群》《韦拔群和他的妻子》），赤诚的无产阶级战士月秀（《将军泪》），雷唤天（《八峒烽烟》），党和人民的好干部徐杰（《她以心血荐妇孺》），百折不挠的改革家玉梅（《波努河》），杨永安（《从此讲坛不飞"雪"》）等等，但更多的是极其平凡、普通的农民、农村妇女、农村知识分子、农村基层干部……这样的人物谱系，一方面是瑶族作家特定的"生活基地"所决定，另一方面却包含着作家对文学形象的更高审美价值的追求。因为"文学创作不同于打仗，最好的战士是那种勇往直前的人，最好的文学人物，恰恰是那些犹豫彷徨，欲进又止的角色"（韩石山：《且化浓墨写春山》）。那些极其平凡、普通的"芸芸众生"，往往就是在现实生活面前"犹豫彷徨，欲进又止的角色"，从某种意义上说，他们的实践活动，他们的性格历史，都是一部由传统人向现代人进化中的痛苦的历史，他们在痛苦中困惑彷徨、沉沦挣扎、搏击抗争，由此才更加凸现出民族灵魂搏斗的复杂性和深刻性，普遍性和长期性，也才更真切地印证"人"作为文学主体的现实存在。当然，在具体的作品中，这些普通人物并不是每个人都重复着与他人完全相同的痛苦，而是一种共性与个性整合的痛苦。例如，巴地寨的古萝嫂，作为一位见过世面、受过中学教育的民办教师，在她的精神世界里萌发着主体意识、科学意识、反叛意识、忧患意识等现代意识的种子。但作为一位生活在世俗困扰中的家庭妇女，逆来顺受的传统性格又使她不能作出更有力和更有效的抗争，被迫承受着一种为谋求真正翻身解放、呼唤人的价值而忍辱负重的深深的痛苦。(《哦，古老的巴地寨》)而来自波努山的女青年玉梅高中毕业回乡，机遇使她脱颖而出，刚强的性格和过人的胆略使她成为一位百折不挠的改革家，但艰难的改革道路、复杂的人际关系，却使她无时无刻不在经受着竞争的痛苦、打击陷害的痛苦、爱情的痛苦和事业的痛苦，那位具有三十多年党龄的老共产党员盘五叔，似乎是在没有任何负担的精神状态下拥护、支持和参与改革的，但传统的观念一旦与冷峻的现实发生碰撞，潜藏在他灵魂深处的种种困惑、苦恼和痛苦也就明晰可见，他把人的发现、人的存在、人的价值和人的潜能统统归于创世之神巴桑弥洛特的恩赐和保佑，每做一件事每走一步路都要向巴桑弥洛特"请示汇报"，依靠神灵在民众精神王国里的至高地位和力量解决现实中的各种困难和障碍，陷入被封建宗法和封建伦理道德纠缠而不能自拔的痛苦。(《波努河》)这些人物的痛苦，既是他们的性格悲剧，也是民族的悲剧，历史的悲剧。我们从他们身上的种种痛苦，联想到这个古老民族的苦难历史和苦难的生存现状，以及伤痕累累的灵魂，那就必定会感受到一种高度真实的发聋振聩的力量，从而也就提高了瑶族当代文学的审美品格。

躁动不安的广西文坛

——"振兴广西文艺大讨论"记述之一

彭　洋

　　广西文坛的寂寞，由来已久，"88新反思"成了振兴广西文艺大讨论的排头浪，这与其文章的犀利风格和理论的攻击选点很有关系。《刘三姐》《百鸟衣》几十年来众口皆碑，曾几何时，竟成包袱，竟造深渊：所谓的"刘三姐文化""百鸟衣圆圈"，人们不得不震惊于这贱俗的理论推断。这究竟是一种现实呢，还是一种误解？广西文坛该怎样估价自己、向何处去？一系列急需明了的问题，使这场更大范围的大讨论在所难免了。

　　敢问路在何方——云深不知处。

　　请看这大讨论的第一次讨论——

　　时间：三月十四日。

　　地点：广西文联。

　　参加者：在邕的一百五十多名学者、作家、艺术家。（中字辈、小字辈居多。）

　　形式：演说或辩论，每次发言不得超过五分钟，超时予以按铃警告直至取消

作品信息

《广西文学》1989年第5期。

话筒。

内容：围绕对广西文艺创作历史、现状的估价和出路这个大议题，本着科学态度和求实精神说真话，从理论、观念、作家作品、文艺队伍素质、创作题材、文艺体制以及个人创作得失等方面各抒己见、百家争鸣。

主办单位：《南方文坛》编辑部、《广西文学》编辑部、《广西日报》文艺部、广西人民广播电台文艺部、广电台视台文艺部、《南宁晚报》副刊部、政文部。

整个半天的讨论空前活跃与坦率，抢话筒、抢话头、指名道姓，每涉及一个话题，都引出冷静的论战。差不多都是些"悖论"。

有一个大前提大家是一致的：广西文艺创作落后，需要振兴需要奋起直追，时不我待。

对于广西文艺创作的历史与现状的估价是讨论的热点。有的发言者认为，历史要反思和重新评价，现状则是创作环境不佳和作家艺术家素质低。他们指出，广西文学界几十年给国民造成了一种印象：作品只有《刘三姐》和《百鸟衣》，作家只有陆地和韦其麟。这本来是很可悲的，而我们偏偏沉湎于这有限的成功和荣耀之中并自以为是，以致造成了一种落后的思维模式，它使广西一大批作家在表现民族生活上产生了非艺术把握的迷误，政治功利的目的代替了艺术意识，政治口号成了人物性格的核心和民族精神的内容，矫情、粉饰、虚假、浅浮成为大路货。广西文坛的十年史、二十年史说明，所谓的"刘三姐文化"和"百鸟衣圆圈"是存在的。有人指出，《刘三姐》是58年假大空时代运动群众的产物，其故事与多彩的民间传说相去甚远，完全是阶级斗争的图解，刘三姐这个人物的塑造不单共青团员化，而且缺乏文学性，它得到海内外观众的喜爱主要是演员的创作和民歌的优美。他指出，《刘三姐》运动是一种通过行政手段强化了的文艺现象，在艺术观念上是排他的，是以牺牲了其他题材内容的艺术创造和众多艺术家创造潜力为其代价的。《刘三姐》为广西文坛树立起了一个比八个样板戏更早因而更久的样板，在文艺家中形成了一种未被明确意识到的思维定式。还有人指出，多年来我们提倡的是一种"刘三姐模式"，就是继续在农业文化圈子里跳，而没有积极地、自觉地向现代文化转化、过度、拓展，这就导致了广西文学在新时期自始至终表现欠佳，呈现出先天性的基因退化。即使就九年来唯一获全国奖的《彩云归》小说，在今天看来，更多的是政治成分而非艺术因素。

对于广西作家艺术家的素质问题，不少人都持微词，认为除文化修养外，还突出地表现在缺乏真正的艺术超脱，因而没有足够的胆识和勇气正视自己的内心世界、正视生活的现实，不敢讲真话，不敢为人民说话。有人指出，广西老一辈作家土生土长，多受民间文学的影响太深而又没有时间和精力去更新自己的知识，因而在观念上艺术上抱残守缺；而中青年一代作家又缺乏对民族生活的稔熟，只好玩弄技巧。这种反差和断层正是广西文艺界落后的内因。

也有人认为，广西作家艺术家并不低，关键是缺乏让他们发挥自己才能的创作环境，离开广西才能成为大作家者不缺其人。他们指出，广西经济文化落后，政治上比较保守，人文环境对作家艺术家诸多不利，文艺界的"内耗""窝斗"也特别大，这是令人担忧的。

不少同志在谈及广西文艺现状时都谈到，漠视文艺批评，是广西文坛的一个重大策略上的失误。有同志指出：由于广西文坛特别是领导者普遍没有意识到文学批评在当代文坛的重要性，因而在实践上对文艺批评没有足够的重视，其结果导致了批评的贫困，批评的贫困又愈加使整个文坛漠视批评，长期的恶性循环使批评变得更加萎缩和贫困。广西的批评界不仅需要扩充队伍，更要提高自身的素质，以强大的实力来赢得批评的权威。

有人认为，平庸苍白，是广西文艺评论界的现状，而广西的文艺评论家则大多表现为一种"兔型人格"，弱化和趋避便是其特征。它导致评论文章缺乏力透纸背的深度和大胆的批判精神。他指出，我区不少文艺评论家热衷于借助党派准则对作家作品施行政治评论，他们对党的方针政策有着非常主动的积极的趋从落实心理。因此在这种"政治示意"下所出的作品多半好歹分明善恶易辨，人情人性纷纷从文学艺术天国中逃遁，这些曾经是全国文坛"世纪末"狂通病，在广西遗留得更广更深。此外，瞎吹瞎捧、低级广告式的评论也是其特征，他们评论文艺作品时，往往给作品冠以民族特色啦、民族风情啦便完事，而对作品存在的问题避而不谈，或轻描淡写，或隔靴搔痒，等等。

不少同志在讨论中强调在估价广西文坛历史和现状时的客观态度和分寸感，他们对"88新反思"等一组文章提出了反批评。他们指出，这类文章和观点对拓展思路、从整体上考虑广西文坛的出路无疑是有益处和真知灼见的，但是，继承和发展创新是一种有哲学意义上的扬弃，同时又有一个时空问题，笼统的否定是不明智的，也欠客观性与科学色彩。特别是在对《刘三姐》《百鸟衣》等优秀作品的评价上，对我区卓有成就的作家艺术家的批评上要有历史的观点和哲理的明智，否则我们同样会在现实的实践中产生迷误。

讨论会结束了，讨论却没有停止，结论是没有的，因为所有的结论都是悖论。且看这种概括：

A：病根在于广西作家素质太差。

B：不，创作环境才是关键。

A：从《刘三姐》的阴影中走出来！

B：不要拿《刘三姐》出气！

A：兔型人格——广西文艺批评家的人格。

B：能怪我们的批评家吗？

是的，生命在于运动，运动是一种过程，文艺批评的真正意义在于它的过程而不是结论，这场大讨论的真正意义也在于此。急迫感、浮躁、偏激都不要紧，重要的是大家都在想，都在干，都有不满，因而奋斗，这就是希望所在。

涌动：在大潮之后

——广西首届青年文学评奖断想

陈学璞

1988 年末，广西文坛似乎应验了老康德的"二律背反"：一方面，全区性评奖沸沸扬扬，最高"铜鼓奖"，首届"青年奖"，首届"壮族奖"相继颁发，文坛呈现歌舞升平、繁花似锦的景象；另一方面，以几个青年"刺破青天锷未残"的勇力为先导，忧文忧民之士面对广西九年与全国"大奖"无缘的事实，愤世嫉俗，痛定思痛，扼腕反思，颇有"凄凄惨惨戚戚"之感。

"评奖""议奖"的热风，给人带来惊喜，也注入困惑。或者更确切地说，借用诺贝尔文学奖获得者福克纳的名著——《喧哗与骚动》，不管怎么说，这总比封闭、沉寂，比一潭死水好吧。

——

新时期小说万花筒般地变异：《班主任》退休了，《高山下的花环》褪色了，《男

作品信息

《社会科学探索》1989 年第 3 期。

人的一半是女人》也失去了诱惑力。于是权威人士断言：文学失去了轰动效应。一朵不大不小的阴云——"低潮""低谷""疲软"在文学晴空飘荡。一位有影响的青年作家对此很是不平，而迁怒于评论界，质问：昔日顽童今何在？

然而，广西文学的新进力量却在悄悄地勃起。继聂震宁的《长乐》系列短篇、孙步康的中篇《小镇蝶恋花》、杨克黄堃的朦胧意象诗之后，我们看到的是新人崛起，新作迭出。首届青年文学评奖获奖的作品，绝大部分是1986年到1988年的力作。柳州地区防疫站的魏雨的自由诗《大时代纪事》，在《诗刊》1988年9月号"新人集"上独占鳌头。他追风揽月、居高临下，把美国西方石油总裁、美苏的中导会谈、"列宁在一九八八"纳入笔端，似具贺敬之从月球瞭望地球"放声歌唱"的雄风。你会疑心这来自阅历深广、久经沙场的大手笔，可魏雨年方二十，正值豆蔻年华！林白前几年还是个写抒情小诗的业余作者，近两年已在《人民文学》《上海文学》《作家》发表小说多篇，跃为全国小说界引人注目的新星。著名评论家曾镇南在评论文学现状时，将林白与我国一批崭露头角的青年作家并列。她的《从河边到岸上》(载《人民文学》1986年5月号)，从貌似凝固的生活中，开掘人性的底蕴，把捞沙女人惶惑、慈爱、僵直、悸动的矛盾心态描绘得淋漓尽致。沙粒淘尽了，露出了灿灿生辉的人性的黄金。

在文学的跑道上，青年作家以富于思索的目光扫描现实，由于比中老年作家少一点历史文化的心理负重，往往可以跑得更快些。吴海峰的《陡军的后代》(载《广西文学》1985年7月号）辽远的历史凝重感，程达的《野鸽子》(载《广西文学》1985年10月号）淡雅而酷热的人情味，文萍的《血晕》令人眼花缭乱的耗散结构，应当说都不同凡响，可以与当今全国的佳作媲美。

二

这不是说广西作者只会在十万大山上称英雄，红水河谷里充好汉。"你没有得大奖！"这是事实，但总不能以"大奖"为准则论成败。我们有茅盾有巴金有沈从文有王蒙有刘心武有邓刚有张承志有乌热尔图有……不能说中国现代作家都不如海明威不如福克纳不如马尔克斯，不如非洲的印度的埃及的……什么作家，但中国确实未受过诺贝尔文学大奖的青睐。

我们广西作者生活在丘陵和石山丛生的这片土地上。作家受来自时间空间心间"三维"世界的制约。我们的青年作家埋头苦干也好，四处窥视也好，常常处于"穷追"的境地。人揭伤疤，我抚旧疮；人绘荒蛮野地，我画穷乡僻壤；人重情绪心境，我写心态人情。但人行宽敞大路，我登崎岖小道，因而总是离不开"窘迫感""距离感"。

在黄佩华《红河湾上的孤屋》里（载《三月三》1988年第5期），逃兵的孤寡老人与水中救出的妖艳女子同住一个窝棚，同受山蚊的煎熬，使原始人性赤裸裸地展示出来了。作者构思的出奇制胜，剖析灵魂的犀利尖刻，叫人不寒而栗。但把《孤屋》放到《遥远的白房子》（载《中国作家》1987年第5期）一旁，你就会发觉《孤屋》的主人是不食人间烟火了。你甚至似乎感觉上了当：子虚乌有！而《遥远的白房子》却使你欲罢不能，使你永久性地战栗，使你心中升起一团博大、崇高的雾霭。

两年前梅帅元等人沿红水河跋涉，人们翘首以待。他果然不负众望，在《人民文学》1988年11月号发了《红水河》。作者笔记中写道："红水河是南中国少数民族文化的摇篮，也将成为大工业腾飞的翅膀。"罗宾斯掘岩机的吼叫与创世神的图腾、总工程师的葬礼与砍牛祭神的舞蹈交织在一起，人神变幻，时空交叉，使人不得不信服作者的功力。但与张承志的《北方的河》相比，人们会觉得《红水河》缺少一点儿深层次的哲理蕴含。悲则悲矣，壮则壮矣，美则美矣，险则险矣，脑子里留下的却是白茫茫的一片。《红水河》本该在1987年春降世，不意难产，拖延至一年多后才出生，可能生不逢时，火候已经过了。

在艺术形式上，青年作家们比中老年作家更易于变革，更能适应新潮。近几年，苏晓康式的全景报告文学引起轰动，《洪荒启示录》《神圣忧思录》《阴阳大裂变》《出国潮》《西部在移民》等报告文学不胫而走，风靡全国。我区获青年奖的报告文学《80年代：新的落群在律动》（黄凤珍）、《从火红的梦幻到葱绿的现实》（刘丹）、《你好，桂林》（黄德昌），几乎无例外地运用"全景式"手法，观照改革时代的风云。黄凤珍以新闻记者的敏感、女性的温情和细腻，透视了80年代城市个体户从"雀起——滑坡——中兴"的群体律动。这长达四万多字的"长篇报告"，不仅给形形色色的个体经营者留影，而且洋洋洒洒，激扬文字，谈了马克思经济学哲学手稿，经济发达国家经营机制的"普遍规律"，哈佛大学终身教授的"机会均等"原则。理论是光辉的，也是灰色的。作品苦苦追寻的恢宏理论和雄辩气势，却使读者担心作者的后劲不足。"超越自我"还不够，还要超越苏晓康们，我们的青年作家似乎显得营养不良了。

三

"夜郎自大"和"自惭形秽"是一对孪生兄弟。我们总是羡慕别人。山药蛋派如何荷花淀派如何晋军如何湘军如何、北京的什么群、广东的什么帮。而广西自己，则"派"不起来，"笼"不成形，土不土，洋不洋，"黄牛过河，各顾各"。以为有了"群体意识""沙龙效应"，广西的文学就会"阔"起来，包括笔者在内的这种主张可能是进入了误区。

不是天天在讲文学的主体性吗？其实这种"主体性"来自作家的"主体意识"。创作——主要是主体意识的宣泄和外化。作家专业也罢，业余也罢，从事的是个体复杂的脑力劳动。当代一位颇有名气的作家说，我从不看当代中国人的作品，连我自己已发表的作品也不看。当然不是说要自我封闭，但至少说明一点：创作要上去，离不开作者的自由思维、自主精神，要解开束缚头脑的桎梏，不断进行艺术境界上的"超越"。"紧跟""效仿"只能一阵子，如果一辈子就不会有作为。南宁电视台的刘丹在广州进修，应《现代人报》之约，写了整整两大版的《从火红的梦幻到葱绿的现实》。刘丹挥洒自如，娓娓道来，让"圣地"回到现实，揭开了大寨人心灵上的防线。从"粗犷的愚昧"到"精致的愚昧"，作者刻画得简直入木三分！刘丹还是那个刘丹，可到了羊城就如初生的牛犊。青年的可贵在无畏。在艺术的迷宫中探索，无拘无束、无遮无碍，想怎么着就怎么着，走自己的路！

这是广西文学的希望之所在。

对当代仫佬族文学的总体印象

杨长勋

　　研究当代仫佬族文学，既不能因为它是在特殊的文学传统和历史条件下产生和发展而拔高它现有的成就，也不能因为它的作家作品还相对地不够丰盛而忽视它在多民族的中国当代文学中的应有地位。

　　当代仫佬族作家文学在它诞生的时候，面临的是这样一种文学传统和历史条件：仫佬族人民世世代代都是以口头文学的形式记载着他们民族光荣的历史，歌唱着他们民族伟大的业绩。不幸的是，仫佬族人民长期受着残酷的民族压迫和阶级剥削，始终没有机会产生自己的文字，始终没有条件产生自己的文人作家和书面文学。

　　当代仫佬族作家文学是伴随着社会主义新中国的诞生而诞生的。仫佬族人民的代表作家包玉堂就是在共和国诞生以后开始走上文学道路的，并很快就以他的叙事长诗《虹》和短诗《回音壁》《走坡组诗》等优秀诗作，跨越了中国当代少数民族诗歌的起跑线和当时的水准线。以包玉堂为代表的第一批仫佬族作家的产生，结束了仫佬族文学史上长期的单一的民间口头文学的局面，这在仫佬族文化史上是质的

作品信息

《民族文学研究》1989 年第 3 期。

飞跃。应该说是中国共产党领导的社会主义制度，解放了仫佬族人民，解放了仫佬族文化，解放了仫佬族文学。仫佬族作家文学的诞生，是中国社会主义的文艺思想在仫佬族中的开花结果。只有这样，我们才能真正深刻地理解仫佬族当代作家文学的性质和意义。

五十年代仫佬族文学出现了令人期待的发展的势头。不幸的是，后期的浮夸风，使仫佬族作家和歌手创作了不少假大空的民歌，酿成了一次十分悲惨的"胜利"。接着而来的是一场文化浩劫，一度中断了的良好的势头，到了党的十一届三中全会后的新时期才获得了新的发展。这个时期不但作家和作品的数量增多了，而且诗歌、散文、小说、戏剧等文学形式都有人尝试并取得较好的成绩。诗歌，除包玉堂在总结创作道路上的正反两方面的经验之后继续开拓，获得两次全国性的少数民族文学奖，一直踏在较高的水准线上，龙殿宝和常剑钧在诗歌创作上也取得了较好的成绩，获得了广西少数民族文学优秀作品奖。应该说，当代仫佬族文学中，诗歌是取得了领先地位的。潘琦则在散文创作中为当代仫佬族文学史写下了重要的一页。小说方面，年轻的唐海涛的创作引起了比较广泛的注意，他为仫佬族小说献出了像《猎人的子孙》《香岛》这样比较优秀的小说。令人高兴的是像包晓泉、唐海涛这样刚刚开始走向生活的作者也冷静地向文学之路迈进，一些还不太知名的仫佬族作者，也为仫佬族文学的发展在严肃地生活、认真地创作。在人数不太多的那些少数民族当中，仫佬族的文学步子是迈得比较快的一个。

仫佬族作家大都具有强烈的民族感情和民族意识。包玉堂之所以能成为有成就的中国当代少数民族诗人，是因为他的生活道路和创作道路紧紧地和仫佬族人民的命运联系在一起。包玉堂的诗歌真实地反映了仫佬族当代历史的不平坦的进程，记载了仫佬族人民复杂的心灵历程。当仫佬族人民伴随着社会主义新中国诞生而开始走向全新的生活的时候，包玉堂曾经以他年轻而洪亮的歌喉为民族的解放与新生而欢呼歌唱。诗人在这个时候获得了最动人的诗情，为中国当代诗坛献上了《虹》《回音壁》《走坡组诗》等优秀的诗作。那情感来得这样的真挚动人，充满了民族的大我之情。然而当仫佬族人民与共和国一道穿过沼泽地带的时候，包玉堂就不免显得过于年轻过于天真，写下了一些令人遗憾的口号式的诗作。离开仫佬族人民的真实的心音，诗人的作品立刻就变得乏味。新时期的包玉堂重新回到仫佬族人民中间生活，深刻地体验了本民族的感情，从而获得诗的新生。他歌唱新时期仫佬族人民的美好生活，赞颂开放时代仫佬族人民的大海般的胸怀。新时期的包玉堂创作了许多关于海的诗作，我想这是开放时代仫佬人民宽广胸怀的诗的升华，表现了诗人开阔的民族情怀。包玉堂的歌唱是渗透了民族意识的歌唱。民族意识是包玉堂诗歌创作中最原始最强大最感人的力量。

中国作家协会会员中的两位仫佬族成员，一位是包玉堂，另一位是新近入会的潘琦。潘琦的散文像仫佬山乡那淙淙流淌的山泉，发源于仫佬族人民生活的底层，从作家和他同胞的心间流过，汇入了中国少数民族文学的大海。与那些抒情型的散文相比，潘琦的散文则是通过情节忠实地反映本民族人民的生活，反映仫佬族人民的期待与向往。他以故乡的山水为散文创作的底色，把民族之爱、祖国之情、个人愿望、人民意志，都融入了山光水色的行文之中。在潘琦朴素得近乎返璞归真的散文中深深地隐含着一种浓郁的仫佬人的情感，他的散文集《山泉淙淙》是整个仫佬族民族心路历程的投影。在论及仫佬族作家的民族意识的时候，我们不能忘记另一位仫佬族的歌者、诗人龙殿宝。他一刻也没有忘记对民族的恋情，一刻也没有忘记对民族历史与现实的关注。他以自己心血酿成的《走坡素描》等比较优秀的诗作，为当代仫佬族文学献上了既有民族色彩又有个人风格的重要的一页。诗人把个人的信念，把对民族的全部深情都注入了坡歌式的诗的狂吟之中。他从一个个侧面塑造民族的形象，表现了诗人真诚的民族之爱。唐海涛这位年轻的仫佬族小说家，与他的前辈相比，他在反映时代生活、表现民族意识方面，有着自己不同于前辈的风格。他的《猎人的子孙》等小说，引起过比较广泛的注意。唐海涛的不少小说，虽然没有正面反映仫佬族人民的生活，但不管他走到哪里或者写到哪里，他的心灵中和小说里始终有一个仫佬族的灵魂在跳动。如果我们忽视了这一点，也许我们就不能真正透彻地把握年轻的海涛的小说艺术。他那本即将出版的小说集《远山》将使更多的人发现，仫佬人的魂灵是怎样地渗透在作家的心灵深处。当代仫佬族文学可贵的值得重视的一条经验，就是始终把民族的文学与民族的命运联系在一起，注重表现民族生活和民族精神。这是中国文学中一个已经古老然而又不可忽视的艺术课题。

当代仫佬族文学中另一个极其重要的问题，是仫佬族作家文学与民间文学的关系问题。只要我们的研究不是为了某种哗众取宠的热闹，不是为了把西方文艺学的名词套到仫佬族文学中就了事，只要我们客观地面对当代仫佬族文学的真实的艺术现象，我们的研究就不会忽视仫佬族民间文学对仫佬族作家文学的深刻的影响。应该说三十多年来的仫佬族文学是由民族民间文学逐步过渡到民族作家文学的过程。可以说今天的仫佬族文学基本上是作家文学逐步占据了主导的地位。当代仫佬族作家大多又都是民间文艺家，他们中的多数人都曾经从民族民间文艺那里获得了自己的艺术力量。我们不否认他们中的少数人还停留在对传统的民间艺术的简单的仿效的层次上。但是他们中的大多数都能在民族传统艺术的基础上继承和发展，成绩还是比较好的。代表仫佬族当代文学水平的包玉堂，首先是一位民族的民间歌手，然后才是一位民族的诗人。他的诗歌创作是以民歌的创作起步，他的一些像长诗《虹》这样的作品干脆就是民间文学作品的再创作。包玉堂的诗作带上浓厚的民间歌谣的情韵，在中国当代诗歌中获得了自己的一席位置。其他作家像龙殿宝、潘琦、常剑钧、赖锐民等，都是本民族多姿多彩的民间文艺哺育成长的作家诗人。这是仫佬族当代文学的另一值得重视研究的艺术经验。

我认为，要进一步地发展当代仫佬族文学，应该从仫佬族文学创作和仫佬族文学评论两个方面去做深入的探寻。

从创作方面考察，当我们检阅了当代仫佬族作家的大部分作品后，我们总是感到，仫佬族作家用来透视本民族生活的观念参照与本民族生活自身的生活参照过于一致，这就影响了生活与文学之间应有的那种距离感。这正如一对恋人，当他们热烈拥抱的时候是并不那么清醒的，只有他们拉开一定的距离客观地审视的时候，他们才能冷静深刻地认识对方。在生活中我们很少把走路看成舞蹈，在艺术上我们却很容易把生活的原始记录误以为是艺术。其实走路不是舞蹈，生活也远不是文学。文学应该追求应有的哲学高度，展示属于自己的思维方式。否则我们就很容易把生活表现得很天真，好像没有一丝云片，好像没有一点尘埃。其实仫佬族在向着光明迈进的每一步都面临许多严峻的课题。面对历史，我们的仫佬族作家似乎过于甜美，似乎少一点冷峻的笔墨。只有从历史进步的高度透视民族生活，文学才有希望。任何一个民族的历史进步，都将冲击民族固有的某种传统观念。我们在感情上和道德上过意不去的某些东西，恰恰是民族历史前进所需要的东西。即使在改革开放的今天，我们的作家也应该有冷静的头脑，开放带来的复杂的不纯洁的因素，改革所带来的复杂的矛盾冲突，特别是由此带来的民族中复杂的社会心态，需要我们从哲学的高度在文学作品中表现出来。过分地美化生活与过分地丑化生活，都曾经使文学家们陷入过困惑。

对仫佬族文学的评论研究工作，与创作相比，更为薄弱。仫佬族当代文学迫切地需要批评家们以文学评论的形式参与它的进程。文学事业当然不能靠救济和照顾，但不管是哪一个民族的作家作者在创作的道路上有了一定的成绩，都应得到研究评价和扶植。我们的少数民族文学研究包括当代仫佬族文学的研究，不能停留在作家作品的数量的统计上。我们期待有更多的批评家参与仫佬族当代文学的进程，在期待看到更多的仫佬族作家作品的同时，也期待看到更多的研究仫佬族当代文学的论文和专著。我们特别期待产生更多的仫佬族自己的评论家和理论家。

文明走向的艰难步履

——试论瑶族部分小说的艺术探索

雷猛发

广西的瑶族小说创作是瑶族当代文学的主要部分。据我所知，广西的瑶族小说创作基本上是"文革"后才逐步发展起来的。到现在，不仅有了好几位区内外知名的中青年小说作家，而且也创作出了一批短中长篇小说，作品数量较丰，质量比较高。不少文艺评论家对于瑶族小说的创作成就和民族特色，给予了充分的肯定，许多评论相当中肯。最近我反复拜读了蓝怀昌、莫义明、蓝汉东、唐克雪等瑶族作家的部分中短篇小说，总感觉到在他们为数不少的这部分作品中间，有着某种共同的东西，似乎是一种心声，一种脚步。就我个人所感悟到的即是：瑶族小说中蕴含着一个文明走向的大主题，其要求是强烈的，而步履却是艰难的。这个艰难的步履，尽管轻重不一，时现时隐，却扣动人心，令人久久不能忘怀。我有一种直觉，要了解瑶族这个民族，要评价瑶族小说创作的成败得失，不着重分析这个文明走向的大主题，很可能是一个缺憾。

作品信息

《小说评论》1989 年第 5 期。

一

瑶族有着悠久的历史。从"有瑶就有山"的民谚和瑶族自立于中华民族和世界民族之林的现状，可以想象得到，瑶族同胞世世代代经受了多少苦难，进行了多少反抗，而有着何等强大的创造力和旺盛的生命力！为了民族自身的生存和发展，瑶族人民付出了巨大的努力，在旧时代，是向历代反动统治者的一次又一次的反抗；在新时代，是向文明的一次又一次的迈进。

解放以后，瑶族和其他兄弟民族一样翻身当了主人；在党和人民政府的领导下，瑶族地区的社会经济文化等方面发生了翻天覆地的变化。但是，毋庸讳言，由于历史的和现实的诸多原因，部分瑶族地区还相当落后。三年困难时期，大山里的波努人只能靠"两把苦麻菜，半竹筒黑豆，一锅水，一抓盐"生活，过着原始般的野人生活（蓝怀昌《密密的甘蔗林》）。许多瑶民没有文化，牛高马大的盘云高为救母亲一命偷挖他人的红薯，只是用一块光石在白石头上画了四十多条杠杠作借条（蓝怀昌《寄马》）；合作化时有的瑶寨用红籽玉米记工分被老鼠偷吃，致使年终分配一塌糊涂（莫义明《瑶山通》）。缺少科学知识，翁风的岳父买回灯泡，没有电源灯不亮，还责怪灯泡"在柳州你亮当当（堂堂），回来你没发光"（莫义明《瑶山新姑爷》）。迷信思想相当普遍，黎老保把三崽当上了副省长归功于祖宗坟山的保佑（蓝汉东《团圆》）；六太公则把古井干涸、李氏家族的衰落归咎于莫家祖坟断了大松山的龙脉，由此引发了李莫两个家族死伤惨重的械斗（唐克雪《冷太阳》）。此外，还有许多的陈规陋俗束缚着人们的思想和行为，不仅败坏了社会的风气（如娱乐房），在经济上给瑶胞带来难以弥补的损失（如砍牛送葬），而且葬送了许多人特别是青年一代的自由、幸福和美好前程，甚至吞噬了他们宝贵的生命。瑶族不是甘于落后的民族，他们要向文明迈进，就不能不比汉族和其他先进的少数民族付出更大的努力或巨大的代价，步履不能不更为艰难。蓝怀昌《哦，古老的巴地寨》中描写的姑嫂二人代替被砍下头颅的格鲁苏牛，用单薄的肩膀套上沉重的牛轭拉犁，"躬着腰，身子倾斜，步履艰难"的形象，可谓是瑶族同胞向文明迈进的一个形象感人的缩影。

瑶族小说中描写得较多也较为牵动读者心灵的，要数青年一代的恋爱婚姻问题。大概是由于母权制社会的残余影响还是那么根深蒂固，瑶族有一个不成文的规定，即"舅爷大过天"，表妹要嫁给表哥。只此一条，不知演化出多少爱情悲剧。白裤瑶第一个女大学生昵子刚接到入学通知书，被迫嫁给舅爷仔顶债，而她的嫂嫂，那位聪慧美丽的民办教师，为了使小姑冲出旧俗的牢笼，受尽折磨，最后献出了宝贵的生命，那位考上卫生学校善良正直的表哥，为了表妹读上大学，顶住了家庭的压力，娶了一位没有文化的妻子。这位白裤瑶女大学生是幸运的，但嫂嫂和表哥为她做出了最大的牺牲。而她的中学同学、民族班的高材生阿芳，却嫁了比她大十二岁的表哥，被埋葬了青春（蓝怀昌《哦，古老的巴地寨》）。

有的地方，瑶族姑娘在出嫁之前，必须在娱乐节中带回一个英俊的小伙，在娱乐房（即屋旁的独木楼）过上一夜，才会身价百倍，受人器重，否则贱如猪狗，被赶出家门。有抱负的瑶族男青年蒙琳发出了"我们这代人，要改掉那没结婚就先在木楼过夜的旧习惯！"的呼唤，但给他的未婚妻英玉带来灾难，先是被父亲赶出家门，随后被迫许给已有两个娃的舅爷仔做填房，最后她逃出这个旧习俗的黑泥坑，被罪恶的火把追赶，扑向山崖。要不是她急中生智，使了个金蝉脱壳计，恐怕也早成了旧习俗的牺牲品（蓝怀昌《画眉笼里的格鲁花》）。

瑶族同胞向文明迈进，还涉及了婚姻以外的各个方面，也同样付出了巨大的代价。砍牛送葬是瑶家的最高葬礼仪式，连爱情也不会表示的憨厚老实的昵子哥，在妻子累死在牛轭的重压下，才发出了苏醒的呼声："砍牛送葬，把我妻子的性命都葬送了！"失窃是民间常发生的案件，进到了八十年代，有的瑶族地区在处理这些案件时未能通过正常渠道依法办事。全运廷的八分地香草被偷得精光，搜了全扶贵的家，发生了冲突，不听村委主任的劝说，一再坚持要"民办"，不要"官办"，最后按瑶族习俗请寨佬断案。虽然这个寨佬开明能干，案断得令人口服心服，但毕竟是以传统的人治代替现代的法治，失主全运廷也被罚款五百元（莫义明《断案》）。封建迷信在瑶族地区大概也是个普遍的社会现象，信迷信的人多被迷信误。两嫁两死丈夫的寡妇罗秋凤听信了算命先生说她"八字不好，命对铁帚，杀三夫"的鬼话，死了再嫁的心，后来碰上了不怕被"克"的男子盘龙拉了她一把，才不再迷信。但跨过这一步，从迷信到不迷信，却花了七年时间，失却了一个妇女最珍贵的年华（蓝汉东《卖猪广告》）……

瑶族作家对本民族的苦难和由愚昧向文明迈进的艰难有着深切的感受，他们的小说大都写得笔力深沉，动人心魄。作家的心在战栗，人物的心在滴血，读者的心不能不为之震动。

二

在瑶族小说中寻找到文明走向的大主题，并强调这一走向的步履是艰难的，不仅使我们对瑶族生活的现状和发展趋向有个大的把握，而且也给我们带来一个新的视点，使我们对瑶族小说内容的深广蕴含、人物的复杂性格及错综关系，以及小说价值的评价等，会有进一步的或不同的认识。这对于我们准确评价瑶族小说创作的成就是有意义的。

读完瑶族的这一部分小说，给人留下最深的印象是，瑶族的传统观念、习俗和势力还是那么强大，其中虽不乏优良的成分，但那些过时的旧习俗，却简直令人窒息。瑶族地区的这些旧习俗，比起其他民族某些落后地区的经济色彩强烈的旧习俗（如以亲换亲），更为古远，因而也更根深蒂固。瑶族同胞正是在这一背景下，进行社会主义精神文明的建设，其难度当然要比其他先进的兄弟民族要大。瑶族作家以现实主义的勇气正视和写出旧的传统势力的强大，是应该肯定的。更为值得称道的是，他们没有停留在单纯展露旧习俗这一表面层次上，而是用艺术的手段，写出了这些传统习俗存在的某种合理性及其流动变化的形态，同时暗示了过时的旧习俗终归消亡的趋势。这是瑶族作家掌握了历史唯物主义的一个表现。比如，"舅爷大过天"，表妹要先嫁给表哥，这是对母系家族的一种偿还，从"饮水思源"、维系母系家族的利益来讲是天经地义的，但它无视当事人的爱情，不懂得近亲结婚的危害，则是违背历史发展要求的。时代前进了，旧习俗尽管还有着强大的势力，但已不可能一成不变。蓝怀昌的三篇小说写了三个不同类型的表哥。《画眉笼里的格鲁花》的那个表哥死了妻子，英玉的父亲和舅爷要把英玉给他做填房，小说没有正面写到这个表哥，但为了要英玉嫁给他，人们差一点把英玉逼死，这个表哥可看作是旧习俗的代表，或者至少是站在旧习俗一边，心安理得地接受旧习俗带来的好处；《哦，古老的巴地寨》中的表哥，砍牛时是那么凶残，但当人们追赶昵子时，他又保护着昵子，让她外逃去读大学，最后逆来顺受娶了一个不称心的妻子，为了成全表妹的幸福而做出牺牲。这个表哥，既是旧习俗的叛逆者，又是旧习俗的牺牲品；《格鲁花枝上的小米鸟》中的表哥，宽宏大量，又能自责，亲自送表妹凤来与情人哥三成亲，是一个完全超脱旧习俗罗网的无私的强者。三个不同类型的表哥形象，昭示了"舅爷大过天"的习俗正在土崩瓦解。还有，瑶族的最高葬礼砍牛送葬仪式，原本是代替吃人肉的一个文明创举，兼有生者对死者的崇敬悼念的深刻意义，然而后来却发展为破坏农村生产力和加重瑶胞经济负担的一道难关。八十年代的砍牛送葬，渗入了民主（开家庭会讨论砍不砍牛和砍几头牛）和乐民（砍牛场面的民众欢乐）的成分，随后又换来了人的觉醒，一步步走向了它的反面（从砍牛至反砍牛）。《哦，古老的巴地寨》把砍牛葬礼的由来及演化与当代瑶胞的命运密切结合起来，深刻地揭示了瑶族的习俗的本质、归宿和民族心理的复杂、微妙。

从瑶族小说反映的瑶族同胞文明走向的艰难步履中，我们还可以看到瑶族地区社会发展的复杂面貌。在一般人的心目中，瑶族地区的社会生活和人际关系比较单纯，然而经过十年浩劫以及三中全会以后的拨乱反正、改革开放政策的实施之后，中国这个大社会发生了深刻的变化，瑶族地区这个小社会不能不跟着发生变化，而呈现出较为复杂的态势来。过去发现地龙蜂只要打上茅标，保准不会有人去动，而现在，蚂蚧李捡得个空钱包，说"可惜是空的"，见到黄三伯捡来照相机守着还给失主，就说"你不要就给我"，居然贪心到想要他人的财物。他过去饿得浮肿也不吃别人送的玉米，现在却贪得无厌，不能只看成个人道德的堕落，而应看作不良社会风气侵入了瑶族宁静而古老的生活（莫义明《溪边》）。罗秋凤早年也曾是破除封建迷信的积极分子，后来一连死了两个丈夫，也信了命、八字，似乎难逃命的捉弄

（蓝汉东《卖猪广告》）。这其实是外在的旧习俗和社会压力使她不得不这么跳。把视点从这个弱女子转向社会，就可品尝出罗秋凤在迷信上出现反复的社会经济原因，更可感受到文明走向的艰难，对她不能不产生由衷的同情。随着商品经济的发展，瑶族地区经商、办工厂日渐多起来，引起了传统观念和人际关系的一系列变化。还保留着老通宝（茅盾小说《春蚕》中的人物）式传统农民观念的罗源恒老汉一开始对许多新事物，从黄老堡三儿子在农村开了榨糖厂又到城里办五花八门的工厂的所作所为，到自己女儿与人贴得紧紧的恋爱方式，统统看不惯，因为这都同传统的生产方式和传统的生活方式相去太远了。他为看不清变革世界的一些人的面目而怒恨、担心，后来他明白了有关事体的来龙去脉，脸上也挂上了甜蜜的笑纹。小说通过罗源恒老汉的眼来看瑶族地区社会的新变化，再结合他的经历写出过去的社会情状，反映了瑶族地区社会的复杂而深刻的变化。

从以上分析看，瑶族小说在反映瑶族地区传统习俗的演变和社会历史的发展方面，无论对现实的涵盖和对历史的穿透都达到了较高的水准，显出了较为厚实的功力。

以文明走向的艰难步履这一视点观照瑶族这部分小说中的人物，或许不难获得某些新的认识。瑶族文明走向的步履之所以艰难，在于存在着文明与愚昧的冲突，存在着旧传统的阻力。要冲破重重阻力，就需要有人做出牺牲，有人大义灭亲，有人勇敢开拓。瑶族小说中这几个类型的人物格外引人注目，值得特别一说。

（一）牺牲型人物。上面谈到过的白裤瑶第一个女大学生能够冲出旧习俗的牢笼，是因为有她嫂嫂做出了牺牲。这位嫂嫂就是瑶族小说中塑造得最丰满也最感动人的牺牲型人物。她在青春年华闪光的学生时代，曾做过许多改革之梦，憧憬文明的未来，结婚后，当了民办教师，立志做一个播种文化种子的园丁、移风易俗的先锋。她不许小姑昵子未结婚就在娱乐房与男子过夜；为了阻止砍牛，她故意打烂酒坛，被关禁起来；为了让昵子上大学，她被丈夫毒打了一顿，还日夜操劳，累得吐血，倒在沉重的牛轭之下。她用自己坚定的步伐和宝贵的生命，护送昵子上了大学，也使愚昧的巴地人觉醒了，从此不再砍杀耕牛送葬。她在遗书上写道：本来她也知道自己已经不能拉牛轭了，但是，为了打退一种旧习惯势力，她准备流血在战场上。这就是一个战士自觉牺牲的光辉形象。如果没有这样勇于牺牲的战士奋不顾身去战斗，千百年来盘根错节的旧习俗能破除得了吗？还有，昵子的表哥和凤来的表哥，也都做了他们所能做的牺牲。作者在他们身上花的笔墨虽然不多，但都给人留下了较为深刻的印象。

（二）大义灭亲型人物。文明与愚昧的冲突，大多是人民内部的问题，破旧俗立新风，又常常牵涉亲属、邻里的关系，有一个"己不正，焉正人"的难关拦在前进的道路上。那些立志改革旧俗的闯将，常常不得不咬紧牙关，来个大义灭亲的壮举。"陀螺王"刚当上寨委会主任，就有人违反"寨规民约"充当"娅努"（魔公）帮人赶鬼。而这位"娅努"不是别人，正是他父亲！"陀螺王"说服了寨委会的委员们，当众处罚了这位对他恩大如山、情深似海的老父亲：让他退回钱财，置酒一坛，当众检讨，给长者敬酒。生产队的木头丢失了，生产队长金贵查来查去，偷木头的原来是自己的亲生儿子。他训了儿子一顿，要儿子退出该退的钱，监督儿子登门道歉，要儿子当众检讨，开了一个好头（莫义明《寨规》）。破旧俗，立新风，要的不就是金贵这种带头执法的认真劲头吗？

（三）开拓型人物。向文明迈进，除了破旧俗立新风，改革原有的旧习俗之外，还要引入商品经济等新的观念，大力发展生产力，从根本上铲除旧习俗的经济根源。这也需要有人走出深山老林，吸收外来的新鲜空气，开创发展瑶族经济的新局面。老木匠黄老堡三儿子就是这样一个开拓型的人物。他先是在村里开办了榨糖厂，后来不满足了，又邀了一伙布努人进城起工厂，办商业，高薪雇请大城市来的工程师、专家，还搞横向联合、城乡联合，把过去冷冷清清的大山老林弄得热气腾腾，人心向上（蓝怀昌《密密的甘蔗林》）。经济发展了，新观念在瑶胞心里生了根，旧习俗就会被取而代之，文明走向的步履就会不再那么艰难了。那位罗源恒老汉原先看不惯女儿和别人贴得紧紧的恋爱方式，后来也看出了新结论："儿女长大了，由他们怎么相爱就怎么爱吧。"变得开明多了。当然，这又不应忘有黄老三这样一些开拓型人物在前面领路闯关。莫义明的小说还写了两位值得注意的开拓型人物。一位是懂得培植制作香草技术的"癫公"龚文山（《香草妹》），另一位是懂经营会做买卖的黄守信（《瑶山一枝花》）。长期处于封闭状态的瑶族地区，很需要像龚文山、黄守信这种会种养懂经营的人才。这样的人才多了，瑶山经济才发展得快，文明走向的步履才迈得轻松。

上述三个类型的人物，并不是瑶族小说人物的全部，甚至还不能概括尽有益于文明走向的人物群象。从总体上看，瑶族小说中对这三个类型人物的发现和塑造是不平衡的，前两类人物写得较多也较成功，后一类人物在中短篇小说中尚缺乏令人满意的较为丰满的形象。

<h2 style="text-align:center">三</h2>

瑶族人民的文明走向步履是艰难的，而瑶族小说家进行艺术探索的步履似乎也并不轻松。季红真把新时期小说的基本主题概括为文明与愚昧的冲突；雷达则把新时期文学的主潮概括为民族灵魂的发现与重铸。瑶族小说家是较为清醒地意识到了这一点的，因而从整体上展现了瑶族社会的文明与愚昧冲突的深远的历史根源和光怪陆离的现实风貌，发现并重铸了一系列生动感人的瑶族新人的形象。然而，脚踏实地的瑶族作家在崎岖的山路上行进，并不是每一步都踩得很稳，有时也难免有踏空或碰歪脚脖的情形。

蓝怀昌是瑶族作家中对文明走向这一大主题最为敏感的作家，正面表现这一主题的作品较多，激情也最丰富。从更高的层次要求看，他的某些小说尚缺乏一种震撼人心的深沉感。这大概与他在处理文明与愚昧的冲突时常用"虚晃一枪"的解决办法有关。逃出家门去上大学的昵子被表哥追赶上了，面临着美好前程毁于一旦的厄运，但表哥不是挡劫她回去结婚，相反护送她到安全之地；英玉深夜被旧习俗的火把穷追不舍，扑向了万丈深渊的山崖，正当人们为她悼念哀伤，她却从天而降，原来她使了个金蝉脱壳计，绝处逢生……这些化险为夷的偶然性事件不是绝对不可能出现，但至少应该少用或慎用，否则可能会冲淡严峻生活的浓度。

莫义明长期在瑶族地区生活和工作，年岁稍长于莫怀昌。读他的小说总感到有一种深刻的人生真谛蕴含在里面。也许因为过于写实，个别小说随着时过境迁或换一个角度看，容易挑出毛病来。上面提到的他笔下的两个开拓型人物，写得并不光彩。"癫公"是作为香草妹的反面陪衬人物来写的，他不但疑心生暗鬼，落了个不雅的外号，而且私心太重，生怕别人学去他的技术。但照我看，他有科学头脑，致富有门路，最后也还是同意把生产技术毫无保留地传授出来，这对于瑶族地区生产的发展是大好事，可惜作者的感情天平没有向他倾斜。另一个人物黄守信，更是被当作有"瑶山一支花"称号的蓝新秀的对立面。撇开事件的一切偶然因素，我们看到的黄守信，是一个懂得经营、敢于签订合同、能把瑶山的死宝变活宝的有商品经济头脑和竞争意识的大能人，他的许多观念是崭新的；而他的妻子蓝新秀尽管有勤劳俭朴等传统美德，但不敢要按合同规定该得的钱、有钱不敢花等观念却是陈旧的。退一步说，黄守信在这次推销板材的活动中，由于缺乏经验而有失误，但只要吸取教训，肯定会越干越好。至于他赚了钱，吃肉嫌肥，吃粮嫌粗，这是生活提高了的必然要求，不应苛求。事实上，他的今天正是瑶胞的明天，瑶族同胞中不是有越来越多的人爱吃瘦肉和细粮了吗！云南省有的少数民族世世代代没有人做生意，有的作家在创作中还在把近年来的经商行为当作坏事来写。商品经济是不可逾越的历史范畴。换个角度看，是否应该对黄守信这一类人物重新评价呢？

有人说过，文学批评有两个难以超脱的缺陷，一个是批评的个体性，一个是对象的特殊性。我大概也超脱不了这两个缺陷。不过，对于瑶族同胞小说的评论，我可能有片面，却绝无偏见。希望得到瑶族作家和评论家们的指正。